STULECIE WINNYCH

TRYLOGIA

Pamięci moich dziadków
oraz ojca – Zofii, Stefana
i Janusza Grabowskich.

STULECIE WINNYCH

CI, KTÓRZY PRZEŻYLI

1914 ROK

Piorun przeszył niebo, kiedy Kasia Winna wydała z siebie krzyk. Chwilę później letni deszcz lunął na pola Stanisława i Katarzyny z Ożarowskich Winnych, co stanowiło swego rodzaju błogosławieństwo, bo wiosna była tego roku wyjątkowo sucha.

– Niech pada – mruknął Stanisław i spojrzał ze zdumieniem na żonę, która miała minę, jakby jej coś zaszkodziło.

Kasia tymczasem w dole brzucha poczuła znajomy ból, a w plecach coś jej eksplodowało i popatrzyła z przerażeniem na swojego męża, który zajęty był spoglądaniem przez okno i liczeniem błyskawic. Tymczasem Andzia, daleka kuzynka i dziewczyna do pomocy, sprzątała po kolacji i zapędzała do spania Tadzika i Wacusia. Chłopcy, którzy przekomarzali się szczęśliwi, że właśnie szkoła się skończyła, nie chcieli słyszeć o kładzeniu się do łóżka.

– Aaaa!!! – znacząco wykrzyknęła Kasia, u której przerażenie mieszało się ze złością na małżonka, że nic a nic nie widzi poza wodą lecącą z nieba i czubkiem własnego nosa.

– Czego krzyczysz, kobieto? – Stanisław właśnie nabił fajkę i pykał sobie z zadowoleniem, patrząc na ścianę deszczu i wyobrażając sobie, jak to dobrze dla roślin.

– Bo to już – powiedziała przytomnie Andzia, patrząc na Kasiną twarz ściągniętą grymasem bólu.

Sama Kasia ograniczyła się do energicznego pokiwania głową. Tadzik i Wacuś wpatrzyli się z przerażeniem w matkę, która rzadko siadywała na stołku, a już nigdy, przenigdy nie wyglądała tak, jakby miała zaraz wybuchnąć, albo co gorszego. Siedmioletni Tadzik chciał natychmiast przytulić się do matczynej piersi i uzyskać zapewnienie, że wszystko jest w porządku. Młodszy o rok Wacek podbiegł do Andzi i próbował wejść jej pod spódnicę, ale dziewczyna ofuknęła go, a potem zdzieliła ścierką. W tym samym czasie Kasia łagodnie, ale stanowczo odsunęła Tadzika i spojrzała na Andzię.

– Lecę po Karwasiową – powiedziała dziewczyna i zdjęła fartuch, który położyła na siedzeniu krzesła.

– A po cóż wam Karwasiowa? – Zdziwił się Stanisław, który ciągle zdawał się nie rozumieć, o czym mowa. – I gdzie ty, Andziu, pójdziesz w taki deszcz?

– Bo to już – wyjaśniła mu dziewczyna spokojnie i dodała: – Pomóż pan żonie, panie Stanisławie, i wodę gotuj, a ja polecę. Deszcz, nie deszcz, iść trza…

Do Stanisława prawda docierała bardzo powoli, nieco więcej zrozumiał, kiedy na podłodze pod spódnicą żony zobaczył okazałą kałużę. Ale nawet wtedy zachował się z godnością, podszedł do Kasi i podał jej ramię.

– Chłopcy! – zarządził. – Spać, i to już!

Tadzik pociągnął chlipiącego Wacka za koszulę i poszli razem do pokoju, gdzie, jak się potem okazało, wleźli do łóżka nieprzebrani i zasnęli wciśnięci ciasno jeden w drugiego. Stanisław zaprowadził żonę do pokoju, pomógł jej zdjąć buty ze spuchniętych nóg, położył i przykrył troskliwie kołdrą, chociaż 26 czerwca roku 1914 był dniem bardzo ciepłym. Potem udał się do kuchni, gdzie nalał wodę do wielkiego gara i rozpalił w piecu. Następnie wrócił do pojękującej żony i zapytał niezbyt taktownie:

– To już? Bo to wcześnie jakoś…

– No wcześnie, wcześnie… – potwierdziła Kasia. – I jakoś tak inaczej…

– Jak inaczej? – Chciał wiedzieć Stanisław.

Prawda była taka, że był przerażony. Sam miał czworo rodzeństwa. Jego własna matka Bronisława urodziła siedmioro dzieci, z których dwoje zmarło przy porodzie. Dwójka w osobach Romka i Władka dołączyła do małej armii Winnych razem z nim oraz Kajtkiem i Stefkiem. Potem jego żona Kasia urodziła Tadka, a niespełna rok po nim Wacusia i za każdym razem krzyczała jak zarzynane zwierzę, a Stanisław obiecywał sobie, że nigdy więcej jej nie zapłodni. Tym razem rzeczywiście było inaczej. Zamiast krzyczeć, Kasia pojękiwała cichutko, trzęsła się jak w febrze i patrzyła przerażonym wzrokiem na męża, który dałby wszystko, żeby Andzia wróciła z Karwasiową i wypędziła go z pokoju, mówiąc, żeby sobie poszedł, bo rodzenie dzieci to nie jest męska sprawa.

– Umrę – wyszeptała Kasia i zaniosła się płaczem, który gładko przeszedł w spazmy.

Stanisław nie wiedział, co odrzec i bąknął coś w stylu: „od rodzenia dzieci nikt jeszcze nie umarł", ale szybko zamilkł, zdawszy sobie sprawę z tego, jak oczywistą powiedział nieprawdę. Kasia łapała powietrze niczym ryba, żeby następnie zwinąć się w kulkę, oczywiście na tyle, na ile pozwalał jej duży brzuch, potem wyginała się do tyłu, zupełnie jak opętana, unosiła w dziwnym spazmie, wytrzeszczając oczy, żeby pod koniec upiornego cyklu opaść na poduszki. Ulgi doznawała tylko na jakieś dwie minuty. Na ten czas i Stanisław nabierał powietrza, wychodząc z pokoju i wchodząc znów po chwili, kiedy spazm zamieniał się w rzężenie, zwijanie w kulkę, a wyginanie zaczynało się od początku.

– Stanisławie. – Drgnął z ulgą, kiedy usłyszał głos Karwasiowej, a jej pękata sylwetka wtoczyła się do domu. – Wody nagotował?

– Tak, tak – odpowiedział grzecznie pobladły Stanisław i odłożył fajkę.

– To idzie mnie stąd, a nie wchodzi i wychodzi. Tylko wiatr robi i dzieciak się na wejściu do świata zaziębi – huknęła akuszerka i wypchnęła Stanisława do kuchni, przykazując, żeby tę wodę zagotowaną przyniósł.

Andzia z własnej inicjatywy poszła po prześcieradła, a potem wróciła, żeby pomóc ciotecznej ciotce i pani Kasi, która zawsze była dla niej dobra i trzymała ją u siebie na łaskawym chlebie.

Kiedy Stanisław usiadł na kuchennym krześle, żeby godnie czekać na kolejnego potomka, Andzia i Karwasiowa przyglądały się Kasi, która miała granatowe wargi a na czole krople potu wielkości grochu.

– Pokrzycz sobie – zachęciła ją kobieta, a Andzia pokiwała głową.

– Nie – chlipnęła Kasia i znów wpadła w spazmy.

Karwasiowa zanurzyła rękę pod kołdrę, a kiedy włożyła ją jeszcze głębiej, Kasia wreszcie zaczęła krzyczeć, co przyniosło wszystkim ulgę. Stara akuszerka odrzuciła przykrycie i popatrzyła na plamę czerwieni, która rosła na prześcieradle. Zmarszczyła brwi i powiedziała do Andzi:

– Za dużo tego…

– Inaczej niż zwykle… – przytaknęła skwapliwie Andzia, która w swoim życiu widziała tylko jeden poród, u krowy, która ocieliła się w gospodarstwie jej rodziców.

Na szczęście Kasia nie słyszała żadnych głosów, otępiała bólem, który rozsadzał jej nie tylko brzuch, ale całe plecy i głowę.

– No dalej, kochaneczko. – Zaniepokoiła się Karwasiowa. – Trzeba było wcześniej po mnie posłać. Szybko poszło rozwarcie. Już trzeba wypychać. Zaprzyj się i wypychaj…

Kasia, zachęcana posuwistymi ruchami Andzi, nabrała powietrza i próbowała zrobić tak samo, jak przy Tadziu i Wacku. Wtedy, owszem, bolało i było ciężko, ale mogła nabrać powietrza i wydmuchnąć do brzucha, tak kilka razy, aż w końcu słyszała płacz noworodka i ból się kończył. Teraz nie mogła nawet odetchnąć dla siebie, a co dopiero dla dziecka.

– Kasia. – Karwasiowa spojrzała groźnie. – No idzie coś, ale trzeba pomóc dzieciakowi…

Tylko że Kasia zamiast pomóc, zemdlała, co przestraszyło Karwasiową, a Andzię doprowadziło do płaczu.

– No żesz ty diable jeden i Mateńko Przenajświętsza! – krzyknęła Karwasiowa, postanawiając zdać się na wszelkie moce, czyste i nieczyste, a żeby jeszcze losowi dopomóc, zdzieliła Kasię sękatą ręką prosto w twarz.

Kobieta odzyskała przytomność i znów zaczęła jęczeć.

– Kasia!!! – Karwasiowa dygotała z niepokoju. – Nabieraj powietrza i dalejże, bo mi tu umrzesz i dzieciak też do piachu z tobą pójdzie. Już!!!

Położnica, owszem, i nabrała powietrza, ale zamiast przeć, wrzasnęła wielkim głosem.

– Ty draniu! Ty gadzie jeden! W życiu fajfusa włożyć ci nie dam! Kury macaj, ty zwierzu jeden! Krowie wsadzaj do dupy, a nie mnie!!!

Andzia aż usiadła na brzegu łóżka i zaczęła żegnać się, oniemiała i czerwona ze wstydu. Karwasiowa, która niejedno podczas porodu usłyszała, odetchnęła z ulgą i poklepawszy Kasię po ręce o niebieskich paznokciach, powiedziała:

– No, wreszcie do rzeczy gadasz… Wsadzi, wsadzi jeszcze niejeden raz… Sześć niedziel sobie policzy i zaraz wsadzi. Chłopy takie są… No dalej!

Kasia rozejrzała się dokoła i zaniosła płaczem.

– Tak okropnie boli… – wychlipała.

Andzia w niemym współczuciu usiadła u wezgłowia położnicy, objęła ją za głowę i zaczęła głaskać po włosach. Patrząc na Kasię, doszła do wniosku, że musi być jakiś sposób na to, żeby nie rodzić dzieci, ale postanowiła poruszyć ten temat przy okazji z Karwasiową, gdyż uznała, że jest ona najlepszą osobą do udzielania tego typu rad. Skoro umie pomóc przyjść dzieciom na świat, a umie i wysłać dzieciaka do aniołków, co Andzia bardzo dobrze wiedziała, chociażby z relacji swojej rodzonej siostry, to na pewno wie, co trzeba zrobić, żeby i na sianie mieć przyjemności, i nie cierpieć tak jak biedna pani Kasia.

– Boli, boli, bo mamy grzech pierworodny. – Pokiwała głową Karwasiowa i nie czekając już dłużej, zaczęła skubać Kasię po odkrytym brzuchu. – W Piśmie Świętym napisane, że w bólach będziemy rodziły… I Pan Bóg słowa dotrzymał… A że mężczyzna, to tylko na nas, kobiety, takie cierpienie sprowadza…

Andzia na widok falującego brzucha i coraz bardziej czerwonego prześcieradła puściła Kasiną głowę i uciekła na podwórze zwymiotować.

– Główkę widać! – Ucieszyła się akuszerka i zaczęła wypychać dziecko od góry, skubiąc przy tym brzuch, jakby przekomarzała się z Kasią.

Kobieta wreszcie nabrała powietrza i odepchnąwszy się nogami, wyparła do połowy główkę dziecka.

– Rude włoski ma – powiedziała radośnie akuszerka. – Kasia, jeszcze raz i zobaczymy, po kim ma nosek!

Kasia zaparła się i wydawszy zwierzęcy ryk, podrzuciła miednicę tak energicznie do góry, że Karwasiowa bała się przez chwilę, że dziecko wyskoczy z matki jak odetkany korek i będzie musiała łapać je niczym piłkę szmaciankę. Na szczęście nic takiego się nie stało, a nawet pokazała się cała główka. Akuszerka kazała Kasi leżeć spokojnie i czekać. Chwyciła fachowo główkę dziecka w obie ręce, poczekała na skurcz i kiedy wystąpił, wyciągnęła całe z brzucha Kasi. Skóra zapadła się do środka, a Kasia wyraźnie odetchnęła. Dziecko zaczęło płakać.

– Dziewczynka. – Karwasiowa uśmiechnęła się do Kasi.

Potem fachowo zawiązała pępowinę z dwóch stron i zamoczonymi w gorącej wodzie nożyczkami przecięła między węzłami. Łożysko wyszło z Kasi praktycznie samo. Karwasiowa obejrzała je, starannie patrząc, czy jakiś kawałek nie został w ciele położnicy, bo wiadomo, że oznaczałoby to długie chorowanie, a kto wie, może nawet i śmierć w połogu. Było jednak caluteńkie, prawie czarne i lśniące, więc zawinęła je starannie w czystą ściereczkę i schowała do przygotowanej dębowej skrzyneczki. Miała zwyczaj chowania łożysk do dębowego pudełka, które wyrzeźbił jej mąż, i przechowywania go w pniu drzewa na podwórzu tak długo, aż sczernieje i wyschnie całkiem. Potem zakopywała je w ogrodzie. Nikt nie wiedział, czemu tak robiła, ona sama też nie, ale nauczyła się tego od swojej matki położnej, ta z kolei od swojej. Zdarzało się, że Karwasiowa zatrzymywała łożysko, ale tylko wtedy, kiedy na ciele noworodka były znamiona albo przedgłowie i trzeba było z łożyska zrobić okłady, żeby dzieciakowi nie zostały brzydkie przebarwienia. Łożysko było na to jedynym lekarstwem, co też akuszerka wiedziała od swojej matki, która dowiedziała się tego od babki. Inna sprawa miała się z przeciętą pępowiną. Część od strony dziecka, zawiązana jedwabną nitką, odpadała z czasem sama i rodzice małego decydowali, co z tą dziwaczną pamiątką po porodzie zrobią. Jedni po prostu wyrzucali, inni trzymali „pępuszki" w szkatułkach, jeszcze inni zakopywali przy pełni księżyca pod dębami, jeśli to były chłopięce pępowiny, bądź pod lipami, jeśli odpadły z brzuchów dziewczynek. Karwasiowa odcinała „swoją" część pępowiny tuż przy łożysku, jeszcze zanim zawinęła je w szmatkę, a następnie wyrzucała do wiadra z pomyjami. Kiedyś na pytanie, dlaczego tak robi, wzruszyła ramionami i powiedziała: „Placek to ziemia, a to długie jedynie żmija, którą trza tępić".

Kasia tymczasem leżała jak nieżywa, a dziecko kwiliło cichutko w objęciach akuszerki, która czystą szmatką, niezwykle starannie obmywała je ze śluzu i krwi. Dziewczynka otworzyła zapuchnięte powieki i uważnie spojrzała na Karwasiową.

– No co, brzydka ty? – Uśmiechnęła się do dziewczynki, odsłaniając brak górnych trzonowców.

– Dlaczego ciocia mówi, że dziecko brzydkie? – Oburzyła się Andzia, która blada jak ściana po wymiotach, ale chętna do pomocy, stanęła w drzwiach pokoju.

– Cicho. – Zgromiła ją akuszerka. – Chodzi o to, żeby złe duchy się nią nie zainteresowały. A jak usłyszą, że dziecko brzydkie, to będą się trzymały z daleka...

– Aha. – nieprzytomnie odparła Andzia. – Co ja mam teraz, ciociu, robić?

– Posiedź przy niej. – Karwasiowa ze współczuciem pokiwała głową. – Biedulka się nacierpiała. Ale wcześniej idź do Stanisława i powiedz mu, że ma córkę.

Andzia wstała, wygładziła spódnicę i wyszła. Akuszerka włożyła pod pupę Kasi czyste prześcieradło, a między nogi zawinięte w czyste płótno żelazko na duszę.

– Pan Stanisław śpi – zameldowała Andzia po powrocie. – Zbudzić?

– Niech śpi. – Karwasiowa machnęła ręką. – Z chłopami to tak zawsze. Ty się, kobito, namęczysz, a ten śpi, jakby sam urodził...

– A co to jest? – Zaciekawiła się Andzia, patrząc na owinięte żelazko przytknięte do krocza Kasi.

– Zimne – wyjaśniła krótko akuszerka. – Za dużo krwi, za dużo...

Potem poklepała Kasię po policzku.

– Zobacz sobie, kochana – powiedziała. – Córeńkę masz...

Kasia otworzyła oczy, zatoczyła nieprzytomnie wzrokiem wkoło i wpatrzyła się w punkt nad głową Karwasiowej. Na dziecko nie zwróciła najmniejszej uwagi. Wyglądała nieco upiornie, pewnie przez tę bladość i sine wargi oraz spocone czoło, do którego przylepiły się wilgotne włosy, a może to światło księżyca tak się na jej twarzy odbijało. Andzia pomyślała sobie, że Kasia patrzy, jakby jedną nogą była na tamtym świecie. Akuszerka natomiast odwróciła się, żeby zobaczyć, na co się Kasia tak zapatrzyła, a w tamtym miejscu na ścianie był portret Matki Boskiej Karmiącej, jeden z pięciu, które babcia Bronia przywiozła z Częstochowy i rozdała swoim pięciu synom, nakazując, żeby powiesili obrazek nad drzwiami w sypialniach, a będzie im się udawało potomstwo. Cała piątka zrobiła, co matka nakazała, więc nikt się nie dziwił, kiedy u Winnych rodziły się dzieci w liczbie co najmniej dwóch rocznie, a do tego same chłopaki.

– Pomodlimy się do Najświętszej Panienki, Kasiu? – zagadnęła akuszerka coraz bardziej zaniepokojona brakiem kontaktu z dziewczyną.

Kasia, zamiast odpowiedzieć, zaczęła znów krzyczeć, trzymając się za brzuch tak samo, jak kilka minut wcześniej, kiedy rodziło się dziecko.

– Cicho, cicho. – Andzia rzuciła się głaskać Kasię po twarzy i rękach, bojąc się, że miła i cicha dotąd kobieta zwariowała w wyniku utraty krwi albo samego porodu. – Już po wszystkim, moja złota, już po wszystkim...

Karwasiowa podała noworodka Andzi.

– Umyj całą i zawiń w pieluszki i kocyk...

A potem zbliżyła twarz do twarzy Kasi i zaczęła coś szeptać. Kasia, początkowo wrzeszcząca i zawodząca, zaczynała się uspokajać. Toczyła wprawdzie nieprzytomnym wzrokiem dokoła, zdając się nie poznawać ani Andzi, ani Karwasiowej, ale przynajmniej tak nie krzyczała. Deszcz zaczął padać ze zdwojoną siłą i akuszerka pomyślała, że nie dość, że poród kończy się ciemną nocą i trzeba będzie do siebie koło cmentarza przejść, to jeszcze leje deszcz.

Karwasiowa pomogła przyjść na świat kilku tysiącom dzieci. Pochlebiała sobie, że w porównaniu z innymi akuszerkami miała niewielką śmiertelność zarówno wśród nowo narodzonych dzieci, jak i ich matek. Kiedy dziecko się rodziło, najpierw modliła się do Matki Bożej, żeby małego na świat puściła, a nie brała od razu do siebie. Jakiś głos szeptał jej wprawdzie z tyłu głowy, że Matka Przenajświętsza nie bardzo wie, jak się dzieci robi, ale za to ma pojęcie o porodach w trudnych warunkach, ponieważ sama urodziła w stajence. Jej także zdarzało się witać dziecko w stajence, na łące, a nawet raz jedyny w obórce, ale najczęściej biegła do domów, gdzie znajdowała wrzeszczące położnice w różnych fazach porodów. Bywało, że siedziała przy kobietach tyle godzin, że słońce zachodziło nad nimi dwa razy, zanim wydały dziecko na świat. Oczywiście, bywało i odwrotnie, kiedy kobiety rodziły jak maszynki, w godzinkę niecałą, kilka razy westchnąwszy. Potem przesypiały popołudnie i wstawały zwierzętom dać obrok. To, czego naprawdę nienawidziła, to mody na porody w szpitalach. Do tych obcych Karwasiowej mentalnie instytucji zjeżdżały głównie bogate kobiety ze stolicy oraz innych dużych miast, a nie mieszkanki Brwinowa, ale akuszerka doskonale wiedziała, że to tylko kwestia czasu, kiedy i te biedniejsze zapragną rodzenia po nowoczesnemu. Słowem, Karwasiowa miała ogromne doświadczenie oraz – co nie zawsze idzie w parze – intuicję. A ta podpowiadała jej, że z Kasią jest coś nie tak. Odkryła kołdrę i zerknąwszy z westchnieniem na nową, potężną plamę krwi na prześcieradle, wzięła żelazko i odłożyła na bok.

– Pokaż krocze, kochaneczko… – powiedziała łagodnie, zbliżając lampę naftową do brzucha kobiety.

Andzia stała odwrócona tyłem i szeptała coś do malutkiej dziewczynki, kiedy Karwasiowa wydała krzyk podobny do tego, który przed chwilą wyszedł z płuc Kasi. Andzia także wrzasnęła i o mało nie upuściła dziecka. Kasia jak na komendę także zaczęła krzyczeć i wić się na łóżku.

– Andzia! – Karwasiowa odzyskała mowę. – Budź Stanisława, niech bierze konie i jedzie po doktora! Jest tu jeszcze jedno!

Andzia odłożyła dziecko do przygotowanej kołyski i chociaż nie zrozumiała, gdzie to „jeszcze jedno", nie pytając o nic, pobiegła do pokoju, w którym spał Stanisław, przemogła się i zaczęła dobijać się do drzwi, krzycząc:

– Panie Stanisławie, ratunku!

– Co się stało?! – Zaspany mężczyzna wyszedł z izby, a Andzia odwróciła wzrok, ponieważ był niekompletnie ubrany.

Jako mężczyzna Stanisław nie wzbudzał w Andzi żadnego pożądania. Nie marzyła skrycie ani o tym, żeby zająć u jego boku miejsce Kasi, ani o tym, żeby miał na nią ochotę. Nawet zwierzyła się kiedyś swojej siostrze, że Winny powinien się nazywać Ponury albo Smutny, co bardziej do niego pasuje. Teraz też patrzyła na wpół rozebranego mężczyznę i złość ją brała, że śpi sobie, a jego żona zwariowała z bólu i upływu krwi. Nawet nie czekał pod drzwiami, żeby obejrzeć dziewuszkę, która się właśnie urodziła.

– Stało się! – Natarła na niego. – Ciocia kazała panu po doktora jechać, bo z panią Kasią naszą... nie tego...

Winny zamknął drzwi i po minucie wynurzył się całkowicie ubrany, w spodniach, koszuli i marynarce. Poszedł szybko do sieni, tam włożył buty i kapelusz, ale po chwili zawahał się i, ignorując poganiającą go dziewczynę, poszedł do pokoju, gdzie leżała żona, uchylił drzwi i spojrzał niepewnie na oświetlone łóżko.

Kasia już nie krzyczała i nie wiła się, ale leżała jeszcze bardziej spocona i co chwila traciła przytomność. W kołysce cichutko kwiliło dziecko, a Karwasiowa grzebała między jej nogami.

– Biegiem po doktora – wycedziła, zerkając na niego z ukosa. – Bo będzie za późno...

– Co z nią? – odważył się zapytać Stanisław Winny.

– Dla niej, po mojemu, to nie ma nadziei – powiedziała akuszerka. – Ale dziecko trzeba ratować...

Winny był zbyt wstrząśnięty, żeby pytać o szczegóły. Głęboko sobie wyrzucał, że poszedł spać, zamiast czuwać pod drzwiami. Na swoje usprawiedliwienie miał tylko to, że była noc, poród nie był męską sprawą, a Karwasiowa kazała mu wyjść. „Przecież", myślał, zaprzęgając „Kasia urodziła i Wacka, i Tadzika szybciutko i bez wysiłku, czemu tym razem jest inaczej?". Już pod domem doktora przyszło mu do głowy, że akuszerka powiedziała coś o ratowaniu dziecka i że jego żona umrze, i ta myśl spowodowała szarpnięcie w jego sercu.

Kasię poślubił z miłości. Zobaczył ją na weselu u kuzynostwa w Pruszkowie, gdzie witała młodych chlebem i solą, i zakochał się w niej bez pamięci. Wcześniej niewiele miał doświadczeń z kobietami. Nie był taki jak Kajtek, który każdą ciągnął na siano albo za remizę, ani taki jak Roman, którego interesowały tylko popijawy w knajpie, ani nawet jak Stefek, który pracował od świtu do nocy, wbijając sobie do głowy, że zanim się ożeni, musi mieć dom, stodołę i stajnię, a w niej stado koni. Stanisław, wyszydzany przez braci, udawał, że po zabawie idzie z dziewczyną na stronę, ale tam do niczego nie dochodziło, poza uciskaniem jej piersi albo miażdżeniem ust. Z jedyną Zochą połączyło go coś więcej, ale Zocha była zupełnie inna niż reszta dziewczyn. W ogóle nie dbała o reputację, dawała każdemu, kto tylko chciał, z zapałem wymieszanym z dziwną obojętnością na wstyd i upokorzenie. Zupełnie nie przejmowała się, że może „zaciężyć" i rzeczywiście nie zdarzyło jej się do tej pory, chociaż mówiono, że miała wielu mężczyzn. Z nim Zocha szła na siano szczególnie chętnie, zachowując się, jakby jej było Stanisława żal. Próbowała okiełznać wstydliwe pierwsze próby, i co prawda to prawda, parę rzeczy go nauczyła, tak że nie musiał się potem wstydzić przed Kasią. Kiedy Kasię poznał, spotkał się jeszcze raz z Zochą i powiedział jej, że ma teraz „prawdziwą" narzeczoną. Zocha prychnęła i językiem oraz paroma ruchami bioder uświadomiła mu, że może ma i dobre chęci, ale z wykonaniem to już gorzej. Stanisław z początku żałował, że zrobili to „jeszcze raz", Zocha, jak to Zocha, z dawnym zapałem, a on jako skromny narzeczony panny z warkoczami. Potem ten „ostatni raz" przeciągnął się do kilkunastu, a kiedyś Zocha przyszła i wybuchnęła płaczem, że jest w kłopotach i to jego, Stanisława, kłopoty, tak więc musi zerwać z narzeczoną i ożenić się z nią. Wtedy Staś uświadomił sobie, że żal z powodu utraty Kasi byłby zbyt wielki, żeby mógł go wytrzymać, co potem jego najmilszy brat Władek nazwał „miłością". Na wieść o tym, że miałby się ożenić z Zochą, do której odczuwał mieszaninę pożądania i przywiązania, przeraził się nie na żarty, ale wrodzona uczciwość kazała mu schylić głowę i powiedzieć, że skoro tak się stało, to niech będzie. Wtedy Zocha wybuchnęła śmiechem i wyznała, że ona tak ze złości tylko powiedziała. Stanisław miał ochotę uderzyć Zochę albo ją uściskać, co zresztą zrobił, to znaczy najpierw trzasnął ją w twarz, a potem przycisnął do serca. Więcej się z nią nie spotkał na sianie. Kiedy mijali się w drodze do kościoła albo spotykali w samym kościele, Stanisław kiwał uprzejmie głową, ignorując pełne pogardy spojrzenia prawdziwych chrześcijan, którzy zrozumieć nie mogli, jak ktoś taki jak Zocha mógł chodzić do świątyni. Co więcej, gorliwie klęczeć przy samym ołtarzu i szeptać modlitwy, jakby nie słynęła z rozwiązłego życia.

Z Kasią ożenił się po roku, a rodzice wyposażyli go w hektar ziemi tuż przy Podkowie Leśnej oraz przyzwoitą sumę pieniędzy na rozpoczęcie budowy domu. Stanisław, stolarz z wykształcenia, podjął zobowiązanie z przyjemnością i po ślubie z Kasią postawił w jedno lato drewniany sześćdziesięciometrowy domek przy pomocy braci, głównie Władka i Kajtka. Kasia po roku urodziła Tadzika, potem Wacka i zajęła się ich wychowaniem, a Stanisław stawiał altany, domy, przybudówki i robił meble bogaczom z Podkowy Leśnej, którzy początkowo traktowali go z góry, ale szybko zorientowali się, że Stanisław ma złote ręce i potrafi nimi sklecić dosłownie wszystko. Żyli więc całkiem spokojnie i mogli nawet pomagać innym. W ramach tej pomocy sprowadzili na przykład Andzię, daleką kuzynkę Kasi, która mówiła do nich „pan i pani", pochodziła z zupełnie zubożałej rodziny, a jej rodzice ledwie wiązali koniec z końcem. Za pracę w domu Andzia dostawała wynagrodzenie i miejsce przy rodzinie, chętnie przyjmowała zatem „łaskawy chleb". Była czysta, pracowita i cicha, co szczególnie podobało się Stanisławowi. Miał nadzieję, że Andzia pozna jakiegoś miejscowego kawalera i wyjdzie za mąż, a on pobłogosławi ten związek.

Zapukał do drzwi doktora i rozejrzał się dokoła. Świtało. Wielkie, czerwone słońce wynurzało się od strony Pruszkowa. Stanisław pomyślał, że wschód słońca jest piękny. Zwykle zwiastował mu pracę, te wszystkie deski, które leżały równiutko poukładane, tylko czekały na oheblowanie i wyrywały się do gwoździ.

Zapukał jeszcze raz, bardziej energicznie. W końcu zapaliło się światło i zaspany doktor Brzozowski wyszedł na ganek.

– Doktorze, źle z Kasią… – powiedział Stanisław. – Rodzi i coś niedobrze się stało…

Lekarz kiwnął głową i schował się w sieni. Po niecałej minucie wyszedł kompletnie ubrany z torbą lekarską w ręku i usiadł obok Stanisława na koźle. Droga upłynęła im praktycznie bez słowa. Doktor, słynący z małomówności, nie pytał, na czym polega „źle z nią", uznawszy widocznie, że Stanisław i tak mu nie powie tego, co chciałby wiedzieć. Stanisław z kolei miał ogromne trudności z ubieraniem emocji w słowa i z reguły ograniczał się do chrząknięć albo grymasu ust. Bywało oczywiście, że wzruszał się, ale raczej nie z powodu narodzin dzieci, tylko wtedy, kiedy rodziły się jego meble.

– Doktorze. – Karwasiowa wyszła na powitanie, kiedy tylko usłyszała zajeżdżającą bryczkę. – Jedna się urodziła, drugie nie może… Kasia już na dobre… nie mówi…

Doktor zdjął płaszcz i poszedł za Karwasiową do pokoju, skąd nie dochodziły żadne dźwięki. Stanisław usiadł ciężko na fotelu i wpatrzył się w drzwi. Walczył ze sobą, bo bardzo chciał wejść do środka i pomóc w czymkolwiek, ale siedział na fotelu jak przyklejony i szeptał modlitwy. Przyszło mu do głowy, że powinien obiecać Panu Bogu coś specjalnego w zamian za życie Kasi. Chwilę zastanawiał się, co by to mogło być, ale poza pomocą przy stawianiu nowej plebanii nic nie przychodziło mu do głowy. Wreszcie przyrzekł sobie, że jeśli Bóg uratuje Kasię, to on postawi w kościele dwa nowiutkie konfesjonały, jeden za życie Kasi, drugi za życie dziecka. Obiecał to Panu Bogu, dodając kilka razy w myślach: „dwa konfesjonały za dwa życia".

Po dwóch godzinach oczekiwania drzwi pozostały tak samo zamknięte, za to skrzypnęły inne i oczom Stanisława ukazały się rozczochrane głowy Wacka i Tadzika, którzy wpatrywali się w ojca pytającym spojrzeniem.

– Mamusia – zaczął. – Mamusia… jest tam… – zakończył niezręcznie i pokazał palcem drzwi.

Tadzio kiwnął głową, a Wacek spojrzał na drzwi.

– A co tam robi? – spytał.

Stanisław nie wiedział, co powiedzieć. Nie miał pojęcia, czy jego synowie wiedzą o ciąży swojej matki. Nigdy z nimi nie rozmawiał na ten temat. Wyjaśnienie im, że Kasia rodzi i wystąpiły jakieś komplikacje, było ponad jego siły, zwłaszcza że nie miał pojęcia, o jakie problemy dokładnie chodzi. Zamknięte drzwi z jednej strony stanowiły męczącą niewiadomą, z drugiej jednak, dopóki doktor i akuszerka nie wychodzili, dopóty rysowała się nadzieja, że wszystko będzie dobrze.

– Mamusia jest chora – powiedział, bezradnie rozkładając ręce. – Jest u niej doktor…

– Jesteśmy głodni – poskarżył się Tadeusz. – Handzia da nam mleka?

– Ja wam dam. – Ruszył się z miejsca Stanisław.

Nalał mleko do kubków i postawił na stole. Potem ukroił po pajdzie chleba, posmarował niezręcznie masłem i nałożył miodu. Chłopcy usiedli przy stole i zaczęli jeść.

– A mama wyzdrowieje?

Pytanie padło z ust Wacka, który wydawał się bardziej wrażliwy na sprawy wokoło niego niż Tadeusz, dla którego najważniejsze było to, żeby dostać jeść i móc wykręcić się od lekcji. Wacek miał ponadto lepsze relacje z ojcem, czasami zamieniali parę słów przy śniadaniu czy kolacji, ale milczące porozumienie łączyło ich przy Stanisławowej pracy. Chłopiec przychodził do warsztatu i siadał w milczeniu, patrząc na silne, zwinne ręce ojca, spod których wychodziły zgrabne krzesła, prościutkie stoły czy ozdobne skrzynki na kobiece drobiazgi. Czasami Stanisław udawał, że nie widzi Wacusia, tylko pracował w spokoju, ale zaczynał na głos mówić, co robi, żeby Wacek mógł nie tylko podziwiać, ale i rozumieć, na czym polega ciesiołka. Jako ojciec był przekonany, że Wacek odziedziczy kiedyś po nim warsztat i będzie robił równie zachwycające rzeczy, z taką samą miłością, co on sam.

Tymczasem w pokoju rozgrywały się sceny dramatyczne. Kasia leżała nieprzytomna, mała dziewczynka w kołysce, po nakarmieniu kilkoma kroplami mleka koziego, zasnęła spokojnie, a doktor walczył o życie Kasi i drugiego dziecka, którego rączka wystawała z łona matki.

– Zwilżajcie jej wargi – zarządził doktor, który kilka razy wkładał ręce w Kasię, próbując przywrócić dziecku prawidłowe położenie.

Andzia i Karwasiowa skwapliwie na przemian wycierały czoło Kasi i zwilżały jej wargi wodą.

– Doktorze. –Akuszerka nie wytrzymała. – Może dać spokój… Ona przecie trzy ćwierci do śmierci…

Doktor popatrzył na nią surowo. Przyzwyczajony był do wypełniania przysięgi Hipokratesa i ratowania życia do samego końca.

– Ale jeszcze kostucha nie przyszła – ripostował. – Poza tym dziecko żyje…

Mała rączka rzeczywiście przebierała paluszkami od czasu do czasu, co powodowało, że nie tylko Andzia, lecz także Karwasiowa wzdrygały się ze strachu. Kasia ledwo oddychała, leżała nieruchomo, jakby ciało już nie należało do niej. Jedynie brzuch jej żył i falował co chwila, jakby tylko on był zainteresowany w wydaleniu małego życia na świat.

Doktor tymczasem podjął ostatnią próbę pomocy dziecku.

– Jest w środku – mruknął do siebie i wyprostował się. – Pomóż mi – zwrócił się do Karwasiowej.

Akuszerka pokiwała głową i otarła łzy. Zamienili się miejscami. Ona stanęła między nogami Kasi, a doktor z boku. Kiedy nadszedł skurcz, popchnął od góry, przez skórę, dziecko do świata i spojrzał na akuszerkę.

– Wstawiło się główką – potwierdziła.

Kasia na krótko otwarła oczy i jęknęła, łapiąc się białymi rękoma za brzuch.

– Nie byli pierwsi na świecie, ale przeżyli i zostali w nim na zawsze… – powiedziała jasnym i czystym głosem.

– Pani Kasiu – chlipnęła Andzia i zbliżyła swoją twarz do twarzy kobiety. – Niech się pani postara, bo dziecko się udusi…

Ale Kasia więcej nic nie powiedziała. Jęknęła kilka razy przy wychodzeniu dziecka, ale nie usłyszeli już nic na kształt słowa z jej ust.

Druga dziewczynka przyszła na świat całkiem niebieska i ledwie oddychająca. Zamiast płaczu wydała cichutkie kwilenie i opadła z sił.

– Żyje – oznajmiła Karwasiowa, a Andzia zaniosła się płaczem.

– Co to za życie – mruknął doktor, zamykając Kasi powieki. – Nie dożyje pewno niedzieli…

Chwilę postali przy zwłokach Kasi, Andzia i Karwasiowa szepcząc modlitwy za jej duszę, a doktor analizując, czy na pewno wszystko zrobił dobrze i niczego nie zaniedbał. Tak naprawdę mógł sobie pogratulować wyciągnięcia drugiej dziewczynki z brzucha Kasi, mniej doświadczony lekarz nie umiałby włożyć ręki do macicy kobiety, odkręcić dziecka i wyciągnąć na świat, nie przecinając brzucha.

Jan Brzozowski był lekarzem z powołania, prawdziwym doktorem, który i poród umiał odebrać, i wrzód wyciąć, a nawet zahamować ataki padaczki. Radził sobie ze śmiercią pacjentów, wychodząc z założenia, że do niego należy wykonanie wszystkiego, co w ludzkiej mocy, a do Pana Boga przyjęcie tego lub odrzucenie. W przypadku Kasi czuł jednak ogromny żal. Pamiętał, kiedy ją samą na świat przyjmował.

Był wtedy lekarzem w Pruszkowie i wezwano go do komplikacji, właśnie do Ożarowskich. To nie były wielkie komplikacje i z łatwością dał sobie z nimi radę. A teraz Kasia, która wtedy z jego pomocą wymknęła się z objęć kostuchy, leżała martwa, między nogami miała żywe mięso, a na skórze sine plamy.

– Kto powie panu Stanisławowi? – zapytała Andzia, wciąż płacząc i wycierając oczy w fartuch.

To naturalne, że w grę wchodzili Karwasiowa albo doktor. Akuszerka zrobiła krok do przodu, ale doktor zatrzymał ją gestem, westchnął i powiedział do Andzi:

– Pierwsza dziewczynka jest zdrowa i wszystko z nią w porządku. Ta druga jest bardzo słaba, ale coraz lepiej oddycha. Jeśli przeżyje jutro, to kto wie, może będzie żyła...

Andzia znów chlipnęła.

– Nie karm jej kozim mlekiem, tylko znajdźcie mamkę – kontynuował doktor. – To bardzo ważne. Bliźniaczki trzeba trzymać w cieple. Obie...

– Bliźniaczki? – odzyskała mowę Andzia.

Doktor spojrzał na nią zdumiony.

– Bliźniaczki – potwierdził. – Dziewczynki. Trzeba je ochrzcić, bo...

Zawiesił głos.

– Jedna urodziła się dwudziestego szóstego czerwca, a druga dwudziestego siódmego... – zauważyła Karwasiowa, zaglądając do kołyski. – Bliźniaczki, niebliźniaczki...

– To nie ma znaczenia – powiedział lekarz. – Z jednej matki, o jednym czasie na świat przyszły... Dwa łożyska miały, to im uratowało życie...

Karwasiowa nie śmiała powiedzieć, że drugie łożysko zostało w Kasi, a ona bardzo chciałaby je mieć w swojej dębowej skrzyneczce. Myślała nawet, że przykładanie tego łożyska pomogłoby drugiej, ledwie dychającej dziewczynce przeciągnąć ją na ten świat. Zaczęła się modlić do Najświętszej Panienki, szepcząc litanię i prosząc ją, żeby dzieci oszczędziła. Doktor się nie modlił, ale zastanawiał się, skąd wziąć siłę na to, żeby Stanisławowi powiedzieć, że właśnie został wdowcem i kto wie, może razem z żoną pochowa też jedną bądź dwie córeczki. Zebrał się jednak w sobie i wyszedł do siedzącego pod drzwiami mężczyzny.

Późne popołudnie kładło się cieniem w sadzie, który otaczał dom. Tadzik i Wacek biegali między drzewami łapani w krzyżowy blask promieni słonecznych. Było bardzo ciepło.

– Co z nią? – spytał Stanisław. Nawet nie uniósł głowy.

– Nie żyje. – Doktor rozłożył ręce w bezradnym geście.

– A ja konfesjonał obiecałem... – Stanisław schował głowę w dłoniach.

– Masz dwie córki. – Doktor wyjął z kieszeni kraciastą chustkę i otarł zroszone czoło.

Stanisław poderwał głowę i wpatrzył się w doktora ze zgrozą.

– Dwie córki? – spytał zdławionym głosem. – Dwie?

– Dwie – potwierdził doktor. – Pierwsza urodziła się normalnie, ale ta druga była w nieprawidłowym położeniu. Udało mi się ją odkręcić i przyszła na świat, ale jest bardzo słaba…

– Dwie córki, dwa konfesjonały, dwa życia… – powtarzał Stanisław. – Czemu ja nie obiecałem trzech?

Doktor był przekonany, że nieszczęśnik bredzi z pomieszania zmysłów, ale twarz Stanisława nie wyrażała szaleństwa, tylko cichą rozpacz i żal.

– Stanisławie. – Doktor położył rękę na ramieniu mężczyzny. – Pozbieraj się, chłopie, i ratuj dziewczynki…

– Czemu ja trzech nie obiecałem? – mężczyzna powtarzał raz za razem pod współczującym spojrzeniem doktora. – Czemu tylko dwa? Czemu dwa?

– Stanisławie – powiedział doktor. – Ciężko będzie, ja wiem..., ale nie czas na płacze. Musisz mamkę znaleźć dla dzieci. Antonina Karwasiowa pomoże Andzi i tobie…

– Czemu ja trzech nie obiecałem? – pytał Stanisław, któremu wydawało się, że to z jego winy targi z Panem Bogiem się nie powiodły.

– Czego nie obiecałeś? – Doktor się poddał.

– Obiecałem dwa konfesjonały Panu Bogu, jeśli Kasię i dziecko uratuje. Po jednym za każde życie.

Doktor współczująco spojrzał na Stanisława.

– Nie wiedziałeś, że dzieci jest dwoje… – pocieszał go. – Nawet Karwasiowa się nie zorientowała na początku, a przecież doświadczona akuszerka. Druga dziewczynka była w poprzek ułożona, pod samym sercem…

Stanisław nadal toczył dokoła nieprzytomnym spojrzeniem.

– Pod samym sercem ułożona, a serce Kasi bić przestało… Co ja mam teraz robić? – zapytał doktora.

Karwasiowa i Andzia wyszły z pokoju. Andzia chlipiąca, akuszerka ze współczującym spojrzeniem.

– Pani Kasia… – Andzia zaniosła się głośnym płaczem. – Pani Kasia umyta, przygotowana leży, ubrać trzeba…

Doktor ponownie położył rękę na ramieniu mężczyzny i uznawszy, że nic tu po nim, poprosił Stanisława o odwiezienie go do domu. Stanisław pokiwał głową i wyszedł za lekarzem, rzuciwszy w stronę Andzi, żeby Kasię w suknię ślubną ubrała i broń Boże chłopców do niej nie wpuszczała. Akuszerka zapytała, czy może się zabrać z doktorem i Stanisławem, bo mamki musi poszukać. Wprawdzie już wie, kto może dziewczynki karmić, ale zapytać musi, a Stanisław ma do niej przyjechać do domu równiutko za dwie godziny, wtedy mamkę przywiezie do dziewczynek. Andzia, ciągle zanosząca się płaczem, bała się zostać w jednym domu z trupem, ale powiedziała, żeby jechali, ona tu wszystkiego dopilnuje, dziewczynki takie cichutkie niebożątka są, ta pierwsza to jeszcze kwili, ale druga tylko patrzy, więc może by po księdza. Przecież też i panią Kasię trzeba księdzu pokazać, żeby Bogu polecił. Tak, zgodził się doktor, chrztu uroczystego nie będzie, po księdza lepiej posłać od razu. To i dziewczynki ochrzci, i Kasię pochowa.

– Nic chłopcom nie mów... – rzucił na odchodnym Stanisław i poszedł z akuszerką oraz z doktorem.

– Nie wpuszczę chłopców do nieboszczki – mruknęła Andzia przez łzy i korzystając z tego, że była sama w domu, zaczęła lamentować:

– Moja biedna pani Kasiu... Życie, co dałaś, cię zabiło. Jeszcze wczoraj była żywa, a dziś na marach położą i świece palić będą. Pan Stanisław to nawet nie chciał spojrzeć ani na panią, ani na dziewczynki dwie, malutkie takie niebożątka...

Przyszło jej do głowy, że dziewczynki nie powinny leżeć przy zmarłej matce, weszła zatem do pokoju i spojrzała ze strachem na ciało Kasi, które leżało umyte, ale nieubrane, przykryte pierzyną niezwykle starannie, jakby Kasia miała zmarznąć. W kołysce, którą Stanisław własnymi rękoma wystrugał dla Tadzika, a potem Wacka, leżały dwa malutkie ciałka. Obie nowo narodzone dziewczynki spały głęboko przykryte pieluszkami i czystą wełną. Andzia wpatrzyła się w nie. Cisza, która zapadła w domu, miała w sobie coś złowieszczego. Dziewczyna przeżegnała się, złapała kołyskę i przeniosła do kuchni. Starannie zamknęła drzwi do pokoju. Dziewczynki ciągle spały. Chłopcy bawili się beztrosko na podwórzu. Jeden z nich wchodził na jabłoń i próbował dosięgnąć niedojrzałych jabłek. Andzia wybiegła na dwór.

– Złaźcie mi stamtąd, smyki jedne! – krzyknęła. – Takie nieszczęście, a wy jabłka marnujecie!

– Handzia! – wrzasnął Wacek. – Mama już wyzdrowiała?!

Po czym skoczył z wysokiej gałęzi na ziemię.

– Jakie nieszczęście? – spytał w tym samym momencie Tadeusz, który wisiał na gałęzi niczym małpka.

– Złaźcie mi tu szybko, żeby tata was nie zobaczył – rozkazała Andzia. – Wiecie, jak się gniewa, kiedy drzewa kaleczycie...

Tadzik równie zgrabnie zeskoczył na ugiętych nogach i podszedł do dziewczyny.

– Gdzie mama? – Wacek nie ustępował.

– Chodźcie do środka – zarządziła Andzia i zrobiła groźną minę, chociaż zbierało jej się na płacz. – Pokażę wam coś, a raczej kogoś…

Chłopcy podreptali za nią do kuchni. Andzia wprowadziła ich uroczyście i pokazała kołyskę.

– To siostrzyczki – powiedziała, wskazując dwie śpiące istotki.

– Siostrzyczki? – Wacek spojrzał z niedowierzaniem. – A skąd się wzięły?

– Bocian przyniósł – zaczął się śmiać Tadzik. – Ale ty głupi jesteś. – Popchnął brata.

Wacek złapał Andzię za rękę.

– Po co one tu przyszły, te siostrzyczki? – spytał. – Niech je mama odda z powrotem. Albo ty je odnieś…

Tadzik zanosił się śmiechem. Andzia siłą powstrzymywała łzy.

– Chcę do mamy. – Chłopczyk nie ustępował.

– Mama śpi. – Andzia pocałowała go w czoło. – A tata zaraz wróci i wszystko wam powie o… siostrzyczkach.

Tadzik wzruszył ramionami i zapytał, czy może dostać jeszcze jedną pajdę chleba z miodem. Wacek stanął przy kołysce i wpatrzył się w nowo narodzone dziewczynki.

– Czemu one nie mówią? – Dotknął paluszkiem policzka śpiącej. Dziecko nawet się nie poruszyło. – A kiedy będą chodziły?

Andzia stała odwrócona tyłem i nieco drżącą ręką kroiła chleb w grube pajdy. Myślała, żeby posypać chłopcom chleb solą, ale wobec śmierci ich matki postanowiła chociaż trochę osłodzić im sieroctwo i hojnie nałożyła masła i miodu.

– Będą chodziły, jak urosną – powiedziała do Wacka, podając mu kromkę. – Teraz są maluśkie i będą ciągle spały.

Tadzik i Wacek wyszli na zalane słońcem podwórze, jedząc szczodre pajdy, rozmawiając między sobą i nie poświęcając już żadnej uwagi śpiącym siostrom, a Andzia ponownie zaniosła się płaczem. Cisza, świadomość obecności śmierci w domu i milczące noworodki wydawały jej się zbyt dużym ciężarem. Marzyła, żeby wrócił pan Stanisław i pomógł jej ubrać Kasię. Sama nie miała na to siły. Poza tym nie wiedziała, gdzie szukać sukni ślubnej. „No i umarłą powinna chyba ubierać rodzina, ta bliska, a nie ja", myślała sobie. Przeszkadzało jej to, że dziewczynki się nie odzywają. Bała się, że one też odejdą do wieczności, zanim Stanisław wróci, i będzie to być może jej wina. Pamiętała swoje własne dwie młodsze siostry, które po urodzeniu darły się wniebogłosy całymi dniami i nocami, a jej matka, śpiewając, karmiła je, myła i tłumaczyła starszemu rodzeństwu zatykającemu uszy, że z dziećmi po prostu tak jest. Zerknęła ponownie do kołyski i rozbujała drewniany mebel. Większa dziewczynka otworzyła oczy i wpatrzyła się w twarz Andzi. Mniejsza drgnęła i wydawało się, że otworzy oczy, ale tylko ruszyła gałkami pod zamkniętymi powiekami i znieruchomiała. Andzia przestraszyła się, że dziecko nie żyje. Wyjęła je z kołyski i przytuliła. Na główce pulsowała mała niebieska żyłka. Malutkie paluszki objęły Andziny kciuk i ścisnęły lekko. Dziewczynę zalała fala czułości.

– Co, maleńka? – Pogłaskała dziecko po główce. – Skarbeczku ty nasz, sierotko nieszczęsna...

Siostrzyczka w kołysce jak na komendę otworzyła oczy i zaniosła się płaczem.

– Zazdrościsz, co? – Uśmiechnęła się Andzia i wzięła i drugą na ręce. – Pewnie, to nie uchodzi, jedną bujać, drugą zostawiać...

I z obiema dziewczynkami w ramionach zaczęła chodzić po kuchni i modlić się do Najświętszej Marii Panny, polecając jej życie dzieci i błagając, żeby je na ziemi zostawiła. A potem zaczęła tańczyć do muzyki, która grała jej w głowie. Taką kołyszącą się z dziećmi na rękach zastał ją Stanisław, który przyjechał do domu z babcią Bronisławą i grubą wiejską dziewczyną, co do której Andzia domyśliła się, że jest mamką.

– Co ty najlepszego, dziewczyno, wyczyniasz? – podsumowała te tańce groźna ciotka Bronisława i Andzia zatrzymała się w pół kroku, odłożyła dziewczynki do kołyski i spuściła głowę.

– Chodź ze mną – powiedziała Bronisława, wzdychając ciężko i Andzia posłusznie poszła do pokoju, gdzie Kasia, tak samo martwa jak przed dwiema godzinami, czekała na ubranie.

Mamka tymczasem usiadła bezceremonialnie na kanapie, odsłoniła wielki cyc, wzięła większą z sióstr i przystawiła jej malutkie usteczka do ogromnego sutka. Dziecko wyglądało, jakby się miało udusić wielką piersią, ale zaczęło jeść.

Stanisław uciekł od tego widoku prosto do pokoju, w którym jego matka i Andzia ubierały Kasię.

– Nie utrudniaj mi, synowo – mamrotała Bronisława, wkładając na rozciągniętą skórę Kasi bieliznę i pończochy.

Suknia ślubna leżała obok na krześle. Stanisław wpatrzył się w ciało żony, a potem odwrócił wzrok. Czuł się zupełnie zbędny. Nawet nie jak mebel, te przecież były mu bliskie i drogie. Niektóre nawet traktował jak dzieci i trudno było mu oddać je w ręce właścicieli. Poczuł się jak drzewo, które stoi i szumi na wietrze, niemy obserwator, nieruchomy w swoim majestacie, ale zupełnie pozbawiony możliwości działania. Wyszedł z pokoju, wyminął mamkę, która przystawiała do piersi drugą dziewczynkę, i wyszedł na słoneczne podwórze. Zawołał synów. Młodszy przyszedł natychmiast, starszy nieco się ociągał, ale on też podszedł.

– Chodźcie ze mną – powiedział Stanisław i poszedł prosto do warsztatu.

Chłopcy podreptali za nim zdenerwowani, ponieważ ojciec miał taką minę, jakby chciał ich ukarać. Tadzik nawet pomyślał, że może Andzia poskarżyła się, że chodzą po drzewach i ojciec chce z tego tytułu wyciągnąć konsekwencje. Tyle że nawet jak na chodzenie po drzewach, to ojciec miał zbyt ponurą i zasępioną minę.

– Usiądźcie, chłopcy – powiedział, wskazując dwa świeżo zrobione krzesła, kiedy weszli do warsztatu.

Sam usiadł na niskim stołku, który zrobił z resztek drzewa z większej robótki i zatrzymał w warsztacie.

– My nie urywaliśmy jabłek. –Wacek nie wytrzymał.

– No właśnie. –Tadzik pokiwał głową. – Tylko raz skoczyliśmy...

Stanisław smutno popatrzył na chłopców. Młodszy miał na buzi ślady miodu, starszy masło w gęstych, czarnych włosach. „Skąd on ma te czarne włosy?", zastanowił się po raz setny. „Przecież nie po Kasi ani po mnie...". Istotnie, Kasia była niebieskooką blondynką, z dwoma pszennymi warkoczami, których nie ścięła nawet po ślubie. On sam był znacznie ciemniejszy, ale oczy miał zielone i włosy koloru żytniego chleba.

– Macie siostrzyczki... – zaczął.

– Andzia nam pokazywała. –Tadzik kiwnął głową, ciesząc się, że ojciec najwyraźniej nie zamierza mówić im o jabłkach, tylko prosić, żeby synowie nie kazali mu oddawać siostrzyczek.

– No właśnie... – Stanisław się męczył. – I mama...

– Śpi... – dokończył Wacek. – Nie wolno jej budzić, bo jest chora i był doktor. My nie budziliśmy mamy...

Stanisław był napięty jak struna. Do niego samego nie docierał fakt, że w ten letni dzień, tuż po przesileniu, został ojcem i wdowcem, a co dopiero, jakby miał myśleć o tym, w jaki sposób przekaże synom tę straszną wiadomość.

– Mama już się nie obudzi, ponieważ... umarła... – wyrzucił z siebie jednym tchem.

Chłopcy się nie poruszyli, tylko dalej czekali na przemowę Stanisława. Ani jeden, ani drugi nie zrozumiał, o czym mówi ich ojciec.

– A siostrzyczki? – spytał Wacek bardziej grzecznościowo niż rzeczywiście tym zainteresowany.

– Chłopcy – westchnął Stanisław. – Mama odeszła do Pana Boga... Bo urodziła dzieci... Chociaż nie dokładnie dlatego, ale tak się stało...

Chłopcy wpatrywali się w niego szeroko otwartymi oczami.

Wacek zerwał się z krzesła i wybiegł z warsztatu. Tadeusz siedział na swoim krześle jak skamieniały.

– A nie można ich oddać? – spytał cicho. – Mama wtedy by wróciła...

– One są nasze. – Ojciec pokiwał głową. – Pan Bóg nam je dał...

– Jak dał? – Tadeusz zachłysnął się płaczem. – Zabrał mamę i dał w zamian te... siostrzyczki?

Kopnął kawałek drewna i wybiegł z warsztatu za bratem. Stanisław miał dość wzdychania i własnej niemocy. Poczuł złość na matkę, że zamiast być z wnukami, ubiera Kasię. Przecież sama Andzia mogłaby to zrobić. Mógł też wezwać jej siostrę albo jej matkę, a jego własna rodzicielka mogłaby się zająć dziećmi. Nie pomyślał o tym. Dźwignął się ciężko i poszedł szukać chłopców. Kiedy szedł w stronę sadu, gdzie miał nadzieję ich znaleźć, usłyszał dochodzący z kuchni płacz. Zobaczył, jak Bronia tuli Wacka do czarnej sukni i sama płacząc, głaszcze go po głowie i coś szepcze. Po chwili spostrzegł, że Tadeusz także przytula się do babcinej spódnicy i odetchnął z ulgą. Nie chciał znaleźć synów, nie chciał rozmawiać i tłumaczyć im skomplikowanych ludzkich losów. Wolał zostać sam. Wrócił do pracowni, podniósł krzesło, które upadło, kiedy Wacuś wybiegł z warsztatu, deskę, którą przewrócił Tadeusz, i ogarnął nieporządek. Potem zastanowił się chwilę i wybrał starannie deski, po czym zaczął pracę. Gwizdał przy tym swoją ulubioną melodię i oddawał się pracy, nie wychodząc na zewnątrz ani na głos księdza, który przyszedł pomodlić się nad zmarłą i ochrzcić dziewczynki, ani na wołanie Andzi, żeby przyszedł i zjadł cokolwiek. Po kilku godzinach pracy spojrzał z zadowoleniem na swoje dzieło, sosnową trumnę bez jednego sęka, postawił ją pod ścianą, żeby wyschła, posprzątał po pracy i wrócił do domu. Dochodziła północ, a na dworze było jeszcze dość jasno. Popatrzył na blade, rozgwieżdżone niebo i pomyślał, że już nic nigdy nie będzie takie samo jak było.

Następnego dnia wszystko było godnie. Jego matka o to zadbała. Bronisława zagościła w domu młodszego syna i z żelazną konsekwencją czyniła swoją powinność wobec zmarłej synowej oraz żyjącego syna i wnuków. Andzi nie pozwalała pochlipywać po kątach, mamce kazała siedzieć kamieniem na miejscu i karmić dzieci, chociażby po kilka kropel, co chwila. Wprawdzie mamka mamrotała pod nosem, że musi wracać do własnych synów i córek, ale Bronisława powiedziała krótko, że ona już wszystko z jej mężem i teściową załatwiła, dzieci mają opiekę, a poza tym mleka nie potrzebują. Istotnie najmłodszy syn Heli, bo tak się nazywała piersiasta dziewczyna, miał już trzy lata i jak zdecydowała Bronisława, nie potrzebował matczynego mleka, ponieważ mógł się zadowolić krowim. Hela ściągała niskie czoło i wbijała tępy wzrok w podłogę, a potem z westchnieniem brała po kolei każdą dziewczynkę i przystawiała do wiecznie odkrytego biustu. Trzeba przyznać, że starała się, jak mogła. Starsza dziewczynka jadła chętnie i mało ulewała, ale młodszej trzeba było kropla po kropli wycedzać mleko do ust. Jednak mała wyglądała już znacznie lepiej. Nie była sina, raczej blada i drobniutka, dużo spała, nie miała potrzeby ssać, ale wlewane kropelki mleka przyjmowała chętnie, łykała i wystawiała różowy język.

– Nasza malutka to taki ptaszeczek. – Andzia wzruszała się, kiedy słabsza dziewczynka jadła.

– Ta druga ciągnie, aż miło – odezwała się Hela nieoczekiwanie dla niej, a potem umilkła, ponieważ zorientowała się, że powiedziała coś, co świadczyło o sympatii dla dzieci, które przyszło jej na własnej piersi hodować.

– A ten kotek też zacznie, tylko cierpliwie trzeba... – dodała i umilkła pod ciężkim spojrzeniem Bronisławy.

Bronisława nie była groźna, w najlepszym wypadku surowa. Nauczyło ją tego życie z pięciorgiem dzieci i mężem pijakiem. Kiedyś zdolny zdun, obecnie miał zleceń coraz mniej, zapijał się z konsekwencją godną podziwu, pijąc nawet w dni święte albo w robocze od samego rana. Krótkie okresy trzeźwości spędzał na obchodzeniu Brwinowa i Podkowy Leśnej w poszukiwaniu nowych właścicieli ziemskich, pukaniu do ich drzwi i proponowaniu, że wykona dla nich piec „o jakim się im nie śniło". Trzeba przyznać, że zlecenia miał i potrafił nawet pracę dokończyć, nie żeby Bronia musiała go pilnować, od czasu do czasu przynosił do domu jakieś pieniądze. Bronia nigdy się nie skarżyła, sama pochodziła z domu, gdzie za kołnierz się nie wylewało, miała szacunek dla męża, jaki wpojono jej w domu rodzinnym modlitwami i ciężką pracą. Kiedy Antoni był trzeźwy albo tylko trochę „zawiany", robił w domu wszystko, od podłóg po dach, rąbał drewno i pomagał przy zwierzętach. Bardzo pijany, zwijał się w kłębek na łóżku i nie można go było budzić ze dwa dni. Potem wstawał, zjadał słoik konfitur malinowych i wracał do życia. Inaczej był człowiekiem spokojnym, spolegliwym i pogodnym, palca na Bronię nie zakrzywił, a nawet zaryzykować można stwierdzenie, że kochał żonę i miał dla niej wielki szacunek.

– Jak ochrzciliście dziewczynki? – odważyła się spytać Andzia.

Bronisława stanęła jak wryta. Wczorajszego dnia był ksiądz Marian, modlitwy przy Kasi odmówił wśród westchnień i łkania, a potem zajrzał do dziewczynek i bez zbędnych ceregieli, gości i bicia świniaków, dzieci ochrzcił. Tyle że nikomu nie przyszło do głowy księdza zapytać, jakie dziewczynkom nadał imiona. Bronisława się zasępiła.

– A może imion im nie nadał? – spytała Andzia. – Może tylko je ochrzcił?

– Jak nie nadał... – fuknęła Bronisława. – Na pewno nadał, bo inaczej chrztu by nie było...

– A jakie?– Upierała się Andzia.

Bronisława westchnęła. Miała ochotę porządnie zbesztać się za to, że nie pomyślała o tak oczywistej sprawie.

– Idź do księdza i zapytaj... – Poddała się.

Andzia narzuciła chustkę i bez słowa wybiegła z domu. Początkowo pobiegła na plebanię, tam szukać księdza, ale na plebanii go nie było, więc skierowała kroki do kościoła, gdzie od razu zobaczyła go klęczącego przy bocznej nawie i modlącego się do figury św. Antoniego. Andzia uwielbiała ten kościół i dźwięk organów, dumy miasta, które zdobiły chór od 1855 roku. Usiadła cichutko z drugiej strony i zaczęła się modlić do Matki Boskiej Częstochowskiej w srebrnej sukience, która patrzyła na nią surowo z góry. Drgnęła, kiedy usłyszała głos księdza.

– Stało się coś?

Andzia zerwała się na nogi i pokręciła przecząco głową. Ksiądz dał jej znak i wyszli z kościoła na zalany słońcem dziedziniec.

– Pani Bronisława pyta, jak ksiądz nasze dziewczynki ochrzcił...

Ksiądz westchnął głęboko.

– Nieszczęście wielkie was spotkało – powiedział. – Modlę się za duszę świętej pamięci Katarzyny i za te małe służebnice Boże...

Andzia pochyliła głowę, jakby też się modliła. Nawet wymamrotała coś pod nosem. Przypomniała jej się Kasia, która śmiała się na zawołanie, biegała z chłopcami po ogrodzie i jadła jabłka, które leżały na ziemi.

– Starsza dziewczynka to Maria – powiedział ksiądz. – Najświętsza Maria Panna będzie jej patronką. Młodszej nadałem imię Anna, po świętej Annie, matce Maryi.

– Dlatego, że własnej matce życie odebrała? – odważyła się spytać Andzia.

Ksiądz spojrzał na dziewczynę smutno i pokręcił głową.

– Niczego nie odebrała – odparł. – Święta Anna będzie dobrą patronką dla tej dziewuszki.

Andzia westchnęła.

– Przekaż pani Bronisławie, że wszystko jest umówione...

Rzeczywiście, ksiądz wszystko przygotował ze strony bożej, a Bronisława uczyniła, co w jej ludzkiej mocy, żeby synowi i sierotom jak najlżejszym uczynić dzień pochówku ich żony i matki.

Kasia, ubrana w specjalnie wyszykowaną na ten smutny dzień suknię, uczesana w warkocze, została pochowana na cmentarzu w Brwinowie, w nowej mogile, blisko dzieci Bronisławy, które przedwcześnie odeszły z tego świata. Jej własna suknia ślubna niestety nie dała się żadnym sposobem nałożyć na rozciągnięte ciążą ciało. W końcu Bronisława zarządziła, żeby ją rozciąć i wtedy wspólnie z Andzią Kasię ubrały, ale za bardzo było widać, że ubranie jest przecięte z tyłu. Poza tym Bronisława bała się, że w czasie Sądu Ostatecznego synowa przebudzi się i będzie zmuszona iść w takim negliżu na rozmowę z Panem Bogiem, a wtedy będzie miała wielkie pretensje do niej, czyli swojej teściowej. Bronia nigdy zatargów z Kasią nie miała, chociaż ta nie była jej ulubioną synową jak Władzia, żona Romana. Kasia była grzeczna, cicha, dość małomówna i zawsze okazywała Broni szacunek, dlatego też teściowa zarządziła, żeby Kasię przebrać w coś „odpowiedniego i przyzwoitego". Wtedy pani Marylska, z tych Marylskich, właścicieli Książenic i Żółwina, dowiedziawszy się o nieszczęściu, przysłała swoją własną suknię, w której Kasia wyglądała jak prawdziwa pani. Andzia się rozpłakała, kiedy ją zobaczyła w trumnie, i trudno było jej samej powiedzieć, czy płacze po raz kolejny z powodu samego nieszczęścia, tego, że pani tak pięknie wygląda, czy też z powodu dobroci obcej kobiety, która jakimś sposobem dowiedziała się o nieoczekiwanej śmierci i zapragnęła pomóc.

– Pięknie wygląda – chlipnęła.

Stanisław trzymał się z daleka od domu, właściwie nie wychodził z warsztatu, radząc sobie z żałobą na swój sposób, czyli pracując nad kołyską dla Ani. Wolał być sam i od czasu do czasu jechać po coś, co kazała mu przywieźć jego matka, albo zawiadamiać krewnych, a nawet odwozić i przywozić mamkę Helę, która w końcu wymogła na Winnych, że musi, ale to musi od czasu do czasu pojawiać się w domu, inaczej jej własne dzieci pomrą z głodu. Po tym, jak wyszykował trumnę dla żony, właściwie nie miał już nic do roboty przy niej, a serce mu się ściskało, kiedy tylko przestępował próg domu, wiedząc, że w pokoju leży jej ciało. Z dziećmi nie rozmawiał. Zwyczajnie nie umiał i nie wiedział, co powiedzieć. Pozostawił tę kwestię swojej matce i Andzi. One podzieliły się zgodnie. Andzia była od lamentowania i wspólnego płakania, chowania pod spódnicę i całowania główek, a babcia Bronia tłumaczyła Tadkowi i Wackowi, że Pan Bóg ich kocha i nigdy nie opuści, a ich mama jest szczęśliwa.

Do Tadzika docierał fakt nieuchronności tego, co się stało, podczas gdy Wacek miał nadzieję, że kiedy te upiorne rytuały się skończą i obie babcie odjadą, wszystko wróci do normy, a mama stanie w drzwiach i zapędzi ich do zbierania malin na sok. Byłoby oczywiście lżej, gdyby tata wyszedł z warsztatu i zapewnił ich o tym, że będzie dobrze, ale on uparcie tam siedział. Andzia tłumaczyła, że tata robi łóżeczko dla Ani, żeby miała gdzie spać.

– Ale one spały razem, to czemu dalej nie mogą? – Wacek pytał na przemian Andzię i babkę, ale i jedna i druga zbywały go machnięciem ręki.

Tadzik z kolei bał się zamkniętego pokoju, w którym spoczywała jego mama, a koło którego wszyscy chodzili na palcach i zaczynali płakać na sam widok drzwi. Podejrzewał, że trzymają tam jego mamę zamkniętą, nie pozwalając jej wrócić do rodziny. Tadzik brał udział w świniobiciu, widział, jak topiono ślepe kocięta, ale nie doświadczył śmierci bliskiej osoby. Kiedy w zeszłym roku jego nauczyciel utopił się podczas kąpieli na glinkach, powiedziano mu, że pan Kowalski wyjechał na uniwersytet. A kiedy jego kolegę Antka zabrała gorączka, dzieciom wyjaśniono, że Antek musi pracować w polu i dlatego nie będzie już przychodził do szkoły. Dzieci, które nigdy go już nie widziały, tłumaczyły sobie po swojemu zniknięcie chłopca. Coś tam podejrzewały, ale nie uwierzyły na przykład Heńkowi z Wigusina, który mówił, że Antek „zdechł". Wacek pełen był żalu do wszystkich, a najbardziej do Marii i Anny, które leżały cichutko, niczego nieświadome, w kołyskach. Stara kołyska była całkiem zwyczajna, natomiast ta nowa – Ani, była jak dzieło sztuki. Wacek pomyślał, że ojciec tak się starał, żeby Ani nie żal było, że z powodu jej urodzin ich mama odeszła do nieba. Nie chciał się przyznać do tego, ale podobały mu się te dwa małe tobołki, które były może i brzydsze od źrebaków, czy nawet cielaków, z rzadka otwierały oczy, ale było w nich coś, co Wacka rozczulało. Czuł się tak, jak wtedy, kiedy leżał na łące i patrzył w niebo albo chodził z ojcem do lasu na grzyby i dotykał wilgotnego mchu. Tadek wydawał się zupełnie obojętny wobec nowych mieszkanek domu, uciekał jedynie na widok mamki, której się bał. Może zresztą nie całkiem jej, tylko jej wielkich piersi, na które wpadał co chwila.

– Babciu Bronko – pytał. – Dlaczego Hela przychodzi i karmi siostrzyczki? Nie możemy im dać chleba albo chociaż mleka od Meli?

– Doktor kazał Marii i Annie dawać mleko nie krowie, ani nie kozie, tylko ludzkie – wyjaśniła babcia, która sama nie rozumiała tych fanaberii, nie znosiła Helki i jej piersi podobnych do wymion krowy.

– Nawet Malwinka nie może karmić siostrzyczek? – Dziwił się, patrząc, jak koza skubie trawę.

On sam do tej pory pijał mleko, które dawała Malwinka i szczerze mówiąc, przepadał za nim.

– Doktora trzeba słuchać – podsumowała babcia Bronia, zamykając tym samym dyskusję.

Wszechobecny upał zmusił księdza Kolaka do odprawienia mszy i pochowania Kasi już następnego dnia. Wbrew jego oczekiwaniom, pogrzeb zgromadził pół Brwinowa. Wszyscy w odświętnych ubraniach żegnali Kasię, ukradkiem ocierając pot z czoła i przyglądając się rodzinie. Dostojna Bronisława trzymała pod rękę męża Antoniego i od czasu do czasu rzucała mu gniewne spojrzenia. Antoni był wyprostowany jak struna i w skupieniu patrzył na księdza, ale uważny obserwator mógł zobaczyć, jak idzie za trumną nieco kołyszącym się chodem. Stanisław, trzymający za ręce Wacka i Tadzika ubranych w odświętne ubrania, patrzył na drewnianą skrzynię, którą z miłością do drewna wyciosał dla żony, mamrocząc podziękowania za ich wspólne życie. Chłopcom było gorąco i marzyli o tym, żeby wrócić do domu, przebrać się i położyć pod jabłonkami, ale zachowywali się godnie. Tak właśnie powiedziała później babcia Bronia – że zachowywali się godnie.

Dziewczynki spały spokojnie w kołyskach w sadzie z dala od smutnej uroczystości. Od czasu do czasu Maria budziła się i cicho płakała, wtedy Hela przystawiała ją do piersi i drzemała dalej rozparta na ławce. Kiedy sobie przypomniała, brała też na ręce Anię, która nie zgłaszała żadnych potrzeb i gdyby jej nie wyciskać regularnie mleka do buzi, umarłaby z głodu. Hela nie była specjalnie lotna, ale rozumiała, że między innymi od jej piersi pełnych mleka zależało, czy te dwie małe sieroty przeżyją, czy nie. Poza tym u Winnych mogła siedzieć godzinami i jeść podtykane jedzenie, a u siebie musiała pracować w polu i obejściu ponaglana przez męża i teściów, w których domu mieszkali. Wprawdzie bała się groźnej pani Bronisławy i denerwowała ją Andzia, której wszędzie było pełno, ale w sumie Hela czuła się u Winnych bardzo dobrze. Ania nieoczekiwanie zakwiliła. Hela uniosła dziecko i podstawiła pod pierś. Wycisnęła z brodawki kilka kropel, które wolno spłynęły do ust dziecka.

– Co ty masz w paluszkach? – powiedziała do dziecka i sięgnęła grubym palcem do wnętrza maleńkiej rączki.

Wyjęła małą, okrągłą kulkę, wyjątkowo ciężką, i przestraszyła się, że dziecko może to coś wziąć do ust i się udusić. Wzięła kulkę do ręki, podstawiła pod oczy i nie mając pojęcia, co to jest, wyrzuciła daleko do ogrodu.

Tymczasem 28 czerwca 1914 roku, wiele kilometrów dalej, Czarna Ręka posłała niejakiego Gavrilo Principa na pewną śmierć. Gavrilo w sercu Bośni, w Sarajewie, strzelił z pistoletu do arcyksięcia Ferdynanda i jego żony Zofii i zabił oboje na miejscu. Potem mówili, że to przez Gavrila i jego zamach rozpoczęła się pierwsza wojna światowa.

Kolejne dni nie były lekkie. Babcia Bronia wróciła do siebie, a Hela została u Winnych i rozpanoszyła się ze swoimi piersiami i mlekiem. Bronia przychodziła, co prawda, regularnie do domu syna i wnucząt, ale to już nie było to samo. Andzia, która coraz rzadziej pochlipywała, a coraz więcej robiła w domu, słaniała się ze zmęczenia, ponieważ nie miała w Stanisławie żadnej pomocy. Do jej obowiązków należało właściwie wszystko, od zaopatrywania domu, po oporządzanie zwierząt. Stanisław wydawał się zupełnie nieświadomy tego, co się działo w jego własnych czterech ścianach, a Andzia nie wiedziała, jak mu powiedzieć, że nie daje ze wszystkim rady. Kiedy tylko zjadał śniadanie, a bywało, że i wcześniej, szedł do swoich desek i hebli i tam do późnych godzin wieczornych ciosał konfesjonał. Przychodził niechętnie na posiłki, zjadał, co mu pod nos Andzia podtykała, i wracał do pracy. Tadzik i Wacek snuli się i tęsknili za matką, Andzia nie miała dla nich czasu, a Stanisław najwyraźniej serca, co chłopcy przyjmowali wyjątkowo źle. Jak po raz kolejny złapała Wacka na płaczu za mamą, zdecydowała się na rozmowę z Bronisławą, która przychodziła w każde popołudnie, żeby czytać wnukom bajki.

– Ciociu, czy ciocia wie, że ja tu sama... – zaczęła niezbyt zręcznie, kiedy tylko Bronisława przekroczyła próg.

Kobieta rzuciła jej uważne spojrzenie, przed którym Andzia uciekła czym prędzej.

– Wiem – odpowiedziała krótko.

– Mnie tylko chodzi o to, że ktoś powinien być z dziewczynkami, kiedy ja jestem w ogrodzie albo jadę na targ. Heli trzeba pilnować, bo ona nie rozumie...

Bronisława rzuciła jej spojrzenie pełne zrozumienia. Nie znosiła Helki, a jej widok, kiedy odciągała mleko grubymi paluchami, przyprawiał ją o mdłości. Gdyby mogła, odprawiłaby dziewczynę natychmiast. Przywykła jednak słuchać dostojniejszych i mądrzejszych od siebie, takich jak doktor Jan, który wyraźnie mówił, że Marysi i Ani potrzebna jest mamka.

– Już niedługo będzie można dawać Ani mleko kozie... – powiedziała pojednawczo.

– O wilku mowa. – Wzdrygnęła się Andzia i ściszyła głos, ponieważ zza domu wyszła Hela, rozchełstana jak zwykle. – Mnie nie o to nawet idzie, bo najważniejsze Ani i Mani dobro, ale...

– Ale co? – pytała Bronia.

Andzia nie wiedziała, jak ująć własne wątpliwości.

– Trochę tak, jakby jeszcze jedna gęba do wykarmienia. Kartofle je, mięsa też chce... Pan Stanisław każe niczego jej nie żałować za te kilka kropel, co je daje dziewczynkom... A pan Stanisław...

– Syn cierpi po stracie żony – przypomniała jej Bronisława.

Andzia przycisnęła ręce do piersi i spojrzała wiernym, poczciwym spojrzeniem.

– Ja bym własne życie oddała, żeby było inaczej, ciocia wie przecież... – chlipnęła.

– Wiem, dziecko, wiem... – Bronia pogłaskała ją po głowie. – Powiem ci, że i ja ciągle o tym myślę...

Andzia rozpłakała się na dobre.

– Teraz to wakacje są... – chlipała. – Tadzik i Wacuś w sadzie i na gliniankach całymi dniami... A pan Stanisław robi te, no, konfesjały, od świtu do nocy... Z synami nie rozmawia, a one biedaki płaczą, Wacuś przynajmniej, za panią Kasią... A ja już nie daję rady. Zwierzęta, targ, gotowanie, sprzątanie i ta... Hela... wszystko na mojej głowie... I ta Hela...

Andzia zamilkła i ze zgrozą popatrzyła na ciotkę.

– Co Hela? – zapytała Bronisława.

– Chodzi i się panoszy – wyznała Andzia. – Przed panem Stanisławem się pręży jak jakiś kot... Tadzika zaczepia i o ojca wypytuje, bo Wacuś przed nią ucieka...

Bronisława zmarszczyła brwi. Nie bała się, że jej owdowiały syn ulegnie wdziękom zamężnej chłopki podobnej do mlecznej krowy, ale to, co usłyszała, wielce ją zaniepokoiło. Hela miała tylko karmić Anię i Manię za wikt i siedzenie na tyłku całymi dniami, ale wyraźnie poczuła się jak pani. Andzia miała rację – należało coś z tym zrobić, i to czym prędzej. Bronia westchnęła i pomogła dziewczynie nasmażyć placków z malinami, a potem usiadła w cieniu jabłonek i zaczęła czytać Tadzikowi i Wackowi bajki o smokach.

Czytanie było pasją Bronisławy. Gdyby mogła, poszłaby uczyć się dalej, tak bardzo pragnęła czytać i dowiadywać się o różnych sprawach, ale wiadomo, że edukacja nie jest dla dziewczynek, zwłaszcza takich, które mają kilkoro braci. Nigdy nie przestała żałować, że przyszła na świat w wiejskiej chacie. Myślała, że jako panienka ze dworu mogłaby się uczyć i czytać książki całymi dniami, podjadając to, co takie jak ona by jej przyniosły, a tak zakończyła edukację, jak wszystkie dziewczyny, na siódmej klasie. Każdą wolną chwilę poświęcała książkom, które pożyczała, gdzie się dało, głównie od księdza proboszcza. Ubolewała nad tym, że jej synowie nie podzielali tej pasji. Marzyła, że chociaż jeden z nich, wbrew urodzeniu i czasom, w jakich przyszło im żyć, odziedziczy po niej tę namiętność, ale tak się, niestety, nie stało.

– Tadeusz – przerwała sama sobie wierszowaną historię o jeziorze, w którym mieszkała Świtezianka. – O czym ja tobie czytałam?

– O dziewczynie z wiankiem na głowie i strzelcu – pospieszył z odpowiedzią Wacuś. – Czytaj, babciu, czytaj...

Bronisława, udobruchana i uspokojona, że chociaż jedno z dzieci docenia jej poświęcenie, wróciła do czytania wiersza z cudnej książki *Ballady i romanse* Adama Mickiewicza, którą pożyczył jej ksiądz proboszcz. Kątem oka obserwowała, jak Hela przechadza się po ogrodzie.

– Nie ma rady – mruknęła do siebie, kiedy skończyła czytać i zobaczyła, że obaj chłopcy zgodnie śpią pod drzewem. – Trzeba tu wprowadzić swoje porządki.

Spojrzała na śpiących w cieniu chłopców, zamknęła książkę i włożywszy ją starannie do płóciennej torby, poszła do warsztatu, w którym kolejny dzień bez wytchnienia pracował jej syn.

– Stasiu... – zaczęła, kiedy zamknęła za sobą drzwi. Przyjemny chłód sprawił, że nabrała ochoty na rozmowę. – Czy ty, synu, widzisz, co się dokoła dzieje?

Stanisław oderwał oczy od deski, którą właśnie pokrywał lakierem, i spojrzał na matkę.

– Pracę mam – powiedział krótko.

Broni ścisnęło się serce. Stanisław był najbardziej do niej podobny ze wszystkich synów. Mało mówił, dużo pracował. Przy obrabianiu desek rozmyślał albo mamrotał do siebie. Cierpiał zawsze po cichu. Kiedy ona chowała swoje ledwo urodzone dzieci, miała ochotę rzucić się z rozpaczy do Utraty, ale nie pokazywała po sobie żadnych uczuć. Antoni wzdychał i wołał księdza, a nawet ronił łzy, Bronisława natomiast wstawała, sprzątała po sobie i zaczynała gotować, sprzątać i zarządzać domem, aż wszystko furczało, nie dając sobie czasu ani na wydobrzenie, ani na rozpamiętywanie. Jedynym jej wytchnieniem były książki. Tylko przy nich pozwalała sobie na to, żeby pokazywać uczucia.

– Jak długo zamierzasz trzymać tu tę dziewczynę? – spytała.

– Mam odesłać Andzię? – zdumiał się. – Bo ludzie gadają?

– Nic mi o tym nie wiadomo, żeby ludzie gadali. – Oburzyła się. – I nie o Andzi mówię, chociaż o niej też, ale nie o niej... – Zaplątała się nieco. – Mnie chodzi o tę Helkę, mamkę...

Stanisław wzruszył ramionami. Mamka nie przypadła mu do gustu, ale nie była w domu po to, żeby jemu było miło. Doktor kazał, żeby dzieciom dawała swojego mleka, to ją trzymał, kazał karmić i tolerował jej obecność.

– Nie mnie decydować, ile ona będzie potrzebna. Póki co... jest...

– Jest, je, sra i się panoszy, a Andzia koło niej chodzi, jakby roboty miała mało... – burknęła Bronka.

Stanisław popatrzył na matkę.

– To co mam zrobić? – spytał. – Co mama radzi? Odeślę, a jak dzieciom to zaszkodzi? Sieroty, a ja mam im jeszcze mleka żałować?

– Nie mówię, żeby dzieciom mleko od ust odejmować, tylko żeby ta dziewucha nie siedziała wam na karku...

Stanisław wpatrzył się w deskę, którą trzymał w ręku, oceniając, czy nada się na bok konfesjonału, pierwszego z dwóch, które właśnie robił.

– Co mam zrobić? – zapytał matkę.

Stanisław ogromnie szanował Bronię i podziwiał w skrytości ducha. Była dla niego nie tylko matką, istotą, która dała mu życie, lecz także opoką, do której był przyzwyczajony.

– Przeniesiemy się z ojcem do was na jakiś czas – odpowiedziała, ponieważ zdążyła wszystko przemyśleć. – Pomogę Andzi w domu, a ojciec tobie…

– A wasze zwierzęta? – spytał Stanisław.

– Krowę, kozy i kury oddam na przechowanie Kazi i Władkowi. Przecież po sąsiedzku są.

Stanisław pokiwał głową zadowolony. Wbrew pozorom, nie był tak oderwany od rzeczywistości, jak się wydawało na pierwszy rzut oka. Widział, że w domu Andzia nie daje rady z dziećmi i zwierzętami. Zwłaszcza opieka nad bliźniaczkami pochłaniała ją bez reszty, a mamka, leniwa dziewczyna, zamiast pomocą, była jeszcze jednym garbem na plecach. Bardzo martwił się synami. Tadzik wyglądał na chłopca, który poradzi sobie w życiu, ale Wacuś był bardzo wrażliwy i tęsknił za Kasią. Stanisław już od dłuższego czasu gryzł się z tym, jak ma z nimi postępować, a przede wszystkim, jak zastąpić matkę. Andzia była dobra i kochana, ale dla chłopców była raczej jak siostra. Matka czytała w jego myślach.

– Czy mama sądzi, że powinienem sprowadzić doktora do dziewczynek? – spytał jeszcze i zawstydził się wyraźnie.

Ania i Mania miały już miesiąc, a on spojrzał na nie tylko kilka razy. Nie miał pretensji, że poród, a więc pośrednio córeczki, zabrały mu Kasię, ale nie umiał cieszyć się ich obecnością. Radził sobie z ich istnieniem, jak umiał. Sprowadził mamkę, tak jak kazał doktor, kupił w Pruszkowie drugi komplet pieluszek i poprosił Danutę Regułę, żeby dorobiła na drutach ubranek, bo nikt przecież nie przewidział, że urodzą się dwie zamiast jednej. Kołyskę już zrobił, najpiękniejszą, jaką umiał, i kazał Andzi do niej kłaść Anię, żeby dziecko sobie nie pomyślało, że skoro mniejsze i matkę uśmierciło, to gorsze łóżeczko mu się trafia. Obecnie pracował w pocie czoła nad konfesjonałami dla kościoła. Kasię Pan Bóg zabrał do siebie, ale zgodnie z umową, pozostawił na ziemi dwa życia, więc i Stanisław przyrzeczenia swojego dotrzymywał, chociaż gorzko mu było bardzo i czuł się przez Pana Boga wykpiony.

– Niech tak będzie, jak mama mówi – powiedział i pocałował Bronię w rękę.

– To dobrze, synku, dobrze będzie… – Bronisława była najwyraźniej zadowolona, że nie stawiał oporu. – Pójdę w takim razie i jutro z rana z ojcem tu przyjedziemy…

Stanisław oderwał się od pracy i zdecydował, że zaraz pojedzie po doktora. Niech zobaczy dziewczynki i zdecyduje, czy trzeba im jeszcze kobiecego mleka. Potem pomoże matce i ojcu przenieść od nich najpotrzebniejsze rzeczy, a Andzię będzie woził regularnie na targ, żeby nie dźwigała sama mięsa i kaszy. Podjąwszy takie postanowienia, zaprzągł konie i pojechał do doktora Brzozowskiego.

Doktor siedział w ogrodzie z księdzem i jeszcze jednym mężczyzną, którego Stanisław nie znał. Na jego widok Jan Brzozowski poderwał się z miejsca.

– Czy coś z dziećmi? – zapytał zaniepokojony.

– Nie, nie... – uspokoił doktora. – Ale przychodzę w ich sprawie...

Doktor pokiwał głową, odwrócił się i dał znak mężczyznom z ogrodu, że zaraz wraca. Najwyraźniej o czymś ważnym dyskutowali, bo wszyscy byli zasępieni.

– Chciałem prosić, żeby pan, doktorze, zbadał dziewczynki i powiedział, czy nadal potrzebna jest mamka... – zaczął Stanisław.

– Niech pan wejdzie, panie Stanisławie, i siada z nami na werandzie. – Doktor wpuścił go do środka. – Pojedziemy, kiedy tu skończę. Krystyno! – zawołał w stronę domu. – Przynieś panu Stanisławowi kwasu chlebowego!

Stanisław próbował się wymawiać, ale doktor machnął ze zniecierpliwieniem ręką i zachęcił go do zajęcia miejsca przy ogrodowym stole. Krystyna, żona doktora, wyszła z domu z dzbanem bursztynowego płynu oraz pokaźną szklanicą i uśmiechnęła się do niego.

– Niech pan siada, drogi panie Stanisławie – powiedziała zbolałym głosem. – Proszę przyjąć ode mnie najszczersze wyrazy współczucia... Takie nieszczęście.

– Dziękuję pani doktorowo – pochylił głowę Stanisław i pocałował kobietę w rękę.

Potem usiadł, ukłoniwszy się najpierw księdzu. Drugi mężczyzna był wyraźnie niezadowolony z obecności intruza w ogrodzie, ponieważ nawet się nie przedstawił.

– Zaraz z panem pojadę – obiecał doktor, a potem zwrócił się do obcego mężczyzny.

– Rozbudza pan, Ksawery, nasze narodowe apetyty...

Mężczyzna zwany Ksawerym żachnął się i z talerza ustawionego na środku drewnianego stołu wziął garść wiśni, po czym wpakował je sobie do ust i zaczął przeżuwać, krzywiąc się od czasu do czasu, kiedy trafiał zębami na pestkę.

– Wojna, Stanisławie... – westchnął ksiądz, pochylając się w jego kierunku.

Stanisław zajęty był właśnie oglądaniem stołu i krzeseł, wykonanych kilka lat temu dla doktora na polecenie jego żony, która lubiła wydawać przyjęcia w ogrodzie i chciała mieć odpowiednie do tego celu meble. Zmodyfikował wtedy mieszankę lakieru, którego używał, i pokrył nim sosnowy stół kilka razy, tak że drewno nabrało trwałości i odporności na wilgoć. Doktorostwo byli ogromnie zadowoleni, wychwalali Stanisława pod niebiosa i polecali bogatym znajomym. Zastanawiał się, dlaczego blat stołu nabrał lekko czerwonej barwy i czy nie wspomnieć o tym miłym gospodarzom, kiedy dotarły do niego słowa księdza.

– Jaka wojna? – zapytał prostodusznie.

– Wojna wyzwoleńcza – powiedział obcy mężczyzna ze zniecierpliwieniem. – Niech pan nie mówi, że tylko garstka z nas w Warszawie myśli o niepodległości...

Stanisław, który myślał o niepodległości wyłącznie teoretycznie, zapatrzył się w obcego, który wykrzykiwał natchniony:

– Jarzmo najeźdźcy musi zostać oddalone, kajdany skruszone, a lud polski będzie wreszcie wolny...

– Tylko że wojna, panie Ksawery – przypomniał ksiądz – to nie są pieśni...

– Właśnie, panie Ksawery. – Pokiwał głową doktor Brzozowski. – To głód i choroby... Zwłaszcza choroby...

Mężczyzna spojrzał z politowaniem.

– Pana żona, doktorze, więcej rozumie niż pan... W niej jest duch wolności!

Stanisław, który nic z tego nie rozumiał, siedział cicho i zastanawiał się, czy doktor pojedzie z nim od razu, czy będzie musiał przyjeżdżać po niego jeszcze raz.

– Moja żona – powiedział pojednawczo Jan Brzozowski – naczytała się romansów. Pan Sienkiewicz to dla niej ktoś ważniejszy niż ja albo pan. A wojna wydaje jej się czymś na miarę legend o dzielnych wojownikach i dziewicach czekających na swoich bohaterów...

Ksiądz roześmiał się.

– Ja będę się modlił, żeby wojny nie było – oznajmił, wstając – Może bez tego niepodległość uda się wywalczyć.

– Dobrze ksiądz to ujął – Ksawery również wstał. – Wolność trzeba wywalczyć i to mieczem! Modłami nic nie zyskamy. O wojnę powszechną, o wolność ludów, prosimy cię, Panie – wyrecytował patetycznym głosem. – A co do wojny... to ona już jest. Był zamach na arcyksięcia Ferdynanda...

– A co to ma do rzeczy? – spytał doktor.

– Ja was przyjechałem uprzedzić, żebyście wszystkiego pilnowali i porobili zapasy. – Ksawery unikał odpowiedzi. – Ruscy tu przyjdą i będą swego bronić. A car batiuszka im każe brać, póki jeszcze mogą. Swołocz...

I splunął pod nogi.

– Już panowie jadą? – spytała pani Krystyna, wyłaniając się z domu z wiklinowym koszem w jednej ręce i sekatorem w drugiej.

– Owszem, droga doktorowo – pospieszył z wyjaśnieniem Ksawery. – Do Warszawy jeszcze za dnia chciałem zajechać, bo ważne sprawy teraz się dzieją. Dziękuję za gościnę. – Ukłonił się doktorowi i księdzu, a następnie z wahaniem, ale wyraźnie również i Stanisławowi.

– Proszę nas odwiedzać – krzyknęła za nim Krystyna Brzozowska i poszła ścinać herbaciane róże do kryształowego wazonu, który stał w salonie.

– Od razu z panem pojadę, panie Stanisławie – powiedział doktor Brzozowski i poszedł do domu po torbę.

Ksiądz popatrzył przed siebie.

– Ja wiem, Stanisławie, że ci jest ciężko… – zaczął.

– Księże proboszczu, za życie Ani i Mani ofiaruję parafii dwa konfesjonały – przerwał mu szybko. Nie chciał rozprawiać o swoim nieszczęściu. – Jeśli ksiądz chce zobaczyć, to może któregoś dnia do nas zawita…

– Owszem – odparł zaskoczony. – Zawitam… Konfesjonały?

– Tak, konfesjonały… – potwierdził Stanisław. – Kościół nasz jest piękny, niech będą w nim konfesjonały…

– Ale jeden… – Zdumiony proboszcz uśmiechnął się. – Jeden w zupełności wystarczy…

Stanisław pokręcił głową z uporem.

– Nie – powiedział. – Ślubowałem dwa. Za życie Kasi i narodzonego dzieciątka. Nie wiedziałem, że… Nie wiedziałem… – głos mu się załamał.

– Wiem, synu.. Wiem… – Ksiądz położył mu rękę na ramieniu.

Zapadła niezręczna cisza.

– Ofiaruję dwa, bo też i dwa życia pan Bóg ma teraz w opiece – dokończył Stanisław.

Ksiądz pokiwał głową i wyjął z kieszeni różaniec.

– Pana Boga masz w rękach, człowieku – powiedział. – Dwa konfesjonały, powiadasz… Pan Bóg dla naszej parafii bardzo łaskawy. Najpierw organy, teraz prawdziwe konfesjonały…

– Tak – powtórzył Stanisław. – Pan Bóg musi chronić obie dziewczynki od nieszczęścia.

Od strony domu szedł doktor z torbą lekarską.

– Przepraszam, moi drodzy – usprawiedliwiał się nieco zadyszany. – Ale żona moja ma problem z godziną kolacji i byłem absolutnie niezbędny, żeby jej dopomóc…

– Te kobiety… – perorował, kiedy jechali w stronę domu Stanisława. – Do rozprawiania o wojnie są pierwsze… Myślałby kto, poszłaby jedna z drugą na front i karabinem machała..., ale tak naprawdę interesują je tylko stroje, kwiatki i pieczyste na niedzielę…

– Myśli pan, doktorze, że będzie wojna? – Stanisław zignorował dywagacje doktora o kobietach.

– Myślę, że to nieuchronne… – Jan Brzozowski pokiwał głową.

– Kościół by trzeba zabezpieczyć – mruknął Stanisław.

– Myślisz, że tylko kościół będzie zagrożony? – Doktor roześmiał się. – Stanisławie, wojna to koniec świata… Wszyscy ucierpimy…

– A wolność? – zapytał Stanisław, zajeżdżając pod dom.

– A wolność… – Doktor zgrabnie zeskoczył z powozu. – To dla przyszłych pokoleń. Dla nas głód, chłód i choroby…

Jan Brzozowski obejrzał Manię i Anię sumiennie, opukał, posłuchał obie trąbką, chwilę porozmawiał z zagonioną Andzią i z czerwoną jak burak Helą, a potem wziął Stanisława na bok.

– Można powiedzieć, że stał się cud – zaczął. – Według mnie, nie ma niebezpieczeństwa, że Ania umrze…

– To Bogu dzięki. – Stanisław odetchnął z ulgą.

– Można mamkę odesłać… – powiedział doktor. – Zwłaszcza że sprawia tu chyba kłopoty…

– Aż tak to nie… – pospiesznie zapewnił go Stanisław. – Chce wrócić do siebie i swoich dzieci…

Doktor pokiwał głową ze zrozumieniem.

– Dziecko można karmić kozim mlekiem. Nie dawać jednak więcej niczego, ani chleba, ani owoców. Trzymać odcedzone mleko w zimnie i dawać bardzo często.

– Tak jest, doktorze. – Stanisław się ucieszył. – Ile jestem winien?

– Nie będę brał pieniędzy, Stanisławie. Powinienem był i tak malutką obejrzeć…

– Ale ja bardzo proszę – nalegał Stanisław. – Chociaż kurę…

– A możesz mi kurę jedną dać. – Doktor się ucieszył. – Nasza Basia na obiad jutro zrobi.

Stanisław zawołał Andzię i przekazał jej, że trzeba będzie kurę zabić dla doktora. Andzia kiwnęła głową i spojrzała na Brzozowskiego z nadzieją.

– Nasze dziewczynki, panie doktorze… – odważyła się spytać. – Co z nimi?…

Pogłaskał dziewczynę po głowie.

– Wszystko dobrze – zapewnił. – Niebezpieczeństwo minęło. Jedna i druga mają się dobrze i jeśli Pan Bóg pozwoli, wyrosną na wspaniałe kobiety… Głównie dzięki tobie, dziecko…

– Trzeba powiedzieć Heli, że wraca do domu… – Stanisław uśmiechnął się do dziewczyny.

Andzia pojaśniała i poszła wybrać dla doktora najtłustszą kurę. Zastanawiała się między Czubatką a Ogoneczką, ale w końcu zdecydowała się na tę drugą. Złapała ją sprawnie i chwyciła mocno za skrzydła, a potem przytrzymała kolanami.

Zza pazuchy wyjęła nóż i szybkim ruchem poderżnęła kurze gardło. Potem zgięła krwawiący łepek i wsadziła ptakowi pod skrzydło. Jej matka nauczyła ją zabijać w ten sposób kury, gęsi i kaczki. Kura umierała wtedy cicho i dostojnie. Nie biegała po podwórzu bez głowy, sikając krwią ku uciesze gawiedzi, co Andzia uważała za bezmyślne okrucieństwo. Zawinęła martwego ptaka w kawałek płótna, obwiązała sznurkiem i zaniosła doktorowi.

– Dziękuję wam w imieniu mojej małżonki – powiedział doktor.

Stanisław ponownie wsiadł na konie, tym razem, żeby odwieźć doktora, a Andzia, która poczekała, aż obaj panowie znikną, poszła w stronę domu.

Hela drzemała na ławce na ganku.

– Pakuj się. – Zbudziła ją brutalnie Andzia. – Będziesz jechała do siebie...

– Kto tak powiedział? – Usta dziewczyny wykrzywiły się w brzydki grymas.

Andzia wzięła się pod boki.

– Ja ci tak mówię – powiedziała dobitnie. – Ale zaraz wróci pan Stanisław, to ci jeszcze powtórzy, kołtunie jeden...

Hela wstała i bez słowa trzasnęła Andzię w twarz. Zaskoczona dziewczyna zatoczyła się do tyłu, ale zaraz złapała równowagę i skoczyła na mamkę. Szarpnęła za włosy jedną ręką, a pazury drugiej wbiła Helce w policzek.

– Auuu! – zawyła mamka.

– Won stąd, wywłoko! – wrzasnęła Andzia. – Do świń teraz cycami machać będziesz...

Helka zaparła się nogami, a rękoma zaczęła młócić powietrze bezładnie, od czasu do czasu dosięgając Andzię ciosem. Andzia jednak uważała, że racja jest po jej stronie i póki nie było pana Stanisława ani cioci Broni, odbierała sprawiedliwość w naturze, szarpiąc Helkę za włosy i podbijając jej oko. W końcu ze starcia Andzia wyszła zwycięsko, wstała, otrzepała się z kurzu i stanowczo oznajmiła:

– Pakuj manatki, a kiedy pan wróci, jedziesz do siebie...

Helka także wstała, rzuciła rywalce nienawistne spojrzenie i wygładziła włosy na głowie.

– Bez mojego mleka niebożątka umrą – spróbowała. – Żeby nie było jakiego nieszczęścia...

– Już ty się nie martw. – Andzia ucięła dyskusję i obawiając się nieco reakcji pana Stanisława na taką formę podziękowań za pomoc mamki, poszła do domu, gdzie Ania i Mania spały.

Usiadła obok dziewczynek i wpatrzyła się w ich śpiące buzie. Dom był cichy i chłodny. Upał zelżał nieco, pierwsze dni sierpnia przyniosły mnóstwo śliwek, które Andzia zbierała, drylowała, smażyła i suszyła na słońcu. Wzięła jeden z owoców, które wcześniej z miastowej salaterki pojadała Hela, i z lubością wbiła zęby w słodki miąższ.

– Życie wraca do normy – powiedziała dziewczynkom. – Ja to wiem. Czy wy też to czujecie?

Mania na chwilę otworzyła oczy, popatrzyła w jeden bok, następnie drugi i znów zapadła w sen.

– Co ty tu masz?! – mruknęła dziewczyna i zagłębiła rekę w kołyskę Ani. – Ach! – krzyknęła i odrzuciła ze wstrętem dużego, martwego szerszenia. – Kwiatuszku słodki! Czy ciebie nie ugryzł przypadkiem?

Ania otworzyła oczy i popatrzyła na Andzię uważnie, jakby chciała powiedzieć, że to ona zgładziła szerszenia, a nie odwrotnie. Maleńkie usteczka skrzywiły się w coś na kształt uśmiechu. Andzia wzięła ją na ręce i przytuliła do serca. Dziecko sapnęło i otworzyło buzię. Andzia wpatrzyła się w zielone oczy dziewczynki.

– Zabiłaś szerszenia, panienko? – Uśmiechnęła się. – Brawo...

Ania zakwiliła. Na dźwięk głosu siostry oczka otworzyła Mania i zaczęła płakać. Jej głos był znacznie bardziej donośny niż Ani.

–A ty znowu zazdrościsz siostrze, tak? Co ona, to i ty, tak? – Andzia przekomarzała się z Manią. – Czekajcie, czekajcie. Zaraz wam mleczka od Malwinki przyniosę, moje wy robaczki...

Położyła dziewczynki w kołysce i poszła utoczyć koziego mleka.

Bronia i Antoni przyjechali do domu syna i zajęli najmniejszy, zimny pokój, w którym do tej pory była spiżarnia. Kiełbasy i szynki zostały przeniesione na mały stryszek, na ziemniaki wykopana ziemianka, a słoiki z konfiturami i innymi przysmakami na zimę trafiły do specjalnie wybudowanej piwniczki w ogrodzie. Podmurowaną piwniczkę wybudował w jedną niedzielę sam Antoni, który był teraz zupełnie trzeźwy i chętny do pomocy.

– Nic, nic, synku – mawiał, kiedy Stanisław pytał go, czy nie przerwać swojej pracy przy konfesjonałach, tudzież kredensie dla Miłorzębskich z Żółwina i pomóc mu w budowie.

– Kredens nie zając i poczeka – mówił, wiedząc, że ma opinię najlepszego cieśli w okolicy, a Miłorzębscy i tak będą szczęśliwi, kiedy pokaże im cudo, które dla nich zrobi. – A razem zrobimy prędzej...

– Ty masz, Stasiu, co robić i ja ci w tym pomóc nie mogę – niezmiennie powtarzał mu ojciec. – A kopanie i murowanie zostaw mnie...

Codziennie rano po śniadaniu, które dla nich przygotowywały Bronia i Andzia, obaj mężczyźni szli każdy do swoich zajęć i ponownie spotykali się na obiedzie. Milczące porozumienie z ojcem cieszyło Stanisława, który z dzieciństwa pamiętał go głównie jako mamroczącego do siebie, wiecznie kiwającego się mężczyznę, który trzeźwiał tylko wtedy, kiedy komuś budował piec. Trzeba też przyznać, że ojciec spełniał w domu pewne funkcje wychowawcze. Lubił na przykład sprawdzać, co synowie robią w szkole, przeglądać zeszyty i opowiadać dość barwnie o historii Polski. Gniewał się bardzo, kiedy słyszał, że któryś opuszcza szkołę, a już kiedy złapał jednego z nich na wagarach, przyprowadzał za kark do domu, sadzał przy stole i przez godzinę opowiadał o tym, że nauka jest bardzo ważna, czego Jaś się nie nauczył, tego Jan nie będzie umiał, obojętne czy chodzi o piece, czy okopywanie ziemniaków. No i po takiej przemowie ojciec zazwyczaj spuszczał lanie. Kazał się kłaść na łóżku i zdejmował pas. Trzeba było to przetrzymać nerwowo, ponieważ był zawsze zamroczony alkoholem albo na kacu, co niewiele się różniło. Jeżeli zdejmował pas, nie wolno było roześmiać się, jeśli mu spadły spodnie i ukazywał się w starych gaciach. Czasem je przytrzymywał i wtedy miał ograniczone możliwości ruchu, zwłaszcza że trzymał prawą ręką, przez co pas musiał wziąć do lewej, którą kompletnie nie umiał się posługiwać. Nie bez znaczenia była też rana pod pachą, która coś zrobiła z nerwami i ojciec mógł podnieść tę rękę tylko trochę. Markował wtedy uderzenie, chociaż mógł trafić w nogi i wtedy rzeczywiście bolało. Kiedy spodnie mu nie spadały, dzierżył narzędzie kaźni w prawej ręce i usiłował trafić w tyłek. Nigdy mu się to nie udawało, ale próbował zawzięcie, zachęcany okrzykami: „Ała!" albo: „Tata, ja już nie będę", względnie: „Daruj, tata". Po takim „laniu" należało się masować po tyłku i siadać ostrożnie, żeby ojciec był pewien dobrze spełnionego obowiązku i mógł pójść się napić, gdyż nie było mu przyjemnie bić dzieci i musiał odreagować. Matka w tym czasie patrzyła na synów krzywo, jakby chciała, żeby ojciec ich tłukł. Przyznać trzeba, że nigdy nie wchodziła do zamkniętego pokoju, gdzie odbywała się kara, tylko stała w kuchni i żegnała się po każdym „Już nie będę". Coś tam może i podejrzewała, że jest nie tak z celnością męża albo z coraz bardziej sparciałym paskiem, ale w myśl zasady, że „wilk syty i owca cała" – nic nie mówiła.

Hela została odwieziona do domu, gdzie przywitali ją groźnie wyglądająca teściowa i małżonek, który wyszedł do Stanisława z siekierą w ręku. Sama mamka jechała, ściskając tobołek i pochlipując z cicha, a Stanisław udawał, że nie widzi śladów Andzinych pazurów na jej twarzy. Nic jednak nie mówił, bo nie bardzo wiedział, co się stało, że dziewczyny chwyciły się za kudły. Podejrzewał także, że powód bójki albo by mu się nie spodobał, albo nie wiedziałby, jakie zająć stanowisko w sporze.

– Dziękujemy bardzo za pomoc – powiedział niezręcznie, kiedy Hela wysiadła i niechętnie poszła w stronę trójki dzieci bawiących się na zagraconym podwórku i męża, po którym aż nadto dobrze widać było ślady spożytego wczoraj alkoholu.

Hela nie obejrzała się, tylko poszła przed siebie, a Stanisław zszedł z kozła i odważnie ruszył w stronę męża dzierżącego w ręku siekierę.

– Czemu żona taka na gębie czerwona? – spytał małżonek, a potem zasłonił paluchem jedną dziurkę od nosa, a drugą wydmuchał imponujący glut, który spoczął u stóp Stanisława.

– Podrapała się, zbierając maliny. – Stanisław spojrzał mężowi Helki prosto w oczy. – Dobrą macie żonę i uczynną bardzo, pracowitą…

– Dzieci wasze uratowała? – Mężczyzna miał na twarzy wypisaną wrogość.

– Tak, tak – szybko potwierdził Stanisław i wyjął z kieszeni pięć rubli, które wcisnął mężowi Helki, wsiadł szybko na konie i pojechał do siebie, wyrzucając sobie, że może za mało zapłacił za Andzine paznokcie i mleko, które ożywiło jego córki.

W domu powitał go Tadzik, który razem z Wackiem, zapędzony do zbierania jabłek, protestował głośno, twierdząc, że ma dużo lekcji do nauczenia się na jutro. Antoni spolegliwie poszedł sam jabłka zbierać, chociaż Bronia była zdania, że dzieci powinny pomagać w domu, w polu i obejściu.

– Helka została u swoich? – spytała Bronia.

– Została – potwierdził Stanisław. – Żal dziewczyny – dodał już ciszej…

Andzia prychnęła i otworzyła usta, ale zamilkła pod groźnym spojrzeniem Broni. Wieczorem ciotka powiedziała jej, że Stanisław Helce pięć rubli dał za te pazury, co Andzia jej wbiła w twarz, i dziewczyna popłakała się z żalu za oddanymi pieniędzmi. Postanowiła sobie, że je kiedyś Helce odbierze albo sama zarobi i Stanisławowi odda.

Bronia do stołu nakryła razem z Andzią i szczodrą ręką nałożyła górę pierogów z kapustą i świeżo nazbieranymi grzybami, które już pokazywały się w okolicznych lasach. Pomyślała, że zapędzi męża do lasów po grzyby. Trzeba ususzyć i zamknąć, co się tylko da, to w zimę będzie co jeść. Kto wie, co ta wojna gotowa z grzybami w lesie zrobić albo kartoflami w polu, myślała.

– Okrasy nie ma? – spytał Antoni, kiedy wszyscy siedzieli już przy stole.

– Oczywiście, że jest, tylko cierpliwości nie ma – powiedziała Bronia i polała górę pierogów skwarkami z cebulą z patelni.

– Pyszne, babciu, pierogi – wysapał Wacek, który jadł już piątego pieroga, wycierając ubrudzoną tłuszczem buzię grzbietem ręki.

– Aż mu się uszy trzęsą, tak je. – Andzia roześmiała się i zmierzwiła dziecku czuprynkę.

Wacuś rzucił jej wierne spojrzenie i wziął kolejnego pieroga. Tadzik pałaszował w milczeniu, rozglądając się dokoła. Andzia zerkała na dziewczynki, które leżały w kołyskach i patrzyły ciekawie na świat.

– Czemu ty dzieci tu przynosisz? – spytała Bronka, potknąwszy się po raz kolejny o kołyskę Ani. – Miejsca mało, pierogów jeszcze nie jedzą. No i nie płaczą, a ty bujasz i bujasz…

– Nie płaczą, bo bujam… – odpowiedziała przekornie.

Andzia przyzwyczaiła się do tego, że zajmuje się Anią i Manią jak rodzonymi dziećmi i wszędzie nosi je ze sobą. Jeśli nie trzymała ich akurat na rękach, to brała kołyski do kuchni, czy ogrodu i przy obieraniu ziemniaków, wyciąganiu cebuli, czy pieleniu chwastów, bujała je od czasu do czasu i zagadywała do nich.

– Ona im jeszcze śpiewa… – powiedział Tadzik. – Chodzi po ogrodzie i śpiewa…

Andzia zrobiła się czerwona jak burak i spuściła głowę.

– Nam mama śpiewała jak… była – odezwał się Wacek w obronie Andzi, którą kochał bardzo i uważał za starszą siostrę. – A Andzia śpiewa całkiem jak… mama.

Andzia sapnęła i pogłaskała Wacka po buzi, a potem Tadzika, który wyglądał, jakby się miał rozpłakać i powiedziała:

– Co miałyby same siedzieć, ciociu… Chciałam, żeby tu z nami były… Człowiek oko na nie ma i one nas też widzą…

– Grzeczne są nasze dziewczynki – przyznała Bronia. – Nie to, co moje chłopaki. Darli się bez przerwy, pamiętasz Antoni?

Mąż przewrócił oczami i przytaknął.

– Darli się, darli… Albo jeden przez drugiego, albo jak jeden skończył, to drugi zaczynał, trzeci wtórował i tak dalej… Ech… Jak żeśmy w pole szli, zboże zbierać, to Bronka dolewała wina do mleka.

Bronia uśmiechnęła się i potaknęła głową.

– Trochę… – powiedziała i dotknęła czoła spracowaną ręką. – Żebyście posnęli i nie przeszkadzali pracować…

Stanisław bez słowa jadł pierogi, w skrytości ducha dziękując Bogu, że Bronia z Antonim przenieśli się do nich. Zwłaszcza matka z jej trzeźwym myśleniem, pracowitością i gospodarnością była wielkim skarbem. Patrzył na dziewczynki. Rzeczywiście leżały w kołyskach, wielkookie, cichutkie i obserwowały otoczenie. Kiedy tylko ktoś stanął nad kołyską, rozciągały w uśmiechu bezzębne usteczka i machały rączkami. Żywicielka – koza Malwinka – była wyprowadzana przez Andzię do lasu, żeby skubała najlepszą trawę, Andzia znosiła jej komosę, koniczynę i karmiła małymi kawałkami mięsa, wszystko, żeby jakość mleka podnieść i dziewczynki żywić, jak należy. Nie przyznawała się do tego, ale kochała te dzieci miłością matczyną, gotowa była nieba im przychylić i jakby trzeba było, życie za nie oddać. Nie wyobrażała sobie ani chwili bez nich, dlatego wynosiła kołyski na dwór, mimo że w krzyżu jej trzeszczało, a kiedy nikt nie widział, brała na ręce to jedną, to drugą i śpiewała piosenki, które jej mama śpiewała jej samej i młodszemu rodzeństwu. Dziewczynki rosły zgodnie i coraz bardziej ciekawie patrzyły na świat. Łyse główki pokryły się rudymi włoskami, które Ani sterczały prosto do góry, a Mani kręciły się w loczki. Mania była trochę większa od siostry i wyraźnie miała więcej ciałka, piegi na policzkach i dołeczki w łokciach. Ania była za to eteryczna, blada, bez śladów piegów i bielutka jak porcelana z Pruszkowa. O ile Mania wydawała z siebie dźwięki podobne do gruchającego gołębia, o tyle Ania popiskiwała jak mały kotek, który szuka mleka. Andzia kochała je obie, chociaż każdą inaczej. Ania ją rozczulała, a Mania wywoływała uśmiech na jej twarzy i błogość w sercu.

– Po kim one takie rude? – spytał głośno Stanisław, co spowodowało uciszenie się dyskusji przy stole.

– Jak to po kim? – spytała Bronia. – Po rodzinie…

– No, ale w naszej rodzinie nie było rudych… – sprostował Stanisław.

– Może w Kasi rodzinie byli… – podsunął Antoni, który miał ochotę poprosić żonę o naleweczkę z czereśni albo kieliszek jarzębiaka i bał się, że nie znajdzie w sobie odwagi, żeby powiedzieć o tym głośno.

– Chyba też nie… – powątpiewał Stanisław, któremu przyszło do głowy, że Ożarowskich nie widział od czasu pogrzebu i nie wiedział, co u nich słychać. Zupełnie o nich zapomniał, jakby odeszli wraz z Kasią do tamtego świata.

– W mojej rodzinie był jeden rudzielec. – Antoni przypomniał sobie. – Wujek Kazik, taki przyszywany brat dziadka… On był rudy i mówili na niego „wiewiór".

– Jak przyszywany brat dziadka, to żadna rodzina – orzekła Bronia i skinęła na Andzię, żeby zbierała naczynia.

– Może i tak – zgodził się jej mąż, który postanowił, że poprosi Bronię o mały kieliszeczek nalewki, choć nie chciał jej drażnić.

– Wacek i Tadzik, do sadu, dziadkowi pomóc jabłka wyzbierać! – zarządziła Bronia. – Andzia, tu, do mnie, będziemy zaraz pikle marynować.

Andzia potaknęła głową i zerwała się gorliwie z miejsca.

– Stasiu – powiedział cicho Antoni. – Ty chodź ze mną, bo trzeba kartofle i marchewki przenieść z piwnicy…

– A po co przenosić? I dokąd? – Syn się zdziwił. – Tam tyle miejsca. Ojciec dużą piwnicę wymurował. Jak pańska, tyle zapasów pomieścić by mogła.

Antoni pochylił się w stronę syna.

– Chodź ze mną, to zobaczysz, że miejsca potrzeba… A potem spojrzał na niego spod oka i zapytał:

– Myślisz, synu, że matka kielicha by nam dała wypić?

Bronia usłyszała pytanie męża i odwróciła się w jego stronę.

– A na jednym kielichu skończysz? – spytała krótko.

Antoni uśmiechnął się krzywo.

– To może my najpierw, ojciec, pracę zrobimy – powiedział pojednawczo Stanisław. – A potem razem się z ojcem napijemy…

Bronia kiwnęła głową z aprobatą.

– Idźcie, idźcie – mruknęła i potem wyjaśniła zdziwionej Andzi: – Antoni, kiedy się napije, to nic już nie zrobi. Wojna go zastanie pijanego, zaplutego… Staś go zna. Niech zrobi, co potrzeba, a potem dam mu się napić. I tak długo trzeźwy wytrzymał…

– Jaka wojna, ciociu? – spytała Andzia, która ciągle słyszała na targu i w kościele to magiczne słowo okraszane przerażonymi spojrzeniami, wychylające się z zasłoniętych drżącymi dłońmi ust. – Nie będzie wojny…

– Ja też w to nie wierzę – powiedziała Bronia. – Ale kto tam wie…

Wojna jednak przyszła do Brwinowa, chociaż mało kto w to wierzył. Potem ludzie z wioski twierdzili, że to jesienne liście przygnały Ruskich, a spadające kasztany zwiastowały klęskę Niemców. Winni wiedzieli jednak swoje. Ruscy poszli na wschód z głodu, a Niemcy po ziemie, bo każdy walczy o to, czego mu brak. Tak twierdził Antoni, a zarówno Staś, jak i jego bracia przy jarzębiaczku zgodnie podzielali tę opinię. Nie wiedzieli tylko, czy Ruscy i Niemcy będą walczyli ze sobą w jakimś dalekim miejscu, czy też zechcą łupić Brwinów i okolice, ale i tu byli zgodni, że trzeba poczekać na rozwój sytuacji.

– Ksiądz każdej niedzieli nawołuje, żeby uważać… – powiedział Stanisław, który pamiętał o rozmowie na werandzie u doktora Brzozowskiego.

– Ale nie mówi, na co mamy uważać – żachnął się Romek, któremu Ruscy kojarzyli się z oszukiwaniem w kartach i zatrutym samogonem.

– Uważać trzeba na nich – tłumaczył Władek, który bał się puszczonych z dymem wsi i życia bez dachu nad głową.

A Kajtek, który ważył już ze sto kilo, powiedział:

– Jedzenie trza ukryć, bo to najpierw zabiorą…

Któregoś jesiennego dnia Antoni wstał o czwartej nad ranem i w poszukiwaniu grzybów zapuścił się aż pod Nadarzyn. Uzbrojony w strzelbę na dziki, których w lesie było zatrzęsienie, wędrował z dużym koszem i spośród wszelkich gatunków wybierał prawdziwki. Omijał szerokim łukiem kurki, które uważał za pokarm dla ptactwa, niegodny ludzkiego języka, a szukał brązowych kapeluszy, które uznawał za wielki cymes. Właśnie odgwizdywał kosowi na pozdrowienie, kiedy za szerokim dębem usłyszał szelest. Przestał gwizdać i znieruchomiał zaniepokojony. Zanim zdążył unieść strzelbę, zza drzewa wyszła okazała locha, a za nią trzy warchlaki. Antoni o mało nie narobił w spodnie. Rozejrzał się wokoło w poszukiwaniu drzewa, ale najbliższe, które miało wystarczająco niskie gałęzie, żeby przy pomocy okaleczonej ręki mógł się na nie wspiąć, znajdowało się na drodze maciory. Zwierzę przystanęło i spojrzało z zainteresowaniem na Antoniego. Wilgotny ryj uniósł się lekko, a dzik wyczuł strach bijący od mężczyzny. Jeden z pasiastych warchlaczków przydreptał i otarł się o jego spodnie. Antoni za wszelką cenę postanowił się nie ruszać, chociaż pot spływał mu po twarzy, a strzelba ześlizgiwała się po wilgotnej dłoni. Maciora obserwowała go, jednocześnie wybierając żołędzie spod dębu. Antoni bardzo powoli położył kosz z grzybami na mchu i równie wolno, nie spuszczając oczu ze zwierzęcia, podniósł strzelbę. Locha uniosła łeb i wsłuchała się w coś za nią. Potem zaniepokojona gruchnęła na swoje dzieci i pobiegła wprost przed siebie, ignorując Antoniego i jego broń. Antoni skulił się na mchu. Słyszał bicie własnego serca, a żołądek podchodził mu do gardła. Zwymiotował żółcią, bo nic nie miał w żołądku, uniósł koszyk i postanowił wracać, mając dość, przynajmniej na dzień dzisiejszy, grzybów i dzików. Ignorując kosa, który ciągle go zaczepiał gwizdaniem, szedł szybko w stronę domu. Krew pulsowała mu w głowie. Kolejny szelest za drzewami sprawił, że Antoni padł na ziemię i poczołgał się w stronę gęstych krzaków. Miał nadzieję, że to nie zwierzę słyszy, ale człowieka, przed którym krzaki mogłyby go ochronić. Drugiego starcia w jednym dniu z kolejnym dzikim zwierzem pewnie by nie przetrwał, ale zza drzew nie wyłonił się jeleń, ani też dzik, lecz wysoki mężczyzna w mundurze i rozejrzał się wokoło. Antoni tylko przywarł do ziemi, bojąc się oddychać. Tamten stał chwilę, obserwując czujnie dalekie krzaki, a potem powoli zaczął posuwać się w jego stronę, unosząc wysoko karabin z bagnetem. Antoni powoli skierował wzrok na miejsce, w które wpatrywał się ruski żołnierz. Na mchu, doskonale widoczny, stał koszyk z grzybami. Zamknął oczy, podświadomie czekając na bagnet przeszywający mu plecy albo wystrzał karabinowy. Pomyślał, że może powinien śmierci zajrzeć w twarz, a nie kryć się po krzakach jak tchórz i zdrajca, ale nogi miał jak z drewna i nie mógłby się ruszyć. Żołnierz zbliżał się do miejsca, w którym miał kryjówkę. Wtem zza dębu, dostojnym krokiem, wyszła ta sama locha i stanęła z boku. Żołnierz skamieniał. Potem spojrzał na lochę i warchlaki. Najwyraźniej podjął decyzję, ponieważ uniósł karabin i strzelił, a maciora zachęcona bólem, strachem o dzieci, rzuciła się na mężczyznę. Przez chwilę Antoni, skulony w liściach, nie odróżniał pisku zwierzęcia od krzyku atakowanego mężczyzny. „Teraz powinien przeładować", myślał gorączkowo. Dobrze znał takie czterotakty, jakie miał rosyjski żołnierz. Usłyszał jęczenie, a potem charakterystyczny dźwięk obrotu, ruchu zamka do tyłu i do przodu. Do strzału, który mógłby zabić zwierzę, brakowało jeszcze jednego obrotu. Antoni uniósł swoją strzelbę. Z łatwością mógł oddać strzał do lochy i uratować żołnierza, ale nie ruszał się z miejsca. Wreszcie rozległ się wyczekiwany dźwięk i padł kolejny strzał. Kwik zamilkł w pół tonu. „Teraz przyjdzie i mnie zabije", pomyślał o żołnierzu, który był pewnie ranny, ale miał mnóstwo czasu na kolejne przeładowanie broni i oddanie strzału. Chwilę, która wydawała się Antoniemu wiecznością, czekał na śmierć, lecz kiedy ona nie następowała, a na polance nadal panowała cisza, uniósł głowę. Kilka metrów od niego leżała martwa maciora, a koło niej dogorywał krwawiący Rosjanin. Antoni wyczołgał się z krzaków, chwycił koszyk z grzybami i nie sprawdzając, czy żołnierzowi można pomóc, pobiegł ile sił miał w nogach do domu. Dopadł drzwi, kiedy już całkiem świtało, prawie zemdlał ze zmęczenia, w płucach mu świszczało, a kolana boleśnie gniotły. Zastukał krótko do pokoju syna. Zaspany Stanisław otworzył drzwi.

– Ruscy w Nadarzynie – wydyszał Antoni.

– Kto? – Nie zrozumiał w pierwszej chwili jego syn.

– Grzyby zbierałem i zwiadowca na mnie wyszedł. Maciora go zabiła… Szybciej… – ponaglił go Antoni.

– Kogo maciora zabiła? – Stanisław nadal nie rozumiał.

– Ruskiego żołnierza zabiła. – Antoni się zdenerwował. – Ruscy tu są, rozumiesz?! Wojna się zaczęła! W lesie go spotkałem i strzelał do mnie, to znaczy do dzika strzelał, do maciory, bo ona młode miała…

– Ojciec chce, żebym ja tam z ojcem poszedł? – Stanisław wciąż nie pojmował. – Do lasu?

– Głupi jesteś. – Antoni był coraz bardziej zdenerwowany. – Trzeba uciekać…

Do Stasia prawda docierała powoli. Widział ją głównie w przerażonym spojrzeniu ojca, tak różnym od pełnego pasji wzroku Ksawerego i smutnych oczu doktora, kiedy rozprawiali o wojnie.

– Dokąd mamy uciekać? – spytał.

– Do leśniczówki Batalków – wyjaśnił krótko Antoni i poszedł budzić żonę.

Stanisław westchnął i poszedł się ubrać. Ścielił łóżko, kiedy usłyszał krzątającą się Bronię budzącą Andzię i chłopców.

– Babcia, nie… – mamrotał Tadzik przewracając się na drugi bok.

– Chodź, chodź. – Bronia nie ustępowała i ciągnęła chłopca za gołe nogi. – Nie pójdziesz do szkoły, tylko rusz się, chłopaku...

Tadzik w końcu wstał, ubrał się w wełnianą kufajkę i pomógł Wackowi naciągnąć skarpety na nogi. Nie wiedzieli, co babcię ugryzło i gdzie im każe iść o tej porze. Na dworze dołączyli do nich pozostali. Andzia trzymała na ręku Anię, Bronia Manię, obie śpiące słodko, a Stanisław i Antoni po koszu z jedzeniem.

– Może kogoś uprzedzimy? –Bronia nie wytrzymała. – Przecież tu ludzie, sąsiedzi...

– Nie ma czasu. –Antoni się upierał. – Idziemy do Batalków...

Tadzik przewrócił oczami.

– Dziadziu – powiedział Wacek. – To tak jest strasznie daleko...

Antoni nie odpowiedział, tylko machnął niecierpliwie ręką i pognał rodzinę najpierw przez pola, a potem skrajem lasu. Szli za nim w milczeniu raczej zdumieni i zniechęceni, niż wdzięczni Antoniemu, że rodzinę chce uchronić przed wrogiem, którego nikt na oczy nie widział ich.

– A inne dzieci nasze? – spytała z narastającą złością Bronka, kiedy stanęli przed zgrzybiałą leśniczówką.

– Was tu zostawię i po nich wrócę... – zapewnił żonę Antoni. – I sąsiadów też powiadomię, żeby uciekali.

Batalkowie pomarli na gruźlicę dwa lata wcześniej, a ich stojący na uboczu dom całkiem opustoszał. Mało kto o nim wiedział, ponieważ byli starszymi ludźmi, postrzeganymi w Brwinowie jako dziwadła. Wiesława Batalka pełniła nawet rolę czarownicy, pewnie dlatego, że zbierała zioła i sprzedawała je na targu za grosze albo wymieniała na karmelki, rzadziej na tytoń, który zwijała w papierosy, a potem zaciągała się nimi zachłannie i kasłała, wydmuchując dym nosem i ustami. Antoni znał dobrze Feliksa Batalkę, którego brał często do pomocy przy piecach, a że Felek był i pracowity i napić się lubił, to dla Antoniego był kompanem idealnym. Kiedy Feliks zaczął kasłać krwią, Antoni od razu wiedział, że to gruźlica, a przyjaciel nie dożyje lata.

– Wiesią się zaopiekuj, o to jedno cię proszę, Antoś – powtarzał Batalka tak długo, aż uzyskał zapewnienie, że Antoni nie zostawi jego żony bez pomocy. Ostatniego dnia wiosny Feliks nie obudził się ze snu, a Antoni zaczął Wiesi pomagać. Robił to po kryjomu, ponieważ jego własna żona Bronisława pogardzała takimi jak Batalkowie i nie byłaby zadowolona, że jej mąż obcej babie, nawet wiejskiej dziwaczce, drewno rąbie i wodę nosi. Kiedy Batalkowa umarła, Antoni ze zdumieniem dowiedział się, że okoliczne lasy i stary dom przypadły w spadku jemu. Nie przyznał się do tego żonie z obawy, że pomyśleć może, że Antoni w jakiś sposób przyczynił się do tego szczodrego daru, zwłaszcza wobec Wiesławy. Od czasu jej śmierci przychodził regularnie i ogarniał dom, wymiatał pajęczyny i dmuchał w palenisko, a potem wracał do siebie, nic nie mówiąc nikomu, ponieważ zupełnie nie miał pomysłu na to, co miałby zrobić z tak nieoczekiwanym darem, jak kawałek nieurodzajnej ziemi i brzozowy las. Kiedy jednak zobaczył ruskiego zwiadowcę, pierwsze, o czym pomyślał, to właśnie dom Batalków. Otwierając drzwi i wprowadzając tam swoją rodzinę, był przekonany, że zapewnił bezpieczne schronienie żonie, dzieciom i wnukom.

– Zaryglujcie drzwi, kiedy wyjdę – przykazał. – Siedzieć cicho i w piecu, Boże broń, nie palić.

– Przecież zamarzniemy – zaprotestowała z przekąsem Bronia, która wprawdzie poddała się mężowskim strachom, ale nie miała pojęcia, jak w tej ciszy może grozić im jakiekolwiek niebezpieczeństwo.

– No właśnie – potaknęła skwapliwie Andzia. – Dziewczynki zwłaszcza w cieple powinny siedzieć…

– Wytrzymają – krótko powiedział Stanisław i spojrzał porozumiewawczo na ojca. – Idę z tatą…

Antoni pokręcił głową.

– Ty zostań i pilnuj, żeby nikt nie wychodził i ognia nie podkładał. Ja idę do Brwinowa sprowadzić resztę naszych i ludzi uprzedzić…

– A przed czym ty chcesz ludzi uprzedzać? – Bronia załamała ręce. – Wojny się boisz, wiem, ale gdzie masz tę wojnę ? Dziewczynki tymczasem zmarzną…

Antoni nie zwrócił na żonę najmniejszej uwagi, tylko cicho omawiał coś ze Stanisławem.

– Dziadku – sapnął Tadzik, który był ogromnie ciekawy, co też dziadek wymyślił i dlaczego zamiast iść do szkoły, mogą przeżywać ekscytujące przygody. – Pójdę z tobą, dziadku…

– Ani mi się waż. – Dziadek pogroził mu palcem. – Ty teraz ojcu pomagać będziesz w pilnowaniu babci i Handzi…

Kiedy za Antonim zamknęły się drzwi, Bronia rozejrzała się dokoła i westchnęła ciężko.

– Żeby chociaż w piecu można było napalić… – sarknęła.

– Nie można, mamo. – Stanisław pokręcił głową. – Jeśli ojciec ma rację, to dym może nas zdradzić…

– Ale czy ty wierzysz, że ojciec żołnierza w lesie widział? I to jednego żołnierza?

– Co mam nie wierzyć. – Wzruszył ramionami, chociaż cała historia wydawała mu się naciągana. Atakująca żołnierza maciora oszczędzająca Antoniego, samostrzelne karabiny i strzelba, z której Antoni nie mógł zabić lochy. To wszystko w połączeniu z wczesną porą dnia i wszechobecną ciszą wydawało mu się nierealne.

Andzia troskliwie okryła dziewczynki i ułożyła je na sienniku, który leżał pod ścianą. Obok siostrzyczek położyli się także Wacek i Tadzik.

– Czysto tutaj… – powiedziała Andzia, rozglądając się dokoła. – Czyj to dom?

– Feliks był przyjacielem Antoniego. – Bronia pospieszyła z wyjaśnieniem. – Właściciel…

– Kiedy oni pomarli? – spytał matkę Stanisław.

– Jeszcze tamtej zimy. – Bronia sobie przypomniała. – Najpierw on, potem ona. Krótko po nim. Antoni na pogrzeb chodził. Jak Feliks umarł, to pomagał Batalkowej. Myśli, że ja nie wiem…

Stanisław westchnął.

– Ojciec to dobry człowiek.

– Dobry. – Bronia pokiwała głową. – I pije mniej jak za młodu… Siły pewnie nie ma…

Andzia tymczasem przykrywała dziewczynki i chłopców kocami, które powyjmowała ze starej szafy. Odrobinę pachniały stęchlizną, ale Andzia uznała, że może z nich skorzystać.

– Co ty tu masz, Aniu? – Pogładziła dziewczynkę po rudych, sterczących prosto włosach. – Popiół? Skąd popiół?

Wyjęła grzebyk z kieszeni i delikatnie wyczesywała szare skrawki spomiędzy włosków dziecka.

– Czy ciocia zobaczy, co to jest? – spytała Broni.

Bronisława podeszła do dziecka i spojrzała na główkę.

– Wygląda jak popiół, ale to pewnie z drzewa coś spadło, kiedy szliśmy…

– Wyczeszę. – Andzia zdecydowała, biorąc grzebyk do ręki.

Ania nie płakała, nawet się nie krzywiła, tylko patrzyła ciekawie na Andzię i uśmiechała się.

Gdzieś w oddali rozległ się huk. Potem kolejny i jeszcze jeden. Dopadli okien. Od strony Pruszkowa na niebie zobaczyli łunę. Bronia zbladła. Andzia zaczęła cicho płakać.

– Rację miał pan Antoni – wyszeptała. – To jest wojna…

– Siedzimy cicho i czekamy na ojca –powiedział stanowczo Stanisław, który przez chwilę zastanawiał się, czy nie powinien wrócić do domu i zabezpieczyć dobytku. „Tam, w domu", myślał gorączkowo, „konfesjonały dziękczynne, w piwnicy zapasy. No i zwierzęta, przede wszystkim… zwierzęta…". Bronia, jakby odgadywała jego myśli, ścisnęła go za rękę i rzekła:

– Nas Pan Bóg skrzywdzić nie pozwoli… Ochroni nasz dom i zwierzęta… Byleby tylko braci twoich ojciec zdążył tutaj przyprowadzić…

A potem żegnała się przy każdym wystrzale i tuliła do serca Andzię, która dygotała ze strachu i trwożnie patrzyła na śpiące dzieci, których nie budził huk dział ani wystrzałów karabinowych.

Antoni tymczasem wracał tą samą drogą, starając się chować w lesie, żeby być niewidocznym dla ludzkich oczu. Gratulował sobie w duchu, że kryjówkę dla rodziny wymyślił bardzo sprytną, z dala od linii walk. Miał tylko nadzieję, że nadciągający front przejdzie obok, omijając Brwinów i Podkowę Leśną. Po minięciu lasu zatrzymał się przy pierwszych domach i popatrzył z niedowierzaniem. Na podwórzach bezładnie biegały kobiety, starając się wyłapać kury i zagnać je do kurników, mężczyźni barykadowali drzwi i okna domostw, a beztrosko biegające dzieci, ciekawie zerkające na miejsce, skąd dochodziły huki, były zapędzane do domów. Antoni, niezauważony, poszedł ogródkami prosto do plebanii. Zapukał energicznie w okna, ale nie otrzymał odpowiedzi. Domyślił się, że ksiądz jest w kościele i chowa święty obraz. Znalazł księdza Kolaka i wikarego w bocznej nawie, gdzie we dwóch chowali za ołtarzem Matkę Boską Częstochowską.

– Czy ksiądz coś wie? – spytał bez wstępów Antoni.

– Tylko tyle, że jest bitwa w Pruszkowie…

– Tyle to wszyscy wiedzą – mruknął Antoni. – Przecież od Parzniewa dochodzi kanonada… Ja ruskiego w Nadarzynie widziałem, kiedy na grzybach byłem…

Ksiądz ponaglał wikarego, nie zwracając specjalnie uwagi na stojącego z tyłu Antoniego.

– Niemcy są w Grodzisku – powiedział wikary. – Podeszli aż tutaj i odcięli nas od Podkowy. Budują okopy. Tylko patrzeć, jak do kościoła przyjdą…

Antoni, uznawszy, że nic tu po nim, przeżegnał się, ukłonił i pobiegł prosto przez rynek za cmentarz, gdzie mieszkał jego średni syn Władek.

– Gdzie ojciec był? – Władysław przywitał go zdenerwowany. – Janka do was posłałem, ale wrócił i mówi, że nikogo nie ma… Gdzie wy chodzicie, kiedy wojna…

– Poślij Jaśka do wszystkich naszych i niech idą do Batalków. Tam są Staśki i matka… – powiedział Antoni, nie zwracając uwagi na słowa syna.

– Już posłałem, ale Kajtka nie ma, bo piątek i na targ do Grodziska pojechał. Stefek z Grażyną w Siedlcach, zatelegrafuje się do niego, czy wszystko w porządku, a Roman siedzi w piwnicy, co ją wybudował, i nie chce się ruszyć.

– To źle, że do Grodziska poszedł. Tam Niemcy… – Antoni się zmartwił. – Niech Jasiek i Damian idą do Batalków, tylko lasem i nie szlakami, ale przez gęstwinę.

– Dobrze. – Władysław kiwnął głową i zawołał synów.

Dziesięcioletni Damian i siedmioletni Jasiek byli podobni do ojca jak dwie krople wody.

– Idźcie prosto do domku Feliksa – nakazał im Antoni. – Tam na nas poczekacie. Szybko i przez las. Im gęściej będzie, tym lepiej dla was.

– A dziki, dziadku? – Damian się zaniepokoił.

– Spotkałem dziś i dzika, i żołnierza – wyjaśnił mu Antoni. – Gorsze było spotkanie z tym drugim…

Chłopcy kiwnęli głowami i żegnani przez swoją matkę, wybiegli na zewnątrz.

– A my idziemy zwierzęta zamykać. – Antoni skinął na syna. – A Kazia do siebie i zamknij za sobą dobrze…

Synowa, pobladła z przerażenia, bez słowa poszła do domu. Ledwo zdążyła zamknąć za sobą drzwi, a na podwórze wpadł Tadeusz Hajewski, kamieniarz, i krzyknął, że Ruscy są nieopodal i bramę cmentarną wykopują. Trzeba cmentarza bronić, bo tacy mogą mogiły bezcześcić.

– Żywych lepiej bronić, nie umarłych – zdążył powiedzieć Antoni, kiedy na podwórze wpadło dwóch żołdaków.

Jeden z nich dopadł Antoniego i uderzył go kolbą w twarz. Władek krzyknął i zamierzył się na żołnierza.

– Nie! – wrzasnął Antoni, ścierając krew i wypluwając trzonowy ząb.

– *Ty sobaka!* – krzyknął drugi żołnierz, uderzając Hajewskiego, tym razem w brzuch.

Kamieniarz zatoczył się i upadł.

– Nie! – wrzasnął po raz drugi Antoni. – *My pobratymcy! Nie strielajtie!*

Żołnierz zatrzymał się i spojrzał z ukosa na leżącego Hajewskiego i krwawiącego Antoniego.

– *Pomogite nam worota wykopat', a my ostawim was w spokojstwii*[*]. – obiecał jeden z żołdaków.

Antoni, Władek i Tadeusz, który zdążył wstać, pokornie poszli za żołdakami. Na miejscu zobaczyli, jak pięciu żołnierzy stara się wykopać ciężką żelazną bramę.

– *Oni nam uże nie budut nużnyje, Fiedja!* – krzyknął jeden z nich. – *Pod stienu s nimi!*[**]

– Nie zabijajcie, panie – powiedział Antoni. – Ja zdun. Przetopię wam tę bramę na patrony.

* Bramę nam pomóżcie wykopać, to was zostawimy w spokoju.

** Oni nam już nie będą potrzebni, Fiedia! Pod mur z nimi!

– *Ty sdiełajesz patrony s etich worot?* – spytał Rosjanin nazwany Fiedią. – *Ty umiejesz?*

– *Umieju.* – Antoni szybko pokiwał głową. – *Sdiełaju patrony…*

Tadeusz Hajewski – kamieniarz – popatrzył na Antoniego z pogardą i splunął mu prosto pod nogi. Potem powtórzył to w odniesieniu do oficera, który przyglądał się temu spokojnie, ale kiedy tylko tamten skończył, mamrocząc coś z dezaprobatą, Rosjanin uniósł karabin, przeładował i strzelił. Mężczyzna złapał się za pierś i chwilę obserwował z niedowierzaniem, jak pod palcami rośnie mu coraz większa plama krwi. W końcu osunął się na kolana, a następnie padł na twarz. Antoni zamknął oczy, bojąc się, że następna kula przeszyje jego własne serce, ale żołnierz powiedział:

– *A gdie ty sdiełajesz eti patrony?*

Antoni nie otworzył oczu.

– Jestem zdunem – powtórzył. – Mam swój piec w domu i tam przetopię bramę, tylko pomóżcie mi ją przenieść i… pociąć na kawałki.

– Tato – szepnął Władek, kiedy Rosjanie odeszli na bok, żeby się naradzić. – Co też tata mówi…

– Chcesz skończyć jak Tadeusz? – spytał cicho Antoni.

Rosjanie tymczasem naradzili się i jeden z nich podszedł do mężczyzn i pokiwał głową.

– *Wiedite k siebie* – rozkazał.

Popluli w ręce i wzięli bramę, jeden z jednej strony, dwóch z drugiej. Antoni i Władek podparli z boków i wszyscy poszli w stronę starego domu Winnych. Nie była to daleka droga, ale żelastwo ważyło ponad sto kilo i Antoni chwilami myślał, że nie zdoła dotrzeć do celu. Zerkał na swojego rosłego syna, którego czoło pokryte było kroplami, i postanowił wytrzymać. Miał nadzieję, że chłopcy Władka bezpiecznie dotarli do leśniczówki i dołączyli do Staśków. Nie wiedział, co zrobi z Rosjanami, którzy szli z nimi, ale liczył na to, że pomysł przyjdzie mu w trakcie działania. Pocieszające było to, że nikt nie zwracał na nich uwagi. Wszyscy kryli się po domach. Prawdą też było, że dom Broni i Antoniego Winnych stał za cmentarzem, nieco na uboczu, osłonięty od głównej drogi.

– To tutaj – powiedział.

– *Otkroj dwier'!* – Fiedja ruchem brody wskazał drzwi domu.

Antoni poszedł przodem i przekręcił klucz, który znalazł pod gankiem. Na co dzień nikt w Brwinowie drzwi nie zamykał, ale od kiedy Antoni przeprowadził się z Bronką do Staśków, zamknął drzwi na klucz w obawie przez włóczęgami, których w okolicy było pełno. Antoni poprowadził mężczyzn bokiem, do przybudówki na tyłach domu, gdzie trzymał okazały piec.

– Przynieście bramę, a ja rozpalam... – powiedział.

Mężczyźni poszli, a Władek przypadł do Antoniego.

– Na litość boską, tato, co ty chcesz zrobić?!!! Jak ty naboje z tej kupy żelastwa zrobisz? Jak odlejesz?

Antoni, napięty jak struna, położył rękę na ramieniu syna.

– Gdyby coś się stało, to opiekuj się matką... – powiedział poważnie i zaczął rozpalać w piecu.

Rosjanie wrócili.

– *My nie możem worot czieriez wchod protianut'.** – powiedział Fiedja.

– Ja wam dam siekiery specjalne, do żelaza, i bramę porąbiecie... – Antoni poszedł za piec.

Kiedy wyszedł, Rosjanin Fiedka zdążył się tylko zasłonić ręką, zanim rozległ się strzał. Drugi był tak zaskoczony, że nie uniósł nawet karabinu. Za to trzeci nie stracił zimnej krwi i strzelił do Antoniego, nim ten zdążył przeładować strzelbę. Na szczęście chybił, musnął tylko jego ramię. Władek złapał karabin Fiedki i uderzył na odlew żołdaka, tak jak potrafił najlepiej. Trafił niestety w brzuch, tam, gdzie był twardy pas. Żołnierz zatoczył się, ale zdążył złapać siekierę, którą zamachnął się, trafiając Władka w nogę. Władek zawył i upadł na ziemię, trzymając się za prawe udo. Antoni w tym czasie strzelił celnie, a kiedy upewnił się, że na ziemi leży trzeci trup, dopadł do syna. Z kieszeni wyjął kawałek sznurka i zawiązał Władkowi nogę powyżej rany. Potem podszedł do skrytki za piecem, wyjął butelkę spirytusu i polał obficie krwawiącą nogę syna, a potem wcisnął mu butelkę do ręki.

– Pij! – nakazał.

Władek pociągnął dwa łyki.

– Wytrzymasz? – zapytał krótko Antoni.

Władek pokiwał głową, obserwując z przerażeniem poczynania ojca.

– Co robisz? – wykrztusił.

– A jak myślisz? – odpowiedział ojciec, rozpalając w piecu.

Kiedy ogień rozpalił się na dobre, Antoni zdjął z Fiedki czapkę, pas i buty, przeszukał kieszenie w poszukiwaniu pieniędzy, a kiedy znalazł zwitek rubli, gwizdnął przeciągle, budząc zdumienie syna.

– To kradzież – wycharczał Władek.

– Grzech mniejszy niż zabijanie. – Antoni pokiwał głową, ciągnąc trupa w kierunku pieca. Draśnięta przez drugiego żołnierza ręka wyraźnie mu przeszkadzała.

* Nie da się bramy przez wejście przeciągnąć.

– Te pieniądze mogą kiedyś uratować nam życie – dodał tonem usprawiedliwienia.

Władek pociągnął jeszcze łyk z butelki.

– Pozostałych ojciec też spali? – spytał.

Nie znał takiego Antoniego. Ojciec zawsze kojarzył mu się z byciem na rauszu i utyskiwaniem matki. Władek lubił patrzeć, jak w chwilach trzeźwości ojciec wypala kafle do pieców, czy miesza cement. Gdyby ktoś go pytał, jaki jest ojciec, powiedziałby, że spokojny, pijący i pracowity. Nigdy by nie przypuszczał, że Antoni jest w stanie strzelić do człowieka, i to po to, żeby go zabić.

– A masz jakie inne wyjście? – spytał Antoni i zajął się usuwaniem metalowych części z mundurów drugiego i trzeciego żołnierza. – Przecież ich tu nie zostawimy, a nie ma dam rady wykopać grobów...

– A jak kto słyszał i przyjdą tu? – Władek się zaniepokoił. Ból nogi był coraz silniejszy i zaczynało kręcić mu się w głowie. Pociągnął z butelki kolejny potężny łyk.

Antoni nic nie odpowiedział, tylko wrzucił kolejne ciało do ogromnego pieca. Ręka mu dokuczała.

– Zostań tu – zarządził. – Idę zakopać te rzeczy...

Władek kiwnął głową i zapadł w letarg. Krew już nie sikała strumieniem, zatamowana zawiązkiem, za to odczuwał ucisk i nieznośny ból w zranionej nodze. Kiedy jego ojciec wyszedł, popatrzył na piec, w którym paliły się trzy trupy i pociągnął jeszcze dwa łyki samogonu. Jego noga pulsowała i drętwiała na przemian. Władek przeraził się, że trzeba będzie ją uciąć. Spróbował wstać i przysunąć się do pieca, ponieważ czuł narastający chłód w całym ciele. Dźwignął się ciężko, pomagając sobie rękoma i zdrową nogą. Stanął na chorą nogę, krzyknął z bólu i upadł zemdlony. Kiedy otworzył oczy, zobaczył nad sobą doktora Brzozowskiego.

– Spokojnie, Władek – powiedział lekarz. – Ranę ci zeszyłem i dałem morfiny. Wyśpij się teraz...

Władek kiwnął głową i ponownie zapadł w letarg. Nie czuł nogi. W ogóle nic nie czuł. Chciał tylko spać.

– Uda się uratować nogę? – spytał Antoni.

– Rana była paskudna, mięsień uszkodzony, ale zszyłem... – powiedział doktor. – Jak się gangrena nie wda, to noga zostanie.

– Dziękuję panu, doktorze. – Antoni uścisnął lekarzowi rękę. – Ma pan ostatnio mnóstwo roboty z moja rodziną...

– Taki los. – Doktor uśmiechnął się krzywo... – Nie odwołali mnie jeszcze do Turczynka, ale pewnie to zrobią... Nawet jeśli nie, to sam pójdę. Taka powinność...

Doktor westchnął ciężko. Huk za oknem przybrał na sile.

– Bitwa… – Antoni złapał się za zranioną rękę. – Walczyłem na froncie, ale…

– Niech pan pokaże rękę… – przerwał mu lekarz.

Antoni odsłonił rękaw i pokazał draśnięcie, w którym tkwiły drobinki prochu.

– Nie trzeba szyć – zawyrokował. – Oczyszczę i opatrzę…

We wzroku doktora Antoni dostrzegł wyraźną rezygnację.

– Nie wiem, co tu się odbyło, ale, panie Antoni… niech pan na siebie uważa…

– Dziękuję, doktorze… – Antoni kiwnął głową. – Gdyby coś było potrzeba…

– Będę w szpitalu pewnie przez najbliższe dni…

– A pani Krystyna? – spytał Antoni. – Trzeba zajrzeć do domu? Pomóc?

– Wysłałem do krewnych do Tomaszowa… Tu nie mogła zostać. Za blisko stolicy i walk…

– To dobrze, bo tam będzie bezpieczna…

Lekarz westchnął.

– Nic nie wiadomo, kto i gdzie będzie bezpieczny…

– Na razie są tu Rosjanie, Niemcy w Grodzisku. Uważa pan, że lepiej dla nas, żeby Niemców odeprzeć?

Doktor spojrzał na Antoniego Winnego. Niewiele o nim wiedział. Tylko to, że miał wyraźny visus alcoholicus i był bardzo utalentowanym zdunem. Dziwił się, że rozmawia z nim jak równy z równym. W dodatku wezwał go z domu, zmusił prawie, żeby poszedł z nim natychmiast i opatrzył rannego syna, nawet nie tłumacząc, skąd wzięła się tak głęboka rana. Nie uważał też za stosowne wyjaśnić obecności trzech kałuż krwi i zbryzganej nią ściany. Z pewnością ta cała krew nie należała do jednego Władysława, gdyż w takim wypadku mężczyzna wykrwawiłby się na śmierć. Chciał zapytać Antoniego o szczegóły wydarzeń, jakie rozegrały się w przybudówce, ale zamiast tego powiedział:

– Ma pan tu dwie fiolki morfiny. Na wieczór i jutro. Więcej nie mam… Pani Bronka może podać, umie… Po igły i strzykawkę niech się zgłosi do ambulatorium…

– Dziękuję, panie doktorze, raz jeszcze – powiedział Antoni. – Ile jestem panu winien?

– Policzymy się po wojnie. – Uśmiechnął się smutno doktor. – Jak będziemy wiedzieli, w jakiej walucie się liczyć…

Antoni uścisnął rękę doktorowi i odprowadził go do drzwi. Potem przyniósł siennik, ostrożnie przeniósł syna na posłanie, i przykrył troskliwie kocem. Dołożył drewna do pieca. Z wnętrza paleniska buchał smród palonej ludzkiej skóry. Antoni zebrał myśli. Nie bał się, że Rosjanie w jego piecu będą szukać swoich towarzyszy, ani tego, że doktor Brzozowski będzie zadawał pytania. Najbardziej martwiła go obecność cmentarnej bramy na podwórzu i leżący Władysław na sienniku mamroczący coś o winie, a może o Winnych.

– Nie ma winnych, synku, kiedy jest wojna… – wymamrotał i polał z butelki swoją ranę.

Miał wielką ochotę się napić, bardzo potrzebował tego życiodajnego płynu, który uśmierzyłby ból ramienia, strach przed Rosjanami, a także wyrzuty sumienia. Antoni strzelał wcześniej do ludzi na froncie, być może nawet kogoś zabił, ale nigdy śmierć nie była tak blisko niego. Przypomniał sobie oczy konającego żołnierza i uniósł butelkę do góry.

Antoni nie do końca rozumiał, dlaczego niektórzy pili alkohol, ale nie tracili po nim zmysłów, w przeciwieństwie do niego, który po kilku łykach nie mógł przestać pić. Łykał tak długo, aż wszystko mu było obojętne, nawet Bronia, chłopaki, praca i wszystko inne. Kiedy trzeźwiał, ogarniały go potworne wyrzuty sumienia i obiecywał sobie, że nigdy więcej. Całował wtedy Bronię po rękach, szukał pracy, a kiedy tylko znalazł, wyrabiał kafle z zapamiętaniem, budował piece, które były sławne nawet w Warszawie i chodził do kościoła, gdzie Najświętszej Marii Pannie obiecywał, że do końca życia nie wypije ani kropli alkoholu. Potem jednak znów coś się działo. Koledzy przyszli napić się z nim i nie wypadało odmówić, albo szczęśliwy posiadacz nowego pieca stawiał na stole najlepszy trunek i Antoni odpływał. Postanowienia życia w trzeźwości ulatywały, srogi wzrok Broni rozmywał się w przezroczystym płynie, a co do chłopaków, to Antoni dochodził do łatwego wniosku, że już są duzi i niebawem sami zaczną pić.

Skręcało go na widok butelki. Spojrzał na śpiącego po morfinie Władka, pociągnął nosem. Już sam smród usprawiedliwiałby picie, dodatkowo dochodził potworny zaduch.

– Na trzeźwo tego nie zniosę – wymamrotał i wziął butelkę.

Ktoś strzelił całkiem blisko. Antoni w jednej chwili podjął decyzję. Odłożył samogon, okrył syna derką i wyszedł ostrożnie z przybudówki. Żelazna brama stała oparta o ścianę. Jednym ruchem zwalił żelastwo, odskakując na bok. Potem pokrył leżącą bramę sianem ze stodoły. Wszedł do kurnika, policzył kurczaki, nalał wody do koryta i ziarna do pojemników i ponownie zamknął drzwi. Szybkim krokiem, przez cmentarz, przedostał się do domu Staśków. Z dala zobaczył otwarte na oścież drzwi i przestraszył się nie na żarty. Przyczaił się chwilę, aż upewnił się, że w domu nikogo nie ma, i wszedł do środka.

– A niech to… – powiedział głośno, widząc wyrzucone z kredensu sztućce i bałagan w pokojach. – Niech złodziejowi w gardle stanie…

Ominął przedmioty leżące na podłodze i podszedł do szafy, gdzie Kasia trzymała pościel. Tak jak myślał, ktoś wyrzucił całą zawartość w poszukiwaniu pieniędzy. Większość ludzi, których znał, trzymała pieniądze pod prześcieradłami. On sam miał niewielką sumkę w żelaznej skrzynce, którą schował w piecu. Miał tę kryjówkę „od zawsze". Nigdy go nie okradziono, bo nikt nie domyśliłby się, żeby szukać pieniędzy w miejscu, gdzie pali się ogień. Ostatnio trafiło tam sto rubli zabrane rosyjskiemu oficerowi. Nawet Bronia nie wiedziała, że ma pieniądze. Drobne, które sama zarabiała na sprzedawaniu jajek i sadzonek kwiatowych, wkładała do pojemnika z cukrem. Nie wiedział, gdzie Stanisław trzyma pieniądze. Miał tylko nadzieję, że nie jest tak głupi, żeby wkładać banknoty pod pierzynę, czy do kredensu. Będzie czas, żeby go o to zapytać. Zamknął drzwi i udał się do warsztatu syna. Tam również panował bałagan. Antoni ze smutkiem pomyślał, że nie wygląda to na działanie Ruskich, a raczej miejscowych włóczęgów, którzy podczas bałaganu i paniki wykorzystali sytuację, żeby ukraść rzeczy, które potem łatwo będzie spieniężyć. Serce go zabolało, kiedy zobaczył przewrócony hebel i porozrzucane narzędzia. Ktoś nieudolnie próbował zamaskować kradzież i podpalił pomieszczenie. Bok nowego, prawie gotowego konfesjonału był spalony, klęcznik rozbity, a drewniana kunsztowna krata wyłamana i częściowo spalona. „To nic", pomyślał, „naprawi się, grunt, że oni bezpieczni". Zamknął warsztat i z sercem ściśniętym strachem poszedł w kierunku obory. Z obory ani z kurnika nie dochodził żaden dźwięk. Antoni otworzył drzwi i złapał się za serce. Malwinki nie było, podobnie Melanii. Skórzany pas, którym była przytroczona najlepsza mleczna krowa w okolicy, był przecięty. Kozi postronek zwisał smętnie z haka. Brak worków z obrokiem dał Antoniemu nadzieję, że zwierzęta nie zostały ukradzione z przeznaczeniem na zabicie. Postanowił, że znajdzie je i odzyska, żeby nie wiem co. Przecież dzięki Malwince Ania i Mania miały co jeść, a Melania dawała mleko dla całej rodziny.

Drzwi do kurnika były uchylone. Antoni wszedł do środka i złapał się za głowę. Dwadzieścia pięć kurzych łebków leżało wokół pieńka z wbitą siekierą. Wokoło było mnóstwo krwi. Widok był tak przygnębiający, że Antoni przeżegnał się i wyszedł na zewnątrz, starannie zamykając za sobą drzwi.

Jak przypuszczał, drzwi do piwniczki były wyłamane, a jej zawartość zniknęła. Pojedyncze ziemniaki, marchew i kilka jabłek leżały na ziemi. Pod sufitem sterczały odcięte sznurki dwóch szynek, boczku i połaci mięsa, które zdążyli przygotować na zimę. Na ziemi leżała tylko gomółka żółtego sera, co przekonało Antoniego, że za zabranie zapasów odpowiedzialni są tym razem Rosjanie, a nie miejscowi włóczędzy, którzy by serem nie pogardzili.

– Żeby was psy pojebały, swołocz jedna… – mruknął Antoni. – I nasze mięso robaków nabrało, które was zeżrą od środka…

Usłyszał ciche kroki i przywarł do ściany. „Już po mnie", zdążył pomyśleć.

– Panie Stanisławie… – usłyszał cichy szept.

Do ziemianki weszła kobieta okutana w kolorową, wełnianą chustę.

– Och… – powiedziała na widok Antoniego. – Myślałam, że to pan Stanisław…

Antoni poznał Renatkę, żonę najbliższego sąsiada Staśków, Mariana.

– Pani Renato. To ja, Antoni… Niech się pani nie boi…

– Już się nie boję – powiedziała Renatka. – Bałam się rano… Gdzie pan Stanisław i… reszta?

– Bezpieczni – odpowiedział krótko.

Kobieta pokiwała głową. Miała oczy zaczerwienione od płaczu i włosy w nieładzie.

– Przyszli z rana i wyciągnęli nas z łóżek. Mariana zabrali ze sobą. Potem widziałam, jak ciągnął waszą krowę… Bili, kazali oddać wszystko, co cenne…

– A dzieci pani gdzie? – spytał Antoni.

– Jak tylko tamtych zobaczyłam, natychmiast kazałam im uciekać. Z okien wyskoczyły i pobiegły. Miały iść do mojej matki, do Żółwina. Ona tam przy pani Domaniewskiej mieszka, służy… Pani nie wyrzuci moich dzieci… Jeśli doszły szczęśliwie…

I znów zaczęła płakać.

– Na pewno nie wyrzuci… – pocieszył ją Antoni. – A pani, pani Renato, co zamierza robić?

– Ja nie wiem. – Kobieta ukryła twarz w dłoniach. – Może oni wzięli Mariana tylko do jakichś prac i potem pozwolą mu wrócić…? Wzięli też innych. Od nas to Romka Nadolnego i Kubę Pawlaka z synami… Wszystkich popędzili…

– Zabili kogoś? – spytał cicho.

– Ja nie widziałam. – Renatka pokręciła głową. – Tylko bili… Co ja mam robić, panie Antoni?

Antoni zastanowił się przez chwilę. To było bardzo ryzykowne, ale potrzebował pomocy.

– Wiesz, gdzie mój stary dom? – zapytał.

Kobieta kiwnęła głową.

– Za cmentarzem… Ja u pani Broni nieraz byłam…

– W przybudówce, na sienniku, leży mój syn Władek. Ranny… Idź i zobacz, czy mu czegoś nie trzeba. U nich w domu jest moja synowa. Idź potem do niej i powiedz, gdzie jest Władek, że ranny, ale, mam nadzieję, bezpieczny. Zostań u nich i zamknijcie drzwi.

Kobieta zaczęła płakać, ale pokiwała głową.

– Dziękuję panu – powiedziała. – Z Kazią do jednej klasy chodziłyśmy. Wiem, gdzie mieszkają.

– Poczekaj chwilę. – Antoni ostrożnie wyszedł z piwnicy i spojrzał dokoła. Nie było widać żywego ducha. Strzelanie ucichło. W oddali unosił się jeszcze dym. – Teraz wyjdź, ale uważaj, dziecko, na siebie.

Renatka naciągnęła chustę na głowę i wyszła. Antoni ułożył ser na półce, dotknął bażanta wiszącego wciąż pod sufitem i wyszedł z piwniczki. Zastanawiał się, dokąd pójść. Chciał wracać do Batalków, ale postanowił dowiedzieć się, co się dzieje przy rynku. Ruszył bokiem w stronę kościoła. Nie zobaczył nikogo. Przeszedł ponownie obok cmentarza, który straszył otwartym wejściem. „Trzeba będzie bramę oddać", pomyślał, „albo chociaż księdzu proboszczowi powiedzieć, że u mnie bezpieczna". Zaszedł na plebanię od tyłu i przeraził się, ponieważ zastał budynek otwarty. Szyby w oknach zostały potłuczone, a drzwi wcale nie było. Nie było też gospodyni księdza, starej Kołakowskiej, samego proboszcza i wikarego. Z tyłu straszyła otwarta obora. W środku nie znalazł śladów po krowach i owcach księdza. Nie było śladów krwi, więc Antoni uspokoił się nieco. Proboszcz nie trzymał kur, ponieważ uważał je za brudne, bezmyślne ptaki i nie znosił ich zapachu. Kurnika więc na plebanii nie było. Wszedł do budynku, żeby się przekonać, że ktoś dokładnie splądrował prywatne pokoje księży. Kredens świecił pustką, podobnie jak szafy. Łóżko było wypatroszone aż do siennika, brakowało pierzyn, poduszek, a nawet pościeli.

– Stój! – rozległ się za nim nieco drżący głos, a potem szczęknęła strzelba. Antoni podniósł ręce.

– To ja, Antoni Winny – powiedział, nie odwracając się i nie opuszczając rąk. – Swój...

Odwrócił się powoli.

Przed nim stał struchlały ze strachu kościelny i mierzył do niego ze starej strzelby na kaczki.

– Panie Pawle – powiedział powoli Antoni. – Niech pan odłoży tę pukawkę...

Kościelny upuścił strzelbę, która upadła na podłogę, i ukrył twarz w dłoniach.

– Wszystko zabrali... – wykrztusił.

– A ksiądz?

– Ksiądz w podziemiach kościoła z wikarym. Siostry u siebie...

Antoni zatoczył ręką dokoła.

– Kto to zrobił?

– Niemcy – odpowiedział kościelny. – Przyszli z rana, z łóżek nas wyciągnęli i zabrali cztery krowy, konia naszego, nawet paszę i kartofle. Tłumaczyli się nawet, z księdzem rozmawiali po niemiecku… I kwity dali…

– Jakie kwity? – Zdumiał się Antoni.

Kościelny zniecierpliwiony machnął ręką.

– Kwity, że zabrali to wszystko. Dokładnie jak i co napisali…

Antoni wzruszył ramionami.

– Może oddadzą, skoro kwity dali…

Kościelny popatrzył smutno.

– Jak tylko odeszli, przyszli Ruscy i zabrali resztę, już bez kwitów… Pytali, gdzie bydło i konie, to im ksiądz proboszcz powiedział. Oni wtedy dogonili Niemców pod Milanówkiem i… Stefek Gmurczyk widział. Cudem przeżył. Dziesięciu Ruskich, czterech Niemców, pięć trupów. Wszyscy Niemcy i jeden Ruski…

– Chodźmy do kościoła – zaproponował Antoni. – Trzeba księdzu dać znać, że już można wychodzić…

– A na pewno można? Ja będę tu pilnował. Jak nie Niemcy, czy Ruscy, to nasi resztę wzięli… najlepsza zastawa stołowa naszego księdza… Obrusy, sztućce…

– Nie wiem, czy na pewno można, ale ksiądz powinien wyjść i parafian wesprzeć. No i ludzi trzeba pochować…

Antoni przypomniał sobie martwe ciało Tadeusza.

– Poza tym trzeba się zastanowić, co dalej… Dowiedzieć się, gdzie są ludzie, których popędzili…

Kościelny patrzył na Antoniego nieprzytomnym wzrokiem.

– Mojego syna Olgierda… też wzięli…

Antoni zamilkł zdjęty współczuciem.

– W sumie z setkę ich wzięli… Od Henryków zabili od razu wszystkich. Ojca i dwóch synów, na oczach Henrykowej…

Antoni milczał. Znał Henryka, był szewcem, a jego dwóch synów najmowało się za drwali. To były chłopy jak dęby. Każdy z nich był silny jak tur i mógł unieść spory pieniek drzewa. Nie raz Stanisław wynajmował ich do pomocy.

– Dlaczego? – spytał.

– A bo to bandytom potrzebny pretekst? – powiedział gorzko kościelny. – Stary Henryk nie chciał dać krowy. Niemiec go uderzył, a wtedy starszy, Paweł, zdzielił tak Niemiaszka, że ten wypluł kilka zębów. No i drugi go zastrzelił, a potem Ryśka i starego Henryka…

– Jakby to byli Ruscy, to jeszcze Henrykową by zgwałcili… Panie Pawle, niech pan idzie do siebie i zamknie drzwi. Tu już niczego pan nie uratuje.

– A ksiądz?

– Ja zaraz do księdza pójdę i wyciągnę go z podziemi…

Kościelny kiwnął głową, zostawił strzelbę pod ścianą i ruszył do wyjścia. Antoni wyszedł tuż za nim i skierował się do kościoła. Z jednej strony muru otaczającego kościół ziała ogromna dziura. Całe fragmenty muru były podziurawione kulami. Kościół szczęśliwie był prawie nietknięty. Z jednej strony było ukruszonych trochę cegieł, ale w środku nie było zniszczeń. Antoni wszedł na ołtarz od tyłu, odsunął ręcznie tkany przez parafianki dywan i otworzył wejście.

– Księże proboszczu! – krzyknął w głąb wejścia.

Rozległo się szuranie i po chwili pokazała się łysa głowa księdza Kolaka.

– Można już wychodzić – powiedział.

– Już nie będzie walk? – zapytał naiwnie proboszcz.

– Będą na pewno – Zdenerwował się Antoni. – Bo wojna się zaczęła, ale na razie nie ma w Brwinowie ani Ruskich, ani Niemców. Za to mnóstwo trupów do pochowania i wdów do pocieszenia…

Ksiądz wyglądał, jakby miał ochotę wrócić pod ołtarz, ale wikary zdecydował się wyjść.

– Trzeba oszacować straty… – powiedział.

– Kościół nie ucierpiał, księże proboszczu – odezwał się z tyłu głos. – Mury tylko trochę, ale to się naprawi…

Antoni odwrócił się. Przed nim stał szczupły, szpakowaty mężczyzna o szlachetnej twarzy.

– Dziękuję, panie Zygmuncie – powiedział ksiądz i rozejrzał się po kościele.

– Bartkiewicz. – Mężczyzna podał rękę Antoniemu. – Zygmunt Bartkiewicz.

Antoni już słyszał to nazwisko. Bartkiewicz mieszkał z drugiej strony w domku, który wybudował z wielką pieczołowitością, wypełniając go zdobyczami z licznych zagranicznych wyjazdów. I Staszek opowiadał o tamtej willi z zachwytem. Zrobił Bartkiewiczom szafę stylizowaną na włoską, dwa kredensy i meble ogrodowe na modłę francuską.

– Czy to pan jest tym literatem z Łodzi? – zapytał Antoni.

– Jestem literatem z Brwinowa – powiedział Bartkiewicz i uśmiechnął się smutno. – A teraz jestem bankrutem z Brwinowa…

Usiedli wszyscy na ławie i zaczęli słuchać Zygmunta Bartkiewicza, który ledwie umknął śmierci. Obudzono go o świcie pukaniem w drzwi, a potem pobito kolbami. Niemieccy żołnierze szukali w jego domu ukrytych telefonów, telegrafów, ponieważ ktoś im powiedział, że Bartkiewicz ma powiązania z Warszawą. Potem rozbito wszystkie szklane naczynia, porcelanę miśnieńską i pruszkowską, szkło z Murano i lampy z Wenecji, które latami zbierał, przywożąc z różnych zakątków Europy. Splądrowano szafy i zrabowano mu bieliznę i pościel, a piwniczkę z winami zamieniono w strzelnicę. Strzelano do butelek z francuskim winem, a ponadstuletnią starkę pito szklankami jak piwo.

– W końcu, kiedy już podziurawili granatami mój ogród, wypędzili mnie przed dom i przegnali piechotą do Grodziska razem z setką innych mężczyzn...

– Jak pan się uratował? – spytał Antoni.

– Pod Grodziskiem Niemcy kazali nam kopać okopy. Kopaliśmy, ponieważ jednego z nas zastrzelili. Mojego sąsiada zresztą, aktora... A potem przyszli Ruscy z Pruszkowa i rozpędzili garstkę Niemców.

– Mówią, że Ruscy Niemców wypędzą... – Ksiądz odetchnął z ulgą. – To dla nas dobrze chyba...

– Jak dobrze? – Zdenerwował się Antoni. Nie dbał kompletnie o to, że rozmawiał z księdzem i panem literatem, sam będąc prostym zdunem. – Przecież to zaborca... Niemcy niszczą i plądrują, Ruscy niszczą, plądrują i gwałcą kobiety...

Mężczyźni popatrzyli na niego ze zdumieniem i nic nie powiedzieli.

– Aha... – Przypomniał sobie Antoni. – Brama od cmentarza jest u mnie. Dobrze ją ukryłem...

I uznawszy, że nic już po nim, wyszedł z kościoła i poszedł prosto w stronę domu Kazi i Władka.

Zastał synową z Renatką czuwające przy łóżku rannego. Renatka ocierała Władkowi czoło, bo Kazia najwyraźniej wpadła w panikę i tylko płakała.

– Gorączkuje. – Renatka spojrzała na Antoniego.

Antoni odsłonił kołdrę i spojrzał na nogę syna. Była czerwona i obrzęknięta. Władek mamrotał coś o zapłacie.

– Władek! – Antoni poklepał syna po czerwonej i spoconej twarzy. – Władek! To z upływu krwi – powiedział do Kazi. – Na gangrenę to jeszcze za wcześnie....

– Pić mu trzeba dawać – powiedziała Renatka. – I czekać... Morfina by się przydała...

– Morfinę mam. – Przypomniał sobie Antoni.

Poszedł do przybudówki i z kryjówki wyniósł dwie fiolki morfiny. Wrócił do domu syna.

– Doktor Brzozowski mi dał. – Wręczył fiolki Renatce. – Trzeba iść do ambulatorium po igły...

– Ja pójdę – powiedziała Renatka. – Umiem też zastrzyk zrobić... Moja babcia była akuszerką przy doktorze i ja nieraz pomagałam, więc umiem...

Kazia kiwała się na krześle w przód i w tył. Wydawało się, że nic do niej nie dociera.

– Kaziu. – Antoni nią potrząsnął. – Weź się, dziecko, w garść i pomóż Władkowi...

– Gdzie moje dzieci?! – wydała z siebie krzyk synowa.

– Bezpieczne – uspokoił ją Antoni, głaszcząc po ręce. – Ze Staszkami...

– Wysłaliście je na bagna, a potem do lasu! – krzyczała Kazia. – Kto wie, czy żyją...

Antoni kubkiem nabrał wody z wiadra i chlusnął Kazi w twarz.

– Uspokój się, kobieto – powiedział. – Musisz poić Władka i pilnować, żeby zakażenie w nogę się nie wdało...

Kazia wytarła twarz rękoma i spojrzała przytomnie.

– Co to za kobieta, co ją ojciec przysłał? – spytała.

– To Renata – uspokoił ją. – Sąsiadka Staśków. Znacie się przecież ze szkoły... Męża jej do Grodziska zapędzili, a dzieci do Podkowy wysłała, do matki, która u jakiejś pani służy...

– Po co ona u mnie ma być? – Kazia trzęsła się jak wcześniej, ale przynajmniej zaczynała mówić do rzeczy.

– Podziać się nie ma gdzie, a i tobie raźniej. – Zdenerwował się Antoni. – Ja idę Romka szukać.

Kazia patrzyła na męża w gorączce i zatroskanego teścia.

– A doktora ojciec do Władzia nie może sprowadzić? – spytała.

– Doktor w szpitalu... – odpowiedział jej ze zniecierpliwieniem. – Kaziu, tam zabici, ranni od kul i granatów... Był doktor Brzozowski i zeszył Władziowi ranę. Morfinę dał... Nie ma już nic do roboty... Teraz opiekować się nim trzeba...

Kazia znów zaczęła szlochać, a Antoni westchnął, ponownie stłumił chęć napicia się i zapytał Kazię, czy ma mleko. Pokiwała głową i wstała. Po chwili przyniosła butelkę mleka i wielki chleb na liściach chrzanowych.

– Niech ojciec zaniesie tam, gdzie są... wszyscy... – Spuściła głowę. – I może nie wracajcie póki co... Czy ja wiem...

Antoni nie wiedział, co jej odpowiedzieć. Żadne miejsce nie było dość bezpieczne. Owszem, u Batalków byli na odludziu, a póki nikt tamtędy nie przechodził, kryjówka była pewna. Nie mogli jednak palić w piecu, a październikowe dni były chłodne. Poza tym wystarczyło, żeby ktoś zainteresował się tym miejscem, a mógł sprowadzić na wszystkich nieszczęście. Z drugiej strony powrót wydawał się równie ryzykowny. Skoro Niemcy zostali odparci przez Rosjan, to tylko patrzeć, jak ci drudzy zagoszczą w mieście. Zaczną pobierać od ludzi jedzenie, zabierać zwierzęta i zboże. Może nawet każą mężczyznom pracować fizycznie. Wszystko zależało od tego, czy wszyscy pójdą z frontem na zachód, na wschód, czy też pozostaną na miejscu. Nie wiadomo, ile może potrwać taka wojna. Nie umiał powiedzieć, czy powrót jest w pełni bezpieczny. Przy Władku nie mógł pomóc, nie miał pojęcia, gdzie są Kajtek i Romek. Miał nadzieję, że Stefan w Siedlcach bezpieczny. Draśnięte ramię dokuczało mu coraz bardziej. Marzył o tym, żeby uśmierzyć ból chociaż odrobiną alkoholu i położyć się spać.

W Brwinowie było coraz więcej Ruskich. Antoni chciał pójść do domu Romana, ale zrezygnował. Miał nadzieję, że Romek i Władzia w piwnicy siedzą z Ignasiem i Florkiem. Zaczął przedzierać się z powrotem przez las do Batalków. Był bardzo zmęczony. Kilometry, które miał w nogach od świtu, trzy trupy, które spalił w piecu, kurze łebki leżące na klepisku kurnika, to wszystko wydawało mu się nierzeczywiste. Przypomniał sobie śmierć Tadeusza, pogardę, z jaką ten patrzył na niego i przerażenie, kiedy zrozumiał, że za chwilę umrze. Zakręciło mu się w głowie i osunął się na wilgotny mech. Pomyślał, że nie wytrzyma ani chwili dłużej bez wódki. Paliło go od środka, a gardło dławił mu strach. Przytknął twarz do zielonych listków i chwilę wdychał zapach wilgotnych, zbutwiałych liści. Potem zamknął oczy i zasnął.

Kiedy się obudził, było już ciemno. Uniósł głowę. Policzek miał zdrętwiały, ręka ze starą raną dokuczała mu jak nigdy. Drugiej, tej draśniętej przez Rosjanina, nie mógł unieść. Przeczołgał się na kolanach i ramionach, a potem powoli wstał. Zakręciło mu się w głowie, jak po piciu. Język miał suchy i drętwy, a pod powiekami piasek. Serce waliło mu jak oszalałe. Zorientował się, że od wieczora poprzedzającego grzybobranie nie zjadł nawet okruszka chleba. Przytknął usta do pnia brzozy i zlizał trochę soku, potem pochylił się ku kałuży i łapczywie wypił wodę zmieszaną z błotem. Pulsowanie w głowie zmniejszyło się nieco. Ból głowy zelżał. Antoni poruszył zranioną ręką. Poczuł przeszywający ból. Ściągnął kurtkę i podwinął rękaw. Rana była obrzmiała, zanieczyszczona na brzegach. Drobinki prochu wbiły się w skórę. Dotknął palcem tkanki wokół draśnięcia. Zaskrzypiało. Jęknął i szybko zasłonił ranę. Popatrzył w górę. Niebo było pełne gwiazd, a nad nim świecił księżyc w nowiu. „Ciekawe, ile spałem", zastanowił się. Potem przypomniał sobie wydarzenia minionej doby i przestraszył się. „Oni tam wciąż zamknięci", myślał, przedzierając się przez ciemną gęstwinę drzew i krzaków. „A ja zasnąłem. Bronia nie uwierzy, że się nie napiłem". Był niedaleko. Pobiegł do leśniczówki i zapukał cicho. Poczekał chwilę i ponowił pukanie. Znowu brak odpowiedzi. Otworzył ostrożnie drzwi, ustąpiły z cichym skrzypnięciem. Wszedł do środka. Było pusto. Ani śladu po jego żonie, dzieciach i wnukach. Poczekał chwilę, aż jego oczy przyzwyczają się do ciemności i ogarnął wzrokiem pomieszczenie. Zauważył koce Batalków starannie złożone i siennik ustawiony na swoim miejscu. W sąsiedniej izbie na łóżku widać było świeże zagniecenie, a na ziemi leżała zabawka Wacusia, piesek uszyty przez Kasię, z którym chłopiec niechętnie się rozstawał. Antoni odetchnął z ulgą. Nic nie wskazywało na to, że jego rodzina opuściła leśniczówkę pod przymusem. Doszedł do wniosku, że prawdopodobnie, kiedy ucichły strzały, Staszek zarządził powrót do miasta. Musieli minąć się po drodze albo Bronia kazała wszystkim wracać, bojąc się o dziewczynki. Być może mleka bliźniaczkom zabrakło. „Właśnie, mleko", przypomniał sobie i z kieszeni kurtki wyjął butelkę, którą dała mu Kazia. Otworzył i wypił duszkiem. Chleba nie miał przy sobie, musiał zostawić go tam, gdzie upadł pod rozłożystą brzozą. Po ciemku nie znalazłby go za nic, dlatego postanowił, że poszuka bochenka, jak wstanie dzień. Potem położył się na siennik i postanowił przespać się do rana. Nie miał siły iść.

Antoni miał rację. Kiedy ucichły kanonady oraz wystrzały armatnie i tylko od czasu do czasu słychać było pojedyncze strzały, Bronia zapytała syna:

– Stasiu, może by tak wrócić?

– Ciociu, bo mnie tu mleko skwaśniało… – Andzia odezwała się niepytana.

– Słyszała mama, co opowiadał Jasiek… To nie jest bezpieczne.

Bronia zdenerwowała się. Wszystko mogła w swoim życiu znieść, tylko nie bezczynność i czekanie, aż inni jej powiedzą, co ma robić.

– A tu siedzimy w zimnie, po ciemku, bez jedzenia, jak jakieś leśne dziady…

Ania i Mania jednocześnie zaczęły kwilić.

– Głodne są – powtórzyła Andzia. – Nie ma już mleka.

– To czemu tak mało wzięłaś? – spytał niezbyt grzecznie Stanisław.

Był zły na siebie, że siedzi bezczynnie w leśniczówce, a tam w mieście być może ludzie giną albo dobytek wynoszą z niezamkniętego domu.

– Dużo wzięłam – sapnęła dziewczyna i zrobiła się czerwona jak burak. – Tyle że skwaśniało… No i dziewczynki płaczą…

Stanisław słyszał, że małe płaczą i zastanawiał się, co zrobić dalej. Widział, że to on powinien podjąć decyzję, w końcu był jedynym mężczyzną w tym pomieszczeniu. Pewnie powinien iść po mleko do miasta i wrócić albo wziąć rodzinę ze sobą, ryzykując, że po drodze może im się coś stać.

– Ojciec miał przyprowadzić Kajtka, Władka i Romka – powiedziała Bronia. – Zastanawiałam się, jak oni się tu wszyscy z dziećmi i żonami pomieszczą, ale…

Staszek nic nie powiedział. Andzia spuściła wzrok. Cała trójka była przekonana, że niebezpieczeństwa nijakiego nie było, tylko Antoni jak zwykle dorwał się do samogonu i na tym wszystkie próby ratowania rodziny Winnych skończyły się, nim się zaczęły.

– Oby się wujowi Antoniemu nic nie stało – szepnęła Andzia i wstała. – Ja wracam z dziewczynkami – dodała stanowczo. – Tu nas wilcy zjedzą. Tylko patrzeć, jak zaczną wyć…

Stanisław także wstał. Miał do siebie żal za tę chwilę wahania, która pozwoliła Andzi podjąć decyzję zamiast niego.

– Idziemy – powiedział dla porządku.

Bronia rzuciła krótkie spojrzenie Staszkowi, a potem wzięła od Andzi Manię.

– Tadzik, Wacek, Jasiek, Damian… – Bronia poklepała każdego ze śpiących wnuków po policzku. – Wstawać…

– Czemu wracać? – wymamrotał przez sen Damian. – Dopiero przyszliśmy.

– Właśnie – powiedział, budząc się Jasiek. – Przecież dziadek kazał murem tu siedzieć, aż sam nie przyjdzie…

– Ale ja mówię, że mamy wracać. – Zdenerwował się Stanisław. – Mnie teraz macie słuchać i koniec!

Płacz dziewczynek przybrał na sile. Tadzik otworzył oczy i rozejrzał się dokoła.

– Zimno – powiedział.

– Ciemno też – dodał Wacek.

– Październik jest i dzień krótki… Dlatego ciemno – podsumowała dyskusję Bronia. – Wstawać, chłopcy… Idziemy.

Andzia wstała i ochoczo złapała koszyk opróżniony z zapasów w jedną rękę, a Manię przygarnęła drugą. Bronia przytuliła płaczącą Anię. Chłopcy wstali z sienników i odrzucili koce. Stanisław złożył je starannie, postawił siennik i skinął na nich głową.

– Idziemy, ale cicho… – zarządził.

Ania i Mania płakały zgodnie i coraz głośniej, o ciszy nie mogło być zatem mowy. Mimo wszystko wyszli i nie rozglądając się, ruszyli gęsiego w stronę miasta. Godzina marszu minęła niepostrzeżenie.

Do domu dotarli pod osłoną nocy. Nie spotkali w lesie nikogo. Na obrzeżach Brwinowa przemknęła obok nich grupka kobiet.

– Pani Karasiowa – zagadnęła jedną z nich Andzia. – Dokąd idziecie?

– Na Wigusin – odpowiedziała kobieta, nie zwalniając kroku.

– Po co? – zawołała za nią Andzia.

– Niektórzy z naszych tam są… – odparła Karasiowa i zniknęła w ciemności ponaglana przez swoje towarzyszki.

Andzia wzruszyła ramionami, bo nic nie zrozumiała. Bronia zmarszczyła brwi, podejrzewając, że działo się w Brwinowie coś, czego nie sposób ogarnąć. Zdjął ją strach o Antoniego i pozostałych synów.

– Chodźmy szybciej – poprosiła.

Po wejściu do domu, Staszek natychmiast skierował się do warsztatu. Załamał ręce, kiedy zobaczył konfesjonał. Dotknął ręką spalonego boku i oderwał kawał zniszczonego drewna. Rzucił na stos desek przeznaczonych do spalenia. Konfesjonał zatrzeszczał. Stanisław rozejrzał się. Połowy desek brakowało, część z tych, które zostały, było zniszczonych. Trzeba zrobić tu porządek, pomyślał, ale nie miał siły po nocy pracować w warsztacie. Zajrzał do skrytki, którą sprytnie ukrył w podłodze, pod szafką na gwoździe. Pieniądze, całe trzysta rubli, leżały nietknięte.

W domu krzątała się Bronia i Andzia, podsumowując straty.

– Ale żeby pierzynę komuś wynosić, to już naprawdę… – mruknęła Andzia. – Żeby złodziej zamarzł pod tą pierzyną, nogi odmroził…

Bronia wzruszyła ramionami.

– Ruskim wszystko się nada… – powiedziała. – I tak straty są małe. Potłukli tylko trochę… Może to zresztą nie Ruscy, tylko włóczęgi…

Andzia, zdjęta przeczuciem, pobiegła do obory, skąd wróciła po chwili, zanosząc się płaczem.

– Ukradły Malwinkę i Melanię…

– Pewnie dlatego, że nas tu nie było… – Zdenerwowała się Bronia. – My siedzieliśmy w zimnie, a tu plądrowali… Ech, ten mój Antek…

– A kto teraz dziewczynkom mleka utoczy? – lamentowała Andzia.

– Leć do Renatki tutejszej, to ci da. Oni mają krowę i dobrzy z nich ludzie…

Andzia zniknęła za drzwiami, a Stanisław powiedział do matki:

– Konfesjonał, co to go prawie skończyłem – spalony…

– Ale całkiem zniszczony? – Zaniepokoiła się Bronia, która wiedziała o darze swojego syna na rzecz Pana Boga i zmartwiła się, czy zniszczenie daru nie jest niedobrym znakiem.

– I niech mama do kurnika nie chodzi… – mruknął Stanisław.

– Jak mam nie chodzić? – Bronia nie zrozumiała.

– Kury wszystkie zarżnięte i… ukradzione…

Bronia stanęła jak wryta.

– Jak ukradzione? Skąd wiesz, że zarżnięte?

– Niech mama nie wchodzi do kurnika – powtórzył Stanisław. – Jutro z rana zakopię, co zostało po kurach…

– A zapasy?

– Nie ma.Wszystko ukradli… Ale niech się mama nie martwi…

Do Broni straszna prawda docierała powoli. To, co było jedynie mężowską fanaberią i czego nawet wystrzały nie były w stanie wywołać, teraz się zmaterializowało wraz z kradzieżą mienia.

– Jak mam się nie martwić? – Wzięła się pod boki. – Jak nie martwić? To myśmy w lesie siedzieli, a tu kradli? Trzeba było siedzieć na dupie i swego pilnować! A ty mi się o konfesjonały martwisz, kiedy nie będziemy mieli w zimę co jeść?

– Ale... – zaczął Stanisław.

– Ja waszą piątkę, i ojca szóstego, jak szczeniaki w zębach przez życie nosiłam, wszystko przetrzymałam, śmierć dzieci, biedę i moje głodowanie, bo wy, bo wy... – głos jej odmówił nieco posłuszeństwa. – Na ludzi wyszliście... A teraz...

Stanisław podszedł do matki i objął ją ramieniem.

– Mam pieniądze. Nikt ich nie zabrał... Kupimy inną krowę... – obiecał cicho.

Do domu wpadli Jasiek i Damian.

– Jest dziadek? – krzyknął starszy chłopiec.

– Gdzie twój ojciec? – odpowiedziała pytaniem Bronia. – Dziadek pewnie śpi gdzieś...

– Ojciec w domu leży ledwie żywy... – powiedział Jasiek. – Ruskie go mało nie zabiły. Dziadek mu życie uratował... Sam ranny...

– Dziadek jest bohaterem – potwierdził gorliwie Damian. – Sam jeden na dziesięciu Ruskich...

– Jezusie przenajświętszy... – Bronia złapała się za głowę. – A ja myślałam, że zapił... Ja zaraz z tobą idę, tylko niech Andzia od Renatki z mlekiem wróci...

Wpadła Andzia, krzycząc, że nie ma Renatki ani nikogo od nich i mleka też nie ma.

– Renatka jest u nas, bo ją dziadek przysłał. Jej męża zabrali razem z innymi...

– Jezusie przenajświętszy... – powtarzała Bronia. – Jak to zabrali ze wszystkimi? Jakimi wszystkimi? Zaraz do was idę... A wiecie cokolwiek o wujach?

I zaczęła kręcić się w kółko w poszukiwaniu szala. Szeptała przy tym coś pod nosem. Ponawiała ciągle pytanie o losy innych synów. Chłopcy za to kręcili głowami i czekali z wzrokiem wbitym w ziemię.

– Matka to się modli i płacze... – dodał Damian. – Tatko taki... dziwny i chory...

– Andzia, zostań, a ja pójdę ojca szukać. – Stanisław wziął kapelusz. – Mama do Władków niech idzie i zobaczy, czy nie trzeba pomóc...

– Kiedy ja się boję sama zostać! – zawyła Andzia.

Bronia już miała odpowiedzieć, ale zamilkła pod wpływem wzroku syna. W sumie dziewczyna miała rację. Nie wiadomo było, co się stanie, kiedy ta nieogarnięta istota zostanie sama z czwórką małych dzieci.

– Stasiu, ty zostań. – Zdecydowała Bronia. – I tak po ciemku ojca nie znajdziesz, a Karego i powozu przecież już nie ma. Ja pójdę do Władków, bo tu miejsca sobie nie znajdę... Potem zajdę do Romków i Kajtka.

Narzuciła szal na gruby sweter, a potem drugi na głowę i wyszła razem ze starszymi wnukami. Stanisław popatrzył za matką, a potem odwrócił się do Andzi.

– Jest co do jedzenia? – spytał.

– Trochę ziemniaków znalazłam... – chlipnęła Andzia. – I kawałek chleba... Dziewczynki nakarmiłam okruszkami. Jadły jak te ptaszki...

– To ugotuj dla chłopców – powiedział. – Nie wiem, gdzie mleka szukać...

Andzia rzuciła się do kuchni obierać ziemniaki.

– Dałam dziewczynkom soku malinowego i popiły... – rzuciła w stronę Stanisława. – Już leżą w łóżeczkach i śpią... A z ziemniaków pierogi robić? Mogłabym ruskie, raz dwa... – Zamilkła nieoczekiwanie, zdając sobie sprawę z wydźwięku słowa „ruskie".

– Za dużo roboty – powiedział Stanisław. – Ugotuj i cebulą polej. A potem... ogarnij trochę...

Andzia gorliwie pokiwała głową i obierała ziemniaki, aż furczało. Zdecydowanie wolała wykonywać polecenia niż zarządzać. Nie rozumiała, co się działo wokoło. Docierały do niej pojedyncze słowa, takie jak: wojna, bitwa, strzelanie, zabrali, zranili, czy zastrzelili. Szczególnie to ostatnie budziło grozę. Pan Stanisław był jeszcze bardziej ponury niż zwykle, chociaż nie słyszała, żeby od śmierci żony wypowiedział tyle słów, co dziś. Był też jakiś bardziej zdecydowany. I został z nią i z dziećmi, kiedy się bała.

– Dobry człowiek – wyszeptała, patrząc, jak Stanisław naprawia wyrwany zawias szafy.

Tadzik i Wacek siedzieli ciasno przyciśnięci do siebie przy kuchennej ławie i patrzyli przestraszonym wzrokiem.

– Jutro będzie szkoła? – spytał Tadzik.

– A czemu miałaby nie być? – mruknęła Andzia, nakładając chłopcom górę ziemniaków na talerze i polewając smażoną cebulą.

– Jutro nigdzie nie idziecie. – Stanisław zignorował Andzię. – Ja się dowiem, co się stało, a przede wszystkim, gdzie są pozostali Winni.

– I dziadek – przypomniał ojcu Wacuś.

– I dziadek – przytaknął Stanisław.

– A możemy jutro polecieć na glinki, skoro nie ma szkoły? – Tadzik wpakował sobie do buzi całego kartofla i prawie się zadławił.

– Absolutnie! – Zdenerwował się Stanisław. – Siedzieć mi tu, nosa nie wyściubiać i słuchać się Andzi we wszystkim. Jeszcze tego tylko brakowało, żebyście latali po okolicy i oberwali kulkę w łeb...

Chłopcy ze zdumieniem patrzyli na ojca.

– Chłopaki mnie tu pomogą sprzątać i przy dziewczynkach – powiedziała szybko Andzia, widząc minę Wacusia.

– Niech spać lepiej idą – uciął dyskusję Stanisław. – Przynajmniej teraz.

Bracia popatrzyli na siebie i wstali od stołu.

– Idźcie do siebie i… spać… – zachęciła ich Andzia.

Kiedy zniknęli za drzwiami, popatrzyła na Stanisława.

– Stanisławie, idź też się położyć… – spojrzała poważnie na kuzyna. – Siła złego na jednego…

Pierwszy raz zwróciła się do niego po imieniu. Może stracił w jej oczach cały autorytet wraz ze śmiercią żony, przy której była ona, daleka kuzynka, a nie on, albo wraz z wybuchem wojny, gdzie jego ojciec ratował życie ludziom, a on sam siedział w leśniczówce i narzekał na zimno. Nie chciał się do tego przyznać, ale ogarnęła go dziwna niemoc, nie chciało mu się nic, ani jeść, ani pić, ani nawet oddychać. Z chwilą odejścia Kasi nic nie było jak trzeba. Dziewczynki, sieroty od urodzenia, zmuszone były najpierw do picia mleka obcej kobiety, potem kozy, a teraz już tylko okruszki chlebowe i sok malinowy ratował je od śmierci głodowej. Tadzikowi i Wackowi nikt nie wytłumaczył, dlaczego będą się chowali bez mamy. Przytulono ich tylko kilka razy. I jeszcze ta wojna… Szalone oczy tamtego Ksawerego zapowiadały przygodę, wygraną i odzyskanie wolności. On tymczasem nie miał zwierząt, zapasów, desek do pracy ani chęci do życia.

– Ty się, Andziu, połóż – powiedział. – Ja posiedzę i będę czuwał. Może matka wróci, to opowie, co tu się działo…

Dziewczyna kiwnęła głową. Wyszorowała piaskiem garnek po ziemniakach i rondel po okrasie, potem starannie wytarła.

– Ale nie zostawisz mnie samej? – upewniła się.

Pokręcił głową ze złością. Że też w takich czasach dziewczyny o jakichś głupich strachach myślą.

– Nie zostawię. Jak matka wróci, pójdę ojca szukać…

– Zmiłuj się, Stanisławie – wyszeptała Andzia. – Gdzie po nocy…? Tym dzieciaczkom, niebożątkom, to już tylko ty zostałeś… Pamiętaj o tym…

Stanisław został sam w kuchni. Usiadł przy stole i schował twarz w dłonie.

Bronia wróciła do domu późną nocą i zdumiała się, widząc Stanisława śpiącego przy stole. Delikatnie poklepała go po głowie.

– Kasia? Kasieńka? – mruknął Stanisław, a potem obudził się i boleśnie zderzył z rzeczywistością.

– Władek ranny w nogę. Ruski go uderzył łopatą czy siekierą… Doktor zeszył ranę i dał morfinę, ale do jutra nie starczy. Trzeba będzie na Turczynek iść…

– Duża rana?– spytał wstrząśnięty Stanisław.

– Duża, ale nie straci nogi – powiedziała Bronia. – Ojciec… Antoni… On go przed Ruskimi uratował…

– Ojciec? Jak uratował?

– Nie wiem – odparła, chociaż miała pewne podejrzenia. – Ale uratował, bo Władek o bramie cmentarnej mówił…

Stanisław pokiwał głową.

– Kazia pytała, czy ojciec bardzo ranny?

Bronia pokręciła głową.

– Kazia płacze… Renatka tam jest i powiedziała, że nie bardzo… Sama nie zauważyła, żeby coś z Antonim nie tak było. Dopiero Władek powiedział, jak się przebudził.

Stanisław wstał.

– Idę ojca szukać…

– Idź, synku… – powiedziała Bronia. – Kajtek z Wigusina wrócił z Iwonką. Cali i zdrowi. A Stefek telegrafował, że też cały i zdrowy…

– A Romek? – Stanisław spytał o najmłodszego brata.

Bronia bezradnie rozłożyła ręce.

– Nikt nie wie… Najpierw w piwnicy siedzieli, ale potem kazał Władzi z chłopcami zostać, a sam poszedł zobaczyć, co się dzieje.

– Władkowi zabrali krowy? – spytał.

– Nie, wszystkie pięć w oborze. Podobnie świnie i kury…

– To dadzą nam mleka… – ucieszył się Stanisław. – Dla dzieci…

Bronia przeżegnała się.

– Ja czuję, że coś złego się stało… Bo gdzież by był…?

Stanisław objął matkę.

– Wróci… Wiesz, jaki jest Romek…

On jednak też miał złe przeczucia. Jego brat Roman był ciężko pracującym rolnikiem. Jego życiowym powołaniem była praca przy ziemi. Skoro nie było go na roli, to zapewne zdarzyło się coś złego.

Z podwórza dobiegł ich krzyk Andzi. Po chwili dziewczyna wpadła do domu, w ręku niosąc urwany kurzy łepek.

– Czarusia, Pstrokata i Łatka… i Kropeczka…

Bronia przytuliła ją, odebrała jej z rąk zakrwawiony kurzy łepek i posadziła przy stole.

– Wszystkie zabili, tak, wiemy…

– Wyszłam, bo Ania miała w łóżeczku kurze piórko i ja jajeczek dziecince chciałam… Jajeczek chciałam…

Po czym zaniosła się szlochem.

Stanisław zanim poszedł w las, grabiami do worka zebrał kurze łebki, oprócz tego jednego, co się schował za pojemnikiem na wodę, zamiótł kurnik i zakopał resztki po kurach pod drzewem. Dopiero potem poszedł szukać ojca. Świtało. Wielka kula słońca wychodziła znad nadarzyńskiego lasu. Na ulicach i przy rynku było sporo ludzi, głównie baby rozprawiały o tym, co się działo wczoraj. Podszedł do jednej z grupek.

– Uszanowanie... Ojca szukam… Rozdzieliliśmy się wczoraj i…

– Widziałam w kościele – powiedziała Dorota Pyrka. – Wczoraj po widnemu. Z księdzem wychodził, a potem poszedł.

– Dokąd poszedł? – spytał z nadzieją.

– Nie mówił do mnie. Szedł zgarbiony jakiś. Pomyślałam, że kogoś od was wywieźli…

Kobiety zaczęły wymieniać się między sobą informacjami na temat wywiezionych. Stanisław stał obok. Był skrajnie zmęczony.

– A mojego brata Romka widziałyście?

Kobiety przecząco pokręciły głowami i wróciły do swoich rozmów.

– Stasiu… – usłyszał cichy głos.

Odwrócił się. Przed nim na chwiejnych nogach stał Bronek Muraszew, kompan ojca do wypitki.

– Stasiu… – wybełkotał. – Ja tatusia twojego tak kochałem… Tak kochałem…

– Widziałeś go? – Stanisław jednym susem dopadł Bronka.

– Widzieć, nie widziałem – odpowiedział pijany. – Ale tatusia twego tak kochałem…

Tego już było za dużo dla Stanisława. Dopadł pijanego i podniósł go do góry za klapy przenicowanej marynarki.

– Widziałeś ojca, pijaku?

Mężczyzna odsunął się od Staszka i zaczął płakać.

– Moich synów zabrali… Niemcy najpierw, potem Ruscy… Gnali do Grodziska…

– A Romka naszego widziałeś?

Bronek pokręcił przecząco głową.

– Tatusia twojego tak kochałem… Łyka jakiegoś masz?

Stanisław odszedł ze wstrętem. Nie wiedział, co ma robić. Szukanie Romka wśród zabranych przez Rosjan albo Niemców mężczyzn byłoby bardzo niebezpieczne.

Mógł albo zarobić kulkę w łeb, albo dołączyć do nich. Poza tym musiałby iść piechotą do samego Grodziska bez specjalnej nadziei, że zabrani mężczyźni zostali zatrzymani właśnie tam. Stanowczo nie był to dobry pomysł. Skupił się i zastanowił, dokąd poszedłby on sam, będąc na miejscu ojca. Odpowiedz była jednoznaczna. Ojciec wróciłby albo do domu, albo poszedł po nich do leśniczówki, po tym jak dowiedział się, że pozostali Winni są bezpieczni. Chciałby ich sprowadzić do domu. Prawdopodobnie widział, że zapasy zostały zabrane, a zwierzęta ukradzione. Stanisław miał nadzieję, że ojciec właśnie tak zrobił, tylko z niejasnych przyczyn został na miejscu. Może był zbyt zmęczony, żeby iść, albo rana mu dokuczała. Stanisław nie wiedział. Coś mu podpowiadało, żeby pójść po Kajtka, skoro cały i zdrowy wrócił. Niech pomoże ojca szukać. Dziwił się, że matka o to nie poprosiła albo może nie chciała mu powiedzieć, że prosiła, bo Kajtek odmówił przekonany, że ojciec gdzieś pije z takimi jak Bronek Muraszew albo jeszcze gorszymi. Władek na pewno by poszedł ojca szukać. Zrobiłby to bez wahania, gdyby tylko mógł. Ale leżał z nogą prawie odciętą siekierą i nie wiedział, czy jeszcze kiedykolwiek na tę nogę stanie. Stanisław zdecydował się. Ruszył szybkim krokiem do lasu, a stamtąd tą samą drogą po raz trzeci do leśniczówki Batalków. Szedł równo, pilnując kroków i oddechu, wdech, wydech, wdech, wydech. Wiedział, że ma przed sobą co najmniej godzinę marszu. Nie bał się dzików. Może dlatego, że nigdy nie bał się lasu. Lubił polować na kaczki, kury i bażanty. Pod tym względem był podobny do Romka i do ojca. Stolarkę jako fach miał chyba we krwi po dziadku Walerku, który wprawdzie nie był cieślą, tylko najemnym pracownikiem, ale w domu potrafił zrobić wszystko, od półki po budowę więźby dachowej.

Był już blisko leśniczówki, kiedy potknął się o coś. Upadł i uderzył się w nogę. Stłumił przekleństwo. Popatrzył na okrągły, owinięty czymś przedmiot.

– Mój Boże, to chleb… – mruknął i otrzepał bochenek z ziemi i liści.

Chleb był wilgotny i czuć go było mchem. „To ojciec niósł bochen do nas, do leśniczówki", pomyślał, „ale nie doniósł…". Zawiał wiatr od wschodu i nozdrza Stanisława wypełniły się zapachem spalenizny. Zerwał się i pobiegł w kierunku domu Batalków. Ogień już zgasł, strawiwszy cały dom. Leśniczówka zamieniła się w stos desek, spod których wystawały resztki mebli i skór. Stanisław zaczął odrzucać deski, żeby zobaczyć, czy kogoś nie ma w środku. Bał się krzyczeć, ponieważ ten, kto podpalił dom, mógł być wciąż blisko.

– Ojciec – szeptał, zagłębiając się w popiół. – Tato…

Nie było odpowiedzi. O mało co nie skaleczył się o rozbitą butelkę wypełnioną białym płynem. „Tu musiał być ojciec", pomyślał, „niósł chleb i mleko dla dziewczynek i coś się stało, tylko co?", myślał gorączkowo. Zmartwiał, kiedy znalazł resztki siennika. Spod spalonej słomy pobłyskiwał guzik. „Te guziki matka mu przyszyła do płaszcza, bo wiązał go sznurkiem", przypomniał sobie. „To była jej duma. Srebrne guziki, z orzełkami". Koło guzika leżały resztki marynarki. Zaraz obok Stanisław zobaczył zarys zwęglonego ciała.

ROK 1915

Jak do wszystkiego złego, tak i do wojny, można się było przyzwyczaić. Nie było to łatwe, a i nieobarczone ofiarami, ale w końcu się udało. Po pierwszym szturmie i wyparciu Niemców w Brwinowie nastali Rosjanie i zachowywali się jak zwycięzcy. Panoszyli się po rynku i domostwach, bez najmniejszych skrupułów zabierając ludziom jedzenie i gorzałkę. Pod względem mocnych trunków byli zresztą jak psy tropiące, bo gdy już weszli do domu, nie wychodzili bez samogonu, choćby mieli do nieprzytomności skatować właściciela domu albo na jego oczach powiesić kogoś z rodziny. Polacy poradzili sobie jednak i z tym. Kiedy zapasy się skończyły, a zastraszanie ludności nic nie dało, Rosjanie musieli liczyć na lokalne gorzelnie, a alkohol kupować. W pierwszej kolejności oddawali zagrabione zwierzęta, oczywiście te, których nie zdołali zmarnować. Naprędce zarżnięte kury, krowy i owce spłonęły pewnego listopadowego dnia na polach sochaczewskich. Smród palonych kości, piór i zepsutego mięsa unosił się nad Brwinowem jeszcze kilka dni, wywołując niezadowolenie mieszkańców.

– Nakradli zwierząt na zmarnowanie… – Bronia kręciła głową, a Andzia płakała za zarżniętymi kurami.

Koza Malwinka i krowa Melania podzieliły zapewne losy ptactwa i znalazły się w spalonym stosie, ewentualnie zostały zjedzone przez głodne wojsko. Stanisław daremnie usiłował odkupić najpierw krowę, potem kozę. Próbował sam targować się z Rosjanami, oferując im to, co umiał najlepiej, czyli ciesiołkę, ale Rosjanie nie potrzebowali mebli ani nawet pryczy, ponieważ albo sypiali na siennikach, albo zajmowali domy i spali tam po dziesięciu w poprzek na jednym łóżku. Stanisław zatem próbował załatwić sprawę inaczej, mianowicie oferując Rosjanom ruble. Tu o mało nie zginął, ponieważ jeden z barczystych Rosjan, na którego mówili Griszka, uznał, że Stanisław okradł ich towarzyszy. Dwóch żołnierzy pochwyciło go za poły kożucha i zaczęło ciągnąć pod mur, ale do sprawy wmieszał się ich dowódca, krzycząc, że nikt tu ścierwa nie potrzebuje, trupów mają własnych niepogrzebanych pod dostatkiem, a tego tu kolbą należy zdzielić i przepędzić. Zrobili, jak mówili, Stanisław otrzymał potężne uderzenie karabinem w szczękę, która cudem się nie złamała, potem stracił przytomność. Ocuciły go kopniaki żołdaków, zwłaszcza te kierowane w żebra i nerki. Skończyło się na tym, że dowlókł się do domu bez stu rubli, które ze sobą miał, i kożucha, który zdjęto mu z grzbietu. Andzia na jego widok załamała ręce, a Bronia, kiedy wysłuchała, jak to jej syn poszedł do Ruskich z pieniędzmi i w kożuchu, aż się przeżegnała na okoliczność, że wrócił cały, tylko z siniakami na twarzy i ciele. Potem nawymyślała mu od głupich i nieodpowiedzialnych.

– Romek zaginął, ojciec twój zaginął, a ty co?! Następny chcesz być w kolejce?!

Andzia też dołożyła swoje trzy grosze, że niewielu się odważa wódką z żołnierzami handlować, bo bywa, że ci kulę w łeb sprzedają i gąsiorek po prostu zabierają, a Stanisław sam jeden dla krowy i kozy się tak narażał.

– Chciałem, żebyśmy mleko dla dzieci mieli… – mamrotał tonem usprawiedliwienia, kiedy matka przykładała mu zimne do opuchniętej twarzy.

– Mleko dla dzieci można kupować – utyskiwała Bronia. – Źle było do tej pory?

– No, ale już nie możemy kupować ani od Domaniewiczów, ani Rucińskich, bo im krowy zabrali.

Bronia spojrzała z politowaniem.

– A te, co byś kupił, toby nie zabrali?

– Może by nie zabrali… – mruknął Stanisław, który przecież chciał dobrze.

Bronia i Andzia jak na komendę machnęły rękoma. Potem znów jednocześnie spojrzały na Stanisława z ironią.

– Taki stary, a taki głupi… – mruknęła jego matka.

– Dobrze, że go nie zabili – powiedziała pojednawczo Andzia.

Stanisław, do którego dotarło, jak lekkomyślnie postąpił, wraz z narastającym bólem w miejscach po kopniakach poczuł złość na siebie.

– Nie musicie mi mówić, że straciłem sto rubli, kożuch i honor…

– E tam, honor… – Bronia znów machnęła ręką i ponownie sięgnęła po wodę, bo synowi krew z rozciętej wargi poleciała świeżą strużką. – Najgorsze, że jeść już nie mamy co… Pieniędzy nie ma, Antoniego nie ma…

I Bronia nietypowo dla niej zaczęła płakać. Stanisławowi ścisnęło się serce. Kiedy zastał zwęglone zwłoki ojca pod spaloną leśniczówką, z płaczem je pogrzebał. Po powrocie do domu, nie patrząc w oczy matce, powiedział, że nigdzie go nie znalazł. Opowiadał, jak szukał po lesie i przepytywał napotkanych, w końcu okazało się, że ojca zabrali Rosjanie. Ktoś widział, jak go prowadzili. Ale inny ktoś widział, jak

Antoni wyrywa się żołdakom i biegnie w stronę lasu żegnany gradem kul, z których żadna go nie trafia.

– Ojciec jest na pewno z partyzantami w lesie… – powiedział z przekonaniem. – I wróci na wiosnę, albo jak tylko wojna się skończy…

Bronia wycierała oczy fartuchem i mówiła, że to do Antoniego podobne, że do lasu walczyć poszedł, ale niepodobne, że żadnego znaku życia nie daje.

– A co miałby zrobić, żeby nas, ciociu, nie narażać? – pytała zawsze wtedy Andzia, która zdążyła wysłuchać opowieści Władka o tym, że Antoni z małego pijaczka zamienił się w bohatera i uratował życie połowie Brwinowa.

– Nocą mógłby przyjść i do drzwi zapukać… – mówiła Bronia. – Albo w okno…

Stanisław podchodził wtedy i obejmował matkę. Zwłoki ojca, co je pogrzebał i czuwał nad nimi, modląc się i płacząc, przez kilka tygodni ciążyły mu na sumieniu jak kamień. Nikomu jednak, nawet bratu swojemu nie powiedział, co znalazł u Batalków. Przeciwnie, Władkowi i Kazi sprzedał tę samą bajkę o ucieczce Antoniego do lasu. Władek nie był kiedyś tak łatwowierny, ale tygodnie gorączki, a kolejne, kiedy słaby był jak dziecko, najwyraźniej go zmieniły. Kiwał tylko głową, słuchając tłumaczeń Stanisława i mówił:

– Ja bym go na wiosnę nie czekał… Dopiero jak wojna się skończy…

Władek wydobrzał, ale do końca życia kulał i nogę miał trochę „nieswoją". Stopa mu opadała jak bocianowi, tak że chodził specyficznie, szurał nogami, a czasami po prostu brał nogę w dwie ręce i przesuwał do przodu czy tyłu.

– Cóż za uparty kulas – mruczał wtedy, ale uśmiechał się i cieszył, że żyje.

Kazia mu przypominała, że gdyby nie ojciec, to Władek by już nie żył i dziękować Bogu trzeba, że tylko jeden kulas przetrącony, zamiast głowy na przykład. Władek z kolei nie powiedział nikomu, że ojciec trzech Rosjan zabił, a potem upiekł w piecu jak wieprzki. Po prostu mu to nie przechodziło przez gardło. Najpierw był nieprzytomny i myślał tylko o bólu, który opanowywał całe jego ciało, potem powiedział zgodnie z prawdą, że żołnierz uderzył go siekierą, a ojciec zasłonił własnym ciałem i wybronił. Pytany o szczegóły wymawiał się niepamięcią albo odpowiadał zniecierpliwiony, że miał inne rzeczy do roboty, zamiast patrzeć, dokąd ci Rosjanie uciekają i jak dokładnie wygląda ten, który go uderzył. Trzy miesiące po wydarzeniach wybrał się do przybudówki ojca i z paleniska wybrał popiół. Bał się, że ktoś przetrząśnie to miejsce przed nim i znajdzie na przykład trzy czaszki albo zęby, ale kiedy wreszcie mógł pójść i zajrzeć osobiście, wyłuskał tylko kilka sczerniałych guzików od munduru, na wpół stopionych. Zebrał je starannie i na wszelki wypadek zakopał pod płotem. Potem wybrał popiół i rozsypał go na śniegu pokrywającym pole. Wszystko to sprawiło mu ogromne trudności. Mógł poprosić Jaśka albo Damiana, ale bał się, że chłopcy zaczną zadawać pytania. Dlatego po godzinie wytężonej pracy pozbył się popiołu i usiadł pod zimnym piecem, dygocąc ze zmęczenia i ocierając z czoła pot. Przypomniał sobie, co powiedział mu ksiądz, kiedy go w chorobie odwiedził.

– Władysławie, twój ojciec powiedział, że brama cmentarna jest u niego. Gdzie jej szukać?

Przeraził się wtedy, że ksiądz w towarzystwie parafian przetrząśnie dom ojca i znajdzie dowód na spalenie ruskich żołdaków w piecu.

– Ojciec nie powiedział, gdzie ją ukrył. Sam znajdę, kiedy wydobrzeję...

Daremnie ksiądz prosił, żeby pozwolić mu bramy szukać i argumentował, że cmentarz otworem stoi i złodziei kusi.

– Jakich złodziei? – Władek trwał w uporze. – Przecież Rosjanie zwłok nie jedzą. Oni tylko kradną to, co się nadaje do jedzenia, nawet jeśli później ma na spalenie iść czy inne zmarnowanie.

– Ale... – zaczynał ksiądz.

– Jak wydobrzeję, to poszukam – powtarzał Władek i niby to zapadał w sen, a ksiądz wzdychał i wracał do siebie.

Kiedy skończył z popiołem, wszedł do pustej obory i do kurnika, rozejrzał się, ale nie znalazł niczego, więc uznał, że brama znajdzie się albo sama, albo może wysłać synów, żeby spróbowali ją znaleźć już bez obawy, że dostrzegą coś jeszcze.

– Dlaczego, Władziu, ojciec bramę ukrył u siebie? – próbowała zrozumieć Kazia.

Wtedy tłumaczył jej po raz kolejny, że Ruscy chcieli przetopić bramę na naboje, a ojciec w zamian za ich życie powiedział, że zrobi to w swoim piecu. Nieśli bramę w pięciu. Postawili na zewnątrz pod domem, a potem stało się to z siekierą. Potem nie pamięta, a ojca już nie widział. Władek tyle razy powtarzał to samo braciom, synom, matce i sąsiadom, że w końcu sam w to uwierzył. Bał się, że Rosjanie będą pytać mieszkańców o swoich towarzyszy. Ten Fiedka był w końcu lejtnantem, czyli nie byle jakim żołnierzyną, więc mogli go szukać, ale najwyraźniej towarzysze broni uznali, że Fiedka i jego dwaj kompani stracili życie w walce, albo w lesie od kłów dzików. W każdym razie Władek nie słyszał, żeby ktokolwiek pytał o Rosjan, którzy zginęli. Tych, którzy ginęli w bitwie albo w potyczce z Niemcami, reszta grzebała w dołach, które kopała albo sama, albo przy pomocy ludności polskiej.

– Kiedy ojciec wróci, najpierw musi powiedzieć, gdzie jest brama – powiedział któregoś dnia Władysław Staśkowi. – Ksiądz żyć nam nie da, jak mu jej nie oddamy...

Stanisław bardzo chciał wyrwać z głębi serca tajemnicę, że ojciec już nie wróci, ale nie umiał tego z siebie wyrzucić. Próbował tyle razy, ale nie potrafił odrzucić ciążącego kamienia i uwolnić sumienia. Bał się też, że matka będzie chciała zwłoki ojca z tamtej ziemi wykopywać i na cmentarz przenosić. Może też nie będzie umiała darować Stanisławowi, że ją okłamał, o śmierci męża nie powiedział i w niepoświęconej ziemi ciało pochował. Władek natomiast może się gryźć jeszcze bardziej, że zamiast ojca do Batalków po nich wszystkich iść, to w domu chory leżał. Prawda była w sumie taka, że najbardziej męczył się Stanisław, który w bezsenne noce wyzywał siebie od tchórzy i „niemężczyzn". To nie ojciec powinien biegać po lasach i jego rodzinę chronić ani Władka z rąk Ruskich ratować, ale on, przekonywał siebie. Przypominał sobie wszystkie wstydliwe epizody ze swojego życia. Spanie, kiedy żona rodziła i wykrwawiała się na śmierć, bezczynne siedzenie w leśniczówce, kiedy każdy prawdziwy mężczyzna w okolicy bronił swojej rodziny, wreszcie pogrzebanie zwłok ojca w tajemnicy przed wszystkimi. Palący wstyd złapał go za gardło. Potem przypomniał sobie, jak pieniądze przeznaczone na jedzenie stracił u żołnierzy, kiedy wymyślił, żeby krowę odkupywać. Nawet go nie zabili, tylko zdarli ubranie, okradli i pobili. Taka hańba. Konfesjonału też nie umiał skończyć, bo brakowało mu spalonych desek. Co zresztą próbował do pracowni pójść i ocenić straty, matka przywoływała go i kazała iść w pole albo wynajdywała jakieś inne, równie prozaiczne zajęcia. Zostało niewiele pieniędzy i w domu zapanował terror oszczędzania. Bronia wydawała codziennie trochę grosza, za które Stanisław albo Andzia kupowali mleko dla dzieci, czasami trochę chleba. Jemu samemu dziurę w brzuchu wierciła, żeby spróbował rozmontować konfesjonał, zrobił z tego, co się nada sprzedać i puścił między ludzi. Stanisław słyszeć o tym nie chciał, mówiąc, że Bogu ślubował za życie dziewczynek. Bronia za to kontrargumentowała, że Pan Bóg na konfesjonały może jeszcze poczekać, a jeśli dziewczynki z głodu poumierają, to będzie jego, Stanisława, wina.

– Jako Winny, będę winny wszystkiemu... – mówił wtedy gorzko i nie chodził do pracowni, co z jednej strony powodowało ogromny żal, bo żyć bez swoich desek i mebli nie umiał, a z drugiej ulgę, że nie widzi zmarnowanego drewna i konfesjonału, który wyglądał, jakby mu kto duszę wyrwał i grzechem osmalił boki.

– Księże proboszczu, kiedy tylko będę mógł, to konfesjonały skończę – mówił w każdą niedzielę, kiedy zachodził po mszy do zakrystii.

– Stanisławie... – odpowiadał proboszcz. – Konfesjonały teraz nie takie ważne jak to, żeby przeżyć...

– Ale ja Panu Bogu ślubowałem...

Ksiądz kręcił głową.

– Ślubowałeś, to ślubowania dotrzymasz. Póki co, żebyś na deski pieniędzy nie wydawał, tylko na jedzenie dla rodziny. Pani Bronka mnie pościel szyła i zniszczone rzeczy łatała, ale ja sam dużo zapłacić nie mogę...

Stanisław drgnął, kiedy usłyszał, skąd jego matka miała pieniądze.

– Mama? Szyła?

Proboszcz pokiwał głową.

– Tu każdy coś, Stanisławie, robi, żeby przeżyć, bo jałmużny nie chce...

Stanisław z opuszczoną głową wlókł się do domu, zastanawiając się, jak teraz będą żyli, kiedy pieniędzy żadnych już nie mają, a i na pracę też niewielkie perspektywy.

W domu zastał poruszenie. Andzia biegała, jakby miała skrzydła, a Bronia stała oniemiała i żegnała się, wpatrując w okno. Na jego widok obie zakrzyknęły:

– Antoni nas uratował...

– Wrócił? – Stanisław stracił oddech.

– Tak, jakby wrócił... – śpiewała Andzia i kręciła się w koło jak bąk.

Bronia zaczęła mu opowiadać, jak znalazły pod kocykiem Ani karteczkę, na której Antoni skreślił swoją ręką plan ziemi i zaznaczył krzyżykiem jedno miejsce.

– Dopiero teraz, pod kocykiem, bo zaplątała się w wełnę i tak... zniknęła... – paplała Andzia.

– Kopiowym ołówkiem napisał – dodała Bronia z miną, jakby ta informacja była szczególnie istotna.

– Skąd kopiowy ołówek, ciociu? – Andzia przestała tańczyć.

– No właśnie. – Bronia zmarszczyła brwi. – Skąd on miał kopiowy ołówek?

– To pewno mój ołówek. Z Pruszkowa kupiony, do mebli specjalnie... – powiedział Stanisław i wzniósł oczy ku niebu. – Powiecie, o co chodzi?

– Bo Antoni na karteczce miejsce zaznaczył, ale karteczka zaplątała się w kocyk... – zaczęła znów ab ovo Andzia.

– Chodź, synu – przerwała jej Bronia i wyprowadziła Stanisława na dwór.

Rozejrzała się uważnie na boki, potem szybko poszła ścieżką w głąb niewielkiego zagajnika, który otulał ziemie Winnych. Stanęła przed niewielką polanką i zaczęła rękoma odgarniać śnieg i zbutwiałe liście. Stanisław przyglądał się tej pracy z niejakim zdumieniem, nie wiedział, co jego własna matka robi, przesypując śnieg i rozglądając się trwożnie, czy nikt ich nie widzi. Wreszcie spod śniegu wyjrzała drewniana klapa z rączką u góry.

– No – zachęciła go Bronia. – Otwórz...

Stanisław dźwignął klapę i jego oczom ukazało się ciemne przejście prowadzące do niewielkiej piwniczki. W piwniczce, niepodmurowanej, tylko obłożonej prowizorycznie deskami, pod słomą i sianem Stanisław zobaczył kartofle, marchewkę, jabłka, nawet orzechy oraz dwie szynki widzące u sufitu w płóciennych woreczkach, owinięte szczelnie i związane sznurkiem.

– Prosił o te woreczki, a ja zapomniałam... – Rozczuliła się Bronia.

– Ojciec zrobił dwie piwnice, bo wiedział, że Ruscy przyjdą i jedzenie nam zabiorą… – Zrozumiał Stanisław. – Tę drugą w takiej tajemnicy, że nawet nam nie powiedział…

– Właśnie – przytaknęła Bronia, ostrożnie wynurzając się z otworu w ziemi. – Słowa nie wydusił… Tylko co mu do głowy przyszło, karteczkę dziecku do kocyka wsadzać…

– Zginąć mogła – zgodził się Stanisław. – A wtedy byśmy z głodu umarli…

– Teraz nie umrzemy – stwierdziła Bronia. – Tylko ostrożnie trzeba, żeby nikt…

Stanisław tylko pokiwał głową i jakby lżejszy o kilka kilo wrócił z matką do domu, gdzie tłumaczył rozochoconej Andzi, że pod żadnym pozorem i za żadne skarby nie wolno jej pary z ust puścić, że nie przymierają już głodem.

Ustalili, iż nie powiedzą nikomu, nawet Tadzikowi i Wacusiowi ani też braciom. Jeśli innym Winnym czegoś zabraknie, to im się da, ale tłumacząc, że kupione, zdobyte, et caetera, żeby oni nieostrożnym słowem nie sprowadzili jakiegoś nieszczęścia.

– Wiem, wiem, ani słóweczka. – Kiwała głową Andzia, zdenerwowana, że ją za jakąś głupią mają i powtarzają tyle razy, że ma nikomu nie mówić.

– To może niech już mama nie szyje proboszczowi zasłonek… – powiedział jeszcze Stanisław. – Skoro mamy co jeść…

Bronia aż westchnęła z oburzenia.

– A czemuż to ja pracy mam się wstydzić?! – spytała. – To ty możesz te swoje zydelki, mebelki ciosać, a ja szyć nie mogę?! Bo to twoja praca lepsza od mojej?!

No i awantura się w tej radości zrobiła, że Stanisław wstydzi się matki, która o pracę prosi, żeby parę groszy na mleko dla dzieciaków było, że to wstyd w ogóle tak mówić i tak dalej. Stanisław daremnie tłumaczył, że to on się wstydzi, że nie umie na rodzinę zarobić i jego matka musi u obcych o pracę prosić.

– Jak będzie ci zbywać, to ty ludziom dasz zarobić! – burknęła Bronia i poszła do kuchni tłuc ziemniaki.

Andzia szybko uciekła wzrokiem, ale Stanisław nieoczekiwanie dla niej i dla siebie spytał szybko:

– Ty też tak uważasz, że ja się matki wstydzę?

– Ależ skąd, Stanisławie… Ja wiem, że ty chciałeś tylko, żebyśmy mieli co jeść.

Mężczyzna pokiwał głową, obserwując policzki Andzi czerwone jak peonie wczesnym latem.

– Ja wiem, że ciężarem dla was jestem – wyszeptała dziewczyna. – Ale do domu wrócić nie mogę…

Jej rodzina była cała i zdrowa, rozproszona po różnych krewnych, ojciec dogorywał, a matka najmowała się do prac na roli albo w obejściach, zwykle za pieniądze, a w czasie wojny nawet za kawałek chleba.

– Nie jesteś żadnym ciężarem – powiedział stanowczo. – Co też opowiadasz...

– Ja swoje wiem...

– Nic nie wiesz. – Zdenerwował się. – Jakby nie ty, to kto by dzieci doglądał? Teraz zwłaszcza, kiedy Kasi nie ma...

Bronka przysłuchiwała się tej dyskusji początkowo w milczeniu, ale nie wytrzymała i podeszła do nich.

– Przestaniesz ty bzdury takie wygadywać? – spytała. – Co byśmy bez ciebie tu zrobili? Ja ile razy do kościoła chodzę, to się modlę w podzięce, że ciebie tu Pan Bóg zesłał...

Andzia ryknęła płaczem.

– Ja bym dla was wszystko, wszystko...

Bronia objęła ją i zaczęła głaskać po głowie. Stanisław także podszedł i pocałował czerwoną, szorstką dłoń dziewczyny, co spowodowało nową falę spazmów wydobywających się z jej piersi.

– I robisz wszystko, dziecko... – powiedziała Bronia. – A teraz chłopców wołaj na jedzenie, bo dobre mamy. Sama też siadaj...

– Najpierw dziewczynki nakarmię. – Andzia wskazała brodą na dwie kołyski, w których ciche jak zwykle, wielkookie obserwatorki dnia codziennego patrzyły na świat.

Radość zgasła szybko. Niby były ziemniaki posypane solą i polane cebulką i marchewka gotowana, a Bronia po plastrze szynki ukroiła na spróbowanie, ale wszystkim jakoś nosy na kwintę poopadały. Z każdym kęsem Bronia coraz bardziej tęskniła za mężem pijakiem, który był nie wiadomo gdzie, a w ostatnich chwilach objawił niespodziewane bohaterstwo. Stanisław przeżywał fakt, że jeszcze raz ojciec go uratował, tym razem od głodu niechybnego, a sam zginął pod spopielonymi deskami. Tajemnica ponownie, razem z marchewką, podeszła mu pod gardło i ledwo się powstrzymał od powiedzenia wszystkim, że Antoni nie żyje. Spojrzał na swoich synów, którzy jedli ziemniaki i popijali zsiadłym mlekiem przyniesionym przez Andzię od jednej z sąsiadek Kazi, która jakimś cudem zachowała krowę. Może dlatego, że zawsze kiedy Ruscy szli, pędziła ją do lasu, żeby żołnierzy w oczy nie kłuła. Wiedziała, że za którymś razem nie zdąży, ale tymczasem Mećka stanowiła źródło wyżywienia dla jej rodziny, a mleka wystarczało też na sprzedaż.

– To dziadzio te ziemniaki przyniósł? – zapytał Wacuś.

– Nie przyniósł, tylko schował, żebyśmy mieli co jeść – wytłumaczyła mu Andzia. – A myśmy teraz znaleźli.

– Jak w tajemnicy? – Tadzik nie zrozumiał. – Nikomu nie powiedział?

– Ano nie – podsumowała Bronia. – Napisał na skrawku papieru, narysował właściwie, i schował…

Wacuś nic z tego nie zrozumiał, postanowił zatem więcej nie pytać.

– Pamiętajcie, żebyście nikomu nie mówili, że mamy jedzenie – pouczyła ich przy okazji babcia.

– No nie powiemy – zgodził się Tadzik, który nie pamiętał, kiedy ostatnio taką szynkę jadł jak dziś. Czuł, że aż brzuch go boli z przejedzenia.

– To Ania znalazła tę karteczkę od dziadka? – spytał Wacek.

Andzia znów zaczęła mu tłumaczyć historię z kocykiem, kiedy Wacek jej przerwał.

– Dziadek przyszedł i Ani dał… – powiedział z wiarą.

Bronia aż usiadła.

– A wiecie, że to całkiem do Antoniego byłoby podobne… – stwierdziła.

Stanisław, który nie chciał rozbudzać w matce nadziei, ale nie miał sumienia zaprzeczać, powiedział pojednawczo:

– Może i ojciec tu przyszedł nocą, jakeśmy spali…

– Pójdę i ja do lasu jak dziadek i zostanę partyzantem – oznajmił Tadzik, a potem beknął głośno.

Pierwsza zaczęła śmiać się Bronka, potem Andzia. Stanisław także zmusił się do śmiechu. Nocą Bronka poszła do Władka i Kazi z koszykiem, w którym były ziemniaki i cebula. Stanisław chciał iść, ale Bronka ofuknęła go i kazała w domu siedzieć.

– Chłop w nocy, podejrzana sprawa – zawyrokowała. – Patrol cię jaki zobaczy i nieszczęście gotowe. Zaraz cię zabiją albo w najlepszym razie jedzenie zabiorą…

Stanisław wyczuwał w tonie matki rację, ale mimo wszystko jej słowa kładł na karb własnego nieudacznictwa. „Nie wierzą, że jestem w stanie coś dobrze załatwić", pomyślał z goryczą. Władek i Kazia także musieli oddać wszystkie zwierzęta głodnym Rosjanom, którzy najpierw zabrali kury, potem dwie krowy, a na końcu konia i powóz. Na ten ostatni żołnierze załadowali jabłek z ukochanych jabłonek Władka i z pełnym wozem malinówek, papierówek i koszteli pojechali do siebie. Z tych jabłek potem zrobili trunek, który miejscowi nazywali „jabcokiem", a Bronia, która naczytała się francuskich powieści od proboszcza, z francuska określała jako „kalwadons". Tym „kalwadonsem" się raczyli z braku spirytusu, pewnie dlatego, że zima była bardzo ostra tamtego roku, chociaż baby na targu mówiły, że Ruskie piją więcej od naszych i zawsze pili więcej i byle czego.

– Benzyny taki może wypić kanister i nic – zapewniała Kaziukowa, której syn handlował z Rosjanami wódką, cukrem i benzyną.

– A chamy takie… – Wiciakowa odsłaniała bezzębne dziąsła. – Jak zajęli willę Rozenkę, to pierwsze co zrobili, to rozbili pani Róży łazienkę…

– To gdzie, za przeproszeniem, potem srali? – Zdumiała się Kaziukowa, która w obejściu miała domek z serduszkiem i znała swoje miejsce w szeregu po tych, co robili do nocników i łazienek, a przed tymi, co za stodołę biegali. Jeśli chodzi o takie sprawy, była bardzo nowoczesna, nawet wannę miała w domu, w której Kaziukowi kazała się kąpać, a potem wynosić i wylewać do ogrodu. Czuła się przy tym jak prawdziwa pani.

– No właśnie. – Ekscytowała się Wiciakowa. – Srali wszędzie. A jak Rozenkę zasrali, to się do Urszulki zabrali…

– Panią Urszulę z domu wyrzucili? – Nie wytrzymała Bronka, która kupowała funt kaszy jaglanej.

– To ty nie wiesz, Winianka? – Wiciakowa z politowaniem spojrzała na niedawną sąsiadkę. – Pani Urszulka stareńka, a pognali z domu. Zatrzymała się u Feliksów, tych, co to syn w Rosji się uczył i gada po ichniemu. Im nic nie zrobili, nawet w domu nic nie ruszyli. A Feliksowie przytulili babuleńkę…

– Pani Urszula tyle książek miała… – westchnęła Bronia na samo wspomnienie drobniutkiej, bielutkiej staruszki, do której raz poszła koronki prać, a wyszła z całą torbą książek, które niejaki pan Balzak, Francuz, napisał bardzo pięknie.

– Ty, Bronia, to powinnaś panią się urodzić – powiedziała z przekonaniem Kaziukowa, która umiała ocenić ludzi. – Ta, jak ja dupy na wiatr nie wystawiam, tak ty… masz te swoje książki…

– A książki pani Urszulki to Ruskie w piecu spaliły… – powiedziała z zadowoleniem Wiciakowa.

– Ach… – zdołała tylko powiedzieć Bronia, bo oczy jej się zaszkliły z żalu za piękną biblioteką.

– Pani Urszulka też za nimi płakała, mało nie umarła z żalu… Czemu mebli nie spalili, pytała ciągle, tylko te moje książki….

– Masz tu, Bronia, cukru trochę dla dzieci – powiedziała szybko Kaziukowa i wsypała Broni woreczek z białymi kryształami.

Wiciakowej aż oczy się zaświeciły.

– Skąd cukier? – pytała.

– Jak skąd? Mój Henio przynosi, bo przecież wódkę pędzi, żeby u Ruskich coś załatwić. A skąd przynosi, tom nie pytała…

Bronia pomyślała, że ona też by nie zapytała, po prostu na wszelki wypadek, bo o pewnych sprawach lepiej nie wiedzieć. Wtedy człowiek może nie szczęśliwszy, ale na pewno spokojniejszy. Wprawdzie nie wydawało jej się, żeby Staszek czy Władek mieli śmiałość do Ruskich podchodzić, ale za to Kajtek i Stefek na pewno odważyliby się na handel z tymi bezwzględnymi, biednie ubranymi sługami cara.

Dziewczynki rosły, hołubione przez wszystkich domowników, sąsiadów i znajomych, którzy zachodzili do Winnych i dzielili się tym, co mieli. Nie sposób było zresztą małych nie kochać. Tuż przed świętami na przykład, po kąpieli, Ania wydała z siebie specyficzny gulgot i usiadła w kołysce.

– Ach! – Andzia klasnęła w ręce i pobiegła do Broni, która, wykorzystując ostatni zapas ługu, prała bieliznę pościelową i ubrania na święta.

– Ciotko droga! – krzyknęła. – Ania!

– Co Ania?! – przestraszyła się Bronia, rzuciła balię i poszła za Andzią.

Zastały obydwie dziewczynki siedzące w kołyskach i spod ciężkich powiek patrzące poważnie na babcię i ciocię.

– Ghruu… – Uśmiechnęła się Ania.

– Moje robaczki… – Rozczuliła się dziewczyna.

Mania nie pozostała dłużna siostrze i zagulgotała radośnie, a potem zamachała rączkami.

– Jakie one ładne są… – powiedział Tadzik, który od dłuższego czasu stał i przyglądał się dziewczynkom.

Istotnie były śliczne. Obie czerwonowłose i z zielonymi oczami, spoglądały nimi spod wysokich czół. Od pierwszego dnia życia płakały mało, śmiały się dużo i serdecznie, ale najczęściej patrzyły poważnie na otaczający je świat. Bronia tyle razy zastanawiała się, czy dziewczynki są do siebie podobne i nie znajdowała prawidłowej odpowiedzi. Kolor włosów miały podobny, ale Mania bardziej matowy, natomiast Ania miała włosy w intensywnie czerwonym kolorze. Na Mani główce piętrzyła się cała góra loków, podczas kiedy Ania miała proste włoski sterczące na wszystkie strony. Od pierwszego dnia życia były kładzione do osobnych kołysek, ale zasypiały i budziły się razem, jak na komendę. Poza tym lubiły przerzucić rączki przez ściankę i ścisnąć wzajemnie paluszki. Andzia i Bronia zastawały je trzymające się ze ręce i posapujące w jednym rytmie, zwrócone do siebie, wyglądające jak swoje własne lustrzane odbicia, gdyby nie te włosy, którymi się różniły. Ile razy zdarzyło się je wyjąć z kołysek i położyć na kocykach, turlały się w swoją stronę tak długo, aż jedna dotknęła drugiej. Zasypiały tylko wtulone w siebie, buzia w buzię, nosek w nosek, a zanim zasnęły, gaworzyły coś jedna do drugiej, co wyglądało jednocześnie wzruszająco i komicznie.

– One się z nas śmieją? – spytał kiedyś Wacek, słysząc, jak siostrzyczki szepczą sobie coś, śmiejąc się co chwila.

– No skądże znowu – zaprotestowała Bronia, która miała identyczne odczucia. – Za malutkie są jeszcze i nic nie rozumieją...

Dziewczynki sprawiały jednak wrażenie, jakby rozumiały wszystko, co się wokół nich dzieje, od wojny począwszy, na sieroctwie skończywszy. Kiedy podchodziła do nich Andzia, zaczynały machać rączkami i bawić się beztrosko, pokazując bezzębne dziąsełka. Przy Broni patrzyły uważnie na świat i kiwały główkami, jakby występowały w teatrze kukiełkowym. Z kolei braciszkowie wywoływali swoją obecnością radosny gulgot i chęć zabawy. Jedynie na widok Stanisława milkły i wbijały w ojca ciężkie, zielone spojrzenia. Stanisław miał świadomość, że nie ma pojęcia, jak odnosić się do swoich córek. Tadzika, potem Wacka nosił na rękach. Gdy podrośli, kładł na ramiona i biegał z nimi po sadzie, a kiedy i z tego wyrośli, to pozwalał im robić z siebie konika i krążył wokół stołu kuchennego, wykrzykując: „Ihahaha". Był kiedyś najszczęśliwszym ojcem na świecie, ale wtedy żyła Kasia. Kasia, która wnosiła radość do jego życia. To uczucie, którego nie dostał przy urodzeniu, musiał się go dopiero uczyć, a kiedy już oswoił się z nim i poddał mu, wierząc, że jest dobre, wtedy los z niego zakpił, zabierając Kasię, a wszelka radość odeszła wraz z nią. Stanisław nie winił dziewczynek za śmierć żony. Nikogo nie winił. Nawet Pana Boga. Początkowo toczył z nim dyskusje, zwłaszcza wokół obietnicy, którą złożył, a Pan Bóg potraktował ją bardzo dosłownie i zabrał Kasię, zostawiając przy życiu dwie dziewczynki. Stanisław zastanawiał się, dlaczego wybrał właśnie tak. Czy nie prościej byłoby oddać mu Kasię i jedno z dzieci, a drugie zabrać? Nie rozumiał, dlaczego to właśnie Kasia musiała odejść. Pytał o to Pana Boga, delikatnie, z wyczuciem, czasem śmielej, ale nigdy nie otrzymał odpowiedzi. Co do dziewczynek, to patrząc na nie, odczuwał nie tyle tęsknotę za Kasią, czy żal, że jej już nie ma, ale strach, bo te małe, rude stworzenia wyglądały, jakby miały do niego o coś żal. Zwłaszcza Ania, która patrzyła na niego, przymykając z lekka powieki, tak samo. jak zdarzało się to Kasi, kiedy daremnie prosiła go o pomoc przy przetworach albo o zabicie kury. Zwłaszcza tego ostatniego ciągle jej odmawiał, bo bał się śmierci i brzydził rozlewem krwi. Kasia, która miała identyczne odczucia, płakała, kiedy musiała którąś z kur poświęcić, ze strachu przed wyrokiem, który wydała niezupełnie dobrowolnie i z obrzydzenia. Uważała, że odpowiedzialność za zwierzęce życie musi przejąć mężczyzna, wtedy wbijała spojrzenie w męża i sapała w szczególny sposób. W końcu zabijał tę kurę z najwyższym obrzydzeniem i niemalże strachem. Przeżywał to potem strasznie, sam akt zabijania odbierał mu apetyt. Gdyby mógł, nie jadłby rosołu, ale robił to, doceniając poświęcenie Kasi dla domu i unikając kolejnych, pełnych wyrzutów spojrzeń. Dopiero kiedy Andzia zamieszkała u nich i okazało się, że żadnej pracy się nie boi, a zabijanie kur to dla niej tylko techniczna konieczność, Stanisław i Kasia odetchnęli z ulgą. Od czasu jej przybycia Kasia nigdy nie patrzyła na Stanisława z wyrzutem. Ania z kolei od chwili urodzenia wbijała wzrok pełen pretensji w ojca, kiedy tylko go widziała, jak przemyka się z pracowni do kuchni i zadawała jakieś nieme pytanie. O co chciałaby spytać, czy co zrozumieć, tego Stanisław nie wiedział. Mógł jedynie przypuszczać, że to niezadane pytanie brzmi: „Dlaczego mama umarła?", względnie: „Dlaczego Pan Bóg dopuścił do tego, żeby mama umarła?". Ania jednak nie sprawiała wrażenia, że ma pretensje do Stwórcy, tylko że jej żal jest wymierzony wyłącznie we własnego ojca. Któregoś razu przyszło mu do głowy, że może ona chciałaby, żeby wreszcie dokończył konfesjonał. Ucieszył się wtedy, że jednak coś tam do niego dociera i powiedział głośno:

– Muszę kupić jeszcze tylko jedną deskę na bok, zamiast tamtej spalonej, i konfesjonał zrobię w dwa dni. Pierwszy ofiaruję właśnie za ciebie, za twoje życie.

Ania wrzasnęła krótko, ale tak głośno, że zleciały się z dworu i Bronia, i Andzia.

– Co się stało?! – wielkim głosem zakrzyknęła Andzia i wzięła obie dziewczynki na ręce.

– Ania krzyknęła – powiedział Stanisław tonem usprawiedliwienia i uciekł z domu do swojej pracowni, w której nie miał nic do roboty.

Znów odłożył pracę nad konfesjonałem, ponieważ miał wrażenie, że jego własna córka nie życzy sobie tej ofiary za swoje życie. Nie umiał poprawić tego, co zostało zepsute, nie wiedział, jak przekonać własną rodzinę do tego, żeby za zaoszczędzone pieniądze pozwolili mu kupić deski, które mógłby wykorzystać, naprawiając spalony bok. Konfesjonał był dla niego wyrzutem sumienia, a jednocześnie jakąś przyjemnością, chwilowo niedostępną jak zakazany owoc.

Mania nie patrzyła w ten sposób na ojca. Sprawiała natomiast wrażenie, jakby całkowicie go ignorowała, zgodnie z zasadą, że czego nie sposób zrozumieć, tego nie można pokochać. Stanisław kilka razy próbował wziąć to jedną, to drugą córkę na ręce i pochodzić z nią chwilę, ale zniechęcał się, ponieważ zarówno Ania, jak i Mania nie wydawały się uszczęśliwione jego bliskością. Kiedy tylko do nich podchodził, przestawały się śmiać i nieruchomiały, sprawiając wrażenie chorych. Gdy brał je na ręce, zaczynały płakać albo w najlepszym razie ich małe usteczka wykrzywiały sie w podkówki, litościwa Andzia biegła w kierunku Stanisława i dając do zrozumienia, że wszystko rozumie, zaczynała paplać o tym, że dzieci muszą zjeść albo iść spać, w zależności od pory dnia.

Bronia gryzła się brakiem widocznych więzi między swoim synem a wnuczkami, kładąc to na karb nie tyle śmierci synowej, ile charakteru syna. Stanisław był dla niej zawsze najtrudniejszym z dzieci. Łatwiej jej było porozumieć się z łagodnym Władziem, który szeptał jej do ucha, że kocha ją najbardziej na świecie, albo z wesołym Kajtkiem, który uwielbiał psoty i ucieczki przed odpowiedzialnością. Względnie z Romanem, który nie miał za grosz wyobraźni, tylko wszystko brał dosłownie i wyznawał zasadę: „co na sercu, to na języku". Charakter Stanisława zawsze napawał ją troską. Od najmłodszych lat był cichy, refleksyjny i zagłębiał się w swoim świecie. Kiedy Bronia próbowała zagnać dzieci do jakiejś pracy, Stanisław milcząco i najlepiej wykonywał powierzone mu zadanie, ale ona zawsze miała wrażenie, że wolałby być w innym miejscu i innym czasie. Odetchnęła z ulgą, kiedy ożenił się z Kasią i urodzili się chłopcy, szczęście jednak nie trwało długo i odeszło wraz ze śmiercią synowej.

– Wiesz co, synku? – powiedziała Bronia któregoś dnia po kilku nieprzespanych nocach, strawionych na rozmyślaniu, jakby tu pomóc synowi otrząsnąć się z tej dziwnej bezczynności. – Władzi przydałoby się nowe siedzisko… i łóżko jej tąpnęło… Może ty byś, synu, tym się zajął?

Stanisław uniósł brwi do góry. Czuł, że jego własna matka czegoś z nim próbuje, ale nie miał pojęcia, co by to mogło być.

– Trzeba Władzi pomóc? – spytał. – A mama nie może?

– Ja mam Władzi łóżko zbijać? – Bronia wzięła się pod boki. – Ja to mogę jej najwyżej ugotować albo kartofli zanieść w nocy… Wydawało mnie się, że od stolarki jesteś ty…

Stanisław westchnął i dźwignął się ciężko. Miał wrażenie, że matka chciałaby, żeby poszedł do szwagierki natychmiast.

Władzia zdumiała się na jego widok.

– Przyniosłeś ziemniaków? – spytała, odruchowo poprawiając włosy.

– Mama mówiła, że podobno łóżko wam z Romkiem tąpnęło…

– Tak, tak… – przytaknęła i ponownie sięgnęła ręką do włosów.

Stanisław wszedł do środka i rozejrzał się po domu brata. Nie pamiętał, kiedy był u Romka po raz ostatni. Chyba tuż po tym, jak brat wprowadził się do nowego domu. Święta spędzali u rodziców, a na odwiedziny zwyczajnie nie miał czasu. Pierwsze, co zauważył, to wielki kredens, który zrobił Romkowi i Władzi w prezencie ślubnym. To był wspólny prezent od niego, rodziców i pozostałych braci. Wszyscy dali pieniądze, ojciec załatwił deski, ale to Stanisław wycyzelował mebel z miłością i przekazał go bratu i bratowej.

– Nie ma żadnych wieści o Romku? – zapytał i natychmiast pożałował pytania.

– Nie, nie ma… – Władzia otuliła się szalem.

Poczuł się idiotycznie. Kiedy Romek nie wrócił do domu, Bronia poruszyła niebo i ziemię, żeby znaleźć syna, a Kajtek i Stefek zapłacili wszystkie pieniądze, jakie mieli, grupie Ruskich, żeby dowiedzieć się, że Romka złapali pod lasem i wywieźli gdzieś na kopanie rowów, a potem słuch po nim zaginął. On sam nie zrobił nic, zajęty kontemplowaniem własnego nieszczęścia i zastanawianiem się, czy ma ochotę kończyć konfesjonał, czy nie.

– Znajdzie się – powiedział pocieszającym tonem. – Romek tak zawsze…

Władzia popatrzyła na niego poważnie, a potem pokiwała głową. Znów poczuł się niezręcznie.

– On tak nie robił… – szepnęła. – Nigdy…

– Jak byliśmy dziećmi, to obraził się o coś na Kajtka i… wyszedł z domu na całą noc. Potem okazało się, że siedział na drzewie. Całą noc, rozumiesz? Nie zmrużył oka, żeby nie spaść… dasz wiarę?

Władzia popatrzyła brązowymi oczami.

– Tak zrobił Stefek… Roman opowiadał mi o tym… Niepotrzebnie starasz się mnie pocieszyć…

Stanisław zamilkł zawstydzony. Wiedział, że to Stefek wtedy siedział na drzewie osiem godzin. Żałował, że w ogóle o tym wspomniał. Przecież mógł przewidzieć, że Władzia słyszała właściwą wersję tamtego wydarzenia.

– Romek żyje… – spróbował jeszcze raz.

– Tak. – Władzia pokiwała głową. – Pewnie wstąpił z ojcem do partyzantki, teraz są w lasach i walczą o wolność i niepodległość kraju…

Spojrzała przy tym tak jakoś szczególnie, tak jakby widziała, jak Stanisław grzebał ojca obok gruzowiska Batalkówki.

– Pokaż, Władziu, to łóżko…

Szwagierka bez słowa zaprowadziła go do sypialni i wskazała drewniany mebel. Stanisław załamał ręce.

– Czemu wcześniej nic nie powiedziałaś? Przyszedłbym i pomógł.

Władzia wzruszyła ramionami. Przez następną godzinę Stanisław zbijał wypaczone deski, starając się nie myśleć o tym, że pracuje w domu brata, naprawiając mu łóżko, podczas kiedy ten leży nie wiadomo gdzie, najpewniej w bezimiennym grobie.

– Teraz powinno być dobrze – stwierdził, wstając.

Władzia ponownie wzruszyła ramionami.

– To ja już pójdę... – powiedział.

– Zostań – poprosiła cicho i podeszła blisko niego.

Stanisławowi zrobiło się gorąco. Władzia miała tęczówki brązowe przetykane żółtymi nitkami. Smakowała owocami i łzami, a włosy miała bardziej miękkie od Kasinych. „Boże, nie...", kołatało mu w głowie, kiedy dotykał jej brzucha, mięciutkiego i delikatnego jak sosnowe deski po pokryciu ich lakierem. Pociągnęła go na świeżo naprawione łóżko.

– Chodź – powiedziała.

– To grzech – wyszeptał jej do ucha.

– Nie – odparła, zadzierając spódnicę. – Jestem wdową, a ty pochowałeś żonę...

Przystał na to tłumaczenie, nie myśląc już o wstydzie i o tym, że to może nie przystoi, bo czyż nie miała racji? Romek na pewno był równie martwy jak Antoni, czy Kasia, a Władzia żywa i biała jak śnieg.

– Nikt nie może się o tym dowiedzieć – powiedział, łapiąc za białe nogi okryte plecionymi pończochami. – Słyszysz?

– Słyszę, słyszę... – szeptała.

Kiedy skończył, odepchnęła go od siebie i wstała, poprawiając spódnicę.

– A teraz już idź – Nie patrzyła na niego. – Idź...

Chciał jeszcze coś powiedzieć, ale odwróciła się tyłem i zaczęła rozplatać długie włosy potargane przez niego.

– Chciałem... – rzekł, nie wiedząc, czy powinien jej podziękować, czy w jakiś sposób wyrazić swoje uczucia w stosunku do niej.

– Ja też bym chciała – powiedziała prosto. – Przychodź, kiedy chcesz. Rano zawsze jestem sama...

Nie odwróciła się do niego. Nie pozwoliła objąć, kiedy podszedł i nie podała mu ust. Pochylił głowę, patrząc przez chwilę w jej biały kark i wyszedł, cicho zamykając za sobą drzwi. Cały się trząsł. Do domu doszedł i natychmiast zamknął się w pracowni. Tam znalazła go Bronia, która przyszła wołać na kolację.

– Co ty taki rozpalony? – zapytała, patrząc na niego uważnie.

– Ja? – Wzruszył ramionami. – Wydaje się mamie...

– A łóżko naprawiłeś?

– Naprawiłem – odpowiedział spokojnie, mimo że na dźwięk słowa „łóżko" zalała go fala gorąca.

– Jak tam Władzia? – Nie ustępowała matka.

– Władzia jak Władzia. – Nie patrzył na matkę. – Nie wierzy, że Romek żyje...

– Bzdury! – mocnym głosem zakrzyknęła Bronia. – Ja myślę, że Romek z Antonim ukrywają się w lesie…

Stanisław po raz kolejny powstrzymał się od powiedzenia matce prawdy.

– Co by robili w lesie?

– To samo, co inni, którzy są w lesie…

– Niech mama da spokój… – poprosił.

Bronia otworzyła usta, żeby coś powiedzieć, ale jeszcze raz spojrzała uważnie na syna i nic nie odrzekła.

– Chodź na jedzenie – dodała jeszcze.

– Władzia mi dała i nie jestem głodny. – Staszek gwałtownie spuścił wzrok, kiedy słowo „dała" tak nieoczekiwanie wyrwało mu się z ust.

Bronia poszła, a on siedział w pracowni, początkowo patrząc na konfesjonał, aż wreszcie podjął decyzję. Wstał i ostrożnie, deska po desce, rozebrał dar dla kościoła, a potem przez całą noc pracował w pocie czoła. Nad ranem, solidne, dębowe łóżeczka były gotowe. Stanisław usiadł i popatrzył na swoje dzieło.

– Trzeba je będzie siennikami wymościć – powiedziała Andzia, która nieoczekiwanie stanęła w progu pracowni.

Stanisław drgnął, słysząc jej głos.

– Ciocia już dawno mówiła, że Ania i Mania z kołysek wyrosły…

Przyjrzał jej się uważnie. Była tak różna od Kasi i Władzi. Duża, okrągła, z piersiami jak dwa księżyce. Poczuł, że mógłby ją tutaj wziąć tak jak stała i zawstydził się tej myśli.

– Nie wyrosły – powiedział łagodnie. – Tylko…

– Ja wiem, że chciałeś bardzo Panu w darze… Ale wojna to nie czas na podarunki, nawet dla Jezusa…

Musiała powtórzyć zdanie zasłyszane zapewne od Broni.

– Chciałem, żeby łóżeczka miały… Potem, kto wie, co będzie…

Andzia ciągle stała w progu i przyglądała mu się uważnie.

– Stanisław inny jakiś ostatnio…

Wzruszył ramionami, sprzątając deski i zamiatając podłogę z wiórów. Tę część pracy także lubił, kiedy po zakończeniu dzieła porządkował pracownię, zerkając na stojący pod ścianą dopiero co skończony kredens czy stół.

– Jak zwykle… Zaraz tam inny… Czemu ty, Andziu, nie śpisz? – zmienił temat.

– Bo już świta… Do Wawrzonowej muszę po mleko dla dziewczynek…

– To idź – burknął niezbyt grzecznie.

Czuł, że rzuci się na nią za chwilę, jeśli będzie stała w progu taka bosa i rozchełstana.

– Idę, idę..., ale powiem ci coś w tajemnicy... – Uśmiechnęła się, pokazując krzywe nieco, ale białe jak twarożek zęby. – Ciocia kurę kupiła...

– Tak? – Zdumiał się. – Po co?

– Po co, po co... – utyskiwała Andzia. – Przecie nie, żeby ją głaskać, tylko żeby jajków dawała... Przecież to dla dzieci dobre. A ta kura to nioska taka, że codziennie po trzy jaja daje...

Andzia odwróciła się na pięcie i poszła prosto we wschodzące, czerwone słońce. On zamknął za nią drzwi i wrócił do sprzątania pracowni. „Wszystko się ułoży", pomyślał. „Teraz, kiedy jest już ciepło...".

ROK 1917

Do Władzi przychodził prawie codziennie, a przynajmniej tak często, jak tylko mógł znaleźć wymówkę, żeby wyjść z domu. Nie było o to trudno, bo Bronia nie rozliczała go z czasu, nie pytała, gdzie był i co robił. Na wszelki wypadek wychodził od tyłu, przemykał się jak złodziej lasem, przechodził przez dziurę w płocie na tyły domu Władzi, i upewniwszy się, że Florka i Ignacego nie ma, dopiero wchodził do domu. Władzia czekała na niego od progu, bez zbędnych ceregieli ciągnąc go na łóżko. Nie pytała, czy jadł, ani czy jest zdrowy. O nic nie pytała, tylko patrzyła brązowymi oczami i wydymała wargi. On także o nic nie pytał. Raz jeden na początku przyniósł jej kawałek boczku, ale obruszyła się i powiedziała, żeby swoim dzieciom od ust nie ujmował. Ona ma co jeść. Było mu przykro, bo chciał dobrze. Więcej nic nie przyniósł. Wchodził w nią od razu, gotowy i chętny. Ona odchylała głowę i tułów do tyłu. Dogrzebywał się do niej przez spódnicę i płócienną bluzkę, marząc, że kiedyś zrobią to tak, jak normalni ludzie, spokojnie, oglądając każdy skrawek swojego ciała.

– Pokaż mi – poprosił pewnego letniego dnia już po akcie, kiedy Władzia ogarnęła się i wstała.

– Co mam ci pokazać? – spytała.

– Siebie – wyszeptał i przyciągnął ją blisko. – Chcę cię zobaczyć. Rok przychodzę z górą i nie widziałem cię ani razu.

Chociaż się wyrywała, przytrzymał jej głowę i wpił w wargi. Szwagierka spojrzała dziko, ale po chwili jej spojrzenie złagodniało, przylepiła się do niego wilgotnym ciałem i odwzajemniła pocałunek. Potem wstała i zaczęła rozpinać bluzkę w drobny, kremowy rzucik. Odchyliła poły i spojrzała w bok.

– Zdejmij – poprosił.

Zdjęła powoli i odłożyła na bok. Zasłoniła ręką ciężkie piersi.

– Spódnicę też… – szepnął.

Ręce jej się trzęsły, widział to wyraźnie, kiedy odkręcała zawinięty wokół bioder materiał. Brzuch miała lekko odstający, uda masywne, ale gładkie, pęcinki cienkie, stopy duże. Najbardziej podobały mu się w niej ramiona. Okrągłe, gładkie, z kilkoma piegami na łopatkach i prościutką linią pleców. Chciał być z nią nagi, powoli odkrywać to ciało, które do tej pory zaspokajało tylko jego lędźwie, nie pozostawiając oprócz tego prawie nic. Odzierali akt z miłości i napełniali go jedynie wstydem. Przeszkadzało mu to. Chciał od niej piękna, móc ją podziwiać i mówić jej, jaka jest urodziwa. Kasi to powtarzał, a ona wtedy mruczała jak kotka. Wiedział, że kobieta lubi, kiedy ją podziwiać i dotykać. Przynajmniej te, które znał. Zośka, Kasia… Niejaka Tereska, która nie pozwalała mu na nic więcej, jak ten podziw i oglądanie jej brzucha. Władzia była zupełnie inna. Teraz na przykład uważnie mu się przyglądała. Nie zasłaniała już swojego ciała ani nie odwracała wzroku, kiedy on odsłaniał poszczególne partie. Odwróciła się dopiero wtedy, kiedy już przeciągnęła wzrokiem po nim całym. Klęknęła przy łóżku i położyła się brzuchem na skołtunionej pościeli.

– Weź mnie tak – powiedziała.

Położył się na niej i złapał ją rękoma za piersi. Tylko kilka razy wchodził i wychodził, zanim skończył, a i tak myślał, że nie zdąży nawet w nią wejść, bo patrząc na białe, wypięte pośladki, trząsł się cały z podniecenia.

Od tamtego dnia robili to właśnie w ten sposób. Ona kładła się na brzuchu i wypinała krągłości, a on łapał ją za piersi albo biały kark i przygniatał do pościeli. Kiedy wracał po kilku godzinach, dla niepoznaki przynosząc drewno na opał albo trochę mąki, nie patrzył ani na Bronię, ani na Andzię czy dzieci. Oni także nie pytali, gdzie chodzi co rano. Raz tylko Andzia rzuciła:

– Stanisław to ostatnio zupełnie inny… – i umilkła pod groźnym wzrokiem Broni.

– Wiadomo, że do baby chodzi – zwierzyła się potem Andzia Rozalii Ogórek, koleżance z Brwinowa, którą poznała zaraz pierwszego dnia, jak tylko przyjechała do tego miasta. – Inny na gębie od tego czasu…

– A co gęba ma do tego? – Rozalka nie zrozumiała.

– On dawniej taki ponury – wyjaśniała Andzia. – A teraz w skowroneczkach, podśpiewuje pod nosem i taki… pogada z człowiekiem. Wcześniej burczał tylko na wszystkich.

– Do której chodzi? – zapytała Rozalka zaciekawiona.

– A żebym to ja wiedziała… – powiedziała z żalem Andzia. – Żebym to ja wiedziała…

Nie mogła śledzić Stanisława, bo kiedy wychodził, była zajęta karmieniem dziewczynek albo zapędzaniem chłopców do szkoły. Broni nie mogła zapytać, bo ta zaraz by ją skrzyczała za plotkowanie, albo gorzej, Stanisława wzięłaby na spytki i wyciągnęła z niego raz dwa imię szczęśliwej wybranki. Andzia czuła pod skórą, że miłość Stanisława nie jest taka zwyczajna, skoro ukrywa ją przed światem.

– Może to jaka młódka i on wiesz, nie chce…

– Czego nie chce? – Rozalka zmarszczyła brwi.

– No, żenić się nie chce… Do głowy ci trza wszystko łopatą kłaść. – Zdenerwowała się na koleżankę.

– To nie gadaj… – Rozalia obraziła się i poszła do siebie.

– Tylko nie mów nikomu – zdążyła za nią krzyknąć Andzia.

Bronia wiedziała, że Stanisław chodzi do jakiejś kobiety, ale w przeciwieństwie do Andzi nie czuła żadnej potrzeby, żeby pytać syna, kim jest jego wybranka. Była pewna, że Stanisław szuka w jakiejś wieśniaczce pocieszenia, jak to mężczyzna – wdowiec wygłodniały kobiecych bioder i piersi, ale nie zamierza się żenić. Gdyby tak było, czułaby podskórnie, że w domu nastanie nowa synowa, a i Stanisław nie udawałby, że letnią porą chodzi po chrust do lasu, tylko przyszedł z kobietą i powiedział, co i jak.

Myliła się jednak, tak ona, jak i Andzia.

– Ożenię się z tobą – powiedział do Władzi któregoś dnia, kiedy leżał obok niej i głaskał jej obrzmiałe piersi.

– Ja już mam męża. – Odwróciła głowę.

Stanisław drgnął oburzony.

– Sama mówiłaś, że Romek nie wróci…

Władzia spojrzała na niego uważnie.

– Wróci albo nie wróci… – Zdjęła jego rękę ze swoich piersi. – A ja przed Bogiem przysięgałam.

– A ja? – spytał.

– Masz mnie przecież, kiedy chcesz… – Uśmiechnęła się. – Nie wystarczy ci?

Na początku mu to wystarczyło, a jakże. Władzia była dla niego tylko biodrami, piersiami i białymi pośladkami, które odchylał, żeby w nią wejść. Milcząca, przyjmowała go tak samo, rozstawiając nogi albo wypinając tyłek, nie dając mu ani cząstki swojej duszy. On ją chędożył regularnie owładnięty tym ciałem, uważając, że skoro samo tak chętnie do niego przychodzi, to nie trzeba nikogo za to przepraszać, Boga tym bardziej. Nie wiedział, kiedy się to zmieniło. Któregoś dnia poczuł, że chciałby się nią zaopiekować, że umarłby chyba, gdyby jej się coś stało albo zabroniłaby mu do siebie przychodzić. Czuł, że stała się ważniejsza od wspomnień o Kasi, zastąpiła ją w myślach i w sercu.

– Nie wystarczy… – powiedział stanowczo. – Ożenię się z tobą…

– Nie – powiedziała i wstała, żeby się ubrać. – Nie przychodź tu więcej.

– Jak to? – spytał przerażony.

– Nie przychodź… Nie wpuszczę…

Władzia dotrzymała słowa. Daremnie się przeciskał przez krzaki i pukał w okno. Widział, że była w domu i szykowała coś, kręcąc się po kuchni. Kiedy miał szczęście, chodziła po obejściu, ale daremnie przywoływał ją i prosił, była równie niewzruszona jak kamień. Wreszcie dał spokój i przestał wystawać pod jej oknami jak złodziej. Przestał marzyć, że ona znów da mu pulchne ciało. Na nic już nie liczył. Ona go nie chciała. Nigdy nie pytała o jego dzieci ani nie mówiła o swoich synach. Nie przywoływała imienia Romana, oprócz tej jednej rozmowy o przyszłości, która zresztą ją zamknęła, pozbawiając Stanisława nadziei i niwecząc wszelkie plany, zanim jeszcze zakiełkowały w jego głowie.

– Wróciłeś, synu? – rzuciła po kilku dniach od tamtej rozmowy Bronia, kiedy siedział w kuchni rankiem, w czasie, który do tej pory spędzał u Władzi, marząc, żeby te godziny nigdy się nie skończyły. Spojrzał na matkę i kiwnął głową.

– To dobrze, że wróciłeś… – powiedziała niezręcznie. – Bo tak, gdzie chodziłeś, to chyba… chyba…

– Co? – Spojrzał z nadzieją, że może matka wytłumaczy mu, dlaczego Władzia tak postąpiła. Czy kochała go, czy tylko pragnęła? Na czym polegała gra, którą z nim prowadziła? Przyciągnęła go do siebie, a potem wyrzuciła jak polano do ognia, żeby się spalił na popiół.

– Chyba nie było ci dobrze…

Miał ochotę powiedzieć, że było mu bardzo dobrze. Tak dobrze, że zapragnął te chwile rozszerzyć poza małą chatkę Romka i przyprowadzić Władzię do domu, gdzie mogłaby białe pośladki wypinać w jego własnym, małżeńskim łóżku. Cóż było bardziej naturalnego od tego, że poślubiłby wdowę po bracie? Zaopiekował się jej dziećmi, a ona była dla jego własnych synów i córek jak matka? Każdy jeden, od matki, przez pozostałych braci, na księdzu skończywszy, pobłogosławiłby ten związek. Dlaczego nie chciała? Czy naprawdę czuła, że Romek żyje i któregoś dnia wróci?

Znów zasiadł w pracowni i patrzył całymi godzinami w puste miejsca, w których kiedyś piętrzyły się deski. Bez końca czyścił hebel, odganiając obraz białych piersi szwagierki i jej delikatnej skóry.

Tymczasem brzuch Władzi wypełniał się nowym życiem. Kiedy się zorientowała, że jest brzemienna, przyjęła to tak, jakby była to kara za jej występki.

Roman przecież od dawna z nią nie spółkował. Kładł się do łóżka wieczorem, wstawał rano i wychodził w pole. Inne baby chwaliły się na targu, że odegnać chłopa nie mogą, boby bez przerwy pod spódnicę zaglądał, ona marzyła o tym, żeby ktoś znów jej pragnął, tak jak po ślubie, kiedy wystarczyło, że się pochyliła, a czuła ręce Romka opasujące ją na biodrach i twardość rozpychającą się, gotową, żeby ją wziąć natychmiast, jak stała. Kiedy miał urodzić się ich pierwszy syn, nie odpuścił jej aż do końca. Po porodzie musiała go prosić, żeby dał jej spokój, bo Florek, wychodząc, porozrywał ją tak, że potem nie mogła usiąść przez miesiąc, a sikanie było torturą. Kiwał głową niechętnie i odliczał dni, marudząc, że przesadza z tym chorowaniem, a na pewno nie zaszkodziłoby jej małe ruchanko. Pierwszy raz wziął ją siłą. Płakała i prosiła, żeby przestał, a on rozzłościł się i uderzył ją w twarz. Nigdy więcej nie protestowała. Zaciskała zęby i podnosiła nogi, a z czasem wszystko się wygoiło i przestało ją boleć. Szybko zaszła w kolejną ciążę. Tym razem bolało mniej, a po dwóch miesiącach była już gotowa, wygojona i nawet dość chętna. Kiedy chłopcy mieli pięć i siedem lat, Romek robił coś na dachu, poślizgnął się i spadł. Pomagała mu wstać, bo sam nie mógł. Przez tydzień leżał w łóżku, krzycząc na wszystkich wokół i narzekając, że nie czuje nóg. Przyjechał wtedy do nich doktor Brzozowski i oglądał go w skupieniu. Władzia czekała pod drzwiami, słysząc urywki rozmów. Po „teraz popatrz tam" usłyszała chrupnięcie, a potem rozległ się zwierzęcy ryk i ciche kwilenie, jakby dziecka. Doktor wyszedł, wziął mleka, sera i masła i powiedział, że miednica była pęknięta w kilku miejscach, ale on nastawił, jak umiał i teraz powinno być lepiej. Rzeczywiście po kilku dniach Romek powoli wstał z łóżka i poszedł o własnych siłach za stodołę. Z każdym dniem było lepiej. Po tygodniu powoli, kuśtykając, poszedł na rolę, a kiedy wrócił, uderzył ją krótko pięścią w usta mówiąc, że sadzenia nie pilnowała i ziarno kruki wydziobały. Schyliła głowę i przeprosiła, czując, że tu nie o ziarno chodzi ani o kruki, tylko o co innego. Szybko zorientowała się, że Roman może wprawdzie chodzić, ale następnego dziecka raczej mieć nie będą. Stawał przed nią, ona zadzierała nogi, ale nic nie mógł zrobić. Wtedy zaczął ją bić. Oberwać mogła za wszystko. Nie musiała nawet zasłużyć. Może gdyby płakała i podejmowała go pod nogi, byłoby lepiej, może by się ulitował, ale ona patrzyła hardo i w myślach cieszyła się, że Roman już nie może. Próbował wiele razy. Przewracał ją i wrzeszczał, żeby zachowała się jak baba i zachęciła go jakoś. Władzia sięgała ręką za jego spodnie, ale żeby nie wiem co robiła, to kuśka pozostawała mała i wisząca. Z czasem do razów zadawanych w samotności dołączyły się te przy chłopcach. Pierwszy raz, kiedy ją przy śniadaniu uderzył, popatrzył z triumfem na starszego syna, który spuścił wzrok. Roman powiedział do niej:

– Zmarnowane mleko… Zwarzone… Nic nie umiesz, kobieto, wszystko marnujesz…

Schyliła głowę i ze zważonego mleka zrobiła serwatkę, za którą oberwała przy kolacji, bo ta z kolei była źle odcedzona. Im bardziej Roman chciał z nią współżyć i nie mógł, tym bardziej ją poniewierał. Z czasem przestał próbować i nie kazał jej już sobie pomagać. Bijał regularnie, tak, żeby nie zapomniała, kto w domu jest prawdziwym mężczyzną, ale lżej i raczej wtedy, kiedy za dużo wypił. Nauczyła się schodzić mu z drogi, spuszczać wzrok i odgrywać strach, więc traktował ją lepiej. Kiedy wojna się zaczęła, pobiegł do Staśków zobaczyć, co z ojcem i bratem. Dowiedział się, że Antoni wyprowadził dokądś całą rodzinę, nie mówiąc jemu ani słowa, i wpadł w szał. Wykrzykiwał, że pozabija sam Staśków, kiedy tylko wrócą do domu. Zaraz potem przyszedł do nich Kaziuk z Sienkiewicza i powiedział, że Niemcy idą i zabierają zwierzęta. Oni zwierząt nie mieli, bo Roman za wiele czasu spędzał na roli, ale Kaziuk powiedział, że ziarno też zabierają i mąkę, więc poszli razem gdzieś worki przenosić. Wrócił po kilku godzinach zmęczony i pijany. W ręku trzymał młotek. Zamierzył się, a ona uchyliła się w ostatniej chwili, potem spojrzała na męża, a on stał jak słup, miał dziwny wzrok. Zachwiał się i runął do przodu. Kiedy upadł, zobaczyła, że nad nim stoi jej starszy syn z tłuczkiem do mięsa w ręku. Otrząsnęła się natychmiast.

– Szybko – powiedziała.

Kiwnął głową i złapał ojca za nogi, ona za ramiona i razem wynieśli go przed dom, gdzie wykopali płytki grób i złożyli ciało zawinięte w prześcieradło.

– Ani słowa nikomu – powiedziała, a syn kiwnął głową.

– Zabiłby cię, mamo…

Zasłoniła mu usta ręką, a potem przyciągnęła go do siebie. Pocałowała w czoło i powiedziała:

– Wojna go zabiła, słyszysz? Wojna…

Młodszy o niczym nie wiedział, a starszy szybko zapomniał. Ona odgrywała żal przed światem i tęsknotę za mężem. Ta fasada runęła któregoś dnia, kiedy zjawił się Stanisław i zaczął zręcznymi dłońmi naprawiać jej zepsute łóżko. Patrzyła na niego, myśląc, jak bardzo przypomina jej Romana i jednocześnie jak bardzo jest do niego niepodobny. Jego palce przybijały gwoździe, wyrównywały deski i sztukowały materiał, a on od czasu do czasu zerkał na nią i uśmiechał się, zagadując. Zapragnęła go tak, jak kotka w rui. Gdyby jej wtedy nie wziął, chyba błagałaby go o to na kolanach. Nie mogła potem ustać na nogach. Czekała na niego codziennie, marząc, żeby te poranki nigdy się nie skończyły. Pokochała go, nieoczekiwanie dla siebie, w tamtej chwili, kiedy uśmiechnął się i powiedział, że naprawił łóżko, jak umiał. Nigdy wcześniej tego nie czuła, ani w stosunku do Romka, ani innego mężczyzny. Tyle lat patrzyła na niego jak na szwagra, nie był dla niej nikim więcej. Nic nie potrafiłaby o nim powiedzieć, jaki jest, czy co lubi. Nawet na pogrzebie Kasi nie drgnęło jej serce, kiedy był taki złamany bólem i samotny wśród ojca, matki, tej przygarniętej dziewczyny, synów i maleńkich córeczek.

– Może moglibyśmy pomóc twojemu bratu? – spytała Romana wieczorem w dniu pogrzebu.

– Czego chcesz? – spytał.

Był już po kilku kieliszkach na okoliczność pogrzebu bratowej.

– Może posprzątać im trzeba albo dziećmi się zająć…

Zarechotał, patrząc szklanymi oczami.

– Ty byś się nim chciała zająć, ścierwo…

Zaczęła protestować, ale uderzył ją kilka razy pięścią w głowę i brzuch. Od tego ostatniego ciosu zwinęła się w pół.

– Zmiłuj się, Roman, przecie to twój brat… I wdowiec, dopiero co żonę pochował…

– Tobie bez różnicy… – podsumował, ale nie uderzył jej więcej.

O zaproszeniu na kilka dni Tadzika i Wacka nie było już mowy. Tak jak i o wszelkiej innej pomocy owdowiałemu szwagrowi.

Na szczęście dwa miesiące później sama została wdową.

Codziennie, zamiast wyglądać, czy Stanisław nie idzie, obserwowała swój brzuch, który robił się coraz większy i większy. Przez pierwsze trzy miesiące miała wrażenie, że wyrzyga dzieciaka razem z trzewiami. Zrobiła się chudziutka jak trzcinka, bo nie mogła zjeść nawet okrucha chleba, czy popić mlekiem, od razu musiała pochylać się nad miednicą. Poza tym ciągle spała. Florek zaglądał rano przed swoją pracą, pytał się, czy nie chora, a ona ledwie otwierała oczy i z najwyższym wysiłkiem mówiła, że nie, niech się nie kłopocze, jej jest jedynie trochę ciężko.

– Weź sobie, synku, jakieś jedzenie do pracy – mówiła i przewracała się na drugi bok.

Florek, który pracował jako drwal w nadarzyńskim lesie, tym samym, w którym Antoni półtora roku temu Ruskiego zobaczył, nie wiedział, co jest z matką nie tak. W głowie kiełkowało mu wspomnienie jej przerażonej twarzy oraz czubka głowy ojca, którego serdecznie nienawidził, a potem oczu otwartych, kiedy ten leżał już bez ducha. Myślał o tym codziennie, rąbiąc drewno jeszcze bardziej zajadle. Ignacy uczył się, zapowiadając, że zostanie księdzem, że czuje powołanie i pytał codziennie, co jego matka na to. Władzia, gdyby tak źle się nie czuła, śmiałaby się w kułak, że Pan Bóg zesłał powołanie na syna ojca pijaka i sadysty, matki mężobójczyni zdradzającej pamięć męża ze szwagrem, i brata ojcobójcy. Doprawdy, doborowe towarzystwo dla księdza. Myślała nawet, żeby poddać syna próbie i wyspowiadać się przed nim z grzechów, ale zrezygnowała. Równie dobrze mogła to wrażliwe dziecko obuchem w głowę walić albo poniewierać, zamiast prawdę mu mówić.

Nie wychodziła nigdzie, kiedy brzuch zrobił się duży. Na szczęście była znów zima, więc owijała się szalami, żeby Florek i Ignaś niczego nie zauważyli. Bała się Stanisława, najbardziej tego, że któregoś dnia złamie zakaz i stanie w progu jej domu, patrząc na nią tymi niebieskimi oczami pełnymi spokoju i błogości i powie, że już nigdy stamtąd nie odejdzie, chyba że z nią, do siebie, ale Stanisław nie przychodził. Przez pierwsze miesiące ciągle czuła jego obecność, pod domem, w krzakach, nawet kilka razy słyszała, jak w nocy krążył wokoło zagrody. Zagryzała wargi do krwi, żeby nie wyjść do niego i nie powiedzieć mu o wszystkim, poddając się jego wyrokom. W końcu przestał przychodzić. Na skromną wieczerzę wigilijną do Winnych poszli tylko Florek i Ignaś. Ona kazała im powiedzieć, że jest chora. Bronia przyszła ją odwiedzić z rana, pełna współczucia, a Władzia przyjęła ją w łóżku, przykryta pierzyną pod brodę, posmarowana czujnie burakiem, żeby wyglądać na rozpaloną.

– Bańki ci położę – zaproponowała Bronia, patrząc na synową z troską. – Albo może po doktora poślę…

– Nie, nie… – protestowała Władzia. – Nie trzeba doktora, nie trzeba baniek, tylko spać dajcie…

Bronia się wycofała, potem przy wieczerzy opowiadając, że kto wie, czy to nie zapalenie płuc jakie albo gruźlica, bo Władzia chuda, rozpalona i dziwnie gada jakoś. Kazia zaproponowała, że może ona do Władzi zajdzie, ale Władek zaprotestował, mówiąc, że jeśli to gruźlica, to nie ma co się narażać, tylko trzeba pomagać, ale tak… z daleka.

– To żadna gruźlica, bo krwią nie pluje – stwierdził Stefek autorytatywnie.

– Skąd wiesz, że nie pluje? – spytał Kajtek. – Odkąd Romka nie ma, Władzia nie wychyla nosa z domu.

– Jak był, też nie wychylała – stwierdziła Bronia i nałożyła sobie kapusty z grzybami.

Przy tej kapuście tak ją wspomnienie naszło, jak Antoni na grzyby chodził, że zaczęła płakać.

– No, mamo, nie ma co… – pocieszali ją synowie. – Ojciec wróci, jak się wojna skończy i Roman też, zaraz go patrzeć, pewnie daleko na roboty wywieźli i pilnują, ale on przetrzyma, da radę i wróci.

Tak ją zapewniali jeden przez drugiego, może z wyjątkiem Stanisława, który był milczący jak zwykle, a może bardziej niż zwykle.

Bóle chwyciły Władzię pod koniec czerwca. Na szczęście w nocy, więc chłopcy spali. Nie zawołałaby Karwasiowej, nawet gdyby chciała, dlatego położyła się na łóżku i spokojnie czekała na rozwój sytuacji, licząc oddechy. Kiedy ból zrobił się tak bardzo silny, że chciało jej się krzyczeć, zaparła się stopami o brzeg łóżka, co go dla niej Stanisław najpierw zrobił, a potem naprawił i zaczęła wypychać dziecko na zewnątrz. Pracowała jak maszyna, skurcz, nabranie powietrza i parcie do utraty tchu.

Dziewczynka urodziła się po kilkunastu skurczach, maleńka jak kurczaczek, z niebieskimi oczkami jak paciorki. Płakała, przypominając jej koźlątka, które z matką hodowały w Żółwinie, taka była bielutka i delikatna. Władzia zawiązała pępowinę dwiema jedwabnymi nitkami, a potem nożem przecięła ostrożnie tkankę między jednym a drugim węzłem. Ułożyła dziecko w beciku po Ignasiu, które wyjęła ze skrzyni na strychu i urodziła łożysko, które okryła ściereczką i postanowiła zakopać, jak tylko chwilę odpocznie. Była bardzo słaba, ale nie miała czasu na roztkliwianie się nad sobą. Dziecko było spokojne i nie płakało. Dała mu pierś, a dziewczynka łapczywie złapała za sutek. Wkrótce potem zasnęła. Władzia dźwignęła się ciężko, zwinęła brudną pościel w kłębek i uprała, trąc krwawe ślady na tarze. Potem rozwiesiła pranie w ogrodzie i wróciła po łożysko. Zakopała je płytko w ziemi, pod krzakiem, gdzie najczęściej chował się Staś, wzdychając przy tym ciężko i sapiąc z wysiłku. W domu dała dziewczynce jeść z drugiej piersi, a potem włożyła ją do koszyka, przykrywając wełną i układając wokół niej jabłka, gdyby ktoś zauważył, że idzie. Ledwie trzymała się na nogach, a mimo wszystko wzięła koszyk w jedną rękę i najszybciej jak umiała poszła boczną drogą do sióstr. Nie spotkała nikogo. Zapukała energicznie kołatką w kształcie lwa, zostawiła koszyk i szybko oddaliła się za róg. Jeszcze tylko usłyszała: „Ach, słodki Jezu" i odeszła szybko, bo była już pewna, że jej dziewczynce nie stanie się nic złego.

Była niedaleko domu, kiedy usłyszała:

– *Hej, krasawica… A szto ty tak idiosz, a?*

Stanęła jak wryta przed dwoma żołnierzami, którzy wynurzyli się z leśnej gęstwiny. Szansę na ucieczkę miała bardzo marną, ledwie szła po niedawnym porodzie i marszu z dzieckiem w koszyku. Postanowiła ratować się inaczej. Dotknęła ręką ust, a potem ucha wydając z siebie pisk, jaki słyszała w dzieciństwie z ust kuzynki, która była głucha.

– *Nie ponimajesz?* – spytał jeden z żołnierzy, rozpinając spodnie.

Drugi złapał ją za ręce i przewrócił na ziemię. Odwrócił się ku towarzyszowi, rechocząc.

– *Ona głuchaja… Niczto nie skażet…*

Pozornie się poddała. Uśmiechnęła się do mężczyzn jak umiała najładniej i ugięła nogi w kolanach. Pierwszy, rechocząc, zwalił się na nią całym ciężarem. Nóż, który nosiła przy sobie, wyjęła z szybkością błyskawicy i zatopiła w szyi żołdaka. Rechot drugiego ustał gwałtownie, kiedy usłyszał rzężenie kolegi.

– *Job twoju mat'*!!!... – wrzasnął i wycelował karabin.

Nie poczuła bólu. Zobaczyła koło siebie Staszka, jak głaszcze jej włosy i całuje ją po powiekach. Potem małego Ignasia, który czyta książki pożyczone od księdza proboszcza, i Florka rąbiącego drewno na podwórzu. Zanim wydała ostatni oddech, zobaczyła córeczkę, jak bawi się ze Staszkiem, śmiejąc się i dokazując. Uśmiechnęła się do siebie. Była szczęśliwa.

U Winnych wszyscy spali znużeni kolejnym pogrzebem w rodzinie. Jedyna Bronia płakała z bezsilności w poduszkę. Władzia była jej ukochaną synową i ta śmierć, tak nieoczekiwana przecież, spowodowała wyrwę w Broninym sercu. Poza tym, kiedy myła Władzię do pogrzebu, odkryła straszną tajemnicę i nie miała pojęcia, co z tą wiedzą zrobić. Instynktownie ją ukryła i nie dała po sobie poznać, że ciało synowej, ze świeżymi śladami ciąży i porodu, wprawiło ją w zdumienie.

– Coś ty zrobiła? – wyszeptała, kiedy martwą Władzię przywieziono do nich do domu i ułożono na poduszkach.

– Stanisław, Stanisław! – rozkrzyczała się Andzia i z impetem wbiegła do warsztatu. – Znalazł ją Ignaś, kiedy wracał z kościoła! Takie nieszczęście, takie nieszczęście!...

– Kogo znalazł? – spytał, chociaż podświadomie znał odpowiedź.

Wstał i zatoczył się jak pijany, a potem, chociaż w oczach miał ciemność, poszedł do domu.

Władzia miała spokój na twarzy i litościwie zamknięte oczy. W zakrwawionych i zaciśniętych palcach trzymała nóż.

– Kto ci to zrobił, kochana? – krzyczało w nim wszystko. – Co za zbój?

Ale ani jedno słowo nie wyszło z zaciśniętego gardła Stanisława. Wpatrzył się w tę drogą twarz ściągniętą bólem i determinacją. Próbował zapanować nad sobą, nie rozpłakać się jak wszyscy, na czele z Ignacym, który leżał przy matce i trzymał ją za rękę.

– Do domu szedłem... I ona przy drodze... – powtarzał.

– Pójdę po Floriana – powiedział cicho Stanisław. – Potem po księdza...

Wyszedł i wpatrzył się w przejrzyste niebo.

– Czemu, Panie mój, tak mnie doświadczasz? – spytał czystym głosem. – Czemu zabierasz tych, których kocham? Czemu grzebać mi ich karzesz?

Nie wiadomo, czy Pan Bóg usłyszał te słowa pełne pychy i złości, może się nimi wcale nie przejął, ale Stanisławowi przyniosły chwilową ulgę. Jak automat poszedł do kościoła, mówiąc księdzu, co się stało, potem do tartaku, gdzie pracował Florian, który na słowa Stanisława zareagował tak, jakby dostał pieńkiem w głowę.

Bronia z Andzią przyszykowały jedną z najładniejszych sukienek Kasi, słusznie stwierdzając, że Władzia nosiła się tak skromnie, że w jej domu nie ma czego szukać na ostatnią drogę. Poza tym była tak drobna i szczupła, że sukienki Kasi z czasów jej młodości na pewno na Władzię będą pasowały.

Bronia, ciągle niedowierzająca i zdruzgotana, razem z Andzią, która kazała Tadzikowi i Wackowi wziąć dziewczynki do ogrodu, przygotowywały Władzię do trumny. Bronia aż drgnęła, kiedy odsłoniła jej pierś i zobaczyła dziurę po kuli przeszywającej samo serce. Nie byłoby wątpliwości co do tego, dlaczego ruska kula tkwiła w jej ciele, gdyby nie świeżo rozciągnięty ciążą brzuch i wyraźne rany po porodzie między nogami.

– Andziu, dziecko – powiedziała, kiedy tylko zobaczyła, w czym rzecz. – Zostaw mnie z nią samą… Lepiej idź i przypilnuj dzieci.

Płacząca Andzia wyszła i zaczęła tulić do piersi potężnego Floriana i delikatnego Ignasia, którzy siedzieli razem ze Stanisławem przy stole zatopieni w swoich myślach. Każde z nich zadawało sobie pytanie, dlaczego Władzia została zabita przez Ruskich w lesie, nieopodal własnego domu.

– Będziecie teraz tu mieszkać – rzucił Stanisław dziwnie spokojny i po ojcowsku stanowczy.

– Wuju, my mamy swoje miejsce – Florian spojrzał na Stanisława ze smutkiem.

– Nie możemy tu mieszkać – dorzucił Ignacy. – Bo jakby tatko wrócił, to gdzie nas będzie szukał…

– Najpierw po rodzinie będzie szukał, jeśli wróci… – odparł Stanisław.

– Ja myślę – przerwał stryjowi Ignacy – że ojciec jest z dziadkiem Antonim… I wróci, kiedy wojna się skończy…

– Ojciec nie żyje… – powiedział Florian.

– Dziadek nie żyje – rzucił w tej samej chwili Stanisław.

„Skąd o tym możecie wiedzieć?", chciał zapytać Ignacy, ale nie wydobył z siebie głosu, bo poranne słońce odtańczyło na twarzach brata i stryja przyznanie się do winy.

„Bo go zabiłem", zdawały się mówić oczy brata.

„Bo go pogrzebałem", wstydliwie wyznały oczy stryja.

– Zostajecie tutaj – oznajmił z całą stanowczością Stanisław. – Rodzina w takich wypadkach musi trzymać się razem…

Bronia w pokoju płakała rzewnymi łzami, usiłując zrozumieć, dlaczego to wszystko spotyka właśnie jej rodzinę. Śmierć Kasi i Władzi, rany Władka, wojna, zaginięcie Romka i Antoniego.

– Co zrobiłaś z dzieckiem? – szarpała trupem i zadawała raz po raz pytanie, na które odpowiedź miała przyjść dopiero po latach. – Co zrobiłaś z dzieckiem?

Władzia jej nie odpowiadała, niewzruszona jak wszyscy zmarli, dostojna w swym męczeństwie, i – co pierwszy raz spostrzegła Bronia – piękna nawet w chwili śmierci.

Stanisław rozpaczał w samotności, nie zadając sobie pytania „dlaczego?", tylko ciągle powtarzając: „Za co?" Nie wiedział, za co go to wszystko spotyka. Co Panu Bogu czy komu złego uczynił, że tak go postanowił doświadczyć? Nie chciał zobaczyć Władzi, co cała rodzina wzięła na karb braku bliskości z tą najbardziej cichą i tajemniczą z kobiet. Cierpiał za to tak, że tylko myśl o dzieciach powstrzymywała go od wzięcia sznura i pójścia do lasu. Uczepił się myśli, że jest jej coś winien, że dopóki nie wróci Romek, o ile w ogóle wróci, powinien zająć się jego i Władzi synami. Tyle że Florian i Ignacy nie chcieli z nimi mieszkać i zaraz po pogrzebie wrócili do swego domu.

Pogrzeb Władzi był dla Stanisława jak żelazo, które wbija się w samo serce, albo liczne użądlenia szerszeni. Korowód czarnych postaci, trumna z ukochanym ciałem, którą niósł na prawym ramieniu, wreszcie moment, kiedy ją przysypywano ziemią. „Z prochu powstałeś…", szeptał, mając na myśli siebie, swoją miłość i swój grzech, jej opór i ten dziwny lęk przed szczęściem, jakie mogło stać się ich udziałem. Nawet księdzu nie powiedział, kim dla niego była Władzia, biorąc na swoje barki grzech śmiertelny, wielką tajemnicę, która do końca jego życia miała wypalać mu wnętrzności.

Bronia natomiast czuła, że wiedza o porodzie martwej synowej wypala jej nie tylko trzewia, lecz także pozbawia tchu, zatem po kolejnej nieprzespanej nocy, przepłakanej i pełnej oskarżeń wobec Władzi i siebie, udała się do księdza proboszcza i tam, podczas świętej spowiedzi, wyznała tajemnicę Władzi.

– Co ja mam zrobić, proszę księdza? – spytała.

– Módl się – odpowiedział ksiądz proboszcz zaskoczony tym, co Bronia mu wyznała.

Władzi, cichutkiej kobiety z koroną z warkocza na głowie, nie znał prawie wcale. Uświadomił sobie nawet, że nigdy nie była u spowiedzi, przynajmniej nie u niego. Postanowił w dniu jutrzejszym delikatnie wypytać swojego wikarego, nie żeby naruszać tajemnice spowiedzi, ale żeby zrozumieć, kim była w rzeczywistości.

– Codziennie modlę się za jej duszę… Tyle że nie daje mi spokoju pytanie, co się stało z dzieckiem…

– Dziecko pewnie umarło… – proboszcz był tego całkowicie pewien.

– A jeśli nie umarło? – spytała cicho.

Ksiądz spojrzał na Bronię. Konfesjonałów ciągle w kościele nie było. Ksiądz przy spowiedzi siadywał na krześle i patrzył na spowiadającego się zza prowizorycznej dykty z kratą pośrodku. Niektórych parafian to odstraszało i rezygnowali z wyznawania grzechów. Inni natomiast, jak Bronia, wstawali z klęczek, odsuwali dyktę i zwracali się do niego wprost, patrząc mu w oczy.

– To niemożliwe – powiedział, spoglądając na jej pełne nadziei oczy. – Sama dobrze wiesz. Co by stało się z dzieckiem?

– Mogła jego ojcu oddać. – Bronia była pewna, że jej wnuk czy wnuczka wychowuje się teraz wraz z rodziną mężczyzny, który dziecko spłodził. – Niech ksiądz mi pomoże je odnaleźć…

Długo rozmawiali. Proboszcz uspokajał ją i prosił, żeby dała spokój. Dziecko prawdopodobnie nie żyje albo jest w nowej rodzinie. W domu przecież nie znaleziono żadnych śladów na potwierdzenie słów Broni, może zresztą jej się wydawało, przekonywał proboszcz. W końcu poszła, zupełnie nieuspokojona, z kamieniem w sercu, który miał jej ciążyć przez lata.

Stanisław znów zamknął się w sobie i spędzał długie godziny w swojej pracowni. Nie mógł i nie chciał patrzeć na synów Władzi, którzy bywali u nich często po pogrzebie. Byli dla niego jak dwa chodzące wyrzuty sumienia, jeden z oczami kropka w kropkę jak matka, drugi z włosami w kolorze jej włosów. Wojna się kończyła, znów miał pracę, tym razem dla dwóch zamożniejszych mieszkańców Podkowy Leśnej. Jeden z nich chciał mieć w domu solidne, dębowe schody, a drugi kredens, także dębowy, a Stanisław, któremu znudziło się być na garnuszku matki, podjął zobowiązanie z ochotą i zaczął pracować nad nowym wyzwaniem, przy okazji zagłuszając tęsknotę za Kasią i Władzią. Wrócił nawet do budowania konfesjonału dla proboszcza. Rozmawiał o tym z panem Lilpopem, tym od schodów, mówił, w czym rzecz i pan Lilpop wzruszył się bardzo i obiecał dostarczyć drewna na konfesjonał, przynajmniej jeden, co Stanisław przyjął z ulgą i wdzięcznością. Znów spędzał czas w pracowni, dobierając właściwe deski, pieszcząc je heblem i głaszcząc lakierem. Znów Wacek siadywał przy nim i w milczeniu obserwował, jak pracuje. Któregoś dnia w progu warsztatu stanął Ignacy. Popatrzył niepewnie i spytał, czy mogą chwilę porozmawiać, a Stanisław, przestraszony, że w jakiś sposób tajemnica jego i Władzi ujrzała światło dzienne, skinął głową i odłożył lakier na bok.

– Stryjku… – zaczął Ignacy. – Ja… Ja wiem, że stryj jest dobry i chce dla mnie jak najlepiej, ale po tym wszystkim ja już tak dłużej nie mogę…

– Czego nie możesz? – ostrożnie dopytywał się Stanisław, przyglądając się twarzy bratanka, gładkiej, gdzieniegdzie z delikatnym meszkiem na twarzy. Jego ojciec, Romek, jako dziecko dręczył koty i rozgniatał robaki, tłukąc w nie kamieniem. Staszek bał się go i nie lubił zostawać z nim sam. Bywało, że brat bez ostrzeżenia zaczynał go bić albo przywiązywał go do drzewa i pluł na niego z odległości, zaśmiewając się do rozpuku.

– Ja chciałbym do seminarium iść…

– Gdzie? – Stanisław nie zrozumiał.

– Powołanie czuję… – wyszeptał Ignacy i spuścił głowę. – Chciałbym kroczyć ścieżką Pana naszego… – dodał jeszcze ciszej.

Stanisław wiedział, że któregoś dnia to nastąpi. Ten dzieciak od najmłodszych lat o Bogu gadał i książki czytał, spoglądając często ku niebu i dopytując się, gdzie dokładnie Pan Bóg mieszka.

– Synku, czy ty jesteś pewien? – spytał.

– Jak niczego w życiu… – odpowiedział Ignacy.

– Skoro tak… – Stanisław podszedł do bratanka i uścisnął go serdecznie. – To chodźmy oznajmić tę nowinę wszystkim. – Nie martw się o pieniądze. Znajdą się…

– Stryjku, mnie mama dała na to… Chciała, żebym księżyczkiem został… – Rozpromienił się Ignacy.. – Ja tyle z nią o tym mówiłem… O Panu naszym, o tym, żeby być jego sługą…

– Ale pozwól mnie też… – odparł zaskoczony Stanisław.

Był pewien, że Ignacy będzie go prosił o pieniądze i zastanawiał się, skąd weźmie potrzebną sumę, żeby chłopca wyposażyć we wszystko, co będzie mu potrzebne. Tymczasem on pokręcił głową i położył ręce na ramionach Stanisława.

– Stryj jest dla mnie jak ojciec – powiedział. – Albo i lepiej, bo mój tatko był… był…

– Zmiłuj się, Ignasiu – przerwał mu. – Przecież Romek może żyć, nie mamy dowodu…

– Nie potrzebuję go, chociaż to grzech śmiertelny tak o własnym ojcu mówić… – Pokręcił głową Ignacy. – Ja wiem, że ojciec nie wróci…

W jego spojrzeniu był cały ciężar wyjawionych mu wczoraj przez brata win matki i udziału Floriana, wiedza o tym, że ojciec został zakopany pod krzakiem na niepoświęconej ziemi. Była jednak też nadzieja, że kiedy już zostanie księdzem, to wtedy pobłogosławi ten grób, a kto wie, może będzie mógł przenieść szczątki na cmentarz, gdzie w rodzinnym grobowcu Winnych było dużo miejsca.

Ignacy z początkiem września 1918 roku pojechał uczyć się na księdza do Warszawy, do Wyższego Metropolitalnego Seminarium Duchownego św. Jana Chrzciciela, które mieściło się przy Krakowskim Przedmieściu 52/54 w dawnym klasztorze karmelickim. Florian został w domu sam, nie chciał słyszeć ani słowa z rozsądnych nawoływań i próśb Broni i Stanisława, żeby zamieszkał z nimi, przynajmniej dopóki Romek nie wróci.

ROK 1918

Wojna odeszła na bok, a wkrótce miała przejść do historii. Wprawdzie Ruscy ciągle łupili Mazowsze, a Niemcy zaganiali masowo ludność na roboty, ale może z przyzwyczajenia, może z umiejętności radzenia sobie z problemami, ludzie przyzwyczaili się do tego na tyle, że nie zwracali na to wszystko większej uwagi.

– Ależ te dzieci rosną – powiedział ksiądz, kiedy przyszedł po kolędzie, patrząc na Manię i Anię, które, stykając się czerwonymi główkami, śpiewały „Lulajże Jezuniu" i „Wśród nocnej ciszy".

– Ksiądz da nam opłatka? – spytała Ania.

– Da ksiądz z płatka? – zawtórowała jej siostra.

Ksiądz uśmiechnął się i dał im święty obrazek, który nosił w portfelu, bo niczego innego nie miał. Na obrazku Pan Jezus pukał do serca małej dziewczynki, wprawdzie niebieskookiej i jasnowłosej, ale obrazek się spodobał i Ania z Manią z wdzięczności dorzuciły jeszcze wykonanie „Mizernej cichej", która, tak się składało, była ulubioną kolędą księdza proboszcza. Chciał dzieciom dać choć trochę cukierków, próbował zdobyć, ale te dane od Żmichowskich i Lilpopów przeznaczył w końcu na loterię fantową, z której dochód miał wyrównać straty wojenne. Kościół wprawdzie niezniszczony całkiem, ale uszkodzony, wymagał naprawy, a ta pieniędzy, które proboszcz oszacował na ponad trzy tysiące rubli. Poza tym należało odkupić zwierzęta i pomyśleć o siewie na wiosnę.

– Ksiądz będzie miał znów klówki – oświadczyła Ania. – Pięć klówek. I jeszcze kulki i gąski…

– Skąd o tym wiesz? – zapytała przestraszona Bronia przyzwyczajona do tego, że wnuczka wygłasza różne rzeczy, a potem to wszystko, co mówi, spełnia się prędzej czy później.

Ania rozłożyła ręce.

– Jeden pan umrze, a jego klówki pójdą do księdza... – powiedziała z pełną wiarą i zaczęła bawić się lalką szmacianką, którą dostały z siostrą od ciotki Kazimiery.

Bronia uciekła spojrzeniem przed proboszczem.

– To jakaś diabelska sprawa... – Zmarszczył brwi proboszcz.

– To nie może być, proszę księdza, diabelska sprawa – zaprzeczyła Bronia. – To, co Ania mówi, jest zawsze w jakiś sposób dobre...

Ksiądz westchnął, wstał, pokropił wodą święconą dom Winnych, pobłogosławił dzieci, najdłużej zatrzymując się przy Ani, przemówił do Wacka i Ignasia i poszedł dalej. Tydzień później umarł Tadeusz Dołęga, a jego starsza, schorowana siostra przekazała kościołowi w Brwinowie pięć krów, trzydzieści niosek, jednego dorodnego koguta i dwie śnieżnobiałe gęsi. Ksiądz odwiedził wtedy jeszcze raz Winnych i zaniósł w prezencie dwie nioski. Tłumaczył Broni, która nie chciała przyjąć tego daru, że czuje się w obowiązku dziecku podziękować za dobrą wróżbę i traktuje sprawę tak, jakby Ania wymodliła u Pana Boga tak szczególny dar.

Dla Broni jednak było to co innego niż modlitwa, a na pewno nie traktowała jasnowidzenia Ani jak daru od Pana Boga. Mimo zdumienia, jakiego doświadczała, skłaniała się ku myśli, że to brzemię przyniesie Ani wiele kłopotów. Już teraz przez niektórych traktowana była jak dziwadło, ale były też osoby głęboko wdzięczne za zdania rzucane ukradkiem przez Anię. Zdania – wróżby czy też proroctwa, które zawsze się sprawdzały. Kościelny, odkąd przepowiedziała mu, że jego syn Olgierd wróci, traktował dziecko jak księżniczkę i znosił do Winnych warzywa i owoce, za każdym razem wspominając, jak dziecko podeszło i powiedziało do niego po mszy świętej:

– Kup dużo chlebka, bo ktoś psyjedzie...

Łypnął wtedy okiem na małego rudzielca, nie zwracając specjalnej uwagi na te słowa, ale po dwóch dniach, kiedy wrócił do domu z porannej mszy, zastał pod domem swojego własnego syna, z odmrożonymi rękoma, chudego jak wiór, przerażonego, ale całego i zdrowego. Przypomniał sobie wtedy słowa tego dziwnego dziecka i zadumał się. Zwierzył się sąsiadowi, człowiekowi wielce religijnemu, i wtedy Terespolski, bo tak się nazywał ów sąsiad, powiedział kościelnemu, że któregoś dnia dziewczynka podeszła do niego na ulicy, złapała go za rękę, mówiąc: „Stlasnie się pali... duzo, duzo dymu...". Bronia odciągnęła ją wtedy od niego, a on wygłosił formułkę o wychowywaniu dzieci, najlepiej przez złojenie skóry, żeby takie coś, co ledwie od ziemi odrosło, do starszych nie podchodziło i nie mówiło niepytane, ale nie minęły dwie niedziele, kiedy iskra od kominka padła na dywan z łatek i migiem zajęła się drewniana podłoga. Gdyby nie przytomność umysłu jego własnej żony, która przeskoczyła płomienie, wzięła wiadro wody, a potem chlusnęła na języki ognia, byłoby z nimi źle. Potem, kiedy wietrzyli dom i wyganiali czarne obłoki dymu, Terespolski przypomniał sobie, co mówiła ruda dziewczynka.

– Pan Bóg cuda przez dziecko czyni – powiedział do kościelnego.

– Tylko tu nijakiego cudu nie było – powątpiewał kościelny. – Tylko ona, ta dziewuszka, wiedziała, że Oli wróci, no i to o pożarze...

Ania wiedziała o wiele więcej, niż mówiła. Kiedy Mani zginęła spinka do włosów, którą ciocia Kazia jej specjalnie z Żyrardowa przywiozła, Ania znalazła ją raz dwa pod drzewem w ogrodzie. A kiedy Bronia zgubiła gdzieś broszkę od dziadusia Antoniego, zapytała żartem Ani, czy nie wie przypadkiem, gdzie babci ozdoba. Wtedy Ania wstała bez słowa i z pudełka z nićmi wyjęła babciną broszkę. Bronia przypomniała sobie, że sama ją tam włożyła, nie chcąc, żeby dziewczynki się nią bawiły i gdzieś zapodziały. Na początku myślała, że chodzi tylko o łatwość, z jaką mała znajduje zaginione przedmioty i śmiała się, że dziewczynka powinna nazywać się nie Anna, ale Antonina, jak patron rzeczy zaginionych – święty Antoni. Potem zorientowała się, że chodzi o coś więcej i dziewczynka potrafi widzieć przyszłość, a bywało, że i w teraźniejszości potrafiła zmienić bieg wydarzeń. Któregoś dnia na przykład zerwała się z krzykiem od stołu i zaczęła szarpać Stanisława za rękę, mówiąc, żeby z nią gdzieś poszedł. Żadne próby powstrzymania dziecka nic nie dały i w końcu dla świętego spokoju Stanisław założył ciężkie palto i poszedł z córką zły, że ta każe mu wychodzić na wiosenne roztopy. Dziewczynka ciągnęła go nie do miasta, jak przypuszczał, ale na glinki, gadając coś po swojemu i sapiąc z wysiłku niczym lokomotywa. Kiedy dotarli do jeziorka, zaczęła cała się trząść, tak że Stanisław nie wiedział, co z tym robić i zaczynał się bać, że to jakaś choroba męczy jego córkę.

– Wracajmy, córciu, do domu – poprosił, biorąc w swoje duże ręce małe rączki córki osłonięte czerwonymi, wydzierganymi przez Andzię rękawiczkami z włóczki.

– Nie, nie, nie... – protestowała. – Choć, tata...

Powtarzała te słowa i ciągnęła go wzdłuż brzegu, aż w końcu w tataraku zobaczyli bure palto i czerwony berecik, który jak wielka kropka błyszczał wśród zielonych liści. Stanisław wyciągnął mokrą i zziębniętą Krysię Śnieżankę, która nie wiedzieć czemu sama wyszła z domu z zamiarem ślizgania się na oblodzonym jeziorze i wpadła do wody. Jakimś cudem udało jej się dotrzeć do brzegów jeziora, chwyciła się ostrych jak brzytwa liści, ale już nie umiała wyjść z wody, bo kiedy tylko próbowała, to lód się pod nią kruszył i jeszcze głębiej wpadała do wody.

– Skądeś ty wiedziała, dziecko, że Krysia się topi?… – pytał Stanisław, kiedy już odniósł trzęsącego się małego topielca do rodziców, okłamując ich, że przypadkiem przechodził tamtędy z własną córką i dojrzał Krysię.

– Widziałam – odparła Ania z prostotą.

– Ona rzeczywiście to widzi – powiedziała zamyślona Bronia, kiedy później rozmawiali ze Staszkiem o całym zdarzeniu.

– Jak widzi? – Stanisław czuł, że to dziwne dziecko jeszcze niejedno „zobaczy".

– Nie wiem – odpowiedziała Bronia. – Ona czasami widzi to, co dzieje się teraz, a czasami… przyszłość…

– To takie… bezbożne – skomentował Stanisław, który bał się, że Ania powie Broni o tym, że Antoni nie żyje.

– Pytałam ją o dziadka. – Bronia, jakby czytała w myślach syna. – Ale ona jest za mała i mnie nie zrozumiała.

– Jak mama pytała?

– Pokazałam jej zdjęcie, pytałam się, czy wie, kto to i gdzie teraz jest dziadek… Nic nie mówiła. W końcu odważyłam się i spytałam, czy u aniołków. Oderwała się od zabawy i powiedziała, patrząc na mnie poważnie: „Nie u aniołków"… Tyle się dowiedziałam.

– A o Romka mama pytała? – starał się zmienić temat.

– Pytałam. – Pokiwała głową Bronia. – Ale ona zupełnie nie wiedziała, o kogo chodzi. Nie znała Romana. Pokazywałam zdjęcie, mówiłam, że to stryjek…

– No, ale coś powiedziała?

Stanisław dałby wszystko, żeby wiedzieć, czy Romek leży gdzieś w bezimiennym grobie, czy też zjawi się któregoś dnia, jak syn kościelnego i wiele innych osób, których Niemcy, rzadziej Ruscy wywieźli daleko na roboty. Czasami łapał się na tym, że wolałby, aby Roman nigdy nie wrócił, bo nie mógłby spojrzeć mu w oczy. Innym razem znów chciał, żeby brat stanął w drzwiach i zawadiacko dmuchnął w swoją czuprynę, jak robił to przez całe lata. Może mógłby zająć się własnym synem Florkiem, który coraz częściej zaglądał do kieliszka, awanturował się wieczorami i zaczepiał porządne panny. Stanisław bezskutecznie próbował przemówić Florkowi do rozumu, ale ten zawsze wymawiał się pracą i tym, że w końcu jest dorosły. „Władziu, kochana moja, najdroższa, jedyna…", powtarzał sobie wtedy. „Cóż ja mogę poradzić na chłopca, który jest taki jak własny ojciec i dziadek, cóż ja mogę…?".

– Ania powiedziała, że Romek jest w ziemi. – Rozległ się głos Broni. – Że różyczki wyrastają mu z piersi… Nie wiem, czy jej wierzyć…

Stanisław nie wierzył córce. Skoro twierdziła, że Antoni żyje, to musiała się mylić także co do pozostałych „przepowiedni". Widocznie wszelkie jej działania, uwagi rzucane mimochodem, w jakiś sposób pasowały do wydarzeń, które rozgrywały się później.

– To tylko dziecko – powiedział.

– Dziecko. – Bronia pokiwała głową. – Które mało co nie zginęło wraz ze swoją matką... Może stąd ten szczególny dar... Dziwne dziecko... Kochane, ale dziwne dziecko...

– Niech mama nie wygaduje. – Zdenerwowała się Stanisław. – Naczytała się mama tych książek od Lilpopów i gada jak ci... pisarze... A Mania nie tak samo dziwna?

Po czym poszedł do warsztatu, gdzie w końcu po latach prób i ciężkiej pracy udało mu się dokończyć jeden z dwóch obiecanych Panu Bogu konfesjonałów.

– Mania nie tak samo. – Bronia pokręciła głową. – I jakie one odmienne...

Bo dziewczynki im robiły się starsze, tym więcej było między nimi różnic. I nie chodziło tylko o to, że Ania miała proste włoski sterczące na wszystkie strony i bladą buzię bez piegów, a Mania łepek pokryty lokami jak mosiężne pierścionki i policzki jak indycze jajo. Chociaż kochały się na zabój, spały ze sobą i wszystko robiły razem, miały zupełnie różne charaktery. Ania była spokojna i żyła w świecie wyobraźni, a Mani wszędzie było pełno, nie szła, tylko biegała, nie mówiła, tylko krzyczała i śmiała się do rozpuku ze wszystkiego. Bronia wstydziła się przed sobą, ale najbardziej ze swoich wnuków kochała tę najdziwniejszą. Może dlatego, że Ania w wieku niespełna pięciu lat nauczyła się czytać i sylabizując literka po literce, zgłoska po zgłosce, czytała siostrzyczce bajki. Bronia, która odkryła dla siebie nową bibliotekę u państwa Lilpopów w Podkowie Leśnej, gdzie chodziła sprzątać, najpierw pożyczała książki dla siebie, ale potem odważyła się i poprosiła o coś dla pięcioletniej, bardzo inteligentnej dziewczynki. Kiedy Ania przeczytała *Panienkę z okienka* oraz wiersze Adama Mickiewicza, pan Stanisław Lilpop, zdumiony lekturami, jakie Bronia brała dla małego dziecka, poprosił, żeby któregoś dnia przyprowadziła dziewczynkę, tak żeby mógł osobiście porozmawiać o jej gustach i znaleźć najbardziej wartościowe książki. Bronia przyprowadziła zatem małą do Lilpopów, a kiedy weszli wejściem dla służby, dziewczynka spojrzała na sufit pokryty malowidłami, wielkie schody, które zostały sprowadzone z Francji oraz żyrandole z Włoch i zapytała, gdzie ten pan ma obiecane książki. Pan Stanisław, dzięki któremu rodzina Broni znów miała co jeść, usłyszał pytanie, roześmiał się, wziął dziecko za rękę i zaprowadził do biblioteki. Ania wpatrzyła się w półki, które ciągnęły się od podłogi po sufit, klasnęła w ręce i powiedziała:

– Ach!

Lilpop, zachwycony dziewczynką o czerwonych włosach, poczęstował ją małym owocem o skórce koloru zachodzącego słońca i zapytał, co lubi.

– Oblazki – powiedziała dziewczynka, a potem poprawiła na „obrazki".

Bronia już zaczęła przepraszać za śmiałość wnuczki, ale pan Stanisław spojrzał zdumiony i z półki zdjął dwa opasłe tomy, usadził Anię na fotelu i otworzył pierwszy album. Bronia, która za chwilę musiała już iść sprzątać, prasować i pomagać w kuchni pani domu, spojrzała z zaciekawieniem na „obrazki" z albumu i chwyciła się za serce.

– Proszę, pani Broniu – powiedział Stanisław Lilpop. – Niech pani też spojrzy. Wróciłem z Kenii, to jest z Afryki i mam tu zdjęcia, jakie wykonałem...

Bronia prawie się przeżegnała i miała ochotę wyrwać ten album z rączek Ani. Na zdjęciach były bowiem nie tylko dzieci, czarne jak węgielki, ale kobiety i mężczyźni, całkiem jak ich pan Bóg stworzył, dziwacznie poubierani, a może właściwiej byłoby powiedzieć – porozbierani, którzy patrzyli spokojnie na kogoś, kto robił im zdjęcie.

– Co widzisz na obrazkach? – Pan Stanisław podsunął Ani paterę z ciastkami.

– Ten chłopczyk zabił pieska? – zapytała Ania, pokazując paluszkiem czarnego jak noc Murzynka z dzidą w ręku, koralikami na włosach, na całym ciele pomalowanego kolorową farbą.

– To nie piesek, tylko lew – życzliwie wytłumaczył pan Stanisław. – Zobacz tutaj, ma taką dużą grzywę i wielkie łapy...

– Chodź, dziecko – nie wytrzymała Bronia. – Wrócisz z ciocią Kazią, a ja zostanę i zabieram się za robotę...

Kazia, która skończyła już w kuchni, stała skromnie w progu i czekała, żeby zabrać Anię do domu, ale pan Stanisław machnął ręką i powiedział, żeby Kazia szła, Bronia zaczęła sprzątać, a on sobie tu z Anią posiedzi i porozmawia.

Cztery godziny później, podczas których robota wypadała Broni z rąk i kobieta obiecywała sobie, że nigdy więcej nie wpadnie na taki pomysł, żeby dzieciaka przyprowadzać do ludzi, stanęła znów w progu biblioteki i zobaczyła Stanisława Lilpopa oraz swoją wnuczkę Annę Marię Winną oglądających wciąż albumy, śmiejących się do rozpuku i najwyraźniej wielce zadowolonych z własnego towarzystwa.

– Pani wnuczka, pani Bronisławo, jest bardzo ciekawą młodą damą – powiedział ten bogacz, założyciel miasta Podkowa Leśna i właściciel większości gruntów, który nie tylko nie ucierpiał na wojnie, lecz także w czasie jej trwania pomnożył majątek.

– Ja przepraszam szanownego pana... – wykrztusiła Bronia. – Chciałam, żeby podziękowała za książeczkę, a się porobiło...

– Ależ nie... – odezwał się Stanisław i uśmiechnął szeroko. – Wie pani, mnie tu nikt nie słucha, nie ogląda moich zdjęć... Moja własna córka nazywa je bezecnymi... Pewnie i pani się wydaje, że są... nieprzyzwoite.

Bronia, która prawie zemdlała na widok nagich czarnych ciał, pokiwała jedynie głową.

– To inna kultura, pani Bronisławo... Oni nie wstydzą się swoich ciał. Kobiety odsłaniają piersi, mężczyźni malują, echem... brzuchy... Panna Anna zadawała mi wiele pytań. Co więcej, mogłem jej pokazać kolekcję zegarów mojego pradziada.

– Dziękuję bardzo – wybąkała Bronia, patrząc jak Ania z całkowitą swobodą pochłania kolejne ciasteczko i popija kakao z filiżanki tak cienkiej, że Bronia bałaby się, że porcelana rozleci się od samego patrzenia.

– A oto książki dla pani. – Podał jej kilka oprawionych w skórę tomików. – Chciałbym jednocześnie wyrazić zachwyt faktem, że mam w pani taką wierną czytelniczkę.

Bronia ukłoniła się nieśmiało i zaczęła wołać Anię, patrząc na książki, które dostała od Lilpopa. Honoré de Balzac, *Eugenia Grandet* i *Ojciec Goriot* tego samego autora i jedna książka Emily Brontë – *Wichrowe wzgórza*. Pomyślała sobie, że ta na pewno jej się spodoba, bo sam tytuł był tak piękny, że aż ściskało ją za gardło. Kto wie, co na tych wzgórzach będzie się działo, jakie namiętności spotkają bohaterów, myślała sobie, przyciskając te skarby do piersi.

– I dla panny Anny i jej siostry Marii – dodał, wręczając dziecku małą książeczkę.

– „Co się stało na pensyi"? – przesylabizowała Ania i uśmiechnęła się do Stanisława Lilpopa.

– Tak, to piękna książeczka pani Frances Hodgson Burnett o Sarze, takiej dziewczynce jak ty. Tam też jest wojna i jej tatuś wstępuje do wojska. Potem ginie w walce i ona zamiast się uczyć w szkole, musi pracować ciężko na swoje utrzymanie.

Ania bez słowa rzuciła się mężczyźnie na szyję, a potem ku przerażeniu Broni wycisnęła dwa siarczyste całusy na jego policzkach i jeszcze wrzasnęła:

– Dziękuję, wujciu!

Lilpop nie był ani trochę zagniewany, śmiał się za to serdecznie, mówiąc, żeby następnym razem wzięła ze sobą siostrzyczkę i braci, a on już tu jej ciocię Kazię zmobilizuje do tego, żeby napiekła ciasteczek i nagotowała kakao dla wszystkich.

– A ten pieniążek wujcia to jest tu na półeczce – powiedziała na odchodnym Ania i pokazała paluszkiem na regał z książkami.

Bronia, przeczuwając problemy, zaczęła ciągnąć dziewczynkę do wyjścia, Lilpop stanął najpierw jak wryty, a potem zapytał cicho:

– Jaki pieniążek, dziecinko?

– Nic… nic – przekonywała Bronia. – Ona tak zawsze… Chodź już do domu, Aniu, już dość tu nadokazywałaś…

Jednak Ania wyrwała się i podeszła do jednej z półek bibliotecznych, kazała Stanisławowi się podnieść, po czym z pewnym wysiłkiem wyjęła kilka książek. Stanisław Lilpop popatrzył na puste miejsce po książkach, a potem wyjął z półki małe pudełko, wpatrzył się w dziecko ze zdumieniem i czerwonej ze wstydu Broni powiedział:

– Ja tego szukałem tyle czasu…

Do pokoju weszła wysoka, jasna dziewczyna i spojrzała ze zdumieniem na swojego ojca, służącą matki i czerwonowłosą dziewczynkę. Na twarzy miała nieme pytanie, co się tu właściwie wyprawia.

– Patrz, Aniu – Stanisław zwrócił się do córki i pokazał jej pudełko. A potem powiedział do małej Ani:

– To moja córka, dziecko. Ma na imię tak samo jak ty…

Duża Anna wzięła w ręce pudełko i otworzyła.

– Ach – zdołała wykrztusić. – Gdzie był?

– Wpadł za książki i… zaginął. I dopiero ona go znalazła.

– Ale jak? – spytała córka.

Stanisław rozłożył ręce, nie przestając patrzeć ze zdumieniem na małego gościa. Ania tymczasem pomachała „wujciowi" i wreszcie mogły wyjść z Bronią, zostawiając Stanisława Lilpopa i jego córkę Annę przekazujących sobie z ręki do ręki medal dziada i pradziada wręczony mu przez cesarza w Grazu za wybitne osiągnięcia i zaginiony wiele lat temu.

– Może ty byś tak dla nas jakie pieniądze znalazła, co? – spytała po drodze wnuczkę Bronia.

– Babcia ma pieniążki w cukiernicy – wzruszyło ramionami dziecko.

– W cukiernicy to ja już prawie nie mam pieniążków… – Zadumała się Bronia. – Co jakieś pieniążki uda mi się zarobić, to twój tata zaraz desek kupuje na ten drugi konfesjonał…

– Tatuś jest dobry… – powiedziała cicho Ania.

– Pewnie, że dobry. – Zawstydziła się Bronisława. – Ciastek się najadłaś, to pewnie obiadu nie będziesz chciała…

– Ciastka mam dla Mani – powiedziała Ania. – I dla dziadzia…

Bronia stanęła jak wryta.

– Jak to dla dziadzia? – spytała, potrząsając małą rączką.

Ania spojrzała zielonymi oczkami, a jej czerwone włosy zafalowały na wietrze.

– Dziadzio lubi słodkie – powiedziała z prostotą. – Lubi dziadzio…

– Ech… – Machnęła ręką Bronia i pociągnęła wnuczkę do domu.

– Dziadzio ma pieniążki – dodała Ania. – Wujciowi mówiłam, kiedy pytał, czy nam nie potrzeba...

– Pan Stanisław pytał, czy nam nie potrzeba pieniędzy? – Wzruszyła się Bronia. – Ciebie pytał? To szlachetny człowiek… Pracę dał mnie, i Kazi, książki pożycza i jeszcze dla ciebie taki dobry…

– I ja powiedziałam, że nie potrzeba, bo dziadzio ma pieniążki w piecu… Jak wróci, to nam da…

Bronia wzniosła oczy ku niebu i poprosiła Pana Boga, żeby Antoni wrócił, bo bez niego ciężko strasznie. Albo chociaż o jakiś znak, dodała w myślach, że nie żyje i że ciało pochowane zostało na poświęconej ziemi i jakiś dobry człowiek opiekuje się tym grobem na co dzień.

Kiedy tylko przestąpiły próg domu, Ania natychmiast pobiegła do chorej Mani, dając jej paczkę z ciasteczkami i pokazując cudną książkę, którą zamierzała zaraz zacząć jej czytać. Bronia poszła szukać Stanisława i znalazła go jak zwykle w warsztacie, ale tym razem nie nad konfesjonałem, tylko nad stołem i krzesłami dla pana Bartkiewicza, który nie miał tyle szczęścia, co Lilpop i stracił w czasie wojny wszystkie meble, rozkradzione i porąbane na kawałki przez Ruskich. Chciał teraz wrócić do swoich literackich spotkań, na których pojawiali się pisarze i poeci, różni ludzie sztuki, którzy, jak mówiła Bronia, jakkolwiek byliby „sztukowi", to tyłek na czymś posadzić musieli i bardzo dobrze, bo Staszek wreszcie miał co robić i smutny był przez to wszystko trochę mniej, za co chwała Bogu. Nawet po dawnemu fajkę nabijał i pykał jak za życia Kasi, co niezmiernie ją cieszyło, bo oznaczało, że jej syn jest bardziej żywy niż martwy.

– Wracamy od Lilpopa – powiedziała do niego. – Zaraz zupy nagotuję…

– Mama prowadzała Anię do tych bogaczy? – spytał z dezaprobatą.

Stanisław uważał, że każdy powinien znać swoje miejsce w szeregu. Nawet jeśli biedny bogatemu życie uratował albo ramię w ramię na wojnie walczyli, to tak czy inaczej gorszy zawsze był gorszym.

– Zaprosił, to prowadzałam – ucięła Bronia i streściła mu krótko przebieg wizyty. – Jego córka też ma na imię Ania, chociaż tacy bogaci…

– Znów przyniosłyście książki?

– Co ja bym dała, żeby moi synowie umieli czytać… – westchnęła Bronia.

– Umiemy… – Obruszył się Stanisław. – Czego mama takie rzeczy mówi…

– Ty czytasz jedynie cenę drewna w tartaku… – ucięła dyskusję Bronia. – Ja nauczę wnuki czytać. Z Florkiem, Jaśkiem i Heńkiem mi się nie udało, ale Ignasia wyprowadziłam na ludzi, teraz Wacka, Tadka i dziewczynki muszę…

– A jak ich tak mama nauczy, że świat może być piękny, a ludzie dobrzy, to jak oni potem żyć będą, co?

– A ty czego byś ich nauczył? – Zdziwiła się Bronia. – Że świat to tylko śmierć, samotność i bieda? Myślisz, że Kasia chciałby tego dla swoich dzieci? Albo... Władzia?

Stanisław drgnął i wpatrzył się w matkę, której wzrok się zaszklił.

– Ania powiedziała, że niedługo wróci Antoni... – zakończyła przemowę i wyszła gotować rosołu z kury, którą zamierzała poświęcić, bo miała już dość kartofli i cebuli.

Stanisław pokręcił głową z niedowierzaniem i usiadł na stołku. Popatrzył na krzesła, które już zrobił, i zastanowił się po raz tysięczny nad tym, jak powiedzieć matce, że Antoni leży pogrzebany koło spopielałej leśniczówki Batalków.

Któregoś poranka Ania z Manią przyprowadziły psa, małego szczeniaka trzęsącego się z zimna, brudnego i mokrego.

– Babciu, czy możemy wziąć tego pieska? – spytała Mania.

– Już wzięłyście – Bronia wpatrzyła się ze zdumieniem w szczeniaka. – A skąd takiego brudasa żeście przyniosły?

– Kaleki chciały go utopić – powiedziała Mania. – I Ania kazała im go oddać.

– I Kaleki oddały?

– Ania kazała... – Mania spuściła głowę. – I one oddały.

Bronia wolała nie dociekać, jakich argumentów użyła młodsza bliźniaczka i czy przypadkiem stary Kaleka nie gada teraz z księdzem, żeby diabła z Ani wykurzyć.

– Mało gąb do wyżywienia? – spróbowała Bronia, wiedząc, że w starciu z Anią nie miała najmniejszych szans na przeforsowanie swojego zdania.

– On nie będzie dużo jadł – zapewniła ją Ania i pogłaskała brzydala, który polizał ją cienkim, różowym językiem. – Dziadek będzie z nim chodził polować na kaczki...

Pies nazwany Morusem został u Winnych, a Bronia w najbliższą niedzielę ominęła w kościele wzrokiem Kalekich, udając, że nie ma pojęcia, co zaszło nad stawem. Kalecy też zachowywali się, jakby nigdy nic, najstarszy Antek jak zwykle wyszedł przez zakończeniem mszy, nie wiedzieć czemu, a młodszy kręcił się, jakby miał owsiki.

Pies został, początkowo uwiązany przez Bronię na łańcuchu, ale pod wpływem wzroku Ani i jej łez, odwiązany przez Stanisława.

– Tatko, zrób budę Moruskowi – powiedziała Mania i Stanisław spełnił życzenie córeczki natychmiast, nie bez satysfakcji wciągając do pracy Wacusia, który wreszcie dostąpił zaszczytu prawdziwego pomagania ojcu, a nie tylko patrzenia na to, co ten robi, czy sprzątania po nim.

Morusek biegał po podwórku, potykając się o własne łapy, goniąc kury ku uciesze dzieci i utrapieniu Broni i Andzi, ale kiedy ta ostatnia zaczynała krzyczeć na psa, Morus natychmiast biegł w stronę Ani albo Mani i piszcząc, domagał się obrony od swoich małych właścicielek.

– Dobrze, już dobrze… – Kapitulowała Andzia i sama głaskała psa po łebku. – Tylko mi go do domu nie wpuszczajcie, bo pcheł naniesie.

Morus jednak omijał zakaz Broni i groźny wzrok Andzi, co i raz wychodząc z podkulonym ogonem spod pierzyny Ani czy Mani. Andzia machała ręką i podstawiała miednicę pod łóżka dziewczynek, a rano zbierała pchły z powierzchni wody i tłukła ręką na śmierć. Morusa nie można było w żadnym razie wykąpać, woda kojarzyła mu się zapewne z podłością dzieciaków Kalekich, dlatego pchły żyły sobie na nim bezpieczne niczym w cieplarni. Był jeszcze jeden powód, dla którego Andzia nie miała głowy do tak błahych spraw, jak psie pchły. Mianowicie był nim syn jednego z założycieli oddziału Spółdzielni Kolejowej w Brwinowie – Radomir Gołębiowski. Kiedy na rzecz odrestaurowania starego i zniszczonego krzyża zorganizowano w mieście kwestę, Bronia uznała, że też powinna coś w tej sprawie zrobić i upiekła ciasto z pięciu jaj i resztki mąki. Poszły z Andzią świętować szczególne wydarzenie i podziwiały w parku nowy dębowy krzyż ogrodzony sztachetami, pyszniący się w towarzystwie krzewów i drzewek ozdobnych, które ze swoich ogrodów dali Sokołowscy, Dębscy i Prusakowie. Bronia litościwie przeczytała Andzi napis na metalowej wstędze: „Roku Zmartwychwstania 11.XI.1918 Polski – Kolejarze".

– Ach jej… – Wzruszyła się dziewczyna, oglądając godło Polski na krzyżu, a pod napisem symbol kolejarski. – Może trzeba było, ciotko, kwiatki… – pokazała na ołtarzyk z obrazem Zmartwychwstania Pańskiego i półeczkę pod nim, gdzie ktoś postawił wazon z chryzantemami.

– Czy to panny małe rączki ten wspaniały wypiek wyprodukowały? – rozległ się koło nich dźwięczny głos i Andzia o mało co nie upuściła placka, który trzymała w rękach.

Obok nich, przy jednej z dwu ozdobnych latarni z kolorowymi szybkami, stał w mundurze kolejarza wysoki, przystojny młody człowiek i podkręcał wąsa, łypiąc na Andzię łakomym wzrokiem.

Dziewczyna zrobiła się czerwona jak burak, spuściła skromnie oczy, a Bronia przejęła inicjatywę.

– Tak, tak… – powiedziała. – Zechce kawaler się poczęstować i powiedzieć nam, czy brał udział w odbudowywaniu stacji kolejowej.

– Wszyscy kolejarze brali. – Wąsacz mlasnął z zadowoleniem. – Po tym, jak Rosjanie całą linię nam zniszczyli i stacje z dymem puszczali… Dla marszałka naszego akurat drogę poprawiliśmy, żeby z Magdeburga miał czym wracać z fasonem, salonką…

Bronia nic nie zrozumiała, ale widząc Andzię wpatrzoną w kolejarza jak cielę na malowane wrota, przytaknęła gorliwie:

– Jakie to szczęście…

– A tak. – Pokiwał głową młodzian. – Marszałek musi po kraju się poruszać, żeby władza sprawna była, teraz, kiedy odzyskaliśmy niepodległość. I do Berlina musi pojechać, a potem szybko do Warszawy wrócić…

Wziął potężny kawał ciasta i wpakował sobie do ust. Bronia dostrzegła złote koronki i pomyślała, że Andzi nie będzie z tym młodziankiem źle.

– Bo my już w niepodległej Polsce jesteśmy, drogie panie, odkąd marszałek depeszę do państw Ententy wystosował. A kto telegram pilny wiózł z treścią, że niepodległe państwo polskie powstało i wszystkie wyzwolone ziemie są nasze?

Okruszki na jego wąsach zadrgały niebezpiecznie, a oczy zatrzymały się na Andzi.

– Kolejarze? – Bronia uratowała sytuację.

– Tak, droga pani – przytaknął młodzieniec, pakując do ust kolejny kawałek ciasta. – Tak, panno…

– …Wando – podpowiedziała Bronia, widząc, że Andzia nie odzyskała jeszcze mowy.

Ślub odbył się już w wolnej Polsce, po cudzie nad Wisłą, po prawie dwuletnich zalotach, podczas których Winni dokładnie dowiedzieli się o tym, że na dworcu, na którym czekał na Piłsudskiego regent Lubomirski, pracowali w pocie czoła Radomir Gołębiowski, jego dwóch braci i ojciec, i teść brata Lucjana. A jak Piłsudski chciał początkowo jechać do Lublina, bo tam samozwańczy rząd Ludowej Republiki Polskiej powstał z Ignacym Daszyńskim na czele, to na kolejarzy padł blady strach, bo droga do Lublina jeszcze niegotowa była i marszałek mógłby jedynie nogi uwalać.

– Na szczęście – perorował narzeczony Radomir, rozparty w najlepszym fotelu Winnych, zjadając smakołyki podtykane przez Andzię – Lubomirski przekonał Piłsudskiego, że rząd trzeba tworzyć w Warszawie i wtedy Śmigły-Rydz oraz Daszyński… Co zrobili?

– Wsiedli do pociągu… – Andzia potwierdziła jedynie słuszną tezę.

– Którym kierował mój wuj… – dokończył Radomir.

I tak ślub odbył się na kolei, co to w całości uratowała, odbudowała i obsługiwała ją Radomirowa rodzina. Andzia miała białą suknię i warkocz zwinięty na głowie w koronę. Radomir oczywiście był w mundurze kolejarskim. Rodzice Andzi przybyli na ślub córki koleją, w salonce, co zafundował im przyszły zięć. Brać kolejarska biła brawo i piła za zdrowie państwa młodych do białego rana, a Bronia wraz z innymi Winnymi przyglądała się temu widowisku z zadumą, zastanawiając się, czy Andzia w tym pociągu życia odnajdzie swoje szczęście. Ania i Mania niosły welon, a sukienki uszyła im z firanek od Lilpopów sąsiadka Renatka, ta sama, która kiedyś uratowała Władysława Winnego, pomagając Kazi tamować krwotok z rany. Na weselu, które odbywało się w remizie w Brwinowie, grała prawdziwa orkiestra, nie żadni tam Cyganie. Tadzik i Wacek mieli na sobie odświętne ubrania i tańczyli przytupując z innymi i kręcąc się w koło z kolejarskimi córkami i wnuczkami, to samo młodsze pokolenie Winnych, aż Bronia się zastanawiała, skąd u tej powojennej młodzieży taki zapał do tańca i całkiem dobre umiejętności. Kiedy spod smyczków płynęły rzewne, piękne piosenki, a potem mazurki, walce i polonezy, między innymi *Pożegnanie ojczyzny* sąsiada spod Żyrardowa Michała Kleofasa Ogińskiego, która to melodia wprowadziła Bronię w stan smutku i przygnębienia. Ocierała łzy, kiedy poczuła, że jedną rękę ściska jej Mania, drugą Ania i obie przytulają ukochaną babcię.

– Moje kochane… – Uściskała je Bronia. – Nie żal wam będzie, kiedy Andzia odejdzie?

– Żal – powiedziała Mania.

– Nie żal – w tym samym momencie stwierdziła Ania. – Bo do nas wróci…

ROK 1920

Coś zapukało w szybę kilka razy i Bronia nagle otworzyła oczy. „Ki czort?”, pomyślała, ale słysząc, że to deszcz łomocze w okiennice, przekręciła się na drugi bok i spróbowała zasnąć. Kiedy łomotanie powtórzyło się, w końcu zrozumiała, że ktoś dobija się do domu. Wichura przybierała na sile. Wstała ostrożnie i zapaliła świecę. Podeszła do okna i spojrzała w czerń nocy. Nikogo nie było. Zastanowiła się chwilę i skierowała się do drzwi. Nie otwierając, spytała:

– Kto tam?

Odpowiedziała jej wichura, deszcz i dziwny bełkot. Zastanawiała się, czy zbudzić Stanisława, kiedy bełkot stał się bardziej wyraźny.

– Otwórz, kobieto – usłyszała.

Bronia ogarnęła się chustką, przeżegnała i otworzyła drzwi. Potem chyba upuściła świeczkę i pewnie zemdlała, bo następne, co pamiętała, to twarz Stanisława nad sobą.

– Lepiej mamie? – pytał syn.

– Lepiej synku, śniło mi się coś, ale sen mara, Bóg wiara…

– Mamo… – Stanisław patrzył dziwnie. – To nie sen… Ojciec wrócił…

Bronia wyskoczyła z łóżka jak młoda dziewczyna i pobiegła do kuchni, gdzie na widok Antoniego osunęła się na kolana i znów straciła przytomność. Kiedy znów otworzyła oczy, ponownie zobaczyła nad sobą Stanisława, ale teraz stał obok niego Antoni, jej zaginiony przed sześcioma laty mąż.

– Wiedziałam, że wrócisz – wyszeptała, łapiąc Antoniego za rękę, w której brakowało wskazującego palca.

Antoni pokiwał głową i poprosił o coś do jedzenia. Bronia ogarnęła się w jednej chwili i podpaliła pod kuchnią, dziękując Ani za pomysł poświęcenia stareńkiej Czubatki i przyrządzenia rosołu. Kiedy już postawiła przed nim talerz i łyżkę, popatrzyła na to, co wojna zrobiła z jej mężem. Zarośnięty, z kędzierzawą brodą przypominał włóczęgę. Spod krzaczastych brwi spoglądały oczy smutne i zmęczone. Zębów Antoni nie miał żadnych. Kiedy jadł, marchewka mu wypadała spomiędzy spierzchniętych warg. Ręka, którą trzymał łyżkę, ta bez wskazującego palca, trzęsła się i prawie cała zawartość wylewała się na stół. Wreszcie zniecierpliwił się, wziął miskę w obie ręce, wypił zawartość, a potem palcami wybrał marchewki i kawałki Czubatki. Wytarł ręce w brudny kubrak i poprosił:

– Dajcie teraz spać…

Antoni spał równo czterdzieści osiem godzin. Nieumyty, nieogolony, sapiący tak głośno, że dzieci natychmiast zorientowały się, że ktoś jest w domu.

– O, dziadzio – powiedziała Ania, wstając na śniadanie. – Smakował mu rosołek?

– Dziadzio wrócił? – Pytanie zostało skierowane do Ani przez Wacka.

– Aha – potwierdziła dziewczynka. – W nocy…

– Smakował. – Bronia popatrzyła uważnie na wnuczkę. – A ty skąd wiedziałaś, że Czubatkę teraz trzeba zjeść?

Ania wzruszyła ramionami, po czym zaczęła zajadać chleb ze smalcem, który Stanisław kupił z zadatku za krzesła. Stanisław miał ochotę zapytać małą córkę, kogo pogrzebał pod deskami Batalkówki, ale postanowił poczekać z tym, aż Antoni się obudzi i spróbuje opowiedzieć, gdzie był i co robił. Tymczasem Bronia wygoniła Tadzika i Wacka do szkoły, nakazując im, aby pod żadnym pozorem nie mówili, że dziadek wrócił, a Ani i Mani kazała pobawić się grzecznie w ogrodzie.

– Ja muszę mamie o czymś powiedzieć... – Zdecydował się Stanisław.

– O czym, synku? – spytała Bronka, która miała rumieńce jak panna młoda i krzątała się po domu, wyciągając z szafy ubrania Antoniego i wychodząc co chwila na podwórze, gdzie trzepała je i wietrzyła, aż furczało.

– Ojciec chyba chory... – zauważył Stanisław.

– Widzę, że ranny był, ale teraz wydobrzeje, skoro już wrócił – powiedziała Bronia i dodała, żeby Antoniego nie budzić, bo sen to przecież najlepsze lekarstwo na wszystkie choroby, wycieńczenie i wyrwane palce.

Antoni wstał następnego dnia i wszedł do kuchni, zataczając się nieco. Wypił kwartę mleka i spod zmrużonych powiek popatrzył na Bronię. Ona stanęła, spojrzała na dziada, jakim się stał, i uśmiechnęła się do niego.

– Jesteś jeszcze moja żona? – spytał chrapliwym głosem.

Zdzieliła go ścierką przez głowę, a potem rozpłakała się z żalu nad nim.

– Gdzieś ty był, Antoś? Co się tobie stało?

Antoni nie był gotów, żeby opowiadać, czego doświadczył w czasie ostatnich sześciu lat swojego życia. A było tego niemało – ślady batów i kilkuletnie ruskie więzienie, śrut w ramieniu i obcęgi chłopa, który pozbawił go palca wskazującego, kiedy Antoni próbował ukraść trochę ziemniaków, żeby nie umrzeć z głodu, przypominały mu życie, o którym już nigdy nie miał zapomnieć.

– No nic... – Bronia ponownie otarła łzy. – Ściągaj te łachy i daj, doprowadzę cię do porządku.

Przez następne cztery godziny Bronia szorowała, strzygła i obcinała, płacząc nad bliznami na plecach swojego męża, czy też nad otwartą, zaropiałą raną pod pachą. Sagan świeżej wody co chwila gotował się na kuchni, a podłoga pokrywała się włosami golonymi i strzyżonymi. Ubrania, w których Antoni przyszedł, mimo jego protestów, kazała Stanisławowi spalić w piecu, a Antoniego ubrała w czyste. Nie mogła przy tym nie zauważyć, że postawny dawniej mężczyzna teraz schudł i zapadł się w sobie jak starzec.

– Pojesz sobie – Ocierając łzy, gładziła chudą pierś Antoniego. – To ci ciała przybędzie... Sama skóra i kości z ciebie zostały...

Kiedy Ania z Manią wróciły od ciotki Kazi, Antoni siedział za stołem, ostrzyżony, uczesany, umyty i ubrany w czyste rzeczy.

– Dziadzio!!! – Dziewczynki rzuciły mu się na szyję.

Antoni spojrzał z mieszaniną strachu i wzruszenia na rude wnuczki, potem na wysokiego Tadzika, i wciąż drobnego Wacka, a na koniec rozpłakał się.

– Nie płacz, dziadziu – poprosiła Ania. – Nie umarłeś przecież...

Antoni opanował się i przycisnął dziewczynki do piersi, a potem potoczył wzrokiem po Winnych, którzy zebrali się w izbie. Obok Władka i Kazi z synami stali Kajtek i Stefek z żonami i całym męskim przychówkiem.

– A Romek gdzie? – spytał cicho Antoni, potoczywszy wzrokiem po zebranych. –Nie chcą, on ani Władzia, ojca zobaczyć?

– Władzia nie żyje – odpowiedziała Bronia. – Ruskie ją zabiły w 1917…

Stanisław z trudem opanował drżenie rąk. Nigdy nie przestał jej kochać, nie zapomniał i wciąż nie umiał myśleć o Władzi bez łez pod powiekami. Antoni pokiwał głową, jakby mówili o czymś zupełnie obojętnym.

– A Roman?

– Nikt nie wie – pospieszył z wyjaśnieniem Kajtek. – Wyszedł jak ojciec, na początku wojny i… nie wrócił.

– Myślelim – dodał Stefan – że on z ojcem jest… I razem wrócicie...

– Nie widziałem go… – Zadumał się Antoni. – A Ignaś i Florek?

– Ignaś w Warszawie… – Uśmiechnął się Stanisław. – Księżyczkiem ma zostać…

– Ale już żeśmy wysłali depeszę i przyjedzie – przerwał mu Władek. – A Florek w pracy… Tylko patrzeć, kiedy przyjdzie…

Władek spuścił oczy. Kilka razy bracia spotykali się i rozmawiali na temat Floriana, jego skłonności do alkoholu i burd, jakie wywoływał po pijanemu, ale nic nie wymyślili. Stefan usiłował z nim porozmawiać niejako w zastępstwie Romana, specjalnie przyjechał z Siedlec, ale Florek przyjął go pijany i agresywny. Wtedy Kajtek wkroczył ze swoją grubiańską bezceremonialnością i nakazał Florianowi przeprowadzkę do niego do domu. Prawie siłą wyciągnął bratanka z domu i zawiózł do własnego, gdzie z żoną nakarmili go porządnie, przebrali i zabrali butelkę. Następnego dnia Iwonka, żona Kajtka, miała zamiar pójść do Florka i posprzątać chlew, jaki się tam znajdował. Tyle że nie zdążyła, ponieważ Florian w środku nocy ocknął się z zamroczenia alkoholowego, pozbierał swoje rzeczy i wrócił do chaty pod lasem. Rozmów i próśb w stylu „co by powiedziała twoja matka i ojciec" próbował jeszcze Władek. Ale Florian jedynie spojrzał na niego dziwnie. Stanisław nigdy nie przyznał się do rozmowy, jaka miała miejsce między nim a bratankiem. Podobnie jak jego bracia i Bronia martwił się o los osieroconych chłopców. Poszedł któregoś dnia do domu Władzi i powstrzymując drżenie głosu, próbował przemówić Florkowi do rozsądku.

– Niech się stryj sam pofatyguje do wyjścia – wybełkotał wtedy Florek i zasłonił się jakimś brudnym kocem. W ręku trzymał butelkę.

– To do niczego niepodobne, żebyś życie sobie tak marnował… Co by twój ojciec powiedział?

Florek zaczął rechotać, a jego śmiech przeszedł w rzężenie.

– Ja sobie życie marnuję?

– Tak, marnujesz... Ciągle pijany...

– I stryj się martwi, co by ojciec powiedział? – Florek śmiał się, jakby Stanisław rzekł coś szczególnie zabawnego.

– Ktoś musi się o was z Ignasiem martwić, kiedy Romka nie ma... Póki wróci...

Florek zaczął jeszcze bardziej się śmiać.

– Stryj sobie daruje. Ojciec nie wróci. Nie żyje...

– Skąd możesz to wiedzieć? – spytał Stanisław.

– Nie chcesz wiedzieć, skąd ja wiem... – wycedził Florian i pociągnął łyk z butelki. – Stryju...

– Chcę... – powiedział cicho Stanisław.

Florian skoczył i złapał go za gardło.

– Ty... – wycedził. – Przychodziłeś tu i dupczyłeś matkę, nie pytając, gdzie twój brat... Myśleliście, że nie wiem... Ona była czysta, rozumiesz!? Przez ciebie umarła!

Stanisław milczał wstrząśnięty.

– Kochałem Władzię... – szepnął po dłuższym milczeniu i wyszedł żegnany szyderczym śmiechem, a potem kaszlem swojego bratanka.

– Było ją kochać, jak ojciec ją mało na śmierć nie zatłukł... – usłyszał jeszcze straszne słowa, których miał nigdy w życiu nie zapomnieć i które sprawiły, że opłakiwał Władzię jeszcze mocniej.

Bracia rozłożyli zatem ręce, pokręcili głowami i przestali się zajmować sprawą Florka, po cichu licząc, że Romek wróci i zaprowadzi własny porządek albo Florek usłucha wyświęconego Ignacego, względnie zapije się na śmierć.

Tymczasem w izbie piętnaście par oczu wpatrywało się z przejęciem w odnalezionego Antoniego.

– Co żeście tak przyszli i patrzycie na mnie? – spytał Antoni, przyglądając się milczącym krewnym zgromadzonym wkoło niego. – Jak na małpę w cyrku?

– No właśnie – powiedziała Bronia. – Zaraz doktor przyjdzie, ojca obejrzy i...

– Myśmy tylko ojca przyszli przywitać – zapewnił Stefan, a Kajtek pokiwał głową.

Jasiek i Damian podeszli i uścisnęli dziadka.

Zdecydowanie dzieciom lepiej wychodziło powitanie z Antonim niż dorosłym.

– Gdzie, dziadziu, byłeś? – nie wytrzymał Wacek.

– Tu i tam... – Uśmiechnął się Antoni bezzębnymi ustami i wstał z fotela. – Wszystko powiem, tylko... dajcie spać...

Bronia wyprowadziła męża niczym króla z audiencji, a towarzystwo zaczęło się powoli rozchodzić. Doktor Brzozowski, posiwiały i zgarbiony, jakby minęło dwadzieścia lat, nie pięć, wszedł do domu i kiwnąwszy wszystkim na powitanie, szybko kazał się prowadzić do pacjenta.

– Doktorze – szepnął Antoni. Leżał na pościeli jak zepsuta lalka. Doktorowi ścisnęło się serce.

– Kiedy? – spytał, pokazując na wyrwany palec.

– Ze trzy nowie temu... – odpowiedział Antoni. – Wracałem do domu...

Zwolnili go z więzienia razem z dwoma innymi. Pewnego dnia stanęli w celi i kazali wychodzić. Marzył o tej chwili wiele lat, ale kiedy wyszedł, świat wydał mu się obcy i groźny. Jego towarzysz Gienek spod Łodzi wywiedział się w szynku, że u pewnego chłopa można dostać ciepłego jedzenia. Że podobno człowiek dobry i takich jak oni, byłych więźniów, traktuje jak ludzi. Poszli tam nocą. Chłop, wielki jak dąb, wpuścił ich do stodoły i kazał czekać. Czekali cierpliwie. Po godzinie przyszła przerażona baba i przyniosła im suchego chleba i wody. Zjedli, chociaż im się to nie podobało. Wodę było czuć, a chleb miał ślady pleśni. Gienek zaczął zasypiać, może dlatego, że zjadł prawie wszystko. Antoni wolał przymierać głodem, niż jeść spleśniały chleb. Wiele razy widział, jak ludzie bili się o zgniłe ziemniaki albo zieloną marchew, a potem umierali męczarniach z wzdętymi brzuchami i opuchniętymi językami. Udał, że i on śpi. W wodzie musiało coś być, dlatego Gienek zasnął. Do stodoły wszedł ten sam chłop w towarzystwie dwóch innych mężczyzn.

– W ubraniach szukajcie, pod zaszewkami... – nakazał cicho gospodarz. – Potem w zęby obcęgi wkładajcie i złote wyciągać...

Gienek jęknął, kiedy mu w zębach grzebali. Antoni usłyszał głośne przekleństwa. Gorączkowo myślał, co dalej zrobić, serce mu waliło jak oszalałe, kiedy poczuł cuchnący oddech jednego z chłopów. Posłusznie otworzył usta.

– Ten też nie ma zębów... – powiedział tamten z obrzydzeniem i splunął Antoniemu pod nogi.

Antoni z całą mocą zacisnął szczęki na paluchach tamtego. Usłyszał przekleństwo i poczuł uderzenie czymś ciężkim w twarz. Wstał na nogi i próbował uciec, tamten rzucił się na niego, a pozostali dwaj stali, śmiejąc się i uderzając rękoma po udach. Poczuł żelazny uchwyt obcęgów na ręku, zrobił wszystko, żeby się uwolnić, ale tamten szarpnął mocno. Antoni poczuł tak straszny ból, że osunął się na kolana. Czuł, jak z dziury w ręce wypływa mu strumień krwi. Nadludzkim wysiłkiem zmusił się, żeby wstać i biec przed siebie. W rzeczywistości wcale nie biegł, ale czołgał się na łokciach w akompaniamencie śmiechu i szyderstw trzech mężczyzn. Wydostał się jednak stamtąd i poszedł w kierunku lasu. Nie zatrzymywali go. W lesie napchał do rany mchu, bo nie wiedział, jak zatamować wylewającą się krew. Potem zemdlał i ocknął się znów w nocy. Gienka nigdy już nie spotkał. Nie wiedział, ile godzin upłynęło, ale najpierw zrobiło się jasno, potem znów ciemno. Nikt go nie gonił ani nie szukał. Kiedy mógł znów iść, wstał i poszedł dalej przed siebie.

– Ranę trzeba będzie wyczyścić, bo zasklepiła się razem z ziemią… – powiedział doktor. – Jak pan stracił palec wskazujący?

– Obcęgami wyrwali… – Antoni w dwóch słowach streścił historię, która do końca życia śniła mu się po nocach. – Mchem zatkałem, bo krew jak z sikawki, a nic nie miałem…

– Tylko że trzeba będzie do szpitala przyjechać, bo tu nie dam rady… Jeszcze z ręką ujdzie, ale te wrzody pod pachami trzeba poprzecinać i oczyścić.

Antoni machnął ręką. Wrzód zrobił mu się w czasie pracy w tartaku. Ciągnęli sanie wypełnione drewnem i Antoni rozerwał kapotę. Zamiast ogarnąć się jakoś, bojąc się kolejnych batów na plecach za nieróbstwo, zatarł sznurem skórę tak, że potem zropiało i ręka prawie zupełnie osłabła. Musiał udawać przez strażnikami, że nic się nie stało. Pomagał mu Gienek, bo Antoni nie mógł podnieść do góry ani jednej, ani drugiej ręki. Jednej z powodu świeżych wrzodów, a drugiej, ponieważ stary śrut schował się w nerwach, zasupłując je tak, że głowy nie słuchały. Na wspomnienie Gienka, którego zostawił na pastwę chłopów pod Łodzią, Antoni aż się wzdrygnął.

– Muszę wracać do szpitala, bo tam teraz nieszczęście… – powiedział doktor, mając na myśli coraz to więcej młodych ludzi, którzy marli mu na dziwną chorobę. – Ale, panie Winny, niech który z synów pana przywiezie, to oczyszczę tam wszystkie rany i poprzecinam wrzody.

– Dziękuję, doktorze za opiekę nad moją rodziną…

– Jaka tam opieka, człowieku… – Smutno pokiwał głową doktor. – Synówki dwie twoje pochowałem, reszta zdrowa na szczęście… Dziewuszki i chłopaczki rosną, widzę…

– Zapłacę… – rzekł Antoni i próbował wstać.

– Nie trzeba, panie Antoni… Jak pan wydobrzeje, to do pieca naszego przyjdzie pan zajrzeć, bo coś niedomaga… – Stary doktor pokręcił głową. – Czekam na pana w szpitalu…

Antoni myślał, że po ruskim i niemieckim powrozie, który lądował pięćdziesiąt razy na jego plecach, nic gorszego już go nie może spotkać, ale się mylił. Przecinanie wrzodu i oczyszczanie rany było znacznie gorsze. W dodatku zakażenie rozlało się po całym ciele i Antoni na kolejne tygodnie zaległ w łóżku, majacząc w gorączce. Przy nim siedziała niestrudzona Bronia, mrucząc pacierze i litanie do Najświętszej Marii Panny i Serca Jezusowego, brudy wynosiła, myła i przebierała bez końca. Konsekwentnie przeganiała chłopców i dziewczynki, żeby dziadkowi nie przeszkadzali dokazywaniem, albo posyłała ich do Władka czy Kajtka, żeby powiedzieli, że ojciec życia się trzyma.

– Antek! – Zdenerwowała się któregoś dnia Bronia, kiedy po raz kolejny przykładała zimny okład do rozpalonego czoła. – Weźżesz się w garść ! Taki kawał drogi przebyłeś, a umrzesz mi tu w domu? Co ludzie powiedzą o mnie, Antek? Że niewolę przetrzymałeś, ale żonie na rękach umarłeś? A fuj…

Nie wiadomo, czy zachęcony reprymendą, czy uspokojony zapewnieniami Ani, że zaraz wyzdrowieje, Antoni przestał gorączkować i zaczął wracać do zdrowia. Zdarzało mu się oczywiście bredzić we śnie coś o tym, jak kogoś w piecu spalił, ale Bronia nie zwracała na te gadki najmniejszej uwagi. Po miesiącu wstał rano, zwlókł się z łóżka i zajrzał na podwórze, gdzie Bronka goniła kurę na rosół, Ania i Mania piszczały, żeby Gruchotki nie zabijać, a Tadzik i Wacek rzucali w siebie jabłkami z ogrodu.

– Dziadek! – wrzasnęła Ania i pobiegła do Antoniego.

Za nimi przybiegł pies brzydki jak nieszczęście, ale spojrzał na Antoniego żółtymi ślepiami i polizał go po zdrowej ręce.

– Moja ty maluśka… – Wzruszył się po raz kolejny Antoni. – Gdzie ojciec?

– W przybudówce… – wyjaśnił mu Tadzik.

– Tata ma teraz, dziadku, dużo pracy i już nie chodzimy głodni – wyrwało się Wackowi, zanim spuścił głowę pod groźnym wejrzeniem babki.

– Podprowadź mnie tam, dziecko – poprosił Tadzika Antoni, na co wszystkie dzieciaki i Morus rzuciły się, żeby dziadkowi pomagać przejść.

– Tato, tato! – krzyknął Wacek. – Dziadzio wyzdrowiał i idzie…

Stanisław otworzył drzwi i pomógł Antoniemu przejść przez próg, a potem usadził na krześle.

– Czemu ojciec wstawał? – spytał. – Leżeć trzeba…

– Ja się należałem… – Antoni omiótł wzrokiem pracownię. – Pracujesz?

– Tak. – Pokiwał głową syn. – Mam teraz pracę. Wojna się skończyła i ludzie chcą żyć normalnie. Mają nawet pieniądze…

– To dobrze synu, dobrze… Bramę znaleźliście?

Stanisław kiwnął głową i przypomniał sobie okoliczności znalezienia bramy, dość zabawne, mianowicie kiedy śniegi stopniały, żelazo zaczęło wystawać spod brudnych warstw ziemi i siana. Dom Broni i Antoniego od dawna stał pusty. Bronia jedynie dokładnie wysprzątała, pokryła skromne umeblowanie tym, czym miała i zamknęła na cztery spusty. Alarm podniósł mały Henio, sąsiad Antonich, kiedy zobaczył, jak dwóch mężczyzn próbuje bramę przez ogrodzenie przenieść. Na szczęście mały poznał cmentarne zamknięcie i od razu poleciał do księdza, a ten jak stał, w sutannie pobiegł i złapał braci Tarkowskich na gorącym uczynku. Ci tłumaczyli się, że oni przecież do kościoła chcieli tę bramę odnieść, żeby nie zginęła, ale specjalnie im nie wierzył, bo w kryminale już nieraz siedzieli. Brama się znalazła i została na powrót przymocowana do cmentarnego muru.

– Znaleźliśmy też drugą piwnicę – powiedział Stanisław. – Ojciec nam życie uratował, bo głód był… I dobrze, że ojciec tę kartkę zostawił, bo byśmy nie znaleźli.

– Jaką kartkę?

– Mama w łóżeczku u Ani kartkę znalazła, gdzie ojciec zaznaczył to miejsce…

– Nijakiej kartki nie kładłem… – Zdziwił się Antoni. – A pieniądze znaleźliście?

– Jakie pieniądze?

– Te, co je… nieważne… Władek nie mówił?

Syn pokręcił głową.

– Władek długo chorował, potem niewiele pamiętał…

– No to znaczy się, że są…

Stanisław wziął krzesło i usiadł naprzeciwko ojca. Popatrzył na niego bezradnie i wyrzucił ciążący mu na piersi kamień.

– Tato… Ja tatę pogrzebałem… Znalazłem ciało i pogrzebałem…

Antoni słuchał z uwagą.

– I nic matce nie powiedziałeś?

– Nic… Tyle razy chciałem, kiedy widziałem jak czeka, ale nie mogłem… Nie mogłem…

Antoni spojrzał z niedowierzaniem.

– Nic nie powiedziałeś… Pogrzebałeś Niemca… dezertera…

Wzdrygnął się na wspomnienie tamtych oczu przerażonych i zdziczałych ze strachu. Żołnierz miał niemiecki mundur i był bez broni. Musiał zdezerterować albo uciec z niewoli.

– *Geben Sie, was Sie essen Brot auf kommen, haben* – wydobył z siebie głos podobny do syku.

– Nie mam – zaprzeczył zgodnie z prawdą, przypominając sobie, że chleb zgubił gdzieś po drodze.

– *Ich werde töten…* – charczał dezerter.

Zaczęli się bić i przewracać. Niemiec był dużo potężniejszy od Antoniego i bardziej przestraszony. Przewrócił go na plecy, następnie usiadł mu na brzuchu, dusząc rękoma za gardło. Antoniemu zabrakło powietrza. Przez chwilę nawet zastanawiał się, czy nie zrezygnować i nie poddać się śmierci, skoro tyle razy jej uciekał. Może wreszcie przyszła i teraz go już nie wypuści z kościstych łap, ale wtedy zobaczył, że za paskiem tamtego pobłyskuje nóż. Wyjął go jednym ruchem i wbił pod żuchwę.

Uścisk rąk na szyi zwiotczał, a żołnierz zwalił się na niego całym ciałem, brocząc krwią. „Przyzwyczaiłem się do zabijania", pomyślał, „pewnie dlatego, że to łatwe...". Wstał i zaciągnął ciepłe ciało w kąt. Potem poszukał nafty, którą Batalkowie polewali polana, żeby się lepiej paliły. Zalał stygnącego żołnierza i podpalił. Płomień buchał wysoki ponad drzewa. Antoni stał i patrzył, słuchając w oddali kanonady bitwy.

– *A ty szto?* – zapytał nagle ktoś za nim.

Pognali go najpierw do Grodziska, potem Żyrardowa, w końcu do Sochaczewa, stamtąd przetransportowali znów pod Lublin. Wszędzie spotykał takich jak on, którzy pracowali pilnie, licząc, że zasłużą na ruską miskę zupy. Marli jak muchy pod wpływem ciężkiej pracy i głodu. Kilka razy próbował uciekać. Zawsze łapali go i nie zabijali. Raz bili do nieprzytomności, innym razem powybijali zęby kolbą. Inni bardziej chcieli żyć, choćby młody Grzegorz, który miał żonę i dwójkę dzieci, albo Kazio Farciarz, który żartował i sypał tekstami z kabaretów, uparcie wierząc, że wróci do ukochanej Zosi, którą w Siedlcach pod opieką swojej matki zostawił. Grzesia zabili za nic, chyba dla przykładu albo ostrzeżenia pozostałych, bo pracował cicho i ciężko. Kazio Farciarz po robocie rozbawiał cały barak śpiewaniem i skeczami. Umiał nawet stepować. Któregoś dnia zranił się w nogę. Szybko zrobił się wrzód. Kazio najpierw przestał tańczyć, potem śpiewać, a na końcu mówić. Fart go opuścił. Zdążył jeszcze przed śmiercią poprosić Gienka, żeby Zosię w Siedlcach odszukał i zaopiekował się nią. Gienek obiecał mu, że odnajdzie dziewczynę. Uciekając, trafili do Siedlec. Liczyli na pomoc matki Kazia Farciarza, ale ta zatrzasnęła im drzwi przed nosem. A piękna Zosia w lokalu Bistro sprzedawała papierosy i nie tylko. Tamta kobieta wzięła ich za złodziei. Nie uwierzyła, że syn nie żyje. „Śpiewa w germańskim kabarecie i ma się dobrze. Pieniądze przysyła...", wycedziła przez łańcuch w drzwiach. „A tę ździrę pogoniłam...", dodała. Ich też pogoniła, chociaż błagali o coś ciepłego do jedzenia albo chociaż kawałek chleba.

– Tato... – Stanisław szarpał go za ramię, budząc ze wspomnień. – Co się stało, tato?

– Nic... – odpowiedział. – Pieniądze są w piecu, w żelaznej szkatułce, po lewej, u góry, na gwoździu. Sto rubli, może trochę więcej...

Potem poczłapał do domu, gdzie spał kolejną dobę.

– Ruble to nam się szczególnie przydadzą... – ironizowała Bronia, kiedy Antoni mówił jej o skrytce w piecu, plując sobie w brodę, że Ani nie posłuchała, kiedy dziecko mówiło, gdzie dziadek pieniądze trzyma.

– Nie zdążyłem powiedzieć, Broniu... – tłumaczył się. – Nie zdążyłem.

– Nic, nic – mówiła. – Pan Bóg nie opuścił. Najważniejsze, że wróciłeś. Teraz tylko Romka patrzeć...

Antoni nigdy nie mówił o tym, co go spotkało. Nie wspomniał nawet słowa „więzienie", nie opowiadał o drodze, ani w tamtą stronę, ani tym bardziej powrotnej, chociaż chłopcy prosili nie raz: „Opowiedz, dziadziu, swoje przygody na wojnie". Kiedy całkiem wydobrzał, poszedł do Batalków, zobaczył spopielony dom, usiadł i zapłakał z ulgi, że to wszystko, co mu się przytrafiło, przetrwał. A potem nabrał powietrza w płuca i zaczął krzyczeć. Krzyczał tak dobrą godzinę, aż wykrzyczał z siebie głód, bicie, choroby i potworny strach.

Kiedy wrócił do domu, wiedział już, że przeżył.

Hiszpanka atakowała zaciekle w całej Europie. Przetrzebione wojną społeczeństwo wymierało teraz masowo na tę dziwną chorobę. Lekarze rozkładali ręce, a bogaci i biedni kładli głowę pod topór jak równi z równymi. Nawet taki Brwinów nie mógł być bezpieczny. Szpital pełen był młodych ludzi, którzy zaczynali pluć krwią jednego dnia, drugiego byli nieprzytomni, a trzeciego, albo góra piątego, już nie żyli. W domach panował płacz, bo wymierali młodzi, a starych i chorych choroba oszczędzała. Wieczna modlitwa rodziców – „Boże spraw, żebyśmy nie przeżyli swoich dzieci" – była nieaktualna. Ból był taki, że nawet cud nad Wisłą był w stanie ludzi ucieszyć jedynie na krótko. Wszyscy bali się o swoich bliskich i zatrzaskiwali drzwi przed znajomymi albo nawet sąsiadami, bo każdy przecież tę zarazę mógł za sobą wlec. Bronia też umierała ze strachu, że Antoni, wciąż słaby, zarazi się tą dziwną chorobą i umrze, ale ten, kiedy już wrócił do życia, trzymał się go pazurami. Zachorował syn Reni – sąsiadki i umarł po dwóch dniach. Potem jej mąż Marian, który Ruskim uciekł zaraz w 1915, a zarazie umknąć nie mógł. Potem kostucha przeleciała się po domach Bartelskich i Mańków. Mańków Bronia znała świetnie, bo stary Mańk za młodu smalił do niej cholewki, ale Antoni mu za pomocą pięści wyjaśnił, czyja jest dziewczyna i Mańk dał spokój. Zaraz po nich poślubił Olunię, a potem napłodził co rok prorok trzech synów, potem jeszcze dwie córki. Z nich przeżyła tylko Jasia, gruba, najmłodsza dziewczynka, trochę ciężka na rozumie po tym, jak w dzieciństwie spadła z dachu stodoły. Pozostali wymarli w ciągu kilku tygodni. Bronia była na każdym pogrzebie. Mańk i Mańkowa patrzyli, jak kolejne ich dziecko zasypują w dole, a potem wracali do domu, licząc, że to już koniec. Kiedy Jasia zachorowała, Olunia wyszła z domu po jaja i ser na targ, a potem Mańk znalazł ją powieszoną w stodole. Dziecko wyzdrowiało i było jeszcze cięższe na umyśle, a Mańk zwariował. Mieszkali sobie potem tak razem, wariat i upośledzona dziewczyna, dziwaczejąc coraz bardziej.

Bronia i Kazia chodziły do szpitala pomagać pielęgniarkom. Kazia bała się zakażenia, ale Bronia powtórzyła jej słowa doktora, że chorują silni i młodzi ludzie.

– Dlaczego?

– Choroba zmusza organizm, żeby sam siebie zabił – wyjaśnił doktor. – Im młodszy chory, tym szybciej własne ciało go zabije...

Bronia nic nie zrozumiała, Kazia podobnie, ale chodziły codziennie, ścierały pot z czół chorych i zbijały gorączkę. Nie wiadomo było zresztą, po co chorych do szpitala z domów zabierają, skoro lekarstwa nijakiego na tę chorobę nie było. Rzadko ktoś szpital opuszczał. Ksiądz miał pełne ręce roboty, bo grzebał ludzi od rana do wieczora, pocieszał zbolałe rodziny i udzielał ostatnich namaszczeń jeszcze żyjącym. Po pracy Kazia i Bronia chodziły do kościoła na mszę modlić się o to, żeby choroba ominęła ich domy. Bronia błagała o zdrowie, wymieniając wszystkich Winnych od najstarszego do najmłodszych pokoleniowo Ani i Mani, uważając, żeby nikogo nie pominąć. Kazia prosiła Boga o zdrowie dla Janka i Damiana, obiecując mu złote góry modlitw, girlandy paciorków różańca i ofiarę z siebie, byleby tylko jej dzieci oszczędził. Pan Bóg postanowił te prośby uwzględnić, ale najwyraźniej jakiś haracz od Winnych mu się należał, bo któregoś dnia, kiedy Bronia czytała gazetę Romkowi od Dzieżbów, siostra Komosa zawiadomiła ją, że przywieźli Florka. Bronia pobiegła czym prędzej i aż się zachłysnęła płaczem, widząc wnuka dygocącego od gorączki, z czerwonymi plamami na twarzy.

– Florek – powiedziała. – To ja, babcia...

Florian mamrotał coś pod nosem.

– Florek! – Bronia potrząsnęła chudym, żylastym ramieniem. – Otwórz mi tu oczy!

Florian zamrugał powiekami i otworzył oczy na tyle, że widać było jedynie małe szparki.

– Boli... – wyszeptał.

Bronia zajęła się nim natychmiast, umyła, oporządziła, a potem postanowiła nakarmić resztki życia zupą.

– Otwieraj buzię – mówiła, kiedy wpychała mu rosół do popękanych ust. – To samo zdrowie...

Florek zjadł rosół tamtego, pierwszego dnia, ale to był jego ostatni posiłek. Bronia nie wróciła na noc do domu, czuwała przy nim aż do świtu, do czasu, kiedy wydał ostatnie tchnienie.

– Ojciec... – majaczył. – Róże posadziła...

Głaskała go po mocnej dłoni, patrząc na mięśnie, które zwiotczały jednego dnia.

– Nie męcz się, syneczku – mówiła, zmieniając kompresy. – Nic nie mów...

– Ale ojciec – szeptał Florek. – Pod różami…

Ostatnie godziny Florka upłynęły w ciszy. Dopiero pod koniec tlącej się w nim iskry otworzył oczy, spojrzał na Bronię i spytał:

– Ignac gdzie?

– W Warszawie przecie. – Uspokoiła go Bronia. – Tam, za murami, nie ma zarazy i niech tak siedzi…

– Na mój pogrzeb przyjedzie? – Upewniał się Florek.

– Cóż ty mówisz? – Broni ścisnęło się serce. – Wyzdrowiejesz…

– Ignac wszystko wie… – Upierał się Florian. – Ignac wie…

– O czym Ignaś wie?

Bronia pochyliła się nisko nad ustami wnuka.

– Diabeł był z niego… – usłyszała. – Matka… Ignac wie. Stryj wie…

Uniósł się na poduszkach, a potem opadł i znieruchomiał.

– Mój ty biedny sieroto… – wyszeptała Bronia przez łzy. – Chłopaczku mój…

Ignacy przyjechał na pogrzeb brata z kolegą z seminarium Michałem Oziębłowskim. Stał przy proboszczu na mszy blady i dostojny. Tadzik płakał tak bardzo, że Bronia i Antoni zabronili mu iść na pogrzeb, żeby dzieciak nie oglądał, jak ulubionego kuzyna do grobu wkładają. Wacek był opanowany, poważny jak na swój wiek. Patrzył ze smutkiem na trumnę, którą ojciec jego dla Florka zrobił, i na skamieniałe twarze stryjów i ich synów. Ania i Mania miały przykazane siedzenie w domu. Mania trochę protestowała, ale Ania odciągnęła ją na bok i powiedziała:

– On jest ze swoją mamusią w niebie…

Nocą, kiedy Michał Oziębłowski, ten sam, co go potem hitlerowcy w Oświęcimiu zamęczyli na śmierć, spał snem sprawiedliwego, Ignacy, Stanisław, Kajtek, Stefan i Władek wzięli łopaty i poszli do domu Romka i Władzi. Wykopali Romana spod krzaku róży, potem to, co z niego zostało, włożyli do worka i pogrzebali w świeżym grobie przy Florianie.

– Nie płacz, tylko się módl… – powiedział Władek do Ignasia. – Niech ma chrześcijański pogrzeb…

Ignacy wyjął modlitewnik i założył stułę.

– Nikt nie może wiedzieć – rzucił Stanisław. – Słyszycie? Nikt…

Pokiwali głowami. Ignacy, wciąż roztrzęsiony, odprawił coś na kształt mszy. Położył stułę na świeżo rozkopaną ziemię i odmawiał modlitwy, kiedy ktoś poświecił za nimi.

– Kto tam?

Uciekali skuleni przez ceglane ogrodzenie, żeby nie widział ich dozorca cmentarza. Kajtek i Stefan podsadzili Władysława, który od czasu tamtego uderzenia chodził z trudem, ciągnąc za sobą słabszą nogę.

– Żeby własnego brata jak złodzieja… – zaczął Kajtek.

– Są gorsze rzeczy… – mruknął Stanisław, mając na myśli pochowanego Niemca, czy swój sekretny romans z Władzią kilka metrów od mogiły brata.

– Dla Florka to pokuta… W jednym grobie z ojcem, co to go…

Ignacy znów zaczął płakać.

– Nie trzeba go było brać – mruknął Stefan. – Wrażliwy za bardzo, no i sierota teraz zupełna…

– A kto miał się pomodlić nad Romkiem? – spytał Stanisław. – Proboszcz?

W milczeniu pokiwali głowami. Kiedy rozchodzili się każdy w swoją stronę, Kajtek rzucił na odchodnym do Stanisława:

– Twoja mała wie…

– Nie powie… – uciął Stanisław. – Wy też matce i ojcu ani słowa…

ROK 1921

Dom Wernerów stał pusty. Wyprowadzili się z Brwinowa do Warszawy, ale domu nie sprzedali, zostawiając go ogrodnikowi, panu Zielińskiemu, który z żoną pilnował dobytku. Po wojnie, kiedy wszystko zaczęło wracać do normy, Wermer udostępnił parter budynku przy Słonecznej 3 na potrzeby szkoły. Tym samym szkoła powszechna przestała się tułać po wynajętych pokojach, które nadawały się raczej do przechowywania ziemniaków albo trzody chlewnej niż uczenia dzieci. Szkoła zajęła pięć pokoi na parterze, w czterech umieszczono klasy, a w służbówce powstała kancelaria szkolna, gdzie zasiadała dumnie Felicja Ogonowska i patrząc na wszystkich z góry wpisywała stalówką nazwiska uczniów do grubego zeszytu.

– Anna i Maria Winne – sylabizowała, kaligrafując wolno i starannie każdą literę. – Do klasy pani Makowieckiej.

– One umieją czytać, pisać i liczyć – powiedziała dumnie Bronia, a Mania przytaknęła gorliwie.

– Do klasy pani Makowieckiej – powtórzyła Felicja, obrzucając Bronię złym spojrzeniem.

Dziewczynki wzruszyły ramionami, a Bronia skrzywiła się i wyszła. Kiedy patrzyły na druciany płot, który tworzył ognisko szkolne, Ania powiedziała:

– Nie martw się, babciu, zaraz nas przeniosą do tej drugiej klasy…

Nie wiadomo, czy Ania jak zwykle wypowiedziała proroctwo, czy też zdawała sobie sprawę ze swoich i siostry umiejętności, dość, że pani Makowiecka osobiście zawiadomiła dyrektora szkoły pana Wacława Moczydłowskiego o ponadprzeciętnych umiejętnościach dziewczynek Winnych. Bliźniaczki kilka dni po rozpoczęciu roku szkolnego zostały przeniesione do wyższej klasy, z dziećmi o dwa, a nierzadko trzy lata starszymi.

Początki jednak nie były łatwe.

– Kogo my tu mamy? Marchewy! – wrzasnął wysoki czarnowłosy chłopiec z niebieskimi oczami na widok Mani i Ani stojących w granatowych sukieneczkach i fartuszkach z kompletem książek w rękach.

Mania ruszyła ostro, żeby czarnego zdzielić piąstką prosto między oczy, ale Ania odciągnęła ją na bok.

– Co… co? – Żołądkowała się Mania. – Powiedział, że jestem marchewa…

– Nie powiedział, że jesteś marchewa, tylko że my jesteśmy – sprostowała siostra. – Zostaw go, to przygłup…

Wróciły do klasy, gdzie pani Maciejewska zaczęła im tłumaczyć zawiłości arytmetyki. Przy kreśleniu trójkąta równoramiennego Ania, która wykonała pracę prawie natychmiast, zaczęła spoglądać ciekawie na twarze nowych kolegów z klasy. Czarniawy zdecydowanie się wyróżniał. Miał wysokie czoło i kędzierzawe włosy, szeroki uśmiech, a zęby białe jak twarożek.

– Wiewióra! – syknął, widząc, że Ania mu się przygląda.

Ania, przeciwnie niż jej imienniczka z Zielonego Wzgórza, nie miała żadnych problemów ze swoją rudością. Teraz też wzruszyła ramionami i po prostu zaczęła patrzeć w drugą stronę.

Nauczycielka miała jednak inne zdanie na temat kontaktów koleżeńskich i wywołała Czarnego do odpowiedzi.

– Wykreśl trójkąt równoramienny – poleciła.

Czarny wzruszył ramionami i stał jak słup soli.

– To może chociaż wyjaśnisz nam, co to jest trójkąt równoramienny?

Czarny ponownie wzruszył ramionami, rzucając na Anię spojrzenie pełne nienawiści, jakby to ona była wszystkiemu winna.

– A może chociaż kwadratu, skoro z trójkątem nie umiesz sobie poradzić? – indagowała nauczycielka.

Czarny mruknął coś pod nosem.

– Siadaj, Paweł – zimno powiedziała nauczycielka i zanotowała coś w dzienniku. – Czy ktoś zechce wykonać te zadania?

Ania podniosła rękę jedyna w całej klasie, po niej jeszcze Mania lękliwie.

– Nie musisz, dziecinko, bo ty pierwszy dzień w tej klasie… – Uśmiechnęła się łagodnie nauczycielka. – Po lekcjach mamy zostać, to sprawdzę, co umiecie, a co trzeba uzupełnić.

Ania jednak dziarsko pomaszerowała do tablicy i narysowała, co trzeba, potem sprawnie obliczyła pole kwadratu. Nie zaszczycając Czarnego ani jednym spojrzeniem, usiadła z powrotem na miejsce.

Po lekcjach dziewczynki obwiązały swoje książki paskami i zaczekały grzecznie na nauczycielkę, która miała je egzaminować. Czarny, przechodząc, popchnął Manię, aż się zatoczyła. Sukienka, uszyta specjalnie do szkoły przez ciocię Kazię, zaczepiła kieszonką o ławkę i rozerwała się. Mania zaczęła płakać, a czarny Paweł zarechotał głośno. Za nim zaśmiał się jeszcze wysoki blondyn i dziewczyna z czarnymi lokami, duża i śliczna. Ania, ignorując pozostałych, podeszła do Czarnego i kopnęła z całej siły w kolano, aż chłopak zwinął się z bólu. Szybko się wyprostował, złapał dziewczynkę za czerwony warkocz i mocno pociągnął.

– Niedźwiedź – powiedziała wtedy Ania, a Czarny puścił ją natychmiast i rozdziawił usta.

– Skąd?... – spytał.

– Przeproś moją siostrę – rozkazała. – Natychmiast.

Dziewczyna i dwóch chłopaków znów zaczęli się śmiać, ale Czarny wpatrywał się w Anię jak cielę na malowane wrota.

– Co tu się dzieje? – zapytała nauczycielka.

– Popchnąłem tę dziewczynkę i dziura jej się zrobiła w sukience… – przyznał się Paweł, a potem podszedł do Mani i wycedził przez zaciśnięte zęby: – Bardzo cię przepraszam.

Mania pokiwała głową, a Paweł opuścił pokój lekcyjny razem ze zdumionymi chłopcami i piękną dziewczynką.

– Co ty mu powiedziałaś? – spytała Mania, kiedy wracały potem do domu.

– Takie tam…

– Ty przestań z tymi twoimi, bo wezmą nas za dziwadła…

– I tak nas mają za dziwadła. – Jej siostra wzruszyła ramionami.

– Zaczną się bać. – Mania nie ustępowała.

– Ja mu powiedziałam coś, co już było – tłumaczyła się Ania. – Nie to, co będzie…

Jej siostra z dezaprobatą pokiwała głową.

– Lepiej nikomu nie mów ani tego, co było, ani co będzie…

Ania zamyśliła się. Nie wiedziała, skąd się u niej wziął taki dar. Nie umiała też powiedzieć, czy jest wdzięczna za możliwość odczytywania przyszłości i zaglądania ludziom w dusze. Nie miała wątpliwości, że patrząc na ludzi, widzi właśnie to. Kiedy była zupełnie mała, nie umiała panować nad swoimi umiejętnościami. Mówiła koleżankom, gdzie są ich zaginione psy, zabawki, opowiadała na prawo i lewo każdemu, kto się napatoczył, o najskrytszych tajemnicach. Ludzie się jej bali. Własna rodzina patrzyła na nią wilkiem. Jedna babcia jej wierzyła, chociaż musiała odmawiać dwa razy więcej modlitw niż Mania i Tadzik z Wackiem, ale inni tę wiarę doprawiali strachem. Nigdy nie zapomniała, jak ksiądz proboszcz przeżegnał się i powiedział o niej: „diabeł". A ona tylko chciała kościelnemu powiedzieć, żeby już z żoną nie płakali, bo ich syn żyje i niebawem wróci. Babcia wtedy pytała, czy dziadzio Antoni żyje. Wiedziała, że żyje i jest bardzo chory, ale wróci. Mówiła tyle razy. Tata patrzył wtedy na nią dziwnie i kilka razy prosił, żeby nie kłamała. Przecież nie kłamała, a dziadzio wrócił. Dziadek był dobry, ale robił złe rzeczy. Wiedziała to, także i to, że musiał. Czarny dym, jaki spowijał Antoniego od czasu tego dnia, kiedy Ruskich w piecu spopielił, Niemca u Batalków i chłopa pod Sochaczewem zabił, nigdy się nie rozwiał. Widziała to we śnie. Jak z wujkiem Władkiem robili te straszne rzeczy. Bolało ją okropnie, a kiedy się obudziła, powiedziała o wszystkim Mani. Mania była jak jej drugie ciało, jak lustro, tylko że pokazujące czysty, niezmącony obraz. Podobno siostra urodziła się pierwsza i nic mamie złego nie zrobiła. To ona, Ania, zawiniła i przez nią mamusia umarła. I chociaż nikt nigdy jej tego nie powiedział, wiedziała. Mamusia tyle razy jej tłumaczyła, że to wcale nie tak, ale Ania wiedziała, że mamusie muszą mówić dzieciom takie rzeczy. Że nic się nie stało, chociaż się stało. Mania tego jednego nie rozumiała, mianowicie tego, że ona rozmawia z mamusią i wie dobrze, jak tam jest, że mama jest szczęśliwa. Babci bała się o tym powiedzieć. Tacie za nic by się do tego nie przyznała. Mani mogła wierzyć, ale ta kręciła głową i mówiła, że mama ich nie zna, bo umarła tak dawno temu. Babcia ją pytała, o czym rozmawiają. I Ania odpowiadała zgodnie z prawdą, że mama najwięcej pyta o tatusia. Czy jest szczęśliwy? Kiedyś mama przyszła we śnie do Ani i strasznie płakała. Powiedziała jej wtedy, że stało się coś okropnego. To było takie straszne, że Ania nie mogła o tym z nikim porozmawiać, nawet z Manią. A potem na pogrzebie cioci Władzi mama coś jej szepnęła do ucha i Ania prawie zemdlała, ale zrozumiała, że nikomu, ale to naprawdę nikomu nie może o tym powiedzieć. I najlepiej by było dla niej, żeby o tym zapomniała, więc wyrzuciła to z serca i pamięci.

– Mówię do ciebie… – Mania szarpnęła ją za rękę. – Nie śpij…

– Nie śpię… – powiedziała.

Czasami chciała odsunąć od siebie to, co widziała w ludziach. A było tego bardzo dużo. Złe uczynki, okropne myśli. Bywało, że takie zło oblepiało ją jak syrop z buraków cukrowych, który Andzia im kiedyś robiła. Właśnie, Andzia... Ania aż się wzdrygnęła. Odkąd poślubiła Radomira, rzadko u nich bywała. Wiadomo, miała różne obowiązki, jak to żona kolejarza. Była przecież niczym dróżniczka, która w odpowiednim momencie otwiera mężowi przejazd, żeby mógł ze zgrzytem zatrzymać lokomotywę. Tak właśnie o Andzi powiedziała babcia Bronia, która Radomira nie znosiła. One z Manią przeciwnie – lubiły go. Dawał im cukierki ślazowe, a Andzi, którą nazywał „swoją Wandą", kazał co niedziela robić karmelki. I Andzia była szczęśliwa, chociaż za nimi wszystkimi tęskniła. „Ale teraz, kiedy tylko dzieciątko na świat przyjdzie, mówiła, to Radomirek już się zgodził, żebym z wami więcej była, bo on się boi, kiedy ja sama w domu siedzę". Mania się cieszyła, a Ania wiedziała, że Andzia i tak wróci, bo Radomir niedługo na tę chorobę, co się nazywa hiszpanka umrze, a Andzia z dzieckiem sama jak ten palec zostanie. Tak, Ania o tym wiedziała, że Andzia i mały Jerzyk przeżyją, a Radomir i jego dwóch braci w ciągu tygodnia do nieba pójdą, a potem jeszcze bardzo szybko ich ojciec i matka ze zgryzoty pomrą.

– A cóżeś powiedziała, siostro, temu Pawłowi? – Mania nie wytrzymała tego Aninego milczenia.

– A, to? – Ania machnęła ręką. – Nie warto gadać...

– Gadaj i to zaraz – pogroziła jej Mania, wspominając błękitne oczy okropnego chłopca i śmiech pięknej dziewczyny.

– Powiedziałam, że on w lecie z ojcem swoim chodził po lesie. I coś w krzakach szeleściło. Ten Paweł tak się wystraszył, że zaczął krzyczeć: „Niedźwiedź", a potem pyrgnął, wiesz, jak długi. Wszyscy się śmiali, bo on niby taki odważny.

– A co w tych krzakach było? – spytała jeszcze Mania.

– Mały jelonek...

– To wszystko jasne, czemu przeprosił.

Ania nie odpowiedziała. Kiedy tylko zobaczyła czarnego Pawła, czuła, że zaczną się kłopoty. Mania jeszcze nie wiedziała, że zaprzeda mu duszę, a on będzie pragnął tylko jej.

„Boże, spraw, żeby to nie była prawda...", szeptała w myślach Ania, widząc we mgle swoje i siostry losy splątane z czarnowłosym Pawłem. Wiedziała jednak, że żadne próby zmiany klasy, udawania głupszej niż jest, albo przeciwnie – mądrzejszej, nie przyniosą rezultatu i obie zostaną z tym chłopakiem w szkole, a potem w życiu.

– Wiesz co? – powiedziała nagle, żeby zagłuszyć złe myśli. – Poprośmy babcię albo tatusia i chodźmy do cyrku... Przyjeżdżają na niedzielę...

– Myślisz, że babcia da pieniążki?

– Da – potwierdziła Ania. – Nawet dla Tadzika i Wacka da…

Tym razem Ania użyła daru wymowy w słusznej sprawie i w niedzielne popołudnie cała czwórka odprowadzona przez Bronię znalazła się w namiocie cyrkowym wraz z innymi Winnymi młodego pokolenia. Ze starszego jedynie wujek Kajetan, zawadiaka i wesołek, podjął się towarzyszenia dzieciom i pilnowania, żeby przypadkiem nie wpadły do klatki z lwem. Pierwszy raz widzieli lwa. Ania wprawdzie wcześniej oglądała obrazki wujka Stanisława Lilpopa, ale to nie było to samo. Lwy w cyrku były żywe i jeden pan we fraku wkładał do paszczy głowę. Potem lew ryczał i skakał przez zapalone koło. Ania bała się, że grzywa mu się zapali i spłonie. Odetchnęła, kiedy treser zagonił zwierzęta do klatki. Potem na arenę wyskoczyły małpki w marynarskich ubrankach. Skakały między ludźmi i rozrabiały. Panu Kiedrzyńskiemu porwały z ręki torebkę orzechów smażonych w cukrze. Grażynce Wolskiej lizaka w kształcie kogucika wzięły z ręki i pobiły się, która go zje. A panu Janince, jednemu z nauczycieli, zabrały nawet perukę, czym ściągnęły na siebie słuszny gniew publiczności. Pan Janinka prawie się rozpłakał, chociaż wszyscy wiedzieli, że perukę sprowadził z Warszawy i nosił, żeby dostojniej wyglądać. Małpki oddały tę treskę dopiero wtedy, kiedy sam dyrektor cyrku wszedł na arenę i zagroził, że je wszystkie wsadzi do klatki z głodnym lwem. Futrzasta złodziejka zapiszczała i oddała włosy panu Janince, który włożył je na głowę, a przedstawienie potoczyło się dalej.

Wacusiowi najbardziej podobał się klown. Mały, w za dużych butach i sterczących z głowy włosach chodził wkoło areny, grał na trąbie i miał czerwony nos. Potykał się, spadały mu kolorowe gacie i inny klown kopał go w zadek, ale Wacek widział w tym klownie nadzieję.

– Skoro ktoś taki się nie przejmuje i nie boi wojny, to my też już się nie musimy bać – powiedział do brata, kiedy wracali do domu.

Tadzik natomiast ujrzał swoje przeznaczenie w osobie Basi, tancerki na linie. Aż zamarł, kiedy drobne dziewczątko w baletkach i z kolorową parasolką przechodziło na cienkim sznureczku nad głową zebranych.

– Ona nie spadnie? – zapytał Anię.

– Nie – pokręciła głową siostra, myśląc, że Basia upadnie dopiero w 1940 roku, kiedy, chcąc ratować narzeczonego, będzie przyjmowała w Warszawie niemieckich oficerów, a AK zastrzeli ją jako konfidentkę po uprzednim odczytaniu wyroku.

Jasiek długo nie mógł zapomnieć o dziewczynie jeżdżącej na koniach w białym stroju. Rozdziawił buzię, kiedy zobaczył, jak amazonka jedzie, stojąc lewą nogą na grzebiecie jednego konia, a prawą drugiego.

– Ona się nie męczy… – szepnął.

– Coś ty… – zaprotestowała Mania.– Bardzo się męczy…

– To jest Włoszka? – spytał jeszcze Jasiek.

Inni pokiwali głową. Byli pewni, że dziewczyna jest Włoszką, Hiszpanką albo dziką Afrykanką.

Samej Ani najbardziej podobał się prestidigitator. Pan Stanisław Lilpop powiedział jej potem to trudne słowo, kiedy mu opowiadała, że czarodzieja w cyrku widziała.

– On nie czaruje, dziecinko – zaśmiał się. – Tylko jest bardzo zręczny.

– Sama widziałam. – Upierała się. – Wyciągał różne rzeczy z kapelusza. Mnóstwo rzeczy… A potem…

– Co potem? – spytał pan Stanisław.

– Potem, wujciu, on przeciął kobietę… na pół… A ona wcale nie umarła, bo ją skleił…

Pan Stanisław długo się śmiał i zaczął jej tłumaczyć, że ci prestidigitatorzy wiele lat ćwiczą i ćwiczą, żeby robić takie sztuczki.

– Oni tak szybko poruszają rękoma, a tobie się wydaje, że coś znika…

– A ta przecięta kobieta? – Upierała się.

– Wiesz co? – Pan Stanisław wstał i wyjął z albumu jakieś zdjęcie, na którym pan w ubraniu w paski stał na tle klatki obok szczupłej ładnej kobiety. – Zobacz tutaj… To największy iluzjonista naszych czasów. Harry Houdini…

– Czemu on stoi przed klatką? – spytała.

– Zaraz będzie wykonywał swój największy numer… Widziałem go, wiesz? W Stanach Zjednoczonych. Wiesz, co to są Stany Zjednoczone Ameryki?

– Wiem – powiedziała. – Opowiadał mi przecież wujek…

– I ten Houdini dawał się zamykać do góry nogami w tej skrzyni ze szkła i stali. Pełnej wody…

– Ach… – zdołała tylko wykrztusić Ania. – I co?

– I uwalniał się, chociaż na rękach miał kajdanki.

– Ach… – powtórzyła.

– Zabiorę cię kiedyś tam i sama zobaczysz, skoro tak cię to interesuje – obiecał. – A tymczasem masz tu piękną książeczkę *Chata Wuja Toma*, pani Beecher Stowe. Spodoba ci się, chociaż jest taka smutna…

– To czemu wujcio mi daje smutne książki? – spytała.

– Bo życie takie czasem jest – westchnął pan Stanisław, którego córka Anna właśnie zerwała zaręczyny z zacnym i bogatym człowiekiem, żeby związać się z jakimś pisarzem. – A na Houdiniego cię zabiorę.

Ania nie powiedziała wujciowi, że Houdini w 1926 roku nie uwolni się z kajdanek, ponieważ nie zdoła otworzyć ich kluczem, który żona przekazywała mu do ust podczas pocałunku. Nie powiedziała mu też, że niewiele później sam zginie nagłą śmiercią. Było jej po prostu okropnie żal wujcia.

Strasznie go lubiła i była mu stokrotnie wdzięczna za książki, które jej pożyczał. Zawsze je bardzo szanowała i oddawała nietknięte, więc dostawała nowe. Jedną, tę o małej księżniczce Sarze, nawet na własność, z dedykacją od pana Lilpopa. Nie miała większego skarbu. Zastanawiała się tylko, czemu taki wesoły człowiek daje jej takie smutne książki. Na przykład ta, co dostała ją ostatnio, była taka, że Ania płakała rzewnymi łzami, czytając ją na głos Mani. Mania wprawdzie umiała już sama świetnie czytać, ale siostry przyzwyczaiły się do tego, że głównie Ania czytała na głos. Kiedy zaczęła opowieść u wuju Tomie, babcia też się do nich przysiadła i słuchała, płacząc po każdym rozdziale, bo wuj Tom miał okropne życie w tej Ameryce, gdzie mieszkali Murzyni i iluzjoniści. Był czarny, więc go sprzedali na targu, jak w Brwinowie wieprzki i krowy. A potem kazali mu pracować i bili go tak strasznie, że w końcu umarł. Ale najgorsza była historia małej Evy. Przy jej czytaniu wszystkie trzy, Ania, Mania i babcia Bronia, rozpaczały tak bardzo, że przypaliły ziemniaki i tata musiał czekać, aż obiorą i ugotują inne, a tych przypalonych to nawet świnie – Kuba i Natka – nie chciały jeść. Dziadek Antoni też strasznie się dziwił, co się z nimi wyprawia, bo nawet psa przekabaciły. Zamiast chodzić z nim po polach, Morus siedział przy Ani i płakał nad losem nieszczęsnej Evy razem z Anią i Manią. Eva była śliczna, bogata i bardzo dobra. Nie pozwalała nikogo krzywdzić i uratowała małą dziewczynkę Topsi. A potem zachorowała i umarła, a wuja Toma sprzedali do ciężkiej pracy, bili i też umarł.

– Dlaczego ludzie tak robili innym? – Ania spytała pana Stanisława przy okazji następnej wizyty.

W domu przemysłowca była częstym gościem i nikt się już nie dziwił, że przychodzi. Przeciwnie, córka pana Lilpopa okazywała jej dużo zainteresowania i częstowała smakołykami. Pakowała też paczuszki dla siostry Mani, która wstydziła się bogatego domu i pana Lilpopa i nigdy nie towarzyszyła siostrze w wizytach. Córka pana Lilpopa czasami nawet głaskała Anię po głowie i mówiła, że ona także nie ma mamy, chociaż jej mama nie umarła.

– To w Ameryce… – Uśmiechnął się pan Lilpop, budząc Anię z rozmyślań. – Tam było niewolnictwo. Ludzie mogli traktować innych jak swoją własność.

– Lubię z panem rozmawiać – wyrwało się Ani z głębi serca. – Co ja zrobię, kiedy pana nie będzie…

Skuliła się przestraszona, ale pan Stanisław nie wiedział o jej darze i nie potraktował tych słów jak proroctwo.

– Wiesz, dziecinko, wszyscy umieramy..., ale ja jeszcze trochę pożyję i będę pożyczał książki tobie i twojej babci.

– Pan jest dobry – powiedziała Ania, biorąc tradycyjnie czekoladę i ciasteczka dla Mani i braci. Tak strasznie żal jej było, że za kilka lat dobrego pana Lilpopa już nie będzie wśród żywych.

Stanisław się roześmiał.

– Mówisz o tym, że rozdałem większość swoich ziem?

– To też – przytaknęła Ania, która słyszała o tym, że pan Stanisław założył Podkowę Leśną i oddał większość swojego majątku. – Ale najbardziej, że pan córce pozwolił za tym… głosem serca iść…

Stanisław się zasępił.

– Jakbym nie pozwolił, tobym dziecko stracił… jedyne… Jednak powiem ci, Aniu, że nie pogodziłem się z tym… nie pogodziłem…

Ania podeszła do niego i pogłaskała po siwej głowie.

– Ona będzie szczęśliwa, zobaczy wujcio…

– Będzie albo i nie będzie… Kto on jest, ten mój zięć? Kto?

Ania słyszała rozmowę babci Broni i taty w kuchni, więc wiedziała, co i jak. Że panna Anna wydaje się za ubogiego literata wbrew woli ojca i grozi mu, że już nigdy jej nie zobaczy, jak się z jej mężem nie polubią. I jeszcze mówili, że żona pana Stanisława wcale nie umarła, tylko kazał jej iść precz.

– Książki pisze, a wujcio kocha książki.

– Mogła mieć każdego, co pisze książki. Czemu właśnie ten?

– Serce nie sługa – powiedziała Ania filozoficznie zdanie zasłyszane od babci Broni, czym doprowadziła Stanisława do łez od śmiechu.

– Z ciebie też jest dobry kumpel, wiesz? – wzruszył się i pogłaskał dziecko po rudej główce.

– No pewnie, ja będę zawsze kumpel wujcia – zgodziła się Ania. – I dobrze, że wujcio w kościele odkręcił tę sprawę, boby się Pan Bóg gniewał.

Stanisław ze zdumieniem i wstydem wpatrzył się w czerwonowłosą dziewczynkę z oczami jak dwie gwiazdy.

– Skąd ty o tym wiesz? – zapytał słabo.

Ania dokładnie nie wiedziała, że Stanisław Lilpop zapłacił, aby w księgach nic o ślubie nie pisać, licząc na córki opamiętanie. Wtedy miał nadzieję, że będzie można sprawę na karb szaleństwa zganić. Czuła tylko, że wujcio z panem Bogiem o coś się targował. Pan Bóg swoje, pan Stanisław swoje, i raczej się nie dogadali, ale zadra między nimi została. Stanisław wymyślił, że brak wpisu w księgach sprawę znacznie by ułatwił, ale szybko się otrząsnął i zdał sobie sprawę z tego, że to nie w księgach ślub jest zawierany, tylko przed Panem Bogiem, więc tego poniechał i nawet do spowiedzi nie poszedł, bo się księdzu wstydził powiedzieć.

– Wiem… – Ania powiedziała prawdę. – Ja różne rzeczy wiem…

– To twierdzisz w takim razie, że moja Ania będzie szczęśliwa z tym, z tym… Iwaszkiewiczem?

Ania pokiwała głową z pewną siebie miną, chociaż wiedziała, że szczęśliwość ta gorzka będzie dla Lilpopówny.

– To skoro tak mówisz… – zamyślił się pan Stanisław. – To ja im dom… Już myślałem dawno, ale ciągle jakoś tak…

ROK 1928

Dom i posiadłość nazywały się Stawisko i były prezentem od pana Stanisława dla córki i zięcia. Piec robił Antoni, mimo że pan Jan Zubko obraził się na Lilpopa śmiertelnie, że takie zadanie powierza jakiemuś pierwszemu lepszemu zdunowi bez palca, zamiast jemu, przyszłemu autorowi publikacji *Piece elektryczne z cyrkulacją powietrza*. Przy drewnianej konstrukcji pracował Stanisław, a przy budowie wszyscy Winni. Stefek przyjeżdżał z Siedlec i robił więźbę dachową, Kajtek kładł cegły, a Władek położył na podłogę piękne deseczki sprowadzone ponoć z Włoch, chociaż wydaje się, że w tajemnicy klepkę dębową spod Białowieży przywieziono. Jasiek i Damian ramię w ramię ze stryjami cegły kładli i tynk mieszali. Jaśka sobie jeden majster upatrzył i potem go wziął na nauki, kazał przychodzić i uczyć się, jak elektryczność zakładać i co z kablami robić. Jasiek tyle razy zebrał cięgi od prądu, że w końcu się uodpornił i żartował na rodzinnych uroczystościach, że jest sam jak światło, co rozświetla mrok i wystarczy go podłączyć do jakiej turbiny, a będzie oświetlał wszystkim drogę. Potem przez wiele lat Jasiek zakładał tę elektryczność w wielu domach, nie tylko u bogatych mieszkańców Brwinowa, Milanówka i Podkowy Leśnej, lecz także Warszawy. Wymyślił nawet takie małe światełka, montowane żaróweczki przy biurkach czytających, żeby mogli po zmroku książkę sobie oświetlić, a przy tym nie musieli palić dużego światła i innym przeszkadzać. Sam pan Wierusz-Kowalski, znany malarz, poprosił, żeby Jasiek mu w pracowni w Warszawie takie same zamontował, bo to, jak powiedział, dla malarza najlepsza rzecz na świecie takie rozproszone światło. To prawda, kilka razy się zdarzyło, że Jaśka prąd kopnął tak, że ten miał brązową plamę na skórze, ale Jasiek pretensji nijakiej wtedy nie miał, bo z prądem żył za pan brat i wychodził z założenia, że jak go kopnął, to pewnie zasłużenie. Raz jeden tylko mało nie zginął, kiedy u sióstr w sierocińcu robił ten swój prąd i zobaczył dziewczynę tak śliczną, że zetknął ze sobą dwa przewody i mało się z życiem nie pożegnał. Potem wiele razy o niej myślał, kim jest i czy na siostrę zakonną będzie się uczyła, ale nie spotkał jej ani na targu, ani w miejscowym kościele. Damianowi mówił, że takie dziwo u zakonnic było, ale Damian w końcu powiedział, że Jaśkowi ten prąd musiał jakieś obrazy w głowie wytworzyć i nieźle namieszać, skoro się za zakonnicami ogląda. Damian za to za dziewczynami się nie oglądał, żadna mu się nie wydawała ani miła, ani chociażby warta uwagi. Śmiać mu się chciało, jak słyszał szepty bab, że szkoda, bo taki chłopak z niego przystojny aż miło, a do żadnej cholewek nie smali. Nie przyznawał się nikomu, ale jemu podobali się bardziej koledzy niż koleżanki. Lubił patrzeć jak robotnicy rozbierają się przy pracy i z gołymi torsami nakładają cegły albo mieszają zaprawę. Gorąco mu się robiło, kiedy po skończonej pracy polewali ciała wodą ze studni, a na ich ramionach wykwitała gęsia skórka. Kiedyś poszedł z jednym kolegą nad Utratę. Było lato. Tamten zaproponował, żeby się wykąpali. Rozebrali się i wskoczyli do wody. Utrata tamtego lata była wysoka i spieniona. Pływali i parskali jak młode źrebaki. Tamten Jędrek zaczął łapać Damiana za nogi i próbował przewrócić. Damian początkowo się opierał, wreszcie dawał się przewracać. Po ciele tańczyła mu chłodna woda i palce tamtego. To było lepsze niż jedzenie gorących konfitur, niż chłodna ręka mamy na jego czole, kiedy miał gorączkę. Najcudniejsze na całym świecie. Nigdy więcej nie poszli pływać. Tamten patrzył jakoś dziwnie i unikał go potem jak ognia. Innym razem, kiedy na zlecenie wójta pracował przy elektryfikacji całego Brwinowa, spotkał Jacentego z Milanówka, który podobnie jak on zerkał na innych chłopów. Odważył się i zaprosił go do domu na obiad. Jacenty wzruszył ramionami i powiedział, że przyjdzie. Matka kurę zabiła, a Jasiek dziwił się wielce, czemu jego brat gości przyprowadza w taki sposób, jakby ich na wesele spraszał. Jacenty przyszedł, zjadł kurę rękoma, piwo popijał jak wodę i głośno bekał. Ojciec wpatrywał się uważnie w syna, a ten z nosem wbitym w talerz łykał flaki, które Kazia przygotowała. Na koniec, kiedy Jacenty wychodził, Damian zaproponował, że przejdzie się z nim do stacji kolejki WKD, przy której powstaniu pracowali obaj. Pod stacją Jacenty chwycił Damiana za kark, przyciągnął do swojej głowy i uderzył z czoła.

– No! – powiedział Jacenty i wrócił do uruchamiania kolejki WKD, a Damian postanowił już nigdy nie przyznawać się do swojej słabości.

ROK 1930

– Nie rozmawiasz ze mną, bo ja prosty chłopak, a ty panienka, co?

Paweł szedł obok Ani polną drogą.

– Niczym się nie różnimy… – przypomniała mu Ania. – A nie rozmawiam, bo cham jesteś.

Paweł przystanął i wziął się pod boki.

– Niczym, niczym… – przedrzeźniał. – Cham jestem... Wszystkim się różnimy, słyszysz? Wszystkim.

Pokazał na swoje nogi, bose, brudne, z czarnymi paznokciami i świeżą raną na łydce.

– Ty chodzisz w butach, ja boso. Chociażby tym się różnimy.

Ania też przystanęła. Paweł był wysoki, jak na swoje osiemnaście lat wyrośnięty i biło od niego zdrowie.

– Włóż buty, albo ja swoje zezuję i już…

Wzruszyła ramionami i szła dalej, myśląc o tych latach spędzonych z Pawłem ławka w ławkę, bijatykach, jakie uskuteczniał, budząc postrach nawet u starszych od siebie chłopców, nierzadko obrywając dyscypliną w szkole za bójki i złe zachowanie. Od pierwszej chwili, kiedy się spotkali, Paweł zagiął parol na Anię. Udawała, że nie widzi, jak bił się dla niej, zeskakiwał z najwyższych drzew albo pilnował na każdym kroku, żeby żadna krzywda jej się nie stała. Mania brała te umizgi do siebie, przecież były z siostrą zawsze razem, bliźniaczki, dwa ciała w jednym ciele. Mania śmielsza i weselsza, bardziej popularna w szkole, przyjmowała zaloty chłopców, przekonana, że wszelkie przejawy uczuć należą się właśnie jej. Uważała, że Paweł bije się i chodzi po dachu właśnie dla niej, pochlebiało jej to i mile łechtało miłość własną. Czekała, aż Paweł dorośnie na tyle, żeby jej powiedzieć jak w romansach babci Broni, iż zaprzeda dla niej swoją duszę. Była przekonana, że ten dzień w końcu nadejdzie i widziała siebie w roli panny młodej sypiącej płatki kwiatów jabłoni na głowy tych, co będą gratulowali im szczęścia.

– To ty swoje zezuj, dobra?

Spojrzała na niego. Ciągle mu odmawiała. Tyle razy prosił, żeby pozwoliła wracać ze sobą do domu. Chciał jej książki dźwigać i przez kałużę ją przenosić. Zimą przychodził wcześniej i pomagał panu woźnemu odśnieżać, żeby tylko na czas zdążyć i Ania mogła suchą nogą do szkoły dotrzeć. Udawała, że tego nie widzi, bo Mania oddała mu serce i patrzyła na Pawła jak cielę na malowane wrota. Zamęczała Anię pytaniami, czy Paweł zostanie jej mężem i będą żyli długo i szczęśliwie, a Ania udzielała wymijających odpowiedzi.

– Dobra – zgodziła się. – Ja zezuję.

Położyła książki na trawie i usiadła, chcąc zdjąć trzewiki.

– Chodź nad jeziorko – powiedział szybko, odwracając wzrok. – Tam zdejmiesz przy wodzie.

– Nigdy. – Pokręciła głową. – Tam będzie dużo ludzi...

– Nie na glinki – zaprzeczył. – Pójdziemy nad inne jeziorko, tu, niedaleko.

Ania zawahała się. W domu na pewno na nią czekali. Chociaż tym razem wróciła z pensji wcześniejszą kolejką EKD i Bronia z ojcem nie wiedzieli, że przyjechała już do Brwinowa. Na stacji nikogo nie było prócz Pawła, który czekał na nią zawsze, kiedy wracały z Manią ze szkoły w sobotnie popołudnia i odprowadzał obie do domu, niosąc ofiarnie obu dziewczynkom książki. Tym razem przyjechała sama, bo Mania brała udział w szkolnym święcie i została, żeby ćwiczyć śpiew z innymi uczennicami. Paweł, kiedy ją zobaczył bez siostry, aż drgnął z radości, że wreszcie będzie miał ją tylko dla siebie. Oby tylko nie przestraszyła się i nie zaczęła uciekać jak zwykle, kiedy tylko znajdował się w pobliżu.

– Masz tu jakieś inne jezioro? – spytała.

– Spodoba ci się, chodź... – Chciał ją wziąć za rękę, ale ona w tę wyciągniętą dłoń włożyła swoje książki. Roześmiał się krótko, wziął paczuszkę i poprowadził ją sobie tylko znaną ścieżką przez las.

Nie planował, że tak pokocha, bo nie wiedział, że miłość może właśnie jemu się przydarzyć. Kiedy ją zobaczył po raz pierwszy, była chudziutka i podobna do figurki tancerki, którą jego mama trzymała koło zdjęcia ślubnego. Tamta dziewczynka także miała czerwone włosy i białą buzię. Tyle że Ania była ubrana w granatową sukienkę z białym kołnierzykiem, a nie sukienkę z falbankami. Zaczepił ją i jej siostrę, oczekując, że obie dziewczynki, przecież młodsze od niego, rozpłaczą się. Tymczasem blada potraktowała go zupełnie obojętnie, a piegowata chciała się z nim bić. Spytał Krysię, swoją sąsiadkę i towarzyszkę zabaw, kim są dwie – jak się wyraził – „wiewiórki" i dowiedział się, że to dziewczynki, które mieszkają po drugiej stronie, razem z braćmi, i mama im umarła, kiedy się urodziły. Jego własna mama też umarła, ale wtedy, kiedy Paweł miał sześć lat. Zabrała ją ta sama zaraza, co innych ludzi z Brwinowa i okolic. Został sam z tatą na wiele lat, a od pewnego czasu dołączyła do ich gospodarstwa Teresa Gniewkowa, dwadzieścia lat młodsza od jego ojca, głośna i wesoła, która mamy mu nie zastąpiła, ale ponownie wprowadziła porządek i radość do ich smutnego domu. Teraz dźwigała przed sobą duży brzuch, który głaskała z czułością i mówiła Pawłowi, że pewnie będzie miał siostrzyczkę, a on miał nadzieję, że dziewczynka będzie ruda jak Ania, bo i Teresa miała miedziane kosmyki.

– A właściwie to dokąd mnie prowadzisz? – spytała Ania zaniepokojona, widząc, że zagłębiają się w las.

Jechała kolejką i myślała sobie o tym, czy Paweł jak zwykle będzie na nią czekał. Za każdym razem stał na peronie, wypatrując jej wśród wysiadających i patrzył tak, aż jej się robiło gorąco. Udawała, że o nim nie myśli i nie czeka, ze względu na Manię, która brała jego czekanie za przejaw uczucia właśnie do niej. Musiała udawać, że jest jej obojętny i toleruje go tylko ze względu na siostrę. Oboje podejmowali tę dziwną grę, udając iż są daleko, a byli coraz bliżej. O wiele łatwiej było w dzieciństwie. Zjawiał się u nich po szkole i razem z Tadzikiem i Wackiem biegli do sadu Tarkowskich albo na glinki. Czasami odłączali się z Anią i włazili wtedy do budy Morusa. Przytulali się do psa, który uwielbiał ich towarzystwo, i opowiadali sobie o duchach i zjawach, starając się przestraszyć nawzajem. Raz zasnęli oboje i nie słyszeli nawoływań ojca, dziadka, babci i przede wszystkim Mani. Wreszcie Morus się zbudził i zaszczekał, więc wyleźli z budy oboje, zapchleni i brudni, ze słomą z psiego posłania we włosach. Mania zaczęła płakać, dziadek groził, że skórę złoi, a babcia i Andzia przyciskały Anię do piersi tak, że mało jej nie podusiły. Mania też próbowała zaciągnąć Pawła do budy, ale ten nigdy więcej się u nich nie pojawił i w szkole przez kilka tygodni nie odzywał się do żadnej z nich.

– I jak ci się podoba? – spytał, kiedy stanęli na brzegu małego jeziorka.

Wcześniej prowadził ją przez chaszcze i krzaki. Bała się, że rozerwie bluzkę i spódnicę, a babcia się na nią pogniewa.

– Pomogę ci. – Podał jej rękę, a ona zacisnęła na niej swoje szczupłe palce.

– Trochę się boję – powiedziała. – Tak tu… magicznie…

Nie wiedział, co to znaczy „magicznie", ale pokiwał głową i uśmiechnął się do niej. Sam czuł się jak podczas największego święta, rezurekcji albo pasterki, kiedy wszyscy śpiewali, a ksiądz mówił, że teraz się radujemy. Była z nim, cała jego, taka krucha jak figurka mamy i tak przestraszona, że chciał ją wziąć na ręce. Kiedy odgarnął krzaki i pokazał jej małe, lśniące oczko wodne, które znalazł, kiedy samotnie wędrował przez las, klasnęła w ręce z zachwytu.

– Ależ to… Ależ to jest piękne…

Nie przeszkadzał jej, nic nie mówił, tylko był blisko. Nie pozwolił jej jedynie cofnąć ręki, mówiąc, że może się poślizgnąć i dodał, żeby lepiej go mocno trzymała. Trzymała go więc z całej siły, a on starał się zapamiętać każdą chwilę.

– Co robisz? – spytał cicho, kiedy zobaczył, jak siada na małym skrawku trawy i ściąga buty.

– Będę wchodziła do wody – odpowiedziała i posłała mu jeden z tych uśmiechów, które śniły mu się po nocach. Czerwone włosy świeciły w słońcu jak pochodnia. – Odwróć się…

Odwrócił się posłusznie, bardziej bokiem niż tyłem i ukradkiem patrzył, co robi. Ściągała białe, grube pończochy, zsuwając je i zawijając zręcznie szczupłymi palcami. Najpierw jedną odłożyła na bok, potem drugą. Na białej pończosze usiadł duży konik polny i zastygł. Zielone skrzydełka miał złożone elegancko wzdłuż ciałka. Wyglądał, jakby miał przypilnować pozostawionej garderoby.

– To prowadź – zarządziła dziarsko.

Odwrócił się do niej. Nogi miała bose, białe jak śnieg, gdzieniegdzie widział blade piegi. Dziwne, na twarzy nie miała ani jednego, a na nogach tyle ich było.

– To ja też – ściągnął koszulę.

Nie odwróciła wzroku. Podała mu rękę, a on poprowadził ją stąpającą ostrożnie do wody.

– Nie jest zbyt zimna? – zapytał.

– Cudowna… – powiedziała, stojąc po kolana w wodzie. – Mogłabym się cała zanurzyć…

Wciąż patrząc na nią, szedł tyłem w głąb jeziora. Stała i patrzyła, jak się zanurza po szyję, a potem znika pod powierzchnią wody, żeby wyskoczyć w górę rozbryzgując krople i ochlapując ją całą.

– Chodź – poprosił. – Chodź tu do mnie…

Cofnęła się na brzeg, a on zgasł jak po odjęciu tlenu, ale po chwili znów rozjaśniał, kiedy zobaczył, jak rozpina guziki białej bluzeczki, a potem ściąga granatową spódnicę. Popatrzył oszołomiony na drobne ciało, w staniczku i koszulce do połowy uda, i zakochał się jeszcze bardziej, chociaż nie wydawało mu się to możliwe. Szła po wodzie ostrożnie, na ciele zakwitała jej gęsia skórka. Stał cały napięty i czekał. Była blisko i wyciągnęła do niego ręce, a on przyciągnął ją do siebie, czując drobne piersi i twarde od zimnej wody sutki. Objął ją delikatnie, dotykając łopatek opuszkami palców, a potem wchłonął ją całą w siebie i przycisnął do piersi.

– Moja kochana… – wyszeptał jej do ucha. – Ukochana moja…

– Kochany…

Wszystko było w tych szeptach, pocałunki, obietnice i wyznania, że nigdy, że zawsze. Takie same jak innych, o których nigdy nie wiadomo, czy zostaną dotrzymane, ale szepty Ani i Pawła były słyszane przez drzewa i pobłogosławione wodą z jeziora, tak więc nabrały szczególniej mocy. Klęknął przed nią i przycisnął głowę do jej ciała.

– Nigdy cię nie opuszczę… Myślami zawsze będę przy tobie… A jeśli pozwolisz, oddam ci się cały, jak pies, jak sługa będę ci służył…

– Przestań – mówiła, ale on nie przestawał jej obejmować w wodzie ani całować jej rąk.

– Przestań – powtarzała, sama pokrywając jego kędzierzawą głowę pocałunkami i tuląc się do niego.

Wziął ją na ręce, wyniósł z zimnej wody i ułożył na trawie, przykrywając troskliwie swoją koszulą. Słońce świeciło bardzo mocno. Położył się koło niej, wziął za rękę i przytknął do swojego policzka. Drugą głaskał czerwone włosy, przesypywał je przez palce i dotykał ustami. Zasnęli tak mocno, jak wtedy w budzie Morusa i tak samo zbudziło ich szczekanie psa.

– Zabiją mnie – powiedziała, wkładając bluzeczkę na wciąż wilgotną halkę i wciągając pończochy na nogi.

– Pomogę ci. – Delikatnie, chociaż nie miał wprawy, wkładał pończochy na jej nogi, rozkoszując się dotykiem chłodnej skóry. Ona tymczasem gorączkowo ubierała się w bluzkę i spódnicę.

– Nie idź, Aniu… – Wziął ją w ramiona.

– Muszę… – odpowiedziała, przecinając magiczną nić. – Tam babcia pewnie od zmysłów odchodzi…

– Odprowadzę cię – zaproponował. – Powiem, że to moja wina.

– Niczyja wina, jakem Winna…

Pocałowała go krótko i delikatnie, a mimo to zakręciło mu się w głowie. Teraz ona musiała go trzymać, żeby nie upadł.

– Odprowadź mnie, ale tylko na skraj drogi… – poprosiła. – Potem pójdę sama…

– My tu od zmysłów odchodzimy! – Bronia na jej widok załamała ręce. – Gdzieś ty chodziła?

– Spacerowałam sobie, a potem wykąpałam, bo gorąco było – tłumaczyła się skruszona. – Położyłam na łące i zasnęłam… Tak jakoś długo spałam…

– Na słońcu! – lamentowała babcia. – Ty wiesz, co się może stać, jak zaśniesz na słońcu?!

Ania objęła Bronię i ucałowała w oba policzki.

– Babciu kochana! To nic złego zasnąć, jestem przecież! Jestem!

– To prawda, gołąbku kochany. – Bronia skapitulowała. – Chodź, chodź. Placków nasmażyłam, zaraz ci na piecu przygrzeję…

– Babciu, daj, tak zjem – poprosiła. – Tak gorąco, a babcia w piecu chce jeszcze palić. Dziadzio!!!

Rzuciła się na szyję Antoniemu, który przyczłapał zwabiony krzykiem żony i świergotem wnuczki.

– A gdzie Maniusia?

– Dziadziu. – Ania pogłaskała łysą, sędziwą głowę dziadka. – Ona w Warszawie na pensji piosenki ćwiczy do występów. Uroczystość w gimnazjum jest i niektóre dziewczynki śpiewają.

– A ty nie śpiewasz? – Antoni mrugnął.

– Nie śpiewam, dziadziu. Maluję trochę, ale na to nie trzeba prób...

– A na prymicję zdąży? – Antoni się zaniepokoił. – Zdąży?

– Zdąży – uspokoiła go Bronia. – To w przyszłą niedzielę i wszyscy do Warszawy jedziemy.

– Jak nie zdąży, kiedy ma śpiewać – przypomniała Ania. – Ignasiowi będzie śpiewała... Przecież ona ma głos jak anioł...

Antoni ostatnio niedomagał, myliło mu się wszystko. Czas wirował mu w głowie sobie tylko znanym rytmem. Niewiele w domu pomagał, bo rękoma słabo ruszał, trzeba mu było pomagać się ubrać i nierzadko Bronia karmiła go łyżką, bo miewał gorsze dni i nie chciał sam jeść. Czasami brał Wacusia za Stanisława i chwalił za piękny karmnik dla ptaków, który sto lat temu Staś wystrugał, a Tadzika mylił z wujkiem Romkiem i krzyczał na niego, że niecnota. Ani było go strasznie żal, bo w nocy budził się z krzykiem, przerażony, że znów jest w niewoli. Albo płakał i prosił, żeby go zabić już i nie męczyć więcej.

– Aha. – Dziadek pokiwał głową i oznajmił, że idzie Stasiowi pomagać w pracowni. Mieli drugi konfesjonał kończyć. Pierwszy już był dawno temu gotowy, ale ten drugi dopiero teraz Stanisław pokrywał lakierem i mościł siedzisko dla księdza. Antoni, który już nie mógł młotka utrzymać w dłoni, siedział całymi dniami w pracowni przy synu i pouczał, co Stanisław ma robić, jak heblować, lakierować i gwoździe wbijać. Ojciec, za co Ania podziwiała go najbardziej, znosił to wszystko ze stoickim spokojem, co więcej, sprawiał wrażenie, że czeka na rady Antoniego i bez mała bez niego nie może pracować.

Bronia westchnęła, a Ania objęła ją za szyję.

– Ważne, że przeżył i do nas wrócił...

– Tak, prawda, juści... – Bronia kiwała głową, powstrzymując się od płaczu i wspominając dawne czasy, kiedy jej się wydawało, że męża ma niedobrego, pijaka i gorzałka jest przyczyną wszystkich jej kłopotów. – Żyje przecie...

Tyle że co to za życie było, dokończyła Bronia we własnych myślach. Myła go, pomagała na każdym kroku, jeść dawała i na spacer wyprowadzała jak dziecko, a nawet czytała mu wieczorami książki pana Sienkiewicza, a jemu oczy błyszczały, kiedy pan Michał albo Kmicic bili się o wolną Polskę. Gorzałki wcale nie pił, nawet tego swojego jarzębiaczka nie tykał od czasu, kiedy wrócił. Niekiedy miał dobre dni i wypytywał Bronię o czas, kiedy go nie było. Opowiadała mu wtedy głównie o pierwszych krokach dziewczynek, konfesjonale Stasia i psotach chłopców, ale nie mogła mu powiedzieć o tym, co najbardziej w piersiach jej ciążyło, a mianowicie, że Władzia wraz z ostatnim tchnieniem wydała na świat także dziecko, które nie wiadomo, gdzie teraz jest i czy żyje. Myśl, że jakiś Winny chodził po padole ziemskim, nawet nie wiedząc, że jest Winnym, bardzo ją męczyła, no i zdawała sobie coraz bardziej sprawę z kruchości swojego życia i bała się, że będzie musiała tę tajemnicę do grobu ze sobą zabrać. Wprawdzie zwierzyła się księdzu, ale ten kazał jej przecież o sprawie zapomnieć i wierzyć, że dziecko umarło.

Popatrzyła na wnuczkę, która dziś była jakaś inna, zamyślona, chociaż śmiała się głośno i po dawnemu ją przyciskała do siebie, domagając się placków albo pierogów ze skwarkami. Jej mogłaby powiedzieć o tym, co się stało. Ania jedna by to zrozumiała.

Ania tymczasem popatrzyła na zachodzące słońce i dotknęła ręką czoła. Niedawno Paweł pokrywał pocałunkami to miejsce, całował jej oczy, nos, policzki i wargi. Ania nagle przestraszyła się, że Bronia zobaczy ślady tych pocałunków, zwłaszcza że przyglądała się jej uważnie.

– A może ty byś się przebrała, bo zimno już i jeszcze mi się przeziębisz… – Usłyszała.

– Nic mi nie będzie, babciu. – Uśmiechnęła się, ale poszła posłusznie do domu, gdzie zdjęła mokre ubranie. Popatrzyła na swoje piersi i dotknęła ręką twardych, małych sutków, a potem zapadniętego brzucha.

– Kocham… – powiedziała do obrazu Matki Boskiej Częstochowskiej, który wisiał w jej i Mani pokoju panieńskim. – Kocham…

Matka Boska patrzyła na nią surowo.

– Proszę cię – szepnęła Ania. – Nie pozwól, żeby tak się stało, nie pozwól…

ROK 1930

Wymykała się do niego, kiedy tylko miała chwilę. Z wypiekami na twarzy, kłamiąc, że idzie poczytać, biegła na polankę, gdzie on już czekał z kwiatami, które wplatał jej we włosy, śmiejąc się, że wygląda jak łąka na wiewiórce. Nie powiedziała nikomu, nawet Mani, szczególnie Mani, przecież to złamałoby jej serce, a tego nie chciała. Trzymała swoją tajemnicę głęboko, jak najcenniejszy skarb. „Przyjdzie czas, to powiem", przekonywała się sama. „Teraz jeszcze nie mogę".

A czas im sprzyjał. Groźna przełożona pensji, pani Jadwiga Reutt, zgodziła się, żeby Ania na sobotnie popołudnie i niedzielę wracała do domu i pomagała dotkniętej reumatyzmem babci.

– Bardzo szlachetnie, dziecko, że ty chcesz rodzinie pomagać – powiedziała, wezwawszy ją do siebie któregoś dnia. – Twoja siostra zostaje, śpiewa w chórze i uczestniczy w wycieczkach, ale skoro ty chciałabyś wracać, to ja się zgadzam.

W ten sposób Mania zostawała w szkole, w sobotę i niedzielę chodziła z innymi pannami zobaczyć fotoplastykon i do kina. Śpiewała poza tym w szkolnym chórze i nabrała wielkopańskich manier. Obie dziewczynki miały wprawdzie pewną klasę wrodzoną, ale Mania uważała, że lekcjami śpiewu i tańca oraz wytwornymi francuskimi zdaniami, które wtrącała na prawo i lewo, przewyższa nie tylko kuzynów Winnych, lecz także swoją siostrę. Ania natomiast nic nie mówiła, chociaż jej francuski był znacznie lepszy niż Mani, ale skromność i wrodzona dobroć nie pozwalały pokazywać, że stać ją na więcej niż siostrę. Poza tym, co urazić by mogło Manię, ona wcale nie chciała chodzić do kina ani patrzeć w fotoplastykon, tylko wracać do Pawła, żeby razem z nim chować się w leszczynie i snuć opowieści, o tym, co będzie, kiedy wreszcie będą mogli i chcieli światu opowiedzieć o swojej miłości.

– Moja królewna w złotej koronie – mówił, kiedy na czerwonych włosach miała złoty leszczynowy pył. – Czy jaśnie pani pozwoli?

Brał ją na ręce i kręcił się z nią w kółko, a ona krzyczała z radości. Czytała mu książki od wujcia Lilpopa, którego rzadziej odwiedzała, poświęcając każdą wolną chwilę ukochanemu. Opowieść o małej księżniczce Sarze poruszyła Pawła głęboko. Słuchał z podziwem, jak Ania czyta, modulując głos i wydobywa z powieści najważniejsze wątki, którymi gra mu w sercu jak na najczulszym instrumencie.

– Mój ojciec mówi, że znów będzie wojna... – powiedział, kiedy czytała mu koniec historii Sary – małej księżniczki. – Ja bym tę starą z książki zabił...

– Dlaczego twój tata tak mówi? – spytała, chociaż gdzieś na dnie serca czuła, że zbliża się zło potężniejsze jeszcze niż to, które mgliście pamiętała z dzieciństwa.

– Słucha, co ludzie mówią i jeździ do Warszawy, do wuja, który ma takie coś, że wie, co się dzieje...

– Aaaa, radio ma? – Zrozumiała Ania.

Paweł wstydliwie schylił głowę. Znów wiedziała więcej od niego.

– Ja wiem, co to jest, bo chodziłam oglądać na Forty Mokotowskie i w szkole mamy... – opowiadała mu z zapałem. – To wielki wynalazek, wielki...

– Będzie wojna…

– Będę się o to modliła, żeby nie – powiedziała niepewnie i chciała powrócić do czytania, ale on już opowiadał, jak na miejscu ojca Sary zabiłby tę babę gołymi rękoma.

– Zupełnie nie o to chodzi w tej powieści – przerwała mu. – To historia o miłości i przebaczeniu…

Nie lubiła złych słów, bała się ich jak ognia, bo wwiercały się w duszę i rozpleniały niczym robactwo. Ona też słyszała rozmowę między nauczycielami na temat tego, że znów będzie wojna. „Hitler się zbroi", mówił nauczyciel historii trzy lata później. „Zjednoczenie u Niemców zawsze oznacza wojnę. Oni inaczej po prostu nie potrafią". Nie zwracali na nią uwagi. Ręce jej się trzęsły, kiedy układała mapy w szafie. Bała się tej wojny.

– Poczytasz mi jakąś historię dla chłopaków? – przerwał jej. – Uwielbiam, kiedy mi czytasz…

– Tak. – Obudziła się z zamyślenia. – Poczytam ci *Ogniem i mieczem*, już mi wujcio pożyczył. Spodoba ci się.

Uśmiechnął się nieco na siłę. Nie znosił tego jej „wujcia", którego na oczy z bliska nie widział, tylko tyle o nim słyszał, że wujcio to, czy tamto. Wiedział też, że Lilpop Anię do Warszawy posłał i pewnie już jej inną przyszłość niż u jego boku planował, ale nie śmiał źle o nim Ani mówić.

– Na pewno mi się spodoba… – Pocałował ją w czoło, odganiając wszelkie złe myśli, kłopoty, rodzinę i wojnę.

– Za rok skończę szkołę i pójdę do studium dla nauczycielek – powiedziała któregoś dnia, u schyłku lata, kiedy leżeli jak zwykle głowa w głowę na łące, Ania z wiankiem z fioletowej koniczyny na czerwonych włosach, a Paweł zapatrzony w dal.

– Jak to? – spytał.

– Chcę być nauczycielką. Będę uczyła dzieci, tu, w Brwinowie…

– Jak to? – powtórzył.

Ania usiadła. Była niedziela. Spotkali się od razu po mszy świętej. Powiedziała Broni, że biegnie do swoich koleżanek z dawnej szkoły, żeby poplotkować, w końcu tylko ona jedna, nie licząc Mani, do szkół poszła, do Warszawy, i miała mniej czasu na pielęgnowanie dawnych przyjaźni. Zwłaszcza zażyłości z Julką Skarżanką było jej szkoda. Julka zapraszała ją do siebie tyle razy, powołując się na dawne czasy, a Ania obiecywała, że ją na pewno odwiedzi, będą wspominały i oglądały stare zdjęcia, ale jak przychodziło co do czego, to biegła z Pawłem na łąkę, do lasu, nad ich magiczne jeziorko i zapominała o bożym świecie. Dziś mieli na sobie odświętne ubrania, Ania sukienkę w kropki i wstążkę na czerwonych włosach, którą zdjęła, żeby położyć na głowie upleciony przez Pawła wianek.

– Kiedy skończę szkołę – powtórzyła – pójdę do Państwowego Instytutu Nauczycielskiego. Już rozmawiałam z naszą panią dyrektor i ona mi to doradziła…

– A ja ? – Paweł zerwał się na równe nogi. – A ja zabawką dla ciebie jestem?! Czy może i mnie zechcesz uczyć?!

– Co też ty mówisz? – Ania zrzuciła z głowy wianek i wpatrzyła się w rozjuszonego Pawła zdumionymi oczami. – Jaką zabawką? Wiesz przecież, kim dla mnie jesteś…

Spojrzała prosząco.

– Mieliśmy się pobrać, kiedy ty te szkoły swoje skończysz – przypomniał jej. – Mieliśmy wreszcie być razem!

Wzięła go za rękę i zajrzała głęboko w oczy.

– No właśnie… Pobierzemy się, gdy szkoły pokończę. Wrócę wtedy na stałe do Brwinowa i będę dzieci uczyła. Kto wie, może nawet już gimnazjum tu będzie.

– Nie tak miało być! – Przerwał jej i wyrwał rękę. – Ty o mnie wcale nie myślisz!

Przekonywała go długo, że wcale nie jest tak, jak on mówi. Jest dla niej najdroższy ze wszystkich, ukochany, jedyny. On słuchał tych zapewnień skulony, z głową przyciśniętą do jej brzucha, a ona obejmowała go i głaskała po czarnych włosach.

– Przecież nikomu o nas nie powiedziałam, tak jak chciałeś… – mówiła.

– A juści… – Popatrzył na nią z wyrzutem. – Powiedziałem „nie mów", ale myślałem, że ty się sprzeciwisz, powiesz, że czas…

– To powiedzmy o nas. – Zgodziła się szybko. – Ja powiem babci, chcesz?

– Chcę, żebyś była moja… – Złapał ją mocno za ręce, aż chrupnęły jej delikatne kostki, a Ania syknęła.

– Boli… Jestem przecie twoja…

– Kiedy ty jesteś na tych swoich naukach, to ja nie śpię w nocy, wiesz? – Gwałtownie postawił ją na nogi. – Tylko myślę, że jestem inny, głupszy i niegodny…

– To nieprawda… – zaprzeczyła.

– Juści, nieprawda… Przecież ja młynarzem zostanę. Do śmierci ojca tylko u niego pracował będę… Ja już myślałem, żeby własny młyn założyć, żebyś miała przy mnie dobrze. Żebyś się mnie nie wstydziła.

Stała oniemiała na łące i patrzyła na tę ukochaną twarz, która w złości była wykrzywiona i zupełnie obca.

– Wiem, że będziesz młynarzem – powiedziała spokojnie. – A ja nauczycielką. Co ma jedno do drugiego? Będziesz dawał ludziom mąkę na chleb, a ja naukę… To jakby to samo…

– Czekałem, że się skończy ta twoja pensja i wrócisz do mnie! Czekałem tyle lat! Ten twój… wujcio… To jego wina!

Próbowała go uspokoić. Trzymała za ręce, głaskała po twarzy i przyciskała wargi do jego warg. Wyrywał się i krzyczał, aż echo dudniło po lesie.

– Przecież wujek Lilpop nie jest niczemu winien. Ja nawet ostatnio do niego nie przychodzę, bo przecież ty się gniewasz.

– A myślisz, że to miło patrzeć, jak ty wszystko zawdzięczasz temu staruchowi? – wysyczał.

Ania odsunęła się.

– Nie mów tak o nim – poprosiła. – To dobry człowiek, najlepszy na świecie. A dla naszej rodziny dobroczyńca.

Zaśmiał się gorzko.

– Książki pożyczał, do gimnazjum posłał. Jeszcze męża ci znajdzie, zobaczysz. A mnie psami by poszczuł, gdyby tylko wiedział…

Złe słowa, nienawidziła tego. Zerwała się z tamtej łąki i pobiegła prosto do domu, do babci. Próżno Paweł krzyczał za nią, żeby została, że przeprasza. Tylko tak strasznie kocha, że już wytrzymać nie może. Uciekła.

Pamiętała tamtą rozmowę, jakby to było dziś. Nosiła ją w sercu i pielęgnowała jak relikwię. Pan Stanisław poprosił do siebie wyjątkowo nie samą Anię, ale także jej siostrę i ojca. Dziewczynki ze Stanisławem i Bronią usiadły onieśmielone w salonie i popijały czekoladę. Pan Lilpop uroczyście wstał.

– Poprosiłem tu państwa, ponieważ… – zaczął. – …Ponieważ dziewczynki kończą szkołę powszechną, naszą brwinowską… i chciałbym zapytać, co państwo… co pan planuje w zakresie ich dalszej edukacji.

Stanisław pochylił głowę i odstawił nieco za głośno filiżankę z herbatą. Trochę rdzawego płynu wylało się na porcelanowy spodeczek.

– Raczej chłopcy się uczą w dzisiejszym świecie… – powiedział cicho. – Fachu się uczą… Mój najstarszy będzie zdunem jak mój ojciec, a młodszy stolarzem jak ja…

– A panienki? – spytał Lilpop.

– Proszę pana, my nie myśleliśmy… Może o szkole krawieckiej… – wybąkała Bronia.

– Czy państwo się zgodzą, żeby dziewczynki kontynuowały naukę w Żeńskim Gimnazjum i Liceum im. Cecylii Plater-Zyberkówny? – zapytał Lilpop.

Odpowiedziało mu milczenie Stanisława i Broni, zdumione spojrzenie Mani i pełne nadziei Ani.

– Chciałbym państwa przekonać, że to bardzo dobra szkoła. Osobiście znałem Cecylię, świeć panie nad jej duszą… Cecylia stworzyła szkołę dla dziewcząt uzdolnionych, ale z otwartymi umysłami. Chciała, żeby w dzisiejszym świecie kobieta miała możliwości pobierania nauki, podobne do tych, jakie oferujemy mężczyznom…

– Ale… – zaczął Stanisław.

– Szanowny panie Stanisławie, mój imienniku… – przerwał mu Lilpop, zanim ten zdołał powiedzieć cokolwiek. – Ja rozumiem, że w grę wchodzą tu uwarunkowania finansowe państwa… Wojna na pewno położyła się cieniem na państwa budżecie…

Bronia siedziała nieruchomo, wpatrując się w gestykulujące ręce swojego pracodawcy, zastanawiając się, jak mu powiedzieć, że już wprawdzie nie przymierają głodem, a Stanisław ma tyle pracy, że żyją jak ludzie i jeszcze ten drugi konfesjonał dla kościoła dokończył i zaoferował. Mimo wszystko jednak nie mogą posłać dziewczynek do Warszawy na prywatne nauki.

– Chciałbym sfinansować edukację państwa córek – zakończył swoje wywody Lilpop.

– To znaczy…? – zapytał nieśmiało Stanisław, który nie rozumiał za bardzo, co tu robi i czego ten bogacz od niego chce.

– Zapłacę za naukę Anny i Marii w gimnazjum i liceum na Pięknej.

Ania klasnęła w ręce i rzuciła się Lilpopowi na szyję. Mania wymamrotała podziękowania, nie bardzo zdając sobie sprawę z tego, w jakim stopniu jej życie się zmieni. Stanisław i Bronia milczeli.

– Chciałbym też zaznaczyć, że to katolicka szkoła. Dziewczynki będą wychowywane w duchu poszanowania tradycji, patriotyzmu… Szczególny nacisk Cecylia, a teraz i Jadwiga Reuttowa kładą na katolickie wychowanie, ale też naukę historii, filozofii, literatury… – przekonywał Lilpop, coraz bardziej niepewnie patrząc na Stanisława i Bronię.

– Ale my nie możemy przyjąć… – powiedział Stanisław słabo. – Chyba że jako pożyczkę…

– Ależ możecie, zapewniam państwa… – Machnął ręką Stanisław Lilpop, dowiadując się z ulgą, że opór dotyczy jedynie pieniędzy, a nie edukacji jako takiej. – Córka moja już wykształcona, innych dzieci nie mam. Ziemię rozdaję, bo kocham to miasto, no i do grobu nie zabiorę… A panna Ania to mój najlepszy poniekąd, echem… przyjaciel…

Ania spojrzała na wujcia ufnie, a on oddał jej to spojrzenie z nadzieją, że ojciec jej zgodzi się na to, żeby przez kilka kolejnych lat mieszkała w Warszawie, z dala od domu i pobierała nauki, których ani jej ojciec, ani babka, ani dziadek rozumem nie ogarniali. Naturalnie Lilpop myślał tylko o edukacji Ani. Drugiej bliźniaczki nie znał, widział ją kilka razy i zawsze zdumiewało go to, jak bardzo dziewczynki się od siebie różnią. Wiedział jednak, że nie może jednej odsunąć od drugiej, dlatego jego propozycja dotyczyła obu dziewczynek.

– No to naleweczkę... – powiedział z ulgą, kiedy Bronia podeszła i pocałowała go w rękę, a Stanisław pokłonił się nisko, mamrocząc, że bardzo chciałby się odwdzięczyć.

Wypili nalewkę, omówili wszystko, a Ania i Mania dostały od Lilpopa na nową drogę życia komplet ołówków i kredek z Pruszkowa. Tak na początek edukacji.

Zaczęły się uczyć na Pięknej. Przez całe gimnazjum mieszkały w internacie, wracając do domu tylko na święta i wakacje. W szkole było wspaniale. Mieszkały wszystkie razem w małych pokojach, po dwie, trzy. Siostry Winne z Kasią Gołębianką, która po wojnie została prokuratorem generalnym i wysyłała ludzi na śmierć. W szkole Kasia była nieśmiałą, miłą dziewczynką z warkoczykami, która śmiała się ze wszystkiego, potrząsając poplamionymi atramentem palcami, dopiero później wylazło z niej coś złego, pewno pod wpływem męża, bo kogo innego.

– No jak to, wy jesteście bliźniaczki, a nie urodziłyście się tego samego dnia? – Nie mogła zrozumieć.

– No tak to – opowiadała jej Mania. – Najpierw urodziłam się ja, a potem mama nie mogła Ani urodzić i to długo trwało. Minął kolejny dzień i dopiero Ania przyszła na świat.

– A dlaczego jesteście takie podobne i niepodobne do siebie? – pytała Tereska Domaniewska, przyglądając się im uważnie.

– Jesteśmy podobne – oburzała się Ania.

– Nie jesteśmy niepodobne – wtórowała jej Mania. – Mamy tylko inne włosy. Ania ma proste, a ja loki... I trochę więcej piegów...

– Nie... – Ludwika Pacholska, która chciała zostać aktorką i kazała nazywać się Luizą, kręciła głową. – Jesteście całkiem inne. Ania jest taka... w sobie, a ty Maniu... do ludzi...

Ania spuszczała głowę i po raz tysięczny postanawiała sobie, że będzie bardziej przyjazna, mniej zajęta nauką i książkami i tak samo jak Mania popularna.

– Ania zawsze była... delikatniejsza... – Siostra pocałowała ją w głowę.

Zgromadzone przy łóżkach dziewczynki westchnęły.

– Moja siostra umarła zaraz potem, jak się urodziła – wydusiła z siebie Krysia Zembrzuska. – Ale mam jeszcze dwóch braciszków i malutką siostrzyczkę Danusię.

– Ania też miała umrzeć – skwapliwie dodała Mania. – Babcia ją w wełnie trzymała… I puchem gęsim przykrywała.

„Pewnie dlatego taka biała jestem", zaśmiała się w duchu Ania, „przez te wełnę i gęsi puch. A Mania nie potrzebowała niczego do przeżycia, tylko jadła od małego indycze jaja, stąd piegi i mocna sylwetka".

– Czego ty się, siostra, tak śmiejesz, co? – Zaniepokoiła się Mania.

– Nic, nic… – Ania objęła ją, pocałowała, a potem zasłoniła się szczelnie kołdrą. – Ja idę spać…

Inne dziewczynki także przyjęły je bardzo życzliwie. Było ich dwanaście w klasie. Wszystkie z dobrych domów i znakomitych rodzin, a jednak skromne, niewypominające im pochodzenia. Przez lata nauki bliźniaczki nie doświadczyły żadnych przykrości z tytułu tego, że były biedniejsze. Pan Stanisław płacił nie tylko czesne, lecz także założył specjalny fundusz dla sióstr Winnych, którym pani dyrektor mogła swobodnie dysponować. Z tych pieniędzy opłacane były szkolne wycieczki, książki, a nawet szyte na miarę mundurki. Ania i Mania wyglądały zatem jak inne Platerki.

Dziewczynki uczyły się z zapałem, chłonąc wiedzę jak gąbki. Z tym że Mania potrzebowała, żeby jej pomagać od czasu do czasu w matematyce i filozofii, a Ania nie wymagała żadnej pomocy ani nawet zachęty, ponieważ uczyła się wspaniale i była najczęściej chwaloną dziewczynką w klasie.

– Wspaniale! – Zachwycał się historyk, kiedy odpowiadała Ania.

– Bardzo dobrze – mówił, kiedy do odpowiedzi stawała Mania, czy inne dziewczynki.

Bliźniaczkom rosły skrzydła i uczyły się jeszcze więcej, starannie dobierając lektury z potężnej biblioteki, którą pani hrabina zaczęła tworzyć, a obecna pani dyrektor Reutt rozbudowywała.

Czas spędzony na pensji u hrabiny Plater dla Ani był najszczęśliwszym okresem w życiu. Tęskniła wprawdzie za domem, za babcią szczególnie, trochę za ojcem, bardziej za wujkiem Lilpopem, ale to, co działo się w szkole i po szkole, było nieznane, wspaniałe oraz otwierało wielkie możliwości. Najbardziej lubiła geografię. Zanim przyszła do szkoły, wielki świat znała jedynie ze zdjęć wujcia i opowieści dziadzia, któremu kojarzył się z wojną i poniewierką.

Aleksander Janowski, profesor geografii pokazywał mapy i zdjęcia, na których były góry, morza, piękne budowle i dzika przyroda. Opowiadał z pasją nauczyciela akademickiego, jak wspaniałe rzeczy może stworzyć natura i jak ludzki, nieograniczony wojnami umysł również wznosi się na wyżyny wyobraźni.

– Kto mi powie, co to jest? – spytał któregoś dnia, pokazując zdjęcie stożkowatych budowli na piasku.

– Piramidy egipskie – wykrzyknęły uczennice chórem.

– Świetnie. – Pokiwał głową. – Egipt… Porozmawiamy dziś o Egipcie.

Kiedy zaczął pełną pasji opowieść o kolebce cywilizacji, Ania zdała sobie sprawę, że ta sama Afryka, w której można było spotkać gołych Murzynów z dzidami, skrywa także ubranych od stóp do głów ludzi mieszkających wśród tak pięknych budowli, jak piramidy, Sfinks czy królewskie grobowce w dolinie rzeki Nil. Pomyślała, że na całym świecie jest tak samo. Ludzie mieszkający na jednym kontynencie, nawet w jednym kraju, różnią się między sobą wszystkim, często nawet sprawami fundamentalnymi, jak język czy religia. Była tego ciekawa. Chciała zrozumieć, jak to jest i dlaczego brat powstaje przeciwko bratu, mówiąc, że tamtego Bóg jest gorszy, czy język szpetniejszy. Dlaczego kraj poetów, Niemcy, który wydał na świat takich artystów słowa, jak Goethe, Schiller, uzurpował sobie prawo do najeżdżania na ziemie innych, łupienia ich dobytku oraz zabijania ludzi? Odpowiedzi na te pytania chciała poznać w szkole, więc zadawała mnóstwo pytań nauczycielom i spędzała długie godziny w bibliotece.

Najprzyjemniejsze były sobotnie popołudnia, kiedy pod opieką wychowawczyni, pani Kazimiery Tarkowskiej, dziewczynki szły do kina, teatru, czy do kawiarni. Najbardziej lubiła kino Majestic, przy Nowym Świecie, gdzie były duże, miękkie, wykładane czerwonym pluszem fotele, a młody, przystojny człowiek grał na pianinie przed każdym seansem. Tam płakała na filmie *Trędowata*, wpadła nawet w spazmy, kiedy Bolesław Mierzejewski do grobu składał Jadwigę Smosarską. Śmiała się też się na komedii *Każdemu wolno kochać*. Nie wiedziała, że Mira Zimińska, która grała Lodzię, na długo zwiąże swoje losy z sąsiedzkimi Otrębusami, a Dodek Dymsza będzie jedną z największych polskich gwiazd. Kino było magią, światem niezwykłym, w którym mogłaby i chciała żyć. Kiedy wychodziła z sali kinowej, bohaterowie opuszczali lokum wraz z nią, a potem siedzieli jej w głowie całymi tygodniami.

– Czemu ty płaczesz? –Któregoś dnia Mania przestraszyła się nie na żarty, kiedy znalazła po południu Anię w łóżku wylewającą potoki łez.

– A bo mnie tak żal, tak żal… – chlipała.

– Czego tobie żal? – Mania usiadła na kołdrze i dotknęła czoła siostry. – Jaka rozpalona… Zaraz tobie okłady jakieś porobię, może lekarza trzeba…

– Stefci Rudeckiej mi żal… Nie trzeba lekarza…

Mania załamała ręce.

– A któż to jest, kochana?

– No „Trędowata" przecież… – i pokazała siostrze powieść Mniszkówny, którą teraz czytała już po obejrzeniu filmu, po czym tak się zdenerwowała, że ją wychowawczyni osobiście z lekcji zwolniła i kazała iść odpocząć.

– Proszę cię, uspokój się – zarządziła Mania, odetchnąwszy z ulgą, że to nie jakaś tropikalna zaraza, czy inny czort. Mania, owszem, współczuła biednej Stefci, ale raczej tego, że Ordynata Michorowskiego w końcu nie poślubiła i sprzed nosa uciekło jej światowe i dostatnie życie. – Ja ci zaraz jakichś ziółek każę zaparzyć. Może zupki byś zjadła?

– Nie będę niczego jadła. – Ania chlipała w objęciach siostry.

– Na obiad nie przyszłaś... A tam takie pyszne roladki były... Aż nam się uszy trzęsły, jakeśmy zajadały. I zupa, jakaś taka francuska... Też by ci smakowała. Zaraz kucharcię poproszę, to ci przygrzeje.

W końcu pomogła Ani się umyć, uczesała piękne czerwone włosy, po raz tysięczny zazdroszcząc, że spływają ciężką falą, a nie kręcą się i puszą jak u niej i siłą zmusiła siostrę do pójścia do kuchni i przełknięcia talerza zupy.

Ania długo nie myślała o Pawle. Zapomniała, że on istnieje. Ponownie spotkała go, kiedy już uczyła się w liceum i przyjeżdżała razem z Manią na niedzielę do domu. Był w kościele razem ze swoimi rodzicami i małą siostrzyczką. Kiedy wychodzili, ukłonił się grzecznie i podszedł do bliźniaczek.

– Uszanowanie koleżankom... – Uśmiechnął się.

Ania zrobiła się blada, a Mania czerwona. Obie nic nie powiedziały.

– Paweł Bartosiewicz, kolega ze szkoły, syn młynarza – przedstawił się Broni.

Stanisław, jak zwykle małomówny, przeprosił zebranych, gdyż musiał jakieś ostateczne kwestie z proboszczem omawiać dotyczące chyba konfesjonału, który skończył, ale ciągle coś poprawiał i ozdabiał.

– Młodzieży – przemówiła Bronia. – Jest jarmark. Dobrze się składa, żeście tu pana Pawła spotkały. Idźcie sobie na spacer i watę cukrową kupcie, a ja do domu pójdę, obiad uszykuję...

I wcisnąwszy im w ręce po kilka złotych, pomaszerowała do domu, gdzie już rosło ciasto na pyzy.

– Ja zapraszam – Uśmiechnął się Paweł. – Tylko powiedzcie, panienki, co byście chciały, watę cukrową czy lody.

Tak to się zaczęło. Paweł kupił im po wacie cukrowej i lodach, a one jemu i sobie lemoniadę. Szli i śmieli się z tego, jak w szkole nazywał je wiewiórkami.

– Ja płakałam – wyznała Mania.

– Stokrotnie przepraszam – powiedział Paweł do Ani.

– Co robisz teraz? – spytała cicho Ania.

– Ojcu pomagam we młynie. – Podniósł na nią niebieskie oczy. – Trochę się siostrą zajmuję, żeby macosze było lżej... Ona się najmuje do ludzi i często małą Tereskę ze mną zostawia... Lubię dzieci – dodał i uśmiechnął się, jakby wyznał coś wstydliwego.

– Pewnie ci ciężko? – Ania nie ustępowała.

– Skąd… – roześmiał się. – Mam dwie nogi, ręce… Wiatr wciąż wieje i jest niczyj, więc myślę sobie, że jest mój. Młyn napędza woda… A ja… cóż…

– Z ciebie prawdziwy poeta, prawda Aniu? – Mania uważnie przyjrzała się Pawłowi.

– Nauk nie mam. – Wyrzucił patyk po lodach. – Ale dojdę jeszcze do wielkich rzeczy. Zobaczycie.

Mania oddała mu serce tego samego dnia i pisała mnóstwo wierszy do sztambucha, które opisywała „dla Pawła" i okładała suszonymi kwiatami. Ani miłość była cicha i niepozorna, ale bardzo głęboka. Nie miała pamiętnika, nie pisała wierszy i zwierzyć się też nie miała komu, zwłaszcza że przeczuwała nadchodzącą katastrofę i bała się śmiertelnie, tego, co miało wkrótce nastąpić.

Z chwilą, kiedy Ania stała się kobietą, dar jasnowidzenia ustąpił na tyle, że nie stanowił już przekleństwa. Nadal umiała znaleźć zaginione rzeczy i określić, czy ma do czynienia z dobrym, czy złym człowiekiem, ale nie potrafiła już dokładnie przewidywać wydarzeń, które miały dopiero nastąpić. Prawdę mówiąc, odetchnęła z ulgą. Jasnowidzenie było brzemieniem, którego jako dziecko nie umiała dźwigać. Mogła sobie pozwolić, z typową dla wieku trzpiotowatością, żeby znajdować zaginione pieniądze czy przepowiadać powrót bliskich z zawieruchy wojennej. Kiedy się sprawdzało coś, co powiedziała, kładziono to na karb szczęścia, przypadku, wreszcie religijności rodziny Winnych. Gdyby teraz z rozmysłem powiedziała, że nauczyciel od polskiego zginie zagazowany przez Niemców, a biolożka będzie zamęczona w obozie dla kobiet w Ravensbrűck, wzięto by ją za wysłanniczkę diabła i odsunięto od towarzystwa.

Tamtej listopadowej środy źle się czuła. Bolała ją głowa i po raz pierwszy, odkąd poszła do szkoły, nie mogła napisać wypracowania zadanego przez polonistę, ponieważ myśli skakały jej w głowie bezładnie, zdania uciekały, a znaki przestankowe stawały nie tam, gdzie trzeba.

– Jestem chora. – Podeszła do ukochanego nauczyciela geografii. – Proszę o zwolnienie z lekcji.

Nauczyciel posłał ją do pielęgniarki, która kazała jej włożyć termometr pod język, potem pokazać gardło.

– Przeziębiłaś się, moje dziecko, chociaż gorączki nie masz – zawyrokowała. – Zaraz poproszę kucharcię, to da ci herbaty z miodem. Teraz połóż się do łóżka. Ja mówiłam pani Reuttowej, że do czego to doszło, kiedy z tej kawiarni całkiem mokre wróciłyście wszystkie.

Ania posłusznie poszła do stołówki, wypiła herbatę z miodem, od której zachciało jej się wymiotować i poszła się położyć. Głowa bolała ją coraz bardziej. Zasnęła.

Śniła jej się mama, która krzyczała coś i wyciągała do Ani ręce. Mama była taka jak na fotografii ślubnej z tatą, tylko strasznie smutna. Stała boso w wodzie, w tym samym jeziorku, do którego Ania wchodziła z Pawłem, i patrzyła na córkę z rozpaczą. Ania zbudziła się gwałtownie.

– To pewnie przez marengi z kremem, które jadłyśmy u Bliklego… – mruknęła do siebie. – Nauczka, żeby nie być łakomą…

Smakowały jej bardzo. Uwielbiała chodzić z dziewczętami do Bliklego i zamawiać ciastka. W sobotę, wstyd się przyznać, z tego powodu nie pojechała do domu. Wybrała kawiarnię i film pod tytułem *Mocny człowiek* pokazujący kolejne etapy moralnego upadku artysty. Film dla większości dziewcząt był zbyt trudny, ale Ania oglądała go z wypiekami na twarzy, mając nadzieję, że książkę pana Przybyszewskiego, na podstawie której nakręcono to arcydzieło, będzie mogła w szkolnej bibliotece pożyczyć i przeczytać.

W niedzielę też nie pojechała. Coś ją odciągało od Brwinowa. Tłumaczyła sobie, że smutno jej słuchać wymówek Pawła, który coraz bardziej nalegał, żeby zrezygnowała z nauki i wyszła za niego za mąż. W dodatku po zakończeniu wakacji, kiedy nastały chłody, w lesie nie było już tak przyjemnie, jak kiedyś. Do jej domu rodzinnego Paweł nie chciał przyjść, a z kolei ona czułaby się dziwnie u niego, gdzie nikt prawdopodobnie nie wiedział o łączącej ich więzi. Paweł pewnie czekał na nią w piątek na stacji kolejki, ale się nie doczekał, kto wie, co sobie pomyślał, tłukło jej się w obolałej głowie.

– Źle zrobiłam, że nie pojechałam… – powiedziała do siebie. – Wujcia tak dawno nie odwiedzałam, babci mogłabym pomóc w domu, bo ręce ją bolą… A ja do kawiarni poszłam… I do kina. Nic dziwnego, że się rozchorowałam. Teraz to kara od Pana Boga za samolubstwo.

Znów zasnęła. Tym razem śnił jej się ojciec płaczący nad czyimś grobem. Chciała zobaczyć mogiłę. Podeszła, przekonana, że to u stóp grobu mamy klęczy ojciec, ale z napisu wynikało, że obejmuje rękoma grób cioci Władzi. „Tato", próbowała go podnieść i skierować na właściwe miejsce, do ich matki, ale z jej gardła wydobywało się jedynie charczenie, a ojciec jej nie słyszał. Znów sceneria się zmieniła. Teraz była w kościele, ale nie brwinowskim, tylko jakimś innym, bardzo wysokim i strzelistym. Było tam mnóstwo ludzi i grały organy. Ławki były odświętnie udekorowane kwiatami, a ołtarz tonął w białych kokardach i wymyślnych falbanach. „Chyba ślub", pomyślała, widząc roześmiane twarze gości. W tłumie, w pierwszym rzędzie, dostrzegła Bronię, roześmianą i wzruszoną w granatowym, pięknym kostiumie, z kameą przypięta do białej bluzki, a obok niej Antoniego w nowym, odświętnym garniturze. Przy ołtarzu stał kuzyn Ignacy, już wyświęcony, w uroczystych szatach weselnych. Poszukała wzrokiem Mani, ale nigdzie jej nie dostrzegła. „Pewnie jest na chórze i będzie śpiewała", pomyślała, wspominając anielski głos siostry uświetniający prymicję kuzyna Ignasia. Zastanawiała się, gdzie ojciec, ale jego też nigdzie nie było. Zagrały organy. Z najwyższym trudem zrobiła parę kroków, żeby znaleźć się na brzegu ławki i móc dostrzec, kto idzie do ślubu. Skamieniała, kiedy zobaczyła Manię i Pawła, szczęśliwych jak nigdy. Obok Mani po jednej stronie szedł jej ojciec, z drugiej wujcio Lilpop we fraku z kwiatami w butonierce, patrzący z podziwem na piękną Manię w królewskiej białej sukni. Cały frak miał wybrudzony czymś czerwonym, ale wydawał się nie widzieć tego, tylko szedł w stronę ołtarza z uśmiechem na poczciwym obliczu.

– Nieeee! – wyrwało jej się z gardła i obudziła się. Dygotała na całym ciele.

– Co się stało, kochana? – spytała Kasia Gołębianka, która wróciła do pokoju wcześniej, ponieważ z powodu przeziębienia nie uczestniczyła w lekcji gimnastyki. – Czy ty jesteś chora?

– Nie wiem, co mi jest… – wymamrotała Ania.

Głowa pękała jej z bólu, a serce waliło jak oszalałe. W głowie pędziły obrazy, ojciec nad grobem cioci, nie mamy, Mania biorąca ślub z jej ukochanym, wujcio Lilpop w odświętnym fraku wybrudzonym krwią i wreszcie mama w jeziorze, najwyraźniej prosząca ją o coś.

– Muszę jechać do domu – postanowiła i spróbowała wstać, ale osunęła się na podłogę.

– Jezu przenajświętszy. – Kasia co i raz wzywała imienia Pana Boga, którego za kilkanaście lat miała się wyprzeć na rzecz innego bóstwa – Stalina.

– Muszę do domu. – Postanowiła Ania. – Muszę do domu…

Sprawa oparła się nie tylko o pielęgniarkę, ale też wychowawczynię, a nawet panią dyrektor, która nie wiedząc, co robić z zawodzącą i opowiadającą głupstwa uczennicą, wezwała lekarza. Przyszedł doktor i wyprosił z pokoju wszystkie uczennice, a kiedy zapłakana Ania została sama, spytał, co się stało.

– Po prostu muszę do domu – powiedziała, bez specjalnej nadziei, że doktor zrozumie.

– Dziecko… – Lekarz podkręcił sumiastego wąsa. – Jesteś za słaba, żeby pojechać do domu. – Może zawiadomić kogoś z rodziny, żeby do ciebie przyjechał?

– Kiedy ja muszę… Tak bardzo pana proszę, panie doktorze…

– Ale dlaczego?

Nie wiedziała. Czuła tylko, że musi znaleźć się w Brwinowie natychmiast i pobiec do domu, do babci i dziadzia, ojca, który jest samotny i nieszczęśliwy, a potem do pana Stanisława, którego nie odwiedziła już miesiąc i który miał jakieś kłopoty. Musi ich wszystkich zobaczyć, że są cali i zdrowi, dopiero wtedy się uspokoi.

– Nie możesz nigdzie jechać – zawyrokował doktor, odkładając słuchawkę i każąc Ani się ubrać. – Szmery w sercu i płucach, prawdopodobnie rozwija się choroba. Musisz wypoczywać. Poza tym jeść dużo i zdrowo, najlepiej rosół i mięso.

Zatroskana przełożona i wychowawczyni Ani stanęły w drzwiach.

– Uczennica musi leżeć i dobrze się odżywiać – powiedział elegancki pan doktor. – W przeciwnym wypadku dostanie zapalenia płuc. Proszę wzmacniać organizm specjalną dietą.

Ania nie słuchała, o czym mówili. Znów zasnęła, tym razem śniąc o łące, na której tańczyła z Pawłem.

Dziwna choroba trwała w sumie cztery dni. Kazali jej leżeć, karmili rosołami i nie dawali czytać żadnych książek. Leżała więc i rozmyślała. Po czterech dniach spróbowała wstać i przejść kilka kroków. Nogi miała jak z waty, w głowie mimo mięsa i rosołów wirowała jej karuzela. Do pokoju zajrzała Mania.

– Czemu ty wstałaś? – spytała. – Powinnaś odpoczywać, doktor kazał…

– Nie chcę już leżeć i spać… – Ania odezwała się znużonym głosem. – To leżenie wyciąga ze mnie siły. Chcę wrócić do szkoły i uczyć się znów. Chcę pojechać do domu.

– Pojedziemy dopiero na święta – zadecydowała Mania. – Za miesiąc. Teraz jesteś jeszcze za słaba.

– Ale oni tam w domu będą się okropnie o nas martwili – zaprotestowała słabo. – Ty, Maniu, nie jeździsz zbyt często, ale ja…

– Tak, wiem. – Mania pokiwała głową. – Z nas dwóch to ty jesteś dobrą siostrą, a ja zajmuję się sobą…

– Babci trzeba pomóc – nie ustępowała.

– Gdzie tam w takim stanie babci pomożesz… – tłumaczyła siostra. – Sama ledwo chodzisz. Jak cię babcia zobaczy, to się przestraszy i tyle tego będzie. Tej twojej pomocy.

– Ale… – Opadła z powrotem na poduszki. – Ale ja muszę…

– I rozmawiaj tu z taką. – Zdenerwowała się Mania i poszła po pielęgniarkę, która zapakowała z powrotem dziewczynę do łóżka i przyniosła kolejną porcję rosołu, na widok którego Ania miała ochotę zwymiotować.

Po kolejnym tygodniu Ania postanowiła zainterweniować u samej przełożonej, żeby chociaż na lekcje pozwoliła jej wrócić, skoro nie może do domu pojechać. Zapukała cicho do gabinetu, a usłyszawszy „Proszę", weszła do środka.

– Aniu, dziecko. – Jadwiga Reuttowa ze strachem spojrzała na najlepszą i zarazem ulubioną uczennicę. – Czemu ty wstałaś?

– Bo ja, proszę pani, już dobrze się czuję, wyzdrowiałam i chcę do klasy wrócić…

Dyrektorka westchnęła.

– Dobrze. – Pokiwała głową. – Wezwę pana doktora. On cię zbada i zdecydujemy.

Ania popatrzyła z rezygnacją na postawną Reuttową i ośmieliła się zapytać:

– Kiedy będę mogła do domu pojechać?

– Niech doktor o tym zdecyduje… – Dyrektorka wyraźnie szukała czegoś w papierach, które miała rozłożone na biurku. – Dla mnie jeszcze zbyt słaba jesteś… Może na święta.

– Czy pani… pani dyrektor może mi powiedzieć, czy tam u nas… wszyscy zdrowi? – wyszeptała Ania.

Reuttowa upuściła przycisk do papieru i gwałtownie pochyliła głowę.

– Kto? – spytała Ania. – Kto?!

– Pan Stanisław Lilpop… Twój dobroczyńca… Odebrał sobie życie piątego listopada… Świeć Panie nad jego duszą i niech Bóg się nad nim ulituje…

Ania zobaczyła jeszcze, jak potężna łza spływa z policzka dyrektorki i rozpuszcza atrament na piśmie, który ta miała przed sobą.

– *Napij się czekolady* – przekonywał wujcio. – *Kazałem posłodzić, ale nauczę cię pić gorzką, taka najlepsza…*

– *Widzisz, widzisz* – mówił smutnym tonem. – *Houdini nie żyje, ale to nic. Ja cię i tak do Ameryki zabiorę i wtedy zobaczysz wysokie domy, samochody… Popłyniemy statkiem… Takim ogromnym jak mój ogród…*

– *Zobacz.* – Pokazywał pocztówki, na których były samochody. – *Niedługo i ja sprowadzę taki dla siebie, a wtedy pojedziemy na wycieczkę. Takim automobilem jedzie się szybciej jak na koniu, wiesz?*

– *Jadę teraz do Nałęczowa, do wód.* – Pokazywał na mapie. – *Muszę odpocząć. Dużo przeżyć, wiesz? Nadszarpnęły moje zdrowie, ale wrócę wypoczęty i pójdziemy na lody. Kazałem cukiernię otworzyć…*

– *Jakie tam wy filmy oglądacie* – śmiał się do rozpuku. – *Tylko polskie… Sprowadzę kinematograf i filmy z Hollywood. Wtedy obejrzymy sobie we dwoje prawdziwe kino.*

– *Zobacz…* – Stał przy bibliotece. – *Kazałem sprowadzić nowe książki. – Nie mam czasu czytać, no i córka zasypuje mnie twórczością mojego zięcia, ale może ty coś wybierzesz? Chcesz zięcia mojego czytać? Te jego okropne opowiadania? A proszę cię bardzo, dziecinko… Powiedz mi tylko, kiedy już przeczytasz, że są okropne. O to jedno cię proszę…*

– *Twoja babcia bardzo się stara, ale niedomaga…* – mówił cicho. – *Nie chcę jej urazić, ale zakazałem, żeby męczyła się i sprzątała. – Ma tylko w kuchni pomagać, właściwie kształcić młodych…*

– *Nie masz ty jakiego kawalera?* – Mrużył jedno oko. – *Taka piękność, jak ty… Nie chciałbym, żebyś poszła za jakiegoś wiejskiego chłopka. Żaden tu nie dla ciebie… Mam jednego kuzyna, który w Warszawie mieszka. Nie jesteśmy zbyt blisko, ale powinnaś go poznać. Trochę zubożał, ale przystojny i lubi czytać, jak ty... Może przypadniecie sobie do serca... A i pieniędzy tak mało znów nie ma...*

Przed jego grobem pokłoniła się dopiero przed świętami, kiedy wreszcie po ponad miesiącu gorączki pozwolono jej przyjechać do domu. Babcia z nią poszła na grób, chociaż Ania prosiła, żeby ją samą z wujciem zostawić.

– Zostawię cię – mówiła Bronia. – Tyle że ja sama też chcę mu się pokłonić, bo takiego drugiego dobrego człowieka ze świecą szukać. Odprowadzę cię dziecko, świecę zapalę, a potem pójdę do mamy twojej i Władzi. A ty zostań sama jak długo chcesz...

Poszły we dwie, bo Mania wykręciła się jak zwykle i poleciała do koleżanek.

– Cóż się dziwić, Aniu, za życia prawie go nie znała, to i po śmierci nie ma z nim o czym przy grobie rozmawiać – powiedziała Bronia.

– Babcia była na pogrzebie? – spytała Ania.

– Pewnie, że byłam. Tyle ludzi przyszło. Z Brwinowa, Podkowy i chyba z Warszawy... Ja tam u niego w domu przecież pomagałam, przy poczęstunku. Pani Anna mnie prosiła, żebym na stypę zrobiła to, co lubił najbardziej...

Otarła łzę.

– Pani Anna pytała o ciebie, ale powiedziałam jej, że jesteś chora. Pani Reuttowa wysłała telegram. Modliłam się za ciebie.

– Pani Anna pytała o mnie? – zdumiała się Ania.

– Pani Reuttowa powiedziała jej, że ty nic nie wiesz i jesteś bardzo chora... I nie przyjedziesz na pogrzeb. A pani Anna mnie i twojemu ojcu...

Głos jej się załamał. Ania milczała.

– Pan Stanisław tobie w banku jakieś pieniądze zostawił, żebyś się dalej uczyła i nauczycielką została, jak chciałaś. I jeszcze na podróż... do Hameryki, czy jakoś tak...

– Dlaczego, wujciu? – spytała, kiedy została sama przy jego grobie. Bronia odeszła świeczkę zapalić Kasi, Władzi i Florkowi, a Ania stała zmarznięta i nieszczęśliwa, wyrzucając sobie, że tamtej soboty marengi i kino wolała, niż rozmowy z najlepszym przyjacielem.

– Czemuś nie powiedział, że coś cię dręczy? – drążyła, chociaż nigdy nie uzyskała odpowiedzi. – Czemu? Wypilibyśmy czekoladę, jak za dawnych czasów, i oglądali zdjęcia gołych Murzynów... Przejechalibyśmy się automobilem... Puścili kinematograf...

Zapaliła świecę i ułożyła ją w nogach, pomodliła się, a potem poszła do innych Winnych, którzy spali na cmentarzu, czekając na Sąd Ostateczny.

ROK 1932

Siostra Alberta nie mogła skupić się na modlitwie. Co zaczynała odmawiać Litanię do Serca Jezusowego, to coś jej zajmowało myśli i musiała przerwać. Strofowała samą siebie i zaczynała modlić się od początku, po czym znów jak natrętna mucha wracała do niej myśl o jednej z jej wychowanek – Łucji Koszykowskiej. Pamiętała tamten czerwcowy dzień, kiedy jakaś nieszczęśnica podrzuciła przed drzwi sierocińca nowo narodzone niemowlę płci żeńskiej. Siostra Alberta nie była już wtedy nowicjuszką i wiele w życiu zakonnym widziała, szczególnie sierot i podrzuconych dzieci, ale czegoś takiego, jak wtedy, nie zdarzyło jej się oglądać. Dziewczynkę umieszczono w wiklinowym koszyku na ziemniaki obłożonym płótnem, przykrytą swetrem zrobionym ręcznie z grubej białej wełny. Dziecko leżało, patrząc przed siebie smutnymi oczami, jakby rozumiało, że właśnie zostało podrzucone i prawdopodobnie nigdy nie dowie się, dlaczego rodzona matka zdecydowała się na tak ostateczny krok.

– A cóż to? – spytała matka przełożona, kiedy siostra Alberta przyniosła koszyk do kaplicy.

– Dziecko. – Odchyliła sweter, a następnie pieluszki. – Wygląda na to, że niedawno przyszło na świat…

– Zgadza się. – Przełożona popatrzyła na świeżą pępowinę. – Dziewczynka urodzona o świcie… Łucja…

– Właśnie! – Alberta klasnęła w dłonie i natychmiast spuściła wzrok pod groźnym spojrzeniem matki przełożonej. – W dodatku dziś właśnie jest świętej Łucji, 25 czerwca… I imię oznacza właśnie dziewczynkę narodzoną o wschodzie słońca…

Wzrok przełożonej zdawał się wyrażać: „A o czym ja właśnie siostrze mówię?". Siostra Alberta wymamrotała przeprosiny i spuściła głowę. Od chwili, kiedy wniosła koszyk do środka, dziecko nie zakwiliło ani nie zapłakało ani razu.

– Nie płacze… – Zaniepokoiła się. – Może chore…

– Siostra stanowczo zbyt dużo mówi. – Zgromiła ją matka. – Lepiej by siostra na pobudkę dzwoniła….

W Ośrodku Szkolno-Wychowawczym Zgromadzenia Sióstr Franciszkanek Rodziny Maryi w Brwinowie panowały surowe zwyczaje. O wpół do piątej rano siostry wstawały i modliły się w kaplicy, a potem rozchodziły każda do swoich zajęć.

Alberta budziła wychowanków, pomagała im się ubrać i przygotować do dnia, Klara i Franciszka szykowały skromne śniadanie, które spożywali wszyscy w jadalni, a Henryka sprzątała kaplicę i pokoje dzieci. Młode nowicjuszki pomagały w zależności od tego, do jakich prac wyznaczyła je matka przełożona. Alberta miała jeszcze jeden obowiązek, mianowicie doglądała kur i jednej krowy mlecznej, która ostała im się w zawierusze wojennej. Poprzedniego dnia macała co najmniej dziesięć jaj i tego ranka oczekiwała, że kury uczynią swoją powinność i dadzą im oraz sierotom zasób składników odżywczych. Siostra Alberta zawsze chciała zostać lekarzem, ale jej rodzice zaplanowali swojej siódmej córce inny los. Ona, oddawszy serce świętemu Franciszkowi i naturalnie Jezusowi, nigdy jednak nie straciła pasji zgłębiania tajników ziela leczniczego. Oprócz zebrania jaj zamierzała pobiec na pobliską łąkę, gdzie chciała zerwać nieco babki lancetowatej na rany i dziurawca na melancholię dla siostry Beniaminy, która popłakiwała po kątach i wstawała o godzinie trzeciej nad ranem, snując się smutno po domu, tym samym zakłócając sen innym siostrom. To właśnie wtedy, kiedy poszła do kurnika, natknęła się przy drzwiach domu na koszyk z noworodkiem i przyniosła go do środka. Babki ani dziurawca już nie zdążyła zebrać.

– Już dzwonię, matko. – Pokłoniła się, pobiegła do dzwonka na sznurze i zaczęła energicznie pociągać ręką w dół.

Dzieci było w domu niewiele, bo ośrodek działał od niedawna. Mimo to siostra Alberta i pozostałe siostry miały własną szkołę i prowadziły zajęcia nie tylko szkolne, lecz także nauczały religii, muzyki i rysunku. Słowem, mimo wojny, dokładały wszelkich starań, żeby sieroty wyrosły na dobrych chrześcijan i niczego im nie brakowało.

Nowina o znalezionym dziecku rozeszła się szeptem już podczas śniadania. Przed lekcjami matka przełożona musiała przemówić do wszystkich i pokazać dziewczynkę, ponieważ stało się jasne, że od sióstr począwszy, na małej Magdalenie nazywanej „ciekawską" skończywszy, nikt nie będzie w stanie skupić się na nauce, zanim dokładnie nie dowie się, co i jak.

– A skąd ona się wzięła? – spytała Maria, która była najstarszą dziewczyną, wkrótce miała opuścić mury ośrodka i udać się samodzielnie w świat, to znaczy do dalekiej rodziny pod Chełm.

– Ktoś, prawdopodobnie matka, przyniósł dziecko do nas… – wyjaśniła matka przełożona.

– Czy dzidziuś zostanie z nami? – zapytała mała Madzia, której rodzice pomarli na gruźlicę, prawie dzień po dniu, a sędziwy dziadek przywiózł ją do Brwinowa aż z Żyrardowa furmanką i bez zbędnych ceregieli zostawił w kaplicy.

Madzia wyobrażała sobie, jak mała rośnie pod jej opieką i zastępuje siostrzyczkę, która urodziła się i poszła do nieba kilka minut później. Nawet rodziców nie było jej tak żal, jak właśnie tej siostrzyczki, która mogła być jej towarzyszką zabaw i dzielić z nią radości oraz smutki.

Alberta uważnie popatrzyła na matkę przełożoną. Właśnie to pytanie cisnęło jej się na usta. Czy matka będzie chciała zatrzymać dziewczynkę? Przecież do tej pory nie było u nich w domu tak maleńkiego dziecka.

– To się jeszcze okaże – powiedziała przełożona wymijająco, spojrzała groźnie na Albertę, pozostałe siostry oraz garstkę uczniów i zarządziła powrót do nauki oraz pracy.

Alberta modliła się żarliwie po raz pierwszy w życiu o coś dla siebie, czego pragnęła tak bardzo jak zostania zielarką. Modliła się o to, żeby dziecko pozostało. Od pierwszego wejrzenia pokochała tę malutką istotę, pragnęła patrzeć, jak rośnie, zaczyna chodzić, mówić, zastępując jej dziecko, którego nigdy mieć nie będzie.

Wtedy Bóg wysłuchał jej modlitw. Matka przełożona jeździła do Warszawy, rozmawiała z innymi przełożonymi, jeszcze wyższymi przełożonymi płci obojga, aż w końcu ktoś się zgodził i mała Łucja Koszykowska została w Brwinowie.

Kiedy pełna napięcia Alberta wyczekiwała na decyzję samego biskupa, matka przełożona modliła się, żeby przez biskupa przemówił Pan Jezus i wskazał najlepszą dla dziecka drogę. Pan przemówił, że trwa jeszcze wojna, sierocińce są i tak obłożone dziećmi, których rodzice umarli na hiszpankę albo zginęli w walkach, na dodatek na zarazę umrze znacznie więcej osób, więc nie ma co dziecka z sierocińca do sierocińca przesyłać jak paczkę.

– Będzie dobrze temu bożemu stworzeniu u was. – Zdecydował biskup, jakby mówił o bożej krówce i Łucja została.

Alberta, kiedy przyjęła do wiadomości nowinę, położyła się krzyżem na kamiennej podłodze w kaplicy i przysięgła Panu Jezusowi, Matce Przenajświętszej, świętemu Franciszkowi oraz naturalnie świętej Łucji, że na własnej piersi dziewczynkę wychowa i będzie dla niej jak matka rodzona.

Proboszcz ochrzcił Łucję, nadając jej na drugie imię Franciszka, na pamiątkę patrona sierocińca, do którego trafiła. W księgach zapisał nazwisko, które wskazała przełożona – Koszykowska. Co do pochodzenia dziewczynki, to proboszcz nie zadawał wielu pytań, gdyż w obecności matki przełożonej zaczynał się jąkać i przychodziły mu do głowy wspomnienia z lekcji religii, na których groźna siostra Teresa biła go linijką po głowie, kiedy tylko pomylił się w litanii. Siostra Teresa była bliźniaczo podobna do matki przełożonej, w dodatku nie miała specjalnego respektu dla sukni zakonnej i statusu proboszcza, bo zamiast przyjść z problemem do księdza, jeździła od razu do biskupa. Podobnie zamiast modlić się w kościele, ona i siostrzyczki robiły to we własnej kaplicy, przychodziły jedynie na msze, ale siadały razem z wychowankami z boku, jak inni ludzie, a po mszy zamiast wejść do zakrystii i porozmawiać, szły do siebie, nic nie mówiąc, nie dziękując nawet za wspólną modlitwę. Ksiądz przyjął dziecko do wspólnoty chrześcijańskiej i specjalnie o nic nie pytał, zajęty wojną i próbą odbudowy zniszczonego kościoła.

Mała Łucja była cichym i grzecznym dzieckiem. Rosła sobie spokojnie, otaczana miłością sióstr, przede wszystkim Alberty, która opiekowała się nią od pierwszej chwili, zmieniała pieluszki, wstawała w nocy, pielęgnowała i odganiała modlitwami nocne strachy. Inne siostry, nie wyłączając matki przełożonej, również pokochały dziecko prawie równie mocno, jak zrobiła to Alberta. Każda na swój sposób tę miłość, okaleczoną suknią zakonną, okazywała. Janina na przykład dogadzała małej w jedzeniu, co było dość trudne, zważywszy na powojenną biedę, a Beniamina uczyła dziewczynkę pisać i czytać z cierpliwością godną najwyższej pochwały. Zofia dokładała wszelkich starań, żeby Łusia śpiewała *Ave Maria*, nie zwracając zupełnie uwagi na fakt, że mała bardzo się stara, ale nie ma wspaniałego słuchu ani głosu. Sama matka przełożona podtykała dziecku lektury owładnięta misją, aby dziewczynka poznała dobrze historię chrześcijaństwa. Z tego powodu Łucja miała w małym palcu żywoty świętych, głównie kobiet, męczennic, dziewic i misjonarek. Czytała je, jakby wiedziała, że gdzieś tam w szerokim świecie są inne bohaterki książek, kobiety z krwi i kości, prawdziwe do bólu, nie tak idealne, jak święta Łucja czy święta Teresa, ale bardziej ciekawe.

Dziewczynka rosła sobie spokojnie izolowana od wszelkich nowin wojennych i powojennych, nieświadoma grypy hiszpanki ani braków w zaopatrzeniu, z dala od uciekających Niemców i łupiących dobytek Rosjan. Czasami pytała o swoje pochodzenie, ale otoczona przez sieroty, przyjęła do wiadomości, że jej mamusia i tatuś umarli na groźną zarazę, a ona wtedy przez anioły została przyniesiona do domu Pana Boga.

Kiedy miała siedem lat, przełożona zdecydowała, że już czas i Łusia została przyjęta w pełni na łono Kościoła po przyjęciu Pierwszej Komunii Świętej. Do czternastego roku życia właściwie nie opuszczała domu zakonnego, w rzadkich przypadkach z chusteczką na opuszczonej głowie chodziła ze wszystkimi do kościoła lub na spacer. Uczyła się pilnie, chociaż nie była wybitną uczennicą, ale zarówno matka przełożona, jak i inne siostry były zadowolone z jej postępów w nauce. O tym, żeby Łucja chodziła do szkoły powszechnej, nie było naturalnie mowy. Dziewczynka nie znała innych rówieśników oprócz tych, co dzielili z nią życie w domu sióstr. Była do nich przywiązana, ale trzymała się z boku. Nie miała przyjaciółki ani nawet bliższej koleżanki. Prysły marzenia małej Madzi, że Łucja zostanie jej siostrzyczką. Daremnie Madzia brała ją na ręce i czytała książeczki, Łucja przyjmowała te dowody przywiązania z życzliwością, ale nie odwzajemniała ich specjalnie. Kiedy Madzia jako dorosła osoba opuszczała sierociniec, Łucja wyszyła jej chusteczkę, podarowała obrazek i na tym się skończyło.

Tamtego lata miał się odbyć piknik w Brwinowie, zaproszeni byli wszyscy mieszkańcy, bogaci i biedni, młodzi i starzy, bez różnicy. Ośrodek i siostry zostały poproszone o pomoc w organizacji, taki sprytny manewr ze strony władz letniska Brwinów, które obawiały się, że groźna matka przełożona odmówi uczestnictwa w radosnym święcie. Zbyt często odmawiała radości i zabawy, jakby jej patronem nie był jeden z najweselszych świętych. Władze miały zresztą rację. Przełożona odmówiłaby na pewno, argumentując, że „jej„ sieroty nie potrzebują widzieć tego, co powierzchowne i sztuczne, ponieważ z pięknem i radością obcują na co dzień, modląc się i czytając piękne książki. Do przygotowań wyznaczyła siostrę Albertę, która mimo lat wydawała jej się najbardziej odpowiednia do organizowania zabaw, taka była pod habitem krnąbrna i skłonna do uciechy.

Alberta westchnęła. Gdyby wiedziała, co się stanie, sama prosiłaby o to, żeby nie brać udziału w żadnych festynach, piknikach, nie piec ciast, a przede wszystkim nie przyznawać się do tego, że Łucja potrafi pięknie malować. Talent dziewczynki ujawnił się dosyć późno i zupełnie przypadkowo. Mała Łucja, proszona o to, żeby namalować wiosnę albo kwiaty w wazonie, robiła to chętnie, ale jej wiosna, czy też martwa natura były takie sobie zwyczajne i nie robiły na nikim specjalnego wrażenia. Nastoletnia Łucja któregoś pięknego dnia poproszona o pomoc przy robieniu dekoracji Wielkanocnych, najpierw wyrysowała wszystkie baranki, króliczki i kolorowe jaja farbami i kredkami z Pruszkowa, które kupił i przekazał w darze ośrodkowi pan Bartkiewicz. Potem, z nudów, przypomniała sobie wyprawę na targ i wymalowała całe stado koni, które pasło się na łące przy Podkowie Leśnej. Siostra Alberta, która weszła do pokoju dziewcząt godzinę później, aż się złapała za serce, kiedy zobaczyła, jaki talent przejawiła właśnie jej ukochana podopieczna. Pobiegła z tym rysunkiem do matki przełożonej, która najpierw nie chciała jej słuchać, zajęta ustalaniem, jaką muzykę zagra na festynie siostra Zofia, ale kiedy tylko zobaczyła rysunek, sama oniemiała ze zdumienia i zachwytu.

– Powinniśmy Łucji zapewnić edukację plastyczną... – zaczęła Alberta dzień przed piknikiem, kiedy obie z matką przełożoną siedziały w jadalni i liczyły, ile mąki trzeba by na kilka bab drożdżowych, które miały być przekazane przez siostry na cele charytatywne.

– Nie rozumiem, co siostra mówi... – żachnęła się przełożona.

– Nasza Łusia jest wybitnie zdolna… – zaczęła Alberta.

– Niech się siostra tak nie zapala jak łuczywo… – zgasiła ją szybko. – Zapewniamy dziecku edukację, najlepszą, jaką tylko można, a te rysunki Łucja może zawsze robić, jeśli tylko będzie miała po temu czas i możliwość.

– Ale… – znów zaczęła Alberta.

– Wrócimy do tej rozmowy po pikniku. – Przełożona uniosła dłoń w geście „koniec dyskusji".

– Bardzo proszę matkę przełożoną o zgodę na to, żeby nasza Łucja namalowała kilka takich obrazków na loterię fantową albo na licytację na rzecz potrzebujących… – Alberta wypowiedziała to zdanie jednym tchem, wiedząc, że nie może pozwolić sobie przerwać, gdyż wtedy wszelkie plany wobec Łucji wezmą w łeb, zanim na dobre ujrzą światło dzienne.

– Niech maluje… – Matka przełożona machnęła ręką. – Raczej na tę licytację, ponieważ dla nas przewidziany jest dochód… przynajmniej w części.

Alberta pobiegła do Łucji i przekazała jej radosną nowinę, to znaczy, że ma wielki talent i ona bardzo prosi o narysowanie takich obrazów na niedzielny festyn. Łucja zdziwiła się, że ktoś uważa, że ona ma jakieś szczególne zdolności, ale kiwnęła głową i zabrała się do pracy, jak to ona – konsekwentnie, ale bez wielkiego zapału. Namalowała pięć obrazków, z których jeden kupił wysoki, jasnowłosy Jan Winny, a pozostałe pan Tadeusz Wierusz-Kowalski, dyplomata i przyszły właściciel pałacyku w pobliżu sierocińca.

– Ten piknik… – syknęła po powrocie do domu matka przełożona. – Bezeceństwa i strata czasu…

Alberta gorliwie przytaknęła, ale zapamiętała sobie, żeby się z tego kiwania głową wyspowiadać. Ona uważała, że festyn był wspaniały.

Było głośno, gwarno, grała muzyka, a po rynku i parku biegało mnóstwo dzieciaków. Matka przełożona starała się swoje dzieci odizolować od innych, swobodnie biegających wszędzie, ale mimo napominania, niestety, nie udało jej się utrzymać w ryzach podopiecznych, które ruszyły między ludzi z całkowitym brakiem respektu dla różnic wychowania zakonnego oraz zwykłego. Szczególną grozę matka przełożona czuła, kiedy widziała, jak jej dziewczynki swobodnie rozmawiają z miejscowymi chłopcami, a chłopcy śmiało podchodzą do dziewczynek, kłaniają się ich rodzicom i śmieją z żartów, których przełożona wolałaby nie słyszeć.

Zmarszczyła brwi, dojrzawszy obok Łucji wysokiego młodzieńca, który, czerwony na obliczu, coś jej tłumaczył, wymachując rękoma. Przełożona rozzłościła się, ponieważ stojąca obok Alberta zamiast odciągnąć wychowanicę od młodziana, który pewnie był z dziesięć lat starszy od dziewczynki, jeszcze słuchała z zainteresowaniem jego przemowy. Tego już było za wiele. Przełożona podeszła do nich i stanęła wymownie, a niezrażony młodzian przedstawił się jako Jan Winny i zapytał ją, czy dla niej również przynieść lody. Nic nie odpowiedziała, ale miała nadzieję, że na jej twarzy odmalowała się odpowiednia dawka oburzenia. Nie, stanowczo piknik nie przypadł do gustu matce przełożonej.

Spotkanie licznie zaszczycili bogaci mieszkańcy Podkowy Leśnej i Milanówka, którzy wzięli na siebie obowiązek zakupienia większości rękodzieł wystawionych na sprzedaż. Licytacja odbyła się w parku, blisko jeziorka. Czego tam nie było! Głównie wyszywane makatki, kwiatki z papieru i malowane gipsowe aniołki. Obrazków też było sporo, ale konie Łucji wyróżniały się wśród większości bohomazów bardzo wyraźnie.

Kiedy licytujący przedstawił Łucję, stało się jasne, że życzenie matki przełożonej, aby dzieci z sierocińca przeszły przez piknik niezauważone, niestety, nie miało się ziścić. Przynajmniej dotyczyło to piętnastoletniej Łucji z kruczymi warkoczami sięgającymi pasa i wielkimi czarnymi oczami spoglądającymi poważnie spod gęstej grzywki. Kiedy weszła na podwyższenie i stanęła obok swoich rysunków, rozmowy zamilkły. Wszyscy patrzyli tylko na dziewczynę i głośno komentowali namalowane konie. Jan Winny kupił jeden z nich za całe dziesięć złotych, natomiast pan Wierusz-Kowalski za pozostałe cztery zapłacił pięćdziesiąt, co było sumą przyprawiającą zgromadzonych o zawrót głowy.

– Chciałbym pogratulować panience talentu – powiedział pan Kowalski do Łucji, prosząc, żeby dziewczyna podpisała się na odwrotnej stronie swoich obrazów. – Czy mogę zapytać, gdzie panna pobierała nauki?

Łucja zaczęła się jąkać, więc Alberta pospieszyła, żeby udzielić odpowiedzi za nią:

– Łucja jest naszą wychowanką, od… urodzenia, ale dopiero teraz ujawniła te… umiejętności… Nie uczyła się rysunku…

– Ach tak… – Pan Tadeusz uniósł brwi. – W takim razie jest panna urodzoną malarką koni… Mój krewny jest malarzem, bardzo znanym i cenionym. Maluje właśnie konie… Pokażę mu panny prace…

Alberta zaczęła dziękować, a matka przełożona pomyślała sobie, że nie powinna była zgadzać się na ten piknik, malowanie Łucji i licytację, bo z tego nic dobrego dla nikogo nie wyniknie.

Pierwszy przykry incydent związany był z jasnowłosym Janem, który nachodził ośrodek i wypytywał o pannę Łucję, zapraszając ją na przechadzki niedzielne, za nic mając groźny wzrok przełożonej. Wreszcie ta wzięła go na stronę i wylała kubeł zimnej wody na jego zapały, mówiąc, że Łucja ma dopiero piętnaście lat, natomiast on dwadzieścia dwa i niech się trzyma od tego czystego dziecka z daleka. Jasiek, który nie zamierzał dziewczyny brukać w żaden sposób, obraził się na siostrę, ale zapowiedział, że jeszcze tu w takim razie wróci. Skoro nie można wcześniej, to wtedy, kiedy Łucja skończy siedemnaście lat. A tymczasem będzie ją obserwował z dala i naturalnie na niedzielnych mszach. Przełożona nie miała żadnego pretekstu, żeby Łucji zabronić chodzenia na niedzielne msze, ale od tego czasu trzymała dziewczynę przy sobie i karciła groźnym wzrokiem każde powłóczyste spojrzenie, jakie było wymienione między dziewczyną a tym bezczelnym chłopakiem.

Drugim wielbicielem Łusi, już nie tak łatwym do przepędzenia, okazał się pan Wierusz-Kowalski, który pokazał swojemu słynnemu kuzynowi nabyte w zbożnym celu *Konie pasące się na łące* i uzyskał potwierdzenie swoich podejrzeń, że ma do czynienia z nieoszlifowanym brylantem. Matka przełożona nie mogła, niestety, pana dyplomaty wyrzucić podobnie jak Jaśka elektryka i musiała znosić jego wizyty, co gorsza, zgadzała się, żeby zapraszał Łucję na niedzielę, pokazywał albumy malarskie i raczył opowieściami o wielkich galeriach malarstwa, które widział z racji swojego zawodu, objeżdżając wielki świat. Z tych niedziel Łusia wracała niezdrowo podekscytowana, opowiadała koleżankom niestworzone rzeczy, a Albercie pokazywała pocztówki ze zdjęciami z Europy.

– Córeńko – mówiła Alberta. – Ty się do tego wielkiego świata tak nie wybieraj… Przecież nawet w Warszawie nie byłaś… Matka słyszeć nie chce, żebyśmy pojechali, tyle razy prosiłam, żeby chociaż pozwoliła pojechać do katedry na mszę świętą…

– Ja bym chciała na ciastka tam pojechać – wyszeptała Łucja. – Pan Tadeusz mówił, że w Warszawie jest pięknie. Jest stare miasto i ogród zoologiczny, fontanny, wesołe miasteczka, kino, teatr i kawiarnie… – wyliczała.

Wtedy Alberta podjęła decyzję, że dziecka zmarnować nie da jakiemuś bogaczowi, któremu się wydaje, że może sobie sierocie pocztówki pokazywać. Łamała się kilka dni, a potem jeszcze kilka zajęło jej wyrwanie od matki przełożonej wolnych dwóch godzin, które zamierzała spożytkować na rozmowę z tym dyplomatą, który mamił dziecko. Podjęła decyzję, że pójdzie do niego i wyperswaduje mu przychodzenie i zawracanie dziewczynce głowy.

Kiedy została wprowadzona na salony, straciła nieco na śmiałości i pierwsze słowa ledwie wybąkała, ale potem nabrała powietrza i mówiła całkiem śmiało.

– Proszę wielmożnego pana, wybaczy pan, że nachodzę go w domu i ośmielam się do pana mówić, ale powoduje mną wyłącznie troska o dobro dziecka naszego… – zaczęła.

Wierusz-Kowalski zaproponował herbatę, ciastka, ale siostra Alberta odmówiła, nie chciała nawet usiąść, tylko kontynuowała przemowę.

– Łucja nie ma żadnych krewnych i kiedy osiągnie osiemnasty rok życia, pewnie do klasztoru pójdzie. A jeśli powołania nie poczuje, to pewnie do pracy do kościoła lub innego sierocińca…

Dyplomata zadumał się nieco i spytał:

– Dziewczynka nie ma żadnych żyjących krewnych? Czy siostra może mi powiedzieć? Pomarli na hiszpankę? Zginęli na wojnie?

– Nie wiemy tego – zgodnie z prawdą odparła Alberta. – Ja sama znalazłam ją pod drzwiami ośrodka, dopiero urodzoną, w koszyku…

– To dlatego ma na nazwisko Koszykowska? – Mężczyzna zrozumiał.

– Dlatego – potwierdziła Alberta. – I na imię Łucja, bo nie dość, że 25 czerwca przyszła na świat, w dzień świętej Łucji, to imię oznacza dziewczynkę, która przyszła o świcie. A ona właśnie raniutko została przeze mnie znaleziona…

– Matka podrzuciła ją pod wasze drzwi? – pytał Wierusz-Kowalski.

– Tak, dlatego nic o niej nie wiemy… Nawet czy żyje.

– Nikt nigdy o nią nie pytał? – Pan dyplomata nie mógł się nadziwić.

Alberta pokręciła przecząco głową.

– Dlatego myślimy, że ona nie żyje…

– Raczej to bardzo młoda dziewczyna, która wpadła w kłopoty i w ten sposób chciała dziecka się pozbyć… – mężczyzna głośno myślał.

Siostra przestępowała z nogi na nogę. Przecież nie jest ważne, co było wtedy, pomyślała, tylko co jest teraz. A teraz dziewczyna jest w niebezpieczeństwie i trzeba jej pilnować na każdym kroku, na przykład przed jasnowłosym młodzianem, który wyobraża sobie nie wiadomo co.

Dyplomata pokiwał głową i obiecał zastanowić się nad tym, jak dziecku może pomóc, nie robiąc specjalnych nadziei na lepsze życie. Alberta odeszła zadowolona, dziękując stokrotnie i sądząc, że pan Wierusz zostawi w spokoju Łucję i ich ośrodek. Dlatego zdenerwowała się, kiedy Zofia i Beniamina powiedziały jej w sekrecie, że ten wielki bogacz, co kupił za pięćdziesiąt złotych rysunki Łusi, właśnie przyszedł i rozmawia z przełożoną.

Przełożona tymczasem słuchała zdumiona propozycji, jakie przedstawiał jej bogaty sąsiad. Twierdził mianowicie, że adoptuje dziecko i zapewni wszelkie możliwe środki na Łucji edukację i ogólny rozwój. Opowiadał, że zamierza osiąść na stałe w Brwinowie z całą rodziną. Niedługo wprowadzi się do okazałego dworku i poświęci się czynieniu w Brwinowie dobra. Pierwszym dobrym uczynkiem miałoby być adoptowanie Łucji.

– Kazała posłać po Łusię i zapytała ją, czy chce iść – relacjonowała Albercie siostra Zofia, która podawała gościowi herbatę.

Alberta spuściła głowę. Nie miała wątpliwości, że dla każdej sieroty taka propozycja to jak uśmiech losu albo dar z nieba. Nie sądziła jednak, że któregoś dnia przyjdzie ktoś i zabierze jej dziewczynkę, którą kochała jak córkę i zamierzała zatrzymać przy sobie do późnej starości, a przynajmniej tak długo, jak to tylko możliwe.

Przełożona ponownie jeździła do Warszawy i rozmawiała z biskupem, a ten zezwolił na adopcję dziecka.

– Trzeba wierzyć, że Pan Bóg przez Jego Ekscelencję przemówił – tłumaczyła zrozpaczonej Albercie. – Siostra powinna wiedzieć, że to dla Łucji dobrze…

Kiedy Łucja skakała z radości do góry, Alberta czuła się, jakby kto słońce zgasił, zwłaszcza że jej kochana dziewczynka opowiadała tylko o wspaniałej przyszłości, pomijając zupełnie wspomnienia z przeszłości. Albercie nie poświęcała specjalnie uwagi, traktując ją na równi z siostrą Zofią i Beniaminą, tej ostatniej obiecując, że będzie pisała, kiedy tylko na miejsce dojedzie.

– A czy ty będziesz miała czas do nas, skromnych mniszek, pisać? – spytała Alberta z nadzieją, że Łucja rzuci jej się na szyję i powie, że Alberta zobaczy, że ona już tęskni, a tak właściwie to wcale nie chce jej się jechać.

– Napiszę, napiszę… – odpowiadała tymczasem Łucja i codziennie pytała ze zniecierpliwieniem, czy pan Tadeusz załatwił wreszcie formalności w urzędzie i może ją zabrać do siebie.

Piętnastego września roku 1932 Łucja Koszykowska zamieniła się w Łucję Wierusz-Kowalską i razem z przybranym ojcem wyjechała w podróż po Europie, z której miała wrócić zupełnie odmieniona cztery lata później, kiedy dobiegły końca prace nad pałacykiem Wierusz-Kowalskich i można się było tam wprowadzić. Pierwsze kroki po powrocie do Brwinowa skierowała do ośrodka, gdzie zastała matkę przełożoną taką samą, jak kiedyś, tylko nieco postarzałą, natomiast Alberty już nie było.

– Zwróciła się do biskupa, żeby zezwolił jej na zmianę klasztoru… – wyjaśniła jej przełożona. – Jest teraz w Warszawie, w zamkniętej klauzuli.

– Czy mogę ją odwiedzić? – spytała obca, elegancka panienka, w której matka przełożona z trudem rozpoznawała dawną Łusię.

– Niestety nie, moje dziecko. Klauzula na to nie pozwala.

– Jak to? – zdumiała się panna. – Przecież ona była dla mnie jak matka… Muszę ją odwiedzić…

– To prawda, że traktowała cię jak córkę… A ty nigdy do niej nie napisałaś… Czekała przez te lata…

Panienka zagryzła wargi i spojrzała ponuro na matkę przełożoną.

– Nie napisałam, bo jakoś tak się zeszło... Ale chciałam... – zaperzyła się. – Niech matka mi powie, gdzie jej szukać...

– Na Nowym Mieście... Alberta ma nawet inne imię...

– Jakie? – spytała Łucja, czując wreszcie ucisk w sercu.

– Łucja... teraz nazywa się siostra Łucja...

ROK 1934

Ania Winna nie była na pikniku. Zaliczała ostatnie egzaminy i rzadko bywała w domu, wybierając zacisze opustoszałej pensji i dobrodziejstwa szkolnej czytelni. Tęskniła do ojca i babci, ale wciąż nie mogła pogodzić się, z tym, że już nigdy nie wbiegnie do biblioteki pana Lilpopa i nie uwiesi mu się na szyi, trajkocząc o książce, którą właśnie przeczytała, czy filmie, który widziała. Za każdym razem, kiedy przyjeżdżała, odwiedzała go na brwinowskim cmentarzu, kładąc na grobie świeczki i kwiaty, dziękując za wszystko, co dla niej zrobił. Kończyła te spotkania płaczem i wymówkami wobec niego oraz siebie, bo przecież czuła, że zostawiła go samego, kiedy cierpiał i nie przestała obwiniać się za jego śmierć. Od czasu, kiedy wróciła po chorobie, widziała Pawła ledwie kilka razy. Pierwsze ich spotkanie było bardzo przykre, skończyło się jej płaczem, a jego błaganiem o wybaczenie, że tak źle o jej dobroczyńcy mówił. Paweł przepraszał i prosił, żeby taka była jak dawniej, ale ona nie była już taka sama jak wtedy, kiedy kąpali się w jeziorku, ani wtedy, kiedy tańczyli w lesie i wycinali swoje inicjały na brzozowej korze. Tyle że jak sobie potem uświadomiła, on się nie zmienił i pewnie dlatego nie mogli się porozumieć. Następne spotkania przekonały ją, że ma rację. Paweł uparcie powtarzał, że nie powinna już się dalej uczyć, tylko wrócić do Brwinowa i zostać jego żoną. Ania z kolei coraz bardziej chciała skończyć Państwowy Instytut Nauczycielski założony przez panią Marię Grzegorzewską i w ten sposób spełnić nie tylko swoje pasje, lecz także wykorzystać fundusze, które pozostawił jej Stanisław Lilpop. Na tamten piknik nie przyjechała specjalnie. Prosił ją Paweł, prosiła Mania, coraz bardziej urażona, że Ania z niczego jej się nie zwierza, robi, co chce, wreszcie namawiała Bronia.

– Idźcie wy – odpowiadała uparcie.– Ja mam dużo nauki.

Bronia zrobiła swój słynny placek, na który złapała kiedyś męża dla Andzi, i zostawiwszy Antoniego pod opieką Stanisława, który także jakoś nie miał ochoty brać udziału w festynie, poszła bawić się w towarzystwie Mani oraz Tadzika i Wacka. Potem opowiadała Ani, że było bardzo przyjemnie.

– Były siostrzyczki z ośrodka... Cały Brwinów i Podkowa. Ciebie jednej nie było...

– No rzeczywiście, skoro siostrzyczki nawet były i swoim dzieciakom bawić się pozwoliły... – roześmiała się Ania.

– A dały... – opowiadała przejęta Bronia. – Te sieroty całkiem normalnie między ludźmi chodziły... Wszyscy się dziwili, bo przecież do szkół nie chodzą, nawet po kościele zaraz ze spuszczonymi głowami, gęsiego do siebie wracają, a tu taka niespodzianka...

– No ale co te sieroty? – indagowała Ania, która rozmawiała o ośrodku z Lilpopem i wiedziała, że matka przełożona jest surową kobietą, ale bardzo oddaną swojej pracy, a edukacja w ośrodku przewyższa poziomem obie brwinowskie szkoły. – Przecież to normalne dzieciaki...

Bronia uśmiechnęła się.

– Była tam jedna taka dziewczynka, kruczowłosa... Sprzedawała swoje obrazy... I nasz Jasiek Władkowy zadurzył się w niej i kupił jeden obrazek... Za dziesięć złotych...

Bronia podała cenę Ani szeptem, jakby bała się, że Jasiek jest gdzieś w pobliżu i może usłyszeć, że rozmawiają o nim.

– Co ty powiesz, babciu...

– A tak... I Władzio z Kazią mówili, że cholewki smali i do ośrodka chodzi... A przełożona kazała mu precz iść...

– Czemu? – spytała Ania. – Przecież Jasiek to dobry chłopak.

– Tej dziewczynce to na piętnasty rok dopiero idzie... A potem to jeszcze szydło inne z wora wylazło... Dlatego Jasiek taki smutny chodzi...

I opowiedziała całą historię o bogatym panu Kowalskim, który sierotę adoptował i wywiózł w nieznanym kierunku.

– Babciu... – Anię coś nieoczekiwanie zakłuło w sercu. – To taka historia trochę jak moja... Mnie też ktoś pomógł i dzięki temu będę się uczyła... Dobrze, że tej dziewczynce ktoś dobrze życzył...

– A Jasiek? – nie ustępowała Bronia, która ponad dobro nieznanej jej dziewczyny przedkładała zawiedzioną miłość bratanka.

– Jak mu pisana... – pocieszyła ją wnuczka – to go nie minie. A jak niepisana, to choćby ją do kołka przywiązał, nic z tego nie będzie...

– No i właśnie takie piknikowe historie… – podsumowała opowieść Bronia.

– A placek, babciu? – dopytywała się Ania. – Znalazła babcia komu jakąś narzeczoną albo narzeczonego, jak wtedy Andzi?

– Placek jak placek… Nijakiego narzeczonego nikomu nie złapałam. A co Andzi z tego narzeczeństwa przyszło? – Zafrasowała się. – Zaraz się Radomir zawinął, a Jerzyczek jako pogrobowiec urodził.

– To prawda, że nieszczęście się stało, ale Andzi przecież nie zostawiliśmy… Tak jakby do nas wróciła.

Bronia przypomniała sobie, jak na ślubie wnuczka powiedziała, że Andzia rychło do nich wróci. Dopiero teraz, kiedy Ania o tym wspomniała, Bronia pomyślała, że wprawdzie Andzia i Jerzyczek z nimi nie mieszkali, ale zajmowali stary dom Broni i Antoniego i w ten sposób nadal pozostawali członkami rodziny. Wszystkie święta spędzali razem, pomagali sobie wzajemnie, a Bronia traktowała Jerzyka jak własnego wnuka.

– Tyś to wtedy mówiła… – wyszeptała Bronia. – Że Radomir umrze i Andzia do nas wróci… Dużo takich rzeczy mówiłaś, moje dziecko…

Ania wspominała tę rozmowę, przy okazji powrotu ukochanej Jaśka do willi Wierusz-Kowalskich. Wtedy opuściła głowę. Zawsze kiedy ktoś wspominał o jej darze, wstydziła się, że nie ukrywała go dostatecznie głęboko i własna rodzina albo miała ją za dziwadło, albo zamęczała pytaniami dotyczącymi przyszłości.

Odkąd panna i dyplomata wrócili do Brwinowa, Jasiek przy każdej możliwej okazji pytał Anię, czy Łucja jemu pisana, czy też nie. Ona sama nie widziała dokładnie obrazów tak, jak w dzieciństwie, ale czuła, kiedy koło niej albo kogoś z rodziny czai się niebezpieczeństwo. W stosunku do ukochanej Jaśka odczuwała ogromny niepokój, lecz zupełnie nie potrafiła określić, co jest jego źródłem, czy sama dziewczyna, czy też potencjalny związek między nią a Jaśkiem. Odpowiadała Jaśkowi zatem wymijająco, na przykład, żeby się uczył, doskonalił swój fach, a wtedy kto wie, może śliczna Łucja i jej protektor spojrzą na kogoś takiego, jak Jan Winny, łaskawszym okiem. Jasiek denerwował się na nią i mówił, że on sam sprawę w swoje ręce weźmie i jeszcze będzie z Łucją szczęśliwy.

Wtedy, w 1934, myśli Ani zajmowało coś innego. Bronia i Antoni podupadali na zdrowiu. Dziadek snuł się całymi dniami po domu, mamrocząc coś pod nosem. Nie można go było nawet na chwilę zostawić samego, ponieważ wtedy natychmiast zaczynał dokładać drew do pieca, niezależnie od pory roku i krzyczał, że musi spalić na popiół jakichś Rosjan, zanim oni zabiją jego i wszystkich Winnych. Bywały dni, kiedy zapominał, jak się nazywa, ale zawsze pamiętał, że Ruskich należy spopielić, ślady zatrzeć i rodzinę w ten sposób uratować.

– Tak, Antosiu, tak… – potakiwała Bronia, gasiła nadmierny ogień, otwierała okno i wyganiała dym.

Gorzej było, kiedy dziadek przez pole zaczynał uciekać i biegł niczym młodzieniec slalomem, unikając potencjalnych kul, które miałyby go trafić i w ten sposób uniemożliwić powrót do domu. Zaszywał się wtedy gdzieś w lesie, trzeba go było godzinami szukać, a potem przekonywać, że wojny nijakiej nie ma, a w domu czeka dobre, ciepłe jedzenie i jarzębiaczek, którego już przecież dawno nie pił. Ani było go ogromnie żal. Ona jedna i Bronia rozumiały, że Antoni ma za sobą tragiczne przejścia, o których nie chciał swego czasu mówić, ale które jak demony urosły w jego umyśle, uniemożliwiając normalne życie. Mania odmawiała, jak to określała, „szlajania się po lesie i szukania dziadka w krzakach". Tadzik i Wacek, owszem, pomagali ojcu i babci, ale jakże niechętnie patrzyli na nieszczęście Antoniego. Odwracali wzrok, kiedy skulony dziadek w końcu wypełzał spod jakiegoś krzaka i patrzył na wnuków ze strachem, mamrocząc, że się poddaje. Bronia ze Stanisławem dbali o niego jak mogli, myli jak dziecko i czytali wieczorami książki, od których Antoniemu jeszcze bardziej przewracało się w głowie.

Bronia z kolei zauważyła, że nie może już tyle przydźwigać z targu, co dawniej, a drogę od domu do kościoła pokonuje wiele minut dłużej niż kiedyś. Poza tym prawa ręka zaczynała jej drżeć wyraźnie, kiedy tylko siadała na chwilę i decydowała, że odpocznie.

– Babciu, ja bym to pokazała doktorowi od nerwów – przekonywała Mania i prosiła Bronię, żeby pojechała z nią do Tworek na badania.

– Uchowaj Boże, żebyś ty mnie do wariatkowa zawiozła. – Bronia żegnała się nabożnie i zaczynała szyć lub dziergać, w zależności od nastroju, pokazując wnuczkom, że może pracować. Sama się dziwiła. Kiedy tylko nie ruszała ręką, palce zaczynały robić dziwne ruchy, jakby pieniądze liczyła. Natomiast kiedy ona wprawiała je w ruch, przestawały drżeć. Dziwna to była choroba, ale mimo wszystko Bronia nie chciała jechać do żadnych Tworek, chociaż ją wnuczki przekonywały, że tam nie tylko wariaci przebywają, ale można znaleźć także doktorów od takich schorzeń, jak drżenie babci. Pytała doktora Brzozowskiego, czy to groźne, a ten powiedział jej, że to drżączka poraźna. Tłumaczył, że nic jej nie będzie, tylko z czasem trochę trudno się będzie poruszać. Bronia nie wdawała się w szczegóły, wolała nie wiedzieć i nie rozumieć, tym bardziej że, według doktora, nijakiego lekarstwa na tę chorobę nie było.

– Babciu, ja do szkoły nie pójdę, tylko zostanę i będę się wami opiekowała… – powiedziała Ania któregoś dnia, kiedy złapała Bronię na obserwowaniu rozlatanej ręki.

– Ani mi się waż! – wrzasnęła Bronia tak głośno, że Ania aż drgnęła przestraszona. – Tobie jednej uda się… przeżyć życie jak trzeba…

– Ale tobie ciężko, a tata też coraz starszy… I dziadzio biedny…

– Słuchaj no, moja panno… – Bronia stanęła naprzeciwko wnuczki i wycelowała w nią palec. – Nie wolno ci zrezygnować, słyszysz? Żadnego ale, żadnych wątpliwości… Rozumiesz? My tu sobie poradzimy i z dziadziem, i… ze sobą…

Anię ścisnęło w gardle i z trudem pohamowała łzy.

Poszła do Studium Nauczycielskiego i to była jedna z najlepszych decyzji w jej życiu. Chciała być nauczycielką i czuła, że to jej powołanie. Przyjęto ją z otwartymi ramionami. Matura zdana celująco, pochwała na piśmie pani Reuttowej, entuzjastyczne wpisy nauczycieli przedmiotów humanistycznych i ścisłych były najlepszą rekomendacją, bo Ania była zarówno uzdolniona humanistycznie, jak i matematycznie. Jej ulubionym przedmiotem była jednak pedagogika, której w studium nauczał profesor Janusz Korczak. Chłonęła każde jego słowo. Mówił o poszanowaniu dziecka, upodmiotowieniu ucznia i uczynienia wszystkiego, żeby każdy uczeń był traktowany po partnersku przez nauczyciela. Postanowiła, że będzie właśnie taką nauczycielką, jak profesor Korczak albo Maria Grzegorzewska, założycielka i dyrektorka Studium. Będzie traktowała dzieci jak kolegów, partnerów w procesie nauczania, a nie niczym bandę niegrzecznych dzieci wymagających machania dyscypliną.

Po trzech latach kończyła szkołę z wyróżnieniem. Sama pani Jadwiga Reuttowa prosiła, żeby Ania wróciła do Platerek jako nauczycielka. Ania jednak wiedziała, że jej miejsce jest w Brwinowie. Wszystko przemyślała wiele razy i postanowiła objąć posadę nauczycielki języka polskiego w szkole, którą sama kończyła. Będzie blisko babci i dziadka, pomoże im na starość. Paweł będzie wreszcie miał ją dla siebie. Paweł… On też się naczekał na nią i nacierpiał przecież. Myślała o nim z czułością i miłością, słuchając wykładów profesora Korczaka, który mówił, że najważniejsza jest miłość i pragnienie szczęścia.

– Pamiętajcie – powtarzał. – Jeśli ktoś szczęścia dla siebie nie pragnie, rozsiewa wokoło siebie smutek i rozgoryczenie. Miłość – tego chce od nas Bóg… Miłości… I kochajcie siebie. Kto siebie nie kocha, nie pokocha drugiego człowieka, podobnie jak ten, kto siebie kocha za bardzo…

– Panie profesorze… – spytała kiedyś Starego Doktora. – Ile trzeba dać z siebie drugiemu człowiekowi?

– Moje dziecko… – Doktor uśmiechnął się do niej. – Dawanie… Pomyśl o tym, żeby wziąć… Jeśli ktoś tobie coś ofiaruje, miłość, przyjaźń, ba, nawet pieniądze… Bierz… Nie umiesz wziąć – nie umiesz dać…

Stary Doktor zginął w 1943 roku w Treblince, nie chciał opuścić dzieci, którymi się opiekował. Czuła od niego siłę i nadchodzącą wielkimi krokami nędzę i śmierć, której się nie bał, kiedy w komorze gazowej, zamiast wody z prysznica, poczuł trujący oddech gazowej kostuchy. Tamtego roku była pewna, że umie już wziąć miłość Pawła i dać mu swoją. Mimo że w jej sercu działa się burza, że rzadko do niego przyjeżdżała, a kiedy już się widywali, to czynili sobie głównie wymówki. Serce tłukło jej się jak oszalałe, kiedy w kościele na placu Trzech Krzyży modliła się o spokój, szczęście dla siebie, Pawła i całej swojej rodziny.

„…zabierz, Matko, ode mnie ten niepokój…", powtarzała w myślach raz za razem, bo modlitw nie odmawiała, nie umiała ich powtarzać, gubiła wątek i zaczynała myśleć o czymś innym. „…Już wiem, już umiem, Matko… Obiecuję… tylko pomóż, przecież tylko ty jesteś mi teraz matką, tylko ty…".

W czerwcową sobotę jechała do domu kolejką EKD, czując w sercu pewność, że jej życie zmierza w dobrym kierunku. Wysiadła na stacji Podkowa Leśna Główna i rozkoszując się rześkim powietrzem, niespiesznie szła w kierunku Brwinowa.

– Co robisz? – spytała Mania, stając w progu młyna.

Paweł drgnął zaskoczony i odwrócił się. Po raz setny pomyślał, jak bardzo Mania jest podobna i jednocześnie niepodobna do jego Ani.

– Pracuję – powiedział, ocierając pot z czoła.

– Worki jakieś nosisz, a to nie jest praca… – zauważyła.

Zniecierpliwił się, ale przypomniał sobie łagodne oczy Ani, która tyle razy mówiła mu, że Mania jest jak jej druga połowa, tylko ta lepsza. On zupełnie tego nie czuł. O ile Ania była mu bliska, o tyle Mania daleka. Zastanawiał się, po co przyszła.

– W tych workach jest mąka, a ja je ładuję na wóz. Zaraz przyjedzie po nie ktoś z Zagrody, więc muszą być gotowe.

– A twój ojciec gdzie? – Mania weszła do środka i zaczęła uważnie stąpać po drewnianej podłodze.

– Pojechał do Warszawy po część… Trybik się wysłużył i trzeba wymienić. – Zastanowił się, czy nie powinien zaprosić jej do domu i zaproponować czegoś do picia. Dzień był upalny, chociaż dopiero połowa czerwca, ale lato roku 1935 zaczęło się wyjątkowo wcześnie.

Szczerze mówiąc, miał ochotę wyprosić tę dziewczynę. Źle się czuł w jej towarzystwie, poza tym miał robotę, a ona spacerami po umączonej podłodze skutecznie mu w niej przeszkadzała.

– Więc sam jesteś? – spytała.

– Ale mam robotę… – odpowiedział niezbyt grzecznie.

Stąpała ostrożnie, nogami obutymi w czarne, szykowne trzewiczki. Próbowała ominąć pył, bezskutecznie zresztą, ponieważ ten unosił się wszędzie.

– Może pójdziemy na spacer? – zaproponowała. – Bo ja bym chciała tobie coś powiedzieć…

– Mam robotę… – powtórzył z naciskiem.

Wzruszyła ramionami, a potem usiadła na niskim stosie worków z mąką i patrzyła, jak nosi sztukę po sztuce i układa na wozie. Kiedy skończył, podszedł do niej i usiadł obok.

– Co chciałaś mi powiedzieć?

– Już do nas nie przychodzisz… – zaczęła. – Nie czekasz na stacji…

Przestał czekać, kiedy kilka razy z pociągu wysiadła sama Mania. To było jeszcze wtedy, kiedy obie chodziły do szkoły. Po tym, jak Ania zaczęła chodzić do kolejnej szkoły w Warszawie, zaciął się i postanowił poczekać, aż sama do niego przyjdzie. Przyjeżdżała zresztą do domu rzadko i jej odwiedziny zaczęły być dla niego bardzo trudne. Kochał ją tak bardzo, że nie mógł oddychać, kiedy jej dłużej nie widział. Miał jednak świadomość, że ona należy do innego świata, zawsze należała, i wszystko przemawia przeciwko niemu, od tego Lilpopa nieszczęsnego począwszy, po szkołę, którą, jak się dowiedział, z wyróżnieniem kończyła. Ośmielił się zapytać Stanisława. Przywiózł im zamawianą na święta mąkę i przyjął zaproszenie Broni na szklaneczkę kwasu chlebowego.

– Już dawno Ani i Mani nie widziałem… – zaczął.

– Ależ Mania jest… – powiedziała Bronia. – Pracuje w bibliotece… – dodała z odcieniem dumy.

– Ooo – zdołał wykrztusić. – A… Anna?

– Ania szkołę skończy i w Warszawie zostanie – rzucił Stanisław, który wszedł na chwilę do kuchni w poszukiwaniu czegoś zimnego do picia.

– Stasiu, gdzie ty tu zapylony taki… – Załamała ręce Bronia.

Pewnie on też zapylony, tyle że mąką, a nie wiórkami drewna, jak ojciec Ani, pomyślał, oglądając siebie dyskretnie. Wprawdzie przed wyjściem oblał się obficie wodą z pompy i ubrania włożył czyste, ale mąka wżerała się w każdy skrawek jego ciała. Nie znosił tego.

– Anna w Warszawie zostanie? – spytał zdławionym głosem.

– Dla niej najlepiej – podsumował krótko Stanisław i pożegnawszy się, poszedł do swojej pracowni.

– Ania wróci… – Do kuchni wszedł Antoni, niski, zgarbiony i chudy i potoczył wzrokiem dokoła. – Do domu wróci…

Bronia wyprowadziła męża, a Paweł wyszedł na słońce. Pogłaskał Morusa, który przyczłapał do niego i podał łapę wykręconą reumatyzmem.

– Ty przynajmniej pamiętasz mnie, piesku... – Popatrzył w psie oczy. – Bo ona już mnie zapomniała...

Ile razy przypominał sobie tamtą rozmowę, tyle razy miał ochotę wyjść z młyna i iść przed siebie, gdzie go oczy poniosą, może właśnie do Warszawy, znaleźć jakąś pracę i Anię. Może gdyby był blisko, inaczej by było.

– Przecież już do szkoły nie chodzisz – powiedział do Mani, która patrzyła na niego z oczekiwaniem. – Zamyśliłem się, przepraszam...

– No właśnie. – Uradowała się, że potwierdził jej nadzieje, że tylko na nią czekał i dla niej przychodził na stację. – Teraz w bibliotece pracuję... Mógłbyś kiedy przyjść i pomóc książki nosić...

– Przyjdę – obiecał, chociaż wcale nie miał na to ochoty.

Ciągle siedział koło niej, a ona wygładzała rękoma kolorową sukienkę. Ręce miała takie same jak Ania, identyczne, nawet kształt paznokci dokładnie taki sam. Kiedy ręką przykryła jego dłoń, zamknął oczy. Potem poczuł na twarzy dotyk palców, które tak bardzo kochał, a w końcu muśnięcie jej warg. Nie otwierał oczu, zbolały z tęsknoty, marząc, żeby to był tylko sen. Obejmował jej talię, taką szczupłą jak zawsze, potem sięgnął ręką do kolan. Ciągle z opuszczonymi powiekami, szedł po znajomych ścieżkach delikatnej skóry i wiotkich, szczupłych nóg. Wzięła jego rękę i włożyła pod bluzkę. Tak dawno nie dotykał jej piersi, nie całował maleńkich różowych pączków. Aż mu się w głowie zakręciło. Chwilę walczył z pokusą otwarcia oczu, ale wiedział, że wtedy czar by prysł i musiałby uciec przed tą drugą, tym jakże podobnym, ale substytutem tej prawdziwej. Chciał jeszcze przez chwilę wyobrazić sobie, że całuje Anię, dotyka jej piersi i przesypuje palcami te szczególne włosy. Przecież potem, kiedy otworzy oczy, to wszystko zniknie i już więcej nie wróci. Nigdy później nie dotknie tamtej, bo nie jest Anią. Jest kimś innym, podobnym, myślał, całując jej wargi, ale jednak kimś innym. Ania odeszła, została w Warszawie i nie wróci do niego. Co w tym złego, żeby miał tę drugą? Przecież wtedy będzie blisko niej.

– Nie odchodź – powiedziała Ania w jego głowie. – Przecież się kochamy...

– Kim jesteś? – spytał, uparcie zaciskając powieki. – Czemu mnie tak dręczysz? Przecież wiesz, że ja dla ciebie...

Czuł pod sobą jej ciało, znajome i chętne, jej oddech koło swojego ucha, w głowie mu wirowało coraz bardziej, pod zaciśniętymi powiekami widział gwiazdy. Kiedy krzyknęła, wydawało mu się, że obie krzyczą, jedna pod nim, druga gdzieś obok.

Pomyślał, że u obu usłyszał ból, ale każdy miał inny odcień – u Mani czysto fizyczny, u Ani z głębi serca. Miał rację, bo Ania krzyknęła jak ranne zwierzę, zanim uciekła z młyna, z obrazem siostry i ukochanego splecionych ze sobą, ubielonych mąką poszarzałą od potu na ich ciałach.

ROK 1935

Pawłowi i Mani udzielał ślubu Ignaś, który specjalnie na tę okazję przyjechał z Warszawy, z uroczystą miną zawiązał im stułą ręce, a potem kazał powtórzyć słowa przysięgi. Mania mówiła głośno i wyraźnie, Paweł przeciwnie, cicho i nieśmiało. Wesele odbyło się w Brwinowie i miało raczej kameralny charakter. Wprawdzie za stołami zasiedli wszyscy Winni, którzy przeżyli wojnę i epidemię hiszpanki, ale rodzina Pawła przybyła nielicznie, trzymała się z boku i unikała zabawy. Próżno Bronia i Stanisław zachęcali do jedzenia pieczonego barana i podtykali frykasy pod nos, rodzina Pawła jadła, owszem, ale mało, tańczyli niewiele i szybko pojechali, jak to powiedzieli – „do siebie".

Ania niewiele pamiętała ze ślubu i wesela. Tamten czerwcowy dzień, kiedy nieoczekiwanie stanęła we młynie, śnił jej się po nocach. Budziła się zalana łzami i potem, a następnie długo nie mogła zasnąć. W dodatku nie mogła nikomu powiedzieć o swoim złamanym sercu, nawet Broni, a już na pewno nie Mani. Mania chodziła rozradowana po domu, tańczyła i śpiewała, a Ania schodziła jej z drogi, co było trudne, bo Mania opowiadała o swoim szczęściu wszystkim domownikom, dziadka nie wykluczając. Wieczorami, w panieńskim pokoju, snuła opowieści o ustach ukochanego, jego pracowitych dłoniach, którymi będzie wyrabiał dla niej chleb, i oczach, które oglądać będzie każdego dnia. Ania mogła zatykać uszy i mieć tylko do siebie żal, że własnej siostrze nie zwierzyła się z miłości do Pawła. „Gdyby wiedziała, nie sięgnęłaby po niego, gdyby tylko wiedziała, nie zrobiłaby tego", powtarzała sobie zamiast słuchać jej świergotu. O zdradzie Pawła nie chciała myśleć. Kiedy przyszedł z ojcem i macochą prosić o rękę Mani, Ania nie spojrzała na niego ani razu. Stała obok ojca, babci oraz siostry i patrzyła w dal. Wyobrażała sobie, że kwitną kwiaty, a brzoza jak co roku daje mnóstwo soku. Próbował się z nią spotkać. Wiedziała o tym, bo rzucał kamykami w okno, jak dawniej. Budziła się, ale nie podchodziła do okna i nie wychodziła do niego, bosa, z rozwianymi włosami. Kiedyś tuliła, całowała i uspokajała, nie czując zimna ani śniegu, teraz było inaczej. Miał przecież zostać mężem jej siostry.

Pomagała przy robieniu tortu i potraw. Łatwiej było jej to wszystko znieść. Bronia patrzyła na nią czujnie, więc Ania zmusiła się do uśmiechu, kiedy kręciła drugi tuzin jaj na tort. Bronia wysłała ją do obory po mleko, napominając, żeby wzięła w kwartę to od prawej, bo ono jest od Krasuli, a tamto drugie od Różyczki. Od Różyczki, według Broni, mleko nadawało się tylko na ser, ponieważ krowa była ciężarna i mogła zepsuć tort. Ania naturalnie pomyliła krowy, ciasto nie wyrosło, a Bronia załamała ręce nad zmarnowanymi dwoma tuzinami jaj, o mące i maśle nie wspominając.

– Co z tobą, dziewczyno? – pytała. – Czemuż ty taka nieobecna jesteś? Przecież to dla siostry twojej wszystko robimy...

Zwierzyła się synowej Kazi z dziwnego zachowania Ani, ale ta machnęła ręką.

– Mama się nie dziwi... U bliźniaczek tak jest. Mania wychodzi za mąż, to Ance jakby kto umarł... Jak Staszek się żenił, to Władek miejsca nie mógł sobie znaleźć, a zwyczajni bracia. Ania i Mania przecież jak jedno...

Bronia pokiwała głową ze zrozumieniem i zostawiła dziewczynę w spokoju, biorąc na siebie gotowanie, pranie i prasowanie. Jeden Antoni w przebłysku świadomości wziął ulubioną wnuczkę za rękę i powiedział:

– Tobie ciężko teraz, ale innego, dziecko, spotkasz... Ten nie był ci pisany...

Ania wypłakała wtedy na piersi dziadka połowę swojego nieszczęścia i na tyle lżej się jej zrobiło, że mogła nawet z Manią chodzić na przymiarki sukni ślubnej.

– I jak, dziewczynki? – pytała Barbarka, która szyła białe cudo w pracowni przy rynku.

– Pięknie... – wyszeptała Ania, patrząc na spowitą bielą siostrę.

– Wyglądam jak mąka, na którą ktoś krew wylał... – powiedziała Mania niezadowolona.

– Co też ty mówisz... – Oburzyła się, patrząc jak policzki Barbarki spowija ciemny rumieniec. – Suknia jest przepiękna. Wyglądasz jak królowa... Pani Barbarko... To arcydzieło... Proszę przyjąć moje najszczersze wyrazy zachwytu...

– Dla mojej siostry, pani Barbaro, proszę uszyć taką samą na ślub, tylko zieloną – nie mogła się powstrzymać Mania, której zawsze musiało być na wierzchu i ostatnie słowo też jej. – Do czerwonych włosów biel nie pasuje.

Kiedy wyszły, Ania strofowała siostrę, że tak się wobec Barbarki brzydko zachowała, ale ta nie zwracała uwagi na nikogo i na nic.

– Daj spokój… – Wzruszała ramionami. – Zaprosiłam Kasię Gołębiankę i Anię Mazurównę na ślub i wesele. Odpisały mi, że przyjadą. Co z moim tortem?

– Będziesz miała tort i wesele. – Ania zamknęła oczy. – Wszystko będzie jak trzeba… Przecież jestem twoją druhną…

Życzyła im szczęścia, starając się, żeby życzenia brzmiały szczerze i z głębi serca. Kiedy podała Pawłowi rękę, ten ścisnął ją mocno i popatrzył w oczy, starając się powiedzieć, że to nie tak miało być, ale ona uśmiechnęła się i odeszła, na odchodnym poprawiając Mani welon. Potem na weselu podszedł do niej i poprosił do tańca. To było po wołaniach „gorzko, gorzko", więc nie miała specjalnie nastroju. Próbowała wymówić się zmęczeniem, ale kłaniał się kilka razy, nie wypadało odmówić, więc wstała.

Zaczęli tańczyć walca. Patrzyła poza jego głowę, gdzieś na gości, którzy jedli i pili za zdrowie młodych, na zadowoloną Bronię i dziadka, który znów miał gorszy dzień, na ojca, który był bardzo smutny, i braci, którzy z przytupem tańczyli z Kasią Gołębianką i Anią Mazurówną.

– Przebacz mi… – usłyszała.

– Przebaczam… bądźcie szczęśliwi… – zakończyła taniec i usiadła przy babci, zmęczona tak bardzo, jakby pracowała w polu.

Wytrzymała jeszcze chwilę, zanim poszła do panieńskiego pokoju położyć się z pełną świadomością, że już nigdy nie będą leżały głowa przy głowie. Po weselu Paweł powiódł Manię nie do młyna, ale do mieszkanka nad biblioteką, które miasto ofiarowało bibliotekarce i jej mężowi. Ojciec wraz z Wackiem zabrali się do umeblowania młodych, Bronia do uczenia wnuczki gospodarstwa domowego, a teściowa do wypełniania nowych szaf i komód bielizną pościelową, garnkami i produktami pruszkowskiego porcelitu.

Ania zastanawiała się, czy nie wrócić do Warszawy i nie przyjąć oferty nauczania w Studium Nauczycielskim, ale pani Maria Grzegorzewska została usunięta ze stanowiska dyrektorki szkoły, a na znak protestu odeszło wielu nauczycieli, miedzy innymi uwielbiany przez nią Janusz Korczak. Odrzuciła także ofertę Platerek, głównie ze względu na narastające drżenie rąk babci. Wprawdzie babci Broni to specjalnie nie przeszkadzało, dalej szyła, myła dziergała i gotowała, ale coraz trudniej chodziła i Ania po wielu przemyśleniach doszła do wniosku, że nie może myśleć tylko o sobie i swoim nieszczęściu, ale musi pomóc w domu.

We wrześniu 1935 roku stawiła się przy ulicy Sportowej, w klasie czwartej szkoły powszechnej i stanęła stremowana przed dwadzieściorgiem dzieci, przedstawiając się jako ich nauczycielka.

ROK 1936

Prace w pałacu Wierusz-Kowalskich nabierały tempa. Dom już stał, obecnie wykańczano wnętrza i komponowano ogród, który otaczał okazałą rezydencję. Mieszkańcy Brwinowa szeptali do siebie podczas zakupów na targu, że dyplomata sprowadza cyprysy z południa i krzewy magnolii, które podobno spodobały się panience, kiedy wraz z całą rodziną była we Włoszech. Podobno tak się zachwyciła ich zapachem, że uprosiła ojca, by w nowym domu mogła widzieć je z własnej sypialni. Ojciec, który niczego córce nie odmawiał, kazał sprowadzić najpiękniejsze rośliny z ogrodów koło Bolonii. Miejscowi ogrodnicy, poinstruowani przez starszego syna Wieruszów, wkopali krzewy we wskazane miejsca, a potem podlewali je według instrukcji wodą ze studni, która była specjalnie nawiercona i przygotowana do pielęgnacji kwiatów. Panienka Łucja miała również decydujący głos, jeśli chodzi o urządzanie wnętrza. Nie było w tym nic dziwnego, ponieważ kończyła szkoły malarskie w samej Pradze i przebywała na plenerach w Hiszpanii, żeby móc dopasować światło do swoich obrazów. Kto, jak nie ona, był najbardziej odpowiedni do tego, aby pałac uczynić rezydencją, co się zowie?

– Ojczulku – mówiła przymilnym tonem, głaskając malutkiego pieska, którego wszędzie ze sobą nosiła niczym maskotkę. – W jadalni kredens będzie szeroki na całą ścianę. Stół musi być solidny, nogi wygięte, zakończone „łapami lwa". W moim pokoju pragnę mieć dębowy komplet… Wszystko we włoskim stylu… Chciałabym, żeby ktoś wykonał meble według mojego projektu. Co do joty…

– Ależ oczywiście, gołąbeczko – przytakiwał dyplomata. – Sprowadzimy stolarza z Włoch…

Przyjechał mały, czarny Sycylijczyk, kłótliwy i głośny, z którym nijak porozumieć się nie było można, a na dodatek krzyczał okrutnie, że miejscowe jedzenie mu nie służy, jest niezdrowe i powoduje wzdęcia. Dokładano wszelkich starań, żeby był zadowolony. Łowiono ryby, które kucharz Wieruszów przyrządzał na różne sposoby. Jednak ani szczupak w szarym sosie, ani karpie pieczone z cytrynami, ani nadziewane pstrągi nie były w stanie zadowolić stolarza. Guido zażądał warzyw, grożąc wstrzymaniem prac. Przyniesiono mu włoszczyznę i powołano się na wpływ królowej Bony w Polsce. Sycylijczyk wyrzucił związaną sznurkiem marchewkę, pietruszkę, seler i por do kosza, wznosząc ręce i oczy ku niebu. Podobnie zrobił z ogórkami kiszonymi i prawdziwkami zebranymi w lesie przez kucharza. Nie smakowała mu sarnina, mimo tego, że przyniesiono świeżo upolowaną sarnę i uduszono ją z grzybami i śmietaną. Im więcej podtykano mu potraw pod nos, tym bardziej Guido był zasępiony i nieskory do pracy. Panienka Łucja była coraz bardziej zafrasowana, a pani Wieruszowa organicznie wprost nie znosiła Włocha, który wydawał jej się podobny do diabła.

Wierusz-Kowalski zwierzył się Iwaszkiewiczom ze swojego nieszczęścia, a ci doradzili mu, żeby Sycylijczyka poczęstował pierogami, które mogłaby zrobić Bronisława Winna – najlepsza kucharka i gospodyni, jaka chodzi po okolicznej ziemi. Kowalski uścisnął dłoń przyjaciołom i poszedł porozmawiać z ową cudotwórczynią. Po krótkiej rozmowie Bronię zatrudniono do wyrobu makaronu, licząc, że i w pałacu dokona kulinarnego cudu. Zrozpaczony kucharz nie umiał poradzić sobie z tym zadaniem tak, aby Włoch zaczął jeść, a tym samym i pracować. Bronia najpierw obejrzała sobie dokładnie Guido, a potem doszła do wniosku, że problemem nie jest brak warzyw czy potraw, do których mężczyzna jest przyzwyczajony, tylko tęsknota za ojczyzną i mamą, która dla Guido gotowała sycylijskie potrawy. Bronia zaczęła od tego, że pogłaskała hałaśliwego Włocha po czarnej, kędzierzawej głowie, powiedziała: „Już dobrze, synku", a potem drżącymi palcami pod jego okiem wyrabiała makaron, osiągnąwszy coś podobnego do past przyrządzanych przez jego matkę i babkę. Guido klęknął przed Bronią na kolana, ucałował jej umączone ręce, potem zaczął jeść, a wkrótce potem pracować. Wszyscy w pałacu odetchnęli z ulgą.

Panienka Łucja, którą Sycylijczyk nazywał „Lucziją", znów miała co robić, rysowała, kolorowała, podtykała mistrzowi pod nos projekty, a on kręcił głową, wrzeszcząc, żeby starła to natychmiast i nie pokazywała takich bohomazów albo kiwał głową z aprobatą, chwalił jej gust i zapewniał, że praca z nią to sama przyjemność. Łucja zagryzała wargi, uspokajała pieska, który wabił się Bibi, żeby nie szczekał na Guido, ścierała i rysowała jeszcze raz albo, w zależności od pochwały Włocha, jaśniała na twarzy. Szybko stało się jasne, że Guido musi mieć kogoś do pomocy. Byłby w stanie zakończyć wszelkie prace samodzielnie, ale Tadeusz Wierusz-Kowalski obliczył, że trwałoby to rok, podczas którego Guido swoimi kulinarnymi wymaganiami doprowadziłby wszystkich do obłędu. On sam, chociaż ukochanej córce nie zwykł niczego odmawiać, rychło znalazłby się w Tworkach. Ustalono zatem, że Bronia zostanie wypożyczona ze Stawiska na czas nieokreślony do pomocy kucharzowi, głównie do wyrobu nitek z ciasta i kluseczek z ziemniaków, które Guido nazywał noczczi, a Stanisław razem z Wackiem będą pod jego kierunkiem robili meble.

– Ten Włoch nie umie stolarki – Stanisław zwierzał się wieczorem Broni, Ani i Antoniemu. – Głównie krzyczy coś po włosku...

– Może umie – łagodziła Ania. – Tylko tatuś nie rozumie, o co mu chodzi.

– Najgorsza ta... „panienka" – Skrzywił się Wacek, który wyrósł na silnego, zdrowego chłopaka z ryżą czupryną i wesołymi oczami. – Rysuje, co ma być zrobione... Nosa przy tym zadziera, a mówią, że sierota...

– Ach, to ta... – skojarzyła Ania niegdysiejsze opowieści o dziewczynce, która na pikniku tak spodobała się Wieruszowi, że adoptował ją i zabrał do Europy. – Zapomniałam o niej...

– Jasiek nie zapomniał – wtrąciła się Bronia. – Na elektryka się najął...

– To ci dopiero... – zaśmiała się Ania. – Cała nasza rodzina tam stacjonuje? W pałacu?

– Prawie cała... – Bronia się uśmiechnęła. – Pawełek mąkę dostarcza na ten makaron... Taką specjalnie robioną... A Mania ma kompletować bibliotekę pod okiem pani... Nie mówiła ci?

Ani jakby ktoś starł uśmiech z twarzy, kiedy Bronia wspomniała Pawła. Minął ponad rok, ale pamięć o nim i myśl, że kładzie się do jednego łóżka z jej siostrą, bolała jak otwarta rana.

– Może ciebie na nauczycielkę poproszą... – Tadzik się uśmiechnął..

– Raczej nie. – Bronia machnęła ręką. – Synowie dorośli, panienka też, zresztą ona uczona za granicą i już wszystkie rozumy pojadła...

– To całe szczęście – powiedziała Ania, której nie uśmiechało się spotkanie z Manią i Pawłem.

Póki mieszkali z dala od siebie, Ania była spokojna, ale kiedy tylko zbliżały się rodzinne święta i trzeba było zasiąść przy jednym stole, robiła się nieswoja i miała ochotę uciekać. Mania, jako że zupełnie nie były ostatnimi laty blisko, nie rozumiała, o co chodzi i wyrażała żal, iż to wszystko przez te nauki, kiedy były rozdzielone. Teraz Ania jakoby w innym świecie żyje, a i ona, co czasami dodawała, przez małżeństwo i odejście z domu tyle czasu, co dawniej, z siostrą nie spędzała. Stąd między nimi ten dystans i chłód, opowiadała Broni, kiedy ta pytała, dlaczego Ani nie zaproszą do siebie do mieszkania, żeby zobaczyła, jak się urządzili.

– No i ta panienka Łucja. – Dyskusja przy stole trwała w najlepsze. – Rysuje jakieś pozbawione proporcji meble, a tatuś musi to dopasowywać i robić tak, żeby była zadowolona.

– Czemu ty się na nią złościsz, Wacusiu? – spytała Bronia. – Przecież ona się stara i miła taka dla nas jest...

– Na nas z Tadzikiem patrzy z góry... – skrzywił się Wacek. – Ostatnio zupę jadłem u nich, w jadalni dla służby. Babcia mi dała. Ta weszła i spojrzała na mnie, jakbym jej zwierzątku łeb ukręcił...

Bronia zdzieliła go ścierką.

– Nie gadaj tak, to nie po chrześcijańsku...

– Ależ to prawda, babciu. Ona tego Bibi w koszyku nosi jak dziecko albo lalkę jaką. Ten pies samodzielnie nie chodzi. Sadza go przy stole i je z jej talerza...

– No właśnie – potwierdził Tadzik. – Mnie ten Bibi nie lubi i zawsze na mnie szczeka. Łucja stwierdziła, że to znaczy, że nie jestem dobrym człowiekiem i kto wie, czy nie każe mnie odesłać, bo tej małpce się nie podobam...

– To pies... – zaprotestowała Bronia.

– Tylko podobny do małpy – wpadł jej w słowo Wacek.

– A tatuś uśmiecha się do „panienki" i pyta, czy jest tak, jak ona chce... – odezwał się z pretensją w głosie Tadeusz.

Stanisław wzruszył ramionami. Był bardzo zadowolony z pracy w pałacyku. Wierusz-Kowalski dobrze płacił, ten Włoch był całkiem do rzeczy, kiedy nie przeszkadzał mu pracować, a panienka z pieskiem była bardzo miła. Na niego nie patrzyła z góry. Ostatnio nawet ucięli pogawędkę, kiedy on mocował zwieńczenie kredensu, a ona oceniała, czy jest tak, jak sobie zażyczyła.

– Pan jest bardzo zdolny... – powiedziała wtedy. – Gdybym wiedziała, że pan tu mieszka, nie trzeba byłoby sprowadzać Guido z Włoch...

– No, ale w ten sposób moja rodzina nie jadłaby na kolację wspaniałego makaronu, który nauczyła się wyrabiać moja własna matka – ośmielił się zażartować.

Roześmiała się głośno, a jemu nagle przypomniała się Władzia, która śmiała się tak samo, na policzkach robiły jej się dołeczki, a oczy zamykała na podobieństwo aksamitnych przecinków. Ta dziewczyna śmiała się identycznie.

– Panienka Łucja przypomina mi kogoś... – powiedział.

– A kogo? – Odchyliła głowę. – O... świetnie, tak zostawmy – pokazała palcem na witrynę.

– Kogoś, kto umarł dawno temu... Panienki nie było wtedy na świecie...

– O, przykro mi... – Spojrzała ze współczuciem. – To był dla pana ktoś bliski?

– Bardzo bliski... – Pokiwał głową i pochylił się nad jej projektem stołu do jadalni, który zaraz miał zacząć ciosać, korzystając z tego, że Guido zajęty był robieniem dla Łucji łoża z baldachimem wspartego na nóżkach w kształcie lwich łap i z wezgłowiem malowanym w słynne konie. Więcej już nie wracali do tego tematu, ponieważ do jadalni weszli Wacek z Tadzikiem, a Bibi zaczął cienko szczekać.

Jasiek Winny nigdy nie zapomniał o kruczowłosej dziewczynie. Kiedy rozeszła się wieść, że dyplomata wraz z adoptowaną córką wrócił z zagranicznych wojaży, gotów był diabłu duszę zaprzedać, żeby dostać się do pałacu. Na szczęście trwały prace remontowe i szukano elektryka, a Jasiek był świetny w swoim fachu.

Myślał, że ona go będzie pamiętała, ale rozczarował się srodze, bo spojrzała na niego życzliwie, ale dopiero po dłuższej chwili przypomniała sobie, jak zapłacił dziesięć złotych za jej obrazek.

– Mam go do tej pory – powiedział. – Oprawiłem i wisi u mnie w pokoju...

– To była moja pierwsza praca. – Spojrzała na niego. – Pan ją kupił na festynie. Teraz pamiętam... Pozostałe obrazy kupił ojczulek...

– Czy pani wciąż maluje? – spytał, głaskając pieska po chudym łebku i dziwując się, jak taka pokraka, trzęsąca się jak osika, może w ogóle ustać na chudych jak zapałki nogach.

– O tak. – Pokiwała głową. – Skończyłam szkołę malarstwa w Pradze... Kształciłam się u... najwybitniejszych.

– Czy pokaże mi pani kiedyś swoje obrazy? – ośmielił się spytać, nie przestając drapać psa za sterczącymi uszkami.

Zawahała się na chwilę.

– Naturalnie... – odparła. – W sobotę rodzice urządzają piknik dla przyjaciół... Gdyby pan zechciał przyjść...

Szczęśliwy Jasiek pokiwał głową i ledwie doczekał końca dniówki, wrócił do domu i w zaciszu swojego pokoju marzył o tym, żeby krucze warkocze oplotły jego szyję i ramiona.

Mało kto zauważył, że w pałacu kwitł nowy romans. Guido zamarzył się włoski placek z rodzynkami i orzechami. Sycylijczyk miał tak wielką ochotę na kawałek ciasta, chociaż trochę podobnego do panettone, że znów przestał łóżko panienki budować, siedział smutny w ogrodzie i patrzył w dal. Bronia na błagalne spojrzenia pana Kowalskiego powiedziała, że ma mnóstwo pracy przy makaronach i sosach, nie mówiąc o tym, że ręce drżą jej coraz bardziej. Kazia była zajęta w Stawisku, bo pan literat zapraszał co sobota największe nazwiska „kulturalne" w Polsce i podejmował ich najlepszymi potrawami. Nie było mowy o tym, żeby ją chociaż na jakiś czas stamtąd „wypożyczyć" jak Bronię. Wierusz-Kowalski resztką cierpliwości zapytał

Bronię, czy nie zna kogoś, kto wyrabia takie baby, jak te z dzieciństwa Sycylijczyka. Bronia przypomniała sobie wtedy o Andzi, porozmawiała z nią, wytłumaczyła, co i jak i ta z radością zgodziła się pomóc. W ten sposób Andzia pojawiła się którejś soboty z wielką babą w jednej ręce, a Jerzykiem w drugiej. Śmiało weszła do pałacyku frontowymi drzwiami i zapytawszy o Włocha, została skierowana do kuchni, która mieściła się w podziemiach pałacu.

– Dziń dybry – wykrztusiła na widok niskiego, czarnowłosego mężczyzny. – Miałam dla pana upiec ciasto...

Mężczyzna wpatrzył się w nią ze zdumieniem i Andzia zaczęła się jąkać zaczerwieniona, aż uświadomiła sobie, że ten człowiek jej po prostu nie rozumie i choćby powiedziała mu najgorszą rzecz na świecie, to nie przestanie się uśmiechać i wpatrywać w nią zdziwionymi oczami. Wyciągnęła przed siebie paczkę z ciastem.

– Podobno pan lubi babki drożdżowe...

Guido wyciągnął ręce i wziął pakunek od tej prześlicznej kobiety z jasnymi warkoczami spiętymi na czubku głowy, przenikliwym błękitnym spojrzeniem i niemym chłopcem u boku. Andzia ukłoniła się, poprawiła Jerzykowi czapeczkę jak dziecku, którym już dawno nie był, i poszła z powrotem do domu.

– Kim ona jest? – zapytał Guido Luczíję, po zjedzeniu ciasta i wylizaniu papieru do ostatniego okruszka.

– To krewna kobiety, która robi tobie nioczczi... – wyjaśniła mu Łucja.

– Czy ona jeszcze do mnie przyjdzie? – indagował Guido, który znów nie był w stanie budować łóżka z baldachimem, ale tym razem miał wymówkę w postaci tęsknoty za nieznajomą, która miała zdolności do wyrabiania ciast i urocze *bambino*. – Bez ciasta Guido usycha...

Zapewniono go, że Andzia będzie piekła dla niego baby, szarlotki oraz serniki. Czekał z nosem przyklejonym do szyby co drugi dzień, tyjąc przeraźliwie po tych wszystkich specjałach, jakimi go raczono na co dzień. Pracował coraz gorzej, właściwie w ogóle nic nie robił, co doprowadzało Kowalskich do białej gorączki.

Stanisław tymczasem z synami kończył stół i zabierał się do robienia krzeseł, nie czekając, aż pryncypałowi przejdą amory. Sam miał w głowie panienkę Łucję, która taka była podobna do Władzi, że Stanisław postanowił czym prędzej pracę skończyć, żeby się uwolnić od przeświadczenia, że Łucja to Władzi i jego córka. Trudno mu zwłaszcza było pracować, kiedy dziewczyna przychodziła do niego i śmiała się śmiechem Władzi, proponując im ciasto, zimne przekąski albo lemoniadę.

Andzia i Guido nadal nie mogli się porozumieć, ale może dlatego tak dobrze im się rozmawiało. Ona po polsku opowiadała mu o swoim życiu z Winnymi, a potem krótkim szczęściu w małżeństwie, a on mówił, jak w marcu na Sycylii kwitną drzewa owocowe, przede wszystkim pomarańcze, jak jest ciepło i jasno. Ona opowiadała, że jeśli chce, to może mu piec babki drożdżowe albo bakaliowe tak długo, jak on w Polsce będzie, a on jej odpowiadał, nie rozumiejąc pytania, że chętnie zje z jej rąk każdy okruszek ciasta, który ona mu przygotuje i wcale nie spieszy się na Sycylię, chyba że Andzia i Jerzyk zabiorą się wraz z nim. Po pół roku stało się jasne, że powoli kończy się zapas mąki w pałacyku, a Guido nie zrobi u Wieruszów żadnego więcej mebla, póki kobieta ze smutnym chłopcem nie powie mu „tak".

Skromny ślub odbył się w Brwinowie. Guido pożyczył od pana Kowalskiego śmieszny strój, w którym wedle Winnych wyglądał jak pingwin, a według Andzi jak prawdziwy mężczyzna. Andzia miała na sobie sukienkę Mani Winnej, którą Barbarka poszerzyła nieco i skróciła znacznie, zważywszy na Andzi proporcje. Mania, która ofiarowała na ten cel własną kreację ślubną, zapytała najpierw Anię, czy by nie zostawić dla niej owego koronkowego cudu, ale siostra, ku jej zdumieniu, odpowiedziała, że ona za mąż nie zamierza wychodzić i sukni potrzebować nie będzie. Poparła zatem pomysł, żeby Andzia wyszła za mąż za Włocha z pełnym przepychem i otrzymała suknię od Mani wraz z życzeniami szczęścia.

Wesele było właściwie przyjęciem na kilkanaście osób i odbyło się w pałacu. O menu zadbał sam pan młody, którego dopuszczono do kuchni i pozwolono na to, żeby robił, co tylko chce. Włoch po dokładnym zabrudzeniu i umączeniu całego pomieszczenia, przyrządził bardzo smaczne potrawy o nazwach, których nikt nie mógł zapamiętać. Co więcej, jedzenie smakowało nawet Bibiemu, który był wyjątkowo kapryśny i miał wrażliwy żołądek. Z braku muzyki weselnej, o której jakoś nikt nie pomyślał, Guido wychyliwszy dzban wina z piwnic Kowalskich, sam zabrał się do dzieła i zaczął śpiewać głosem czystym i mocnym, jak jakiś anioł.

Zaraz po ślubie Sycylijczyk wyprowadził się z pokoi pałacowych i ku uciesze pana Kowalskiego i rozczarowaniu panienki osiadł w Brwinowie, w domu Broni, który Andzia od niej dzierżawiła. Do końca życia Guido kaleczył język polski, a Andzia nie chciała uczyć się włoskiego. Kiedy on się na coś denerwował, biegał po pokojach i krzyczał po włosku, Andzia wzruszała ramionami, ponieważ nic nie rozumiała. Kiedy ona miała na Guido „nerwa", wygrażała nieszczęsnemu piąstkami, co go tak wzruszało, że natychmiast klękał u jej stóp i całował te małe, wymachujące rączki. Jak się dogadywali, jeden Bóg raczył wiedzieć, ale, jak mawiała Bronia, może dlatego byli tak zgodnym i dobrym małżeństwem.

Panna Łucja podarowała Guido i Andzi specjalną patelnię, żeby mógł te swoje sosy pichcić, a rodzina Wierusz-Kowalskich, korzystając z tego, że trwał remont, użyczyła ekipy i w prezencie przekształciła skromną chałupkę w istne cudeńko.

Na przyjęciu weselnym obok Ani siedział Jasiek Winny i nie spuszczał Łucji z oka. Kiedy zaczęły się tańce, ukłonił się elegancko i poprosił dziewczynę do walca przy akompaniamencie jakiejś przepięknej pieśni, którą śpiewał pan młody. Łucja nie była niechętna, tylko uważała tańce z chłopcami niższego stanu za uwłaczające. Ten jednak, musiała przyznać, był zupełnie inny. Pierwsza różnica dotyczyła lat. Jasiek był od niej starszy, miał już fach w ręku i pracę. Książek nie czytał, ale wspominał, że jego kuzynka pracuje jako nauczycielka w szkole i jeszcze występuje w radiu, gdzie czyta dzieciom wiersze Tuwima i Brzechwy. Łucji to szalenia zaimponowało i stwierdziła, że istotnie bardzo chciałaby Jaśkowi pokazać swoje obrazy. Tańczyli tak jeszcze kilka razy i Jasiek ośmielał się przyciskać ją w tańcu do siebie, a ona, udając, że jest bardzo zmęczona, pozwalała mu na to, żeby ją za ramię obejmował i do krzesła odprowadzał.

Przyjęcie skończyło się późno w nocy. Ostatnim punktem był krzyk panny młodej, że nie ma jej synka. Rzeczywiście Jerzyka od dłuższego czasu nikt nie widział. Wierusz-Kowalscy i Winni zaczęli szukać chłopaka w różnych zakątkach domu, a Andzia dostawała spazmów, że może Jerzykowi stała się krzywda, bo mógł chcieć wrócić do domu i zabłądzić po nocy. Daremnie zapewniano ją, że Jerzy jest już duży, nie jest maleństwem i na pewno poszedł się przejść. W końcu Łucja wpadła na pomysł, żeby zajrzeć do stajni. Tam razem z Jankiem znaleźli chłopaka, który położył się na sianie pod kopytami koni w białej koszuli oraz ciasnym tużurku i zasnął tak mocno, że kiedy Jasiek go wynosił na rękach, a potem stęskniona matka pokrywała pocałunkami bladą twarz, nawet nie mrugnął powiekami.

Już drugiego dnia po wprowadzeniu się do nowego domu Guido zabrał się do poprawiania pokoików i remontu kuchni, ale rzucił to wszystko, kiedy zobaczył w przybudówce okazały zduński piec.

– Będę piekł! – wykrzyknął głośno po włosku, a po polsku dodał: – Wanda moja, my mamy do pieczenie takie urządzenie…

– Ale to nie jest piec do pieczenia ciasta, Guiduniu. – Oblubienica pokiwała głową z politowaniem.

– Twoja mąż zrobi ciasto... – Upierał się Guido.

Andzia machała ręką w myśl zasady: „A gadaj sobie, ile chcesz". Nie doceniła jednak starań swojego męża i jego pragnienia ofiarowania jej, Jerzykowi oraz ich przyszłym wspólnym dzieciom lepszego życia. Guido sprowadził do domu Antoniego, który tym razem miał na tyle dobry dzień, że wytłumaczył Włochowi, że nie da się z takiego pieca zrobić innego. Dodał też, że kiedyś zbudowałby mu piec chlebowy, ale dziś nie ma już na to siły. Może za kilka lat Tadeusz by potrafił, teraz jest na to stanowczo za młody. Sycylijczyk nie dał za wygraną i poprosił Tadzika, który z charakterystycznym dla młodości pojmowaniem słów „nie można", powiedział, że nie wie, czy mu się uda, ale będzie próbował. Zajęło mu to trochę czasu, jednak się udało i Guido z dumą zaprezentował żonie piec chlebowy.

– Pizza neapolitanka będzie piekła… – oświadczył i ze szczęścia wycałował żonę i synka.

Włoska pizzeria „U Guido" została otwarta jako pierwsza w okolicy, a kto wie, może nawet w całym kraju. Początkowo dziwny, okrągły wypiek Włocha nie budził entuzjazmu nawykłych do innego jedzenia miejscowych. Z czasem to się jednak zmieniło. Pierwszy pizzę u Guido zaczął zamawiać pan Wierusz-Kowalski, ciesząc się po cichu, że Guido innym zajęciem teraz się para niż przesiadywanie u niego w domu i udawanie stolarza. Początkowo robił to tylko dlatego, żeby Sycylijczyk nie zwinął interesu i nie zaczął na powrót mebli robić, ale z czasem przekonał się, że podpłomyki, na których leżały roztarte pomidorki z przyprawami, czosnkiem i innymi warzywami czy mięskiem, są bardzo smaczne. Z czasem sława Guido sięgnęła do Podkowy Leśnej, potem Milanówka, a następnie Pruszkowa i kto wie, czy nie doszłaby do samej stolicy, gdyby nie to, że Andzia urodziła mu *bambino* i Włoch uparł się, że chce wracać do swojej ojczyzny i tam przy boku jego *mamma* wychowywać chłopca na dobrego włoskiego człowieka. Dziecko zostało nazwane Benito na cześć jakiegoś krzyczącego dużego Benita, którego Guido uważał za zbawcę i chłonął radiowe krzyki niczym gąbka.

Wiosną 1938 roku zapłakana Andzia razem z Jerzykiem, Guido i Benitem, żegnani przez pochlipujące przedstawicielki rodziny Winnych, udali się na pociąg do Warszawy, a stamtąd mieli jechać na południe koleją. Smutny jak zwykle Jerzyk machał przez okno, kiedy pociąg robił „hu hu", a Mania Winna przy pożegnaniu wczepiła się w Andziny płaszcz, krzycząc, że ona nie chce matki tracić po raz drugi w życiu. Po tej deklaracji Andzia o mało nie porzuciła Guido i nie wysiadła z pociągu razem z dziećmi. Ania musiała interweniować, uspokajać obie, chociaż i jej się na płacz zbierało, bo obok Broni Andzia także dla niej była jak matka.

– Bo ona już nie wróci… – płakała Mania siostrze w kołnierz, po tym jak pociąg odjechał w kłębach pary.

Ania pogłaskała siostrę po policzku, a potem objęła i przytuliła mocno.

– Pewnie nie wróci, bo z Guido będą we Włoszech mieszkać, dzieci narobią i gdzie im tam wracać. A i podróż daleka i kosztowna… – pocieszała ją. – Czemu płaczesz? Trzeba się cieszyć ich szczęściem…

– Bo ty mnie już nie kochasz… – rozpłakała się Mania. – Nikt mnie nie kocha…

– Co też ty mówisz?… – powiedziała cicho Ania, wpatrując się w piegowatą twarz siostry.

Rzeczywiście, unikała jej ostatnimi czasy jak mogła, spotykając się tylko na uroczystościach rodzinnych, co i tak kosztowało ją tyle bólu, że ledwie mogła unieść takie brzemię. Mijały lata, a ona nie przestawała kochać Pawła. Co więcej, była najzupełniej pewna, że i on ją nadal darzy uczuciem. Mania najwyraźniej nie była szczęśliwa i Ania słusznie przypuszczała, że stoi jak duch między małżonkami na drodze do ich szczęścia. Targana wyrzutami sumienia, postanowiła porozmawiać z siostrą i okazać jej nieco serca.

– Paweł mnie nie kocha… – wyznała Mania, kiedy były już w ich mieszkaniu i parzyły herbatę w czajniczku. – Myśli o innej…

– Dlaczego tak uważasz? – Ania wykrztusiła z wysiłkiem.

– Czuję to. – Mania złapała się za serce. – Tu czuję…

– A ty jego kochasz?

Mania zastygła w niemym zdumieniu. Jakżeby kochać Pawła nie miała, skoro wyszła za niego za mąż?

– Wszystko bym dla niego zrobiła – powiedziała. – Zabiła i serce oddała, gdyby trzeba było… Rękę bym mogła dla niego uciąć i oczy wydłubać…

– Maniu… On na pewno cię kocha, tyle że nie umie pewnie ci tego okazać... – tłumaczyła. – Bądź cierpliwa, a wszystko się ułoży…

Mania poszła obmyć oczy wodą z miski, a potem usiadła koło Ani.

– Dwoje was mam najdroższych na świecie, a sama jestem jak palec… – wyszeptała. – Ty masz swoje szkoły, dzieci, sprawy, a Paweł… ciągle myślami gdzie indziej…

– Będę częściej przychodziła – zapewniła Ania. – Żeby ci smutno nie było, dobrze? Jak biblioteka? – zmieniła temat.

Siostra ożywiła się na chwilę i zaczęła opowiadać, jaka jej praca jest ważna i odpowiedzialna. – Wczoraj był ten pan z Podkowy Leśnej, ten, co ma dom z wieżyczkami i kolorowe szybki w oknie na piętrze…

– Ach, ten – przypomniała sobie Ania. – Pożyczał coś?

– No właśnie do Pawła przyszedł, mąkę chciał od niego kupować dla siebie, bo Paweł sławny teraz, od kiedy zaczął dla Wieruszów i Guido mielić…

– Myślałam, że po książki przyszedł do ciebie… On tak mąkę kupuje u was, a nie we młynie, jak inni?

– Ech – westchnęła Mania. – Tyle razy ci tłumaczyłam, że są różne rodzaje mąki. Nawet jeśli wygląda tak samo, to jest zupełnie inna. Jeśli ktoś chce specjalną, musi zamówić u Pawła.

– Jak inna? – Ania nie zrozumiała.

– Jedna jest na kluski, inna na ciasto, a jeszcze inna na te włoskie specjały…

– No tak, rzeczywiście kiedyś mi to wyjaśniałaś…

Usłyszały klucz w zamku i po chwili oczom Ani ukazał się Paweł, zakurzony, zmęczony, ale po dawnemu przystojny. Wyglądał na bardzo smutnego. Na widok Ani zatrzymał się w pół kroku i zapytał:

– Szanowna moja szwagierka zamierza składać nam wizyty częściej niż raz do roku?

Ania pokiwała głową.

– Ja nie chciałam wam przeszkadzać, dlatego… dlatego nie przychodziłam… Ale dziś odprowadzałyśmy naszą Andzię i tak nam smutno… I ja już pójdę, Maniu…

Mania i Paweł oboje zaczęli prosić ją, żeby została i zjadła z nimi kolację. Przecież są najbliższą rodziną. Została więc i zjadła gołąbki ze swoją siostrą połówką i ukochanym, który nie był jej, i to nie było tak bolesne, jak myślała, a nawet całkiem miłe, kiedy siedzieli sobie we trójkę w małym mieszkaniu nad biblioteką. Paweł nastawił patefon i Ania aż klasnęła w ręce, kiedy usłyszała mocny głos Jana Kiepury śpiewającego *Brunetki, blondynki…*, bo przypomniał jej się wujcio Lilpop, który Jana Kiepurę znał, niejedną noc z nim przegadał w Krynicy i słuchał jego śpiewu w najlepszych salach operowych Europy. Myśl o wujciu też już nie była tak przykra, jak kiedyś, bo żal i wyrzuty stopniowo ustępowały wesołym wspomnieniom. Teraz na przykład przypomniało jej się, jak słuchali razem arii śpiewanych przez Kiepurę i wujcio, chcąc zatańczyć, wygiął się tak nieszczęśliwie, że nie mógł się potem wyprostować. Ania wpadła w panikę, a on na przemian śmiał się i krzywił z bólu.

– Pójdę już – powiedziała. – Jest bardzo późno…

– Ja ciebie, szwagierko, odprowadzę. – Paweł wbił w nią swoje niebieskie spojrzenie.

– Nie, nie… – Przestraszyła się. – To przecież nie jest daleko, raz dwa polecę…

– No pewnie, że Pawełek cię odprowadzi, moja droga. – Oburzyła się Mania. – Sama poleci, też coś…

Poszli zatem oboje w stronę jej dawnego domu, a nogi same ich poniosły w las, gdzie kiedyś przysięgali sobie miłość nad magicznym jeziorem. Długo szukali, bo oczko wodne chowało się przed nimi i nie chciało po zdradzie, jakiej Paweł się dopuścił, znów im służyć swoją wodą, ale w końcu znaleźli. Stanęli przed na wpół wyschniętym jeziorkiem, które odarte z czaru, przypominało większą kałużę. Słychać było nawet rechot żab.

– Co się z nim stało? – Ania nie mogła zrozumieć. – Odrzuciło nas… Wyschło z rozpaczy…

Dwie łzy popłynęły jej z oczu, ciężkie od żalu za tym, co mogło być, a czego już nigdy nie doświadczy. Paweł wziął ją za rękę, której nie wyrwała i ukląkł przed nią, obejmując ją ciasno i głowę chowając w jej brzuch.

– Wybacz mi... – poprosił.

– Już ci wybaczyłam... – powiedziała nieprawdę. – Prosiłeś mnie i ja ci wybaczyłam... Prosiłeś kilka razy...

– Może to ja sobie nie umiem wybaczyć... – wyszeptał.

Nie mogła nic wykrztusić z zaciśniętym gardłem.

– Wróć do mnie... – powiedział ledwie dosłyszalnie, a wtedy ona wyrwała się z objęć i spojrzała na niego nieprzyjaznym wzrokiem.

– W kościele przysięgałeś – przypomniała mu. – Przed Bogiem... Że jej nie opuścisz aż do śmierci...

Paweł opuścił głowę, ale nie śmiał powiedzieć, że to jej wtedy przysięgał przed Bogiem, bo nie umiał znieść myśli, że to nie Ania stoi u jego boku, tylko ktoś tak do niej podobny.

– Chodźmy stąd – zarządziła. – Babcia się będzie martwiła, a ty musisz wracać do swojej żony. Jeśli ją skrzywdzisz, to ja cię zabiję.

Odchylił głowę, jakby dostał w twarz, ale po chwili zgodził się w milczeniu z jej wyrokiem.

– Powiedz mi tylko jedno – poprosił. – A ja już nigdy więcej ciebie o nic nie zapytam i nigdy więcej nie zasmucę Mani...

– Co mam ci powiedzieć? – spytała, bojąc się, że każe jej przysiąc, że już go nie kocha i tylko pod tym warunkiem zostawi ją w spokoju.

– Czemu wtedy przyszłaś do młyna?

– Chciałam ci powiedzieć, że cię kocham i wróciłam do ciebie... – Pozwoliła sobie na okrucieństwo wobec niego.

Stał w milczeniu dłuższą chwilę.

– Ty mi też powiedz... – poprosiła. – Dlaczego...? Nasza miłość była czysta... Dlaczego wy...?

Ukrył twarz w dłoniach. Co miał jej rzec? Może tego, że nigdy sobie nie wybaczy tamtego popołudnia we młynie i nie zapomni jej krzyku.

– Musisz ją pokochać – powiedziała jeszcze. – Ona nie może przez nas cierpieć.

– Nie będzie cierpiała – przyrzekł.

Droga do domu upłynęła im w milczeniu. Pod domem Ania objęła go i uśmiechnęła się.

– Bądź zdrów, szwagrze – powiedziała.

ROK 1938

Jan Winny przyszedł na piknik w białej koszuli i z bukietem kwiatów, które wręczył Łucji wśród chichotów jej koleżanek.

– Szanowanie... – Stuknął obcasami i wszedł do środka.

Szybko stało się jasne, że ktoś taki jak on zupełnie do tego towarzystwa nie pasuje. Na wiklinowych krzesłach siedziały damy, jakich Jasiek do tej pory nie widział, i zasłaniały się przed słońcem białymi parasolkami. Piesków takich jak Bibi było w towarzystwie jeszcze trzy i Jasiek usilnie starał się nie kopnąć i nie rozdeptać żadnego z nich. Na dodatek na środku trawnika stał stół przykryty białym obrusem, a na nim mnóstwo ciast, drobnych słodyczy i przekąsek, których postanowił na wszelki wypadek nie ruszać, bo nie był pewien, czy na pewno są przeznaczone do jedzenia.

– Czy mógłby pan przynieść mi nieco ponczu? – zwróciła się do niego jasnowłosa dziewczyna w białym stroju, z kapeluszem słomkowym na głowie, brzydka jak wietrzna noc listopadowa.

Ukłonił się i podszedł do stołu w poszukiwaniu pączków, ale nigdzie takowych nie było. Wrócił więc do dziewczyny i powiedział jej, że może przynieść jej inny deser, jeśli sobie tego życzy. Brzydka dziewczyna spojrzała dziwnie, odwróciła się i poszła do koleżanek, z którymi szeptała coś, spoglądając spode łba na Jaśka. Było mu nieprzyjemnie i był pewien, że śmieją się z niego, tylko nie rozumiał zupełnie, dlaczego. Kolejny koszmar zaczął się, kiedy Łucja zarządziła turniej tenisa. Wszyscy udali się na pobliski kort, gdzie długo licytowano się, czy odbędą się mecze indywidualne czy deble. Łucja zapytała Jaśka, czy dobrze gra w tenisa, a on musiał się przyznać, że zupełnie nie wie, o co w tej grze chodzi. Dziewczyna od pączków zaśmiała się głośno i poszła wybierać rakietę, a Łucja spojrzała z ukosa i poleciła mu, żeby zajął miejsce na trybunach. Usiadł więc nieszczęśliwy i zapatrzył się w panny, które w bieluteńkich strojach odbijały niewielką żółtą piłkę. Pilnował, żeby klaskać dokładnie w tych momentach, w których klaszczą inni.

– Podobało się panu? – zwróciła się do niego, kiedy skończyli.

– Najbardziej to, że pani wygrała. – Ukłonił się ponownie.

Brzydka dziewczyna zerwała z głowy słomkowy kapelusz.

– Strasznie chce mi się pić...

– Chętnie paniom przyniosę czegoś do picia. – Jasiek zerknął na stół, na którym stała waza z kolorowym napojem. – Lemoniady?

– To jest poncz – niegrzecznie powiedziała brzydka. – Już prosiłam, żeby pan mi przyniósł, a pan pomylił go z pączkami…

Łucja i jeszcze dwie dziewczyny, które stanęły koło nich, wybuchnęły śmiechem. Jasiek stłumił chęć wytargania brzydkiej za mysie warkoczyki.

– W takim razie panie wybaczą moją niewiedzę… – Uśmiechnął się, pokazując rząd nieskazitelnie białych zębów. – Przyniosę paniom poncz…

Wściekły na siebie poszedł do stolika, nalał chochelką kolorowego płynu do trzech szklaneczek i wziąwszy je do kupy w obie ręce, zaniósł dziewczynom. Wzięły z wahaniem szklaneczki i zanurzyły w nich usta.

– Pan się nie napije? – spytała jasna, wysoka dziewczyna w marynarskim mundurku.

– Rzeczywiście, ja się też napiję – stwierdził, po czym obrócił się na pięcie i nie żegnając się z gospodarzami, opuścił nieszczęsny piknik główną bramą. Towarzyszyło mu ironiczne spojrzenie Maćka Zielonki, który pracował u Wieruszów jako portier.

Dogoniła go przy zagajniku, zziajana, ze słomkowym kapeluszem w ręku.

– Czemu pan odszedł?

– Bo ja, panienko, nie wiem, co to poncz i nie umiem grać w tenisa…

– A co to ma do rzeczy? – Ciemny rumieniec oblał jej twarz.

– A to. – Ukłonił się jej po raz setny. – Że żadna z pani koleżanek nie będzie sobie ze mnie pokpiwała.

– Krysia jest trochę dziwna… – przyznała. – Przepraszam pana w jej imieniu…

– Miała szczęście urodzić się w rodzinie, w której podają poncz i grają w tenisa… – Skrzywił się. – Nie trzeba przepraszać. Zwłaszcza w czyimś imieniu.

– Mogę pana nauczyć grać – zapewniła go naiwnie. – To nie jest trudna gra…

– Na pewno pani może… – Ponownie się skrzywił. – Jak już zainstaluję państwu prąd w pałacu, to możemy zacząć się uczyć grania w tenisa…

– Czemu pan jest taki? – spytała smutno i wyciągnęła rękę przed siebie. – Proszę…

Wziął kolorową babeczkę i popatrzył na nią nieufnie.

– Nie otruje się pan – roześmiała się. – Pana babcia piekła specjalnie na dzisiejszy piknik. W środku są maliny…

Ugryzł, a odrobiła różowego nadzienia skapnęła mu na koszulę.

– Tak mi przykro… – westchnęła Łucja, widząc, jak Jan patrzy na odświętną koszulę z mieszaniną smutku i zdumienia. – Jakoś wszystko idzie nie tak, jak powinno…

– Nic, nic... – Wytarł różową plamę. – Matkę poproszę, to upierze. Niech się pani nie martwi... Czasem tak bywa, że nic nie idzie, jak powinno...

– Ja kłopot zrobiłam... – Zasmuciła się. – A chciałam dobrze...

– Nie musi pani wracać do swoich koleżanek? – przerwał jej.

– No... – Obejrzała się nerwowo. – Powinnam... Ale chciałam przeprosić pana za afront Krysi i zapewnić, że ja nigdy nie zakpiłabym sobie z pana. Przenigdy...

Stał, oglądając czubki zakurzonych butów.

– Pokaże mi pani swoje obrazy?

– Oczywiście. – Klasnęła w dłonie. – Kiedy pan tylko zechce...

Bronia musiała zostać u Wieruszów nawet po tym, jak Guido zamieszkał z Andzią. Kucharz, który pracował do tej pory w pałacu, zachorował ciężko na jakąś chorobę żołądka i nie mógł już gotować. Pan Tadeusz poprosił Bronię, żeby czyniła obowiązki szefa kuchni, ale ona stanowczo odmówiła. Odczuwała sztywność całego ciała i ciężko jej było chodzić. Ta „drżączka poraźna" robiła się coraz gorsza. Nie wyobrażała sobie, że stoi kilkanaście godzin przy kuchni i zaspokaja skomplikowane gusty państwa, panienki oraz licznej służby.

– Czy zgodziłaby się pani na konsultację lekarską? Znam profesora Kazimierza Orzechowskiego, to mój serdeczny przyjaciel... – zapytał ją pan domu któregoś dnia.

Bronia, szurając drobnymi krokami, przeszła przez kuchnię.

– Sam pan widzi, że ja już stara jestem... – powiedziała. – Badał mnie doktor Brzozowski i i jego zdaniem to jest drżączka poraźna, na którą nie ma lekarstwa. Żaden profesor na starość nie pomoże...

Na twarzy dyplomaty odbiło się wyraźne powątpiewanie co do tego, czy doktor Brzozowski aby na pewno nie jest felczerem czy weterynarzem.

– Profesor Orzechowski to wybitny neurolog, pracuje na Akademii Medycznej w Warszawie... Bardzo panią proszę... Pani jest dla nas jak członek rodziny.

Bronia pomyślała sobie, że oni muszą naprawdę lubić jej placki albo w całym Brwinowie nie ma już nikogo, kto chciałby znosić kaprysy panienki i bóle głowy pani domu.

– Doktor Brzozowski powiedział, że mnie nie można pomóc... – Upierała się.

– Ależ szanowna pani, profesor Orzechowski to specjalista, któremu powierzono badanie mózgu marszałka Piłsudskiego po jego śmierci – argumentował Wierusz, ale Bronia pozostała nieczuła na fakt, że miałby ją zbadać lekarz, który pokroił mózg samego Naczelnika. Nie była przyzwyczajona, żeby się nią zajmowano. Wielokrotnie wnuczki prosiły ją o to, żeby poddała się badaniom w Tworkach, a ona zawsze odmawiała, wstydząc się, że robi kłopot rodzinie.

– Raczej mój mąż potrzebuje tego profesora. – Machnęła ręką... Coraz bardziej zapomina...

Wierusz-Kowalski chciał zrezygnować, ale przypomniał sobie, jak bardzo Bronia była pomocna, kiedy ten straszny Włoch budował meble. Była także wspaniałą kucharką i ona jedna umiała zrobić kleik jego żonie taki, jak trzeba, przez co dało radę jakoś wytrzymać w domu podczas jej migren. Poza tym, co najważniejsze, Łusia prosiła go, żeby pomógł kobiecie, a on przecież nie mógł córce odmówić.

– Ona jest, ojczulku, taka dobra i serdeczna, jakby babcią moją była... – argumentowała. – Proszę, proszę, proszę....

Kiwnął wtedy głową, pocałował ulubienicę w czoło i powiedział, że porozmawia z panią Bronisławą. Przynajmniej chciał spróbować dotrzymać obietnicy.

– Dobrze, pani Bronisławo. W takim razie do Warszawy pojedzie na konsultację pani razem z mężem. I koniec dyskusji.

Profesor Kazimierz Orzechowski był niskim, łysym mężczyzną w okrągłych okularach. Łypnął okiem na Bronię i spytał, od kiedy ma drżenie ręki. Bronia, wstydząc się strasznie, powiedziała, że jeszcze z dziesięć lat temu, kiedy nie miała kłopotów z chodzeniem, zauważyła, że trzęsie jej się ręka, kiedy nic nią nie robi. Potem profesor kazał jej chodzić w tę i z powrotem i obracać się na klaśnięcie dłońmi. Na końcu opukiwał ją specjalnym młoteczkiem. Wreszcie razem z kilkoma innymi lekarzami szeptali coś do siebie, zerkając na nią co i rusz.

– To rzeczywiście typowa drżączka poraźna, czyli choroba Parkinsona – powiedział po zakończeniu badania.

– Lekarstw żadnych brała nie będę – zarzekła się Bronia.

– Droga pani – odparł profesor. – Niestety, na tę chorobę nie ma lekarstwa...

Pokiwała głową i z ulgą wyszła z małej okrągłej salki otoczonej rzędem krzeseł, które wiły się w górę aż pod sufit.

Antoni został wprowadzony przez syna Stanisława, ale musiał być przytrzymywany przez kilku asystentów profesora podczas badania, ponieważ na widok na biało ubranych mężczyzn przestraszył się i chciał uciekać. Badanie u Antoniego trwało bardzo krótko, po jego zakończeniu profesor, otoczony asystentami, poprosił wszystkich zainteresowanych do sali i wygłosił mowę, z której wynikało tylko to, że na Broni przypadłość nie ma lekarstwa, a na chorobę Antoniego także nic nie można poradzić.

– Doktor Brzozowski mówił to już dawno bez tych wszystkich młotków i wygłupów – podsumowała wizytę Bronia i powiedziała panu Wierusz-Kowalskiemu, że, owszem, może pracować w pałacyku, gdyż ma bliżej do domu, ale tylko jako pomocnik kucharza.

Dyplomata podziękował swojemu przyjacielowi profesorowi, a tamten wyraził ogromny żal, że oboje pacjenci nie wyrazili zgody na poddanie się badaniom w gronie studentów, tak typowe objawy zespołu otępiennego oraz choroby Parkinsona prezentowali. Stanęło na tym, że pan Tadeusz Wierusz-Kowalski spełnił prośbę wnuczki – Bronia została w pałacyku i gotowała, a podawaniem do stołu i sprzątaniem zajmował się ktoś inny, Stanisław Winny zaś znów został poproszony o stolarkę, ponieważ panienka Łucja chciała mieć w ogrodzie prawdziwe meble.

W tej sytuacji w Stawisku została Kazia, która zajmowała się kuchnią, podawaniem i sprzątaniem, oraz Ania, która dwa razy w tygodniu po swojej pracy chodziła uczyć czternastoletnią Marię oraz dziesięcioletnią Teresę. Bronia natomiast, Stanisław z synami, Mania oraz Jasiek pracowali u Wierusz-Kowalskich. Pani Anna Iwaszkiewiczowa miała żal do Wierusza, że jej tak sprytnie Bronię podebrał, ale przynajmniej została jej Kazia na otarcie łez, niemal równie dobra jak tamta, a przecież dużo młodsza i zupełnie zdrowa.

– Nie smal cholewek do panienki ze dworu. – Któregoś dnia Bronia zaatakowała Jaśka przy zupie jarzynowej w jadalni dla służby.

– Bo co? – spytał niezbyt grzecznie. – Gorszy jestem?

– Gorszy – potwierdziła. – To panienka za granicą uczona, a ty jesteś… Jasiek ze wsi…

– Słuchaj babki, bo to prawda… – odezwał się jego wuj Stanisław znad tej samej zupy.

Jaśka wzięła taka złość, że miał ochotę wstać od stołu i rzucić talerzem o ścianę. Jedyne, co go powstrzymało, to fakt, że babcia Bronia kazałaby mu tę zupę ze ściany i podłogi zlizywać do ostatniej kropelki.

– Skąd wy wiecie, że ja w ogóle do niej?

Stanisław westchnął. Jego też ciągnęło do Łucji przez to niezwykłe do Władzi podobieństwo, ale oprócz tego, że czerpał radość z obecności dziewczyny, nigdy nie próbował porozmawiać z nią dłużej niż kilka minut, a i to na tematy związane z budowaniem stołów czy kredensów.

– Zamiast lampki wieszać, to ty łazisz za nią i pośmiewisko z siebie robisz. Trudno nie zauważyć.

– Jeszcze zobaczycie… – wycedził Jasiek przez zaciśnięte zęby i poszedł drut przeciągać w altanie.

– Będę miała na niego oko – pocieszyła syna Bronia. – Nie martw się. Tylko nic Władkowi i Kazi nie mów, niech się nie martwią niepotrzebnie.

Jasiek był tak zły, że kilka razy prąd go kopnął bardziej niż zwykle. Raz nawet odrzuciło go na metr, wtedy postanowił uważać, wziął głęboki oddech i pracował już dokładniej.

– To co, chcesz zobaczyć te obrazy, czy nie? – usłyszał za sobą słodki głos.

– Chcę… – Zeskoczył z drabiny gotowy porzucić pracę i udać się z dziewczyną na koniec świata.

Poprowadziła go głównym wejściem, potem korytarzem w górę do niewielkiego saloniku, gdzie na ścianach wisiało z pięćdziesiąt jej obrazów. Wszystkie były podobne do siebie, przedstawiały konie pasące się na łące, małe i duże, siwe jabłkowite, gniade, kare i kasztanki. Niektóre stały nieruchome, inne były w ruchu. Na jednym obrazie jeździec dosiadał konia, a na innym dwoje dzieci stało na łące i patrzyło na skubiące trawę zwierzęta.

– Piękne – powiedział.

– Nie przyjrzałeś się im… – Wygięła usta w podkówkę.

Zauważył, że zaczęli do siebie mówić po imieniu.

– Przyjrzałem – zaprzeczył. – Najładniejszy jest ten, gdzie gniady i kary pasą się pysk w pysk, a kucyk podchodzi do nich i przytula się do matki…

– To ojciec jego – zaprotestowała. – Nie przytula się do matki, tylko do ojca…

Zrobiło mu się jej żal. Chodziły słuchy, że pani Wierusz-Kowalska nigdy jej do końca nie zaakceptowała, traktując jak konkurentkę. Łucja zwracała się do niej per „droga matko" i trzymała się na dystans. Z kolei „ojczulek" ją uwielbiał i gotów był dla niej zrobić wszystko. Nic dziwnego, że jej zwierzęta tuliły się do ojców, a ich matki w tym czasie były pewnie daleko, w stajni albo na innym pastwisku.

– Trzeba by oświetlić twoje obrazy – powiedział.

Wytłumaczył jej, że może nad każdym obrazem powiesić lampkę, a wtedy światło nada im szczególny blask.

– Zrób to. – Klasnęła w ręce.

– Musisz tylko zgodę swojego ojca uzyskać, bo będzie sporo pracy i koszt duży…

– Ojczulek niczego mi nie odmówi…

Istotnie, ojczulek zgodził się, żeby Jasiek podziurawił ścianę i nad trzydziestoma czterema obrazkami umieścił małe lampki. Zapalone jednocześnie, oświetlały pięknie obrazy, ale oślepiały każdego, kto chciał w saloniku spocząć i książkę poczytać. Szczególnie niezadowolona była pani Wierusz-Kowalska, której mężowska fanaberia, żeby adoptować sierotę, a potem traktować ją jak księżniczkę, przeszkadzała od samego początku. Synowie Wieruszów byli po stronie matki i o ile małej Łucji okazywali dużo uwagi, traktując jak maskotkę, o tyle dorosła Łucja stanowiła jakieś kuriozum, niezrozumiałe zupełnie przedsięwzięcie, które starali się omijać szerokim łukiem. Macocha bardzo się starała, ale najszczęśliwsza była wtedy, kiedy przybrana córka przebywała w internatach i na plenerach, byle dalej od niej. Przy niej pani Wieruszowa dostawała bólu głowy, globus męczył ją straszliwie i nawet specjalny kryształ sprowadzony z Ameryki nie pomagał na ten ból i widok młodej dziewczyny, w którą jej własny mąż wpatrywał się jak w obraz.

Łucja miała tego pełną świadomość, starała się schodzić macosze z drogi i za bardzo nie wdzięczyć się przy niej do ojczulka. Kiedy Wieruszowie ją zabrali i zaczęli wozić po świecie, traktowała nowe życie jak darowany tort, który chciała szybko zjeść, żeby się nie zepsuł. Życzyła sobie sukienek, zabawek i wszystkiego, co mogli jej kupić, jakby bała się, że któregoś dnia oddadzą ją z powrotem i będzie znów sierotą zostawioną przez matkę w sierocińcu. Bała się bardzo, kiedy usłyszała, że zamierzają wrócić do Brwinowa. „Może chcą się mnie pozbyć" – ta myśl tłukła się w niej od rana do wieczora, zasypiała z nią i się budziła. Wreszcie ojczulek spytał, czym się tak martwi. Powiedziała prawdę.

– Czy mnie przypadkiem nie chcecie oddać?

– Ależ co ty, dziecko, mówisz? – Tadeusz załamał ręce i spojrzał na ulubienicę z przerażeniem. – Jakżebym miał córkę własną gdzieś oddawać?

– Bo, ojczulku, dla mnie jesteś taki kochany... Ale...

Spuściła głowę.

– Ja wiem, dziecko, że tobie wciąż mało miłości na tym świecie i ja jeden nie dam ci tyle, ile potrzebujesz...

– Kiedy mnie wystarczy z ojczulkiem być, tylko czy tam... mnie nie oddacie...?

Wierusz przycisnął córkę do piersi i zakazał jej takiego myślenia, a potem zabrał do Warszawy, kupił nowe sukienki, zamówił buciki u Hiszpańskiego i nowe, wiosenne korale.

Zakupy Łucję udobruchały, ale wrażenie, że do Brwinowa wróciła nieprzypadkowo, nie chciało jej opuścić. Ojczulek, niestety, rozmawiał z żoną i synami o tym, że Łusi okazują zbyt mało uwagi i ciepła, co spowodowało wręcz przeciwny efekt. Synowie, którzy wcześniej „siostrzyczkę" tolerowali, odsunęli się od niej całkiem, a macocha miała częstsze niż zwykłe napady migreny. Łucja nie mogła tego nie zauważyć. Zachodziła w głowę, co zrobić, żeby z tego miejsca, gdzie był dawny sierociniec, wyjechać, albo przynajmniej zyskać pewność, że będzie Wieruszówną do końca życia ze wszystkimi należnymi jej przywilejami. Może gdyby mogła otrzeć się o niebezpieczeństwo, wtedy zrozumieliby, jak bardzo ją kochają? Postanowiła, że przemyśli problem. Pomysł, jak tego dokonać, przyszedł jej do głowy, kiedy zauważyła, że temu młodemu elektrykowi bardzo na niej zależy. Ona sama nie dbała o niego ani trochę i nie zaimponowało jej ani wydanie masy pieniędzy na jej pierwszy obrazek, ani to, że starał się o jej uwagę. Śmieszył ją z tym swoim kłanianiem się, stukaniem obcasami i zupełnym brakiem obejścia. Zwłaszcza odrzucały ją buty, które były stare i przykurzone. Za każdym razem, kiedy wchodził do domu, miała ochotę zwrócić mu uwagę i poprosić, żeby je zdjął. Myśl, że nie stać go było na buty szyte na miarę w Warszawie, jakoś nie postała w jej głowie. Cała ta rodzina była jakaś dziwna. Starsza pani patrzyła na nią surowo, a Tadeusz i Wacław nie podziwiali jej wzrokiem. Słyszała nawet, jak podśmiewali się z Bibiego. Jedyny z nich Stanisław – stolarz – był bardzo miły i spełniał jej życzenia tak samo szybko i wiernie, jak ojczulek. Tak, jego bardzo lubiła. Kiedy przebywał w pobliżu, czuła jakieś miłe ciepło. Jan ją odrzucał, ale kiedy opowiadał o prądzie, przyszło jej do głowy, że może wykorzystać jego umiejętności do przestraszenia swojej rodziny. Przecież mógł ją jakoś tak na trochę porazić, na tyle skutecznie, żeby ojczulek od zmysłów odchodził, a macocha miała wyrzuty sumienia, że Łucję tak źle traktowała? Oczywiście, potem zaraz wszystko wróciłoby do normy. Łucja by wyzdrowiała, ale oni już nigdy, przenigdy nie byliby dla niej niemili. A już myśl, żeby oddać ją do sierocińca, nigdy w życiu nie postałaby w ich głowach. To dlatego wypytywała Jaśka o prąd i o to, jak on działa, a on brał to za zainteresowanie z jej strony. Z pobłażaniem patrzyła na jego zakurzone buty i znoszone ubranie. Nawet to, że mówił „wziełem" i nie wiedział, jak się je nożem i widelcem. Wszystko, byleby odkryć sposób na niewielkie narażenie się na niebezpieczeństwo. Trzeba przyznać, że ten Jan był czasami pomocny, na przykład kiedy w altanie ugryzła ją w ramię pszczoła. Zaczęła krzyczeć, bo okropnie bolało, a on nie wpadł w panikę, tylko wziął ją na ręce i zaniósł krzyczącą i zapłakaną do kuchni, do swojej babci.

– Pokaż, dziecko, to ugryzienie... – Stara kucharka spokojnie haftowaną chusteczką osuszyła jej łzy.

Bronia wygnała wnuka z kuchni, posiekała cebulę, kazała dziewczynie zdjąć bluzkę i podeszła z zamiarem wyciągnięcia żądła.

– Nie płacz, nie płacz i nie ruszaj się chwilę...

Włożyła okulary na nos i sprawnie wyciągnęła żądło. Dziewczyna syknęła.

– Po bólu – orzekła Bronia. – Teraz położę ci cebulę, ale, proszę cię, zdejmij na chwilę to ubranie, ponieważ mogłabym je pobrudzić.

Dziewczyna z rumieńcem wstydu na twarzy rozpięła haftki biustonosza. Bronia zbliżyła się do niej z kieliszkiem spirytusu, którym zdezynfekowała rankę. Kiedy kazała się Łucji pochylić, jej wzrok padł na znamię w kształcie małego klonowego liścia, który widniał pod prawą łopatką Łucji. Bronia cofnęła się o krok i złapała za serce. Cebula rozsypała się po podłodze.

– Stało się coś? – spytała Łucja, ciągle siedząc z gołymi plecami i czekając na opatrunek.

– Nic, nic, tylko niezdara ze mnie – Bronia przemówiła zachrypniętym głosem. – Upuściłam cebulę i teraz muszę posiekać nową…

Poszła i wzięła drugą połówkę napoczętej cebuli, ale ręce jej drżały bardziej niż zwykle, więc zacięła się w palec. Wreszcie zdołała pozbierać się na tyle, żeby założyć obiecany opatrunek. Roztarła na opuchniętym miejscu kawałki warzywa, położyła czystą ściereczkę i zawinęła bandażem, który miała w kuchni.

– Zaraz nie będzie śladu. – Pogłaskała córkę Władzi po głowie. – Wszystko będzie dobrze…

Odeszła szybko na bok i zaczęła wycierać oczy.

– Czy pani źle się czuje? – spytała Łucja.

– Nie, dziecko, to przez tę cebulę – powiedziała. – Idź może do siebie, odpocznij…

Łucja z niepewną miną wyszła z kuchni i poszła prosto do swojego pokoju, omijając Jaśka, który czekał, żeby pokazać jej, jak ładnie zaprojektował oświetlenie dla obrazów. Tam położyła się do swojego łóżka, ignorując zaproszenia na kolację, przyjmując tylko ojczulka, któremu użaliła się, jak bardzo boli ją ugryzienie osy.

Bronia zapukała do drzwi Ośrodka Wychowawczego po dwóch dobach bicia się z myślami i modlitw do Pana Boga. Prosiła, żeby dał jej jakiś znak, czy wyjaśniać sprawę Łucji, czy też nie. Nie spała całe noce, przewracając się z boku na bok, budząc tym samym Antoniego, który spał jak zając, a kiedy coś go wybudziło, nie mógł już zasnąć ponownie, tylko krążył po domu.

– Co ja mam robić, Antosiu? – zapytała, nie oczekując odpowiedzi.

– Zrób, co uważasz, gołąbeczko moja… – powiedział jej mąż, który znów miał dobre dni, co oznaczało, że poznawał wszystkich, kojarzył, kto jest kim i nie próbował uciekać do lasu przed wyimaginowanymi Rosjanami.

Nie mogła mu powiedzieć, co odkryła. Nikomu nie mogła, przynajmniej póki nie upewniła się, że ma rację. Wiedza, że prawdopodobnie zna matkę adoptowanej przez bogatych ziemian panienki Łucji, mogła okazać się groźniejsza, niż ktokolwiek mógłby przypuszczać. Bronia modliła się i błagała Najwyższego o wskazówkę, ale ten wydawał się głuchy na jej prośby. W końcu, kiedy już zdecydowała się porozmawiać ze Stanisławem i jego zapytać o zdanie, przyszło jej do głowy, że ukąszenie przez osę, a tym samym odkrycie charakterystycznego znamienia, które miały Łucja i Władzia, to znak, o który Bronia się dopominała.

Zamek przy drzwiach szczęknął i Bronia została wpuszczona do środka przez zdumioną siostrę Danusię, która pracowała w ośrodku niecały rok.

– Chciałabym się widzieć z matką przełożoną – powiedziała Bronia.

– A w jakiej sprawie? – spytała siostra Danusia.

– Powiem osobiście. – Spojrzała z niechęcią na siostrzyczkę, bo pytanie wydało jej się cokolwiek bezczelne.

Siostra Danusia zaprosiła Bronię do środka, wskazała krzesło, a potem poszła do przełożonej, aby powiedzieć, że przyszła starsza pani, bez jakiejkolwiek zapowiedzi, i żąda spotkania.

– Powiedz, niech przyjdzie innego dnia, zaraz mamy modlitwy w kaplicy...

– Poczekam, jeśli siostra pozwoli – powiedziała Bronia, której siostra Danusia przekazała wiadomość od matki przełożonej.

Czekała równą godzinę, aż skończą się modlitwy w kaplicy, a następnie wspólna kolacja sióstr i wychowanków ośrodka. Zapytano ją tylko o to, czy nie zechciałaby napić się herbaty, ale Bronia odmówiła i czekała nadal ze spokojem na twarzy, chociaż w jej głowie kłębiły się pytania, na które miała nadzieję uzyskać odpowiedź. Wreszcie poproszono ją do pokoju, w który przywitała się z przełożoną ośrodka.

– W czym możemy pani pomóc? – spytała postawna zakonnica o surowym wejrzeniu.

Bronia pamiętała ją z tamtego pikniku. Nic się nie zmieniła, tylko bruzdy wokół ust pogłębiły się znacznie. Nie wiedziała, że wychowankowie nazywają te charakterystyczne bruzdy zmarszczkami od braku śmiechu.

– Przychodzę w sprawie Łucji Wierusz-Kowalskiej – zaczęła Bronia. – Chciałabym o niej porozmawiać.

Układała sobie tę mowę, ale kiedy stanęła przed zakonnicą, straciła cały rezon.

– Czy nie powinna pani w sprawach dotyczących Łucji zwrócić się do jej rodziców? – zimno powiedziała zakonnica.

– O to chodzi, że ja... – westchnęła Bronia. – Ja pracuję w pałacu i... panienkę ugryzła pszczoła... Chciałabym zapytać o datę urodzenia tej dziewczyny – zakończyła niezręcznie.

Przełożona nie mogła ukryć zdumienia.

– A co ma data urodzenia Łucji do tego, że ugryzła ją pszczoła?

– Ma, bo widzi siostra. – Bronia nabierała powoli odwagi – pszczoła ugryzła ją w łopatkę, wpadła jej za bluzeczkę i ugryzła... I ja robiłam jej opatrunek... Żądło wyjmowałam.

Mina przełożonej świadczyła o tym, że nadal nie rozumie, co Bronia chce jej powiedzieć.

– Łucja ma charakterystyczne znamię na plecach...

– Nie pamiętam. – Przełożona wpatrywała się w intruza zimnym wzrokiem.

– Ma kształt liścia klonu, jest dość duże... Trudno przeoczyć, oczywiście jeśli pomaga się dziecku kąpać...

– Nie asystuję przy kąpieli...

– Takie samo znamię widziałam u mojej synowej – dokończyła z ulgą Bronia.

Przełożona uniosła do góry jedną brew, ale jej twarz pozostawała nadal nieprzenikniona.

– Ja się zastanawiam, czy Łucja nie jest córką Władzi... – wyjaśniła Bronia.

– Proszę ją o to zapytać.

Bronia męczyła się strasznie. Wzdychała i wzdychała, starając się wyłuszczyć surowej zakonnicy swoje rozterki.

– Nie mogę zapytać, bo ona umarła... Ja odkryłam, że ona urodziła, kiedy ją przygotowywałam do trumny...

Przełożona zaczęła przejawiać niewielkie zainteresowanie.

– Nie bardzo rozumiem... To znaczy, że zanim umarła, pani synowa urodziła dziecko, ale pani o tym nie wiedziała. Tak?

– Dokładnie tak. Nie wiedzieliśmy.

– A pani syn? On chyba musiał wiedzieć, że jego żona urodziła dziecko...

– On zaginął, kiedy wojna się zaczęła. Nie żyje, bo inaczej by wrócił... Władzia była sama, a kiedy umarła, to ja widziałam...

Przełożona usiadła. Zaczynała rozumieć, co chce jej powiedzieć ta pochylona do przodu staruszka.

– A skąd przypuszczenie, że Łucja jest córką pani synowej?

– To znamię... takie samo u obu... Dlatego muszę wiedzieć, kiedy Łucja się urodziła. Jeśli to możliwe. Bo Władzia, gdyby to była ona, musiała urodzić tuż przed śmiercią. To było... świeże...

W powietrzu wisiało napięcie tak silne, że gdyby puścić iskrę, natychmiast wznieciłaby pożar.

– Niech pani powie, kiedy synowa umarła... – powiedziała wreszcie przełożona.

– Dwudziestego piątego czerwca 1917... – Bronia wydusiła jednym tchem.

Przełożona zawahała się. Nie sądziła, że kiedyś jeszcze będzie rozmawiała na temat Łucji. Nie wiedziała, czy może zdradzić informacje, ale z drugiej strony data urodzenia jej wychowanicy była dostępna w księgach parafialnych. Przy odrobinie uporu Bronia mogła spytać o to rodziców dziewczyny bądź jej samej. Zakonnica zdumiała się nawet, że do tej pory tego nie zrobiła.

– Taka data urodzenia dziewczynki widnieje w księgach parafialnych... A teraz, jeśli pani pozwoli, chciałabym udać się na modlitwę...

Bronia wstała.

– A co ja mam robić?

Matka przełożona nie wiedziała. Łucja została adoptowana i wiedza na temat jej matki nie była chyba nikomu specjalnie potrzebna.

– Jeśli Władysława jest jej matką, to jej przyrodni brat Florian nie żyje, a Ignacy jest księdzem... Może z nimi powinnam porozmawiać? – pytała Bronia. –Niech mi siostra powie, co robić?

– Doprawdy nie wiem, co pani doradzić... Tyle lat zastanawialiśmy się, kto i dlaczego zostawił koszyk z nowo narodzoną dziewczynką pod drzwiami ośrodka... Teraz mamy odpowiedź, ale chyba jeszcze więcej pytań...

Do głowy przyszła jej Alberta, której adopcja, a następnie milczenie Łucji złamało serce. Czy ona chciałaby wiedzieć, że znalazła się matka Łucji, ale wciąż nie wiadomo, dlaczego zostawiła dziecko zaraz po urodzeniu? Przełożona mogła tylko przypuszczać, że tamta kobieta była samotna i ojcem tego dziecka nie był mąż, skoro zaginął trzy lata wcześniej.

– Czy matka Łucji zginęła z własnej ręki? – To jedno wydało jej się bardzo istotne.

Bronia pokręciła głową.

– Znaleźli ją w lesie z dziurą od kuli w sercu...

Zakonnica odetchnęła z ulgą.

– Będę się modliła za spokój jej duszy.

Bronia nie dodała, że Władzia na pewno się cieszy, patrząc z góry na córkę. Łucja opływa w luksusy, traktowana jak księżniczka. Może tylko to się liczy?

Podziękowała przełożonej i poszła nieświadoma, że rozdrapała starą, źle zrośniętą ranę. Nie była zadowolona. Uzyskała wprawdzie odpowiedź na swoje pytanie, Łucja była córką Władzi, którą ta odniosła do zakonnic tuż po urodzeniu. Tylko co ona miała z tą wiedzą zrobić?

ROK 1939

– Teresko, proszę, skup się. – Ania zaglądała w oczy młodszej Iwaszkiewiczównie.

Od początku lekcji dziewczynka myślami była gdzieś daleko, co zdarzało się ostatnio coraz częściej.

– Czy pani myśli, że można się poświęcić dla kogoś innego? – spytała Tereska.

– A ta znowu swoje – podsumowała Maria, starsza z dziewczynek, i znacząco przewróciła oczami.

Ania uspokoiła obie i zarządziła małą przerwę. Ciocia Kazia, która pracowała w Stawisku od wielu lat, przyniosła na tacy herbatę i ciasteczka z cukrem. Postawiła na stole, uśmiechnęła się do bratanicy i wycofała do kuchni. Maria i Teresa jadły herbatniki, coś do siebie szepcząc. Ania powiodła wzrokiem po ścianach dziecinnego pokoju, wypełnionych książkami, jak przystało na pokój córek literata. Nie lubiła tu przychodzić. Kiedy pani Anna poprosiła ją, żeby dwa razy w tygodniu udzielała jej córkom lekcji literatury, w pierwszym odruchu chciała odmówić. Tu wszystko za bardzo przypominało jej wujcia Lilpopa. Pani Anna popatrzyła jednak błagalnie i Ania się zgodziła. W końcu była coś winna córce swojego dobroczyńcy. Wujcio zadbał o jej edukację, opłacił pensję i studia. Na pewno byłby szczęśliwy, gdyby wiedział, że Ania uczy jego wnuczki. Poza tym w Stawisku pracowała kiedyś babcia Bronia, a obecnie ciocia Kazia. Odmowa mogła sprawić, że pani Anna poczułaby się urażona. Kto wie, czy nie zwolniłaby cioci?

Musiała przyznać, że lubiła obie dziewczynki, które były wesołe, bystre, a przy tym pilne. Kochały książki i przykładały się do lekcji. Mimo to źle się tam czuła. Pani Anna przypominała wujka Stanisława, który był jej przyjacielem i który tak bardzo starał się zrozumieć, dlaczego córka w przededniu ślubu porzuciła księcia Radziwiłła.

Pan literat nie zwracał na nią najmniejszej uwagi. Pewnie nie odróżniał jej od drugiej guwernantki, która przychodziła do dziewczynek na pełen etat. Było także możliwe, że pani Anna nie powiedziała mu o niczym i pan Jarosław nie wiedział o powiązaniach ze świętej pamięci teściem. Ania nie zabiegała o to, żeby Iwaszkiewicz ją zauważył. Podziwiała go, ale nie lubiła, chociaż nie umiała powiedzieć dlaczego. Był miły dla pisarzy, którzy licznie przychodzili do Stawiska, gościł ich i dyskutował o literaturze, żonę darzył szacunkiem i liczył się z jej zdaniem. Kochał także dziewczynki, lubił z nimi dokazywać w ogrodzie. Kiedy jednak pisał, nie pozwalał córkom bawić się głośno, ponieważ hałas mu przeszkadzał. Ona sama musiała prowadzić lekcje cichutko, jakby piętro wyżej za zamkniętymi drzwiami odbywało się jakieś misterium, które w każdej chwili może zostać przerwane przez najmniejszy hałas. Wtedy nie widywała go w ogóle. Maria i Teresa uwielbiały ojca i rozumiały, że nie jest zwykłym tatą tylko wielkim pisarzem i cierpliwie czekały, aż po skończeniu opowiadania czy książki, wynurzy się ze swojego pokoju i znów będzie z nimi bawił się w posiadłości wokoło domu. Córki Jarosława były bardzo wrażliwe na słowo, bystre i ciekawe świata. Zwłaszcza Tereska, która Ani przypominała wujcia Stanisława bardziej niż pani Anna. Każdą książkę, którą im czytała, Tereska przeżywała ogromnie i zadawała potem mnóstwo pytań. Ostatnie dotyczyło *Małej Syrenki* Hansa Christiana Andersena, przepięknej i smutnej baśni, którą dla polskich dzieci przetłumaczył właśnie Jarosław Iwaszkiewicz. Ania czytała *Młyn nad utratą* i inne dzieła swojego chlebodawcy, doceniała pisanie Iwaszkiewicza, ale jego opowiadania były bardzo smutne. Po ich przeczytaniu czuła się gorsza, czasami nawet brudna, przypominały się jej najsmutniejsze epizody z własnego życia, na przykład śmierć cioci Władzi, odejście Andzi albo wszystkie smutne wizje, które miała jako dziecko. Natomiast baśnie Duńczyka w jego tłumaczeniach ją zachwyciły. Czytała je dziewczynkom, a potem długo rozmawiały na temat bohaterów i motywów ich postępowania. Wszystkie trzy płakały nad losem *Dziewczynki z zapałkami*, a ostatnio nad nieszczęściem syrenki, która zamieniła się w morską pianę, rezygnując z zemsty na księciu.

– Można poświęcić się dla kogoś innego… – potwierdziła Ania. – To bardzo trudne i wymaga wielkiej siły i odwagi.

– Ja bym zabiła księcia – podsumowała problem Marysia.

– A ja bym zrobiła jak syrenka… – szepnęła Tereska. – Tobie bym oddała księcia…

– Tylko tak mówisz! – zaperzyła się jej siostra. – Nawet kolorowych ołówków nie chcesz mi oddać. Księcia też byś nie oddała…

– Spokój, dziewczynki. – Rozdzieliła je Ania. – Mam nadzieję, że nie będziecie musiały dokonywać takich ofiar w swoim życiu.

– A pani co by zrobiła? – spytała Tereska.

Uśmiechnęła się tylko. Jeszcze kilka lat temu może myślałaby jak Tereska, teraz wiedziała, że szczęście jest czymś kruchym i niedostępnym, tak dla zwykłych śmiertelników, jak i dla istot bajkowych. Kazała dziewczynkom napisać wypracowanie na temat: „Czym jest dla mnie poświęcenie?", zebrała swoje książki i już miała udać się do domu kuchennym wyjściem, kiedy przyszła do niej pani Ania i poprosiła o rozmowę na boku.

– Pani Anno, mam do pani ogromną prośbę – zaczęła bez wstępów. – Z Krakowa przyjeżdża do nas Kazimierz Tarasiewicz, to młody poeta, nie wiem, czy pani zna jego wiersze…

Przyznała, że zna. Czytywała „Bluszcz", w którym publikował.

– No właśnie… – Pani Anna wyłamywała palce. – On chciałby u nas w Brwinowie szukać dla siebie inspiracji… Mój mąż nie bardzo może poświęcić mu czas, natomiast ja… mam jeszcze innych gości i muszę dbać o dom…

– Mam jakoś pomóc? – Domyśliła się Ania.

– Gdyby pani zechciała oprowadzić go po okolicy, pokazać piękne miejsca, pomniki przyrody...

– Oczywiście, zrobię to z największą przyjemnością. – Pokiwała głową. – Proszę mi dać znak, kiedy przyjedzie.

– Jest jeszcze coś. – Palce pani Iwaszkiewiczowej wykonywały subtelny taniec. – Czy mogłaby go pani zabrać na cmentarz i opowiedzieć coś o ludziach, którzy tam leżą? Na przykład o moim ojcu...

– Tak – odpowiedziała krótko. – Opowiem o zmarłych i przede wszystkim o pani wspaniałym ojcu...

Anna podniosła wzrok i popatrzyła na nią, jakby chciała ją przeszyć spojrzeniem.

– On panią kochał jak córkę... – Wyrwało się jej z piersi.

– Ja go też kochałam jak ojca – powiedziała z prostotą.

Odwiedzała jego grób przynajmniej raz w tygodniu, sadziła kwiaty i paliła świeczki. Bywało, że siadywała na ławeczce, oglądała się, czy nikogo nie ma wokoło i zwierzała mu się z najskrytszych tajemnic.

– Dziękuję, że mogę na panią liczyć – powiedziała dość chłodno chlebodawczyni.

Zaczęła poganiać dziewczynki, żeby się przebierały, bo zabierała je do miasta po sprawunki. Pożegnały się ze sobą i Ania poszła do domu. Uszła spory kawałek, kiedy przypomniała sobie, że zostawiła na stoliku zeszyt z notatkami. Były jej potrzebne, więc westchnęła i niechętnie wróciła do Stawiska. Wiedziała, że w domu nie ma już cioci Kazi, pani Anna z dziewczynkami prawdopodobnie wyjechały. Nie chciała niepokoić pana Iwaszkiewicza, który mógłby się zdenerwować, że ktoś chodzi po domu jak złodziej i przeszkadza mu w pracy. Coś jej mówiło, żeby tam nie szła, ale zignorowała przeczucie i najciszej jak umiała, kuchennymi drzwiami weszła do środka. Zeszyt znajdował się w bibliotece, więc na palcach szła w stronę szerokiego pokoju na parterze.

Drzwi były uchylone. Podeszła na palcach. Nie widzieli jej. Pan Jarosław i jej kuzyn Damian. Starszy trzymał rękę na szyi młodszego, młodszy opierał głowę o pierś pisarza. Iwaszkiewicz mówił coś cicho wprost do ucha Damiana. Wycofała się z korytarza, cicho zeszła po schodach, chociaż serce waliło jej tak mocno, że obawiała się, że mężczyźni w gabinecie usłyszą głośne bum – bum – bum. Nie wzięła zeszytu. Biegiem pokonała odcinek ze Stawiska do domu. Wpadła jak burza i chciała pobiec do swojego pokoju na pięterku, żeby rzucić się na łóżko i w spokoju zastanowić, co dalej, kiedy zatrzymała ją Bronia.

– Czekałam na ciebie, dziecko drogie... – zaczęła.

Ania zauważyła, że babcia jest jakaś nieswoja. Taka była od kilku dni, myślami gdzieś daleko. Ania miała ją nawet wziąć na spytki, ale była dość zapracowana, a dziś potrafiła myśleć o niczym innym, jak o scenie, której była mimowolnym świadkiem.

– Babciu, ja źle się czuję i muszę się położyć…

– Kiedy ja mam bardzo ważną sprawę do omówienia z tobą. – Bronia złapała wnuczkę za łokieć.

– Nie, nie dziś… – Wyrwała się i pobiegła na górę, chociaż Bronia wołała i prosiła, żeby zeszła…

Nie zamierzała nikomu o tym mówić. Potem pomyślała, że Boże, cóż takiego znów zobaczyła. Przecież to mogło być całkiem niewinne. Może kuzyn Damian chciał zostać literatem i postanowił poradzić się pana Jarosława w tej kwestii albo żalił mu się z powodu jakichś problemów sercowych. Poeta chciał być dla jej kuzyna miły, w końcu tylu Winnych u niego pracowało, a ona coś zobaczyła, kiedy była w nie najlepszych nastroju i resztę sobie dośpiewała. Musi przestać o tym myśleć, a już na pewno nie wolno jej o tym rozmawiać z babcią. Cała jej antypatia do Jarosława opierała się przecież na rozczarowaniu wujcia Lilpopa, który chciał dla córki innego męża, ale przecież pani Anna wyglądała na bardzo szczęśliwą osobę i dziewczynki mieli takie bystre i grzeczne. Na pewno jej się coś ubzdurało i lepiej o tym zapomnieć. W końcu targana myślami zasnęła ledwie przebrawszy się w nocny strój. Odkrzyknęła tylko babci, że jeść kolacji nie będzie, bo jest bardzo zmęczona i idzie spać. Bronia tymczasem na dole przeżywała wielkie rozczarowanie, bo tak się na Anię naczekała, a ta wpadła do domu jak burza i pobiegła do swojego pokoju. Nie chciała ani jeść, ani nawet herbaty się napić, co było do niej niepodobne.

– Musiało się coś stać – mruknęła do siebie.

Ania zwykle siadała na stole w kuchni, opowiadała o mijającym dniu, popijając herbatę małymi łyczkami i jedząc podtykane przez Bronię smakołyki. Bardzo chciała porozmawiać z wnuczką o Łucji. Postanowiła, że powie o tym Ani, właśnie jej zwierzy się ze swojego odkrycia. Dziewczyna była nie tylko mądra, lecz także kończyła szkoły, na pewno będzie wiedziała, jak postąpić. Z Antonim nie miała po co rozmawiać. Znów miał gorsze dni i tropił hordy Rosjan panoszących się po ulicach Brwinowa. Wszystkich wyłapywał i wpychał do pieca, po czym popielił. Stanisława nie miała serca męczyć takimi sprawami. Jej syn żył zwykle w innym świecie, o Władzi niewiele pewnie wiedział, nawet z Romkiem nie byli specjalnie zżyci, więc uznała, że jemu nie ma co tłumaczyć, co i jak. Przez chwilę myślała, żeby sprowadzić Ignasia z Warszawy i jemu opowiedzieć tę zawiłą historię, ale zrezygnowała. To było czyste dziecko, oddane Bogu i ludziom. Któż by przewidział, co mogłoby się stać, kiedy by się dowiedział? Mógłby nawet stracić wiarę i wystąpić ze stanu duchownego, a na pewno zwątpić w uczciwość własnej matki. Nie, stanowczo nie mogła tego powiedzieć Ignasiowi. Wiele lat temu miała jeszcze nadzieję, że Roman wróci, tak jak po zakończeniu wojny wielu, w tym Antoni. Mijały jednak lata i Bronia zrozumiała, że tak się nie stanie. Romek prawdopodobnie zginął i został pochowany gdzieś daleko. Broni ściskało się serce, kiedy o tym myślała. Jej dziecko pogrzebane Bóg wie gdzie. Miała nadzieję, że ktoś zajmuje się jego grobem. Może nawet modli się nad Romkową mogiłą i pali świeczki. Miała nadzieję, że tak właśnie było. Na tę intencję ona sama paliła świeczki na bezimiennych grobach, mamrocząc, że to za tych, co się grobem jej syna z dobroci serca zajmują.

Spróbowała kilka razy zawołać Anię, ale kiedy ta nie odpowiadała, zrezygnowała w końcu z westchnieniem. Nie mogła pójść na górę, ponieważ nogi bardzo ją bolały i ciężko jej było je unosić. Rozczarowana dała zatem spokój.

– Może ja nie powinnam mówić o tym nikomu? – spytała Najświętszą Marię Pannę podczas wieczornej modlitwy.

Obraz nic nie odpowiedział, ale Broni wydawało się, że Matka Boska popatrzyła na nią bardzo smutnym wzrokiem.

– Zabrać ze sobą do grobu? – zapytała obraz ponownie.

Matka Boska jakby pokiwała głową... Bronia wciąż była niezdecydowana, ale postanowiła posłuchać tego głosu na tyle, żeby poczekać. Nurtowała ją także inna sprawa, kto wie, czy nie ważniejsza. Jasiek wyraźnie przywiązał się do Łucji i nie chciał słyszeć żadnych przestróg ani tłumaczeń, że z tą dziewczyną różni go wszystko, pochodzenie, stan i majątek. Bronia jeszcze w myślach dodawała, że pokrewieństwo między nimi – a w końcu byli przyszywanymi kuzynami – czyni ten związek o ile nie niemożliwym, bo przecież z Janek z Władzią krwi wspólnej nie miał, to jednak nie do końca właściwym. Kilka razy próbowała mu wytłumaczyć, że to nie przystoi, aby wchodzić za panienką na pokoje, ale Jasiek zawsze miał jakiś wykręt.

– To ona życzy sobie dodatkowych świateł wszędzie – mówił.

– Oczywiście – dodawała z przekąsem Bronia. – To panienka ciebie błaga, żebyś w zabłoconych buciorach na pokoje drałował.

– A żeby babcia wiedziała... – odpowiadał hardo i patrzył jej prosto w oczy. – Nie są wcale zabłocone.

– Zrozum, że kiedy pan Wierusz się dowie, wyrzuci nas wszystkich.

– Nic złego nie robię! – podnosił ton i Bronia przestawała dyskutować, żeby znów po kilku dniach wracać do tematu.

– Amorów mu się zachciewa... – Patrzyła za nim zaniepokojona, kiedy znikał z Łucją, gadając do niej jak katarynka. Wzdrygała się, kiedy słyszała słowo „prąd", a już któregoś dnia, kiedy pan Wierusz przyszedł do kuchni i oznajmił, że światło będzie w całym domu, od poddasza po piwnice, mało nie zemdlała.

– A, proszę szanownego pana, gotować też będziemy na prąd?

– Kiedyś na pewno, pani Bronisławo – zaśmiał się sympatycznie i Bronia walczyła z pokusą zwierzenia się z tajemnicy dotyczącej jego ukochanej córki. – Póki co tylko świecić sobie pani tu będzie.

– Światło to ja tu przecie mam. – Wzbraniała się, pokazując lampy naftowe, ale pan Kowalski był nieubłagany i nie tylko powiesił na suficie żarówkę, która tak jasno świeciła, że Bronia musiała mrużyć oczy, lecz także powiesił gadającą skrzynkę, którą nazwał radiem i zachęcił Bronię do słuchania tego wynalazku.

– Oczy się psują przy świecach – napominał. – A, pani Bronisławo, czy ja mógłbym panią prosić o żurek? Mam nadzieję, że trochę zostało z wczorajszego obiadu. Taki pani żurek robi, jak moja babcia nie przymierzając.

Bronia rzuciła się podgrzewać żurek, szczęśliwa, że to proste danie smakuje tak światowej osobie. Proponowała, że przeniesie talerz na salony, żeby tam pan mógł spokojnie zjeść, ale mężczyzna wyraził chęć zjedzenia zupy w kuchni.

– Chciałem poruszyć niezwykle delikatną sprawę – zaczął zaraz po zjedzeniu zupy.

Najeżyła się. Pewnie chodzi mu o bezczelność Jaśka, pomyślała.

– Otóż... – Mężczyzna wpatrywał się w talerz. – Moja żona i moja córka... to dwie różne osobowości...

Pokiwała głową. Rzeczywiście trudno było znaleźć dwie bardziej różne istoty niż Łucja i pani Wierusz-Kowalska.

– Jest między nimi... napięcie – wyrzucił z siebie.

Bronia czekała na ciąg dalszy. Gdyby ją kto zapytał, powiedziałaby, że stara nienawidzi młodej, a młoda ma starą za nic, póki może jeździć po przybranym ojcu, jak po łysej kobyle.

– Moja żona wkrótce wyjedzie do wód... Sama... To znaczy z przyjaciółką swoją – kluczył. – Chciałbym wykorzystać czas, kiedy żony nie będzie i zakończyć prace, które są prowadzone pod kierunkiem Łucji...

Bronia wciąż nie rozumiała.

– Chodzi o to, żeby pani syn przychodził regularnie i pod kierunkiem córki zakończył pracę.

– Pan wybaczy – zdumiała się Bronia.– Stanisław przychodzi trzy razy w tygodniu. Miałby przychodzić częściej?

– Chciałbym, żeby pracował codziennie – powiedział Wierusz.

– Nie wiem. – Bronia się zawahała. – On też robi dla innych, ale może zechce. Bardzo lubi panienkę Łucję.

– No to załatwione. – Wierusz odsunął talerz.

– Pan Tadeusz sam go zapyta. Co ja przecie mogę... – cicho powiedziała Bronia.

– Już pytałem, ale mi powiedział, że coś dla kościoła robi i nie może…

– No to jak nie może…

Bronia nie rozumiała, czemu Wierusz zwraca się do niej z prośbą, zamiast zapytać Stanisława. Kowalski westchnął.

– Pani Bronisławo – zaczął. – Prawdopodobnie będzie wojna.

Wpatrzył się w Bronię jasnymi oczami, szukając w jej twarzy zrozumienia dla związku między potencjalną wojną a meblami, które robił w pałacu jej syn.

– Wojna już była… – powiedziała niepewnie Bronia.

– Ta, niestety, zapowiada się na dłuższą i groźniejszą – wyjaśniał. – Moja żona wcale nie jedzie do wód… To znaczy jedzie – poprawił sam siebie – ale na południe, do Włoch.

– Tam wojny nie będzie? – spytała szybko Bronia. – Przecież tam nasza Andzia, Guido i Jerzyk z Benitkiem…

– Będzie. – Uśmiechnął się smutno. – Ale łatwiej będzie nam stamtąd uciekać i przedostać się do Ameryki.

Bronia przetarła zroszone potem czoło.

– Panie Tadeuszu, ja nijak nie rozumiem, co pan chce powiedzieć.

– Chcę całą rodzinę przenieść do Włoch, ale na razie muszę stwarzać pozory, że nie ma żadnego niebezpieczeństwa. Trwa remont, moja córka ma zajęcie, moja żona jedzie do wód…

– Chodzi o to, żeby pani i panienka się nie bały, tak?

– Tak. – Wierusz-Kowalski wpatrywał się w starszą panią z prośbą w spojrzeniu.

– A my? – spytała Bronia. – Co z nami będzie?

Wzięła od dyplomaty talerz po zupie i spojrzała na niego surowo.

– Opłaca się wydawać pieniądze na ten prąd, światełka i stajnie, skoro zamierza pan uciec?

Nie dodała „jak szczur", chociaż to słowo cisnęło się jej na usta.

– Muszę chronić swoją rodzinę – powiedział cicho i wyszedł z kuchni.

Nie podobało jej się to. W dodatku zauważyła, że panienka Łucja wdzięczy się do Jaśka, jakby jej było jeszcze mało tego, że ten za nią lata bez przerwy. Kazała się oprowadzać po posesji, pytała o studnię, możliwość zainstalowania urządzenia na prąd, które wypompowuje wodę i tym podobne bzdury. Jadali także razem, w kuchni, chichocząc, jak para zakochanych, co chwila pochylając głowy ku sobie i wybuchając śmiechem.

Bronia patrzyła na dwójkę swoich wnuków bardzo uważnie. Jasiek, mimo że młody i zdrowy, pachniał wsią i był jak żywcem wyjęty z sianokosów. Łucja natomiast nie była podobna do niego, raczej miała w sobie dumę, którą Bronia widziała u Ani, i słodycz, jaką miał wypisaną na twarzy Ignacy. „O tak", myślała, „Łucja stanowczo wygląda jak panienka, chociaż się tak nie zachowuje, co prawda, to prawda".

Łucja natomiast realizowała swój plan. Już była prawie pewna, jak urządzi mały wypadek, kiedy ojczulek oznajmił jej, że macocha wyjeżdża do wód, a ona ma zostać i doglądać prac wykończeniowych w pałacu. W dodatku ojczulek przeprowadził z nią rozmowę i pytał, czy nie chciałaby raz w tygodniu chodzić do sióstr, które ją wychowały i pomagać przy sierotach.

– Mogłabyś im czytać, gołąbeczko, albo uczyć rysunku – proponował.

Uśmiechała się, ale podejrzenie, że na prośbę macochy chce się jej pozbyć, kiełkowało w niej niczym zatrute ziarno.

– Oczywiście, ojczulku. Jak sobie życzysz... – przytakiwała, ale nie robiła nic, żeby przybliżyć się do sierocińca.

Jeszcze czuła na sobie pełne pogardy spojrzenie matki przełożonej, która wypominała jej, że nie pisała do Alberty z podróży po Europie. Czemu miałaby do niej pisać, buntowała się po tamtej rozmowie. Przecież chciała od tamtego życia uciekać najdalej, jak tylko mogła. Czemu wszyscy na czele z ojczulkiem uparli się, żeby przypominać jej, skąd się wzięła. Zadawała sobie te pytania w kółko, kiedy tylko ktoś z rodziny napomykał, że może powinna zająć się kimś „potrzebującym" albo „równie dotkniętym przez los, jak ona wtedy". Nienawidziła tego. W dobrych radach przodowała macocha, która, kiedy tylko nie miała globusa, uwielbiała przypominać Łucji, że jest przygarniętą sierotą.

– Moja droga – mówiła. – Pomysł z czytaniem jest bardzo dobry. Przecież lubisz czytać, prawda?

– Oczywiście, droga mamo – cedziła Łucja przez zaciśnięte zęby. – Będę im czytała, a także uczyła rysunku. Może pod wpływem moich działań jakieś inne dziecko będzie miało tyle szczęścia, co ja przed laty.

Wpadła w panikę, kiedy się dowiedziała, że ojczulek wysyła macochę do Włoch. Ona zaś miała zostać tutaj, żeby kończyć prace w domu. Cóż za pomysł? Czy oni myśleli, że jest aż tak naiwna? Macocha była zadowolona, jak zwykle, kiedy Łucja wyjeżdżała albo ona udawała się gdzieś dalej. Nie mogły zbyt długo przebywać pod jednym dachem. Pani Wierusz-Kowalska traciła cierpliwość i w kółko zapadała na migreny, a Łucja robiła się niespokojna i drażliwa. Mąż i ojczulek starał się lawirować między dwiema kobietami i zadowolić jedną i drugą, ale jak to zwykle w takich sytuacjach bywa, narażał się i córce, i żonie.

– Dlaczego ja nie mogę mieć tego, czego pragnę? – Żaliła się żona w zaciszu sypialni.

– A czego pragniesz, moja droga? – pytał dyplomata, ale cały jego kunszt zawodowy musiał ustąpić przed łzami i pretensjami żony. Daremnie zapewniał, że nadal darzy ją uczuciem oraz podziwia. Żona coraz częściej płakała, a co za tym idzie, cierpiała na różne bóle, nie tylko głowy, lecz także całego ciała.

– Ojczulku, czy ja coś mogę zrobić, żebyś nie był taki smutny, najukochańszy? – Te słowa sprawiały, że topniało mu serce, gotów był żonę wysłać do Afryki, Ameryki albo nawet Chin, a żyć tu spokojnie z Łucją. I nawet potencjalna wojna nie wydawała mu się specjalnie groźna.

Wiedział, że musi je rozdzielić i wpadł na pomysł, żeby zatrzymać małżonkę dłużej na południu Włoch. Może nawet mogłaby przez rok zażywać kąpieli słonecznych i spacerów. On z Łucją zostałby w Brwinowie, zwłaszcza że jako dyplomata był potrzebny w kraju. Z drugiej strony, Hitler i Stalin już dzielili Europę i nie chciał ryzykować, że po wybuchu wojny Łucja znajdzie się w pułapce. Długo zastanawiał się, co zrobić, wreszcie postanowił, że jego druga połowa pojedzie do Włoch, a stamtąd statkiem do Stanów Zjednoczonych. Łucja natomiast zostanie z nim, tak długo, jak tylko będzie potrzebny w kraju, a potem razem wyjadą na południe. Tymczasem starał się zająć czymś uwagę dziewczyny, żeby osłodzić jej narastającą niechęć żony. Łusia jednak była jakaś osowiała i milcząca. Wydawało mu się, że jedyne, co ją cieszy, to urządzanie domu, dlatego postanowił nie szczędzić kosztów, byleby tylko dziecko było szczęśliwe.

– Czy mogłabyś, gołąbeczko, urządzić ogród zimowy? – zapytał ją któregoś dnia przy śniadaniu.

– Oczywiście, ojczulku – powiedziała z uśmiechem, chociaż krew się w niej zagotowała.

Macocha szykowała się intensywnie do wyjazdu. Pakowała liczne kufry i wypełniała pudła kapeluszami. Łucja uznała, że przyszedł czas na działanie.

– Janie – zaczęła rozmowę następnego dnia. – Ojczulek życzy sobie, żeby w domu był ogród zimowy. Już zamówiłam rośliny z katalogu i szklarzy z Pruszkowa. Ty masz zastanowić się nad oświetleniem.

– Muszę to zrobić przed wszystkimi, królowo moja – stwierdził zgodnie z jej oczekiwaniami. – Najpierw prąd, potem cała reszta...

Obserwowała, jak robi plany i zamawia drut potrzebny do elektryfikacji. Poganiała go, bo macocha wyjeżdżała za dwa dni. Wreszcie wszystko było na tyle gotowe, że mogła zrealizować swój plan.

– Nie zdążę już dziś dokończyć – powiedział Jasiek. – Zostawię tak, jak jest, ale pomieszczenie trzeba zamknąć na klucz.

Przekręciła przy nim mały, żelazny kluczyk i schowała go do kieszeni.

– Daj. – Wyciągnął rękę. – Odniosę go na dół i powieszę w skrytce.

– Sama odniosę – powiedziała. – Ty już idź, bo późno...

Pokiwał głową i poszli razem na dół, gdzie Łucja zostawiła go przy kuchni, przykazując Broni, żeby dobrze go nakarmiła, bo strasznie się dziś spracował. Manipulowała przy skrytce, udając, że wiesza tam kluczyk do ogrodu zimowego. Potem szybko się pożegnała i poszła na górę. Ledwie doczekała się, żeby wszyscy poszli spać. Kiedy dom ucichł, poszła cichutko do ogrodu zimowego i przekręciła kluczyk w drzwiach. Pomieszczenie było zimne, ale pamiętała, gdzie jest zwinięty kabel. Złapała za oba końce kołowrotka i wyciągnęła drut na zewnątrz. Przeszła przez korytarz i zostawiła kołowrotek przytroczony do schodów na parterze. Nad ranem wstanie i niby idąc do łazienki, potknie się o to, a potem zbiegnie ze schodów i uda, że z nich spadła. Zadowolona z siebie, poszła się położyć.

Następnego dnia tysiąc razy pytano Jaśka, jak to się stało, że odsłonięty drut pod napięciem leżał sobie luźno w korytarzu i stał się sprawcą tak strasznego nieszczęścia. Pytał go pan Wierusz-Kowalski, Stanisław, nawet Bronia, oczywiście wszyscy przed przybyciem policji. Na próżno Jasiek zapewniał, że nie wie, jak to się stało. Przecież drut był w środku, a on specjalnie zamknął drzwi na klucz. Bronia przysięgała, że to panienka Łucja odwiesiła kluczyk do skrzynki, ale policjant twardo stwierdził, że to było obowiązkiem Jana. Łucji o nic nie pytano, ponieważ była w szoku. To znaczy, kiedy zbudzono ją i powiedziano, że w pałacu jest policja, spojrzała w panice na zegar, który wskazywał ósmą, i zaczęła płakać. Zapytała jeszcze, co się stało i uzyskała odpowiedź, że pani, idąc do toalety, potknęła się o drut, który zostawił nieodpowiedzialny elektryk, została porażona prądem, a na dodatek spadła ze schodów i złamała nogę. Łucja zaczęła krzyczeć i płakać oraz zapewniać, że to nie jest jej wina. Potem zapadła w dziwny letarg i przestała się odzywać.

Biedny Jasiek został skuty kajdankami i zaprowadzony przed oblicze głównego policmajstra, który wrzeszczał na niego i kazał mówić prawdę, strasząc torturami.

– Jak cię prądem pocałuję, to inaczej będziesz gadał – wrzeszczał na niego, wymierzając co i rusz siarczyste policzki.

– Kiedy ja nic nie wiem… – powtarzał do znudzenia Jasiek. Łzy ciekły mu z oczu jak dziecku. – Wszystko sprawdziłem, zamknąłem pokój i panienka zaniosła klucz na dół.

– Panienki w to nie mieszaj, ochlapusie jeden! – wrzeszczał policmajster.

W końcu znękany Jasiek przestał cokolwiek mówić, czy wyjaśniać, ponieważ uświadomił sobie, że nie kto inny, tylko Łucja musiała drzwi otworzyć i wyjąć kabel. Nie miał tylko pojęcia, dlaczego to zrobiła. Tyle razy tłumaczył jej, że to takie niebezpieczne. Jak się później dowiedział, jej matka tylko jedną nogą dotknęła drutu. Gdyby stanęła na nim obiema nogami, pewnie byłaby już w zaświatach, a Jasiek by wisiał. A tak, kto wie, może skończy się na więzieniu. Pogrążony w niewesołych myślach, siedział w ciasnej celi po przesłuchaniach i zastanawiał się, co z nim będzie.

Łucja tymczasem umierała ze strachu przed karą.

– Inaczej miało być – płakała w poduszkę, kiedy nikt nie widział.

Istotnie, zamierzała wstać nad ranem, przeskoczyć zgrabnie przeszkodę i udać, że spadła ze schodów. Wcześniej na tę okoliczność uderzyła się w kuchni w nogę tłuczkiem do mięsa i nabiła sobie okazały siniak. Nie chciała, żeby Jasiek jakoś szczególnie ucierpiał, a już na pewno nie życzyła sobie, żeby macocha złamała nogę. Miała tylko udać, że robi sobie krzywdę, a ojczulek przerażony, że coś mogło się jej stać, miał wywieźć ją za granicę. Nie ma pojęcia, dlaczego zaspała. Stary zegar na kluczyk, który nakręciła i miał wybić gong o piątej, zatrzymał się na trzeciej piętnaście. Natomiast macocha, pewnie podniecona bliskim wyjazdem, poczuła nad ranem naglącą potrzebę i stało się nieszczęście.

Łucja tak się bała spojrzeć ojczulkowi w oczy, że udawała chorą i nie chciała nikogo widzieć. Wreszcie zaporę w postaci zamkniętych drzwi sforsowała Bronia i usiadła na skraju łóżka.

– Niech pani idzie, bo ja nie będę rozmawiała! – krzyknęła dziewczyna tchórzliwie. – Nie muszę rozmawiać z… kucharką!

– Owszem, będziesz. – Bronia ściągnęła z dziewczyny kołdrę i kazała jej natychmiast wstać i się ubrać. – Musisz iść i powiedzieć jak było.

– Ja nigdzie nie pójdę! – krzyczała. – Ja nic nie zrobiłam!

Wreszcie Bronia nie wytrzymała, złapała wnuczkę za kudły, przełożyła przez kolano i wymierzyła kilka siarczystych klapsów.

– Co pani robi?!!! – wrzasnęła Łucja wielkim głosem. – Każę panią wyrzucić!

– Nie groź, nie groź. – Bronia dźgnęła ją w pierś sękatym palcem, zastanawiając się jednocześnie, skąd w tej dziewczynie tyle złego się naplemiło. Władzia była najmilszą i najspokojniejszą kobietą na świecie, niezdolną do skrzywdzenia muchy. Pewnie po ojcu taka niecnota, wzdrygnęła się Bronia.

– Jeśli będzie trzeba, to siłą cię na policję zawlokę… Uprzedzam. Nie będziesz mi tu łgała i rodziny krzywdziła. A już na pewno nie pozwolę, żeby mój wnuk wisiał przez ciebie albo w więzieniu gnił.

– Jasiek może pójść do więzienia? – spytała, szeroko otwierając oczy.

– A juści! – Bronia chwyciła się pod boki. – A ty cóżeś myślała? Twoja matka w szpitalu, prądem poparzona i z nogą złamaną. Pan Wierusz przy niej. A Jasiek aresztowany za zaniedbania.

– Kiedy to inaczej miało być… – rozełkała się na nowo Łucja, a potem chlipiąc, opowiedziała Broni o swoim genialnym planie.

– Ależ ty głupia jesteś, dziewczyno. – Bronia aż się zachłysnęła, słuchając bzdur, które Łucja wygadywała, szarpiąc przy tym za warkocze. – No dobrze, ubieraj się. Idziemy to wszystko naprawiać…

Łucja pokiwała głową, narzuciła na siebie jakieś ubranie, uczesała się powierzchownie i wyraziła gotowość pójścia na policję i uwolnienia Jaśka z zarzutów. Ciągle nie zamierzała brać winy na siebie, ale mogła przynajmniej powiedzieć, że elektryk zamknął starannie drzwi, a potem ona ten klucz odwiesiła do schowka.

Kiedy wyszła z pokoju, rozejrzała się trwożnie. Jej ojca nie było, służba chowała się po kątach, z wyjątkiem Winnych, którzy stali pod drzwiami jej pokoju, patrząc na nią oskarżycielsko. Nawet kochany pan Stanisław odwracał od niej wzrok i nie zamienił ani jednego słowa, kiedy wiózł ją furmanką na policję.

– To się stało po tym, jak pan Winny już wyszedł – zeznawała na policji. – Nie mógł wrócić i otworzyć drzwi. No i on tyle razy wszystkim tłumaczył, jakie to niebezpieczne…

– Skąd szanowna pani tyle wie o prądzie? – indagował policmajster.

Takie samo pytanie zadano Jaśkowi i, o dziwo, tu zeznania obojga były zgodne, bo każde niezależnie od siebie powiedziało, że Łucja ogromnie interesuje się kwestią prądu, dużo pyta i chciałaby zrozumieć to przyszłościowe zjawisko.

– Widzi Pan. – Czarowała policjanta. – Ja maluję. Światło jest dla mnie strumieniem życia…

– Umie pani wyjaśnić, kto w takim razie wyniósł z zamkniętego rzekomo pokoju niebezpieczne urządzenie? – policmajster patrzył na nią groźnym wzrokiem.

– Jest to możliwe, że ja wyniosłam… – powiedziała z zastanowieniem. – Podczas lunatykowania.

– A cóż to za czort? – Zdumiał się policjant.

– Chodzę we śnie – wyjaśniła krótko.

– Od dawna panienka chodzi we śnie? – pytał, a jego kolega wystukiwał na maszynie zeznania Łucji.

– Jakiś czas – odpowiedziała tonem, jakby wyznawała księdzu grzechy.

– I wtedy pani może robić różne rzeczy?

– Mogę chodzić po dachu albo iść do kuchni i ugotować zupę. Nawet pomalowałam pokój w nocy, a potem tego nie pamiętałam… – Puściła wodze fantazji.

– Przyznaje się panienka?

– Przyznaję się, że mogłam wziąć klucz, pójść do ogrodu zimowego, otworzyć drzwi, wyciągnąć kabel i przejść z nim wzdłuż schodów, a potem go zostawić… tam, gdzie został znaleziony. Wszystko podczas snu. No i oczywiście nic nie pamiętam.

Stanisław czekał na nią pod budynkiem policji razem z podobnym do siebie mężczyzną, w którym Łucja rozpoznała ojca Jaśka. Na jego widok spuściła wzrok. Stanisław pomógł jej usiąść na wozie, ale poprosił, żeby poczekała chwilę, zanim odwiezie ją do domu, bo on razem z bratem musi dowiedzieć się, co z Jaśkiem. Pokiwała głową, nie mogąc wydusić z siebie ani słowa więcej. Mężczyźni zniknęli za masywnymi drzwiami. Łucja zauważyła, że tato Jaśka wyraźnie utyka i nie wiedzieć czemu, zrobiło jej się strasznie przykro.

– Musimy jeszcze zapytać naszego szefa, czy możemy syna zwolnić – powiedział gruby policjant z twarzą jak księżyc w pełni. – Ta pani w zasadzie przyznała się, że ona to zrobiła, nie pański syn.

– Ale czemu? – Zdumiał się Władysław.

Stanisław złapał brata za łokieć, tłumacząc cicho, że to nieistotne, kto to zrobił, jeśli Jasiek zostanie uwolniony od posądzeń i wypuszczony wolno.

– Zwolnią Janka od razu? – spytała Łucja, kiedy mężczyźni podeszli do powozu.

– Chciałbym najpokorniej podziękować za to, co pani zrobiła dla mojego syna. – Władysław ukłonił się nisko.

Łucja zrobiła się czerwona jak burak i zerknęła na Stanisława, który miał wzrok nieprzenikniony.

– Ja nic nie zrobiłam… – szepnęła, ale zanim odwróciła wzrok, zobaczyła, że kręcił głową wielce nią rozczarowany.

Droga powrotna również była nieznośnie milcząca, Łucją targały wyrzuty sumienia i strach przed spotkaniem z ojczulkiem. Kiedy okazało się, że Wierusz-Kowalski wrócił ze szpitala i jest w pałacu, chciała przemknąć się tylnym wejściem i zamknąć w swoim pokoju, ale pan Stanisław złapał ją za ramię i popatrzył znacząco. Spuściła głowę i poszła do domu, czując się, jakby szła na szafot.

Wierusz-Kowalski szalał w pałacu. Biegał po pokojach i wrzeszczał na pokojówki oraz pozostałą służbę. Stanisław zastał Bronię w kuchni siedzącą na krześle, sztywno wyprostowaną i z nieruchomą twarzą. Na jego widok wstała.

– Wyrzucił mnie z pracy. Czekam tu na ciebie.

– A podał jakiś rozsądny powód? – spytał matkę Stanisław.

– O nim teraz nie można powiedzieć, że jest rozsądny – sarknęła Bronia. – Winni są winni…

– Oczywiście. – Uśmiechnął się. – Pójdę w takim razie odebrać należność za ostatni tydzień i jedziemy. Wacek i Tadek też tu byli?

– Kazałam im od razu wracać, jak tylko usłyszałam, co się stało.

– Dobrze mama zrobiła. Przywiozłem Łucję.

– Powiedziała, co trzeba?

– Tak – rzucił krótko i wyszedł.

Wstał i poszedł do pałacu w poszukiwaniu wściekłego pryncypała. Śmiało kroczył środkiem parteru, chociaż zwykle nie wchodził na pokoje, jeśli nie musiał w związku z robionymi przez siebie meblami. Na jego widok Wierusz-Kowalski złapał się za serce.

– Panie! – krzyknął. – Pana syn zgnije w kryminale! Jak pan śmie tu wchodzić?! Osobiście dopilnuję, żeby sprawca poniósł zasłużoną karę!

– Przyszedłem po tygodniówkę. – Od Stanisława bił spokój. – Jan jest moim bratankiem, nie synem.

– Co mnie to obchodzi! – wrzasnął dyplomata. – Plenicie się tutaj jak robactwo… I nawet nazwisko macie odpowiednie do sytuacji! Nie zapłacę ani grosza!

– Sam nas pan tu zatrudnił – przypomniał mu Stanisław. – Moją matkę błagał pan, żeby gotowała, a teraz wyrzuca ją pan jak psa. Mnie także wielmożny pan prosił, żebym pod kierunkiem młodej pani składał meble.

– I jak mi się odwdzięczyliście za pomoc i chleb?! Pana syn żonę mi wpędził do grobu.

– Nie mój syn, tylko bratanek, i nie on, tylko pana córka jest winna… Przyznała się na policji. Właśnie ją odwiozłem z powrotem do pałacu.

Wierusz-Kowalski wyglądał, jakby miał zaraz apopleksji dostać.

– Bezczelność! – wykrztusił. – Moja córka na policji! Jak pan śmiał!

Odwrócił się i pobiegł w górę schodami, wrzeszcząc: „Łucja!, Łucja!", a Stanisław odetchnął i wrócił do kuchni po Bronię, wziął ją pod rękę i wyszli razem na późnosierpniowe upalne słońce.

– Coś ty zrobiła, Łusiu?! – Ojciec stał nad córką zwiniętą w kłębek na łóżku z baldachimem. – Dlaczego żeś to zrobiła?!

Tyle było rozpaczy w jego głosie, że Łucja znów zaniosła się szlochem i zrezygnowała z upierania się przy somnambulizmie.

– Bo ja się bałam, że ojczulek mnie odda!!!!

I rzuciła się do jego stóp, płacząc i błagając o wybaczenie.

– Dokąd odda?! – Wierusz-Kowalski oniemiał.

– Kazał mi ojczulek chodzić do sióstr i czytać sierotom! Matkę posyłał za granicę, a mnie chciał tutaj zostawić! W sierocińcu! Jak wtedy!

– Ależ, dziecko moje! – Dyplomata nic z tego nie rozumiał. – Jak mogłaś pomyśleć, że ja ciebie chcę oddać?!

– Bo ojczulek kazał mi chodzić i czytać sierotom!!!

– Chciałem, żebyś ty miała zajęcie pożyteczne – tłumaczył się.

– A pewnie! – płakała. – Co to za pożyteczne zajęcie chodzić tam, gdzie jest jak w więzieniu?

– Przecież zawsze powtarzałaś, że u sióstr było ci dobrze… Zresztą teraz o czym innym mówimy! Jak mogłaś matce swojej zrobić krzywdę?

Łucja podniosła na niego zalaną łzami twarz.

– To nie jest moja matka! Moja matka zostawiła mnie pod drzwiami sierocińca, bo mnie nie chciała! Ojczulek też mnie odda!

– Ale dlaczego, moja droga, chciałaś, żeby stała jej się krzywda?! – pytał córkę wśród jej szlochów i spazmów. – Ona może nie umie ci tak okazać przywiązania jak ja, ale zapewniam cię, że sercem...

– Nie ma dla mnie serca! I nie chciałam, żeby ona upadła. Miałam ja się potknąć i upaść, a ojczulek wtedy pozwoliłby mi stąd wyjechać!

Tego dnia nie udało się Łucji do końca uspokoić. Przy pomocy Danusi, cichej, przerażonej dziewczyny, Łucja została zapakowana do łóżka i dostała na czoło zimny kompres. Kiedy i to nie pomagało, pan Wierusz zabrał z toaletki żony sole bromu i kazał Danusi zaaplikować córce. Przyjechał także doktor z Warszawy, zbadał Łucję i potwierdził szok organizmu. Kazał odpoczywać i dobrze się odżywiać. Danusi nakazano, żeby na krok pokoju nie opuszczała i panience także nie pozwalała wychodzić. Kowalski z doktorem pojechał do szpitala, do żony, na ponowną konsultację, mimo że go zapewniono, że pani nie ucierpiała, a jej noga zrośnie się za jakieś dwa miesiące.

Ona także nie chciała z nim rozmawiać, winiąc z kolei jego i jego fanaberie za zaistniałą sytuację.

– Wybacz, najdroższa – kajał się przy jej łóżku, ale żona była nieugięta i oświadczyła, że nie będzie z nim rozmawiała, póki ten chłopak nie poniesie zasłużonej kary. – Wszystko naprawię, obiecuję...

Nie mógł jej powiedzieć, że za wszystko odpowiedzialna jest Łucja, żona wtedy zażądałaby, żeby wybierał między nią a tą znajdą, którą sprowadził do domu na jej nieszczęście. Kto wie, może nawet nazwałaby ją złym nasieniem i chwastem, który należy wyplenić.

– A juści, naprawisz... – powiedziała gorzko małżonka i popatrzyła na nogę otoczoną gipsem i wyciągniętą na łańcuchu do góry. – Chcę wyjechać!

– Jak tylko lekarze pozwolą, moja droga, natychmiast wyjedziesz do Włoch... Z Łucją razem pojedziecie, a ja zaraz do was dołączę... – próbował załagodzić sytuację.

– To też przez nią całe nieszczęście. – Ożywiła się małżonka.– Gdyby ta dziewczyna, której ulegasz we wszystkim, nie chciała mebli, rzeczy, nie szarogęsiła się w naszym domu, to nie byłoby tego wszystkiego!

– Moja droga, jesteś zdenerwowana, to zrozumiałe – tłumaczył Wierusz. – Ale to był wypadek, może się zdarzyć. Wynagrodzę ci wszystkie cierpienia.

Wynagrodzenie cierpień małżonce polegało na wysłaniu jej salonką na południe, do Włoch i zapewnieniu wszelkich wygód, w tym pielęgniarki i wysoko wykwalifikowanej włoskiej rehabilitantki, która na powrót uczyła ją chodzić. Kosztowało to Wierusza majątek, ale żona nigdy nie dowiedziała się, jaką rolę w wypadku odegrała jej nielubiana pasierbica.

Natomiast Łucja została wysłana z państwem Tobolkami za ocean, gdzie miała zacząć uczyć się języka i bywać na salonach, co miało jej zapewnić rychłe zamążpójście. Po roku przebywania na nowojorskich rautach poznała Jamesa Browna, fabrykanta, który miał niezły majątek zbity na wielkim kryzysie i wyszła za niego za mąż.

Jan został zwolniony z aresztu jeszcze tamtego dnia. Policjant wprawdzie nie przeprosił go za bicie i wyzwiska, ale i tak Jasiek był zadowolony. Na zewnątrz czekał na niego pan Wierusz-Kowalski, który także go nie przeprosił, ale wręczył mu sto złotych, jak się wyraził, z tytułu utraty pracy. Jasiek pieniądze wziął i poczłapał do domu, gdzie zamknął się prawie na miesiąc w pokoju. Brał jedzenie, które zostawiała mu pod drzwiami Kazia, a nocą wymykał się do wychodka. Ani Kazia, ani Władek nie wiedzieli, co ich syn robi za zamkniętymi drzwiami. Jedynym śladem jego działalności było spalenie obrazka, jaki kupił lata temu na pikniku. Po dwudziestu ośmiu dniach wyszedł z pokoju, rozejrzał się jakby nigdy nic, zjadł śniadanie w kuchni i oświadczył, że idzie szukać pracy. Obojętnie przyjął z ust Damiana informację, że cała rodzina Wierusz-Kowalskich wyjechała w niewiadomym kierunku, prawdopodobnie do Ameryki.

Wierusz-Kowalski następnego dnia udał się do Winnych. Podobne stuzłotówki chciał dać niedawnej kucharce i stolarzowi, ale zarówno jedno, jak i drugie oświadczyło, że tylu pieniędzy nie trzeba, wystarczy zaległa tygodniówka.

– Niech pan panienkę od nas pozdrowi – powiedziała przez zaciśnięte gardło Bronia, mając świadomość, że raczej dziewczyny już nie zobaczy, bo wszystkie ptaszki ćwierkały, że Wieruszowie mają wyjechać za granicę.

– Chciałbym… – Dyplomata po raz pierwszy w życiu nie umiał znaleźć odpowiednich słów.

Zawiesił głos i spojrzał bezradnie na starszą kobietę w nienagannie wyprasowanym fartuszku i ciemnej sukience w rzucik, która siedziała wyprostowana w kuchni, promieniejąc dostojeństwem, którego na próżno by szukać u niektórych szlachetnie urodzonych.

– Chciałbyś pewnie przeprosić, synku – powiedziała życzliwie. – My się nie gniewamy. Pieniędzy nie trzeba.

– Chciałbym mimo wszystko wynagrodzić państwu – zaczął znów Wierusz, czerwony ze wstydu.

– Niech pan Jaśkowi wynagrodzi, jemu się pewnie należą pieniądze zamiast przeprosin. Nas nie trzeba przepraszać. Za pracę pan zapłacił i tyle.

Pokonany Wierusz westchnął i odjechał do pałacu, gdzie czekało go pakowanie kufrów żony i córki.

Tego dnia, kiedy odbyła się awantura w pałacyku, pani Iwaszkiewiczowa zawiadomiła Anię, że przyjeżdża pan Kazimierz Tarasiewicz z Krakowa i przypomniała, że zgodziła się go oprowadzić po okolicach. Ania, która wciąż nie zdecydowała się, jak postąpić w sprawie Damiana i pana Iwaszkiewicza, kiwnęła głową i spytała, o której godzinie ma przyjechać do Stawiska. Umówiły się na wczesny podwieczorek o szesnastej, na który Ania także była zaproszona, a potem miała zabrać gościa do parku i na cmentarz.

Wyobrażała sobie poetę jako eterycznego mężczyznę z głową w chmurach i nieobecnym spojrzeniem, niezdarnego i potykającego się co chwila o własne nogi. Jakież było jej zdumienie, kiedy przedstawiono ją wysokiemu, przystojnemu mężczyźnie z błyskiem w oku i o szczerym uśmiechu, który ścisnął jej dłoń mocno i wyraził ogromną wdzięczność, że zgodziła się pokazać mu okoliczne atrakcje.

– Nie wiem, czy uda mi się czymś zainteresować mieszkańca Krakowa – powiedziała przy podwieczorku. – My tu nie mamy zabytków.

– Wy macie tu Iwaszkiewicza – odparł szybko i uśmiechnął się do Jarosława, który popijał herbatę małymi łykami. – To największa atrakcja.

– Dlaczego zatem chce pan chodzić po cmentarzu? – spytała niezbyt grzecznie.

Potem zganiła samą siebie. Przecież ten człowiek o niczym nie wiedział i nie było powodu, żeby była dla niego nieuprzejma. Spojrzała z niepokojem na pisarza, ale ten siedział zamyślony i raczej nie słyszał jej uwagi. Pani Anna zaś wyszła na chwilę do kuchni, żeby wydać dyspozycje co do kolacji. Kazimierz uśmiechnął się do niej i także nic nie odpowiedział. Dopiła zimną herbatę i zapytała poetę, czy mogliby już ruszyć.

– Przyznam się pani, jaki jest prawdziwy powód mojej wizyty w Brwinowie – powiedział, kiedy przespacerowali się już po parku i zaszli na cmentarz. – Słusznie odgadła pani, że nie chodzi o szukanie weny twórczej ani inspiracji.

– A o co? – Prawdę mówiąc niewiele jej to obchodziło. Ciągle myślała o tym jak postąpić z poetą, który obejmował jej kuzyna.

– Szukam pewnego grobu – wyjaśnił. – Mój dziadek mnie prosił.

– Jakiego? – Zainteresowała się.

– Nazywała się Zofia Fiołkowska i była wielką miłością mojego dziadka – wyznał, jakby to było coś wstydliwego.

– Historia miłosna... – Uśmiechnęła się.

– Ale nie taka, jakich wiele – zaprotestował. – Zapewniam panią. Mimo że zaczyna się podobnie. Jest bogata panna i biedny kawaler.

– Opowie mi pan? – zachęciła go.

– Dziadek pracował na kolei. Był zwykłym maszynistą, ale kochał swoją pracę. Tamtego dnia czekał na swój pociąg, żeby pojechać do Warszawy. Panna Zofia stała na peronie i zasłabła. Osunęła się i spadła na tory wprost pod nadjeżdżający pociąg. Gdyby nie dziadek, zginęłaby pod kołami lokomotywy. Wskoczył za nią, całą i zdrową przeniósł w bezpieczne miejsce, tylko że sam przy tym stracił nogę.

– Cóż za historia...

– Ma ciąg dalszy. – Pokiwał głową. – Fiołkowscy opłacili dziadkowi leczenie u najlepszych chirurgów. Kiedy wyzdrowiał, ufundowali rentę, ponieważ nie mógł już pracować jako maszynista. Nadal był na kolei, ale pracował w kasie.

– Zakochał się w tej pannie?

– Naturalnie. Była śliczna. Każdy by się w niej zakochał. W dodatku miała dobre serce i odwiedzała go w szpitalu. Tyle że ona się w nim nie zakochała.

– No tak...

– Wyszła za mąż za bogatego przemysłowca i zamieszkała przy Brackiej w Krakowie. Pewnie zapomniała o moim dziadku. Dziadek też się ożenił i miał trzech synów, między innymi mojego ojca Henryka. A wkrótce po ślubie panna zachorowała.

Ania patrzyła na Kazimierza, który z ogromną pasją opowiadał historię nieznanej jej kobiety i swojego dziadka.

– Jaka to była choroba? Hiszpanka?

– Nie, nie hiszpanka. Jakaś nieznana zaraza. Zofię męczyła słabość, opuchlizna przy szyi i wysypka. Chudła i marniała w oczach. Sprowadzono lekarzy, ale oni kiwali głowami. Jeden zalecał przeróżne proszki, które jej mąż sprowadzał z zagranicy, nawet z Afryki. Inny kazał jechać do sanatorium i przyjmować zabiegi. Tylko że nic nie pomagało.

Kazimierz wpatrzył się w grób z rzeźbą młodej dziewczyny przy krzyżu.

– To Antonina Lubuska – powiedziała szybko Ania. – Moja koleżanka ze szkoły. Zginęła tragicznie pod kołami kolejki EKD.

Kazimierz wydawał się nie słuchać słów Ani.

– W końcu któryś z lekarzy poznał prawdziwą przyczynę choroby. Zofia zapadła na chorobę niemiecką.

– Czyli? – spytała Ania.

– Czyli tak zwaną wstydliwą, którą musiała się zarazić przed wyjściem za mąż. Wyobraża sobie pani? – Zawiesił głos. – W Krakowie wybuchł skandal. Mąż wyrzucił ją z domu i uzyskał rozwód. Rodzina się za nią nie ujęła i pozwoliła zamknąć ją w szpitalu świętego Sebastiana i Rocha.

– Okropne. – Spojrzała na niego uważnie. – Czy to pana dziadek odpowiadał za to nieszczęście?

– Ależ skąd – zaprotestował. – Dziadek rozmawiał z nią kilka razy, to wszystko. Nie wiem zresztą, kto był odpowiedzialny za całą sprawę, ale cały Kraków się o niej dowiedział. Huczało jeszcze długo w najlepszym towarzystwie.

– Najgorzej, że rodzina się wyparła. Nie powinno tak być.

– Zgadzam się. – Pokiwał głową. – Męża jeszcze mogę zrozumieć. Musiał mieć ogromny żal do żony. Ale jej rodzice? Powinni byli przyjąć córkę z powrotem po kuracji.

– A nie przyjęli?

– Nie chcieli jej znać. Dziadek odwiedził ją w szpitalu i wyznał uczucie. Proponował, żeby razem uciekli.

– Nie miał wtedy własnej żony?

– Miał, i to niedawno poślubioną. No i mój ojciec miał się niedługo urodzić.

– Co na to Zofia? – Ania była zaciekawiona historią.

– Nie zgodziła się na ucieczkę. Powiedziała mu, że wyjdzie ze szpitala i będzie godnie dźwigała wstyd. Po kuracji wyjechała i ślad po niej zaginął.

– Ale dziadek nie zapomniał. – Domyśliła się Ania.

– Nigdy. – Uśmiechnął się Kazimierz. – Chociaż był bardzo szczęśliwy z moją babcią. I opowiedział mi to wszystko dopiero niedawno, na łożu śmierci. Prosząc, żebym pojechał na grób Zofii.

– Jak ją tu odnalazł?

– Długo jej szukał, ale ślad po niej zaginął. Podobno własna rodzina nie wiedziała, gdzie Zofia przebywa. Jej mąż ożenił się po raz drugi, rozpowiadał, że pierwsza żona umarła.

– Przecież uzyskał rozwód?

– Pani pewnie trudno zrozumieć zdradzonego mężczyznę, prawda? – Popatrzył na nią uważnie.

Zmieszała się pod tym spojrzeniem.

– Umiem zrozumieć zdradzoną kobietę – powiedziała nieoczekiwania dla samej siebie.

– Przepraszam. – Znów obrzucił ją nieodgadnionym spojrzeniem. – Jest pani ciekawa, jak skończyła się ta historia?

– Oczywiście. Pan tak zajmująco opowiada.

– Pani zajmująco słucha – wpadł jej w słowo.

– Skąd zatem Zofia wzięła się w Brwinowie?

– Wstąpiła do zakonu i osiadła tutaj. Służyła w tutejszym sierocińcu. Nie miała własnych dzieci. Poświęciła się porzuconym. Umarła dwa lata temu. Dziadek tuż po niej, ale nie zdążył przyjechać na grób. Zdrowie mu nie pozwalało.

– A skąd dziadek się o tym dowiedział?

– Ciągle pytał jej ojca, a ten twierdził, że córka umarła, innym razem, że nie umarła, tylko nie wiadomo, gdzie jest. Wreszcie powiedział dziadkowi prawdę.

Stanęli przed prostym grobem z imieniem i nazwiskiem wyrytym na kamiennej płycie.

– Siostra Zofia Fiołkowska – przeczytała Ania. – Służebnica Boża. Zasnęła w Panu 1 sierpnia 1937 roku.

Odeszła na bok, żeby mógł w spokoju przekazać przesłanie od swojego dziadka. Patrzyła, jak Kazimierz klęknął na jedno kolano, wyjął z kieszeni kartkę, otworzył ją i cicho czytał. Pomyślała, że to ogromnie wzruszające.

– Możemy wracać – oznajmił. – Pewnie już pani Anna czeka z kolacją.

– Pójdę jeszcze na grób mojego przyjaciela i dobroczyńcy – powiedziała.

– Jeśli pani pozwoli sobie towarzyszyć? – spojrzał prosząco.

– Naturalnie – Uśmiechnęła się i poprowadziła w stronę grobu Lilpopa.

Prosta kamienna tablica zawsze ją wzruszała, a widok grobu prowokował do wspomnień.

– Ależ to jest grób teścia pana Jarosława… – Kazimierz uniósł brwi ze zdumienia. – Pani mówiła, że przyjaciela pójdziemy odwiedzić…

– Przyjaciela i dobroczyńcę – potwierdziła oschłym tonem. – A pan myślał, że tylko ludzie pana pokroju mogą się przyjaźnić z ludźmi takimi jak Lilpop?

Nie wytrzymał jej szczerego spojrzenia i opuścił wzrok.

– Proszę mi wybaczyć – powiedział cicho. – Nie chciałem pani urazić.

– Proszę się nie obawiać. Ludzie postrzegający innych na pana sposób nie są w stanie mnie urazić. Odprowadzę pana do Stawiska.

Popatrzył na nią tym razem uważnie i ukłonił się nisko.

– Proszę panią o wybaczenie. Zachowałem się jak cham, ale i pani od razu mnie osądziła.

Pomodliła się chwilę nad mogiłą wujcia i podniosła na niego oczy.

– Wskażę panu drogę. I dziękuję za przepiękną historię o pana dziadku.

Kazimierz pokręcił głową.

– Ależ nie mogę pozwolić, żeby mnie pani odprowadzała. Poza tym pani Anna czeka na nas oboje. Wyraźnie mi to powiedziała.

– Miło z jej strony, ale ja tam pracuję jako guwernantka. Pan jest gościem. Byłoby niezręcznie, gdybym została.

– Bardzo pani harda i uparta… I piękna – dodał cicho.

Pominęła uwagę milczeniem. Szli w stronę domu Iwaszkiewiczów. Był wieczór, a nad Brwinowem wciąż świeciło słońce. Sierpień był tego roku wyjątkowo upalny. Na rynku Kazimierz kupił róże dla pani Anny. Spytał, czy mógłby również jej ofiarować bukiet w podziękowaniu za oprowadzanie, ale pokręciła przecząco głową i powiedziała, że zupełnie nie ma takiej potrzeby. Nie miał odwagi kupić tych róż, chociaż bardzo chciał ofiarować jej kwiaty w kolorze jej włosów. Patrzył na nią ukradkiem. Miała dumny profil i najpiękniej wykrojone usta, jakie kiedykolwiek widział u kobiety. Podbródek zdradzał zdecydowanie, a wysokie czoło ponadprzeciętną inteligencję. Głos miała tak piękny, że Kazimierz wyobrażał sobie, jak śpiewa. Chyba go nie polubiła. Uwaga o Lilpopie zepsuła ten niewielki czar, jaki stworzył, opowiadając jej o swoim dziadku.

– Może zechciałaby pani odwiedzić moją rodzinę w Krakowie? – spytał ostrożnie. – Odwdzięczyłbym się pani, opowiadając o moim mieście.

– Nie trzeba się odwdzięczać – powiedziała. – Spełniłam prośbę pani Anny, ponieważ jej ojciec dał mi przyjaźń i posłał do szkół. Jemu nie mogę się już odwdzięczyć, ale zrobię wszystko dla jego córki.

– Wydaje mi się, że pani nie lubi Jarosława? Przez pani przyjaciela? A może nie podobają się pani jego książki?

– Nie – odparła, nie patrząc na niego. – Nie chodzi o książki.

– Przyjedzie pani do Krakowa? Proszę – powiedział cicho.

– Za kilka dni zaczyna się rok szkolny. Jestem nauczycielką w tutejszej szkole i nie mogę wyjeżdżać w czasie trwania roku szkolnego.

– A na święta? – wypytywał.

Zatrzymała się i spojrzała uważnie. Czuła, że dopiero zacznie go poznawać, a w jej życiu za jego sprawą zajdą ogromne zmiany. Jednocześnie owładnął nią lęk przed tym nieznanym, którego od pewnego czasu się bała, a które zbliżało się do Brwinowa wielkimi krokami. Bała się, że nie zniesie kolejnego rozstania, odrzucenia i cierpienia, które czaiło się gdzieś w tle.

– Święta spędzam z rodziną – odpowiedziała, ale już nie tak stanowczo. – Czemu pan się tak uparł?

– Chciałbym pani udowodnić, że nie jestem nieczułym chamem, za jakiego, zdaje się, mnie pani bierze.

Wzruszyła ramionami. Doszli do Stawiska. Już chciała pożegnać się i odejść, kiedy zauważyła na posesji dwie sylwetki. W jednej chwili ogarnęła ją furia. Porzuciła poetę i pobiegła w stronę dwóch mężczyzn, którzy stali w ogrodzie i rozmawiali. Iwaszkiewicz i Damian Winny patrzyli ze zdziwieniem, jeden na guwernantkę swoich córek, drugi na kuzynkę, jak biegła w ich stronę, wymachując rękoma. Kiedy już była blisko, podniosła z ziemi długi kij i zaczęła nim okładać na przemian to jednego, to drugiego. Obaj byli tak zdumieni, że poza zasłanianiem się nie byli w stanie nic zrobić. Wstrząśnięty Kazimierz po ochłonięciu zaczął również biec w stronę niedawno poznanej, ogarniętej furią ognistowłosej znajomej.

– Anka, co ty wyprawiasz! – odzyskał mowę Damian.

– Niech się pani, na litość boską, uspokoi – wycharczał Iwaszkiewicz. – Pani oszalała!

– Ja oszalałam?! – Furia ciągle nie opuszczała Ani. – Zostaw pan lepiej w spokoju mojego kuzyna!

Wreszcie dopadł Anię Kazimierz i chwycił ją za ręce, a ze Stawiska wybiegła pani Anna i skoczyła do walczących, próbując zasłonić męża przed ciosami guwernantki. Ania szarpała się w objęciach Kazimierza, Iwaszkiewicz groził policją, a Damian rozmasowywał sobie stłuczone ramię, spoglądając niepewnie na Jarosława.

– Na policję z nią! – wrzasnął pisarz.

– Niech mnie pan zostawi i nie wtrąca się! – wydarła się Ania jak pierwsza lepsza przekupa do trzymającego ją Kazimierza i znów zaczęła się szamotać.

Kazimierz puścił ją, ale trzymał się blisko.

– Jestem przekonany – powiedział ugodowym tonem – że wszystko można przedyskutować.

– Policja! – wrzeszczał Iwaszkiewicz.

Nie czekając na rozwój sytuacji, ani na przybycie ewentualnej policji, Ania chwyciła kuzyna za koszulę i wywlokła ze Stawiska żegnana groźbami pisarza. Przy bramie dogonił ich Kazimierz.

– Będę w Warszawie 20 września… – wydyszał.

– Świetnie – odpowiedziała Ania. – Żegnamy pana i przepraszamy, że był pan świadkiem takiej… niezręczności.

– Do domu! – wrzasnęła na kuzyna, wlokąc go poza bramę.

Na szczęście Damian nie protestował, bo siłą nie zaprowadziłaby do domu młodego, zdrowego mężczyzny.

– Ty nie rozumiesz – powiedział, kiedy stali pod jego domem.

– Na pewno nie rozumiem – skwitowała ironicznie.

– Ty wszystko zepsułaś – powiedział. – Przecież ja już tam nie będę mógł pracować…

– Do domu! – Popchnęła go. – Znajdziesz inną pracę!

Poczekała, aż zniknie za drzwiami i poszła do siebie. W kuchni zastała babcię Bronię i swojego ojca z minami, jakby przekopali tonę węgla.

– Co wam? – spytała.

– A tobie, córciu? – odpowiedziała pytaniem Bronia, wpatrując się badawczo we wnuczkę.

Ania miała włosy potargane, pogniecioną bluzkę rozerwaną w jednym miejscu.

– Takie tam – mruknęła. – Nie będę już uczyła dzieci w Stawisku. Nieporozumienie z pracodawcą.

– A my nie będziemy dłużej pracować w Wieruszówce – powiedziała Bronia. – Nieporozumienia z pracodawcą.

Ania spojrzała na minę babci i roześmiała się. Napięcie ostatnich godzin wyraźnie ją opuszczało. Może faktycznie Iwaszkiewicz miał rację – pomyślała. – Oszalałam.

– Muszę odpocząć – powiedziała i poszła do siebie na górę.

– Zawołam cię na kolację – rzuciła za nią Bronia.

– Jadłam w Stawisku – odkrzyknęła, pokonując schody.

Tym razem przebrała się w koszulę nocną i mimo tego, że ledwie była ósma godzina, położyła się do łóżka i zasnęła. Nie zbudziła się mimo pukania Broni, najpierw pod pretekstem, że przyszedł jakiś nieznajomy pan i chce się z nią natychmiast widzieć. Potem babcia ponownie stukała, mówiąc, że przyszła ciocia Kazia i też chce się z nią widzieć.

– Wyrzucili ją z pracy! – usłyszała. – Podobno przez ciebie!

Wreszcie pukanie ucichło i Ania zasnęła. Rano znalazła pod swoimi drzwiami wsuniętą kopertę. Otworzyła ją i wyjęła złożoną na pół kartkę zapisaną ołówkiem.

Szanowna Pani Anno,

nie wiem, co napisać, żeby Pani nie urazić. Jeszcze dziś wracam do Krakowa, ponieważ nie chcę zostać w Stawisku. Atmosfera tam nie najlepsza. Może napiszę w ten sposób: jest Pani najdziwniejszą i najpiękniejszą kobietą, jaką spotkałem w życiu.

Tak jak mówiłem, przyjeżdżam do Warszawy 17.09. Chciałbym odwiedzić Panią, jeśli tylko zdobędę jej przychylność. Na wszelki wypadek nie załączam adresu, ponieważ boję się, że mogłaby Pani mi odmówić.

Z poważaniem,
Kazimierz Tarasiewicz

Złożyła kartkę na cztery i ukryła ją na dnie szuflady. Potem powoli zeszła na dół na śniadanie. Była strasznie głodna.

– Co ci, tatku? – spytała, widząc Stanisława zgarbionego nad kuchennym stołem.

– Mówią, że wojna będzie, córciu – powiedział. – Niemcy się zbroją, a jak znam życie, to Ruskie też.

– Może nie, kochany. – Usiadła naprzeciwko niego i zdjęła chustkę. – Przecież tamta wojna była taka straszna, kto by chciał znów piekło na ziemi przeżywać?

– Ludzie są głupi, Aniu, szybko zapominają – stwierdził i popatrzył na córkę czystymi jak jeziora niebieskimi oczami. – Gdyby dłużej pamiętali, mniej nieszczęść by było…

Popatrzyła na niego uważnie. Przez ostatnie dwa lata bardzo się postarzał. Schudł i sczerniał, jakby coś wyssało go od środka. Nie zauważyła tego, tak powolny był to proces. Była zajęta swoimi sprawami, żalem, bólem, nauką i pracą. Zrobiło się jej bardzo przykro.

– Gdzie babcia?

– Kury maca. – Uśmiechnął się.– Odkąd przestała kucharzyć w pałacyku, ma za dużo czasu. Na pierwszy ogień poszły kury.

– Ile dokupiłeś? – spytała konspiracyjnie.

– Dziesięć.

– Wystarczy?

– Ma jeszcze krowę i gęsi, z którymi dużo kłopotu. Co tam u Mani?

– Duża już i gruba. – Ożywiła się Ania. – Będzie już końcówka, bo chodzi i sapie.

– Będę dziadkiem – powiedział z dumą. – Myślałem, że Tadzik albo Wacław pierwsi mnie zdziadzieją, ale widać chłopaki nierychliwe do żeniaczki.

– Przyjdzie i na nich czas – zapewniła go. Wiedziała, że zarówno jeden brat, jak i drugi będą mieli potomstwo, ale znacznie później.

– A tobie, kochana, dwudziesty piąty rok… – Spojrzał znacząco.

Już babcia Bronia jej mówiła, że powinna dobrego chłopca sobie znaleźć i się ustatkować. Na przykład Gabrysia kancelistę, który wodził za Anią wzrokiem, chociaż ta nie wiedziała o jego istnieniu. Czuła, że jeszcze wszystko przed nią, ale nie umiała, jak w dzieciństwie, określić dokładnie, co się stanie.

– Na mnie też przyjdzie czas – powiedziała i stanął jej przed oczami Kazimierz.

Po chwili zalała ją fala niejasnego lęku, który chwycił za gardło i zaczął dusić. Coś wielkiego i złego zbliżało się do niej i do jej rodziny.

– Ty już tam, córciu, wiesz lepiej. – Ojciec pogłaskał ją po głowie.

– Dwadzieścia – powiedziała Bronia z triumfem w głosie. – O czym wy tu?

– Dwadzieścia babcia wymacała? Naprawdę aż tyle? – Zdumiała się Ania.

– Tyle będzie jutro – potwierdziła Bronia. – Bez pracy w pałacach też jest życie...

– Wy pracowaliście w pałacu, ja nie...

– Jak zwał Stawisko, tak zwał. Kazi tylko żal. Ty masz szkołę. Im trudno.

– Ciocia Kazia znajdzie pracę u innych ludzi – zaprotestowała Ania.

„Tylko u kogo?", zastanawiała się po cichu. Duże bogate rezydencje pustoszały, ich właściciele uciekali w popłochu za granicę. Tak było z Wieruszami, Tobolkami i jeszcze kilkoma bogaczami z Milanówka i Podkowy Leśnej.

– Masz, zanieś dziadkowi. – Babcia podała jej talerz z zupą. – Nie przyjdzie, bo mu gorzej.

Ania poszła do pokoju obok, gdzie leżał Antoni.

– Dziadziu, przyniosłam ci kolację. – Podniosła talerz z zupą. – Zjesz?

– A mogę nie? – spytał Antoni, uśmiechając się niepewnie.

Ostatnio szwankował mu nie tylko umysł, ale także ciało. Męczył się łatwo, rzadko wychodził. Przeważnie polegiwał zamknięty w pokoju.

– Nie możesz, bo babcia specjalnie na rosołek dla ciebie kurę posłała na tamten świat.

– Jak wróciłem kiedyś z wojny, to też kurę ubiła – stwierdził, łykając łyżka za łyżką. – Może teraz też wojna będzie.

– Co wy wszyscy z tą wojną. – Ania pokręciła głową i opanowała drżenie ręki. – Babcia nie raz kurę na rosół przeznaczyła.

– Z Ruskimi nigdy nic nie wiadomo.

– A dziadek ciągle swoje. – Pokręciła głową. – Jeszcze kilka łyżeczek...

Łykał w milczeniu, przyglądając się jej uważnie.

– Ładna dziewuszka z ciebie wyrosła. Może byś tak za mąż poszła?

– Jak mam za mąż wyjść, jak wojna... – roześmiała się. – Sam dziadek mówił. Poza tym Mania za mąż wyszła, na razie wystarczy.

– Ja was kiedyś widział z tym Pawłem... – Antoni spojrzał uważnie na wnuczkę. – Pięknie było. Kiedyś z Bronką też my tak chodzili do lasu, trzymali się za ręce i o bożym świecie zapominali.

Ania opuściła talerz.

– Mania z nim szczęśliwa – powiedziała cicho. – Będą mieli dziecko.

– Tak, tak. – Pokiwał głową. – Szczęśliwa. Plecie się tak, plecie trzy po trzy. Kto szczęśliwy, kto nie, dziadek stary... Nic nie wie, nie rozumie, ale może rozumie, kto go tam wie.

– Przykryję cię, dziadziu, i prześpij się trochę. – Pogłaskała go po siwej, rzadkiej brodzie.

– Przykryj koniecznie, dziecko, bo trzeba się przed śmiercią wyspać. – Spojrzał na nią dziwnie, aż ciarki przeszły jej po plecach.

Zasnął natychmiast. Wyszła na palcach i cicho zamknęła za sobą drzwi.

1 WRZEŚNIA

Uderzanie w szyby i niemieckie wrzaski postawiły na nogi cały Brwinów. Przyszli też i do nich.

– *Wychodzić! Wychodzić z domów! Schnell!* – krzyczał niemiecki żołnierz. – *Ruhe!*

Ania zbudziła się gwałtownie. Serce waliło jej jak oszalałe.

Do pokoju wpadła Bronia.

– Nie ruszaj się… – zarządziła. – Ja z twoim ojcem wyjdę i wyjaśnię, o co chodzi...

Ania przycisnęła głowę do piersi Broni.

– Wojna, babciu – wyszeptała. – Wojna…

– E tam zaraz wojna, już jedną żeśmy przeżyli… – wzruszyła ramionami i narzuciwszy chustę na ramiona, poszła w stronę drzwi.

– Siedź tu murem – zagroził Stanisław i wyszedł za matką.

Nie została. Wysoki niemiecki żołnierz wpadł do domu i wywlókł ją na zewnątrz. Stanęła obok babci i ojca. Po chwili inny Niemiec wywlókł z domu Antoniego. Dziadek popatrzył na Niemców i uśmiechnął się.

– Witamy, witamy… – Pokazał bezzębne dziąsła.

– *Raus!* – Niemiec uniósł karabin. – *Pójdziesz z nami!*

Morus zaczął szczekać, ale Ania uciszyła go jednym ruchem ręki. Niemiec spojrzał na nią, potem na Morusa i niecierpliwie ponaglił ich, żeby szli za nimi. Dołączyli do sąsiadów, a potem do innych brwinowian, którzy w bieliźnie, nad razem szli za Niemcami jak zwierzęta na rzeź. Na rynku korowód postaci został spędzony na środek placu.

– Rozkazem führera Adolfa Hitlera my, naród niemiecki, zajęliśmy tę ziemię. Rząd polski nie sprawuje już tu władzy. Mieszkańcy mają obowiązek wyrobić kenkarty i odprowadzać wyznaczone podatki. Wszelkie próby sprzeciwu będą karane śmiercią! – powiedział jeden z żołnierzy do dużej białej tuby. Jego słowa rozniosły się po rynku.

– Jeszcze tutaj Ruskich brakuje, skoro Niemcy już są… – powiedział cicho Kajtek do Stanisława.

– Nic nie mówcie – ostrzegła ich Ania.

Wypatrywała Mani i Pawła, ale nie widziała ich w tłumie stojących na rynku. „Może po nich nie poszli", zaklinała rzeczywistość, „może bezpieczni w domu siedzą. Mania przecież przy nadziei… Na pewno się zlitowali, jeśli tam u nich byli. Przecież widać, że urodzi lada chwila…".

– *Verteilt!** – krzyknął Niemiec. – *Kobiety i dzieci na tamtą stronę, mężczyźni zostają!*

Ludzie posłusznie zaczęli się rozchodzić. Wtedy go zobaczyła. Stał w grupce mężczyzn, blisko Damiana i Jaśka, wypatrując jej w tłumie, podobnie jak ona jego. Na chwilę ich oczy spotkały się i Ania uspokoiła roztrzepotane serce. Wtedy Niemiec podszedł do stojących i brutalnie wyciągnął dziesięciu z nich, każąc im stanąć tyłem do ściany. Paweł stał z samego brzegu obok Artka Dzieżby z ich dawnej klasy i doktora Brzozowskiego. Dziesięciu żołnierzy ustawiło się naprzeciwko brwinowian i na rozkaz uniosło karabiny.

– Nie! Nie! – W tłumie podniósł się krzyk, ale pilnujący ich żołnierze także unieśli broń i krzykiem przywołali ludzi do porządku.

Jak we śnie Ania patrzyła na krzyczącą Manię podtrzymującą brzuch i Pawła patrzącego tylko na nią, przepraszającego wzrokiem za wszystko, co poszło nie tak. Zamknęła oczy i kiedy padł strzał, osunęła się na ziemię.

Ktoś ją podniósł. Z trudem uniosła powieki. Tłum krążył po rynku. Jedni w panice uciekali do domów, ciesząc się, że żyją, inni wynosili zamordowanych bliskich. Ze wszystkich stron dobiegał krzyk i płacz. Koło niej stała Mania blada jak ściana. Ojciec podtrzymywał ją za ramiona.

– Gdzie babcia? – Ania spytała słabo.

– Ojciec Pawła zasłonił… – wymamrotał Stanisław. – Zasłonił własnym ciałem… Strzelali i on za Pawła życie oddał…

Antoni leżał pod ścianą, z rozrzuconymi na bok ramionami jak połamana kukiełka, a obok niego klęczeli Paweł i Bronia, która płacząc, obejmowała męża. Z dziury na piersi Antoniego sączyła się krew. Paweł, skamieniały z przerażenia i rozpaczy, spojrzał na Anię, pod którą znów ugięły się nogi, a potem na swoją żonę Manię.

– To już!… – wrzasnęła nagle, łapiąc się za brzuch. – To już…!

* Rozdzielić się!

Ania z płaczem podbiegła do ciała dziadka.

– Zabierz ją do domu – powiedziała do Pawła, który wciąż klęczał wpatrzony w Antoniego i zaciskał ręce w pięści. – Na co czekasz?! Przecież ona rodzi twoje dziecko!

Paweł spojrzał na nią oczami pełnymi łez, bez słowa oderwał się od martwego ciała i objął płaczącą Manię.

– Ja się boję! – krzyczała. – Ja nie chcę!

Łzy spływały po twarzy Ani i zamazywały obraz. Jak we mgle widziała uciekających ludzi i krewnych zawodzących nad ciałami rozstrzelanych.

– Umarłych pogrzebiemy… Ci, którzy przeżyli, niech idą do domu. – Usłyszała głos księdza proboszcza. – Ci, którzy przeżyli, niech idą do domu…

– Ci, którzy przeżyli… – powtórzyła Ania zbielałymi wargami. – Ci, którzy przeżyli…

STULECIE WINNYCH

CI, KTÓRZY WALCZYLI

Wojna przemawia do ludzi wieloma językami, ale zawsze jest to głos bestii. Któregoś dnia bestia wsączyła w ucho Zuzanny Birgenhoff kilka kropli jadu i ta, zaraz po obudzeniu, zgłosiła się do siedziby Gestapo przy alei Szucha w Warszawie, gdzie powiedziała, że w sąsiedniej kamienicy, przy ulicy Marszałkowskiej sześćdziesiąt mają miejsce konspiracyjne spotkania. Wiedzę swoją oparła na obserwacjach ludzi wchodzących do budynku, a następnie z niego wychodzących, zawsze pojedynczo, w odstępach kilkuminutowych. Ponadto stwierdziła, że co najmniej jeden z tych regularnie spotykających się w mieszkaniu na drugim piętrze chłopców, niósł ze sobą futerał na gitarę, w którym, jak Zuzanna przypuszczała, przenoszono broń. Dyżurny oficer SS z wielką przyjemnością zaprowadził informatorkę do wyżej sklasyfikowanego urzędnika, któremu łamaną niemczyzną powtórzyła swoją historię. Tamten zapisał wszystko jak trzeba, podziękował Zuzannie, która z czystym sumieniem poszła do domu, gdzie oddała się dalszej obserwacji sąsiadów swojej kamienicy oraz budynków do niej przylegających. Serce Zuzanny przed wojną było wyłącznie polskie, ale w czasie okupacji zniemczało z niejasnych powodów, z którymi pradziadek Niemiec niewiele miał wspólnego. Po jej wyjściu oficer wykonał kilka telefonów i następnego dnia o umówionej godzinie pod wskazaną kamienicę podjechała duża czarna ciężarówka, z której wysypało się kilkunastu żołnierzy. Mieszkańcy domu zostali wywleczeni przez bramę, a następnie ustawieni pod murem. Rozstrzelano dziesięć osób, w tym trzy kobiety i siedmiu mężczyzn, a dziesięciu młodych chłopców aresztowano. Jeden z nich, ten, który miał futerał na gitarę, próbował uciekać, ale seria z karabinu maszynowego powaliła go na środek Marszałkowskiej. W futerale nie było broni, tylko gitara, którą jeden z Niemców rozbił o mur kamienicy, trudno powiedzieć, dlaczego. Samochód z chłopcami odjechał z piskiem opon, przerażeni lokatorzy kamienicy wrócili do swoich mieszkań, a ci, których bliscy leżeli pod ścianą, rozpaczali.

Aresztowani byli torturowani i męczeni w podziemiach Szucha jeszcze kilka dni, przy czym dwóch z nich po pierwszym przesłuchaniu przyznało się do działalności konspiracyjnej polegającej na małym sabotażu, pozostali upierali się, że spotykają się na wieczorkach tanecznych. Odpowiednia perswazja wystarczyła, aby podali kontakty do swoich przełożonych, bądź innych osób, z którymi się porozumiewali. Nastąpiło jeszcze kilkanaście aresztowań, przesłuchań i wiele egzekucji osób związanych i niezwiązanych z działalnością konspiracyjną przy Marszałkowskiej numer sześćdziesiąt. W sumie dwadzieścia kilka matek straciło swoich synów i córki, kilka żon mężów, a braci sióstr. Ile dzieci zostało sierotami, pośrednio czy bezpośrednio w wyniku słów Zuzanny, nikt nie zliczy.

Sama Zuzanna była z siebie bardzo zadowolona, uważając, że spełniła obywatelski obowiązek wobec Niemiec, które nazywała teraz „prawdziwą ojczyzną". Jej samopoczucie uległo pogorszeniu dopiero jakiś czas później, kiedy do masywnych drzwi zastukało dwoje młodych ludzi i po odczytaniu jej wyroku skazującego w imieniu Polski Podziemnej, dostała dwie kule prosto w białą pierś. Do tego czasu zdążyła jeszcze złożyć kilka doniesień bezpośrednio do uszu oberleutnanta Hansa Kochmanna, któremu donosiła przed, po i w trakcie, a najbardziej lubiła w trakcie, kiedy zamiast krzyczeć: „ach" czy „och" wykrzykiwała nazwiska znajomych i sąsiadów. Oberleutnant przyjmował to za dobrą monetę, czasami kogoś aresztował, a czasami ograniczał się tylko i wyłącznie do kwiecistych opisów, jak to w wyniku pomocy Zuzanny państwo niemieckie odnosi swoje wielkie zwycięstwo.

Tamtą egzekucję obserwowała z przerażeniem Ania Winna-Tarasiewicz, która razem ze swoim mężem Kazimierzem mieszkała trzy kondygnacje nad Zuzanną, na siódmym, ostatnim piętrze sąsiedniej kamienicy, czyli przy Marszałkowskiej sześćdziesiąt dwa. Podobne widoki w okupowanej Warszawie, łapanki z egzekucjami i masowe wywózki do obozów zagłady były wtedy na porządku dziennym. Ludzie przyzwyczaili się do wszechobecnego terroru i myśli, że wychodząc rano z domu, nie mają żadnej gwarancji, że wieczorem powrócą. Mimo to żyli z dnia na dzień, jedli, pili, pracowali, kochali, witali przychodzące na świat dzieci i grzebali zmarłych. To ostatnie, niestety, coraz częściej.

Na siódmym piętrze Ania razem z Kazimierzem zajmowała czterdziestometrowe mieszkanko składające się z dwóch pokoików przedzielonych kotarą z maleńkim balkonikiem, z którego widać było Wisłę oraz pola i lasy już nienależące do Warszawy. Kuchnia była przytulona do klatki schodowej cienką ścianą, przez którą słychać było kroki sąsiadów. Zimą w domu wiało okrutnie, a latem było gorąco nie do wytrzymania. Łazienki, niestety, w mieszkaniu nie było i trzeba było chodzić za potrzebą dwa piętra niżej do wygódki na korytarzu. W budynku była winda, ale funkcjonowała wyłącznie do piątego piętra, jakby na szóstym i siódmym ludzie mieli inne nogi niż ci z niższych pięter. Mimo to Ania Winna po ślubie zdecydowała się wynająć właśnie to mieszkanie, ponieważ dzięki swoim nadprzyrodzonym zdolnościom wiedziała, że kamienica ocaleje jako jedna z zaledwie kilku przy całej Marszałkowskiej. Zuzannę mijała na schodach, kiedy szła na tajne komplety kilkaset metrów dalej do szkoły Platerek, którą sama kończyła, albo wychodziła do kawiarni

Stokrotka. W niej z obojętną miną obsługiwała zarówno Polaków, jak i Niemców, chociaż ci ostatni do kawiarni zaglądali rzadko, mając „swoje" lokale przy placu Unii Lubelskiej. Wiedziała, że sąsiadce źle z oczu patrzy, a jej głupota może napytać biedy, ale kłaniała się uprzejmie, nawet z pewną uniżonością, wiedząc doskonale, że takie jak ona muszą czuć się lepsze od innych. Tamci chłopcy oraz kolejni „konspiratorzy" padli ofiarą nieposkromionej chciwości i bezkresnej głupoty Zuzanny, której mało było pieniędzy, jakie dostawała od ciężko pracujących na roli rodziców i oberleutnanta Hansa. Ania swoim szóstym zmysłem czuła, że coś złego za sąsiadką idzie, ale myślała raczej o pokątnym handlu mięsem, kantach czy sprowadzaniu tłustych Niemców do domu, niż o rzeczywistym złu. Egzekucja zatem wstrząsnęła nią do głębi, zwłaszcza że przypomniała jej tamten dzień sprzed ponad dwóch lat, kiedy pod murem naprzeciw niemieckich karabinów stanął jej ukochany Paweł, a dziadek Antoni oddał za niego życie. Od tamtej godziny upłynęło mnóstwo wody w rzekach, wiele się zdarzyło, świat rozsypał się na kawałki, ale Ania nie mogła zapomnieć wzroku szwagra, który przygotowywał się na śmierć, a potem ciała dziadka z dziurą od kuli na piersi, rozłożonymi rękoma i spokojem na twarzy. Tamtego dnia jej siostra Mania urodziła dwie dziewczynki, babcia Bronia przestała mówić, a Paweł zamiast cieszyć się z darowanego życia, przepadł gdzieś bez wieści. Dopiero po kilku miesiącach okazało się, że zaciągnął się do wojska, kiedy przesłał z frontu list do swojej żony. Tego listu Mania nie pokazała nikomu, nawet jej – swojej siostrze bliźniaczce. Co w nim było, Ania mogła się jedynie domyślać, ale jego treść miała poznać dopiero wiele lat później, kiedy to, co wtedy napisał Paweł, nie miało już żadnego znaczenia. W chaosie zdarzeń, które wtedy nastąpiły, Ani zupełnie wyleciał z głowy niejaki Kazimierz Tarasiewicz, który zakochał się w niej od pierwszego wejrzenia w pewne sierpniowe popołudnie, a co za tym idzie postanowił dotrzymać zawartej umowy i stawić się na umówione spotkanie dwudziestego września w Brwinowie. Potem opowiadał jej, jak z okupowanego Krakowa ruszył koleją, następnie furmankami, a nawet część drogi pokonał pieszo, dziwiąc się, że wojna wyszła poza obręb dawnej stolicy Polski. Jemu naprawdę się wydawało, że tylko tam panoszą się Niemcy, a reszta kraju jest może nie tyle wolna, ile o wiele mniej represjonowana. Kiedy dotarł pod koniec października do Brwinowa, brudny i obdarty, zapukał do okna drewnianego domku. Drzwi otworzyła mu Mania, która miała nadzieję, że to jej mąż Paweł stoi przed progiem domu i chce ją na powrót zabrać do mieszkanka nad biblioteką, które do pierwszego września zajmowali oboje, ciesząc się sobą, swoją miłością i oczekując dziecka. Kiedy zobaczyła brudnego i zarośniętego Kazimierza, krzyknęła nie tyle ze strachu, ile z rozczarowania, że to niewłaściwy mężczyzna puka do ich drzwi.

Tamtego dnia, kiedy Niemcy weszli do Brwinowa i postanowili zabić dla przykładu kilkunastu mieszkańców miasteczka, w tym Pawła, Mania z początku nie wiedziała, co się dzieje, a potem była tak zajęta własnym bólem, że nie zrozumiała, jaki był finał tej historii. Kiedy już dziewczynki jedna po drugiej przyszły na świat, chciała pokazać je mężowi, a wtedy okazało się, że Pawła nigdzie nie ma. Nie powiedziano Mani o śmierci Antoniego w obawie, że straci mleko, nie zabrano jej nawet na pogrzeb, tylko polecono leżeć w domu i karmić Kasię i Basię. Drugiego dnia Mania wyraziła głębokie zaniepokojenie, że Pawła wciąż przy niej nie ma i nie może zobaczyć córek. Domagała się na przemian męża, doktora, babci, siostry lub ojca, a najlepiej wszystkich naraz. Nie rozumiała, dlaczego przychodzi tylko Ania, mająca błędny wzrok i łykająca łzy. Doktor Brzozowski nie żył, daremnie Mania dopominała się wizyty właśnie tego medyka, który ją samą na świat przyjmował, albo chociażby prosiła, żeby babcia Bronia przyszła i zobaczyła prawnuczki. Zawołano innego doktora, który zostawił poważniej chorych, żeby zbadać Manię. Przyszedł jednak, orzekł, że wszystko jest w porządku i kazał „dochodzić do siebie". Do położnicy nadal zaglądała tylko siostra, głaskała po główkach maleńkie dziewczynki, całowała Manię, a potem wybiegała, zanosząc się płaczem, bo zupełnie nie wiedziała, co ma robić i jak dalej żyć. Mania nadal nic nie rozumiała, histeryzowała strasznie, dzieci płakały, a w Brwinowie zapanował chaos daleko większy niż ten w tysiąc dziewięćset czternastym roku. Ludzie, kiedy już otrząsnęli się z pierwszego szoku, natychmiast zaczęli kopać tajne piwnice, gromadzić jedzenie, którego z racji ciepłego lata było w bród, robić przetwory na czarną godzinę, słowem zabezpieczać sobie wojenną przyszłość. Najgorsza była niekontrolowana wycinka drzew. Ludzie ryzykowali zdrowiem, a nawet życiem, ścinając sosny i dęby w okolicznych lasach, a potem tnąc pniaki siekierami na kawałki. Niejeden kark został złamany i niejedna ręka ucięta podczas próby zdobycia drewna na opał. U Winnych to Ania musiała wziąć na siebie ciężar zabezpieczenia rodziny, ponieważ Mania, rzecz jasna, nie mogła w niczym pomóc. Babcia leżała, patrząc w przestrzeń, dziadka już nie było, a ojciec zapadł w rodzaj letargu. Tadek i Wacek poszli na wojnę, twierdząc, że ojczyzna ich wzywa. Na wujów nie mogła liczyć. Stefan z Grażyną mieszkał w Siedlcach i nie dawał znaku życia, wuj Kajtek, ciocia Iwonka z synami pojechali do jej rodziców aż pod Poznań, składając mglistą obietnicę, że wrócą i zabiorą do siebie Bronisławę. Wuj Władek niewiele mógł pomóc, bo noga całkiem mu odmówiła posłuszeństwa, a Kazia i tak delikatna psychicznie, martwiła się nie tyle wojną, ile dziwnym zachowaniem swoich dwóch synów. Damian znikał gdzieś na całe dnie i nie chciał powiedzieć, dokąd chodzi, więc Kazia wmówiła sobie, że zapewne zamierza pójść do lasu i walczyć. Natomiast Jasiek jeździł codziennie do Pruszkowa rowerem, gdzie, jak twierdził, pracował w wyuczonym zawodzie elektryka w fabryce porcelany, która kto wie, co produkowała po wybuchu wojny, bo raczej, jak Kazia analizowała, nie szkło, nijak do wojny niepasujące. Ania nie mogła zatem liczyć na nikogo, prócz ojca.

Stanisław wyglądał tak strasznie jak wtedy, kiedy umarła mama Ani i Mani – Kasia, albo wtedy, kiedy musiał Władzię do grobu składać, a nie mógł ani jednym słowem wyrazić swojego żalu. Teraz mógł już płakać i w czterech ścianach dawać upust swojej nienawiści do Niemców, ale zabrakło mu słów i łez. Chodził niespokojnie z kąta w kąt, do wnuczek nie zaglądał, ale trzeba przyznać, że pomagał Ani, jak umiał. Rozumiał także, że trzeba zapełnić spiżarnię, zadbać o zwierzęta, ocieplić stodołę, a także kupić owies i siano dla krowy i koni, ale ledwie dźwigał się z łóżka, a jak już wstał, to marzył tylko o tym, żeby się położyć.

– Może kupimy obroku dla zwierząt? – spytał Anię któregoś dnia. – Potem zajmę się stodołą, bo dziury trzeba załatać na zimę…

– Tatku. – Ania pogłaskała go po ramieniu. – Najpierw jedzenie dla nas. Zróbmy to samo, co wtedy… Do tajnej piwnicy zapakujmy większość zapasów, a do tej przy domu tylko trochę. Gdyby nam kazali oddać jedzenie, to będziemy mieli tamten schowek.

– Tak – powtarzał Stanisław, łykając łzy. – Ojciec to dobrze wtedy obmyślił…

Patrzył na córkę, która jedna z całej rodziny wykazywała rozsądek, i kiwając głową, kopał, zbierał, rozdzielał i segregował według jej wskazówek. Od czasu do czasu siadał, żeby odpocząć, a wtedy ściskało go coś w piersi strasznie, kiedy przypominał sobie ojca, który teraz leżał na brwinowskim cmentarzu przysypany ziemią. Tym razem Stanisław nie mógł mieć nadziei, że pochował kogoś innego, mógł tylko pytać pana Boga, czemu znowu każe mu robić trumnę dla kogoś z rodziny.

– Trochę zarosła ta mała piwnica, ale nic to… – mówiła Ania, patrząc z niepokojem na Stanisława, który smutny był przeraźliwie, odzywał się półgębkiem i często gubił kontakt z rzeczywistością.

– Mała, ale nic to – powtarzał jak echo i pod czujnym spojrzeniem córki czyścił piwnicę pod osłoną nocy.

Kiedy wreszcie skończyli, Ania odetchnęła z ulgą, a Stanisław zajął się tym, co umiał najlepiej, czyli stolarką. Powoli, pracując dzień po dniu, ocieplił stodołę, a potem kupili owies za ostatnie pieniądze, które mieli, wychodząc z założenia, że zwierzęta to też domownicy. Przeważyły też względy praktyczne – gdyby zaczęli głodować, to dzieci przeżyją, pijąc mleko Krasuli, a i pracę łatwiej dostać, jak się ma konie.

W Brwinowie zapanowały niemieckie rządy, wydawano zarządzenia i nowe papiery. Ludzie bali się coraz bardziej, chociaż starsi prorokowali, że cały chaos potrwa ledwie kilka miesięcy i wojna skończy się szybciej niż poprzednia. Kiedy ogłoszono w radiu, że Anglia i Francja wypowiedziały trzeciego września wojnę Niemcom, większość mieszkańców Brwinowa odetchnęła z ulgą i zaczęła czekać, aż najeźdźcy zabiorą swoje manatki i umkną przed nadjeżdżającą armią z zachodu. Dziesiątego września na rynku zastrzelono Franka Glinkę, tylko dlatego, że szedł po zmroku i sobie podśpiewywał. Wtedy stało się jasne, że rośli żołdacy w ciemnych mundurach zagościli w całym kraju na dobre. Brwinowianie ustawili się grzecznie w okienku po kenkarty. Ania próbowała załatwić papiery nie tylko dla siebie, lecz także dla reszty rodziny. Niemiec wrzasnął jednak, że każdy osobiście ma się stawić, bo jak nie, to kula w łeb, jeśli ktoś go złapie bez dokumentów. Ania schyliła głowę, odebrała swoje dokumenty i szybko odeszła od okienka. Po godzinie wróciła i przedstawiła się jako Maria Winna-Bartosiewicz. Żołnierz spojrzał na nią podejrzliwie, ale Ania była inaczej ubrana, uczesana i sprawiała wrażenie, że pierwszy raz go widzi na oczy. Wydał jej kartę, odprowadzając wzrokiem i przysięgając sobie, że zapamięta tę rudą osóbkę z oczami jak gwiazdy i zainteresuje się, czy przypadkiem nie ma w sobie żydowskiej krwi. Bronia została zaprowadzona przez Anię i Stanisława. Wcześniej wnuczka tłumaczyła jej, że trzeba iść i wyrobić nowe papiery, bo ci, co zabili dziadka, mogą w każdej chwili zabić, kogo chcą, jak psa, a już dość śmierci było w ich rodzinie. Bronia nie powiedziała ani słowa, ale z pomocą Ani dźwignęła się z łóżka, pozwoliła umyć i ubrać w czarną sukienkę, którą miała na pogrzebie męża, a potem nieść Stanisławowi na rękach przez całą drogę. Kiedy już byli na miejscu, z wielkim trudem, wolniutko, podeszła do okienka po nowe dokumenty.

– *Bhronisława Winna*? – Niemiec przeczytał imię i nazwisko Broni, a ona dumnie podniosła głowę, a potem pokiwała nią kilka razy.

– *Oma hat nicht gesagt.*[*] – Ania pospieszyła z wyjaśnieniem. – *Die Krankheit...*[**]

I wykonała nieokreślony taniec rąk wokoło gardła. Urzędnik pokiwał głową i wypisał, co potrzeba dla Broni, a następnie dla Stanisława, Wacka i Tadzika. Po powrocie do domu Bronia na powrót przebrała się w koszulę nocną i zamknęła w pokoju, który do niedawna dzieliła z mężem.

– Nie mówi, od kiedy dziadka zabili – wyjaśniała Ania wujkowi Władkowi, a potem Stefkowi i Kajtkowi, kiedy udało jej się zebrać całą rodzinę, żeby porozmawiać o tym, co dalej robić. – I ta jej choroba bardzo się posunęła. Ledwie chodzi, tylko za potrzebą…

– Ja mamy zabrać nie mogę – powiedział wykrętnie Kajtek, który w Pobiedziskach zostawił żonę i dwóch synów u teściów, a sam wrócił do Brwinowa załatwić przeniesienie.

[*] Babcia nie mówi.

[**] Choroba…

Ania spojrzała na Kajtka dziwnie, bo wiedziała, że ciocia Iwonka w przyszłości napyta sobie biedy, handlując z Niemcami, a jej bracia stryjeczni Michał i Janusz dołączą do armii, jeden polskiej, drugi, niestety, niemieckiej, co nie najlepiej skończy się dla Janusza.

– Może ja bym ją wziął do siebie do Siedlec? – zaproponował wuj Stefan, ale Władek i Stanisław zaprotestowali głośno, więc Stefek odpuścił.

Bronia została w Brwinowie, krucha i drobna jak sucharek. Z czasem zaczęła wstawać i pomagać przy dziewczynkach, ale wciąż nie wypowiadała ani słowa. Zgarbiona, przemykała się cicho między pokojami, gotowała i sprzątała na tyle, na ile pozwalało jej sztywniejące ciało. Radziła sobie z własnymi ograniczeniami, pokazując palcem, kiedy czegoś chciała, albo pisała na kartce. Tadzik i Wacek, a po ich wyjeździe Stanisław, nosili ją na rękach, kiedy tylko mogli, a ona przytulała się do ich szerokich piersi i głaskała po pokrytych zarostem twarzach.

Mania, która rodziła Kasię siedem godzin, a Basię kolejne dwie, przez pierwsze dni pytała tylko o to, gdzie jest Paweł. Zajścia na rynku nie pamiętała, albo nie chciała pamiętać, skupiała się na tym, co tu i teraz. Jej własne ciało było obolałe i zupełnie obce, w dodatku żyło własnym życiem, nie tak, jak ona chciała, ale tak, jak dyktowały mu dwie pomarszczone, ciągle płaczące istotki. Tęskniła za Pawłem i niepokoiła się brakiem zainteresowania ze strony rodziny. Mając jednak świadomość, że wygląda nie najlepiej, była nawet zadowolona, że leży w swoim panieńskim pokoju. Z czasem Ania zaczęła bywać u niej częściej, a ciotka Kazia, mimo strachu o swoją własną rodzinę, całe dnie spędzała w domu szwagra, pomagając przy Broni i dziewczynkach. Po tygodniu, kiedy Mania poczuła się na tyle lepiej, że mogła powoli wstać i pokuśtykać za potrzebą, zawołała siostrę i zapytała wreszcie, co się dzieje.

– Znowu jest wojna – odpowiedziała jej krótko siostra.

– Jaka wojna? – Mania rozejrzała się wokoło.

– Manieczko. – Ania pogłaskała ją po dłoni. – Niemcy najechali na Polskę. Nie słyszysz huku od Warszawy, wystrzałów i bomb?

Mania pokręciła głową i spojrzała zdumiona na ręce siostry, które, zwykle białe i delikatne, pokryte były pęcherzami od łopaty, ziemi i trawy.

– A tobie co w ręce się stało?

Ania westchnęła i przez kolejną godzinę najdelikatniej jak umiała, tłumaczyła siostrze, co i jak, włączając w to własne przeczucia i strzępki opowieści ojca i wujów. Mania siedziała oniemiała, wreszcie zaczęła trząść się jak osika i próbować wstawać, chcąc zobaczyć, czy ojciec oraz babcia z dziadkiem są cali i zdrowi. Ania uspokajała ją, jak mogła, ale w końcu musiała powiedzieć, że dziadek Antoni nie żyje, co spowodowało krzyk i szloch siostry, a dziewczynki zbudziły się i zaczęły płakać. W jednej chwili Mania uspokoiła się i spojrzała całkiem trzeźwo.

– Podaj mi Basię – zakomenderowała i odsłoniła białą pierś.

– Basia to która? – ze wstydem zapytała siostrę, patrząc bezradnie na dwa tobołki płaczące w pokoju.

Mania obrzuciła ją nieprzeniknionym spojrzeniem i pokazała palcem na jedną z córeczek, którą po odebraniu z rąk siostry, zaraz przystawiła do piersi.

– Czarna – wyjaśniła krótko.

Dziecko zaczęło jeść, ciamkając głośno, co Anię rozczuliło. Druga siostrzenica przestała płakać, jakby rozumiała, że jedzenie jest blisko, trzeba tylko cierpliwie poczekać na swoją kolejkę.

– Wiedziałaś, że będzie dwoje? – spytała, głaszcząc Kasię po rudej główce.

– Nie – Mania westchnęła głośno i skrzywiła się, próbując się poprawić. – Doktor też nic nie powiedział. Mówię ci, Anka, nie dziwię się, że nasza matka umarła przy porodzie. Boli tak, jakby kto rozżarzonym żelazem gmerał ci, wiesz gdzie.

– Wygoi się. – Tym razem Ania pogłaskała po głowie siostrę. – Kasia to po naszej mamie?

– Tak, po naszej, a Basia po mamie Pawła – powiedziała, odejmując jedną dziewczynkę od piersi i podając siostrze, a następnie przystawiając drugą, do drugiej piersi.

Chwilę siedziały w ciszy przerywanej ciamkaniem i westchnieniami dzieci, rozkoszując się najzwyczajniejszą rozmową, podczas kiedy znany im świat rozpadał się na kawałki.

– Dziwne – powiedziała Ania, przyglądając im się uważnie. – Jedna ma rude włoski i zielone oczy jak ty, druga czarna jak węgielek po ojcu. A przecież bliźniaczki jak my...

– Gdzie Paweł? – przerwała jej siostra, a jej wzrok nagle zrobił się zacięty. – Mów, bo wyjdę i zacznę go szukać!

Ania drgnęła. Popatrzyła na siostrę i wytrzymawszy jej wzrok, powiedziała cicho:

– Dziadek zasłonił go przed kulami. Ciebie zabrał do domu, kiedy zaczęłaś rodzić. Potem już go nie widziałam. Nie wiemy nawet, gdzie go szukać.

– Przecież wiedział, że dziecko przyjdzie na świat, przecież wiedział... – rozpłakała się na powrót Mania.

Ania usiłowała ją objąć, ale Mania ją odepchnęła.

– Myślisz, że nie wiem, co się działo?! – wrzasnęła i zaczęła uderzać pięściami w pościel. – Ty wszystko tak urządziłaś! Ty! To ciebie on...

– Maniu, proszę, przestań – błagała ją siostra, siłą powstrzymując się od płaczu.

Wreszcie udało jej się uspokoić płaczącą i krzyczącą Manię, utulić przestraszone dziewczynki i wyjść cicho na palcach z pokoju, który zawsze był jej przystanią i ostoją, a teraz nie było w nim dla niej miejsca. Położyła się w pokoju gościnnym na łóżku, które ojciec zrobił w dobrych czasach, kiedy w domu było tyle ludzi, że co najmniej jedna osoba nie miała gdzie spać i musiała korzystać z łóżka gościnnego.

Mania płakała i leżała jeszcze przez wiele dni. Daremnie pocieszali ją ojciec i Ania, Bronia gładziła po włosach, a Wacek i Tadzik póki byli, nosili dziewczynki nocami, słaniając się potem za dnia na nogach. Pawła nikt nie był w stanie zastąpić.

Siedemnastego września przyjechał z Warszawy Ignacy, który zostawił własną parafię zaalarmowany listem ciotki Kazimiery o tym, że rodzina jest w rozsypce, a Jasiek, Wacek oraz Tadzik poszli walczyć z najeźdźcą. Natychmiast jak tylko przekroczył próg, zamknął się z babcią Bronią w jednym pokoju, udzielił jej rozgrzeszenia bez wysłuchania grzechów i modlił się przy jej łóżku przez godzinę. Bronia po tych modlitwach wstała i zaczęła żwawiej chodzić, nawet ogarnęła nieco kuchnię i ugotowała rosół, ale mimo najszczerszych chęci nie przemówiła ani słowem. Zaraz po spowiedzi Broni, Ignacy udał się do dawnego pokoju dziewczynek, który teraz zajmowała Mania razem z Kasią i Basią, wysłuchał grzechów Mani, a następnie ochrzcił dziewczynki. Był do tego przygotowany, miał wszelkie maści i oleje święte. W ceremonii uczestniczyli tylko, reprezentujący zdziesiątkowaną rodzinę, Ania i Stanisław, bo zmęczona Bronia poszła się położyć. Ani wydawało się, że brat cioteczny dziwnie na nią patrzy, kiedy trzymała dziecko do chrztu, ale była tak utrudzona pracą fizyczną i niewyspana z powodu obecności w domu małych dzieci, że w końcu doszła do wniosku, że na pewno jej się zdawało.

– Porozmawiamy chwilę? – Drgnęła, kiedy obok usłyszała jasny głos kuzyna Ignacego.

– Oczywiście – powiedziała, opuściła nogi z kanapy i wyszła z nim na podwórze. Popatrzyła na wschód, gdzie była Warszawa, i wzdrygnęła się, kiedy zobaczyła dym nad stolicą. Ignacy także popatrzył w tamtą stronę i się przeżegnał.

– Wracasz tam? – spytała Ania.

– Muszę – odpowiedział z mocą. – Jestem sługą bożym, a tam są moi parafianie.

– Codziennie widzę dym nad miastem. Przeraźliwe huki... Samoloty zrzucają bomby – mówiła cicho, nie patrząc na Ignacego. – Wyglądało to, jakby ktoś talię kart tasował, a potem je upuścił... Boję się, Ignasiu.

– Trzeba się modlić. – Objął ją i przytulił.

W jej głowie zaczęły kłębić się myśli przetykane krzykiem Mani, milczeniem babci i przede wszystkim widokiem przerażonych oczu Pawła i pustego wzroku dziadka

Antoniego po śmierci. Zaniosła się płaczem. Ignacy gładził ją po plecach, pozwalając jej się wypłakać. Rozmazywała łzy rękoma i trzęsła się jak osika.

– Będzie jeszcze gorzej – powiedziała. – Ja to wiem... Śmierć, ból, rozpacz... Przyjdzie z obu stron i rozpanoszy się jak zaraza...

– Paweł żyje? – spytał Ignacy.

– Nie wiemy. – Pokręciła głową, wpatrując się w jabłoń obsypaną drobnymi, soczystymi jabłkami. – Kiedy to się stało, ja... niewiele pamiętam. Potem już go nie widziałam. Nie było go wśród zamordowanych. Wacek i Tadzik pomagali grzebać zmarłych...

– A co czujesz? – przerwał jej.

Spojrzała zdziwiona. Wszyscy w rodzinie wiedzieli o jej szczególnym darze, ale jeden Ignacy nigdy o tym nie mówił. Dla niego jej brzemię było skierowane przeciwko Panu Bogu i było niczym więcej niż grzechem.

– Żyje, ale nie wiem, czy kiedykolwiek wróci. Chyba sam tego na razie nie wie...

– Ja uważam, że wróci do swojej żony i dzieci – powiedział z mocą. – Nie próbuj tylko go szukać.

Spojrzenie czystych oczu przeszyło ją do głębi. Musiał wiedzieć o czymś, może od domyślającej się przecież wszystkiego Mani albo może z własnych obserwacji, kto tam wie.

– Nie szukam... – odparła zmęczonym głosem. – On musi sam się odnaleźć.

Pokiwał głową, a następnie razem poszli na cmentarz, gdzie zapalili świecę na świeżym grobie Antoniego i starych grobach rodzinnych. Przy grobie brata – Florka Ignacy pochylił się i dotknął płyty nagrobnej. Ania pomyślała, że wygląda, jakby dźwigał ogromny, bardzo ciężki krzyż na barkach. – Niedługo i ja będę mieszkała w Warszawie – powiedziała do niego, kiedy odjeżdżał, a on popatrzył na nią smutno i zniknął w zatłoczonym pociągu.

Wojna zaczęła się dla Jaśka Winnego piątego września trzydziestego dziewiątego roku, chociaż w piekle niepokoju i zranionych uczuć przebywał od kilku lat. Tego dnia, mimo chaosu obecnego dokoła, stał jak zwykle na dworcu, czekając na pociąg, który miał go zabrać do fabryki porcelany w Pruszkowie. Jan Winny nie lubił swojej pracy. Porcelanowe filiżanki przypominały mu Łucję Wierusz-Kowalską, która tak zdradziecko zostawiła go bez słowa wyjaśnienia i pojechała do Ameryki. Przyjął jednak tę pracę, bo nie chciał dłużej siedzieć w domu i wpatrywać się w prostokąt po jej obrazie na ścianie swojego pokoju. Wojny pewnie by nie zauważył, gdyby i jego nie spędzono na rynek i nie kazano patrzeć na egzekucję, w której, oprócz dziadka, zginął jego najlepszy przyjaciel i powiernik Maniek Radolik. Śmierć Mańka była dla Jaśka niczym uderzenie obuchem w głowę. Po wykopaniu dołów nie tylko dla nich dwóch, lecz także dla innych ofiar tamtego dnia, Jasiek zamknął się w sobie i podobnie jak babcia Bronia przestał odzywać. Za to bardzo dużo myślał. Głównie o tym, gdzie by chciał być w tej właśnie chwili albo gdzie powinien się znaleźć w obliczu tego, co spotkało jego samego, rodzinę oraz cały kraj. Tymczasem chodził do pracy, naprawiał przewody, elektryfikował, tylko unikał patrzenia na gotowe, przygotowane do wysyłki filiżanki. Porcelana była zresztą produkowana jeszcze tylko kilka dni po wybuchu wojny. Zaraz po tym, jak Anglia z Francją wypowiedziały Niemcom wojnę, a wiadomość została nadana przez fabryczny radiowęzeł, dyrektor fabryki wezwał Jaśka do siebie na rozmowę i w prostych, niemalże żołnierskich słowach, chociaż niedosłownie, powiedział, że filiżanek już robić nie będą, tylko co innego, póki Niemcy nie wkroczą do fabryki. Jasiek pokiwał głową i zajął się dostosowaniem mocy i natężenia do potrzeb nowej produkcji. W domu naturalnie nie mógł o tym powiedzieć. Rodzice niczego nie rozumieli, może dlatego, że chłopak prawie się do nich nie odzywał. Ojciec nie pozwalał mu pójść do pracy, krzycząc, że w czasie wojny talerzyków i spodeczków się nie wyrabia, tylko karabiny i pociski. Matka, jeśli była w domu, błagała go, żeby w ogóle z pokoju nie wychodził, tylko pilnował Damiana, co najwyżej pomagał przy wycince drzewa albo pakował kartofle do piwniczki. Jasiek za każdym razem wzruszał ramionami i wychodził do pracy jakby nigdy nic, nie bojąc się ani egzekucji, ani zbłąkanych kul, obojętny na to, co się z nim stanie. Można powiedzieć, że wypełniał swoją misję wobec ojczyzny, chociaż czynił to mechanicznie i bez żadnego zaangażowania emocjonalnego. Damianowi jednak któregoś dnia przemówił do rozumu pięścią i zabronił mu się szlajać byle gdzie, za to kazał zbierać ziemniaki z pola, gromadzić drewno i pilnować ojca, który całkiem zaniemógł, a rwał się do pracy.

Pierwszy strzał padł od strony Podkowy Leśnej. Jasiek obejrzał się zdumiony i poszukał wzrokiem strzelającego, ale szary świt nie pozwalał niczego dojrzeć. O piątej rano na stacji był tylko on i jeszcze jeden mężczyzna, który na dźwięk strzałów padł na ziemię i zaczął czołgać się w kierunku wyjścia. Czołgi pojawiły się znienacka, a na polach zaroiło się od zielonych mundurów. Na peron wpadło kilkudziesięciu polskich żołnierzy, rozłożyło się na pozycjach i zaczęło strzelać do wychodzących spod lasu Niemców.

– Padnij! – wykrzyknął wysoki żołnierz w stronę Jaśka, który stał zdumiony tym widokiem, wciąż ściskając w rękach kierownicę roweru.

Odruchowo wykonał polecenie, a kule świsnęły mu tuż nad głową. Rower upadł na ziemię, a jedna ze szprych odłamała się i sterczała ku górze. Przeczołgał się na wolne powietrze, ponieważ pod wiatą dworca nie było bezpiecznie. Bał się, że oderwane kulami fragmenty dachu spadną mu na głowę.

– Co robisz, człowieku?! – wrzasnął jeden z żołnierzy, widząc, że Jasiek wstaje i próbuje uprzątnąć gruz oraz zabezpieczyć rower. – Leż i się nie ruszaj!

Tuż obok niego rozległ się skowyt rannego żołnierza. Przytrzymywał brzuch ręką. Spomiędzy palców sączyła się krew. Jasiek nie zważając na kanonadę, podbiegł do mężczyzny.

– Zaniosę pana do lekarza – powiedział.

– Opatrunek – wyszeptał z trudem żołnierz. – W plecaku mam opatrunek.

Jasiek trzęsącymi się rękoma wyjął z plecaka bandaż i opatrunek.

– Odsuń się – zakomenderował blondyn w stopniu plutonowego.

Jasiek patrzył, jak tamten sprawnie zakłada opatrunek uciskowy. Kanonada nie ustępowała.

– Możesz iść, Gienek? – spytał rannego żołnierza.

Tamten pokiwał głową.

– Ja pomogę – zaofiarował się Jasiek, który niewiele rozumiał, ale był pewien, że ani dziś, ani jutro nie będzie naprawiał żadnych awarii w fabryce porcelany.

– Jak ruszymy na Parzniew, weźmiesz go i zaprowadzisz do lekarza, rozumiesz? – spytał plutonowy.

– Tak jest – powiedział. – Możecie na mnie liczyć.

Po chwili jednak opatrywał ramię innego żołnierza, który także został postrzelony. Do południa opatrzył kilkunastu żołnierzy, a nad trzema odmówił modlitwę, w ten sposób symbolicznie ich żegnając. Około dwunastej dowódca, pułkownik Ziemski, wydał rozkaz rozdzielenia batalionów. Jeden miał pozostać na zajmowanym stanowisku, to jest na dworcu, a drugi miał rozpocząć szturm na Helenów. Jasiek widział, jak na atakujących żołnierzy spadł grad kul z broni maszynowej i ostrzał z moździerzy, co zmusiło batalion do powrotu na dworzec. Pod niewielką wiatą przybywało postrzelonych żołnierzy, a Jasiek zyskał wprawę w opatrywaniu rannych. Przegrywali, ale kiedy wydawało się, że Niemcy zetrą w proch garstkę polskich żołnierzy, pierwszy batalion otrzymał wsparcie Czwartej Dywizji Pancernej oraz Trzydziestego Pierwszego Pułku Piechoty. Naturalnie Jasiek nie wiedział nic na temat dywizji, czy pułków, nie znał się na moździerzach, nawet nie zdawał sobie sprawy z tego, że czołg jest machiną śmiertelnie niebezpieczną. Widział jedynie, że bitwa to krzyki, strzelanie i chaos, a szala zwycięstwa przechyla się na stronę tamtych.

– Dlaczego do nas strzelają? – Jasiek zapytał niezbyt mądrze wysokiego plutonowego, który wydawał rozkazy, strzelając jednocześnie z karabinu maszynowego.

– Jest wojna! – warknął tytułem wyjaśnienia. – Zmiataj do domu, chłopczyku!

Jasiek nie zamierzał jednak wracać. Podczołgał się do żołnierza, który zmarł pierwszy, i wyjął mu z zimnych rąk karabin. Położył się obok plutonowego i wycelował.

– Walisz w czołg, idioto! – wrzasnął plutonowy. – Strzelaj do żołnierzy.

Jasiek skupił się i wycelował ponownie. Jeden z żołnierzy idących prosto na nich padł pod jego strzałem.

„Zabiłem go", pomyślał obojętnie.

Celował dalej. Żołnierzy niemieckich było coraz więcej i stało się jasne, że Polacy nie zdołają utrzymać dworca. Jeden z dowódców zarządził odwrót, ale przyszedł rozkaz od pułkownika Ziemskiego, żeby za wszelką cenę utrzymać pozycje.

– Żesz kurwa mać! – Kapral zmiął w dłoniach rozkaz. – Kończy nam się amunicja… Jak podejdą bliżej, to wystrzelają nas jak kaczki.

– Panie dowódco – powiedział Jasiek, korzystając z chwilowej przerwy w wymianie ognia. – Ja wiem, jak można to powstrzymać…

– Tak? – spytał mężczyzna ironicznie. – Masz jakiś pomysł, jak odeprzeć wroga, zanim przyjdzie wsparcie?

Kilkoro żołnierzy zarechotało słabo.

– Tak – potwierdził i szeptem streścił dowódcy, jakie ma zamiary.

Zdumiony żołnierz pokiwał głową i wyznaczył pluton, który miał pójść z Jaśkiem. Chłopak wziął nawinięty na wałek drut, skinął głową na mężczyzn i poprowadził ich od tyłu torami, instruując, co mają robić.

– Mam nadzieję, że wiesz, co robisz, chłopaku – powiedział dowódca, który przedstawił się jako porucznik Wojciechowski.

Jasiek wiedział. Kiedy zaczął się kolejny szturm, pierwsza linia żołnierzy piechoty nadziała się na cienki drut rozciągnięty wszerz drogi. Podcięte gardła towarzyszy broni powstrzymały Niemców tylko na chwilę. Następna tyraliera przecięła nożycami narzędzie zbrodni i ruszyła na stację kolejową. Pod gradem kul zginęli kolejni żołnierze.

– Jeszcze nie teraz – mruczał pod nosem Jasiek.

Sekundy dłużyły się niemiłosiernie, ale Jasiek cierpliwie czekał. Jego nowi towarzysze z przerażeniem patrzyli na niemiecki czołg, który był coraz bliżej. Kiedy lufa kierowała się w ich stronę, Jasiek zamknął przewód. Prąd popłynął. Porażeni Niemcy krzyczeli, topiąc się pod wpływem wysokiego natężenia, a kolejni, którzy usiłowali ich wypchnąć z linii rażenia, sami padali ofiarą prądu. Czołg ruszył ostro do przodu, jakby kierowca chciał wziąć odwet na broniących dworca za zniszczenia, jakie zadali stronie niemieckiej. Wtedy dowódca odpalił założony przez żołnierzy ładunek wybuchowy. Huk ogłuszył żołnierzy i wyrwał ogromny kawał ziemi. Lej był głęboki na wysokość człowieka. Czołg wpadł do dołu i stanął pionowo. Prawa gąsienica odpadła i sterczała jak wysunięty, żelazny język. Nagle na peronie i wokół dworca zaroiło się od żołnierzy. Trzydziesty Szósty Pułk piechoty, który przybył jako wsparcie, korzystając z zamieszania, wkroczył na pozycje obronne. Przekazano wówczas porucznikowi, że mają się wycofać w stronę Puszczy Kampinoskiej.

– Odwrót – zarządził z ulgą dowódca.

Wykrwawiony, ale zwycięski oddział powstał, uformował szereg i ruszył na Błonie, a potem do Puszczy Kampinoskiej. Jasiek w cywilnym ubraniu, ale trzymający broń w ręku, wycofywał się razem z pułkiem, który od tej pory miał być jego domem, a żołnierze najbliższą rodziną. Był szczęśliwy.

Kiedy Kazimierz przyjechał do Brwinowa, Niemcy zdążyli zająć cały kraj, a ze wschodu nadeszli Rosjanie i znów było jak wtedy, kiedy ruska i niemiecka mowa kojarzyła się wyłącznie z głodem, kradzieżami i zabijaniem.

Zapukał do okna w nocy. Ania nic nie słyszała. Zmęczona płaczem dziewczynek i ciężką pracą, zasypiała zaraz, jak tylko głowę przyłożyła do poduszki. Za to Mania, śpiąca jak zając pod miedzą, zerwała się natychmiast i z bijącą nadzieją w sercu otworzyła drzwi. Widok obdartego, chudego brodacza zamiast męża, na którego czekała, zaskoczył ją ogromnie.

– Proszę się mnie nie bać – powiedział Kazimierz sam zdumiony podobieństwem istoty, która mu otworzyła drzwi, do kobiety, o której śnił od czasu, kiedy ją pierwszy raz spotkał w Stawisku. – Jestem znajomym pani Ani.

– Czekam na mojego męża – powiedziała Mania, po czym wpuściła go do sieni, a następnie kuchni. – Zrobić panu herbaty? Kim pan właściwie jest?

Powiedział kilka zdań o sobie, wycieńczony do głębi, a następnie zapytał, czy może gdzieś się przespać.

– W stodole. – Przyjrzała mu się uważnie. Nie podobał się jej ten obdarty mężczyzna, który wypił herbatę, parząc sobie wargi, nie zdjął nawet czapki, a ponadto patrzył na nią dziwnym wzrokiem. – Zaraz dam panu koc.

Nie dała mu nic do jedzenia, a Kazimierz nie miał odwagi zapytać, czy nie miałaby chociaż chleba z solą albo miski zupy. Wcisnęła mu do ręki ciężki koc, a on ukłonił się, podziękował i wyszedł. Usłyszał jeszcze płacz dziecka albo dzieci, a potem ledwo doszedł do wskazanego miejsca i zasnął natychmiast, chłonąc zapach siana.

– Co pan tu robi? – Rano usłyszał nad sobą znajomy, ostry głos.

– Umówiłem się z panią, ale spóźniłem o miesiąc – powiedział, przecierając oczy i uśmiechnął się. – Może jeszcze nie jest za późno...

Wyglądała jak furia. Błyskała zielonymi oczami, wyrzucając z kształtnych ust słowa pełne zdumienia i wyrzutów.

– Czy pan oszalał? – spytała. – Jak pana złapią, to zastrzelą...

Wciąż się do niej uśmiechał, ale mniej pewnie.

– Pójdę sobie, jeśli mnie pani odpędzi...

Nie odpędziła. Co więcej, zabrała po cichu do domu i nakarmiła, budząc zdumienie ojca i Mani. Potem odprowadziła lasem do Stawiska.

– Dalej pan sobie już poradzi – powiedziała, podając mu dłoń. – Pan Iwaszkiewicz na pewno pomoże panu wrócić do Krakowa.

Nie mógł wykrztusić ani słowa. Patrzył za nią, kiedy znikała w gęstym lesie. Pomyślał zawstydzony, że to on powinien ją odprowadzać, a nie odwrotnie. „Cóżeś ty sobie wyobrażał?", spytał sam siebie, „że taka kobieta rzuci ci się w ramiona, tylko dlatego, że jechałeś tu dwa miesiące, ryzykując, że złapią i zabiją?". Iwaszkiewiczowie pomogli. Dali schronienie i obiecali załatwić jakieś zajęcie. Do Krakowa Kazimierz nie miał po co wracać. Po śmierci rodziców, którzy pomarli na płuca w odstępie kilku miesięcy, mieszkał kątem u brata, zawadzając jego żonie i dzieciom. Wielokrotnie słyszał, jak Hala suszyła głowę Henrykowi, że szwagier darmo chleb je i całymi dniami snuje się z kąta w kąt, zamiast do jakiej roboty się wziąć. Henryk wprawdzie opędzał się od żony i kazał zamykać jadaczkę, ale coraz częściej dawał mu do zrozumienia, żeby przestał udawać hrabiego i znalazł jakąś pracę, bo z poezji nikt jeszcze nie wyżył. Jeszcze zanim wybuchła wojna, Kazimierz stracił pracę w „Tygodniku Literackim", gdzie opublikował zaledwie kilka wierszy. W „Bluszczu" też go już nie chcieli. Druk zawdzięczał nie tyle talentowi, ile całowaniu po rękach tłustej sekretarki, która patrzyła na niego łakomie małymi oczkami. Za niezliczoną ilość czekoladek kupowanych z pensji kancelisty, udało się Kazimierzowi otrzymać kilka kiepskich recenzji swoich wierszy oraz opowiadań. Żeby wystawić sztukę, musiał bardziej się postarać. Przez pół roku uczył tępą córkę dyrektora teatru francuskiego, zupełnie za darmo. Żona reżysera była zachwycona tak zdolnym i oddanym jej jedynaczce dramatopisarzem, że przekonała męża do wystawienia bezsensownego dramatu pod tytułem *Medea i Aleksander Wielki*. Sztuka miała swoją premierę wiosną tysiąc dziewięćset trzydziestego dziewiątego roku, była grana przez tydzień, a potem zeszła z afisza, ponieważ nie było chętnych na bilety. Kazimierz przestał uczyć pannę Joannę francuskiego, którym sam ledwie się posługiwał, posunął jeszcze kilka razy żonę reżysera i uznał, że tyle w temacie dramatu. Zauroczony wizją kariery literackiej, stracił pracę w kancelarii u znanej rodziny prawniczej. Nie odczuwał żalu, bo przepisywanie cudzych tekstów wydało mu się zajęciem niegodnym poety ani dramatopisarza, za którego się uważał. Mając nadzieję na potencjalną przyjaźń z Iwaszkiewiczem, obiecał sobie, że nie zmarnuje takiej okazji i wróci do Stawiska. Historię miłości dziadka do brwinowskiej zakonnicy usłyszał od swojego byłego pryncypała i przywłaszczył ją sobie na potrzeby wizyty u Iwaszkiewiczów. A kiedy poznał Anię, pomyślał, że oto los sam mu daje do zrozumienia, gdzie jest jego miejsce. Pewnego wrześniowego dnia, pożegnał się z bratem i bratową, ją pocałował w rękę, a potem powiedział, że jedzie do Warszawy, bo tam ma pracę. Henryk miał niejakie wyrzuty sumienia, bo już szalała wojna, ale pełen ulgi wzrok żony, której było wszystko jedno, co się ze szwagrem stanie, ostatecznie przekonał go, że nie ma co Kazimierza zatrzymywać. W Krakowie szerzył się terror, aresztowania odbywały się za dnia i w nocy, więzienia przy Montelupich, św. Michała oraz przy Pomorskiej wypełniały się aresztantami, których wywożono następnie do obozów zagłady lub mordowano na miejscu. Uliczne łapanki stały się codziennością, życie poetyckie czy twórcze zamarło. Nikt nie miał głowy do pisania wierszy, wystawiania sztuk czy malowania obrazów. Z czasem oczywiście to się zmieniło, ale okupant był czujny i kiedy ludzie zaczynali śpiewać czy tańczyć, natychmiast wracały egzekucje uliczne i wywózki. Kazimierz nie mógł liczyć na to, że w Krakowie ktoś poda mu pomocną dłoń albo potraktuje jak literata bez pracy. Lepsi i więksi od niego pracowali fizycznie, żeby wykarmić siebie i swoje dzieci. On był młody, silny i udawał w Stawisku, że może podjąć się każdej pracy.

– Panie Kazimierzu – powiedział do niego Jarosław drugiego dnia pobytu w Stawisku. – Mam pracę i lokum.

Praca polegała na wywożeniu śmieci, a lokum było małym pokojem w domu, w którym mieszkała rodzina służąca przed wojną u jednego z bogatych mieszkańców Podkowy Leśnej. Chętnie zgodzili się wynająć znajomemu „kochanego pana Jarosława" pokój z osobnym wejściem, tak ciasny, że właściwie mieściło się tam tylko łóżko i wieszak na ubrania, ale za to pozwolili korzystać z łazienki i kuchni. Kazimierz przełknął zniewagę, podziękował swoim dobroczyńcom i już następnego dnia dźwigał ciężkie kubły pełne śmierdzącej zawartości, ładując je na ciężarówkę i wywożąc na wysypisko. Nie powiedział Iwaszkiewiczom nic o swoim uczuciu do Ani Winnej, pamiętając scenę, jakiej był świadkiem u schyłku lata. Oni także nie wspomnieli słowem o okolicznościach ostatniego spotkania. Z Anią początkowo spotykał się po kryjomu, zachodził do Winnych po pracy. Najpierw przynosił zmarznięte kwiaty kradzione z ogrodów i zmęczone wiersze sklecone wieczorami. Potem odkrył, że bardziej niż te żałosne kwiaty przyda się im pomoc przy kopaniu ziemniaków, czy pracy w polu. Przychodził prawie codziennie, po skończeniu swojej wywózki śmieci, uśmiechał się do jej ponurego ojca i podejrzliwie patrzącej na niego siostry bliźniaczki, kopał, zbierał, budował i naprawiał. Stopniowo zyskiwał uznanie najpierw dziwnie zachowującej się Mani, potem ojca dziwaka, wreszcie samej Ani. Jej braci ani kuzyna nie dane mu było poznać, po tym jak zgłosili się na ochotnika do armii. Bracia wywędrowali na wschód, kuzyn na zachód, pogrążając Winnych w rozpaczy. Kazimierz walczyć bynajmniej nie zamierzał, w końcu był poetą, nawet jeśli chwilowo pracował jako śmieciarz i majster do wszystkiego.

Ania początkowo udawała, że nie widzi jego zalotów i zachowywała się tak, jakby pomagał im tylko jak przyjaciel. Po wyjeździe Tadzika i Wacka w poszukiwaniu armii albo śladów Jaśka czy Pawła, czuła się w domu tak strasznie samotna, że jego towarzystwo i pomoc była czymś nieocenionym. Wprawdzie przeczucie mówiło jej, że nie jest to odpowiedni dla niej mężczyzna, ale przeganiała te wrażenia precz, widząc, jak godnie wykonuje poniżającą dla literata pracę.

– Boję się tego dnia, kiedy już nie będę tu potrzebny – wyznał jej któregoś wieczora, kiedy siedzieli pod jabłonką. Właśnie skończył zbierać ostatnie listopadowe plony. Marchew, pietruszka i kapusta leżały starannie poskładane i przygotowane do tego, żeby zasilić obie piwnice, tajną i jawną.

– Bzdury jakieś – obruszyła się, obrzucając go uważnym spojrzeniem. – Co ja bym bez ciebie zrobiła?

– Jesteś kobietą, która zawsze sobie poradzi. Ja tylko pokornym cieniem, który w listopadowym słońcu usiłuje dać ci nieco ciepła...

Zachwyciły ją te słowa. Na jedną chwilę poczuła siłę bijącą od Kazimierza i zapragnęła mu powiedzieć, że nie jest żadnym cieniem, tylko promieniem słońca, na który tyle czekała.

– Kiedy się urodziłam – powiedziała zamiast tego – moja mama umarła. Byłam taka mała, że nie wiadomo było, czy przeżyję. Trzymali mnie w wełnie i puchu, żeby mi było ciepło. Nie pamiętam tego uczucia, ale musiałam czuć się tak, jak teraz przy tobie.

Objął ją ostrożnie, a ona położyła głowę na jego ramieniu. Wiele lat później, kiedy wspominała tamte słowa, zastanawiała się, jak jedno wrażenie i kilka zgrabnych słów może zmienić całe życie. Wtedy była przekonana, że żałobna ćma, która tłukła się w jej zbolałym sercu, została zastąpiona przez pięknego motyla, który przyniesie jej w darze spokój i spełnienie. Takie wrażenie już nigdy się nie powtórzyło, ale przez dłuższy czas Ania wmawiała sobie, że była wtedy szczęśliwa. Bliskości nie zdołała wskrzesić ani przed ślubem, ani po nim, nie pomagały pocałunki, zapewnienia czy nawet przeprowadzka z Brwinowa do Warszawy. Kazimierz nie zamienił się w księcia z bajki, przeciwnie, wyszły z niego wszystkie najgorsze cechy, a ona pozostała samotna z dala od rodzinnego domu.

Zmusił ją do przeprowadzki do Warszawy podczas pewnej nocy, kiedy usiłował wyegzekwować swoje prawa małżeńskie, ale nic z tego nie wychodziło.

– Nie denerwuj się – szeptała mu do ucha, śmiertelnie zmęczona, marząc tylko o tym, żeby odwrócić się i zasnąć.

– Nie denerwuję – burknął. – Ja tylko nie mogę tak żyć. Pełno tu ludzi, nawet w nocy nie ma spokoju.

Rzeczywiście niecałe pół godziny wcześniej przyszła do ich pokoju Mania i po krótkim pukaniu weszła do środka, omiatając wzrokiem Kazimierza bez koszuli i prosząc Anię, żeby jej pomogła przy dzieciach. Ania oczywiście natychmiast wstała, narzuciła szal i poszła utulać ciągle płaczącą Basię i pocieszać siostrę, która znów się załamała i płakała, że nie da rady wychować dziewczynek bez Pawła, że się rozchoruje ciężko albo sobie coś zrobi. Kiedy wróciła do pokoju, liczyła na to, że Kazimierz będzie już spał, ale, niestety, leżał z oczami otwartymi i wlepiał w nią oskarżycielski wzrok.

– Jeszcze nie poszłaś do babki – mruknął niezadowolony. – Może jej czego potrzeba…

Ania zacisnęła zęby i położyła się obok niedawno poślubionego małżonka.

– Byłam u babci i poczytałam jej książkę, zanim wróciłeś z pracy – powiedziała łagodnym tonem. – Niepotrzebnie się unosisz.

Pogłaskała go po twarzy, a on zamknął oczy, wziął jej rękę i pocałował namiętnie, a potem wziął w ramiona. Zawsze tak robił. Obejmował ją mocno i ściskał, aż brakowało jej tchu. Na początku jej się to podobało. Brał ją mocno, prawie brutalnie, przygniatając muskularnym ciałem. Ugniatał ręką jej drobne piersi, a język wpychał tak głęboko w usta, że się dusiła. Potem bardzo długo nim pachniała. Patrzył przy tym na nią tak, że robiło jej się gorąco i zapominała o tym, jaki był na co dzień uszczypliwy i jak bardzo źle się czuł w jej rodzinie.

– Zamieszkajmy w innym miejscu – powiedział, a w jego słowach pobrzmiewał ostry ton.

– Przecież wiesz, że powinnam pomóc siostrze przy dzieciach… – zaprotestowała słabo. – I babci też nie mogę zostawić…

Drgnął cały. Popatrzył dzikim wzrokiem i przybliżył przystojną twarz do jej twarzy. Płomień świecy niebezpiecznie zamigotał. Mimo że Jasiek założył im w domu liczne gniazdka, ona bardzo często paliła świece. Lubiła ciepło bijące z małego płomyka i intymne światło, które rzucały.

– To nie są twoje dzieci... – ton był cichy, ale bardzo stanowczy, wręcz wrogi. – Opiekujesz się wszystkimi, siostrą, bo została sama, jej dziećmi, bo ona nie umie się nimi zająć, babką, bo nie mówi, ojcem, bo...

– Przestań – przerwała mu. – Myślisz tylko o sobie.

– Nie, kochana moja – przerwał jej. – Myślę o nas. Tu nie jesteśmy ani chwilę sami. Wzięliśmy ślub, ale to niczego nie zmieniło. Twoja siostra uważa, że masz być na każde jej zawołanie, twój ojciec traktuje mnie jak obcego...

Rodzina patrzyła na nich zdumiona, kiedy w grudniu trzydziestego dziewiątego roku przyszli i oświadczyli, że ksiądz proboszcz udzielił im ślubu.

– Wiem, że jest wojna – powiedział wtedy Stanisław. – Ale mogliście nas zaprosić...

Ania opuściła głowę i nic nie powiedziała. Za to Kazimierz spojrzał na teścia, ukłonił się i powiedział:

– Jak słusznie tata powiedział, jest wojna. Chcieliśmy dać na zapowiedzi i zrobić to wszystko... po Bożemu, ale...

– Ale zrobiliście po łebkach – odezwała się Mania, która już nie chowała się w swoim pokoju, a coraz częściej wychodziła z dziewczynkami do ogrodu, mimo nadciągającej zimy. – Co nagle, to po diable...

– Podjęliśmy taką decyzję – powiedziała Ania, nie patrząc w oczy ani ojcu, ani siostrze. – Kochamy się.

Kazimierz pojaśniał i wziął żonę na ręce. Słaba nadzieja natychmiast wyrzuciła z serca Ani wątpliwości, objęła męża za szyję i przytuliła się do niego. Nie chciała brać ślubu, nie bez rodziny i przyjaciół, po kryjomu jak złodziejka, ale Kazimierz poszedł z nią do kościoła i powiedział księdzu, że nie chcą czekać. Miała już za sobą wspomnienie ciężkiego oddechu Kazimierza w swoich płucach i jego spoconego ciała poruszającego się w niej niczym wąż, a potem jego zapewnienia, że ożeni się z nią, bo przecież się kochają. Powtarzał jej to tak często, że te najważniejsze na świecie słowa wyblakły jak płótno na słońcu. Zasypywał ją wierszami, niezbyt wysokich lotów, ale doceniała sam akt tworzenia z myślą o niej i dla niej. Na ślub też napisał słowa, które odczytał, patrząc jej w oczy i trzymając za rękę pod stułą, którą ich związał ksiądz proboszcz.

– Miłość moja – mówił wzruszonym głosem – jest wieczna. Oddanie moje jest bezgraniczne. Potomstwo, którym mnie obdarzysz, będzie dowodem twojej miłości do mnie. Kocham cię Anno i uczynię wszystko, żeby nasza miłość trwała w zdrowiu i w chorobie, póki śmierć nas nie rozłączy.

– Będę cię kochać i szanować, póki śmierć nas nie rozłączy – powiedziała krótko, żałując, że nie ma z nią Mani, babci Broni i ojca.

Proboszcz ogłosił ich mężem i żoną, potem wyszli z pustego kościoła, idąc wolno w stronę domu. Wszystko było takie strasznie smutne i szare, jak śnieg, który już leżał na ulicach od kilku dni. On chciał, żeby przenieśli się do jego pokoiku w Podkowie Leśnej. Nie pomyślała przed ślubem, gdzie będą mieszkać. O niczym nie pomyślała, wyrzucała sobie, kiedy tak leżała obok niego i wysłuchiwała niezliczonych pretensji wymieszanych ze słowami miłości i namiętności.

– To nie jest prawda. Moja rodzina cię zaakceptowała. Są tylko bardzo zaskoczeni, że pobraliśmy się po tak krótkiej znajomości i po kryjomu – protestowała, mając świadomość, że zarówno ojciec, jak i babcia uszanowali jej wybór, ale nie kryli zdumienia, czemu wychodzi za Kazimierza tak nagle, jakby ten wybierał się na front albo za ocean.

– Czemu za mnie wyszłaś? – spytał nieoczekiwanie.

Chciał usłyszeć od niej, że jest tym jedynym, że całe życie na niego czekała. Powinna powiedzieć, że go kocha. Wiedziała to i bardzo chciała, żeby te słowa wyszły z jej ust.

– Wiesz czemu… – powiedziała zamiast tego. – Chciałam być z tobą. Jest wojna i nie wiadomo, czy jutro będziemy jeszcze na tym świecie. Nie było na co czekać. Przecież wiesz…

Pomyślała o tym, że powinna czuć się z nim bezpiecznie. Przecież z tym właśnie kojarzył jej się mężczyzna. Przy Pawle czuła się, jakby ogarniało ją ciepło ze wszystkich stron, dziadek Antoni, nawet schorowany, był jak ostoja. Nawet ojciec, który był wciąż dla Ani zagadką, był niczym spiżowy obelisk, którego nie była w stanie złamać żadna wojna ani śmierć.

– Pojedziemy do Warszawy, słyszysz? – wyszeptał jej do ucha. – Nie będę pracował całe życie jako śmieciarz. W Warszawie znajdę pracę może nie jako literat, ale na pewno coś lepszego. Zamieszkamy razem i będziemy mieli dzieci. Tak, dzieci…

Chciała zaprotestować, ale słowa uwięzły jej w gardle. Do rana łudziła się, że te rozmowy były tylko czczym gadaniem. Zaraz następnego dnia Kazimierz pojechał do Warszawy, całując ją na pożegnanie i zapewniając, że wróci niebawem, kiedy tylko znajdzie dla nich odpowiednie gniazdko. Próbowała mu wyperswadować wyprawę do okupowanej stolicy. Przecież Grażynka Adamków jeździła tam regularnie do swojej córki, która mieszkała w samym centrum i opowiadała jej nie raz, że u nich w Brwinowie to jak u Pana Boga za piecem, a w Warszawie można zostać zastrzelonym na środku ulicy. Ania mówiła o tym Kazimierzowi, przestrzegała przed żandarmerią pilnującą wjazdu do Warszawy, prosiła, żeby nie ryzykował takiej wyprawy, ale ten pozostawał głuchy na jej błagania. Wyprawa zakończyła się jego sukcesem, a ona poniosła sromotną klęskę. Wrócił po południu, zadowolony, jakby nie było lepszej wycieczki, kazał sobie dwa razy zupy dolewać, a potem oświadczył:

– Mam na oku dwa mieszkania do wyboru. Pojedziemy, to zobaczysz, w którym chcesz mieszkać.

Mania, kiedy usłyszała, że siostra zamierza się przeprowadzić, zastanawiała się, czy błagać ją, żeby została, czy żeby wzięła ją ze sobą. Być może Ania uległaby którejkolwiek z próśb, ale siostra nie powiedziała w końcu ani słowa. Mania tak serdecznie nie znosiła szwagra, że nie wyobrażała sobie, że mogłaby mieszkać z nim nadal pod jednym dachem, w dodatku w obcym mieście.

– Myśmy już mieszkały z Anią w Warszawie – powiedziała, bujając dziewczynki w kołyskach, które ojciec wystrugał dla niej i Ani lata temu. – A teraz tam inaczej... Nie boisz się? – zwróciła się bezpośrednio do Kazimierza.

– Droga Mario – powiedział, robiąc dobrą minę do złej gry. – W Warszawie zaoferowano mi pracę. Tutaj, jak sama wiesz, wykonuję zajęcie, którego moja żona może nie aprobować.

Ania pokręciła głową, protestując przeciwko jego słowom. Przecież sama już nie pracowała jako nauczycielka w szkole i nie dorabiała uczeniem inteligentnych dziewczynek trudnej sztuki pisania. Szkoła była zamknięta, dzieci siedziały w domach, dopiero za kilka miesięcy strach ustąpi na tyle, że będzie można organizować tajne komplety. Nie narzekała jednak na brak zajęcia. Pracy miała w domu tyle, że starczyłoby jeszcze dla dwóch takich jak ona. Nigdy Kazimierzowi nie wyrzucała, że jest śmieciarzem. Jej oczy zaszły łzami. Odważyła się spojrzeć na ojca, który stał smutny pod piecem, a na twarzy miał wymalowane, że ktoś właśnie wyrwał mu serce. Mania bujała dziewczynki, jakby od tej czynności zależała cała jej przyszłość. Bronia za to zachowała się zupełnie inaczej. Podeszła powoli do ulubionej wnuczki i położyła sękatą dłoń na jej ramieniu. Pokręciła głową. Każdy, kto jej nie znał, odebrałby jej gest jako niezadowolenie, Bronia jednak nikogo nie oceniała. Nie miała tego w charakterze. A co do Ani, to była pewna, że dziwna decyzja, najpierw o ślubie z tym niesympatycznym krakowianinem, następnie o przeprowadzce do Warszawy, wiązała się z jej szczególnym darem. „Musiało gdzieś tam być przez Pana Boga zapisane", pomyślała Bronia, patrząc na młodych w kuchni, „że ona musi znów od nas odejść. Ja jestem jednak pewna, że wróci". Kładąc dłoń na ramieniu wnuczki, wysyłała ją tym samym w podróż, a kręcąc głową, mówiła: „Nie słuchaj ich, rób co dobre dla ciebie".

Ania dokładnie tak to zrozumiała, nabrała pewności w głosie, podniosła czoło i powiedziała, że jedzie za swoim mężem.

– Będzie tak, jak wtedy, kiedy byłyśmy w szkole – powiedziała. – Będę przyjeżdżała… Będziemy przyjeżdżali – poprawiła się. – Tak często, jak to tylko możliwe.

– Oczywiście. – Kazimierz dolał oliwy do ognia. – Kiedy już dzieciątko się pojawi, wszystko się zmieni.

Pokręciła głową, widząc pytające spojrzenie Mani. „Jak mogłabym ci to zrobić?", odpowiedziała jej oczami, „gdybym była brzemienna, tobie pierwszej bym o tym powiedziała". Kazimierz ciągle mówił o dzieciach, ale czy wojna była dobrym czasem na rodzenie? Nie umiała odpowiedzieć na to pytanie.

Kto wie, ile i komu Kazimierz zapłacił za możliwość przeprowadzki do Warszawy. Pokazał Ani dwie kamienice. W pierwszej mieszkanie było znacznie większe, wygodniejsze, z łazienką. Do drugiej zaprowadził ją tylko po to, żeby dać jej wybór. Przy Marszałkowskiej sześćdziesiąt dwa Ania poślizgnęła się w swoich najlepszych butach na korkowym obcasie i skręciła nogę. Nic sobie z tego jednak nie zrobiła, ponieważ zobaczyła, jak w niedalekiej przyszłości bomba spada na pierwszą kamienicę, a pod gruzami giną wszyscy jej mieszkańcy.

– Będziemy mieszkać tutaj – powiedziała stanowczo.

– Stać by nas było na tamto, kiedy już znajdę pracę – burknął Kazimierz i zmarszczył czoło, spoglądając na żonę z niedowierzaniem.

Nic nie wiedział o jej darze, w ogóle niewiele o niej wiedział, zajęty analizowaniem tego, co chce on sam.

– Ale jeszcze nie masz – powiedziała Ania stanowczo i weszła, kuśtykając, do ciasnej, dusznej klatki schodowej, a potem zaczęła wolno iść w górę.

– Jak uważasz, moja kochana. – Uśmiechnął się, pokazując komplet śnieżnobiałych zębów, z których był taki dumny.

Ania natychmiast po przeprowadzce zaczęła szukać pracy. Chodziła do kawiarni, restauracji, szwaczki, sklepów i od progu zapewniała, że wszystko potrafi, żadnej pracy się nie boi. Przez miesiąc odprawiano ją z kwitkiem, a ona niezrażona, dziękowała i pukała do kolejnych drzwi. Kiedy zabrakło chleba, zastanowiła się chwilę, a potem siadła, natarła ziemniaków i zrobiła krochmal. Już w pierwszym maglu krzykliwa właścicielka, kiedy usłyszała cenę za towar, uścisnęła jej rękę i poczęstowała herbatą. Takich magli znalazła jeszcze trzy, w tym jeden przy szpitalu Dzieciątka Jezus. Dostarczała świetny towar regularnie, zarabiając godziwe pieniądze. Mieli z Kazimierzem na chleb, a nawet na mięso, które kupowała raz w tygodniu od szmuglera ze wsi. Kiedy wreszcie znalazła posadę w kawiarni, robienie krochmalu scedowała na Kazimierza.

– To proste – tłumaczyła mu i pokazywała wielokrotnie. – Niszczy tylko ręce. Ale przecież tobie nie zależy na pięknych dłoniach.

Jej w każdym razie nie zależało, chociaż miała dłonie jak ostatnia chłopka, czarne i pokryte szorstką, łuszczącą się skórą.

– Za ciężko pracujesz – mawiał jej mąż, całując wnętrze jej dłoni. – Tak bym chciał, żebyś miała życie, na jakie zasługujesz…

Wydawało się, że wyrób krochmalu poniża go jeszcze bardziej niż wywóz śmieci. Pochylał jednak głowę nad miednicą i korzystając ze wskazówek Ani, robił, co należy.

– Kobiecie łatwiej znaleźć jakieś zajęcie – tłumaczył się, chociaż ona nie miała pretensji, że sama jest zajęta od rana do nocy, a on myśli jedynie o tym, żeby starczyło mu pieniędzy na kino.

Widywali się rzadko. Rano Ania biegła na tajne komplety, które Platerki zorganizowały dla swoich uczennic. Po południu pracowała w kawiarni. Zdarzało jej się roznosić krochmal, jeśli Kazimierz akurat nie miał ochoty nic robić albo mu „nie wyszło". W końcu przestała go prosić i znów zaczęła sama trzeć ziemniaki, bo psuł towar i odbiorcy mieli pretensje, że nie zapewnia już dawnej jakości.

– Nie chodź do kina, bo tam wpuszczają gaz – powiedziała któregoś dnia, nie mając odwagi poprosić, żeby nie marnował pieniędzy na taką rozrywkę, kiedy ledwie starcza im na czynsz i jedzenie.

Kazimierz spojrzał na nią spode łba, a potem wstał i bez słowa wyszedł domu. Wrócił tuż przed godziną policyjną, wyraźnie na rauszu, zwalając się koło niej do łóżku jak kłoda. Rano wstała, kiedy jeszcze spał, potem wróciła późno, ale mąż zachowywał się, jakby nic się nie stało, co więcej, powiedział, że znalazł pracę w piekarni na Grochowie.

– Na razie trzeba pomóc przy odbudowie – twierdził szczęśliwy. – Bomba uszkodziła dach i mieszkanie Rajchertów… To znaczy właścicieli. Jak odbudujemy, wtedy uruchomią na powrót piekarnię.

Ania przeraziła się, że Kazimierz znalazł pracę u Niemców, ale popytała tu i tam i dowiedziała się, że stary Rajchert ma pochodzenie niemieckie, ale odmówił podpisania volkslisty.

– Będziesz miał daleko… – Głaskała Kazimierza po ramieniu dumna, że znalazł zajęcie. Puściła w niepamięć późny powrót, smród alkoholu i brak znaczącej sumy pieniędzy w bieliźniarce.

– Ty nie bywasz zadowolona, prawda? – żachnął się, odczytując jej słowa jako wymówkę. – A ja to robię dla nas, żebyśmy mogli dzieciom zapewnić przyszłość.

Przepraszała i zapewniała, że jest bardzo, ale to bardzo zadowolona z tej pracy. Nie chciała go denerwować, chociaż modliła się codziennie, żeby nie zajść w ciążę. Nie wyobrażała sobie, żeby w tak okrutnych czasach cieszyć się z przyjścia na świat niewinnego maleństwa. Na szczęście ich zbliżenia były dość rzadkie, ona nie zachęcała go szczególnie, on coraz częściej wymawiał się zmęczeniem.

1943 ROK

Róża najbardziej bała się znajomych. Nieznajomi mijali ją na ulicy obojętnie, zajęci własnymi sprawami i bolączkami, jakich nie szczędziła nikomu wojna. Znajomi mogli nieostrożnym słowem sprowadzić na nią nieszczęście. Wychodziła rzadko, tylko wtedy, kiedy musiała. Nie była zbyt odważna, ale świadomość, że w getcie jest jej mąż z dwójką małych dzieci oraz rodzice i siostry, zmuszała ją do regularnego przechodzenia na aryjską stronę i szukania pomocy. Bez tego rodzina Freilichów nie przeżyłaby w getcie ani jednego dnia. Róża była ciemną blondynką, zupełnie nie wiadomo, skąd taka się wzięła. Jej siostry i rodzice mieli czarne włosy i oczy, orle nosy i nie przetrwaliby poza gettem nawet jednej godziny. Ona mogła spokojnie uchodzić za Polkę, nawet jej nos był lekko zadarty, a oczy jasnobrązowe, skośne i wesołe. Przed wojną mieszkała razem z rodziną przy Marszałkowskiej sześćdziesiąt dwa, w wielkim mieszkaniu na drugim piętrze. Ojciec miał swój gabinet lekarski na piątym, ostatnim, do którego dochodziła winda. Małych pacjentów przyjmował codziennie, punktualnie od dziesiątej do piętnastej, chyba że jakieś dziecko zachorowało po oznaczonej godzinie przyjęć, a wtedy doktor Izaak Freilich z westchnieniem, ale świadom ciążącej na nim przysięgi Hipokratesa odrywał się od obiadu czy gazety i szedł czynić swoją powinność. Róża razem z Salcią i Ruth codziennie uczęszczały do Państwowego Instytutu Nauczycielskiego, gdzie były jednymi z najzdolniejszych studentek. Kiedy miała dwadzieścia trzy lata, Róża wyszła za mąż za młodego pediatrę, protegowanego swojego ojca, doktora Henryka Rosenberga, przeniosła się wraz z mężem na trzecie piętro i po roku urodziła mu Chaima, a potem przyszła na świat Chawa. Rosenbergowie byli szczęśliwi, aż do dnia, w którym kazano im opuścić mieszkanie przy Marszałkowskiej i zagnano do getta, gdzie zajęli małe, dwupokojowe mieszkanie w zniszczonej kamienicy, ponieważ nie byli w stanie opłacić niczego lepszego. Jej ojciec i mąż przyjęli postawę pełną zrozumienia, nałożyli opaski z gwiazdą Dawida na ramiona i przekonani o tymczasowości swojego położenia zaczęli szukać w getcie pracy. Kiedy wybuchła wojna, Izaak zapakował w worek rodzinną biżuterię i pod osłoną nocy zakopał ją na cmentarzu w grobie swojego ojca. Henryk, który miał sporo pieniędzy po bogatych rodzicach, postąpił podobnie – włożył je do słoika i zamurował głęboko w piecu kaflowym w ich mieszkaniu. Pocieszał się, że w razie jakiejś rewizji, o których tyle się mówiło, nikt pieniędzy nie znajdzie. Nie przewidział tylko tego, że wyrzucą go z własnego lokum, dając pół godziny na spakowanie najpotrzebniejszych rzeczy. W pierwszej kolejności Henryk uspokoił rozhisteryzowaną żonę, a potem kazał włożyć do walizki jakieś ubrania dla dzieci i siebie. Niestety Róża w panice wzięła same niepotrzebne przedmioty, na przykład trzy pary butów na wysokim obcasie, jedwabne bluzki i dwa kapelusze. Spakowała ponadto mężowski garnitur i kilka koszul oraz krawatów. Dzieciom wzięła po zmianie bielizny, odświętne ubranka i eleganckie buciki. Henryk tymczasem usiłował odmurować słoik z pieniędzmi, żeby zabezpieczyć się na pewien czas, ale w zdenerwowaniu tylko pobrudził się sadzą, wzbudzając potem podejrzenia Niemców.

W nowym mieszkaniu Henryk załamał się, kiedy zobaczył zawartość walizki. Żona początkowo nie wiedziała, o co ma do niej pretensje, powtarzała, że ona tu nie zostanie ani chwili, ale szybko zrozumiała, że nic tu nie będzie zależało ani od niej, ani od jej męża czy ojca.

– Nie zostaniemy tu długo – broniła się. – Przecież to jest jakieś bezprawie.

– Jeśli chcemy żyć, musimy się podporządkować – tłumaczył jej ojciec i powtarzał mąż.

Zrozumiała to, kiedy zobaczyła, jak niemiecki żołnierz strzela do rabina, wcześniej tłukąc go kolbą, aż krew lała się na chodnik. Potem wstrząśnięta pytała, co takiego ten człowiek zrobił, a ojciec powiedział jej smutnym tonem, że po prostu urodził się w niewłaściwym czasie w niewłaściwej rodzinie. Postanowiła zatem się podporządkować, ale na swoich warunkach. Wcześniej nie pracowała. Chociaż liceum i Instytut Pedagogiki ukończyła z wyróżnieniem i biegle mówiła w trzech językach: francuskim, angielskim i niemieckim, nigdy nie chciała wykonywać konkretnego zawodu. Wystarczyła jej opieka nad dziećmi i pilnowanie, żeby mąż po powrocie ze Szpitala im. Dzieciątka Jezus spędził popołudnie oraz wieczór w ciepłym i spokojnym domu. Róża chodziła do teatru i na koncerty oraz na przyjęcia, na jakie zapraszała ich Izba Lekarska albo liczni znajomi ojca i męża.

Po tygodniu płaczu w zapchlonym mieszkaniu otrząsnęła się i postanowiła zapomnieć, że była damą. Zaczęła od urządzenia mieszkania, w którym przyszło im żyć. W tym celu sprzedała swoje eleganckie kapelusze i perełki, targując się jak byle przekupa i za te pieniądze kupiła koce oraz ciepłe ubrania. Potem znalazła pracę w kawiarni, gdzie na zmianę z inną śpiewaczką śpiewała piosenki współmieszkańcom getta. Mąż, kiedy usłyszał, że występuje w lokalu, załamał się. Szlochając, prosił, żeby przestała, bo przynosi wstyd rodzinie. Róża odpowiedziała hardo, że wstyd to będzie, kiedy pomrą tutaj z głodu, po czym włożyła jedną ze swoich jedwabnych bluzek i poszła do pracy. Zmienniczka Róży śpiewała smutne pieśni. Róża, mimo że nie miała tak pięknego głosu, nadrabiała wdziękiem i lekkim repertuarem. Wybierała utwory łatwo wpadające w ucho, wesołe, wychodząc z założenia, że tyle nieszczęścia jest na tym kawałku Warszawy, że nie ma potrzeby pogłębiać go jeszcze smutnymi melodiami. Władek Szpilman, który akompaniował Róży, powiedział kiedyś, że woli, kiedy ona śpiewa, bo wtedy czuje się mniej chory ze strachu i nienawiści. Zarobione pieniądze Róża zamieniała na chleb i ziemniaki, a potem, kiedy zaczęła przechodzić na aryjską stronę, kupowała za nie też lekarstwa i środki czystości. Lwią część zabierali pośrednicy, którym trzeba było płacić, żeby wyjść na tamtą stronę, ale Róża zaciskała zęby, śpiewała, handlowała i targowała się tak skutecznie, że jej rodzina miała co jeść. Za to mąż i ojciec leczyli ludzi w getcie za darmo. Początkowo tylko dzieci, bo przecież takie mieli specjalizacje, ale z czasem nieśli pomoc wszystkim potrzebującym. Na początku pieniędzy nie brali, bo ojciec przewidująco wziął ze sobą sporo gotówki, którą matka Róży wszyła mu w podszewkę płaszcza. Potem jednak pieniądze się skończyły, nie tylko im, lecz także innym Żydom. Freilichowie ani Rosenbergowie nie umieli handlować, potrafili tylko leczyć, więc nieśli pomoc za kawałek chleba czy odrobinę sacharyny dla dzieci. Róża przechodziła na drugą stronę świtem, odważnie przeciskając się przez wąskie, znane tylko nielicznym przejścia, potem poprawiała włosy, otrzepywała bluzkę i szła załatwiać ważne sprawy. Unikała chodzenia w rejony, które dawniej zamieszkiwała, panicznie bojąc się znajomych, ale tego dnia nogi same ją zaniosły na Marszałkowską. Już kilka razy myślała o tym, jak dostać się do dawnego mieszkania i wyjąć z pieca zamurowane pieniądze, ale ryzyko było zbyt wielkie. Tyle że małego Chaima trawiła jakaś gorączka, ojciec i mąż kiwali nad nim głowami, Róża więc wszystkie pieniądze wydała na lepsze jedzenie. Kupiła nawet mięso na rosół, żeby małemu wróciło zdrowie, ale, niestety, nic nie pomagało. Gdyby miała środki, mogłaby pójść do szpitala i spróbować kupić leki w ambulatorium albo w którejś z działających aptek. Chciała pójść na bazar, ale ojciec zabronił jej tego stanowczo, tłumacząc, że medykamenty, które sprzedają pokątni handlarze, są rozcieńczone albo zanieczyszczone. Pogrążona w niewesołych myślach nie zauważyła, kiedy wysiadła z tramwaju i zamiast skręcić w lewo, poszła prosto Marszałkowską.

– Róża? – Usłyszała obok siebie zdumiony kobiecy głos.

– Pani mnie z kimś pomyliła – powiedziała stanowczo, chociaż w jej głosie pobrzmiewały nutki strachu.

– Przepraszam panią, rzeczywiście pomyliłam ją z moją znajomą – odpowiedziała jej koleżanka szkolna Ania Winna, uśmiechnęła się do niej przepraszająco i poszła dalej.

Róża w jednej chwili podjęła decyzję. Zawróciła i dogoniła Annę. Ryzykowała wszystkim, życiem swoim i swojej rodziny, ale coś mówiło jej, że Ania nie zacznie krzyczeć na środku ulicy „Żydówka" ani nie zaciągnie jej do pierwszego napotkanego patrolu.

– Uśmiechaj się – powiedziała do niej Ania i zaczęła opowiadać lekkim tonem o jakichś sąsiadach, którzy zbyt głośno słuchali radia w kamienicy.

Szły spokojnie, udając, że oddają się kobiecym plotkom. Minęły w ten sposób patrol niemiecki.

– Dokąd idziemy?

– Do kawiarni Stokrotka – wyjaśniła jej Anna. – Pracuję tam.

– Nie mogę tam iść – zaprotestowała. – Przecież wiesz…

W Instytucie nie były przyjaciółkami. Róża ze wstydem pomyślała, że trzymała się od Ani z daleka, ponieważ ta nie była Żydówką. W dodatku pochodziła ze zwykłej, chłopskiej rodziny, a pobyt w tak renomowanej szkole zawdzięczała jakiemuś bogatemu Polakowi, który łożył na jej utrzymanie. Róża zawsze czuła się lepsza i spotykała się wyłącznie z koleżankami o tym samym pochodzeniu co ona sama. Zresztą nie tylko Ania nie bywała u nich w domu. Żadna Polka nigdy nie została zaproszona do Freilichów.

– Nie wydasz mnie? – spytała Róża i zawstydziła się tak strasznie tych pełnych strachu słów, że miała ochotę odwrócić się i uciec gdzie pieprz rośnie, ale jej strach i wola przeżycia była tak wielka, że po prostu musiała zapytać.

– Mnie się nie musisz obawiać. Zaraz dojdziemy do kawiarni – powiedziała Ania. – Wejdziesz i usiądziesz jakby nigdy nic przy stoliku w głębi. Przyniosę ci herbatę. Znajdę sposób, żebyśmy mogły porozmawiać.

– Dziękuję… – Róża wytarła wilgotne oczy.

W kawiarni o tej porze dnia było zupełnie pusto. Róża zajęła wskazany stolik, a Ania poszła się przebrać na zaplecze.

– Dzień dobry – powiedziała do Michała Śniegockiego, który był właścicielem kawiarni. – Jak tam dzisiaj dzień?

– Dzień jak co dzień – powiedział Michał, przyglądając się Ani uważnie. – Nie lepszy, żeby tylko gorszy nie był.

Zawsze tak odpowiadał, odkąd wrócił któregoś dnia do domu i nie zastał w nim żony. Jego mała córeczka siedziała w łóżeczku i płakała. Sąsiedzi powiedzieli mu potem, że Ola wyszła tylko na chwilę po coś do sklepu, kiedy podjechały suki i zaczęła się łapanka. Ktoś ją podobno widział, jak razem z innymi wsiadała do samochodu. Ola już nie wróciła, chociaż Michał nie przestał czekać i cały czas opowiadał małej Oleńce, że mama niedługo przyjedzie i przywiezie jej wspaniały prezent. Żona Michała piekła ciasta i torty oraz pracowała w kawiarni jako kelnerka, a dzieckiem zajmowała się w tym czasie jego matka. Po zniknięciu żony Michał nie mógł poprosić matki o pomoc w kawiarni, a nie chciał wieszać ogłoszenia o pracę, bo czasy były takie, że nie wiadomo było, kto przyjdzie i czy potem z tego powodu nie zaprowadzą pod mur albo nie zastrzelą na miejscu jak psa. Trzeciego dnia do Stokrotki weszła piękna ruda kobieta i zapytała, czy nie znalazłaby się dla niej praca.

– Nie ma pan kelnerki, zauważyłam… – powiedziała. – Kręcę się tu już od godziny i pan ciągle siedzi sam.

Spojrzał na nią uważnie.

– Skąd pani wie, że stać mnie na kelnerkę?

– Znam francuski i trochę niemiecki. Umiem zrobić wszystko w domu, to i tu sobie poradzę… – Popatrzyła na niego przenikliwym wzrokiem.

– Umie pani piec ciasta? – spytał.

– Umiem piec ciasta i torty. Zrobię deser nawet z marchewki i konfitury z cebuli – zapewniła Ania gorliwie.

Wskazał jej fartuszek żony i wykrochmalony czepek. Ania przebrała się szybko, a potem wyszła na salę. Pracowała popołudniami, obsługiwała klientów z uprzejmym uśmiechem, nie okazując zmęczenia. W soboty i niedziele zostawała dłużej, ale pilnowała godzin tak, aby przed godziną policyjną być w domu. Michał niewiele o niej wiedział, tylko tyle, ile ludzie mówili o sobie w czasie wojny. Wiedział, że mieszkała niedaleko, na Marszałkowskiej, miała męża, którego nie widział na oczy, dzieci nie miała. Chyba dopiero niedawno wyszła za mąż. Zapytał ją, skąd pochodzi, a kiedy powiedziała, że spod Warszawy, zdziwił się, może niezbyt grzecznie, co robi w stolicy. Odpowiedziała, jak zwykle spokojnie, że tu kończyła szkołę, słynne Platerki, i studiowała pedagogikę. Potem wróciła do domu, a teraz oboje z mężem mieszkają w Warszawie. Więcej o nic nie pytał. Przypuszczał, że rano chodzi na tajne komplety albo zajmuje się inną nielegalną działalnością. Po kilku zaledwie dniach tak ją polubił, że od roku codziennie czekał na nią, z obawą, że coś złego może jej się stać. Dziś po raz pierwszy przyszła z koleżanką. Postawiła jak zwykle ciasto na blacie, tym razem nie marchewkowe, ale z konfiturą, którą dał jej poprzedniego dnia.

– Dziewczynę poproś na zaplecze – powiedział krótko. – Nie chcę kłopotów.

– To moja… – zaczęła.

– Ujdzie za Polkę, póki nie przyjdą Niemcy z psami – przerwał jej.

Kiwnęła głową, zaprowadziła Różę do małego pomieszczenia z tyłu i posadziła przy maleńkim stoliku.

– Pójdę… – powiedziała Róża, rzucając spojrzenia w stronę Michała. – Niebezpiecznie jest.

– Nigdzie nie jest bezpiecznie. – Ania położyła dłoń na ręce Róży. – Ale tu możesz chwilę zostać. To porządny człowiek.

Róża popatrzyła na ręce Ani, potem na swoje, wreszcie się uśmiechnęła.

– Kiedyś zupełnie inaczej wyglądały nasze ręce – powiedziała cicho.

– Moje zawsze były zniszczone łażeniem po drzewach i okopywaniem ziemniaków – szepnęła Ania. – A i przycinanie krzaków róż im nie służyło.

– Ja nie robiłam nic… – Róża pochyliła głowę.

Na zaplecze zajrzał Michał.

– Przyszedł gość – powiedział do Ani.

Na Różę ledwie spojrzał.

– Chce pani coś do jedzenia? – spytał jednak. – Do picia?

– Nie, dziękuję – powiedziała. – Zaraz mnie tu nie będzie.

Mimo wszystko postawił jednak przed nią szklankę herbaty i kawałek ciasta Ani. Róża zamknęła oczy, chłonąc zapach. Pomyślała, że przed wojną nigdy by czegoś takiego nie tknęła. Jadła wyłącznie wykwintne desery, melby i eklery, ponczowe ciastka z subtelnym zapachem likieru wiśniowego. Teraz zapach pieczonej mąki z odrobiną cukru wwiercał jej się w nozdrza, drażniąc i prowokując. „Wezmę ze sobą i dam Chawie i Chaimkowi", postanowiła, zastanawiając się, jak włożyć kruszące się ciasto do małej torebki. Dotknęła palcem okruszka, który odłamał się od ciasta i leżał na porcelanowym talerzyku. „Skąd on ma porcelanę?", przemknęło jej przez głowę, kiedy brała okruszek w dwa palce i wkładała między wargi. Do ust napłynęła jej ślina, poczuła ból ślinianek. Żołądek boleśnie jej się skurczył. Wzięła jeszcze jeden kawałek, malutki, z kawałkiem konfitur różanych. Takie konfitury smażyła mama. Potem dodawała je do pączków. Tata gniewał się, że nie były koszerne, a mama utyskiwała, że przecież nie są specjalnie religijni. „To kwestia tradycji, nie religii", wzdychał ojciec.

– Teraz możemy porozmawiać. – Ania weszła do pokoiku. Odruchowo wzięła od Róży talerzyk.

Róża z żalem spojrzała na okruszki, które Ania przesypała do woreczka. Chciała zjeść wszystkie, do ostatniego, ale nie zdążyła.

– Sprzątnę po sobie – powiedziała.

Ania zawahała się na chwilę. Potem podeszła do dawnej koleżanki i objęła ją. Róża zaczęła płakać. Szloch wstrząsał jej szczupłym ciałem.

– Przepraszam – chlipała. – Nie traktowałam cię dobrze w szkole. Nie zapraszałam do domu…

– Nie robiłam nic, żeby cię do siebie zachęcić. – Ania wyjęła chusteczkę i podała Róży. – Ja też nie zaprosiłam cię nigdy do Brwinowa… Po prostu żyłyśmy w dwóch światach.

Chwilę siedziały w milczeniu.

– Jesteś głodna? – przerwała ciszę Ania. – Jak ci pomóc? Ukrywasz się gdzieś tutaj sama czy ze swoją rodziną?

– Mieszkamy wszyscy w getcie – odpowiedziała. – Z rodzicami, siostrami i ich rodzinami. Ja mam męża i dzieci – Chawę i Chaimka. Przechodzę przez przejście, które znam, po jedzenie i lekarstwa. U nas nie wszystko można dostać.

– Jesteś odważna – powiedziała Ania z podziwem. Pamiętała, jak kiedyś Róża narobiła krzyku na całą szkołę, kiedy do klasy nie wiadomo skąd dostała się mała jaszczurka.

– Nie ma już tamtego życia. – Róża wyłamywała palce. – Teraz śpiewam w kawiarni, u nas w getcie. A moja rodzina i tak przymiera głodem. Jest nas dużo, a ojciec i mąż leczą albo za darmo, albo za kawałek chleba…

Ania zastanowiła się przez chwilę. Wokół sylwetki Róży zobaczyła ciemną aurę. „Nie, nie…", pomyślała, „ona musi żyć, przynajmniej jeszcze trochę, ma małe dzieci…". Coś chwyciło ją za serce i zakręciło jej się w głowie. Przez chwilę zobaczyła ich losy splecione ze sobą na zawsze.

– Pójdziemy do mnie – powiedziała. – Przenocujesz, zjesz, a potem zobaczymy.

– Muszę zdobyć lekarstwa dla Chaimka. Ma gorączkę. Mam trochę pieniędzy. – Otworzyła torebkę i pokazała kilka monet.

– Ja to załatwię – uspokoiła ją Ania. – Nie martw się.

Michał zamknął kawiarnię punktualnie. Powstrzymał Anię gestem dłoni, kiedy chciała z Różą wyjść głównym wejściem.

– Wyjdźcie tyłem i uważajcie na siebie. – Przytrzymał rękę Ani odrobinę za długo. – Wróć tu jutro i… niech ci się nic nie stanie…

Ania objęła go po raz pierwszy od czasu, kiedy zaczęła pracę, spojrzała w piękne, ale smutne oczy Michała i pokiwała głową.

– Nic mi się nie stanie – zapewniła go. – Do jutra, Michał.

– Weź jeszcze ciasto – powiedział, pakując ćwiartkę placka w papier i podając jej. – Poczęstuj męża.

Ponownie pokiwała głową i dała znak Róży, żeby szła za nią. Przemykały bocznymi uliczkami, uważając, bo wcale nie było bezpieczniej przechodzić przez podwórka. Ania uważała, że lepiej iść oficjalnie główną ulicą, niż narażać się na ciekawskie spojrzenia bawiących się na podwórku dzieci. Wiosną tysiąc dziewięćset czterdziestego drugiego roku było ciepło, ale Róża zwracała uwagę, ponieważ ubrana była jedynie w garsonkę oraz cienki sweterek. Trzęsła się jak osika przy podmuchach wiatru.

– Sprzedałam swoje futro – powiedziała, kiedy szły na Marszałkowską. – U nas w getcie można dużo sprzedać.

Ania nigdy nie miała futra. Jeden z sąsiadów z Brwinowa hodował lisy i norki, a potem zabijał biedne zwierzęta i oddawał skóry kuśnierzowi. Ile razy przechodziła koło jego domu, czuła cierpienie i śmierć.

– Mam palto – powiedziała. – Jesteśmy podobnego wzrostu i budowy. Będzie na ciebie pasowało.

– A ty? – spytała Róża. – Gdzie właściwie mieszkasz?

– Niedaleko, na Marszałkowskiej przy sześćdziesiątym drugim. Ja mam jeszcze jedną jesionkę.

Róża aż przystanęła.

– To mój dom – wyznała. – Mieszkałam na trzecim piętrze z mężem, tatko na piątym... A na czwartym miał gabinet.

Były niedaleko. Ania rozejrzała się na boki. Był już wieczór i zapadał zmrok. Mimo wszystko bała się wejść z Różą do kamienicy jakby nigdy nic. Najbardziej obawiała się Zuzanny Birgenhoff, która najpewniej spoglądała przez okno w poszukiwaniu ludzi, których mogła wydać gestapo.

– Ja mieszkam na siódmym. Skoro tu mieszkałaś, to wiesz, jak dojść. Wejdziesz od frontu, bo od podwórza pilnuje stróżka Marianowa. Ma psa. Nie będzie bezpiecznie, jeśli cię zobaczy. Kiedy ja wejdę, odliczysz do dziesięciu i wtedy wejdziesz do domu. Ja w tym czasie zadzwonię do sąsiadki konfidentki. Będzie musiała oderwać się od okna, żeby podejść do drzwi. Poczekasz na trzecim piętrze, a jak z nią skończę, wejdziemy na siódme, do mnie.

Róża pokiwała głową. Kiedy Ania zniknęła za masywną bramą, zaczęła liczyć do dziesięciu. Potem zdecydowanym krokiem weszła do kamienicy.

– Pomyślałam, że to pani szal. – Usłyszała głos Ani. – Pasuje do pani urody, dlatego, kiedy znalazłam go na ulicy, pomyślałam, że zadzwonię i zapytam...

– To chyba rzeczywiście mój. – Do głosu Ani dołączył drugi. – Bardzo dziękuję. Nie darowałabym sobie, gdyby zginął. Taka jestem pani wdzięczna...

– Ależ doprawdy nie ma za co dziękować. – Głos Ani ociekał syropem. – Trzeba sobie pomagać w tych trudnych czasach.

Potem rozległo się trzaśnięcie drzwi. Róża ruszyła na górę. Bosymi stopami stąpała ostrożnie po drewnianych schodach. Każde skrzypnięcie wydawało jej się niczym armatni wystrzał. Ania dała jej znak, otworzyła szybko drzwi i weszły do środka.

– Kazimierz, możesz tu podejść? – rzuciła w głąb mieszkanka, kiedy weszły.

Z pokoju wyszedł szczupły, bardzo przystojny mężczyzna i spojrzał na obie kobiety nieprzeniknionym wzrokiem.

– Kto to jest? – powiedział szorstko.

– Moja koleżanka ze szkoły Róża Freilich.

– Rosenberg – wyszeptała Róża.

Kazimierz skrzyżował ręce na piersiach i uśmiechnął się szyderczo.

– Koleżanka ze szkoły… – burknął. – A przez tę koleżankę mamy zginąć?

Róża stała jak skamieniała w sieni, ściskając w ręku paczuszkę z ciastem. Ania podeszła do męża i objęła go. Potem pocałowała w policzek i rozwichrzyła mu włosy.

– Wracaj do siebie – powiedziała. – My tu sobie damy radę…

W nocy Róża słyszała, jak mówił podniesionym głosem, że nie zamierza przechowywać Żydów.

– W getcie jest jej miejsce. – Po każdym słowie kuliła się w sobie. – Jak ją tu znajdą, to cała kamienica pójdzie do rozstrzelania… A ja chcę żyć, rozumiesz? Rozumiesz to?!

Uspokajających męża słów Ani Róża już nie słyszała. Zasnęła z poczuciem winy. Rano Ania zbudziła ją i zaprosiła na śniadanie. Róża jadła chleb z margaryną i powidłami śliwkowymi, starając się robić to wolno, jakby nie głodowała przez ostatnie kilka miesięcy. Nie odezwała się słowem do Kazimierza, który spoglądał na nią i na żonę niechętnym wzrokiem. Wypił cienką kawę zbożową, a potem wstał, zgarnął dwie pajdy chleba z margaryną i rzucił na odchodnym:

– Jak wrócę z pracy, to ma jej tu nie być…

– Wybacz – powiedziała Ania, kiedy wyszedł. – On nie jest zły, tylko… Przed wojną był bardzo zdolnym literatem. Kiedy mieszkaliśmy w Brwinowie, pracował jako śmieciarz. Teraz pracuje w piekarni i jeszcze mi pomaga, robi krochmal i zawozi do pralni… Sama rozumiesz…

– Nie wyda mnie? – spytała Róża.

Ania pokręciła głową. Potem wstała i oświadczyła, że Róża ma poczekać, a ona pójdzie po lekarstwa i jakieś jedzenie.

– Weź pieniądze – powiedziała.

– Posłuchaj. – Ania przybliżyła swoją twarz do twarzy Róży. – Zatrzymaj je, bo ci się przydadzą w getcie. Ja mam dobrą pracę i rodzinę na wsi. Nie potrzeba...

Wróciła po dwóch godzinach, niosąc w ręku sporą paczkę środków na gorączkę, rany i innych, które były bezcenne dla mieszkańców getta. Do plecaka spakowała jej także spory słój smalcu, ogórki kiszone i chleb.

– Więcej mnie nie zobaczysz, obiecuję – powiedziała Róża, wstając.

Ania objęła ją.

– Przeciwnie – powiedziała. – Będziesz przychodziła do mnie, a ja ci pomogę. Szukaj mnie w Stokrotce. Gdyby coś się stało, zostawię Michałowi nowy adres. A ja ciebie gdzie mogłabym znaleźć?

Róża zawahała się chwilę.

– Na Nalewkach siedem, ale nie chodź tam. To miejsce nie dla ciebie...

Kazimierz po raz pierwszy w swoim życiu naprawdę pracował. Najpierw ramię w ramię z pryncypałem odnowił spalony dom. Potem uruchomili piekarnię. Robił nocami, wychodząc z domu przed godziną policyjną, wracał po jej wygaśnięciu. Szybko się nauczył piec chleb i bułki. Rajchert miał niemieckie pochodzenie, ale nie podpisał volkslisty. Co więcej, dużo chleba rozdawał głodnym i potrzebującym. Kazimierz uważał, że pryncypał źle robi. Biedota nigdy nie będzie wdzięczna, jak już się ją utuczy, powtarzał Ani w domu, kiedy ta zachwycała się, że mąż pracuje u tak dobrego i hojnego człowieka. Co tydzień jeździł furmanką do Brwinowa, skąd brał mąkę od rodziców szwagra Ani, tego samego, co poszedł w nieznane wraz z wybuchem wojny. Rajchert, który załatwił pozwolenie i wszelkie papiery u Niemców, był zadowolony, a młyn Bartosiewiczów mógł pracować dalej. Kazimierz chełpił się tym, że to on podsunął Rajchertowi pomysł kupowania mąki w Brwinowie. W rzeczywistości słynny piekarz, który stracił dotychczasowe źródła towaru po bombardowaniach, sam zapytał go, czy nie chciałby przewozić mąki z młyna w Brwinowie, bo nie ucierpiał w bombardowaniach, a właściciel to jego stary znajomy. Ania uwierzyła bez zastrzeżeń, że to dzięki Kazimierzowi rodzina Pawła będzie miała z czego żyć. Tego słynnego szwagra nie zdążył poznać, ale kiedy Ania wzywała jego imię przez sen, już wiedział, czemu nigdy nie zdołał jej posiąść całkowicie. Bardzo starał się zrobić jej dziecko, ale było to trudne z kilku powodów. Jeden z tych do naprawienia był taki, że zwykle mijali się w domu. Ona pracowała cały dzień, on wychodził o zmierzchu i wracał rano. Miał też wrażenie, że ona uważa małżeństwo z nim za błąd. Wiedział, że tęskniła za rodziną i chociaż serdecznie nie znosił Winnych, odwiedzał ich zawsze, kiedy przyjeżdżał po mąkę, przynosząc im prezenty. Zawsze podkreślał, że to od córki. Zwykle było to mydło, chleb od Rajcherta albo sacharyna, czasami nawet cukier. Ciężko znosił te wizyty. Siostra Ani była ponura i ledwie się odzywała. Jej babka nawet nie wychodziła, żeby się z nim przywitać, poza tym wciąż nie mówiła ani słowa. Stanisław Winny zmuszał się do podziękowań i pomagał zięciowi ładować na wóz ziemniaki, mimo że Kazimierz zarabiał już na tyle dobrze, że Ania nie musiała sobie rąk urabiać i trzeć ziemniaków na krochmal.

Kilka razy odwiedził Iwaszkiewiczów. Byli mili, ale już wiedzieli, z kim się związał, i zachowywali się z dystansem wobec niego. Iwaszkiewiczowa dziękowała, kiedy wyjmował ogromny chleb z wozu, ale zawsze mówiła, że im nie potrzeba niczego, żeby podarował go komuś naprawdę potrzebującemu. Złościło go to. Ania nawet to mu zabrała – szacunek poetów, jego naturalnego środowiska. Mimo wszystko siadał z nimi przy stole. Z Iwaszkiewiczem i Bartkiewiczem. Pytał ich o wiersze, mówił, że sam wciąż pisze. Kiwali głowami i zachęcali go, żeby pisał dalej, ale nie prosili, żeby pokazał swoje utwory. „Przecież wojna nie może z nas tego wykorzenić", powtarzał Bartkiewicz. „I nie wykorzeni, prawda, panie Kazimierzu?", pytał go retorycznie Iwaszkiewicz, jedząc jego chleb. Ale Kazimierz wiedział, że nie był jednym z nich. I nie chodziło o to, że w Brwinowie był śmieciarzem, a w Warszawie dostawcą mąki i piekarzem. Rzecz w tym, że odkąd przyjechał, nie pisał wierszy, a oni to wyczuwali swoimi poetyckimi nosami. Mimo wojny i bombardowań prawdziwy poeta wciąż tworzył. On nigdy poetą nie był, tylko za takiego się podawał. Jeśli miał jakieś skrzydła, marne opierzone skrzydełka nielota, to tylko nimi machał, ale wzlecieć już nie potrafił. To dlatego u Iwaszkiewiczów był goszczony i podejmowany z szacunkiem podszytym podejrzliwością. Być może stary Iwaszkiewicz dowiedział się od kogoś, jak to było z Kazimierza drogą poetycką w Krakowie. Może był też inny powód, kto ich tam wie. Chociaż jeden raz trafił na pojedynek poetycki i niepotrzebnie został na kolacji. Coś go sprowokowało. Może wzrok dwóch młodych poetów siedzących po prawicy i lewicy gospodarza. Iwaszkiewicz, Bartkiewicz, Leon Schiller, Krzysztof Kamil Baczyński i młodziutki mężczyzna o urodzie efeba Czesław Miłosz, na którego Jarosław zerkał z troską. Na spotkaniach Iwaszkiewicz i jego goście recytowali wspaniałe wiersze. Kazimierz musiał to przyznać. Kiedy nadchodziła jego kolej, zwykle wymawiał się tym, że nie wziął zeszytu, w którym je zapisywał. To wystarczyło. Nikt go specjalnie nie zmuszał. Ale nie tym razem. – Dalej, dalej, panie Kazimierzu – namawiał go Jarosław. – Niech pan ocali honor Krakowa.

– Przyjechał pan z Krakowa? – Zainteresował się Bartkiewicz. – Nie wiedziałem. Myślałem, że jest pan miejscowy…

– Urodziłem się w Krakowie, ale teraz mieszkam w Warszawie – wyjaśniał czerwony ze zdenerwowania Kazimierz. – Jak to się mówi… Jak ktoś urodził się w stajni, to nie znaczy, że jest koniem…

– Po wojnie wróci pan do Krakowa? – spytał starszy, małomówny człowiek, o którym potem dowiedział się od Iwaszkiewicza, że jest słynnym reżyserem, autorem scenariuszy teatralnych, a swoje sztuki wystawiał w najlepszych polskich teatrach.

– Nie mam tam już nikogo. – Kazimierz smutno pokiwał głową. – Rodzice zmarli przed wojną… Brat… – spuścił głowę, dając do zrozumienia, że zginął i nie chce do tego wracać.

– Urodziłem się w Krakowie – powiedział Leon Schiller. – A wystawiałem we Lwowie, w Warszawie, w Łodzi… Po wojnie chciałbym pracować w Krakowie.

Schiller był blady jak papier i jakiś wylękniony. Znacznie później Kazimierz dowiedział się od Iwaszkiewicza, że niespełna rok wcześniej wrócił z Auschwitz, dokąd został wywieziony przez Niemców po wykonaniu wyroku na aktorze konfidencie Igo Symie. Podobno siostra Schillera sprzedała wszystkie kosztowności, żeby wykupić brata z rąk oprawców.

– Dobrze, panowie – zarządził Jarosław, kładąc rękę na ramieniu siedzącemu obok niego Czesławowi. – Zaczynamy…

I pierwszy zaczął recytować wiersz. Kazimierz go nie zapamiętał, ale obserwował twarze siedzących poetów. Twarz Czesława wyrażała najwyższy zachwyt, Bartkiewicz miał w oczach podziw, a Baczyńskiemu uśmiech nie schodził z twarzy. Po Iwaszkiewiczu odczytał swój wiersz Bartkiewicz. Dużo gorszy, ale niepozbawiony trafnych refleksji. Następny był Schiller, ale machnął wypielęgnowaną ręką i powiedział:

– Panowie, nie jestem poetą. Nic wam tutaj nie będę recytował, ale chętnie zostanę sędzią. Panie Baczyński, teraz pan wnosi swoją młodość…

Młody poeta nie dał się długo prosić.

– Przejść długim płaczem zapomnianych ścieżek, przez puste, krwawe wydmy słów i szorstkich spotkań… Spłynąć wykwitem płatków zmiodniałych na wiosnę jak cisza biała, gęsta, miękką wonią słodka. Przejść... gromnicami drzew odprawić święta, krzyżami wonnych dni zasadzić puste drogi, o łukach nieba, brudnych przechodniach pamiętać, być przyjacielem smutnych i najcichszym bogiem. I siać niepokój sumień w oczy – brudne szyby na pośmiewisko i na kłamstwa wieków. Przez drogi cierpkie, dalekie i gorzkie po coś tu do nas przyszedł, boże czy człowieku? – Zaczerpnął oddech i rozpoczął znów cichym głosem. – I w końcu kłamstwem rozcięli przymknięte powieki, pękł kobalt nieba szorstkim poszumem błyskawic, niebo spłynęło szybkim w horyzont odbiegłem kroplami sinymi mleka ciszę zadławić. Zastygła wolno krew na zwiędłych kartach księgi, przechodzą bose nogi w pyle, jak co dzień i kiedy konasz co dnia na krzyżach przydrożnych, minę cię niebaczny, zmęczony przechodzień*.

Zaległa cisza. Kazimierz zacisnął powieki i pomyślał, że to słowa o nim. On właśnie kłamstwem rozcinał własne zaciśnięte powieki, a potem sinym, zepsutym mlekiem karmił swoją żonę i marzenia o tym, żeby być uczciwym człowiekiem albo chociaż prawdziwym poetą.

– Piękne – powiedział do młodego poety. – Gratuluję panu…

Krzysztof Kamil Baczyński wzruszył ramionami.

– Napisałem ten wiersz, zanim wojna wybuchła – powiedział. – Moja Basia powiedziała, że wspaniały, ale ona tak mówi o wszystkich moich wierszach.

– I bardzo słusznie. – Pokiwał głową Iwaszkiewicz. – Żona powinna być naszą najszczęśliwszą muzą. Moja taka właśnie jest.

Pani Anna właśnie przyniosła pokrojony chleb Kazimierza i kawałki słoniny. Stawiała te dobra na stole, kiedy Iwaszkiewicz podniósł jej rękę i pocałował delikatnie, a potem uśmiechnął się do żony, patrząc w jej oczy.

Roześmieli się, a potem Jarosław wskazał na Kazimierza.

– Teraz pan… A potem powie nam pan coś o pana żonie…

Kazimierz przełknął ślinę i wyrecytował:

– Nocą oglądam świat, wtedy piekę chleb dla tych, co śpią i nie wiadomo, czy dożyją jutra, żeby go zjeść. To życie, które piekę, jest dla mnie i dla mojej żony. Powinno być dla innych, bo jestem jak Bóg. Mogę zdecydować, kto zje moje ciało, czyli mój chleb. Ale tak nie jest, bo On nosi kule.

Otarł czoło mokre od potu i spojrzał na Iwaszkiewicza.

– Brawo – dobiegł go głos Bartkiewicza. – Utarł nam pan nosy… Nie ma co…

– Co tam słychać u pana żony? – spytał Iwaszkiewicz uprzejmym głosem. Kazimierz pomyślał, że poeta siłą powstrzymuje się, żeby niczego złego nie powiedzieć o jego wierszu. Kpiący uśmiech nie schodził z ust Miłoszowi, który nie wiadomo czemu nie wyrecytował swojego wiersza i nie wyglądało na to, żeby miał zamiar podzielić się z zebranymi swoją poezją.

– Dziękuję – powiedział. – Jest zdrowa i przyjeżdżamy często do Brwinowa.

– Proszę pozdrowić od nas panią Anię – powiedziała Anna Iwaszkiewicz. – I przekazać jej, że dziewczynki za nią tęsknią. Nie miały lepszej nauczycielki.

– Dziękuję państwu bardzo, będę się już zbierał. – Kazimierz wstał od stołu.

* Wiersz *Chrystus* z 1939 r.

– Zaraz, zaraz, panie krakusie szanowny. – Schiller uniósł kieliszek z likierem. – Chyba nie będzie pan wracał do Warszawy o tej porze...

– Naturalnie, że nie – zaprzeczył Kazimierz. – Teściowie mnie ugoszczą...

... noclegiem na sianie, dokończył w myślach.

– Nie ma mowy – pokręcił głową Iwaszkiewicz. – U nas w Brwinowie wojna nie taka jak warszawska, ale mimo wszystko niebezpiecznie po drogach chodzić. Są patrole i zaraz pan będziesz poetą umarłym.

Wtedy zaśmiał się tylko Baczyński, który dwa lata później zginął zastrzelony przez niemieckiego snajpera przy Pałacu Blanka. Jego żona przeżyła go zaledwie o miesiąc.

– Prawdziwy poeta musi umrzeć – powiedział. – Wtedy jest prawdziwym poetą.

– Pan sobie umieraj, drogi Kamilu, ale nie dziś i nie teraz, kiedy jest tak przyjemnie, jakby tej wojny nie było... – zaczął Bartkiewicz, ale umilkł, kiedy nieoczekiwanie niebo przeszył huk wystrzałów.

Kazimierz został wtedy na noc i to wspomnienie, kiedy siedzieli przy stole jak równy z równym, towarzyszyło mu do końca. Ile by dał, żeby mieć talent poetycki, chociaż może bardziej chciałby mieć kochającą żonę i teściów życzliwych i uśmiechniętych. Wszystko mogło być wtedy inaczej.

Kiedy jeździli z Anią do jej domu rodzinnego, babka wychodziła z pokoju i obejmowała wnuczkę, dziewczynki skakały koło ciotki jak dwie pchełki, a ojciec ożywiał się i opowiadał, jakie ma plany po zakończeniu wojny i co będzie, kiedy wreszcie wrócą Tadeusz i Wacek. Nawet Mania z czasem na jego widok przestawała się krzywić, budziła się ze swojego letargu i zaczynała z nim rozmawiać, wypytując o Kraków i o to, czy Kazimierz nie zostawił tam jakiejś rodziny. Zawsze o to pytała, jakby nie wierzyła, że jest sam jeden na świecie.

Dziewczynki Mani były urocze. Podobne jak dwie krople wody, chociaż jedna czarna jak węgiel, a druga ruda jak wiewiórka. Lubiły go, przynajmniej one w tej smutnej rodzinie okazywały mu życzliwość i zainteresowanie. Kiedy Ania znikała w pokoju babci, żeby jej poczytać, Kasia i Basia wskakiwały Kazimierzowi na szyję, a on po kolei je bujał, podrzucając każdą wysoko, aż ich matka zatykała sobie uszy od dziecięcego pisku. Kiedy tak się bawił z siostrzenicami, jego żona patrzyła na niego z sympatią, a on miał nadzieję, że w końcu uda im się mieć własne dzieci. Potem jednak wracali do mieszkania w Warszawie, a ona znowu piekła ciasta i szła do tej swojej cukierni, mimo że tyle razy prosił, żeby siedziała w domu i nie narażała się na niebezpieczeństwo. Wiedział, że chodzi i uczy na tajnych kompletach. Zabraniał jej, kiedyś nawet próbował zatrzymać, ale spojrzała na niego tak zimno, że natychmiast ją puścił. Przeraził się nie na żarty, kiedy sprowadziła do nich tę Żydówkę. Wahał się, czy nie pójść i nie zgłosić tego, ale cena i dla niego mogłaby być zbyt wysoka. Zamiast tego wytrząsł z Ani zapewnienie, że więcej nie narazi ich na takie niebezpieczeństwo. Żona, trzymając się za gardło, przyrzekła, że więcej noga Róży w ich domu nie postanie. Tamtej nocy miał wolne i kochał się z Anią po raz pierwszy od dłuższego czasu, marząc, że uda im się począć dziecko. Za oknami rozlegały się strzały, ale on trzymał ją ciasno przy sobie i szeptał do ucha wiersze. Wydawała się wtedy taka drobna pod jego ciałem i taka słodka. Czar prysł, kiedy po niecałych trzech tygodniach znów zakrwawiła.

– Może ty nie możesz mieć dzieci? – spytał, patrząc, jak myje się w misce. – Może jesteś jak pularda?

Nic nie odpowiedziała, spokojnie kończąc ablucje i sprzątając po sobie.

– Mówią, że z bliźniaków zawsze jedno jest bezpłodne – kontynuował. – Twoja siostra ma dzieci. Ty pewnie nie możesz.

Znów milczenie. Ubierała się w spokoju. Kiedy skończyła, minęła go, nie patrząc mu w oczy.

– Zupa na kuchni – rzuciła, wychodząc. – Zjedz koniecznie.

1943 ROK

Nie dotrzymała obietnicy. Spotykała się z Różą i pomagała jej, jak umiała. Róża przychodziła coraz rzadziej, ponieważ przechodzenie na aryjską stronę było coraz droższe i coraz bardziej niebezpieczne. Kiedy jednak ona i jej dzieci przymierali głodem, płaciła ciałem Abrahamowi, bo już nie miała pieniędzy, a ten prowadził ją sobie tylko znanymi przejściami do nieczynnego kanału, którym wyprowadzał ją na niedostępną dla mieszkańców getta stronę. Z bocznej uliczki, gdzie tylko cudem nikt jej nie zauważał, przemykała się do kawiarni i siadała w kącie, jeśli byli klienci, a jeśli lokal był pusty, od razu szła na zaplecze. Michał udawał, że jej nie widzi. Bez słowa stawiał przed nią kawałek ciasta albo pajdę chleba i herbatę.

– Coś ty zrobiła? – powiedziała Ania, widząc ją któregoś dnia bez podarowanego przez nią płaszcza. – Rozchorujesz się.

Róża trzęsła się jak osika.

– Już nie mogę śpiewać, bo kawiarnię zamknęli. U nas coraz bardziej niebezpiecznie. Musiałam sprzedać płaszcz, bo mamy coraz mniej jedzenia.

Nie chciała powiedzieć, że ostatni kawałek chleba dała dzieciom dwa dni temu. Jadła łapczywie, rękoma, już nawet nie próbowała udawać, że jest damą.

– Chaimek ma tyfus – powiedziała z rozpaczą. – Mąż powiedział, że on nie przeżyje...

– Ania do gości – zarządził Michał, który włożył głowę za zasłonkę.

Wstała bez słowa i poszła obsługiwać dwie kobiety, które poprosiły o kawę z ciastkiem i paplały wesoło nieświadome, że za firanką siedzi głodna, zaszczuta kobieta.

– Bardzo proszę – powiedziała Ania, stawiając kawę zbożową i zrobiony własnoręcznie placek z jabłkami, które przywiozła z Brwinowa.

– Kiedyś to była kawa. – Jedna z kobiet, ta z drobnymi loczkami na głowie, spojrzała z niechęcią na fusowatą ciecz pływającą w filiżance. – I ciasto...

Ania uśmiechnęła się do nich zachęcająco.

– Nie ma pani chociaż trochę prawdziwego cukru? – spytała druga, ciemnowłosa. – Tym mamy słodzić?

Spojrzała z odrazą na drobinki sacharyny.

– Przykro mi bardzo – wydobyła z siebie przymilny ton. – Ale, niestety, resztkę cukru dodałam do ciasta.

Obie skrzywiły się i omiotły Anię pogardliwym spojrzeniem.

– Trzeba by ze swoim cukrem chodzić albo wstępować do prawdziwych lokali. – Blondynka poprawiła pulchnymi palcami włosy. – Mój Hans mnie ostrzegał, ale ja go nie posłuchałam.

– Właśnie, niepotrzebnie tu przyszłyśmy. – Brunetka przy piciu kawy odchylała mały palec. – Nie wstyd pani, że sprzedajecie resztki?

Podłoga paliła Anię w stopy. Klientki były niebezpieczne. Wprawdzie wiedziała, że obie nie doczekają końca wojny: jedna umrze zastrzelona przez „jej Hansa", druga zaś zarażona tyfusem, ale zanim kobiety wreszcie zdecydowały się wyjść, przybyło jej siwych włosów. Kiedy lokal opustoszał, przekręciła klucz w drzwiach, zasłoniła starannie okna i wróciła na zaplecze. Zastała tam zdenerwowanego Michała, skuloną Różę oraz dziecko twardo śpiące na kawałku koca. Wcześniej nie zauważyła dziewczynki.

– Boże... – wykrztusiła.

– Mają nas zabić, wszystkich. – Róża rytmicznie kiwała się wprzód i w tył. – Codziennie strzelają albo wywożą nie wiadomo gdzie... Co miałam robić?

– Co my teraz zrobimy? – szepnęła Ania.

– Ja muszę wrócić do Chaimka – Ocknęła się Róża. – On jest chory... Mój mąż też...

– Niech pani będzie cicho. – Nie wytrzymał Michał. – Niech pani już nic nie mówi…

Maleńka dziewczynka spała twardo na materacu, jakby jej żadne z tych spraw nie dotyczyło.

– Jak się pani udało wyjść z dzieckiem? – wyszeptał Michał.

Róża podniosła na niego oczy.

– Wypuszczał mnie Abraham, ale go zastrzelili na ulicy… Tydzień temu wywlekli moją siostrę i jej rodzinę, innych też… Postawili pod mur i zabili. Icchak nie miał nawet pięciu latek… Ja muszę ocalić moje dzieci…

– Cicho. – Ania głaskała ją po głowie.

– Niemcy różnych wpuszczają, za duże pieniądze niezbyt dokładnie sprawdzają, kiedy wozy wyjeżdżają. Wyszłam z Chawą tak samo jak zawsze. Abraham odsuwał przejście takim żelazem, ale teraz on nie żyje… Wzięłam dziecko… Bo ona musi żyć… Ona musi żyć…

– Nie płacz – powiedziała bezradnie Ania. – Chawa przeżyje…

Zostali wszyscy w kawiarni, bo było już po godzinie policyjnej. Róża położyła się koło córeczki i zasnęła wyczerpana przeżyciami. Ania podeszła do Michała i ukryła twarz w dłoniach.

– Co ja ci zrobiłam, Michał? – szepnęła. – Wybacz…

Poczuła, jak obejmują ją jego ręce. Był wyższy od niej. Objął ją całą, schowała głowę pod jego brodę. Słyszała, jak mocno bije mu serce.

– Kocham cię – powiedział po prostu.

W pomieszczeniu było ciemno. Nic nie widziała. Czuła go tylko palcami i językiem, potem piersiami, brzuchem, a w końcu całym ciałem. On za to ją widział, jakby paliła się wokoło nich setka świec. Tyle razy przyglądał się, jak pochylała głowę, jak unosiła lewą rękę, kiedy prawą podawała lurowatą kawę czy żałosne ciastopodobne wypieki. Patrzył na prościutkie plecy, które nie uginały się nawet pod ciężarem baniaków z wodą, których nie pozwalał jej nosić, ale i tak to robiła, kiedy tylko nie patrzył. Znał każdy jej gest. Teraz, kiedy mógł jej dotknąć, zamknąć ją w sobie, nie potrzebował światła. Była krucha i delikatna jak jedwab. Bał się wyrządzić jej krzywdę nieostrożnym dotykiem, dlatego starał się dotykać jej opuszkami palców, muskać jej ciało samymi wargami. Ona jednak wymykała mu się i kochała się z nim zachłannie, choć bezgłośnie. Obejmowała go ramionami tak mocno, że brakowało mu tchu, a wargami łapczywie całowała jego twarz.

Pomagał jej włożyć pończochy, jak kiedyś Paweł. Wzruszył się, kiedy pod palcem wyczuł dziurę.

– Kiedyś kupię ci tyle pończoch, że nie będziesz mogła ich zedrzeć do końca życia… – powiedział jej do ucha, najciszej, jak umiał.

– Kiedyś upiekę ci prawdziwe ciasto – odpowiedziała. – Zjemy je na tarasie…

Na tym tarasie nie było ani Kazimierza, ani Pawła, ani Oli, nawet małej Oleńki, która spała w domu pod opieką babci, daremnie wyczekującej tego wieczoru nie tylko swojej zaginionej córki, ale również zięcia…

Tej nocy wiele razy przekraczali kolejne progi, najpierw wstydu, potem sumienia, wreszcie miłości. Ale z jej spełnieniem musiała jeszcze poczekać, a noc, która ich połączyła, okazała się tą jedyną przez długie lata.

Malutka dziewczynka zastała ich twardo śpiących na deskach ledwie pokrytych cienkim kocem.

– Siusiu… – powiedziała cicho.

Ania zerwała się, przy okazji budząc Michała, który niechętnie wypuścił ją z objęć.

– Chodź kochanie – powiedziała, biorąc dziecko za rączkę i posyłając uśmiech Michałowi.

Michał zbudził Różę. Zerwała się jak zagonione zwierzę.

– Gdzie Chawa? – spytała przerażona.

– Z Anią, spokojnie… – Michał położył jej rękę na ramieniu.

Cichym głosem wytłumaczył jej, jaki mają plan. Róża słuchała ze spuszczoną głową. Potem podniosła oczy na Michała, wzięła jego rękę i pocałowała, zanim zdążył wyrwać dłoń zaskoczony jej poddańczym gestem.

– Niech panu Bóg wynagrodzi…

Najpierw dostały coś do zjedzenia. Róża jadła już spokojniej, za to mała Chawa łykała kawałki ciasta jak kaczuszka, aż Ania i Róża bały się, że dziecko się zadławi.

– Chawa, idź z panem i niczego się nie bój – powiedziała Róża do córeczki, kiedy Ania ubierała ją w paltko małej Oli przyniesione przez Michała. – Mama niedługo do ciebie przyjdzie. Nic nie mów i… bądź grzeczna…

Dziewczynka pokiwała głową z powagą i podała rączkę Michałowi.

– Wszystko będzie dobrze – powiedział Michał do Ani i Róży. – Ludzie pomyślą, że to moja Ola. Bardzo rzadko wychodzimy, więc nikt się nie zorientuje. U mnie będzie bezpieczna i poczeka na panią…

Róża otarła łzy i pokiwała głową.

– Włóż to na siebie – powiedziała Ania, kiedy Michał wyszedł z dzieckiem. – To palto jego żony… Bez tego zwracasz na siebie uwagę. I kapelusz nasuń głęboko na oczy…

– Gdzie jego żona? – spytała Róża.

– Jeśli żyje, to jest w obozie koncentracyjnym… Łapanka… Zaraz na początku wojny… Żadnych wieści.

– Aniu…

– Musimy iść – ponagliła ją Ania. – Nie pójdę dziś na komplety, ale muszę wrócić do kawiarni i otworzyć jakby nigdy nic.

– Niespokojnie w Warszawie. Niemcy coś szykują – powiedziała Róża. – Jak przejdziemy do ciebie?

– Tu nigdy nie było spokojnie. Nie ma innego wyjścia jak normalnie, ulicą… Nic złego nas nie spotka, chodź…

Poszły szybkim krokiem. Miały szczęście. Firanka Zuzanny była opuszczona, a stróżkę i jej psa słychać było na tyłach budynku. Ania zamknęła za nimi drzwi i oparła się o ścianę cała spocona. Róża oddychała ciężko.

– Proszę, proszę… – W maleńkim przedpokoju stanął Kazimierz. – Kogo mu tu mamy…

Róża skuliła się, ale Anna pociągnęła ją za rękę w głąb mieszkania.

– Kiedy jedziesz po mąkę do Brwinowa? – spytała.

Mężczyzna wycelował palec najpierw w Anię, potem w Różę. Zawahał się przez chwilę i wykrztusił:

– Jutro, ale jeśli myślisz, że ja…

– Właśnie tak myślę, Kazimierz – przerwała mu. – Dam jej moje papiery i ubranie. Zawieziesz ją do nas, to znaczy do ojca…

Pokręcił głową z niedowierzaniem.

– Zwariowałaś… – Złapał ją za łokieć i odciągnął do pokoju. – Przecież to śmierć…

– W getcie też jest śmierć… – wyszeptała mu w twarz. – Wywożą ich gdzieś albo od razu zabijają. Trupy walają się po ulicach. Za chwilę będą tam walki.

– To nie jest nasza walka… – Wściekłość wykrzywiła twarz Kazimierza. – Żydowskie nasienie… Przez takich jak ona…

Nie miał odwagi mówić dalej. Patrzyła na niego wzrokiem dzikiej kotki.

– Dobrze więc – przerwała mu. – Nie rób nic. Moi rodzeni bracia i ich kuzyni walczą z Niemcami. Świat rozpada się na kawałki, a ty myślisz jak zwykle tylko o tym, czy Iwaszkiewicz zaprosi cię na obiad. Ty tchórzu…

Zamierzył się na nią, ale nie odsunęła się nawet o centymetr i spojrzała tak hardo, że opuścił zaciśniętą pięść. Przeniósł wzrok na gościa, który kulił się w kącie, w przedpokoju.

– Jedź jutro do mojego domu i powiedz ojcu, co i jak. Niech on sam przyjedzie, skoro ty nie masz w sobie dość odwagi.

Znów spojrzał na Różę. Jak śmiała przychodzić do nich do domu i prosić o narażanie życia, pomyślał zdenerwowany. Żydzi... Oni wszyscy tacy byli. Znał ich dobrze. Kiedy im w domu chleba brakowało, Żyd dawał na kreskę, zapewniając, że pieniądz nie zając, nie ucieknie. A potem liczył sobie procenty.

– Pani Tarasiewiczowa – zadzwoniły mu w uszach słowa sklepikarza Salomona. – Ja wszystko rozumie, ale każdy musi z czegoś żyć. U mnie też małe dzieci. Co ja im dam, jak mi pani nie zapłaci?...

Wzdrygnął się, kiedy przypomniał sobie rumieniec wstydu na twarzy matki.

Kiedy tylko Ania wyszła do pracy, siłą powstrzymał chęć, żeby wyrzucić tę Żydówkę za drzwi, ale to mogło być dla niego równie niebezpieczne jak trzymanie dziewczyny w mieszkaniu. Burknął tylko w jej stronę, że będzie tak jak Ania chciała, niech się nie obawia. Przyjedzie jego teść i wywiezie ją bezpiecznie poza Warszawę.

– Słyszy pani? – spytał.

– Tak... – powiedziała cicho i opuściła głowę. – Słyszę...

– To przez takich jak wy ta wojna... – nie mógł się powstrzymać. – To was Hitler tak nienawidzi...

Spojrzał z niechęcią, ale kobieta nie patrzyła na niego. Siedziała skulona na krześle w kuchni.

– Zje pani coś? – spytał. – Moja wspaniała żona pewnie pani nawet herbaty nie dała...

Podniosła jednak głowę i zatopiła w nim jasne spojrzenie. Oczy miała tego samego koloru co Ania, tylko włosy jasne i mnóstwo piegów na twarzy.

– Dziękuję – wyszeptała ledwo słyszalnym głosem. – Ania dała mi jeść w kawiarni...

Postawił czajnik na kuchence i zagotował wodę.

– Mamy herbatę – powiedział. – Z jakichś kwiatków z domu mojej żony. Nawet dobra. Zrobię pani, bo muszę zaraz wyjść do pracy.

Jaka szkoda, pomyślał, że dzień wyjazdu do Brwinowa po mąkę wypada dopiero jutro, a dziś musi wcześniej wyjść do pracy, nie na noc, jak zwykle, tylko w dzień. Porozmawiałby sobie z tą kobietą i dowiedział się, dlaczego jego własna żona Żydom okazywała więcej sympatii niż jemu. Może ukrywała nie tylko tę kobietę, lecz także całą rodzinę tych Rosenbaumów czy innych Blumbergów. Teraz najwyraźniej zamierzała podrzucić to kukułcze jajo swojej własnej rodzinie, jakby nie wiedziała, że w razie czego nie tylko jej ukochany ojciec pójdzie pod mur, ale i siostra, i babka, i nawet małe siostrzenice, które nie są niczemu winne.

– Dziękuję panu bardzo – szepnęła Róża.

Bała się tego mężczyzny i nie rozumiała, jak taka kobieta jak Ania mogła wybrać na towarzysza życia takiego prostaka.

– Proszę mi wierzyć, że nie byłoby mnie tutaj, gdybym urodziła się w innym czasie... – dodała.

– Ale jest pani tutaj – burknął, wychodząc. – Nie muszę chyba dodawać, że nikt nie może pani usłyszeć...

Nie musiał tego dodawać. Nawet nie musiał zamykać drzwi na klucz. Róża nie zamierzała nigdzie iść. Chciała przeżyć, zabrać Chawę, wrócić po Chaimka i męża do getta. W marzeniach wywoziła całą rodzinę, także ojca z matką i jedyną siostrę, która przeżyła razem z całą jej rodziną. Tak bardzo chciała żyć.

Ania wróciła po południu.

– Chawa u Michała – rzuciła, kiedy tylko starannie zamknęła drzwi. – Mówił, że bawią się z jego Oleńką. Michał znalazł też człowieka, który spróbuje przekazać twojej rodzinie leki dla małego. Na razie tyle mogliśmy zrobić...

– Ten Michał to bardzo dobry człowiek... – Róża uważnie spojrzała na Anię.

– Tak. – Ania uśmiechnęła się miękko. – Bardzo szlachetny...

Zakłuło ją w sercu. Żona Michała żyła gdzieś w niewoli, trzymając się pewnie myśli, że w domu czeka na nią mąż i córeczka. Kazimierz też żył, życiem wprawdzie bardzo smutnym, ale przecież był jej mężem. Wojna niczego nie usprawiedliwiała. Mogła sobie wmawiać, że to, co się stało, nie miało znaczenia, że wszyscy teraz tak żyją, nie wiedząc, czy dożyją jutra, ale sama w to nie wierzyła. Nie mieli prawa zakochiwać się w sobie, a jednak to zrobili, co więcej zachowali się tak, jakby ich bliskich nie było wcale i to był grzech najstraszniejszy ze wszystkich grzechów, jakie popełnili. Nie padło między nimi ani jedno słowo wyjaśnienia, niczego sobie nie obiecywali, tylko on powiedział „kocham cię", bo te słowa go rozsadzały od środka już od dawna. Dziś, kiedy znowu byli razem i udawali, że świata wokoło nie ma, powiedziała „ja też", co zabrzmiało jak policzek dla wszystkich przysiąg w kościele, które nieopatrznie wypowiedzieli.

– Daj mi swoje ubrania – powiedziała do Róży, strząsając z siebie wspomnienie dotyku Michała. – Weźmiesz moje, jesteśmy podobnej budowy.

– No tak. – Próbowała się uśmiechnąć. – Pewnie czuć mnie śmiercią na kilometr.

– Chodzi o tyfus – powiedziała Ania łagodnie, kładąc przed nią komplet ubrań. – Stare spalę w piecu.

Odwróciła się i zaczekała, aż Róża się przebierze. Kątem oka spostrzegła jej wystające żebra i sterczące łopatki. Spódnica ledwie trzymała się na biodrach kobiety, a bluzka wyglądała na odziedziczoną po starszej siostrze, mimo że Ania przecież sama była drobna i szczupła.

– Pięknie – skłamała. – A teraz się prześpij, bo jutro wielki dzień.

Ani śniło się żywe srebro. Z ojcem przelewała je z lejka do miseczki i na odwrót. Ojciec śmiał się i wołał jej mamę. Katarzyna przychodziła w białym ślubnym stroju, całowała głowę córki, a potem szła zrywać kwiaty i pleść wianki.

– Zostań, mamo – prosiła Ania, ale nadaremnie, bo Kasia kładła sobie na głowę wianek za wiankiem, przecząco kręciła głową i odchodziła coraz dalej.

– To może ja do ciebie przyjdę? – nie ustępowała. – Albo poczekaj chwilę, a ja pójdę po Manię. Tak bardzo chciałaby ciebie zobaczyć. Mamo…

Goniła ją, trzymając w ręku tygielek z drżącym srebrem, ale mama z kilkoma wiankami na głowie uciekała, nie oglądając się za siebie. Zbudziła się rozczarowana, tęskniąca za babcią albo siostrą, ich ciepłem i miłością. Spojrzała na śpiącą Różę. Coś ją męczyło najwyraźniej, bo sapała i wiła się, jakby się wyrywała nieznanemu prześladowcy.

– Różyczko… – szarpnęła ją za ramię i zaraz zatkała jej usta dłonią. – Różyczko, to zły sen…

Znów musiała zostawić Różę samą w domu, bo obiecała dziewczynkom, że zacznie przychodzić na tajne komplety. Nie mogła dłużej odkładać lekcji. W końcu wszyscy się narażali, nie tylko ona.

– Wrócę długo przed wieczorem – zapewniła ją. – Z Chawą. Jak tylko ojciec przyjedzie, ruszamy…

Kazimierz wrócił bez dobrych wiadomości. Nie pojechał do Brwinowa. Rajchert mu zabronił, bo na Bielanach były jakieś rozruchy, łapanki i piekarz bał się o swojego pracownika.

– Jutro pan pojedzie, panie Kazimierzu. Mąki starczy. Chleba najwyżej będzie mniej, ale za to przeżyjemy…

– No i nie będzie wycieczki. – Zaśmiał się nieprzyjemnie.

Róża zagryzła wargi.

– Chciałaś już siedzieć w piwnicy u teściów, prawda?

– Nie – wyszeptała. – Po tamtej stronie został mój syn i mąż… Rodzice i siostra…

– A to ciekawe… – mruknął mężczyzna i usiadł na krześle naprzeciwko niej.

Ukroił chleba, który przyniósł z pracy, i zaczął wolno jeść. Róża patrzyła na niego, nawet nie przełknęła śliny.

– Chcesz kawałek? – spytał. – Przed wojną nawet nie zagadałabyś do takiego jak ja albo nawet Ania, co?

– Dziękuję, nie jestem głodna – powiedziała cicho.

Bała się tego mężczyzny o pięknej twarzy i złych oczach. Nie przełknęłaby ani kęsa w jego obecności.

– Ja mógłbym cię zawieźć do Brwinowa. – Wolno żuł chleb, smarując go resztką margaryny. – Nawet mógłbym wywieźć twoją rodzinę… Przekazujemy chleb Niemcom, którzy tam stacjonują…

Zawiesił głos. Wszystko mówiło jej, żeby mu nie wierzyła, że ten mężczyzna nie jest zdolny do współczucia. „To pułapka", krzyczało w niej. Ale nadzieja i wspomnienie chorego, gorączkującego synka, przeważyły. Róża zdecydowała się w jednej chwili.

– Mieszkałam w tym domu – powiedziała na wdechu. – Na czwartym piętrze, pod ósmym… W piecu są zamurowane pieniądze.

– Co? – Kazimierz mało nie zadławił się chlebem. – Co ty mówisz?

– Nie wiem, ile – mówiła cicho Róża. – Ale na pewno dużo, bo byliśmy bogaci. Proszę je wziąć i pomóc. Błagam pana…

Kazimierz wstał powoli.

– W którym miejscu w piecu? – spytał, a oczy błysnęły mu chciwością.

– Nad drzwiczkami w prawo, siódmy kafel od góry, zacementowany, ale wystarczy podważyć… Skrytka będzie od razu widoczna…

– Świetnie – powiedział, powoli rozpinając spodnie. Erekcja rozsadzała mu lędźwie. – A teraz na kolana i pomódl się do niego.

Płacząca Róża osunęła się na podłogę.

– Żydowski wygląda inaczej, prawda? – Aż trząsł się z podniecenia.

Ania otworzyła drzwi cicho, nie chciała budzić dziecka śpiącego jej na rękach. Kiedy weszła do pokoju i zobaczyła Kazimierza i klęczącą Różę, prawie upuściła Chawę. Kazimierz nieporadnie starał się podciągnąć opuszczone spodnie. Róża zaś wstała i jak somnambuliczka podeszła do Ani. Chciała zabrać dziecko. Ania odruchowo ją odepchnęła, zasłaniając Chawę. Róża widocznie zrozumiała gest koleżanki inaczej, bo z jej ust wydobyło się zwierzęce wycie.

– Róża, nie, cicho, proszę… – Ania położyła małą i starała się objąć kobietę rękoma, ale ona patrząc dziko, wyrywała się i wrzeszczała na całe gardło.

Kazimierz podszedł i i uderzył ją w twarz. Mała Chawa zbudziła się i natychmiast zaczęła płakać.

– Zamknij się, bo nas zabiją!

Ale Róża nie przestawała krzyczeć i szarpać się jak złapany w potrzask ptak. Wreszcie dopadła drzwi i wybiegła na schody.

– Niech to szlag jasny!… – Kazimierz zdołał zapiąć ostatni guzik w spodniach i włożyć szelki na ramiona. Nie tłumacząc się i nie zaszczycając żony nawet jednym spojrzeniem, wybiegł za Różą na ulicę.

– Żydówka!!! – wrzasnęła wielkim głosem Zuzanna z otwartego okna. – Łapcie ją!!!

Ale Róża nie uciekała. Stała na samym środku Marszałkowskiej tuż przed patrolem niemieckim i patrzyła psu wyrywającemu się ze smyczy prosto w oczy. Wielki wilczur skoczył ku niej i przewrócił ją na ziemię. Widziała zęby ociekające śliną i słyszała jak przez watę, że Niemiec każe jej wstać, wyzywając od bandytek i najgorszego ścierwa.

Szczekanie psa nagle ustało, ustępując miejsca krzykowi ludzi, którzy uciekali w popłochu, bo na ulicę wjechała ciężarówka, a z niej wysypali się żołnierze. „Łapanka", pomyślała obojętnie.

Chciała przemówić do żołnierza, w końcu pięknie mówiła w języku Goethego, ale nie wiedziała, co mogłaby powiedzieć na swoje usprawiedliwienie, że jest tutaj, leżąca i przerażona, zamiast w getcie, gdzie jej miejsce.

– *Halt!* – krzyknął jeden z żołnierzy w kierunku Kazimierza, który wybiegł na ulicę, ale, widząc żołnierzy, chciał wycofać się w głąb budynku.

– *Juden!* – wrzeszczała Zuzanna z okna i pokazywała palcem na leżącą Różę oraz na uciekającego Kazimierza.

Róża widziała plecy mężczyzny, który ją upodlił i pozbawił wszelkiej nadziei. Rozerwał je niemiecki pocisk i przyniosło jej to ulgę. Nie czuła bólu, kiedy pies szarpał ją za ramię, a potem zatopił kły w gardle. Ale była wdzięczna swojemu oprawcy, kiedy do niej strzelił. Już nie chciała żyć.

Chaimek umarł tej samej nocy. Nikt z Rosenbergów ani Freilichów nie przeżył Treblinki. Ostatni zginął mąż Róży, doktor Rosenberg. Pod trującym prysznicem pojednał się ze swoim Bogiem i wybaczył żonie ucieczkę z getta. Umarł z nadzieją, że Róża i Chawa przeżyły.

Ania biegła. Mała Chawa dygotała w jej ramionach.

– Cicho kochanie, wszystko jest dobrze… – powtarzała niepotrzebnie, bo dziewczynka nie wydawała żadnego dźwięku poza świstem oddechu w oskrzelach.

Przed oczami miała Różę rozkrzyżowaną na ulicy i jej puste oczy oraz krew cieknącą z szyi oraz otwartej piersi. Widziała także, jak Kazimierz pada ścięty kulą pod oskarżycielskim palcem Zuzanny Birgenhoff. Kiedy zaczęły się krzyki i łapanka, Ania niewiele myśląc, wzięła dziecko na ręce i zaczęła biec w przeciwną stronę. Każdemu takie postępowanie wydawałoby się pozbawione logiki, ale Ania wiedziała, że za kilka minut do jej drzwi zapukają żołnierze sprowadzeni przez Zuzannę, żeby wywlec ją na ulicę i zastrzelić pod murem albo w najlepszym wypadku wywieźć do obozu koncentracyjnego. Zuzanna jej nie dostrzegła opętana wywrzaskiwaniem własnego triumfu przez okno, żołnierze byli zajęci łapaniem ludzi po drugiej stronie. Ona biegła zasłonięta ciężarówką. Za sobą usłyszała strzały, ale chyba nie były skierowane w nią, bo zabrzmiały daleko.

– *Mame*... – zakwiliło dziecko.

– Mama jest tutaj i cię kocha... – powiedziała odruchowo, tracąc oddech. W piersiach ją bardzo bolało. Dziewczynka, chociaż chudziutka i drobna, ciążyła jej w ramionach. Sumienie pętało kroki. W końcu dobiegła do celu. Zderzyła się w drzwiach kościoła pod wezwaniem św. Aleksandra na placu Trzech Krzyży z dwiema kobietami. Była wyczerpana, ale zatrzymała się i przeprosiła. W jednej z nich rozpoznała nauczycielkę z Platerek.

– Chwileczkę – powiedziała tamta, łapiąc Anię za ramię.

– Przepraszam, proszę mnie przepuścić! – odkrzyknęła, nie bacząc na miejsce, w którym się znalazła.

Ludzie obejrzeli się za nią. Wbiegła do zakrystii. Ignacy przy pomocy małego chłopca właśnie przebierał się z szat liturgicznych. Zamknęła za sobą drzwi.

– Musisz ochrzcić moją córkę – powiedziała, ciężko oddychając.

Ignacy dał znak małemu ministrantowi, żeby odszedł i zbliżył się do niej.

– Kto to jest? – spytał, starannie zamykając drzwi.

– Moja córka Ewa – odpowiedziała, patrząc mu prosto w oczy.

– Gdzie twój mąż? – Ignacy patrzył na nią uważnie.

– Właśnie Niemcy go zastrzelili. Była łapanka. Zabili też jej matkę – objęła mocno Chawę i pocałowała dziecko w główkę.

Ignacy zakrył usta rękoma.

– Co ty zamierzasz zrobić? – spytał szeptem. – Czy ty wiesz, o co mnie prosisz?

Pokiwała szybko głową. Prosiła go, żeby nie bacząc na swoją szatę liturgiczną, sfałszował księgi parafialne, pisząc, że dwudziestego szóstego czerwca roku tysiąc dziewięćset czterdziestego urodziła się w Warszawie Ewa Winna-Tarasiewicz, córka Anny z Winnych Tarasiewicz oraz Kazimierza Tarasiewicza.

Ignacy pokiwał głową i spojrzał na Chrystusa Ukrzyżowanego. „Chryste, przecież tu chodzi o życie", powiedział bezgłośnie do Jezusa. „I tak dźwigam brzemię kłamstwa na plecach. I grzechy własne, brata, matki i mojego ojca...".

– A jeśli księgi ulegną zniszczeniu? – spytał, wpisując w odpowiednim miejscu datę chrztu i sięgając po pieczęć kościelną, żeby uprawomocnić zaświadczenie.

– Tym lepiej... – powiedziała twardo.

Po chrzcie zostały na noc w parafii. Ignacy dał im owsianki. Chawa zjadła kilka łyżeczek, ale zwymiotowała swoją porcję, a potem zasnęła, trzymając kurczowo Anię za rękę.

– Będzie pamiętała? – spytał, spoglądając na jeden z największych placów Warszawy w poszukiwaniu niemieckich patroli.

– Mam nadzieję, że nie... – powiedziała Ania, głaszcząc dziewczynkę po czerwonych włoskach.

Rano Ignacy zapakował na furmankę Anię oraz Chawę ze świadectwem chrztu i z duszą na ramieniu oraz życiem ofiarowanym Panu Bogu ruszyli w stronę Brwinowa.

– *Papieren!* – zażądał tłusty Niemiec przy wyjeździe z Warszawy.

– *Bitte Herr Officer* – powiedziała Ania z uśmiechem.

– *Wohin?* – spytał, patrząc podejrzliwie na mężczyznę, kobietę i małą dziewczynkę.

– Do domu, do Brwinowa – powiedział Ignacy. – Córka trochę chora...

Żołnierz odsunął się od wozu i dziecka.

– Jechać! – zarządził.

Mijali takich jak oni, na furmankach, odwiedzających bliskich albo szmuglujących ze wsi do miast jedzenie.

– Mam nadzieję, że wiesz, co robisz... – powiedział cicho. – Chodzą słuchy, że getto ma być likwidowane. Być może wybuchnie tam bunt...

Cokolwiek by się stało, musiała spróbować. Była to Chawie winna.

– To przeze mnie Róża umarła – powiedziała do Ignacego. – Ofiarowałam jej dom i zapewniałam, że jest u mnie bezpieczna. Tymczasem została zdradzona...

Ignacy nic nie powiedział, nie zapytał, co się stało w domu na Marszałkowskiej, ani o szczegóły śmierci Kazimierza. Był tam tylko raz i bardzo źle wspominał tę wizytę. Został na podwieczorek, a Ania bardzo się cieszyła. Widać było, że brakowało jej rodziny. Pytał Kazimierza o Kraków i jego rodzinę. Mimo zapewnień, że cała rodzina nie żyje, Ignaś dostrzegał w tym mężczyźnie obłudę. Nie rozumiał Ani. Wyszła za niego tak szybko, jakby chciała coś ukryć albo zagłuszyć. Nie słuchała rodziny, która była niechętna Kazimierzowi, leciała jak ćma do ognia. Po ślubie było jeszcze gorzej. Zostawiła Winnych i pojechała do Warszawy, która nie przyniosła jej szczęścia. A w domu w Brwinowie jakby zgasło światło.

– Wracasz do Brwinowa na stałe? – spytał.

– Nikogo nie mam w Warszawie – powiedziała. – Jeśli wrócę do mieszkania, sąsiadka konfidentka mnie wyda.

Przypomniały jej się oczy Michała, kiedy obejmował ją i całował. Tyle nadziei było w tym spojrzeniu. Serce ścisnęło jej się z rozpaczy. Wiele bólu zostawiała za sobą.

W domu przywitali ją ojciec i Mania. Basia i Kasia wybiegły z domu i rzuciły się Ani w ramiona, omiatając wzrokiem obcą dziewczynkę.

– Na długo? – spytał Stanisław, biorąc na ręce Chawę i niosąc dziecko do domu. – Kazimierz pojechał po mąkę? To jakaś jego kuzynka? A mówił, że nie ma rodziny...

Dziewczynka przytuliła się do Stanisława, ale nie spuszczała z oczu Ani.

– Ignasiu. – Mania wzięła za rękę kuzyna. – Babcia ostatnio jakby zdrowsza, bardziej ożywiona. Ucieszy się, że jesteście. Jak to dobrze, że go przywiozłaś, Aniu. Na długo przyjechaliście? Kazimierz we młynie? Ostatnio Niemcy złupili młyn, ale na szczęście Basi i ojcu nic się nie stało. Zabrali mąkę, nie ruszyli ziarna...

– Na długo, a może na zawsze – powiedziała Ania, przerywając im radosną paplaninę. – Kazimierz nie żyje. Zabili go wczoraj podczas łapanki. Jej matkę też... – dodała szeptem i wskazała dziewczynkę, która nieśmiało rozglądała się po domu.

Stanisław znieruchomiał i pytająco spojrzał w stronę Ignacego. Ten pokiwał głową. Mania zakryła usta dłońmi, przepraszając wzrokiem za wszystkie złe myśli o Kazimierzu, które powstały w jej głowie od chwili, kiedy ten dziwny człowiek zapukał w szybę ich domu. Objęła siostrę, której ramionami wstrząsał szloch, gładząc ją po plecach i mówiąc uspokajającym tonem.

– Nie jesteś sama. Wróciłaś do domu, do siebie.

Bronia ledwo chodziła, ale słysząc głos ukochanej wnuczki, wstała z łóżka i poczłapała, żeby ją powitać. Weszła do kuchni i zdumionym wzrokiem objęła płaczące dziewczęta i swojego syna Stanisława, który trzymał rękę na główce nieznanego jej czerwonowłosego dziecka.

– Miejsca starczy. – Stanisław objął córkę i pocałował w czoło. – A ta dziewczynka na długo?

Bronia, Stanisław i Mania patrzyli na Chawę z niepokojem. Dziecko wprawdzie miało czerwone włoski i zielone oczy, ale rysy wyraźnie semickie.

– To moja córka Ewunia – powiedziała Ania. – Moja i Kazimierza. Urodziła się w czerwcu czterdziestego. Ignacy ją ochrzcił.

Ignacy rozłożył ręce. Bronia popatrzyła na Stanisława, który jej szepnął, że Kazimierz nie żyje, potem przeniosła wzrok na Chawę. Dziecko tymczasem przysiadło na krześle w kuchni i skuliło się w sobie.

– Zjadłabyś jabłuszko? – przerwał milczenie Stanisław. – Albo jajeczko?

Dziewczynka podniosła na niego wzrok. Tyle powagi było w tym spojrzeniu, że Stanisławowi zrobiło się strasznie żal osieroconego dziecka.

– Chodź – powiedział. – Zaprowadzę cię do twoich kuzynek.

Chawa spojrzała na Anię.

– *Mame*? – popatrzyła na Anię poważnymi oczami.

– Idź, kochanie, z dziadkiem. – Uśmiechnęła się. – A jak wrócisz, babcia da nam ziemniaczków...

Odprowadziła ją wzrokiem, a jak tylko zniknęli za drzwiami dziewczynek, dała się ponownie zamknąć siostrze i babci w objęciach.

Przyjechali bezszelestnie zaraz następnego dnia z rana. Jeden prowadził motor, drugi siedział w przyczepce. Razem z Niemcami do domu zapukał Jamroży, miejscowy folksdojcz.

– Otwierać!

Stanisław otworzył drzwi. Popchnęli go i weszli do środka.

– Podobno nie oddajecie mleka i mąki – zaczął bez wstępów Jamroży. – Wiecie, co grozi za nieuczciwość wobec Rzeszy?

– Pragnę zapewnić panów oficerów – powiedziała Mania czystą niemczyzną z pięknym akcentem – że nasza rodzina stosuje się do poleceń władz. Oddajemy w terminie mleko, mięso oraz mąkę, która pochodzi z młyna mojego męża.

Nie patrzyła przy tym na Jamrożego, tylko na wyższego, przystojnego oficera. – Gdzie pani mąż? – spytał Niemiec.

– Nie żyje – powiedziała, ściągając usta.

– Dołączył pewnie do partyzantów – Jamroży roześmiał się.

– Mój mąż nie żyje – powtórzyła Mania. – Mojej siostry też nie. Obie jesteśmy wdowami.

– *Offenbar versteckt Juden zu Hause** – powiedział drugi Niemiec, uważnie przyglądając się Ani i Mani, a potem przenosząc wzrok na Bronię.

– Nie ukrywamy Żydów ani nie pomagamy partyzantom – odparła Mania z godnością, a potem zatoczyła ręką koło. – Wiemy, co za to grozi. Poza tym proszę sprawdzić...

Spędzili ich na podwórze. Jamroży oraz jeden z Niemców weszli do domu. Kasia i Basia tuliły się do Mani, Ewa schowała twarz w spódnicy Ani. Bronia stała wyprostowana, chociaż przytrzymywana przez Ignacego oraz Stanisława. – Żeby tylko domu albo stodoły nie spalili – wyszeptała Mania, wsłuchując się w odgłosy niszczenia.

– Żeby tylko nas nie powystrzelali – powiedziała w tym samym czasie Ania. Wreszcie Niemcy z Jamrożym wyszli przed dom.

* Podobno ukrywacie Żydów u siebie.

– Nie będziemy szukać w stodole, ponieważ wam wierzymy. – Uśmiechnął się Jamroży. – Wierzymy, że jesteście wdowami, wasi mężowie nie są partyzantami, a wasi bracia nie walczą przeciwko nam na froncie.

Przystojny Niemiec wylewał benzynę wokoło stodoły. Potem wszedł do środka i opróżnił kanister. Kiedy zapłonęło, Ania przycisnęła z całej siły Ewę do siebie, a sama zamknęła oczy.

– Patrz, suko! – Poczuła piekący ból na policzku, gdzie spadła ręka Jamrożego.

Stał nad nią z wykrzywioną szyderstwem twarzą. Posłusznie wpatrzyła się w słupy ognia liżące dach stodoły. Ze środka wydobywały się przeraźliwe dźwięki umierających w męczarniach zwierząt. Mania wpatrywała się w pożar szeroko rozwartymi oczami. Jej dziewczynki cicho chlipały, ale matka trzymała je mocno za ręce i nie pozwalała ruszyć się nawet na centymetr. Niemcy zapalili skręty i wpatrzyli się z obojętnością w dogorywającą stodołę.

– Co to za dziecko? – Jamroży wskazał palcem na Ewę.

– Moja córeczka… – powiedziała cicho Ania.

Pamiętała, jak kiedyś Antek Jamroży chodził za nią krok w krok, ale ona przecież nikogo nie widziała poza Pawłem. Potem, kiedy kazała mu iść precz, zaczął zalecać się do Mani, ale ona także odrzuciła te awanse ze wstrętem. Było coś obrzydliwego w tym gładkim mężczyźnie, odrobinę zniewieściałym, który nakładał na włosy pomadę i czerpał przyjemność z bicia kobiet.

– Papiery pokaż – zażądał.

Drżącymi rękoma wyjęła świadectwo chrztu z torebki i własną kenkartę.

– Reszta się spaliła. Zostało mi tylko to… – powiedziała cicho, starając się ukryć przerażenie na twarzy.

– Gdzie twój mąż?! – wrzasnął Jamroży i ponownie uderzył ją w twarz. Niemcy stali obojętnie i patrzyli na miotającego się z wściekłości towarzysza. – Gadaj, ty polska suko, bo cię zabiję!

– Zabili go wczoraj, podczas łapanki – powiedziała, łykając łzy. – Ja z córką wróciłam do domu…

Po raz kolejny spadła na nią ręka folksdojcza obleczona w czarną skórzaną rękawiczkę. Modliła się, żeby nikt z rodziny się nie ruszył, bo to oznaczało pewną śmierć. Słyszała, jak koło niej Stanisław głęboko oddycha, a jego ciało napina się coraz bardziej wraz z każdym ciosem Antoniego Jamrożego. Jamroży wreszcie wziął odwet za to, że Ania nie chciała z nim iść na tańce, a Paweł pogonił go, kiedy czekał na siostry na stacji kolejki EKD, wybijając mu przedni ząb. Wreszcie odszedł od Ani i powiedział coś cicho do Niemców. Ci spojrzeli na rodzinę Winnych, a potem pokiwali głowami i odwrócili się do nich plecami. Antoni wyjął pistolet, odbezpieczył, a potem wolno wycelował w Anię. Zamknęła oczy.

– Antoni! – rozległ się nagle schrypnięty głos Broni. – Lepiej zabij mnie. A ja pójdę i porozmawiam sobie z twoją matką tam na górze… A kiedy do nas dołączysz, dupę ci zerżnie za takie zachowanie…

Zaskoczony Jamroży opuścił pistolet. Niemcy zarechotali. Twarz mężczyzny wykrzywiła złość. Podniósł pistolet i strzelił do konia, którym przyjechali z Ignacym, a który stał na podwórku wprzęgnięty do furmanki. Zwierzę padło bez jednego jęku.

– Jeszcze tu wrócę… – powiedział, a potem splunął pod nogi Ani i Mani.

Żołnierze włożyli kaski, wsiedli na motor, a Jamroży do przyczepki. Kiedy odjechali, Ania przycisnęła do siebie Ewę, Mania przypadła do Broni, a Ignacy do martwego konia.

– Babciu…

Bronia wyprostowała się i sękatym palcem wskazała w kierunku płonącej obory.

– Chłopcy, zajmijcie się Majką, Kacperkiem i Uszatkiem… – powiedziała ledwo słyszalnym, schrypniętym szeptem. – Dziewczynki ze mną do domu, będziemy sprzątać. Ania, ty też, dziecko…

Do Stanisława i Ignacego dołączyli sąsiedzi. Potem przybiegli Władysław ze Stefanem, który akurat przyjechał. Razem pogrzebali krowę i dwa konie. Wreszcie uprzątnęli to, co zostało ze stodoły. Zastrzelony koń był zbyt cenny, żeby go zasypać piaskiem. Stanisław w tajemnicy poszedł po miejscowego rzeźnika i ustalił, jak mają się podzielić koniną.

– Ktoś musiał na was donieść – stwierdził Władek, kiedy kopali dół dla spopielonych zwierząt. – Ktoś, kto widział, że Ania przyjechała.

Stefan machnął ręką.

– Jak chcesz konia uderzyć, to i kij się znajdzie, nomen omen… Dobrze, że nie zabili…

– Zabili – powiedział cicho Tadek, sąsiad Władka, który chodził z Anią i Manią oraz Jamrożym do jednej klasy – krowę i konie. A to też boże stworzenia… A jak Jamrożego po wojnie dorwę, to zostaną z niego strzępy. Pasy będę darł…

– Trzeba mu wybaczyć. Chrystus wybaczył swoim oprawcom – powiedział cicho Ignacy, ale zamilkł zupełnie pod szyderczym wzrokiem swoich trzech wujów.

– Mało córki mi nie zabił… – mruknął Stanisław. – A ja nic nie zrobiłem…

– I całe szczęście, że wuj się nie ruszył – powiedział Ignacy. – Zastrzeliłby nas wszystkich…

– Pochowałem ojca dwa razy, żonę i… wielu bliskich. Musiałem wiele razy patrzeć, jak Niemcy zabijają moje zwierzęta i niszczą dobytek… Nie wiem, gdzie moi synowie, a ty mi każesz przebaczać?

– Módl się za nas wszystkich, Ignacy – powiedział Stefan, który skończył kopać grób. – Za rodzinę i przyjaciół się módl, nie za wrogów... Szkoda modlitw za takich jak Jamroży albo takich, którzy za butelkę wódki na ludzi Niemcom donoszą...

– Takich Jamrożych dosięgnie ręka sprawiedliwości ludzkiej, a potem już Pan Bóg zdecyduje, gdzie go umieści... – Tadeusz podniósł swoje dwie ręce zniszczone pracą na roli i w obejściu.

Ale nie Tadeusz Masarek ani nikt z Winnych nie wykonał samosądu nad Antonim Jamrożym. Zrobił to zaraz po wojnie jego wuj Szymon. Wrócił z wojennej tułaczki do Brwinowa i posłuchał, co mówią ludzie. W jednej chwili powziął decyzję. Wziął litr wódki, smalec i cały chleb, a potem poszedł odwiedzić siostrzeńca. Antoni bał się ludzi i spał z pistoletem pod poduszką, ale wuja wpuścił z radością. Pogadali sobie o generale Andersie i o tym, że wojna nie w tę stronę poszła co trzeba, bo Hitler dość odwagi nie miał, żeby się z żydostwem tego świata od razu rozprawić.

– No, ale co się odwlecze wuju kochany, to nie uciecze... – mówił Jamroży, polewając do musztardówek. – Tak się cieszę, że wuja widzę. Mama moja kochana nie dożyła, a tak by się radowała, widząc nas tu razem...

Po godzinie już bełkotał o tym, że wujowi załatwi zatrudnienie przy kolektywizacji.

– Jakoś tam się pominie tego Andersa, co to wuj z nim wojował. Powie się, że ojczyznę chciał ratować, nieważne z kim...

Dał się namówić Szymonowi na to, żeby w nocy poszli do lasu i postrzelali. Ucieszył się nawet.

– Ostatni raz strzeliłem do jednego ścierwa... – mówił, mając na myśli Kasię Kujawę, która najpierw rzuciła mu się do stóp, żeby jej męża nie zabijał, a potem, kiedy nie posłuchał, zaczęła pluć mu w twarz i lżyć najgorszymi słowami. – A ręka świerzbi...

Szymon uderzył go w kark mocno i krótko. Potem wyjął z wojskowego plecaka pętlę i zarzucił na okazały dąb. Kiedy już Antek wisiał, Szymon pociągnął go kilka razy za nogi, żeby upewnić się, że syn ukochanej siostry na pewno wyzionął ducha. Po wszystkim wziął plecak i wrócił do siebie, do domu. Antka znaleziono już następnego dnia. Kruki wydziobały mu oczy. Wisiał jeszcze długo, bo nikt nie chciał powiadomić władz. Kiedy go w końcu zdjęli, był jedynie strzępem ciała z pustymi oczodołami i bez palców u rąk. Z piersi wyłaziły mu robaki. Nikt nie przyszedł na pogrzeb. Ścierwo Antoniego spoczęło przy murze cmentarza, razem z trupami niemieckich żołnierzy, którzy polegli podczas wyzwolenia, a jego dusza pewnie do tej pory w okolicach krąży, strasząc psy.

Winni sprzątali zgliszcza po pożarze jeszcze przez kilka dni. Kiedy już nie zostało nic, Stanisław spojrzał na pusty, czarny prostokąt w miejscu, gdzie stała stodoła, i zapytał braci:

– Pomożecie mi odbudować?

Stefan pokręcił głową.

– Po wojnie Tadzik i Wacek ci pomogą... Teraz nie czas na budowanie... I nie ma za co zwierząt kupić...

– A jak kupisz – dodał Władek – to przyjdą i wezmą albo spalą, marnotrawcy...

Wieczorem znów zebrali się w domu u Stanisława. Radzili, co zrobić w kwestii Ani.

– Do Warszawy wrócić nie może, a tu za bardzo w oczy kłuje... – powiedział Stefan.

– Może do Kajtka ją wysłać, do Poznania? Pisze przecie, że tam mu dobrze...

Bronia postawiła na stole miskę z ziemniakami.

– Przecież tam Niemcy, nie Polska – powiedziała. – Nie puszczę dziecka. Tej Warszawie to ja byłam przeciwna, ale wtedy... – machnęła ręką, a Stanisław pocałował matkę w rękę. Wciąż nie mógł się przyzwyczaić, że Bronia przemówiła.

– Zostanie tutaj – dodała. – To jej dom. A mieszkać może albo tutaj, albo w naszym starym domu, tylko trzeba trochę posprzątać...

Ania i Ewa zamieszkały w starej chałupce Broni i Antoniego. Nikt o nic w czasie wojny nie pytał, lepiej było wiedzieć mniej niż więcej. W końcu wszyscy się przyzwyczaili. Znajomi, którzy mijali ją z dzieckiem na ulicy, kłaniali się jakby nigdy nic. Nikt nie patrzył podejrzliwie. W końcu obie, matka i córka, miały podobny kolor włosów i oczu. W domu dziadków było jej dobrze. Na szczęście po remoncie, jaki został zrobiony, kiedy Andzia wychodziła za Guido, zostały umocnione ściany, mała łazienka i kuchnia. Dach też nie wymagał naprawy. Domek trzeba było jedynie ogarnąć, bo stał pusty od kilku lat. Siostra i ciotka razem z nią sprzątały prawie tydzień, ale w końcu deski podłogowe były wyszorowane, ściany pobielone, a podwórze uprzątnięte. Ojciec naprawił meble, które nadawały się do użytku, i zbił z ocalałych ze stodoły desek bardzo ładny stół i kredens kuchenny. Siano do materaca ofiarował wuj Władek, a ciocia Kazia przyniosła skądeś materiał i poszyła zasłonki, które zawiesiły razem z Anią w oknach na druciku, który został po jaśkowych przygodach z prądem. Wuj Stefan wykopał ziemiankę, bo stara została zasypana jeszcze w czasie pierwszej wojny. Żałowali jedynie, że Jaśka nie ma, bo domek nie był zelektryfikowany. Jasiek raz dwa dałby sobie radę z tym problemem, ale jego, niestety, nie było, obcego nie można było prosić, a na oficjalne zezwolenia od Niemców raczej nie należało liczyć.

Ania spała z córką w jednym łóżku i przez kilka miesięcy praktycznie nie wypuszczała jej z objęć. Ewa wciąż mało mówiła i budziła się w nocy z płaczem i krzykiem.

– Cicho kochanie, mama tu jest i ciebie kocha. – Ania tuliła małą do serca, aż dziecko zmęczone płaczem usypiało na nowo, aż do następnego koszmaru.

Jej samej śnili się zmarli. Te same, powtarzające się sny dręczyły ją w kółko. Zmora matki była najgorsza. Ania budziła się spocona, zastanawiając się, co mama chce jej przekazać. Ostrzegała ją przed czymś czy oskarżała? Dziadek Antoni odwracał od niej martwe oczy, chociaż dziękowała mu za uratowanie Pawła. Jeden wujcio Stanisław Lilpop był taki jak dawniej, uśmiechnięty, uchylający cylindra i całujący ją w koniuszki palców jak prawdziwą damę.

Wychodziła rzadko, żeby nie kłuć w oczy coraz bardziej wystającym brzuchem. A i Ewuni wolała nie pokazywać za często na mieście. Kiedy ciąża stała się widoczna, rodzina przyjęła to do wiadomości, jak zwykle nie zadając wiele pytań, martwiąc się jedynie, że będzie jej ciężko jako wdowie z dwójką małych dzieci, w tym z jednym pogrobowcem.

1944 ROK

– Czyj on? – spytała Bronia jeszcze przed rozwiązaniem, słusznie podejrzewając, że Ania nie nosi w sobie dziecka Kazimierza.

– Mój – odpowiedziała krnąbrna wnuczka. – Tylko mój…

Bronia pokiwała głową, a Mania objęła ciężarną siostrę.

– Nasz – sprostowała. – Będzie nasz… Niczemu niewinny, chociaż Winny…

Wcześniej siostra pytała ją o to samo, ale Ania nie umiała nawet jej opowiedzieć o tym, jak pogwałciła wszelkie ziemskie prawa, zakochując się w człowieku, który miał żonę w niewoli i malutką córeczkę, o której życie drżał tak jak Ania o Ewunię.

– Nie mogę ci powiedzieć… – Uciekała wzrokiem. – Nie umiem…

– Powiedz mi tylko, czy to niemieckie dziecko? – spytała Mania, która nie rozumiała, po co te tajemnice przed najbliższą rodziną. Jeszcze całkiem nie wybaczyła siostrze ślubu z Kazimierzem i wyjazdu do Warszawy. Sobie też nie mogła darować, że tak tego człowieka nienawidziła. Wyrzucała sobie, że zginął, bo ona nieustannie prosiła niebiosa, żeby Ania wróciła do Brwinowa.

– Polskie – obruszyła się. – Jego ojciec był… jest najszlachetniejszym człowiekiem na świecie – dodała. – Nie pytaj mnie o nic więcej, proszę…

Mania westchnęła, pocałowała siostrę w czoło i poszła czytać Broni, która wraz z powrotem Ani stała się sprawniejsza i weselsza. Kasia i Basia, które razem z dziadkiem Staśkiem pracowały w ogrodzie, przybiegły do domu natychmiast, kiedy tylko zobaczyły ciocię.

– Czemu ty taka gluba jesteś? – spytała Kasia, przytulając się do brzucha.

– Cicho gupia – przemówiła Basia jak zwykle bardzo poważnym tonem. – Ciocia ma w brzuchu jedzonko dla dzidziusia, którego niedługo bocian przyniesie.

Z obu sióstr Basia była tą zdecydowanie poważniejszą. Kasia, rudowłosa ślicznotka z lokami, lubiła biegać po łące i śpiewać. Basia, ciemnowłosa intelektualistka, wybierała zabawy polegające na obserwowaniu przyrody i wyciąganiu daleko idących wniosków. Lubowała się także w zadawaniu dorosłym tysiąca pytań. Pytania, co prawda, to prawda, padały na podatny grunt. W domu roiło się od osób, które chętnie z nimi rozmawiały, opowiadały bajki, czytały książeczki i starały się chronić przed otaczającą rzeczywistością. Pewną trudność stanowiła jedynie odpowiedź na pytanie ponawiane przez Basię przy każdej możliwej okazji.

– Gdzie jest mój tata?

Basia pytała o to bardzo często, ponieważ każdy, kogo pytała, udzielał jej innych odpowiedzi. Liczyła, że w końcu dorośli uzgodnią między sobą tę palącą kwestię i odpowiedzą jej zgodnie z prawdą. Jej własna mama, którą uważała za najbliższą sobie osobę, mówiła zwykle:

– Walczy na wojnie, żeby Niemców w Brwinowie nie było, ale jak tylko ich odegna, to wróci…

Babcia, właściwie prababcia, na podobne pytanie nie odpowiadała w ogóle, tylko zaczynała płakać i drżeć jak liść na wietrze. A potem mówiła zwykle:

– Proszę mi przynieść książkę i czytamy…

W domu panował kult książek. Kiedy prababcia Bronia albo mama czytały dziewczynkom, Basia przytulała się do ramienia czytającego i śledziła tekst w książce. W ten sposób nie wiedzieć kiedy nauczyła się czytać i wkrótce zaczęła samodzielnie sylabizować Kasi bajki. Przynosiło to jej wymierne skutki w postaci umiejętności płynnego czytania w wieku czterech lat, a dla Kasi wielkie zainteresowanie opowieściami, jakie „mieszkały" w książkach, bo z czytaniem radziła sobie znacznie gorzej od siostry. Książki przynosiły ukojenie, ale Basia miała wrażenie, że dorośli zamydlają jej bajkami oczy. Kiedy tylko pytała o tatę, natychmiast podsuwano jej książkę albo rozpoczynano opowiadanie bajki. Jedyny dziadek jej nie czytał, ponieważ, jak twierdził, po pierwsze oczy go bolały, po drugie zgubił okulary, a po trzecie to Basia mogłaby mu czytać. I Basia zaczynała czytanie, a potem sprytnie przemycała pytania dotyczące taty. A dziadek zwykle odpowiadał:

– Musimy czekać na wiadomość od taty albo od kogoś innego…

Potem ciężko wzdychał i brał do ręki portret pradziadka Antoniego, wąsatego pana, który uśmiechał się miło, obejmując prababcię oraz malutkie dziewczynki w odświętnych sukienkach, czyli mamę i ciocię.

Inaczej było znów z ciocią Anią. Basia wiązała z ciocią wielkie nadzieje. Po pierwsze ciocia rozumiała najwięcej ze wszystkich, a po drugie miała wielkie pokłady cierpliwości i odpowiadała na wszelkie pytania wyczerpująco, nawet jeśli były zadawane po wielokroć jednego dnia. Na pytania o tatę też starała się odpowiadać. Nie obywało się jednak bez wzdychania i uciekania wzrokiem. Potem brała po kolei ich małe twarzyczki w swoje piękne szczupłe ręce i mówiła, że gdziekolwiek tata jest, bardzo ich kocha. Na koniec dodawała, że przecież mają mamę, babcię, dziadka, ciocie, wujków, no i Ewunię, którzy mają dla nich całą miłość świata. Ciocia zdecydowanie mówiła najwięcej i płakała najmniej ze wszystkich kobiet wokół.

Kasia przyjmowała te wiadomości z właściwą sobie pogodą ducha, której nie zdołała zmącić nawet wojna, natomiast Basia była coraz bardziej pełna wątpliwości, czy mężczyzna o miłej twarzy, który spoglądał ze zdjęcia stojącego na komodzie, na pewno jest postacią realną czy może aniołem, który unosi się nad nimi i chroni całą rodzinę przed Niemcami, jak jej wmawiano.

– Ewa też nie ma taty. – Mała Kasia zdała sobie sprawę z tej prostej prawdy, kiedy siostra po raz kolejny zamęczała ją prośbami, żeby poszukały taty w lesie albo na strychu.

– Ale Ewa nie ma nawet jego zdjęcia – powiedziała niepewnie Basia. – Poza tym jest za mała i musi czekać na bociana z dzidziusiem… Nie może szukać swojego taty…

Kasia wzruszyła ramionami i wróciła do zabawy lalką, którą uszyła jej ciocia Kazia. Ania przysłuchiwała się rozmowom siostrzenic z mieszanymi uczuciami. Jej dar z wiekiem był coraz słabszy i nie umiała powiedzieć, czy Paweł na pewno żyje, dokąd los go rzucił ani czy dane jej będzie jeszcze go kiedyś zobaczyć. Podobnie było z Michałem. Nic nie czuła i nie wiedziała, co robić. Tęskniła za nim, ale karciła się w myślach za uczucie, któremu się poddała. Tysiąc razy próbowała porozmawiać o Michale z Manią, ale nie umiała. Najpierw musiałyby wyjaśnić sobie kwestię uczuć Ani do Pawła, a na to ani jedna, ani druga nie były gotowe. Ile razy padało jego imię, tyle razy Mania zaciskała usta, a Ania czuła, że się dusi. Chociaż jego widok zacierał się w pamięci Ani, a zamiast niego coraz częściej pojawiała się twarz Michała, nie umiała i nie chciała zapomnieć Pawła. Gdyby przyszło jej wybierać między jednym a drugim, nie wiedziałaby, za którym pójść, którą żonę pozbawić męża i którym dzieciom zabrać ojca.

Mały Michał Winny urodził się tuż przed Wigilią czterdziestego trzeciego roku. Mania i Stanisław czuwali na zmianę przy ciężarnej w nocy, w razie gdyby zaczęło się coś dziać, miały zawołać pomoc. Odsiecz w postaci ciotki Kazimiery stanowiła pewne zabezpieczenie, chociaż nie była ona wykwalifikowaną położną. Odebrać poród jednak umiała, robiła to nieraz w szpitalu polowym, w którym pracowała, ale również w Turczynku, kiedy nie liczyły się kwalifikacje, tylko ręce zdatne do pracy. Obyło się bez komplikacji, co było prawdziwym szczęściem, bo gęsty śnieg uniemożliwił wyjazd po jakąkolwiek fachową pomoc, chociaż Stanisław przezornie pożyczył konia od Władka, a powóz od Stefana. Bóle przyszły w nocy, zbudziły Anię, której zrobiło się tak niedobrze, że musiała wyjść na mróz po to, żeby wyrzucić z żołądka całą jego zawartość. W sieni odeszły jej wody. Zbudziła natychmiast ojca, który tamtej nocy był przy niej, a on pobiegł po ciotkę Kazię. Bóle zaczęły się dopiero, kiedy czyste prześcieradła zostały wyjęte, woda zagrzana, ogień rozniecony, a ciotka czekała w pogotowiu. Ania czuła ból, ale nie tak ogromny jak jej matka czy Mania. Wyobrażała sobie, że chłopiec, który miał za chwilę przyjść na świat, przechodzi przez tunel, żegnany przez nienarodzone jeszcze dzieci. To pomagało znosić skurcze.

– Wszystko jest w porządku – zapewniała Anię ciocia Kazia, wycierając jej spocone czoło.

Mała Ewa spała bezpiecznie u dziadków, gdzie Mania spokojnie czekała na pojawienie się bratanka. W przeciwieństwie do wnuczki Bronia drobiła małymi kroczkami po domu, wyglądając przez okno na Stanisława, który miał przynieść wieści od rodzącej Ani.

– Babcia się położy – uspokajała ją Mania. – Nic nie pomoże, jak się babcia rozchoruje albo zmęczy tym chodzeniem.

W oddali rozległ się huk z działa. Bronia podskoczyła i usiadła na krześle, zatykając uszy dłońmi. Mania wzruszyła ramionami.

– Przecież ciągle strzelają... – powiedziała. – Nie ma się czym przejmować...

Jakby na zaprzeczenie jej słów nad ich głowami przeleciały samoloty.

– Jezus Maria, nalot – wyszeptała Bronia i zaczęła się modlić do najświętszej Marii Panny, żeby choć na chwilę wstrzymała działania wojenne, bo jeszcze się co dziecku stanie.

– Teraz właśnie muszą strzelać? – mówiła między pacierzami. – Jak maleństwo ma się urodzić?

– Poleciały do Warszawy – tłumaczyła Mania, która wydawała się mieć dwie warstwy skóry, jedną zwykłą, a drugą nieprzepuszczającą strachu.

Samoloty po niecałej godzinie wróciły po zbombardowaniu Warszawy, a jeden, przypadkowo albo specjalnie, kto to może wiedzieć, zrzucił na Brwinów dwie bomby, które jedna po drugiej wybuchły blisko domu Ani. Jedna wybiła wszystkie szyby, a gorący podmuch uderzył w chwili, kiedy mały Michałek postanowił wysunąć główkę na świat. Jakimś cudem nic nikomu się nie stało, dziecko zapłakało jak trzeba, ani za cicho, ani za głośno, a Ania upadła na poduszki zmęczona, poraniona odłamkami szkła, ale szczęśliwa. Kazia nawet nie poczuła rany na plecach zajęta przyjmowaniem dziecka na świat.

– Nic mu nie jest? – pytała Ania. – Czy nic się Michałkowi nie stało? Daj mi synka, daj...

– Rzeczywiście chłopczyk... Skąd wiedziałaś? – Kazia dyszała ciężko, jakby to ona sama rodziła. Z rany na plecach ciekła jej krew, brudząc ubranie i pościel.

– Ciocia jest ranna, trzeba opatrunek założyć – zauważyła Ania.

Krwi było coraz więcej, ale Kazia zajęła się sobą dopiero po tym, jak zawinęła dziecko w pieluszki i kocyk, bo z okien wiało niemiłosiernie.

– Najpierw go przykryję, bo tu tak zimno... – powiedziała trochę głośniej, bo słuch miała przytępiony hukiem.

Podała małego Ani, która spojrzała na dziecko z niedowierzaniem, jakby dziwiąc się, że taki cud mógł zrodzić się z jej ciała.

– Żeby tylko głuchy nie był – powiedziała Kazia, patrząc na tobołek i załamując ręce. – Taki huk, mnie w uszach dzwoni, a co dopiero takiemu maleństwu...

– Stanisław! – zawołała szwagra. – Masz wnuka...

Ogłuszony wybuchem bomby tak samo jak Kazia, Stanisław stał przerażony pod drzwiami, bojąc się wejść, zanim nie zostanie przywołany. Nie przyznawał się do tego, ale nie mógł myśleć o niczym innym jak o tym, że Kasia umarła, wydając na świat Anię i być może teraz stoi pod drzwiami i chce zabrać do siebie ich córkę albo wnuka.

– Stanisław! – Kazia otworzyła drzwi. – Gdzie ty jesteś? Wnuka zobacz, a potem leć matce powiedzieć, bo tam pewnie nie wiedzą, czy żyjemy...

Wszedł wolno do pokoju i wziął na ręce malutkie dziecko, które otworzyło oczka i popatrzyło na dziadka pytającym wzrokiem.

– Niech go Pan Bóg błogosławi i zachowa w szczęściu i zdrowiu – wyszeptał, czując, że serce mu topnieje, pewien, że zrobi wszystko, żeby ta mała istotka przeżyła wojnę.

Kazia trzęsąc się z zimna, zabrała mu Michałka i oddała go matce.

– A teraz leć do was, powiedz, że wszystko w porządku i wracaj szybko z kocami. Trzeba zasłonić okna.

– I powiedz babci, że urodziłam jak Murzynka. – Uśmiechnęła się Ania. – Tak samo jak panienka Scarlett O'Hara. Ona będzie wiedziała, o co chodzi...

Stanisław wrócił z kocami po niecałych trzydziestu minutach. Musiał chyba biec w obie strony, bo nikt go się tak szybko nie spodziewał. Z ojcem przybiegła Mania, która ze łzami radości w oczach ściskała siostrę i zachwycała się siostrzeńcem.

– Mało żeśmy ducha ze strachu nie wyzionęli, jak ta bomba spadła... Jaki on śliczny – zachwycała się. – Jaki maleńki... Już zapomniałam, jak to jest... – Posmutniała.

Zmęczona Ania próbowała wstać.

– A ty dokąd? – spytała Kazia. – Ja ciebie zaraz umyję...

Ania pomyślała, że to właśnie jest szczęście. Maleńkie dziecko, które przyszło na świat z miłości, śpiące cichutko u jej boku. Bliscy zgromadzeni wokół. Tam śmierć, tu życie. Musi powiadomić Michała. On też ma prawo do takiego samego szczęścia jak ona. Maleńka Ola musi wiedzieć, że ma braciszka. Jeśli trzeba będzie, stanie twarzą w twarz z jego żoną i poprosi o wybaczenie. Kiedy tylko będzie mogła chodzić, wtedy pojedzie do Warszawy i powie Michałowi, że ma syna. Jest mu to winna.

Mały Michałek nie ogłuchł. Co więcej, w przyszłości miał skończyć konserwatorium, a jego profesorowie twierdzili, że ma słuch, który nazywali absolutnym. Po wielu latach Mania, która nie opuściła ani jednego koncertu siostrzeńca, za każdym razem wspominała strach świętej pamięci ciotki Kazi, która była pewna, że wybuch bomby ogłuszy dziecko.

Siedem miesięcy po jego narodzinach, pierwszego dnia sierpnia, Ania przyszła do domu rodzinnego rano, z walizką w jednej ręce, a Michałkiem w drugiej. Obok dreptała Ewunia.

– Zajmijcie się dziećmi, dobrze? – poprosiła lekkim tonem.

Bronia zmarszczyła brwi.

– A ty dokąd się wybierasz? – spytała.

– Do Warszawy. Muszę odnaleźć ojca Michała i powiedzieć mu, że ma syna.

Mania, która przyszła z kurnika, spojrzała na siostrę ze strachem.

– Po co tam jedziesz? Sama mówiłaś, że codziennie wywożą ludzi i są łapanki, strzelają, samoloty spuszczają bomby...

– Muszę – powiedziała twardo. – Wrócę przed wieczorem.

Ale nie dojechała do Warszawy. Nie doszła nawet do stacji kolejowej. Spłoszone strzałem konie, których Kacper Sziwuszko nie umiał opanować, uderzyły w idącą poboczem Anię, cudem nie zabijając jej na miejscu. Lekarz, który w szpitalu polowym smarował jej rękę gipsem, kręcił z niedowierzaniem głową, dziwiąc się, że nie podzieliła losu Kacpra, który spadł z wozu, a teraz leżał martwy i czekał na chrześcijański pochówek.

Syreny obwieszczające „godzinę zero" odezwały się, kiedy Ania była już z powrotem w domu, zmęczona i zniechęcona, rozczarowana tym, że los pokrzyżował jej plany. Bronia potem wielokrotnie dziękowała za to losowi, że wnuczce rękę złamał, chroniąc ją od czegoś gorszego. Łuna nad Warszawą była widoczna z Brwinowa przez cały czas trwania powstania.

– Ile ludzi tam ginie, Matko Przenajświętsza, niech się to już skończy – Bronia modliła się tymi samymi słowami codziennie, rano, wieczorem i w południe, ale pożoga nie zmniejszała się. Przeciwnie, coraz częściej nadlatywały samoloty i spuszczały śmierć na krwawiące miasto, jakby jeszcze mało było zabitych.

Niemcy chodzili po domach coraz częściej i szukali powstańców. W szpitalach nikt nie był bezpieczny. Hitlerowcy wchodzili do sal chorych i węszyli jak psy. Bywało, że wkraczali nawet do sali operacyjnej, w operowanym nieszczęśniku dopatrując się uczestnika powstania. Tymczasem powstańców nie było w Wieruszówce, gdzie otwarto „oficjalny" szpital, tylko w jednej z brwinowskich willi przy ulicy Łowickiej. Dom opuszczony przez Niemca Jurochnika miał bieżącą wodę i kanalizację – znakomicie nadawał się zatem na placówkę medyczną. W siedmiu pokojach podczas powstania leżało nawet trzydzieści osób, a na sali operacyjnej pracowano na pełnych obrotach. Czterdzieści dni po wybuchu powstania doktor Józef Granatowicz, który miał akurat dyżur, przyjął nowy transport rannych powstańców. Jeden z żołnierzy miał przestrzelone płuco i prawą nogę. Był nieprzytomny i majaczył z gorączki. Razem z nim przywieziono młodziutkiego chłopaka, który był najciężej ranny. Całą prawą nogę miał rozerwaną miną i wymagał natychmiastowej operacji. Doktor umył się szybko i kazał wieźć chłopaka na operację. Zmobilizowano dwóch innych lekarzy, żeby zgłosili się natychmiast i rozpoczęli zabiegi na drugiej sali. Kiedy doktor uniósł skalpel, chcąc amputować nieszczęśnikowi kończynę, ciałem żołnierza wstrząsnęły drgawki, a po chwili chłopak nie żył. Doktor westchnął i poprosił, żeby przywieziono kolejnego powstańca, wskazując na żołnierza z raną w piersi. Jak się podczas operacji miało okazać, prawdopodobnie tamta śmierć oznaczała dla drugiego rannego życie. Wprawdzie doktor łatwo usunął kule i zeszył tkankę płucną, ale mężczyzna wciąż ciężko oddychał, a kontrolująca ciśnienie siostra Janinka dawała znak, że tętno rośnie, a ciśnienie spada. Doktor zmarszczył brwi. Wiedział, że żołnierz ma również ranę w nodze, ale ten postrzał był powierzchowny, kula przeszła na wylot i w żadnym razie rana nie mogła odpowiadać za rosnącą duszność. Obejrzał mężczyznę dokładnie.

– Może ma jakąś wadę serca? – rzucił w stronę Janinki.

– Nie podoba mi się to – powiedziała Janinka.

– Mnie to się też nie podoba – mruknął chirurg.

– Ale mnie się TO nie podoba – sprostowała Janinka, pokazując doktorowi palcem okazały siniak w okolicy serca z nadbiegniętą kropką krwi pośrodku.

– Niech się siostra myje migiem, bo sam nie dam rady – powiedział do zdumionej siostry miłosierdzia, zaklął szpetnie i zaczął otwierać klatkę piersiową.

Siostra Janinka o mało nie zemdlała, kiedy zobaczyła doktora przecinającego żebra czymś w rodzaju sekatora, a potem bijące serce na wierzchu. Pozbierała się jednak szybko i precyzyjnie wykonywała krótkie i dokładne polecenia chirurga. Nie miała dziwniejszego dyżuru i nie bardzo rozumiała, co się działo na stole operacyjnym, dość, że po kilku godzinach pionierskiej wręcz operacji, a zupełnie unikalnej, jeśli chodzi o warunki, doktor podziękował jej za pomoc i oświadczył, że uratowała człowiekowi życie. Potem swoim kolegom operującym przy sąsiednim stole opowiadał, jak przy pomocy jednej pielęgniarki opanował tamponadę serca. Szrapnel, który uderzył w pierś żołnierza, idealnie „wszedł" w klatkę piersiową, a następnie przedziurawił worek osierdziowy i uszkodził mięsień serca. Z pękniętej komory zaczęła się sączyć krew, która uciskała serce, nie pozwalając mu prawidłowo pracować. Właśnie to, a nie postrzał płuca, było przyczyną duszności. Gdyby nie Janinka i jej bystre oko, a przede wszystkim, gdyby doktor Granatowicz dokończył tamtą amputację nogi, Michał Śniegocki patrzyłby już na świat z nieba. A tak, powoli odzyskiwał zdrowie i sprawność. Co więcej, w przyszłym życiu nigdy nie skarżył się na dolegliwości sercowe czy duszność, nie miał nawet nadciśnienia. Gdyby nie blizna na klatce piersiowej, ciężko było mu udowodnić, że przeszedł tak trudną operację i to w warunkach polowych. Wyszedł na własnych nogach już po stłumieniu powstania i nie wiedząc, że przebywał dwie ulice od domu kobiety, której szukał od dnia jej ucieczki z Warszawy, udał się na powrót do stolicy, żeby rozpocząć poszukiwania od nowa.

Ania pojechała do Warszawy dopiero po wyzwoleniu. Pierwsze kroki skierowała nie do swojej kamienicy, tylko tam, gdzie stała Stokrotka. Wśród ruin trudno było rozpoznać miejsce, w którym pokochała Michała. Po Stokrotce pozostała kupka cegieł i kamieni. Gdzieś między nimi znalazła uszko od filiżanki, w której podawała fusowatą kawę zbożową. Poza tym nie zostało nic.

Domu przy Pięknej też już nie było. Pytała sąsiadów, ale nikt nie potrafił powiedzieć niczego o mieszkańcach kamienicy. Jeden twierdził, że wszyscy zginęli w bombardowaniach, inny, że lokatorów wywieziono, nawet kobiety i dzieci, a potem zamęczono w obozach koncentracyjnych, a dopiero później na dom spadła bomba. Ania zrozumiała, że nic nie wskóra. Na koniec poszła do swojego domu na Marszałkowskiej. Stał wśród ruin, zniszczony, z dziurami po kulach na elewacji, ale cały. Jeden z balkonów wyglądał, jakby mógł w każdej chwili spaść na ziemię. Większość mieszkańców zginęła w powstaniu, na Zuzannie wykonano wyrok, ale żyła stróżka, która początkowo udawała, że Ani nie pamięta, ale ta tak długo i uparcie przypominała jej, kim jest, że kobieta dała za wygraną i zaprosiła ją do siebie.

– Czy pani pamięta tamten dzień, kiedy... uciekłam? – spytała, pijąc słomkową herbatę w stróżówce i zagryzając twardym ciastkiem.

– A juści, że pamiętam... – Pokiwała głową Marianowa. – Niemcy się wtedy wściekły, że ojej... Serdeczne wyrazy współczucia – dodała.

– Dziękuję bardzo. – Ania pochyliła głowę. – Czy pani wie, gdzie pochowano mojego męża?

Stróżka pokręciła głową.

– Wtedy masę ludzi wybili – wspominała. – Ludzie pogrzebali ich, gdzie mogli, ale niedawno wyjęli ich z grobów. Ciągle to robią. Ekshumują... A ludziska chodzą i bliskich szukają. Grzebią w zdjęciach, jakby to coś dało... A śmierdzi. – Stróżka przewróciła oczami.

– Może kogoś można zapytać? – indagowała dalej Ania. – Chciałabym męża ciało przenieść do grobu rodzinnego.

– Można dziecko. – Kobieta pokiwała głową. – Stary Żelazkiewicz zbierał zdjęcia, spisywał nazwiska osób, po które nikt się nie zgłosił. Bywał na pogrzebach... Jego własny syn zaginął gdzieś na froncie i on się uparł, że innych pogrzebie i ich bliskich odnajdzie, to może Tomek do domu wróci. A córka... – Marianowa machnęła dłonią. – Szkoda gadać...

Ania podziękowała kobiecie i poszła pod wskazany adres. Żelazkiewicz okazał się starszym, dystyngowanym panem, który przyjął Anię serdecznie, pogłaskał Ewunię po głowie i wysłuchał ich historii.

– Stokrotka zapłonęła pierwszego dnia powstania w getcie – powiedział. – Właściciel przeżył, potem poszedł do powstania, kiedy wybuchło. Wiem, że był ranny, ale wrócił do domu. Tyle że domu już wtedy nie było...

– Jak to nie było? – spytała Ania.

– Oj panienko, panienko... – Stary uśmiechnął się smutno. – Tu kamień na kamieniu nie został przecie....

Poczłapał do biblioteki i wyjął z półki zakurzony zeszyt.

– Wszystko, co mogłem, to spisałem. Całą kronikę powstania. Głównie, niestety, nazwiska poległych. Rzadko losy tych, którzy przeżyli... O, mam tutaj ten adres.

Piękna dwadzieścia osiem. Dom trafiła jedna z pierwszych bomb. Wtedy jeszcze ludzie mało schodzili do schronów...

– Mała Ola? – spytała zdławionym głosem.

Pokiwał smutno głową.

– Dziecko zginęło. Starsza pani też.

Najgorsze przeczucia właśnie się ziściły. Rodzina Michała zginęła w bombardowaniu…

– Jest pan tego pewien, że to na pewno ta rodzina? – Tak bardzo chciała, żeby starszy pan zaprzeczył albo chociaż powiedział, że nie można mieć żadnej pewności, bo przecież tyle trupów było.

– Zaraz po wojnie wróciła do niego żona. Szukali go u mnie, stąd wiem… – Pokiwał smutno głową.

– Jego żona? – Ania drgnęła.

– Tak. – Starszy pan wstał, żeby dołożyć do pieca. – Nikt się nie spodziewał, ale się odnalazła. Bez włosów, chora, ale przeżyła obóz. Wyjechali ponoć na ziemie odzyskane. Więcej nic nie wiem…

Zapadła cisza. Ewa bawiła się lalką, zerkając od czasu do czasu na matkę. Ani serce trzepotało w piersi głośno, była pewna, że obecni w pokoju słyszą ten stukot.

– A może wie pan, gdzie pochowano ofiary łapanki na Marszałkowskiej? – spytała, podając datę śmierci Róży i Kazimierza.

– Dużo ludzi wtedy wywieźli. To było tak tuż przed wybuchem powstania w getcie, prawda?

– Tak, to było wtedy – potwierdziła.

– Mogiły były o tam. – Pokazał na tyły zbombardowanej szkoły. – Z tyłu i na podwórku. Niecały miesiąc temu ich wykopali. Ludzie przychodzili szukać bliskich. Ci, co im rodziny zaginęły. Sam, niestety, znalazłem tam córkę…

Oczy wypełniły mu się łzami.

– Zginęła później, w powstaniu. Tyle razy prosiłem, „nie idź tam", tłumaczyłem, że ona musi przeżyć po tym, jak Tomek zaginął, ale nie słuchała… Najlepsza łączniczka, właśnie ona.

Ania wzięła go za rękę.

– Tomek na ochotnika się zgłosił, więc tylko ją jedną miałem – mówił dalej starzec. – Żona umarła na serce, kiedy Krysieńka miała cztery latka. Sam wychowywałem, do harcerstwa prowadzałem, patriotyzm wszczepiałem… I co? Poszło jedno i drugie i za ojczyznę zginęli…

Mała Ewa podeszła do staruszka i podała mu swoją szmacianą lalkę.

– Niech pan nie płacze… – powiedziała.

Kazimierz Żelazkiewicz pogłaskał dziecko po rumianej, piegowatej twarzyczce.

– Krysia też piegi miała. Jak indycze jajo była, kiedy padał deszcz albo słońce świeciło... Weź dziecinko swoją lalkę, jej już się nie przyda...

Pożegnały się i wyszły na zalane słońcem ruiny miasta. Ania płakała bezgłośnie nad losem starego, smutnego człowieka, który jak kronikarz śmierci zapisywał losy umarłych i pomordowanych. Usiadły na ruinach jednego z domów. Ewa trzymała matkę za rękę.

– Mamuniu, czy to nasz tata umalł? – spytała.

– Twój tata umarł, niestety... – Ania miała swoją twarz na wysokości twarzyczki małej Ewy, spojrzała jej głęboko w oczy i powiedziała: – Wrócimy do domu, do babci i dziadka...

Dziecko pokiwało głową. Nie poszły na Powązki, gdzie przeniesiono ekshumowanych zmarłych. Ania nie miała siły szukać mogiły Kazimierza, a Róża, kto wie, gdzie została pochowana. Poszły jeszcze do kościoła, gdzie Ania poprosiła Matkę Przenajświętszą o przebaczenie i podziękowała za ocalenie żony Michała.

Pierwszego sierpnia czterdziestego czwartego roku, kiedy w Warszawie wybuchło powstanie, szesnaście tysięcy żołnierzy z pierwszej Polskiej Dywizji Pancernej zostało przerzuconych z Wielkiej Brytanii do Francji. Tak się złożyło, że pod Falaise walczyło trzech Winnych – Jasiek oraz Tadeusz i Wacek. Jasiek nie miał pojęcia, że dzieli go od kuzynów jakieś 30 kilometrów, oni często wspominali kuzyna, ale nie uwierzyliby, gdyby ktoś im powiedział, że ten, za którym poszli na wojnę, walczy niedaleko. We Francji wiele się zdarzyło. Dla Jaśka to był tylko przystanek w tułaczce, którą zakończył kilka lat po wojnie, Wacek i Tadeusz zostali tam na zawsze – pierwszy na cmentarzu wojskowym, odznaczony Krzyżem Walecznych, drugi jako szczęśliwy mąż i ojciec.

– Całe szczęście, że przerzucili nas dopiero w sierpniu – opowiadał Tadek wiele lat po wojnie reporterowi, który przyjechał szukać śladów polskich żołnierzy walczących we Francji. – Mieliśmy ciężki sprzęt. Jakbyśmy poszli na pierwszy ogień, nic by z nas nie zostało.

Pod Falaise żołnierze, w tym szesnaście tysięcy Polaków pod wodzą generała Maczka, przełamało obronę niemiecką i utorowało drogę aliantom na linię Sekwany, a później Renu.

– Nie niszczyliśmy francuskich miast i bardzo dbaliśmy o cywilów – zapewniał reportera Tadeusz. – Ivonne! – krzyknął do żony. – Możesz zrobić panu kawy?

Tamte dni zacierały się w pamięci Tadka. Wojna była czasami jak sen, zupełnie nierzeczywista. Bywało jednak, że budził się z niego ze wspomnieniem koszmaru, huku i śmierci, ale wtedy przychodziła żona, dwie córeczki i Tadeusz znów pogrążał się w zwyczajnym, spokojnym życiu i na trochę zapominał.

Wacek i Tadek stacjonowali we Francji już dłuższy czas. Na zachodnim froncie ucichło. Myli się ten, kto myśli, że wojna to tylko front i bitwy. To także zwyczajne życie. Może dla niego wtedy nie było zwyczajne, ale dla Wacka, który zakochał się w Veronique, na pewno. Mieszkańcy Normandii przyjmowali wojnę jako zło konieczne. Wychodzili na klify i krzyczeli w kierunku oceanu, żeby morze pochłonęło Niemców, a aliantów szczęśliwie doprowadziło do domu. Czasami wieczorami żołnierze szli do wiosek. Rzadko to miało związek z zabawą, raczej z odpoczynkiem, chwilowym oddechem, ciszą przed burzą. Czekali wciąż na brytyjskich żołnierzy, którzy nie mogli przedrzeć się z Caen. Któregoś wieczora poszli do małej oberży, gdzie podawała córka właściciela – Veronique. Wacek nie spuszczał z niej oka. Tadzik miał już do czynienia z dziewczynami i to nie raz czy dwa. Z jedną taką Anielką to się mało nie ożenił, ale wybuchła wojna i jak stali, poszli z bratem do polskiej armii. Podejrzewał jednak, że Wacek jest w tym względzie zupełnie zielony.

– Te… – Mrugnął na brata Tadeusz. – Myślisz, że taka by ci dała?

Wacek wyglądał, jakby miał go strzelić w pysk.

– Ty tylko o jednym. Żeby dała…

– A ty czego chciałbyś od dziewczyny? – spytał zdumiony Tadeusz. – Poza tym to Francuzka. Wyzwolimy ją i wrócimy do domu, do polskich dziewczyn. Teraz ona może ci tylko dać.

– Do domu… – Rozmarzył się Wacław. – Myślisz, że w domu listy od nas dostali?

Później miało się okazać, że przyszedł tylko ten jeden, zawiadamiający o śmierci kaprala Wacława Winnego. Żaden spośród wielu listów, które pisał głównie Wacek, nie doszedł do Winnych.

– Pewnie dostali, tylko nam raczej listów nie dostarczą… – westchnął. – To jak? – zmienił temat. – Zagadasz do tej laleczki?

Wacek wzruszył ramionami, bo po francusku potrafił wymówić tylko kilka słów. Ale Veronique, kiedy podeszła, żeby ich obsłużyć, zignorowała szeroki uśmiech Tadeusza i nieśmiało uśmiechnęła się do Wacka, pytając, co podać. Zamówili wino, które nauczyli się pić, a nawet dość polubili. Dziewczyna postawiła przed nimi karafkę, do tego przyniosła jakieś sery i chleb. Popatrzyli z wdzięcznością, a ona powiedziała coś szybko, czego nie zrozumieli.

– Piękna dziewczyna – wymamrotał Wacek. – I smukła jak topola…

Potem kilka razy wymykał się z koszar, za co groziła mu kula w łeb, żeby z piękną Veronique pójść na brzeg i patrzeć, jak szumi ocean. Ona mówiła do niego po francusku, on do niej po polsku, ale dziwnym trafem wiedzieli, co jedno drugiemu miało do powiedzenia.

– Ma chłopak szczęście – mówił Tadzik do kolegów z pułku. – Też bym se podupcył…

Niecały miesiąc później zaczęła się ofensywa. Wojska amerykańskie przełamały obronę niemiecką. Kanadyjscy żołnierze zaatakowali na południe od Caen. Do połowy sierpnia zepchnięto Niemców do kotła pod Falaise. Niemcy uciekali na wschód, przeprawiając się przez rzekę Dives, trzydziestokilometrowym korytarzem między rzeką Laison a miastem Argentan. Właśnie ten korytarz mieli zamknąć żołnierze 1 Dywizji Pancernej, w skład której wchodził pułk Wacka i Tadzika. W nocy z piętnastego na szesnastego sierpnia Wacek miał wartę. Na szczęście, bo pewnie skorzystałby z okazji i wymknął się do Veronique. A tak bez pożegnania wyruszył z pułkiem w kierunku wschodniego brzegu rzeki, gdzie miał strzelać do wycofujących się Niemców, a potem rozpocząć natarcie na Trun. Atakując na brzegu, wiedzieli już, że w Falaise jest kanadyjska piechota, która, tocząc zaciekłe walki uliczne, opanowuje miasto. Nacierali na szczątki niemieckiej armii, które wycofywały się, mimo że pozwolenie Hitlera na wycofanie wojsk miało nadejść dopiero kilka dni później.

– Strzelamy do nich jak do kaczek. – Pokręcił głową Antek, który był jednym z najlepszych snajperów, jacy strzelali podczas drugiej wojny światowej.

– Nie dla przyjemności to robimy – powiedział Wacek, który był prawie równie dobry.

Na wzgórzu 159 koło Norrey-en-Auge był sztab generała Maczka, a niecałe dziesięć kilometrów dalej stacjonował Jasiek Winny ze swoją dywizją. Generał Guy Simonds, dowódca II Korpusu Kanadyjskiego, przywiózł nowe rozkazy. Trun miała zdobyć 4 Kanadyjska Dywizja Pancerna, natomiast Polacy mieli zmienić kierunek natarcia na południowo-wschodni. Generał zmełł w ustach przekleństwo. Pochylił się jednak znów nad mapą, rysował, liczył i konsultował ze swoimi zastępcami, a potem zapewnił Kanadyjczyka, że zdobędą Chambois jeszcze tej nocy. Jeśli wszystko dobrze pójdzie, to nawiążą tam kontakt z 90 Dywizją Piechoty składającą się z Amerykanów.

– Tadek – powiedział Wacek przed natarciem. – Coś mnie tu dusi i w głowie łupie…

I pokazał bratu serce.

– Tam cię łupie czy dusi? – Nie zrozumiał go Tadek.

– Dusi mnie jak naszą Ankę, kiedy miała te swoje wizje, pamiętasz?

– Nie pamiętam – burknął.

Nie lubił, kiedy brat mówił o domu czy rodzinie, bo wtedy Tadeusz tęsknił okropnie i czuł się na tej obczyźnie w owładniętej wojną Europie jak pionek z szachownicy, który ktoś nieumiejętnie przestawia na różne strony, ryzykując strąceniem.

– Tadeusz – znów zaczął brat. – Mnie się wydaje, że ja... Wiesz...

– O czym ty, dzieciaku, gadasz? – Zdenerwował się, mimo że doskonale rozumiał, co Wacek ma na myśli.

– Anka mi kiedyś powiedziała, żebym nie jechał do Francji... – powiedział cicho.

– Anka, Anka... – Zdenerwował się Tadeusz. – Mnie powiedziała kiedyś, że za granicą będę mieszkał, a ja tylko jak się ta zawieja skończy, zaraz wracam... Czyli nie miała racji...

– Ale... – Nie dawał za wygraną Wacek. – Ona mi to kiedyś powiedziała, jak była bardzo mała. „Wacusiu, nigdy do Francji nie jedź...". Tak mi powiedziała...

– Żadne „ale". – Zdenerwował się Tadek. – Daj spać człowiekowi, bo świtem natarcie, a ja trzy noce nie spałem. A we Francji brachu to jesteś już dwa miesiące...

Wacek miał rację. Następnego dnia wieczorem Wacław Winny dostał jednocześnie dwie kule: w brzuch i w głowę. Umarł na miejscu. Jego śmierć nie była ani specjalnie bohaterska, ani nie uratował przy tym niczyjego życia, nie wpłynął też na los miasta, które zdobyto bez niego. Tyle że umarł od razu i się nie męczył. Poprzedniego wieczoru nie zdążył powiedzieć zniecierpliwionemu bratu, żeby w razie czego odnalazł Veronique i zaopiekował się nią. Nie zdążył też poprosić, żeby jej przekazać, że ją kocha i była jego jedyną miłością. Nawet nie „jedyną prawdziwą", ale całkiem jedyną.

– Zrobiłem to sam, z własnej inicjatywy – powiedział Tadeusz do reportera. – Odnalazłem ją i powiedziałem, co trzeba... A ona zaczęła płakać.

Reporter kiwał głową, bo śledzenie losów polskich żołnierzy na obczyźnie miało być przyjemnym zadaniem, związanym z przekraczaniem żelaznej kurtyny i zwiedzaniem pięknych miast, a tymczasem opowieści nie były ani specjalnie spektakularne, ani żołnierze jacyś szczególni. Ot zwyczajni ludzie, których wichry wojny rzuciły do Francji, Afryki, Ameryki czy Kanady, bo taki był kaprys tego, co rządzi ludzkimi losami.

– Bo widzi pan, mój brat zdążył jej zrobić dziecko.

Na reporterze ta wiadomość nie zrobiła wielkiego wrażenia.

– Chciałbym dowiedzieć się czegoś o panu – stwierdził, ignorując zupełnie wyznania Tadeusza. – Czemu nie wrócił pan do Polski po zakończeniu wojny?

– Miałem dwa powody – odparł Tadeusz. – Pierwszy to według mojej najlepszej wiedzy nie będzie kwalifikował się do przedstawienia w reportażu.

Reporter pokręcił się na krześle, a Ivonne wniosła kawę i ciasteczka.

– A drugi to właśnie Ivonne. – Uśmiechnął się do żony.

Z łatwością odnalazł dziewczynę brata. Był mu to winien, jak na Winnego przystało. Przedstawił się i powiedział, kiedy i gdzie zginął Wacek. Potem wskazał, gdzie został pochowany. A Veronique płakała tak rozdzierająco, że Tadeusz nie wiedział, co ma ze sobą zrobić. Bo jemu też serce krwawiło i nie wiedział, co powie w domu, jak bez Wacka wróci i jak dalej będzie żył. Stał więc tam i stał, a ona płakała. Wreszcie wyszła inna dziewczyna, wyraźnie starsza, z malutkim dzieckiem na ręku i podała je płaczącej. Chłopczyk miał na imię Pierre i urodził się tuż przed kapitulacją w kwietniu 1945 roku.

– Tą dziewczyną była właśnie Ivonne, siostra Veronique. I tak wyszło, że zostałem… – powiedział, kończąc tymi słowami rozmowę, bo reporter miał nieobecne spojrzenie i Tadeusz nie był wcale pewien, czy mężczyzna go słucha.

Tadek Winny nigdy nie wrócił do Polski. Pisał listy do babki, potem ojca i sióstr. Przysyłał zdjęcia, ale głównie Pierre'a oraz swoich dzieci – Adele i Michele. Także Wackowego grobu, którym się opiekował. Pierre nie mówił ani słowa po polsku i nigdy nie chciał odwiedzić kraju, z którego pochodził jego ojciec. Adele mówiła tylko trochę. Za to Michele, która urodziła się w 1950 roku, od najmłodszych lat uczyła się polskiego. Zamęczała ojca i matkę, żeby pozwolili jej pojechać do Polski. W końcu się zgodzili, a ona przyjechała do Warszawy studiować polonistykę. Na listy Tadeusza odpisywała Bronia, po jej śmierci przychodziły listy od Ani i Mani, ale z kontekstu wynikało, że nie wszystkie przedzierały się przez żelazną kurtynę, niektóre pewnie zatrzymywano jako nieprawomyślne. Do sióstr również nie docierały wszystkie listy od brata, ale przyczyna była najprawdopodobniej inna – niszczono je, poszukując zagranicznej waluty.

1945 ROK

List od Jaśka przyszedł do domu dopiero po niemieckiej kapitulacji, dostarczony przez żołnierza, który dziwnym zbiegiem okoliczności trafił na zwitek zabazgranych papierów i adres brwinowski. Kapitan Ryszard Borkowski, przeczytawszy list znajdujący się w otwartej kopercie, postanowił wypełnić żołnierskie zobowiązanie i zaniósł pismo, gdzie trzeba. List nosił datę 22 maja 1942 roku. Kazia wzięła kartki od kapitana Borkowskiego, rozłożyła i przeczytała, a potem się rozpłakała. Władysław wyszarpał jej pismo, przebiegł po nim wzrokiem, po czym chwycił się za serce i wyszeptał:

– Żyje…

Kochani rodzice!
Dołączyłem do żołnierzy, którzy mnie wtedy uratowali, a potem ja ich uratowałem. Nie mogę napisać, gdzie teraz jesteśmy, ale to bardzo daleko od domu. Jeśli będę żył, to wrócę. Tymczasem walczę za ojczyznę, oddaję za nią krew, a jeśli będzie trzeba, to życie też oddam. Nie martwcie się o mnie. Mama niech nie płacze, bo ma Damiana. On na pewno na wojnę nie poszedł. Ojciec może być ze mnie dumny, bo moje umiejętności są na froncie na wagę złota. Mam nadzieję, że babcia jest zdrowa. Jak wrócę, to jej poczytam. Powiedzcie jej to. Dziewczynki pewnie są duże. Mam nadzieję, że wszyscy zdrowi jesteście. Do zobaczenia w wolnej Polsce,

Jan

– Żyje… – powtórzyła Kazia. – Niech panu Bóg wynagrodzi…

Żołnierz ukłonił się i już chciał zajść do swojej matki i ojca, którzy po zburzeniu ich domu w Warszawie osiedlili się w Brwinowie, kiedy skrzypnęła furtka, a na podwórze weszła rudowłosa kobieta, trzymając za ręce dwie spore dziewczynki, podobne do siebie jak dwie krople wody, tyle że jedno z dzieci miało włosy koloru marchewki, a drugie było czarne jak węgiel. Ryszard zapatrzył się na to zjawisko szeroko rozwartymi oczami, tymczasem Mania minęła go, zaniepokojona widokiem ciotki płaczącej w wujowych objęciach.

– Co się stało? – zapytała przestraszona.

Ryszard widział unoszące się dwie piersi pod cienką sukienką i zaparło mu dech z zachwytu. W tej chwili był wdzięczny losowi, że rzucił jego rodzinę do tej małej mieściny.

– Janek… – płakała ciotka. – List przyszedł… Pan oficer przyniósł…

Mania wzięła podane karteczki pełne skreśleń i gryzmołów kuzyna, przeczytała szybko i opanowała wzruszenie.

– Wtedy żył, to i teraz pewnie żyje i wróci… – powiedziała, obejmując ciotkę i wuja.

Ryszard wciąż stał na podwórzu, nie chcąc odejść. Jedna z dziewczynek, czarnowłosa, podeszła do niego, uniosła główkę i zmierzyła go uważnym spojrzeniem.

– Czy pan spotkał naszego tatusia na wojnie? – spytała.

– Nie spotkałem – zaprzeczył zakłopotany. – Ja tylko znalazłem list i pomyślałem, że dostarczę, zwłaszcza że mieszkam w Brwinowie…

Mania spojrzała na Ryszarda pierwszy raz, odkąd weszła na podwórze.

– Dziewczynki – powiedziała. – Nie męczcie pana. List jest nie od taty, tylko od wujka Janka.

– Ale był pan na wojnie? – zadała kolejne pytanie Basia.

– Właśnie z niej wracam. – Kapitan wskazał na swój mundur.

– To może spotkał pan tatę? – tym razem pytanie zadała druga, czerwonowłosa dziewczynka.

– A jak się nazywał wasz tata? – Skapitulował Ryszard, bo Mania spojrzała na niego z nadzieją w oczach.

– Paweł Bartosiewicz – powiedziała rezolutna czarnulka.

– A w jakim oddziale walczył pani mąż?

Rudowłosa piękność pokręciła głową.

– Nie wiem… – odparła. – Od początku wojny nie mamy żadnych wieści.

– Tatuś walczył z Niemcami – wtrąciła czarnulka.

– No. – Druga dziewczynka pokiwała energicznie główką. – Strzelał do nich z karabinu i uwolnił Polskę.

Starsza pani, której Ryszard przyniósł list, i jej mąż wciąż pochylali się nad kartką papieru niczym nad relikwią, zraszając ją łzami.

– Może ja już się pożegnam – wymamrotał Ryszard, czując, że topnieje pod wzrokiem kobiety i jej córeczek.

Zasalutował i odwrócił się. Wychodząc, zobaczył, że kobieta wciąż stoi i patrzy za nim, a dziewczynki machają rączkami.

Winni dzierżąc w ręku list od Jaśka, poszli podzielić się wspaniałą nowiną najpierw do Broni i Stanisława, a potem do Ani.

– Gdzie ten oficer? – spytał Stanisław po przeczytaniu jaśkowego listu. – Może słyszał o Wacku i Tadeuszu? Czemu ty dziecko nie zapytałaś?

– Zapytam. – Mania pokiwała głową. – Zapytam…

Ania, kiedy usłyszała dobre wieści, pobiegła wyściskać ciotkę i wuja.

– Wiem, czego nie chcesz powiedzieć. – Uśmiechnął się do niej wuj Władek. – To tylko wiadomość, że trzy lata temu żył. Ale to przecież, Aniu, nadzieja… Dla was także.

Ona też uważała, że tak powinno być. Że wraz z zakończeniem wojny jej bracia i kuzyn odnajdą się i wrócą do domu, życie będzie toczyło się normalnie, a dzieci przestaną wychowywać się bez ojców. Zdusiła swoje myśli, które podpowiadały jej zupełnie co innego, i objęła jeszcze raz ciotkę i wuja. Tego dnia zamierzała cieszyć się ich szczęściem.

1947 ROK

– Dalej dziewczynki – dyrygował Stanisław. – Nie opuszczać mi żadnej czereśni i nie zjadać.

Trzy wnuczki z gorliwością godną najwyższej pochwały zbierały czereśnie na konfitury, przy czym Ewa i Basia na dole z uniesionymi wysoko główkami, a Kasia najmniejsza i najsprawniejsza z nich, stojąc na siódmym szczebelku drabiny.

– Dziadziu, mnie muchy gryzą – poskarżyła się Kasia. – I spadnę…

– Nie spadniesz, nie spadniesz – zapewniał ją, ale na wszelki wypadek stał blisko i nie spuszczał wnuczki z oczu.

Uwielbiał być z nimi. Mania i Ania poszły do pracy, obie w brwinowskiej szkole, przy czym Ania uczyła polskiego, a Mania matematyki. Dodatkowo obie miały godziny w gimnazjum, gdzie z kolei Ania uczyła francuskiego, a Mania historii. Były więc dość zajęte. Bronia nie mogła całe dnie opiekować się dziewczynkami, bo nie starczało jej sił, ale doglądała dziewczynek i Michałka, ile mogła, smażyła placki z jagodami oraz ziemniaczane z cukrem pudrem, gotowała kompoty, które dzieci po zabawie wypijały łapczywie w cieniu czereśni i jabłonek. Stanisław okazał się nianią idealną. Ania i Mania zastanawiały się, czy po wojnie wrócić do pracy, czy też poświęcić się opiece nad dziećmi. Dywagowały bez końca, co tu zrobić, może wynająć jakąś nianię, mało to kobiet w koło dorobiłoby sobie opieką nad dziećmi, a może obie by poszły na pół etatu, pracowały w różne dni i zajmowały się dziećmi na przemian. Bronia cierpiała, bo chętnie sama wzięłaby na siebie tę rolę, ale wiedziała, że w obecnym stanie mogłaby tylko pomóc, nie zajmować się czwórką ruchliwych maluchów całymi dniami. Wreszcie odezwał się Stanisław i stanowczym tonem powiedział, że dziećmi zajmie się on, bo kocha swoje wnuczęta, Bronia mu pomoże i po sprawie. Na nieśmiałe „ale czy ojciec da sobie radę, bo to kłopot" (Mania) i „ale tatusiu, ty nie wiesz kochany, ile to pracy przy takich dzieciach" (Ania), machnął zniecierpliwiony ręką i powiedział, że on w życiu może i dzieciakami się nie zajmował tak jak Bronia i Andzia, ale wie, czego dziecku do szczęścia potrzeba. A poza tym on bardzo chce i koniec. Mania i Ania patrząc na uszczęśliwioną Bronię, uradziły, że można spróbować, dzieciom się żadna krzywda nie stanie. W razie czego zmieni się koncepcję i już.

Na pierwszy ogień poszły króliki. Stanisław kupił od jednego znajomego hodowcy z Milanówka cztery angorki i przyniósł je do domu.

– Bardzo proszę – powiedział triumfalnie do wpatrzonych w niego trzech dziewczynek i chłopca. – To są wasze króliki i odtąd każde będzie się opiekowało swoim.

– Michał też? – pisnęła zachwycona Kasia.

– Też, bo są cztery, ciamajdo – zgasiła siostrę Basia, wpatrując się z najwyższym szczęściem w czarnych oczkach w puchate stworzenia, które kuliły się w prowizorycznej klatce.

– Michał też, ale na początku będziemy mu trochę pomagali, bo jest jeszcze malutki – zdecydował Stanisław.

Bronia patrzyła z zadowoleniem, jak dzieci skupiły się wokoło syna, a potem poszły do pracowni, gdzie Stanisław energicznie zbił cztery klatki i dzieci zgodnie wsadziły do nich króliki.

– A co one jedzą?

– Trawę, szczególnie lubią koniczynę. Zobaczcie, tu są małe słoiczki i trzeba królom dawać świeżej wody – tłumaczył cierpliwie Stanisław. – Teraz przez całe lato będą jadły trawę, ale na zimę trzeba nasuszyć koniczyny, nazbierać lucerny, bo przecież będą musiały jeść…

– A ja swojego nazwę Bartuś, mogę? – spytała Basia.

– Możesz. – Uśmiechnął się.

– A ja Misio – pospieszyła się Ewa.

– Twój królik to dziewczynka – wyjaśnił Stanisław. – Może być co najwyżej Miśka…

– A mój dziadziu, a mój? – Skakała Kasia, która była najmniejsza, mimo że starsza od Ewy o kilka miesięcy.

– Twój też dziewczyna, a Michałkowi chłopaka kupiłem. Dwie parki wziąłem, żeby potem… – Spojrzał niepewnie.

– Było więcej pasztetu – podsumowała Bronia, ale zaraz dodała, że żartuje, bo wrażliwa Kasia zaczęła płakać, a Basia i Ewa zasłoniły sobą klatki. – Róbcie, co chcecie. Jeść wołają, ale przecież co, komosy na łące mało?

W Stanisława wstąpiło nowe życie. Po królikach, których z wiadomych powodów w końcu zrobiło się piętnaście, przyszedł czas na kurki. Kupił cztery miniaturki, pstrokate, ze sterczącymi czubkami, które skakały po wybiegu i walczyły między sobą przy pomocy czerwonych dziobków, wzbudzając przy tym tyle hałasu, że niejednokrotnie sąsiedzi zaglądali, co się tam u Winnych dzieje.

– A to tylko Stasieczek wymyślił nową zabawę dla wnuczków... – mówiła Bronia z pozorną obojętnością, ale tak naprawdę rozsadzała ją radość, że syn okazał się taki opiekuńczy.

– A jaja toto znosi? – pytała Kaja Liszanka, patrząc z najwyższym obrzydzeniem na ptaki, którym Stanisław również przy pomocy dzieci zbudował oddzielny kurniczek, z małymi grządkami i sprytnym pojemnikiem na wodę i ziarno.

– Nie znosi, bo Stasiek cztery koguty kupił – wyjaśniła Bronia sąsiadce.

– Trzeba było trzy kurki kupić i jednego koguta – klarowała synowi, kiedy przyniósł do domu cztery opierzone kulki i zabrał się za budowanie oddzielnego kurnika. – Jajka by przynajmniej były...

– Mało ma mama jajek od normalnych kur? – zaprotestował, ale był zły trochę na siebie, że nie pomyślał o czymś takim.

Nowe kurki trzeba było trzymać z dala od „starych" kur, bo ptaki toczyły między sobą zajadłe walki. Szczególnie kogut Wojtek źle tolerował nowe towarzystwo i dziobał, kogo popadnie. Zazwyczaj padało na kury siedzące na grzędach, większe i łatwiej dostępne niźli tamte maluchy uciekające z szybkością błyskawicy, a nacierające jak meserszmity na wroga.

– Czemu, dziadziu, one takie bojowe są? – pytała Basia.

– Bo to koguty stworzone do walki – wyjaśniał. – Taki gatunek.

– Jak żołnierze walczą? Jak na wojnie? – Dziwowała się Kasia, kręcąc czerwoną główką.

Kasia była ulubioną wnuczką Stanisława, bo dzięki niej znów poczuł, że jest jeszcze coś wart jako mężczyzna i obrońca rodziny. Basię też bardzo kochał, a Ewę traktował zupełnie jak własną wnuczkę, ale w Kasieńce było coś szczególnego, jakaś wrażliwość, która przypominała mu malutką Anię, to samo spojrzenie ciekawskich oczu i głosik, najsłodszy ze wszystkich. Ile razy na nią patrzył, przypominał sobie tamten dzień, zaraz po ogłoszeniu kapitulacji, kiedy wszyscy tak się cieszyli, że w końcu przyszła wolność. Zupełnie jakby te wszystkie miny, zakopane przez Niemców, wyparowały nagle z pól, a żołnierze nie rabowali po wsiach jak dawniej. Niemcy, co prawda, to prawda, szybko się wynieśli, a folksdojcze drżeli w swoich domach. Niektórzy zakończyli swoje zdradzieckie żywoty, szczególnie ci, co mieli krew na rękach, jak na przykład Jamroży, ale inni całkiem dobrze sobie żyli, udając, że nic się w końcu takiego nie stało. Poszła fama, że Ruscy się panoszą i rabują. Rozmawiał o tym z Bronią i dziewczynkami. Mani pilnował Ryszard, ale Ania mieszkała całkiem sama. W końcu zgodziła się na czas jakiś przenieść do nich z dziećmi po tym, jak Julkę z Wigusina dopadło trzech takich „wyzwolicieli" i z dziewczyny ładnej i dorodnej jak malina strzęp człowieka się tylko ostał. Jej ojciec rzucił się na tych Ruskich z siekierą, ale ci go zastrzelili jak psa, a potem używali z córką, aż prawie przestała oddychać. Stanisław znał Rosjan i bał się ich piekielnie. Nie zapomniał, co było w czasie tamtej wojny, a i ze strzępków wspomnień ojca budował obraz narodu pełnego okrucieństwa i woli niszczenia wszystkiego, co tylko wpadło w ręce. Ania przestraszyła się tego, co może się stać z nią oraz Ewunią, bo straszne wieści o ruskich żołnierzach dochodziły, że nie tylko gwałcili i palili, ale dziecko potrafili do wrzątku wrzucić. Przeniosła się zatem do Stanisławówki. Znowu żyli „na kupie", ale zawsze było łatwiej, bo przynajmniej dzieci w te i z powrotem nie targała.

Stanisław był sam z Kasią, kiedy tamten przyszedł. Nadszedł od strony lasu i cichcem wszedł do środka.

– *U was czasy?** – spytał bez ceregieli, jakby był u siebie.

– Pochwalony – powiedział z naciskiem Stanisław.

Kasia leżała na górze, bo miała ospę wietrzną, gorączkowała i cała była pokryta bąblami. Ania z Manią i Bronią były w kościele z pozostałymi dziećmi, bo msza dziękczynna za wyzwolenie Brwinowa odprawiana była u św. Floriana, a potem chrzciny znajomych dzieciaków. On został z chorą wnuczką.

– A pochwalony. – Uśmiechnął się Ruski, a z gęby błysnęło mu złoto.

Poza tym był zabiedzony, obdarty i zarośnięty.

– Tylko taki. – Stanisław pokazał na duży zegar ścienny z utłuczoną szybką, który Jasiek kupił kiedyś na targu i chciał naprawić, a potem podarować Łucji Wieruszównie. Ale Jasiek stracił zapał, zanim jeszcze zegar naprawił, Władek i Kazia go nie chcieli, bo po cóż im takie pudło, więc przyniósł go do nich, a Bronia powiedziała „niech stoi".

– Na rękę zegarek – burknął żołnierz i odsłonił mundur, a tam miał z dziesięć różnych zegarków, złotych, srebrnych i skórzanych zawiązanych od przegubu po ramię.

– Takiego nie mam – skłamał Stanisław. – Wasi zabrali. Ci, co przed tobą szli…

– To jeść dawaj… – Rosjanin utkwił w nim złe spojrzenie. Podszedł do kredensu i wyciągnął pierwszą z brzegu szufladę. Łyżki i widelce rozsypały się po podłodze. Potem to samo zrobił z drugą szufladą, w której Bronia starannie

* Macie zegarki?

ułożyła wykrochmalone ściereczki i obrusy. Do trzeciej nie zdążył sięgnąć. Znieruchomiał i zaklął brzydko. A potem splunął na podłogę i uniósł ręce.

– Wyzwoliliśmy was, job waszu mać – powiedział z pogardą. – A wy jak się nam odwdzięczacie, co? W plecy strzelacie?

Kasia zeszła z góry cichuteńko i w odpowiednim momencie przytknęła żołnierzowi do pleców pistolet, który Antoni znalazł kiedyś w nadarzyńskim lesie i przyniósł do domu. Na wysokości czterech liter tkwiło zatem potencjalnie śmiercionośne narzędzie, a Kasia gotowa była, sądząc po jej minie, nacisnąć spust. Stanisław, nie czekając, aż gość się zorientuje, że pistolet nie jest nabity i zrobi dziecku krzywdę, wyrwał Ruskiemu z kabury jego własną krótką broń i zabrał karabin. Żołnierz ponownie splunął na podłogę. Stanisław dał znak Kasi, żeby słowa nie powiedziała, tylko odsunęła się od żołnierza, i uniósł strzelbę. Trudno powiedzieć, czy chciał żołnierza zabić, a potem spalić, jak kiedyś Antoni Fiedkę i jego kompanów, dość, że Ruski odwrócił się gwałtownie. Stanisławowi zrobiło się zimno, ale żołnierz zobaczył przed sobą małą dziewczynkę, która w ręku trzymała pistolet, a na ciele miała jakąś straszną zarazę. Anatolij Iwanowicz Gribkow, bo tak się nazywał lejtnant, wrzasnął przerażony, bo pistoletu się nie bał, ale zarazy bardzo i nogi się pod nim ugięły. Kasia rzeczywiście wyglądała jak upiór. Czerwone włosy miała rozpuszczone i spływające tłustymi pasmami na ramiona, a na czubku głowy, tam gdzie pozwolili jej się drapać, rozczochrane „gniazdo". Buzię i ciało miała pokryte okropnymi pęcherzami pracowicie zapacykowanymi przez Manię gencjaną. W dodatku na twarzy była czerwona od gorączki, buzię miała otwartą, a na podbródek ściekała jej ślina. Sam Stanisław się jej przestraszył, a co dopiero obcy człowiek. Ruski, nie zważając na wycelowany w niego własny pistolet i fakt, że został całkowicie pozbawiony broni, wybiegł z domu Winnych jak szalony i znikł w lesie za Stanisławówką. Stanisław usiadł ciężko na kuchennym krześle i wpatrzył się we wnuczkę.

– Dziadziu – powiedziało dziecko poważnym tonem. – Trzeba tu posprzątać.

– I schować broń – odrzekł słabo. – Ja już sobie tu, kwiatuszku, dam radę, a ty idź odpocznij, dobrze?

Kasia kiwnęła głową i poszła się położyć, a Stanisław wyjął jarzębiaczek z kredensu i zaaplikował sobie porządną lufę, zanim drżącymi rękoma zaczął chować rozsypane łyżki i ściereczki.

– Nikomu ani słowa – powiedziała wnuczka, do której poszedł po zakończeniu pracy. – Bo wie dziadzio, babcia by się zmartwiła, a mamusia i ciocia…

Ani Stanisław, ani Kasia nie pisnęli nikomu słowa. Co prawda czujna jak zając Bronia po powrocie z kościoła zapytała, co się stało, bo Stanisław, mimo starań, nie umiał złożyć tych wszystkich ściereczek tak, jak to matka zrobiła. W odpowiedzi syn wzruszył ramionami i odrzekł, że za mocno pociągnął szufladę i się wysypało wszystko, wielkie mi rzeczy.

Z Kasią o tym więcej nie rozmawiał, a po jakimś czasie, kiedy był pewien, że Ruscy nie wrócą do Brwinowa, przynajmniej nie w charakterze grabiących i gwałcących żołnierzy, zakopał pistolet i karabin pod jabłonią.

Wiele lat później Stanisław był w teatrze na spektaklu, w którym grała Kasia. Stała z pistoletem w ręku i groziła jednemu żołnierzowi, krzycząc, że go zabije, jeśli tylko ją tknie. Dostała wtedy owacje na stojąco, a Stanisław popłakał się ze wzruszenia, bo zobaczył w dorosłej wnuczce tamtą małą dziewczynkę, która uratowała przed rosyjskim żołdakiem dobytek, a może i życie dziadka.

Niebawem Kasia wyzdrowiała, ale zachorowali po kolei Basia, Ewa i Michałek, przy czym ten ostatni bardzo lekko, więc nawet go gencjaną nie smarowali, bo zaraz mu przeszło.

Stanisława ze wspomnień wyrwał krzyk matki.

– Stanisław! – wrzeszczała Bronia przez okno. – Czyś ty rozum postradał?! Zaraz mi dziecko zdejmij z tego drzewa, zanim spadnie i nogi sobie poprzetrąca albo i kark skręci co gorsza!

Spojrzał przerażony na Kasię, która siedziała już na najwyższej gałęzi i zbierała czereśnie z samego czubka drzewa. Zanim zdążył cokolwiek zrobić, Kasia ze zwinnością wiewiórki schodziła już z drzewa, trzymając w zębach koszyk z owocami.

– Nie trzeba, babciu, krzyczeć na dziadzia! – uspokoiła Bronię, kiedy już stała obiema stópkami na ziemi. – Ja chciałam tylko wszystkie czereśnie wyzbierać!

Dorośli odetchnęli z ulgą.

Bronia, Stanisław i dzieci smażyli konfitury, nie tylko czereśniowe, lecz także malinowe, truskawkowe lub śliwkowe, w zależności od tego, na co był sezon i co dziewczynki nazbierały. Albo wyciskali sok z malin, który wszyscy uwielbiali, tarli jabłek na mus. Dzieci były cały czas zajęte, nawet mały Michałek, który czasami pomagał, ale najczęściej bujał się na drewnianym koniku. Stanisław zrobił go dla wnuka własnoręcznie, gdy ten tylko zaczął chodzić. Dziewczynki pomagały dziadkowi scalać pojedyncze elementy, a potem doklejały grzywę z włóczki i oczki z paciorków. Michałek uwielbiał swojego konika, lubił też zbieranie owoców, przygotowywanie konfitur. Lubił opiekować się królikami i kurkami, a także pomagać dziewczynkom nawozić i podlewać rośliny na małych grządkach. Jednak najbardziej fascynowały go latawce.

Zaczęło się od tego, że Stanisław zrobił latawiec tylko dla wnuczek. Zbił z deseczek stelaż i rozpiął na nim kawałek płótna, odżałowany przez Bronię. Dziewczynki farbkami do jajek wielkanocnych narysowały latawcowi oczy, nos i uśmiechniętą buzię. Władek, który wpadł właśnie w odwiedziny, przypomniał sobie, że ma na stryszku pokaźny kłębek szpagatu i przyniósł zaraz. Potem wszyscy poszli na parzniewskie pola i korzystając z silnych podmuchów jesiennego wiatru, usiłowali zmusić latawiec do pofrunięcia. Wreszcie po kolejnej nieudanej próbie Stanisław zapatrzył się w ptaki, które latały nad polem, kpiąc sobie z wyczynów ludzi na dole.

– Wracamy – powiedział do ferajny. – Musimy dorobić ogon. Bez ogona nie będzie latał.

Wrócili więc i dorobili ogon, tym razem ze starej firanki, której Bronia nie chciała wyrzucić, chociaż była dziurawa. Ponownie wrócili na pole. Tym razem latawiec latał, jak się patrzy. Nawet ptaki musiały przyznać, że Stanisław je przechytrzył i skonstruował coś, co z lekkością wzbijało się w powietrze. Biegali tak do zmroku, krzycząc z radości, aż Michałek zażądał stanowczo, żeby wracać, głodny był już bardzo, chociaż szczęśliwy, bo i jemu pozwolili trzymać za sznurek.

I w ten sposób Stanisław niechcący odkrył całkiem dochodowe zajęcie, bo latawców w ciągu najbliższych miesięcy zrobił grubo ponad setkę, a Brwinów zaroił się od podniebnych smoków, ptaków, błyskawic i samolotów. Aż w końcu i to się znudziło, a wtedy niestrudzony dziadek zrobił dla Michałka samochód, również przy pomocy dziewczynek, cały z drewna, z prawdziwymi kołami i siedziskiem, który nawet skręcał, bo Stanisław połączył kierownicę z kołami. Wprawdzie pchać trzeba było bardzo mocno i skręcanie Michałkowi ciężko szło, ale i tak wszyscy byli szczęśliwi, a pan Iwaszkiewicz poprosił o taki sam dla swojego wnuka, obiecując Stanisławowi wielkie pieniądze.

Z upływem lat i postępującym niedołężnieniem Broni opieka Stanisława nad dziećmi stawała się coraz cenniejsza. Ania i Mania gratulowały sobie w duchu, że kiedyś dały ojcu swoje przyzwolenie, bo zgodnie przyznawały, że lepszej niańki nie znalazłyby pod słońcem. Kiedy dziewczynki dorosły do wieku „szkolnego", Stanisław odbierał dziewczynki ze szkoły, a potem przyprowadzał je do siebie, sadzał przy stole i nadzorował odrabianie lekcji. Gdyby dziewczynki i Michał miały odpowiedzieć na pytanie, kto był w dzieciństwie najważniejszą osobą w ich życiu, bez najmniejszego wahania wskazałyby Stanisława. Dzięki dziadkowi powojenne zgliszcza miały smak konfitur i szarlotek, a szary socjalistyczny krajobraz zamienił się w pole pełne latawców, własnoręcznie robionych kunsztownych zabawek na choinkę godnych miana małych arcydzieł. Jednego tylko dziadek Stanisław nie mógł dać ukochanym wnukom. Wiadomości o ojcach. Nie wiedział, gdzie jest Paweł Bartosiewicz, a ojca Michałka nie znał nawet z nazwiska, bo Ania nigdy go nie wyjawiła. Kolejną troską, którą nosił w sercu, był lęk o synów. Cierpiał na myśl o tym, że Tadeusz i Wacek mogą leżeć w bezimiennych grobach albo być katowani w stalinowskich więzieniach za to, że ośmielili się walczyć o wolność taką, jaką sami wybrali.

1948 ROK

Michał Śniegocki jak zwykle pierwszego dnia września udał się na cmentarz, gdzie były groby jego córeczki Oli, matki Krystyny oraz żony Aleksandry. Do córki chodził częściej, nawet kilka razy w miesiącu, ale do żony i matki tylko dwa razy do roku, w Dzień Zaduszny oraz w rocznicę śmierci Oli, która wypadała właśnie w tym dniu. Ludzie upamiętniali wtedy dzień, w którym wybuchła najstraszniejsza wojna cywilizowanego świata, śpiewali pieśni na akademiach szkolnych, on szedł na cmentarz, gdzie palił świeczki i siedział na ławeczce tak długo, aż nie poczuł głodu albo nie skostniał z zimna.

Ola wróciła, co zakrawało na cud. Ludzie wracali z frontów, wygnania, nawet z obozów koncentracyjnych witani przez bliskich ze łzami. On także czekał, szukał żony na wszelkie możliwe sposoby, ale w końcu pogodził się z jej stratą. Zastanawiał się nad symbolicznym grobem. Chciał wmurować tablicę upamiętniającą przy grobie matki i córki, myślał o mszy za duszę Oli. Wtedy ktoś się z nim skontaktował i oświadczył, że Aleksandra Śniegocka przeżyła piekło Ravensbrück razem z dwoma tysiącami innych więźniarek, a także powiedział, gdzie można ją znaleźć. Michał nie widział żony prawie pięć lat, przez ten czas zdążył zakochać się w Ani, którą także stracił, oraz pochować własne dziecko i swoją matkę. Nie był tym samym człowiekiem, a na pewno nie był już kochającym mężem Aleksandry. Pojechał jednak we wskazane miejsce, które okazało się sanatorium, podał swoje nazwisko, a potem czekał cierpliwie na ławeczce. Wokół spacerowały różne kobiety, młode i stare prowadzane przez siostry w białych habitach i czapkach, które czyniły zakonnice podobne do wysmukłych czapli. Wreszcie przyprowadzono Olę. Niewiele pamiętał z tego spotkania, ponieważ starał się ze wszystkich sił nie rozpłakać na widok powleczonego skórą szkieletu z ogolonymi, siwymi włosami. Ledwie ją rozpoznał. Przed wojną Ola nosiła falujące, złote włosy, malowała usta na czerwono i ściskała ponętny biust szytymi na miarę gorsecikami. Lubił patrzeć, jak czesała włosy, nawijając je na noc na papierowe papiloty. Lubił jej kokieteryjne spojrzenia i „dzióbki", które robiła ustami, kiedy go żegnała. Udawał, że jest o nią zazdrosny i trochę w istocie był, bo Ola była piękną kobietą podobną do aktorki Iny Benity. Teraz jej nie przypominała nawet w najmniejszym stopniu.

– Olu... – Zerwał się z ławki i podszedł szybko do żony i prowadzącej ją pod rękę wysokiej, korpulentnej siostry.

Ola spojrzała na niego ze strachem i zasłoniła oczy rękoma. Spojrzał zdumiony.

– Prawdopodobnie pana nie poznaje – powiedziała siostra, której figura bardzo kontrastowała z chudością pacjentki. – Zidentyfikowaliśmy żonę na podstawie numeru obozowego.

– Olu – powiedział już ciszej i delikatniej. Starał się, żeby w jego tonie zabrzmiała czułość.

Oderwała dłonie od oczu i wpatrzyła się w niego wzrokiem czujnym jak u zwierzęcia. Pielęgniarka pogłaskała ją po ogolonej głowie.

– Cicho dziecko, cicho... – powiedziała, chociaż Ola nie wydała żadnego dźwięku. – Zobacz, kto po ciebie przyjechał.

Ola spojrzała uważnie na Michała, potem na siostrę, a kiedy ta uśmiechnęła się zachęcająco, podeszła do męża i wyciągnęła ręce. Ucałował te dłonie, a potem objął ją ostrożnie, czując dreszcz, niemający nic wspólnego ze szczęściem, jakie powinien czuć po odnalezieniu ukochanej osoby.

– Jedziemy do domu – powiedział.

– Proszę pójść porozmawiać z lekarzem. – Potężna siostra uśmiechnęła się do Michała. – Żona będzie musiała się leczyć i bardzo dbać o siebie, ale z tego co wiem, może ją pan zabrać.

Michał spojrzał na kobietę, która niegdyś była Olą. Uśmiechnęła się ledwie dostrzegalnie samymi kącikami warg. To, co potem powiedział mu lekarz, głęboko nim wstrząsnęło. Nie znał oczywiście szczegółów, nikt ich nie znał poza więźniarkami obozów takich jak ten, w którym przebywała Ola. To, co usłyszał, było przerażające, gorsze niż to, co widział w powstaniu, nawet gorsze niż lej po bombie zamiast domu, który zobaczył po powrocie z walk. Dużo gorsze.

Spojrzała na niego całkiem przytomnie.

– Michał? – powiedziała ledwie słyszalnym szeptem.

Pokiwał głową wzruszony.

– Jesteś? – ponownie ten szept.

– Jestem, jestem kochanie – zapewnił, jak umiał najszczerzej.

Jej ocalenie zakrawało na cud. Była w obozie cztery lata, prawie nikt nie wytrzymał tak długiego czasu. W dodatku od razu wytypowano ją do eksperymentów medycznych. Najpierw wszczepiano jej różne bakterie i próbowano leczyć. To był najspokojniejszy dla niej czas z tego, który przetrwała w obozie. Leżała w szpitalu i dostawała dobre jedzenie. Kiedy gorączkowała, podawano jej lekarstwa, a ona odzyskiwała siły. Po wyzdrowieniu podawano jej inne bakterie, a ona za każdym razem je zwalczała. Niemieccy lekarze uznali ją za swego rodzaju kuriozum i notowali, że wystarczy dobry lek i godne warunki życia, a organizm zwalczy chorobę. Roztrząsali jej przypadek i kiwali z zadowoleniem głową. Potem jednak eksperymenty się zmieniły. Nadal infekowano Olę przeróżnymi świństwami, ale kazano jej pracować albo iść wiele kilometrów w deszczu albo na mrozie. Zapewne chciano wypróbować leczenie w warunkach zbliżonych do tych, jakich doświadczał żołnierz na froncie. Mimo podawanych lekarstw wyczerpana Ola nie odzyskiwała sił. Niemieccy fachowcy zanotowali, że lekarstwa są, owszem, skuteczne, ale tylko wtedy, kiedy chory przebywa w szpitalu. Główny doktor nie był zadowolony. Skoro Ola nie odzyskiwała sił, to żołnierzom na froncie mimo lekarstw też nie udałoby się powrócić do zdrowia. Przestano ją zakażać, kiedy pod pachą urósł jej wielki ropiejący węzeł chłonny. Przecięto go i wypłukano, a ranę zszyto. Ola wyzdrowiała po raz kolejny, ale nie zostawiono jej w spokoju. Zaczęły się inne eksperymenty.

Niemcom brakowało żołnierzy, a zamierzali prowadzić wojnę jeszcze wiele lat. Gorliwe niemieckie patriotki rodziły dzieci, ale w skali zapotrzebowania było to kroplą w morzu potrzeb. Niemcy nie chcieli zapładniać więźniarek cennym, niemieckim nasieniem. Poczęte w ten sposób dziecko nie byłoby aryjczykiem czystej krwi, a takich ludzi naziści nie potrzebowali. Zamierzano pobierać komórki jajowe od niemieckich kobiet, zapładniać je niemieckim nasieniem, a więźniarek używać jako inkubatorów. Niemki byłyby wylęgarniami, a więźniarki cieplarkami, które utrzymywałyby przy życiu przyszłą niemiecką armię. Ola „miała zaszczyt" uczestniczyć w eksperymencie jako jedna z pierwszych. Pierwszy płód pobrano od Kazi, którą przywieziono z Pawiaka. Kazia tego nie przeżyła... Olę znieczulono i operacyjnie włożono płód do macicy. Znów kazano jej leżeć i dobrze karmiono. Dziecko Kazi poroniła po kilku dniach. Za drugim razem nawet nie wiedziała, czyj płód w sobie nosi, ale również straciła go po tygodniu. Doktor nie był zadowolony, ale na szczęście nie z niej, tylko z siebie. On i jego współpracownicy skrupulatnie analizowali przypadek Oli i Danusi, która również została włączona do tego samego programu. Wreszcie po przeczytaniu iluś tam uczonych książek doktora olśniło i podzielił się z kolegami przypuszczeniem graniczącym z pewnością, że przyczyną niepowodzenia programu nie jest błąd w pobieraniu płodu czy też nieodpowiednie kandydatki na inkubatory, ale niewłaściwie dobrany dawca i biorca pod względem grupy krwi. Ola o tym nie wiedziała i modliła się, żeby nie robiono już jej nic w znieczuleniu, ponieważ poronienia były ogromnie bolesne, zwłaszcza że za wszelką cenę starano się powstrzymać utratę ciąży. Po przebadaniu krwi Ola otrzymała już „odpowiedni" płód. Tym razem utrzymała ciążę trzy tygodnie, co bardzo ucieszyło doktora. Codziennie ją badał i był bardzo zadowolony. Raz pogłaskał ją nawet po twarzy.

Tym razem przy poronieniu o mało nie umarła. Miała wysoką gorączkę, brzuch jej urósł, jakby była tuż przed porodem, nie miała siły wstać. Leczyli ją niby, podawali różne specyfiki, ale kiedy wydaliła kolejną krwawą miazgę z trzewi, przeniesiono ją do zwykłych bloków. Już nie leżała w szpitalu, nie przysługiwały jej większe racje jedzenia. Na dzień dobry została pobita przez inne kobiety z celi. Wstała, otarła krew i zajęła wolną pryczę, ignorując epitety w stylu: „ścierwo", „niemiecka kurwa" oraz życzenia „zdechnij" i „niech cię piekło pochłonie". Bicie paradoksalnie ją uratowało. Kopniak wielkiej Wery, której rodzona siostra „oddała" płód Oli, a następnie umarła w wyniku powikłań, trafił ją w brzuch. Ból był ogromny i pozbawił Olę przytomności, ale w wyniku uderzenia pękł ropień i zawartość macicy wylała się na zewnątrz. Uchroniło to Olę przed uogólnionym zakażeniem organizmu i niechybną śmiercią. Na szczęście współwięźniarki nie biły jej więcej. Przez kilka dni pracowała z najwyższym wysiłkiem, ale starała się, jak mogła, ponieważ bacznie obserwowała ją Ilse, niemiecka strażniczka. Ludwiczka, która trafiła do obozu tym samym transportem, zaopiekowała się potem Olą i wyjaśniła jej, że musi schodzić z oczu kobietom, które są zatrudnione w obozie.

– One są gorsze niż esesmani – mówiła szeptem. – Gorsze niż lekarze. Jak podpadniesz którejś, już nie żyjesz.

Ola trzymała się życia zębami i pazurami, potem już tylko pazurami, bo zęby w większości jej wypadły. Wyjmowała je z rozpulchnionych dziąseł jeden po drugim, zastanawiając się, jak się w domu Michałowi na oczy pokaże z bezzębną szczęką i ogoloną na łyso głową. Za każdym razem, kiedy nie miała już siły pracować, przywoływała w pamięci swoją małą córeczkę i męża, do których bardzo chciała wrócić. Ludwiczka nie podpadła żadnej z kapo, ale zachorowała ciężko. W ciągu kilku dni gorączka strawiła ją do cna. Ola próbowała kryć przyjaciółkę, pracowała za nią, chociaż sama trzy ćwierci od śmierci, ale któregoś dnia Ludka upadła. Kapo Ilse zagwizdała i Ludkę zawleczono do ambulatorium, skąd już nie wyszła żywa. Prawdopodobnie tutejszym zwyczajem dostała zastrzyk z fenolu prosto w serce.

Ola opłakiwała ją po cichu. Nawet duża Werka, która „duża" była już tylko z nazwy, uroniła łzę za Ludwiczką, która w chwilach zwątpienia zabawiała więźniarki opowiadaniem wesołych historii. Wkrótce miało się okazać, że takie jak Ludwiczka wygrały los na loterii, umierając przed przybyciem armii wyzwoleńczej. W roku 1945 w obawie przed zbliżającymi się radzieckimi żołnierzami pędzono tysiącami więźniarki na północny zachód w tak zwanych marszach śmierci. Oli udało się zostać w obozie aż do przyjścia Armii Czerwonej. Kilkakrotnie myślała, że zostanie zapędzona do kolejnego marszu, ale wybierano inne kobiety, a ona zostawała w obozie. I została w nim do wyzwolenia. Wybawiciele w końcu przyszli, tyle że byli gorsi od oprawców. Pierwszego dnia wolności półżywą Olę zgwałciło dziesięciu rosyjskich żołnierzy. A ona była im wdzięczna za to, że jej nie dobili... Codziennie żołnierze Armii Czerwonej organizowali polowania na ludzkie, przerażone jestestwa. Podchodzili do kobiet jak wilki do saren, łapali i robili swoje wśród akompaniamentu wycia i śmiechu towarzyszy. Kiedy to się działo, wychodziła ze swojego ciała i stawała obok. To jej nie dotyczyło. Ona pozostawała czysta i nietknięta. Wracała do siebie, kiedy gehenna się kończyła. Któregoś razu już nie wróciła. Patrzyła na siebie z boku i nie była zadowolona z tego, co dojrzała. Czuła się aniołem, ale nie wyglądała jak anioły. Była brzydka, ze skórą poczerniałą jak suszona śliwka przypominała staruszkę.

W szpitalu nie odzywała się do nikogo. Nie pozwalała dotknąć swojego ciała ani siostrom, które chciały jej pomóc, ani lekarzom, którzy zapewniali, że koszmar się skończył, a ona wyzdrowieje i wróci do domu.

– Czy pamiętasz, jak się nazywasz? – pytały pielęgniarki, lekarze, wreszcie wysoki pan z urzędu.

Kręciła przecząco głową. Oczywiście, że pamiętała, ale pamięć była jej przekleństwem. Nie chciała pamiętać. Przeszłość była zła. Zło weszło do jej ciała razem z wszczepianymi bakteriami, nieszczęsnymi płodami, wreszcie z ruskim nasieniem i zabrało ze sobą wszystko co dobre. Bała się lekarzy, bo niczym nie różnili się od tamtych. Też ją kłuli, badali i męczyli na wszelkie możliwe sposoby. Podobno dla jej dobra. Wreszcie powiedzieli, że jest zdrowa i nie ma żadnych przeszkód, żeby wróciła do domu. Wtedy pierwszy raz próbowała się zabić. Wolałaby umrzeć, niż wrócić do dawnego życia, do męża, który mógł mieć dla niej tylko litość. Sama nic już nie czuła, ani do siebie, ani do innych. Jej córka przychodziła do niej i tuliła się do jej boku. Od małej Oli dowiedziała się, że tatuś poszedł walczyć z Niemcami, a w tym czasie bomba spadła na dom i one z babcią poszły do nieba. Duża Ola nie płakała. Wiedziała, że córeczce jest lepiej tam, gdzie jest teraz niż na ziemskim padole. Zakradła się w nocy do kuchni i próbowała połknąć ług do czyszczenia sanatoryjnych podłóg. Musiała narobić hałasu, bo znaleziono ją i odciągnięto, zanim wlała w siebie śmiercionośny płyn.

– Czemu pani to zrobiła? – pytał lekarz. – Przetrwała pani piekło, a teraz chce odebrać sobie życie?

Jak miała mu wytłumaczyć, że piekło ma różne oblicza? Albo choćby odpowiedzieć na pytanie „jak się pani czuje" zadawane codziennie przez kilka osób.

– Proszę obiecać, że więcej pani tego nie zrobi, bo będziemy zmuszeni ją przywiązać do łóżka...

Pokiwała gorliwie głową. Przywiązanie do łóżka byłoby gorsze od eksperymentów. „Obiecaj im wszystko", nakazał jej głos w głowie.

Miała nadzieję, że mąż jej nie znajdzie, ale któregoś dnia poinformowano ją delikatnie, bo według lekarzy miała wciąż bardzo kruchą psychikę, że jej mąż Michał żyje i niedługo zabierze ją do domu. Michał wyglądał jak anioł, kiedy stał wśród kwiatów i krzewów sanatoryjnych. Niemal się nie zmienił, może jedynie schudł i ciut posiwiał. Kiedyś wszystkie dziewczyny jej zazdrościły, a on mówił, że to on jest szczęściarzem.

Ola pojechała z Michałem do domu. To nie był na szczęście ich dom, tylko inny, na zupełnie innej ulicy. Nie poznawała otoczenia, chociaż mieszkali zaledwie kilka przecznic od ich dawnego mieszkania na Pięknej. Nie wychodziła nigdzie, prawie nie mówiła. Przez pierwsze kilka miesięcy Michał opiekował się nią troskliwie i nie zostawiał nawet na chwilę. Lekarz musiał mu powiedzieć, że próbowała wypić ług. U nich w domu takich trucizn nie było, ale to nie znaczy, że Ola nie miała ochoty skończyć ze swoim nędznym życiem. Michał musiał to przeczuwać, bo ryglował okiennice, jakby się bał, że ona może wyskoczyć przez okno. Żarówkę także powiesił bardzo wysoko, wstydliwie skracając sznur, żeby w jej głowie nie powstał przypadkiem pomysł użycia go jako stryczka. Pozornie Ola wróciła do siebie i do domu. Była spokojna i bardzo się starała Michałowi nie utrudniać codzienności. Wiedziała, że było mu bardzo ciężko i dałaby wszystko, żeby mu tę boleść odebrać, a męki skrócić. On mówił do niej jak do przerażonego dziecka, cicho i spokojnie. Już nie była kobietą. Oboje to wiedzieli i nie udawali, że jest inaczej. Chodzili na spacery przez całe lato 1946 roku. Wyglądali zupełnie normalnie, jak para ludzi w średnim wieku. Ola wciąż mówiła mało i tylko do Michała. Nigdy nie pytała o małą Olę, bo przecież wiedziała, że córeczka zginęła. Mąż próbował jej to powiedzieć jak najdelikatniej. Pokiwała głową i powiedziała szeptem, że rozmawiała z nią tamtego dnia i ich Ola jest aniołem. Michał nie poruszył więcej tego tematu. Włosy zaczęły jej odrastać, nie takie jak dawniej, gęste i błyszczące, tylko rzadkie i sterczące na wszystkie strony. Patrzyła na siebie w lustrze i za każdym razem nie mogła zrozumieć, kim jest ta obca, przedwcześnie postarzała, brzydka kobieta. Na urodziny dostała od męża chusteczkę, białą w niebieskie kwiaty, z pięknego płótna. Założyła ją na głowę i nawet jej się to spodobało, bo nie było widać spod niej tych okropnych włosów.

– Pięknie wyglądasz. – Uśmiechnął się Michał.

Zaprowadził ją do stomatologa, który pokiwał nad nią głową, poszeptał z Michałem, a kilka dni później poszli odebrać sztuczną szczękę, która została na lewo, za łapówkę, zrobiona specjalnie dla Oli.

– Podoba się pani? – spytał dentysta.

– Tak – szepnęła, uderzając językiem w nowe zęby.

Ani jedno słowo nie było prawdą, ale udała, że jest zadowolona. W domu odłożyła szczękę do pudełka i nie chciała wkładać.

– Niewygodnie ci w niej, kochanie? – dopytywał Michał. – Może coś uwiera? Czasem wystarczy poprawić.

– Nie – mówiła zgodnie z prawdą. – Nie trzeba poprawiać.

Nie było mowy o bliskości. Najintymniejsze było między nimi głaskanie po rękach. Kładli się do jednego łóżka, ponieważ w maleńkim pokoiku nie było miejsca na dwa miejsca do spania. On jej nie dotykał, ona odsuwała się i zajmowała miejsce na brzeżku łóżka. Czasami tylko brała go za rękę i przytulała dłoń do swojej twarzy. Uśmiechał się wtedy do niej bardzo smutno.

Kiedy kończyło się lato, powiedział, że musi zacząć pracować. Zapytała o Stokrotkę, którą mgliście pamiętała.

– Nie, nasza kawiarnia została zburzona – odpowiedział. – Znalazłem pracę przy odbudowie miasta. Potrzebni są teraz inżynierowie, budowniczy…

– Tak… – powiedziała. – Będziesz budował domy, kochany…

Popatrzyła z podziwem. Przez chwilę błysk w oczach Oli był taki sam jak u kobiety, którą Michał niegdyś kochał, ale po chwili światło na jej twarzy zgasło i znów miał przed sobą zamęczone prawie na śmierć stworzenie.

Michał wziął tę pracę dlatego, że do niego przyszli i kazali się zatrudnić.

– Towarzyszu – mówił do niego brzydki mężczyzna z podwójnym podbródkiem – Polska Ludowa potrzebuje takich fachowców jak wy. Wojenne zgliszcza należy uprzątnąć i zaprowadzić na ich miejscu nowy ład.

Kończyły się wszelkie jego zasoby, a Ola wymagała ciągłej opieki.

– To jest wczesna kiła, proszę pana – poinformował go lekarz w sanatorium, kiedy odbierał żonę.

Ledwo do niego dotarło, że Ola chorowała na chorobę weneryczną. Nie dowiedział się, w jaki sposób się zaraziła, więc nie wiedział nic o gwałtach. Myślał, że zarażono ją podczas eksperymentów w Ravensbrück, o których powiedział mu lekarz.

– Konieczne będą antybiotyki. Już nie leczymy solami rtęci, chociaż…

Tu doktor się zawahał.

– Penicylinę, zwłaszcza po wojnie, można kupić na czarnym rynku. Tylko trzeba uważać. Bywa, że do leku dodawany jest cukier albo rozpuszczalnik. Trzeba brać ten droższy specyfik…

Postarał się, żeby Ola dostała najlepszy lek. Wracała do zdrowia. Trochę przytyła, policzki jej się zaokrągliły, a dziąsła wygoiły. Jadła mało, ale chętnie. Tyle że nie używała noża ani widelca i chowała jedzenie. Wielokrotnie, znajdując kulki chleba w poszewce od poduszki albo w kieszeni swoich marynarek, zapewniał ją, że już nie musi tak postępować, że nie jest już więźniem i nie musi się bać, że umrze z głodu, ale Ola opuszczała wstydliwie głowę i dalej robiła to samo. Wciąż żyła poza czasem i światem. Ubierał ją, bo sama nie czuła takiej potrzeby, mył i opatrywał. Jej nagość za każdym razem szarpała go za serce. Ciało nie przypominało w niczym ciała dawnej Oli. Piersi, kiedyś kształtne i sterczące do góry, teraz wisiały niczym skarpety, do których ktoś włożył kamienie. Brzuch miała zapadnięty, a po wewnętrznych stronach ud liczne blizny. Pozwalała się myć z taką samą obojętnością, z jaką przyjmowała jedzenie i spacery. Lekarz uprzedził go, że nie może jej traktować jak kobiety, ponieważ grozi mu zakażenie chorobą. Bał się, że ten brak bliskości może ją urazić, może brać to na karb swojej nowej fizyczności, ale ona wydawała się obojętnie przyjmować swoją brzydotę.

– W przyszłym tygodniu idę do pracy – powiedział podczas spaceru w parku.

Kikuty drzew straszyły, ścieżki były wciąż rozjechane przez czołgi. Ola złapała go kurczowo za rękę.

– Wiem, że nie chcesz zostawać sama, ale będzie do ciebie przychodziła pani Felicja. Pamiętasz ją?

Pokręciła przecząco głową, więc przypomniał jej, że to starsza osoba, która mieszka w sąsiednim pokoju razem z wnuczką. Tylko one dwie ocalały z wojny. Dwie córki, dwóch zięciów i troje wnucząt zginęło. Ona i Florka przeżyły.

– Dobrze – powiedziała cicho. – Idź, kochany.

Pierwszego września stawił się w pracy. Dostał niewielki pokoik z biurkiem, na którym była sterta papierów. Później się okazało, że papiery należą do poprzednika, który został usunięty z pracy za „zatajaną przeszłość". Miał budować MDM, dzielnicę, w której sam teraz mieszkał. Barczysty kierownik w kapeluszu, którego prawie nie zdejmował, okazał się kimś w rodzaju ideologicznego dyrektora pilnującego, żeby odbudować Warszawę we właściwy sposób. Dał Michałowi do zrozumienia, że może liczyć na mieszkanie kwaterunkowe w nowo wybudowanych domach. Michał ucieszył się, bo wspólna kuchnia i łazienka z obcymi ludźmi to było coś, do czego nie umiał się przyzwyczaić. Byłoby im też łatwiej, gdyby Ola miała własny pokój, a jeśli to by się nie udało, to żeby chociaż nie musiał do mycia żony nosić wody do mycia w saganku.

– Dziękuję, towarzyszu – powiedział i poszedł projektować betonowe koszmary do pracowni, którą dzielił z Janem Matysiakiem i Tereską Lengren.

Wracając po pierwszym dniu pracy do domu, z daleka zobaczył poruszenie przy swojej kamienicy. Pobiegł co sił, potykając się o porozbijane pociskami kocie łby.

Pani Felicja płakała na podwórzu, przyciskając ręce do piersi. Na jego widok rzuciła się na kolana.

– Nie upilnowałam, panie Michale!… – zawyła.

Pobiegł do mieszkania. Ola leżała w łóżku, w kałuży krwi, która wylała się z jej brzucha.

– Jak to się stało? – spytał skamieniały, chociaż widział rozbitą szybę w oknie. Tym samym oknie, które kazał okratować, dlatego że bał się, że Ola może przez nie wyskoczyć. Wypędził z pokoju lokatorów, którzy usiłowali przywołać na twarzach współczucie.

– Precz! – rzucił krótko i zamknął się w pokoju.

– Czemuś to zrobiła? – spytał.

Ola leżała na boku, wyglądała bardzo spokojnie, dostojnie wręcz. Mogłaby powiedzieć: „Przepraszam kochany, ale tak będzie lepiej dla wszystkich nas, jeśli odejdę".

– Wybacz, że nie umiałem ci pomóc – powiedział, głaszcząc ją po głowie i ze wzruszeniem zauważył, że Ola ma na niej chusteczkę otrzymaną w prezencie od niego.

– Ależ pomogłeś, kochany – powiedziała, bo patrzyła na niego i na siebie z góry. – Ja tylko musiałam pójść dalej.

Kiedy wyszedł tego dnia do pracy, po raz pierwszy zostawiając ją samą, do Oli natychmiast przyszły anioły. Te czarne i te białe. Białych było więcej, ale miały cichsze głosiki. Walczyła z tymi czarnymi, prosząc o pomoc te drugie, świetliste. Prosiła, żeby nie kazały jej za sobą iść. Czarne anioły były jednak nieubłagane. „Czekamy", szeptały jej w głowie. Pani Felicja przyszła, ale zobaczyła, że Ola leży z zamkniętymi oczami, i wycofała się do swojego pokoiku. Wtedy czarne ostatecznie zaatakowały. „No dalej", burknął największy, którego skrzydła przy każdym poruszeniu zamieniały się w dym. „Na co czekasz?" O nic nie prosiła. Zapytała tylko, czy zostawią ją w spokoju, jeśli podąży za nimi. „O tak", powiedział ten największy. Nawet nie starał się ukryć zadowolenia. Włożyła chusteczkę, którą podarował jej Michał, a potem wsunęła sztuczną szczękę do ust. Zawahała się, czy czegoś nie napisać do męża. Wzięła kawałek papieru, ołówek, którym Michał rysował dla niej dom, do którego niebawem mieli się przeprowadzić. Chciała napisać, że kocha, ale byłoby to nieuczciwe. On by cierpiał, a ona tego nie chciała. Napisała więc: „Bądź zdrów". A po namyśle jeszcze „Bądź szczęśliwy". Potem wypadki potoczyły się już szybko. Stłukła łokciem szybę, wyjęła kawałek szkła i poszła się położyć. Odmówiła modlitwę i wbiła sobie ostrze z całej siły w brzuch. Anioły przyleciały całą chmarą. Te białe załamały nad nią ręce, a te czarne pochyliły głowy z szacunkiem. Trochę się bała, ale wtedy przyszła mała Ola i wzięła ją za rękę. Spojrzała na siebie w lusterku. Znów miała złote włosy i dołeczki w policzkach, kiedy się uśmiechała. „Dokąd idziemy?", spytała duża Ola. „Zobaczysz", odpowiedziała mała Ola i zaczęła biec. Nie oglądając się za siebie, Ola pobiegła z córką.

1950 ROK

Michał budował MDM razem z kolegami inżynierami. Ojczyzna potrzebowała takich jak on. Czynił to sumiennie, kreska po kresce, linia po linii. Wcześniej ukończył trasę W–Z. Stolica dźwigała się z ruin. Wezwano cały zespół i powiedziano, że Marszałkowska ma być podobna do moskiewskiej ulicy Gorkiego, albo lepiej, do alei Stalina w Berlinie. Pokazano im zdjęcia. Michał wątpił, żeby coś takiego było możliwe, ale razem z Tereską i Jankiem dołączyli do zespołu architektów i robili, co mogli, żeby nie zburzono kościoła na placu Zbawiciela. Wprawdzie końcowy projekt zakładał zasłonięcie kościoła, ale Michał razem z Tereską uznali, że ocalenie budynku i tak jest dużym sukcesem. W Polsce panował zupełnie nowy porządek. Na czele kraju stał towarzysz Bolesław Bierut, sowiecki agent. Kierownicze stanowiska obsadzane były partyjnymi działaczami, a nie fachowcami. Zapisując się do partii albo młodzieżowych organizacji socjalistycznych, można było osiągnąć więcej niż przez naukę czy nawet doświadczenie.

– Liczy się doświadczenie, ale w członkostwie w PZPR – kpił Janek Matuszkiewicz, przedwojenny inżynier, który za nic nie chciał zapisać się do partii.

Michał i Tereska śmiali się razem z nim, chociaż oboje zapisali się do partii, każde z innych powodów. Przeszła im ochota do śmiechu, kiedy któregoś dnia Janek nie przyszedł do pracy, a kierownik działu na pytanie, czy jest chory, odpowiedział, że odkryto sanacyjne pochodzenie Janka oraz, co gorsza, jego konspiracyjną działalność w czasie wojny.

– Kto wie, czy nie chodzi tu o sabotaż, towarzyszu… – kiwał głową, patrząc na Michała tępym wzrokiem.

„Odkryto", że Janek fałszował dane dotyczące proporcji potrzebnego do budowy betonu, cegieł. Innymi słowy, działalność w AK, którą się nigdy nie chwalił, wyszła jakimś cudem na jaw, złe języki dopełniły reszty. Podkreślono, że inżynier

Matuszkiewicz nie należał do partii. Na dodatek jego rodzina protestowała, ponieważ posiadali działkę przy Koszykowej, a przed wojną byli o zgrozo właścicielami trzech kamienic, z których czerpali zyski.

– Przecież to absurd – powiedział Michał do Tereski.

– Uważają, że coś źle wyliczył i domy mogły się zawalić... Ja wiem, że to nieprawda, ale co miałam zrobić...

Michał wyrzucał sobie tchórzostwo, ponieważ, kiedy ujął się za kolegą, próbując wytłumaczyć kierownikowi, jak śmieszne są oskarżenia o sabotaż, kierownik poradził mu siedzieć cicho, jeśli chce otrzymać nowe mieszkanie. I Michał go posłuchał...

– Jakie to szczęście, że przed wojną mieszkałam w wynajętym mieszkaniu na Mariensztacie – mruknęła Teresa po tym, jak sama próbowała pomóc koledze. – Zaraz by się okazało, że też jestem „sanacyjna" albo coś w podobnym stylu.

Michał westchnął. Sam był synem kolejarza, a jego mama nie pracowała. Skończył szkołę i dostał się na budownictwo na Politechnice Warszawskiej, ponieważ nie chciał pracować na kolei. Ojca ciągle w domu nie było, a oni z matką tęsknili. Nie chciał żyć tak samo. Zdążył skończyć studia, zanim zmarł ojciec, którego w jednej chwili zawał serca zabrał na tamten świat. Matka, jak wszyscy mówili, poszła za mężem po niecałym roku. Ona z kolei umarła we śnie. Rano Michał, zdumiony, że nie krząta się po domu i nie szykuje dla niego śniadania, znalazł ją martwą. Rodzice byli dumni, że syn ukończył studia, ale nie doczekali ani synowej, ani wnuczki. Michał poznał Olę dopiero po ich śmierci. Z kolei rodzice Aleksandry, przedwojenni cukiernicy, prowadzili niewielką fabryczkę wyrobów piekarniczych słynną na pół Polski. Kawiarnia była prezentem ślubnym, głównie dla córki, która chciała sprzedawać rodzinne wyroby cukiernicze w eleganckim miejscu, serwować przy tym kawę i herbatę. Potem, w czasie wojny, Stokrotka okazała się zbawieniem – dzięki niej aż do powstania Michał wiązał koniec z końcem. Teść zginął tuż przed wybuchem wojny pod kołami tramwaju. Teściowie mieszkali w Otwocku, nie byli przyzwyczajeni do stolicy. Chwila nieuwagi i nie było człowieka. Wtedy teściowa przeprowadziła się do córki. Po wywiezieniu Oli została z wnuczką i zięciem, a potem zginęły z maleńką Oleńką pod gruzami.

– Nie masz wrażenia, że ktoś chciał, żeby Janka usunięto? – spytała cicho Tereska, odrywając Michała od wspomnień.

– Dlaczego ktoś by miał mu źle życzyć? – Wzruszył ramionami.

– Nie widzisz, co się w tym kraju dzieje? – spytała szeptem, rozglądając się na boki. – Wszystko po równo, zabierają ludziom majątki, ziemie... Czym to się różni od tego, co robili Niemcy?

Miała rację. Sam zapisał się do partii, bo było mu wszystko jedno, no i kierownictwo powiedziało, że „dobrze by było". Miał na uwadze mieszkanie. Wprawdzie Oli już nie było, ale życie w tamtej kamienicy, tym samym pokoju, w którym zabiła się jego żona, było ponad jego siły. Żałował jednak swojego kroku, widząc, jak represjonowani są ci, którym z Polską Zjednoczoną Partią Robotniczą było nie po drodze.

– Chodź mi tu pomóż – powiedziała głośno koleżanka. – Coś mi nie wychodzi w obliczeniach.

Podszedł do jej biurka, a ona zbliżyła szybko wargi do jego ucha i powiedziała szeptem.

– Nie mów wiele... Ściany mają uszy...

Zaskoczony spojrzał na nią, ale ona położyła palec na ustach i kontynuowała patetycznym tonem:

– Nasi przodownicy pracy czekają na te obliczenia. Nie możemy zawieść warszawiaków, którzy czekają na mieszkania.

Mieli postawić te bloki w niecałe dwa miesiące, w dodatku przedstawić plan tak, żeby możliwe było nagradzanie przodowników pracy za dwieście albo nawet trzysta procent wykonanej normy. Powiedziano im też, że osobny plan pracy i kosztorys mają stworzyć dla murarek. Kobiety trafiały nie tylko na traktory, ale także do kielni. Michał zżymał się, bo były traktowane podobnie jak mężczyźni, pracowały więcej niż osiem godzin, w mrozie i upale, nie otrzymując odpowiednich racji żywnościowych. Nie raz i nie dwa spadały z niezabezpieczonych rusztowań i ginęły. Trzeba przyznać, że problem odpowiedniego zabezpieczenia przy pracy na wysokości dotyczył nie tylko kobiet, lecz także mężczyzn. Ostatnio jeden z najbardziej znanych przodowników pracy Olgierd Janosz spadł z ósmego piętra bloku przy Śliskiej i zmarł mimo prawie natychmiastowej interwencji lekarskiej. O śmierć przodownika oskarżono nie kierownika budowy, ale lekarza, który ponoć nie dopełnił swoich obowiązków. Sprawa się jakoś rozmyła, a rodzina, czyli żona i troje małych dzieci Olgierda, dostała list kondolencyjny od towarzysza Bieruta. Michał rozmawiał wtedy z kierownikiem i podkreślał, że trzeba stawiać zabezpieczenia i staranniej mocować rusztowania.

– Wy, towarzyszu, zajmijcie się swoją robotą, a nam pozwólcie pracować – odpowiedział kierownik, który oczywiście nie miał pojęcia o budowaniu, zabezpieczeniach ani o jakości materiałów budowlanych, które pokątnie wywoził i sprzedawał za wódkę albo żywą gotówkę.

Nie było czasu na budowanie zabezpieczeń ani baraków dla robotników, bo trzeba było wyrabiać normę, a wszelkie działania tego typu spowalniały odbudowę

Warszawy. Michała gryzło to strasznie, bo czuł się odpowiedzialny za ludzi, których posyłał codziennie na rusztowania, żeby potem pokazywano ich w kronikach filmowych, jak z pieśnią na ustach budują stolicę.

– I po coś chodził? – pytała się Tereska. – A wiesz, że mają nam tu kogoś przysłać na miejsce Janka?

Niedługo po tej rozmowie przyszła para młodych ludzi i od razu z zapałem zabrała się „do roboty". Michał i Tereska zdziwili się, że to, co robił dotychczas Janek, zostało scedowane na dwie osoby, ale szybko doszli do wniosku, że właśnie w ten sposób likwidowano bezrobocie. Jedno stanowisko było dzielone na dwie, trzy, czasem więcej osób. Nie trzeba było przemęczać się w pracy, a z czasem zaczęło królować twierdzenie: „Czy się stoi, czy się leży, jeden pieniądz się należy". Nowi koledzy byli zupełnie niedoświadczeni. Dziewczyna, zwana „małą Kasią", była córką dygnitarza partyjnego wysokiego szczebla. Małą maturę zrobiła tuż po wojnie, dużą ojciec załatwił jej już rok później, a potem przyjęto ją na inżynierię. Buzia Kasi niemal się nie zamykała. Bez przerwy mówiła o władzy ludowej, nowej szansie dla wszystkich, idealnym świecie, który wszyscy budujemy dosłownie i w przenośni. Nie miała talentu do pracy za grosz, ale zapał i pochodzenie sprawiały, że Katarzyna Juszek daleko z czasem zaszła, bo do samego Komitetu Centralnego. Chłopak także miał właściwe pochodzenie, bo ze wsi pod Skierniewicami. Rodzice prowadzili gospodarstwo, w którym kiedyś hodowali jabłka i inne drzewa owocowe. Sady im oczywiście zabrano jak wielu innym sadownikom. Feliks Bujak uważał, że to sprawiedliwość, ale już jego brat Marian był przeciwnego zdania. Każdy z braci prezentował pewne młodzieńcze ideały, ale Felka wywindowały one na kierownicze stanowiska, a Mańka wtrąciły do więzienia za namawianie chłopów do buntu. Raz jeden Feliks zwierzył się z tego Michałowi i Teresce. Na szczęście Kasi wtedy nie było, zasilała komisję badającą ewentualne nadużycia na budowie. Komisja niczego zresztą nie odkrywała, to znaczy „nasi" byli zawsze w porządku, a wrogi element parał się bumelanctwem oraz spekulacją.

– Pomagałem u nas spółdzielnię zakładać – mówił z przejęciem Feliks. – Kolektywizacja jest przyszłością. Spekulowanie własnymi produktami uważam za niedopuszczalne.

– Przecież nie wszyscy rolnicy muszą spekulować – odezwała się Tereska, zerkając niepewnie na Michała. – To chyba dotyczy niewielkiej części chłopów?

– Zdziwilibyście się, towarzyszko, jak wielkiej. Sanacja nas tego nauczyła – bredził. – Że jednym się należy, a inni muszą pracować. Otóż tak nie będzie. Musiałem własnego brata do więzienia wsadzić, żeby zrozumiał, jak źle postępuje, chowając ziarno.

Dalej już popłynęła opowieść o tym, jak wraz z kolegami „kontrolowali" gospodarstwa, w których się wychowywali i wyciągali chłopom pochowane zapasy. Tereska słuchała tych rewelacji z szeroko otwartymi oczami. Michał był równie wstrząśnięty. Słyszał o napadach, bo inaczej trudno było to nazwać, ZMP-owskiej młodzieży na gospodarstwa rolników, którzy nie chcieli się przyłączyć do spółdzielni. Nie mówiło się o tym powszechnie, raczej podkreślano, że mieszkańcy wsi są szczęśliwi, mogąc oddać swoje ziemie ludowi i wspólnie pracować w PGR-ach na rzecz kraju.

– Żywność – grzmiał towarzysz Bierut w radiu. – Tego nam potrzeba, żeby wykarmić murarzy, tynkarzy, pracowników fabryk, kopalni oraz przedsiębiorstw działających na rzecz obywateli Polski. Bawić się, towarzysze, będziemy wtedy, kiedy już odbudujemy stolicę oraz cały kraj…

– Straszny – mówiła Tereska, kiedy byli sami i nie wiadomo, kogo bardziej miała na myśli, ZMP-owca Felka, któremu słoma z butów wyłaziła, czy towarzysza Bieruta.

Michał o nic nie walczył. Nie zależało mu na wyższym stanowisku, dlatego z rozbawieniem i zażenowaniem patrzył, jak młody kolega biega do pokoju kierownika, a nawet posuwa się do podpisywania wspólnych projektów wyłącznie własnym nazwiskiem. Machał na to ręką, wiedząc, że nowy porządek wprowadzą i tak Feliksowie i Bolesławowie tego świata, a nie ludzie, którzy umieliby rzeczywiście kraj dźwignąć z gruzów. Tereska nieco się buntowała, ale władza ludowa miała na nią haka. Jej rodzony brat był porucznikiem batalionu Baszta i brał czynny udział w powstaniu. Po zakończeniu wojny nie ujawnił się, tylko ukrywał, a rodzina nie wiedziała, gdzie jest. Oczywiście, kiedy ich pytano o wiadomości od porucznika Borowieckiego, twierdzili, że na pewno poległ, ponieważ gdyby żył, na pewno wróciłby do rodziców i siostry. Tereska jednak wiedziała, że brat się ukrywa i próbuje znaleźć sposób na przekroczenie granicy i dotarcie do Wielkiej Brytanii. Gdyby jednak podczas ucieczki wpadł, wtedy jej członkostwo w partii i oddana praca na rzecz kraju mogłyby uratować mu życie.

– Nowe czasy – mówił Michał, kiedy zostawali w pokoju sami. – Ale żeby własnego brata wydać i do więzienia wsadzić?

– A w szkole czego dzieci uczą? – ripostowała Tereska ściszonym głosem. – A my to co? Lepsi? Budujemy te okropne bloki wybrakowane pod każdym względem…

Umilkła, ponieważ wróciła jak zwykle rozgadana mała Kasia i zaczęła trajlować, jaki cudny projekt widziała. W samym centrum naszej Warszawy radzieccy architekci zaprojektują pałac dla naszej młodzieży, a potem go wykonają.

– Widziałam wstępne plany – pytlowała. – Sam towarzysz Bijkowski mi je pokazał.

– Pałac budowany przez radzieckich towarzyszy? – ironicznie spytała Tereska.

– A, owszem. – Kasia pokiwała energicznie głową i kitki, w które wiązała włosy, wykonały po trzy obroty wkoło uszu. – Pałac będzie zbudowany przez naszych radzieckich przyjaciół. A właśnie, właśnie… – przypomniała sobie Kasia. – Michał, ty mówiłeś, że nie masz rodziny?

Michał podniósł głowę, bo zdumiało go to bezceremonialne pytanie.

– To prawda – powiedział. – Nie mam rodziny.

Teresa, która pamiętała pierwszy dzień w pracy kolegi i znała jego historię, zatrzęsła się z oburzenia.

– To pewnie chodzi o kogoś innego… – Machnęła ręką Kasia i zajęła się z zapałem udawaniem, że pracuje.

– A możesz powiedzieć, o co chodzi? – Teresa oderwała się od obliczeń wytrzymałości materiałów i spojrzała na młodą koleżankę. Michał nie podniósł nawet głowy.

– Moja przyjaciółka pracuje w Polskim Czerwonym Krzyżu. Odwiedziłam ją wczoraj i pomagałam segregować listy i zgłoszenia. Ludzie ciągle się szukają przecież, chociaż teraz to już głównie zaginione dzieci albo wiesz, te z obozów koncentracyjnych, którym hitlerowcy zamordowali matki… – paplała.

– I co? – przerwał jej Michał nagle zainteresowany tematem.

– No i zauważyłam, że jeden list jest do Michała Śniegockiego z Warszawy… Takie samo imię i nazwisko. Czyli ktoś tego kogoś szuka – dokończyła niezręcznie.

Michał popatrzył na nią dziwnie.

– A kto szukał? – spytał Michał.

– Jakaś kobieta, tylko nie zapamiętałam… – odpowiedziała Kasia trochę przestraszona. – Ale jeśli ci zależy, to ja zaraz po robocie do Danusi pójdę i się dowiem.

– Powiedz mi, gdzie mogę znaleźć tę Danusię, to sam pójdę – starał się nadać swojemu głosowi obojętne brzmienie.

Poszedł zaraz po pracy. Nogi niosły go same w kierunku starej kamienicy za placem Trzech Krzyży, gdzie mieściła się siedziba PCK. Minął kościół św. Aleksandra, przy którym walczył w powstaniu. Przypomniał sobie ostrzał i bombę, która spadła na kościół w chwili, kiedy zajmował się przydzielaniem zadań Zawiszakom, chłopcom, do których obowiązków należała organizacja poczty polowej oraz akcji ratowniczych. Dowodził nimi od początku powstania. Tamto zdarzenie miało miejsce drugiego września. Po tym, jak runęła kopuła kościoła, wpadł razem z harcerzami do wnętrza świątyni. W tumanach pyłu i kurzu, zasłaniając oczy i nos przed pyłem, szukali rannych. Dwie kobiety leżały nieprzytomne w nawach bocznych. Widocznie modliły się w chwili, kiedy nadleciały bomby. Wyniesiono je na noszach. Potem razem z harcerzami odrzucali kamienie z zawalonych drzwi zakrystii. Toporkami wybijali przejście, a saperkami wyrzucali poza siebie gruz, wiedząc, że w każdej chwili mogą nadlecieć kolejne „sztukasy" i pogrzebać ich na wieki. Nieopodal runęło gimnazjum Królowej Jadwigi. Gmach wydawał się tak solidny, nie do ruszenia, ale grad bomb zamienił go w jednej chwili w proch. Gwizdek zasygnalizował, że część chłopców powinna opuścić kościół i udać się na akcję ratowniczą właśnie tam. Michał jako dowódca wyznaczył „Karpika", „Lolka", „Nóżkę" i „Belkę", którzy pobiegli ze swoimi zastępami w nowe miejsce. Potem dowiedział się, że dwóch spośród chłopców zostało rannych, na szczęście lekko, chociaż „Lolek" w wyniku odłamka stracił jedno oko.

Razem z pozostałymi chłopcami odgruzowali w końcu drzwi do zakrystii i uwolnili kilkanaście osób, w tym księdza proboszcza, który dołączył do jego grupy, i walczyli potem ramię w ramię przez kilka dni, aż Michał dostał postrzał w nogę i klatkę piersiową i został przewieziony do jakiegoś szpitala polowego pod Warszawą, gdzie uratowano mu życie. Mijając kościół, który był wciąż odbudowywany, zastanowił się nad tym, czy tamten ksiądz żyje. Rozmawiali kiedyś, gdy walki na chwilę ucichły, tuż przed dniem, w którym Michał został ranny. Ksiądz wydobył skądeś, prawdopodobnie od parafian, kilka kawałków chleba i menażkę ciepłej zupy, którą dzielił między chłopców.

– Gdzie „Wiktorek"? – spytał, bo dobrze kojarzył chłopaków z „Sokoła".

– Zginął rano – mruknął Krzysztof, nie przerywając jedzenia zupy.

Ksiądz zaczął się modlić. Kiedy skończył, Michał zapytał go, jakie to uczucie być bezsilnym sługą Boga. Jaki to Bóg, który zsyła takie cierpienie na ludzi?

– Nie ma na to prostej odpowiedzi – odpowiedział cicho duchowny. – My, słudzy Pana, musimy z pokorą znosić to, co nam zsyła niebo, jak i to, czego doznajemy od ludzi.

– Zabiłem Niemca – powiedział Michał. – Potem zabrałem mu broń. – Na pasie miał napisane „Gott mit uns".

Proboszcz pokiwał głową.

– Chciałby pan, żebym go potępił, prawda? – spytał z uśmiechem. – A ja mam sam na plecach wielkie grzechy i nie rzucę w nikogo kamieniem...

– Czyli Bóg jest miłością, mimo wszystko? – nie dawał za wygraną Michał, mając przed oczami swoją córeczkę, która wyciągała do niego rączki, kiedy z plecakiem wychodził do walki. Potem przypomniał sobie wzrok teściowej, którą całował w rękę na do widzenia, i swoje zapewnienie, że wróci. I Olę, którą pożegnał, idąc do pracy jak gdyby nigdy nic, a potem zżymał się, że jeszcze nie przyszła do kawiarni i nie przyniosła upieczonego ciasta.

– Tak, mimo wszystko – potwierdził ksiądz. – Gdybym w to nie wierzył, nie nosiłbym sutanny.

– A odpuściłby ksiądz grzechy temu, co zabił „Wiktorka"? Kogoś księdzu bliskiego?

– Na szczęście nie ja muszę odpuszczać grzechy. Robi to za mnie Chrystus…

– Mimo wszystko… – protestował Michał.

– Mimo wszystko próbuję zachować resztki człowieczeństwa w tych dzieciakach. – Ksiądz wskazał na chłopców. – Chociaż wolałbym teraz siedzieć w cichej parafii i sprawować zwykłe posługi albo być ze swoją rodziną na wsi…

– Ksiądz ma rodzinę?

– Moja mama i ojciec nie żyją, brat też nie… Ale mam liczną rodzinę, wujów, kuzynki, kuzynów… Odwiedzam ich jak tylko mogę. Pomagam, głównie dobrym słowem, niestety. Oni też wiele wycierpieli. I ja… A pana rodzina?

Kiwał głową, kiedy Michał opowiadał mu o swoich doświadczeniach.

– Musi być panu bardzo ciężko… – podsumował.

Michał chciał jeszcze o wiele rzeczy zapytać tamtego księdza, ale musiał zarządzić odpoczynek. Nazajutrz walki zaczynały się przecież na nowo. Już go więcej nie widział, ponieważ z samego rana został postrzelony.

W budynku PCK bez trudu znalazł Danusię, o której mówiła mała Kasia. Przedstawił się i powiedział, o co chodzi.

– A tak, tak… – powiedziała Danusia. – Miałam tu gdzieś taki list. Tylko chyba adresat nie Śniegocki, a Śniegowski…

Poczuł rozczarowanie i sam siebie za to uczucie skarcił. Przecież nie spodziewał się listu od nikogo, żadne z jego krewnych już nie żyło. Nikt nie powinien go szukać, a jednak miał nadzieję, że Ania przeżyła i w taki nietypowy sposób usiłowała go odnaleźć.

– O mam – powiedziała Danusia i spod sterty kopert i kartek wyciągnęła szarą, sklejoną starannie kopertę, na której zobaczył adres:

Michał Śniegocki

Kawiarnia Stokrotka (mieszkał także przy ulicy Pięknej)

– To do mnie – powiedział drżącym głosem, widząc imię i nazwisko nadawcy.

– Zaraz, zaraz – zaprotestowała Danusia. – Ja muszę się upewnić, że to do pana…

Ale Michał jej już nie słuchał. Wziął kopertę i wybiegł z kamienicy, a potem ściskając z całej siły list w ręku, pobiegł do Łazienek, gdzie znalazł spokojne miejsce, i wpatrzył się w kopertę. Długo nie mógł jej otworzyć, ponieważ oczy zachodziły mu łzami, a ręce trzęsły się tak, że bał się, aby przy próbie rozerwania koperty nie uszkodzić tego, co jest w środku. Wreszcie uspokoił bijące serce i z największą starannością odkleił pożółkłe kartki. List był datowany na październik 1946 roku. Kilka razy przeczytał, co napisała Ania Winna.

Kochany Michale,
szukałam Cię dopiero po wyzwoleniu, ale nie znalazłam. Rozmawiałam z panem Żelazkiewiczem, który powiedział mi, o tym, co się stało. Przyjmij moje najszczersze wyrazy współczucia. Nie umiem opisać słowami, co czułam, kiedy mi powiedziano, że straciłeś bliskich. Ja również straciłam męża w strzelaninie podczas łapanki, zginęła wtedy moja przyjaciółka, z którą przychodziłam do Ciebie, do Stokrotki. Zdołałam ocalić moją córkę Ewę. Wróciłam z nią do Brwinowa, do rodziny. Mieszkam w dawnym domu moich dziadków przy Mickiewicza, razem z Ewunią i Michałem, który urodził się dzień przed Wigilią 1943 roku. Pan Żelazkiewicz powiedział mi, że Twoja żona przetrwała. Dziękuję za to Bogu. I choć nigdy nie zdołam naprawić krzywdy, którą jej wyrządziłam, modlę się, żeby mi wybaczyła.
Pozdrawiam Cię serdecznie, mając nadzieję, że może któregoś dnia będziesz chciał zobaczyć Michała,

Ania

Miał syna z kobietą, którą kochał, a ona była wdową. Była dla niego jakaś nadzieja. Gotów był błogosławić i dziękować na kolanach durnej Kasi, że mu powiedziała o tym liście. Przecież nigdy by się nie dowiedział. Tyle razy przeklinał wojenne milczenie, te konspiracyjne ukrywanie, gdzie kto mieszkał i skąd pochodził. Gdyby powiedziała, że mieszka właśnie w Brwinowie, przetrząsnąłby dom po domu w poszukiwaniu jej samej albo krewnych. Nie wiedział, gdzie szukać. „Mieszkałam przed wojną pod Warszawą", mówiła, „jest blisko, ale jeżdżę pociągiem…". Ze strzępek tych informacji nie zdołał odtworzyć miejsca, z którego pochodziła. Na Marszałkowskiej nikt jej nie widział, pytał, ale powiedziano mu, że w tej kamienicy ktoś ukrywał Żydów. Reszty sam się domyślił. Był pewien, że ona nie przeżyła strzelaniny. W przeciwnym wypadku odnalazłaby go. Znalazłaby sposób, żeby mu dać znak, że żyje. Cały czas mieszkał przy Pięknej i pracował w Stokrotce do czasu, aż wybuchło powstanie.

Trzymał list w dłoniach. Było późne piątkowe popołudnie. W jednej chwili podjął decyzję. Z Łazienek poszedł prosto na stację kolejki EKD i wsiadł do pierwszego pociągu, który przyjechał. Powiedziano mu, że musi wysiąść na stacji Podkowa Leśna i iść prosto przed siebie. A potem w sklepiku za rogiem zapytać o osobę, której szuka. Tak zrobił.

– Anna Tarasiewicz? – Pokręcił głową sklepikarz. – Nie znam…

Zapał zgasł w jednej chwili.

– Powiedziano mi, że pan wszystkich zna… – powiedział rozczarowany do sklepikarza.

– Wszystkich to nikt nie zna, może sam pan Bóg – odparł sklepikarz filozoficznie.

– To kogo zapytać? – Michał nie dawał za wygraną.

– Na rynek pan pójdzie, tam zapyta, w samym Brwinowie... Trochę nam się letnisko rozrosło… Sporo luda do pracy w pegieerze przyszło.

– Ale ona z rodziną mieszka tu od bardzo dawna.

Sklepikarz rozłożył ręce.

– Tarasiewicz? Nie słyszałem o takich…

– Może to po mężu… – mruknął. – Ja nie wiem, jakie jest jej panieńskie nazwisko.

Był zły na siebie. Miał przecież nazwę ulicy, przy której mieszkała, może niepotrzebnie pytał ludzi o Anię. Znów szedł kawałek. Poza nim na drodze nie było prawie ludzi, od czasu do czasu ktoś go mijał, uchylając czapki. Na rynku poszedł do sklepu spożywczego i tym razem zapytał o ulicę Mickiewicza. Znów szedł, coraz niecierpliwiej stawiając kroki. List był sprzed prawie pięciu lat. Kto wie, co się mogło w tym czasie wydarzyć? Próbował stłumić w sobie nadzieję, że ona razem z jego synem wciąż jest i na niego czeka. Co, jeśli przestała i teraz u jej boku jest ktoś inny? Przyspieszył kroku. Ulica Mickiewicza okazała się dość długa. W pierwszym z brzegu domu, w małym ogródku pracowała starsza kobieta.

– Przepraszam – zawołał ją Michał, a kobieta odłożyła motykę i spojrzała na intruza.

– A cóżeś pan narobił, że przepraszasz? – spytała przyjaźnie.

– Szukam pewnej osoby, która tu mieszka na tej ulicy. Anna Tarasiewicz.

Wpatrzył się z nadzieją w starszą kobietę.

– Tarasiewicz? – Pokręciła głową. – A jak wygląda, bo ja tu znam wszystkich, tylko o takiej co się tak nazywa, to to nie…

– Czerwone włosy, piękna – zaczął Michał. – Ma dwójkę małych dzieci…

– Aaa… – twarz kobiety pojaśniała. – To Ania Winna. Jaka tam ona Tarasiewicz… Do końca ulicy trzeba iść i tam w domku z malwami mieszka.

Chciał zapytać o to, czy jest tam sama, ale nie miał odwagi. Teraz już się nie spieszył. Miał nogi jak z waty. Szedł krok po kroku, patrząc na domy, które mijał.

Ulica była długa, wybrukowana kocimi łbami. Szumiały brzozy i dęby, które rosły na każdej posesji. Pachniały kwiaty. Przypomniały mu się coroczne wyprawy z ojcem i matką do Nałęczowa. Tam też tak pachniało, kiedy wieczorem szli na spacer. Ogarnęły go wspomnienia.

Zobaczył ją zbierającą maliny w kapeluszu przykrywającym rozpuszczone włosy. Była nieco tęższa niż wtedy, kiedy pamiętał, a włosy kręciły się jej w niesforne loki. Patrzył przez płot, bojąc się odezwać. Z otwartych drzwi wyszły trzy dziewczynki z koszykami w rączkach i rozpierzchły się po ogrodzie. W jednej z nich rozpoznał Chawę, małą żydowską dziewczynkę, którą wziął do siebie, żeby ją ukryć. Do dzieci po chwili dołączył chłopiec, na oko siedmioletni, poważny, z ciemną grzywką opadającą na czoło, w nieco za dużych spodenkach przytrzymywanych szelkami. Michał ścisnął płot mocniej, aż drzazga wbiła mu się w rękę. Ania nadal stała tyłem do niego i zbierała maliny, podśpiewując jakąś nieznaną mu piosenkę. Już chciał zawołać, bo przecież dziwnie było tak stać i patrzeć, kiedy z domu wyszedł wysoki mężczyzna i podszedł do niej. Powiedział coś, czego Michał nie usłyszał. Ona zaczęła się śmiać i podała mu koszyk z owocami. Objął ją pełnym serdeczności gestem, a jednocześnie z szacunkiem, jak mężczyzna, który kocha kobietę. Ania na ułamek sekundy dotknęła czołem piersi tamtego. Syknął z bólu, bo drzazga wchodziła coraz głębiej. „Czegoś mógł się spodziewać?", skarcił się w myślach, „że ona będzie sama"? Z listu wynikało, że Ania wiedziała o powrocie Oli, chociaż nie słyszała zapewne o jej śmierci. Chciała mu tylko uczciwie powiedzieć, że ma syna. Zakochali się w sobie i zdradzili swoich bliskich, na co nie ma ani wytłumaczenia, ani przebaczenia. Powiedział to tamtemu księdzu podczas powstania. A on wtedy mówił, że wybaczenie od Boga łatwo dostać, trudniej jest wybaczyć sobie samemu.Postanowił odejść. Zobaczył swojego syna, a teraz nie ma tutaj czego szukać.

– To ty? – Usłyszał cichy głos za plecami.

Odwrócił się gwałtownie. Pomyślał, że jest zjawą, chorą projekcją jego umysłu, bo przecież przed chwilą stała w krzakach malin i tuliła się do obcego mężczyzny.

– Ja – powiedział i zamilkł.

Nic się nie zmieniła. Te same błyszczące oczy, blade policzki i czerwone włosy związane w staranny węzeł na szyi. Na głowie miała kapelusz chroniący przed słońcem, chociaż był już niemal wieczór. Ubrana była w sukienkę w kropki i mały żakiecik. W rękach trzymała siatkę. Spojrzał ponownie na kobietę w ogrodzie. Znowu zbierała maliny. Tamten mężczyzna usiadł na ganku i patrzył to przed siebie, to na bawiące się dzieci.

– Michał… – zaczęła.

– Kto to jest? – pokazał palcem na tamtą w ogrodzie.

– Moja siostra bliźniaczka. – Uśmiechnęła się. – Maria. Nie mówiłam ci, że mam siostrę bliźniaczkę.

– Wielu rzeczy mi nie mówiłaś, dlatego pewnie nie mogłem cię odnaleźć...

Pokiwała głową.

– Ale teraz mnie odnalazłeś?

– Czytałem list i... – wzruszenie odebrało mu głos.

Wzięła go za rękę.

– Czy Ola wie? – Na ganku zaczął się ruch. Dzieci biegały wokoło sędziwej kobiety leżącej na bujanym fotelu.

– Ola nie żyje... – Michał opuścił głowę. – Jestem zupełnie sam.

– To chodź do domu – powiedziała Ania.

1954 ROK

Kasia i Basia patrzyły na welon, który ich mama powiesiła na drzwiach sypialni. Wcześniej widziały, jak mierzyła suknię i dyskutowała z ciocią, jak upiąć włosy.

– To welon babci? – Kasia dotykała cienkiej koronki.

– Nie babci, tylko mamy. – Basia zrobiła zniecierpliwioną minę. – Wkładam ci do głowy cały czas, że to welon ze ślubu mamy z ojcem.

– A tamta sukienka się spaliła podczas wojny, wiem... Jak on się uchował, ten welon?

– Zawinęli w niego coś tam... – Machnęła ręką Basia. – A potem przeleżał w skrzyni.

– Ale to dziwne, że mama chce brać ślub w tym samym...

Kilka lat wcześniej, kiedy tato nie wrócił z wojny, mama przestała w końcu czekać i związała się z Ryszardem, który świata poza nią i dziewczynkami nie widział. Wojna się skończyła i chociaż to, co przyszło, było czasami gorsze niż Niemcy, wszyscy podnieśli głowy i zaczęli sprzątać z podwórek i sumień resztki wojennych zgliszczy. Po naradzie rodzinnej, która obejmowała także dziadków Bartosiewiczów i przyrodnią siostrę taty, urządzili Pawłowi symboliczny pogrzeb, wmurowując w grobowiec rodzinny tablicę upamiętniającą. Uroczystość poprowadził wujek Ignaś, który wzruszająco mówił o tym, że pamięć ludzka nie zna granic, a serca będą pamiętały ludzi takich jak tata Kasi i Basi. Wyraził także nadzieję, że gdzieś w dalekich krajach, w których walczyli polscy żołnierze, ktoś zatroszczył się o to, żeby Paweł został pochowany po chrześcijańsku i mógł zaznać spokoju duszy. Wujek dużo mówił o spokoju duszy i sumienia. Wymieniał wtedy wszystkich zmarłych z rodziny. O pradziadku Antonim powiedział, że nie znał bardziej prawego i odważnego człowieka. O wujku Wacku powiedział, że leży na cmentarzu w Normandii, w dalekim kraju, jakim jest Francja, nad morzem, nad którym zawsze chciał mieszkać. Babcia, dziadek i mama z ciocią na te słowa się rozpłakali.

– Tak się złożyło, że Tadeusz, którego tu dziś nie możemy gościć, mieszka we Francji, razem rodziną i opiekuje się grobem brata w imieniu wszystkich nas. Jesteśmy wdzięczni Panu, ponieważ wiemy, gdzie jeden z naszych bliskich został pochowany.

Basia spojrzała na ciocię Anię, która zmarszczyła brwi. Nie uszło jej uwagi, że wujek Ignaś nie wspomniał o swoim tacie, o którym także nie wiadomo było, gdzie dokładnie leży. „Może dlatego", analizowała, „że tata Ignasia zaginął jeszcze przed tamtą wojną?". Ciocia Ania także to zauważyła, Basia była pewna. Musi z nią koniecznie o tym wszystkim porozmawiać. Z mamą na pewno nie będzie poruszać tego tematu, bo mama zaraz zaczynała płakać albo bardzo głęboko wzdychać. Potem wspominała tatę, co tak czy inaczej kończyło się płaczem. Tymczasem ksiądz Ignacy zaczął mówić o swojej najbliższej rodzinie, wreszcie wspominając wujka Romka, swojego ojca oraz brata i mamę.

– Kochana mamo, Florku i tato. – wzruszony, zwrócił się do nich bezpośrednio. – Odeszliście przedwcześnie... Zostałbym sam, gdyby nie moja rodzina, która dała mi miłość pozwalającą przetrwać sieroctwo i samotność... Nigdy nie byłem samotny, dzięki babci i wujowi Stanisławowi. A moje kuzynki i kuzyni kochali mnie jak brata...

Basia słuchała uważnie i od czasu do czasu zerkała na ciocię Anię, która stała ramię w ramię z wujkiem Michałem, a na jej bladej twarzy, tak podobnej i jednocześnie niepodobnej do twarzy mamy, malowała się cała paleta odczuć.

– Podziękujmy Bogu, że możemy być tu dziś razem, silni jak do tej pory, związani miłością naszej rodziny, która jest silniejsza niż wojny, śmierć i poniżenie.

Potem była stypa, na której płakała już tylko mama, wypłakując ostatecznie tęsknotę za tatą. Obok niej stał, trzymając ją za rękę, Ryszard, którego Basia z siostrą polubiły od pierwszej chwili. Roześmiany i wesoły, wskoczył za nimi w ogień, sam doznając poparzeń, które leczył miesiącami. Dobry i prawy, który własną piersią zasłoniłby mamę, gdyby ktokolwiek jej groził. Który wreszcie cierpliwie czekał, aż mama zapomni o tacie i będzie chciała go poślubić. W końcu miało do tego dojść.

Po symbolicznym pogrzebie mama wyrzuciła bure sukienki, zaczęła rozpuszczać piękne włosy, zamiast związywać je w ciasny węzeł oraz malować usta na czerwono. Chodziła z Ryszardem na długie spacery i do kościoła, gdzie siadali razem w jednej ławce. Zachowywali się przy tym jak rodzina. Winni przyjęli go z otwartymi ramionami, namawiając Manię do tego, żeby wreszcie wyszła za zakochanego w niej mężczyznę.

Przyjechali w przeddzień ślubu. Warszawa, która ich przywiozła, miała zakurzone szyby. Wysiedli, trzasnąwszy drzwiami, i zapukali do drzwi. Mania ze zdumieniem spojrzała na prochowce, które nosili, i czarne kapelusze.

– Dzień dobry, obywatelko – powiedział młodszy, w którym rozpoznała szkolnego kolegę Jacka Teligę.

– Gdzie wasz mąż? – spytał starszy.

Obok Mani stanęły Kasia i Basia.

– Mój mąż nie żyje… – powiedziała Mania zdumiona.

– No to mamy dla was wiadomość, że żyje – powiedział Jacek.

Mania usiadła na progu domu. Kasia wpatrywała się w mężczyzn, nie wiedząc, o co chodzi, natomiast Basia przycupnęła koło matki i objęła ją opiekuńczym gestem.

– Zawołaj dziadka – powiedziała, odwracając się w kierunku siostry.

Kasia posłusznie weszła do domu.

– Może nas tak zaprosicie do środka? – spytał starszy. – Zaproponujecie herbaty?

– Uczę pana córkę. – Mania odzyskała głos. – Jest bardzo zdolną uczennicą…

Mężczyzna skonfundował się nieco. Chrząknął kilka razy. Na podwórze wyszli Stanisław i przegięta w pół Bronia.

– Tu nie ma panów – powiedział Jacek i utorował sobie drogę do środka.

W kuchni gwizdał czajnik. Mężczyźni bezceremonialnie rozsiedli się na krzesłach.

– To gdzie wasz mąż? – ponowił pytanie Jacek. – I dobrze zastanówcie się nad odpowiedzią.

– Żyje?… – wyszeptała Mania pobielałymi wargami.

– Żyje. – Pokiwał głową starszy i nagle krzyknął: – Pogrzebaliście go wcześniej, niż trzeba! Ale nam oczu nie zamydlicie!

– Jeśli panowie mają coś do powiedzenia na temat mojego zięcia, to prosimy – odezwał się Stanisław. – Zięć oficjalnie został uznany za zmarłego. Kilka miesięcy temu odbył się jego pogrzeb. Przez wzgląd na…

– Cisza! – wrzasnął Jacek i spojrzał na Manię tępym wzrokiem. – Już mówiłem, że tu żadnych panów nie ma! Może się wam wydaje, bo mieliście do czynienia z panami, co?

Bronia wysunęła się przed syna i położyła sękatą dłoń na ramieniu wnuczki.

– Odczytaj no dziecko z tej karteluszki, co masz do powiedzenia, i zmykaj dzieci niańczyć – odezwała się do Jacka. – I matkę pozdrów. Znam Danusię, bo razem żeśmy u Wierusz-Kowalskich pracowały. Tylko że ona pokojówką była, a ja w kuchni urzędowałam. A potem z moją synową w szpitalu pracowały. Rannych z powstania opatrywały i kryły... Dobra kobieta z twojej matki, chłopaku...

Jacek umilkł, niepewnie patrząc raz na Bronię, a raz na swojego towarzysza, który najwyraźniej zdenerwował się i zabrał mu z ręki kartkę papieru.

– Pułkownik Paweł Bartosiewicz – odczytał urzędowym tonem – został zatrzymany przy próbie nielegalnego przejścia przez granicę. Jako członek AK, mordujący żołnierzy polskich i radzieckich, wróg ludu, został prawomocnym wyrokiem skazany na karę śmierci. Obecnie oczekuje na wykonanie wyroku.

– Czemu pytaliście, gdzie jest, skoro wiecie? – zapytała Mania, po czym zemdlała.

Nie usłyszała odpowiedzi, nie wiedziała zatem, że mieli sprawdzić, czy zdrajca skontaktował się z rodziną i czy przypadkiem Winni nie ukrywają kogoś, kto jest także poszukiwany przez UB. A poza tym został zatrzymany i skazany pod fałszywym nazwiskiem, dopiero niedawno dzięki donosowi kolegi Pawła z celi udało się ustalić jego prawdziwą tożsamość.

Ślub się nie odbył. Goście zostali odwołani, ciasta oddane na festyn, który odbywał się w Brwinowie z okazji pierwszego maja, a mięsiwa zapeklowane i zamknięte w słoiki z inicjatywy prababci, która nie lubiła, jak się coś marnowało. Nie uchroniła, niestety, tortu, który Mania wyniosła na podwórze i wyrzuciła świniom. Świnie zjadły bitą śmietanę ze smakiem, a Bronia martwiła się ponad tydzień, że im to zaszkodzi, bo świnie przecież niczemu niewinne, a na pewno nie temu, że podłość ludzka nie ma granic.

Kiedy Ryszard dowiedział się o tym, co zaszło, wyniósł weselną wódkę do własnej piwnicy, w której się potem zamknął, kopał w ścianę i walił pięściami, krzycząc z żalu i złości tak długo, aż już rąk nie czuł. Potem spojrzał na zakrwawione dłonie, które jeszcze niedawno po wypadku opatrywała Mania, przypomniał sobie dotyk jej warg na palcach i pytania, czy czuje ciepło jej ust. Odpowiadał wtedy „musisz powtórzyć, jeszcze raz i jeszcze, bo chyba nie czuję... oj teraz zaczynam coś czuć". A ona całowała palec po palcu i śmiała się coraz głośniej. W końcu zaczynała pokrywać pocałunkami jego twarz, chociaż tam nie miał poparzeń, a potem rozmawiali wtuleni o tym, że wezmą ślub i zamieszkają wszyscy razem, będą mieli psy, koty i wspólne dzieci. Tak się cieszył, że wreszcie zapomniała o mężu, który pierwszego dnia wojny oddalił się w niewiadomym kierunku i nie dał znaku życia. Tyle lat czekał z nadzieją, a ona opłakiwała tego nicponia, nie pozwalając mu zbliżyć się do siebie i córek.

Wreszcie przyszedł tamten dzień, w którym z płonącej szkoły wyniósł na rękach Kasię i Basię zamknięte za karę po lekcjach za bójkę w klasie. Poparzył ręce i bał się, że nie będzie mógł pracować jako architekt. Mania przychodziła wtedy codziennie i pomagała mu we wszystkich czynnościach, gotowała, prała i sprzątała. Nauczyła się opatrywać rany i smarować delikatnie uszkodzoną skórę tak, żeby nie zadać mu niepotrzebnego bólu. Uparła się, że będzie pisał i rysował jak dawniej. Robili razem ćwiczenia, ona masowała ściągnięte tkanki. Wtedy pierwszy raz popatrzyła na niego nie z wdzięcznością za uratowanie córek, ale jak na mężczyznę. Powiedział, że ją kocha. Spłoszyła się i uciekła wzrokiem, ale zaraz podniosła na niego piękne, zielone oczy i powiedziała to samo wzrokiem. Był taki szczęśliwy. Nie śmiał wspomnieć o Pawle, bo wiedział, że wciąż czekała, ale sama powiedziała wtedy cicho:

– Mój mąż nie żyje, a ja…

Nie dokończyła, bo pocałował ją szybko, bojąc się tego, co mogłaby powiedzieć. Odwzajemniła ten pocałunek i przytuliła się do niego, a on był szczęśliwy jak nigdy w życiu. Wiele miesięcy nie umiał postawić kreski na papierze, ale oddałby obie ręce tylko za to, żeby codziennie patrzeć na Marię, kiedy krząta się po ich wspólnym domu. A teraz, kiedy szczęście było tak blisko, małżonek się odnalazł i zniweczył ich plany. W dodatku wrócił jako wróg ludu z wyrokiem śmierci. Dziewczynki już wystarczająco dużo wycierpiały z tego powodu, że wychowywały się bez ojca, myślał. Zasługiwały na kogoś lepszego w życiorysie, a z takim ojcem w papierach nie miały żadnych szans na dobre życie. W ponurych myślach był pogrążony jeszcze długo. Wreszcie posłuchał ojcowskiej rady, upił się, wytrzeźwiał i wrócił do pracy. Powoli wracał także do zwykłego życia, obojętnie przyjmując wszystko, co się dokoła niego działo. Pewną przykrość sprawiła mu wiadomość dostarczona przez Anię, że na Pawle wykonano wyrok śmierci. Pomyślał o tym, że chciałby być teraz przy dziewczynkach. Zastanawiał się, czy ktoś im wytłumaczył, co się dzieje, czy otoczył je należytą opieką i troską. Miały przecież tylko po trzynaście lat. Potrzebowały ojca. Były otoczone przez dziadków, wujków, ciotkę, ale tylko on wprowadził w ich życie miłość ojcowską i stabilizację. Tyle razy chciał pójść do domu Winnych i zapytać, co słychać albo podejść pod szkołę i zaczekać jak dawniej na obie dziewczynki i zabrać je na lody lub ciastko z kremem, które obie uwielbiały. Chciał także zobaczyć Manię, chociaż z daleka. Albo zwyczajnie pójść i zapytać, czy czegoś jej nie trzeba. Ktoś życzliwy doniósł dyrekcji szkoły i zwolniono ją z posady nauczycielki. Żona wroga ludu nie mogła przecież uczyć w socjalistycznej placówce. Miała kochającą rodzinę, ale nie mógł znieść myśli, że jest zależna, bez pracy i środków do życia. Jednym słowem bez niego. Spotkał się z Anią. Pytał, co może zrobić. Ania, ta kochana kobieta, która przecież sama nie miała lekko w życiu, uśmiechnęła się i powiedziała:

– Ryszard, będziesz niedługo moim szwagrem, tylko trochę jeszcze poczekaj…

Czekał więc cierpliwie, zagłuszając ból pracą, budując mieszkania dla innych ludzi, takie, których w zasadzie nie chciałby oglądać ani w nich mieszkać. Kreślił i planował, a wieczorem zanim zasnął, projektował dla nich nowy dom, na działce, co to ją gminie wyrwał, wydzierżawił, załatwił wszelkie pozwolenia, żeby dać ją ukochanej kobiecie w prezencie ślubnym, a potem zbudować na niej siedlisko dla wszystkich.

Aż któregoś dnia, kiedy już nie spodziewał się, że ją zobaczy, przyszła nieoczekiwanie do niego do domu, stanęła w progu i powiedziała, jakby widzieli się nie wiele miesięcy wcześniej, ale zaledwie wczoraj:

– Kocham cię, Ryszard, i nie mogę bez ciebie żyć.

Upadł wtedy na kolana i objął ją wstrząsany szlochem. A potem znów zaczęli planować ślub. Nie czekała z żałobą rok. Już po dziesięciu miesiącach mieli stanąć przed ołtarzem.

Mocno wymalowana recepcjonistka spojrzała na nią pytającym wzrokiem. Ania miała na sobie swój najlepszy kostium w kolorze gołębim z futrzanym kołnierzem i elegancki kapelusz, a pod nim starannie ułożone włosy. Kobieta, która siedziała w recepcji hotelu Grand, widać ceniła sobie inny styl, ponieważ spojrzenie wyrażało ewidentną pogardę.

– Chcę się widzieć z panem Wolskim – powiedziała Anna niepewnym głosem.

– A w jakiej sprawie? – spytała tamta, krzywiąc buraczkowe usta, jakby napiła się czegoś kwaśnego.

– Powiem panu Wolskiemu. – Nabrała pewności.

– Słuchaj gołąbeczko. – Usta recepcjonistki zmieniły kształt. Teraz były wysunięte do przodu na podobieństwo rybiego pyszczka. – Znikaj stąd, zanim poproszę kogoś, żeby przefasował ci tę miłą buźkę.

Ania zauważyła, że tamta ma grubą warstwę pudru na twarzy, który nie zamaskował jednak żółtego sińca pod prawym okiem.

– Pan Wolski nie przyjmuje byle kogo – kontynuowała. – Wiesz, ile lepszych od ciebie chce tu pracować i przyłazi codziennie, skamląc, żeby przyjął je do roboty?

– Jak na osobę, która jest w tym miejscu, w którym jest – Ania mówiła cicho, ale dobitnie – bardzo ładnie się pani wyraża. I doceniam to niewymownie. A teraz odpowiem językiem, który powinien być zrozumiały dla pani i pana Wolskiego…

Nachyliła się w kierunku kobiety i powiedziała cicho:

– Bierz dupę w troki i powiedz mu, że przyszła Anna Winna…

Wymalowana wahała się przez chwilę, ale przypomniała sobie, od kogo oraz w jakich okolicznościach zarobiła ostatniego siniaka i strach zwyciężył. Wstała i na wysokich koturnach poszła w głąb budynku. Minuty mijały, Ania denerwowała się coraz bardziej, aż w końcu smutna kobieta wróciła i dała Ani znak, żeby poszła za nią. Szły korytarzem, który w żadnym stopniu nie kojarzył się z eleganckim miejscem, za który uchodził hotel Grand. Przypuszczała, że są tutaj jakieś tajne pokoje, w których zamożni i wpływowi klienci spożywają posiłek w spokoju, ale zaskoczyło ją pomieszczenie, do którego ją wprowadzono. Kiedy dwóch potężnych mężczyzn otworzyło przed nią drzwi, miała wrażenie, że weszła do piekła. Zmrużyła powieki. Błysk światła oślepił ją na chwilę. Potem jej oczy przyzwyczaiły się do jasności wylewającej się z kryształowych żyrandoli i kandelabrów. Król półświatka, najsłynniejszy niebieski ptak Warszawy, siedział na niskiej kanapie w otoczeniu kurew. Na półmiskach, które gęsto leżały na stole, pełno było egzotycznych owoców i różnego rodzaju mięsiw. Na środku, na największej tacy leżało małe prosię. W martwym pyszczku trzymało jabłko. Wyglądało jak dziecko, taką miało bladą skórę. Ani zrobiło się tej świni żal. Król przytył. Brzuch wylewał mu się zza koszuli szytej na miarę. Amerykański, pasiasty krawat leżał na tłustej piersi jak wąż. Przystojna dawniej twarz była opuchnięta, pod oczami zrobiły mu się worki. Wolski wprawdzie wypijał najlepsze alkohole, jadł tylko najdroższe potrawy, ale bezradnie patrzył, jak jego własne ciało puchnie niczym ciasto drożdżowe albo trup toczony przez robactwo. Nie inaczej było z zębami, które przypominały żółte pieńki, mimo że palił najlepsze amerykańskie papierosy i sprowadzał wybielający proszek do zębów. Włosy znacznie się przerzedziły, chociaż nie wyłysiał, ale zakola miał jak meandry rzeki. Miał świadomość tego, jak wygląda, ale od swoich dziwek wymagał spojrzeń pełnych podziwu i dostawał je, słono za nie płacąc. Jedna z nich przytuliła się do jego boku, wyzywająco patrząc na niepasującego do scenerii gościa.

– Nic się nie zmieniłaś – zagadnął Król.

– Nie mogę tego samego powiedzieć o tobie – odpowiedziała szybko.

Roześmiał się, pokazując zepsute zęby. Panicznie bał się dentysty. Kiedy już bolało go tak, że ani tabaka, ani czysty spirytus nie pomagały, szedł do najlepszego stomatologa w Warszawie i przeżywał kilka minut przeraźliwego bólu, po którym wracał do domu ze spuchniętą twarzą, ale uwolniony od zropiałego trzonowca. Brakowało mu już sześciu zębów, na szczęście te z przodu miał w miarę w porządku. Mógł się więc śmiać do woli.

– Zawsze była z ciebie cwana bestyjka – mruknął, kiedy już skończył rechotać. – Jak mnie tu znalazłaś?

– Jesteś sławny… – Uśmiechnęła się. – Kazimierz…

Strząsnął z ramienia jedną kurwę, a drugiej brodą dał znak, żeby się wynosiła. Obie wstały niechętnie i wyszły z pomieszczenia. Ania odprowadziła je wzrokiem. Rośli mężczyźni otworzyli przed kobietami drzwi, potem sami wyszli, na koniec drzwi się zamknęły. Zostali sami.

– Jak mnie tu znalazłaś? – spytał przyjaznym tonem. – Pytam z ciekawości.

– Nie obracam się w twoim środowisku, ale to naprawdę nie znaczy, że o tobie nie słyszałam. Ale nie od razu domyśliłam się, że to ty…

– Wiesz, że ja nie o tym… – Wciąż jeszcze siedział rozparty na kanapie, a ona stała naprzeciwko niego. Postanowiła, że nie usiądzie, jeśli on jej o to nie poprosi.

– Zjesz coś? – Wskazał ręką na stół. – Mizernie wyglądasz…

– Dziękuję. – Pokręciła głową. – O większości potraw pewnie nie słyszałam. Mogłyby mi zaszkodzić.

– To może się napijesz? – Nie ustępował.

Ponownie pokręciła głową.

– A może – zaproponowała – powiem ci, o co mi chodzi, potem wyjdę, a ty będziesz kontynuował swój miły wieczór. Nie mogłabym sobie wybaczyć, gdyby panie musiały przeze mnie spędzić za drzwiami więcej czasu, niż to jest konieczne.

Zaskoczyła go. Najwyraźniej przyszła, żeby go o coś prosić, ale zachowywała się tak, jakby była pewna, że on tę prośbę spełni. Nie było w niej ani śladu pokory. Różne tu przychodziły do niego. Matki, które błagały o przyjęcie do pracy swoich synów albo o odprawienie córek, które przez Króla i jego świtę zeszły na złą drogę. Części nie przyjmował w ogóle, innych kazał wyrzucić, kiedy przestępowali próg tego pokoju. Jeszcze innych po wysłuchaniu rzucał na pożarcie swoim wykidajłom. Kobiety traktował trochę łagodniej. Uczył takie życia. Uświadamiał im nieco boleśnie, że sam doszedł do wszystkiego od zera, z niewielką tylko pomocą znalezionych w piecu żydowskich pieniędzy, po które wrócił po wojnie. Nie ma powodu, żeby proszący dostali coś na srebrnej tacy. Jedna taka „mała" tych nauk nie wytrzymała. Sama sobie winna. Kto leci jak ćma do ognia, musi sparzyć sobie skrzydła i zginąć. Rodzicom wysłał gotówkę i kazał napisać list, niby to od córki, że jest w Ameryce. Ona sama leżała na cmentarzu razem z przypadkowym umarlakiem, kazał ją zakopać w świeżym grobie. Nikt się nie dowiedział, ale na wszelki wypadek usunął Roberta, tego, co dziewczynę wykończył i pogrzebał, ze swojej świty. Zresztą całkiem sprytnie to załatwił. Kazał mu się wieźć w kierunku Radomia. Na wiejskiej pustej drodze powiedział, że ma wysiąść i zajrzeć do silnika. Przejechał go kilka razy swoją imponującą ładą i zostawił martwe ciało w rowie. Nikt o Roberta nie zapytał. Kto chciał być w jego świcie, musiał się go bać.

– Nie bałaś się przez te lata, że to ja ciebie znajdę i zażądam zapłaty? – Odgonił swoje myśli.

– Wiedziałam, że tego nie zrobisz – odpowiedziała spokojnie. – Dla mnie byłeś martwy. Tak było lepiej dla wszystkich. Dla mojej rodziny. Nawet dla ciebie, jak widać.

Niewiele się zmieniła. Ciągle była szczupła i piękna. Miała też błysk w oczach, którego nie zatarły wojenne przeżycia. Włosów nie obcięła, co skonstatował z przyjemnością. Pod tym względem był tradycjonalistą. Dziwki z krótkimi włosami odsyłał od razu, wybierał tylko te z warkoczami albo puklami włosów swobodnie spływającymi na ramiona.

Stała zupełnie spokojna, patrząc mu w oczy. Zawsze taka była. Tylko raz widział ją zdenerwowaną, wtedy, kiedy nie chciał tej Żydówki do Brwinowa odwozić.

– Syna nazwałaś Michał. – Wydął wargi.

– To nie twój syn. – Patrzyła mu prosto w oczy.

– Wiem, wiem... Nie zrobiłem żadnej dzieciaka. Jakaś klątwa.. Kto to wie... Stoisz i stoisz jak słup. Usiądź!

Drgnęła pod wpływem jego krzyku. Usiadła posłusznie na dużym, szarym fotelu.

– Śledziłem cię przez te lata. Wiem, gdzie byłaś, co robiłaś... Nie zapomniałem... – wyrwało mu się.

Milczała. Tyle razy wracał myślami do tamtego dnia. Kiedy wróciła do domu, jak popatrzyła na niego, kiedy stał z opuszczonymi gaciami. To jej wina, że nie mógł się powstrzymać. Gdyby zachowywała się jak żona, nic by się nie stało. Wybiegł za tą Żydówką instynktownie. Nie myślał, co robi. Strzał esesmana rozorał mu plecy, ale rany nie były śmiertelne. Padł, żegnając się z życiem, ale wtedy Niemcy zamiast go dobić, wciągnęli na ciężarówkę i zawieźli na Pawiak. Miał wielkie szczęście. Rannego, zamiast do celi, zawieziono do szpitala. Tam litościwy lekarz wyjął mu kulę z piersi, zaszył płuco, a potem wywiózł do kostnicy. Nie był żołnierzem, jego nazwisko nigdzie nie figurowało, nie był o nic podejrzany. Młody, wrażliwy Niemiec rzucił okiem na pomalowanego na sino „trupa" i odhaczył przy nazwisku krzyżyk, wpisując tym samym Kazimierza na listę „nie żyje". Potem zawieziono go do małej, podziemnej sali, gdzie razem z innymi „trupami" całkiem wyzdrowiał. Kiedy już mógł chodzić, dostał trochę pieniędzy, chleb i pod osłoną nocy wyszedł ze szpitala z fałszywymi dokumentami na nazwisko Andrzej Wolski. Do końca wojny się ukrywał w podwarszawskich wsiach na wschodzie, ale Brwinowa unikał jak ognia. Po pieniądze Freilichów wrócił po wojnie. Kamienica ocalała. Pytał o Anię, ale nikt nie umiał powiedzieć, co się z nią stało. Dowiedział się jedynie, że ta blondyna, co ich wydała, została zastrzelona przez

AK-owców. W dawnym mieszkaniu Róży mieszkało kilkanaście osób, w sumie trzy rodziny. Znalazł sposób, żeby się tam dostać. Przebrał się za kominiarza i kazał prowadzić do pieca. Potem wystarczył krzyk, że w piecu jest niewypał. Całe towarzystwo wybiegło z mieszkania. Jeden ruch młotkiem i wskazany przez Różę kafel odpadł, a słoik wypełniony banknotami trafił w jego ręce. Znów miał erekcję. Ile razy trzymał w ręku wielkie pieniądze albo złoto, spodnie rozsadzało mu pożądanie. Na początek kupił sobie nową tożsamość, potem przyjaciół. Wrogów eliminował. Wreszcie stworzył dobrze działające imperium i zaczął korzystać z życia. Jeden z jego szpiegów znalazł Ankę w Brwinowie. Słuchał przekazywanych informacji, udając obojętność. „Ma drugiego męża", pomyślał z wściekłością. „Pewnie z ulgą mnie pogrzebała, a nad grobem przebierała nogami, żeby wskoczyć w portki innemu". Fantazjował o tym, żeby ją zabić, albo lepiej, tego jej nowego męża, którym okazał się właściciel Stokrotki. Mieli dziecko, a wiek małego świadczył o tym, że zdradzała go, jeszcze będąc jego żoną. Upił się kiedyś i raz jeden zwierzył jednemu wiceministrowi.

– Kobiety takie są, bracie – wybełkotał tamten. – Rzucasz takiej do stóp futra, pieniądze, złoto... A ona bracie, jak była kurwą, tak kurwą będzie na wieki...

– Amen – dokończył wtedy rozsądnie Kazimierz.

Wiedział, że dziecko nie jest jego, bo nie mógł ich mieć. Żadnej dziwce nie mógł zrobić dzieciaka, chociaż był czas, że bardzo się starał. Myślał o Ani codziennie, na początku w każdej minucie swojego życia, potem rzadziej, ale mógł śmiało powiedzieć, że nie wyszła mu nigdy z głowy. Z nią jedną tak było. Rodziną w Krakowie nawet się nie zainteresował, nie wiedział, czy brat z bratową żyją i guzik go to obchodziło, ale swojej żony nie stracił z oczu przez te lata, chociaż zadowalał się samymi informacjami na jej temat. Myślał o niej właśnie tak – moja żona. Nie chciał oglądać na zdjęciach ani jej, ani tej rodziny, która go nie znosiła od samego początku. Wolał myśleć, że się zestarzała i roztyła. Ale nie mógł zapomnieć. A teraz stała tu przed nim, jeszcze piękniejsza niż dawniej, z zaciętą miną i czegoś chciała.

Wziął do ręki kawałek ananasa i podał jej. Wciąż przyglądał się jej, jakby była smacznym kąskiem rzuconym mu na pożarcie.

– Zjedz, to jest bardzo dobre. I mów, z czym przychodzisz.

Wzięła żółty krążek z jego rąk i zaczęła powoli żuć. Owoc był bardzo dobry, słodki, ale nie przesadnie, z kwaśnym posmakiem. Kiedy skończyła, wytarła wargi i ręce w kolorową serwetkę.

– Mój szwagier, Paweł, Mani mąż, nie poznałeś go nigdy...

– Wiem, który – przerwał jej. – Ten, który przychodził do ciebie w nocy, w snach. Przez niego nie zrobiłem ci dziecka...

– Jest w więzieniu z wyrokiem śmierci – powiedziała szybko. Zemdliło ją od ananasa. – Był w AK. Czy możesz… pomóc?

– Jak niby mam pomóc? – Szczerze się zdziwił. – Jesteś pewna, że on jeszcze żyje?

Kiwnęła kilka razy głową. Była pewna, że Paweł nie został jeszcze stracony. Kto wie, na co czekali? Może innych, czekających w kolejce, wrogów państwa ludowego było tak dużo, że Paweł jeszcze żył. Może gdyby się ujawnił, byłoby inaczej. Mówili, że niektórzy się ujawniali i pozwalano im opuścić kraj i wyjechać do Anglii czy nawet Ameryki. Pawła złapali pod zmienionym nazwiskiem, kiedy usiłował przekroczyć granicę. Krótki proces i natychmiastowy wyrok. Śmierć. Dobrze, że zawiadomiono Manię.

– Brałem przecież mąkę od jego rodziców – przypomniał jej. – Dla Rajchertów. U tych ludzi wszędzie były jego zdjęcia. I twojej siostry z dziećmi.

– Tak – potwierdziła. – Do niczego cię to nie zobowiązuje. Ani znajomość ze mną.

Patrzyła na niego z uporem.

– Proszę cię, Kazimierz… Bardzo cię proszę… Podobno wszystko możesz…

Nagle roześmiał się głośno. Potem palcami przeciągnął kilka razy po rzadkiej czuprynie.

– Zobaczę, co się da zrobić – rzucił w jej stronę. – Ale muszę wiedzieć jedno. Na co mogę liczyć w zamian?

– Nie mam wiele pieniędzy – powiedziała.

Przez wiele lat marzył o tym, żeby ją upokorzyć. Zobaczyć na kolanach, błagającą o pomoc. Marzył, że któregoś dnia przyjdzie i poprosi go o pieniądze. A on każe jej je zarobić, korzystając do woli z jej ciała. Będzie mu się oddawała tak jak kiedyś, udając spełnienie, byleby tylko zostawił ją w spokoju. Znał ją dobrze. Potrafiła zadowolić mężczyznę. Nawet sprawić, żeby w to uwierzył, ale on nie będzie już taki głupi. Będzie go błagała, żeby z nią skończył. Może okaże jej litość, kto wie, albo w odpowiednim momencie przypomni jej, jak go potraktowała. Teraz jej pomoże, mimo że za to jak z nim postąpiła, należałoby ją raczej wysmagać batem, niż okazywać życzliwość. Wróciła jednak do niego, tylko to się teraz dla niego liczyło.

– Gdzie mnie pogrzebałaś? – spytał z zaciekawieniem.

– Masz symboliczny grób. U nas na cmentarzu, bo przecież nie odnaleziono twojego ciała…

– Czyli masz teraz dwóch mężów? – zakpił. – I dwójkę dzieci…

– Mój mąż Kazimierz zginął zastrzelony w czasie łapanki… – zaczęła.

– Masz czelność... – przerwał jej. – Prosisz mnie, żebym pomógł mężczyźnie, o którym marzyłaś, kiedy byłaś ze mną, i twierdzisz, że mam to zrobić ze względu na dawne, dobre czasy?

– Nie. – Uśmiechnęła się ironicznie. – Wyznacz sobie cenę. Niczego nie robisz za darmo, wiem...

– I myślisz, że bym cię chciał? – Starał się spojrzeć z największą pogardą, na jaką go było stać. – Ile ty masz lat? Wiesz, jakie ja mam tutaj kobiety? Na jedno moje skinienie przyślą mi babki wszelkiej maści i urodzenia. A one będą się prosiły, żebym je wziął...

Uniósł się cały. Wstała.

– Podaj cenę – powtórzyła. – Wiem, jaka może być i nie boję się. Tylko go uratuj...

Jeden z mężczyzn, który ją wprowadził, a potem odprowadzał do wejścia, spojrzał na nią ze zdumieniem i przestrachem. Łzy leciały jej same z oczu. Była wyczerpana. Wyszła na zalany wiosennym słońcem dziedziniec. Rozejrzała się wokoło i poszła piechotą w ulicę Nowy Świat i ronda, skąd zamierzała zejść na przystanek Powiśle, wsiąść w pociąg szerokotorowy i pojechać do Brwinowa, do rodziny.

Zostawiła Kazimierza wściekłego, rzucającego owocami i talerzami o ściany, wrzeszczącego przekleństwa. Jeszcze długo po jej wizycie nie pozwolił nikomu wejść. Kelnerkę, którą posłano, żeby go udobruchała nowymi daniami, wysłał do stu diabłów, a na drogę rzucił w nią butelką whisky kupioną za trefne dolary. Żółty płyn rozlał się po ścianach niczym uryna. Struchleli ze strachu poddani Króla czekali ciasno stłoczeni pod drzwiami podziemnego pokoju. Jedna z dziewczyn cicho popłakiwała.

– Cicho, głupia – zgromił ją Ludwik, najstarszy z wykidajłów.

Los obdarzył go posturą niedźwiedzia, ale serce miał gołębie. On nie bał się Króla, jemu było zwyczajnie go szkoda. Wiedział, że ten wszechwładny mężczyzna ma wszystko, co można kupić, nawet szacunek najbardziej wpływowych osób, ale nie ma ani jednego bliskiego człowieka. W jego apartamentach próżno by szukać jakiegokolwiek zdjęcia czy osobistej pamiątki. Jakby wziął się z niebytu. Nikt nie ośmieliłby się pytać go o przeszłość. Za to można było zostać odesłanym pod byle pretekstem, a potem wylądować pod kołami pociągu albo wypaść z wysokiego budynku. Ludwik także o nic nie pytał. Już nieraz widział taką furię u tego najważniejszego hotelowego gościa. Tak jak wtedy, kiedy jedna z kurew wyciągnęła mu z marynarki portfel, a stamtąd zdjęcie jakiejś kobiety. Prawie zatłukł dziewczynę na śmierć. Straciła oko.

– Powścieka się i zaraz zawoła którąś z was – pocieszył płaczącą Wandzię, która była nowa i bardzo chętna do pracy, ale ciągle jeszcze myślała sobie, że któryś z klientów zabierze ją ze sobą i zaoferuje nowe, wspaniałe życie.

– Przecież wiem – chlipnęła. – Ale jak mnie zawoła, to zabije...

Wandzia miała podobny kolor włosów do kobiety, która właśnie opuściła hotel i Ludwik zastanawiał się, co taka elegancka pani, o której jego babcia mówiła, że to „cholerna dama", powiedziała Królowi, że ten szalał w pokoju już dobre pół godziny. Dał znak Wandzi, żeby poszła z innymi dziewczynami napić się wódki.

– Przyda się – zerwała się Wandzia ochoczo i poszła z Mariolką do części restauracyjnej dla zwykłych gości, gdzie korzystając z tego, że rachunek był zawsze otwarty dla Króla, a ten zapomniał o istnieniu dziewczyn, zamówiły po cztery śledzie z meduzą na głowę, a potem pijane w drobny mak opowiadały, płacząc, o rodzinach zostawionych gdzieś na polskich wsiach.

Ludwik tymczasem zapukał energicznie do drzwi i kiedy usłyszał, jak coś ciężkiego uderza po drugiej stronie, odczekał chwilę i otworzył Sezam. Uchylił się jeszcze przed pustą butelką po wódce, a potem wślizgnął do środka gotowy na rozkazy. Król dyszał ciężko po burdzie, jaką sam wywołał. Prosię już bez jabłka w pyszczku, walało się na podłodze w towarzystwie pomarańczy, cytryn i mięsiw. Salaterki z sałatkami i półmiski z galaretą leżały pod ścianami zbryzganymi alkoholem i sokami.

– Daj ogień – rozkazał Król, a widząc niepewną minę mężczyzny, dodał: – I skręć mi papierosa. Sobie też...

Ludwik skwapliwie zabrał się do roboty. Kiedy skończył, podpalił papieros i podał szefowi.

– Sztachnij sobie – powiedział Wolski, zaciągając się dymem tak mocno, że Ludwik obawiał się, że się nim udusi.

Posłusznie zapalił swojego skręta i zaciągnął się kilka razy. Nikt nigdy nie ośmielił się komentować faktu, że Wolski miał na podorędziu kilka paczek Marlboro, Chesterfieldów, a nawet kubańskich cygar, a najbardziej lubił palić skręty, ewentualnie Extra Mocne bez filtra. Palili tak bez słowa. Kiedy skończyli, Król wstał, rozejrzał się w poszukiwaniu jakiegoś alkoholu. Znalazł cudem ocalałą butelkę wódki, wychylił z gwinta potężny łyk, a potem wyjął złoty długopis i naskrobał coś na serwetce.

– Daj Napoleonowi – polecił. – Powiedz, że to na wczoraj. A potem zawołaj tu dziewczynki.

– Które szef sobie życzy? – spytał Ludwik wyraźnie uspokojony, że wszystko wraca do jako takiej normy.

– Byle jakie niech będą... – Zaśmiał się ze swojego żartu. – Chociaż nie, tylko rudej żadnej żeby nie było, bo zatłukę jak psa...

Ludwik wstał, ukłonił się i wyszedł z pokoju. Najpierw przekazał, że szef idzie do swojego pokoju, a za dziesięć minut oczekuje odpowiedniego towarzystwa. Potem poszedł powiedzieć, że mogą już sprzątać i podliczać koszty. Na końcu wstąpił do restauracji i uspokoił Wandzię z Mariolką, że dziś na pewno mają wolne.

Napoleon skrzętnie wypełnił swoje zadanie. Lubił zlecenia Króla. Wolski wyrażał się jasno, krótko, płacił od ręki, w złotych albo dewizach, w zależności od zapotrzebowania. I nigdy, przenigdy, osoba Napoleona nie była w żaden sposób łączona z interesami Króla. Napoleon, który przyszedł na świat jako Jan Kowalski, spojrzał na nazwisko wyskrobane ołówkiem na kartce, zapamiętał je, a potem wyjął amerykańską zapalniczkę, która została mu z czasów kontaktu z wojskiem, i spopielił karteczkę. Zaczął od spaceru na Rakowiecką, gdzie zaczekał na jednego ze swoich najlepszych informatorów – klawisza Franka Broniewskiego, postawił mu obiad w pobliskiej jadłodajni i wypytał o wszystko, czego potrzebował. Na koniec odpalił mu jeszcze dychę, starannie zapisując wszystkie koszty w służbowym notesie. Zanim miał gotowy raport dla Króla, odwiedził jeszcze dwa razy więzienie, postawił siedem obiadów kolegom Franka, zabrał do Grandu na kolację samego zastępcę naczelnika więzienia, a potem jeszcze wykonał wiele wycieczek do Sądu Najwyższego. Kosztowało go to więcej wysiłku niż ten, który wkładał w szukanie kurewek, które zniknęły po upojnych nocach, a przedstawiciele Komitetu Centralnego obawiali się, że po alkoholu powiedzieli zbyt dużo. I o wiele więcej niż załatwianie nieuczciwych paserów, rozcieńczających alkohol dostawców czy kelnerów kradnących pieniądze Królowi.

Napoleon zawdzięczał swój przydomek nie tyle niskiemu wzrostowi, ile bystremu umysłowi i szczęściu do wygrywania bitew. Jego Waterloo jeszcze nie nadeszło, być może dlatego, że niczym specjalnym się nie wyróżniał, jeśli chodzi o wygląd, rozmówcy z trudnością zapamiętywali jego twarz. Nazwisko też miał przeciętne. Poza tym umiał z „klientami" rozmawiać tak, aby żaden z nich nie miał wrażenia, że informacje, które przekazuje, mogą komuś zaszkodzić. Kiedy kończył robotę, Król otrzymywał „klienta" na tacy, a do tego rzetelne rozliczenie. Po wypłaceniu należności Napoleon natychmiast zapominał o rozmówcach i samym Królu, oczywiście tylko do następnego zlecenia. Między robotą żył sobie wygodnie jako stateczny Kowalski, pan woźny w szkole, ojciec dwóch córeczek i mąż uroczej plastyczki. Ponieważ życie rodzinne było dla Kowalskiego najważniejsze, zatrudnił się w podstawówce, w której uczyły się jego dziewczynki, Krystynka i Bożenka. Miał na nie oko. Po południu czasami pomagał w domu kultury. Jego żona Haneczka, z której był ogromnie dumny, regularnie wystawiała socrealistyczne koszmarki między innymi dla szkolnych wycieczek. Król już kilka razy proponował mu dodatkową zapłatę za usługi w postaci dostępu do dziwek, ale Kowalski zawsze odmawiał, tłumacząc się zasłyszanymi w jakimś filmie słowami: jego żona jest tak piękna, że nie potrzebuje mieć kochanki. Król nie naciskał, chociaż dziwił się nieco, jak można odrzucić Izabelkę, najsłynniejszą warszawską prostytutkę, która rozpalała każde męskie lędźwie, a ulegali jej i przedstawiciele władzy, i zwykli obywatele.

Wykonanie zadania zajęło Napoleonowi ponad dwa tygodnie, ale pod koniec już wiedział z całą pewnością, że pułkownik Paweł Bartosiewicz na podstawie prawomocnego wyroku sądu Polskiej Rzeczypospolitej Ludowej za działalność wymierzoną we władzę ludową oraz polskich obywateli, a także próbę nielegalnego przekroczenia granicy został skazany na śmierć. Razem z nim na ławie oskarżonych zasiedli inni żołnierze jego pułku „Baszta", którzy otrzymali takie same kary. Wyroku jeszcze nie wykonano, ponieważ pułkownikowi dano szansę rehabilitacji i ciągle stwarzano możliwość złożenia zeznań. Władza ludowa posunęła się nawet do szantażu. Powiedziano mu, że przed śmiercią będzie mógł zobaczyć żonę i córki, musiałby tylko podać kilka nazwisk, ale Paweł, który miał nie na darmo pseudonim „Żelazny", splunął tylko pod nogi ubekowi, który mu taką propozycję przedstawił. Wtedy zaczęto mu grozić. Sugerowano, że jego żona będzie represjonowana, a córki nigdy nie dostaną się na wyższą uczelnię, mimo punktów za pochodzenie. Jeden z przesłuchujących powiedział, że jego rodzinie odebrano młyn, ale być może będą mogli go odzyskać, jeśli tylko „Żelazny" przestanie się upierać i wyda innych szpiegów, doprowadzi władzę do siatki kontaktów. Bito go już po wyroku śmierci, głodzono i trzymano w wodzie po kolana. Paweł przyjmował to wszystko, jakby rzeczywiście był z żelaza. Napoleon doniósł Królowi, że pułkownik nigdy się nie ugiął i nie wydał nikogo. Na pytania ubeków odpowiadał pytaniami, kiedy wreszcie wykonają na nim wyrok, czym wprawiał w osłupienie nawet samego komendanta więzienia.

– Egzekucja planowana jest za jakiś miesiąc, tylko tyle zdołałem się dowiedzieć. Nie wiem, gdzie się odbędzie... – relacjonował Napoleon bezbarwnym głosem. – W grę wchodzi kilka miejsc... Ale odbicie więźnia jest bardzo ryzykowne... – dodał od siebie.

Król pominął tę uwagę milczeniem.

– Kto go skazał? – spytał.

– Sam sędzia Milczyński – skrzywił się Kowalski. – Za przeproszeniem szuja...

Wolski pokiwał głową. Długo jeszcze rozmawiali, omawiając różne szczegóły. Potem Król wziął pełen raport, zapłacił Kowalskiemu zwitkiem banknotów wyjętych z kieszeni, dodał butelkę wódki, bo w koniakach Kowalski nie gustował, i pożegnał swojego najlepszego informatora. Przez kilka godzin rozważał różne opcje, zastanawiał się, jak najlepiej postąpić, wreszcie wezwał Ludwika i udzielił mu szczegółowych instrukcji, co ma zrobić i kiedy. Ludwik jak zwykle ukłonił się, a potem poszedł po ludzi, o których chodziło Królowi. Dziwił się nieco, ponieważ lista obejmowała między innymi znanego oszczepnika Zbigniewa Radziwonowicza, jednego z najlepszych warszawskich fotografów oraz fryzjera. W pierwszej kolejności Ludwik miał sprowadzić Izabelkę, Mariolkę i Ziutkę, a potem po kolei osoby z listy. Przez dwa dni w restauracji Króla w Grandzie przewijał się korowód postaci.

– Ki czort? – zapytał Ludwika młodszy wykidajło Karolek, który na nogach zrobił chyba z dwadzieścia kilometrów, odprowadzając z restauracji do pokojów hotelowych i z powrotem dziewczynki różnej maści, znanego sportowca, fotografa z ogromnym statywem oraz niewysokiego mężczyznę, który wydawał się w tej historii najważniejszy.

– Cicho siedź i ucz się – odpowiedział Karolkowi, chociaż sam niewiele z tego zrozumiał i był bardzo ciekawy, o co chodzi tym razem.

Bo to było zupełnie co innego. Jednego był pewien. Chodziło o wizytę czerwonowłosej kobiety. To po jej wyjściu Król wezwał Napoleona, a potem tych wszystkich ludzi. W jakim celu, tego Ludwik nie wiedział i nie chciał wiedzieć. Tak było bezpieczniej, dla niego i jego rodziny.

– Ale po co ten oszczepnik? – Nie ustępował Karolek. – I fryzjer?

Kiedy sędzia Milczyński po raz kolejny odwiedził Króla, nie był już tak zadowolony jak przy pierwszej wizycie. Król pokazał mu zdjęcia, na których kopuluje z Izabelką na tle radzieckiej flagi. Co więcej, zdarzyło mu się spuścić właśnie w kierunku sierpa i młota, co było chyba najgorsze. Fakt, że ktoś robił mu fotografie z ukrycia, zbulwersowało i oburzyło sędziego. Najpierw groził Królowi zniszczeniem jego, jak się wyraził, „imperium", potem załamał się jednak i czekał na to, co Wolski ma mu do zaproponowania. Rozważał w myślach różne scenariusze. Był przekonany, że chodzi o pieniądze, bo przecież takim kanaliom jak Wolski mogło chodzić tylko o jedno.

– Ile? I jaką mam gwarancję, że tych śmieci nie zobaczy moja małżonka? – spytał, starając się nadać brzmieniu swojego głosu ton pełen godności.

– Ja, panie sędzio, pieniędzy nie potrzebuję. – Rozczarował go Król. – Nie interesuje mnie także pańska małżonka, syn Janusz, niech sobie żyją dostatnio i w spokoju i oby nigdy nie dowiedzieli się, czym się pan, drogi panie sędzio, zajmuje…

Milczyński wstał i wrzasnął wielkim głosem, że to napaść na sędziego najwyższego i już oni w KC wezmą się za Wolskiego i jego ciemne interesy.

– Zgnijesz w więzieniu, a ja nakarmię twoim ścierwem kruki na stokach cytadeli... – wrzasnął sędzia.

Wolski docenił poetycki walor wystąpienia swojego gościa, był przecież poetą, o czym nigdy nie zapomniał. Mimo to wstał i popchnął gościa, a ten ciężko upadł na fotel.

– Milcz, panie Milczyński, słuchaj i rób, co mówię, bo jak nie, to całe KC zobaczy twojego fiuta, jak go wystawiasz na Związek Radziecki! – rozkazał.

A potem szeptem wyjaśnił mu, czego od niego oczekuje. Wyjaśnienie trwało niecałe dziesięć minut, ale sędzia w czasie przemowy Króla wypił pięć setek czystej i zagryzł potężnym kawałkiem łososia norweskiego, który był obrzydliwy, nie to co śledź, ale w tym momencie Milczyński nie dbał o swoje podniebienie. Zadał jeszcze ze dwa pytania, a po uzyskaniu rzeczowej odpowiedzi wstał, przyjął poklepywanie przez ramię i kazał sobie podstawić służbową Wołgę, którą odjechał w kierunku domu.

Kolejnym gościem był oszczepnik, który wysłuchał uważnie Króla i zgodził się zrobić, co się da. Miał wobec niego dług wdzięczności, ponieważ Wolski kochający sport, zwłaszcza boks, oszczep i piłkę pomógł mu, kiedy mieszkał w ciasnym mieszkanku z teściami i siostrą żony, załatwił kwaterunek i dobrą pracę, w zamian nie żądając nic. Radziwonowicz widział, że któregoś dnia może nadejść chwila zapłaty i po wezwaniu do Króla był pewien, że właśnie tak się stało.

– Mam nauczyć tę osobę podstaw rzucania oszczepem? – upewnił się.

– Właśnie, panie Zbigniewie – przytaknął Król. – Nauczy pan rzucać tego pana oszczepem.

– A jak dobrze ma się nauczyć? – pytał oszczepnik.

– Żeby móc wziąć udział w mistrzostwach Europy – podsumował Wolski i na oczach oniemiałego Radziwonowicza wyciągnął jabłuszko z prosięcia, przerąbał go sanacyjną szablą na pół i polewając obficie wódkę, zaprosił gościa na kolację.

Świtało, kiedy zamek celi szczęknął i do środka wszedł żołnierz Ludowego Wojska Polskiego.

– Na literę B – ogłosił.

Kapitan Belka wysunął się przodem. Podszedł do żołnierza i powiedział cicho pełne nazwisko. Żołnierz pokręcił głową. Paweł wstał, ale porucznik Borowiecki powstrzymał go gestem i podszedł do żołnierza. Kiedy ten ponownie pokręcił głową, Paweł uśmiechnął się do pozostałych, podszedł do drzwi i głośno powiedział:

– Pułkownik Paweł Bartosiewicz, pseudonim „Żelazny".

– Bez nazwisk, bez rzeczy – rzucił żołnierz. – Idziemy.

Paweł odwrócił się w kierunku towarzyszy, z którymi przelewał krew w powstaniu, ukłonił się, a potem zasalutował.

– Żegnam panów – powiedział.

Za drzwiami czekało jeszcze czterech. Dwóch chciało go podtrzymać, ale Paweł szarpnął się i burknął:

– Sam pójdę.

Przypomniała mu się twarz Ani, którą widział każdej nocy, kiedy tylko zamykał oczy. Potem pomyślał o Kalince, której tamten Niemiec w powstaniu strzelił w głowę, a przedtem brutalnie zgwałcił. Na końcu przywołał w pamięci Manię, z jej oddaniem i miłością, na które nie zasługiwał. „Nigdy nie zobaczę dziewczynek", przemknęło mu jeszcze przez głowę. „Ale może to dobrze, że nie będą dorastały z piętnem ojca szpiega i wroga władzy ludowej". Kiedy pierwszego dnia wojny stał przed plutonem egzekucyjnym, nie bardzo zdawał sobie sprawę z tego, że lufa karabinu uśmierci mężczyzn stojących obok niego. Liczyła się tylko Ania, której szukał wzrokiem. Nawet nie Mania, która zaczęła rodzić. A potem dziadek Antoni, ten cichy, dobry człowiek zasłonił go własną piersią. Kiedy zbierano rannych, pobiegł do Pruszkowa, żeby dowiedzieć się, o co chodzi w tej całej zawierusze. To tam dostał pierwsze dokumenty na nazwisko Marceli Szpakowski i został odesłany do Warszawy, gdzie na Mokotowie zorganizował jeden z pierwszych oddziałów Szarych Szeregów, a potem już zbrojną jednostkę AK.

– Powiesicie mnie czy strzelicie w tył głowy? – spytał z kpiną w głosie.

Szedł w otoczeniu sześciu żołnierzy ciemnym korytarzem. Nie chciał uciekać ani nawet zrobić krzywdy żadnemu, choć pokusa, żeby temu z prawej złamać choćby rękę, była bardzo silna. Nie obchodziło go także, że pochowają go gdzieś pod murami i nikt, ani jego rodzice, ani Ania z Manią i córkami nie będą mogły zapalić mu świecy w rocznicę śmierci.

– Zawiadomicie rodzinę? – Zdecydował się wreszcie zadać to pytanie. – Z ciekawości pytam…

Mimo wszystko dziwnie było tak iść korytarzem na śmierć, chociaż Paweł wiedział, że ta chwila kiedyś nastąpi i wydawało mu się, że jest do niej przygotowany. Nikt mu nie odpowiedział. Byli blisko jakichś drzwi. Poczuł szarpnięcie. Jeden z żołnierzy wypchnął go na zalane słońcem podwórze więzienia.

– Przez minutę nikt nie strzeli – powiedział szybko. – Tyłem od spacerniaka, na murze za drzewami…

Paweł nie zapytał, kto i dlaczego postanowił darować mu życie po raz drugi. Tysiąc myśli przebiegło mu przez głowę, ale instynkt przetrwania był najważniejszy. Pobiegł, jak umiał najszybciej wzdłuż muru, na tyły więzienia, przygotowany mimo wszystko na kulę w plecy. Dobiegł do miejsca, o którym mówił tamten żołnierz. Strzał nie padł. Ukrył się za rosnącą przy murze kępą drzew. Przyczaił się na krótko, żeby uspokoić oddech, potem wspiął się zręcznie na mur. Drut kolczasty był przecięty, mimo to poranił sobie palce o wystające szkło. Ciężko zeskoczył na ulicę. Był świt, świeciło słońce, nikogo na ulicy nie było, jeśli nie liczyć dwóch ubranych jak menele mężczyzn, którzy stali z petami po drugiej stronie ulicy. Poszedł w prawo, ale kątem oka zobaczył, że mężczyźni odrywają się od muru i idą za nim. Pozwolił się dogonić. Jeden z nich zdjął kurtkę i podał ją Pawłowi, który zakrył więzienne ubranie. Szli w milczeniu ulicami uśpionej Warszawy. Mężczyźni doprowadzili go do lokalu na Puławskiej, blisko Dworkowej. Nikogo nie spotkali. Zapukali energicznie do drzwi. Te otworzyły się natychmiast i Paweł został wepchnięty do środka. Właściciel zapytał tylko, czy jest głodny. Zaprzeczył odruchowo, ale był ogromnie wdzięczny, kiedy dostał od małomównej kobiety jajecznicę z dziesięciu jaj. Zjadł posiłek szybko, resztki z talerza wycierając pachnącym Brwinowem chlebem. Wypił herbatę, parząc sobie wargi i palce. Mężczyzna zaprowadził go do małego pokoju na zapleczu.

– Niech się pan prześpi – powiedział. – Dopiero wieczorem po pana przyjdą.

W pokoju czekało na niego czyste cywilne ubranie i dokumenty na nazwisko Daniel Umiński. Z dowodu osobistego wynikało, że jest synem Marianny i Jana i urodził się drugiego lutego tysiąc dziewięćset dwunastego roku. Bez trudu zapamiętał te dane. Przesiedział w tym pokoju cały dzień, cierpliwie czekając na kogoś, kto dalej nim pokieruje. Dużo rozmyślał. Próbował spać, ale nie był w stanie nawet na chwilę zmrużyć oczu. Kiedy zapadł zmierzch, do pokoju zapukał nastoletni chłopak w obszernym ubraniu i trochę za dużym kaszkiecie.

– Jestem Kajtek – powiedział.

– Daniel – odpowiedział Paweł.

Chłopiec kiwnął głową. Wyszli z lokalu na sierpniowy wieczór. Już się ściemniało. W lokalu, którego nazwy Paweł nie zapamiętał, światło świeciło się jasno i dochodziły śpiewy.

– Wesele – powiedział krótko Kajtek.

Kilkakrotnie zmieniali tramwaje. Kajtek za każdym razem kasował bilety dla nich dwóch i wybierał najbardziej zatłoczoną część pojazdu. Część drogi pokonali piechotą. Paweł nie pytał, dokąd jadą, a Kajtek pochodzący z małomównej rodziny nie uznał za stosowne mu tego wyjaśnić. Wreszcie stanęli przy bocznej bramie AWF-u na Bielanach.

– Dzbdry – wymruczał Kajtek do strażnika w budce. – My do trenera Szelesta.

– Napiszcie tu swoje nazwiska. – Zmęczony mężczyzna podał im zmięty zeszyt i ołówek chemiczny.

Pierwszy wpisał się Kajtek, po nim Paweł.

– Po co tam idziemy? – spytał Paweł.

– Ja tam nic nie wiem – odparł Kajtek. – Ojciec kazał mi pana tu przyprowadzić do samego trenera.

Prowadził go sprawnie między budynkami. W końcu weszli do jednego z pawilonów, a potem na pierwsze piętro. Kajtek zapukał do drzwi. Weszli nie do mieszkania, jak Paweł przypuszczał, czy sali wykładowej, ale niewielkiej hali, w której było trzech mężczyzn w strojach gimnastycznych.

– Witamy, panie Danielu – powiedział najstarszy mężczyzna na ich widok, po czym podał mu rękę. – Zygmunt Szelest.

– Janusz Sidło – przedstawił się jeden z młodszych.

– Zbigniew Radziwonowicz – powiedział trzeci.

Paweł przedstawił się swoim nowym nazwiskiem.

– Witamy pana w kadrze na mistrzostwa Europy w Bernie – powiedział legendarny trener oszczepników, a przyszły złoty medalista olimpijski Janusz Sidło uśmiechnął się serdecznie do oniemiałego ze zdumienia Pawła.

Na treningi kadry regularnie przychodzili ubecy. Siadali na trybunach i obserwowali wyczyny reprezentantów. Zygmunt Szelest kiwał im głową, dając do zrozumienia, po pierwsze, że wie, kim są, a po drugie, że nie ma nic do ukrycia. Na mistrzostwa Europy do Szwajcarii wystawiał trzech zawodników, oprócz faworyta Cisło i Radziwonowicza, niemal równie dobrego jechał młody nikomu do tej pory nieznany zawodnik Daniel Umiński.

Król zadbał o wszystko. Jeszcze tego samego dnia, kiedy Paweł znalazł się na AWF-ie przyszedł fryzjer i ostrzygł go, a potem fotograf zrobił zdjęcia do paszportu. Paweł dostał prawie legalny paszport, zgodę na wyjazd, Król nawet autokar załatwił lepszy, żeby tylko nic nie pokrzyżowało planów, i wszyscy, przede wszystkim Paweł, dotarli do Berna cali i zdrowi.

– Czy to nie za duże ryzyko? – pytał Szelest Króla. – A jeśli go znajdą i nie wypuszczą nas z Polski?

– Ryzyko jest zawsze – filozoficznie odpowiedział Wolski. – Ale widzisz pan, panie Zygmuncie, co się dzieje. Wiesz pan w ogóle, kto to jest ten Umiński?

Szelest zaprzeczył, a wtedy Król z satysfakcją streścił mu wojenny życiorys Pawła. Trener pokiwał głową, zjadł kawałek pieczeni z zająca, popił piwem, bo wódki jakoś nie trawił i wrócił na Bielany, żeby trenować swoich oszczepników.

– Zabawcie się chłopcy w tej Szwajcarii – mruknął Król i chciał wepchnąć trenerowi zwitek dolarów, ale Szelest obruszył się i odsunął zwitek ręką.

– Panie Andrzeju – powiedział. – Żeby jasność była w temacie, ja grosza od pana za to nie przyjmę, ale mogę panu obiecać, że przywieziemy medal.

Król uśmiechnął się, ale nie cofnął ręki.

– To niech pan da temu nowemu – mruknął. – Niech wszyje w podszewkę marynarki i wyciągnie dopiero na miejscu… A medalistów zapraszam potem na specjalny bankiet.

Po trzech dniach od tej rozmowy autokar z kadrą lekkoatletów ruszył na południe tłumnie żegnany, głównie przez kibiców Janusza Cisły i Eli Duńskiej, później Krzesińskiej, którzy z Berna przywieźli odpowiednio złoto i brąz. Paweł trzymał się blisko oszczepników, starał się specjalnie nie rozmawiać z nikim, ale nie uniknął pytań „złotej" Eli, która przysiadła się do niego drugiego dnia podróży i trajkotała jak najęta o swoich studiach medycznych, warkoczu, który dwa lata temu uniemożliwił jej zdobycie olimpijskiego medalu, narzeczonym, którego „za chwilę" miała poślubić i tak dalej. Z pewnym niepokojem zerkał na nich trener Szelest, ale Paweł wyposażony przez Króla w „oszczepniczy" życiorys dawał sobie radę z gradem pytań. Na granicy z Niemcami o mało nie wpadli, ponieważ Czesi postanowili przeszukać autokar od kół po siedzenia, nie omijając zawodników. Kiedy celnicy podeszli do Pawła, odruchowo skulił się, a potem rozłożył ręce, budząc tym zdziwienie współpasażerów. Wzięto go na kontrolę osobistą, uznając za element podejrzany, a Szelest wypalił w tym czasie paczkę papierosów. Po dwóch godzinach poszukiwań kontrabandy i dolarów oraz wpatrywania się w paszporty pasażerów Czesi z żalem puścili autokar, a Niemcy tylko machnęli rękoma, widząc biało-czerwone flagi. Trzy tysiące dolarów zaszytych w watowanych rękawach marynarki przez żonę Radziwonowicza pozostało nieodkryte, a Paweł po raz kolejny mógł dziękować Bogu za uratowanie mu życia.

Dwudziestego piątego sierpnia na stadion Neufeld wyszła cała reprezentacja Polski, łącznie z Pawłem, który dumnie kroczył obok niosących biało-czerwoną flagę. Niestety w zawodach nie mógł już wziąć udziału, ponieważ doznał kontuzji podczas treningu poprzedzającego zawody i musiano go odwieźć do szpitala. Już nie wrócił do wioski. Korzystając ze świetnej znajomości niemieckiego, którą nabył w czasie wojny, kupił na dworcu bilet i pojechał do Zurichu. Tam ślad po nim zaginął.

W Polsce sprawę zatuszowano. Król zadbał i o to. Naród nawet się nie dowiedział, że istniał niejaki Umiński i nie dorósł do roli reprezentanta narodu. Janusz Sidło wrócił ze złotym medalem w glorii chwały, podobnie jak trener Szelest.

Ania nie znała szczegółów. Kazimierz wysłał jej kartkę pocztową na brwinowski adres z serdecznymi pozdrowieniami i życzeniami zdrowia dla całej rodziny. Zrozumiała, że udało mu się ocalić Pawła. Dwa dni później przyszło inne pismo, zawiadamiające, że Polska Ludowa nie skorzystała z prawa łaski na zdrajcy narodu (tu ktoś wpisał imię i nazwisko rozmazującym się długopisem, pomijając stopień wojskowy) oraz że wyrok wykonano w takim to a takim dniu. Mania wybuchnęła płaczem i długo nie mogła się uspokoić kołysana w ramionach siostry.

– Dowiem się dokładnie, gdzie jest Paweł i czy to możliwe, żeby oddali nam ciało – szeptała jej do ucha. – Proszę cię, nie płacz…

– Jak mam nie płakać, kiedy ja go nie widziałam piętnaście lat… Dziewczynki nie znają ojca… Co ja mam teraz robić?

– Teraz trzeba domagać się wydania ciała – dał się słyszeć głos Broni. – I pochować u nas, po naszemu…

Ania westchnęła. Mania pod żadnym pozorem nie mogła się dowiedzieć, że Paweł został uratowany. Jego „śmierć" złamała jej serce, ale wiadomość o ocaleniu sprawiłaby, że siostra nigdy nie przestałaby czekać. Nie związałaby się ani z Ryszardem, ani z żadnym innym mężczyzną. Na wspomnienie odwołanego w ostatniej chwili ślubu i sukni wciąż wiszącej w szafie w ich dawnym, panieńskim pokoju zachciało się jej krzyczeć i walić pięściami w mur. W dodatku wizyty w Warszawie poważnie zraniły Michała. Nie pytał, co chciała załatwiać, ale domyślił się, że jej wyjazd ma coś wspólnego z dawnym ukochanym i bardzo to przeżywał.

Do Kazimierza poszła jeszcze raz, mimo że jej nie wzywał. Nie chciał jej przyjąć raz i drugi, ale nie dawała za wygraną. W końcu podwoje jaskrawo oświetlonego pokoju otworzyły się i Ania ponownie stanęła przed swoim pierwszym mężem. Znów rzuciła okiem na stół pokryty wymyślnymi potrawami i butelki szampana chłodzące się w specjalnych pojemnikach. Znów Kazimierz strącił z ramienia dwie kurwy, które grzecznie wyszły z pokoju, a potem rosły wykidajło zamknął drzwi. Tym razem usiadła, nie czekając na zaproszenie.

– Gdzie on jest? – spytała krótko.

– Nie owijasz w bawełnę. – Uśmiechnął się. – Twój kochaś jest daleko, nad pewnym dużym jeziorem.

– Możesz mu coś przekazać? – drążyła.

– Prawdopodobnie nie zobaczysz go do końca życia – sapnął. – Przynajmniej o to zadbałem.

Wyjął z kieszeni zdjęcie, na którym widać było wyraźnie Pawła maszerującego w barwach narodowych. Podał jej. Popatrzyła.

– Mogę to zachować?

– Nie – rzucił krótko, a potem wyrwał jej zdjęcie z ręki i spalił w popielniczce.

Pokiwała głową ze zrozumieniem.

– Jak mam ci dziękować?

– Zabieraj się stąd – warknął. – Nie chcę cię więcej oglądać.

Podniosła się zaskoczona. Odwróciła i ruszyła do drzwi.

– Czekaj!

Zatrzymała się i posłusznie odwróciła. Była cała czerwona ze wstydu i upokorzenia, bardziej niż wtedy, gdyby chciał się z nią kochać. Wyjął spod stołu niewielki neseserek i podał jej.

– To pieniądze na edukację dzieci. Moich dzieci, rozumiesz? Dla Ewy i Michałka… I żebym cię więcej nie musiał oglądać…

Pokiwała głową, wzięła pieniądze i wyszła bez słowa. Nie widziała go więcej żywego. W neseserku było dziesięć tysięcy najprawdziwszych zielonych dolarów, które Ania przy pomocy Broni, nic nie mówiąc Michałowi, schowała w piecu, w żelaznej kasetce, którą kiedyś zrobił dziadek Antoni. Wiele lat później przypadło jej w udziale pochowanie Kazimierza, który do końca cieszył się urokami życia króla półświatka, ale umarł jako najbardziej samotny człowiek na świecie.

1955 ROK

Jasiek siedział jak na szpilkach. Łucja miała przyjechać do niego już ponad godzinę temu. Omówili wszystko wielokrotnie. Ustalili, że Łucja opuści męża, a potem zamieszkają razem, Jasiek, Łucja i mała Samantha Jane. Tyle czasu próbował ją przekonać, że jest jej przeznaczeniem, aż wreszcie zrozumiała to i zgodziła się z nim być.

W czasie wojny liczył się z tym, że może zginąć. Co więcej, były takie chwile, kiedy chciał dostać kulę w pierś i pójść do lepszego świata. Życie bez Łucji było zupełnie puste i na dłuższą metę nieznośne. Tylko walka z wrogiem mogła dać mu poczucie, że jest jeszcze komuś potrzebny. Błyskawicznie nauczył się wojennego rzemiosła. Strzelał równie celnie z karabinu snajperskiego jak i z innej broni, ale najbardziej skuteczny był, kiedy wykorzystywał prąd do działań wojennych. Z chwilą, kiedy uratował pułk w Brwinowie i dołączył do żołnierzy, zasłynął jako żołnierz, który oprócz celnego oka i walecznego serca ma jeszcze dar okiełznania niezwykłej mocy. Jasiek był w stanie podłączyć turbiny w każdych warunkach, jakby czerpał energię z własnych rąk. Dzięki niemu niejeden rozkaz dotarł szybciej do przywódców i niejeden nieprzyjaciel stracił życie. Na początku czuł, że wszystko i tak nie ma znaczenia. Łucja była w Ameryce, która była równie daleko, co gwiazdy na niebie. Potem jednak wraz z pułkiem trafił do Francji, a następnie do Afryki. Wtedy uświadomił sobie, że skoro może siedzieć w okopach w Afryce, równie dobrze może znaleźć się w Ameryce, czyli tam, gdzie mieszka kobieta, o której myślał w każdej minucie życia i śnił każdej nocy. Wtedy poczuł, że chciałby przeżyć wojnę, po jej zakończeniu pojechać do Nowego Jorku, do miejsca, w którym mieszkała Łucja z amerykańskim mężem. Koniec wojny zastał go w Anglii. Z żołnierzy, którzy walczyli od początku wojny, została ich garstka. Jasiek dochrapał się tylko stopnia kaprala, ale nie dbał o zaszczyty.

– Taka Polska będzie – rzucił dowódca, pokazując im nowe granice ojczyzny.

– To my krew przelewaliśmy… – Pokręcił głową z niedowierzaniem Romek „Wesoły" Lupartowicz – …żeby teraz tak nas okroili?

– I ziemie rozkradli – mruknął Juliusz Barabasz, który walczył już trzeci rok z kulą w głowie tkwiącą w czole zaraz pod czaszką.

– Do czego tu wracać? – Danek „Malutki" Radomski wypluł tytoń na podłogę.

– Nie pluj mi tu, świnio jedna! – wrzasnął dowódca. – Póki co w koszarach jesteś, a nie u siebie w domu!

Danek roztarł butem małą brązową plamę.

– Domu to już nima… – zauważył.

– Ja nie wracam – oświadczył Grzegorz z Torunia. Wcześniej opowiadał, że w Polsce zostawił żonę i dwie córki. – Zostanę tutaj, a potem dziewczyny sprowadzę…

Kilkunastu przytaknęło.

– Jeszcze wtedy nie wiedzieliśmy, że będzie, jak będzie – opowiadał Jasiek Łucji, kiedy odnalazł ją w Nowym Jorku. – Ja na szczęście nie zostawiłem w kraju żony ani dzieci. I z tego, co wiem, żadnemu z moich braci żołnierzy nie udało się sprowadzić rodzin.

Łucja słuchała wstrząśnięta, ale bardziej, niż los żołnierzy po wojnie interesowały ją wiadomości na temat Wieruszówki, które Jasiek jej przekazał po tym, jak dowiedział się, co i jak z listu od matki. Kilkakrotnie pytała ojczulka, dlaczego nie mogą wrócić do Polski, żeby majątek spieniężyć, ale ten cierpliwie tłumaczył jej, że powrót byłby podróżą w jedną stronę. Nikt by ich nie wypuścił z powrotem za ocean. Łucja gniewała się i bulwersowały ją wiadomości, że w domu, który tak starannie urządzała, otwarto szpital polowy, a potem zrujnowano.

– Kochanie. – Ojciec głaskał ją po głowie. – Lepiej przeżyć i zostać bez majątku, niż zostać uwięzionym w Polsce.

– Ależ ojczulku, przecież nam to się prawnie należy… – Nie mogła przeboleć Łucja.

– Zabrano majątki, już ci to tłumaczyłem, skarbie. Takie jest teraz w Polsce prawo i taki ustrój. Lepiej się tym nie zajmuj, tylko myśl o przyszłości, o maleństwie myśl…

Jasiek przypłynął do Nowego Jorku zaraz po podpisaniu kapitulacji. Wielu jego towarzyszy broni zostało w Anglii, część pojechała do Hiszpanii, a nawet do Grecji. On chciał do Ameryki. Dowiedział się, że to jest możliwe. Załatwianie stosownych papierów nie trwało długo. Chyba krócej niż podróż statkiem. Potem siedział w obozie przejściowym. Amerykanie go weryfikowali. Nie rozumiał ani słowa, tylko to, że uważali go za szpiega. Śmiać mu się chciało. Sprowadzili tłumacza, który pytał o mnóstwo rzeczy. Mówił prawdę. Do Ameryki wyjechała miłość jego życia. Musiał ją odnaleźć i spróbować odzyskać. Nie rozumieli. Pytali o ojca, matkę, brata, kuzynów. Od nich dowiedział się o śmierci Wacka i o tym, że Tadzik osiedlił się we Francji. Nawet o tym, że walczyli blisko siebie w tym samym czasie, również powiedzieli mu Amerykanie. Wypytujący go oficerowie nie pojmowali, że Łucja była dla Jaśka ważniejsza niż ojciec, matka i brat. Kusili go pieniędzmi. Miałby wrócić do Polski, nawiązać współpracę z nimi, a potem przyjechać jeszcze raz jako bogaty człowiek. Kręcił głową z niedowierzaniem albo się śmiał. Aż uwierzyli, że jest zakochanym do szaleństwa głupkiem w dziewczynie pustej jak wydmuszka i interesownej jak domokrążca.

– Nie chce pan pieniędzy? – pytał tłumacz. – Za co pan tu będzie żył?

– Mój dowódca mówił, że tu są możliwości dla żołnierzy, którzy bohatersko walczyli na wielu frontach – upierał się.

– Nie zna pan języka – przypominał każdy z przesłuchujących go oficerów.

– Nauczę się. – Nie ustępował. – Poślijcie mnie na kursy.

W końcu prąd okazał się po raz kolejny ogniwem łączącym Polskę i Stany Zjednoczone Ameryki. W gniazdku w kraju za oceanem płynął prąd o napięciu 110 woltów. Inaczej niż w Polsce. Jasiek miał ze sobą elektryczną golarkę, którą zabrał jednemu z zabitych Niemców. Bardzo był do niej przywiązany. Traktował ją jak trofeum, maskotkę przynoszącą szczęście. Nie używał już brzytwy. Żeby móc się ogolić, skonstruował przejściówkę. Ktoś doniósł i Amerykanie ponownie wzięli go na spytki. Uważali, że umieścił w gniazdku podsłuch czy coś w tym stylu. Śmiał się serdecznie. Wytłumaczył im, że zajmuje się prądem, a potem naprawił stare jak świat agregaty, powymieniał przewody w centrali telefonicznej oraz kawał kabla pod ścianą, z którego leciały iskry.

– Chcieliście tu chyba żywcem spłonąć. – Kręcił głową z niedowierzaniem. – Chyba pan Bóg mnie tu do was prowadził...

Oni też tak uważali. Dostał potrzebne papiery, nawet zapisali go na kurs języka angielskiego. Bardzo dobrze mu szło, ale też przykładał się starannie. Uczył się jak nigdy w życiu. Całymi dniami, aż do późnej nocy. Wkładał nogi do miednicy z zimną wodą, żeby nie zasnąć, a przed egzaminami kłuł się szpilką w ramię, żeby się lepiej skupić. Był najlepszym uczniem na kursie i szybko przeskoczył dwa poziomy. Ludzie, którzy się tam uczyli, byli z różnych krajów, było wśród nich trochę Polaków. Żaden, prócz Jaśka, nie chciał opanować dobrze języka, jedynie na tyle, żeby móc dogadać się albo uzyskać potrzebne papiery. Spośród wszystkich narodowości najbardziej izolowali się Włosi. Między sobą rozmawiali oczywiście po włosku, a angielskiego nauczyciela ignorowali, jak się tylko dało. Jasiek zagadnął kiedyś jednego z nich po angielsku, czy nie zna przypadkiem Benita i Andzi, ale Włoch splunął mu tylko pod nogi. Jasiek już miał mu dać w zęby, ale skojarzył, że ten Włoch może pomyślał o Mussolinim i machnął ręką. Nawet gdyby któryś z nich znał Andzię, to co by mu z takiej informacji przyszło.

Po pół roku nauki Jasiek mówił po angielsku całkiem dobrze. Bez problemu potrafił zrobić zakupy, wdawał się nawet w pogawędki z ludźmi w lokalnej pralni albo w kawiarni, gdzie regularnie jadał. W Ameryce wszystko było zupełnie inne. Sklepy, restauracje, domy czy szkoły. Amerykanie jeździli wielkimi samochodami. W Brwinowie przed wojną widział tylko jeden samochód, u Wieruszów. Tu jeździły ich setki. Nigdy przedtem Jasiek nie widział ludzi o skórze czarnej jak asfalt, a tutaj można było takich spotkać na każdym kroku. Wydawali mu się szczególnie szpetni, zwłaszcza kobiety z włosami tak drobno kręconymi, że wyglądały jak druty. Łucji nie próbował na razie szukać. Nie chciał do niej pójść niczym biedak, którego przygnały wichry wojny, stanąć w progu jej bogatego domu i prosić o rozmowę. Daliby mu jałmużnę i przegnali. Tacy ludzie nie mają ani poczucia wdzięczności, ani winy. Planował, że spotka się z Łucją dopiero wtedy, kiedy będzie kimś. Będzie miał pracę, duży samochód i będzie kimś. Kiedy skończył kursy i załatwił sobie prawo pobytu jako kombatant i bohater wojenny, znalazł w książce telefonicznej firmę Consolidated Edison Inc., która dostarczała prąd do całego Nowego Jorku i poszedł prosto do siedziby głównej, gdzie stanowczym tonem poprosił o spotkanie z jakimś kierownikiem. Gruba Murzynka bardzo kolorowo ubrana zaczęła się śmiać. Jasiek nie wiedział, z czego się śmiała, czy z jego akcentu czy może wojskowych ubrań, które nosił. Ukłonił się i wyszedł, ale wrócił następnego dnia, kolejnego i wracał tak przez dwadzieścia jeden dni, aż Murzynka wzniosła oczy ku niebu i oświadczyła, że szef działu rekrutacji pan Brown przyjmie go w dniu jutrzejszym w sprawie pracy o dziesiątej rano. Ma wziąć ze sobą papiery szkół, które ukończył, zaświadczenia z poprzednich miejsc pracy i tak dalej. Nic nie wziął, bo niczego takiego nie miał. Tylko papiery, że przebywa legalnie w Stanach Zjednoczonych i może pracować. Ubrać też nie mógł się inaczej, bo gościnne amerykańskie państwo opłacało pokój i wypłacało miesięcznie niewielką sumę, ale wystarczało to jedynie na posiłki. Mimo to śmiało wkroczył do pokoju kierownika w stroju z Armii Zbawienia i zaczął rozmowę. Po trzech minutach kierownik przerwał przemowę Jaśka.

– *Did I understand you? You do not have documents that certify your education, you're not working in our country, you're staying late and barely speak English, but want to work in management of our company?**

– Nie będziecie tego żałowali. Nigdy – gorliwie zapewnił Jasiek.

Pan Brown roześmiał się krótko.

– *Excuse me sir... Wynny... even if you wanted to work as a private employee, but you want to work in a central switching... How can you imagine it?***

– Macie przestarzałe przewody. Wiem, była wojna, ale teraz musicie postawić na rozwój. Unowocześnię wszystko. Umiem to robić. Bez mojej pomocy w kółko wszystko będzie wam „siadać", a przecież macie tutaj miliony mieszkańców i instytucji. Szkoły, szpitale...

Brown się nie śmiał, tylko pokręcił z niedowierzaniem głową.

– Wysłuchałem pana i mówię „nie". Nie potrzeba nam tutaj nikogo takiego... Nie ma potrzeby unowocześniania sieci. Mamy najlepszą centralę na świecie, najbardziej nowoczesny sprzęt. Mimo wojny jesteśmy w stanie podjąć zobowiązania, jakie stawia przed nami nasz rząd...

Jasiek nie zrozumiał ostatniego zdania. Dotarły do niego tylko słowa „wojna" i „rząd". Pan Brown wstał, wyraźnie już dając mu do zrozumienia, że czas spotkania dobiegł końca.

– Wrócę tu jutro i pomogę znaleźć rozwiązanie sytuacji, która zaistnieje – powiedział Jasiek.

– Jutro, panie Wynny, mam zaplanowane inne spotkania, obawiam się, że nie znajdę dla pana czasu. Żegnam i życzę powodzenia w szukaniu posady – zakończył definitywnie rozmowę gospodarz.

* Czy ja dobrze pana zrozumiałem? Nie ma pan dokumentów, które poświadczą pana wykształcenie, nie pracował pan w naszym kraju, przebywa pan od niedawna i ledwie mówi po angielsku, ale chce pracować na kierowniczym stanowisku w naszej firmie?

** Pan wybaczy, panie... Wynny... Gdyby jeszcze chciał pan pracować jako szeregowy pracownik, ale pan chce pracować w centralnej rozdzielni... Jak pan sobie to wyobraża?

Pan Brown się mylił. Następnego dnia sam spytał czarnoskórej sekretarki, czy dziwny Polak nie czeka gdzieś w pobliżu, miał bowiem na głowie nie lada problem. Jedna z podstacji na górnym Manhattanie przestała reagować na to, co komenderowała jej rozdzielnia. Nie można było kontrolować przepływu prądu. Wyjaśniono Brownowi, że ktoś podpiął się do linii wysokiego napięcia i skonstruował niezależną rozdzielnię, a potem wyłączył podstację. Brown nie wierzył w to, co słyszał. Pomysł był szalony, ryzykowny i bardzo szkodliwy, nie tylko dla śmiałka, który się odważył na takie działania, ale dla ludzi, którzy żyli w mieszkaniach zaopatrywanych przez tę właśnie stację.

– To ten Polak. Ten szaleniec – mruknął Brown. – Wezwać policję i kazać go aresztować. I błyskawicznie naprawić szkodę.

Otarł spocone czoło, wpatrzył się w aparat telefoniczny, który stał na biurku. W każdej chwili spodziewał się telefonu od swojego szefa. Byleby tylko nic się nie stało, myślał. Poczuł się jeszcze gorzej, kiedy zameldowano mu, że, niestety, nie da się tak łatwo naprawić szkody, za duże ryzyko. Bo rozdzielnia, której podlega podstacja, ma przestarzałe przewody, co się właśnie okazało przy tej operacji, poszły iskry na sprzęcie i trzeba było ją zamknąć, a ludzi ewakuować.

– Co to dla nas oznacza? – Puls Browna przyspieszył do stu dwudziestu na minutę.

– Tak naprawdę to nic złego, ku naszemu zdumieniu – powiedział podwładny. – Z tej podstacji korzystają prywatne domy. Nie mają prądu, ale tylko jedna starsza pani zgłosiła problem i domaga się zadośćuczynienia. Inni prawdopodobnie są w pracy i nie cierpią szczególnie. Co najdziwniejsze, szkoła, która korzysta z tej podstacji, została zabezpieczona…

– Jak to? – Brown chwycił się za serce.

– Ktoś podczepił ją do innej rozdzielni…

– Czy to jest w ogóle możliwe? – spytał słabo Brown.

– Do tej pory myśleliśmy, że nie. – Pochylił głowę podwładny, który miał na nazwisko Green i był tak wpatrzony w swojego szefa, że niektórzy złośliwcy nazywali ich tandem „gównem na trawie".

– Panie Brown. – Sekretarka wsadziła głowę do pokoju. – Ten pan tu jest i czeka na rozmowę. Mam dzwonić na policję? Nie wygląda, jakby miał zamiar uciekać.

– Nie dzwoń i poproś go tutaj – odetchnął z ulgą.

Wprowadzono Jaśka do pokoju. Green ukłonił się i wyszedł.

– Czy pan wie, że mogę kazać pana aresztować?

– Raczej pan tego nie zrobi, bo pańscy ludzie nie mają pojęcia, jak naprawić rozdzielnię – spokojnie odpowiedział Jasiek. – W dodatku ostrzegałem pana, że macie błąd w rozdzielni i pożar wisi na włosku. Wszystko, co zrobiłem, to uratowałem ludzi przed nieszczęściem. Pewnie także pomogłem panu.

– Jest pan arogancki i bezczelny! – wybuchnął Brown.

– Przesadza pan – powiedział Jasiek z prostotą. – Albo może ma pan rację. Tego się trzymałem, walcząc za wolność mojego kraju. I dzięki temu przeżyłem.

– Ale tak się nie szuka pracy w Stanach Zjednoczonych – wybuchł kierownik. – To wbrew konstytucji, dobrym obyczajom… I wbrew mnie…

Jasiek stawił się do pracy następnego dnia o godzinie siódmej rano. Zaczął od naprawy tego, co zepsuł. To było łatwe, chociaż ryzykowne, ale Jasiek nauczył się, że czasami warto, a nawet trzeba ryzykować. Potem już poszło z górki. Jeździł po rozdzielniach, sprawdzał, czy wszystko prawidłowo funkcjonuje. Ludzie go cenili, bo miał dar. Jakby przez ścianę widział te kable, komentowano po cichu, a potem całkiem jawnie, bo przybysz z Polski okazał się bardzo dobrym kumplem, takim, co to pomoże, gotówkę pożyczy albo pójdzie na piwo po fajrancie.

Po roku, kiedy już nie był zwykłym robotnikiem, tylko kierownikiem w centralnej rozdzielni, specjalistą, którego firma posłała na kursy z certyfikatami, żeby umiejętności, które i tak już posiadał, zostały potwierdzone na piśmie. Planował także ukończyć college, dlaczego by nie. Orłem w szkole nie był, ale wtedy nie chciało mu się uczyć ani czytać, a teraz pochłaniał minimum jedną książkę w tygodniu, czytał gazety i kobiece magazyny. W ten sposób szlifował słownictwo, ale także przygotowywał się na spotkanie z Łucją. Obawiał się jedynie, że Łucja nie mieszka już w Nowym Jorku, ale w jakimś innym zakątku Stanów Zjednoczonych albo, co gorsza, w innym kraju i te wszystkie wyrzeczenia, których dokonał, żeby tu przyjechać i się zakotwiczyć, spalą na panewce. Kiedy uznał, że jest gotowy, dał kumplowi z Bronxu dwie dychy, a ten poznał go ze swoimi kuzynami, którzy zajmowali się szukaniem ludzi. Tym razem kosztowało go to dwie setki, ale warto było, bo tamci nie tylko znaleźli Łucję w dwa dni, ale szczegółowo opowiedzieli Jaśkowi, dokąd chodzi w ciągu dnia i co robi. Trochę go zabolał fakt, że miała dziecko, bo o mężu wiedział, ale zagryzł zęby i zaczął przygotowywać się do spotkania. Codziennie o godzinie jedenastej Łucja wychodziła na spacer do Central Parku z małą Samanthą, a potem patrzyła, jak dziecko bawi się z innymi maluchami na placyku. Około trzynastej wracała do domu, prawdopodobnie na obiad. Mieszkała w apartamencie na West End Avenue, blisko Broadwayu, gdzie bywała z mężem regularnie. Chyba kochała musicale. Jasiek najpierw postanowił, że kupi bilet i też pójdzie na przedstawienie, na którym tańczą i śpiewają. W swoim życiu Jasiek nigdy nie był w teatrze, a w kinie zaledwie dwa razy, bo ruszający się na ekranie ludzie męczyli go i śmieszyli. A już czegoś takiego jak bieganie po scenie, tańce i śpiewy pojąć zupełnie nie mógł.

Postanowił jednak dla Łucji nabrać ogłady i zachowywać się tak, jak na aspirującego dżentelmena przystało. Tyle że przemyślał sprawę i stwierdził, że pierwsze spotkanie nie powinno się odbyć w miejscu, gdzie będzie kilka setek ludzi, a ukochana w towarzystwie męża. Dlatego wziął dzień wolny i poszedł do Central Parku. Przez kilka godzin szykował się i przebierał, w końcu zdecydował się włożyć jasną koszulę w kolorowe wzory i dżinsy, a do tego porządne buty na słoninie, bo w tym parku mogło być przecież błoto. Zauważył ją od razu. Szła w jasnej sukience i żakieciku dopasowanym do ponętnej figury, popychając przed sobą wózek, w którym siedziała mała dziewczynka z włoskami blond. Niewiele się zmieniła. Może przybyło jej kilo lub dwa, ale to czyniło ją mniej dziewczęcą, a bardziej kobiecą. Oczy miała ukryte za wielkimi okularami słonecznymi. Śledził ją do samego placu zabaw, aż usiadła na ławeczce. Poczekał, aż dała dziecku jakąś bułkę do ręki, a sama zdjęła słoneczne okulary i wyjęła z torebki czasopismo.

– Witaj… – podszedł do niej i usiadł obok.

Odskoczyła jak oparzona, trzymając się za serce.

– Co ty… Co ty tu robisz? – wychrypiała.

Nie takiego powitania się spodziewał. W oczach miała przerażenie, rozglądała się niespokojnie na boki, czy nikt ich nie widzi.

– Jestem tu już ponad rok – wyjaśnił spokojnie. – A teraz chciałem cię odwiedzić i spytać, co słychać.

– Mam męża i dziecko – powiedziała szybko. – Lepiej stąd idź, bo jeszcze ktoś nas zobaczy.

– Łucja – zagadnął przyjaznym tonem mimo wyraźnej przykrości. – Jeśli ktoś nas zobaczy, to co z tego? To chyba publiczny park. Przecież ludzie mogą ze sobą rozmawiać? Nie zapytasz, co u mnie słychać?

Wyglądała, jakby się czegoś bała, na twarzy malowało jej się tysiąc uczuć, tylko nie tęsknota za nim i radość z tego, że go widzi.

– Co u ciebie słychać? – spytała po chwili wahania.

– Przyjechałem, bo w Polsce są mniejsze perspektywy rozwoju – wyjaśnił. – Tu w Stanach jest zupełnie inaczej. Poznali się zresztą na mnie. Jestem kierownikiem w Consolidated Inc., dobrze zarabiam, mam mieszkanie, a jak dobrze pójdzie, to przyszłą jesienią pójdę na studia.

– Muszę iść. – Podniosła się.

– Łucja, przecież wcale nie musisz… Nie mam żalu za tamto… – Także wstał i próbował zajrzeć jej w oczy.

– Po co tu przyjechałeś? – rzuciła z pretensją w głosie. – Po co tak naprawdę przyjechałeś?

Taka bliska i jednocześnie obca. Jego Łucja. Dziewczyna, do której wzdychał, kobieta, dla której rzucił wszystko.

– Przecież wiesz, że z twojego powodu. Wszystko mi zabrałaś, spokój, sen, nawet chęć życia. Wiesz, że walczyłem przez całą wojnę? Wiesz? Ale ciebie to pewnie nie obchodzi, na ilu byłem frontach, ile wszy mnie gryzło i ilu Niemców do mnie strzelało.

Stała i zagryzała wargi.

– Mój mąż by cię zabił, jakby się dowiedział, co mówisz… – powiedziała w końcu, nie patrząc mu w oczy.

– Odejdź od męża i zamieszkaj ze mną. – Odważył się.

Miał to powiedzieć nie na pierwszym spotkaniu, ale znacznie później, kiedy ona przyzwyczai się do jego obecności i będzie pewna, że może na nim polegać. Serce mu biło niespokojnie, kiedy czekał na odpowiedź.

Roześmiała się.

– Wiesz, jak ja mieszkam? Jakie mam możliwości? Mój mąż jest bardzo bogaty i niczego mi nie żałuje.

Teraz on się roześmiał.

– Sobie też nie żałuje. Zdradza cię na prawo i lewo, wiesz o tym? A jak sobie popije te drogie trunki, to w jego eleganckim domu zdarza mu się nawet…

Tu Jasiek spojrzał na nią z triumfem i zwinął rękę w pięść. Rzuciła mu mordercze spojrzenie.

– Miej tu sobie swoje perspektywy, ale mnie daj spokój, słyszysz? – wycedziła przez zęby. – Słyszysz… prostaku?

Udał, że się nie przejmuje jej słowami, ale zapiekły go do żywego. Kim była, żeby mówić do niego w ten sposób? Jeszcze chwila, a wykrzyczałby, że jest tylko przygarniętą sierotą. Powstrzymał się siłą woli.

– Mieszkam przy Siedemdziesiątej Piątej, pod dwudziestym trzecim, na trzecim piętrze – krzyknął za nią, kiedy, wpychając dziecko do wózka, oddalała się spiesznie.

Jeszcze kilka razy przychodził do Central Parku, ale już jej nie spotkał. Za to wybrał się do teatru na musical *Opera za trzy grosze*. I musiał przyznać, że bardzo mu się podobało. On wprawdzie nie był przestępcą, ale w tej historii zobaczył coś podobnego do tego, co przeżywał w związku z Łucją. Polly, główna bohaterka, była bardzo do niej podobna. Jasiek ogromnie się z tego cieszył. Tamta Łucja – to znaczy Polly, trwa przy Mackie Majchrze mimo tego, że ojciec się sprzeciwia. W nagrodę dostaje zamek. Ależ piękna historia. W przerwie poszukał Łucji wzrokiem i podszedł, kiedy stała sama.

– Dzień dobry pani – powiedział.

– Co tu robisz? – Znów to rozbiegane spojrzenie, które sprawiało mu taką przykrość. – Jak tu się dostałeś?

Spojrzała z pogardą na jego garnitur. Sama wyglądała pięknie. Miała czerwoną sukienkę i takie małe paletko z białego futra.

– Kochanie. – Usłyszał za plecami męski głos. – Czy mogę zaproponować przynieść ci coś do picia?

Mąż Łucji był zwalisty. Najwyraźniej nadużywał alkoholu i seksu, bo policzki miał obwisłe, a pod oczami worki. Patrzył na żonę, jakby była jego własnością.

– Skarbie – nieco nerwowo powiedziała Łucja. – Spotkałam, wyobraź sobie, dawnego znajomego, sąsiada właściwie, z Polski.

– Z ogromnym zdumieniem zauważyłem towarzyszkę moich dziecięcych zabaw – powiedział Jasiek swobodnym tonem, witając się z mężem Łucji. – Nie wiedziałem, że lubisz musical – zwrócił się do Łucji.

Potem zaczął rozmawiać z jej mężem, ignorując Łucję zupełnie. Ten bogacz musiał dojrzeć w Jaśku kogoś więcej niż ubogiego emigranta, ponieważ zwracał się do niego z szacunkiem i wymieniał uwagi na temat giełdy nowojorskiej oraz cen parceli na górnym i dolnym Manhattanie. Jasiek podjął temat handlu i sztuki, dwóch najprężniej rozwijających się dziedzin w Nowym Jorku u schyłku lat czterdziestych. Na pytanie, czym się zajmuje, wyjaśnił pokrótce i chciał kontynuować rozmowę, ale rozległ się dzwonek i musieli wracać na salę. Jasiek naturalnie siedział na tańszych miejscach, a Łucja z mężem zajmowali lożę. Miał nadzieję, że spotka ich jeszcze po spektaklu, ale Łucja i jej zadufany w sobie małżonek szybko opuścili teatr, wsiedli do jednego z tych wielkich samochodów z kierowcami i odjechali w stronę swojej bogatej dzielnicy.

W końcu do niego przyszła. Wiedział, że tak będzie. W głębi duszy była tylko znajdą, ubogą dziewczyną, którą matka podrzuciła siostrom. Żeby nie wiem, jak się starała, stroiła w piórka i świecidełka, zawsze miała zostać tylko sroką, która kradnie błyskotki należące do innych. Mogła nazywać go prostakiem, pozwalał na to, ale pod nim była grzeczna, uległa. Pierwszy raz, kiedy ją miał, czuł się tak, jakby odbierał nagrodę. Ona za to zachowywała się tak, jakby zszargał świętość. Wyśmiał ją, kiedy już skończyli, ryzykując, że więcej nie wróci, ale wracała. W każdą środę jej mąż szedł do wynajętej garsoniery i tam zabawiał się z jakąś panią, potem drugą i trzecią. Bogaci amerykańscy panowie często tak postępowali – kupowali utrzymankom drogą biżuterię, a potem przynosili żonom jeszcze droższe kolie i bransolety. Żony doskonale o tym wiedziały, ale miały świadomość, że kiedyś dzikie żądze ich mężów zaspokajały niewolnice, a w nowym, cywilizowanym świecie ich rolę przejęły panie takie jak Alice Dickinson albo Annabeth Lishes, które nie mogły pokazać się w nowojorskim towarzystwie, ale swobodnie użyczały swoich ciał mężom eleganckich dam.

– Tak działa ten świat – powiedziała, kiedy po raz setny zapytał, dlaczego nie porzuci męża. – Ty możesz zapewnić mnie i Sammy przeżycie, jakąś egzystencję, ale nigdy nie będę przyjmowana w towarzystwie.

– Czy twój ojciec to nie jest wystarczająca gwarancja twojej towarzyskiej pozycji? – nie rozumiał.

– Był, dopóki nie wzięliśmy ślubu z Jamesem. Teraz to, kim jest mój ojciec, nie ma nic do rzeczy. Zresztą kim jest? Byłym dyplomatą, który żyje z apanaży wypłacanych przez mojego męża. Całe szczęście, że macochy nie muszę znosić, bo została u swojej rodziny we Włoszech…

Przejawiała niezwykłe okrucieństwo. Nikt i nic się dla niej nie liczyło. Nawet mała Samantha była jedynie inwestycją, przypieczętowaniem jej statusu w małżeństwie.

– Mnie może lekceważyć – mówiła. – Oczywiście nie wśród ludzi, ale z dzieckiem musi się liczyć. I liczy się. Moja pozycja byłaby lepsza, gdybym urodziła mu syna… – dodawała z błyskiem w oku.

Czasami się jej bał, ale nie przestał pożądać. Wiedział, że zaszła z nim w ciążę, ale nie chciała urodzić jego dziecka. Poszła i załatwiła sprawę. James dał jej pieniądze. Jaśka to zabolało bardziej, niż myślał, bo po pierwsze uświadomił sobie, że niewiele dla niej znaczy, po drugie oczywiste było, że nadal sypiała z mężem, a po trzecie nie wyobrażał sobie, jak można zabić własne dziecko. Kiedy jednak nie przychodziła do niego przez dwa miesiące, gotów był o wszystkim zapomnieć, byleby tylko go nie opuściła. Każde zło, każdy niecny czyn, nawet taką zbrodnię jak zabicie jego dziecka był w stanie wybaczyć. James robił jakieś lewe interesy, na których stracił mnóstwo pieniędzy. Łucja dowiedziała się o tym, bo ojciec powiedział jej, że już nie dostaje „renty" od zięcia. Wzruszyła wtedy ramionami, a ojczulek uspokoił ją, że otrzymał propozycję cyklu wykładów, co pozwoli mu uniezależnić się finansowo. Łucja niedługo potem również odczuła zmianę. James przestał wydawać na nią tyle, ile do tej pory i znacznie ograniczył prezenty dla swoich Allison, Therese, czy kimkolwiek były. Potem powiedział, że muszą się wyprowadzić do innego mieszkania. Przenieśli się zaledwie o dwie ulice dalej, ale nie był to już apartament, tylko pięciopokojowe mieszkanie. Mąż pił przy tym coraz więcej i wymierzał Łucji policzki, jeśli powiedziała coś sarkastycznego. Zaczęła myśleć o Jaśku. Poczciwym głupim Jaśku, który zakochał się w niej lata temu, przeżył wojnę i przepłynął ocean, żeby tylko ją zobaczyć. Czyż to nie było romantyczne? Zrobiła tak jak wtedy, kiedy chciała, żeby jej pomógł przy pozorowanym wypadku. Wtedy ucierpiała macocha, ale teraz zamierzała uważać. James miał kłopoty ze wzrokiem. Krople do oczu stały na toaletce. Wpuszczał po kropli do każdego oka codziennie wieczorem. Takie same krople aplikowała sobie kiedyś macocha. Łucja słyszała, jak opowiadała przyjaciółce, że gdyby połknęła przypadkowo kilka kropel, mogłaby umrzeć. Powiedziała Jaśkowi, że potrzebuje pieniędzy na spłatę męża.

– On nigdy nie pozwoli mi odejść, jeśli nie oddam mu tych pieniędzy – powiedziała, płacząc.

– Ile? – spytał Jasiek.

– Trzy tysiące dolarów... – powiedziała, gryząc chusteczkę. – Wtedy da mi oficjalny rozwód. Będziemy mogli być razem.

– To wszystko, co mam, zaczynalibyśmy od zera, ale szybko zarobię na nas – spojrzał na nią wzrokiem pełnym nadziei, gratulując sobie w duchu, że nie wydawał na błyskotki i fatałaszki dla niej, tylko zbierał grosz do grosza na ich wspólną przyszłość.

Dał jej potrzebną sumę, a ona poszła do banku i wpłaciła pieniądze na swoje nazwisko. Wieczorem do koniaku dolała Jamesowi pół butelki kropli do oczu.

Lekarz stwierdził, że przyczyną zgonu były zaburzenia rytmu serca.

– Bardzo mi przykro, madame...

Musiał podać Łucji środek uspokajający, bo krzyczała i szlochała wniebogłosy, rzucała na podłogę i wyrywała włosy z głowy. Na pogrzebie trzeba było ją przytrzymywać siłą, bo rzucała się do grobu, a potem nie chciała opuścić cmentarza.

Sprzedała zadłużone mieszkanie i część kosztowności i pospiesznie wyjechała do Bostonu. Tam zaczęła nowe życie, najpierw samotnie, później jako żona owdowiałego przedwcześnie profesora historii naturalnej tamtejszego uniwersytetu – Charlesa F. Bratherberga.

Jasiek przeczytał o śmierci męża Łucji w gazecie. Postanowił być cierpliwy. Cóż to był za traf, jakie szczęśliwe zrządzenie losu, że mąż, który jest przeszkodą do ich szczęścia, opuścił nagle ziemski padół. Rozumiał, że po śmierci męża Łucja nie mogła się z nim widywać. Znów czekał. Zaczął podejrzewać, że miała coś wspólnego z tą śmiercią dopiero wtedy, kiedy usłyszał, że wyjechała z miasta. Nie pojechał za nią, chociaż dowiedział się, dokąd uciekła. Pojechał za to do jej ojca, co starszego pana przyprawiło niemalże o zawał serca. Po tej rozmowie już wiedział. Łucja, ta mała, zepsuta dziewczynka oszukała wszystkich, z nim na czele. Nigdy nie zamierzała zostać jego żoną. Pora, żeby spróbował o niej zapomnieć. Napisał list do domu, w którym wyjaśnił, dlaczego nie może wrócić do Polski.

Bardzo nam dobrze razem, ale nie możemy wrócić, ponieważ mam tutaj bardzo dobrą pracę. Kiedyś pewno wrócimy do ojczyzny, ale nie teraz. Dostałem się na uniwersytet i będę inżynierem. Firma, w której pracuję, opłaca mi częściowo studia. Tutaj tak jest, bo to kraj wielkich możliwości. Gdyby ktoś z was chciał przyjechać, to zapraszamy z Łusią. Mamy duży dom i mnóstwo miejsca. Trzymajcie się wszyscy. Całujemy was mocno,
Jasiek

Potem wrócił do pracy.

1958 ROK

– A ty ogłuchłaś czy co? – Kasia szarpnęła siostrę za ramię.

Basia spojrzała na nią z wyrzutem.

– Wspominam…, żeby tylko ślub się teraz odbył – Basia westchnęła. – Żeby tylko nic się nie stało.

– A co miałoby się stać? – Kasia przewróciła oczami. – Mama wyjdzie za Ryszarda i będziemy mieszkały razem z nim.

Kiedy przyszła wiadomość, że jej ojciec jest wrogiem ludu, mama zachowywała się jak niespełna rozumu, a po wykonaniu wyroku śmierci zamknęła się w pokoju i nie wychodziła z niego dwa tygodnie. Potem też nie było lepiej. Babcia i dziadek chodzili koło nich i szeptali między sobą, jakby w domu był nieboszczyk. Basia nadstawiała uszu, ale dochodziły do niej tylko strzępki zdań typu „bo ileż można wycierpieć?", „Pan Bóg pozwala", co było dla niej tylko częściowo jasne. Nie rozumiała jednak zupełnie, kiedy powtarzało się w rozmowach imię cioci Ani, a dziadek mówił, że gdzieś zniknęła i to być może ma związek ze sprawą, bo „Michał chodzi i miejsca znaleźć sobie nie może". Basia poszła wtedy do wujostwa, bo ciekawość ją zżerała, a przy tym strasznie chciała mamę jakoś pocieszyć. Dowiedziała się jednak od Ewki tylko tyle, że ciocia wyjechała gdzieś na dwa dni, zostawiła im obiad, a w pracy powiedziała, że jest chora. Basia posiedziała trochę z siostrą cioteczną i pograły razem w „państwo, miasto, rzeka, zwierzę, ptak". Ewa, chociaż młodsza o rok, była niezwykle bystra i w gry logiczne wygrywała ze starszymi kuzynkami, jak chciała. Basia ogromnie ją lubiła. Michał, jak to chłopak, trzymał się nieco z daleka od siostry i kuzynek. Z jego pokoju dobiegał dźwięk skrzypiec.

– Pięknie gra – zachwycała się Basia.

– Dostał skrzypce, to nie ma wyjścia i gra – odpowiedziała Ewa filozoficznie.

Wszyscy byli na uroczystości, na której Bolesław Bierut wsparł uzdolnioną muzycznie młodzież, przekazując instrumenty. Ciocia, wujek Michał i większość Winnych siedziała w szkole w Brwinowie w pierwszym rzędzie, a Dziadek Mróz w postaci samego Bolesława Bieruta przekazał Michałowi nowiutkie, lśniące skrzypki w pięknym futerale. Oprócz niego Bierut dał klarnet Heńkowi Maślaczkowi, który był równie zdolny co Michał, mieszkał po sąsiedzku, a w przyszłości miał na tym klarnecie grać jazz. Wcześniej Michał ćwiczył na pożyczonym instrumencie, ale było to niezwykle uciążliwe, ponieważ dzielił się nim z chłopcem mieszkającym w Grodzisku. Zapał do muzyki miał wielki, prawie codziennie dojeżdżał pociągiem elektrycznym do Włoch, gdzie w skromnym budynku otwarto szkołę muzyczną. Kiedy grał, w Basi coś się otwierało, nie umiała określić co, ale czuła, jakby jej na sercu siedział motyl i w takt poruszał kolorowymi skrzydłami. Tak pięknie grał jej kuzyn Michał.

– Powiesz mi, jak twoja mama wróci z delegacji? – spytała.

Kuzynka pokiwała głową. Po dwóch dniach ciocia wróciła, jak zapowiadała, o czym zawiadomiła ją Ewka w szkole. Basia jej podziękowała i spytała, czy ciocia powiedziała, gdzie była. Ewa smutno pokręciła głową i szepnęła, że tata strasznie się na mamę obraził za ten wyjazd, nie chce w ogóle słuchać, co mama ma do powiedzenia. Basia pokiwała ze współczuciem głową i pocieszyła Ewkę, że jej rodzice na pewno się pogodzą, bo ciocia strasznie wujka Michała kocha i to widać od razu. A kiedy wróciły z Kasią ze szkoły, okazało się, że ciocia właśnie przyszła i zamknęły się z mamą w pokoju. Czując na sobie palący wyrzutem wzrok siostry, Basia poszła do górnej łazienki, odsłoniła kafelek, który się chybotał i przyłożyła ucho do rury. Niewiele słyszała z tego, co mówiły, ale najważniejsze do niej dotarło.

– Nie widziałaś go od… nastu lat – mówiła ciocia.

– Nie przestałam kochać…. – To znów mama.

– Bzdury. Kochasz widmo, ducha…

– Nie jest duchem – upierała się mama. – Dla mnie nie jest…

– Owszem, jest! A Ryszard jest prawdziwy, kocha ciebie i dziewczynki.

– Ty nie rozumiesz! – powiedziała mama bardzo głośno. – Ty nic nie rozumiesz!

Ktoś zapukał do łazienki i Basia musiała wyjść.

– Przestaniesz podsłuchiwać? – spytała siostra.

– O jejku. – Basia zrobiła zdumioną minę. – Ty to zawsze jak coś powiesz…

Przecież nie robiła tego z ciekawości. Zwyczajnie musiała wiedzieć, o co w tym wszystkim chodzi. Kasia była zbyt delikatna, żeby podsłuchiwać pod drzwiami albo przymilać się do dziadka i wyciągać rodzinne opowieści. Nie można było na nią liczyć w tej materii, chociaż ze swoimi zdolnościami do udawania mogłaby się wszystkiego dowiedzieć, ale zwyczajnie nie chciała ich wykorzystać. Ile razy Basia prosiła siostrę, żeby na przykład udała, że mdleje na boisku szkolnym, to wtedy ich drużyna, korzystając z zamieszania, odniosłaby zwycięstwo albo słabsi uczniowie zdążyliby ściągnąć na klasówce, ale Kasia zawsze mówiła, że to nie jest uczciwe i odmawiała współpracy. Teraz także gotowa była zdekonspirować podsłuchującą pod drzwiami siostrę.

– To nie są nasze sprawy – powiedziała surowo do Basi.

– To są dokładnie nasze sprawy – odparowała Basia. – Bo to chodzi o naszego tatę…

– Mimo wszystko. – Nie dawała za wygraną siostra. – Nie dokładaj mamie cierpień wściubianiem nosa we wszystko.

Basia fuknęła gniewnie, ale nic nie powiedziała, tylko pognała na dół, bo słyszała trzaśnięcie drzwiami i dotarło do niej, że ciocia poszła. Weszła do mamy i zastała ją na fotelu, patrzącą w okno, przykrytą kocem pod samą szyję.

– Zrobić ci herbatki, mamuś? – spytała.

– Nie, córeczko. – Mama próbowała się uśmiechnąć. – Już piłam…

Basia podeszła do niej i usiadła na dywanie. Przytuliła się do mamy nóg, a ta jak dawniej głaskała ją po głowie.

– I co teraz będzie? – odważyła się spytać Basia i popatrzyła na matkę.

Łzy leciały mamie z oczu strumieniami.

– Nie wiem, kochanie – powiedziała. – Nie wiem…

Trzy miesiące później przyszło zawiadomienie o śmierci taty. Znów poszli na cmentarz i zapalili świeczki na grobie ojca. Nie było tak samo, chociaż wujek Ignacy przyjechał, odprawił dla nich kolejną mszę i modlił się w skupieniu nad grobem, w którym taty ciągle nie było. Mama próbowała sprowadzić ciało taty, żeby je pochować, ale nikt nie chciał z nią rozmawiać. W końcu przekazano jej oficjalnie, że ich ojciec został pochowany na terenie więzienia. Dla mamy i dla całej rodziny to był dodatkowy cios. Basia wtedy zrozumiała, jak ciężko jest żyć bez tożsamości. Nawet gruba Danka wyśmiewająca się w szkole, że razem z Kaśką są „sieroty niesieroty", nie była w stanie jej urazić. Chociaż rzuciła się wtedy na nią w obronie ojca, którego przecież nie pamiętała, ale tak naprawdę broniła siebie i siostry, Ewy i Michała, których ojciec odnalazł ich wiele lat po wojnie, i wszystkich dzieciaków, których ojcowie walczyli i przelewali krew za ojczyznę, a potem byli chowani w bezimiennych grobach. Ojciec grubej Danki był teraz dyrektorem czegoś tam w Brwinowie. To on teraz rządził we młynie, który przed wojną należał do taty i dziadków. Mama opowiadała im z Kasią, że przez całą wojnę dziadek mielił mąkę i po oddaniu należnej części Niemcom resztę sprzedawał do piekarni w okupowanej Warszawie. Dowiedziała się nawet, że to wujek Kazimierz, pierwszy mąż cioci Ani, który został zastrzelony przez Niemców, przyjeżdżał do dziadków po mąkę.

– Chleb z mąki twojego dziadka wielu ludziom ocalił życie – mówiła mama.

Ciocia opowiadała o życiu w okupowanej Warszawie. O głodzie, jaki panował w getcie i w samej Warszawie, o tym, że można było zginąć na ulicy w biały dzień. I nieważne, czy się było cywilem czy nawet dzieckiem, bo Niemcy mogli strzelić, do kogo chcieli. To było straszne tak się ciągle bać o życie, a przy tym trzeba było przecież wychodzić z domu, pracować, żeby najbliżsi nie umarli z głodu. Ciocia mówiła o tym, jak poznała wujka Michała i pracowała u niego w kawiarni, piekła ciasta, do których dodawała resztki cukru albo taką substancję, która nazywała się sacharyna. Na pytanie, czy to było słodkie, ciocia skrzywiła się i powiedziała, że niby słodkie, a tak naprawdę bardzo gorzkie. Basia bardzo lubiła tamte opowieści i prosiła zwykle ciocię i wujka Michała, żeby opowiadali o tamtych czasach. O ludziach, którzy przychodzili do kawiarni mimo wojny i chcieli jeść ciastka i pić kawę, nawet o łapankach. O tym, jak ciocia chodziła na tajne komplety i uczyła dziewczynki takie jak one po kryjomu, ponieważ polskie szkoły były zamknięte. Kasia z kolei strasznie się bała tych opowieści i płakała, że znów będzie wojna. Basia nie mogła się nadziwić, jak można się bać czegoś, co już przecież było. Ale Kaśka już taka była, delikatna, eteryczna. Karabinu to by na pewno nie uniosła, a już na pewno nie dostarczyłaby powstańczej poczty pod gradem kul czy nie odkopała wujka Ignacego z zawalonego kościoła. Basia żałowała ogromnie, że prawie nic nie pamiętała z tamtych czasów, tylko to, że była wśród rodziny, zawsze z mamą, ciocią albo babcią czy dziadkiem. A jej siostra twierdziła, że pamięta huk i samoloty, które latały nad ich domem, wreszcie dzień, w którym ciocia wróciła z Warszawy i wielki, tłusty Niemiec mało jej nie zabił. To wtedy spłonęła stodoła, którą odbudowano dopiero po wojnie.

– Akurat coś pamiętasz. – Kręciła głową Basia, która daremnie usiłowała przypomnieć sobie cokolwiek z tamtych czasów.

– A właśnie, że pamiętam – upierała się siostra. – Płonęło bardzo wysoko i strasznie się bałam.

Rzeczywiście Kasia bała się panicznie ognia. Nie umiała rozpalić ognia w palenisku, do ogniska nie chciała zbliżyć się nawet na krok. W tamtym pożarze nie mogły wyjść z budynku, bo Kasia wpadła w panikę i biegała po szkole, krzycząc w niebogłosy, a Basia zamiast wyprowadzić siostrę biegała za tym krzykiem i szukała jej, dusząc się dymem. No, ale na szczęście przyszedł Ryszard i wszystko dobrze się skończyło. Przynajmniej dla nich, bo on okropnie się poparzył.

– Czemu ty tak bardzo lubisz słuchać o wojnie? – pytała ją Kasia. – Nie boisz się tych opowieści?

– Ja muszę wiedzieć, co się z nimi wszystkimi działo – odpowiadała jej siostra. – Kiedyś wróci brat naszej mamy z Francji i on też mi opowie o wojnie.

– Ja zaczynam płakać, kiedy wujek Michał zaczyna mówić o powstaniu... – skrzywiła się Kasia.

Wujek Michał wtedy spotkał wujka Ignasia. Obaj opowiadali o tym Basi. To było nawet zabawne, że poznali się, razem walczyli, a potem spotkali się w domu u cioci. Basia pamiętała tamto spotkanie. Najpierw wujek, ojciec Ewy i Michała, odnalazł ich w Brwinowie i zamieszkał w ich domu. Szybko wzięli z ciocią cichy ślub, którego jakoś wyjątkowo nie udzielał Ignacy. Zanim jednak to się stało, obaj wujowie spotkali się i patrzyli na siebie jakoś tak dziwnie, a potem padli sobie w objęcia, aż ich Basia rozdzieliła, pytając, czemu najpierw tak stali jak słupy soli nie przymierzając, a potem płakali i ściskali się na przemian.

– Tyle lat zastanawiałem się, co się z panem stało. Miałem nadzieję, że pan przeżył – powiedział wujek Ignaś.

– Obserwowałem odbudowę kościoła, ale... nigdy już tam nie byłem... Gdybym wiedział, że...

– O losie – westchnął wujek Ignaś, a potem zamknęli się w pokoju i rozmawiali już sami, a dzieci do siebie nie dopuszczali, więc Basia nie mogła się zorientować, o czym mówili.

Drugi pogrzeb taty był już bardzo cichy i jeszcze smutniejszy. Może dlatego, że było już wiadomo, że ciała taty nie oddadzą. Nie było z nimi Ryszarda, którego bardzo Basi brakowało. Ciocia Ania przyszła z wujem i kuzynami, ale po uroczystości wróciła z rodziną do siebie. Prababcia płakała bardziej niż na poprzedniej uroczystości, a dziadek co chwila chował twarz w dłoniach.

– Gdzie jest prawdziwy grób taty? – spytała po uroczystości Kasia. – Dlaczego nie możemy tam pójść i zapalić świeczek?

Nikt im w zasadzie nie wytłumaczył, co tak naprawdę się stało. Basia miała poczucie okropnej krzywdy. Mama została zwolniona ze szkoły, gdzie pracowała jako nauczycielka. Dyrektor powiedział jej, że „ma naciski" i nie może jej chronić. Ciocia też chciała odejść wtedy ze szkoły, ale mama przekonała ją, żeby tego nie robiła, bo czasy są straszne i „ta sprawa" na pewno odbije się bardzo źle na dziewczynkach.

– Niech chociaż twoje dzieci będą bezpieczne – mówiła, kiedy Basia podsłuchiwała przez wylot rury w łazience. – A w ogóle uważam, że powinnaś się zapisać do partii, odżegnać ode mnie i wtedy chociaż Ewa i Michał będą studiowali.

– Głupstwa mówisz – zdenerwowała się ciocia. – Przecież to mordercy… A ja miałabym zasilać ich szeregi? Wystarczy, że Michał i Ryszard się zapisali. Michałowi to ja tego nie mogę darować, a on mówi, że robi to dla nas.

– I ma rację. Trzeba żyć dalej i dzieci wychowywać w duchu „nowych czasów" – odpowiedziała jej Mania. – Jak będzie trzeba, to ja się do partii zapiszę…

– Trzeba przeczekać – zaczęła ciocia. – Tak przecież nie może być wiecznie. To jakiś absurd, żeby po tylu latach walki za kraj ojczyzna posyłała swoich bohaterów na śmierć…

– Mówisz, jakbyś książkę czytała – zganiła ją mama. – A tymczasem co my tu mamy? Męża i ojca, który jest wrogiem ludu. I nieszczęście dla całej rodziny.

– Mamy jeszcze brata we Francji i kuzyna w Ameryce – przypomniała jej ciocia. – A pod Poznaniem jest pochowany kuzyn, który walczył w niemieckiej armii…

– To też nie pomoże, chociaż jest różnica między Tadkiem, Jaśkiem, nawet Januszem a Pawłem…

– Musimy przetrwać i walczyć o naszą tożsamość. Dziewczynki muszą wiedzieć, jak wspaniałym człowiekiem był Paweł. Prześledzę całą jego historię i opowiem im… Muszą wiedzieć, gdzie walczył i za jakie wartości zginął…

– W dupie mam wartości, słyszysz!? – krzyknęła wtedy mama, a Basia oderwała ucho od rury zdumiona, że mama potrafi powiedzieć takie słowa. – I wolną ojczyznę!

Basia, która niewiele zrozumiała z tej rozmowy, postanowiła ją dobrze zapamiętać i wrócić do niej w przyszłości. A podczas tamtej uroczystości chciała zapytać tak samo jak Kasia, nie bacząc na to, że być może jej mamie będzie ciężko do tego wracać. Stanęła obok siostry i spojrzała pytająco na dziadka Bartosiewicza.

– No właśnie, dziadku, kiedy nasz tata będzie leżał w prawdziwym grobie?

A dziadek Bartosiewicz poczerwieniał i powiedział:

– Oprawcy… Syna mi zabili i pogrzebali gdzieś pod płotem…

Ciocia babcia Tereska ścisnęła go za ramię.

– Niech tatko da spokój… – powiedziała cicho. – Po co dziewczynkom takie rzeczy opowiadać?

Dziadek Heniek Bartosiewicz przeżyć nie mógł, że wolna Polska zabrała mu młyn i ziemię. Próbował odebrać od młodzianka z rzadkim zarostem papier, którym mu machał przed nosem, nazywając jawny rabunek „sprawiedliwością". Tereska go wtedy odciągnęła, tłumacząc, że wszystkim ziemie zabierają, bo teraz wszystko będzie wspólne. I błagała już cicho, żeby nic nie mówił tym panom ze spółdzielni, bo to nie pomoże, a biedy tylko sobie napytają. Henryk, który był wówczas przekonany, że Paweł poległ w walce w dalekim kraju, powiedział potem Teresce, że dzięki Bogu jego syn nie dożył tej chwili, żeby zobaczyć, jak młyn, w którym się wychował i pracował, przechodzi na własność złodziei i nierobów, którzy nazywali siebie „państwem".

– One muszą wiedzieć, że im ojca zamordowali... – podniósł głos Henryk Bartosiewicz, psując nastrój powagi i rezygnacji, bo na samą myśl, że ludowa ojczyzna syna mu rzuciła do bezimiennego grobu jak psa, zagotowała mu się krew.

– Będą wiedziały... – powiedziała cicho jego synowa Mania i przytuliła teścia.

Stary człowiek pochylił się, jakby go powalił cios.

– Walczył przecież za Polskę... – wyszeptał.

Ignacy miał dość pogrzebów rodzinnych i chrzczenia sierot wojennych. Zwłaszcza symboliczne msze, jakie odprawiał za każdym razem, kiedy jakiś Winny nie wracał z frontu, kruszyły jego wiarę w proch. Nie podejrzewał niczego złego, kiedy po ślubie Mani i Ryszarda Ania poprosiła go o chwilę rozmowy. Myślał, że będzie chciała, żeby wrócił do Brwinowa i zostawił kościół świętego Aleksandra. Babcia niedomagała, ciągle prosiła o to, żeby Ignacy przyjeżdżał na sobotę albo odprawiał msze za bliskich. Już od kilku lat namawiała, żeby postarał się o przeniesienie do Brwinowa albo chociaż do Milanówka czy Podkowy Leśnej. A niedawno stary dziekan pruszkowskiej parafii zmarł i mówiono, że mają sprowadzić kogoś na jego miejsce z Warszawy.

– Ty też będziesz mnie namawiała, żebym się przeniósł do Brwinowa? – spytał, kiedy poszli do pustego domu Winnych na Mickiewicza, żeby porozmawiać, o co prosiła go kuzynka. – Przecież to, gdzie będę czynił posługę, nie zależy ode mnie. Babcia myśli w starych kategoriach. Skoro się tu urodziłem, to i księdzem powinienem tu być...

– Ja to rozumiem, Ignacy – powiedziała kuzynka. – Nie o tym chciałam...

W oczach miała coś takiego, że usiadł, zanim jeszcze zaczęła mówić. Kiedy już skończyła, zapadła cisza tak głęboka, że słychać było szelest liści za zamkniętym oknem. A potem zaczął krzyczeć. I krzyczał tak głośno, że szyby w oknach dzwoniły. Ania siedziała na krześle skulona, z opuszczoną głową i drżała na całym ciele.

– Zapamiętaj sobie! – wrzeszczał Ignacy, co zupełnie nie licowało z powagą sutanny, którą nosił. – Że w tej rodzinie umiera się zwykle dwa razy, ale ten drugi raz na amen!

Ania podniosła na niego wzrok.

– Ja musiałam to komuś powiedzieć, bo nie mogę żyć z takim brzemieniem... – powiedziała cicho.

– I właśnie mnie musiałaś wybrać na powiernika, co? Żebym to ja brał na swoje sumienie takie rzeczy, co?

Aż się cały trząsł z gniewu i oburzenia. Kochał całą swoją rodzinę, w tym najdziwniejszą z kuzynek, ale nie mógł pozwolić, żeby znów zawłaszczyła sobie jego sumienie i szafowała powołaniem. Już raz kazała mu ochrzcić żydowskie dziecko i sfałszować księgi kościelne. Na to jeszcze mógł przystać, bo chodziło o życie tej dziewczynki, ale to, co robiła teraz, było niedopuszczalne.

– Dlatego powiedziałam ci o tym po ślubie...

Jeszcze lepiej, pomyślał, uważała, że może zdjąć z jego pleców wielki grzech, bo nie wiedział, co czyni w chwili, kiedy ten czyn popełniał? Miała się nie tylko za wszechwiedzącą, ale także za wszechmocną.

– Od tej pory znajdź sobie innego spowiednika. I wyznaj mu to wszystko, bo ja ci rozgrzeszenia nie udzielam...

Przecież nie tego potrzebowała. Nie o rozgrzeszenie jej chodziło. Chciała, żeby dał jej choć trochę swojej wiary, która nie wyblakła mimo wojny i nieszczęść, które spadały na Ignacego i całą rodzinę Winnych. Tak bardzo tego potrzebowała, żeby dzieci wychować bez nienawiści do tych, którzy zabrali im ziemię i zabili ludzi, których kochali.

– Co jeszcze zrobiłaś? – pytał.

Co jeszcze zrobiła oprócz tego, że pozwoliła księdzu pobłogosławić związek Mani i Ryszarda, wiedząc, że jej pierwszy mąż, również poślubiony w kościele, żyje?

– Nie mogę... Nie chcesz wiedzieć...

– Gdzie on był przez te lata? – Ignacy zapadł się w krzesło.

– Prócz tego, co powiedzieli, nie wiem. Nie widziałam go...

– Skąd wiedziałaś, gdzie go szukać? – spytał, czując, że nie chce znać odpowiedzi na to pytanie.

– Pomógł mi Kazimierz – powiedziała szeptem.

– Kto? – Jeszcze się łudził, że nie zrozumiał.

– Mój mąż Kazimierz żyje pod zmienionym nazwiskiem. Wiele teraz może. Poprosiłam i... pomógł.

– Twój mąż Kazimierz, którego Niemcy zabili na twoich oczach? – upewnił się.

– Ja nie wiedziałam, że on żyje, kiedy brałam ślub z Michałem… Przysięgam ci. Poza tym nie ty udzielałeś nam ślubu, więc…

W ciszy, jaka zapanowała, słychać było urywane oddechy Ignacego.

– Obie ślubowałyście przed Bogiem, ale on waszych ślubów nie przyjął… – zaczął Ignacy. – Zbudowałyście związki na kłamstwie…

– Nie, tylko ja… – zaprzeczyła gwałtownie. – Mania nic nie wiedziała. Teraz wiesz tylko ty i… Kazimierz, ale on nikomu nie powie.

Ignacy chciał coś powiedzieć, ale zamilkł, przypomniawszy sobie oczy swojego brata, kiedy wyznawał mu, że zabił ojca. A potem spojrzał w oczy Ani tak bardzo podobne do oczu Florka tamtego dnia.

– Ja… – zaczęła.

Odwrócił się do niej tyłem i popatrzył przez okno. Jesień była słoneczna tego roku.

– Pamiętasz, kiedy byliśmy dziećmi i bawiliśmy się wszyscy razem w sadzie? Ja z Manią, ty z Florkiem, Wacek, Tadzik? Pamiętasz, jak kot złapał ptaka?

Plecy mu drgnęły, ale nadal stał odwrócony.

– Mania dogoniła kota i wyrwała mu ptaka z gardła. Jeszcze oddychał. Tadzik się śmiał, my z Wackiem płakaliśmy, a ty stałeś jak słup…

– Mania darła się, jakby ją kto ze skóry obdzierał… – powiedział cicho. – Nie wiedziałem, co robić.

– Florek wiedział – przypomniała mu. – Wziął gołębia z rąk Mani, kazał nam zamknąć oczy, a potem…

– Potem skręcił mu kark. Nie chciał, żeby się męczył… A Mania, kiedy zobaczyła, co zrobił, paznokciami rozorała mu twarz do krwi.

– Florek wziął to na siebie. On wszystko brał na siebie, żeby nas ochronić. Na tę hiszpankę też umarł, żebyśmy już my nie musieli… – Łykała łzy.

Ignacy wyglądał tak, jakby ktoś powalił go potężnym ciosem. Odwrócił się w stronę Ani.

– Czemu ty mi to mówisz? – spytał, patrząc na nią przenikliwie.

– Bo teraz ja ukręciłam łeb gołębiowi… Wzięłam to na siebie. Nie chcę od ciebie ani od Boga przebaczenia. Chciałam tylko, żebyś wiedział. Nie musisz nic robić, tak jak wtedy możesz stać z boku i patrzeć. Jak wtedy…

Oderwał wzrok od kuzynki. Nie mógł, po prostu nie mógł teraz patrzeć jej w oczy.

– Idź, Aniu, do domu, do męża, który cię kocha – poprosił nieoczekiwanie łagodnym tonem. – Idź… Udzieliłem Mani ślubu. Paweł nie żyje, a ona dość już wycierpiała.

Wstała i podeszła do niego. Położyła mu ręce na ramionach i przytuliła głowę do jego piersi. Serce mu waliło jak oszalałe. Słyszała je przez sutannę i mięśnie. Nie poruszył się i nie objął jej. Po prostu stał.

– Nie wolno ci nigdy jej o tym powiedzieć… – dodał. – Powiedziałaś mnie. Wystarczy…

– Dziękuję – w głosie Ani słychać było ulgę i wdzięczność. – I dziękuję, że wtedy tego gołębia pochowałeś i modliłeś się z nami… Jest Bóg…

Po raz pierwszy w to zwątpił. A kiedy wyszła, pomyślał, że być może Bóg jest, ale z wolnej woli nie nauczył ludzi korzystać. Umiał syna swojego między ludzi posłać, żeby go zamordowali, ale nie umiał powstrzymać zła, które rozpleniało się na świecie. A może wcale nie chciał. Przypomniał sobie, jak ksiądz prałat mówił w seminarium, że ten, który wątpi, musi bardzo wierzyć. W takim razie nigdy nie stracił wiary. Widział śmierć, nieszczęście, niesprawiedliwość i ludzkie okrucieństwo. Nie wygrażał Bogu i nie złorzeczył. Pochował własnego ojca po kryjomu, odprawiając mszę, mimo że nie był wtedy wyświęcony i nie mógł się z tego grzechu wyspowiadać. Dźwigał na plecach grzechy ludzi, którzy przychodzili do niego i wyznawali, że w zamian za własne życie albo pieniądze posłali kogoś na śmierć.

– Spowiadam się Bogu wszechmogącemu – powiedziała kiedyś młoda dziewczyna. – Że na torturach w Pawiaku wydałam narzeczonego. Zabili go. Więcej grzechów nie pamiętam… – powiedziała, nie biorąc nawet wdechu między zdaniami.

Nie wiedział, co jej powiedzieć. Nie chciał jej osądzać, tylko sam Bóg mógł to zrobić. Tylko to mógł jej przekazać, a ona zapytała naiwnie, czy nie dostanie rozgrzeszenia.

– Ode mnie nie, to Bóg rozgrzesza ludzi…

Przestała przychodzić do kościoła.

– Bałem się walczyć – powiedział mężczyzna wielki i czerstwy jak chłop ze wsi. – Nie chciałem zginąć.

Temu umiał wytłumaczyć, że przynajmniej ręki nie przyłożył do niczyjej śmierci. Bo czyż tchórzostwo jest grzechem? Tego nie wiedział. Nie miał pocieszenia dla kobiety, która nie chciała przyjąć pod dach rodziny żydowskiej, a potem widziała, jak ich wszystkich zabijają. Zresztą co by powiedział, ci ludzie będą jej się śnili po nocach. W każdym grzeszniku, który przychodzi po rozgrzeszenie, jest żal za grzechy i przekonanie, że można je odpuścić, wymazać, jakby nigdy ich nie było, ale tak przecież nie jest. To pokuta jest kluczem do wybaczenia. Coś o tym wiedział. Służył ludziom, nigdy nie odmówił pogrzebu chrześcijańskiego, chrztu czy ostatnich olejów. Szedł do domu potrzebującego pod gradem kul i spadających bomb. Liczył, że latami posługi wymaże grzech brata ojcobójcy i jeszcze gorszy matki. I przede wszystkim swój, tego, który ukrywał zbrodnie innych.

Udawał, że nie widzi, jak jej brzuch rośnie. Florek zamroczony alkoholem nie zauważał takich rzeczy, ale przecież nie on, który umiał uważnie obserwować. Tamtej czerwcowej nocy, kiedy matka urodziła, spał w izbie obok. Florek jak zwykle był pijany. On zatkał uszy rękoma, żeby nie słyszeć cichych odgłosów bólu, a kiedy to nie pomagało – poduszką. Rodziła jak zwierzę, prawie bez jęku, ale on słyszał. Nie wstał, żeby pomóc. Dziecko zakwiliło, wtedy osunął się na podłogę i modlił. O zdrowie dla matki i dziecka, tylko tyle potrafił. Kiedy trzasnęły drzwi, pomyślał, żeby zbudzić Florka i powiedzieć mu, co się stało, ale brat mruknął jedynie coś i przekręcił się na drugi bok. Z ust wionął mu przetrawiany alkohol. Matka była wtedy w ogrodzie i zakopywała coś w bladym świetle. Przeraził się. Umiała ojca pochować, to i dziecko z nieprawego łoża mogła zabić. Znowu się modlił, ale kiedy wróciła, leżał w łóżku i udawał, że śpi. Potem znów gdzieś poszła. Odczekał kilka minut i wyszedł przed dom, ale matki nigdzie nie było. Tylko wyprana pościel majaczyła na sznurku jak samotny żagiel. Nie widział jej więcej żywej. Gdyby wtedy wstał i pomógł, nie zakopałaby dziecka pod płotem, tylko wychowywała. Ochrzciliby je i kochali. Co stało na przeszkodzie? Co z tego, że nieślubne? Bóg kocha takie dzieci jednakowo ze zrodzonymi z prawego łoża. Jakże musiała być samotna i nieszczęśliwa, skoro zrobiła coś takiego? Tysiąc razy zadawał sobie i Bogu pytanie „dlaczego" i nie otrzymywał odpowiedzi. Może dziecko umarło, a ona je zwyczajnie pogrzebała? Nie przestał o tym myśleć nawet na chwilę. Patrzył, jak ją do grobu wkładają i nic nie powiedział. Myślał, że wuj Stanisław do niego przyjdzie, ale tak się nie stało, nawet wtedy, kiedy Florian umarł. Nie wyznał, że zna prawdę o nim i matce, nawet w chwili, kiedy przyszedł oznajmić, że idzie do seminarium. I nawet wtedy, kiedy ojca do grobu wkładali. Próbował powiedzieć, że wie, co się działo przez z górą rok między nim a matką. Nie umiał. Może to wuj ją odrzucił, dlatego była sama, zdesperowana i zdecydowała się na taki krok? Nie chciał wtedy wiedzieć, a potem było już za późno. Wuj Stanisław był dla nich dobry, lepszy od ojca. Podobnie jak wuj Władek. Stefka i Kajtka prawie nie znał, tak jak ich synów. Z nimi nie czuł się związany, ale po tym, co zaszło między nim a matką, nie umiał wybaczyć wujowi Stachowi.

To, co powiedziała mu Ania, zadało ogromny cios jego wierze. To nie była jej wina, że pogwałciła ziemskie prawa. Przecież trwała wojna, a po niej nie mniejsze prześladowania. Chciała chronić bliskich, siostrę, córkę. Ale to była wina Pana Boga, że na takie męki go wystawił, taką próbę mu zgotował. Nie umiał się wyspowiadać z tych win przez wiele lat. Sprawował Eucharystię ze śmiertelnym grzechem w sercu.

Westchnął, że przynajmniej z niej zdjął ciężar. Ostatnio z ulgą zrzucał sutannę i przebierał się w cywilne ubranie. Wcześniej tego nie robił. Suknia okrywała go i chroniła przed złem tego świata, a koloratka mówiła innym: „Jestem sługą ludzi i Boga, właśnie w takiej kolejności". Teraz też zdjął sutannę, zanim poszedł do Mani i Ryszarda, gdzie miał nocować. Dziś był tylko człowiekiem, słabym i grzesznym.

Ania pobiegła do domu, do dzieci i Michała, którego kochała z całej siły, a któremu nie umiała powiedzieć prawdy o tym, gdzie była i co zrobiła. Widziała, jak go to dręczyło i zjadało od środka. Domyślał się, że jej zniknięcie ma coś wspólnego z Pawłem, ale nie umiał, a może bał się zadać jej tego najważniejszego pytania, ona też nic nie mówiła. Mur rósł między nimi coraz większy. Widziała, jak siwieją mu skronie, jak bardzo stara się zachowywać, jakby nic się nie stało. Próbował zakazać jej wyjazdu. Kiedy pakowała się w amoku, stanął i zagrodził drzwi, a ona go wyminęła i powiedziała, że jest od niego słabsza i nie odsunie go siłą od drzwi, ale prosi, żeby pozwolił jej wyjść.

– A wrócisz? – spytał.

– Przecież dzieci… – ugryzła się w język, ale było już za późno, bo zostało powiedziane coś bardzo bolesnego i raniącego.

Michał odsunął się od drzwi i poszedł do kuchni, a ona uderzyła głową o framugę raz i drugi, próbowała wrócić, ale wiedziała, że nigdy sobie nie wybaczy, jeśli nie zrobi wszystkiego, żeby Pawła uratować, nawet za cenę własnej uczciwości.

Kiedy wbiegła do domu po rozmowie z Ignacym, powitały ją dźwięki skrzypiec i Ewunia, która jak zwykle w progu wyszła do niej i paplała jak najęta o tym, co zdarzyło się dzisiaj w szkole. Zwykle mówiła do córki, żeby się odsunęła i pozwoliła jej wejść, zrzucić buty i płaszcz, a Ewa urażona odsuwała się i narzekała, że jej problemy nikogo nie interesują w tym domu. Ania śmiała się wtedy do niej i przypominała, że Ewa nie ma żadnych problemów, jest najlepszą uczennicą w klasie i dumą wszystkich Winnych. Córka rozpogadzała się, a potem już się obejmowały i przytulały, jak matka z córką i szły razem szykować obiad albo zjeść, co ojciec przygotował.

– Gdzie tata? – spytała w progu, nie słuchając Ewy zupełnie.

– W kuchni jestem – rozległ się melodyjny głos.

Zrzuciła tylko buty i pobiegła do kuchni, gdzie wyjęła z rąk zdumionemu mężowi patelnię, na której odsmażał ziemniaki i mielone, zgasiła ogień pod kuchnią, a potem złapała go za rękę i zaciągnęła potykającego się do pokoju na górze i tam starannie zamknęła drzwi.

– Co się tobie tym razem stało? – spytał, patrząc na nią uważnie.

– Michał, ja byłam wtedy w Warszawie w sprawie Pawła...

– Wiem. – Pokiwał głową i przejechał palcami po szpakowatych włosach.

– Ja musiałam spróbować, ale to nie tak, jak myślisz...

Popatrzył na nią uważnie, a ona nie opuściła wzroku.

– Ale teraz już wróciłaś? – ciągle patrzył na nią przenikliwym wzrokiem.

– Wróciłam i nigdy ciebie nie opuszczę...

Podszedł do niej. Była niższa dokładnie o głowę. Lubił kłaść brodę na czubku jej głowy, a ona wtedy przekręcała ją na bok i słuchała bicia jego serca w piersiach. Teraz też zrobiła tak samo.

– Bałem się, że ciebie stracę – powiedział cicho. – Że wrócisz do niego...

Uniosła rękę i dotknęła dłonią jego policzka.

– Kocham cię, Michał – powiedziała. – Jesteś jedyny na świecie... Nigdy nie przestanę cię kochać...

– Ja ciebie też kocham. – Objął ją, jakby była ze szkła.

Rozczulało ją to niezwykle, bo czuła się wtedy taka krucha i delikatna. W jego objęciach zapominała o otaczającym świecie. Już tak miał, że był dla niej opoką, schronieniem, przebaczeniem i uosobieniem dobra. Wolałaby przecież rękę sobie odjąć, niż mu sprawić przykrość, zwłaszcza po tym, co przeszedł. Takich przytulonych zastała ich Ewa, która zapukała wreszcie do pokoju, bo dziwiła się, czemu rodzice się zamknęli, a oni z bratem siedzą głodni i czekają na zmiłowanie. Ale oni nikogo poza sobą nie widzieli, bo wreszcie nie było między nimi żadnego cienia, niedopowiedzeń ani wątpliwości. Białe było białe, a czarne – czarne, więc wszystko takie, jak trzeba.

1959 ROK

– Już dosyć się nażyłam – powiedziała Bronia do swoich wnuczek, które siedziały przygnębione każda po obu stronach jej łóżka.

– Co ty babciu mówisz? – zaprotestowała Mania.

– Mam dziewięćdziesiąt lat, dziecko – przypomniała jej Bronia, a potem powiodła sękatymi dłońmi po pościeli. – Jak będziecie mnie grzebać, ma być normalnie, pogodnie, bo to piękny wiek na umieranie.

Od roku praktycznie nie wstawała. Czasami, noszona na rękach przez mężów swoich wnuczek, „spacerowała" po ogrodzie albo zawożono ją do kościoła na święta czy do dzieci na Wigilię. Ciążyło jej własne niedołęstwo. Na szczęście z głową było dobrze, nie jak u jej koleżanki Matysiaczki, która wprawdzie sprawna, ale nie poznawała już nikogo i własne dzieci wyganiała z domu kijem. Albo u Maliniaków, gdzie Maria Maliniakowa leżała w domu z górą od dziesięciu lat, czekając na śmierć. Co jej się polepszyło, to znów pogorszyło i tak w kółko. „Męka dla niej i rodziny", mówiła głośno Bronia, komentując wysiłki dwóch córek, żeby matka żyła jak najdłużej.

– Mam się cieszyć na twoim pogrzebie? – spytała z przekąsem Mania, a Ania się roześmiała, ale umilkła zgromiona wzrokiem przez siostrę.

– Nie musisz się śmiać, bo cię do Tworek wywiozą – podsumowała Bronia. – Chodzi mi o to, żebyście żadnych mów wzruszających nade mną nie odprawiały. Idę do Antoniego, do dzieci swoich, Florka, Wacusia, do przyjaciół...

– Dobrze, babciu – powiedziała Ania, która czuła, że Bronia odchodzi i zastanawiała się, jaki będzie świat bez tej opoki, skały nie do rozbicia, jaką była jej babcia. – Nie będziemy płakały.

– Macie mnie pogrzebać obok Antoniego i chłopców – dodała Bronia. – No, ale nie dlatego was tu obie poprosiłam.

– No właśnie – utyskiwała Mania. – Babcia to tak mówi, jakby już jutro miało jej tu nie być, a tymczasem przecież babcia zdrowa. To mnie w krzyżu łupie, a babcia to by mogła...

– Jak cię w krzyżu łupie, to jedź do sanatorium, w końcu nauczycielom jak najbardziej się należy – przerwała jej Bronka. – A ja bym już nic nie mogła. Ani ugotować, ani nic... Pogadać tylko sobie mogę i tyle mojego. Więc pogadam sobie... Z każdym po kolei. Zacznę od was... Ania, zostań tutaj, dziecko, a ty, Manieczko, idź na pocztę i zatelegrafuj do Ignasia, żeby mi tu na sobotę zjechał.

– Ale Ryszard przecież może jutro do niego po pracy zajść i powiedzieć, żeby przyjechał.

– Idź, zatelegrafuj mówię. Bardzo dobry wynalazek telegraf, to korzystać trzeba...

Mania pokiwała głową, pocałowała babcię w oba policzki i wyszła z pokoju.

– Wiesz, czego najbardziej mi żal? – spytała Bronia, kiedy zostały z Anią same.

Ania była przekonana, że babcia wymieni dwie wojny, które odarły ją z kawałka życia.

– Tego, że dziadek odszedł? Że w taki sposób?

– Każdy sposób na odejście jest dobry. – Bronia machnęła ręką. Ostatnimi czasy sztywność rąk i nóg bardzo się nasiliła. Odczuwała ból przy każdej próbie ruchu. Ciało było oporne, stare i nieposłuszne. Już go nie chciała. Jedynie machać ręką mogła jak dawniej i korzystała z tego przywileju na złość sztywności. Miała nadzieję, że tam, dokąd idzie, dostanie nowe, nawet nie młodsze, ale takie, które będzie jej słuchało.

– Książek, których nie zdążyłyście mi przeczytać – powiedziała i wskazała na biblioteczkę, która stała dumnie w jej pokoju.

– Każda z nas nad grobem będzie to czuła. – Uśmiechnęła się do niej Ania – że było wiele książek, których nie zdążyło się poznać, ale przecież babcia się jeszcze na tamten świat nie wybiera?

– Ty mi powiedz, moja kochana, kiedy mogę się szykować – popatrzyła na nią przenikliwie. – Zawsze wiedziałaś takie rzeczy. Mówiłaś, że Antoni wróci, a Romek nie żyje...

– To było w dzieciństwie – usprawiedliwiała się. – Potem już nie...

– Potem też, mnie tu oczu nie zamydlaj. Ja czuję, że muszę uporządkować swoje sprawy... Chciałabym zobaczyć Janka i Łucję, no i Tadzia jeszcze przed śmiercią, ale to pewnie nie będzie możliwe prędko, co?

Ania pokręciła głową. Janek miał szczęście, że trafił do Ameryki, a Tadzik do Francji. Po śmierci wielkiego ojca narodu radzieckiego, Stalina, represje znacznie zelżały i nawet ludzie z wyrokami śmierci wracali do domów. Nieczęsto się to zdarzało, ale jednak. Michał mówił jej o tym, że wrócił brat Tereski, koleżanki, z którą pracował, z Rakowieckiej, po wyroku śmierci zamienionym na odsiadkę. Mimo wszystko powroty z zagranicy nie były wciąż bezpieczne, a już szczególnie powrót zza oceanu wiązałby się z przykrymi konsekwencjami. Tadzik może miałby więcej szczęścia w razie powrotu do ojczyzny, ale osiadł w Normandii z Ivonne i było mu tam dobrze. Opiekował się grobem brata i nie myślał o powrocie. Na szczęście uczył dzieci mówić po polsku, jak zapewniał w listach, więc nadzieja się rysowała, że będzie im chciał kiedyś pokazać kraj ojców.

– Chyba nie powinni wracać... – powiedziała wymijająco... – Niech tam żyją spokojnie.

– Chcę zobaczyć Kajtka i Stefana, z żonami. Niech przyjdą mnie pożegnać. Kajtek zwłaszcza niech przyjedzie i spojrzy mi w oczy...

– Dobrze, babciu. – Ania wstała i chciała wyjść, kiedy Bronia zatrzymała ją.

– Ty mi powiedz, kochana moja, czy sobie poradzisz?

Ania spojrzała na babcię z miłością. Ile siły było w tej drobnej kobiecie. Każda zmarszczka na twarzy była stoczoną walką, ceną za miłość, pokonany strach. Jeśli jej zabraknie, pomyślała, co się z nami stanie?

– Kazia nie jest taka silna, żeby scalić rodzinę – kontynuowała Bronia. – Bo to musi być kobieta, z naszego rodu, naszej rodziny... Na tamte nie ma co liczyć...

Machnęła ręką, mając pewnie na myśli ciotkę Iwonkę i Grażynkę. Ania ciągle milczała. Po tym, jak wuj Kajtek wyjechał, jeden z jego synów walczył w armii niemieckiej, a drugi wprawdzie w polskiej, ale po wojnie zasilił szeregi UB, babcia Bronia oświadczyła, że Kajtek już nie jest jej synem.

– Mania delikatna. Na szczęście ma Ryszarda… Paweł gdzie?

Drgnęła, słysząc to pytanie.

– Babciu…

– Na łożu śmierci pytam, więc odpowiadaj – zdenerwowała się.

– W Szwajcarii… – powiedziała, zastanawiając się, jak Bronia domyśliła się, że Paweł przeżył. – Skąd babcia…?

– Tu czuję, że te twoje wyjazdy nie były takie sobie, po delikatesy… Ale… głupia babka ze mnie, bo dopiero niedawno się domyśliłam, co i jak… Antoni wiedział od początku…

– Tylko niech babcia nic Mani…

– Ona i tak wie… – przerwała jej. – Zobacz…

Z szuflady przy nocnym stoliku Bronia nie bez wysiłku wyjęła kopertę i podała drżącą ręką wnuczce. Ania wyjęła małą kartkę złożoną na pół.

„*Wychowaj je jak swoje*", głosił naprędce złożony napis. „*Kocham. P.*", widniało pod spodem. Kartka nie nosiła żadnej daty, ale Ania domyśliła się, że Paweł musiał to napisać w dniu swojej ucieczki z Brwinowa. Siedziała w milczeniu, nie mając odwagi spojrzeć na Bronię.

– A te pieniądze to dał ci on czy kto inny? – Babcia przerwała milczenie.

– Nie on – powiedziała cicho, modląc się, żeby Bronia nie zapytała o szczegóły.

– I pewnie nie chcesz mi powiedzieć kto? – domyśliła się.

Ania spuściła głowę.

– Michał wie?

– O pieniądzach nie…

– Szanuj go, bo to dobry człowiek. Ewie musicie kiedyś powiedzieć prawdę…

– Wolałabym, żeby nie znała takiej prawdy… – Ania zadumała się. – Ona nie pamięta tamtego życia. Czemu miałabym łamać jej serce?

– Pamiętaj, moja droga. – Bronia uniosła się na poduszkach. – Można wbić komuś nóż w serce. Można, trzeba czasami nawet… Nigdy jednak nie wbijaj noża komuś w plecy, bo ci nie wybaczy…

Ania wpatrywała się w babcię szeroko rozwartymi oczami.

– Jak ja teraz Mani…?

– Nie trzeba wiele wyjaśniać – przerwała jej babcia i zaniosła się kaszlem. – Ja już z nią rozmawiałam. Mania cię kocha i wie, że wtedy… wtedy źle postąpiła. A potem drogo zapłaciła za to, że wzięła co nie jej… I dosyć. I koniec… To sobie ode mnie zapamiętaj, a teraz wołaj siostrę.

– Babciu… – Ania usiadła i wzięła Bronię za rękę. – Czy ty jesteś pewna, że musisz tam iść?

Spojrzały obie na spękany sufit pokoju. Bronia pogłaskała Anię po twarzy.

– Dobrze postępowałaś w życiu, chociaż to nie było łatwe, ale nie byłaś taka cwana jak panienka Scarlett… – Z wysiłkiem rozciągnęła usta w niewielkim uśmiechu. – Pochowajcie mnie z tą książką… Będę sobie czytała, czekając, aż mnie Pan Bóg wezwie…

– Babcia by więcej książek mogła przeczytać, gdyby ciągle nie wracała do tej jednej… – powiedziała Ania z czułością.

– Pewnie bym mogła, ale ciągle chciałam słuchać o Scarlett i Rhettcie…

Pod drzwiami stali Mania, Władysław oraz Basia z Kasią i Ewunia. Mały Michał grał jak zwykle w domu na skrzypcach.

– Idź, Maniu, do babci. – Ania zamknęła cicho drzwi, dając ręką znak rodzinie, żeby się wycofała. – A wy co tak stoicie, jakbyście na coś czekali?

Mania weszła do pokoju Broni, a Ania po raz kolejny odegnała dzieci od drzwi.

– Wstyd – zdenerwowała się na swoją córkę Ewę i siostrzenicę Basię. – Dorosłe pannice, a podsłuchują pod drzwiami jak podlotki… Kasia ma przynajmniej na tyle przyzwoitości, żeby tu nie stać. Na co wy czekacie?

– Bo mamuniu, babcia powiedziała, że umiera… – zaczęła Ewa, świeżo upieczona studentka medycyny. – I myśmy chciały się pożegnać…

– Właśnie, ciociu – przytaknęła jej Basia, która studiowała ten kierunek już drugi rok i udawała przed swoją siostrą cioteczną bardzo fachową osobę. – Myśmy chciały zobaczyć…

Kasia, która studiowała w Państwowej Wyższej Szkole Teatralnej, trzymała się z tyłu. Ania pokręciła głową z niedowierzaniem.

– Babcia ma dziewięćdziesiąt lat. Bliżej jej niż dalej… – tłumaczyła. – I chce uporządkować swoje sprawy. A wy mi tu nie stójcie jak posłanki kostuchy…

Zza drzwi dobiegał głos Mani, która znów czytała *Przeminęło z wiatrem*.

– Same widzicie, że babcia jeszcze na tamten świat się nie wybiera. Przynajmniej nie przedtem, jak skończy po raz kolejny ulubioną książkę.

– Co tobie, mamo, babcia mówiła? – spytała Ewa, kiedy szły do domu.

Ania trzymała córkę za rękę. Szły powoli, wystawiając twarze do słońca. Zawsze tak spacerowały, trzymając się za ręce, przy czym Ania mocno ją ściskała, jakby bała się, że Ewa się zgubi.

– Babcia jest bardzo mądrą kobietą – odpowiedziała. – Poza tym wychowała nas wszystkich, kiedy nasza mama umarła…

– Co my bez niej zrobimy? – spytała cicho córka.

Ania zatrzymała się i spojrzała na Ewę ze zniecierpliwieniem.

– Tyle razy mówiłam, nie zachowuj się, jakby babcia miała za chwilę umrzeć… Jest stara i niedołężna, ale jeszcze trochę pożyje…

A potem zrobiła minę, którą Ewę zawsze rozśmieszała. Córka wybuchnęła śmiechem. Weszły razem do domu, gdzie Michał jak zwykle czekał z kolacją, a z góry dobiegały dźwięki skrzypiec.

Kiedy Ewa powiedziała, że chciałaby zdawać na medycynę, wszyscy myśleli, że idzie za radą i wyborem Basi. Wszystkie trzy dziewczynki były ze sobą bardzo związane. Basia, rok starsza od kuzynki, pierwsza powiedziała, że chciałaby zostać lekarzem i leczyć ludzi. Ewa, kiedy tylko to usłyszała, od razu stwierdziła, że ona „od zawsze" o tym myślała i medycyna jest jej powołaniem, ale to wyznanie zaistniało w pewnych szczególnych okolicznościach. Ania pamięta tamten dzień. Umarł towarzysz Stalin i ona z Manią jako nauczycielki socjalistycznej placówki musiały organizować akademie ku czci, czuwanie przy symbolicznym grobie i wszystkie działania, które miały na celu udowodnienie, że znienawidzony zbrodniarz, który miał na ręku krew milionów Polaków, był w istocie dobrym ojczulkiem, którego odejście wprawiło wszystkich w rozpacz. Szczególnie Mania była w trudnej sytuacji. Kiedy Pawła ogłoszono zdrajcą, zwolniono ją ze szkoły. Interweniowała sama Ania, a potem Michał i Ryszard, członkowie partii, ale bezskutecznie. Wreszcie odbyła się sprawa sądowa, w której Mania powiedziała, że to Ryszard jest ojcem jej córek. Płakała potem okropnie, bo czuła się, jakby pamięć Pawła zdradzała, ale robiła to przecież dlatego, żeby jej córki mogły spokojnie żyć. Dziewczynki zostały adoptowane przez Ryszarda i od tego czasu nie nazywały się już Bartosiewiczówny, ale Borkowskie. Mania mogła wrócić do pracy, bo się od wroga odżegnała i wszystko się jakoś zaczęło układać. A teraz, kiedy towarzysz położył się w grobie, rysowała się pewna nadzieja, że ułożą się jeszcze bardziej.

Akademia ku czci o mało nie skończyła się wyrokiem dla dyrektora szkoły. W samym środku akademii, podczas uroczystej warty przed zasłoniętym kirem portretem, do sali gimnastycznej przez uchylone okno wleciał wróbel. Rozległ się niewielki szum, ale jedno spojrzenie dyrektora i nauczycieli zgasiło rozproszenie uczniów, którzy znów w skupieniu zaczęli czuwać przy portrecie ukochanego wodza. Ptak jednak ani myślał stosować się do żałoby czy chociażby ciszy, tylko latał pod sufitem i ćwierkał jak oszalały. Ania ze strachem patrzyła na marszczące się brwi sekretarza powiatu brwinowskiego, który uczynił zaszczyt szkole i przyszedł na akademię właśnie do nich, co było powodem wielkiej dumy dyrekcji.

– Ten ptak oszalał – nie wytrzymał nerwowo nauczyciel muzyki. – Zgubi nas wszystkich…

Wróbel tymczasem poczynał sobie znacznie śmielej. Już tylko pionierzy płakali z powodu śmierci Józefa Stalina. Pozostali uczniowie ukradkiem, ale z zaciekawieniem przyglądali się intruzowi.

– Proszę go usunąć! – ochrypłym głosem zarządził dyrektor. – Kala pamięć…

Ptak tymczasem skalał pamięć towarzysza Stalina prosto na jego portret. Ania zastanawiała się później, jak to się mogło stać, żeby zielona breja spadła właśnie w to miejsce. Hala była przecież całkiem duża.

– No i koniec… – szepnęła do niej Mania.

Sala tymczasem zatrzęsła się śmiechem. Śmiał się mały Bronek Malinowski i jego trzej bracia Cyganie. Pozostali uczestnicy socjalistycznego misterium stali jak skamieniali, ptak fruwał, a dyrektor stracił przytomność. Malinowscy trafili do Brwinowa po wydaniu dekretu zakazującego Cyganom wędrowania po Polsce. Ania uczyła wszystkich i uważała za wspaniałych, pogodnych chłopców. Nie wszyscy koledzy podzielali jej zdanie. Matematyczka Rozalia Klakierówna zostawiała co rok któregoś z Malinowskich w tej samej klasie, twierdząc, że żaden z braci nie osiągnął dojrzałości szkolnej, a już na pewno nie opanował koniecznego materiału. Malinowscy nic sobie z tego nie robili, chodząc tylko na te lekcje, na które chcieli i nie zwracając zupełnie uwagi na to, do której klasy zostali przypisani. Również śmierć wujka Stalina nie zrobiła na nich żadnego wrażenia. Wreszcie uciszono ich siłą, bo krzaczaste brwi sekretarza powiatowego drgały bardzo niebezpiecznie i lepiej było nie czekać na rozwój sytuacji. Tymczasem do sali gimnastycznej wkroczył woźny Kowalski z dubeltówką pod pachą i w dobrej wierze zaczął strzelać w sufit, chcąc ukarać śmiercią tego, który okazał tak rażący brak szacunku. Strzały spowodowały popłoch wśród uczniów i nauczycieli wciąż pamiętających wojnę. Potężne kawałki tynku odrywały się i spadały na „czuwających". Wreszcie Ania wzięła na siebie powstrzymanie woźnego Kowalskiego, nauczyciel muzyki ewakuację młodzieży, Rozalia cucenie dyrektora, a Mania uspokajanie oburzonego do szpiku kości aparatczyka. Skończyło się na zwolnieniu dyrektora z posady. Ponadto nieszczęsny musiał złożyć specjalne oświadczenie i samokrytykę, którą przyjęto ze zrozumieniem, ale bez żadnej taryfy ulgowej. Ania potem tłumaczyła chichoczącym Ewie i małemu Michałowi, że takie ćwierkanie podczas żałoby narodowej mogło się skończyć dla dyrektora wywózką na wschód albo zamknięciem w więzieniu. Nakazała też dzieciom absolutne milczenie i udawanie, że śmierć Stalina jest dla ich rodziny ogromną tragedią. Na pytanie Ewy, czemu mieliby udawać, Michał powiedział:

– Córeczko, mamy już w rodzinie „wroga ludu" i dlatego twoje kuzynki wiele lat wychowywały się bez ojca. Poza tym macie wuja w Ameryce, a drugiego we Francji. Wasza mama pracuje w szkole. Ciocia też, a przypominam wam, że cudem ją do pracy przywrócono…

– Basia i Kasia będą chciały iść na studia – dodała Ania. – Wprawdzie Ryszard je adoptował, ale trzeba uważać…

– Walczyliśmy, żebyście mogli się uczyć w wolnej Polsce – mruknął gorzko Michał, a Ania spojrzała na niego z wyraźną przykrością.

– Ja pójdę na medycynę jak Baśka – oświadczyła wtedy Ewa niby bez związku. – Będę miała punkty za pochodzenie. A poza tym na pewno się dostanę… Będę leczyła dzieci.

Wtedy powiedziała to po raz pierwszy. Ania nie miała wątpliwości, że w jej córce odzywa się całe pokolenie Freilichów lekarzy, mało tego, po ojcu i dziadku myślała właśnie o pediatrii. Po Róży Ewa miała za to zdolności językowe, bez trudu opanowała francuski i angielski, co w przyszłości miało jej pomóc w uzyskaniu stypendium od rządu francuskiego dla szczególnie zdolnych absolwentów medycznych uczelni. Była także uzdolniona humanistycznie i matematycznie. Bez trudu zdobywała wszelkie laury i wyróżnienia, swobodnie poczynając sobie zarówno w dziedzinach humanistycznych, jak matematyczno-przyrodniczych. Ania i Michał byli z niej ogromnie dumni.

Po rozmowie z Bronią, Ania późnym wieczorem powiedziała do męża:

– Babcia uważa, że powinniśmy powiedzieć Ewie…

Michał pokręcił głową.

– Uważam, że to bardzo zły pomysł.

– Babcia jednak…

Michał wyjął żonie z ręki patelnię, którą właśnie miała zamiar umyć, i pociągnął ją lekko, aż usiadła na kuchennym krześle.

– Rozmawialiśmy o tym na samym początku – przypomniał jej.

– Tak, Michałku – powiedziała. – Ustaliliśmy wtedy, że ona o niczym się nie dowie. Nie ma jej kto powiedzieć. Oprócz nas wie przecież tylko kilka osób z rodziny. A ona jest tak do mnie podobna…

– To nasza córka – podkreślił z naciskiem. – Ma tylko nas.

– Nigdy się nie zastanawiałam nad tym, czy któreś z jej krewnych przeżyło. – Zadumała się. – Róża miała przecież dwie siostry. Jedna zginęła, ona o tym mówiła, ale druga? Były jeszcze dzieci…

– Nie mówiłem ci, bo nie było takiej potrzeby, ale ja się tym interesowałem. Jej brat Chaim umarł w getcie, pozostali zginęli w Treblince. Wszyscy...

Ania wstrząśnięta milczała.

– Jesteś pewien? – spytała niepotrzebnie.

– Niestety, tak. Gdyby ktokolwiek przeżył, można by się zastanawiać, czy jej powiedzieć. Ale tak? Babcia ma swoje mądrości życiowe, ale w tym wypadku nie ma racji.

– A tobie coś powiedziała? – Ania wzięła jego twarz w dłonie i przybliżyła wargi do jego ust.

– Jeszcze nie byłem na audiencji – szepnął. – W końcu jestem najmłodszy w rodzinie. A mam nadzieję, że najmniej winny.

Tak przytulonych znalazła ich w kuchni Ewa.

– No proszę – roześmiała się. – Siedzicie po ciemku jak złodzieje.

– Wcale że nie jak złodzieje. – Ania oderwała się od męża i spojrzała na zlewozmywak pełen naczyń, które zostały po kolacji.

– Pozmywam, mamuś – powiedziała Ewa i nastawiła wodę na herbatę. Potem podała matce zeszyt. – A ty mi sprawdź wypracowanie.

Prababcia Bronia umarła trzy miesiące później, we śnie. Wcześniej, tak jak zapowiadała, zdążyła porozmawiać z każdym z rodziny. Kasia i Basia rano znalazły ją opartą na poduszkach, z okularami na nosie, trzymającą w ręku ukochane *Przeminęło z wiatrem*. To było dziwne, ponieważ już od dawna nie czytała sama. Zawołały Manię, która czuwała na zmianę ze Stanisławem i Anią, bo Bronia nie wstawała już nawet za potrzebą. Mania weszła do pokoju, zdjęła zmarłej okulary i zamknęła książkę. Potem objęła swoje dorosłe córki i wszystkie trzy popatrzyły z zadumą na zmarłą.

– Idźcie po tatę, a potem po ciocię.

Kiedy córki wyszły, usiadła na brzegu łóżka i wzięła babcię za rękę. Mania wiedziała, że Bronia najbardziej na świecie kocha Anię, ale nie przeszkadzało jej to. Ani, z jej dobrocią i poświęceniem, nie sposób było nie kochać, pewnie dlatego nigdy nie miała pretensji ani do babci, ani nawet do Pawła za to, że była zawsze „tą drugą". Były jednak chwile, kiedy Mania wiedziała, że jest dla Broni najważniejsza. To było wtedy, kiedy wybuchł pożar w szkole i Mania rzuciła się, żeby ratować dziewczynki. Bronia krzyczała i płakała, póki Mania nie wróciła do domu cała i zdrowa. I wcześniej, kiedy rodziła. Babcia, mimo że właśnie straciła męża i nie mówiła ani słowa, przez cały poród trzymała ją za rękę, w strategicznym momencie odsuwając młodą, przerażoną położną i przyjmując na ten świat najpierw Basię, a potem, po kilku godzinach wyczerpującej walki, Kasię. Poszła opłakiwać dziadka Antoniego dopiero wtedy, kiedy upewniła się, że z Manią jest wszystko w porządku. Jakże ona, Mania, była wtedy samolubna, myśląc tylko o sobie i swojej rozpaczy. Długie miesiące nie było z niej pożytku, nie umiała pomóc ani siostrze, ani ojcu i przede wszystkim babci.

– Zapamiętam, co mi powiedziałaś – pocałowała zmarłą w rękę, która tyle razy rozczesywała jej niesforne włosy i wplatała wstążki w warkocze.

Bronia powiedziała do niej tylko jedno zdanie, które można by uznać za pożegnanie.

– Nie odsuwaj Kasi na bok, bo cóż ona winna, że nie jest taka zdolna jak siostra...

No właśnie, winna jest ona, Mania, a nie jej córka, która nie chciała studiować na uczelni medycznej, uniwersytecie czy politechnice. Rozmawiała na ten temat z Ryszardem.

– Kasia chce zostać aktorką – powiedziała z przekąsem.

– Naprawdę? – zainteresował się Ryszard. – To wspaniale. Patrz, a ja myślałem, że te jej recytacje i śpiewy to tylko tak, na pokaz...

– Rysieńku – zniecierpliwiła się Mania. – Przecież to jest dramat. Aktorka w wiejskiej rodzinie?

– Jakiż dramat? – polemizował Ryszard, który nie uważał Winnych za wieśniaków. Przeciwnie, jego własna żona i szwagierka były kobietami inteligentnymi, starannie wykształconymi oraz oczytanymi. Nawet Bronia, która z dumą mówiła o sobie „my, wieśniacy", była przykładem mądrości życiowej, jakiej bynajmniej nie prezentuje osoba „ze wsi". – Dramat to ona zagra na scenie i podejrzewam, że będzie wspaniała...

– Komediantką zostanie? Zamiast lekarzem?

– Basia zostanie lekarzem, bo tego chce. A Kasia nie chce...

Mania kręciła głową.

– Ja do tego nie dopuszczę... Swoją drogą czemu tak się stało? Przecież tak dobrze w szkole jej idzie. Może nie jest tak dobra jak Basia, jest raczej humanistką, ale żeby teatr?

– Ona te zdolności ma przecież po tobie. Anka mi mówiła, że w czasach szkolnych pięknie śpiewałaś. Teraz nie śpiewasz...

– Ale zostałam nauczycielką – przypomniała mu. – Ona też może chodzić do teatru, nikt jej nie broni, ale zawód niechby miała prawdziwy...

– Ona nie chce być ani lekarzem, ani architektem, malarką, budowniczym, nauczycielką, tłumaczem, dziennikarzem, prawnikiem…

– Dosyć – przerwała mu żona. – Rozumiem, co masz na myśli. Z babcią jak jeden mąż gadacie. Swoją drogą czekałam na jakieś przesłanie… Na łożu śmierci zamiast powiedzieć mi coś… wielkiego, żeby mi na całe życie wystarczyło, to ona… ona…

Ryszard wziął ją za rękę.

– Kochanie, to jest właśnie to właściwe przesłanie. Żebyś dziecku pozwoliła żyć tak jak chce… Na całe życie musi ci to wystarczyć. Kasia jest bardzo wrażliwa. Baśka to taka iskierka, wszędzie jej było pełno, a Kasia zawsze była trochę inna, stojąca z boku, obserwująca…

Miała na końcu języka, że on nic nie wie o dzieciach, ale spojrzała w jego szczerą twarz i się uśmiechnęła. Babcia miała rację. Nie można dziecku dawać do zrozumienia, że jest tym gorszym, mniej zdolnym. Przecież z nimi tak nie było. Ona urodziła się pierwsza, Ania ledwo przeżyła, ale to przecież siostra więcej osiągnęła. Mimo tego zawsze traktowano je równo. Nawet ten Lilpop, który przecież jej nie znał i nie zależało mu na niej, posłał do szkoły obie dziewczynki, nie tylko swoją ulubienicę. A ona może nie była tak zdeterminowana jak Ania, bo dopiero po wojnie kończyła kursy nauczycielskie i to głównie po to, żeby móc pracować i nie być ciężarem rodzinie. Mimo to teraz obie pracują jako nauczycielki w tej samej szkole, a nigdy nikt w rodzinie nie wypomniał Mani, że kiedyś wolała biegać za Pawłem, niż ukończyć studium nauczycielskie.

– Może masz rację. – Kiwnęła głową. – Słyszałam, jak Kasia babci czyta *Krystynę, córkę Lavransa*… Wzruszyłam się.

– No widzisz. – Uśmiechnął się Ryszard i pomyślał, że jutro powie Kasi, że śmiało może kalać rodzinne gniazdo i zostawać sobie komediantką, bo babcia Bronia ujęła się za nią, a matka w końcu uległa.

Mania była rozczarowana tym, że nie usłyszała wielkich słów ze strony Broni. Ignacy natomiast dałby wszystko, żeby nie usłyszeć tego, co babcia miała mu do powiedzenia. Dostał telegram od rodziny, w którym było napisane, żeby przyjechał do domu najszybciej, jak tylko może. Zmartwił się i zdenerwował, ponieważ takie telegramy nigdy nie oznaczały niczego dobrego. Tyle że było już ich trochę, bo babcia, niewiasta bardzo sędziwa, chciała mieć ostatnimi czasy rodzinę przy sobie na wszelki wypadek. Ale tego samego dnia przyszedł jego szwagier Michał i wytłumaczył, że w domu panuje poruszenie, bo babcia uznała, że nie pożyje już zbyt długo. Ignacy niezwykle lubił i szanował drugiego męża Ani. Niezwykły przypadek, który sprawił, że to właśnie Michał odkopał go spod gruzów kościoła, ratując tym samym życie, a potem walczył ramię w ramię, związał ich ze sobą bardzo silnie. Gdyby wtedy Ignacy wiedział, kogo Michał ma na myśli, mówiąc „utracona nadzieja", on i Ania spotkaliby się znacznie wcześniej. Oczywiście Ania miała swoje tajemnice, którymi Ignacego obarczyła, ale po latach modlitw i posługi kapłańskiej uznał, że ludzie chowają w zanadrzu gorsze rzeczy. Po tamtej rozmowie, odbytej kilka dni po ślubie Mani i Ryszarda, nigdy więcej nie wracali do tamtych spraw, a Ignacy nie czuł się wcale lepiej, ale też i gorzej mu nie było.

– Czemu babcia tak nagle postanowiła... odejść? – Ignacy zaprosił szwagra do swoich prywatnych pokoi. – Zostaniesz na kolacji?

– Nie, nie mogę, niestety, wpadłem tylko powiedzieć ci o życzeniu babci.

– Przyjadę w sobotę, naturalnie. – Ignacy nastawił wodę na herbatę. – Ale herbaty się napijesz?

– Tak, chętnie... A wracając do babci Bronki, to ona jest rzeczywiście coraz bledsza i mniejsza, jakby znikała...

– Dziadek miejsce jej tam w niebie już szykuje. – Ignacy postawił parujące szklanki z bursztynowym płynem przed sobą i Michałem. – To bardzo sędziwa osoba...

– Trochę wam zazdroszczę, że macie tak liczną rodzinę. – Zadumał się Michał. – Ja swoich dziadków nie pamiętam, rodzeństwa nie mam, rodzice też byli jedynakami. Jak odeszli, to została mi tylko Ola... A potem sam wiesz...

– Wiem – powiedział Ignacy krótko. – Teraz jednak masz nas. A mnie spod gruzów wydobyłeś i babcia nieraz na mszę za ciebie dała z tej okazji.

Michał odsunął pustą szklankę i zebrał się do wyjścia.

– Oczekujcie mnie w sobotę – powiedział uśmiechnięty, odprowadzając Michała do drzwi. – Zostanę na noc, bo babcia pewnie będzie chciała, żebym modlił się z nią za was wszystkich, a to trochę zajmie.

Ignacy się mylił. Kiedy tylko przestąpił przez próg pokoju Bronki, ta wyciągnęła do niego ręce i poprosiła, żeby usiadł.

– Przyjmiesz moją spowiedź – usłyszał jej cichy głos.

– Babciu – zaprotestował. – Odpuściłem tobie grzechy wtedy, kiedy nie mówiłaś, bo czasy były takie, a nie inne. Ale jeśli chcesz się wyspowiadać, to zawołajmy kogo innego...

– Przecież Bóg niby spowiada? – Bronia usiłowała podnieść się na poduszkach. – A wy księża tylko te słowa w sobie nosicie...

Ignacy nic nie powiedział, zdjęty bolesnym wspomnieniem słów, które powierzyła mu Ania, a przedtem jego zmarły brat Florian.

– Ciężko babciu by mi było twoje słowa nosić… – Uśmiechnął się.

– Ja już z tym u spowiedzi byłam i w siedemnastym, potem znów w trzydziestym dziewiątym. Pan Bóg mi odpuścił grzechy, ksiądz kazał zapomnieć, ale ja tego nie mogę zabrać na tamten świat, dziecko…

Ignacy spojrzał na nią uważnie. W Broni dokonywał się jakiś przełom. Jej zastygła twarz wyglądała dostojnie, a zarazem niepewnie. Ignacy przeląkł się.

– Co to za grzech, że trzeba było dwa razy do spowiedzi chodzić? – spytał.

– Ignasiu, ty musisz to wiedzieć i nosić to, kiedy mnie już zabraknie… – Bronia złapała wnuka za rękę. – Nie umiałam nic zrobić, nie wiedziałam… Ale nie jest za późno.

Był pełen jak najgorszych przeczuć.

– Babciu… – zaczął.

– Ignacy – przerwała mu Bronia. – Tuż przed śmiercią twoja mama urodziła dziecko.

Wyrzuciła to z siebie jednym tchem i z napięciem czekała na reakcję wnuka. Ignacy wydawał się spokojny. Tylko po żyle pulsującej mu na czole Bronia poznała, jak bardzo jest poruszony.

– Skąd babcia o tym wie?

Opowiedziała o tym, jak myła Władzię i odkryła jej tajemnicę.

– Mama już nie żyje – powiedział cicho. – Dziecko też nie. Nie ma chyba potrzeby o tym mówić.

– Wydajesz się taki spokojny, mimo wszystko. – Odkaszlnęła. – Wiedziałeś o tym?

Nie chciał przywoływać szczegółów tamtych dni i tej feralnej nocy, więc tylko spojrzał znacząco na babcię.

– To pewnie wiesz, że to dziecko jednak przeżyło. – Bronia uporczywie starała się patrzeć w oczy wnukowi, a ten unikał jej wzroku.

– Babciu. – Wreszcie na nią popatrzył. – Niech mi babcia wierzy… To dziecko umarło…

– Nie, Ignacy. – Bronia zaniosła się kaszlem. – Nie wiem, skąd twoja pewność. Proboszczowi się spowiadałam, prosiłam o radę i on też mówił jak ty, żeby to Bogu zostawić, bo dziecko pewno nie żyje, skoro go nie ma…

Co miał jej powiedzieć? Że widział na własne oczy, jak Władzia zakopywała coś w ogrodzie, a potem modlił się nad tą mogiłą przez wiele lat? Kula w gardle rosła niczym zakalcowate ciasto. Czuł, że coraz trudniej mu oddychać.

– Władzia – znów zaczęła mówić. – Władzia zaniosła dziecko do sierocińca, do zakonnic…

Podniósł głowę gwałtownie i spojrzał na oddychającą z trudem kobietę.

– Skąd babcia to wie? – nie mógł opanować drżenia głosu.

– Z początku wiedziałam tylko tyle, że było dziecko, którego ojcem nie był Roman… Nic więcej. Ale potem, przypadkiem zupełnie odkryłam jej tożsamość…

– Jej? – głos wciąż mu drżał.

– To Łucja Wierusz-Kowalska – słowa wychodziły z ust Broni jak pociski. – To ona jest twoją siostrą…

– Mama zakopała dziecko w ogrodzie – Łzy mu poleciały na sutannę. – Myślałem, że urodziło się martwe.

„Nie", zadzwoniło mu w głowie. „Myślałeś, że matka zabiła swoje dziecko, tak jak twój brat zabił ojca. Byłeś przekonany, że urodziłeś się wśród zabójców i zwyrodnialców".

– Pewnie zakopała łożysko albo coś innego – powiedziała Bronia, zastanawiając się, czemu dopiero teraz rozmawiają na ten temat. Gdyby zdecydowała się powierzyć sekret Ignacemu wcześniej, być może losy Łucji i Jaśka potoczyłyby się inaczej.

– Ja myślałem… – Nie mógł się opanować. – Czy babcia jej mówiła?

– Nikomu z rodziny nie mówiłam. Byłam tylko u Matki Przełożonej, żeby się upewnić. Nie wiem, czy ona komukolwiek powiedziała, ale Matka Przełożona umarła zaraz po wojnie.

– Z jej przybranym ojcem babcia nie rozmawiała?

– Nie, co ja miałabym mu powiedzieć? – Czuła się wyczerpana. – Żeby nam dziecko oddał, bo nasze?

– Jasiek też pewnie nie wie…

Bronia pokręciła siwą głową.

– Co ja mam teraz zrobić, babciu? – spytał, zastanawiając się, czy Bronia zdaje sobie sprawę, jaki garb mu wkłada na plecy.

– Trzeba powiedzieć… – zaniosła się kaszlem.

Ignacy ułożył ją wyżej i starannie okrył kocem.

– Ani też tak powiedziałam o Ewuni, że trzeba powiedzieć…

– Po co jej ta wiedza? – mruknął, mając na myśli raczej rodzinę Wierusz-Kowalskich, która pewnie niechętnie patrzy na związek córki z Jaśkiem.

Tyle że on wiedział, kto jest Łucji ojcem. I zdał sobie sprawę, że skoro Łucja jest jego siostrą, to Jasiek jest jej kuzynem w pierwszej linii, a to bardzo bliskie pokrewieństwo. Kościół nie mógł pobłogosławić tak bliskiego związku.

– Wie babcia, kto jest ojcem Łucji?

– Ta wiedza nie jest mi potrzebna, dziecko – łagodnie powiedziała Bronia. – Władzia była sama, Roman do tej pory nie wrócił. Już wtedy pewnie nie żył. Musiało być jej ciężko, a my Winni, no cóż… Za mało jej okazaliśmy serca i zrozumienia. To moja wina i stanę z tym grzechem przed Bogiem.

Ignacy chciał zaprotestować, ale babcia położyła mu rękę na głowie.

– Proszę cię synku o wybaczenie, że za mało byłam, za mało z wami… Dbałam o syna, którego przecież nie było. Mówiłam, że Władzia ulubiona moja synowa, a nie wiedziałam, że dziecko pod sercem nosi. Florka pożegnałam i zamiast się tobą zająć… Wybacz mi, synku…

Dotknął koloratki. Po raz kolejny zastanowił się nad swoim powołaniem. Ile jeszcze musi usłyszeć, zanim pozwolą mu być zwyczajnym księdzem? Ile będzie musiał dźwigać na plecach?

– Nie mam czego wybaczać… Nie mam czego…

– Dziewczynkami się zajmowałam, bo malutkie i sieroty… Staszkiem, bo zagubiony był zupełnie… A wy z Florkiem i Władzią bardziej byliście osieroceni…

– Nie trzeba, babciu, nie trzeba… – Ukrył twarz na jej wątłej piersi i długo płakał, a stara kobieta nic nie mówiła, tylko głaskała go po głowie. A potem wzięła z nocnego stolika *Nędzników* Wiktora Hugo i przeczytała mu cichym, schrypniętym głosem, bez modulacji fragment, w którym ksiądz nawraca galernika Jeana Valjeana. Zachował ten fragment w pamięci jako jedno z najdroższych wspomnień.

Na pogrzeb przyszło pół Brwinowa. Ludzie nie mieścili się w kościele. Proboszcz żegnał Bronię, przypominając wszystkim, jak oddana kościołowi była ta drobna kobieta. Wielu ludzi podchodziło do trumny i dziękowało Broni za to czy tamto. Padały różne słowa, podziękowania za podzielenie się jedzeniem podczas wojen, wspólną pracę w szpitalu polowym albo dobre rady. Przyszła też pani Iwaszkiewiczowa, która wprawdzie publicznie nie zabrała głosu, ale po mszy podeszła do Winnych i złożyła na ręce Ani i Mani głębokie wyrazy współczucia z powodu śmierci Broni.

– Pani Bronisława była dla nas jak członek rodziny – powiedziała. – Podobnie dla mojego ojca… Gdyby tu był, powiedziałby jeszcze, że dzięki niej poznał panią, a pani… – tu głos jej się załamał – … na zawsze zmieniła jego życie. Proszę przyjąć nasze z Jarosławem kondolencje.

Ania była w stanie szepnąć tylko „dziękuję pani bardzo", a potem podały sobie ręce i dodała jeszcze „przepraszam", bo to była dobra chwila, żeby przeprosić za swoje zachowanie, wtedy tuż przed wybuchem wojny, kiedy w Stawisku Ania jak pierwsza lepsza przekupa natarła na Jarosława Iwaszkiewicza i okładała go kijem.

Ignacy powiedział to, co miał powiedzieć, dopiero w domu, kiedy zgromadzili się już tylko we własnym gronie na poczęstunku. Wstał i poprosił o wysłuchanie.

Nie mówił ładnie ani specjalnie mądrze. Powiedział właściwie tylko kilka zdań. Że wiele złego w tym kraju się stało, a mimo to rodzina przetrwała. Kiedy Winni stawali u progu wojny, z żałobą w sercu, bez Antoniego u boku, zdziesiątkowani, ale nie złamani. Z każdej burzy dziejowej wychodzili zwycięsko dzięki takim osobom jak Bronia. A spośród tych wszystkich, którzy walczyli, właśnie Bronia była najodważniejsza.

– Babcia miała dla każdego przesłanie – dodał. – Ale tak naprawdę chodziło jej zawsze o jedno, żebyśmy trzymali się razem, bo tylko wtedy ocalejemy.

Władysław podczas pogrzebu i potem w domu nie krył łez. Jego matka podczas ostatniej z nim rozmowy pytała o tamten dzień podczas wybuchu pierwszej wojny światowej, kiedy Antoni zaatakował Rosjan, tym samym ratując Władziowi życie.

– Opowiedz mi o tym, synu – poprosiła. – Nigdy go o to nie pytałam, wiedząc, że nie chce mówić o tak strasznych rzeczach, ale teraz idę do niego i nie wiem, czy mam gniewać się czy całować go, bo nam życie uratował…

Opowiedział jej, jak to wtedy było. Wszystko, z najdrobniejszymi szczegółami. Wyrzucał z siebie tamte zdarzenia sprzed wielu, wielu lat. To było jak oczyszczenie.

– Spopieleni… To dlatego ciągle do tego wracał…

W czasie wojny, kiedy Jasiek zniknął, Władysław próbował go za wszelką cenę odnaleźć. Kiedy tylko ofensywa się skończyła, pojechał do fabryki do Pruszkowa. Zastał jedynie zgliszcza. Na szczęście Niemcy nie strzelali. Organizowali się jedynie i w Pruszkowie było mnóstwo wojska. Nie było już pracowników. Dowiedział się od stróża, który ciągle tkwił w stróżówce, że rozpędzili całą fabrykę. Tamten mężczyzna nie potrafił mu powiedzieć, czy Jasiek wtedy wrócił do pracy czy nie. „Panie", mówił, „tu morze ludzi do pracy przychodziło. Mężczyźni, kobiety… Jak ja pamiętać mam pańskiego syna? Tyle mogę jedynie powiedzieć, że tu egzekucji nijakiej w samej fabryce nie było…". Kazia płakała, że dziecko zabili, że nawet nie dowiedzą się, gdzie jest jego grób. „To jakieś przekleństwo tej rodziny", bluźniła, „że nie wiadomo, gdzie połowa z niej pochowana…". Tłumaczył jej, że Bóg dla Winnych zawsze był miłosierny i Jaśkowi na pewno pomoże. Miał rację, bo syn okazał się odważny i waleczny. I choć codziennie drżał o jego życie, był dumny, że Winny, krew z jego krwi, walczy na froncie.

– Jasiek jest wśród tych, którzy walczą za wolność ojczyzny – powiedział do żony, kiedy przyszła wiadomość, że dołączył do pułku, który od początku wojny walczył z Niemcami. – Bądź dumna, kobieto, żeś takiego syna na świat wydała.

– Tylko żeby przeżył – powtarzała uparcie Kazia, której duma nie rozpierała, tylko strach okrutny o synowskie życie.

Drugiego syna na wszelki wypadek trzymali pod kloszem, pilnowali. Zwłaszcza potem, jak chłopcy Staszka poszli za Jaśkiem do armii. Tak ciężko było przeżyć. Niemcy regularnie nachodzili mieszkańców i szukali partyzantów, Żydów i Bóg wie, kogo jeszcze. Przyszli kiedyś we trzech i Władysław domyślił się, że partyzantów szukają. To było po tym, jak Ania wróciła z małą Żydóweczką i spalili im stodołę. Nikogo nie chował w obejściu. Czasami wynosił do lasu trochę ziemniaków. Bał się walki. Nie umiał sobie z tym poradzić. Pewnie był największym tchórzem spośród Winnych. Niczego wtedy u niego nie znaleźli, ale jeden z Niemców zrobił pętlę i powiesił mu na szyi. Wytrzymał to, myśląc, że być może przychodzi mu oddać życie za bezpieczeństwo syna. Myślał, że Jasiek jest z partyzantami, podczas kiedy w rzeczywistości był już we Francji, potem w Afryce, żeby w końcu przedzierać się przez Anglię do Stanów Zjednoczonych.

– Dbaj o Kazię, Władziu, a ja będę czuwała z góry… – zapewniła go matka.

– Chciałbym, żeby Jasiek wrócił do nas – powiedział. – W Ameryce to życie nie dla niego. Nawet jeśli pisze inaczej…

Matka pokręciła głową.

– Jeszcze nie czas… Ale on wróci, zobaczysz, Władziu, wróci. Tymczasem miej baczenie na Damianka, bo on zawsze z boku stał, dziwny taki, wyobcowany… Nie chciał, żeby mu czytać, ale po drzewach też nie bardzo. Teraz znów fizycznie pracuje, ale on mimo wszystko delikatny.

Damian wciąż był przodownikiem pracy. Zaczął od razu po wojnie, przy odbudowie stolicy. Dwieście, trzysta procent normy, praca wielogodzinna, do wyczerpania.

– Czemu ten dzieciak chce się zabić pracą? – załamywała ręce Kazia. – On nam jeden został…

– To silny chłopak – przekonywał. – Poradzi sobie.

A Damiana coś gnało daleko od Brwinowa, byle dalej od rodziny, od znajomych i przyjaciół, których miał niewielu, ale jednak. Przychodziła do nich Janka i się przymawiała. Bronia ją lubiła. „Będziesz moją wnuczką", mawiała, a Kazia i Władek przytakiwali, bo Janka była jedną z najporządniejszych dziewczyn, jakie chodziły po Brwinowie. Odważna i pracowita. Całą wojnę pracowała jako pielęgniarka w szpitalu polowym, najpierw w opuszczonym pałacu Wierusz-Kowalskich, potem w dobrze ukrytym domu niedaleko nich. Wspominał, jak Bronia złapała w 1948 roku Damiana za chabety i nakrzyczała, że łajza, szlaja się z tymi swoimi ponadnormatywnymi osiągnięciami, zamiast Jankę za żonę wziąć i dzieci jej narobić.

– Potem kto ci herbatę poda, jak się zestarzejesz? – wbijała mu do głowy.

Tylko Bronia miała taką moc nad członkami rodziny. Damian wtedy jej posłuchał i ożenił się z Janinką. Wydawali się szczęśliwi. On wyrabiał swoje normy, a Janinka pracowała jako instrumentariuszka w szpitalu na Lindleya. Rok po roku przyszło na świat dwóch chłopaczków, bo w tej rodzinie rodziły się same chłopaki, a jeśli przychodziły na świat dziewczynki, to musowo bliźniaczki. Kiedy Michał wszedł do ich rodziny, Janinka go poznała i opowiedziała z przejęciem o operacji, przy której asystowała. Michał tego nie wiedział, że był śmiertelnie chory, nie wiedział, czemu ma na klatce piersiowej taką wielką bliznę, ale szwagierka wytłumaczyła mu co i jak. Zrozumiał wtedy, że przez kilka miesięcy był dwie ulice dalej od Ani. A potem pogratulował Damianowi żony. „Jesteś szczęściarzem, stary", powiedział.

Damian widział to inaczej. Siedział na pogrzebie razem z żoną i dziećmi i zastanawiał się, czy dobrze zrobił, żeniąc się z tak dobrą kobietą jak Janina. Uparła się na niego. Pewnie myślała, że porządny, bo za dziewczynami nie gania. Wszyscy tak o nim mówili. A jego dusiło na samą myśl, że ma z dziewczyną do parku pójść. Wojny się bał. Na szczęście matka krzyczała, że go nie puści, że po jej trupie może iść walczyć. Udawał, że poszedłby, gdyby nie musiał rodzicami się opiekować pod nieobecność brata. Wymyślał sobie od tchórzy. Po wyzwoleniu, w pracy koledzy napomykali, gdzie to nie walczyli, jeden to nawet na Berlin szedł, drugi z morzem zaślubiny brał, a Damian siedział cicho i nic nie mówił, ale Janinka nic nie mówiła o jego wojennej przeszłości. Wydawała się nie zwracać na to uwagi, czy ma męża bohatera, czy zwykłego parobka. Krótko się zalecał, zaraz się z nią ożenił w urzędzie stanu cywilnego, a potem za namową rodziny wziął ślub w kościele. Księdzu jednak na spowiedzi nie powiedział, co było kiedyś między nim a jednym literatem. Anka tylko wiedziała, sprała jego i tamtego kijem, chociaż tak naprawdę za niewinność. W czasie wojny pracował w Stawisku. Pan Iwaszkiewicz, chociaż nie taki bogaty, jakby się zdawało, dzielił się z ludźmi, jak mógł. Kiedyś dał mu pół bochenka chleba, który wcześniej przyniósł Anki mąż, ten niby-poeta hochsztapler. Mieli co jeść. Rodzice Pawła też im mąkę dawali, ale nie zawsze sami mieli, bo przecież Niemcom racje oddawali. Po ślubie już do Stawiska nie chodził. Pan Jarosław już nie był taki jak dawniej. Teraz był wielkim pisarzem i przyjeżdżało tak zacne towarzystwo, że prosty Damian nie miałby czego szukać. Zaczął zatem pracować na innych budowach. Najpierw w Brwinowie, potem w samej Warszawie. Poznali się na jego robocie. A i tyle jego, że popatrzeć sobie mógł na innych murarzy, jak się myli pod pompą po fajrancie, jak w pocie czoła kładli zaprawę, a potem na niej cegły. Tyle jego było.

– Żegnamy naszą babcię i najlepszego człowieka pod słońcem… – mówił Ignacy, przerywając myśli Damiana.

Łatwo było kuzynowi mówić. Sam w sukience, ale dobrowolnie związał na supeł przyrodzenie, a Damian musiał żyć „po Bożemu". Całe szczęście, że Janinka miała wiele zrozumienia i nie była taka jak inne baby, o których koledzy mu opowiadali. Zrobił jej dwójkę dzieci i szlus, koniec. Sama się wymawiała chorobami, pracą. Na szczęście. Szanował jednak żonę, bo porządna była, dobra i pracowita. W ogień by za nią poszedł, jakby trzeba było. Ścisnął Janinkę za rękę, a ona popatrzyła na niego i uśmiechnęła się delikatnie.

– Synku – szepnęła jego matka, która siedziała z drugiej strony. – Muszę wyjść, bo mnie duszno bardzo…

Wyprowadził ją na dziedziniec kościoła.

– Co tobie? – zaniepokoił się, bo Kazia była biała jak papier. Dopiero teraz zauważył, że ostatnio bardzo schudła.

– Nic, nic… – wyszeptała i przytrzymała się synowskiego ramienia, bo zakołowało jej się w głowie.

– Pani Winna – powiedział doktor w ośrodku. – Na operację trzeba iść, bo inaczej krucho z panią będzie…

Nie zamierzała iść na żadną operację. I tak wstyd jej było, bo jej kazali do białego autobusu wsiąść w zakładzie pracy i musiała pokazać doktorowi to, co tylko mężowi ślubnemu pokazywała. Ze wstydu przez tydzień przy wieczornej modlitwie na Matkę Bożą nie mogła patrzeć. A potem postanowiła, że skoro tak musi być, to zamierzała umrzeć, tak jak ten doktor uprzedzał.

– Mówi się trudno – powiedziała Broni, kiedy poszła się z nią pożegnać. – A mnie niech mama tam miejsce uszykuje, żebym w jakimś ładnym domu zamieszkała i jeszcze żeby ogródek był.

– Kaziu. – Bronia po wsłuchaniu historii o chorobie Kazi przeraziła się, że synowa, zawsze taka cicha i oddana innym, na tamten świat się wybierze. – Może idź na operację… Przecież przed doktorem to nie żaden wstyd.

– Kiedy to wstyd, mamo… – broniła się. – Sama mama nie chciała do doktora do Warszawy jeździć, a mnie każe…

– Bzdury wygadujesz, kobieto – zdenerwowała się na nią Bronia. – Ja byłam przecie z Antosiem u doktora w Warszawie. To profesor był nawet, nie taki zwykły doktor. I on mnie powiedział, że na moje drżenie nie ma lekarstwa. Nie mówił słowa o operacji. Ty to co innego. Wyjmą ci to, co chore i dożyjesz mojego wieku. A jak ci szczęście dopisze, to nie będziesz sztywna leżała jak ta kłoda.

– Nie wiem – kapitulowała Kazia. – A jak chłopcy sobie tu poradzą beze mnie?

– Jacy chłopcy? – Bronia popatrzyła z politowaniem. – Damian w Warszawie mieszka, żonę ma od „radzenia sobie", czasem tylko przyjeżdża, a Władek przecież niekłopotliwy. Ania albo Mania obiad mu dadzą…

– No nie wiem… – Tchórzyła Kazia.

Bronia jednak znalazła sposób na oporną synową. Nakazała Władkowi i Damianowi przekonać matkę do leczenia. Janinka miejsce jej załatwiła u najlepszego profesora, na Lindleya. I sama stała jako instrumentariuszka przy operacji, podczas której wycięto Kazi macicę pełną mięśniaków, z których największy przypominał piłkę do tenisa. I chociaż przed zabiegiem Kazia pożegnała się ze wszystkimi niczym Bronia przed śmiercią, to kiedy po operacji wróciła po miesiącu do domu prawie zupełnie zdrowa, odkryła, że ma znacznie więcej siły niż wtedy, kiedy tyle krwi z niej wylatywało, że nie mogła nawet stać za długo, bo zaraz w oczach jej ciemniało.

– Bóg ci zapłać, dziecko – mówiła do Janinki, kiedy ta przyjeżdżała z wózkiem pełnym sterylnych narzędzi, żeby zmienić jej opatrunek.

– Mama nas wszystkich przeżyje. – Uśmiechała się synowa, zmieniając jej opatrunki.

Co do tego przeżycia, to się nie pomyliła, bo Kazia przeżyła ją prawie o dziesięć lat. Janinka dostała takiej samej choroby jak Kazia, tyle że jej rak był bardzo złośliwy i po wycięciu narządów wcale się Janince nie poprawiło, tylko chudła i bladła, aż w końcu odeszła na tamten świat. Całe szczęście, że synowie jej i Damiana – Robert i Piotruś – byli już wówczas dorośli.

– Wróćmy do kościoła, dobrze? – Kazia znów się podparła na synu. – Bo już mi lepiej.

– Może po mszy wrócimy do domu? – zaproponował Damian. – Przecież nie musi mama iść na cmentarz.

– O nie – zaprotestowała Kazia. – Chciałam mamę pożegnać jak trzeba…

Wróciła w sam raz, żeby wysłuchać ze wzruszeniem, jak Michał gra prababce na skrzypcach piękną i smutną melodię. Kazia uwielbiała muzykę. W przyszłości, póki mogła, nie opuściła żadnego występu bratanka i za każdym razem wzruszała się do łez, a Michał mówił, że ciocia Kazia jest jego najwierniejszym słuchaczem. Kiedy Michał skończył grać, podeszła do niego Kasia i zaśpiewała przy akompaniamencie skrzypiec piękną pieśń *Ave Maria*, sprawiając, że wszyscy zgromadzeni, na czele z księdzem proboszczem i zakonnicami, płakali w głos. Kasia długo się przygotowywała do wykonania tej pieśni, ćwiczyła pod okiem nauczyciela ze szkoły muzycznej, tej samej, do której chodził Michał. Profesor był zachwycony jej głosem i ogromnie żałował, że Kasia nie przychodziła na lekcje wcześniej. Sam Michał przygotował cały repertuar dla babci, która, póki mogła, przyjeżdżała na występy wnuka do szkoły muzycznej we Włochach, a potem, kiedy już nie była w stanie się ruszyć, prosiła, żeby przychodził i grał jej wszystkie utwory, których się nauczył.

– Zagrasz mi to na pogrzebie, dobrze? – powiedziała, kiedy zagrał jej *Pieśni cygańskie* Pablo Sarasatego.

– A może to, babciu? – spytał, nie mając świadomości, że powinien zaprzeczać zapowiedziom jej rychłej śmierci, zamiast tak bezceremonialnie wybierać z nią repertuar na pogrzeb.

– Może być i to, Michasiu. – Uśmiechnęła się Bronia, prosząc prawnuka na koniec, żeby za każdym razem, kiedy będzie miał popis w szkole muzycznej czy gdziekolwiek będzie w życiu na skrzypcach wywijał, żeby choć na chwilę wspomniał o niej, a wtedy ona na chmurce przysiądzie i będzie słuchała jego grania.

Przy grobie podtrzymywał Kazię Stanisław, nie było tam miejsca, żeby wszyscy Winni stanęli, więc Władek wycofał się z Damianem i Janką do tyłu. Kazia chciała rzucić garść ziemi na trumnę, bo Bronia była dla niej jak matka, która, świeć panie nad jej duszą, odeszła bardzo młodo. Wszystkie najlepsze rady i całą miłość dostała właśnie od Broni, a teraz ją żegnała. Współczuła Ignacemu, który ciągle przyjeżdżał i pogrzeby urządzał komuś z rodziny, a przy tym się trzymał i zawsze miał dla Winnych czas i miejsce w sercu.

– Jaka to szkoda, Stasiu, że Kasi nie ma między nami... I Władzi – szepnęła do szwagra, a ten spojrzał na nią ze smutkiem w oczach i mocniej przycisnął jej rękę ramieniem.

Stypa w domu była skromna. Po mowie Ignacego Ania i Mania przypomniały wszystkim, że Bronia bardzo prosiła, żeby nie urządzać smutnego widowiska, a tymczasem wszyscy płakali przecież w kościele jak bobry. To przynajmniej teraz niech się powstrzymają.

– To przez Michała naszego – powiedziała Ewa i zwichrzyła bratu czuprynę. – Bo tak grał, że za gardło ściskało.

– No i Kaśka śpiewała jak ten anioł – dodała lojalnie Basia.

– Kasieńka nasza pięknie śpiewa – zgodził się Michał i objął syna. – Piękne to było, synku, to, co grałeś...

– Babcia sama wybrała – szepnął mały Michał i siąknął trochę nosem, bo bardzo babcię kochał, a teraz zrozumiał, że już nie będzie przychodził, żeby jej grać.

– Szkoda, że Kajtek nie przyjechał – powiedział Stefan, który siedział na brzegu stołu, z żoną Grażyną u boku.

– Wysłaliśmy telegram – bąknął Władysław.

Zaległa cisza.

– Mama bardzo chciała ich zobaczyć przed śmiercią, ale... już od wielu lat nie mieliśmy od nich żadnych wieści – powiedział Stanisław.

– Trza by kiedy pojechać do Poznania i ich odnaleźć – zdecydował Stefek. – Kajtek to brat nasz. Może i jego syn do Niemców poszedł walczyć, ale drugi ranny był pod Monte Cassino.

– Nie byłoby wielkiej sprawy, gdyby potem do ubecji nie wstąpił… – mruknął Stefan. – Ale Kajtek mógłby przecież od synów się odżegnać i do nas tu wrócić, do Brwinowa. Sami tam jak palec z Iwonką siedzą.

Wszyscy tak uważali i bardzo im brakowało skorego do śmiechu Kajtka i grubej, wiecznie narzekającej ciotki Iwonki.

– Myśmy też przecież na pogrzebie Janusza nie byli – przypomniał Stanisław.

– Po pierwsze, on nas nie zawiadomił, po drugie, pogrzeb był przecież jak Pawła, symboliczny, bo ciało gdzieś w świecie…

Mania drgnęła na dźwięk imienia Pawła, a Ryszard wziął ją natychmiast za rękę.

– Kajtek jest z Winnych, może czas, żeby go odnaleźć i powiedzieć, że… – zaczął Władysław.

– A co mu niby chcesz powiedzieć? – przerwał mu Stefan. – Tobie Niemcy syna nie zabili, to nie wiesz, jak to jest.

– A tobie zabili? – zdumiał się Stanisław i położył rękę na ramieniu Władysława, który wyglądał, jakby się do bójki szykował. – To nie jego wina, że Janusz po stronie Niemców walczył.

– A czyja? – zdumiał się Stefan. – Może Iwona winna? Bo ona nie z naszej krwi, to najlepiej na nią zganić…

– Nie chciałabym, żeby na pogrzebie babci dochodziło do takich dyskusji – zaczęła Ania. – Babcia by tego nie chciała.

– Na pewno – skrzywił się Stefan. – Mama to by pewnie go do piersi przytuliła, wybaczyła mu wszystko i jeszcze miejsce w domu zrobiła.

– Wojna już się skończyła – przypomniała Mania.

– Tylko teraz gorsze czasy nastały niż te wojenne. – Nie wytrzymała Grażynka. – U nas w Siedlcach musisz na państwowym pracować. Nie możesz nic na własny rachunek. Tylko pietruszkę w przydomowym ogródku. Wszystko zabrali… My od ust sobie odejmowaliśmy i harowaliśmy, żeby ziemię dzieciom zostawić i co?

– A w Brwinowie to niby inaczej? – Stanisław wychylił kieliszek nalewki. – Przecież nam też wszystko zabrali.

– A co z lasami? Z tymi, co mówiłeś, że także nasze? – zainteresował się Stefan.

– Jak przyszli ziemię zabierać, to powiedzieli, że las Batalków nam zabierają. No i wtedy żeśmy się dowiedzieli, ze Walerka Batalkowa ojcu zapisała przed śmiercią. Ojciec pewnie wiedział, tylko słowa nie powiedział. A i tak zabrali. Państwowe lasy tam teraz…

– Ja wam mówię, że trzeba znów walczyć i odebrać co nasze… – Stefan był czerwony na twarzy, nie wiadomo, czy od jarzębiaczka czy od jakiejś choroby.

– Wuj chyba ma nadciśnienie – powiedziała nieśmiało Basia. – Bo taki wuj czerwony na buzi…

– Właśnie, Stefciu, właśnie – mitygowała go żona Grażynka. – Jeszcze ci te nerwy zaszkodzą. Doktor w ośrodku kazał mu tabletki łykać, ale ten nie chce – powiedziała do zgromadzonych.

– Nie będę nic łykał. – Stefan poczerwieniał jeszcze bardziej. – Na mnie łapiduchy nie będą się uczyły…

– Ale wujku – powiedziała Basia. – Doktor tobie pomoże, kiedy masz chorobę…

– Właśnie, wujku. – Pokiwała głową Ewa, która chciała przypomnieć, że ona też będzie lekarzem. – Jak jest choroba, to trzeba brać proszki…

Ktoś zapukał do drzwi.

– Pewnie ktoś z kondolencjami. – Ania wstała od stołu i poszła otworzyć drzwi.

– Dobrze, dziewczynki, dobrze – sumitował się tymczasem wuj Stefan. – Żeście obie lekareczki, widzicie, ja zapomniałem… A pamiętacie, jak wam cukierki z Siedlec przywoziłem?

– A pamiętamy, wujku, ale to było strasznie dawno, zaraz po wojnie…

– Gdyby nie te wujka cukierki. – Uśmiechnęła się Basia – to byśmy tylko melasę babciną miały.

– Melasa niezła, dziecko, niezła… – Obudził się Stanisław.

– Nie to, co prawdziwe cukierki. – Stefanowi znów skoczyło ciśnienie, bo przypomniał sobie największe swoje nieszczęście i stratę ogromną, bo Stefan w Siedlcach tuż przed wojną fabryczkę cukierków założył i piekł ciasteczka, lepił czekoladki, a potem sprzedawał je z dużym zyskiem. Z Iwonką mogli ziemię kupić, dom zbudować dla Heńka i drugi dla Krzyśka. Ziemi nakupili, bo czekoladki przednie były i nie gorsze od wedlowskich, a nawet i zagranicznych. No i wiadomo, przyszła wojna, Niemcy mu interes kazali ograniczyć, dobrze, że nie zamknęli całkiem, ale jako praktyczny naród doszli do wniosku, że czekolada bardzo dobra dla wojska niemieckiego i Stefan się opłacał tymi cukierkami. A po wojnie, jak Ruscy weszli, to morze wódki z nimi wypił, żeby tylko mu nie kazali interesu zamykać, bo oni w fabryczce zaczęli stacjonować. I Stefek osiwiał, jak zobaczył, że maszyny mu niszczą i okna wybijają, ale i to przetrwał, a Ruscy pojechali wreszcie do siebie. A potem i tak mu komuniści interes zabrali, zamknęli wszystko na cztery spusty i jeszcze grozili, jak się o swoje upominał, że z niego przedwojenny fabrykant. Tymczasem Heniek z wojny bez jednego oka wrócił i rentę inwalidzką sobie wyrobił. Dom, co mu zbudowali z Grażynką, stał pusty, bo Renata już go nie chciała bez tego jednego oka i wyszła za innego. Krzysiek wrócił niby cały i zdrowy, ale jakiś małomówny. Pił za to coraz więcej, aż się Stefan martwić zaczął, bo wiadomo, chłop wódkę pić musi, ale nie jest dobrze, jak oprócz tego nic nie robi. I pije, nie, żeby coś załatwić czy uczcić, tylko dla samego picia. A to już bardzo, ale to bardzo niedobrze. W końcu pogonił syna do roboty, ale Krzysiek nigdzie pracować nie chciał. W końcu stanęło na tym, że w gminie się zaczepił jako referent. Stefek musiał wszystkie sznurki pociągnąć, żeby coś takiego mu załatwić. A ile razy go pytał, czemu taki śnięty chodzi. Wojna przecież się skończyła, wrócił jako bohater, bo w Ludowym Wojsku Polskim walczył i nijakiej wątpliwości nie było, że Polskę prawomyślną wywalczył i przejmować się nie było czym. Tyle że jak mu kiedyś syn powiedział, czemu pije i spać nie może, to sam też zasnąć nie mógł kilka nocy.

– Jak Niemcy strzelali, tatuś, i na akcję żeśmy szli, to człowiek wiedział, kto wróg, kto przyjaciel. Zabić trzeba było, to się zabijało... – zaczął.

– Wojna, synu, to i zabić trzeba – ostrożnie powiedział ojciec. – Nawet pan Bóg do ciebie pretensji mieć nie będzie o takie zabijanie. Zresztą ty nie wiesz, czy kogoś naprawdę zabiłeś.

– A wiem, tato, wiem... – Uśmiechnął się gorzko i znów nalał pełną musztardówkę.

– Most mieliśmy wysadzić – mówił. – Zakładaliśmy ładunki z kolegą, maj czterdziesty piąty na Mazowszu, nieważne gdzie... I rozkaz padł, wysadzić, bo Niemcy mieli wpaść w zasadzkę. Oni, tatuś, nie mogliby się wycofać, a my mieliśmy ich wystrzelać jak kaczki...

– Oni by to samo zrobili z wami – zauważył Stefan.

– Jechali, a przed nimi dzieci wracające z majówki. Rozkaz był „wysadzić", nie mogłem jakoś. Przecież dzieci... „Słyszycie, plutonowy? Wysadzić most!", wrzeszczał dowódca. Kolega zdetonował ładunki. Most wysadziliśmy. Potem wystrzelaliśmy Niemców. Tamte dzieci i ich nauczycielki czy rodziny, nie wiem, kto tam był, zginęły...

Stefan milczał wtedy zbyt wstrząśnięty, żeby powiedzieć cokolwiek.

– Pod sąd nas wzięli wtedy, bo rozkazu nie chciałem wykonać. Uniewinnili...

– To znaczy, że nie jesteś winny...

– Jestem Winny. – Uśmiechnął się krzywo. – Sumienia nie uniewinnisz, tatuś...

A potem mu opowiadał, jak te dzieci przychodzą do niego w nocy. Niosą własne urwane głowy, ręce i nogi. Jedynie wódka przynosi spokój, a to też nie na długo.

– Kopaliśmy dla nich groby – mamrotał zamroczony alkoholem. – Dla nich i dla Niemców. Tłum z wioski mało nas wtedy nie zlinczował. Wystąpiłem i powiedziałem, że to ja zrobiłem. Jakiś ojciec rzucił się na mnie z siekierą. Koledzy go odciągnęli, a dowódca zagroził, że go zastrzeli. Obaj chcieliśmy zginąć, ten ojciec i ja...

– Kto jeździ na majówkę, kiedy wojna przecież… – odezwał się cicho Stefan.

Krzysiek zaśmiał się.

– Niepotrzebnie ojciec te domy pobudował… – Pokręcił głową. – Może Heniek jeszcze babę sprowadzi, ale ja… Dla mnie życia już nie ma…

Stefan nikomu nie powiedział o tamtej rozmowie, na pewno nie Grażynce, która ciągle utyskiwała, że chce żyć normalnie. „Normalnie", powtarzała jak papuga, „normalnie". Już mam dość tej wojny, tego wszystkiego. Chłopcy wrócili, walczyli za Polskę, przeżyli, to mamy żyć „normalnie". Nie chciał się przyznać do tego przed sobą, ale nic nie było normalnie. Ani synowie, ani życie, ani nowe czasy. Nic nie było normalne. Ani Krzysiek, ani Henryk nie chcieli przyjechać na pogrzeb Broni. Pamiętali ją, oczywiście, kochali, ale powiedzieli „nie". Grażynka argumentowała, że co pozostali Winni powiedzą, ale obaj synowie zamknęli się w swoich pokojach i na pogrzeb Grażynka pojechała tylko ze Stefkiem. Wcześniej Krzysiek i Henryk pożegnać się z babcią też nie chcieli. On sam przyjechał do Brwinowa, kiedy matka wzywała.

– Siadaj, Stefurka – burknęła Bronia, kiedy przestąpił próg. – Co tam u ciebie słychać, poza tym, że gruby jak beka się zrobiłeś?

– Mama to nigdy w słowach nie przebierała – sarknął z wyrzutem.

– A kto ci prawdę powie, jak nie własna matka? – spytała.

Przyjrzał się jej uważnie. Nie patrzył tak na nią od dzieciństwa. Wtedy nie zastanawiał się, jak wygląda, czy jest ładna czy nie. Była matką, kobietą, która wołała na obiad i zaganiała do książek. Na obiad przychodził, a przed książkami uciekał. Teraz patrzył inaczej. Była stara i bardzo brzydka, a jednak jej twarz miała w sobie coś szlachetnego. O ile ojciec zawsze wyglądał jak ociosany z grubsza przez pana Boga kołek, o tyle matkę musiał Najwyższy cyzelować staranniej, wkładając jej wokół ust potencjalną zmarszczkę niezadowolenia z syna, w oczy przenikliwość, a w czoło bruzdy zdumienia nad światem i nad tym, dokąd wszystkich zaprowadziła wojna.

– W czasie wojny krucho z jedzeniem było – burknął. – I pracy dużo. A teraz Grażyna mi nie pozwala w polu robić. Zresztą co ja mówię… Zabrali przecie wszystko, robić, to ja mogę w ogródku… I jak gęś karmi, bo chce dobrze dla mnie.

– Czemu chłopcy z tobą nie przyjechali? – Zmarszczka na czole ułożyła się w zarzut, że dzieci od rodziny odsuwa.

– Mamusia, to przecież nie są dzieci, żebym je tu na postronku przyciągnął…

Zmarszczka poluzowała się trochę, ale tylko trochę.

– Zdrowi są przynajmniej? – Pogłaskała go po ręku.

Pokiwał głową, a potem dodał, że Heniek opaskę na oku nosi, chociaż mu jeden znajomy doktor obiecał szklane oko.

– Bo jak wrócił po wojnie do domu, to Renatka już dziecko miała z takim jednym Felkiem…

Bronia pokiwała głową nad Renatkami tego świata, które utrzymać nóg nie mogły w spokoju, tylko latały za wróblem i trzymały go w garści, za nic mając gołębie, które mogły nie nadlecieć.

– Innej nie chce? – spytała.

– Na razie nie… – Wzruszył ramionami.

Stan Heńka nie martwił go tak bardzo jak pełne krzyków noce Krzysztofa, podczas których syn wrzeszczał na całe gardło „cofnąć się!", „uciekać!" albo „Jezu!". Stefan nie miał bladego pojęcia, że Heniek stracił oko nie w walce z okupantem, ale podczas wyzwolenia obozu zagłady w Oświęcimiu. Kiedy zobaczył wyglądających jak chodzące trupy więźniów, wywlókł jednego kapo na dziedziniec i chciał zabić, bez sądu, bez wyroku. Po prostu zatłuc jak psa. Skończyło się na tym, że dowódca i koledzy go odciągali, a w ferworze walki, jeden z nich tak machnął kolbą, że wybił mu oko.

– A z fabryczką co? – pytała.

– Zabrali… Dzierżawię tylko…

– Trzeba ci, Stefurka, słowa z gardła obcęgami wyciągać – zdenerwowała się nieoczekiwanie matka. – Gęby nie otworzysz… Kiedyś nie byłeś taki.

Jako dziecko, a potem młodzieniec, Stefan miał opinię gaduły. Każdą zagadał tak, że mu dała albo przynajmniej na spacer poszła. Bracia mu zazdrościli. Było czego, oj było czego. Grażynka też była najładniejsza w Siedlcach, gdzie pojechał pracować, żeby trochę odetchnąć od Brwinowa i Winnych, których było wszędzie pełno. Głównie od idealnego Stasieczka, który słuchał rodziców, jakby sam rozumu nie miał, i Władzia, następnego maminsynka, który nie wyobrażał sobie niedzieli bez mamusinego rosołku. Romana też miał dosyć, ponieważ ten pił tylko i do bicia się rwał, wstyd z nim było pójść na zabawę, bo dziewczyny płoszył. A Kajtek? On jeden umiał mu sprzątnąć dziewczynę sprzed nosa, a tego Stefek nie mógł znieść.

– Nie chcesz gadać, to nie – matka westchnęła ciężko. – To pewnie moja wina, bo ja ciebie do tych Siedlec puściłam i potem już nie wróciłeś. Jakby Heniek i Krzysiek z naszymi chłopakami latali, inaczej by było, inaczej…

„Może inaczej, a może nie inaczej, kto wie?" – chciał powiedzieć, ale w końcu nic nie powiedział, tylko cmoknął Bronię w obie ręce i powiedział, że ich wszystkich przeżyje.

– Wolałabym nie – sapnęła, wygładzając włosy. Mimo sędziwego wieku wciąż nosiła gruby warkocz okręcony cztery razy wokoło głowy w koronę. – Ja ciebie tylko proszę, ty pojedź do Kajtka, do tych Pobiedzisk i przemów mu do rozsądku. Rodzina to rodzina. Musi trzymać się razem. Niech on tam się nie chowa, tylko do ludzi wyjdzie… A ty pozbądź się tego brzuszyska.

Takie miała dla niego przesłanie. Iść załatwiać sprawy marnotrawnego brata, a jemu tylko o tuszy powiedziała. Żadne takie, że za mało czasu mu poświęcała albo że go jej brakowało przez te lata. Jak szczeniaki niosła ich w zębach, a jak się nie mieścili wszyscy, to brała tylko tych, którym była najbardziej pomocna. Taka już była ta jego mamusia.

– Stefan, śpisz? – Grażynka szarpała go za ramię. – Już Władek kilka razy pyta o to samo, a ty nic, patrzysz tylko przed siebie...

– Pytam, czy zostaniecie na noc, bo nie ma potrzeby po nocy wracać do tych waszych Siedlec?

– Zostaniemy chętnie – pospieszyła z odpowiedzią Grażynka. – Dziękujemy wam bardzo.

– Tu też możecie spać – dodał Stanisław. – Miejsca dosyć.

– Co ta Ania tam tak długo robi? – spytał Władek, oglądając się w stronę drzwi.

Rzeczywiście Ani nie było już od jakiegoś czasu, ale za chwilę jak na zawołanie weszła, a za nią trzy osoby, kobieta spowita w czerń oraz dwóch mężczyzn, z których jeden miał około trzydziestu kilku lat, drugi, młodszy niewiele ponad dwadzieścia. W kobiecie, niskiej i przysadzistej, było coś znajomego, ale mimo wszystko Stanisław nie od razu ją poznał.

– Widzę, że się spóźniłam… – powiedziała śpiewnym głosem.

Mężczyźni stojący za nią ukłonili się towarzystwu zebranemu przy stole. Władek i Kazia wpatrywali się w kobietę z szeroko rozwartymi oczami. Wreszcie Mania przerwała milczenie.

– Andzia? – powiedziała słabo.

Po chwili jednak już tonęła w ramionach swojej dawnej niani i towarzyszki zabaw, która ją ściskała i płakała rzewnie. Ania, która takie samo powitanie uskuteczniła już przy drzwiach, zrobiła miejsce przy stole dla Andzi i dwóch przystojnych młodzianów. Kasia i Basia rzuciły się do kuchni pomagać cioci w przygotowywaniu talerzyków i szklanek dla nowo przybyłych. Czyszcząc sztućce, przyglądały im się ukradkiem. Obie słyszały o Andzi i o tym, że tuż przed wojną wyjechała z włoskim mężem na Sycylię. I mama, i ciocia wiele o niej opowiadały, nawet babcia chętnie ją wspominała, ale dla nich niania mamy i cioci była postacią równie mityczną jak dobra wróżka czy Czerwony Kapturek. Teraz z zaciekawieniem obserwowały rozwój sytuacji, szepcząc do siebie na temat urody kuzynów, zwłaszcza ten niewiele od nich starszy wydawał się szczególnie obiecujący. Do kuchni wpadła także Ewa i z zapałem dołączyła do kuzynek prześcigających się w plotkowaniu na temat mężczyzn, którzy do nich zawitali.

Rejwach nie trwał długo. Po kilku minutach Andzia, Jerzyk i Benitek zostali posadzeni przy stole, przed nimi postawiono talerz z wędlinami, ze świeżo ubitego prosiaka, który po śmierci Broni oddał gardło pod nóż, oraz chleb, masło i ciasta, wszystko zrobione na tę okazję. Andzia została zapytana, czy życzy sobie jarzębiaczka czy wina porzeczkowego, ale odpowiedziała, że ona alkoholu pić nie będzie jeszcze kilka miesięcy, bo ślubowała. Wtedy Jerzyk odezwał się po raz pierwszy, że on, owszem, by się czegoś napił, bo dwa dni jechali i są bardzo zmęczeni. Młodszy brat dodał, że on też by poprosił, tyle że normalnego wina, bo nie wie, co to jest porzeczka. Powiedział to przy tym jakoś tak inaczej, po polsku niby, ale wyszła z tego „pioorzeczika". Andzia zgromiła ich wzrokiem, po czym obaj mężczyźni opuścili głowy i zaczęli posłusznie zjadać podane mięsiwa.

– Mamy jeszcze piwo. – Przypomniał sobie Stanisław. – Skoro wina domowego nie chcecie. A porzeczka, chłopaku, to taki owoc, z którego właśnie wino się robi. – Uśmiechnął się pierwszy raz, odkąd zaczął się pogrzeb.

Mania poszła po piwo dla gości, a Ania zaczęła pytać, jak się dowiedzieli, że Bronia nie żyje, bo przecież na pogrzeb przyjechali, prawda? Wstyd, że ich nie zawiadomiono, ale przecież mieli przysłać adres, kiedy już z Guido się urządzą, ale nie przysłali, więc Winni nie mogli wysłać ani telegramu, ani listu napisać.

– Nie wiedzieliśmy o śmierci ciotki – tym samym śpiewnym tonem odpowiedziała Andzia, przeżuwając kęsy rolady z prosięcia.

Cała rodzina miała na twarzach wypisane nieme pytanie, co w takim razie tu robią, wszyscy spowici w kir, z żałobnymi minami akurat podczas stypy.

– Guido nie żyje – powiedziała Andzia i zaniosła się płaczem.

Synowie zaczęli ją uspokajać, a potem Jerzyk wyjaśnił, że wszyscy osiedli na Sycylii, skąd pochodził Guido, i tam prowadzili razem z ojcem i matką Guido małą kawiarenkę, potem restaurację.

– Mama robiła pastę i gnocci, bo ma do tego rękę, tato sosy, my z Benitem też pracowaliśmy, bo przecież to był interes rodzinny, i…

Zamilkł, a Andzia przeciwnie, rozszlochała się jeszcze bardziej.

– I *vendetta*… – zakończył Jerzyk, jakby to cokolwiek wyjaśniało.

Winni patrzyli na Andzię z synami, niewiele rozumiejąc.

– Dziadek nasz – wyjaśniał Benito – sprzeciwił się rodzinie. Najpierw ludzie przestali przychodzić do naszej restauracji, potem spalili nam interes i musieliśmy się przenosić w inne miejsce. Ale i tam nas dopadli. Włożyli ojcu buty i…

Twarze Winnych były zdjęte współczuciem, ale nikt nic nie rozumiał. Dochodziły do nich tylko strzępki niezrozumiałych zupełnie zwrotów, typu „sprzeciwił się rodzinie" i „włożyli buty". Jedynie słowo „spalili" było groźne i przypominało pożary, jakie trawiły obejścia Winnych podczas wojny i pożar w szkole, w którym ucierpiały Kasia z Basią i Ryszard. Dopiero później Andzia wyjaśniła Stanisławowi i dziewczynkom, bo wciąż tak nazywała Anię i Manię, że rodzina to nic innego na Sycylii jak mafia. Teść nie chciał już oddawać ojcu chrzestnemu większości utargowanych pieniędzy. Starał się zachować z szacunkiem i prosił o obniżenie sumy, którą oddawali.

– Chciał, żeby Benitek tak jak Jerzyk poszedł na uniwersytet, bo on taki zdolny... – chlipnęła Andzia. – Bo Jerzyczek szkołę skończył i buduje teraz...

Jerzy wyprostował się na krześle, a Ryszard i Michał spojrzeli na niego z zainteresowaniem, zgodnie potem przyznając, że warto zapytać polsko-włoskiego przybysza, czym się różni nasze, polskie budowanie od ichniego, włoskiego.

– *Capo di tutti capi* zastrzelił dziadka – opowiadał Benito trochę beznamiętnie. – A w takim wypadku ojciec musiał zabić syna bossa...

– I zabił? – zapytał z niedowierzaniem Stanisław. – Guido zabił człowieka?

Wydawało mu się, że śni.

– Na tym polega *vendetta* – skinął głową Jerzyk. – Drugi brat zabił ojca. Znaleziono ciało w butach... Wypłynęło w końcu...

– Czyli wsadzili nogi w beton i wrzucili do wody – wyjaśniła Andzia na koniec, ścierając łzy obficie spływające po jej policzkach.

– To całe szczęście, że przyjechaliście – wykrztusiła Mania, którą opisywane okropieństwa przeraziły do tego stopnia, że musiała pójść do kuchni i napić się wody.

– Musieliśmy – powiedział Benito. – Bo teraz była moja kolej.

– Ty musiałbyś zabić kogoś z tamtej rodziny? – Zaczynała rozumieć Ania.

– Właśnie. – Benito spojrzał na nią pięknymi i smutnymi zarazem oczami. – Jerzy nie był synem Guido, chociaż tata traktował nas dwóch tak samo. Jego *vendetta* nie dotyczyła, ale ja nie umiem zabijać. Okrzyknięto by mnie tchórzem... Pewnie nim jestem, bo uciekliśmy z Sycylii prawie jak szczury, nocą...

– Czyli nie przyjechaliście na pogrzeb? – jeszcze raz zapytała Kazia, która kompletnie nic nie zrozumiała i Władek musiał jej tłumaczyć wszystko w domu od początku.

– Nie, wróciliśmy do domu, do Polski – powiedziała Andzia. – Ale nie będziemy wam ciężarem... Otworzymy tu restaurację, wynajmiemy od was dom, jeśli wolny...

Przez najbliższych kilka dni śmierć Broni musiała zejść na dalszy plan. Stefan z Grażyną gościli jeszcze dzień, ale potem z ulgą pojechali do siebie, a pozostali zaczęli radzić, co i jak. Na razie zakwaterowano Andzię ze Stanisławem, który po śmierci Broni mieszkał zupełnie sam. Ryszard w końcu zbudował dla Mani i dziewczynek może nie dom swoich marzeń, ale piękną willę blisko podkowiańskich lasów i niedawno przenieśli się tam we czwórkę. Mania wciąż jedną nogą była w Brwinowie, ale teraz po śmierci Broni Ryszard liczył, że wyprowadzi się z rodzinnego domu na stałe. W starym domu Broni, w którym niegdyś zamieszkała Andzia po ślubie z Guido, wciąż mieszkali Ania i Michał z dziećmi. Michał wprawdzie wydzierżawił od państwa działkę blisko Ryszardów i zaczął na wzór szwagra budować dom dla swojej rodziny, ale całe przedsięwzięcie wolniej i oporniej mu szło. Dom był zadaszony, ale okien jeszcze nie miał i w środku był zupełnie niewykończony. Nie było zatem mowy, żeby się tam przenieśli.

– Może my jakoś szybciej wykończymy dom pod lasem – mówiła Ania, kiedy wspólnie radzili, co i jak. – I ten oddamy Andzi…

Michał, który walczył między chęcią ukończenia domu dla swojej rodziny a oporem w stosunku do nieznajomej kobiety, która wróciła do „domu" i stawiała całą rodzinę na nogi, nie bardzo rozumiał, dlaczego mieliby rzucić wszystko, opuścić dom, który zamieszkiwali od lat, zresztą rodzinny babci Broni, i odstąpić go tej kobiecie, która opowiadała coś o włoskiej zemście, gangsterach, utopionym w betonie mężu, przetykając to dykteryjkami o robieniu makaronu i sosów.

– Aniu, kochanie – zaprotestował. – Wykończymy nowy dom, naturalnie, ale na pewno nie w ciągu najbliższego tygodnia…

Ania już w domu wyjaśniła mu, że Andzia była dla niej i Mani jak matka, poświęciła dla nich całą swoją młodość.

– Jest nam bliższa niż jakakolwiek ciotka, bo potem ramię w ramię z babcią pracowały, a w czasie wojny, tej pierwszej wojny…

– Dobrze, kochanie. – Uniósł ręce w poddańczym geście. – Ja nie rozumiem zupełnie tego, co do mnie mówisz, ale mogę przyjąć do wiadomości.

– Że co? – spytała Ewa, która bardzo chciała, żeby przenieśli się do nowego domu, blisko Kaśki i Baśki, bo teraz miała strasznie do nich daleko.

– A jak się pod las przeniesiemy, to ja będę miał daleko do szkoły – upomniał się o swoje Michał, który nie chciał tracić czasu na dojazdy do Warszawy, do średniej szkoły muzycznej.

– Będziesz ekadką do Warszawy, pacanku, cały czas jeździł, bo przecież zdajesz zaraz do wyższej szkoły – przypomniała mu siostra.

– No, niby tak. – Skapitulował i machnąwszy ręką, udał się do swojego pokoju, gdzie zaczynał rozpracowywać II Koncert Wieniawskiego, którym zamierzał rzucić na kolana komisję Państwowej Wyższej Szkoły Muzycznej, bo miał nadzieję, graniczącą z pewnością, że zostanie jej studentem.

W końcu w toku narad rodzinnych wrócono do punktu wyjścia i Andzia wraz z synami zamieszkała u Stanisława, czyli w dawnym domu. Stanisław był zadowolony, bo niby samotnik z charakteru, ale nie znosił być sam. I najbardziej lubił, jak po domu biegają dzieci, a kobieta krząta się i utyskuje. Tego pierwszego Andzia mu nie zapewniła, ale za to drugiego dostał w nadmiarze. Natychmiast rzuciła się w wir sprzątania, remontowania i pobielania ścian, przy pomocy Jerzyka i Benito, którymi dyrygowała jak robotnikami na plantacji. Oszczędzała na szczęście Stanisława, któremu kazała ciągle odpoczywać i niczym się nie martwić. Nie martwił się zatem, tylko zjadał podsuwane pod nos specjały i spełniał zachcianki typu sadzenie jakichś dziwnych warzyw z nasionek, bo Andzia twierdziła, że samymi kartoflami i ogórkami człowiek się nie pożywi. Stanisława martwiło nieco szeptanie w mieście, bo w końcu mieszkał jako wdowiec z wdową i jej dorosłymi synami, a to w Brwinowie dziwnie wyglądało. Aż któregoś dnia Andzia przy kolacji zapędziła do łóżek synów, jakby mieli po kilka lat, i usiadła ze Stanisławem przy wódeczce, bo jak stwierdził, śluby abstynenckie już jej nie obowiązywały. Przedtem sprzątnęła talerze, na których podała ossobucco, młodą sałatę z oliwą z oliwek, którą wywiozła z Sycylii, wymyła i wytarła starannie.

– Świetnie, Andziu, gotujesz – zauważył Stanisław, który się trochę tej nowej Andzi bał, taka była duża i energiczna.

– No przecie restaurację z Guiduniem prowadziłam – powiedziała. – A przedtem to nie gotowałam? Tylko Stanisław nie zwracał uwagi, kto mu na talerz nakłada…

– Może i nie zwracałem… – zgodził się ze wstydem.

– Ciotka nauczyła się makarony robić, to ja bym się nie nauczyła? – dodała jeszcze i uroniła łzę na okoliczność żałoby po ciotce i po drugim mężu.

Stanisław kiwnął tylko głową, bo co miał powiedzieć.

– Tak sobie pomyślałam, Stanisławie, że przecież stoi pusty dom Ignasia. On nie potrzebuje tam mieszkać, nawet się tam nie zatrzymuje, kiedy przyjeżdża, wiem, bo pytałam – zastrzegła szybko. – Ludzie gadają… Może ja bym tam z chłopcami mieszkała?

– Andziu, ale to ruina kompletna – zaprotestował. – Trzeba by tam remont zrobić, taki od podstaw…

– A cóż to trudnego? – Nalała wódki do kieliszków i skrzywiła się po jego wychyleniu. – Nie lubię wódki, wino się nauczyłam pić, takie nasze, włoskie z winogron… Będzie mi w Polsce brakowało tego wina i oliwy.

– Wina to mamy tu pod dostatkiem. – Zaśmiał się Stanisław. – Tylko twoje chłopaki nosem kręcą. A już u nas Winnych to gąsiorków pod dostatkiem…

– Bo wino, Stanisławie, jest z winogron. – Uśmiechnęła się z kolei Andzia. – A nie z porzeczek, malin czy jabłek. Dobry Boże, z jabłek...

Patrzył na nią. Zestarzała się i przytyła. Minęło w końcu dwadzieścia lat, jak jej nie było, ale w tej Sycylii wyszlachetniała, tego był pewien, i zrobiła się jakaś taka kobieca. W oczach miała dawny blask i krzątała się zamaszyście jak kiedyś, pokrzykiwała na synów, jego oszczędzając, nie to co dawniej, kiedy potrafiła przesuwać nim jak meblem, a mimo to miał wrażenia, jakby się go trochę obawiała.

– Ale Benito to musi zmienić imię – powiedział, czekając na pełne oburzenia protesty. – To nie jest dobre imię...

– We Włoszech to też nie jest dobre imię... – Machnęła białą, pulchną ręką. – Zwłaszcza odkąd ten krzykacz i jego kochanka za nogi zawiśli... Ja już z nim rozmawiałam i on się zgodził.

– I daj tym chłopakom trochę spokoju. – Odważył się jeszcze. – Krzyczysz na nich, jakby to małe dzieci były...

– To tak z włoska. – Uśmiechnęła się, pokazując rządek białych zębów, a Stanisław zrobił się czerwony na twarzy i odwrócił wzrok.

Po żmudnych formalnościach, najpierw w samym Brwinowie, potem Pruszkowie, Grodzisku, a w końcu w samej Warszawie, Andzia została zameldowana w Brwinowie, w domu Ignacego i rozpoczęła tam remont. Jerzyk został Jerzykiem, jak dawniej, a Benitek zmienił imię na Bernard, czyli Benek, z czym się nie bez oporu zgodził. Tymczasem Andzia mieszkała wciąż u Stanisława, za nic już mając złe języki mieszkańców. Stanisław także nic sobie z tego nie robił zadowolony ogromnie, że nie jest sam, ktoś mu gotuje, pierze i dyryguje nim z wprawą wirtuoza. Dom przestał być taki smutny, bo Kasia, Basia i Ewa, wszystkie trzy, zagięły parol na Benitka i przylatywały co chwila pod pretekstem spotkania się z dziadziem, nauczenia gotowania od Andzi czy po radę do starszego kuzyna. Benitek udawał, że nie widzi, co się święci, skupił się zresztą na załatwianiu wszelkich formalności, bo zamierzał wstąpić na Uniwersytet Warszawski i studiować prawo, w czym mu włoskie pochodzenie średnio pomagało.

Basia i Ewa bardzo mu kibicowały, bo same już studiowały medycynę, jedna na drugim, druga na trzecim roku. A Kasia, która dostała się do szkoły aktorskiej, całymi dniami przesiadywała w teatrach i wracała późno do domu, więc rzecz jasna była trochę odsunięta od siostrzano-kuzynowskich zalotów. Nie bardzo jej się to podobało, ale stwierdziła w końcu, że trudno, niech wygra najlepsza, czyli albo Ewka, albo Baśka i jedna z nich zajmie miejsce u boku przystojnego Benka.

Tymczasem remont domu Ignacego się skończył, chałupa doprowadzona rękoma Jerzyka, Benka i fachowej ekipy lśniła czystością i zapraszała do zamieszkania.

Andzia już miała się tam wyprowadzić, ale ciągle jej było czegoś żal, więc urządzała niekończące się pożegnalne i dziękczynne kolacje, na które zapraszała wszystkich Winnych, każdego po kolei i wszystkich razem. Wreszcie przyznała się przed sobą, że ona nie chce mieszkać z dala od Stanisława. Chce mu gotować, prać, prasować i robić wszystko, żeby się uśmiechnął. Niczego takiego nie czuła, kiedy Stanisław był mężem Kasi, potem, kiedy owdowiał, na samą myśl o nim i o sobie, Andzia żegnała się, krzywiła i machała ręką. Stanisław bowiem był dla niej długie lata jak brat czy inny krewny, a teraz zobaczyła w nim mężczyznę. Na szczęście Stanisław też zobaczył w Andzi kobietę i któregoś dnia po kolacji ugotowanej tylko dla niego przyciągnął ją do siebie, bo nie mógł wytrzymać już tych zapachów, które od niej biły i widoku obiecujących bioder schowanych pod czarnym, żałobnym jedwabiem. Andzia zamknęła oczy i zaprotestowała słabo, ale naprawdę bardzo słabo, bo wcale nie chciała, żeby Stanisław zostawił ją w spokoju. A on mimo siedemdziesiątki na karku wcale nie zamierzał jej puszczać, co więcej, nasycił się tymi zapachami, skorzystał z rozłożystych Andzinych bioder i wcale nie miał żadnych wyrzutów sumienia, bo zamiary miał wobec niej uczciwe. A że stało się to wszystko niecałe pół roku po śmierci Guida i Andzia, która miała z tego i tylko z tego powodu wyrzuty sumienia, postanowiła udać się na pielgrzymkę do Częstochowy. Stanisław, który nic nie miał do roboty poza wodzeniem za nią wzrokiem, zjadaniem wonnych potraw i chłonięciem jej rozbiedrzoności, pojechał za nią i Panu Bogu oświadczył w najświętszym miejscu, że on swój grzech widzi, ale prosi Boga o wybaczenie. Andzia też uderzyła przy ołtarzu w płacz i przepraszała Najświętszą Panienkę. A potem Stanisław przy tym samym ołtarzu wyjął pierścionek, który należał do Broni, bo tego, co dał kiedyś Kasi, nie miał odwagi Andzi proponować, i poprosił Andzię o rękę. Ona w potokach łez zgodziła się chętnie i włożyła na palec pierścionek, a po powrocie wyprowadziła się natychmiast do Ignasiówki, bo teraz dopiero byłoby „co ludzie powiedzą". Ludzie mieli do powiedzenia wiele, ale dopiero, kiedy minął rok od śmierci Guido i Broni, i kiedy wyszło na jaw, że tuż po zakończeniu żałoby po mężu i matce będzie ślub u Winnych. Dopiero wtedy zaczęli gadać, kiedy Andzia i Stanisław wzięli ślub w kościele.

Ignacy przyjechał i pobłogosławił ten związek, mając nadzieję, że tym razem nikt mu nie wyzna niczego, co by go dobiło, a Guido nie zmartwychwstanie i nie przyjedzie szukać żony i zepsuć ślubu. Na wszelki wypadek życzył sobie Andzię wyspowiadać i wypytał przy okazji dyskretnie, czy widziała martwe ciało męża. Po kwiecistym opisie sycylijskich uroczystości pogrzebowych uspokoił się wyraźnie i udzielił ślubu oraz ponownie powiedział, że mogą mieszkać, gdzie chcą, u niego albo u siebie.

Ślub i wesele były przepiękne, Kasia, Basia i Ewa miały różowe sukienki, uszyte przez Andzię, Jerzyk i Benek czarne garnitury jak się patrzy, z wpiętymi kwiatami w klapy. Michał, który dostał się na Akademię Muzyczną i ćwiczył całymi dniami, zagrał tak pięknie, że cały kościół płakał ze wzruszenia i radości.

– Wolę jednak grać na ślubach niż pogrzebach – powiedział po uroczystości, kiedy Ania i Michał zachwycali się grą syna i gratulowali mu serdecznie wystąpienia, a oniemiała z wrażenia Kazia przytulała go i całowała co chwila po głowie.

– I obyś nie musiał synku na pogrzebach grać… – Przytuliła go Ania i zaraz potem pomyślała, że Michał zagra na kilku weselach z rzędu, bo przecież Basia, Kasia, Ewa czekają w kolejce. A i Jasiek z Łucją pewnie wrócą z tej swojej Ameryki, jak jeszcze trochę się w kraju polepszy, bo śmierć wszechmocnego Stalina, nie od razu, ale stopniowo poprawiała sytuację w Polsce. Już nie trzeba było się tak strasznie bać, chociaż występowanie z partii, czy nawet mówienie czegoś niepochlebnego na władzę ludową, ciągle było niebezpieczne.

Na weselu grała orkiestra z Żyrardowa, wszyscy tańczyli, jakby jutra nie było. Kasia i Basia zaróżowione wyrywały sobie z rąk Benka, który wcale się przed tym nie bronił, ale coraz bardziej ochoczo zerkał w stronę Ewy. Ona zaś nie chcąc kuzynkom wchodzić w paradę, postanowiła oddać Benka Baśce, strasznie w nim zakochanej, a sama zaprosiła na wesele Marcina ze swojej grupy studenckiej, który nosił długie włosy, wąsy i chciał, tak jak Ewa, zostać pediatrą. Jak się okazało, był to dobry ruch, ponieważ Benek po oczepinach nie spuszczał z Ewy oczu, wreszcie dosłownie wyjął ją z rąk Marcina i zaczął tańczyć, chociaż broniła się, że siły już nie ma żadnej, zwłaszcza na tańce. Benek jednak spojrzał czarnymi oczami w zielone oczy Ewy i ruszył z nią w tany, przyciskając do piersi, aż jej tchu zabrakło, a potem wyszli razem i poszli na spacer w czerwcową noc, żegnani pełnym żałości spojrzeniem Basi.

W ramach podróży poślubnej Stanisław i Andzia dostali w prezencie pobyt w sanatorium w Nałęczowie, ale przedtem pojechali zwiedzać Puławy i Kazimierz Dolny. To Michał i Ryszard użyli swoich wpływów, głównie Ryszard w Stowarzyszeniu Architektów, żeby zafundować ojcu i jego nowej żonie coś naprawdę wyjątkowego.

– Ojcu się naprawdę należy – mówiła Mania, całując z wdzięcznością Ryszarda. – Dziękuję ci, kochany, za pomoc. Bo wiesz, on taki biedny, po śmierci mamy sam ciągle…

– Ojciec był bardzo smutny i samotny po śmierci mamy – mówiła Ania do Michała. – Takiego go pamiętam. Ciągle siedział sam w pracowni i robił te swoje meble. Jedynie Wackowi pozwalał sobie pomóc. A nas z Manią kochał bardzo, na rękach nosił, ale ten swój smutek także…

I obie dodały, że nigdy go takim radosnym nie widziały, i w końcu przytył trochę i nawet wrócił do robienia mebli, już nie zarobkowo, ale dla przyjemności. Michał i Ryszard pokiwali głowami, bo ogromnie lubili swojego teścia. Ta Andzia, którą ich żony bardzo kochały, wydawała się uczciwa i świata poza ich rodziną nie widziała. Michała i Ryszarda niepokoił jedynie Benek. Michała, bo widział, jak Ewa, nie wiedzieć czemu, po kryjomu spotyka się z nim i chodzi nie wiadomo dokąd, a Ryszarda z kolei, gdyż widział, jak Basia siąka nosem i oceny ma na studiach trochę gorsze, a wiadomo, że na medycynie uczyć się trzeba, żeby potem w uzdrowiciela się przeistoczyć, a nie łapiducha. Na razie wszystko układało się jednak bardzo dobrze. Znów dom się remontowało, tym razem Stanisławowy. Nowo poślubiona żona najwyraźniej kochała remonty, ulepszanie, sprzątanie, chociaż najbardziej lubiła dogadzanie mężowi na każdym kroku, także i w sypialni. Andzia, która miała dwóch mężów, w tym pierwszego mundurowego, z drugiego Włocha, mogła coś niecoś o mężczyznach powiedzieć i powiedziała Stanisławowi, po jednej z upojnych nocy. Mianowicie stwierdziła, że ani mundur, ani włoska krew nie umywają się do jego Stanisława palców i „maczugi". To słowo wymówiła z onieśmieleniem i wtuliła rozgorączkowaną twarz w mężowską pierś, ale Stanisław wziął do serca te słowa i ponownie zanurzył żonę w poduszki, gdzie odbierał swoją porcję szczęścia, którego wcześniej tak mało w życiu zaznał.

1963

Ewa nie była głupia. Już dawno domyśliła się, że z jej pochodzeniem coś jest nie tak. Daremnie starała się przypomnieć sobie najwcześniejsze dzieciństwo, ale jej pierwsze wspomnienia wiązały się z płonącą stodołą dziadka i płaczem małego Michała, który po urodzeniu darł się prawie dwa lata, jakby muzyki doszukiwał się w tym swoim płaczu. Pierwsza myśl o tym, że jednak coś nie do końca się zgadza, przyszła, kiedy uczyła się na studiach o grupach krwi. Żadna z dziewczyn nic chciała dać się ukłuć w rękę, żeby inni zobaczyli, jak się je oznacza, więc Ewa ze wzruszeniem ramion podetknęła swoją rękę i pielęgniarka utoczyła do szklanej strzykawki sporą porcję. Po godzinie nauk laboratoryjnych asystent wykrzyknął triumfalnie:

– Brawo! Ma pani najrzadszą grupę krwi, czyli AB w dodatku Rh minus.

Potem omawiali fakt, że osoba z taką grupą może otrzymać krew grupy krwi zero, A lub B, oczywiście z czynnikiem Rh ujemnym. Sama może dać wyłącznie swoją krew osobie o identycznej grupie.

– A jak wygląda dziedziczenie? – spytał Igor, wysoki blondyn w grubych okularach, który został okulistą na przekór własnemu pogarszającemu się ciągle wzrokowi.

– Pani rodzice muszą posiadać krew grupy A i B albo AB. No i ojciec obowiązkowo ujemny czynnik Rh, ponieważ ten właśnie dziedziczymy nie od strony matki, ale ojca.

Wcześniej pytała matki, jeszcze jak była mała, o szczegóły na temat swojego urodzenia. Mama nigdy o tym nie opowiadała. Poród Michała wspominali wszyscy, ciocia Mania, ciocia Kazia i dziadek, przy każdych chłopca urodzinach, aż kiedyś był zły i wykrzyknął, że o Ewie to tyle się nie mówi. Najbardziej wspominali tę bombę, która wtedy wybuchła, i to, że wszyscy się bali, że Michał będzie w związku z tym głuchy. O niej samej mama mówiła tylko tyle, że urodziła się w Warszawie, w domu i właściwie nic na dobrą sprawę takiego się nie działo przy tamtym porodzie, żeby o tym mówić.

– Ale kiedy zaczęłam chodzić? – pytała zniecierpliwiona, a wtedy mama opowiadała, że normalnie, jak to dzieci, kiedy miała roczek, to już chodziła, a kiedy dwa, to bardzo ładnie mówiła.

Pewnym wstrząsem było dla Ewy odkrycie, że przed tatą mama miała jeszcze jednego męża, który zginął w czasie wojny. Dowiedziała się o tym od Baśki, która z kolei usłyszała od swojej mamy, czyli cioci. Baśka była wszędobylska i podsłuchiwała bez przerwy rozmowy rodziców, co czyniło ją bardzo dobrze poinformowaną. W domu się o tym nie mówiło, mama nigdy nie opowiadała o tym, jak poznała pierwszego męża, gdzie mieszkali w Warszawie ani o tym, czy chcieli mieć dzieci. Ewa pytała taty, ale ten powiedział jej zgodnie z prawdą, że nigdy tamtego mężczyzny nie poznał osobiście. Po jego śmierci mama związała się z tatą, a potem coś się takiego stało, że mama myślała, że tata nie żyje, a on myślał tak samo i dopiero po kilku latach ich odnalazł. Ile razy pytała o jakieś fakty z najwcześniejszego dzieciństwa, rodzice niby zaczynali opowiadać, ale i tak zawsze kończyło się na opowieściach o tym, jak tata odnalazł ich w Brwinowie albo jak mama uciekała z płonącej Warszawy z Ewunią na rękach, a potem mieszkali w Brwinowie z prababcią i dziadkiem.

– Nie spadłam z księżyca, wiem, że jestem nieślubnym dzieckiem – zwierzała się Baśce, siedząc na kanapie w pokoju kuzynek.

– I to ciebie tak niepokoi? – zdumiała się Basia, która była biologiczną córką wroga ludu, a niepokój związany z jej pochodzeniem towarzyszył jej od najmłodszych lat.

– Właściwie nie o to chodzi... – brnęła Ewa.

– A o co? – Basia była zdania, że Ewa szuka dziury w całym, nawet po tym jak siostra cioteczna opowiedziała jej o grupie krwi.

– A jeśli okaże się, że tatuś nie jest moim ojcem, to co?

Tego Basia też nie zrozumiała, bo Ryszard nie był przecież jej prawdziwym ojcem, a był dla niej i Kasi najlepszy na świecie.

– To nic... – powiedziała Ewie. – Będzie tak samo jak u nas z Ryszardem... Ale my wiemy, że Ryszard jest Ryszard, mama przed nami tego nie ukrywała. Czemu ciocia miałaby przed tobą taką rzecz ukrywać? Przecież ciocia i mama wszystko robią tak samo...

– No właśnie, wy wiecie, że Ryszard nie jest waszym ojcem, a mnie mama i... tato mówili...

Właściwie to nigdy jej o tym nie zapewniali, ale też i nie mówili, że nie.

– A wiesz? – spytała Basia z zadumą. – Ja pamiętam męża cioci. Bardzo słabo, ale pamiętam...

– Jak? – Ewa aż się zakrztusiła.

– No tak. – Pokiwała głową. – To jedno z moich pierwszych wspomnień. Bujał nas.

– Jak? – powtórzyła Ewa.

– Był bardzo silny. Brał w jedną rękę Kaśkę, w drugą mnie i bujał nas, a myśmy się śmiały. Pamiętam to... – Zadumała się.

– A... a jestem do niego podobna? – wykrztusiła z taką miną, że Baśce zrobiło się Ewy strasznie szkoda.

– Ja nie pamiętam, Ewuś. – Rozłożyła ręce w przepraszającym geście. – Wujek był wysoki i barczysty, chyba blondyn...

– Szkoda, że nie pamiętasz. – Spuściła głowę Ewa.

Było jeszcze coś. Szepty za jej plecami. „Żydóweczka", usłyszała pierwszy raz za plecami szept kolegi Adamczyka i odwróciła się gwałtownie. Wzruszył ramionami, ale szyderczy wyraz twarzy zapamiętała sobie dobrze.

– Czemu oni mówią, że jestem Żydówką? – spytała na którejś z imprez swoją najlepszą koleżankę Joasię Majcherek, która zdawała na studia cztery razy i w końcu dostała się dzięki punktom za pracę w szpitalu, bo te za pochodzenie nie starczyły.

– Bo wszystko zapamiętujesz, jakbyś w głowie miała notes – powiedziała Joasia nie bez cienia zazdrości. – Żydzi są po prostu bardzo zdolni, nie wiedziałaś?

Coś tam jej się obiło o uszy.

– Nie jesteś przecież Żydówką, bo po pierwsze nie wyglądasz, a po drugie jesteś ze wsi. Sama mówiłaś, że dziadkowie w polu pracowali, a rodzice też tam w tym jak mu tam – bełkotała, bo nie była specjalnie przyzwyczajona do wódki.

– W Brwinowie – podpowiedziała.

– O to to... – powiedziała Joasia i poszła wymiotować, uświadamiając sobie, że nie wódka jest problemem, tylko wymieszanie jej z tanim winem.

– Tylko tak mówią, bo mam najlepsze stopnie na roku... – pocieszyła się i z najwyższym trudem i wstrętem wypiła wino, jakie przyniosła jej wcześniej Joasia.

– Ja myślę, że wujek jest twoim tatą, czemu miałby nie być? – Basia pomachała ze zniecierpliwieniem ręką przed oczami Ewy. – No znowu śpisz, kiedy zaczynasz ze mną rozmawiać... Daj już spokój, opowiedz lepiej, jak tam u was z Benkiem.

I Basia zrobiła śmieszną minę, wciągnęła usta do środka i zezowała, a na dodatek odchyliła uszy, przypominając tym samym nietoperza skrzyżowanego z rybą.

Ewa dała chwilowo spokój z dywagacjami na temat ojcostwa i zaczęła opowiadać Basi o swoim związku z Benkiem, który robił się coraz bardziej poważny. Basia na szczęście przestała wodzić za Benkiem wzrokiem i Ewa mogła spokojnie się jej zwierzać, nie mając wyrzutów sumienia, że sprawia siostrze ciotecznej przykrość.

– No wiesz... – powiedziała, zawieszając głos. – On jest cudowny...

Benek studiował prawo na Uniwersytecie Warszawskim i mimo różnych pokus ze strony koleżanek był wierny Ewie, w której zakochał się zaraz, jak tylko przyjechał z matką i Jerzym do Polski. W Ewie było coś bardzo sycylijskiego, jakaś melancholia i dużo słońca. Benek nie umiał tego określić słowami, bo wciąż uczył się nowych polskich wyrazów, ale Ewa kojarzyła mu się z winogronami dojrzewającymi na słońcu, a potem z winem Moscato di Siracusa, które miało złoty kolor jak włosy Ewy i zielone refleksy jak jej oczy. A jak się odezwała, to głos miała tak słodki jak sorbet z czereśni, skórę jak naleśniki polane syropem pomarańczowym, a jak ją całował, to smakowała wanilią. Słowem, ta dziewczyna przyprawiała go o zawrót głowy i gotów był dla niej wciskać do głowy prawnicze formułki, żeby tylko nie wydawać się głupszy niż koledzy z medycyny.

– A jakieś bliższe szczegóły? – dopytywała się Basia, zmieniając arsenał min na potrzeby opowieści.

– Całuje jak... anioł...

– Myślałby kto, że z aniołami żeś się kiedyś całowała i masz porównanie... – roześmiała się Basia, bo jakby ją kto zapytał, jak całuje Grzegorz, z którym się aktualnie prowadzała, to by powiedziała prawdę, że mokro albo też, że jak anioł, żeby nie wyjść na kretynkę.

Sama Ewa nie traktowała tych pocałunków jak kulinarnej przyjemności, a raczej jak głęboko duchowe doznanie. Kiedy Benek ją obejmował, czuła wokół serca ciepło, które rozchodziło się falą, aż do samych czubków palców. Doznawała przy tym wrażenia, że jest pod jakimś kloszem, który chroni ją przed wszystkim, co mogłoby ją dotknąć albo zranić. Jeśli tylko pogoda pozwalała, szli na spacer, a potem kładli się na łące, obejmując ciasno i bez przerwy się całowali. Lubili się razem uczyć. Ewa przychodziła do Benka albo on do niej, chociaż mniej chętnie, bo rozpraszało go granie Michała. Uwielbiał skrzypce, ale kiedy Michał zaczynał grać, Benek nie miał ochoty na żadną naukę, tylko słuchałby i słuchał z zamkniętymi oczami, rękami na piersiach Ewy i wargami na jej wargach. U niego nie było takich pokus, może jedynie kulinarne, bo matka gotowała dziadkowi Ewy jeszcze lepiej niż jego własnemu ojcu i w domu ciągle pachniało czymś pysznym. Mama bardzo się cieszyła, że Benek chodzi z Ewą, jak tylko w końcu powiedzieli rodzicom, że mają się ku sobie. Tyle razy, ile Ewa do nich przychodziła, matka na stole stawiała to, co miała najlepszego i patrzyła na Ewę zachwyconym wzrokiem. Ojczym też miał radość w spojrzeniu, chociaż Ewa nie była całkiem pewna, czy ta radość tyczy się też ich, czy tylko związku z Andzią – bo dziadek z matką Benka był taki szczęśliwy, aż opisać nie dało się tego słowami.

– Patrz – mówiła do niej Kasia. – Starzy ludzie niby, a ładne to takie między nimi...

– Jak ja będę stara, to też tak chcę – odpowiadała kuzynce i dodawała, że któraś z nich powinna postarać się o dzieci, żeby dziadek miał co robić, a Andzia by kogo innego tuczyła niż ich wszystkich z Benkiem na czele, bo już przypominają pączki w maśle.

Spytała mamy, czy nie ma nic przeciwko związkowi z Benkiem, powiedziała zdumiona:

– A czemu ja miałabym mieć coś przeciwko, córeńko?

– Ja wiem... – sondowała Ewa. – Basia też była w nim zakochana, ale on wolał mnie...

– Tak czasami bywa, skarbie – twarz mamy nieco stężała, co nie uszło uwagi Ewy – że dwie dziewczyny w jednym chłopaku się kochają, a on wybiera tylko jedną z nich.

– Ale Baśka na szczęście nie cierpiała jakoś specjalnie, bo teraz z Grześkiem chodzi i też zadowolona bardzo.

– No i dobrze – powiedziała mama nieuważnie. – Najgorzej jak ta druga do końca życia będzie kochać tamtego. Wtedy to nieszczęście dopiero...

– Jaka druga? – spytała Ewa.

– Ta, co to on ją zostawił dla tej pierwszej – zaplątała się Ania i serce jej zaczęło mocniej bić, bo przypadkiem opowiedziała córce kawałek historii swojej i Mani, a przecież dziewczynki nie wiedziały o niczym, bo ani Ania, ani Mania słowa na ten temat nigdy nie powiedziały.

– Mamo, a z twoim pierwszym mężem miałaś dzieci? – spytała Ewa szybko, korzystając z matczynego rozproszenia.

– Nie, nie miałam – odpowiedziała i tym razem już uważnie spojrzała na córkę. – Byliśmy bardzo krótko małżeństwem i nie mieliśmy dzieci. Czemu pytasz?

– Bo nigdy o nim nie opowiadasz. To ze względu na tatę?

Ania pokiwała głową, chociaż to nie była prawda. Nie opowiadała o Kazimierzu, ponieważ nie czuła do niego nic zupełnie i nie było najmniejszej potrzeby, żeby o nim wspominać. Michał swoje wycierpiał i nie chciała przy nim wspominać Kazimierza czy tym bardziej Pawła. O historii z Pawłem dowiedział się zresztą od niej, bo pytał o jej przeszłość, o to, czemu nigdy o swoim szwagrze z Manią nie rozmawia. A kiedy wspomniał przy Mani o ojcu dziewczynek, ta odpowiedziała jakoś nieprzyjemnie i Ania nie widziała innego wyjścia, jak powiedzieć Michałowi co i jak. Trudno powiedzieć, czy dobrze zrobiła, bo Michał bardzo źle się czuł, kiedy zaczęła się cała sprawa z próbą ułaskawienia, a Ania musiała tyle nakłamać, że miała już serdecznie dość, chociaż inna kobieta na jej miejscu pewnie stwierdziłaby, że jeszcze jedno kłamstwo doprawdy nie stanowiłoby wielkiej różnicy.

– Nie ma potrzeby o nim opowiadać, bo przecież nie żyje już wiele lat…

– A jaką tata ma grupę krwi? – Ewa zmieniła szybko temat. – Bo my się teraz o tym uczymy i ja mam grupę krwi AB Rh minus.

– Nie wiem – odruchowo powiedziała Ania. – Nigdy go o to nie pytałam.

Podniosła głowę i spojrzała uważnie na swoją córkę, która unikała jej spojrzenia, udając, że szuka czegoś w podręczniku.

– Żeby tylko nie znalazła swojego świadectwa chrztu – powiedziała Ania do Michała, kiedy wieczorem leżeli obok siebie w łóżku. – Tam napisane czarno na białym, że Kazimierz jest jej ojcem. Sama Ignacemu kazałam tak napisać.

– Mówiłaś przecież, że zniszczyłaś? – zdumiał się Michał.

Już dawno zauważył, że Ewa zadaje dziwne pytania, kluczy wokoło swojego dnia urodzenia. Teraz Ania mu powiedziała o jej pytaniach o grupę krwi. Bał się dnia, w którym córka odkryje, kim w istocie jest.

– Zniszczyłam, ale w księgach kościelnych jest napisane… – przypomniała mu Ania.

– Przecież tam szukać nie będzie – uspokajał ją Michał. – A tu w urzędach podałaś mnie jako ojca…

– A jaką masz grupę krwi? – spytała.

– A, żebym to ja wiedział… – zaczął, ale przypomniał sobie tamtą operację, którą robił chirurg w Brwinowie, i jego słowa. – Czekaj… Mam grupę krwi zero. Mówił mi lekarz, który mnie operował, wtedy w Brwinowie, kiedy mnie z powstania przywieźli.

– Jesteś pewien?

– Jestem – potwierdził. – Ten lekarz mi oddał swoją krew, bo ja mogę dać wszystkim, ale muszę dostać zero. I okazało się, że tylko ten lekarz taką ma. Więc nie dość, że mi życie uratował tą operacją, to jeszcze krwi własnej utoczył…

– Masz to gdzieś napisane? – Przestraszyła się. – Bo ona jeszcze to znajdzie.

– Nie mam. – Pokręcił głową. – Janinka, od Damiana może to pamiętać, ale czy Ewa będzie jej pytała? A ty jaką masz grupę krwi?

– Nie mam pojęcia…

– Nie martw się, kochanie. – Objął żonę i pocałował w zmarszczone troską czoło. Uśmiechnęła się do niego, więc całował dalej, aż zapomniała, że już dawno skończyła czterdzieści lat, że jest zmęczona i chce jej się spać. A kiedy po dwóch godzinach zasnęła, było jej już znacznie lepiej.

– Babcia by powiedziała: „pomyślę o tym jutro" – wymamrotała, zasypiając.

– Moja by powiedziała, że nie ma co martwić się na zapas – dodał Michał, ale zauważył, że Ania śpi. Zrezygnował zatem z opowiadania o swojej babci, która mimo wykształcenia do pięt Broni nie dorastała, zwłaszcza w kwestii używania cytatów literackich.

1968 ROK

Michele Winny przyjechała do Warszawy w styczniu. Kiedy tylko wyszła z małego lotniska, nabrała w płuca powietrza i roześmiała się głośno, wzbudzając zdumienie współpasażerów.

– Michele? – Obok niej stanęła sympatyczna czerwonowłosa kobieta, która miała oczy takie same jak jej ojciec.

– Ciocia Ania? – spytała. – Przyjechałaś po mnie?

Wymawiała „czioczia" i „przijechałasz", z niejakim trudem, więc Ania przeszła na francuski.

– Nie, nie, nie… – zaprotestowała dziewczyna. – Chcę mówić po polsku. Bardzo zależy.

– Dobrze, w takim razie będziemy rozmawiały po polsku. – Ania odruchowo poprawiła dziewczynie beret. – Idziemy?

Wsiadły do autobusu, a potem do pociągu podmiejskiego. Podczas podróży Ania przyglądała się bratanicy, nie ukrywając wzruszenia.

– Jakaś ty podobna do Tadeusza… – powiedziała.

– Ojciec mówi, że do wujka Wacława – Michele starannie wymawiała słowa. – A wszyscy, że do mamy… Adele jest podobna do cioci bardzo. Ma też włosy takie… *Rouge*…

– Czerwone – poprawiła Ania – albo po prostu rude…

– Czerwone. – Ucieszyła się dziewczyna. – Kręcone włosy…

– To pewnie bardziej jest podobna do mojej siostry Marii – zauważyła Ania. – To ona ma loki i piegi.

– Co to piegi? – pytała Michele, spoglądając ciekawie przez okno.

– Takie kropki na twarzy – wyjaśniła Ania. – Nie wiem, jak to jest po francusku, popatrz…

– *Taches de rousseur*. – Uśmiechnęła się dziewczyna. – Ciocia pięknie mówi po francusku, ale ja bym chciała po polsku też tak pięknie. Bo ja będę się tu uczyć.

– Twój ojciec nam pisał o tym i bardzo się wszyscy cieszymy…

Kiedy przyszedł list od Tadka, o tym, że jego młodsza córka chciałaby studiować w Polsce, odbyła się poważna kłótnia, która dotyczyła tego, gdzie Michele będzie mieszkała. Wszyscy chcieli gościć córkę Tadeusza. Stanisław argumentował, że u niego, pod opieką Andzi będzie wnuczce najlepiej, a i jego obydwie córki chciały ją gościć u siebie. Zwłaszcza Mani doskwierała samotność, bo Kasia i Basia były już na swoim, a z Anią wciąż mieszkał Michał, bo Ewa po ślubie z Benkiem też się wyprowadziła. W końcu Stanisław ustąpił, Ania przyznała z westchnieniem, że może Michele przeszkadzać ciągłe granie na skrzypcach i szczęśliwa Mania miała dostać bratanicę na własność. Wprawdzie rodzina tonowała jej zapał, bo nie wiadomo było, czy Michele, jak już sobie tę Polskę obejrzy, to nie zechce przypadkiem zaraz do siebie do Francji wracać.

– Ja tam się jej dziwię – powiedział Michał. – Gdybym mógł pojechać do Francji na stypendium jak Ewka, to bym tam już został. Ewa wróciła, a Michele chce tu mieszkać…

– To właśnie jest ojczyzna, Michałku. – Andzia rozłożyła ramiona. – Ja bym za nic na Sycylię nie wróciła. Jedyne, co mnie tam trzymało, to był mąż...

I chrząknęła, bo uświadomiła sobie, że może Stasieńkowi przykro tego słuchać, ale osiemdziesięcioletni Stanisław uśmiechnął się do żony i pocałował ją w umęczoną rękę, bo Andzia dla całego towarzystwa racuszków nasmażyła.

– Dobrze, dobrze – powiedział Michał i znów poszedł do swojego pokoju ćwiczyć na skrzypcach, które mu matka kupiła, po jakimś żydowskim kolekcjonerze, który wyprzedawał przed śmiercią kolekcję instrumentów strunowych. Ania naruszyła pieniądze, które dał jej Kazimierz, kupując synowi porządne skrzypce, a córkę wysyłając na stypendium do Francji i opłacając jej pobyt w samym Paryżu. Władza ludowa zainteresowała się wprawdzie, skąd u Śniegockich takie pieniądze, że Ewa do Francji jedzie, ale Michał, który nie po to do partii wstępował, żeby go ktoś szykanował, tylko przeciwnie, żeby go w spokoju pozostawiono, powiedział, gdzie trzeba, że pobyt Ewy w Paryżu sfinansował wuj Tadeusz. W zamian za to, perorował lokalnemu „towarzyszowi", że Michele, ta biedulka, przyjedzie studiować do Polski, bo ona nijak w kraju kapitalistycznym odnaleźć się nie może. Towarzysz kiwnął głową i sprawa nie poszła nigdzie „wyżej". Co do skrzypiec, to po prostu nikogo nie informowano, że całe tysiąc dolarów z kufra Kazimierza poszło na instrument dla Michałka. Partia nie znała się na szczęście na instrumentach, Winni i Śniegoccy nic nie mówili nikomu, a skrzypce, jak to skrzypce, wyglądały tak samo, niezależnie od tego, czy zeszły z taśmy w Dolnośląskiej Fabryce Instrumentów Lutniczych, a stamtąd trafiły do rąk dobrego wujka towarzysza „Wiesława", czy też wykonał je chłop pańszczyźniany Iwan Batow – rosyjski Stradivarius. Tylko Michał spytał swojej żony Ani, skąd wzięła dolary na to wszystko, a ona powiedziała, że to były pieniądze od rodziny Ewy na jej edukację. Michał nie uwierzył do końca, bo znał Anię i wiedział, że ona nigdy by żadnych pieniędzy od Róży nie wzięła. Poza tym gdyby Róża je miała, to nie przymierałaby głodem, tylko kupiła dla siebie i rodziny ucieczkę z getta. Podejrzewał, że ich pochodzenie ma jakiś związek z wyprawami Ani do Warszawy, ale kiedy o tym rozmawiali, powiedziała, patrząc mu prosto w oczy, że go kocha, i poprosiła, żeby to zostawił w spokoju. Odegnał wtedy swoje demony, pocałował żonę i pogodził się z tym, że nie będzie wiedział o niej wszystkiego.

Michele zamieszkała zatem u Mani i Ryszarda, niby żeby im zapełnić puste gniazdo, ale tak się złożyło, że zaraz po tym jak Michele się wprowadziła, Kasia wróciła do domu, mocno poturbowana psychicznie, z dzieckiem na ręku. Mała Małgosia Borkowska, która dostała imię po bułhakowowskiej Małgorzacie, urodziła się w najmniej dogodnym momencie, mianowicie wtedy, kiedy jej ojciec, znany aktor Jan Komornicki, postanowił jednak trwać przy żonie, która do pewnego czasu tolerowała jego zdrady, ale potem powiedziała „dość". Jan, który stanął przed alternatywą albo wygodne życie pupila reżimu, posada dyrektora jednego z warszawskich teatrów, salony i pieniądze płynące szerokim strumieniem na programy telewizyjne, albo życie z uroczą, młodą aktorką, która za całe wiano miała talent, rozłożył ręce w bezradnym geście i wyszeptał „sama rozumiesz". Kasia, której brzuch rósł z każdym dniem, próbowała wszelkich perswazji, żeby tylko być z Janem. Przyjmowała go u siebie w wynajętym mieszkanku na Świętokrzyskiej, grała coraz lepiej, zdobywając nagrody na międzynarodowych festiwalach, nie przyjmowała od niego żadnej pomocy, słowem – była kochanką idealną. Tyle że Jan Komornicki był lepszym aktorem niż człowiekiem, a i talent opierał się u niego w znacznej mierze na znajomościach żony. Któregoś dnia stanął w progu kawalerki, urządzonej tanim sumptem, ale z fantazją przez Kasię i oświadczył, że, niestety, tak dłużej być nie może i on wraca do żony, która niczym sobie nie zasłużyła na taki los. Ten „los" to były liczne związki pozamałżeńskie, które dyrektorowa tolerowała, póki nie urodziła się Małgosia. Ukrycie czegoś takiego jak dziecko w tak małym i znającym się środowisku nie wchodziło w grę. Dyrektorowa dowiedziała się o tym zaraz po mężu i od razu zapowiedziała Kasi, że może sobie szukać innej posady, bo ona, Irena Adler-Komornicka, nie życzy sobie pozamałżeńskich dzieci w swoim, jak się wyraziła, teatrze. Kiedy stało się jasne, że Jan będzie Don Juanem, Królem Learem, Montekim, królem Jerzym, ale, niestety, nie weźmie na siebie roli ojca, Kasia przepłakała trzy noce, a potem zwolniła się z teatru, opuściła kawalerkę i wróciła do Brwinowa, do rodziców i Michele, którzy powitali ją z radością. Jej przybrany ojciec Ryszard, który kochał Kasię jak córkę i nie mógł ścierpieć jej krzywdy, pojechał któregoś dnia do Warszawy, poczekał na króla Ryszarda pod teatrem, a potem przedstawił się i próbował z nim porozmawiać. Dowiedział się jednak, że Jan prawie nie zna Kasi, w dodatku nie wiadomo, czyje to dziecko, bo Kasia, tu artysta znacząco mrugnął, słynęła z rozwiązłego życia. I kiedy już Komornicki chciał wyminąć spretensjonowanego ojca i pójść sobie do SPATiF-u, w Ryszardzie Borkowskim zawrzała krew. Ryszard, o którym mówiono, że jest „chodzącą łagodnością", kiedy trzeba było, pokazywał zęby i pazury. A i decyzję umiał podjąć wbrew wszystkim i wszystkiemu, nie bacząc na konsekwencje. W czasie wojny uciekł z pociągu wiozącego oficerów do Katynia. Wbrew temu, co mu radzili inni, po prostu wyskoczył z pędzącego wagonu na kolejowy zsyp. Upadając, złamał nogę. Pod gradem kul przeczołgał się do lasu, gdzie samodzielnie nastawił sobie nogę, tracąc co chwila przytomność, potem zrobił sobie usztywniające łupki, a następnie na drugiej nodze wrócił do domu, gdzie ukrywał się, aż noga się zrosła. Jak tylko był znów zdatny do służby, przedostał się do armii Andersa, gdzie do wyzwolenia walczył, kulom się nie kłaniając. Ryszard nikogo i niczego się nie bał, ani być mężem kobiety, która była wcześniej żoną wroga ludu, ani adoptowania dwóch dziewczynek, wreszcie skoku w płomienie, żeby te dziewczynki uratować. Jeśli Jan myślał, że z kimś takim może wygrać, to się srogo mylił. Ryszard obił mu mordę tak skutecznie, że w głowie Jana kołatały tylko i wyłącznie słowa kreowanej przez niego postaci „pół królestwa za konia", a i do grania był zdatny dopiero po kilku miesiącach, kiedy żuchwa mu się zrosła, rozcięty łuk brwiowy zagoił, a fioletowe krwiaki pod oczami całkiem wygoiły.

Kasia tymczasem nie poddała się ostracyzmowi środowiska i po kilku rozmowach przeniosła do Teatru Narodowego, gdzie dostała rolę Ewy w części III Mickiewiczowskich *Dziadów*. Kazimierz Dejmek, który zdecydował się ją obsadzić i przyjąć do zespołu, był przekonany, że Kasia poradzi sobie z tą trudną rolą znakomicie, i wcale się nie mylił. Kasia w roli prostodusznej Ewy, do której przychodzi Pan Bóg, zamiast do pysznego, wrzeszczącego Konrada, przyćmiłaby samego Gustawa Holoubka, gdyby nie to, że inscenizacja *Dziadów* stała się czymś więcej niż przedstawieniem, a rola Gustawa-Konrada więcej niż tylko rolą. Po jedenastu spektaklach w atmosferze skandalu, sztuka została zdjęta z afisza, reżyser i aktorzy potępieni, a Polskę zasnuła cenzura.

– No i koniec... – narzekała, karmiąc Małgosię kaszką. – „Miałeś chamie złoty róg"...

Wcześniej długo opowiadała matce, Ryszardowi i Michele, co się stało podczas premiery *Dziadów* w Teatrze Narodowym.

– Kto miał hruk? – nie zrozumiała Michele.

– To cytat z *Wesela* Wyspiańskiego, Michele – tłumaczyła Kasia. – Taki nasz symbol utraty tego, co cenne i ważne.

– Aha. – Dziewczyna zrobiła bardzo poważną minę. – Jak już zacznę studiowanie, to ja się wszystkie takie rzeczy dowiem.

Mania uśmiechnęła się do bratanicy.

– Nie zmieniłaś zdania? Naprawdę chcesz studiować polonistykę na naszym uniwersytecie?

Michele energicznie pokiwała głową.

– Pewnie. Ojczyzna to ojczyzna, nie ma dwóch zdań, koniec, kropka i szlus – wygłosiła cała zadowolona. – Chiba że ja tu trochę przeszkadzać, to ja może zamieszkam w Warszawa, w ta Kasia kawalerka, bo to blisko uniwersytetu?

– Absolutnie – zdenerwowała się Mania. – Żadne kawalerki, tylko tu będziesz mieszkała. Jak widzisz, mamy spory dom i dla każdego starczy miejsca. Poza tym ja cię muszę mieć dziecko na oku.

– Właśnie – przytaknęła Kasia, która bardzo polubiła kuzynkę, a i nie chciała, żeby cała uwaga matki i ojca skupiła się na niej i Małgosi. – Jesteś z Winnych, a my nie mieszkamy w jakichś kawalerkach... Chyba że tylko na trochę.

Kasia naprawdę wierzyła, że Jan odejdzie od żony i razem zamieszkają w Brwinowie jak rodzice albo w Pruszkowie, na nowym osiedlu jak Basia z Tomkiem i Ewa z Benitkiem. Zazdrościła zwłaszcza Ewie, bo Benitek vel Benek od razu wpadł w oko, ale jej apodyktyczna siostra natychmiast się koło niego zakręciła. Zaraz, kiedy tylko przyjechał, zaczęła go zapraszać na tańce, pokazywać Warszawę, pożyczać książki, płyty i Bóg wie, co jeszcze, byle tylko się do niego zbliżyć. Ona sama, mimo że Benitek podobał się jej jak nikt w szkole, nie miała odwagi przypuścić aż takiego szturmu na chłopaka. Benek z racji małżeństwa dziadka Staśka z Andzią był jakby ich bratem, jednak to w końcu zupełnie obcy człowiek i to z zagranicy. A jak już się zdecydowała, żeby walczyć o swoje uczucie, to do sprawy włączyła się Ewa i Benek po bardzo krótkim wahaniu wybrał rudowłosą kuzynkę. Widocznie energiczne brunetki z mózgiem jak szafa i bez specjalnej wyobraźni nie były jednak w jego guście albo chodziło o kolor włosów, ponieważ Ewa miała równie pojemny mózg jak Basia. Benek wybrał Ewę. Tyle miała przynajmniej satysfakcji, chociaż żal się jej siostry zrobiło bardzo, kiedy zastała ją kiedyś płaczącą w ich panieńskim pokoju, który teraz zajmowała Michele. Zwłaszcza że Basia myślała, że siostra jest w teatrze i nie spodziewała się, że nieoczekiwanie wróci do domu.

– Bo ja go tak kocham… – wychlipała w odpowiedzi na pytanie, co się stało.

Kasia nic wtedy nie powiedziała, tylko objęła swoją siostrę prymuskę, o której od początku studiów było wiadomo, że zostanie profesorem medycyny, i głaskała ją po głowie. Mówienie Baśce o tym, że ona sama podkochiwała się w pięknym Benku, było pozbawione sensu, bo Baśka może i umiała zapamiętać nazwy wszystkich kości, mięśni i nerwów, ale już analiza czyichś uczuć przekraczała jej możliwości emocjonalne. Całe szczęście, że była zdolna do wyrażania własnych.

– Spotkasz jeszcze kogoś – pocieszała ją, jak tylko Baśka wypłakała połowę miłości do Benka. – A on i tak zostanie w rodzinie, bo przecież Ewa…

– No właśnie, całe szczęście, że Ewka przynajmniej z nim będzie. – Wytarła oczy Basia i położyła głowę na piersi siostry.

Ewę obie kochały tak bardzo, jakby była trzecią bliźniaczką, zresztą i mama, i ciocia nieraz żartowały na ten temat, że tak naprawdę to ich mama urodziła je trzy, ale cioci tak przykro było, że mama oddała jej Ewę. I tej miłości na szczęście nie zniszczyło nic, także Benek. Zresztą miło było na nich popatrzeć, bo Benek świata poza żoną nie widział i robił wszystko, żeby Ewa miała dobre i spokojne życie.

– A ten Tomek co tak za tobą chodzi? – Kasia wyjęła chusteczkę z kieszeni i wytarła oczy siostrze, przy okazji rozmazując jej tusz z rzęs na policzkach.

Tomek wodził za Basią oczami, odkąd tylko pierwszego dnia studiów, ubrana w biały fartuch i w czepku na głowie, weszła do sali seminaryjnej. Usiadł koło niej i już nie odpuścił.

– Czegoś mu brakuje? – dopytywała się Kasia.

– Niczego. – Skrzywiła się siostra. – Idealny jest. I ojciec profesor…

– A profesor jaki? – dopytywała się.

Basia wstała i poszła się umyć. Wróciła trochę bledsza, ale już bez smug na policzkach.

– Kardiolog – westchnęła. – U nich cała rodzina taka. Kardiolodzy…

– On jest przystojny – powiedziała Kasia zachęcającym tonem. – Nawet bardzo przystojny. I tak ładnie do ciebie mówi… A już jak z dobrej rodziny, to go od razu bierz.

– A ty co go tak zachwalasz jak konia na targu? – Uśmiechnęła się Basia.

– Bo mi się to podoba, jak mówi „Baśka, oj Baśka". Jakbym pana Wołodyjowskiego słyszała…

Po wydarzeniach marcowych Jerzy Hoffman nakręcił *Pana Wołodyjowskiego*, a potem serial *Przygody Pana Michała*. Kasia wzięła udział w zdjęciach próbnych do roli Basi Wołodyjowskiej, ale przegrała z młodziutką Magdaleną Zawadzką. Niemniej jednak tak się spodobała, że zaproponowano jej inną rolę. Na początku miała zagrać Anusię Borzobohatą, co może i było zaszczytem, ale Anusia umiera zaraz na początku filmu. W końcu stanęło na roli Ewy Nowowiejskiej. Kasia śmiała się, że ciągle gra jakieś Ewy, ale kiedy rodzina i przyjaciele zobaczyli ją w tej roli, zrozumieli, że mała Kasia została wielką aktorką. A i role teatralne posypały się jedna po drugiej, przynosząc jej sławę i uznanie.

Basia znów przytuliła się do siostry, pokiwała głową i przestała płakać, a potem spojrzała przychylniejszym okiem na Tomka. Wreszcie zaprosiła go do domu, co rodzina przyjęła z ogromną ulgą. Zaczęła też bywać w domu profesorstwa Andruszkiewiczów, zostając ulubienicą matki specjalistki od zaburzeń rytmu serca i ojca wybitnego kardiochirurga i nie zauważyła, kiedy kardiolodzy uleczyli jej złamane serce. Miłość do Tomka przyszła sama. Rok po stażu Basia i Tomek wzięli ślub i wyprowadzili się do Pruszkowa, gdzie zajęli bliźniak na Wyględówku. Tomek zaczął pracować w Szpitalu Kolejowym, a Basia rozpoczęła pracę w szpitalu na Lindleya. Dzięki koneksjom teścia mogła dostać etat na kardiologii, a teść został jednocześnie jej szefem i kierownikiem specjalizacji. Szybko udowodniła, że nie jest żadną „protegą", tylko wybitnie zdolną młodą lekarką i złe języki ucichły tak szybko, jak się pojawiły, zwłaszcza że Tomek, profesorski syn, nie chciał pracować przy ojcu, tylko wolał się piąć w górę w szpitalu resortowym w Pruszkowie.

Kiedy Ewa skończyła studia, zwolnił się bliźniak w sąsiedztwie Baśki i Tomka, który szybko zajęli z Benkiem, wpłacając potężną sumę, pochodzącą z wiadomego kuferka. Teść Basi stanął na wysokości zadania i znalazł pracę także ukochanej kuzynce ulubionej synowej. Było z tym trochę perturbacji, ponieważ Ewa nie interesowała się chirurgią ani tym bardziej kardiochirurgią, tylko chciała zostać pediatrą. Oddziału dla dzieci na Lindleya nie było, więc Ewka zaczęła terminować na oddziale wewnętrznym. Benek znalazł pracę w elektrowni w Pruszkowie, która mieściła się w pobliżu szpitala Tomka, zatem dwaj szwagrowie chodzili razem rano do pracy, a ich żony zgodnie wsiadały do kolejki EKD i udawały się do swojego szpitala.

– Tylko patrzeć, jak obie bliźniaczki będą miały – mówił Tomek i spoglądał na swoją żonę z miłością, a Benek potakiwał i mówił, że bliźniaczki byłyby bardzo pięknym prezentem od losu.

Na razie ani Ewa, ani Basia nie zachodziły w ciążę, za to Kasia nieoczekiwanie oznajmiła, że jest przy nadziei, wprawiając tym samym w konsternację rodzinę, ponieważ nie chciała słowa powiedzieć o ojcu dziecka. Na pytania matki, kiedy będzie ślub, odpowiedziała w końcu, że, niestety, ojciec Małgosi nie chciał wziąć rozwodu ze swoją żoną, więc ślubu z nią też nie weźmie. Mania przepłakała swoje, bo w końcu był rok 1967 i samotne matki nie miały najlepszej reputacji. Ryszard ją pocieszał, że to nie koniec świata i trzeba cieszyć się z wnuczki, a przy okazji pomóc Kasi. Kasia, kiedy urodziła jedną dziewczynkę, też odetchnęła z ulgą, bo przez całą ciążę powtarzała sobie „tylko nie bliźniaczki, tylko nie bliźniaczki", a kiedy Małgosia przyszła na świat, to trzy razy zapytała położną, czy to na pewno już koniec, bo w ich rodzinie już dwa razy zdarzyły się podwójne porody. Ale myli się ten, kto myśli, że Kasia otrzepała się i zapomniała o Janie. Była kobietą wyjątkowo wrażliwą, ze swojej wrażliwości czerpała pełnymi garściami na scenie, a odkrycie, że Jan jest tylko zwykłym draniem, a nie romantycznym kochankiem, za jakiego go uważała, przysporzyło jej mnóstwo bólu. Poza tym ktoś pobił Jana, a ona nie miała pojęcia kto. Wreszcie było jej bardzo przykro, że mieszka w oddaleniu od Baśki i Ewy, tak jakby była gorsza czy nie z Winnych, ale tu umiała sobie przetłumaczyć, że pomoc matki i Michele jest bezcenna dla osoby, która dzień w dzień gra wieczorem na scenie i nie miałaby z kim zostawić dziecka.

Zaczęło się od bólu w dołku. Wolski pomyślał, że mu coś zaszkodziło. Ostatnio jadał same mięsa z ciężkimi sosami, na to miał apetyt, a nie zwykł sobie niczego odmawiać.

– Może wczorajszy baran mi zaszkodził? – mruknął do Ludwika.

– Szef coś niewyraźny – zmartwił się szczerze wykidajło, ale umilkł pod ciężkim spojrzeniem Króla.

– Gorzkiej żołądkowej mi daj, to mi przejdzie – burknął Wolski.

– A potem dziewczynki? – domyślił się Ludwik.

– Nie, żadnych kurew… – skrzywił się Król.

Ostatnio miał wszystkiego dość, jedzenia, picia i dupczenia. Pieniędzy miał bez liku, tyle że nie byłby w stanie ich wydać nawet, gdyby chciał. Ale nic go nie cieszyło. Żałował, że nie ma dzieci. Wyobrażał siebie, jak posłałby córkę na studia do samej Ameryki, a syna wyszkolił, żeby po nim przejął biznes. „No, ale jest, jak jest", skrzywił się z bólu. Łyknął gorzkiej żołądkowej, ale oprócz bólu pojawiło się jeszcze pieczenie. „Ki czort?", sapnął. Po nieprzespanej nocy, podczas której połykał proszki na ból, zapijając je wódką, kręciło mu się w głowie. Wstał i ledwie doszedł do ubikacji, gdzie zwymiotował na kafelki. Włożył głowę pod zimną wodę, ale uzyskał tylko tyle, że w miarę jasnym spojrzeniem ogarnął swoją twarz w lustrze. Z tafli łypało na niego opuchnięte oblicze z podkrążonymi oczami. Wyszczerzył zęby, rząd białych lśniących pieńków, które wstawił dwa lata temu po pozbyciu się własnych, czarnych i przetrzebionych próchnicą. Wysunął język, prawie czarny z żółtym nalotem. Oglądał go chwilę w skupieniu, a potem znów zwymiotował. Ból zaatakował ze zdwojoną siłą, tyle że już nie przy żołądku, ale niżej, po prawej stronie. Brzuch miał wzdęty, bardzo bolesny.

– Ludwik – krzyknął, ale wierny wykidajło nie otworzył drzwi.

Trzymając się ścian, dotarł do drzwi. Otworzył je szeroko.

– Gdzie Ludwik? – spytał Stefanka, który wybałuszył na szefa przerażone oczy.

– Szef dał mu wolne, bo mu matka umarła. Szef nie pamięta? – bąknął Stefanek, który bał się Wolskiego jak diabeł święconej wody.

– Sprowadź mi go tu natychmiast – jęknął Wolski.

Spanikowany Stefanek zamknął drzwi i wybiegł z Grandu, zastanawiając się, co ma zrobić. Wreszcie postanowił wypełnić rozkaz Króla i pojechać do Skierniewic, gdzie mieszkała matka Ludwika, i sprowadzić go natychmiast, jak życzył sobie szef. Głupota owego przedsięwzięcia nie przyszła Stefankowi do głowy, kiedy wsiadał do pociągu podmiejskiego, jadąc do Skierniewic. W samym pociągu pomyślał jedynie, że nie wie, w którym kościele i o której godzinie chowają matkę Ludwika, ale zamierzał przetrząsnąć wszystkie i sprowadzić kolegę do Warszawy, choćby go miał wyrwać z mszy pogrzebowej.

Król tymczasem ponownie zwymiotował, tym razem na podłogę, na której leżał. Spróbował ogarnąć spojrzeniem pokój. Dojrzał w telefonie ustawionym na stoliczku ratunek. Sapiąc z bólu, doczołgał się do stolika i szarpnął drut. Aparat spadł z trzaskiem.

– Mówi Wolski – wychrypiał do słuchawki, kiedy usłyszał kobiecy głos w recepcji. – Lekarza…

Tego, co stało się później, Wolski już nie pamiętał. Nie wiedział, że lekarz nie przyjechał. Karetki jeździły jak oszalałe po Warszawie, bo właśnie zaczęły się rozruchy. Studenci biegali po Krakowskim Przedmieściu, rozganiani przez milicję. Nogi, ręce i żebra łamały się po uderzeniach pałek. Sanitariusze zbierali chorych z ulicy, a lekarze opatrywali rany i unieruchamiali złamania. Lżej ranni, ci, co mogli chodzić, wracali do domów, bo pobyt w szpitalu groził dodatkowymi represjami.

Irenka z recepcji spociła się ze strachu, kiedy odebrała telefon od samego Andrzeja Wolskiego. Widziała go wprawdzie tylko kilka razy, ale wiele o nim słyszała od koleżanek recepcjonistek, sprzątaczek i pozostałego personelu. Wiedziała, że sprzeciwienie się temu potężnemu człowiekowi mogłoby jej grozić poważnymi kłopotami. Zastanawiała się tylko, jak to jest możliwe, żeby żaden z chłopaków z jego świty nie pojechał osobiście po lekarza, tylko dopuścił do sytuacji, w której sam Wolski dzwonił na recepcję. Pobiegła na górę. Pod drzwiami nikogo nie było. Złapała za klamkę, ale drzwi były zamknięte. Sprzątaczka pracująca na piętrze powiedziała, że ona nie ma kluczy do tego apartamentu, a sprząta się wieczorem, jak pan Wolski przesiaduje w restauracji na dole.

– Muszę otworzyć drzwi – powiedziała Irenka.

– Ja bym ci kochana nie radziła – bąknęła cicho sprzątaczka i pchając wózek, wyniosła się na inne skrzydło hotelu.

Irenka przeklęła, a potem zeszła na dół i ponownie spróbowała dodzwonić się na pogotowie, ale połączenie było zrywane bądź ciągle dawało sygnał „zajęte". Próbowała też zadzwonić do pokoju numer pięćdziesiąt pięć, ale sygnał wskazywał na to, że słuchawka nie została odłożona. W panice zastanawiała się, jak postąpić, kiedy przyszło jej do głowy, że wołga z kierowcą, która stała pod hotelem, należy do Wolskiego. Powiedziano jej, że dzień i noc w samochodzie jest szofer na wypadek, gdyby Król chciał gdzieś pojechać. Wybiegła i zapukała w szybę. Ku jej uldze siedział tam kierowca. Wyjaśniła, w czym rzecz.

– Jesteś pewna, złotko? – spytał chudy facet o żylastych dłoniach. – Bo jak wyważymy drzwi, a tam będzie Król cały i zdrowy, to ja bym nie chciał być w twojej skórze. W swojej zresztą też nie…

Irenka energicznie pokiwała głową. Kierowca poszedł za nią do wskazanego apartamentu. Kilka razy zapukał energicznie, a potem kopnął żylastą nogą, aż się zakurzyło, a z drzwi zostały same drzazgi.

– Żesz cholera jasna, psiakrew – wrzasnął na widok Króla leżącego w wymiocinach. – Lekarza!

– Już dwie godziny temu dzwoniłam, ale nie przyjadą przez rozruchy… – pisnęła Irenka i złapała się za głowę.

– To dawaj kogoś tu, kobieto, żeby mi pomógł. Sam go zawiozę!

Przyszło dwóch cieciów i wspólnie przenieśli nieprzytomnego Wolskiego do Wołgi.

– Żyje? – pytała Irenka, która z jednej strony była z siebie dumna, że tak się słusznie znalazła, a z drugiej była pełna obrzydzenia w stosunku do człowieka leżącego w rzygowinach na podłodze i śmierdzącego tak straszliwie, że sama zwróciła śniadanie do klozetu.

– Oddycha, czyli żyje – burknął kierowca. – Waldek jestem – powiedział nieoczekiwanie do Irenki, a potem zniknął w windzie, niosąc wespół z dwoma innymi mężczyznami potężne ciało Andrzeja Wolskiego vel Kazimierza Tarasiewicza.

Basia i Ewa były na dyżurze na swoich oddziałach i zwijały się jak w ukropie. Już dawno Basia dzwoniła do pana profesora z prośbą o wsparcie, ale teść pojechał na konferencję naukową do Zakopanego i nikt w hotelu nie wiedział, kiedy można się go spodziewać. Wykonała telefony do jeszcze kilku starszych kolegów, ale tylko jeden z nich, doktor Żelazko, okazał wsparcie i zrozumienie, zgodził się przyjechać i pomóc. Jednak potem zadzwonił z budki, że, niestety, nie przejedzie autobusem przez centrum Warszawy ze względu na rozruchy, ale idzie zza Wisły piechotą i na pewno dojdzie, tylko nie wie kiedy. Tymczasem milicja przywiozła kolejnego rannego i bez słowa wyjaśnienia pozostawiła na izbie przyjęć. Basia stwierdziła, że chłopak ma pękniętą śledzionę i natychmiast musi zostać zoperowany. Umyła się razem z doktorem Gilem, starszym i doświadczonym kolegą, a potem poprosili jeszcze Ewę, bo we dwójkę nie dali rady, i szyli pęknięty narząd przez kilka godzin, bo wystąpiły nieoczekiwane powikłania w postaci perforacji jelita. Kiedy wyszli z sali operacyjnej, doktora Żelazko wciąż nie było, a na izbie przyjęć kłębił się tłum nowych pacjentów. Na oddziale leżało dwóch nowych, do których poszły z Ewą, słaniając się na nogach ze zmęczenia. Ewa na swoim oddziale wewnętrznym dyżurowała razem z jedną koleżanką, ale zaalarmowana telefonem Basi praktycznie przeniosła się na chirurgię. Zajęła się starszym mężczyzną, a Basi przypadł w udziale młodszy, który bardzo ciężko oddychał. Młodszy chłopak miał odmę, podała mu morfinę i założyła sprawnie dren. Chłopak zaczął oddychać spokojniej. Tymczasem Ewa stała przy drugim pacjencie i robiła mu elektrokardiogram.

– Basia – zawołała kuzynkę. – Pacjent nieprzytomny, zaburzenia rytmu, wydaje mi się, że to zawał, ale nie podoba mi się brzuch.

Basia podeszła i obejrzała wzdęty brzuch Króla. Nacisnęła ręką i puściła. Mężczyzna stęknął z bólu.

– Ostry brzuch – powiedziała zrezygnowana. – Myjemy się – rzuciła w stronę kolegi Gila, który skinął głową i jak stał, wrócił na blok operacyjny.

– I zawał… – dodała Ewa, patrząc na wykres pracy serca. – Nie możecie go teraz otwierać, bo nie przeżyje.

– Nie przeżyje, jeśli natychmiast go nie otworzymy. – Basia spojrzała wymownie na brzuch pacjenta.

Mężczyzna tymczasem spojrzał całkiem przytomnie na Basię, która pochylała się nad nim, wycierając mu spocone czoło ligniną.

– Lekarza – szepnął.

– Nazywam się Barbara Andruszkiewicz i jestem chirurgiem. Czy może pan powiedzieć, kiedy zaczął pan chorować?

– Boli – szepnął i zatoczył ręką wokoło serca, a potem niżej, na podbrzusze. – Lekarza…

– Zaraz pana weźmiemy na blok operacyjny, tylko trochę wyrównamy – tłumaczyła pacjentowi Basia. – Prawdopodobnie ma pan też zawał serca. Czy pan chorował na serce? Przyjmuje pan jakieś leki?

– Panie Andrzeju – Ewa przeczytała z kartki nazwisko Wolskiego. – Czy pan przyjmował na stałe jakieś leki?

– Nie… – Wolski przerzucił wzrok na Ewę. – Zawiadomić trzeba…

– Rodzinę trzeba zawiadomić, tak? – pytała Ewa, podłączając kroplówkę z nitrogliceryną i lekami wzmacniającymi serce. – Zawiadomimy, oczywiście.

– Portfel, gdzie portfel? – zaniepokoił się Wolski.

– Proszę się nie martwić, na pewno nie zginął. – Ewa sięgnęła do szuflady blaszanego stolika, który stał przy łóżku chorego. – Jest…

– Ewa, bierzemy go już. – Basia nerwowo przestępowała z nogi na nogę. – Panie Andrzeju, jedziemy na operację. Nie możemy czekać…

– Moja żona… – Wolski z wysiłkiem wymawiał każde słowo. – Dzieci… Mała córeczka Ewunia… Przeze mnie to wszystko… Ania… Źle żyłem… Wszystko zmarnowałem…

– Niech się pan nie denerwuje. – Ewa ściśnięta współczuciem pogłaskała pacjenta po spoconej ręce. – Jak tylko będę mogła, zajmę się tym. Teraz jedzie pan na blok operacyjny. Proszę się nie martwić.

– Ania… – szepnął Wolski, patrząc na Ewę całkiem przytomnie. – Nigdy nie chciałem… Ale sama rozumiesz, że Żydówka z getta to śmierć… Dziecko też śmierć… Wybacz mi, Ania…

I złapał ją kurczowo za rękę. Uwolniła się delikatnie i posłała człowiekowi krzepiący uśmiech. Kiedy chory zniknął za drzwiami bloku operacyjnego, Ewa wróciła do swoich pacjentów. Doktor Żelazko na szczęście dotarł do szpitala, chociaż zmęczony i brudny. Wyglądał, jakby sam potrzebował pomocy lekarskiej. Opowiadał, że w Warszawie straszne rzeczy się wyrabiają. Na ulicach jest wojsko i studenci, krzyki, bieganina i aresztowania.

– A ja w tym wszystkim szedłem podwórkami – mówił, ubierając się w szpitalny strój. – Rzucili we mnie świecą dymną, prawie oślepłem, kilka godzin siedziałem w jakiejś szopie na tyłach Nowogrodzkiej. W końcu wsiadłem do karetki. Inaczej bym nie dotarł...

– Baśka z Gilem operują ostry brzuch – przerwała mu. – Tutaj masz karty nowo przyjętych. Wszystkich wstępnie obejrzałam i dałam zalecenia. Rany opatrzyła Renatka. Na izbie jest milicja i czekają na dwóch chłopaków. Musisz tam zejść i powiedzieć im, że oni są do pilnej operacji, nawet jeśli mieliby tylko zadrapania. Ja idę do siebie, bo tam Hanka Pasternak sama.

– Rozumiem – powiedział Żelazko krótko, wziął historię choroby, odłożył na swoje biurko, a potem udał się na izbę przyjęć, gdzie zamiast zwolnić pobitych chłopaków do domu, przekonał funkcjonariuszy milicji, że nie można ich odwieźć do więzienia, ponieważ obaj, jak stoją, wymagają interwencji chirurga.

Po czterech godzinach walki na stole operacyjnym ciało Andrzeja Wolskiego poddało się. Basia i doktor Gil zdołali usunąć zropiały wyrostek, a raczej to, co z niego zostało po perforacji, i oczyścić jelita. Wydawało się, że pacjent wygrał walkę o życie i operacja szczęśliwie dobiegnie końca. Kiedy doktor Gil rzucił w kierunku Basi „zamykamy go", a ona ledwo stojąc na nogach, pokiwała głową, monitor kontrolujący pracę serca zwariował i zaczął pikać z prędkością karabinu maszynowego.

– Cholera jasna – rzuciła w ich stronę anestezjolog Franciszka Pociejko i zaczęła kruszyć jedną ampułkę po drugiej, po czym ich zawartość wstrzykiwała w żyłę umierającego mężczyzny.

Sygnał monitora zmienił się w jeden ostry i wysoki pisk, a Basia rąbnęła pięścią w klatkę piersiową chorego i rozpoczęła rytmiczne uciskanie. Pisk się utrzymywał na niezmienionym poziomie, więc doktor Gil sprawnie otworzył klatkę piersiową i złapał serce Andrzeja Wolskiego we własną rękę i masował starannie, chociaż z najwyższą delikatnością. Pisk nie ustępował.

– Dalej, człowieku – przerwała milczenie Basia. – Walcz...

– Nie żyje – powiedziała Franciszka i wyłączyła monitor.

– Jeszcze próbuję – zaprotestował doktor Gil, nie wypuszczając serca z dłoni. Serce Wolskiego wyglądało jak ptak, tyle że nieruchomy w potężnej łapie doktora Gila.

– Adam, daj spokój… – Basia zdjęła rękawiczki i usiadła wprost na kafelkach sali operacyjnej.

– Cholera – mruknął lekarz, mając na myśli, że nienawidzi, kiedy operacja się udaje, tyle że pacjent jej nie przeżywa.

– Pani Mirko – powiedziała Basia do instrumentariuszki. – Proszę nici…

– Powinnaś się przespać albo chociaż odpocząć – zaprotestował doktor Gil. – Ja go zaszyję i zwiozę na dół.

– Dzięki, stary – westchnęła Basia i odeszła od stołu operacyjnego.

– Idź odpocznij – krzyknął w jej stronę kolega. – Jeśli coś będzie, zrobimy to z Maćkiem Żelazkiem.

Baśce nie dane jednak było odpocząć. Oddział zapełniał się prawdziwie chorymi i tymi, którym chcieli pomóc, uznając za chorych. W końcu pielęgniarki przestały odróżniać jednych od drugich, a i lekarze, którzy byli potężnie zmęczeni, mylili chorych, dając wszystkim, jak leci kroplówki i leki wzmacniające. Korytarze wszystkich oddziałów zapełniały się łóżkami. W końcu nad ranem trudno było przejść z jednego końca korytarza na drugi. Słaniała się na nogach, w dodatku było jej strasznie niedobrze i rano zanim wyszła do pracy, dwa razy wymiotowała. Na pytanie Tomka, co się dzieje, kiwnęła kilka razy głową i powiedziała z uśmiechem, że nie ma pewności, ale raczej to jest to, o czym on myśli. Mąż Basi zaśmiał się krótko i powiedział, że, owszem, puszcza ją na dyżur, ale zaraz niech powie ojcu, czyli profesorowi, i przestanie ciężko pracować, bo jeszcze zaszkodzi sobie albo dziecku.

– Mówiłaś już komuś? – spytał, obejmując ją.

– Nawet nie mam pewności – odpowiedziała. – Dlatego tobie mówię, że to prawdopodobnie to.

Kto by się spodziewał, że w Warszawie zaczną się manifestacje studentów i dyżur zamieni się w koszmar? Odliczała godziny do końca, marząc o ciepłej kąpieli w domu i drzemce pod pledem. „Zanim wyjdę do domu, przejdę przez laboratorium", postanowiła „i zrobię badania w kierunku ciąży. Może nawet wstąpię do ginekologów, żeby mnie obejrzeli".

Ewa dopiero po kilku godzinach mogła zajrzeć do portfela pacjenta, który jak się z przykrością dowiedziała, jednak umarł podczas operacji. Była piąta nad ranem, zrobiła sobie herbatę i ignorując piasek pod powiekami, zaczęła przetrząsać kolejne przegródki. Z największej z pewnym zdumieniem wyciągnęła kilkanaście zielonych banknotów o nominałach dziesięć i dwadzieścia. W kolejnej wystawały nowiutkie „Koperniki", także co najmniej dziesięć.

– Coś ty był za jeden, człowieku?… – mruknęła. Zza schowka na bilon wyjęła zdjęcie. Spojrzała ze zdumieniem. Fotografia była bardzo stara i zrobiona ze znacznego oddalenia. Mimo to przedstawiała jej własną matkę i ją samą jako małą dziewczynkę w ogrodzie u dziadków. Na odwrocie było napisane: „Ania i Ewunia". W przegródce była też kartka z brwinowskim adresem dziadków i słowami „W razie potrzeby proszę zawiadomić. Cała zawartość portfela dla znalazcy".

Pobiegła korytarzem na drugie piętro i zaczęła walić w drzwi dyżurki. Baśka otworzyła drzwi, przyglądając się kuzynce, która na twarzy miała wypisaną całą gamę uczuć.

– Co tobie? – Przeraziła się. – Wyglądasz, jakby się coś stało…

– Patrz. – Ewa podała jej zdjęcie i karteczkę z adresem. – Przypomnij sobie, co mówił! Czy on coś mówił, zanim przyszłam!? Przypomnij sobie, czy on coś mówił?!

– Nie krzycz tak. – Basia sama w szoku starała się uspokoić zdenerwowaną kuzynkę. – Ja nic nie rozumiem…

– Ten mężczyzna, co umarł, miał to w portfelu, rozumiesz? Rozumiesz to? – Ewa potrząsała kawałkiem kartki, którą wcześniej wyrwała Basi z ręki. – On nas zna z mamą. Zna…

Zsunęła się po ścianie i usiadła na szpitalnym korytarzu, a Basia kucnęła obok niej. Spojrzała na zdjęcie i kartkę z adresem.

– Faktycznie dziwne… – stwierdziła. – Kto to w ogóle był?

– Musisz ze mną iść po jego rzeczy, ja muszę poszukać czegoś więcej… Chodź ze mną, proszę…

– Ewa, jesteś zmęczona… Jest noc… – Basia próbowała uspokoić kuzynkę.

– On powiedział „moja córka Ewunia" czy jakoś tak. – Ewa wybuchnęła płaczem. – Przypomnij sobie, co on powiedział?!

Basia bezradnie rozłożyła ręce. Świetlówka migotała im nad głowami. Zegar wskazywał godzinę wpół do szóstej.

– Coś o Żydach i getcie – przypomniała sobie Basia. – A to przecież nie o tobie. Mówił też „Ania", ale to przecież są bardzo popularne imiona. Skąd ci przyszło do głowy, że to o was?

Ewa wzięła siostrę za ramiona i potrząsnęła energicznie.

– Jestem na tym zdjęciu z mamą, a z tyłu jest nasz adres? To niby jak mam się mylić? Czy ty tego nie widzisz?

Podeszła do nich pielęgniarka.

– Pani doktor – zwróciła się do Basi. – Ten operowany pacjent na czwórce wyciągnął sobie dren…

– Żesz… – Basia stłumiła przekleństwo. – Zaraz idę. Niech przyjedzie tam opatrunkowa.

Ewa siedziała na podłodze i trzymała Basię za rękę, ignorując pielęgniarkę.

– Powiedz, czy on coś jeszcze mówił? Czy na bloku coś mówił? Ja muszę wiedzieć! Muszę!

Jedna z przechodzących pielęgniarek omiotła ciekawskim wzrokiem dwie lekarki, rozmawiające na korytarzu podniesionym głosem. Potem opowiadała koleżance w dyżurce, że wyglądały, jakby się miały za chwilę pobić.

– Ewka, opanuj się! – Wyrwała się jej Basia. – Miał mówić podczas znieczulenia? Co ty, dziecko jesteś? Umarł na stole, nawet szyliśmy już po śmierci... Muszę iść dren włożyć... Przestań szaleć. Zaraz, jak tylko skończymy, pojedziemy do cioci i z nią porozmawiasz.

– Ja muszę wiedzieć, kim on był – płakała Ewa, nie zwracając uwagi na to, że zebrał się koło nich spory tłumek gapiów.

Basia ponaglana wzrokiem instrumentariuszki pobiegła do pacjenta, rzucając na odchodnym, żeby Ewa zdrzemnęła się godzinkę, a wtedy zdecydowanie jaśniej jej się zrobi w głowie.

Ewa omiotła wzrokiem życzliwie przyglądające jej się dwie starsze panie i szepczące pielęgniarki, pobiegła na oddział wewnętrzny, ale zamiast zrobić sobie herbatę i napisać raport na poranną odprawę, zrzuciła szybko szpitalne ubranie i przebrała się w swoje cywilne.

– Co ty robisz, Ewa? – spytała Hanka Pasternak, budząc się z drzemki.

– Wychodzę – rzuciła krótko.

– Ale wrócisz? – Hanka z niepokojem patrzyła, jak dokładna i pedantyczna zwykle koleżanka wpycha zwinięty w kłębek fartuch do torby lekarskiej. – Bo odprawa?

– Nie wrócę – burknęła. – Powiedz, że zginęłam, umarłam, aresztowali mnie...

I wybiegła, zostawiając oniemiałą ze zdumienia koleżankę, której w głowie się nie mieściło, że można ot tak zejść z dyżuru i udać się w niewiadomym kierunku, ignorując wszelkie konsekwencje takiego czynu.

Biegła ulicami Warszawy zdumiona bałaganem, jaki panował. Marcowe grudy śnieżne tonęły w kałużach. Słońce nieśmiało wyglądało spoza chmur. Jeszcze widać było księżyc. Było pusto. Na ziemi walały się butelki, w większości rozbite, kamienie, książki, częściowo nadpalone. „Rozruchy", pomyślała, biegnąc w kierunku kolejki EKD, „o co tym ludziom chodziło?".

– Stój! – Rozległ się za nią głos i zawyła policyjna syrena.

Nawet nie zwolniła biegu. Nie miała z tym wszystkim nic wspólnego.

– Stać! – krzyk przybrał na sile.

Obejrzała się. W odległości kilkunastu metrów zauważyła uzbrojonych milicjantów biegnących w jej kierunku. Skupiła się, żeby biec jak najszybciej. Jeśli złapie kolejkę odjeżdżającą z Dworca Centralnego o godzinie 6.10, będzie w Podkowie Leśnej przed siódmą. Bieg do domu rodzinnego zajmie jej dwadzieścia minut. Powinna zdążyć przed wyjściem mamy do pracy. Mama musi jej wyjaśnić tę całą sytuację. Kim jest ten człowiek? Była pewna, że mężczyzna, którego spotkała w szpitalu, jest jej ojcem, potrzebowała tylko potwierdzenia i odpowiedzi na pytanie, dlaczego była okłamywana przez tyle lat.

Pierwszego ciosu prawie nie poczuła. Milicyjna pałka uderzyła płasko w plecy. Upadła twarzą w zaschnięty śnieg, zdrapując skórę na prawym policzku. „Nie zdążę na kolejkę", pomyślała. Kolejne ciosy były już strasznie bolesne. Jeden z nich, chyba ten piąty, zgruchotał jej jedenasty krąg piersiowy. Jęknęła, próbując się podnieść. Chciała wytłumaczyć tym ludziom, że muszą ją z kimś mylić. Bo jaki mieliby powód, żeby ją bić? Nie mogła wstać, kuliła się jedynie pod ciosami. Ból rozlewał się po plecach i promieniował do nóg. Przewrócili ją na plecy. Spojrzała w wykrzywione wściekłością twarze. Nie mogła wydusić ani słowa. Zaczęła się bać.

– Wstawaj, suko! – Usłyszała.

Naprawdę próbowała, ale nogi były ciężkie, oporne i jej nie słuchały. Za to miejsce na plecach tam, gdzie kończy się odcinek piersiowy kręgosłupa, bolał straszliwie. Podnieśli ją. Wtedy podbiegł trzeci i uderzył ją pięścią w brzuch.

– Nie, błagam – wykrztusiła. – Dziecko…

Wczoraj nabrała pewności, że spodziewa się dziecka, i myślała, że po dyżurze pojedzie do domu i powie o tym mężowi. Tak bardzo by się cieszył. Od dawna planowali, że po specjalizacji Ewa nie będzie tak ciężko pracowała, zrezygnuje z dyżurowania i zostanie matką. Kilka miesięcy próbowali, aż się udało. Benek jeszcze nic nie wiedział. Miesiączka się zatrzymała, ale musiała mieć pewność. Pobrała krew i przyszedł wynik dodatni. Poprosiła tylko laborantki, żeby nikomu nie mówiły. Nawet Baśka nie wiedziała, bo przecież Benek powinien dowiedzieć się pierwszy. Grubszy milicjant bił bez opamiętania. Każdy cios pozbawiał ją na chwilę przytomności. Wreszcie zawlekli ją do milicyjnej suki. Musieli ciągnąć ją za nogi, bo nie mogła iść. Kiedy zamknęły się drzwi, Ewa otworzyła oczy i popatrzyła na rząd milicjantów, którzy siedzieli, pilnując kilku takich jak ona nieszczęśników. Leżała na podłodze, mając nadzieję, że nikt już jej nie uderzy. Wypluła krew na podłogę. Uniosła jedną rękę i dotknęła swojej twarzy. Wszystkie zęby były całe, ale pod prawym okiem wymacała potężny guz. Z rozciętego łuku brwiowego kapała krew. Potem przesunęła ręką wzdłuż żeber. „Ze trzy żebra mam złamane", pomyślała ze strachem, „nisko, więc nie ma odmy". Najgorzej było z nogami. Czuła narastające odrętwienie. Próbowała ruszyć nogami, ale nie mogła. Ręką nie umiała dosięgnąć pleców.

– Dokąd jedziemy? – spytała jednego z milicjantów.

Nakryła głowę rękoma, kiedy zamierzył się na nią. Na szczęście nie uderzył, trącił ją tylko butem, co spowodowało kolejną falę bólu. Kiedy przyjechali na miejsce, była na szczęście dla siebie nieprzytomna. Jeden z uzbrojonych uderzał ją w twarz, ale to nie pomagało. Dowódca dał znak dwóm funkcjonariuszom i ci wzięli nieprzytomną Ewę pod ramiona i zawlekli do aresztu. Obudziła się na chwilę, kiedy dotknęła twardej podłogi.

– Ale cię urządzili, dziewczyno. – Usłyszała nad sobą cichy głos.

Jęknęła tylko.

– Napij się. – Jakiś płyn zwilżył jej wargi. Wypiła kilka kropel wody. – Z jakiej uczelni jesteś?

Słyszała pytania, ale nie miała siły, żeby odpowiedzieć.

– Biegła od Chałubińskiego – odpowiedział męski głos. – Tak ją spałowali, że chyba bez doktora się nie obejdzie. Czemuś uciekała?

– Nie uciekałam – powiedziała cicho. – Rozruchy...

– To czemu biegłaś? – W męskim głosie pobrzmiewało zdumienie. – Z jakiej jesteś uczelni?

Otworzyła oczy i spojrzała na osoby siedzące w ciasnej celi na podłodze. Ona leżała w poprzek.

– Trzeba jej pomóc wstać – powiedziała szczupła dziewczyna w ręcznie dzierganym swetrze na drutach, z długimi, prostymi włosami.

– Nie, nie... – poprosiła. – Chyba mam złamany kręgosłup. Nie czuję nóg... Zostawcie mnie, proszę...

– My jesteśmy z uniwerku – mówiła dziewczyna, jakby nie słuchała słów Ewy. – Ale możesz usiąść?

– Powinien zobaczyć mnie lekarz. – Serce Ewy dygotało. – Ja nie mam nic wspólnego z waszą walką. Jestem lekarzem. Wracałam z dyżuru, bo ja muszę do domu... I wtedy mnie złapali...

– To czemu uciekałaś? – spytał po raz kolejny chłopak z brodą i długimi włosami o wyglądzie intelektualisty, który nerwowo odgarniał włosy z czoła. Przypomniała sobie, że kiedy wrzucili ją do samochodu, on tam siedział z innymi.

– Spieszyłam się na kolejkę EKD – coraz trudniej było jej mówić. – Coś mi zrobili, mam złamany kręgosłup i żebra, ale niewykluczone, że coś mi uszkodzili...

Chłopak wstał i zaczął walić do drzwi. Małe okienko w celi otworzyło się.

– Ta dziewczyna jest chora – powiedział chłopak. – Odjeżdża tutaj... Może umrzeć.

– Stul mordę – padł krótki rozkaz i okienko zamknęło się.

– I co teraz? – rozbrzmiał inny damski głos.

– Ty się martw o siebie – dotarło z drugiego kąta celi.

– Ją ojciec wyciągnie stąd raz dwa. – Ktoś zaśmiał się krótko i gardłowo.

Ponownie zgrzytnął zamek i drzwi uchyliły się. Ktoś pochylił się nad Ewą.

– Jak się pani nazywa? – Mężczyzna w średnim wieku miał biały fartuch, a pod spodem watowaną kurtkę.

– Imię i nazwisko. – Milicjant, który wszedł z lekarzem, trącił Ewę butem.

– Ewa Gamelli – powiedziała ledwo dosłyszalnym szeptem.

– Jak? – Ktoś zachichotał nerwowo.

– Panie doktorze. – Zignorowała głosy. – Jestem internistką. Złamany kręgosłup, żebra, śledziona może być pęknięta...

– Niech pani ruszy prawą nogą – powiedział lekarz.

– Kto tu mówił, że jest nieprzytomna, co? – głos, który to wypowiedział, był krzykliwy i arogancki.

– Dusi się – powiedział lekarz nerwowym tonem. – Ma złamane żebra i przebite płuco. Jelita i wątroba jej popękały. Może umrzeć.

Ewa zrozumiała. Nabrała trochę powietrza i ze świstem go wypuściła. Powtórzyła to kilka razy, chociaż sprawiało jej to ogromny ból.

– To zrób coś kurwa! – rzucił milicjant w stronę doktora.

– Trzeba ją zabrać do szpitala. – Lekarz pokręcił głową. – Pewnie ma uszkodzone narządy wewnętrzne, trzeba zoperować. Najbliżej na Lindleya, ale trzeba karetkę...

Milicjant bez słowa wyszedł z celi.

– Rusza pani palcami, ale ledwo, ledwo. Jestem ortopedą – powiedział lekarz. – Ma pani złamany krąg jedenasty na pewno, co do innych nie jestem pewien. Chyba brzucha nie uszkodzili, tylko zewnętrznie, ale nie jestem pewien. Za to rdzeń... Chyba cały, ale musi być krwiak wokół. Jeśli natychmiast pani nie odbarczą...

– Wiem – szepnęła przerażona. – Będę sparaliżowana...

Milicjant wrócił.

– Wstawaj, przesłuchamy cię – rzucił w kierunku Ewy.

– Ona nie może wstać, ma złamany kręgosłup – perswadował lekarz, który nazywał się Przemysław Nowak i do tej pory uważał pracę w areszcie na Rakowieckiej za ciepłą posadkę.

– Nie... – wyszeptała, kiedy mimo protestów lekarza znów ciągnięto ją po więziennym korytarzu. Coś ciepłego spłynęło jej po nogach.

– Krew! – wrzasnął Przemysław Nowak. – Wykrwawi się, jeśli jej nie zoperują!

– Dziecko – wydobyła z siebie szloch. – Moje dziecko...

Potem straciła przytomność.

– No to zaczynamy zabawę od początku. – Ocknęła się w pokoju przesłuchań w obecności rosłego oficera o tępej twarzy. Leżała na kozetce, a nad nią pochylała się twarz mężczyzny w średnim wieku. – Powiedz, co robiłaś nad ranem przy dworcu, a pójdziesz do domu.

– Lekarza… – szepnęła. Spróbowała ruszyć palcami, ale już nie zdołała.

– Powiedz, a pójdziesz do lekarza – zachęcał oficer.

Zamknęła oczy. Wszystko wydawało jej się takie odległe. Obrazy z życia przemykały przed oczami ja w kalejdoskopie. Przypomniała sobie nagle młodego przystojnego mężczyznę, który w jakimś mieszkaniu stał oparty o framugę i krzyczał na jej matkę. Usiłowała przywołać słowa, które wypowiadał, ale nie mogła. Być może ich nie rozumiała. Zdawało się jej, że to był tamten mężczyzna ze szpitala, tyle że młodszy i przystojniejszy. Przypomniało się jej coś jeszcze. Ciemny, ciasny i duszny pokój, mężczyźni pochylający się nad materacem, na którym ktoś leżał, i cichy płacz jakiejś kobiety, która przyciskała jej głowę do swojej piersi.

– Mamusiu – szepnęła Ewa. – Czy Chaim wyzdrowieje?

– On wyzdrowieje, Chawa, wyzdrowieje – powiedziała mamusia.

Straszliwy smród, straszny odór biedy, choroby i strachu spłynął wtedy na nią. Potem było jeszcze gorzej, bo przedzierały się z mamą kanałem. Szły suchą nogą, ale bił stamtąd straszny fetor, który wdzierał się w ich nozdrza. Zwymiotowała, kiedy zobaczyła jednego pana, który pływał twarzą do dołu. Był spuchnięty jak żaby, które chłopcy na łące nadmuchiwali, a ona płakała i prosiła, żeby tego nie robili. Krzyknęła ze strachu. Myślała, że mamusia się pogniewa, ale nie. Dała jej do ręki kawałek pachnącego mydełka i zrobiło się jej lepiej.

– Gdzie Chaimek? – spytała mamy.

– Został z tatusiem. Cicho, córeńko. – Tamta mama położyła palec na ustach. – Mama cię kocha. Musisz być dzielna i walczyć. Pamiętaj, przeżyją tylko ci, którzy będą walczyć.

Ewa otworzyła oczy i spojrzała na lśniącą od potu twarz mężczyzny. Czemu się tak pocił, skoro był marzec? Spróbowała wydobyć z zakamarków pamięci choroby, które powodowały potliwość, ale bezskutecznie.

– Walczyłam, *mame* – powiedziała do Róży. – Byłam dzielna i walczyłam…

STULECIE WINNYCH

CI, KTÓRZY WIERZYLI

Jak wiele zależy od jednego, pozornie mało znaczącego wydarzenia, przekonał się doktor Julian Czerwiec na sobotnim dyżurze 26 czerwca 1971 roku. Z samego rana zadzwonił do niego kolega, informując, że niestety utknął na działce na Zegrzu i nie przyjedzie zmienić Juliana na dyżurze w szpitalu na Wrzesinku w Pruszkowie. Prawdę mówiąc, doktor Czerwiec nie był zdziwiony tym telefonem, bo kolega słynął z lenistwa, a na dodatek był szwagrem ordynatora oddziału ginekologii i położnictwa, na którym Julian pracował. Bywało więc, że pozwalał sobie na niekoleżeńskie poczynania wobec innych lekarzy. Pogoda była przepiękna, zalew, nad którym kolega miał domek, aż się prosił, żeby spędzić tam całą sobotę i niedzielę.

Julian poniekąd rozumiał więc kolegę, ale nie chciał się poddać bez walki. To byłaby jego druga doba w szpitalu, a noc miał ciężką i marzył o tym, żeby wrócić do domu i położyć się do łóżka. Sarknął zatem ze zniecierpliwieniem i powiedział do słuchawki, że zaraz wychodzi ze szpitala i lepiej by było, żeby doktor Marek Taneczny jednak się pofatygował i wypełnił swój obowiązek. Kolega mu przerwał, mówiąc, że nawet gdyby chciał, to niestety nie może, gdyż jego samochód rozkraczył się i właśnie to jest powodem owego „utknięcia".

– Przykro mi, stary – rzucił jeszcze, zanim odłożył słuchawkę i wrócił na plażę.

– Akurat ci przykro, chamie jeden… – mruknął do siebie Julian. Potem ze złością przekręcił gałkę radia tranzystorowego, w którym Wojciech Młynarski właśnie śpiewał *…jesteśmy na wczasach w tych góralskich lasach…* Westchnąwszy ciężko, otworzył szafkę i przeklął pod nosem, gdyż nie znalazł niczego do jedzenia, a ze szpitalnego śniadania właśnie lekkomyślnie zrezygnował, zakładając, że zaraz znajdzie się w domu i zje przygotowane przez mamusię parówki i lekko ściętą jajecznicę.

– No nic… – powiedział i postanowił przespacerować się do małego sklepu spożywczego na rogu ulicy i tam zakupić kefir i bułkę.

W chwili kiedy ruszył ku drzwiom, zadzwoniła jego matka i oznajmiła, iż upadła tak nieszczęśliwie, że chyba złamała nogę, a na pewno skręciła. Po wygłoszeniu tej hiobowej wieści płynnie przeszła do pytania, czy Julian nie mógłby wcześniej wrócić do domu i zająć się nią. Na pytanie syna, skąd dzwoni, odpowiedziała z oburzeniem, że skąd mogłaby dzwonić w sobotni poranek, jeśli nie od sąsiadki. Sąsiadka, która użyczała matce telefonu, mieszkała piętro wyżej, więc informacja, że matka tam dotarła, uspokoiła Juliana. Noga nie mogła być złamana, skoro matka mogła pokonać dwadzieścia schodków, by skorzystać z jedynego telefonu w całym bloku. Mówienie, że nic jej nie jest, było jednak równie bezpieczne jak włożenie głowy do paszczy krokodyla, więc Julian z dobrze udawanym przejęciem powiedział rodzicielce, że przyjedzie niestety dopiero jutro, ponieważ kolega wywinął mu numer, wskutek którego musi tkwić w pracy kolejną dobę. Wysłuchał pełnych oburzenia argumentów, że „tak nie można" i rad „żeby coś zrobił", a potem kazał matce się położyć z uniesioną wyżej nogą i odpoczywać. Na koniec dodał, że bardzo się o nią martwi, matka zdecydowanie się przepracowuje, myśli o wszystkich innych, tylko nie o sobie i bardzo proszę, takie są skutki. Odłożył słuchawkę, kiedy upewnił się, że rodzicielka nie będzie mu jutro ciosać kołków na głowie.

– I to by było na tyle w kwestii spokoju – mruknął, kiedy wrócił z kefirem i bułką paryską na oddział, a jedna z pielęgniarek zawiadomiła go, że dwie położnice jednocześnie zaczynają rodzić. I że drze się tylko jedna, ale za to za dwie.

– Zaraz idę – ziewnął i zjadł spokojnie bułkę, popijając kefirem, a potem nastawił radio i wysłuchał wiadomości o dziewiątej.

Potem westchnął i już miał wstać i pójść na porodówkę, kiedy drzwi pokoju lekarza dyżurnego otworzyły się z hukiem i w progu stanęła kobieta z rozwianymi czerwonymi włosami.

– Niech pan się ruszy i pomoże mojej siostrze! – wrzasnęła bez żadnych wstępów, wymachując rękoma.

Julian zdziwił się nieco, czemu ktoś wpuścił na oddział kobietę, która nie rodziła i nawet nie była w widocznej ciąży. Nie zamierzał także wypełniać poleceń zdenerwowanych kobiet, choćby bardzo pięknych. Ostatecznie to on był tutaj panem i władcą i to jego poleceń słuchano. Za wrzeszczącą nieznajomą stanęła siostra Kalina, która była co prawda niemal dwa razy mniejsza od kobiety, ale za to miała wielką wprawę w wyprowadzaniu z oddziału nieproszonych gości, zwłaszcza tatusiów, którzy usiłowali wtargnąć na niedostępne piętro i zobaczyć swoje dziecko. Teraz też stanęła za „furią" i stanowczym gestem złapała ją za łokieć, mówiąc niepasującym do drobnej sylwetki niskim głosem:

– Proszę pani, proszę natychmiast stąd wyjść! Tu nie wolno przebywać rodzinie!

– Niech się pan ruszy, mówię! – wrzasnęła tamta, strącając rękę Kalinki jak uprzykrzoną muchę. – Nasza babcia umarła przy porodzie!

– Proszę pani! – Niezrażona Kalinka pociągnęła tamtą mocniej, a Julian wstał i powiedział pojednawczym tonem, że już idzie i wszystko będzie dobrze. Naprawdę nie miał ochoty na słuchanie wrzasków, nawet z ust tak pięknych jak te należące do krzyczącej. Na szczęście zdążył zjeść, bo najwyraźniej na porodówce działo się coś, co mogło zająć mu ładnych parę godzin. Podniósł ręce w uspokajającym geście i przeklinając w duchu wyż demograficzny, skierował kroki ku sali porodowej, dając znak siostrze, żeby wyprowadziła nieproszonego gościa. Kalinka próbowała przynajmniej usunąć dziewczynę z drogi doktora, ale ta stała jak wbita w podłogę. Siostra pociągnęła ją jeszcze raz, gniewnie przypominając, że tym razem to ona utrudnia pracę doktorowi i położnym, którzy zamiast zająć się pacjentkami, poświęcają czas na przepychanki z rodzinami. Dziewczyna odwróciła się i ponownie odsunęła gniewnie Kalinkę od siebie, ale tym razem położna stanęła jak wryta i zagapiła się pełnym uwielbienia wzrokiem na rudą.

– To pani? Naprawdę pani? – wykrztusiła.

– Owszem, ja! – wrzasnęła tamta i wysunęła palec wskazujący w kierunku Juliana. – Ruszy się pan czy nie?! Konował cholerny!

Julian miał dość. Wyminął szybko Kalinkę i kobietę, w którą położna się wpatrywała z mieszanką strachu, oburzenia i uwielbienia, a następnie poszedł szybkim krokiem na porodówkę. Z miejsca powitał go krzyk. Krzyczała gruba, spocona dziewczyna, która leżała pod oknem z podwiniętą koszulą i owłosionymi nogami, grubymi jak pieńki. Druga dyżurująca położna, Anielka, spojrzała na nią z niechęcią, a potem przeniosła wzrok na Juliana i powiedziała:

– Rozwarcie ledwie kilka centymetrów...

– Niech pani tak nie krzyczy. – Lekarz podszedł do grubej. – Bo dziecku zabraknie powietrza. Poza tym to dopiero początek.

Anielka pokiwała głową.

– Mówiłam tej pani, że początek, ale ona nie słucha, tylko krzyczy i prze. Będzie przedgłowie...

– A tu co? – Julian wskazał pacjentkę, która leżała na drugim łóżku i płytko oddychała.

Kalinka, która weszła na salę, złapała go za ramię.

– Widziałeś, kto to był? – spytała.

– Co my tu mamy? – Julian zignorował Kalinkę, bo po pierwsze, nie miał pojęcia, kim była zdenerwowana kobieta, a po drugie, doskonale wiedział, że Kalinka z najdrobniejszymi szczegółami mu o tym opowie. Wpatrzył się w czarnowłosą położnicę, która leżała wyczerpana na leżance, i coś mu się w niej stanowczo nie spodobało.

– Nie chodziło o to, że nie krzyczała – opowiadał potem matce. – Chociaż o to też. Tylko miała zupełnie niebieskie wargi. Jak ja się wkurzyłem...

– Dlaczego mnie nie zawołałaś wcześniej? – rzucił wściekle w stronę Anielki, która nie widziała wcześniej u misiowatego doktora podobnej furii. – Czy ty nie widzisz, kretynko, że ona nam tu zejdzie?

– Proszę pani – powiedział do kobiety, która łapała powietrze jak ryba – jak często są skurcze?

– Co dwie minuty – szepnęła położnica. – Niech mnie pan zoperuje... Jestem lekarzem, proszę... Ja już nie mam siły...

Nie musiała prosić. Julian zmełł przekleństwo w ustach, przysięgając sobie, że doprowadzi do zwolnienia Kalinki i Anielki, bo o niczym innym nie myślały, tylko o lakierach do pazurów i pończochach. Błyskawicznie zawiadomił, kogo trzeba, że będzie cięcie „na jodynę" i jak tylko mógł najszybciej, zaczął operować. Pół godziny później Julian wyjął pierwszą dziewczynkę, która była w nie najgorszym stanie i dostała osiem punktów w skali Apgar na dzień dobry, a po minucie już dziesięć. Druga dziewczynka ledwie oddychała, była okręcona pępowiną i szara na całym ciele. Jak na złość dyżur pediatryczny miała Grażynka Szczęsna, którą Julian w myślach przezywał „nieszczęsną Grażyną", taka była niemrawa. Szczęście w nieszczęściu, że po pierwsze, podkochiwała się w nim, odkąd zaczęła pracować na Wrzesinku, a drugi fart stanowiła dyżurująca z nią siostra Michalina, która była brzydka jak noc, nie podkochiwała się w nikim, ale za to bardzo dobrze pracowała. Mrugnął do niej i powierzył jej mniejszą, słabszą dziewczynkę, a potem zaszył kobiecie macicę, brzuch i kazał przewieźć na salę pooperacyjną. Sam wyszedł prędko z bloku operacyjnego i zaczął oglądać się za rudą, piękną „furią", ponieważ słusznie podejrzewał, że ktoś taki jak ona nie da się tak łatwo wyrzucić z oddziału.

Siedziała na podłodze, wprost pod gabinetem lekarskim, i wyłamywała palce. Na jego widok zerwała się i posłała mu niespokojne spojrzenie, a Julian zakochał się w jednej chwili. Niepotrzebna mu była wiedza, że ma przed sobą znaną aktorkę Katarzynę Borkowską. Owszem, oglądał *Przygody pana Michała* i jeszcze kilka innych znanych filmów, ale nawet jej nie poznał. Tego, w jakim filmie piękność występowała, dowiedział się potem od Kalinki. Natomiast w tej chwili widział tylko wielkie zielone oczy, miedziane długie włosy i figurę pełną gracji.

– Co z nią? – spytała, chwytając go za rękę, co spowodowało, że Julianowi zrobiło się gorąco. – Wszystko w porządku?

– O tak... – wybąkał. A po chwili spytał dla porządku: – A kim pani jest dla pacjentki?

– To moja siostra bliźniaczka – wyjaśniła krótko. A potem zaczęła tłumaczyć zdenerwowana: – Zaczęło się wczoraj wieczorem i od razu było za szybko... Miała jechać na Starynkiewicza, bo tam pracuje, ale powiedziała, że nie zdąży i przyszliśmy tutaj. Piechotą, bo oni niedaleko mieszkają. To znaczy siostra z mężem... Ale męża, to znaczy szwagra teraz nie ma, więc ja z nią mieszkałam...

– No tak… – powiedział jeszcze bardziej bez sensu, bo dziewczyna trzymała go wciąż za rękę.

– O przepraszam – zmitygowała się i cofnęła dłoń, a on poczuł wielki żal. – Co z nią, co z dzieckiem?

– Siostra jest na sali pooperacyjnej. A dzieci…

– Dzieci? – zdumiała się. – To jest więcej niż jedno? Miała taki duży brzuch, ale nie mówili, że dwoje. Oni oboje są lekarzami, siostra i szwagier.

– Właściwie dwie – sprostował Julian Czerwiec. – Dwie dziewczynki.

Kobieta zasłoniła usta dłonią.

– Mój Boże – powiedziała. – Jak mama i ciocia, jak ja i Baśka… Teraz też. Ale nasza babcia umarła przy porodzie, więc musi mi pan pokazać moje siostrzenice. I chcę wejść do siostry. Babcia zmarła, bo coś było nie tak. Ja, wie pan, panie doktorze, czułam od samego początku, że jest źle, bo ona naszego Karola urodziła tak szast-prast, a tu takie kłopoty…

Julian, owszem, był pod wrażeniem, ale nie mógł pozwolić na to, żeby obca osoba pogwałciła prawa panujące w latach 60. i 70. na oddziałach położniczych. A pierwsza i główna zasada brzmiała: żadnych odwiedzin. Nie było od niej najmniejszych wyjątków. Ani tatuś, ani mamusia, ani siostra, żeby nie wiem jak piękna, nie mieli wstępu. Istniały jeszcze inne zasady. Na przykład że rządzi lekarz dyżurny i to on decyduje o wszystkim. Były jeszcze prawa pomniejsze, czyli te egzekwowane przez położne, szare eminencje dzierżące berło władzy nad samotną, bezbronną rodzącą kobietą. I zasady zupełnie małe, które zabierały dla siebie salowe, bez których położnice zarosłyby brudem, a ich dzieci zapłakały się na śmierć. Było to w istocie nieludzkie i wiele lat później zmieniło się, ale wówczas taka była rzeczywistość i nie przewidywano od tego wyjątków.

– Co to, to nie – powiedział Julian z całą stanowczością. – Proszę powiedzieć rodzinie, że wszystko jest w porządku. Pierwsza dziewczynka jest większa i silniejsza, a druga… Chwilowo w inkubatorze. Może pani jutro zadzwoni albo kto inny z rodziny, to powiem co i jak. Albo ktoś inny pani powie.

Odetchnęła z ulgą.

– Wie pan, że moja babcia i babunia też się urodziły 26 czerwca? To znaczy babcia tego dnia, a babunia dzień później, chociaż są bliźniaczkami, jak my z siostrą. A dlaczego nie było wiadomo, że siostra będzie miała bliźniaki? – spytała. – To jest możliwe? Ona przecież jest lekarzem, a szwagier… Ma teściów lekarzy. W ciąży opiekował się nią profesor…

– Bardzo panią przepraszam – przerwał wywody Julian. – Ale muszę zająć się pacjentkami, a pani… A pani mi przeszkadza.

Wyglądała na urażoną, ale kiwnęła głową, mając na twarzy trochę zrozumienia przemieszanego ze szczyptą podejrzliwości.

– Ja tu przyjdę jutro rano. Do pana. – Wycelowała w niego palec. – Niech pan powie siostrze, że wszystko będzie dobrze.

A potem wymaszerowała z oddziału, pozostawiając po sobie delikatną woń wody toaletowej, chyba zagranicznej, a w myślach Juliana nadzieję, że dotrzyma słowa i naprawdę wróci.

Tego dnia na oddziale szpitala na Wrzesinku trójka aniołów stróży uwijała się jak w ukropie. Najmniej roboty miał pierwszy anioł, który jak tylko doprowadził do operacji i szczęśliwego rozwiązania, chuchnął na malutką dziewczynkę, starszą córkę Basi z Winnych, i odszedł spokojny, że dziecku nic nie będzie. Drugi już nie był tak beztroski. Dziecko ciężko oddychało, więc anioł usiadł przy nim i oddechem ogrzewał wnętrze inkubatora, który niestety się psuł i co chwila wyłączał, czego nikt nie zauważył po wyjściu uważnej siostry Michaliny do domu. Anioł pracował ciężko, ciągnął dziecko w stronę życia sekunda po sekundzie, minuta po minucie, szepcząc, że ma ono w życiu do spełnienia bardzo ważną misję i dlatego bezwzględnie musi przeżyć. Pod koniec dnia dziewczynka zaczęła wreszcie wierzyć swojemu aniołowi i odważyła się wziąć głębszy oddech. To nie było bolesne, a nawet przyjemne, więc spróbowała raz jeszcze. Drugi oddech smakował czymś słodkim i dziecko się uspokoiło. Zaraz też przyszły jakieś osoby i po kilku krótkich, nerwowych okrzykach naciskając na guziki, sprawiły, że dziewczynce zaczęło być bardzo ciepło. Już nie żałowała, że zamiast odejść w stronę światła i miłych, melodyjnych śpiewów, jakie ją wabiły z oddali, posłuchała łagodnego głosu i uwierzyła aniołowi, że na tym świecie będzie jej dobrze i miło. A kiedy jeszcze nakarmiono ją słodkim mlekiem, zupełnie się uspokoiła i zasnęła, a anioł mógł na chwilę się oddalić, by odpocząć.

Trzeci anioł popatrzył za odlatującymi kolegami z mieszaniną zazdrości i żalu, ale został i skupił się na swoim podopiecznym, który przyszedł na świat na tej samej sali porodowej. Jeremi Wiśniewski urodził się w tej samej chwili, w której Julian wyjął z rozciętego brzucha Basi drugą, maleńką dziewczynkę. Tyle że nad nim nikt się nie roztkliwiał, ani doktor Czerwiec, który nie mógł być w dwóch miejscach naraz, ani położne, chociaż on wyskoczył z wrzeszczącej matki także ledwie żywy, w czepku owodniowym na głowie, szary jak popiół i ledwo oddychający.

– W czepku urodzony – powiedziała Anielka, przyglądając się brzydkiemu chłopcu z niechęcią, a jego matce z wyraźnym obrzydzeniem. Po czym dodała wbrew sobie: – Piękny chłopak. Pani zobaczy synusia…

– Nie chcę – burknęła skrzywiona z bólu matka i odwróciła głowę.

Z krocza kobiety ściekała krew, ona sama wydzielała woń potu i strachu, a samo dziecko pachniało czymś przypadkowym i niechcianym. Anielkę zdjęło współczucie, wzruszyła ramionami i zaniosła dziecko na salę dla noworodków. Mały Jeremi Wiśniewski wcale nie chciał walczyć o życie i oddech. Na początek zwymiotował wodami płodowymi, ale anioł stróż jednym dmuchnięciem przewrócił dziecko na bok, żeby się nie zachłysnęło. Potem kazał mu się rozwrzeszczeć. Nie było to zbyt mądre, ponieważ krzyk jednego dziecka spowodował, że dziesięć noworodków z sali jak na komendę zaczęło sekundować prowodyrowi w nieszczęściu. Dwie niechętne i skrajnie leniwe siostry oraz dwie położne wpadły na salę zobaczyć, co się dzieje, ale zobaczyły tylko tyle, że dzieci płaczą, co nie było niczym dziwnym w tym miejscu. Wykazały się jednak inicjatywą i w trosce o własny spokój dały każdemu z wrzeszczących dodatkową porcję jedzenia. Dla Jeremiego była to pierwsza porcja mleka, bo wcześniej nikt nie pomyślał, żeby dziecko nakarmić, skoro własna matka nie chciała mu dać piersi. Anioł tym razem doglądał, żeby mleko trafiło do przełyku, bo siostra, która latała po sali ze strzykawką, tego nie pilnowała i dzieci zachłystywały się na potęgę. Jeremi chciał zasnąć, ale trząsł się z zimna, niedokładnie przykryty przez siostrę. Anioł westchnął i wywalił korki na całym piętrze, w związku z czym aparatury zaczęły pikać, a niektóre nawet wyć przeraźliwie, więc siostry, a nawet ten miły młody doktor, wpadli do sali. Lekarz zaczął krzyczeć na te durne kobiety i one niechętnie, ale skutecznie poprzykrywały, kogo trzeba. Kiedy Jeremi w końcu zasnął, anioł poszedł już tylko na chwilę do jego matki, ale wycofał się, widząc, że kobieta leży na wznak i chrapie głośno. Spojrzał jeszcze na dwie małe dziewczynki, z których jedna spała w inkubatorze, a druga patrzyła szeroko otwartymi oczami wprost przed siebie, jakby jej szkoda było każdej minuty na spanie. Uspokojony, że wszystko poszło w miarę dobrze, odleciał w przestworza.

Niedaleko pruszkowskiego szpitala, w Brwinowie, Ania Winna-Śniegocka siedząc na swoim ulubionym fotelu i patrząc w dal, drgnęła lekko i powiedziała do swojego męża Michała:

– Już dobrze… Już wszystko dobrze.

Michał podszedł do żony, położył jej rękę na ramieniu i popatrzył głęboko w oczy.

– No pewnie, że wszystko będzie dobrze. – Uśmiechnął się. – Ja nie wątpiłem, że wszystko dobrze się skończy…

Ania chciała powiedzieć, że nic się nie skończyło, a zaledwie zaczęło, bo zawsze się zaczyna z chwilą, kiedy nowe dzieci przychodzą na świat, ale tylko spojrzała w szczere i kochające oczy męża. Dostrzegła w nich miłość i ból, więc nic nie powiedziała, tylko wzięła jego rękę w swoją, pocałowała jej wnętrze i uśmiechnęła się.

Do czasu wydarzeń marca 1968 roku Michał nie wiedział o jej darze. Pewnie dlatego, że kiedy się poznali, dar ów nie był jej tak bardzo potrzebny i Ania już nie „widziała" obrazów z przyszłości i przeszłości tak wyraźnie jak w dzieciństwie. Był głęboko uśpiony, pojawiał się w chwilowych przebłyskach. Na przykład wówczas, kiedy Ania poczuła, że kamienica, w której miała zamieszkać, nie wytrzyma bombardowania, albo kiedy zrozumiała, że losy jej i Róży Freilich na zawsze będą połączone. I tamtej marcowej nocy trzy lata wcześniej, która zmieniła w ich życiu właściwie wszystko. Rozmawiali potem o tym, co się wówczas stało, wielokrotnie, nie zawsze spokojnie, bo tamte wydarzenia położyły się głębokim cieniem na ich życiu.

Ania wstała wtedy nad ranem i zbudziła Michała, dygocąc na całym ciele, skrajnie przerażona. Początkowo nie zrozumiał, kiedy przekonywała go, że natychmiast muszą jechać do Warszawy, bo Ewa jest w niebezpieczeństwie. Próbował ją uspokoić, myśląc, że coś jej się śniło, ale ona zaczęła płakać, upierając się przy swoim. Przeraził się nie na żarty, kiedy zaczęła krzyczeć, że ich córka umiera i że właśnie umarło jej dziecko, a ona nigdy mu nie wybaczy, jeśli natychmiast nie pojadą ratować Ewy. Daremnie Michał pytał, skąd takie myśli, takie przypuszczenia, Ania trzęsła się jak w febrze, płakała i poganiała go. Starym trabantem pojechali do szpitala na Lindleya, mijając po drodze marcowe grudy śniegu zalegające na ulicach. Zatrzymała ich milicja, ale Michał wyjaśnił, że jedzie z bardzo chorą żoną do szpitala. Puścili ich, pewnie dlatego, że nie wyglądali na studentów. Nie zdążył zatrzymać samochodu, kiedy Ania wyskoczyła prawie w biegu, pobiegła w stronę szpitala i w mgnieniu oka zniknęła mu z oczu. Na szczęście znalazł ją po kilku chwilach w towarzystwie Basi, która, blada jak ściana, mówiła coś w uniesieniu, a po policzkach ciekły jej łzy.

– Nie wiem, gdzie jest… – Usłyszał, kiedy podszedł do żony i siostrzenicy. – Wybiegła ze szpitala, przed odprawą, grozi jej za to zwolnienie…

– Ale co się stało? – spytał zdumiony, zupełnie nie rozumiejąc sceny, jaka się przed nim rozgrywała.

– Dowiedziała się – powiedziała Ania krótko.

Zasłonił usta dłonią.

– Jakim cudem? – spytał.

Basia podała ciotce kartkę i zdjęcie. Ania wyglądała, jakby miała zemdleć.

– Pacjent, który nam umarł na stole, miał to w portfelu – powiedziała cicho Basia. – Wcześniej majaczył coś o Żydach, śmierci i getcie. A ona już dawno podejrzewała, że z nią coś nie tak. Tyle że myślała do tej pory, że jej ojciec to pierwszy cioci mąż, a nie wujek, tymczasem się okazało…

– Gdzie ona teraz jest? – przerwał jej Michał.

– Nie wiem. Pobiegła do domu, żeby ciocia jej jeszcze przed pracą wyjaśniła. Może się minęliście…

Ania uspokoiła się nieco. Zaczerpnęła głęboko powietrza i powiedziała do zdenerwowanej siostrzenicy:

– Wracaj do siebie i nie denerwuj się. W twoim stanie to niewskazane.

– Skąd ciocia? – spytała zdumiona, ale Ania objęła ją, pocałowała, a potem zostawiła w zadziwieniu.

Wyszli przed szpital. Michał też był zdenerwowany, ale starał się myśleć racjonalnie.

– Wracajmy do domu – poprosił żonę. – Nie mamy pojęcia, gdzie jej szukać…

– Ona jest gdzieś przetrzymywana, w jakimś więzieniu… – powiedziała Ania z przekonaniem, a on był coraz bardziej zdumiony tym, co się dzieje.

– Muszę zadzwonić do pracy, że nie przyjadę. Ty też może zawiadom szkołę – powiedział nieśmiało. – Musimy znaleźć pocztę…

Machnęła ręką nieuważnie. Potem poszła przed siebie jak somnambuliczka, a on za nią, aż do aresztu śledczego na Rakowieckiej, gdzie dowiedzieli się, że Ewa Gamelli została aresztowana za udział w rozruchach studenckich. Nie chcieli ich wpuścić do środka ani udzielić więcej informacji. Cudem ich nie aresztowano. Ania miotała przekleństwa i groźby, Michał zasłaniał ją własnym ciałem i próbował tłumaczyć milicjantowi, że ma do czynienia ze zdenerwowaną matką.

– Ona była w ciąży, rozumiesz?! – krzyczała Ania do funkcjonariusza. – Co jej zrobiliście, że teraz umiera?! Co?! To jakaś pomyłka, ona nie jest żadną studentką!

– Proszę się uspokoić, bo panią też zamkniemy – milicjanci przemawiali do niej i spokojnie, i z krzykiem, ale nie odpuściła, póki nie dowiedziała się, że Ewę przewieziono w końcu do szpitala wojskowego na Szaserów.

Na korytarzu Ania i Michał spędzili kilka godzin, podczas których Michał z jednej strony usiłował się dowiedzieć, skąd Ania wiedziała, gdzie szukać Ewy, z drugiej – każdego przechodzącego lekarza pytał o stan córki. Patrzył na rozczochraną, patrzącą przed siebie nieobecnym spojrzeniem kobietę siedzącą koło niego i zastanawiał się, jak to się mogło stać, że „wyczuła" niebezpieczeństwo grożące córce i wreszcie – skąd wiedziała o ciąży zarówno Ewy, jak i Basi. Na koniec zapytał, kim był tajemniczy człowiek ze zdjęciem w portfelu. Ania nie odpowiadała na żadne pytania, tylko kiwała się do przodu i do tyłu jak dotknięta chorobą sierocą.

Ewa odzyskała przytomność po operacji, ale rodziców nie wpuszczono do niej. Lekarz zawiadomił ich jedynie lakonicznie, że operacja się udała i córka teraz odpoczywa. A Michał i Ania zrobią najlepiej, jeśli wrócą do domu. Michał siłą zabrał żonę do Brwinowa, załatwił sobie i jej lewe zwolnienie, bo Ania była w tragicznym stanie. Nie jadła, nie spała, tylko nadal kiwając się w przód i w tył, mamrotała pod nosem, że babcia mówiła, żeby Ewie powiedzieć prawdę, ale ona jej nie słuchała i teraz takie nieszczęście. Michał sprowadził Manię, ale obecność bliźniaczki niewiele Ani pomogła.

– Ona mi tego nigdy nie wybaczy – powtarzała w kółko Ania.

– Oczywiście, że wybaczy – denerwowała się Mania. – Nie ma zresztą czego wybaczać. Co ma ci wybaczyć? Że wyniosłaś ją z piekła i kochałaś jak córkę?

– Ona mi tego nigdy nie wybaczy – powtarzała Ania i wodziła tępym wzrokiem dokoła.

– Bzdury jakieś – denerwował się Michał, sam przerażony wypadkiem Ewy, zwłaszcza kiedy poznał szczegóły całego zajścia.

Mania powiedziała mu o darze Ani i Michał uspokoił się nieco, bo nie mógł spać – z jednej strony targany niepokojem o córkę, z drugiej strony obawiając się własnej żony.

– Jutro pojedziemy do szpitala, weźmiemy ją do domu i wszystko się ułoży.

Pod szpitalem spotkali Benka, który oznajmił stanowczo, że zabiera żonę do domu. Oczywiście wtedy, kiedy będzie można ją zabrać ze szpitala.

– Nie wiem, czemu wy sądzicie, że pozwolę wam zabrać moją żonę do Brwinowa? – spytał zdumiony.

– Beneczku – zaczęła Mania, która także przyjechała z Ryszardem do szpitala. – Ty chodzisz do pracy, a my z mamą zajmiemy się Ewunią. Będzie potrzebowała...

– Będzie potrzebowała mnie – przerwał Mani Benek i dodał, nie patrząc na teściów: – Ja nie wiem, o co chodzi, ale musimy wszyscy się uspokoić.

Michał już się odwracał, żeby pójść do domu, bo uważał, że pośpiech jest złym doradcą, ale Ania wyrwała się i pobiegła schodami w górę do pokoju, w którym była Ewa. Michał słyszał tylko, jak Ewa krzyczy, żeby ją zostawić w spokoju, że nie chce widzieć nikogo prócz Benka.

– Wynoście się wszyscy, do diabła! – krzyczała, a Ania kuliła się przy każdym słowie, jakby dostawała cios.

W końcu zwrócono im uwagę, że tu jest szpital, chorzy ludzie i zdecydowanie wyproszono, a Ewę zabrano na badania. Michał nakłonił Anię do wyjścia i wrócili do domu. Kolejne dni były jednym wielkim koszmarem i Michał dałby wszystko, żeby je wymazać z pamięci. Ania próbowała dostać się do Ewy, żeby z nią porozmawiać, ale córka nie chciała jej widzieć. W końcu, kiedy mogła już wyjść ze szpitala, przywieziono ją do Pruszkowa, do domu. Jednak dostęp do Ewy nie był wcale łatwiejszy niż w szpitalu, bo Benek, który nie znał całej sytuacji, całą swoją niepewność i strach o Ewę zamienił w złość i pretensje do jej rodziców, a potem do całej rodziny. Złość i ból Ewy rozlewały się za to swobodnie po wszystkich Winnych, a rozpacz z powodu utraty dziecka sprawiała, że ciskała okrucieństwem z precyzją godną mistrzyni. Wszyscy Winni byli winni. Nie chciała rozmawiać nie tylko ze swoim ojcem, matką, ale także z Manią, kuzynkami, a nawet własnym bratem. Basia, która przecież mieszkała obok, kilka razy próbowała wejść do Gamellich i przemówić do kuzynki, ale szwagier nie chciał jej wpuścić. Kasia przyjechała, licząc na to, że jeśli Ewa nie będzie chciała rozmawiać, to przynajmniej pomilczą razem, Benek stanowił jednak zaporę nie do przejścia. Kasia nie dała za wygraną i próbowała rozmawiać ze szwagrem, ale ten zachowywał się jak zaczarowany i nie słuchał żadnych argumentów.

– Ona nie chce was widzieć, rozumiesz? – spytał ze złością i kazał jej się wynosić.

„Wynoś się" powiedział nawet do Mani, która rozpłakała się na tę obelgę i zaczęła im zarzucać niewdzięczność, a potem przypomniała Benkowi, że on także jest z Winnych.

– Nigdy – wycedził zimno i zatrzasnął przed Manią drzwi. – Po tym, co zrobiliście Ewie, nie jestem jednym z was. Ona też już nie.

Mały Michał przyglądał się temu wszystkiemu z rosnącym zdumieniem. W końcu zażądał wyjaśnień. Ojciec poinformował go o wszystkim, co powinien wiedzieć i wyjaśnił, że Ewa przeżywa szok i dlatego nie chce nikogo widzieć.

– Zawsze była inna niż my – powiedział mały Michał w zamyśleniu. – Wiedziała o tym i ciągle szukała. Powinniście byli jej powiedzieć…

– Babcia Bronka też tak mówiła. – Michał pomasował skronie. – Ale my z mamą doszliśmy do wniosku, że tak jest lepiej.

Chłopak uśmiechnął się smutno.

– Ja czegoś takiego swoim dzieciom nie zrobię… – powiedział. – Jak mogliście nas tak oszukać?

Ojciec rozzłościł się.

– A ty co? – warknął. – Też oszukany i zawiedziony?

– Mnie też skrzywdziliście. Moja siostra nie chce mnie widzieć, jakbym jej co złego zrobił. Nawet podobno powiedziała, że już nie jestem jej bratem.

– Jest zdenerwowana, mówi takie rzeczy, żeby sprawić wszystkim ból. Chce nas ukarać… Ale wierzę, że wszystko się ułoży. – Michał nie wierzył w to, co mówił. Głowa go bolała. Mijał już prawie miesiąc, a on nie przespał porządnie nawet jednej nocy. Teraz też czuł się, jakby był pijany.

– Nic się nie ułoży – powiedział jego syn. – Mama nie chce wyjść z pokoju, a ja potrzebuję wyjaśnień. Od niej, nie od ciebie. W pewnym sensie oszukaliście też i mnie! A Ewka… Ona może wam tego nigdy nie darować.

– Czy ty wiesz, jakim piekłem była wojna? – Michał starał się powstrzymać wybuch złości. – Czy ty wiesz, że cała jej rodzina zginęła? Twoja matka uciekała z nią tuż przed powstaniem w getcie, pod gradem kul. Jej pierwszy mąż zginął na ich oczach…

– Skąd mam wiedzieć, jakim piekłem była wojna, skoro żadne z was nigdy mi tego nie wyjaśniło? Wojnę znam z akademii ku czci, bo wy opowiadaliście nam tylko bajki. Czasami jakiś znajomy coś opowie albo w kinie obejrzę. Wy zawsze mówicie to samo. Że to takie straszne było, że ja nie rozumiem niczego – nie dawał za wygraną Michał, a jego ojciec zdumiał się wielce, bo nie pamiętał, żeby jego syn wypowiedział tyle słów naraz. Zwykle wyrażał siebie, grając na skrzypcach, ale tym razem nie schował się w pokoju i nie wziął instrumentu do ręki. – Wiem, nie przeżyłem wojny, nie walczyłem w powstaniu, nie widziałem, jak moi bliscy umierają…

– Właśnie – przerwał mu Michał, z niepokojem patrząc na zamknięte drzwi pokoju, w którym siedziała Ania. – Nie przeżyłeś niczego takiego, więc się z łaski swojej nie wypowiadaj.

– Nie przeżyłem, pewnie. Wszystko dostałem na srebrnej tacy, na nic nie zasłużyłem. Odkąd pamiętam, musiałem słuchać o powstaniu, o tym, jak wuja Ignacego odkopałeś w zakrystii kościoła…

– Nie musiałeś słuchać – Michał był zdumiony. – Prosiliście o te opowieści…

– Ja nie prosiłem. – Pokręcił głową syn. – A Ewka też nie prosiła o kłamstwa. Jeśli pytała, to dlatego, że coś jej się nie zgadzało. Ale mama opowiadała o porodzie, ty o tym, jaka była śliczna i czerwony płaszczyk miała. Zresztą ty więcej mówiłeś o jej dzieciństwie niż matka. Ciekawe dlaczego…

– To były wspomnienia dotyczące mojej córki Oli – powiedział spokojnie Michał, chociaż wszystko się w nim gotowało. – Miałem przed mamą żonę i córeczkę. Obie zginęły. Ola miała niespełna rok, kiedy wybuchła wojna. Łatwiej mi było, synu, opowiadać Ewie o… Oli.

Jeśli na Michale ta opowieść zrobiła wrażenie, to nie dał tego po sobie poznać.

– Miałeś kiedyś żonę i córkę, mama miała męża. A my jak te barany łykaliśmy wasze łgarstwa. Nie mogę…

– Chcieliśmy was chronić… – Próbował przekonać syna Michał, ale już sam powoli przestawał wierzyć w swoje słowa.

– I niczego się nie nauczyliście – dodał gorzko syn. – Może mi powiesz, gdzie mama jeździła? Na czyj pogrzeb?

Michał milczał. Domyślał się, kim był mężczyzna, którego Ania poszła pochować, ale nie chciał z nią o tym rozmawiać. Jeśli miał rację i jakimś cudem Ewa spotkała we własnym szpitalu pierwszego męża swojej matki, to on absolutnie nie chciał pytać, jak to się mogło stać. Wolał nie znać szczegółów, udawał przed sobą i Anią, że Ewa sama przypomniała sobie swoje najmłodsze lata, stąd wszystkie nieszczęścia. Obawiał się, że jego serce nie wytrzymałoby całej prawdy.

– Porozmawiaj proszę z Ewą – poprosił cicho, łapiąc syna za ramię. – Mama strasznie to przeżywa. Ewa nie chce jej widzieć, nie chce słuchać nikogo. Może ciebie zechce zobaczyć...

Michał poszedł, siostra go wpuściła, ale chyba tylko po to, żeby mu powiedzieć, że ich matka nie jest jej matką, ciotka ciotką, nawet kuzynki nie są jej rodziną. Słowem, wszyscy są obcy i winni tego stanu rzeczy. Na koniec dodała, że niestety Michał też nie jest jej bratem i najbardziej jest jej z tego powodu przykro.

– Powiedziałem – poinformował ojca po powrocie. – Ale ona jak zaczarowana. Nic nie dociera...

Stanisław podjął się mediacji w obawie, że jego ukochana córka Ania coś sobie zrobi. Pojechał z Andzią do Pruszkowa, ale i on nic nie wskórał. Ewa wpuściła go do domu, owszem, ale uparcie kręciła głową, twierdząc, że została oszukana, skrzywdzona i pozbawiona tożsamości.

Andzia z kolei próbowała przemówić do rozsądku swojemu synowi Benkowi. W końcu wiele lat funkcjonowała jako włoska *mamma* i teraz przypomniała sobie wszystkie z tym związane przywileje. Pokrzykując na syna, kazała mu wziąć się w garść, ustawić żonę do pionu, bo takim zachowaniem tylko rodzinę dręczy. Benek wysłuchał matki spokojnie, nawet słów o czarnej niewdzięczności Ewy w stosunku do Ani nie skomentował, ale pozostał niewzruszony.

– To są sprawy mojej żony i moje – oznajmił. – A mamie nic do tego.

Andzia miała ochotę sprać synowi tyłek, jak to robiła w dzieciństwie, albo wybuchnąć płaczem i dostać ataku duszności, ale sytuacja była na tyle napięta, że nie zrobiła ani jednego, ani drugiego. Powiedziała tylko synowi, żeby pamiętał, że rodzina jest najważniejsza. Krew wprawdzie nie woda, ale w obliczu wojny wszystko zostało rozcieńczone przez wodę taką czy inną, w jego przypadku na przykład o wodę, w której utopiono jego własnego ojca. Benek i tego argumentu wysłuchał z kamienną twarzą, jak i ostatniego, który Andzia miała w zanadrzu, że gdyby nie tragiczne okoliczności, on i Ewa nie spotkaliby się w ogóle.

Tymczasem Stasieczek wyszedł z pokoju Ewy załamany złością, jaką mu okazała, jakby nie był jej dziadkiem, tylko kimś obcym. Nie mówił już nic Benkowi, tylko wziął Andzię i wrócili do domu. Po drodze Andzi usta się nie zamykały, podobnie jak tego dnia, kiedy sprawa się wydała i Winni musieli zmierzyć się z trupem w szafie, który w tak tragiczny sposób ujrzał światło dzienne.

– To ty mnie, żonie swojej, nic nie powiedziałeś? – krzyczała na Stanisława Andzia, zamiast żałować Ewy, że dziecko straciła, albo współczuć Stanisławowi, który kiedy się dowiedział, co się stało, prawie umarł z żalu. Wymachiwała przy tym umączonymi rękoma, a mąż jej usiłował wytłumaczyć, że kwestia wyciągnięcia Ewy z getta przez Anię to nie jakieś zabawy, plotki czy insza inszość, żeby o tym przy makaronie rozprawiać. Przecież kiedy się ponownie spotkali ze Stanisławem i pokochali, to już od dawna wszystko się ułożyło i nie trzeba było wiele tłumaczyć.

– Poza tym Ewa jest, była i będzie córką Ani, moją wnuczką i szlus. – Uderzył pięścią w stół, ale Andzia się tym nie przejęła zupełnie, tylko pogroziła mu umączonym palcem.

– Ty mi tu Stasieczku z czymś takim nie wyjeżdżaj! – krzyknęła. – Trza mi było powiedzieć, jak Benitek się w niej zakochał. Mnie mówiliście, żebym mu imię zmieniła, że niby się kojarzy i żonie i dzieciom będzie trudno żyć. A tymczasem jakoś nie powiedzieliście, skąd jest Ewa...

– Z przykrością, moja kochana, muszę powiedzieć, że ty nijak nic nie rozumiesz... – uciął dyskusję Staszek, a Andzia się wreszcie zamknęła, ponieważ jej ukochany mąż zrobił się czerwony na twarzy, co znaczyło, że skoczyło mu ciśnienie i może dostać apopleksji. Andzia najbardziej się tego bała, bo chociaż nie wiedziała, czym ta „apopleksja" właściwie jest, to sama nazwa budziła grozę i ucieleśniała zło, przed którym instynktownie chciała męża ochronić. Poza tym Stasieczek i synowie byli jej całym światem. Kochała ich bardzo i naprawdę serce jej się krajało, kiedy widziała cierpienie któregoś z nich.

Nie odpuściła jednak i poszła znowu porozmawiać z Benkiem, tym razem pewna, że syn posłucha jej, przyzna rację, znajdzie w sobie Włocha, tupnie nogą i wszystko się w końcu jakoś ułoży.

– Niech się mama nie wtrąca – powiedział ponownie jej syn i wytrzymał najpierw oburzone spojrzenie, potem łzy w oczach, a na końcu wyrzuty, w których najczęściej pojawiały się słowa „starość" oraz „śmierć".

– Jak ja mam się nie wtrącać? – spróbowała jeszcze. – Jak to moje poniekąd też dziecko jest, i ty Benitku też i oczywiście Stasieczek, który przecież pogodzić się nie może...

Po powrocie rozpłakała się w ramionach męża, bo dotarło do niej, że problem nie jest urojony, tylko głęboki jak studnia i prędzej wszyscy się utopią, niż wydostaną z niej na powierzchnię.

– Ja wychowałam Anię i Manieczkę... – z braku słuchaczy tłumaczyła Stasiowi, chociaż akurat on wiedział to bardzo dobrze. – Nie byłam przy tym, jak urodziły się dziewczynki, ale przecież teraz one wiedzą, że ja je kocham. I Ewunia to synowa, przy tym jak córka przecież albo wnuczka, bo Ania jak córka…

Jerzyk początkowo nie zaangażował się w całą historię, uważając, że kogo jak kogo, ale jego nie dotyczy na tyle, żeby się wtrącał. Ponieważ jednak chwytano się brzytwy, przypomniano sobie o nim i przekonano, żeby pojechał do Pruszkowa, gdzie miał w imieniu Andzi rozmówić się z bratem. Jerzyk sprawę popchnął do przodu o tyle, że udało mu się przegadać z Benkiem pół nocy i dowiedzieć istotnych informacji na temat stanu zdrowia szwagierki. Kiedy wrócił, mógł powiedzieć wszystkim zainteresowanym, że Ewa zaczęła rehabilitację, strzaskany krąg goi się ładnie i chyba nie będzie żadnych problemów z chodzeniem, bo Ewa wszystko czuje, rusza nogami, rękami i tu przynajmniej nie ma powodu do paniki.

– Gorzej z psychiką, bo ona strasznie przeżywa, że straciła dziecko… – relacjonował matce wyniki swoich mediacji.

– To straszne. – Kiwała głową Andzia. – Ale przecież będzie mogła mieć dzieci…

– Tyle że ona rozpacza tu i teraz. Dowiedziała się o czymś, co nią wstrząsnęło, a kiedy biegła, żeby wyjaśnić sprawę, złapano ją i nieludzko pobito. Niech mama to zrozumie. Benito nie wiedział, że ona się spodziewa dziecka, miała mu dopiero powiedzieć. A tu takie coś…

Andzia była pod wrażeniem, że jej dorosły syn tak dobrze zna tajniki kobiecej psychiki, ale chciała działać, a nie czekać na nie wiadomo co.

– A może ja coś im ugotuję, co? – spytała z nadzieją. – Przecież ona nie może, Benitek nie umie, a Basi i dziewczynek nie wpuszczają…

– Niech mama zostawi ich w spokoju – uciął dyskusję Jerzyk. – Im więcej ludzi chce tam wejść i rozmawiać, tym gorzej. Oni się zacinają i… nie ma rozmowy.

– Ale Ania taka biedna i nieszczęśliwa… – westchnęła Andzia.

– Niech to mama zostawi czasowi – powtórzył jeszcze raz. – Tu nie ma mądrych, a pokrzywdzeni są wszyscy. Można tylko się licytować, kto bardziej…

Ania zacięła się w sobie, siedziała w domu i płakała, ale już nie próbowała siłą wejść do domu Ewy, żeby z nią porozmawiać. Z czasem wróciła nawet do pracy. Mogiła Kazimierza vel Andrzeja Wolskiego zarastała trawą, bo po pogrzebie, na którym byli obecni Ania oraz Ludwiczek – wykidajło oraz królowa Izabelka, nikt nawet nie przystanął, żeby zadumać się nad losem opuszczonego grobu.

Miesiąc po całym zdarzeniu do Pruszkowa przyjechał Ignacy i używając autorytetu w postaci sutanny, wszedł, nie dając się zbyć zmęczeniem Ewy po ćwiczeniach czy nawet prawem do prywatności. W końcu przyjęła go, leżąc na specjalnym łóżku sprowadzonym z Warszawy, z kliniki ortopedii. Nie powiedziała nawet „dzień dobry" i uparcie patrzyła w drugą stronę.

– Mnie też każesz wyjść? – spytał, przysiadając na krześle przy jej łóżku.

– A posłuchasz mojej prośby? – spytała cicho i zwróciła wzrok w jego stronę. Spojrzenie miała poważne i pełne żalu.

– Nie posłucham, bo przyszedłem tu wyjaśnić ci wszystko i powiedzieć o tamtych dniach...

– Tak, wiem. – Spojrzała z ironią. – Wszyscy chcieli dobrze. Były straszne czasy. Ludzie się zabijali, zabijali dzieci, a zwłaszcza... – tu głos jej się lekko załamał – Żydów. A mnie mama uratowała życie.

– To akurat prawda. – Pokiwał głową z powagą. – Gdyby cię wtedy nie wyniosła stamtąd, wszyscy by zginęli. Twoja biologiczna matka, Kazimierz, Ania...

– A czemu nie powiedziała mi prawdy? – To jedno wydawało jej się najważniejsze.

– Nie pamiętałaś... – powiedział. – Ania i Michał uznali, że tak będzie lepiej. Nie chcieli, żebyś się czuła inna czy gorsza. Babcia Bronia mówiła, żeby ci powiedzieć, ale Ania się bała.

– Czego się bała? – Najeżyła się Ewa.

– Tego samego, co dzieje się teraz. Pierwsze, co zrobiłaś, kiedy dowiedziałaś się prawdy, to odepchnęłaś nas wszystkich. Nie znasz szczegółów, ale to cię zupełnie nie interesuje. Ty masz swoją prawdę i wszystkich już osądziłaś.

– Chcę odnaleźć swoją rodzinę – powiedziała twardo.

– Możesz pójść wyłącznie na ich groby – powiedział z okrucieństwem tak niepasującym do jego posługi, ale zmusił się do tych słów. – Wszyscy zginęli. Twoja ciotka z dziećmi i mężem zostali rozstrzelani w getcie. Pozostali zginęli w Treblince. A, jeszcze twój brat – umarł na tyfus. Mogiły zbiorowe, miejsca pamięci narodowej, to ci zostało. Bo żadne z nich nie ma grobu...

Płakała cicho, wycierając rękoma oczy.

– Jak ja teraz będę żyła? – szlochała. – Co ja teraz zrobię?

Wziął ją za rękę, którą wyrwała natychmiast, ale nie poddał się i wziął ją ponownie, zatrzymując mocno w obu swoich dłoniach.

– Będziesz żyła dalej, bo tak po prostu musi być.

– Jakiego ja Boga będę miała? – spytała, wbijając w niego ciężkie spojrzenie. Na palcach poczuł jej paznokcie kaleczące mu skórę.

Odpowiedział instynktownie, że Boga mamy jednego, miłosiernego. Nie pozwolił jej zaprzeczyć, powiedzieć, że Bóg, gdyby istniał, nie pozwoliłby na taką niesprawiedliwość, taki rozlew krwi, tyle bólu i cierpienia. Kiedy uznał, że już czas, opowiedział, jak ją ochrzcił, jak sfałszował księgi kościelne, żeby Ania mogła z nią wrócić do domu jako ze swoją córką. Nie przestawała płakać.

– Ty mnie ochrzciłeś, nie licząc się z tym, kim jestem! – rzuciła mu w twarz. – Jak mogłeś?

Pokręcił z niedowierzaniem głową.

– Sądzisz, że to była kwestia wiary? Że ja chciałem zasilić szeregi katolików? Albo Ania chciała cię pozbawić tradycji? Chodziło o to, żebyś miała papiery. Świadectwo chrztu...

– Spowiadałeś się kiedyś z tego?

– Nie – powiedział zgodnie z prawdą. – Ale to nie najcięższy z grzechów, który dźwigam.

– A jaki jest najcięższy? – spytała, dając do zrozumienia, że od tej odpowiedzi bardzo dużo zależy, żeby miarkował słowa i spróbował wrócić ją do rodziny, dać na nowo nadzieję. Roześmiał się, bo przez chwilę zastanowił się, co wybrać, tak wiele tajemnic się uzbierało, tak duży ciężar dźwigał w sobie.

– Kiedy wybuchło powstanie – zaczął, ale widząc, że krzywi się z niesmakiem, dodał szybko: – Wiem, że znasz tę opowieść, jak twój ojciec wykopał mnie spod gruzów, ale ja nie chciałem o tym rozmawiać...

Poprosiła o szklankę wody, tak jak chciałaby go powstrzymać przed opowieściami z czasów wojny, zatkać tę czarną dziurę i nigdy więcej jej nie otworzyć. Dawała mu szansę, ale on z niej nie skorzystał.

– Myśleliśmy, że to wszystko potrwa dwa dni, alianci nas uzbroją i wesprą, a siedzący z drugiej strony Warszawy Rosjanie pomogą. Tyle że tak się nie stało. Sama wiesz z historii. Codziennie się modliłem za dzieci, które posyłano na śmierć. Te wszystkie rozkazy, często bezsensowne, kosztujące życie tych chłopców i dziewczyn, takich młodych. Widziałem takie straszne rzeczy, Ewo...

– Ojciec też widział... – przerwała mu.

– Modliłem się, coraz bardziej tracąc wiarę, bo jak można takie rzeczy na ludzkość zsyłać, tak okrutnie doświadczać, a przecież...

– Bóg jest miłością i trzeba szukać w tym sensu... – Ewa pokiwała głową. – Myślałam, że stać cię na coś lepszego.

Nie słuchał siostrzenicy. Przywołał w pamięci tamte dni i obrazy.

– Była taka jedna łączniczka, Krysia Żelazkiewicz, pseudonim miała „Mewa", bo umiała naśladować... – głos mu się załamał. – Taka radosna dziewczyna, taka...

Stanęła mu przed oczami, jakby to było dziś, zaśmiała się jak wtedy, kiedy zostawała po mszy w zakrystii i zasypywała go pytaniami o sens życia, istnienia i Boga, a on wierzył, że odpowiada miłemu dziecku, a nie kobiecie, która zaczęła przesłaniać mu obraz Jezusa.

– Znałem ją wcześniej i bardzo... lubiłem. Bałem się, że zginie jak jej brat gdzieś na froncie. W tych dzieciakach było dużo zapału, ale przecież większość z nich nie umiała walczyć. Jak się okazało, nie byliśmy zupełnie przygotowani do ataku na Niemców... Najlepsza łączniczka w całej Warszawie, najlepsza...

– Ale zginęła? – spytała Ewa z rezygnacją. – A ja nie zginęłam, bo mama mnie wcześniej z Warszawy wyniosła...

Nie o tym chciał opowiedzieć. Krysia wtedy przyszła do niego, bo ojciec próbował ją zatrzymać, płacząc, że już stracił syna i nie chce jeszcze stracić córki. A ona przecież miała rozkaz i musiała go wykonać. To było po tym, jak poznał Michała i po bombardowaniu kościoła. Zaprowadził ją na plebanię, próbował uspokoić, zastanawiał się, co ma zrobić, żeby nie poszła pomagać w ewakuacji powstańców. Płakała strasznie, bo jej brat przecież zginął i ojciec rozpaczał. Na domiar wszystkiego pod mur poszła jej najlepsza koleżanka, a małą Zośkę, sąsiadkę, wesołą kilkulatkę z warkoczykami, Niemcy zastrzelili w biały dzień, kiedy przedzierała się do studni po odrobinę wody dla swojej matki i braciszka. Powstanie padało, kościół był zbombardowany, z Warszawy nie zostało prawie nic. Nie wiedział, jak ją zatrzymać, a nie chciał powiedzieć, że nie przeżyje jej śmierci.

– Mam tylko księdza, tylko ksiądz mnie może zrozumieć, bo... Bo ja cię kocham! – krzyknęła wtedy.

Jeszcze próbował tłumaczyć Krysi, że on nie może, że nigdy nie zazna ziemskiej miłości, ale ona go nie słuchała, tylko pokrywała pocałunkami jego dłonie, potem twarz, aż w końcu powiedział jej słowa, które wcześniej tylko matce, a potem Jezusowi mówił.

– To najcięższy grzech, jaki dźwigam. Byłem z kobietą...

– Co się z nią stało? – spytała, patrząc na swojego wuja, jakby go widziała po raz pierwszy w życiu.

– Zginęła przeze mnie... – wyznał. – Wymogłem na niej obietnicę, że już nie wróci do walki, pójdzie do domu, do schronu i tam już zostanie.

– Skąd wiesz, że zginęła? – rzuciła Ewa. – Przepraszam, to chyba głupie pytanie.

– Snajper... Prosto między oczy... Nie strzelił we mnie, tylko w nią, a szliśmy razem. Niepojęte dlaczego... Trzymałem jej ciało w ramionach i kołysałem, modląc się do Boga, od którego wcześniej się odwróciłem, żeby do mnie też strzelił. Ale Bóg się nie ulitował. Zaczęły spadać bomby, snajperzy strzelali, ja kopałem grób gołymi rękoma, a nie miałem nawet draśnięcia. To była kara za ten grzech. Ona zginęła, a ja zostałem...

Długo milczeli. Nie naciskał, nie próbował nic mówić. Widział, że była wstrząśnięta samą opowieścią. Porównywała jego historię do swojego zwątpienia i zastanawiała się, co tak naprawdę chciał jej powiedzieć. Wreszcie się odezwała.

– To przecież nie twoja wina…

– Nie moja. – Pokiwał siwą głową. – Pewnie Boga wina, bo zesłał wojnę. Jej, bo mnie kochała. Moja, bo kochałem ją…

– Jak zginęła moja matka? – Nadal na niego nie patrzyła. – Ta żydowska matka?

– Spytaj swojej mamy… Zginęła na jej oczach. Tyle wiem.

Wstał z krzesła, uznawszy, że jego wizyta jest już zakończona. Musiał zresztą wracać do Warszawy, do kościoła świętego Aleksandra, w którym wciąż był proboszczem. Wychodząc, kiwnął głową Benkowi, który czekał w napięciu na wynik wizyty wuja. Pokręcił przecząco głową, kiedy ten pytał, czy zostanie na kolacji. Podszedł do automatu telefonicznego pod kolejką EKD i porozmawiał chwilę z Michałem.

– Będzie dobrze – powiedział. – Ona najbardziej przeżywa utratę dziecka.

Chwilę słuchał szwagra, a potem dodał:

– Nie, już do was nie dojadę… Nie, nie, wybacz, nie mogę. Muszę wracać do siebie, ale w sobotę zajadę. Tak, tak… Pozdrów ją i powiedz, że… To wciąż jej córka.

Wsiadł do kolejki i pojechał do Warszawy, ale nie wrócił na plac Trzech Krzyży, tylko długo krążył po warszawskich ulicach, odwiedzając miejsca, w których zostawił cząstkę swojej duszy z każdym zabitych spośród bliskich.

Ewa najpierw dopuściła do siebie Basię, która zapewniła ją, że nie gniewa się za tamte słowa, wszystko rozumie i to ona prosi o przebaczenie, że nie chciała Ewy słuchać, zrozumieć i pomóc. O straconym dziecku nie rozmawiały, a Basia czuła się winna, że jej kruszynka ku radości całej rodziny rosła zdrowo, podczas kiedy dziecko Ewy bestialsko zabito. Popłakały sobie obie, potem przyszła Kasia i dołączyła do chóru płaczek. Następnie przyjechała Mania głównie po to, żeby zbadać grunt i powiedzieć siostrzenicy, że ma nie krzywdzić swojej matki, która już w życiu tyle wycierpiała. Wreszcie pojawili się Ania z Michałem. Michałowi serce się krajało, kiedy oglądał córkę bladą, wychudzoną, leżącą w gorsecie w białej pościeli.

– Andzia ci pierogów przysłała z kapustą i grzybami, córeńko – powiedział. – Przecież lubisz.

– Dziękuję, tato – odrzekła jakby nigdy nic. – Tuczycie mnie tu jak gęś. Co chwila ktoś coś przysyła, ciasto, naleśniki…

– Mama nic nie przywiozła. – Uśmiechnął się. Wziął jej dłoń w obie swoje ręce i pocałował.

– A sama je? – głos Ewy był ledwie słyszalny.

– Andzia ją męczy. Gotuje, utyskując przy tym na to, że się marnuje, to je… – Uśmiechnął się.

– Tatusiu, ja już wiem o tym, że twoja córka umarła w powstaniu – rzuciła szybko. – Ja już wiem wszystko…

– Tak – powiedział z zadumą. – Ola zginęła w powstaniu, a jej mama... później. Ale nie wiesz wszystkiego... Odpowiem dziecko na każde twoje pytanie, chociaż Bóg mi świadkiem, że chciałbym zapomnieć... Musisz wiedzieć tylko jedno. To wszystko zrobiliśmy z miłości do ciebie...

Ania siedziała w pokoju Ewy kilka godzin i nigdy nie powiedziała nikomu, nawet Michałowi, o czym mówiły. Po tej rozmowie ani ona, ani Ewa nie były już takie same. Nic zresztą nie było takie same, prócz pozorów normalności, jakie u Winnych zapanowały w kwietniu 1968 roku.

Kiedy Ewa powiedziała Ani i Michałowi, że zamierza wyjechać do Izraela w poszukiwaniu tożsamości oraz w geście solidarności z Polakami, którym po wydarzeniach marcowych powiedziano, że nie są już obywatelami tego kraju, mały Michał bardzo to przeżył. Jego ojciec był głęboko zasmucony, a Ania przyjęła pomysł córki z niedowierzaniem i przerażeniem. W końcu jednak powiedziała zdenerwowanej rodzinie, że Ewa nie uspokoi się i nie zapomni o tamtym koszmarze, jeśli nie zmieni otoczenia. Ile łez wylała na tę okoliczność, wiedziała tylko ona i może trochę Michał, który przed resztą rodziny, zwłaszcza przed rozhisteryzowanymi kobietami, starał się okazywać siłę spokoju.

Ewa z Benkiem odjechała z Dworca Gdańskiego w towarzystwie wielu innych, którzy wcale nie chcieli jechać, albo przeciwnie, chcieli opuścić kraj, który najpierw im dał, a potem zabrał tożsamość, tradycje i poczucie bezpieczeństwa bez jednego słowa wyjaśnienia.

– Ona wróci – powiedziała Ania do Michała, a ten nie śmiał zapytać, czy chce pocieszyć siebie i jego, czy korzysta znów ze swojego daru.

– *Gęsi już wszystkie po wyroku, nie doczekają się kolędy. Ucięte głowy ze łzą w oku...** – śpiewała Kasia przebój Skaldów, poświęcony wydarzeniom, które zabrały jej siostrę i szwagra.

– Ania mówi, że Ewa wróci z tego Izraela – Mania tłumaczyła Ryszardowi, który po tym wszystkim zrobił to, co już od dawna chciał zrobić, czyli rzucił książeczką partyjną, do czego namówił także i Michała Śniegockiego.

– Wróci... – Kiwał głową Ryszard, który wiedział, że Ewa i Benek zabrali swoje dyplomy, które uprzednio dali do przetłumaczenia, i zgodnie twierdzili, że zamierzają tam osiąść i pracować w swoich wyuczonych zawodach.

– *I ja żegnałam nieraz kogo, za górą, za chmurą, za drogą* – śpiewała Kasia ze ściśniętym gardłem, wyobrażając sobie, jak Ewa na biblijnej ziemi, która nie może

* *W żółtych płomieniach liści*, Agnieszka Osiecka.

być nigdy jej ojczyzną, próbuje ułożyć sobie życie na nowo bez nich. – *I powracałam już nie taka…* – dodawała w zaciszu swojego domu, gdzie wracała do małej Małgosi, nie wiedząc, czy jest szczęśliwa z powodu dziecka, czy nieszczęśliwa z powodu samotności i odrzucenia przez mężczyznę, o którym myślała, że jest miłością jej życia.

– Będziemy mieli wnuka – cieszył się Ryszard, bo potrzebował się z czegoś cieszyć w tych okropnych czasach.

– Albo wnuczkę – mitygowała go Mania. – Albo dwie…

– Możemy mieć dwie, bo do Kasi przychodzi ten doktor i to jest bardzo dobra wiadomość…

Mania pokiwała głową, bo martwiła się o córkę, która wprawdzie była słynną aktorką i każdy facet modlił się do ekranu, na którym się pojawiała, ale mało kto wiedział, że każdej nocy zasypia sama.

U Winnych jak zawsze w czasach kryzysu nastąpiły zmiany, głównie w kwestii miejsca zamieszkania. Zwolnił się segment w Pruszkowie, który zajmowali Ewa i Benek, więc Kasia, za zgodą Ewy i całej rodziny, wprowadziła się tam z Małgosią. Wywołało to co prawda słabe protesty Mani, która była zakochana w swojej wnuczce i nie wyobrażała sobie, że to śliczne dziecko będzie mieszkało z dala od niej i Ryszarda. Do Brwinowa z Siedlec wrócili Grażyna ze Stefanem, ona w całkiem dobrej formie, on – schorowany i niedołężny. Po śmierci Krzysia całkiem zapadł się w sobie, odstawił proszki na nadciśnienie i zamknął fabryczkę. W Siedlcach nie mieli czego szukać po awanturze z miejscowym księdzem, który po zerknięciu na szyję ich syna, na której dostrzegł siną pręgę od wisielczej pętli, odmówił chrześcijańskiego pochówku. Mało tego, rozgłosił wszem i wobec, że Krzysztof Winny odbierając sobie życie, popełnił grzech śmiertelny. W Siedlcach ich prawie zlinczowano, co Stefek przypłacił rozległym zawałem, a Grażynce głowa się zaczęła trząść i ręce też drżały, więc nie mogła już pracować. W końcu pochowali syna w Brwinowie, ponieważ tutejszy ksiądz powiedział, że nigdy nie odmówił nikomu posługi, a od sądzenia jest Pan Bóg, a nie jego ziemscy słudzy. W Siedlcach został jedynie Heniek, który siedział sam w niszczejącym domu, pił na potęgę i było mu wszystko jedno, gdzie mieszka, w jakim otoczeniu, byle pieniądze na wódkę się znalazły, albo chociaż na wino „patykiem pisane". Grażynka ze Stefanem dostali stary dom Broni i Antka, pozostawiony po kolejnym remoncie przez Andzię i Stanisława. Kajtek i Iwonka nie dawali znaku życia, a i Winni ich nie szukali, bo co jak co, ale wuja ubeka w tej rodzinie nie zamierzano tolerować. Syn Kajtka też nie szukał z nimi kontaktu, widocznie krewni z Brwinowa do niczego mu się nie nadawali, a mogli zaszkodzić, albo w najlepszym razie chcieć wykorzystać jego zdobytą pozycję zawodową. Jako że zdobył ją nie bez poświęcenia, bo przecież katowanie ludzi i doprowadzanie do ich śmierci nie jest ani przyjemne, ani łatwe, pozycji tej bronił pazurami przed innymi i żył, jak to się mówi, w zgodzie z własnym sumieniem.

Michał gorączkowo myślał, czym zająć czas i myśli żony, która niby była taka sama, ale każdy, kto ją znał, widział, że nagle i lat jej przybyło, i siwych włosów. Nie chciała ich farbować, mimo że Mania i przekonywała siostrę, że jeszcze jest młodą kobietą i męża ma przystojnego, i utyskiwała, że kto to widział tak się zapuścić. Z włosami poradziła sobie Michele, która sprowadziła farbę z Francji, dokładnie w takim odcieniu jak włosy Ani, czyli w kolorze maku z kroplą krwi i któregoś dnia przy pomocy ciotki Mani ufarbowały Ani włosy, nie pytając jej o zdanie w tej kwestii. Natomiast sprawa nastroju przedstawiała się gorzej. Depresja jako choroba wtedy nie istniała, leków nie stosowano, co najwyżej radzono, żeby „wziąć się w garść", albo podkreślano, że „ludzie to dopiero mają problemy, więc nie ma co się nad sobą użalać". Żaden z tych argumentów nie padł z ust Winnych, a na to, co inni mówią, Ania nie zwracała najmniejszej uwagi. Ludzie gadali w Brwinowie, a i owszem, bo nie wiadomo, skąd się o wszystkim dowiedzieli, a szczegóły sprawy się nagle rozrosły, że trudno było tego wszystkiego wysłuchiwać i tłumaczyć każdemu z osobna, że Winni Żydów nie przechowywali w czasie wojny w zamian za złoto, żadnego majątku pożydowskiego nie mają, ani w Polsce, ani w Szwajcarii, ani też w Ameryce.

– Ja pamiętam, jak ona tu z tą dziewczynką wróciła do domu – ekscytowała się Popiołkowa na targu. – I słowa nie zagadali do nikogo. Myśleli, że ludzie tu wczorajsze i nie widzieli co i jak.

– Ja nie widziałam – przyznała się Tereska Jurgaś, która z Ewą chodziła do szkoły podstawowej i miała jak najlepsze o niej zdanie, że uczynna, koleżeńska, tak jej nauka świetnie szła, a ściągnąć zawsze dała.

Popiołkowa machnęła ręką.

– I takie zdolne te dzieciaki, jak to żydowskie, wiadomo…

A Tereska spytała wtedy, czy i Michał jest Żydem, a jeśli tak, to czemu i on do Izraela nie jedzie, tylko w Polsce mieszka jakby nigdy nic.

Popiołkowa, która pamiętała, jak Ania w ciąży chodziła, już chciała tłumaczyć co i jak, aż przypomniała sobie, że wtedy nijakiego męża tu nie było. Mąż się znalazł dopiero wtedy, kiedy już dzieci na świecie były, a że ojcem dziewczynki nie był, to nie wiadomo, czy ojcem chłopca też nie był jakiś Żyd. Zwłaszcza że chłopak taki zdolny, artysta i jakiś konkurs wygrał międzynarodowy. Nawet za granicę go wypuścili bez problemu przecież.

Michał przejmował się tymi szeptami, wydawało mu się, że wszyscy na niego patrzą i wytykają palcami. Radził się Ryszarda, co ma robić, czy unikać ludzi, czy wręcz przeciwnie – wszędzie chodzić z podniesioną głową. Ryszard naturalnie nakrzyczał na szwagra, że nie powinien tak myśleć, że ma żyć jak do tej pory, a potem dodał, że ma się wziąć w garść. Michał zatem próbował tej garści, ale kiepsko mu szło. Budził się nad ranem i leżał w łóżku, rozmyślając o swoim życiu. Zdarzało mu się nawet płakać, o czym nikt nie wiedział. Kiedyś złapał się na myśli, że czeka tylko na chwilę, kiedy syn zacznie kwestionować jego ojcostwo. I nawet żonie nie może o tym powiedzieć, bo Ania wzięłaby to do siebie i pomyślała, że to może on sam wątpi w jej uczciwość względem niego. Próbował poradzić się Ignacego, który sam nie był w najlepszej formie, schudł wyraźnie i bąkał przy okazji wizyt, że ma jakieś problemy w parafii, ale nie chciał mówić o szczegółach.

– Mnie się wydaje, że powinniście zmienić otoczenie – powiedział Ignacy, wysłuchawszy szwagra. – Jedźcie do Ciechocinka, czy gdzieś... Odpocznijcie. Tu wszystko wam ją przypomina.

Michała olśniło, że nie muszą jechać do Ciechocinka, a otoczenie mogą zmienić w sposób łatwy i dość oczywisty. Zabrał się więc do wykańczania domu pod lasem, tego samego, który już dawno zaczął budować i nie starczyło mu zapału i siły, żeby budowę skończyć. Teraz się jednak zawziął i w rekordowym tempie kilku miesięcy wykończył co trzeba i można się było przeprowadzać. Okazało się to strzałem w dziesiątkę, bo sam zaczął wreszcie przesypiać całe noce, a Ania zbudziła się z letargu i zaczęła myśleć o przeprowadzce i urządzaniu. Mania, kiedy tylko się dowiedziała, że ukochana siostra będzie znów mieszkała blisko niej, zabrała się z zapałem do pomagania, radzenia i organizowania. Do roboty został zaprzęgnięty też Stanisław, który choć wiekowy, był ciągle sprawny i chętny do robienia mebli. Powolutku, na tyle, na ile siły mu starczyło, robił półki na książki, krzesła i szafki do kuchni, a nawet fotele do salonu. Z pomocą Damiana i jego syna zrobili rozkładany stół na dwadzieścia osób, który co dzień nie zabierał wiele miejsca w kuchni, a kiedy wymagała tego konieczność, kilka ruchów wystarczyło, żeby przy rozłożonym stole zmieścili się wszyscy Winni. Michał był zadowolony, bo Ania nie miała wiele czasu na myślenie, tylko musiała zdobywać tkaninę dla tapicera, na firanki i obrusy, co łatwe nie było, wymagało wiele zachodu i jeżdżenia, bo towarów w sklepie zaczynało brakować. Słowem, każdą wolną chwilę Ania spędzała na urządzaniu domu, co ją uratowało przed pogrążeniem się w czarnych myślach. Michał obawiał się momentu, w którym wprowadzą się we trójkę do trzy razy większego domu, książki spoczną na półkach, naczynia w nowoczesnych wiszących szafkach, a firanki zostaną uszyte i zawieszone gdzie trzeba.

Na szczęście, kiedy to wszystko nastąpiło, Michał Winny przyprowadził do domu Joasię, prześliczną wiolonczelistkę, która była w widocznej już ciąży, więc zajęto się pospiesznymi przygotowaniami do ślubu, przygotowaniem kawałka piętra, które młodzi mogli zająć, zanim pójdą na swoje. Pod koniec 1968 roku na świat przyszli mały Karol, syn Basi i Tomka, oraz Magda, córeczka Michała i Joasi. Ania i Mania miały co robić przy wnukach, pomagały jak mogły, cedziły soczki przez gazę, parzyły truskawki i prały pieluchy, żeby ulżyć młodym matkom, tak jak kiedyś im pomagały Bronia i Kazia. Ania była tak zmęczona opieką nad wnuczką, że wieczorem oczy same jej się zamykały, nie miała czasu na zamartwianie się czy inne fanaberie. Wprawdzie Michał miał świadomość, że wpadli z żoną z deszczu pod rynnę, ale kiedy mała Magdusia powiedziała „Dada", co Michał przyjął jako „dziadek", zakochał się we własnej wnuczce bez pamięci i gotów był przychylić jej nieba.

Basia zabrała dziewczynki do domu po ponad tygodniu, bo u młodszej Julii wdało się jakieś zakażenie i podawano dziecku antybiotyk. Basia drżała na całym ciele, kiedy widziała igłę wbitą w delikatną główkę swojej córeczki. Pielęgniarka nie musiała jej tłumaczyć, że u takiego maleństwa tylko tam dobrze widać żyłę do wkłucia, Basia o tym doskonale wiedziała – jednak płakała w kółko, z obawy, że igła uszkodzi Julii mózg. Starsza dziewczynka, Urszula, była zdrowa jak rydz, dużo jadła, dużo spała i wszyscy Basi mówili, że dziecko wyrośnie jej na pociechę, a potem dodawali, że Julia też pewnie wyrośnie, ale na tę „pociechę" trzeba będzie może dłużej zaczekać. Basia, która już zaczynała podczas porodu żegnać się z życiem, powoli odzyskiwała siły, wspierana przez siostrę, matkę, ojca, męża, a nawet małego synka. Z pewnym niepokojem obserwowała twarze córeczek, które choć na pierwszy rzut oka identyczne, różniły się znacznie między sobą. Ula wyglądała jak zupełnie zwyczajny noworodek i tak też się zachowywała, interesowało ją właściwie wyłącznie jedzenie, ciepło i sen. Natomiast Julia blada, o wąskiej buzi, jadła niechętnie, nigdy płaczem ani krzykiem nie domagała się pokarmu, na spacerach nie spała, tylko z ciekawością oglądała świat. Wszelką zabawę, noszenie na rękach przyjmowała życzliwie i z ochotą, ale nie wymuszała niczego. Przeciwnie, przyglądała się z dezaprobatą siostrzyczce, która chciała być w centrum uwagi przez dwadzieścia cztery godziny na dobę.

– Zobacz, Tomeczku – powiedziała któregoś dnia Basia do męża.

Jula leżała w kołysce, spokojna i uśmiechnięta i z zaciekawieniem obserwowała poruszającą się na wietrze firankę okienną. Ula w tym czasie znajdowała się na rękach u swojego ojca, więc wyjątkowo nie wrzeszczała, tylko przyglądała się kiwającej się jak wańka-wstańka gąsce Balbince. Gąska była prezentem dla Uli od dziadka Staśka i babci Andzi.

– Co takiego? – zainteresował się szczęśliwy ojciec. – Coś nie tak?

– Myślałam, że to przejdzie. – Basia zmarszczyła brwi. – Ale zostało...

– Myślisz o oczach? – spytał.

Już dawno zauważył, że oczy Uli są zielone, natomiast Julia tylko jedno ma zielone, natomiast drugie jasnobrązowe.

– Tak – potwierdziła Basia. – I jeszcze o tym znamieniu.

Pokazała palcem na ramię dziecka, gdzie tkwiło dziwne znamię w kształcie serca.

– To małe znamię. –Tomasz pogłaskał rękę córeczki, a dziecko uśmiechnęło się radośnie. W tym samym momencie mała Ula rozkrzyczała się, jak umiała najgłośniej, protestując, że nie zwraca się na nią dostatecznej uwagi. – Może zniknie...

Znamię nie zniknęło, lecz towarzyszyło Julii do końca życia, wzbudzając zainteresowanie. Natomiast oczy w różnym kolorze stanowiły nie lada kłopot, ponieważ nie wiadomo było, co napisać w rubryce „kolor oczu". Basia przy urodzeniu wpisała do papierów „zielone", ale potem zwrócono im uwagę i w znakach szczególnych dodali informację, że lewe oko jest koloru brązowego. Sama Julia, kiedy już dorosła, musiała tłumaczyć wszystkim urzędnikom co i jak, pokazywała oczy, zapewniała, że sobie nie żartuje z nikogo, tylko tak ma i już. Żeby być sprawiedliwą, przy każdej wymianie dowodu wpisywała inny kolor, raz „zielone", raz „piwne", a raz próbowała nawet pisać „bure", co nie spodobało się urzędniczce z trwałą ondulacją.

Basia z każdym dniem odzyskiwała siły, rany się goiły, tylko mleka miała mało, więc musiała dziewczynki dokarmiać. W sklepach brakowało coraz więcej artykułów, także tych pierwszej potrzeby, ale nie po to ma się rodzinę, jak mawiała Michele, żeby kruszynkom czegoś zabrakło. Kuzynka napisała do swojego ojca i z Francji zaczęły przychodzić mleko w proszku, odżywki, a potem kolorowe ubranka i piękne rzeczy dla dzieci. Zdarzało się, że przesyłki ginęły, ale Winni i na to znaleźli sposób. Tadeusz wysyłał paczki pocztą dyplomatyczną, prosząc dawnego towarzysza broni o przysługę, a potem ktoś z Winnych, Borkowskich albo Śniegockich jechał do francuskiej ambasady i przywoził świeżą dostawę. Nie było łatwo wychowywać dzieci, zwłaszcza dwoje naraz, a i Karolek miał dopiero trzy latka, więc na każdym kroku dopominał się uwagi. Tomek chodził do pracy, a Basia mimo pomocy Mani i Kasi czasami nie wytrzymywała i popłakiwała w kącie ze zmęczenia i poczucia macierzyńskiej klęski. Na domiar wszystkiego w telewizji ciągle pokazywali pięcioraczki ze Śląska, wręczali im książeczki mieszkaniowe, wspomagali dumnych rodziców i stawiali za przykład, więc Basia się wstydziła, że nie daje rady przy trójce dzieci, mimo że wszyscy jej pomagają.

Przystojny Julian Czerwiec zagiął parol na Kasię Bartosiewicz. Odkąd zobaczył ją w czerwcu miotającą błyskawice w obronie siostry, nie mógł jeść ani spać. Zasypiał z obrazem jej pięknej twarzy pod powiekami, po przebudzeniu myślał tylko o tym, co ona robi, gdzie jest, co je na śniadanie i w co się ubrała. Użył wszelkich swoich wpływów, żeby zdobyć adres Kasi. Kupił kwiaty i pewnego niedzielnego popołudnia zapukał do drzwi bliźniaka na Wyględówku. Tak jak sobie wymarzył, Kasia sama otworzyła i zdumiała się niepomiernie na widok mężczyzny, który przyjmował na świat jej siostrzenice. Wiedziona może ciekawością, a może szóstym zmysłem, wpuściła go jednak do środka, wstawiła kwiaty do wazonu, a potem zrobiła herbatę i pokroiła ciasto, które upiekła jej matka, i podzieliła tradycyjnie na cztery części – dla siebie, siostry bliźniaczki Ani i dwóch córek – Basi i Kasi. Przegadali wtedy kilkanaście godzin, praktycznie do rana, zupełnie nieświadomi upływu czasu. Zrobili tylko krótką przerwę, bo Małgosia zasnęła na kanapie przed telewizorem i trzeba było przebrać dziecko w piżamkę. Wypili hektolitry herbaty, powiedzieli o sobie jeśli nie wszystko, to wiele, i nad ranem Kasia pościeliła Julianowi na kanapie, a sama poszła do sypialni, bo wieczorem miała przedstawienie i musiała choć chwilę się przespać.

Nie bawili się ani w podchody uczuciowe, ani w narzeczeństwo. Kasia powiedziała swoim rodzicom, cioci i przede wszystkim siostrze, że kogoś poznała, a Julian wyznał to samo matce, która nie była ani tak wzruszona, ani szczęśliwa jak rodzina Winnych. Przeciwnie, uważała związek swojego wykształconego jedynaka z niewykształconą panną z dzieckiem za wielkie nieporozumienie i jak mogła, starała się nie dopuścić do takiego mezaliansu. Najpierw próbowała wyperswadować synowi ten związek, następnie uciekła się do choroby, bliżej nieokreślonej, ale wykazującej wiele dolegliwości, wreszcie oświadczyła, że umrze, jeśli Julian zrobi jej coś takiego. Syn dla porządku zaprowadził ją do jednego ze swoich kolegów, upewnił się, że to na pewno tylko histerie, a nie choroba i dobitnie oświadczył, że Kasię poślubi, choćby nie wiem co.

W końcu doszło do wzajemnych prezentacji. Mały domek na Wyględówku musiał pomieścić ponad dwadzieścia osób, gdzie ze strony Winnych było równo osiemnaście, a ze strony Juliana przyszła tylko matka i jej starsza siostra, równie zgorzkniała jak rodzicielka Juliana, może tylko jeszcze bardziej hipochondryczna i głucha. Obiad wymagał wiele zachodu i kupowania mięsa pokątnie od znajomych ze wsi, ale była to bardzo udana impreza, w wyniku której lody zostały przełamane. Matka Juliana zakochała się w przyszłej synowej i w jej grzecznej i spokojnej córeczce. Nie wypominała już synowi, że będzie wychowywał nie wiadomo kogo, nie wiadomo gdzie i na dobrą sprawę z kim. Można było zatem z czystym sumieniem planować weselisko. Kasia i Julian wzięli ślub w urzędzie stanu cywilnego, nie chcieli w kościele, chociaż wszyscy ich na to namawiali. Zgodnie twierdzili, że może zrobią to kiedyś, gdy wszystko będzie inaczej. Na wesele, urządzone w domu Mani i Ryszarda, przyszło mnóstwo kolegów i koleżanek Kasi z teatru, niektórzy tak znani i majętni, że pół Brwinowa chodziło oglądać samochody zaparkowane przed ogrodzeniem. Okrzyki „gorzko, gorzko" słychać było do rana, do tańca przygrywał zespół cygański, a weselny tort wyglądał jak prawdziwe dzieło sztuki. Po weselu były poprawiny, po nich podróż poślubna do Złotych Piasków w Bułgarii. Następnie Julian i Kasia zaczęli zgodnie z życzeniami żyć szczęśliwie, tyle tylko, że niestety nie dane im było długo cieszyć się tym szczęściem. Trzy lata później milicja zabrała Juliana wprost z pracy. Nawet krocza pacjentki mu nie pozwolili zaszyć, tylko zakuli w kajdanki i wyprowadzili przy kolegach i wszystkich pacjentkach.

– Brzydka sprawa – szeptano po korytarzach. – Może go drogo kosztować...

Kasia, kiedy dowiedziała się, co się stało, zamarła ze zdumienia i przerażenia, że o coś takiego można oskarżać jej męża.

– On to dla ciebie robił i dla twojego dziecka – histeryzowała teściowa, chwytała się za serce, a nawet mdlała, gdy była mowa o pieniądzach, które trzeba będzie wydać na proces.

– Pieniądze to akurat najmniejszy problem – powiedziała Ania do siostry i siostrzenicy. Zapewniając, że mają z Michałem odłożone środki, przeznaczone na nieprzewidziane wypadki, prosiła córkę, żeby przynajmniej o finanse się nie martwiła.

– Czy on jest winny? – spytał Michał żony, kiedy ta rozpłakała się po pierwszym dniu procesu z napięcia, niepokoju i żalu. Dopiero co Kasia wreszcie znalazła szczęście, a tu taki dramat się rozgrywał.

– Chciał jej zapewnić dobrą przyszłość. Jej i Małgosi.

– I dlatego kradł? –Michał pokręcił głową.

Ania się zdenerwowała.

– Nie kradł, tylko handlował lekami – oznajmiła stanowczo. – A to jest różnica.

– Jaka różnica? – Michał z kolei miał nerwy jak postronki, bo u niego w pracy ciągle były jakieś kontrole i chodził z niewyspania na rzęsach. – A skąd się w ogóle dowiedzieli?

– Jakaś pacjentka złożyła na niego donos, że chciał pieniędzy za skrobankę, a kiedy mu zapłaciła, dał jej proszki i powiedział, że ma łykać, aż poroni.

– To możliwe? – zdumiał się.

– Nie wiem. Pytałam Basi, powiedziała, że nie...

Długo dyskutowali na ten temat, ale poza tym, że trzeba pomóc, wziąć do siebie Małgosię na całe święta, wspierać Manię i Ryszarda, nic specjalnego nie uradzili.

– Dlaczego to zrobiłeś? – pytała Kasia męża ze łzami w oczach. – Co my teraz zrobimy z Małgosią?

Julian, który w więzieniu zamartwiał się dzień i noc, nie chciał okazywać żonie, jak bardzo jest przerażony.

– Rodzina cię nie zostawi i bardzo dobrze – podsumował.

– Ciebie też nie zostawi, bo jesteś już nasz... Powiedz mi – dlaczego?

Julian przetarł oczy rękoma i zanurzył długie palce w rozczochranych włosach.

– Chciałaś kupować pantofle w pawilonach na Marszałkowskiej i ubrania w Modzie Polskiej. A ja chciałem ci zapewnić wszystko co najlepsze...

– Nie prosiłam o to. – Kasia zanosiła się płaczem. – Przecież ja tego nie potrzebowałam...

– Chciałaś, żeby ci te twoje koleżanki zazdrościły. Przecież to ty jesteś największą gwiazdą.

– Nieprawda...

Kasia nie przestawała płakać jeszcze długo po wyjściu z aresztu, charakteryzatorki z trudem przywracały jej twarzy jako taki wygląd i tuszowały opuchliznę pod oczami, żeby co wieczór mogła wychodzić na scenę. W sekundę przeistaczała się w szekspirowską Kordelię, Blanche Tenneseego Williamsa czy Ruth Sonnenbruch Kruczkowskiego. Jeździła nawet do Łodzi, gdzie grała komediowe role i rozśmieszała widzów do łez. Potem zakładała ciemne okulary, wsiadała do pociągu z Łodzi do Warszawy, udając przed innymi podróżnymi, że czyta gazetę. Po przedstawieniach w warszawskim teatrze biegła do kolejki WKD, bo Julian już nie czekał na nią, i wracała do domu, gdzie znowu przepłakiwała całe noce. Nie umiałaby powiedzieć, czego bardziej żałowała: Juliana, który chciał zapewnić sobie jej miłość butami z komisu, jakby mu jej nie okazywała; czy też samotnego życia, które miała znów wieść. Martwiło ją też, że nie zaszła w planowaną ciążę.

Julian w przeciwieństwie do żony cieszył się, że ich plany związane ze wspólnym dzieckiem się nie powiodły. Gdyby teraz Kasia została sama z dwójką dzieci, byłaby to dla niego dodatkowa kara. Nie mógłby wychowywać swojego dziecka przez wiele lat. Kiedy nawiązał współpracę z człowiekiem, który zaproponował mu pokątne rozprowadzanie zachodnich środków poronnych, zdawał sobie sprawę, że grozi mu za taki proceder więzienie. Nie zamierzał jednak dać się złapać. Leki dawał do ręki i to tylko w prywatnym gabinecie, w żadnym wypadku nie tłumaczył pacjentkom, skąd środki pochodzą. Mówił lakonicznie, że ma je ze szpitala. Nie miał pojęcia, która z kobiet na niego doniosła. Był na tyle głupi, że trzymał dowody w zamkniętej na klucz szafce, którą milicja natychmiast rozbiła i zrobiła z tego wielką aferę.

– W dzisiejszych czasach lepiej by było, żeby pan kogoś zamordował – powiedział bardzo znany i bardzo drogi adwokat. – A tu mamy przestępstwo gospodarcze, czyli przeciwko władzy ludowej. Handel z Zachodem, okradanie państwa, działanie przeciwko partii... Afera mięsna nie przestraszyła pana?

Julian bezradnie rozłożył ręce. Słyszał naturalnie o procesie, był zbulwersowany bezzasadnie dużymi wyrokami, ale nigdy nie przypuszczał, że jego samego może spotkać podobny los.

– Wykonano jedną karę śmierci, zasądzono trzy kary dożywocia. Będziemy mieli szczęście, jak dostanie pan mniej niż dwadzieścia pięć lat.

Julian miał szczęście. W wyniku kilkudniowego procesu skazano go na karę piętnastu lat pozbawienia wolności – absurdalnie długą, zupełnie nieadekwatną do winy. Sąd zupełnie nie wziął pod uwagę wywodów mecenasa, który podważył zeznania świadków, wykazał, że pudełek z lekami było dosłownie kilka, a Julian miał w pracy nienaganną opinię. Sędziów zdawało się to nie interesować, podobnie jak fakt, czyim mężem był oskarżony, jakie zeznania świadczyły na jego korzyść i czy są jakiekolwiek okoliczności łagodzące. Po odczytaniu wyroku skazującego Kasia zemdlała, docucona stanęła na chwiejne nogi, mrucząc, że „nic to". Tego samego wieczoru poszła do teatru, gdzie miała premierę *Makbeta*. Zagrała tak, że dostała owacje na stojąco, a widzom ciarki przebiegały po plecach, kiedy mówiła:

Głupstwo!
Twój lęk nakreślił ci ten wizerunek,
Tak jak ów obraz sztyletu w powietrzu,
Który, jak rzekłeś, wiódł cię do Duncana.
O! Te wybuchy i wstrząsy szaleńcze
(Nędzne, gdy zrównać je z prawdziwym lękiem)
Raczej przystoją bajkom, które zimą
Niewiasty po swych babkach powtarzają,
Wstydź się! I czemu robisz takie miny?
*Przecież na puste krzesło patrzysz.**

Po premierze pozwoliła ucałować dłoń wiceministrowi kultury, który zjadał ją wzrokiem i mówił „królowo moja", a potem wymówiła się dzieckiem i wróciła do domu, wykorzystując służbową wołgę wiceministra. Małgosi w domu nie było, bo Basia wzięła ją do siebie zaraz na początku całej afery, żeby dziecko nie musiało

* *Tragedia Makbeta*, William Szekspir, tłum. Maciej Słomczyński, Wydawnictwo Zielona Sowa, Kraków 2007.

patrzeć na roztrzęsioną matkę, płaczącą albo wykrzykującą kwestie krwawej Lady Makbet. Wyciągnęła z barku butelkę koniaku, którą dostała z okazji ślubu od Michele, nalała do kieliszka nieodpowiedniego dla tego szlachetnego trunku i wychyliła jednym haustem. Poczuła spokój, a potem zasnęła na kanapie w wieczorowej sukni i scenicznym makijażu.

1975 ROK

Jeremi rozejrzał się wokoło. Smutne dzieci w szarych strojach zbiły się w ciasną gromadkę na szaroburym dywanie. Był to ich pierwszy dzień w przedszkolu i nie bardzo wiedziały, czego mogą się spodziewać. Siedziały grzecznie w pozycji „po turecku", jaką zasugerowała im jedna z pań, dodając, że jeśli któreś się ruszy, to oberwie. Jeremi świetnie to rozumiał, ponieważ jego własny ojciec powtarzał mu to dokładnie samo, a on z ojcem nie zadzierał. Wprawdzie „nie ruszaj się stąd gówniarzu" w wykonaniu ojca brzmiało zupełnie inaczej, no i musiał raczej stać na baczność, niż siedzieć po turecku, ale konsekwencje, jak przewidywał chłopiec, były takie same, czyli kop w tyłek. Siedział więc grzecznie i czekał na rozwój wydarzeń. Wreszcie z zaplecza wyłoniła się jakaś pani, a za nią druga, zasiadły na krzesełkach przy dywanie i ta wyższa zaczęła czytać książkę. Jeremi początkowo nie słuchał, bo nie był przyzwyczajony do czegoś takiego jak czytanie na głos. Jego matka nigdy nie czytała ani jemu, ani jego starszej siostrze. Magda lubiła wprawdzie książki, ale czytała wyłącznie sama i nie przyszłoby jej do głowy zabawiać w ten sposób młodsze rodzeństwo.

– O czym ja czytałam? – rozległ się nagle ostry głos i Jeremi instynktownie pomyślał, że pytanie jest skierowane do niego.

– Eee... – Błyskawicznie się spocił.

Wysoka pani, z siwymi, obciętymi na pazia włosami skupiła na nim wzrok.

– Czego chcesz, dziecko? – spytała. I dodała niezbyt przyjaźnie: – Czy ja ciebie o coś pytałam?

Jeremi nie wiedział, czy odezwać się czy nie, bo pani przypominała mu babcię, która nie miała zębów i straszyła go dziadem. Dziad miał go zabrać do worka, w przypadku gdyby Jeremi był niegrzeczny, to znaczy, gdyby domagał się na przykład obiadu czy uwagi.

– Odpowiadaj! – krzyknęła nieoczekiwanie pani i Jeremi nie wiedział, czy odpowiedzieć na pierwsze pytanie czy drugie, więc siedział struchlały i nie mówił nic.

– Pani czytała o jelonku, któremu kłusownik zabił mamusię. – Rozległ się spokojny, dźwięczny głosik. – Pan leśniczy zabrał go do domu…

– Cisza! – wrzasnęła pani, nie wiedzieć czemu wściekła, i wycelowała palec w Jeremiego. – Nie ciebie pytałam, tylko jego!

Przez chwilę panowała cisza, a potem dziewczynka w granatowych spodenkach w białe groszki zwymiotowała prosto na dywan.

– Pani Walu, pani tu posprząta – powiedziała pani z rezygnacją i znów wycelowała palec, tym razem najpierw w stronę Jeremiego, potem tamtej dziewczynki, po czym zarządziła: – Do kąta!

Jeremi nie bardzo wiedział, co ma konkretnie zrobić, ale dziewczynka najwyraźniej była obeznana z procedurami, ponieważ sprawnie wstała z dywanu, poszła powoli w stronę kąta sali i stanęła twarzą do ściany. Jeremi czym prędzej wstał i dołączył do towarzyszki niedoli. Stali tak nieruchomo, aż znów usłyszeli spokojny głos pani, czytający książkę Rogaś z doliny Roztoki.

– Jestem Julia – powiedziała szeptem dziewczynka. – A ty?

– Jeremi… – wyznał Jeremi, który nie znosił dziwacznego w swoim mniemaniu imienia, ale nie miał odwagi poprosić dziewczynki, żeby mówiła do niego inaczej.

– A jak się na ciebie mówi? Jarek? – spytała, znów nie odwracając się nawet na chwilę w jego stronę.

– Tak – ucieszył się. – Jarek. Na mnie mówi się Jarek.

– To fajnie – powiedziała dziewczynka. – Będę tak do ciebie mówiła.

Jeremi chciał jej podziękować za to, że odezwała się mimo obecności groźnej pani i solidarnie poniosła karę, ale nie wiedział, jak ująć w słowa to, co czuł. Poza tym bał się ruszyć i tylko kątem oka spoglądał na tę miłą dziewczynkę, zastanawiając się, czemu postanowiła mu pomóc. „Musi być bardzo odważna", doszedł do wniosku, „inaczej nic by nie powiedziała, jak inne dzieci". Przyjrzał się Julii uważnie dopiero po leżakowaniu, na które ich posłano po odbyciu kary. Miała śliczne, jasne włosy i ładnie się uśmiechała. Przypominała mu lalkę z wystawy sklepu z zabawkami na ulicy Bolesława Prusa, taką, o której bezskutecznie marzyła jego o kilka lat starsza siostra Magda. Jeremi doszedł do wniosku, że nigdy w życiu nie widział kogoś tak pięknego i równie pięknie ubranego. Julia miała na sobie spódniczkę z falbankami, sweterek w kolorowe serduszka i czerwone rajstopy. Na nogach, zamiast bamboszy, które nosiły prawie wszystkie dzieci, miała buciki, jakich Jeremi nigdy wcześniej nie widział. Sam ubrany był w rajstopy, które mu ciągle zsuwały się i przeszkadzały w zabawie, oraz w bure, byle jakie bluzki, które donaszał po swoich braciach ciotecznych

Jaśku, Pawle i Krzychu albo rodzonym bracie Maćku. Na nogach miał znoszone przez Jaśka bambosze, które miały dziury przy dużym palcu i strasznie go uwierały. Włosy strzygła mu Magda albo matka, zwykle nieuważnie, byle jak, nie starając się, żeby uformować jakąś fryzurę. Gdzieś tam w głębi małego serca rozumiał, że ta dziewczynka była z zupełnie innego świata, ale nie dbał o to zupełnie, przynajmniej w tej chwili. Uśmiechnął się do niej, a ona odwzajemniła uśmiech.

– Czego się tak gapisz? – burknął ktoś nieprzyjaźnie i Jeremi ze zdumieniem spojrzał na dziewczynkę zupełnie identyczną jak jego nowa koleżanka, tylko inaczej ubraną. W dodatku ta „druga" patrzyła na niego niechętnie, jakby jej coś zabrał, trzymała się pod boki i była strasznie naburmuszona.

– Eeee... – mruknął skonfundowany Jeremi. – To was jest więcej?

– Głupi jesteś – uznała ta niemiła i poszła się bawić.

Dopiero następnego dnia Julia wyjaśniła Jeremiemu, że „ta druga" to jej siostra bliźniaczka Urszula. Przyjrzał się wtedy dokładnie i zauważył, że Julia ma oczy w dwóch różnych kolorach, a potem odkrył także inne różnice między nią a jej siostrą, między innymi małe znamię na skroni w kształcie serca. Z czasem odkrywał coraz więcej różnic między bliźniaczkami, oczywiście na niekorzyść Uli, która patrzyła na niego z góry i nazywała głupkiem.

– Dlaczego ty jesteś taka, a twoja siostra inna? – spytał któregoś dnia, kiedy razem budowali wieżę z plastikowych klocków.

– Jaka jest? – nadąsała się Julia.

– No... – Jeremi zorientował się, że Julii musi być przykro, i żałował, że zaczął tę rozmowę. – Nie lubi mnie.

– Coś ty – roześmiała się i podała mu klocek, który nijak nie chciał się złożyć z poprzednim. – Ona tak zawsze, ale na pewno cię lubi.

Julia oprócz Uli miała jeszcze brata Karola. Poza tym siostrę cioteczną Małgosię, która była dla niej jak siostra, i mnóstwo bliższej i dalszej rodziny, o której chętnie opowiadała. Nie wiedział, jak to się działo, że on sam był określany przez panie w przedszkolu jako „margines" z rodziny wielodzietnej, podczas kiedy familia Julii była określana mianem „wielopokoleniowej". Panie z opieki społecznej, które od czasu do czasu przychodziły do nich do domu, załamywały ręce, widząc biedę, matkę nad wanną z praniem, dzieci uganiające się po zaniedbanym mieszkaniu i ojca, który siedział w podkoszulku i nie zwracając uwagi na gości, czytał „Ekspress Wieczorny". Jeremi wielokrotnie chciał uspokoić te panie, że naprawdę nie mają się czym przejmować, zapewnić, że jest im wszystkim ciepło i z kranu płynie ciepła woda, a żeby pójść za potrzebą, nie trzeba się ubierać i wychodzić na mróz. Kiedyś mieli znacznie gorzej, bo mieszkali w Koszajcu, w walącym się domu bez ubikacji, z babcią Irenką, która nie miała zębów i połówki jednego palca, którą straciła w tajemniczych okolicznościach. Jego babcia nie była taka jak inne babcie, choćby babcia Julii i Uli, która robiła pierogi i smażyła placki ziemniaczane, śpiewając piękne piosenki, była przy tym miła i bardzo ładna. Babcia Irena niczego nie smażyła, nawet obiadu nie robiła, tylko paliła papierosy i piła wino z tatą. Dopiero po pożarze domu i kilku wizytach policji i opiekunów społecznych któregoś dnia przeniesiono ich do trzypokojowego mieszkania w bloku w Pruszkowie, przy ulicy Ewy. Starsze dzieci skierowano do rejonowych szkół, a Jeremiego zapisano do nowo wybudowanego przedszkola w parku Potulickich. Na szczęście babcia Irena została w Koszajcu, rzadko ją odwiedzali, bo trzeba było jechać autobusem, a potem iść pięć kilometrów z okładem. Wprawdzie matka utyskiwała, że przedszkole strasznie od nich daleko, ale szła z nim codziennie ulicą Kopernika albo kazała Magdzie odprowadzać go po drodze do szkoły. Jeremi z dwojga złego wolał chodzić z matką, bo siostra strasznie go ciągnęła i krzyczała okropnie. Jednak chwile udręki w drodze do przedszkola osładzała mu myśl, że już niedługo będzie mógł bawić się z Julką.

Michele, która mieszkała z Manią i Ryszardem, znienacka przyprowadziła do wujostwa kolegę z uniwersytetu. Był brodaty, miał długie włosy i dziwny naszyjnik na piersi, ale rozmówcą okazał się bardzo przyjemnym i zaskakująco inteligentnym. Mania i Ryszard byli pod wrażeniem, którego nie zmącił nawet fakt, że Janusz wypalił podczas dwugodzinnej wizyty dwie paczki ekstra mocnych bez filtra, a Michele za każdym razem przypalała mu papieros, jakby była służącą tego długowłosego, jak się potem okazało, adwokata. O swoim ślubie zawiadomiła wujostwo pewnego dnia mimochodem, jakby nic wielkiego się nie stało. Ania właśnie przyszła do siostry, żeby opowiedzieć jej o ostatniej rozmowie z Ewą, i siostrzenica natychmiast zbiegła ze schodów, przytuliła się do ciotki i chciwie słuchała wiadomości od kuzynki.

– A długo czekałaś na połączenie? – dopytywała Mania.

Ania machnęła ręką.

– Tylko godzinę, to tak jakby nic. A ludzi było mnóstwo na Świętokrzyskiej, aż czarno od głów i wszyscy czekaliśmy. I wiesz, tylko do Izraela były telefony i do Ameryki...

– Nic dziwnego – mruknęła Mania. – Tyle Polski tam siedzi...

– U nas we Francji można z domu zadzwonić za granicę – zauważyła Michele.

Mania popatrzyła na siostrzenicę ironicznie.

– Pewnie dlatego Tadek tam siedzi, że może zadzwonić, do kogo chce, bez żadnego problemu. Tyle że to nie zmienia faktu, że do nas nie może…

– Jak ja mam czekać na poczcie w Warszawie kilka godzin, żeby z rodzicami porozmawiać, to ja wolę telegram posłać albo list napisać… – weszła jej w słowo Michele.

– Twoja mama narzeka w ostatnim liście, że rzadko dzwonisz, dziecko, do domu – przypomniała jej Mania gorzkie słowa Ivonne i żale ich brata Tadeusza, który myślał, że fanaberia Michele, żeby studiować w Polsce, skończy się po kilku miesiącach. Ale tak się nie stało i Tadek liczył jeszcze na to, że córka wróci po skończeniu polonistyki, bo przecież życie w Polsce jest o wiele trudniejsze niż we Francji, zwłaszcza dla młodej dziewczyny, która przecież chce się bawić. Kiedy córka powiedziała, że zaczyna studiować drugi kierunek – dziennikarstwo, Tadek o mało nie dostał zawału. I za nic nie mógł zrozumieć, jak można chcieć w siermiężnym Brwinowie i szarej Warszawie życie sobie układać. Zaniepokoił się nie na żarty, kiedy Michele wyrobiła sobie polskie obywatelstwo, zawiadamiając wszystkich zainteresowanych, że tu w Polsce jest jej ojczyzna i szlus. Tadek wtedy wysłał telegram, który musiał kosztować majątek i bardziej zaszkodził, niż pomógł, bo ktoś go otworzył i przeczytał. Napisał w nim, że w takim wypadku władza ludowa może Michele utrudnić powrót do Francji, gdy któregoś dnia zechce do domu wrócić. Dodał jeszcze, że on się do ojczyzny nie wybiera, bo wie, że nastają ciężkie czasy, będą represje, a w ogóle życie w Polsce jest trudne.

Michele słuchała tych argumentów, a raczej czytała je ze stoickim spokojem, odpisując ojcu, że jego patriotycznym obowiązkiem jest powrót do swojej ojczyzny, która potrzebuje pomocy, teraz nawet bardziej niż po wojnie. I że nie powinien namawiać jej, żeby wróciła do Francji, gdzie jest zwyczajne, nudne życie. Ona, Michele, chciała dokonać rzeczy wielkich, ważnych, więc do Francji się nie wybierała, a już na pewno nie do Paryża. Do tego samego Paryża, do którego wszyscy jak do Mekki lgnęli, jak do czechowowskiej Moskwy, jakby tylko tam było jakieś życie. A co do dziennikarstwa, to wspaniale się czuje na uczelni i nie zamierza ze studiów rezygnować. Tadzik i Ivonne poddali się, kiedy ich córka oświadczyła, że albo zostanie w Polsce, albo pojedzie do Somalii, bo chciałaby być tam, gdzie potrzeba takich jak ona, młodych, wykształconych, walczących o pokój.

– Liczysz na niezależne dziennikarstwo w Polsce? – spytał ją wuj Michał, a wuj Ryszard zaczął tłumaczyć co i jak, jakby sama do trzech zliczyć nie umiała.

Jedyne, czego Michele naprawdę żałowała, to tego, że w czasie marcowych zamieszek leżała złożona bardzo ciężką grypą i o wydarzeniach tak dotkliwych dla Ewy dowiedziała się właściwie, kiedy już było po wszystkim. Nigdy sobie tego nie darowała, postanawiając, że zawsze będzie w ogniu ważnych wydarzeń i zostanie wybitną dziennikarką. Ile razy była mowa o Ewie, Michele nie umiała sobie odpowiedzieć na pytanie, dlaczego kuzynka chciała do tego Izraela pojechać, tam pracować i żyć z Benitkiem. Jego to już kompletnie nie była w stanie zrozumieć, bo przecież Benek był w sumie Włochem, przyjechał do Polski z matką, a potem pojechał za żoną poszukiwać jej tożsamości, jakby swojej nie miał. Michele odpowiadał raczej polski model, w którym żona jedzie za mężem, a nie odwrotnie, może w opozycji do tego, że jej własny ojciec mieszkał w domu wybudowanym przez dziadka jej matki i pracował w przedsiębiorstwie, które należało do wuja Michele i jej siostry Adele.

– To co u Ewy, ciociu? – spytała niecierpliwie, bo widziała, że Ania kluczy, nie chce za bardzo mówić, ale nie przychodziło jej do głowy, że może ciotki chciałyby porozmawiać na osobności.

Ania westchnęła.

– Ależ ty ciekawska jesteś. – Pogłaskała siostrzenicę po długich blond włosach i poprawiła kolorową apaszkę na jej szyi. Michele to jedno miała francuskie, wyczucie mody i elegancką nonszalancję w ubiorze.

– Ewa zaczęła pracę w szpitalu jako lekarz-praktykant. Na pediatrii – relacjonowała. – Ma zdać egzamin, po którym uznają jej dyplom i będzie mogła pracować jako samodzielny lekarz. A Benek na razie nigdzie nie pracuje, tylko chodzi z nią na kurs języka.

– No tak – powiedziała z przekąsem Michele. – Suma luda tam pojechała, wszyscy Żydzi, pracować by chcieli, tylko po żydowsku ani be, ani me…

– Chodzą na kurs z innymi obcokrajowcami – zignorowała uwagi siostrzenicy Ania, chociaż przyznawała jej w duchu rację. – I mają nauczyciela, który nie mówi w żadnym innym języku, tylko po ichniemu. I on jak aktor pokazuje im, jak mają mówić, odgrywa sytuacje. Ewa mówiła, że już trochę mówi, a całkiem sporo rozumie. Benek trochę gorzej, ale też sobie ponoć radzi…

– Naprawdę? – zdumiała się Mania. – Liczyłam na to, że im się nie uda ułożyć sobie życia i wrócą…

– Wrócą – powtórzyła Ania to, co mówiła Michałowi. – Jak Ewa znajdzie tę swoją tożsamość i zrozumie, że jest z Winnych.

Chwilę milczały wszystkie trzy i wtedy Michele zdecydowała się na wyjawienie swojej tajemnicy.

– Wzięliśmy z Januszem ślub.

Nawet Ania się tego nie spodziewała, a co dopiero Mania. Obie patrzyły na dziewczynę z szeroko rozwartymi ze zdumienia oczami.

– Jak to dziecko, ty wzięłaś ślub? – zapytała słabo Mania, łapiąc się za serce.

Michele była nieco skonfundowana, ale nie dawała tego po sobie poznać.

– Po prostu i szlus – rzuciła swoim ulubionym powiedzonkiem i spojrzała w bok, bo ciężko jej było wytrzymać spojrzenia dwóch par oczu ciotek.

– A rodzina? – Mania mocniej przyciskała rękę do serca. – Ślub w kościele, sukienka, goście?

– Jeśli o to chodzi, to nie chcieliśmy – wyjaśniła z prostotą. – Teraz nie czasy, żeby sukienki wkładać i druhny mieć. No i mój Janusz jedzie do Gdańska. Możemy dostać mieszkanie służbowe, no więc wzięliśmy ślub, bo tylko małżeństwom dają...

– Ale jak to? – Ania odzyskała mowę. – To ty ślub wzięłaś, żeby wyjechać do Gdańska?

– Tak – potwierdziła Michele. – Tak teraz ważne wydarzenia i Janusz jedzie bronić tych ludzi, a ja za nim. Bo u mnie odwrotnie. Za mężem się jedzie, nie za żoną, to znaczy... No właśnie – zaplątała się. – Ja wyjeżdżam w przyszłym miesiącu i teraz już wiecie.

– A studia? Przecież tak chciałaś skończyć dziennikarstwo? – indagowała Mania.

– Chciałam, ale bez papierka też mogę pisać, a teraz to przynajmniej nikt ode mnie lojalki nie będzie chciał i nie muszę zasilać swoimi tekstami jakichś „Trybun Ludu" czy czegoś takiego...

Ani i Mani udało się ustalić pewne szczegóły całej sprawy. Dowiedziały się tylko, że ślub odbył się w Urzędzie Stanu Cywilnego w Warszawie, świadków było dwoje, jakaś Małgośka i jakiś Danek – znajomi pary młodej. Michele była w dżinsach i kolorowej, hippisowskiej bluzce, a pan młody w golfie i spodniach. Po ceremonii poszli się napić do „Czytelnika", żeby było, jak się dowiedziały, „kulturalnie". A noc poślubna jako taka się nie odbyła, bo Janusz waletuje, ona z rodzicami mieszka, tylko niech sobie ciocia jedna z drugą nie myślą, że oni się wcześniej nie... poznali, bo to już by było nienormalne.

– A do rodziców napisałaś? – Mania zmartwiła się, że to ona będzie musiała wysłuchać od Tadka i przede wszystkim Ivonne pretensji i wyrzutów, jak mogli dopuścić do tego, że Michele poślubiła nie wiadomo kogo, to znaczy wiadomo, gołodupca, który chciał naprawiać świat, zaczynając od kraju ojczystego.

– Taaa, napisałam. – Dziewczyna przewróciła oczami. – Strasznie nerwowi ci rodzice, strasznie... Obawiam się, że będzie ciocia musiała zadzwonić, bo ojciec nie przyjedzie tak czy siak, mama też nie.

Mania oczywiście swoje wysłuchała od Tadka. Ania musiała zmierzyć się z Ivonne, bo Mania wykręcała się gorszą znajomością francuskiego. Po rozmowie była roztrzęsiona, bo Ivonne bardzo ciężko przyjęła fakt dyskretnego zamążpójścia swojej córki. Zarzucała wszystkim Winnym zaniedbania wychowawcze wywołane dbałością tylko i wyłącznie o Ewę, która postanowiła uwagę całej rodziny skupić na sobie. Wskutek tego Michele zbłądziła z drogi i dała się omamić jakiemuś rewolucjoniście, który ją poprowadzi na manowce. Ania wysłuchała pretensji, najpierw próbując żartować, że nie na manowce, tylko najwyżej na barykadę. Ale wobec braku poczucia humoru bratowej oświadczyła w końcu, że Michele jest dorosła i ma prawo robić, co chce, a one z Manią nie mogą jej pilnować, jakby była małym dzieckiem. Potem dodała, że tysiąc razy proponowali, żeby Ivonne przyjechała do nich z Tadkiem i Adele, i osobiście przekonała się, co ich młodsza córka widzi w tym kraju. A że nie skorzystali ani razu z zaproszenia, to niech nie mają pretensji. Wreszcie Ivonne trzasnęła słuchawką, a Ania po zapłaceniu potężnego rachunku za rozmowę na poczcie w Warszawie wracała do domu cztery godziny, bo pociąg zatrzymał się gdzieś między Włochami a Ursusem, ponieważ jak zwykle prąd wyłączono.

Michele postawiła na swoim i w grudniu 1975 roku razem z Januszem pojechali do Gdańska. Tam oboje związali się z Komitetem Obrony Robotników, a Janusz zaczął bronić aresztowanych opozycjonistów. Sama Michele pisała artykuły, które nocami drukowano w nielegalnych drukarniach, a potem rozprowadzano po całej Polsce. Pisała po polsku, ale i po francusku, bo czuła, że powinna powiedzieć światu o wydarzeniach, które miały miejsce w jej kraju. Potajemnie spotykała się ze znajomym dyplomatą, który swoimi kanałami szmuglował jej teksty do Paryża, gdzie początkowo ignorowane, wreszcie zostały dostrzeżone i regularnie zamieszczane w prasie z podpisem Arselle Ouvert, czyli w tłumaczeniu „małża otwarta". Michele jej pseudonim wydawał się ważny i symboliczny, arselle rymowało się z Michele, a teksty otwierały Europie Zachodniej oczy na to wszystko, co się dzieje w Polsce.

Starała się przyjeżdżać do Brwinowa i Pruszkowa, jak tylko mogła najczęściej, bo kochała obie ciotki bardziej niż swoją francuską matkę, do czego się nigdy nie przyznała ani przed Anią i Manią, a tym bardziej przed Ivonne. Przyjeżdżali z Januszem na Wigilie, komunie kuzynek, święto zmarłych, które szczególnie jej się podobało, bo takiej dbałości i pamięci o groby bliskich we Francji nie było. Tylko denerwowało ją, kiedy stara ciotka Andzia pytała, dlaczego oni z Januszem dzieci nie mają. Odpowiadała zawsze, że na dzieci jest czas, a teraz nie czas, kiedy ona pracą zajęta. Ale prawda była taka, że Janusz nie mógł mieć dzieci na skutek powikłań choroby, którą przebył w dzieciństwie i przed ślubem ją o tym uprzedził, a ona to przyjęła do wiadomości i nawet jeśli cierpiała, to nie dawała po sobie poznać. A ciotce Andzi odpowiadała, żeby wuja Jurka o to samo spytała i przede wszystkim przestała nazywać Jerzykiem, bo chłop miał już po pięćdziesiątce. Zresztą co tam dzieci, kiedy u niego ani widu czy słychu jakiejś kobiety. Andzia wtedy wzdychała i aż do następnego razu przestawała męczyć Michele.

1977 ROK

Na szóste urodziny Jeremi podarował Julii żelki-misie. Zaczął jej dawać prezenty, kiedy tylko dowiedział się, że urodzili się tego samego dnia. Stało się to w sposób naturalny, po prostu Julia i Ula przyniosły do przedszkola po pudełku „Ptasiego mleczka" i poczęstowały wszystkie dzieci. Pani Mela wzięła całą garść, jakby wstydu nie miała, a potem wypytywała obie siostry, skąd ich matka wytrzasnęła taki deficytowy towar.

Rok wcześniej nie wysilił się za bardzo, po prostu ukradł gumkę chińską z piórnika koleżanki swojej siostry. Miał przy tym szczęście, bo Julitka, czyli koleżanka Magdy, miała trzy różne gumki w chińskim piórniku i najwyraźniej nie zauważyła nieobecności tej jednej albo pomyślała, że ją zgubiła.

– Ja też mam dzisiaj urodziny. – Wziął do ręki jedną czekoladkę i powąchał chciwie. Oglądał te białe pudełka w cukierni na Lipowej, ale jego mama nigdy nie chciała kupić mu takich czekoladek ani żadnych innych słodyczy. Nie tłumaczyła się przy tym w ogóle, nie argumentowała jak w przedszkolu, że słodycze są szkodliwe na zęby, tylko wzruszała ramionami i mówiła, żeby się odczepił.

– Czemu nie powiedziałaś, że to dziś? – spytał, a potem wziął szybko jeszcze jedną czekoladkę.

– Nie pytałeś – odpowiedziała z prostotą. – Proszę panią, a Jarek też ma dzisiaj urodziny! – powiedziała głośno, po tym jak dzieci odśpiewały jej i Uli *Sto lat*.

Pani Mela i jeszcze bardziej niemiła od niej pani Jola spojrzały na Jeremiego niechętnie, po czym sprawdziły w dzienniku i zaczęły szeptać.

– Po co to mówiłaś, nie mam cukierków – burknął Jeremi zdenerwowany, a Ula pokiwała głową, bo nie chciała, żeby ktokolwiek zabierał jej w takim dniu uwagę wszystkich.

– To co, że nie masz. – Wzruszyła ramionami Julka i zaintonowała kolejne *Sto lat*, a dzieci nie czekając na znak pań, przyłączyły się ochoczo do chóru.

O jego urodzinach pamiętała matka i rano wręczyła mu spodenki, nawet całkiem ładne, powiedziała kilka słów, które przy odrobinie dobrej woli można by uznać za życzenia i odprowadziła go do przedszkola. Kiedy Jeremi usłyszał, że jego ukochana towarzyszka zabaw urodziła się tego samego dnia, był tym faktem ogromnie zdumiony. Później uznał go za symboliczny.

Kiedy Julia i Ula rozdały czekoladki, a o ostatnią pobił się rudy Adaś z największym łobuzem Kazikiem, Jeremi zapytał ją, w którym szpitalu przyszła na świat. Kiedy mu powiedziała, zdumiał się jeszcze bardziej, a w domu zapytał matki, czy pamięta, że razem z nim przyszły na świat pewne bliźniaczki.

– A coś tam było takiego… – oburknęła matka i podniosła oczy znad prania, ale tylko na krótką chwilę i zaraz się zdenerwowała, bo kopystka do wyłapywania bielizny wpadła do gorących mydlin. – Zajmijżesz się czym pożytecznym – fuknęła, a Jeremi zwiał z obawy przed gorącą parą i ciskającą gromy matką.

Na pomysł dania Julii prezentu wpadł dopiero rok później, tuż przed samymi urodzinami. Wcześniej próbował wypytać, co by chciała, ale szybko zorientował się, że takie pytanie nie ma sensu. Nie dysponował przecież żadnymi pieniędzmi poza znalezioną w parku dwuzłotówką, za którą nie można było wiele kupić, ale i tak Jeremi schował ją starannie w szparze między gumoleum a ścianą i prawie codziennie sprawdzał, czy nie zginęła. Gumkę wypatrzył u Julitki, koleżanki Magdy, i od razu postanowił podarować ją Julii. Znów nie miał cukierków dla dzieci ani dla pań przedszkolanek, ale tym razem ściskał w rączce różowe cudo opakowane w przezroczystą folię, na której widniała mała, uśmiechnięta kaczuszka.

– Dla mnie? – zdumiała się Julia i popatrzyła na niego tak, że mu się bardzo miło zrobiło w okolicy brzucha. – Dla Uli też masz?

– Tylko dla ciebie… – wyznał.

Za Ulą specjalnie nie przepadał, nie była taka miła jak Julia, nie chciała się z nim bawić i siostrę jeszcze odciągała. Raz jeden o mało jej nie uderzył, kiedy szeptała z Maćkiem, patrząc na niego zmrużonymi oczami, a potem śmieli się razem, że Jeremi jest bidota, bo mu rajstopy zwisają. Podobno któraś z matek tak o nim powiedziała. Jeremi wcale by się tym nie przejął, bo to na pewno nie była mama Julii ani jego, a tylko na tych mamach mu zależało. Tyle że sam uważał, że z tymi rajstopami to jakaś przesada i bezskutecznie prosił rodzicielkę o to, by mógł zakładać spodnie, które dostał na urodziny. Matka odpowiadała niezmiennie, że spodnie są do kościoła i na niedzielę, innych nie dostanie. Wciąż więc z zaciśniętymi zębami podciągał opadające rajtki ku uciesze kolegów z przedszkola. Julia nigdy się z niego nie śmiała. Co więcej, po tym pierwszym dniu w przedszkolu, w którym stali zgodnie w kącie, byli praktycznie nierozłączni, bawili się głównie razem, za nic mając docinki chłopców, że Julka to Jarka narzeczona, ani nawet Uli, która była zazdrosna tak o siostrę, jak i o niego. Nakładł wtedy Maćkowi na podwórku za te opadające rajstopy i biedę jego rodziny, a nie za „narzeczonego". Mama Maćka poskarżyła się Magdzie, która przyszła po niego do przedszkola. Musiał cały miesiąc wyrzucać za nią śmieci, bo groziła, że powie matce albo co gorsza ojcu, który wybije mu z głowy, a raczej z tyłka, bijatyki o dziewczyny. Właściwie o Julię pobił się tylko raz z Kazikiem, który krzyczał, że ma ona „jedno oko na Maroko, a drugie na Kaukaz". Julia się wtedy rozpłakała, a on poprosił Kazika o solówę. Jej oczy bardzo mu się podobały. Nie znał nikogo innego, kto by miał oczy różnego koloru, i uważał, że to świadczy o oryginalności Julii, której jej siostra – mając oboje oczu tego samego koloru – nie miała. Podczas bójki Kazik tak go uderzył, że miał na głowie całkiem spory guz. Pani Jola wyjątkowo łaskawa dla Jeremiego dała mu dodatkową porcję kiślu, kazała siedzieć spokojnie na krześle i zwolniła z leżakowania. Potem opowiedziała o wszystkim matce Kazika, a ta przy wszystkich zapowiedziała, że syn dostanie w domu lanie. Jeremi był bardzo zadowolony, bo już nikt nigdy Julii nie przezwał, a i guz szybko się zmniejszył i w końcu całkiem zniknął.

Ofiarowaną gumkę chińską Julia potrzymała najpierw w dłoni, potem powąchała kilkakrotnie. Wreszcie przełamała na pół i zanim zdążył spytać, po co to robi, wzięła mniejszą połówkę do ust. Ugryzła kilka razy, próbując się uśmiechać, połknęła nawet kawałek, chociaż ją mdliło, wreszcie nie wytrzymała i pobiegła do łazienki. Tam wypluła resztę daru do kieszeni fartuszka. Po latach wspominali to wielokrotnie.

– Jak to możliwe? – pytał. – Że ty nigdy wcześniej nie widziałaś takiej pachnącej gumki?

– Nie widziałam – śmiała się. – Myślałam, że to coś do jedzenia i naprawdę była ohydna…

– To czemu jadłaś? – przekomarzał się z nią.

– Nie chciałam ci robić przykrości. Dałeś mi takie obrzydlistwo, ale z serca, to zjadłam. Ale wiesz, ciężko było…

– Ulka nie zjadła – przypomniał jej.

– Zawsze była bardziej światowa. – Julia, kiedy się śmiała, mrużyła brązowe oko, a zielone miała szeroko otwarte, co go zawsze ogromnie wzruszało. – Wiedziała, że to nie służy do jedzenia, tylko do ścierania.

Tego dnia w przedszkolu, za drzwiami, na których namalowana była biedronka, postanowił, że zawsze, ale to zawsze da jej coś na urodziny. Nigdy jej nie powiedział, że ukradł ten prezent, tak jak i następny i jeszcze kolejny, bo bał się, że Julia odwróci się od niego, a tego by nie zniósł. Przepadała za żelkami misiami, powiedziała mu to kiedyś, a on zapamiętał. Takie żelki można było kupić w peweksie, oprócz tego tylko w jednym sklepie „U Celestynki" na ulicy 17 stycznia. Odkrył to, kiedy był tam raz z matką. Celestynka miała najlepszą kapustę kiszoną w całym Pruszkowie i ojciec tylko taką jadał, więc matka chodziła kupować kapustę na bigos właśnie tam. Pewnego dnia zabrała go ze sobą, a on zauważył bezcenne cukierki.

– Mamo, kup mi takie, co? – poprosił, a matka nawet zapytała, po ile te cukierki. Kiedy Celestynka ocierając ręce, powiedziała, że jeden miś kosztuje dwa złote, prawie tyle co kilo kapusty, matka się roześmiała i pokręciła głową.

Przy okazji następnej wyprawy po kiszoną kapustę Jeremi zabrał ze sobą dwa złote spod linoleum i w odpowiednim momencie wręczył mężowi Celestynki.

– Miśka – powiedział. I dodał: – Poproszę.

Matka była zdumiona i natychmiast spytała, skąd ma pieniądze, a on zgodnie z prawdą powiedział, że znalazł w parku. Widział, że miała chęć mu je zabrać, ale dziadek za ladą nie chciał wypuścić złotego krążka z ręki i szybko wrzucił monetę do szuflady, potem sięgnął do słoja łyżką i wyłowił jednego miśka, nawet nie zapytawszy Jeremiego o preferowany kolor. Chłopiec wyciągnął rękę, potem zacisnął dłoń na przezroczystym, czerwonym dziele sztuki cukierniczej i szybko włożył do buzi. Prawie szczękę mu skręciło, takie to było wrażenie. Ból wymieszany z rozkoszą, kwaskowatość ze słodyczą... Słowem – niebo w gębie.

– Trzeba było powiedzieć, że chcesz cukierków i masz pieniążki, to byśmy innszych kupili, więcej, żeby dla wszystkich starczyło, a ty sobku jeden tylko dla siebie... – Matka ciągnęła go gniewnie za rękę, ale Jeremi nie słuchał. Znajdował się w samym środku raju, kosztował właśnie zakazanego owocu i był w pełni przygotowany na wypędzenie przez anioły. I szczerze mówiąc, guzik go to obchodziło. Nazajutrz opowiedział o całej sprawie Julce, pominął wrzask rodzeństwa i cudem ocalały tyłek przed pasem ojca, a ona klasnęła w ręce i zwierzyła mu się z tego, że miała identyczne wrażenie, jak ciotka kupiła w peweksie i przyniosła do domu całą paczkę. Podzielono wtedy żelki między Julkę, Ulę, Karola i inne dzieci, których imion Jeremi nie zapamiętał. Każdemu trafiły się po dwa żelki i to były cudowne dwa żelki. Co do tego dzieci były zupełnie zgodne.

To wtedy postanowił, że zdobędzie dla niej ten skarb na urodziny, choćby miał zgnić w więzieniu albo zostać pogryziony przez wściekłe psy. Tym lepiej nawet, myślał, analizując ojcowskie komentarze wygłaszane przy Dzienniku Telewizyjnym, jeśli wykaże się podobnym poświęceniem. To było trudniejsze, bo należało taką paczkę zwinąć z peweksu. W tym celu Jeremi wykorzystał Magdę. Zagadał ją, opowiadając, że można tam kupić coś za złotówki, wyjątkowo właśnie dziś. Na pytanie, skąd to wie, skłamał gładko, że mówili o tym w przedszkolu. Magda, która miała oszczędności zarobione „u prywaciarza", walczyła ze sobą bardzo krótko. Z jednej strony wydawało się to niemożliwe, żeby nagle pewex zmienił nawyki i oprócz waluty oraz bonów dopuścił do kasy rodzimą walutę, z drugiej jednak strony siostra miała wypisane na twarzy, że nie uspokoi się, jeśli nie sprawdzi, więc Jeremi zaczął być spokojny o powodzenie misji.

– Stój tutaj, gnoju – powiedziała, patrząc w witrynę jedynego kolorowego sklepu w całym Pruszkowie.

Pokiwał głową, ale kiedy tylko zniknęła za kotarą zasłaniającą drzwi do lepszego świata, wbiegł za nią i zaczął krążyć, zaglądając ciekawie przez szybki.

– Wynocha! – krzyknęła sprzedawczyni ubrana w prawdziwe dżinsy i bluzkę z falbankami.

– Właśnie, wynoś się! – wrzasnęła Magda, która zupełnie się nie zorientowała, że okrzyk elegantki jest adresowany także i do niej.

– Do ciebie też mówię! – krzyknęła panienka, a Jeremi korzystając z zamieszania, zanurkował pod właściwą ladę.

Magda zachowała się dokładnie tak, jak tego oczekiwał Jeremi. Nie dała się wyrzucić, tylko zaczęła wymyślać wysztafirowanej ekspedientce od ostatnich. Jeremi sięgnął pod szkło i szybko wyjął torebkę żelków i jeszcze gumy balonówki, wepchnął to wszystko za rajstopy, pod sweterek i wybiegł ze sklepu, a za nim Magda. Teraz należało tylko nie dać się złapać, a potem znów wyrzucać za siostrę śmieci. Swoje skarby ukrył bardzo sprytnie, w środku kołdry, którą kiedyś rozpruł. Matka rzadko zmieniała mu pościel, a nawet jeśli to robiła, nie interesowała się specjalnie zawartością kołdry. Wprawdzie z kołdry wychodziły pióra, co mogło go zdekonspirować, ale zbierał je pracowicie, a kryjówka długo mu służyła.

Jeremi tak się bał, że ktoś mu zabierze ten z trudem zdobyty skarb, ukrywany przez ponad tydzień, że niemal nie spał ze zdenerwowania. Co noc do zwykłych koszmarów o wybuchu trzeciej wojny światowej dołączał inny, w którym któreś z jego rodziców albo rodzeństwa znajduje żelki i wyżera je po kryjomu. Ostatnie trzy dni były prawdziwą wojną z własnymi nerwami. Jeremi zaczął wpadać w żelkową paranoję, a oprócz koszmarów dołączyły się wizje, w których był aresztowany, sądzony i osadzony w więzieniu, chociaż tłumaczył się, że nie zrobił tego dla siebie, tylko dla kogoś, na kim bardzo, ale to bardzo mu zależało. Wszystko się jednak udało. Żelki i balonówki w kołdrze miały się dobrze i nikt nawet nie podejrzewał, że w dniu własnych urodzin Jeremi niesie w rajstopkach tak wielki skarb. Podekscytowany wyrwał się odprowadzającej go siostrze i jak strzała pomknął do przedszkola. Dał Julii żelki już w szatni. Od razu mu ulżyło, że wypełnił misję i natychmiast zaczął biec w kierunku sali, wykrzykując: „wszystkiego najlepszego".

– Czekaj, chłopczyku, czekaj! – zawołała za nim śliczna mama Julii i Uli, a on się zatrzymał i odwrócił, a potem powoli wrócił między szafki.

– Słucham? – Podciągnął odruchowo bure rajstopki, a mama bliźniaczek uśmiechnęła się.

– To bardzo drogi prezent i my nie możemy go przyjąć – zaczęła, ale szybko umilkła na widok podkówki, która wykrzywiła twarz chłopca.

– Jarek też ma urodziny – pospieszyła z wyjaśnieniem Ula, która wyjątkowo stała obok i nic nie mówiła, a jej mama niesłusznie wydedukowała, że żelki są zapewne urodzinowym prezentem, którym ten miły chłopczyk podzielił się z jej córkami.

– W takim razie, jeśli twoi rodzice się zgodzą, w sobotę zapraszamy cię do nas po przedszkolu. Będzie tort. – Uśmiechnęła się zachęcająco.

W tym momencie weszła do przedszkola czerwona ze złości Magda, która chciała nawrzeszczeć na brata, ale zamilkła na widok matki bliźniaczek. Julia pociągnęła rodzicielkę za rękaw i wyszeptała jej coś do ucha. Matka bliźniaczek podeszła z uśmiechem do Magdy i powiedziała, jej, że zaprosili Jeremiego w sobotę na przyjęcie urodzinowe i obiecała odprowadzić go wieczorem po przyjęciu do domu. Magda zapisała na kartce adres, łypiąc podejrzliwie na swojego młodszego brata. Szczęśliwie nie było mowy o żelkach i wszyscy się rozeszli.

To był najszczęśliwszy dzień w całym dotychczasowym życiu Jeremiego.

Kiedy pierwszy raz ją aresztowano, Michele czuła nieokreśloną dumę. Po dwóch latach opozycyjnej działalności wiedziała, że nastąpi to prędzej czy później i okłamywała się, że jest do tego dobrze przygotowana. Po historii z Ewą miała pełną świadomość, że to nie przelewki, że aresztowanie różnie może się skończyć, ale zdecydowanie kroczyła po raz obranej drodze życiowej. Janusz kilka razy był zatrzymywany na 48 godzin, w tym raz bardzo niefortunnie – tuż przed procesem, w którym był obrońcą, więc nie stawił się w sądzie na rozprawę, co spowodowało uruchomienie ciągu dramatycznych zdarzeń. Pierwsze zatrzymanie przyjęła z podniesioną głową, zdusiła lęk w zarodku i na drżących nogach, ale raźno, poszła za milicjantem. „Przecież od dawna byłam na to przygotowana", powtarzała jak mantrę, a w duszy śpiewała sobie cicho:

Des yeux qui font baisser les miens / Un rire qui se perd sur sa bouche /
Voila le portrait sans retouches / De l'homme auquel j'appartiens.
Quand il me prend dans ses bras / Il me parle l'a tout bas /
*Je vois la vie en rose**

* *Oczy, które mnie onieśmielają / uśmiech, który błąka się na ustach / oto niewyretuszowany portret / człowieka, do którego należę.*
Kiedy bierze mnie w ramiona / mówi do mnie szeptem / widzę życie różowych barwach.
La vie en rose, Édith Piaf.

Janusz opowiadał jej dokładnie, jak to wygląda, i zawsze dodawał, że wszystko zależy od tego, za co jest się zatrzymanym i ile trefnego towaru ma się przy sobie. Nie mniejsze znaczenie ma potencjalny łut szczęścia. Można trafić na leniwego milicjanta albo odwrotnie – nadgorliwego lub takiego, który odnosi się łagodniej w stosunku do kobiet, względnie takiego, któremu jest wszystko jedno, jakiej opozycjonista jest płci i traktuje wszystkich równo.

Pierwszy raz zamknęli ją za stosunkowo niewielkie przewinienie – KOR-owskie gazetki, które niosła w dużej, kolorowej torbie. „Jak ta głupia", wyrzucała sobie później wielokrotnie. Adele owinęła w reklamówkę ubrania dla najmłodszego pokolenia Winnych, które przysłała w paczce. Michele wzięła torbę, bo uznała, że świetnie nadaje się do roznoszenia ulotek. Przykryła je bułką paryską i serkiem homogenizowanym kupionym dla Janusza i poszła dystrybuować bibułę. Tyle że nie pomyślała, że takie torby sprzedawane są na bazarach za ciężkie pieniądze, więc ktoś, kto z nonszalancją nosi kolorową reklamówkę ze zwykłymi zakupami, może zwrócić na siebie uwagę. Z torby śmierdziało denaturatem używanym do druku i milicjant jak pies wyczuł charakterystyczny zapach. Michele została zabrana na dołek, gdzie się trochę przestraszyła, bo okazało się, że milicja całkiem sporo o niej wie. Nie tylko o rodzinie we Francji, ale o działalności Ryszarda w AK, o tym, że obaj z Michałem wystąpili z partii. Wreszcie o Janie Winnym, który od lat przebywał w Ameryce i ani myślał wracać. Michele argumentowała, że Jana Winnego na oczy nie widziała, a Michał Śniegocki i Ryszard Borkowski to starzy ludzie, którym nawet do głowy nie przyszłaby działalność opozycyjna, ale nikt jej nie słuchał.

– A wy co? – pytał czarniawy, potężny typ z zakolami jak dwie zatoki. – Do ojczyzny wróciliście, żeby ją szkalować? W niekorzystnym świetle na Zachodzie przedstawiać?

– Skąd! – oburzyła się Michele. – Czy pan wie, że Francja zawsze była lewicująca? Chciałam ludziom uświadomić, jaki powinien być socjalizm, jaki…

Typ trzasnął pięścią w stół, aż podskoczyła.

– Baba! – wrzasnął. – Do garów! Mężowi zupy ugotować! Pilnować, żeby w domu siedział, a nie po nielegalnych zgromadzeniach się szlajał!

– Ale… – zaczęła, mimo że dławił ją strach.

– Cisza! – wrzasnął jeszcze głośniej. – Nie pyskuj, bo tak cię urządzę, że ten twój papuga cię nie pozna!

– Jaka papuga? – W pierwszej chwili oniemiała Michele, ale po chwili zaczęła obiecywać, że zaraz do domu wróci i mężowi ugotuje.

Nie dodała, że w sklepach nic dostać prawie nie można, więc z tego obiadu to nici mogą być nawet przy najlepszych chęciach.

– Teraz to pójdziesz siedzieć! – Kropelki śliny trysnęły jej na twarz. Zrobiło jej się niedobrze.

Szukała optymistycznych stron niewesołej sytuacji. Zauważyła, że w celi dobrze się myśli, więc myślała, co trzeba zrobić, żeby w przyszłości uniknąć podobnych zatrzymań. Jeśli zaś już się przydarzą, jak przekuć klęskę w najmniejszy choćby sukces. Doszła do wniosku, że każde takie zatrzymanie trzeba nagłaśniać. Bo jeśli ludzie nie będą o tym wiedzieli, to ubecy osiągną swój cel. A im przecież właśnie chodzi o to, żeby ludzi zastraszyć, zmęczyć i zniechęcić do działalności wywrotowej.

– A skąd miałem wiedzieć, że ciebie zatrzymali? – denerwował się Janusz, kiedy wróciła do domu. – Myślałem, że wpadłaś pod samochód.

– Nie gadaj głupot. – Machnęła ręką. – Ile razy ja byłam w takiej samej sytuacji? Na przyszłość trzeba się zawiadamiać. Jak ktoś nie wróci do domu, znaczy się zatrzymany, a wtedy robimy raban i wszystkich zawiadamiamy. Zwykłych ludzi też.

To był strzał w dziesiątkę... Michele nadała zatrzymaniom sens, rys męczeństwa, który w społecznej świadomości był tak potrzebny. Potem zdarzyło się jej siedzieć jeszcze kilka razy w areszcie, raz nawet skazano ją na trzy miesiące za podżeganie do strajków. Była już spokojniejsza, znosiła niewygody pokornie, bo przecież sama sobie pościeliła, żeby się tak wyspać, jak kiedyś powiedziała, wzbudzając wśród Winnych śmiech. Najbardziej przeszkadzało jej to, że musiała za każdym razem prosić milicjanta o możliwość pójścia za potrzebą. Trudno było ichnią łazienkę nazwać toaletą, nawet słowo ubikacja było zbyt szlachetne, żeby taki wychodek opisać. W dodatku drzwi się nie zamykały, trzeba było sikać publicznie i znosić obrzydliwe uwagi milicjantów. Raz jeden pilnowała jej kobieta i ona była jeszcze gorsza niż tamci. W dodatku powiedziała do Michele:

– Dzieci nie masz, to się szlajasz z tymi chłopami od opozycji. Śmierdziele takie...

Michele sikała, starając się nie zwracać uwagi na mdły, kwaśny zapach, jaki się unosił w kabinie i przede wszystkim nawet nie musnąć muszli klozetowej, bo jej francuskie pośladki nie zniosłyby takiego towarzystwa.

– Czystsi niż ci tutaj – mruknęła nieroztropnie, za co dostała po twarzy od tłustej funkcjonariuszki i straciwszy równowagę, klapnęła tyłkiem na brudną deskę.

Tylko za pierwszym razem podpisała jakiś papier, bo było w nim napisane, że Polska jest jej ojczyzną i nie będzie działać na jej szkodę. Takie zobowiązanie mogła przecież podpisać, nikt nie miałby do niej pretensji. Wypuszczono ją wtedy prawie od razu i Michele w glorii chwały wróciła do domu. Janusz zdenerwował się tak strasznie, aż trzęsły mu się ręce.

– Czy ty nie rozumiesz, że oni mają twój podpis? – spytał.

– Ale tam było napisane, że ojczyźnie…

– Jakiej ojczyźnie, kretynko? – spytał takim tonem, że zimno jej się zrobiło. – Socjalistycznej ojczyźnie… Czyli ZOMO, KC PZPR, represjom, aresztowaniom i pokazowym procesom. Taka to ojczyzna według nich!

Potem oboje wyjaśniali początkującym:

– Nie wolno wam nic podpisywać, bo podpis u nich zostaje na zawsze. Potem się okaże, że donosiliście, zgodziliście się na coś, czego będziecie się wstydzić przez resztę życia. Za dziesięć, dwadzieścia lat ktoś ten papier wyciągnie i lata gnicia w więzieniu pójdą na marne. Będziecie udowadniać, że byliście po właściwej stronie. Rozumiecie?

A brodaci koledzy Janusza i ich żony w grubych okularach przytakiwali i w oparach dymu papierosowego dyskusja toczyła się dalej.

– I jeszcze ścieżka zdrowia – uprzedzała Michele. – Wy biegniecie, obok stoją w dwóch rzędach i was pałują. Nic takiego.

– Jak to nic takiego? – spytała drżącym głosem okularnica, która dotychczas siedziała pod ścianą i niewiele mówiła.

– Biją po nogach, plecach i nerach. Jeśli upadniesz, tłuką po nerach bez opamiętania.

– Moją kuzynkę kiedyś tak pobili… – zaczęła Michele, ale Janus wzrokiem nakazał jej milczenie.

Chwilami miała dość tych spotkań. Przez ich mieszkanie przewijały się tłumy ludzi, w powietrzu wisiał papierosowy dym tak gęsty, że trudno jej było oddychać, chociaż sama paliła. Robiła tanią herbatę, kanapki, jeśli było co położyć na chleb. Janusz ciągle kogoś bronił. Robotników dyscyplinarnie wyrzuconych z pracy, posądzanych o wrogie kontakty. Obalał te absurdalne oskarżenia w sądzie, nie biorąc za to ani grosza, bo od biedoty nawet gdyby chciał, to nie dało się grosza wycisnąć. Zresztą Janusz traktował swój zawód jak misję, spłatę długu wobec prostych ludzi, którym kiedyś odmawiano prawa do obrony. Na początku ich znajomości wyjawił jej, że jest dzieckiem stalinowskich sędziów.

– Ukrywali to w domu – mówił z zaciśniętymi zębami. – Krwawy Milczyński… Słyszałaś o takim?

Słyszała. Miał na rękach krew bohaterów ojczyzny. Skazywał na śmierć bez opamiętania.

– A matka była jeszcze gorsza.. Kasia… Z domu Gołębianka. Chciała być lepsza od ojca. Licytowali się chyba na liczbę ludzi, których pozabijali. Jeszcze ojciec miał jakieś hamulce, po wypełnieniu normy nie skazywał… Matka – żadnych.

Kiedy jej o tym mówił, na czoło wychodziła mu poprzeczna bruzda.

– Ale poszedłeś na prawo, jak oni?

– Tak, byłem nawet traktowany jak „swój". Ubecki synek, pupilek kolegów mamy i tatusia. Kiedy tylko skończyłem aplikację, wyniosłem się z domu, jak stałem. Waletowałem u kolegów w akademiku. U tych z medycyny było najlepiej. Najbardziej rozrywkowi… – Uśmiechnął się.

Przypomniała sobie, jak się poznali. Wpadł na nią na uniwersytecie, kiedy namawiał studentów dziennikarstwa do pisania prawdy o wydarzeniach marcowych. Dużo osób się bało, ale Michele poszła śmiało na zebranie i zadawała mnóstwo pytań. Potem już w łóżku w akademiku spytała, jak zamierza w pojedynkę obalić komunę.

– Ty mi pomożesz – zdecydował, a potem pozbawił Michele dziewictwa i wątpliwości.

– Skąd wiedziałaś, że to ten jedyny? – dopytywała się Kasia już po tym, jak rodzinę obiegła sensacyjna wiadomość, że kuzynka nie tylko po kryjomu wyszła za mąż, nie ma ślubu kościelnego, a na dodatek zamierza za mężem wyjechać do Gdańska.

– Nawet się nie zastanawiałam – odpowiedziała zgodnie z prawdą. – On jest taki jak ja. Nieważne, żeby mieć, ważne, żeby być.

Ledwo mieli na życie. Michele łapała fuchy, pomagała jednemu tłumaczowi przysięgłemu, który miał papiery, ale francuski znał bardzo słabo. Żadna gazeta nie chciała jej zatrudnić. Argumentowali, że nie skończyła studiów dziennikarskich, a dyplom polonistyki nic dla nich nie znaczył. Chciała uczyć w szkole, ale w papierach miała „bez prawa do nauczania". Wcześniej nawet na to nie zwróciła uwagi. Pisała do wydawnictw, przesyłając próbki swoich tłumaczeń Prousta, ale jej nie odpisywano. Żeby nie umarli z głodu, udzielała korepetycji pewnej dziewczynce i udawała, że nie widzi, z jakiej dziecko pochodzi rodziny. Ojciec generał spoglądał na Michele spode łba i głośno, po prostacku pytał żony, skąd wzięła tę pannicę. Żona go uciszała i tłumaczyła, że Iwonka bardzo tę panią lubi, ta pani dobrze uczy i ta pani zostaje. „Ta pani" była wdzięczna, że dostaje jakieś grosze, za które i tak niewiele można było kupić. Janusz nie zawracał sobie głowy żadnymi dobrami materialnymi, co było dziwne u osoby, która wychowała się w czteropokojowym mieszkaniu na Marszałkowskiej, opływając w luksusy.

– Do szkoły woził mnie szofer – wyznał jej kiedyś z obrzydzeniem. – A wieczorami woził ojca na dziwki do Grandu. Matka udawała, że nie widzi. Sama zdradzała go bardziej dyskretnie.

Janusz miał dwie koszule, dwie pary spodni, jeden golf, kilka zmian bielizny i skarpetek.

– Przecież mam ciebie – mówił i patrzył na nią z ufnością, a ona z każdym dniem upewniała się, że droga, którą obrała, jest słuszna.

Pracowali całymi dniami, wieczorem kładła się do łóżka obok Janusza i natychmiast zasypiała, żeby rano wstać i być obok, zawsze w pogotowiu, służyć radą i pomocą albo zwyczajnie tylko słuchać, kiedy tego potrzebował. Była głową i szyją tej małej rodziny. Musiała zarabiać pieniądze, troszczyć się o to, żeby mąż miał co jeść. Umiał otoczyć opieką rodzinę robotnika, którego aresztowano, dbał o nieletnie dzieci, zapłakane żony i zbolałe matki. Oddawał obcym ostatni grosz, włoszczyznę kupioną przez Michele od badylarza, kawałek mortadeli, który przynosili im przyjaciele. Opadały jej ręce, pytała, co jemu w takim razie ugotować, skoro oddaje innym jedzenie, a on przepraszał i mówił, że nie mógł patrzeć na ludzką nędzę.

– Oni żyją w warunkach urągających wszelkiej godności. Biorą wodę ze studni... A po zwolnieniu ojca z fabryki dzieci chodzą głodne.

Nie okazywał jej troski, ale nie dbała o to, bo wiedziała, że dzieli życie z niezwykłym człowiekiem. Raz jeden powiedział jej na ucho:

– Kocham cię, dziewczyno...

Nigdy wcześniej nie była tak szczęśliwa. Przy okazji ślubu powiedział w urzędzie, że chce przyjąć jej nazwisko.

– Będzie się pan nazywał Winny? – Urzędniczka skrzywiła się z wyraźną grozą na twarzy. – Milczyński to lepsze nazwisko...

– Tak, przyjmę nazwisko żony – powiedział, jakby to było coś najbardziej normalnego na świecie, a Michele zrozumiała, że więcej wyznań nie usłyszy.

Napisała do rodziców, żeby przysłali zięciowi jakieś ubrania, garnitur najlepiej, bo to przecież dobrze wygląda w sądzie. Odpisali obrażeni, wypominając, że nic jej nie interesuje, ani ojciec, ani matka. Kazali brać przykład z Adele, jakby była wciąż małą dziewczynką. Całe życie tak mówili. Bierz przykład z Adele, bo ładniejsza, mądrzejsza, bawi się lalkami, ładnie dyga... Napomknęli w liście, że siostra otworzyła własną restaurację. Taki sukces, taka pociecha. Uśmiechnęła się i postanowiła, że napisze do Adele, której nigdy nie zazdrościła sukcesów. Nie były z siostrą blisko. Adele, ta lepsza córka, interesowała się wszystkim, czym młoda Francuzka interesować się powinna. Michele pamięta, jak szalała ze szczęścia, kiedy na osiemnaste urodziny dostała apaszkę z logo Hermès. Michele śmiać się chciało, kiedy patrzyła na siostrę z kawałkiem tej kosztownej szmatki na szyi i rozanieloną miną. Ona sama nigdy nie czuła potrzeby, żeby się ładnie ubrać czy gromadzić dobra materialne. Najwięcej rzeczy zebrała u ciotki w Brwinowie, a i to były głównie książki, które zostawiła w tamtejszej bibliotece. Swoją urodzinową apaszkę Hermès dała Kasi. W końcu ona była aktorką i najbardziej znała się na modzie, bo pozostałe kuzynki ubierały się wprawdzie elegancko, ale bez niepotrzebnych ekstrawagancji, a w Polsce i tak nikt nie wiedział, co to Hermès i jego kultowe apaszki.

Mimo wszystko rodzice przysłali garnitur, koszule i wełniane golfy, a nawet elegancką bieliznę, chociaż o to nie prosiła. Ona sama dla siebie nie znalazła nic w paczce, ale machnęła na to ręką.

– Sprzedajmy coś z tego – zaproponował Janusz, a ona się obruszyła, że jak to tak, to paczkę dostają z takimi rzeczami od rodziców, a on chce sprzedawać.

Jednak sprzedali połowę rzeczy, w tym eleganckie majtki ojcu generałowi. Pani generałowa kupiła od Michele też skarpetki i sprawiała wrażenie, jakby chciała ją pocałować w rękę. Nawet powiedziała coś takiego:

– Biorę od pani wszystko z pocałowaniem w rękę…

– Nie trzeba – przeraziła się Michele, że ona chce ją po rękach całować, ale tamta roześmiała się i wepchnęła jej do ręki zwitek banknotów.

Schowała je, bo Janusz gotów był je oddać potrzebującym, a ona chciała mieć na chleb. Zalegali z czynszem za dwa miesiące, ale opłaty do spółdzielni wnosiła regularnie.

– Jakoś tam wytłumaczę Jance, kiedy wróci – mówiła do siebie z pewną obawą, że Janka może wrócić ze stypendium we Francji i nie tylko zabierze im wynajmowane mieszkanko, ale zażąda zaległych opłat. Odetchnęła z ulgą, kiedy dziewczyna napisała, że poznała pewnego Francuza i poważnie zastanawia się, czy wrócić do kraju.

– Może ona nie zechce wrócić do tej nory pełnej karaluchów? – pytała Janusza, ale ten jak zwykle kiwał w roztargnieniu głową i zajmował się czytaniem kolejnych akt.

Tymczasem Janka przedłużała swój pobyt z miesiąca na miesiąc, wreszcie przysłała zaproszenie na ślub, na który rzecz jasna nie mogli pojechać, więc Michele się uspokoiła i zaczęła uważać trzydziestoośmiometrową klitkę w bloku ze zsypem, wiecznie zepsutą windą i brudną klatką schodową za swój dom.

Telefon zadzwonił w nocy. Janek sprawdził, która jest godzina. Była 3.30 nad ranem. Przeklął pod nosem i odebrał, pewien, że telefon w środku nocy to nic dobrego. Grudzień tego roku był wyjątkowo zimny, a śnieg spadł wcześniej niż zwykle. Po drogach jeździły pługi śnieżne i piaskarki. Migotały barwne światła świątecznych dekoracji.

– Halo – usłyszał w słuchawce jej głos. – Aresztowali mnie i oskarżyli! Musisz mi pomóc! Dzwonię do ciebie, a ty musisz mi pomóc!

Mówiła po polsku, bardzo głośno, nawet nie starała się ukryć histerii w głosie. Przeciwnie – Jasiek miał wrażenie, że wrzeszczy specjalnie, jakby chciała go przekonać, że po tylu latach milczenia, po tamtej ucieczce oraz kradzieży jego pieniędzy ma prawo do niego dzwonić i żądać pomocy.

– To ty? – spytał niezbyt mądrze.

– Mam prawo do jednego telefonu. Nic nie powiem bez prawnika! Musisz się dowiedzieć wszystkiego, najlepiej zaraz tu przyjedź! Słyszysz?! Zaraz tu przyjedź!

Słuchał jak oniemiały.

– Nie – powiedział, ale nie odłożył słuchawki.

Zaczęła płakać i krzyczeć, wciąż po polsku. Powtarzała „musisz", „proszę", „błagam", „nie zostawiaj mnie". Docierało do niego powoli, że znów pojawiła się w jego życiu. Tym razem to ona się doń wepchnęła, w najgorszy możliwy sposób, nie licząc się z nikim i niczym. Jeszcze odebrał wiadomość od jakiegoś funkcjonariusza, który poinformował go, gdzie Łucja jest i dlaczego została zatrzymana. Była w Bostonie, w miejscu, do którego uciekła, a aresztowano ją jako podejrzaną o zabójstwo drugiego męża, profesora tamtejszego uniwersytetu.

Janek ledwie się pozbierał po tamtym rozstaniu. Świadomość, jak Łucja wykorzystała jego poświęcenie i uczucie, a potem okradła, przytłaczała go przez lata. Wyśledził ją w Bostonie od razu, ale nie zrobił nic, żeby się z nią skontaktować. Zamiast tego zamknął się w sobie, rozpamiętując każdą chwilę, każdą rozmowę, w łóżku czy w parku, każdą nieszczerą obietnicę. Pił może zbyt dużo, ale kiedy w pracy asystentka dała mu do zrozumienia, że „góra" się niepokoi, odstawił Jacka Danielsa, poszedł do grupy wsparcia dla porzuconych mężczyzn i jakoś się poskładał do kupy.

– Jeszcze by tylko tego brakowało, żebyś przez tę sukę skończył na bruku – argumentował Ron, jego jedyny przyjaciel. Jedyny, któremu Janek zwierzył się ze swoich problemów i opowiedział całą historię od początku do końca. Zwierzył mu się nawet ze swoich podejrzeń wobec nagłej i niespodziewanej śmierci Jamesa Browna.

– Myślisz, że ona go… tego? – Wstrząśnięty Ron nie był w stanie wymówić słowa *murder*.

Jasiek opowiedział mu wtedy historię z porażeniem prądem przybranej matki Łucji w Wieruszówce.

– I po tym wszystkim szukałeś jej w Ameryce?! – Ron nie posiadał się ze zdumienia. – To przecież psychopatka…

– Kochałem ją… – Jasiek nie wiedział, jak wyjaśnić przyjacielowi, że czasem tak jest, że ktoś zabiera ci duszę, robi sobie z niej zabawkę, a potem wyrzuca pod płotem.

Tyle że nie zabija cię, bo miłości nie można zabić, można tylko ją wyczerpać, jak mawiała jego babcia Bronia.

Teraz poczuł, że nie wyczerpał jeszcze miłości do Łucji Brown-Bratherberg. Szarpnął nim spazm gniewu, że po siedemnastu latach zadzwoniła z aresztu, kompletnie się nie patyczkując.

– Kto to dzwonił? – Dana otworzyła szeroko oczy i zasłoniła się kołdrą, jakby nagle w domu zrobiło się bardzo zimno.

To Ron poznał go z Daną, swoją daleką kuzynką. Mąż ją zostawił dla wspólniczki, a ona się załamała. Pracowała jako sekretarka gdzieś w New Jersey, ale dla Janka przeniosła się do Nowego Jorku. Miała dorosłych synów, dobre ubezpieczenie i lubiła gotować. Początkowo oboje nieufni, poranieni przez najbliższych, potem coraz bardziej śmiali wobec siebie, wreszcie zamieszkali razem. Powiedział jej o całej historii z Łucją dopiero po dwóch latach, kiedy był pewien, że zamknął ten etap swojego życia.

– To ona dzwoniła? – w głosie Dany zabrzmiał niepokój.

– Tak, ona – potwierdził. – To ona dzwoniła.

Dana spojrzała uważnie.

– Czemu dzwoni do ciebie w środku nocy?

– Aresztowali ją pod zarzutem zabójstwa męża – zaczął opowiadać i dopiero wówczas dotarła do niego waga tych słów. – Chce, żebym przyjechał i wyciągnął ją z tego…

Uniosła się z pościeli.

– Pojedziesz? – spytała krótko.

Serce biło mu jak oszalałe.

– A co mam zrobić? – Popatrzył na nią z nadzieją, że ona podejmie za niego decyzję. – Zadzwoniła do mnie. Ma prawo do jednego telefonu. Zadzwoniła do mnie…

– Zrobisz, co uważasz – powiedziała dość chłodno. – Ja idę spać…

Był pewien, że żadne z nich nie zasnęło już tej nocy. Wstał rano wcześniej niż zwykle. Często wkładał dres i biegał po Central Parku. Dziś nie miał na to ochoty, ale bał się, że jeśli zmieni nawyki, Dana zorientuje się, że chce jak najszybciej polecieć do Bostonu. Wciąż udawała, że śpi, kiedy w zimowym dresie wychodził na mroźne grudniowe powietrze.

Kilka lat wcześniej miał stan przedzawałowy. Ból sparaliżował go nagle podczas jedzenia kolacji. Pamiętał twarz Dany, zbielałą ze strachu. Natychmiast dała mu aspirynę, kazała się zbierać i nie czekając na karetkę, zawiozła do szpitala.

– Miał pan szczęście, panie Winny, ta pani uratowała panu życie, przywożąc pana tak szybko…

A potem usłyszał, że ma za wysoki cholesterol, w końcu przekroczył sześćdziesiąty piąty rok życia i musi o siebie dbać, schudnąć, regularnie ćwiczyć w fitness clubie i jeść drogie jedzenie.

– Serce ma pan jedno, panie Winny – przypomniał lekarz, kiedy go wypisywał do domu.

– To było straszne – powiedział Janek tydzień później do Dany. – Ale była jedna rzecz, która trzymała mnie przy życiu. Myśl właściwie, wspomnienie.

– Coś w starym kraju? – dopytywała się Dana, która była młodsza o dziesięć lat i nie miała żadnych problemów ze zdrowiem, bo badała się regularnie. Poza tym łykała mnóstwo witamin i liczyła procenty białek, tłuszczów i węglowodanów w codziennej diecie.

– Nie, kochanie. – Dotknął jej dłoni. – To było wspomnienie twojej twarzy, kiedy Ron nas ze sobą poznał. Zachwyt w oczach, kiedy pojechaliśmy zobaczyć Niagarę, dotyk palców, kiedy pierwszy raz wzięłaś mnie za rękę w Central Parku.

– Kocham cię, ty polski kretynie. – Rozpłakała się. – Będziesz jadł ekologiczne jedzenie, żeby ci się nic złego nie stało…

– A ja kocham ciebie, amerykański śnie. Mój jedyny śnie…

I aż do ostatniej nocy budził się przy niej szczęśliwy, bezpieczny i zadowolony z życia. Teraz na sielskim obrazku ich spokojnego życia zrobiła się rysa. Biegł coraz szybciej, aż do zupełnego zasapania. Potem kupił rogaliki na rogu ulicy, takie, jakie Łucja lubiła najbardziej. Zdenerwował się, że zamiast croissantów, które jadał z Daną, odruchowo wybrał tamte. Postawił wszystko na stole, zmielił kawę i poszedł do łazienki. Wyszedł spod prysznica zupełnie nagi, a potem wrócił do łóżka. Miał prawie siedemdziesiąt lat i wciąż się kochał ze swoją kobietą.

– Pojedziesz tam, prawda? – spytała, kiedy skończyli.

– Nie powiem ci, że jestem jej to winien. Nic nie jestem jej winien. Tylko… Nie mogę jej zostawić.

– Jeśli pojedziesz, to nie wrócisz… – wyszeptała.

– Wrócę – uspokoił ją. – Oczywiście, że wrócę. Dowiem się, o co chodzi. Załatwię jej adwokata i zostawię. A potem weźmiemy ślub, napiszę do domu, do Polski… Potem tam pojedziemy.

Teraz wydawało mu się to bardzo ważne. Żeby powiedzieć prawdę Winnym. Jego żoną nie była przecież Łucja, nigdy nią nie była. „Powiem prawdę", postanowił, „przeproszę ich za kłamstwa na temat mojego życia". Wyzwoli się, kiedy powie rodzinie o wszystkim.

Załatwił urlop w pracy, kupił bilet na samolot i z podręcznym bagażem udał się do Bostonu. Tam prosto z lotniska wziął taksówkę i kazał zawieźć się pod wskazany przez Łucję adres. Zameldował się u smętnego strażnika, poczekał chwilę, aż przyszedł inny i poprowadził go korytarzem do pomieszczenia, w którym siedziała Łucja.

– Nic się nie zmieniłaś – wyrwało mu się to na jej widok.

Nie wyglądała na swoje sześćdziesiąt lat, raczej jak zadbana czterdziestolatka. Była bez makijażu, z nieco podkrążonymi oczami i zaciśniętymi w kreskę ustami. Zawsze je tak zaciskała, kiedy była zdenerwowana.

– To teraz nie jest ważne – powiedziała. – Sama załatwiłam adwokata, bo jakbym miała czekać na ciebie...

Mówiła ostrym tonem, jak do służącego albo podwładnego. Może tak się zachowywała przez te lata, kiedy była panią profesorową.

– Jutro odbędzie się rozprawa wstępna. Ustalą kaucję. Musisz zapłacić, bo mnie zablokowali wszystkie pieniądze...

– Zaraz – przerwał jej. – Okradłaś mnie, zostawiłaś i uciekłaś. A teraz nie powiesz nawet „przepraszam"?

Spojrzała zdumiona, a potem pokręciła głową z niedowierzaniem, jakby usłyszała coś niestosownego.

– Kiedy cię okradłam? Chyba nie mówisz o tych nędznych trzech tysiącach, które sam mi dałeś? Oddam ci...

– Ty nic nie rozumiesz, Łucja... – powiedział wolno.

Otworzyła szeroko oczy i spojrzała po „dawnemu", a on uciekł wzrokiem jak winny. Nie miała na twarzy ani jednej zmarszczki, jakby zawarła pakt z diabłem. Spojrzał na biust, który był dużo większy od tego, który pamiętał z dawnych lat. Była ubrana w więzienny kombinezon, ale widział, że figurę ma nadal nienaganną, jakby nie minęły te wszystkie lata i nie urodziła dziecka.

– Czego nie rozumiem? – spytała.

Jeszcze raz, powoli, wyjaśnił jej, po co właściwie przyjechał. Tłumaczył, że nie ma pieniędzy, nie zapłaci kaucji i niewiele może pomóc. Zgodził się spotkać z adwokatem, spytać, o co chodzi, co jej grozi, a potem wraca do swojego domu. Zaczęła płakać, najpierw bezgłośnie, potem szlochać i wycierać rękoma łzy jak skrzywdzone dziecko.

– Jestem teraz z kobietą – mówił, podczas gdy ona płakała coraz głośniej, na przemian groziła mu i błagała o przebaczenie i pomoc. – Nie chcę jej stracić przez ciebie i nie stracę.

– Skoro nie chcesz pomóc mnie – wyszeptała. – Proszę, pomóż mojej córce. Przez wzgląd na pamięć mojego syna, także twojego... Powinieneś, Janek, słyszysz?

Zmroziło go. Jej syn Patric urodził się dwa lata po ucieczce z Nowego Jorku. Wiedział o nim. Także o tym, że dziecko tuż po porodzie zachorowało i po miesiącu zmarło. W żaden sposób nie mógł być jego synem. Ich wspólne dziecko Łucja usunęła, argumentując, że nie sypia ze swoim mężem i nie może urodzić dziecka, żeby ten nie zorientował się, że go zdradziła. Janek błagał ją wtedy, żeby urodziła, ale wreszcie uległ i dał pieniądze na aborcję.

– Przecież wiem, kiedy on się urodził... – Pokręcił głową z niedowierzaniem. – Nie wiem, czemu masz mnie za idiotę. Przestań choć raz kłamać...

Zostawił ją rozszlochaną, krzyczącą, że to jego zawsze kochała, że po procesie będą wreszcie razem, bo ona sprzeda cały majątek, zabezpieczy dzieci, także te z pierwszego związku pana profesora i wróci do Nowego Jorku, do niego.

– To źle wygląda, panie Winny – tłumaczył mu czarnoskóry adwokat, który brał zawrotną sumę za godzinę konsultacji. Janek zdecydował się opłacić dwie godziny, ponieważ chciał wiedzieć, o co tak naprawdę Łucja jest oskarżona i czy to rzeczywiście bzdury i formalność.

– Mówiła, że to spisek jego córek z pierwszego małżeństwa, które jej zawsze nienawidziły...

Absolwent wydziału prawa Uniwersytetu Harvarda skrzywił się znacząco.

– Śledczy wstępnie ustalili, że profesor Bratherberg poczuł się nagle bardzo źle, następnie upadł na podłogę w ich domu na przedmieściach Bostonu i stracił przytomność. Kiedy przyjechała karetka, miał poważne zaburzenia rytmu serca, w wyniku których zmarł w czasie transportu do szpitala. Pani Brown-Bratherberg zadzwoniła po karetkę, ale była tak wzburzona, że nie podała miejsca zamieszkania. Oczywiście ustalono je, ale to trwało kilkanaście minut i być może wskutek tego... – adwokat odkaszlnął – nieszczęsnego opóźnienia profesor wyzionął ducha.

– A skąd oskarżenie o morderstwo? – spytał Janek – Bo nie zadzwoniła szybciej, nie podała adresu? Mogła być zdenerwowana...

– Mogła. – Kiwnął głową prawnik. – Jednak profesor, zanim skonał, powtórzył kilka razy „ona". Pielęgniarze to zapamiętali i powtórzyli policji.

– To jeszcze o niczym nie świadczy.

– Oczywiście. – Prawnik był bardzo poważny. – Wiem to i bez pańskiej pomocy. Tyle że w szpitalu wykonano sekcję zwłok. Znaleziono phenylephrini hydrochloridum. We krwi. Bardzo dużo tej substancji...

Zdjął okulary i wpatrzył się w Jana.

– To trucizna? – spytał Janek nieco naiwnie.

Wiedział, że w śmierci Jamesa było coś podejrzanego, ale starał się o tym nie myśleć. Teraz nie bardzo rozumiał, co ten zarozumiały prawnik ma na myśli.

– Nie, to składnik kropli do oczu, które stosuje się przy zapaleniu spojówek. Profesor Bratherberg ostatnio chorował na taką przypadłość i od lekarza domowego dostał krople.

– Panie kochany! – Jasiek nie wytrzymał. – Niech mi pan wyjaśni, co to ma do rzeczy. Przecież ja się nie znam.

Prawnik nie zwrócił najmniejszej uwagi na jego wybuch.

– Krople są zupełnie nieszkodliwe, kiedy się je zakrapla w odpowiednich ilościach do oka. Natomiast kiedy się wypije, powodują zaburzenia rytmu serca. Śmiertelne. To właśnie zabiło profesora Bratherberga.

– Może je wypił przez pomyłkę? – spytał Jasiek.

– Dorosłe córki stwierdziły, że ich macocha opętała tego biednego człowieka, omotała go zupełnie i kazała przepisać na siebie majątek. Profesor to zresztą uczynił. Oboje mają także bardzo pokaźne polisy na życie. W przypadku śmierci męża wdowa otrzyma pięćset tysięcy dolarów...

– To jeszcze... – powiedział słabo Jasiek, do którego powoli docierała prawda.

– Oczywiście. – Czarnoskóry prawnik ponownie zdjął okulary w złotych oprawkach. – To jeszcze o niczym nie świadczy... Tyle że wszystko razem wzięte jest dość podejrzane. Na dodatek córki znalazły bliskiego przyjaciela pani Bratherberg, który ma ponoć potwierdzić ich bliskie kontakty.

Janek milczał.

– Dlaczego nie zwróciła się do niego o pomoc? – spytał bezradnie.

– To nie jest pytanie do mnie – z niezmąconym spokojem odpowiedział prawnik i pokazał w uśmiechu garnitur nieskazitelnie białych zębów.

– Ona oczekuje, że ja coś zrobię – powiedział.

– Ona oczekuje, że ja coś zrobię – sprostował prawnik. – A pan za to zapłaci.

Janek zaczął się śmiać. To także nie zrobiło na prawniku wrażenia.

– Zimna ryba z pana – powiedział po polsku, a potem dodał jeszcze, że niestety nie może zapłacić z własnej kieszeni. Zaczął nawet opowiadać, jak go potraktowała Łucja w przeszłości.

– To mnie nie interesuje – przerwał mu w momencie, kiedy Jan opowiadał, jak za nią przybył do Ameryki, uczył się języka i chciał, żeby rozwiodła się z Jamesem Brownem.

– Czemu sama nie zapłaci panu z pieniędzy z ubezpieczenia?

– Firma ich nie wypłaci, jeśli okaże się, że ona go zabiła. Takie jest prawo.

– Czy pan uważa, że ona zabiła męża? – spytał.

– Uważam, że moja klientka jest niewinna. Póki nie udowodniono jej winy i póki jest moją klientką...

– Czyli chodzi tylko o pieniądze – podsumował Janek.

Prawnik wsunął dokumenty do teczki i powiedział:

– Zawsze chodzi tylko o pieniądze. W tym przypadku o to, czy pan mi zapłaci, żebym bronił pani Bratherberg. Powiem panu, że strona przeciwna, czyli córki profesora, wynajęły jedną z największych kancelarii prawniczych w Bostonie. Są zdecydowane, żeby udowodnić pani profesorowej winę…

– Nie zapłacę. – Janek był zdecydowany. Podskórnie czuł, że Łucja chce pieniędzy. Musiałby zlikwidować swoją polisę na życie, stracić wszystkie oszczędności. Straciłby przy tym Danę i cały swój z trudem zdobyty spokój.

– Niech kochanek zapłaci.

Adwokat nawet nie mrugnął.

– Każdy ma prawo do obrony – powiedział uspokajającym tonem. – Jeśli nie stać jej na prawnika, dostanie obrońcę z urzędu. Ten pewnie powoła się na niepoczytalność, będzie starał się udowodnić, że to profesor wypił przez pomyłkę krople przeznaczone do oczu… Na pewno sobie poradzi z adwokatem strony przeciwnej.

– Proszę mi jeszcze powiedzieć, co się stanie z Sammy Jane.

– To dorosła kobieta. – Prawnik uśmiechnął się krzepiąco. – Ja bym się martwił o jej matkę.

Janek wstał. Nie odwiedził ponownie Łucji w areszcie. Miał trochę czasu do odlotu i spędził go u najlepszego jubilera w mieście, wybierając pierścionek zaręczynowy dla Dany.

1979 ROK

Proces relacjonowano w telewizji. Nie był tak ekscytujący jak późniejsze procesy, choćby O.J. Simpsona albo czarnej wdowy, która zabiła sześciu mężów, ale wiadomości na temat Łucji pojawiały się w ogólnokrajowej sieci regularnie. Podkreślano, że oskarżona ma polskie pochodzenie i Jasiek bał się, że wieść o jej wyczynach dotrze do odległego Brwinowa. Winni przeżyliby nie tylko szok, słysząc oskarżenia o morderstwo, ale zamartwialiby się także i o niego. Lata temu postanowił okłamać rodzinę i wysłał im ten nieszczęsny list. Potem nigdy nie odpowiadał na obszerne listy matki więcej niż kilkoma zdaniami, głównie przysyłał paczki i kartki świąteczne.

Najpierw było śledztwo prowadzone na szeroką skalę, w wyniku którego potwierdzono fakt, że profesor Bratherberg zmarł w wyniku doustnego spożycia kropli do oczu. Niestety ekshumowano Jamesa Browna. Substancja, która zabiła profesora, była nieco inna niż ta, która zatrzymała serce przedsiębiorcy, ale niewątpliwie także pochodziła z kropli do oczu. Uznano za oczywiste, że to nie jest przypadek, a ewidentną winę za oba zgony ponosi żona, czyli Luczja Bratherberg. Łucja nie przyznała się do winy, chociaż cała Ameryka uznała ją natychmiast winną wysłania dwóch mężów na tamten świat. To było nieco za mało, żeby została okrzyknięta „czarną wdową", ale ktoś rzucił słowo Lukrecja Borgia i do Łucji przylgnęła etykietka trucicielki.

– Ustalono, że pani Bratherberg jest podejrzana o podwójne morderstwo, więc kaucję ustalono na milion dolarów... – Usłyszał Jasiek z telewizji. – Nie wpłacono żądanej sumy, więc oskarżona będzie oczekiwała na proces w areszcie.

Jasiek też Łucję osądził. Kiedy tylko usłyszał, że dwóch jej mężów spotkała taka sama śmierć, był pewien, że to ona stoi za nagłymi zgonami. Po jej ucieczce był u Wierusza-Kowalskiego i próbował wypytać o ich wzajemne relacje, o plany na przyszłość. Wyszedł zdruzgotany, bo starszy pan nie miał świadomości, kim w istocie jest jego adoptowana córka. Nie wierzył też, że jej już nie zobaczy. Stary Wierusz do końca był przekonany o niewinności swojej podopiecznej, mimo że ta zostawiła go na pastwę losu i łaskę synów, którzy natychmiast znaleźli ojcu elegancki dom „Radosna jesień życia", w którym dożył swoich dni, codziennie pytając pielęgniarek, czy jego córka Łucja przyszła w odwiedziny, czy chociażby dzwoniła. Synowie, którzy odwiedzali ojca raz w miesiącu, tłumaczyli cierpliwie, że Łucja wyjechała nie wiadomo dokąd i za nic ma rodzinę, a on za każdym razem powtarzał, żeby podali jej numer telefonu do domu spokojnej starości, a najlepiej adres, a „kochana dziewczynka" przyjedzie i go zabierze.

Do końca życia wierzył w miłość i przywiązanie Łucji, a kiedy umarł, znaleziono kartkę, na której spisał testament Pielęgniarka przekazała tę kartkę młodszemu synowi, a ten ze zdumieniem odczytał koślawe litery „Wszystko dla Łucji, mojej kochanej córeczki". Chociaż starszy pan nie miał już nic, to wciąż gotów był oddać nieistniejący majątek dziewczynie, której już nie interesował. Synowie tego nie rozumieli i nie próbowali nawet zawiadamiać przysposobionej siostry o śmierci ojca, wychodząc ze słusznego założenia, że gdyby chciała go odwiedzić, odnalazłaby ojca sama, tak jak zrobił to Jasiek. Jego zawiadomiono o śmierci Wierusza i Jasiek przyszedł na smutny pogrzeb, na którym był tylko on oraz synowie bez żon i dzieci. Chociaż nie był sentymentalny, odwiedzał ten grób każdego pierwszego listopada, palił lampki i zastanawiał się, co kierowało Wieruszem. Czy były to te same uczucia, które jego samego trzymały przy życiu pod ostrzałem i zawiodły do Ameryki, gdzie zaczynał od zera, a teraz był szanowanym obywatelem, z dobrą pracą i ubezpieczeniem. Wpatrywał się więc w telewizor, gdzie prawnicy, policjanci, śledczy wypowiadali się na temat śledztwa. Potem słuchał nowego prawnika, również czarnoskórego, który tylko udawał, że wierzy w niewinność Łucji.

– Moja klientka jest niewinna, póki nie udowodni się jej winy. Konstytucja Stanów Zjednoczonych Ameryki...

Po prostu musiał znów pojechać do Bostonu. Nie mógł jej zostawić na pastwę dziennikarzy i prawnika z urzędu. Dana, początkowo udobruchana pierścionkiem zaręczynowym, wściekała się i groziła zerwaniem zaręczyn. Tłumaczył jej, że Łucja nic dla niego nie znaczy. Przecież od wielu lat jej nie widział, nie szukał, argumentował.

– Ale nie możesz zostawić jej w spokoju? – Płakała Dana. – Nie rozumiesz, że masz szczęście, że wtedy wyjechała z Nowego Jorku? Teraz to ty byś był na miejscu tamtego profesora...

Nigdy o tym nie pomyślał. Jego by nie skrzywdziła. Mogła go porzucić, ośmieszyć, okraść i pozbawić złudzeń, że cokolwiek dla niej znaczył, ale przecież nie mogłaby go zabić.

– Skąd wiesz, że ona ciebie by nie zabiła? – pytał, a Dana prychała z niedowierzaniem i mówiła coś o jego naiwności.

Wyznaczył datę ślubu, a potem poprosił ją o to, żeby pozwoliła jeszcze raz pojechać do Bostonu.

– Przecież możesz jechać, nie musisz mnie pytać o zdanie...

– Nie pojadę, jeśli miałoby cię to zranić. – Wziął ją w ramiona i popatrzył głęboko w oczy. – Kocham cię...

– Powiedz, po co tak naprawdę chcesz jechać. – Przytuliła się do niego.

– Chcę jeszcze raz porozmawiać z tym prawnikiem – argumentował. – Ona jest Polką, jak ja... Pójdzie w świat, że jesteśmy mordercami.

W końcu pojechał, chociaż Dana załamała się i cofnęła swoje pozwolenie. Kazał jej zajmować się weselem i podróżą poślubną. Obiecał, że wróci za kilka dni. Adwokat z urzędu nie miał dla niego ani czasu, ani dobrych nowin. Jaśkowi się nie podobał. Tamten poprzedni, choć równie arogancki i żądający wprost pieniędzy, miał przynajmniej wiedzę i wyraźnie chciał bronić Łucji.

– Czy to nie jest dla pana jakaś szansa? – spytał Jasiek. – Mam na myśli to, że prowadzi pan taką mocną sprawę jako adwokat z urzędu. Będą pana pokazywać w wiadomościach... Jeśli pan się postara, kto wie, jaka kancelaria pana zatrudni. Jeśli spaprze pan te sprawę, już zawsze będzie pan bronił z urzędu...

Adwokat roześmiał się.

– Skąd pan czerpie pewność, że nie mam żadnej strategii obrony? Z faktu, że nie dzielę się nią z panem? Albo mediami?

– Czy ona ma jakieś szanse na uniewinnienie? – próbował. – To kwestia pieniędzy?

– Tak, to kwestia pieniędzy. – Pokiwał głową adwokat Dick Fallon. – Mam na myśli pieniądze, jakie córki profesora wyłożyły na swoich prawników. To dzięki nim wykopano pana Browna.

– Co one chcą zyskać? – spytał, chociaż dobrze znał odpowiedź.

– Dom, pieniądze z polisy ubezpieczeniowej... Ogólnie rzecz ujmując – dużo pieniędzy. Oczywiście chcą także ukarać macochę, która zabrała im ojca, odsunęła od rodziny, a potem zabiła. To znaczy, według nich, zabiła – dodał dla porządku.

Janek nie spotkał się z Łucją, nawet o to nie zabiegał. Zadzwonił za to do jej córki, a Samantha z radością zaprosiła go na spotkanie. Wyglądała zupełnie inaczej niż w telewizji. Była jasną blondynką, o regularnych rysach i szczupłej figurze. Eleganckie ubrania świadczyły o jej statusie. Nie mówiła słowa po polsku.

– Prosiłam mamę, żeby mnie nauczyła – powiedziała zawstydzona. – Ale ona nie chciała. Czasami miałam wrażenie, że nienawidziła wszystkiego co polskie.

– Ja miałem wrażenie, że nienawidziła wszystkich wokoło...

– Swojego ojca nie pamiętam zbyt dobrze. – Zamyśliła się Sammy. – Ale to nie był dobry człowiek. Bił ją, a ona zachowywała się, jakby nic się nie stało.

– Podejrzewałaś, że nie zginął śmiercią naturalną?

Kobieta spojrzała na filiżankę z kawą i obróciła ją kilka razy w palcach.

– Chwaliła się tym. Nie wprost, ale chwaliła.

– Jak to? – Nie zrozumiał.

– Kiedy byłam niegrzeczna, zamykała mnie w pokoju i nie wracała przez kilka godzin. Mogłam krzyczeć, walić w drzwi, nic to nie dawało. Raz zdarzyło mi się zasnąć. Przyszła, bo byłam cicho. I wtedy powiedziała, że da sobie ze mną radę, bo z ojcem sobie poradziła...

Patrzył na nią uważnie. Miała prawie trzydzieści lat, ale wyglądała na dziesięć mniej. Mówiła z niepewnością w głosie.

– Przykro mi – powiedział. – Nie tak miało to wyglądać.

– Kochałeś ją? – spytała.

Zamyślił się. Odpowiedź była oczywista, ale zależało mu na tym, żeby Sammy dobrze go zrozumiała.

– Myśl o niej trzymała mnie przy życiu. Zostawiłem dla niej matkę, ojca... Nikt nie był dla mnie tak ważny jak ona. Przyjechałem tutaj tylko dla niej. Poniekąd zawdzięczam jej to, do czego doszedłem...

– Pamiętam cię – powiedziała. – Byłam mała, ale ciebie pamiętam lepiej niż ojca.

– Miała ze mną zostać, czekałem na nią i ciebie, kiedy dowiedziałem się o śmierci twojego ojca. Zamiast do mnie pojechała jednak do Bostonu. Z moimi pieniędzmi...

Roześmiał się gorzko.

– To do niej podobne. – Sammy pokiwała głową. – Charles był dla mnie dobry... Traktował jak córkę, płacił za dobre szkoły. Chciał mieć z matką dziecko, ale ona nie chciała. Wiesz, dlaczego go zabiła?

– Jesteś przekonana, że zabiła? – Łudził się, że córka będzie broniła Łucji, do końca przekonana o niewinności matki.

– Daj spokój... – Sammy machnęła ręką, a jemu zrobiło się nieswojo, bo gest ten był tak podobny do gestu babci Bronki. Także Ania tak robiła, dokładnie w ten sam sposób machały ręką obie. Wzruszyło go to nieoczekiwanie. Pomyślał, że tęskni za krewnymi, których porzucił w starym kraju.

– Sammy... może to był przypadek? Przynajmniej z jednym z nich...

– Moim zdaniem zabiła ich obu. – Sammy powtórzyła ten gest. – Ojca, bo ją bił i zbankrutował, Charlesa... Charlesa zabiła, bo odkrył prawdę o niej.

– Co odkrył? – dociekał Jasiek.

– Dowiedział się, że miała liczne aborcje. Wcześniej wmawiała mu, że nie może zajść w ciążę, bo mój ojciec tak ją pobił, że została bezpłodna. – Sammy podniosła ręce i zrobiła cudzysłów w powietrzu. – Wierzył jej. Bardzo chciał mieć z nią dziecko.

– To jeszcze nie powód...

– W Ameryce wystarczający. Wprowadził ją do towarzystwa, a ona zaczęła go zdradzać z różnymi innymi wykładowcami. Mną się nie przejmowała. Zostawałam sama w domu, a ona szła do tego czy tamtego. Raz o mało nie spaliłam domu i policja zadzwoniła do Charlesa. Wmówiła mu, że wyszła tylko na chwilę, a ja jestem „złym nasieniem".

– Miałaś chyba smutne dzieciństwo. – Wziął ją za rękę. – Tak mi przykro, Sammy...

Zamyśliła się, spojrzała w przestrzeń. Powiódł za nią wzrokiem. Zobaczył mężczyznę, który trzymał za rękę małą dziewczynkę, szli, uśmiechając się do siebie i rozmawiając.

– Czasami ogarniało ją szaleństwo, wrzeszczała i biła Charlesa... Wysłał mnie do college'u, do innego miasta, żebym nie musiała na to patrzeć. Chodził z nią do psychiatry... Kiedy się zestarzała, przestała go chyba zdradzać. Przynajmniej nie robiła tego tak jawnie.

– Nie interesowałaś się losem swojego dziadka? – spytał. – A córki twojego ojczyma?

– Powiedziała, że dziadek nie żyje. Dopiero od ciebie dowiaduję się, że umarł dużo poźniej. A córki... Zostały ze swoją matką, która mojej nienawidziła, mimo że sama rzuciła Charlesa... One też nienawidziły mojej matki i tę nienawiść objęła także mnie.

Jasiek pomyślał, że Sammy musiała być w tym bogatym domu najbardziej samotną dziewczynką na świecie.

– Czemu się z nią nie rozwiódł? – Natychmiast pożałował tego pytania.

Sammy oderwała wzrok od szyby. Ojciec z dziewczynką już dawno poszli swoją drogą.

– Zapytałam kiedyś o to Charlesa. Powiedział, że mama jest jak egzotyczny owoc, który wyhodowano w szklarni. Nie może samodzielnie egzystować, wymaga wielu nakładów, więcej światła, nawozu, starań, a i tak nie smakuje tak jak ten, który wyrósł w naturalnych warunkach.

– Zainwestował w nią... – Zrozumiał Jasiek. – Uczucia, pieniądze...

– Na zewnątrz funkcjonowali jako ludzie sukcesu. Profesor, piękna żona. Matka umiała urządzać przyjęcia, dobierać menu, wina... Dawała sobie radę ze służbą.

– Tak. – Zamyślił się Jasiek. – Przecież to nie była prosta emigrantka, tylko córka dyplomaty, wdowa po przedsiębiorcy...

– Właśnie. – Sammy kiwnęła głową. – Ludzie nie znali prawdy o niej.

Znów spojrzała przez okno.

– Podać państwu coś jeszcze? – Skośnooka kelnerka zabrała pustą filiżankę kawy.

Oboje pokręcili przecząco głową.

– Powinnaś odciąć się od niej – powiedział z głębokim przekonaniem.

– Łatwo ci powiedzieć... – Sammy zaśmiała się gorzko. – Związałam się z dobrym mężczyzną. Tak mi się przynajmniej wydawało. Kiedy matkę postawiono w stan oskarżenia, oddał mi pierścionek. Wyjaśnił, że nie może ryzykować kariery. Pochodzi z bardzo dobrej bostońskiej rodziny. Jego rodzice są partnerami w jednej z największych kancelarii.

Uśmiechnął się współczująco.

– Dobrze, że stało się to przed ślubem...

– Dobrze. Nie będzie musiał się potem wstydzić ani odżegnywać ode mnie.

Sammy była Amerykanką, więc rozumiała, jakie mechanizmy rządzą tutejszym światem.

– Sammy – powiedział, kiedy wychodzili. – Chciałbym, żebyś... Nie chcę tracić z tobą kontaktu... Kochałem twoją matkę, chciałem ją poślubić. Byłabyś wtedy moją córką. Nigdy bym nie pozwolił cię skrzywdzić.

– Pozwoliłbyś. – Objęła go i pocałowała w policzek. – Matka krzywdziła wszystkich, sprawiała, że najlepsi zamieniali się w potwory. Była wcielonym złem. Gdybyś związał się z nią, byłbyś taki sam…

– Proszę cię, Sammy…

– Oczywiście, Jan. – Uśmiechnęła się. – Właściwie nikogo nie mam…

Trzeciego dnia wrócił do domu i przeprosił Danę z głębi serca.

– Nie wiem, po co pojechałem. Wybacz, kochanie…

Wybaczyła. Spoglądała nawet ze zrozumieniem, kiedy śledził proces. Nie musiał się już kryć.

– Cóż za potwór… – Kręciła głową z niedowierzaniem, kiedy na jaw wychodziły szczegóły z pożycia małżeńskiego z pierwszym i drugim mężem.

Sammy Jane przemykała przed kamerami telewizyjnymi w czarnych okularach. Od czasu do czasu pytano ją, jaka była jej matka, zanim dopuściła się zbrodni. Sammy długo się trzymała, wbrew radom Jana, ale w końcu nie wytrzymała. Przytłoczyła ją presja gazet, opinii publicznej i w przeddzień mów oskarżyciela i obrońcy odżegnała się od matki.

– Niech jej Bóg wybaczy – powiedziała w telewizji, nie zdejmując czarnych okularów.

Zaprosił ją na swój ślub, ale nie przyjechała. Przysłała bardzo ładny wazon w stylu art déco i miłe życzenia. Rozumiał ją. Tydzień wcześniej wydano wyrok i skierowano Łucję na przymusowe leczenie psychiatryczne w zakładzie zamkniętym. Adwokat zrobił wszystko, co tylko było możliwe i ława przysięgłych uznała podwójną morderczynię za niepoczytalną i zamiast do więzienia, skierowała ją na leczenie. Sprawa wydawała się zakończona.

Przez dwa lata Łucja wydawała się spokojna, przyjmowała leki i opowiadała lekarzowi, że została porzucona przez matkę na progu sierocińca, nigdy nie poznała swoich rodziców i zawsze czuła się gorsza od innych mimo bajecznego życia u boku Wieruszów. Trudno powiedzieć, co się stało, że któregoś dnia postanowiła przerzucić zwinięte prześcieradło przez kratę okienną i powiesić się na nim. Sama też nie potrafiłaby tego jednoznacznie wyjaśnić. Nie wiedziała przecież, że jej przybrany ojciec umarł w domu starców, tęskniąc za nią każdego dnia, a jej przybrani bracia dowiedziawszy się o jej wyczynach, zrobili wszystko, żeby nie łączono ich nazwiska z Łucją. Nie miała także pojęcia, że Janek Winny wziął ślub z inną kobietą. Co więcej, nie widziała, jak jej jedyna córka mówi, że jest winna. Właściwie nie było powodu, żeby zdecydować się na tak desperacki krok.

Gdyby miała odpowiedzieć na pytanie: „dlaczego?", powiedziałaby, że „przestała wierzyć". Napisała to w liście do Janka, ściślej rzecz biorąc w kolejnym liście do

Janka. Listy do niego pisała bowiem regularnie, nie przejmując się tym, że wracały nieotwarte. Była przekonana, że Janek je czyta albo przynajmniej przeżywa sam fakt ich otrzymywania. Tego dnia, kiedy zdecydowała się powiesić, w zwróconej korespondencji znalazła list od jakiegoś księdza z Brwinowa, o znajomym nazwisku Winny. List był zaadresowany do niej, pisany w tonie spowiedzi. Ów ksiądz twierdził, że jest bratem Łucji, a ona sama jest córką jego matki i wuja. Podawał nazwiska. Łucja czytała, jak matka księdza urodziła ją w nocy, jako owoc związku pozamałżeńskiego oddała do sierocińca, a potem sama zginęła z rąk jakichś bandytów. Jak sam ksiądz przez lata myślał, że dziecko, czyli ona, umarło, dlatego jej nie szukał. Gdy dowiedział się od swojej babki, że jednak nie umarła, postanowił wyznać prawdę, zwłaszcza że Jasiek, którego niby była żoną, był w istocie jej kuzynem w pierwszej linii, a kościół niechętnie błogosławi takim związkom. Cały ten list wydawał się Łucji jakimś absurdalnym bełkotem. Nadawca twierdził, że jest księdzem, pochodzi z rodziny Winnych i zna fakty dotyczące jej pochodzenia. Nie było jednak przecież żadnego dowodu na to, że pisze prawdę. Po przeczytaniu Łucja nic nie czuła, może jedynie rozczarowanie. Nie chciało się jej sprawdzać tych słów. A nawet gdyby chciała, nikt nie wypuści jej z tego szpitala, by mogła poszukiwać swoich korzeni. Mogłaby napisać jedynie do Jaśka, ale on przecież nie czytał jej listów.

Myślała o tym wszystkim całą noc i uświadomiła sobie jedno. Mianowicie, że nigdy nie była ciekawa tego, dlaczego ktoś ją porzucił, nie szukała swoich korzeni, przeciwnie, bała się całe życie takiego listu jak ten, w którym ktoś tak brutalnie osadzi ją w rzeczywistości, której nie chciała i nie potrzebowała. Nie chciała być wnuczką tamtej kobiety, która pracowała u Wieruszów, ani córką tego stolarza, który miał owszem dar w rękach, ale był jedynie biednym rzemieślnikiem. Wreszcie nie chciała być ani kuzynką, ani żoną Jaśka Winnego. Już niczego nie chciała. Cienka nić wiążąca ją z tamtym życiem pękła. Łucja nie wiedziała już, kim jest. Nie potrzebowała matki, ojca, babki, zwłaszcza jeśli byli z rodziny Jaśka Winnego. Nie potrzebowała też córki. Nawet wolności już nie chciała. Podarła list i włożyła między kartki listów do Jana. Potem zażyła swoje tabletki, a lekarzowi opowiedziała o swoich planach na przyszłość.

– Czuję się o wiele lepiej i wiem, że to głosy były wszystkiemu winne… Nie słyszę już głosów, więc może mogłabym zacząć od nowa?

– Jak oceniasz Łucjo swój czyn? – spytał lekarz.

– Jestem przerażona tym, czego się o sobie dowiedziałam – powiedziała z mocą w głosie. – Jestem przerażona krzywdą, jaką wyrządziłam Charlesowi. Głosy kazały mi… Ale to moja ręka wpuściła śmiercionośne krople do kawy. Charles. – Zaczęła płakać. – Taki dobry człowiek…

– Gdybyś mogła zacząć jeszcze raz… – spytał terapeuta. – Czy próbowałabyś wynagrodzić córce swój czyn? Może córkom Charlesa?

– Najlepsze, co mogę dla nich zrobić, to zniknąć z ich życia… – powiedziała. – Powinnam pracować w domu opieki jako wolontariuszka, albo w szpitalu. Ale nie chciałabym już nigdy widzieć swojej córki. To najlepsze, co mogę dla niej zrobić…

Wiedziała, że tak należy powiedzieć, żeby lekarz był zadowolony. Miała jeszcze jedną satysfakcję przed śmiercią. Ostatnie oszustwo – tym razem oszukała psychiatrę. Kazał zmniejszyć dawkę leków uspokajających. Nad ranem skręciła sznur z prześcieradła. Ostatnią chwilę poświęciła na rozważanie, czy lekarz będzie obwiniał się za jej śmierć.

Sammy Jane, która zmieniła nazwisko, opłakiwała matkę, ale w głębi duszy żałowała bardziej siebie. Listownie zawiadomiła o wszystkim Jaśka i prosiła, żeby nie obwiniał ani siebie, ani jej. Podała miejsce pochówku, ale z tego, co wiedziała, on nigdy się tam nie pojawił.

Pięć lat później Sammy poślubiła dużo starszego od siebie biznesmena i przeniosła się do Los Angeles. Jasiek i Dana przyjechali na ślub i gratulowali jej „nowego życia". Nowe życie Sammy Jane nie było specjalnie szczęśliwe, ale miała przynajmniej to, czego w rodzinnym domu jej brakowało – spokój i akceptację. Rankiem 11 września 2001 roku wracała ze służbowej podróży z Bostonu do domu, ale nigdy tam nie dotarła. Niespełna godzinę po starcie samolot, którym podróżowała, wbił się w południową wieżę WTC.

1981 ROK

Gdyby pukanie, a ściślej walenie do drzwi w środku nocy, nie zbudziło Andzi, pewnie nigdy by się nie dowiedziała, że jej syn Jerzy, zwany wciąż Jerzykiem, jest znanym opozycjonistą. Tymczasem zbudziła się, zapaliła światło i podeszła do drzwi ze strachem. Taki łomot nie wróżył nic dobrego, ale Andzia otworzyła drzwi po krótkim tylko wahaniu, bo udawać, że nikogo nie ma w domu, byłoby jeszcze gorzej.

– Panowie do kogo? – spytała zdumiona, widząc czterech ubranych na niebiesko ludzi w hełmach na głowie i z białymi pałkami u boku. Wcześniej widziała takich w telewizji, raczej nie z bliska i nigdy w życiu nie spodziewałaby się, że któryś z nich stanie w progu jej domu.

– Czy mieszka tu Jerzy Radziszewski? – spytał ten, który stał najbliżej.

– Tak, to ja – powiedział Jerzyk, który w szlafroku i piżamie zszedł po schodach.

– Pójdzie pan z nami – powiedział „niebieski" stojący za progiem domu.

Andzia ze zdumieniem patrzyła, jak jej syn spokojnie kiwa głową i mówi, że pójdzie się spakować, a jeden z intruzów dodaje, że poczekają kilka minut, żeby się ubrał, i żeby nie próbował żadnych sztuczek.

– Ale jakże to tak? – spytała. A kiedy nie uzyskała odpowiedzi, krzyknęła:

– On nigdzie nie pójdzie!

– Babcia się uspokoi – mruknął jeden z milicjantów.

– Spokojnie, mamo – powiedział Jerzyk, który po dwóch minutach zszedł z góry ubrany, z torbą w rękach. – Niech mama wraca do łóżka i czeka na wiadomość.

Wyszli bez słowa. Andzi wydawało się, że to jakiś koszmarny sen. Spojrzała na zegar ścienny z kukułką. Za chwilę wybije pierwszą w nocy. Od godziny była zatem niedziela, trzynasty dzień grudnia. Złapała się za serce, bo bardzo ją zakłuło i trzymając się poręczy, poszła na górę do pokoju syna. Zastała tam posłane łóżko, wojskowy niemalże porządek w szafie i na biurku. Czuła, że skacze jej ciśnienie. W głowie zaszumiało i byłaby się osunęła na ziemię, gdyby nie Stanisław, który wreszcie się przebudził z głębokiego snu i zaczął szukać żony po całym domu. Doczłapał na górę dokładnie w momencie, kiedy Andzi zakręciło się w głowie, udało mu się ją na szczęście złapać. Sam ledwie wytrzymał napór jej ciała.

– Co się stało? – spytał. – Co to za hałasy?

Andzia patrzyła przed siebie szeroko rozwartymi oczami, spomiędzy warg ściekały jej pęcherzyki śliny, prawy kąt ust miała opadnięty, co nadawało jej twarzy dziwny, groteskowy wyraz. Stanisław przestraszył się nie na żarty.

– Wandeczko, powiedz coś – poprosił, chwytając się za serce. – Jerzyk! Jerzyk!

Andzia otworzyła usta, ale z jej gardła wydobył się tylko niejasny bełkot. Wyciągnęła lewą rękę i próbowała podnieść się z podłogi, ale wyraźnie coś było nie tak, bo nie mogła wstać nawet przy pomocy męża. Wreszcie dała za wygraną i położyła się na sznurkowym dywanie.

– Dokąd poszedł Jerzyk po nocy? – próbował jeszcze raz, ale Andzia patrzyła w przestrzeń. – Kto to pukał? Coś się stało?

Andzia nadal nie odpowiadała, tylko zataczała kręgi jedną ręką, a z oczu skapywały jej łzy.

– Ja zaraz zadzwonię po doktora – wysapał Stanisław, nie doczekawszy się odpowiedzi na żadne ze swoich pytań, a potem tak szybko, jak tylko pozwalało mu na to dziewięćdziesięciopięcioletnie ciało, zszedł na dół, gdzie stał telefon. Zorientował się już na dole, że okulary zostawił przy Andzi. Przeklął pod nosem. Nie chciał już po nie wracać, więc postanowił, że nie zadzwoni do żadnej z córek, tylko od razu na pogotowie. Łatwiej w końcu wykręcić numer 999, niż prawie na ślepo szukać sześciu cyfr. W słuchawce było jednak zupełnie głucho. Stanisław przestraszył się nie na żarty, że nie zapłacił rachunku i odłączyli telefon właśnie w takim momencie, ale potem przypomniał sobie, że osobiście odstał swoje na poczcie i wniósł opłatę, chociaż Jerzyk tyle razy mówił, że to on powinien stać w ogonkach, a nie Stanisław i Andzia, w końcu staruszkowie, jakby nie było.

Ręce mu się trzęsły, kiedy się ubierał, i serce waliło mocno z niepokoju o Andzię. Miał nadzieję, że Jerzyk poszedł po pomoc, ale trawił go jakiś niejasny niepokój. Wydawało mu się dziwne, że syn go nie obudził, ale może nie chciał martwić stanem Andzi. „Może wcześniej się zorientował, że coś złego się dzieje, a telefon nie działa", myślał Stanisław, czując, jak ciśnienie mu skacze wysoko, jak zawsze przy zdenerwowaniu. Już miał wrócić do Andzi i czekać cierpliwie na pomoc, ale nie znosił bezczynności. Postanowił, że pójdzie do którejś z córek. Stare, nieposłuszne ręce utrudniały mu wciąganie spodni i flanelowej koszuli. Wreszcie Stanisław kompletnie ubrany wyszedł na podwórze i brnąc przez śnieg, który nie został wczoraj dokładnie odgarnięty, dotarł do furtki. Przeklął pod nosem i musiał wrócić znów do drzwi, które zamknął na klucz, a przecież powinny być otwarte, gdyby minął się z Jerzykiem czy Anią albo Manią. Droga do córek dłużyła się niemiłosiernie, chodnika prawie nie było widać spod śniegu. Kiedy tylko doszedł do większej ulicy, zauważył dziwne jak na noc natężenie pojazdów. Prawie zemdlał, kiedy rozpoznał czołgi.

Wrócił natychmiast na polną ścieżkę i przemykając się wzdłuż drucianej siatki, dobrnął bocznymi uliczkami, przez cmentarz, a potem chyłkiem przez tory na drugą stronę, gdzie mieszkały jego dziewczynki. Kilka razy poślizgnął się przy próbie sforsowania zasp śnieżnych, przewracał się, ale wstawał i z uporem szedł dalej. W głowie mu pulsowało, prawie nie widział ze zmęczenia. Czuł się tak samo jak wtedy, gdy z własnym ojcem i maleńkimi dziewczynkami przedzierali się do Batalkówki.

Kiedy dotarł do domu Ani, który był nieco bliżej, był cały mokry od śniegu, potu i strachu. Widok czołgów był jak błysk światła, który poraził go w oczy. „Znów wojna", myślał. „Trzeba uciekać… nie, trzeba pomóc Wandeczce, potrzebuje doktora… Najpierw uprzedzić dziewczynki, nich uciekają…". Kiedy tylko stanął przy drzwiach, te otworzyły się gwałtownie i w drzwiach stanęła jego najmłodsza córka, a za nią zięć Michał. Kilka minut wcześniej Ania zbudziła go, mówiąc, że coś złego się dzieje. Pomny tamtego zdarzenia w 1968 roku nie dyskutował, tylko natychmiast wstał, pytając, co ma robić. Ania miała chaos w głowie. Tłukło się w niej tylko „niebezpieczeństwo, wojna, ojciec...", ale nie umiała sprecyzować żadnych szczegółów. Jakby drzwi, które wcześniej otwierały się szeroko, teraz zardzewiały i wpuszczały tylko niewielki strumień światła. Przeraziła się, widząc ojca na progu domu w stanie zupełnego przemoczenia.

– Boże, tato... – powiedziała, a potem oboje z mężem pomogli mu wejść do środka. – Co się stało? Jesteś cały mokry...

Oddech Stanisława był urywany i świszczący. Próbował coś powiedzieć, ale z jego gardła wydobywał się tylko jęk.

– Trzeba położyć biedaka – powiedział Michał i przy pomocy Ani zawlekł Stanisława do salonu i posadził na kanapie.

Ania zaczęła zdejmować ojcu buty.

– Czemu tata nie zasznurował butów? – spytał Michał, zdejmując ojcu czapkę i kurtkę. – Tyle śniegu dostało się do środka...

– Trzeba go przebrać, Michał. Daj swoje rzeczy, proszę... – Ania wycierała spoconą twarz Stanisława rękawem od piżamy.

Michał pospiesznie poszedł do pokoju, gdzie stała szafa z jego ubraniami. Wyjął podkoszulek, sweter zrobiony przez Anię na drutach, spodnie i bieliznę. Poszedł jeszcze po ręcznik i ciepły szlafrok, który wisiał w łazience. Kiedy wrócił, Ania zdążyła już rozebrać ojca. Ciało starego człowieka było blade. Żyły przeświecały przez cienką skórę. Nie znał się na tym, ale według niego Stanisław był bardzo chory.

– Czemu ojciec tutaj szedł, można było zadzwonić... – powiedział. – Co się stało?

– Zadzwoń na pogotowie – zarządziła Ania. – On się dusi...

Żebra znikły pod koszulką, ale Michał zauważył, że teść z trudem łapał powietrze.

– Telefon nie działa – powiedział ze zdumieniem. – Jak to możliwe?

Stanisław zaniósł się ciężkim kaszlem.

– Boże drogi. – Ania cała się trzęsła. – Teraz właśnie musiał się zepsuć... Może ja pobiegnę zadzwonić od Mani?

– To nie ma sensu. Pojadę z nim do szpitala – zdecydował i zaczął się szybko ubierać.

– Tato, powiedz coś – prosiła Ania, ale jej ojciec trzymał się za serce z grymasem bólu i nic nie mówił.

Michał wyszedł na podwórze. Ocenił, że zdoła wyjechać z garażu mimo dwudziestocentymetrowej czapy śniegu na podwórzu. Odgarnął śnieg przy bramie. Bał się, że nie zapali malucha. Wsiadł do środka i włożył kluczyk do stacyjki. Samochodzik zakrztusił się, kaszlnął kilka razy, ale w końcu zaskoczył. Silnik zaczął pracować.

– Bogu dzięki – przeżegnał się i wyjechał za bramę. Potem nie gasząc silnika, poszedł po teścia i Anię. Wspólnymi siłami wsadzili staruszka na przednie siedzenie. Stanisław zamknął oczy.

– Ty zostań – zarządził Michał.

– Nie, ja pójdę do nich do domu... Nie wiem, co się stało, mam nadzieję, że nic poważnego. Tato, słyszysz mnie? – spytała. – Pojedziesz z Michałem do szpitala, a ja pójdę do was. Dobrze?

Ojciec spojrzał na nią i złapał ją kurczowo za rękę. Sękate palce, które tak lubiła obserwować, kiedy ciosały drewno, zacisnęły się na jej drobnej dłoni jak imadło.

– Tatusiu... – wykrztusiła.

Stanisław rozluźnił chwyt. Dwie łzy spłynęły z jego oczu i pociekły po policzkach. Michał bez słowa zamknął drzwi i ruszył. W lusterku wstecznym widział, jak Ania biegnie w stronę domu ojca.

Widok czołgu na ulicy wydał mu się dość absurdalny. Stanisław, który oddychał coraz ciszej i trudniej, zasłonił twarz rękoma, jakby bronił się przed ciosem. Michał zatrzymał się na znak żołnierza. Nie mógł odkręcić zamarzniętej szyby malucha, więc wysiadł z samochodu.

– Pan zawraca – powiedział ubrany w zimowy mundur żołnierz. – Nie można nigdzie jechać.

Michał ogarnął wzrokiem czołg, spojrzał na sylwetki w mundurach, a potem wpatrzył się na drogę, na której nie było żywego ducha. Na końcu drogi był tunel, a po drugiej stronie droga do Turczynka, do szpitala. Nie mógł odróżnić, czy ma do czynienia z żołnierzami, czy milicjantami, w ciemności nie widział dobrze.

– To mój teść – powiedział.– Jest bardzo chory. Nasz telefon nie działa, nie mogliśmy wezwać pogotowia, więc ja sam...

– Telefony nie działają – przerwał mu żołnierz. – Niech pan zawraca.

– Ale mój teść... – protestował słabo Michał. Nie miał odwagi zapytać, co znaczy czołg na ulicy, jak też ludzie w mundurach w pełnym uzbrojeniu.

– Człowieku, jest stan wojenny! – wrzasnął tamten, a drugi uniósł broń. – Wracaj do domu, bo jeszcze ktoś cię zastrzeli.

Wsiadł do samochodu, próbując zebrać rozproszone przez strach myśli. Nie było sensu zawracać i próbować szczęścia z drugiej strony Brwinowa, tam na pewno też byli ludzie w mundurach. Michał wjechał w jedną z bocznych uliczek, a potem klucząc przez wąskie, nieodśnieżone ulice, próbował dojechać do Pruszkowa. Kilkakrotnie samochód zakopywał się w zaspach, ale Michał zdołał jakoś odgarniać śnieg spod kół. Odcinek drogi, którego najbardziej się obawiał, okazał się najprostszy do przebycia. Pole rzepaku, od zachodniej strony Pruszkowa, przed elektrownią, zlitowało się nad ledwie dyszącym Stanisławem i zdenerwowanym Michałem i przepuściło mały samochodzik.

– Ryli tu niedawno pługiem – wyjaśnił teściowi, chociaż ten siedział z zamkniętymi oczami i nie odzywał się ani jednym słowem. – Nie ma tyle śniegu, całe szczęście. Bóg strzegł. Myślałem, że się zakopiemy. Niech się tata trzyma, już niedaleko.

Pomyślał, że benzyny ma mało, ale powinni dojechać, a potem się coś wykombinuje. Tyle że pod elektrownią stało kilka czołgów i Michał chcąc nie chcąc znów się zatrzymał.

– Wracać! – Żołnierz nie był tak spokojny jak jego kolega w Brwinowie.

– Niech tata wysiądzie – powiedział Michał, nie zwracając uwagi na słowa tamtego. – Do szpitala jest jakiś kilometr, pójdziemy...

– Zawracaj, słyszysz?! – Michał zobaczył uniesioną broń.

– Idę z człowiekiem do szpitala! – krzyknął. – Skoro nie pozwalacie przejechać, zawieźcie nas tam! Choćby czołgiem!

Zdezorientowani spojrzeli po sobie.

– Idziemy – zdecydował Michał i zaczął ciągnąć Stanisława. Objął staruszka i trzymał mocno, bo teść ledwo powłóczył nogami. Kątem oka widział, jak jeden unosi broń.

– Strzelaj Polaku do swojego! – krzyknął Michał nieprzytomny ze zdenerwowania i strachu. – Walczyłem w powstaniu, żebyś ty czołgiem na ulicę mógł wyjechać! No! Strzelaj! Na co czekasz?!

Odpowiedziała mu cisza. Głos echem niósł się po pustej ulicy.

Kiedy dotarli do szpitala, Michał był pewien, że sam będzie potrzebował pomocy lekarskiej. Był ledwie żywy ze zmęczenia. Bolały go ręce i nogi. Na dziedzińcu także roiło się od żołnierzy, tyle że przynajmniej czołgu nie było. Znów nie chciano ich przepuścić, ale Michał nie zamierzał poddać się tak blisko celu. Roztrącając żołnierzy, wprowadził teścia na izbę przyjęć. Spojrzał na przerażone twarze pielęgniarek, siedzących w dyżurce nieruchomo jak kukiełki. Wyglądały jak zatrzymane w kadrze.

– Zawołajcie lekarza – krzyknął. – Zróbcie coś.

Wszyscy nagle zaczęli się ruszać, jakby ktoś nacisnął magiczny guzik. Jeden z żołnierzy kazał mu pokazać dowód osobisty. Michał położył teścia na leżance i dopiero wtedy wyjął zieloną, podniszczoną książeczkę.

– Brwinów? – spytał zdumiony. – Jak się tu dostaliście?

Michał miał ochotę pokazać gest, który kiedyś będzie przypisywany Kozakiewiczowi, ale powstrzymał się. Zamiast tego cierpliwie wytłumaczył, że teść potrzebował lekarza, telefony nie działały, a drogę do najbliższego szpitala zagradzał czołg.

– Stan wojenny jest – burknął jeden z żołnierzy, który widocznie był dowódcą, bo reszta wojskowych zwierała obcasy, jak tylko stawał koło któregoś. Michał przyglądał się im przez chwilę. Nie sprawiali wrażenia pewnych siebie, tak jakby nie do końca sami wiedzieli, co sie dzieje.

– Zabieramy pana na oddział – powiedział szczupły młody doktor po zdjęciu słuchawek z piersi Stanisława. – To prawdopodobnie zawał – rzucił w stronę Michała i sam zaczął popychać wózek w kierunku windy.

Pielęgniarki znów siedziały jak kukły.

– Zaraz, zaraz! – Żołnierz zagrodził drogę lekarzowi. – Dowódca musi zdecydować.

– Na razie rządzę tu jeszcze ja… – wycedził młody doktor, który nagle nabrał odwagi i pchnął wózek mocniej.

Mężczyzna niechętnie odsunął się na bok.

– Gestapo! – pisnęła młodziutka pielęgniarka, po czym wstała energicznie z krzesełka i dołączyła do lekarza. Michał jak we śnie obserwował, jak wózek ze Stanisławem znika w windzie. Nagle stracił wszystkie siły. Nie wyobrażał sobie, że wstanie i dotrze do samochodu. Osunął się na niewygodne, drewniane krzesło i zasnął.

Jeremi wysłuchał przemówienia generała Jaruzelskiego o szóstej nad ranem. Po piątej zbudziła go matka i kazała lecieć szybko do pani Irenki dwa bloki dalej, zbudzić, przeprosić i poprosić, żeby zadzwoniła na pogotowie. Jego starszy brat Maciek znów dostał ataku padaczki, prawdopodobnie zapomniał wziąć proszki przepisane przez doktora, stąd nieszczęście. Maciek w kółko o tym zapominał, chociaż bywało i tak, że zapracowana matka Jeremiego sama zapominała załatwić receptę i Maciek nie miał co łykać. Zazwyczaj kończyło się to drgawkami, po których nie chodził do szkoły ze dwa dni. Ataki zwykle występowały nocą, ten ostatni także. W dodatku Maćkiem trzepało już dobre pół godziny, piana toczyła mu się z ust, nie pomagał ani śnieg z parapetu przykładany do czoła, podkładana pod nos wódka, ani nawet wpychane do buzi leki.

Wreszcie matka Jeremiego dała za wygraną i poszła po męża, ale ten nawet się nie zbudził, tylko machnął przez sen ręką, jakby muchę odganiał. W małżeńskiej sypialni było duszno i czuć było przetrawiony alkohol i pot. Zbudzono zatem Jeremiego, a ten w poczuciu obowiązku przetarł oczy rękoma, założył sweter i spodnie na piżamę, wdział relaksy, ortalionową kurtkę i pognał do sąsiadki. Czołgi zauważył dopiero u pani Irenki przez okno.

– Spać nie mogłam – powiedziała, nie dziwiąc się wcale jego nocnej wizycie, zanim zdążył cokolwiek powiedzieć. – I włączyłam sobie radio. A tam o wojnie...

– Mama się pyta, czy może pani zadzwonić na pogotowie, bo Maciek ma znowu atak i nic nie pomaga.

– A zadzwonić to ja już chciałam, do rodziny swojej, do Katowic, pożegnać się, ale telefon odcięli...

– Jaka wojna? – spytał. – Taka jak w *Czterech pancernych*? Nie strzelają...

Sąsiadka spojrzała na niego z ironią.

– Tyle że swoi zaczną do nas strzelać, a nie Niemcy.

– To co ja mam zrobić? – zmartwił się nie na żarty Jeremi.

– Leć do domu, matce i ojcu powiedz co i jak. I uciekajcie – doradziła sąsiadka.

Jeremi nie słuchał dalej, tylko wybiegł przed blok i rozejrzał się na boki. Było cicho, ale w niektórych oknach paliły się światła. W głowie mu kołatały słowa „wojna", „będą strzelać", „pożegnać się" i przede wszystkim „uciekajcie". Pomyślał, że jeśli miałby kogoś ostrzec, to rodzinę Julii. Pobiegł prosto przez śnieg do ich domu i zakołatał energicznie do drzwi. Odpowiedziała mu cisza, więc zaczął uderzać rytmicznie pięścią, aż zapaliło się światło w sieni, zamek szczęknął i drzwi się otworzyły. Skulona z zimna pani Basia, mama Julki i Ulki, stała w szlafroku i patrzyła na niego zdumiona.

– Jarek? – spytała. – Co się stało? Czemu ty po nocy?...

Mówił bezładnie o wojnie, Maćku, który nie mógł przestać się trząść, wojnie, czołgach i o tym, żeby uciekać.

– Wejdź do środka – powiedział tata dziewczynek, który również w szlafroku stanął w sieni.

Jeremi wszedł, zdjął buty, po namyśle wełnianą czapkę w niezbyt męskich kolorach, szalik w gwiazdki robiony przez ciotkę, którego się wstydził jeszcze bardziej, i klapnął na kanapę w salonie Andruszkiewiczów. Ta miła pani nawet go nie spytała, czy chce herbatę, tylko postawiła przed nim parujący napój, pachnący sokiem malinowym. Obok na talerzyku leżała spora grudka konfitur. Jeremi przełknął ślinę.

– Maciek – przypomniał sobie nagle, zrywając się z miękkiego siedzenia. – Ma atak i nie przechodzi. Dziękuję, praszam i... już mnie nie ma...

– Siedź spokojnie. – Tata bliźniaczek położył dłoń na jego ramieniu. – Zostań u nas, a ja pójdę do ciebie do domu i zobaczę, o co chodzi.

Spojrzał na żonę i rozłożył ręce.

– Telefon nie działa...

– Wyłączyli wszystkim – pospieszył Jeremi z wyjaśnieniem, parząc sobie wargi gorącą herbatą. – Czołgi jeżdżą i mówią, że wojna, a Maciek... Pan włączy telewizję

Tomasz włączył odbiornik.

– Atmosfera niekończących się konfliktów, nieporozumień, nienawiści sieje spustoszenie psychiczne, kaleczy tradycje tolerancji. Strajki, gotowość strajkowa, akcje protestacyjne stały się normą. Wciąga się do nich nawet szkolną młodzież. Wczoraj wieczorem wiele budynków publicznych było okupowanych. Padają wezwania do fizycznej rozprawy z „czerwonymi", z ludźmi o odmiennych poglądach. Mnożą się wypadki terroru, pogróżek i samosądów moralnych, a także bezpośredniej przemocy... – mówił generał w czarnych okularach, wyprostowany, jakby kij połknął.

– Gdzie ty mieszkasz, chłopcze? – spytał Tomasz, po czym zaczął się ubierać.

Jeremi podał swój adres, wytłumaczył jeszcze, że to ten najbardziej skrajny blok w kierunku Tworek, z czerwonymi płytami koło okien, druga klatka, trzecie piętro, zaraz na lewo. Na drzwiach nie ma żadnej tabliczki.

– Tomasz, ja nie wiem, czy to bezpieczne – powiedziała pani Basia do męża, widząc, że wkłada palto, buty i bierze torbę lekarską. – Może ty zostań...

Więcej już Jeremi nie słyszał, bo położył głowę na gładkim materiale poduszki i zasnął. Ostatnią jego myślą była nie wojna, ale żal, że u nich w domu nie ma takich miękkich i gładkich poduszek.

Kiedy się obudził, było już jasno. Julia i Ula siedziały koło niego na kanapie. Sądząc po zapachu, piły kawę inkę z kubków i wpatrywały się w telewizor.

– Mamo, on się obudził! – krzyknęła Ula w stronę kuchni.

– Nie ma „Teleranka" – powiedziała Julia i bezradnie rozłożyła ręce.

Obie siostry były w koszulkach nocnych i szlafroczkach, na nogach miały wełniane skarpety i miękkie kapcie. Wedle oceny Jeremiego wszystko wyglądało na zagraniczne. Dyskretnie zajrzał pod koc, żeby stwierdzić ze wstydem, że ktoś, pewnie ich mama, zdjął z niego mokre spodnie. Mocniej naciągnął przykrycie. Tkwił teraz w pułapce, bo na sobie miał ohydną pasiastą piżamę w spłowiałych kolorach, którą odziedziczył po Maćku, a na stopach pozbawionych skarpetek straszyły dawno nieobcinane, niezbyt czyste paznokcie. „No tak", pomyślał, „ja nie mam wujka w Ameryce i cioci w Budapeszcie, czy gdzie tam one mają".

– Dziękuję bardzo – powiedział, widząc, że i jemu mama Julki i Uli niesie kawę inkę i dwa naleśniki z dżemem, sądząc po zapachu, truskawkowym.

Na ekranie znów przewalały się czołgi i żołnierze w grubych waciakach. Przechadzali się po zaśnieżonych ulicach Warszawy i ogrzewali przy koksownikach. Ludzie podchodzili całkiem blisko i zadawali im pytania, a oni wyjaśniali, coś gestykulując.

– Proszę bardzo – powiedziała pani Basia, podając mu jego własne spodnie i sweter oraz skarpetki należące najprawdopodobniej do którejś z dziewczynek, ponieważ były białe w różowe wisienki. – Twoje niestety są mokre i… dziurawe, więc mam nadzieję, że się nie obrazisz.

Potem wygoniła dziewczynki i Jeremi w spokoju się ubrał. Kiedy wciągał skarpetki, zastanawiał się, dlaczego nie dostał męskich skarpet, tylko dziewczyńskie. Może Andruszkiewiczowie mieli deficyt męskiego przyodziewku, bo przyszykowali wszystkie ubrania na wojnę.

– To ja dziękuję bardzo i do widzenia – wszedł do kuchni, niosąc puste naczynia.

– A ty dokąd? – Pani Basia miała zatroskaną twarz, ale uśmiechała się miło. – Nigdzie ciebie nie puszczę.

– Muszę wracać do domu – powiedział z godnością. – A pani powinna się spakować i uciekać.

– Dokąd mam uciekać? – spytała i złapała się za serce.

– Doradzałbym do lasu – szepnął konfidencjonalnie. – Tylko niech pani nie ucieka w kierunku Tworek, bo tam wie pani… Oni mogą już czekać. Zabiją najpierw mężczyzn, nie wiem, czy oszczędzą panią. Niech pani powie, że jest lekarzem, może wtedy.

Basia stała i patrzyła na Jeremiego ze zdumieniem w oczach.

– Właśnie – dodał, widząc malujące się zrozumienie na twarzy kobiety. – Dobrze, że wzięła pani wszystkie skarpetki, ale to może nie wystarczyć. Lepiej też wziąć puszki, a najlepiej konserwy…

Nagle cała troska zeszła z twarzy i kobieta zaczęła się serdecznie śmiać.

– Wiesz co? – powiedziała, zdejmując mu czapkę i odkręcając szalik, którym zdążył okręcić szyję. – Powiem ci prawdę. Bardzo się denerwuję i martwię, bo nie wiem, co się dzieje, telefony nie działają, a generał… mówi, co mówi. Skoro jednak tu trafiłeś, to nie mam zamiaru cię wypuszczać z domu, tylko wykorzystam jako eksperta…

Został jeszcze na obiedzie i kolacji, oglądali razem telewizję, gdzie w kółko powtarzano to samo przemówienie, jakby generał chciał nauczyć naród swoich słów na pamięć. Poza tym grali w chińczyka i rozmawiali. Pani Basia zapewniała go, że jego rodzice na pewno się niczym nie martwią, wiedzą przecież, gdzie on jest. Ula poczęstowała go balonówką, a Julia pokazała książki. Nawet Karol nie patrzył na niego z góry, tylko pozwalał wybrać kolor pionków w chińczyku i nawet zaczął uczyć gry w szachy. Jeremi starał się zapamiętać każdą minutę spędzoną w tym miłym domu.

Dopiero wieczorem wrócił pan Tomasz i od progu było widać, że nie ma najlepszych wiadomości. Zamknął się z żoną w kuchni i coś cicho mówili, a kiedy wyszli, pani miała zaczerwienione oczy, ale znów udawała, że nic się nie stało. Jeremi znał takie udawanie, bo jego własna matka w kółko miała czerwone oczy, a ostatnio to nawet wiedział dlaczego. Słyszał awanturę w kuchni między matką a ojcem. Mama krzyczała, że znowu „to się stało" i ona teraz nie wie, co mogłaby zrobić, bo tamtego doktora wsadziła za kratki, a inszy chce za dużo. Jeremi tylko się domyślał, że znów będzie miał braciszka albo siostrzyczkę. Chociaż to nie było takie pewne. Po tym jak urodził się Adrian, były jeszcze trzy takie awantury, ale żaden niemowlak nie pojawiał się w ciasnym mieszkaniu. Może i tym razem mama jakoś zamierzała to załatwić. Podejrzewał jednak, że w przypadku Andruszkiewiczów nie chodzi wcale o dzidziusia, który może stanowić kłopot, tylko o co innego. Spytał o Maćka.

– Przepraszam cię, chłopcze. – Doktor pogłaskał go po głowie. – Martwisz się pewnie, a ja zapomniałem ci powiedzieć co i jak. Wszystko z twoim bratem w porządku, ale musiał zostać w szpitalu. Twoi rodzice wszystko wiedzą... Ktoś niedługo po ciebie przyjdzie.

Potem przyszła Magda i zabrała go do domu. Bał się, że będą mieć do niego pretensje, że nie wrócił od razu, ale powitała go grobowa cisza. Matka nie zapytała, jak było u Andruszkiewiczów, tylko zmywała, prała jak co dzień, ale z tak zaciętym wyrazem twarzy, jakby naprawdę była wojna. Wieczorem uczestniczył w tradycyjnym rodzinnym czytaniu Księgi Apokalipsy. Robili tak od pewnego momentu co wieczór, po wspólnej modlitwie i wstaniu z kolan. Jeremi tego serdecznie nie znosił. Bał się opisów mąk, którymi Bóg kara tych, którzy zgrzeszyli na ziemskim padole. Wyobrażał sobie, co robi tym, którym zdarzało się ukraść żelki albo podczas niedzielnej mszy zamyślali się w czasie kazania. Już widział się z rozprutym brzuchem, a anioł stróż wiązał sobie krawat jego jelitami. Tego wieczora ojciec wybrał okropny fragment, w którym była mowa o ogniu piekielnym i różnych pożogach. Kiedy położył się do łóżka, Magda, która chyba musiała odreagować bardziej niż zwykle, straszyła go upadłym aniołem, który podczas snu wkręci mu się we włosy niczym nietoperz. Jeremi gotów był boso po śniegu wracać do Andruszkiewiczów, byleby tego nie słuchać. Na dodatek wszyscy bali się następnego dnia, jakby prawdziwa apokalipsa miała właśnie nadejść.

Przez dwa tygodnie nikt nie chodził do szkoły. W poniedziałek chętni pojawili się pod bramą, ale po obejrzeniu czołgu na dziedzińcu wrócili do domów.

– Szkoła nieczynna do odwołania – krzyczał jeden z żołnierzy przez tubę.

Jeremi zaczekał na Ulę i Julkę.

– Mogę iść do was, bo nie mam kluczy? – spytał.

Obie pokiwały głowami.

– Chciałam pożyczyć książkę z biblioteki – zmartwiła się Julia. – Wszystko już przeczytałam...

Poszli na Lipową, gdzie była wypożyczalnia książek dla dzieci, zobaczyli zamknięte na głucho drzwi i poczłapali na osiedle Wyględówek. Przy kolejce Jeremi wysupłał jakieś grosze i kupił wodę z saturatora, którą wypili we trójkę, każde po kolei, po łyku. Dziewczynki protestowały trochę, bo mama wielokrotnie opowiadała im, jak niehigieniczne są szklanki, których pani „saturatorowa" nie myje w płynie Ludwik, tylko opłukuje kilkoma strumyczkami wody. Po drodze Jeremi dowiedział się, że wczoraj w szpitalu umarł pradziadek dziewczynek, a w tym samym czasie w domu prababcia.

– Tata powiedział, że wujek dziadka na plecach niósł do szpitala ponad kilometr, ale i tak było za późno... – powiedziała Julia.

– Ooo... – Jeremi nie wiedział, co powiedzieć.

Dziadkowie ze strony ojca mieszkali pod Siedlcami. Kiedy był mały, czasami jeździli do dziadka i babci pociągiem, ale wspominał to jak koszmar. Spędzali tam zwykle Wigilię, bo tata się upierał, że w tym dniu trzeba być z rodziną. Babcia robiła niedobre potrawy, które trzeba było jeść, jeśli się nie chciało oberwać. Mikołaj zwykle przynosił skarpetki albo kredki, w ostateczności czapkę. Trzeba było się cieszyć i dziękować Mikołajowi, a babka uśmiechała się wtedy szeroko. Najgorsza była noc. Spali na jednym łóżku z matką, ojcem i całym rodzeństwem. Dziadek umarł trzy lata temu, zaraz potem babcia i wyprawy się skończyły. Wzdrygnął się na samo wspomnienie.

– Jeszcze mu samochód zabrali – dodała Ula, a Jeremi przestał myśleć o swoich dziadkach z Siedlec.

– Właściwie to nie zabrali, tylko rozjechali czołgiem, bo zostawił go gdzieś na środku ulicy... – skorygowała Julia. – A wiesz, Jarek, że mój tata nie mógł twojego brata wyleczyć, pogotowie nie chciało go zawieźć do szpitala, to tata poleciał na milicję?

– Serio? – zdumiał się Jeremi, bo w domu nic mu nie mówili.

– No – powiedziały obie jednocześnie i pokiwały głowami. – I milicja zawiozła go do szpitala.

Wprowadzenie stanu wojennego prócz śmierci Andzi i Stanisława przyniosło aresztowanie Jerzyka oraz Michele i Janusza. Na dodatek Julian Czerwiec, który miał wyjść do domu za dobre sprawowanie, został w więzieniu. Na nic zdały się załatwiona apelacja od wyroku, nowy materiał dowodowy i sowicie opłacony adwokat, który deklarował, że zna kogoś bardzo, ale to bardzo wysoko. Żaden więzień nie opuścił zakładu karnego.

Ile osób umarło przez to, że telefony nie działały, trudno zliczyć. Jeśli ktoś potrzebował pomocy lekarza, szedł na milicję, a funkcjonariusz po rozpatrzeniu sprawy łączył się z dyspozytorem pogotowia ratunkowego. Potem milicja twierdziła, że to było dobre rozwiązanie, ponieważ ludzie szukali pomocy tylko w ostateczności, wiec wszyscy mieli lżej, i policja, i lekarze. Wprowadzono godzinę policyjną. Jedynie dzieci były zadowolone. Po dwóch tygodniach przymusowej przerwy w nauce zaczęły się ferie. Przez cały miesiąc można było bezkarnie spać do dziesiątej i odwiedzać się nawzajem w domach. Potem zaczęło się normalne, tylko jeszcze cięższe życie.

1982 ROK

– Dziadziu, my chcemy lizaka – jęknęła Ula.

– A skąd ja wam wezmę, kwiatuszki, lizaka? – spytał Ryszard retorycznie i pogłaskał wnuczki po główkach.

Dzieciom przysługiwało po dziesięć dekagramów słodyczy w miesiącu i wszyscy byli szczęśliwi, jeśli zamiast obrzydliwego wyrobu czekoladopodobnego udawało się dostać masę cukrową oblaną czymś z jako taką zawartością kakao, co nazywało się „mieszanką czekoladową". Tylko raz, cudem, Ryszard kupił wnuczkom po czekoladzie „Jedyna", którą zjadały przez miesiąc wieczorem po dobranocce, obłupując po kawałeczku..

– Na strzelnicy są… – powiedziała Ula, która była bardzo bystra i zaradna, w sam raz na tamte czasy.

Ryszard, który był rodzinnym zaopatrzeniowcem i dzierżył w portfelu kartki dla całej rodziny, brał Ulę ze sobą do kolejki, bo wnuczka miała niezwykły wręcz dar przewidywania, do jakiego sklepu zostaną „rzucone" towary. Umiała też na podstawie długości ogonka i liczby osób oszacować, czy starczy dla nich mięsa, kiełbasy lub wędliny, czego Ryszard nie potrafił zupełnie robić i często odchodził rozczarowany, bo po kilkugodzinnym staniu zabrakło mięsa tuż przed nim.

– Na jakiej strzelnicy? – nie zrozumiał.

Julia milczała, a Ula przewróciła oczami.

– Za kolejką jest strzelnica. Są miśki, zabawki, cukierki i lizaki. Lizaki są w paczkach, chyba po pięć. Chodźmy tam i strzel, dziadziu. Proszę…

Ryszard westchnął. Cała rodzina należała do inteligencji niezaradnej. Umieli tylko stać w kolejkach i czekać na ochłapy rzucone ludziom przez rząd. Inni nieźle się obławiali na handlu, oni wszyscy ledwie mieli co do garnka włożyć. Ratowały ich jedynie dary dla „pani doktor" od wdzięcznych pacjentów i paczki przysyłane od krewnych rozproszonych po świecie. Te ostatnie przychodziły ze Stanów od Janka Winnego i z Francji od Tadzika, ale już dwukrotnie dotarły do Pruszkowa i Brwinowa w formie szczątkowej. Na pierwszy rzut oka było widać, że ktoś otworzył przesyłkę i rozkradł, co się dało, pozostawiając symboliczną zawartość. Tak stało się z przesyłką od Winnych z Francji, w której zostały tylko przyprawy, cukier w kostkach oraz mąka, na której widniała informacja, oczywiście po francusku, że służy do wyrabiania ciasta na quische i tartę. Ten, co kradł, postanowił chyba zostawić kilogramowy pakunek w obawie, że nie sprzeda tego normalnemu polskiemu obywatelowi. Mąka przydała się na tort urodzinowy dla dziewczynek, luksus w tamtych czasach, ale Mania i Basia uznały, że nie można pozwolić, żeby kryzys pozbawił dzieci tradycyjnego urodzinowego przysmaku. Wszyscy wierzyli, że stan wojenny nie potrwa długo i w końcu będzie można zacząć żyć w miarę normalnie.

Inaczej rzecz miała się z paczką od Janka. Napisał do nich długi list, który dostali otwarty ze stemplem „ocenzurowano". Zawiadamiał w nim, że żeni się z jakąś kobietą i zamierza przyjechać z nią do rodziny do Polski. O Łucji Wierusz-Kowalskiej nie było w tym liście mowy i wszyscy zastanawiali się, co takiego zaszło między Jankiem i Łucją, przecież rzadko, ale systematycznie donosił, że są szczęśliwym małżeństwem i razem wychowują jej córkę. Wprawdzie nie można się było doprosić żadnego zdjęcia, ale nie było powodu, żeby Janowi nie wierzyć. Mania i Ania dały na kolejną mszę za zdrowie i pomyślność Janka, tym razem na nowej drodze życia, a potem wszyscy czekali na przyjazd marnotrawnego kuzyna.

Kiedy wprowadzono stan wojenny, Janek odwołał wizytę telegraficznie. Dopiero później napisał dłuższy list, że mieli z żoną zakupione bilety na lot 15 grudnia do Polski, ale z przyczyn wiadomych samolot odwołano i zwrócono im pieniądze. Przysłał także zdjęcie z nową żoną w restauracji, gdzie oboje pochyleni nad gigantyczną porcją mięsa i frytek uśmiechali się do obiektywu. W liście tym pod koniec napomknął, że z Łucją bardzo chciał się ożenić, ale ona go zwodziła, trochę żyli jak małżeństwo, stąd tak napisał do rodziny, w końcu jednak postanowiła go opuścić. Koniec końców historia z Łucją była skończona.

Trzeba przyznać Jankowi, że mimo niejasnych zeznań na tematy osobiste o rodzinie pamiętał. Zaraz jak tylko dotarło do Ameryki, że w Polsce jest kryzys, jeszcze przed wprowadzeniem stanu wojennego zaczął przysyłać paczki, a w nich cukier, mąkę, olej i ryż, a poza tym mnóstwo słodyczy i gum balonowych, które niestety padały ofiarą kradzieży.

– Co rodzina, to rodzina – mówiły Ania i Mania i wysyłały kuzynowi listy pełne wdzięczności ze zdjęciami dzieci, wnuków i dokładnym opisem, co się z kim dzieje, gdzie pracuje i co osiągnął.

Ryszard rozmawiał kiedyś ze swoim kolegą z dawnej pracy, który też miał brata w Ameryce, tyle że brat przysyłał mu regularnie zdjęcia na tle otwartej i wypełnionej wszelkim dobrem lodówki, a w długich listach zapewniał, że klepie biedę i pracuje jako stróż nocny, za co bardzo trudno się utrzymać, a co dopiero pomagać rodzinie w Polsce. Zgodnie wśród Winnych uznano, że nie mają co narzekać i nawet przyprawy Adeli przyjmowano z wdzięcznością oraz zakazano Michele pisania do siostry w tonie innym niż dziękczynny.

– Dziadziu, prosimy... – Ula stała i szarpała Ryszarda za rękaw.

– No dobrze. – Skinął głową. – Lekcje odrobione?

– Odrobione – powiedziała Julia, a Ula wykonała serię machnięć rękoma, co mogło oznaczać tylko tyle, że nie odrobiła wszystkiego, co było zadane na jutro, ale nie ma takiego sposobu, żeby ją przekonać do odstąpienia od planowanej wyprawy po lizaki.

Poszli więc, dziewczynki podskakujące u boku z radości, jakby już miały te lizaki w rękach, on z siatką, kartkami i pieniędzmi w kieszeni, bo przecież nigdy nie wiadomo, co rzucą we wczesne wtorkowe popołudnie.

Pan na strzelnicy miał zły błysk w oku, a wszystkie trzy karabiny wygiętą lufę.

– W co będzie pan strzelał? – spytał, omiatając wzrokiem Ryszarda, jego siwe włosy wystające spod czapki, którą dostał na ostatnie święta od którejś z wnuczek, równie siwą, lekko zmierzwioną brodę i stare ręce.

– W lizaki – odpowiedział.

„Strzelnicowy" wymienił cenę za dziesięć strzałów i uśmiechnął się krzywo.

– A jak trafię dziesięć razy, to możemy wziąć dziesięć zabawek albo lizaków? – spytał, szacując, że koszt strzelania to tyle samo co ćwierć kilo kiełbasy.

– Taaa... – Tamten smarknął ironicznie i popatrzył na Ryszarda z wyższością.

Ryszard zdjął czapkę, oddał dziewczynkom siatkę i rozpiął górny guzik kurtki. Potem wycelował i zaczął strzelać. Kiedy były żołnierz AK, najlepszy snajper w całym pułku, skończył, strzelnicowy miał otwarte usta ze zdumienia, dziewczynki stały, jakby je ktoś przyspawał do podłoża, a z lufy karabinu unosił się dym.

– To poprosimy te dziesięć wygranych rzeczy. Dziewczynki, wybierajcie, co chcecie...

– Momencik... – odzyskał mowę strzelnicowy. – Strzelał pan w lizaki, więc się nie należy.

– Zaraz w ciebie strzelę, spekulancie jeden... – powiedział Ryszard cicho i tamten bez słowa zaczął podawać dzieciom żądane zabawki i słodycze.

– Dziadzio to jest normalnie bohaterem – opowiadała Ula potem w domu, a Julia jej wtórowała, opisując, jak dziadek za każdym razem trafiał w środek tarczy, co pozwoliło na przytarganie do domu dwóch paczek lizaków, dwóch sporych misków, cukierków, a nawet dwóch czekolad, które po otwarciu okazały się całkiem białe, jakby pokryte szronem, ale smakowały wybornie.

– Podzielcie się z Małgosią, Pauliną i Kacprem, dobrze? – przypomniała im Basia, a one obruszyły się, bo i tak miały zamiar to zrobić.

Ula swojego miśka oddała Paulince, a Julia wielką rudą wiewiórkę postanowiła zanieść Adriankowi, najmłodszemu bratu Jarka, który w kółko siedział w domu, bo dzieci się z niego śmiały, że jest „dziwny". Ula pokpiwała z siostry.

– Wiedziałam, że ze swoimi rzeczami polecisz do Wiśniewskich. Mama, ona się kocha w tym Jarku od przedszkola!

Julia stanęła w progu pełna oburzenia, że siostra mogła tak zszargać jej chęć podzielenia się dobrem z przyjacielem.

– Ulka, przestań! – włączył się tata do rozmowy, widząc, że Julia prawie płacze. – Odprowadzę cię, skarbie, bo już ciemno, dobrze? I poczekam pod blokiem.

Julia pokiwała głową i wyszli razem z tatą.

– Naprawdę dziadek tak dobrze strzela? – spytał tata, kiedy owiało ich mroźne powietrze.

– No, jak Janek z *Czterech pancernych*. – Pokiwała głową. – Gdzie on się tego nauczył?

– Dziadek walczył w czasie wojny, ale niechętnie o tym mówi… – wyjaśnił jej tata. – Dziadek, wujek Michał, babcia Ania… Nie mówiąc o wujku Janku z Ameryki i Tadziku z Francji… No, a rodzony brat babć, Wacław…

– Wiem – przerwała mu Julia. – Zginął we Francji, broniąc naszej ojczyzny. A czemu twoi rodzice i dziadkowie nie walczyli?

– Przecież wiesz, że mój dziadek zmarł przed wojną – łagodnie wyjaśnił tata. – A ojciec miał na utrzymaniu rodzinę. Nie zgłosił się do wojska. Jeśli masz w sobie geny walki, to raczej po Winnych niż po mojej rodzinie.

– Tylko babcia Mania była mało waleczna… – Uśmiechnęła się Julia. – A za to jej siostra…

– Babcia Ania nie przestanie nas nigdy zadziwiać. – Uśmiechnął się do siebie Tomasz, który bardzo lubił swoją teściową, ale jej siostra hipnotyzowała go swoim dostojeństwem, inteligencją, oczytaniem i moralną postawą. Nie znał drugiej takiej kobiety i czasem myślał, że Michałowi musi być ciężko, dzielić życie z kimś takim. Zatęsknił za swoimi rodzicami, którzy mieszkali w Warszawie i rzadko przyjeżdżali do Pruszkowa, a on z żoną z kolei byli ciągle zajęci i ciężko im było z trójką dzieci tłuc się kolejką WKD, potem autobusem albo tramwajem, żeby po dwóch godzinach siedzenia przy stole wracać w ścisku do domu.

– O czym myślisz, tatusiu? – Córka szarpnęła go za rękaw.

– Leć na górę, a ja tu poczekam. Tylko nie siedź długo, bo zimno.

Jeremi przetarł oczy ze zdumienia, kiedy zobaczył paczkę żelków-misków, a Adrianek wydał serię gulgoczących dźwięków na widok pluszowej wiewiórki. Julia pokrótce opowiedziała historię zdobytych skarbów.

– Chodź na herbatę – powiedział wzruszony, patrząc na przyjaciółkę, która z radością w oczach bawiła się z jego upośledzonym bratem.

– Nie mogę, bo tata na mnie na dole czeka i prosił, żebym długo nie siedziała. A przyjdziesz do nas w sobotę? – spytała.

– Dawno nie byłem… – bąknął.

– To przyjdź… – poprosiła.

Uśmiechnęła się i już jej nie było, a on został ze smutkiem w sercu i paczką żelek w dłoniach.

Ale w sobotę poszedł w gościnę, bynajmniej nie z pustymi rękoma. Zszedł do piwnicy, gdzie w jednym pomieszczeniu na rogu od góry była przerwa w deskach. Wyciągnął stamtąd kilka słoików, jak się później okazało, pikli, buraczków i kompotu jabłkowego. Wytarł słoiki starannie z kurzu, włożył w siatkę i wręczył pani Basi, przepraszając, że nie ma kwiatów.

– Nic nie szkodzi, naprawdę… – powiedziała ze śmiechem ta najmilsza z matek, jakie Jeremi kiedykolwiek widział, i poprowadziła go do dużego pokoju, gdzie przy stole siedziało mnóstwo ludzi. Jeremiego to nieco onieśmieliło, przestraszył się, że nie będzie umiał się odpowiednio zachować, ale zaraz pomyślał sobie, że co tam, westchnął, spytał, czy może najpierw umyć ręce, co spotkało się z aprobatą większości zebranych, a potem zasiadł przy stole obok dwóch staruszek podobnych do siebie jak dwie krople wody, które okazały się babciami Andruszkiewiczówien.

– Jesteś kolegą Julii i Uli? – spytała babcia, która miała kręcone ognisto-srebrne włosy.

– To przyjaciel Julii – odpowiedziała za niego druga babcia, która była od tej pierwszej znacznie szczuplejsza, miała trochę więcej zmarszczek, ale też więcej czerwonych włosów uczesanych starannie w niski, gruby kok.

Jeremi wpatrzył się w tę drugą babcię, zastanawiając się, skąd wie o jego do Julki przywiązaniu. Wyglądała, jakby wszystko o nim wiedziała, a swoim wzrokiem przenikała go na wylot. Od razu pomyślał o tym, że ona pewnie wie, jak zdobył ogórki i buraczki, które pani Basia właśnie stawiała na stole z prośbą o „podziękowanie mamusi" za tak cenne dary. Starsza pani wydawała się wiedzieć, że ogórków nie kisiła mama Jeremiego, tylko pani Irenka, ale w jej oczach nie zobaczył nagany, tylko zrozumienie i coś na kształt ciekawości.

– Znamy się od urodzenia – wtrąciła się Ula. – Urodziliśmy się tego samego dnia. U wujka…

Wszystkie oczy zwróciły się w kierunku posiwiałego przedwcześnie mężczyzny, który właśnie nakładał sobie porcję kradzionych ogórków Jeremiego na talerz.

– Naprawdę? – spytał.

– Naprawdę – potwierdził Jeremi, któremu wreszcie udało się coś powiedzieć.

– Ale ja urodziłam cięciem, a mama Jarka normalnie – powiedziała pani Basia tonem, jakby ucinała wszelką dyskusję na ten temat.

Potem spojrzała niespokojnie na swoją siostrę Kasię, która niby przypadkiem dotknęła ramienia swojego przegranego męża Juliana. Julian nie mógł wiedzieć, że to matka Jeremiego była przyczyną aresztowania, po którym nie tylko stracił prawie dziesięć lat życia w więzieniu, ale także prawo wykonywania zawodu, dochody i honor. Wprawdzie piękna żona Kasia go nie opuściła, ale i tak Julian czuł, że jego życie się w pewien sposób skończyło. Wszystko, co mogło wywołać wspomnienia tamtych czasów, kiedy jako lekarz był bogiem na oddziale i o wszystkim decydował, było skrzętnie pomijane, dlatego teraz także nie rozwinięto dyskusji o tamtych trzech porodach pod koniec czerwca siedemdziesiątego pierwszego roku.

– Babcie urodziły się tego samego dnia co my, wiesz? Też są bliźniaczkami. – Ula wyraźnie starała się naprowadzić dyskusję na atrakcyjne dla siebie tory.

– Niezupełnie – powiedziała tęższa babcia. – Tylko ja urodziłam się tego samego dnia co wy, a Ania dzień później.

– To tak można? – spytał Jeremi, który o rozmnażaniu nie wiedział zbyt wiele, ale zawsze w telewizji słyszał, że bliźniaczki rodzą się w odstępie kilkuminutowym. Nie przyznał się głośno, że rodzenie dzieci kojarzy mu się z nieobecnością matki, ciasnotą w mieszkaniu i męką wychowawczą, chociaż jego siostra Magda jeszcze w tamtym czasie nie powiła nieślubnej córki.

– Można. – Uśmiechnęła się młodsza babcia. – Tak po prostu było…

Nadal przyglądała mu się uważnie, jakby chciała się czegoś więcej o nim dowiedzieć. Jeremi już przy zupie poczuł nieodpartą chęć zwierzenia się tej kobiecie ze swoich planów matrymonialnych wobec Julii, ale nie wiedział, jak zacząć. Potem pomyślał, że najpierw powinien powiedzieć o wszystkim samej zainteresowanej, potem jej matce, ojcu, a wreszcie babci. Tyle że ona zdawała się wiedzieć, co siedzi w głowie Jeremiego bez jego zwierzeń, jakby miała radar. Jeremi nie bardzo wiedział, jakie urządzenie odczytuje ludzkie myśli, ale był pewien, że babcia Ania nim dysponuje.

Tymczasem wokół toczyły się rozmowy, jakie zwykle były udziałem Polaków przy stole, a mianowicie skąd pochodzi jedzenie, które leży na białym obrusie.

– Ryszard zachęcony sukcesem na strzelnicy postanowił zdobyć dla rodziny mięso... – zaczęła opowieść babcia Mania, a reszta rodziny spojrzała na nią i jej męża z zaciekawieniem.

– A mój Michał postanowił mu pomóc w ramach solidarności szwagierskiej... – dodała babcia Ania i przytuliła się do boku starszego pana, który uśmiechnął się i pocałował ją w czoło.

Jeremim to wstrząsnęło. Nigdy nie widział, żeby jego rodzice okazywali sobie czułość, o dziadkach nie wspominając. Rodzina nie była dla niego żadnym oparciem, dawała mu jedynie kąt, w którym mógł mieszkać, i jedzenie, które mu często wypominano. W tym domu było zupełnie inaczej. Tak bardzo mu się spodobało to siedzenie przy stole i zwyczajne rozmowy, że postanowił przy zupie, że on też będzie taki dobry i miły dla Julii. Oczywiście, jeśli ona go zechce.

– Daj spokój, kochanie, po co to wywoływać? Żałosne to było, doprawdy... – Uśmiechnął się „mój Michał", a Jeremiemu spadła kluska z rosołu na spodnie.

– Pojechaliśmy na resztce benzyny do Brwinowa... – zaczął Ryszard.

– Benzynę dostali za wódkę kartkową od Swobodziaka... – wtrąciła się babcia Mania.

– Tak, ale Swobodziak musiał coś dolać do tej benzyny, bo niestety pod Koprkami silnik siadł... – Skrzywił się mąż babci Ani.

Julia, Ula oraz ich brat Karol, a nawet mała Paulinka zaczęli chichotać, co oburzyło nieco babcię Manię.

– Nie śmiejcie się, dzieci... – skarciła je, grożąc palcem. – Dziadek najpierw dostał wódkę na kartki, a potem sprytnie chciał zamienić ją na benzynę. Skąd miał wiedzieć, że Swobodziak ją ochrzcił.

– Dajcie mu wódkę też chrzczoną... – poradziła babcia Ania, zanosząc się od śmiechu. – Niech zobaczy, jak to jest...

Skołowany Jeremi pomyślał, że ta wódka miała być na chrzciny, ale coś się nie udało, tylko nie bardzo wiedział, kogo mieli ochrzcić. Julia i Ula były ochrzczone, podobnie ich brat Karol. Może córka tej aktorki, najpiękniejszej kobiety, którą Jeremi w życiu widział, nie była ochrzczona, ale kto to wie, jak to jest u tych aktorek.

– No i pchaliśmy malucha do Koprków, a tam daliśmy w łapę jakiemuś magikowi, który pogmerał coś w silniku i fiacik zaskoczył – opowiadał tymczasem „mój Michał". – Jakoś dotelepaliśmy się do tej wsi, co to miało na nas czekać pół świniaka.

– Wchodzimy do tej zagrody, a tam ryk potworny... – kontynuował dziadek Ryszard. – Wychodzi do nas chłop, my z Michałem mówimy umówione hasło, jak na wojnie, a on nam na to, żeby poczekać godzinę, bo on właśnie świniaka będzie teraz bił.

– To daliśmy mu w łapę, żeby go nie zabijał – podsumował historię Michał. – Kupiliśmy kiełbasę i kawał mięsa, które już miał, tego... zabite... I wróciliśmy.

– Przecież ten chłop i tak zabiłby tę świnkę – wtrąciła się Ula, rodzinny głos rozsądku, a Jeremi pokiwał głową, bo pomyślał dokładnie o tym samym. Już na tyle znał życie, że był pewien, że chłop dał na mszę za tych naiwnych panów, którzy zostawili mu pieniądze, nie biorąc towaru, a potem i tak zwierzaka ubił.

– To samo powiedziałam... – westchnęła babcia Ania.

– Nazwała nas hipokrytami – dodał dziadek Ryszard. – A moja żona oczywiście się z nią zgodziła...

– Bo w pewnym sensie... – Skrzywiła się pani Basia, a Jeremi postanowił zapamiętać to słowo, a potem w bibliotece zajrzeć do encyklopedii i sprawdzić, co ono znaczy.

– Ale to nie koniec historii... – Babcia Mania pogłaskała czule męża po brodzie. – W drodze powrotnej zatrzymała ich milicja i skonfiskowała mięso.

– To szynka była... – westchnął pan Michał. – Różowa, piękna szynka. Można ją było obłożyć przyprawami Adeli i upiec...

– Ale teraz jakaś milicyjna żona ją je, miejmy nadzieję, że razem z piątką głodnych dzieci. – Roześmiała się pani Kasia, a Jeremi znów wpatrzył się w piękny profil kobiety.

– Gdzie u milicjanta głodne dzieci? – tata Julki wyraził głośno to, o czym pomyślał Jeremi.

– Została kiełbasa, której nie zabrali – przypomniała babcia Mania.

– No, ale babciu, myśmy nie chciały... – Julia powiedziała proszącym tonem.

Jeremi był ogromnie ciekaw, co się stało z kiełbasą, i spojrzał pytająco na Julię.

– Bo myśmy powiesiły całe pęto na rurze, żeby się zasuszyło... – powiedziała cicho, a potem zaczęła się śmiać. – Kruczek... I Kruczek w nocy zjadł wszystko, a rano się pochorował.

Śmieli się już wszyscy, od babć począwszy, po małą Paulinkę. Śmiał się też Jeremi, który wyobraził sobie całą tę sytuację, a już jak spojrzał na Kruczka, który warował u jego boku, patrząc prosząco, to nie mógł się powstrzymać.

– Śmiejemy się, a tu taka tragedia w Polsce się rozgrywa... – upominał wszystkich Ryszard, ale sam chichotał jak dziecko i obejmował ramieniem swoją żonę. – I u nas w rodzinie takie straty...

– To dobrze, że możemy się jeszcze śmiać – wtrącił pan Michał. – Za okupacji tak sobie radziliśmy. Śmialiśmy się z hitlerowców. Było nam lżej. Teraz też. Mimo wszystko jest lżej, chociaż bardzo ciężko bez taty, Andzi... Ze świadomością, że Jerzyk i Michele z Januszem przesiedzieli kilka miesięcy...

Zaległa cisza. Jeremi zastanawiał się, skąd zatem pochodzi mięso, które niewątpliwie miał na talerzu. Ale babcia Ania, która jakby czytała w jego myślach, odpowiedziała.

– To brwinowska kaczka, która oddała życie za tego wieprzka. Prawdziwa bohaterka...

– Tak. – Uśmiechnęła się pani Basia. – Piekłam ją cztery godziny, a i tak jest twarda jak podeszwa.

– Romanek nie w ciemię bity – podsumowała rozmowę babcia Mania. – Chyba nie sądzisz, że poświęciłby młodą kaczkę dla kogoś obcego. I tak go z trudem wybłagałam, żeby dał...

A potem to już słuchał opowieści, jak podczas poprzedniej wojny prapradziadek Julii i Uli wrócił z obozu i praprababcia kurę zabiła, bo czuła, że mąż wróci. Albo o tym, że ta miła babcia Ania umiała przewidywać przyszłość i wiedziała, gdzie bomby uderzą i wszyscy ją pytali, czy przeżyją.

Wreszcie dzieci wygoniono do zabawy i dorośli mogli spokojnie kontynuować rozmowy przy stole. Rozpoczęto od toastu.

– Za Juliana, który znów jest z nami – uniosła kieliszek Basia.

W kieliszku było wino porzeczkowe zrobione z brwinowskich czarnych porzeczek zbieranych przez Anię i Manię, czyszczonych przez Kasię i Basię, wreszcie destylowane przez Ryszarda i Michała, korkowane pomysłowo przy pomocy starych korków zalewanych lakiem. Andzia, kiedy jeszcze żyła, utyskiwała, że ten trunek nie jest godzien miana wina, które powstaje z wypłowiałych od słońca włoskich winogron i jest ambrozją. Odmawiała picia „tego czegoś" i upominała ich za każdym razem, że kto jak kto, ale Winni powinni pić prawdziwe wino.

– Za Juliana. – Wszyscy unieśli kieliszki, a Kasia otarła łzy z oczu.

– Dziękuję wam, kochani – powiedział cicho były doktor i upił łyk. – Teraz muszę wrócić do życia, do pracy...

Podczas tamtego przyjęcia tylko Ania czuła, że za Julianem stoi mrok. Pozostali cieszyli się, że biedna Kasia znów będzie mogła spokojnie żyć.

– I za Jerzyka, żeby wyzdrowiał. – Wzniosła kieliszek Mania.

A potem Ania przechyliła mały kieliszek wódki i wylała nieco na talerz.

– Za ojca i Andzię. Niech Bóg wybaczy im grzechy i przyjmie do siebie... – powiedziała cicho.

– Niech wybaczy też tym, którzy są winni ich śmierci – dodał Michał i objął żonę.

Wszyscy, którzy mieli wódkę w kieliszkach, uronili kilka kropel.

– I wreszcie – drżącym głosem dodał Michał – za Ewę, która na szczęście do nas wraca…

Na razie wszyscy wierzyli, że przyszłość może być tylko lepsza. Niespełna rok później, kiedy wreszcie udało się odkręcić całą sytuację oraz przywrócić doktorowi prawo wykonywania zawodu, Juliana zaczął boleć żołądek. Wrócił do pracy przywitany przez jednych kolegów z entuzjazmem, innych z rezerwą, ale po tym, co przeszedł, mało co było w stanie go urazić. Czuł się znów jak mężczyzna, a nie tylko utrzymanek pięknej i sławnej żony. Brał leki, ból zrzucając na stres, ale mimo medykamentów i starannie dobranej diety przeciwwrzodowej bolało go coraz bardziej. Bolało przed jedzeniem, po jedzeniu i w trakcie. Kiedy schudł ponad dziesięć kilo, stało się jasne, że to żaden stres, tylko pewnie choroba.

Został przyjęty na oddział, na którym znów po swoim powrocie z Izraela pracowała Ewa, a następnie zoperowany. Operacja polegała na otwarciu powłok brzusznych Juliana, stwierdzeniu, że rak rozpanoszył się po całej jamie brzusznej i zaszyciu go z powrotem. Wypuszczono go do domu, gdzie leżał, patrząc albo w sufit, albo w telewizor. Kasia ponownie miała na głowie cały dom, prócz tego chorego męża, i świadomość, że prędzej czy później po raz kolejny zostanie sama. Krucha równowaga, którą zbudowała dzięki własnym sukcesom oraz przy pomocy rodziny, w jednej chwili runęła.

Julian umarł tego dnia, w którym generał Jaruzelski ogłosił koniec stanu wojennego, a Kasia w dniu jego pogrzebu wypiła jedną setkę wódki przed pójściem do kościoła, drugą przed stypą, a trzecią, żeby zasnąć. Od tego dnia codziennie wieczorem wypijała lampkę koniaczku, whiskey, likieru czy czegokolwiek, co miało procenty. Nie była przy tym ani pijana, ani nawet na rauszu. Wręcz przeciwnie, czuła się na tyle dobrze, żeby wyjść na scenę, uczyć się roli albo odrobić z Małgosią lekcje. Mogła nawet żartować.

Po tamtej rodzinnej kolacji Ania, już w domu, rozczesała długie włosy i zebrała je w luźny kok, uśmiechając się do swoich myśli.

– Czemu mi się tak przyglądasz? – spytała Michała.

– Przyglądałaś się temu chłopcu z bystrymi oczami. – Mąż uśmiechnął się do niej. – Ciekaw jestem, czy podobał ci się jego sweterek, czy może chodzi o coś innego…

Michał miał rację. Ania jeszcze przy stole poczuła, że losy Julii i Jeremiego będą ze sobą połączone, nie tylko za sprawą wspólnej daty urodzenia. W tym przypadku nie umiała zupełnie określić, jak bardzo się zazębią. Z jednej strony widziała coś mrocznego wokoło tego sympatycznego dzieciaka, z drugiej strony było tam także światło i coś bardzo dobrego, co biło z jego sympatycznej okrągłej buzi. Ania myślała o tym, słuchając jednym uchem podziękowań za pomoc finansową, jakiej wszyscy Winni udzielili Kasi, kiedy jej mąż był w więzieniu, a ona nie grała z powodu bojkotu teatru i filmu przez aktorów.

– Idą ciężkie czasy, Michał – powiedziała, kładąc się do łóżka. – O tym myślałam, patrząc na te dzieci…

Pierwsze objawy zauważył już dawno. Kilka razy trzeba mu było powtarzać to czy tamto, żeby zapamiętał. Z reguły chodziło o drobiazgi i nie dotyczyły jego posługi. Zapominał, gdzie położył okulary, co było w artykule, który właśnie przeczytał w gazecie. Kiedy zaczął zapisywać kazania, sam wiedział, że ma problem. Pilnował się jednak i poza gospodynią utyskującą, że „księdzu to pięćdziesiąt razy trzeba powtarzać jak mojej ciotce z lubuskiego", nikt nie zauważał, że coś się zmieniło.

Przyszedł jednak moment, kiedy jego problem dał o sobie znać podczas pełnienia obowiązków kapłańskich. Tego dnia podczas mszy świętej miał zaśpiewać fragment liturgii i nie mógł sobie przypomnieć słów. Organista trzy razy grał temat, a Ignacy gorączkowo szukał w pamięci odpowiedniego cytatu. Gdyby zajrzał do otwartej księgi, która leżała na stojaku, byłby przeczytał, co trzeba, ale w zdenerwowaniu zapomniał o takiej możliwości. W końcu podszedł ministrant i zaśpiewał, a ludzie z ulgą odśpiewali, co trzeba. Msza potoczyła się wartko do końca, nikt nie zrobił najmniejszej aluzji do tego błahego w sumie wydarzenia. Ignacy jednak tego zdarzenia nie zapomniał, po mszy zamknął się w swoim mieszkaniu w plebanii i poszedł spać. Czuł się ogromnie zmęczony. Zbudziła go dopiero gospodyni, która energicznie zapukała do drzwi, pokrzykując, że obiad na stole, wszyscy się zgromadzili, tylko księdza Ignacego jeszcze nie ma, może chory, bo przecież zawsze taki punktualny.

– Zaraz przyjdę! – odkrzyknął, szybko włożył marynarkę i okulary na nos, a następnie poszedł w kierunku jadalni.

– Chyba jakiś wirus mnie dopadł – powiedział, chcąc wytłumaczyć incydent, który miał miejsce podczas mszy.

Spojrzał na twarze współbiesiadników i wydawało mu się, że szukają odpowiedzi na pytanie, co takiego wydarzyło sie podczas sprawowania eucharystii. Gospodyni za to patrzyła jawnie podejrzliwie, jakby oceniała Ignacego. Nalewając zupę, nie przestawała utyskiwać, że ksiądz Ignacy mimo wieku bez czapki chodzi, a wiosna zdradliwa, przeziębić się łatwo i potem same nieszczęścia. Ksiądz Maciej i Grzegorz nie wydawali się mieć do niego pretensji, wyrazili tylko zaniepokojenie potencjalną chorobą księdza. Zbliżał się czas rekolekcji, ludzie potrzebowali w tamtych czasach szczególnego wsparcia. Nikt tak jak Ignacy nie wygłaszał katechezy, nie niósł ludziom pocieszenia, którego potrzebowali na co dzień. Mleko w proszku, solone masło, czekoladę i inne dary, przychodzące do kościoła, mógł dzielić między dzieci ktoś inny. Nawet kazania na mszach z powodzeniem można by scedować na księdza Macieja, Henryka czy Grzegorza. Tyle że myśl o zastąpieniu Ignacego kimkolwiek przy rekolekcjach była nie do pomyślenia.

– Może ksiądz odpocznie przez kilka dni – zasugerował ksiądz Grzegorz, patrząc z najwyższym szacunkiem na swojego proboszcza. – Blado coś ksiądz proboszcz wygląda...

Ignacy się zdenerwował. Podejrzewał, że wszyscy obecni na mszy świętej w domach omawiają jego zachowanie przy rodzinnych obiadach. Przy rosole dziwią się, co to się stało, że proboszcz zapomniał tekstu. Zjadając kartkowe kotlety wystane w kolejkach, wyrażają zaniepokojenie, czy aby nie jest chory, a pijąc kompot, przypuszczają, że może starość już go dopadła i nie jest w stanie kontynuować posługi. „Co za niewdzięczność", myślał, gryząc kawałki kury w potrawce przygotowane przez gospodynię, która z ćwierć kilo mięsa potrafiła przyrządzić pożywny posiłek dla pięciu osób. Tyle lat służby, praktycznie bez wytchnienia, słuchania grzechów, chowania zmarłych, witania nowych katolików, a tu taka niewdzięczność.

– Niech ksiądz z łaski swojej zajmie się swoimi sprawami – mruknął, łykając domowy makaron, za którym przepadał i zawsze chwalił Florentynę za jego przygotowanie, a tym razem nie powiedział ani słowa. Milczał zawzięcie, aż gospodyni było bardzo przykro, bo przecież zawsze tak się starała, żeby smakowało i wystarczyło dla wszystkich.

Powyższa uwaga, wygłoszona tak niepodobnym do Ignacego tonem, wywołała w parafii szepty. Florentyna przypomniała sobie, ile to razy wcześniej bywało, że księdzu Ignacemu ze cztery razy musiała coś powtarzać, a i tak on mówił, że pierwsze słyszy.

– A jak się gniewa, kiedy mu się coś przypomina – wyszeptał nieśmiało ksiądz Grzegorz, który był delikatny i bardzo łagodny z natury, a słowa Ignacego wygłoszone przy stole bardzo go zabolały.

– Właśnie... – powiedziała Florentyna, sprzątając ze stołu. – Ja za księdza Ignacego to bym obie ręce dała sobie uciąć. Moją córkę chrzcił, bierzmował, za mąż wydawał i jeszcze moje wnuki też...

Ksiądz Henryk pokiwał głową.

– Parafianie mi kilka razy mówili, że ksiądz Ignacy niemiły przy spowiedzi – wyznał.

Siedzieli, rozmawiając cicho w jadalni, podczas kiedy proboszcz wymówiwszy się przeziębieniem i bólem głowy, poszedł się położyć do siebie.

– Może do doktora trzeba z nim pójść, tylko kto mu to powie? – jeszcze ciszej spytał ksiądz Grzegorz.

Tyle że Ignacy u doktora już był wtedy, kiedy jego problem stał się na tyle poważny, że tylko mszę świętą był w stanie prowadzić, tylko na trzy kwadranse się skupić i pilnować tekstu z księgi świętej. Wtedy postanowił zasięgnąć rady lekarza. Nie zgłosił się do Basi, Tomka czy Ewy, chociaż wiedział, że obowiązuje ich tajemnica lekarska i nie powiedzą nikomu o jego przypadłości. Zapominanie było niebezpieczne. Formuły, cytaty... Słowa zawsze można było uzupełnić, zajrzeć do odpowiedniej księgi, natomiast pamięć o ludzkich czynach była nie do odzyskania. Ani Florentyna, ani pozostali księża z parafii nie wiedzieli, jak to jest, kiedy boisz się, że każdy następny dzień będzie wielką niewiadomą. Ignacy śmiał się nawet na początku, bo bywało, że musiał wracać się dwa razy po jedną rzecz do pokoju albo zapominał, gdzie skończył czytaną książkę. To nie było nic takiego, zwłaszcza że pamięć do tego, co było dawniej, miał znakomitą. Potrafił ze szczegółami opowiedzieć o powstańczych walkach, przywoływał osoby, które już dawno obróciły się w proch, z łatwością przypominał sobie rozmowy i dawno przebrzmiałe zdarzenia. Przeszłość, zwłaszcza ta bardzo daleka, była jego sprzymierzeńcem, obecne czasy i ludzie, którzy żyli z nim tu i teraz, bywali jego wrogami.

Podczas jednej z wizyt u rodziny spóźnił się godzinę, ponieważ zapomniał, jak nazywa się stacja, na której miał wysiąść. Na szczęście przypomniał sobie, że w notesie ma adres Mani i w ten sposób odzyskał nazwę miejscowości, w której się urodził i w której mieszkała większość jego krewnych. Długo walczył, żeby choroba nie przeszkadzała mu w posłudze. Najgorsza była świadomość, że on jeden wie o pochodzeniu Łucji i jeśli niczego z tą tajemnicą nie zrobi, zabierze ją ze sobą do grobu. Tyle razy chciał wyjawić prawdę Stanisławowi, ale na początku nie mógł, potem wuj ożenił się z Andzią i Ignacy nie chciał psuć rodzinnego szczęścia. Z upływającym czasem znów miał obiekcje, bo Stanisław był coraz bardziej sędziwy i taka wiadomość mogła go zabić.

– To choroba Alzheimera – powiedział lekarz z prywatnego gabinetu, nie taki zwykły, tylko profesor, do którego poszedł po cywilnemu, żeby przypadkiem nie zapamiętał go jako księdza i nie doniósł w parafii.

Te słowa uderzyły Ignacego prosto między oczy. Straszna choroba, na którą nie ma lekarstwa, przez którą człowiek nie jest sobą i umiera jako umysłowy ludzki strzęp, miała stać się jego udziałem. Przeraził się, bo przypomniał sobie Antoniego, który pod koniec życia był jedynie cieniem tego dzielnego człowieka dokonującego bohaterskich czynów, żeby uratować rodzinę. Owszem, Antoni miał przebłyski, jak choćby ten w czasie ostatnich minut swojego życia, ale choroba zabierała go kawałek po kawałku, najpierw pokonując umysł, potem ciało.

– Mój dziadek na to chorował – powiedział Ignacy lekarzowi. – Babcia tak strasznie się starała, żeby jak najmniej cierpiał.

Lekarz popatrzył na niego przenikliwie.

– Jaki jest pana zawód? – spytał.

Ignacy zawahał się chwilę.

– Jestem księdzem – powiedział. – Bardzo proszę o dyskrecję.

– Naturalnie. – Lekarz uśmiechnął się współczująco. – Proszę się nie obawiać.

– Czy jest na to lekarstwo? – spytał Ignacy z nadzieją. – Jakiekolwiek lekarstwo... Mam kuzyna w Stanach Zjednoczonych, poprosiłbym go...

Lekarz przecząco pokręcił głową.

– Będzie ksiądz potrzebował opieki. Trudno mi powiedzieć kiedy, ale przyjdzie taki czas...

– Wiem, trochę czytałem na ten, ten... – Zabrakło mu słowa. – Temat. Mam rodzinę, która zajmie się mną, kiedy przyjdzie na to czas.

– Rozumiem. – Z oczu profesora biło współczucie. – Przepiszę panu witaminy, ale...

– Witaminy przecież nie pomogą – Ignacy mówił tonem pełnym rezygnacji. – Proszę powiedzieć, ile mi zostało.

– Zwykle pacjenci chorzy na raka zadają mi takie pytanie i oczekują dokładnej odpowiedzi. Nie jestem panem Bogiem... Niech ksiądz wybaczy...

Ignacy przecząco pokręcił głową.

– Ja nie pytam pana o daty. Chciałbym wiedzieć, kiedy powinienem zrezygnować z kapłaństwa. Kiedy nie będę mógł nieść posługi duszpasterskiej?

– To początki – wyjaśnił lekarz. – Ale nie mam wątpliwości, że mówimy o tej właśnie chorobie. Będzie ksiądz walczył, zapisywał, pilnował się... W pewnym momencie to nie wystarczy. Zauważy to ksiądz prędzej czy później.

– Dziękuję... – Ignacy skierował się do wyjścia.

Ta rozmowa odbyła się trzy lata wcześniej. Tak, jak powiedział tamten lekarz – Ignacy walczył bez nadziei, że tę walkę wygra. Był głęboko przekonany, że zanik pamięci wiąże się z grzechami, które dźwiga na plecach. Kiedy zapominał słów modlitwy, a nie chciał szukać kartki, mówił do Boga własnymi słowami albo fragmentami wierszy, które akurat przychodziły mu na myśl. Czasem przemawiał do Boga ze złością.

– Czemu, panie, zabierasz mi pamięć? Nie lepiej dla ciebie, żebym pamiętał o złu, które wyrządziłem, o grzechach, z których się nie wyspowiadałem? Nie lepiej?

Za późno napisał list do Łucji i Jana. Trzymając długopis nad białą kartką papieru, czuł, że słowa, które dawniej przychodziły mu bez trudu, uciekają z jego głowy. Nie umiał sklecić kilku zdań wyjaśnienia, usprawiedliwienia i prośby o przebaczenie. Męczył się przez kilka dni, poddawał i znów zaczynał, głęboko wierząc w to, że jest to Łucji winny. Nie pamiętał jej za dobrze, widział ją może raz lub dwa, więcej słyszał o niej od babci Broni czy wuja Stanisława. Janek nigdy o niej nie mówił. Dopiero kiedy napisał do Winnych, że są po ślubie, Ignacy wypytał Bronię o tę dziewczynę. Usłyszał wtedy historię z Jaśkiem i prądem w Wieruszówce, Bronia opowiedziała, jak Łucja trafiła do bogatego domu i jak zachowywał się Jasiek, kiedy wyjechała na zawsze za ocean. Wiedza dotycząca pochodzenia Łucji za nic nie mogła utknąć w jego chorym mózgu na dobre, musiała ujrzeć światło dzienne, tak Ignacy postanowił, kiedy tylko usłyszał diagnozę gorszą niż rak. Zanim odbierze mu ona tożsamość, musi powiedzieć Łucji prawdę. Byłby przeciwny tajemnicom, gdyby te dotyczące jego samego nie były tak bolesne. Zgadzał się z Bronią, że w życiu trzeba kierować się uczciwością. Tyle że uczciwość mogła w takim przypadku zabić. Poza tym zbyt wiele miał w życiu sekretów, żeby uważać się za człowieka uczciwego. Przeciwnie, uważał, że Pan Bóg ma w nim złego sługę i może dlatego zesłał na niego chorobę, która ukaże go za cielesną miłość, grzechy ojca, matki i własne. Wysłał list, wierząc, że Bóg zdecyduje o tym, czy Łucja ma się dowiedzieć, z jakiej rodziny pochodzi czy nie. Zanim zabrano mu pamięć, nie nadeszła żadna odpowiedź, ani od Janka, ani Łucji. Uznał zatem, że list nie doszedł.

– Wielkanoc to tajemnica – mówił podczas rekolekcji do młodzieży. – Tej nocy, podczas której Chrystus zmartwychwstał, dokonała się przemiana całego świata. Na wydarzeniach tej nocy opiera się nasza wiara i nasza chrześcijańska tożsamość. Lubimy w Polsce porównywać się do Chrystusa. Znacie to z lekcji polskiego, prawda? – dodał, słysząc szmer przebiegający przez kilka pierwszych rzędów.

Dzieci stały i patrzyły na niego ze zrozumieniem. Przez chwilę zabrakło mu słów, ale zerknął na kartkę, na której wynotował sobie najważniejsze tematy do poruszenia, i kontynuował spokojnie.

– Pewne myśli i działania są łatwe, wygodne... Jak droga na skróty. Może wrócisz do domu szybciej, ale po drodze ubrudzisz się błotem. Pamiętajcie o tym. Tajemnica... Może zabić was albo tego, komu zdecydujecie się ją ujawnić. Tajemnica zabiła Chrystusa, ujawniona – Judasza. Kto miał rację?

– Chrystus? – pisnęła blondyneczka z pierwszego rzędu.

– Chrystus. – Pokiwał głową. – Niewielu mu wierzyło, chociaż na początku porywał tłumy. Ci, którzy usłyszeli jego głos, zostawiali rodziny, pracę i domy... To było okrutne, jak myślicie?

– Nie… – powiedział chłopiec stojący obok blondyneczki. – Bo szli za Chrystusem.

– Nie masz racji. – Uśmiechnął się Ignacy, wywołując konsternację wśród młodzieży. – To było okrutne. Nie wiecie, co ci ludzie czuli. Ci, którzy zostawali w pustych domach. Czy nie umierali z głodu, rozpaczy i tęsknoty za bliskimi? Skąd możecie to wiedzieć.

W kościele słychać było bzyczenie muchy.

– Tajemnica chrześcijaństwa wymagała ofiar – kontynuował Ignacy. – Ofiary są zawsze. Ofiary historii, wiary, wielcy, o których uczycie się w szkole, męczennicy za wiarę, których wyniesiono na ołtarze. A co ze zwyczajnymi ludźmi, o których historia milczy?

Pilnująca młodzieży siostra Marta zmarszczyła brwi. Nie znała takiego księdza Ignacego. Nie była także pewna, czy to kazanie aby na pewno zmierza w dobrym kierunku.

– O czym mówiliśmy? – Ignacy wskazał dwie dziewczynki, które miały identyczne grube okulary i wełniane, robione na drutach czapki.

– O ofiarach… – powiedziała jedna.

– O tajemnicy – w tej samej chwili rzuciła druga.

– Właśnie. – Ignacy z mikrofonem w ręku wszedł między dzieci. – Chciałbym, żebyście sobie uświadomili, co stoi za śmiercią Chrystusa. Co złożyło się na to, że jemy jajka, sałatkę jarzynową i polewamy się wodą, a wy nie chodzicie przez tydzień do szkoły.

Rozległy się śmiechy.

– Ofiara i tajemnica. Właśnie…

Takimi rekolekcjami pożegnał się z parafianami. Oficjalnie ogłoszono, że ksiądz Ignacy Winny z powodów zdrowotnych odszedł z parafii. Życzliwi chcieli się dowiedzieć, o jaką chorobę chodzi. Proponowano księdzu zioła, głównie aloes, dobry na wszystko, ale też zagraniczne witaminy, specjalne potrawy, wreszcie modlitwę. Ignacy dziękował, obiecywał modlitwę i prosił o nią, wreszcie pojechał do domu. Wcześniej powiedział rodzinie prawdę i poprosił o pomoc. Winni jak zwykle zrobili naradę rodzinną, chociaż Ignacy prosił, żeby nie przejmowali się nim, tylko udzielili wsparcia bardziej psychicznego niż konkretnej opieki.

Uciął poza tym wszelkie dyskusje na temat, z kim ma mieszkać. Zdecydował, że będzie mieszkał w swoim dawnym domu, który stoi pusty. Jest przecież po remoncie przeprowadzonym kilkanaście lat wcześniej, ale gruntownym, argumentował. Mania nie chciała o tym słyszeć, przekonywała, że gaz, prąd, mogą być różne problemy, ale Ignacy był nieugięty. Wtedy Ania wzięła go na sposób i spytała Ignacego, czy

Michele i Janusz nie mogliby z nim zamieszkać. Ania była świeżo po rozmowie z bratanicą, która miała już dość Gdańska i chciała wracać do Warszawy, zwłaszcza że proponowano jej stałe pisanie do paryskiej „Kultury". Ze stolicy znacznie łatwiej było jej wysyłać teksty pocztą kurierską, zamiast tkwić w kółko na poczcie w Gdańsku, modląc się przy każdym wysłanym liście, żeby doszedł na czas i nieotwarty. Janusza także przekonała, że Gdańsk był ich domem do pewnego czasu, a teraz powinni wrócić na stałe. Już widziała, jak w Gdańsku tworzy się historia, opisała wydarzenia w stoczni, historię Anny Walentynowicz i Henryki Krzywonos. Siedząc obok Lecha, patrzyła w telewizji, jak Danuta odbiera Nagrodę Nobla i była z niej dumna. „W Warszawie ludzie też są biedni i poturbowani przez socjalizm, też potrzebują pomocy prawnej, a ja potrzebuję swojej rodziny", przekonywała męża.

Janusz uległ, ponieważ miał już dość gdańskiego aresztu, a Lech Wałęsa już go nie potrzebował tak bardzo jak jeszcze rok wcześniej. Opuścili więc norę, którą przywykli nazywać swoim domem, i wrócili do Brwinowa. Ignacy, który mimo postępującej demencji był jeszcze na tyle sprawny umysłowo, żeby wyczuć intrygę rodzinną, udawał zadowolenie z takiego, a nie innego obrotu rzeczy. Domek wcale nie był taki mały, wszyscy zdołali się pomieścić. Michele i Janusz zajęli dwa pokoje na piętrze, a Ignacy został na parterze. Po pierwszych kilku spędzonych pod jednym dachem nocach przekonał się, że wspólne mieszkanie było dobrym pomysłem. Na wszelki wypadek zapisał w widocznym dla siebie miejscu: „Michele i Janusz mieszkają ze mną. Nie chcą mnie okraść ani zdenerwować. Michele to córka Tadeusza". Ile razy budziło go stukanie maszyny do pisania Michele albo wydawało mu się, że w domu czegoś brakuje – czytał kartkę i uspokajał się.

1984 ROK

Mecz się przedłużał. Co chwila ktoś popełniał błąd, a sędzia zatrzymywał grę. Przegrywali trzema koszami, a mieli tylko dwie minuty czystej gry przed sobą. Wszyscy byli bardzo zmęczeni, a trener wydzierał się, jakby grali w pierwszej lidze, a nie w młodzikach. W dodatku Jeremi zapomniał zabrać ze sobą kanapki i picie, więc skręcało go z głodu i pragnienia, bo był zbyt honorowy, żeby powiedzieć do kogoś „daj gryza".

– Gramy do końca! – wrzasnął trener w jego kierunku.

Sędzia zagwizdał. Jeremi ruszył spod własnego kosza i błyskawicznie podał piłkę Jurkowi Trzcińskiemu, który szybko rzucił do Bartka, a ten po kilku kozłach znów podał ją Jeremiemu. Po dwutakcie piłka wylądowała w koszu. W dodatku miał szczęście, że jeden z wysokich, bezczelnych chłopaków uderzył go w ramię na tyle otwarcie, że miejscowy sędzia nie mógł nie zauważyć faulu i odgwizdał dwa osobiste. Jeremi stanął na linii rzutów osobistych, skupił się i gładko posłał piłkę dwa razy z rzędu do kosza. Teraz brakowało im już tylko dwóch punktów.

– Uuuu – zawyli kibice gospodarzy, a garstka kibicujących drużynie Jeremiego próbowała ich przekrzyczeć.

Wysoki chłopak z Huraganu Wołomin dotknął piłką ściany i podał daleko przed siebie. Jeremi, który krył zawodnika z numerem piętnaście, odsunął się nieco, odsłaniając tamtego, i w ostatnim momencie zanurkował przed zawodnika i złapał piłkę. Zanim rozzłoszczony chłopak kopnął go w nogę, zdążył jeszcze podać piłkę do przodu, a koledzy posłali ją do kosza. Teraz był remis i dziesięć sekund do końca gry.

– Faul! – wrzasnął ich trener.

Sędzia po chwili namysłu odgwizdał jeden rzut osobisty. Maciek Janko stanął na linii. Jeremi popatrzył na chłopaka, który go sfaulował, z odcieniem satysfakcji i pochylił się do przodu, skupiając na tym, żeby ewentualnie przejąć piłkę. Maciek nie trafił. Jeremi kątem oka dostrzegł grymas triumfu na twarzy tamtego, więc skoczył najwyżej jak mógł i zebrał piłkę. Natarło na niego dwóch zawodników, musiał się cofnąć, dość daleko poza linię osobistych. Nie miał komu podać, w dodatku tamci nacierali na niego we trzech. Musiał cofnąć się jeszcze kilka metrów. Tamci odpuścili, patrzyli na niego z lekką kpiną na twarzach. Jeremi wycelował starannie i rzucił. Pomarańczowa piłka trafiła w kosz, zrobiła kilka kółek na blaszanej obręczy i wpadła do środka. Sędzia podniósł trzy palce. Rozległ się sygnał końca meczu. Wysoki chłopak podał mu rękę.

– Znajdę cię, ty wszarzu, i zabiję… – powiedział cicho.

– Wygraliśmy mecz, wygraliśmy mecz! Mistrzem Polski nasz Pruszków jest! – darła się cała ławka zawodników Pruszkowa.

Trener poklepał go po plecach.

– Dobrze jest, Jeremi! – podsumował.

Wrócili do Pruszkowa w glorii chwały, a Jeremi został bohaterem meczu. Zawodnicy Huraganu Wołomin byli starsi o rok i znacznie wyżsi niż pruszkowianie. Tym lepiej smakowało zwycięstwo.

Jeremi uwielbiał koszykówkę. Na boisku czuł się jak ryba w wodzie. Nie był najwyższy z chłopaków i raczej wolał grać jako rozgrywający, ale prawda była taka, że świetnie radził sobie na wszystkich pozycjach. Trenerzy go uwielbiali, podobał się dziewczynom, nauczyciele innych przedmiotów traktowali go nieco bardziej ulgowo niż pozostałych uczniów, zwłaszcza że już w siódmej klasie zaczął reprezentować szkołę na międzymiastowych zawodach.

Uprosił ojca i matkę, żeby pozwolili mu iść do klasy sportowej. Chodziło właściwie o to, że ona tam się wybierała, a Jeremi potrzebował Julii jak powietrza. W pierwszej klasie przeżył ogromne rozczarowanie, kiedy dowiedział się, że Julia i Urszula zostały przydzielone do klasy „A". On sam zaczął edukację w „C". Do „A" chodzili sami szczęśliwcy. Zajęcia zaczynały się o godzinie ósmej rano, kończyły o dwunastej albo o pierwszej. Klasa „B" zaczynała o jedenastej, natomiast takie niedobitki jak on całe ranki ganiały po podwórku, za to o dwunastej, a nawet o trzynastej, kiedy reszta zapominała na pół dnia o szkole, Jeremi i trzydziestu trzech innych nieszczęśliwców dopiero zaczynało edukację.

Przez cztery lata mało się widywał z bliźniaczkami. Czasami do nich chodził po szkole, niby zapytać o coś albo pożyczyć lekturę, ale musiał szukać pretekstu. Zdarzało się oczywiście tak jak wtedy w tamtą noc, kiedy wprowadzono stan wojenny, a Jeremi spędził w domu Andruszkiewiczów cały dzień. Ale to była rzadkość.

W piątej klasie miało się to zmienić. Byli w jednej klasie sportowej. Jeremi siedział w ostatniej ławce z Maćkiem Trzcińskim. Julia z siostrą w rzędzie przy ścianie. Lubił patrzeć, jak zakładała włosy za ucho. Pierwszego dnia szkoły pobił się o nią właśnie z Maćkiem.

– Hej, ale fajnie mieć jedno oko po matce, drugie po listonoszu… – powiedział Maciek, a Ulka podeszła i zdzieliła go po głowie.

– Ty łajzo… – wrzasnął Jeremi i rzucił się na kolegę.

Kiedy już skończyli się bić, jeden miał podbite prawe oko, a drugi lewe. Uli ani Julii nie było wśród sekundujących. Jeremi odebrał lekcję i więcej się nie bił o dziewczynę. Przynajmniej nie publicznie – w szkole. Z tej bójki wynikło coś dobrego, bo zaprzyjaźnił się z Maćkiem, siedzieli razem w ławce i ściągali od siebie, ile się dało. Maćkowi podobała się Ula, chociaż udawał, że wcale nie, a na jej widok mówił „ulalaaa". Nie rozmawiał z nim ani razu o Julii, ale Maciek widocznie zauważył, że kolega gapi się na drugą bliźniaczkę i skomentował to po swojemu.

– Chcesz w zęby? – zaproponował mu krótko Jeremi.

– Coś ty, stary. – Maciek wzruszył ramionami. – Może chodzić, z kim chcesz, tylko ona taka dziwna z tymi oczami… Ta Ulka to lepiej w kosza gra, bardziej tego… kontaktowa i w ogóle… bracie, trochę bardziej do rzeczy…

Jeremi pokiwał głową, bo nie chciało mu się tłumaczyć co i jak, ale w sumie był zadowolony, że Julka nie ma takiego powodzenia wśród chłopaków jak jej siostra. Ona sama traktowała go po dawnemu, jak najmilszego towarzysza zabaw, z którym w końcu po latach rozłąki znów może porozmawiać. Często wracali razem ze szkoły, tylko we dwoje, podczas gdy Ula chodziła z Maćkiem. Julia i Jeremi szli okrężną drogą i nie chcieli żadnego towarzystwa, nawet siostry i przyjaciela. Kupowali wtedy oranżadkę w proszku na spółkę, raz zieloną, raz pomarańczową, dzielili się po bratersku pół na pół i zlizywali po drodze do domu Julii.

Tam odrabiali razem lekcje, sami albo z Ulą, o ile ta gdzieś nie biegała albo nie przesiadywała u innych koleżanek. Jeremi miał trochę kłopotów z matematyką, pomoc Julii była nieoceniona, podobnie jak poprawianie byków w wypracowaniach. Jeremi za to był bardzo dobry z geografii, biologii i techniki. Co chwila na zajęciach technicznych zadawali im jakieś prace, które wymagały zdobywania przez rodziców niedostępnych artykułów, takich jak listewki, skaj, kawałki skóry, bejca czy lakier. Rodzice Jeremiego nie przejmowali się tym zupełnie, za to tata Andruszkiewicz w kółko biegał do składnicy harcerskiej i przywoził wymagane materiały, a dziewczynki dzieliły się nimi z Jeremim. Ten, żeby się odwdzięczyć za zdobyte dobra, sklejał, lepił, zbijał z deseczek i malował bejcą.

– Nasz dziadek był stolarzem – mówił z podziwem pan Andruszkiewicz do Jeremiego. – Piękne rzeczy robił z drewna, do tej pory mamy w domu robione przez niego meble. Ty też masz zdolności manualne. Może w przyszłości zostaniesz konstruktorem albo inżynierem?

Jeremi odłożył trzy karmniki dla ptaków, które zrobił dla siebie i dziewczynek, i uśmiechnął się z ufnością.

– Ja bym mógł być lekarzem, jak pan... – powiedział.

– No no... – Tatę Andruszkiewicza zatkało odrobinę, ale popatrzył z podziwem na zręczne palce chłopca i pomyślał, że może to nie jest taki głupi pomysł. – Chirurgiem pewnie...

– Albo kucharzem mógłbym zostać. – Jeremi odłożył polakierowane karmniki do wyschnięcia. – Też bym chciał... Jeszcze się nie zdecydowałem.

Tymczasem największe osiągnięcia miał na parkiecie, gdzie na długo przed popularnością ligi NBA w całym Pruszkowie grano w koszykówkę. Po pierwszych czterech latach podstawówki, kiedy nie był z Julią w jednej klasie, teraz po wyodrębnieniu klasy sportowej mogli być wreszcie razem. Julia wprawdzie nie była najlepszą koszykarką, znacznie ustępowała refleksem innym dziewczynom, choćby siostrze, ale bardzo się starała, ćwiczyła i co najważniejsze – była wysoka.

– Nie wychodzi mi dwutakt z lewej – narzekała.

Pocieszał ją, że zawsze może robić dwutakt z prawej, poza tym jest wysoka, ma refleks i świetnie gra.

– Tak myślisz? – Uspokajała się wyraźnie i zaczynała chwalić jego grę.

Jeremi był stworzony do uprawiania sportu. Nie męczyły go ani ćwiczenia siłowe, ani bieganie, ani też długie, mordercze ćwiczenia na boisku. Grał w koszykówkę instynktownie, chociaż umiał słuchać trenera i rozumiał, czym jest gra zespołowa. Już od szóstej klasy trenerzy brali go do starszych klas, gdzie grał jak równy z równym z chłopakami starszymi od siebie o rok albo dwa.

– Ale ten mecz w Wołominie – powiedziała Julka po tamtym pamiętnym spotkaniu. – To musiała być jazda. Wszyscy o tobie mówili...

Chciał jej zaimponować i bardzo się starał. Nie był przecież najlepszym uczniem, ale problemy z matematyką były pretekstem do tego, żeby wspólnie odrabiać lekcje. Z czasem tak się przyzwyczaili do wspólnej pracy, że praktycznie codziennie po szkole szli do Andruszkiewiczów, gdzie zgodnie odrabiali zadania domowe. Bywało, że bliźniaczki musiały pilnować kuzynki albo Jeremiemu matka kazała iść do kolejki i stać za cukrem czy mięsem, ale generalnie trzymali się blisko.

– Kryzys to syf – wygłosił Jeremi któregoś dnia, a dziewczyny podchwyciły i zaczęły opowiadać o tym, że na Zachodzie jest wszystko, można kupić tyle cukierków, ile się chce, a w Polsce wiadomo, jak jest.

– Ciocia Michele mówiła, że we Francji można normalnie kupić książki i one są takie kolorowe. Każdy może pójść do księgarni... No co się tak patrzycie? – spytała Julia, widząc, że Jeremi i Ula śmieją się w kułak. Wstała i urażona przyciszyła radio, w którym Kora śpiewała *Boskie Buenos*.

– Nie ściszaj! – zakomenderowała Ulka i podkręciła gałkę radioodbiornika, a potem zwróciła się do Jeremiego: – Czy ty wiesz, że ona w sobotę ogląda film, a ja słucham Listy Przebojów Programu Trzeciego?

Julia mówiła mu o tym filmie i książce, którą zdobyła, czekając dwa miesiące zapisana w bibliotece cierpliwie na swoją kolej.

– To nie był jakiś film, tylko *Na wschód od Edenu* – odezwał się, przyjmując pełne wdzięczności spojrzenie Julii i przeciągłe gwizdnięcie jej siostry.

– A widziałeś *Przesłuchanie*? – spytała Ula.

Obie dziewczynki razem z rodzicami i Karolem oglądały ten wstrząsający film u znajomych ciotki aktorki, która grała w tym filmie jedną z więźniarek. Kopia była piratowana wiele razy, miejscami na ekranie tańczyły ciemne plamy, a głosy aktorów nakładały się na taśmę z opóźnieniem. Niemniej jednak wrażenie było porażające, tym bardziej że dziadek dziewczynek siedział w takim właśnie więzieniu.

– Słyszałem tylko, ale gdzie miałem obejrzeć? – mruknął Jeremi, który nie miał takich znajomości jak dziewczynki.

Zaczęły mu opowiadać fabułę, a potem przeskoczyły na własne podwórko i wspomniały o cioci, która siedziała w więzieniu ponad rok, i wujku, który też został aresztowany.

– Jakaś waleczna ta wasza rodzina – podsumował Jeremi, kiedy dowiedział się, ile tych cioć i wujków siedziało w więzieniu.

– No. – Ula z dumą potrząsnęła lokami. – My się władzy nie boimy…

– Ty szczególnie się nie boisz… – Skrzywiła się Julia. – A do kolejki nie pójdzie za nic – rzuciła w stronę Jeremiego. – Ostatnio mi zjadła cukierki, które miały być do podziału.

– Mogę ci oddać swoje – powiedział szybko i udał, że nie widzi ironicznego spojrzenia Uli. – Ja nie lubię słodyczy…

To nie była prawda. Jeremi przepadał za cukierkami wszelkiej maści, czekoladkami wypełnionymi białym, słodkim nadzieniem, miśkami-żelkami, które Celestynka wciąż sprzedawała za dwa złote od sztuki, ptasim mleczkiem, nawet landrynkami, które kupował kiedyś na Kraszewskiego i ssał powoli, wybierając same czerwone i pomarańczowe.

– No coś ty. – Julka zamachała rękoma. – Przepadasz za słodyczami… Przecież ja to wiem.

I uśmiechnęła się tak, że gotów był stać w kolejce po przydziałowe dziesięć deko czekoladek, schować przed Maćkiem pod materacem albo nawet pod poduszkę, byle nie zabrał ani on ani reszta braci, i oddać je dziewczynie, za którą był gotów wskoczyć w ogień.

Michał nasmażył ponad dwadzieścia kotletów z karkówki i ugotował trzy kilo ziemniaków. Razem z Anią natarli surówki z marchewki, otworzyli słoiki z buraczkami, sałatką z zielonych pomidorów i beczkę z kiszoną kapustą.

– Ja myślę, Michałku, że tego jest za dużo – powiedziała Mania, która przyszła razem z Ryszardem pomagać w przygotowaniach do wizyty Winnych z okazji urodzin Ani, Mani, Julki z Ulką oraz Ewy.

– Dużo zrobiłem, ale nie po to kupowałem mięso od Janiaka, żeby się zmarnowało. Zresztą zobaczysz, jak przyjdą wszystkie dzieci, cała rodzina, która została, będzie akurat.

Rok szkolny właśnie się skończył, młode pokolenie Winnych ściskało w rączkach świadectwa z czerwonymi paskami, chwaliło się wzorowym zachowaniem i nagrodami książkowymi. Dzieci miały zostać w Brwinowie u babć na wakacje, dziadkowie już zacierali ręce, że będą mieli pretekst do chadzania do kina, muzeów techniki, ziemi, kolejnictwa. Kto wie, dywagowali razem, może nawet do Narodowego uda się je zaciągnąć, żeby obejrzały *Bitwę pod Grunwaldem*. „Koniecznie też do Muzeum Literatury", przypominał Michałowi Ryszard, dodając, że potem mogą iść na lody do Kamiennych Schodków, zobaczyć warszawską Syrenkę i pomnik Nike. Ania i Mania wiedziały, jak bardzo ich mężowie lubią zajmować się wnukami podczas wakacji i miały nadzieję, że jeszcze przez parę lat dzieciaki nie wyrosną z wypraw do Warszawy na zwiedzanie i lody.

Od kilku lat wakacje zaczynały się uroczystym obiadem, chwaleniem świadectw oraz nagrodami. W tym roku było szczególnie uroczyście, gdyż do wakacyjnej gromadki miała dołączyć Anna Maria. Poprzedniego dnia Ania pojechała na grób Kazimierza, na który zawsze jeździła przy okazji swoich urodzin, nie wiedzieć czemu dokładnie tego właśnie dnia. Michał podejrzewał, że była w tym taka sama symbolika jak jego urodzinowe wizyty na grobie małej i dużej Oli. Kasia także jeździła na grób Juliana, ale ona z kolei chciała upamiętnić dzień, w którym się poznali. Trzeba jej było zresztą od rana pilnować, czerwiec kojarzył jej się z nazwiskiem zmarłego męża, latami trwania u jego boku w szczęściu i nieszczęściu, więc była szczególnie podatna na pokusę sięgnięcia po alkohol.

W dodatku w zeszłym roku nagle zmarła matka Juliana, z którą ostatnimi czasy Kasia była dość mocno związana, więc odejście teściowej zasmuciło ją ogromnie. Podczas porządków w mieszkaniu zmarłej wzruszyła się ogromnie, kiedy zobaczyła dwie wielkie teczki wycinków dotyczących jej premier, występów teatralnych, filmowych i telewizyjnych. Znalazła także różne pamiątki i listy do syna pisane po jego śmierci, których nie była w stanie czytać bez łez. Do śmierci teściowej jeździły na grób razem, we Wszystkich Świętych i właśnie w dzień urodzin Julki i Uli. Mania i Ania z kolei nie świętowały jubileuszu hucznie, pamiętając, że ich urodziny były jednocześnie ostatnim dniem życia ich matki. Tego dnia wszyscy Winni smucili się i cieszyli na przemian, wspominali, przeżywali i starali się bezskutecznie zapomnieć o przeszłości.

– Pyszna ta sałatka z zielonych pomidorów, babciu – chwalił Karol, który rósł na potęgę, co stanowiło dla jego rodziców wielki kłopot. Wszystko mu smakowało, byleby było podane w dużych ilościach, z sosem i koniecznie kompotem gruszkowym.

– A to przepis pani Gumowskiej – wyjaśniła Mania. – Lata ostatnio są zimne, pomidory nie dojrzewają na krzaku, stąd taka właśnie sałatka. W ten sposób nic się nie marnuje.

– A my z przepisu pani Gumowskiej robimy czekoladę na dyskoteki do szkoły – wyznała Ula, a jej babcia pokiwała głową z aprobatą.

– Jedzcie w takim razie – nie wytrzymała Ania, która zżymała się za każdym razem, kiedy słyszała o przepisach na ciasta z użyciem jednego jajka albo sałatkach z niedojrzałych warzyw, żeby tylko nie zmarnować niczego w tym kryzysie, który zmuszał Polaków do kombinowania, łatania, przerabiania i zdobywania w pocie czoła i kolejkach najprostszych artykułów.

– Jemy, jemy. – Ula uważnie spojrzała na babunię, widząc, że na jej twarzy maluje się cała gama uczuć. – A mówiłyśmy, jakie śliczne książki dostaliśmy na koniec roku?

Ania ożywiła się jak zwykle wtedy, kiedy była mowa o książkach.

– Jakie? – spytała.

Dziewczynki jednocześnie sięgnęły do swoich torebek, uszytych przez nią z kawałka gabardyny, farbowanego na czerwono barwnikami do jajek wielkanocnych. Ania westchnęła na ten widok. Torebki także były świadectwem ogólnokrajowego kryzysu. Na każdym kroku było widać szarość i biedę, niczego nie można było dostać. Trzeba było kombinować, przerabiać i łatać. Kolorowe woreczki uszyła ciotecznym wnuczkom na urodziny, a one tak się cieszyły, jakby nie widziały ładniejszych. Wielokrotnie rozmawiała na ten temat z rodziną, znajomymi, wszyscy potwierdzali, jakie to żałosne, że wszelkie przejawy inwencji, takie jak samodzielne szycie ubrań, ozdabianie domów rękodziełem przydawały Polakom jedynie rys szlachetnego ubóstwa niż rzeczywistej urody. Najlepiej podsumował to Zbigniew Herbert, który napisał w jednym ze swoich wierszy: ...*To wcale nie wymagało wielkiego charakteru/ nasza odmowa, niezgoda i upór/ mieliśmy odrobinę koniecznej odwagi/ lecz w gruncie rzeczy była to sprawa smaku/ Tak smaku...**

– Aneczko, czy ty się dobrze czujesz? – spytał jej mąż Michał, wpatrując się w żonę intensywnie.

Dziewczynki trzymały w rękach książki i spoglądały pytająco.

– Zamyśliłam się – powiedziała tonem usprawiedliwienia. – Pokażcie, kochane...

Jedna przez drugą pokazywały jej swoje lektury. Ula pochwaliła się *Godziną pąsowej róży*, a Julia ściskała w rączce pięknie wydany egzemplarz *W pustyni i w puszczy*. Karol też wyciągnął rękę z książką.

– *20 tysięcy mil podmorskiej żeglugi* – przeczytała i spojrzała z uznaniem na wnuka. Karol zawsze był cichym dzieckiem i przy swoich głośnych, wesołych siostrach bliźniaczkach sprawiał wrażenie, jakby go było znacznie mniej w tej rodzinie. – Verne... to jeden z moich ulubionych pisarzy.

* *Potęga smaku*, Zbigniew Herbert.

Karol uśmiechnął się i nałożył sobie kolejną dużą porcję ziemniaków, a po namyśle dołożył dwa kotlety.

– Karol!– oburzyła się Basia. – Może dla innych zostawisz, co?

– Daj dziecku spokój, bo rośnie przecież. – Mania zmierzwiła wnukowi włosy.

– Rośnie, a noga już dwunastka. Buty dostać to jest dopiero wyzwanie... – westchnął Tomasz.

Karol wbił w drugi kotlet przepraszające spojrzenie.

– Nasz Karol do Florka jest podobny – powiedziała Mania, przyglądając się uważnie wnukowi.

– Ja bym raczej powiedziała, że do Janka. – Ania zlustrowała chłopca spojrzeniem równie uważnym jak jej siostra.

– Pewnie już nie porównacie – powiedział Ryszard z lekkim sarkazmem w głosie. – On tu nigdy nie przyjedzie.

Ania pokiwała głową. Kiedyś wydawało się jej, że Janek przyjedzie z Łucją, potem tak nieoczekiwanie Winni dowiedzieli się, że już nie są razem z Wieruszówną. Janek niczego nie tłumaczył, tylko napisał, że przyjedzie z nową kobietą. Wizytę po latach uniemożliwiło wprowadzenie stanu wojennego. Kiedy w zeszłym roku oficjalnie go zniesiono, Ania i Mania ponownie zaprosiły Janka do Polski, ale nie pojawił się do tej pory. Nie przyjechał także na pogrzeb swojego ojca ani matki, o żonie swojego brata, Janince, nie wspominając. Ania kilka razy pytała Damiana, czy Janek zapraszał go do Ameryki, ale Damian spoglądał ironicznie i pukając się w czoło, mówił, że Janek ma rodzinę w głębokim poważaniu.

– Beneczku, ty za to nic nie jesz – zmartwił się Michał, który bardzo denerwował się, czy jego potrawy smakują rodzinie. Szczególnie martwił się o Ewę i Benita, którzy spędzili tyle lat w Izraelu, a i przed wyjazdem wychowany na włoskiej kuchni Benek, mimo dobrego wychowania, nie mógł zmusić się do jedzenia ciężkich polskich dań.

– Ależ jem, tato. – Uśmiechnął się do niego zięć. – Pyszne wszystko. Ta sałatka rzeczywiście oryginalna.

– Aniu, spróbuj, córeczko – zachęcała Ewa swoją córkę Annę Marię, która patrzyła na wielki kawałek mięsa rozpłaszczony na talerzu z wyraźną niechęcią.

– Jak się dziadek czuje? – spytała Małgosia, która wiedziała o wrzodowych problemach Michała.

– Jak dziadek nie je smażonego ani innych wynalazków, to się dobrze czuje... – powiedziała Ewa i uśmiechnęła się do Małgosi.

– O, przepraszam cię, moja droga – Michał udał oburzenie. – Ty jesteś lekarzem i wiesz swoje, ale ja zaprzyjaźniłem się z panią Gumowską, na nadciśnienie jem czosnek, na serce co rano sałatkę piękności...

– Dobrze, kochany, dobrze... – mitygowała męża Ania. – Nie denerwuj się. Chcemy, żebyś się dobrze czuł.

– Właśnie, dziadku. – Anna Maria ukradkiem dała kotlet Karolowi, który przyjął dar z wdzięcznością na twarzy.

– A wuj Ignacy gdzie? Bo Michele to wiem, dzwoniła, że na tydzień jedzie do Falaise.

– Janusz odwiózł go do Tworek na jakieś badania – powiedziała szeptem Mania. – Przyjadą wieczorem, może późnym popołudniem, bo jeszcze tam do kościoła mają wstąpić.

– To bardzo dobry pomysł, żeby wuj porozmawiał z księdzem Romanem, bardzo dobry... – powiedziała Kasia, która jak dotąd siedziała, niewiele mówiąc.

– Raczej Janusz ma coś do księdza... – sprostowała Mania. – Chociaż jakby z naszym Ignasiem porozmawiał, to też nie byłoby źle.

Kasia z zapałem pokiwała głową. Dawno nie była w kościółku w Tworkach, gdzie mądry ksiądz Roman, znany opozycjonista, udzielał schronienia prześladowanym, wspomagał biednych i niósł pocieszenie potrzebującym. Kasia nieraz dostała nie tylko rozgrzeszenie, ale słowa pociechy na przyszłość, mądre rady, a bywało, że ksiądz przygarniał małą Małgosię na kilka dni, jeśli nie miała jej z kim zostawić, a swojej matce nie chciała mówić, dokąd jedzie. Odwdzięczała się zwykle śpiewaniem podczas uroczystości i czytaniem pisma świętego, a ksiądz nigdy jej nie oceniał, nie oskarżał, tylko dawał nadzieję.

– Ignaś zupełnie się gubi. – Pokręciła głową Ania. – Zaczyna nas mylić. Myśli, że Michele to Władzia... Krzyczy w nocy. Tylko Jerzyk jest w stanie na niego wpłynąć, chociaż bywa, że Ignaś nie kojarzy, kim on jest.

– Właśnie – zauważyła Basia – Gdzie wujek Jerzyk?

– Wzięliśmy go na trochę do siebie – wyjaśnił Benek. – Tyle lat go nie widziałem, chciałem...

– Jerzyk jest cudowny – pospieszyła z wyjaśnieniem Ewa. – Zawsze taki cichy, stojący na uboczu...

– My też nie wiedzieliśmy, kim jest i co robi – westchnęła Mania. – Człowiek niby oczy i uszy ma otwarte, tak mu zależy na innych, na rodzinie szczególnie, a wszystko to na nic...

– Gdzie na nic?– spytała Małgosia, która nic nie rozumiała z tej rozmowy.

– Mama kompletnie go zdominowała. – Roześmiał się Benek. – I Jerzyk wolał się nie odzywać. Robił swoje, tylko nikomu nic nie mówił.

– Szkoda, że się nie ożenił… – westchnęła Ewa. – Taki dobry człowiek…

Wiele lat później, na pogrzebie Jerzyka, ujrzawszy silnie wzruszonego starszego pana, który nie mógł odejść od grobu, Ania i Mania zrozumiały, czemu Jerzyk nie miał kobiety.

– Jak Michele i Janusz dają sobie radę z opieką nad wujkiem? – spytała Kasia. – Chciałabym pomóc…

Teraz Basia rzuciła siostrze niezbyt przychylne spojrzenie. Kasia schyliła ramiona. Niech by jej tylko dali szansę, a udowodni, że umie być pomocna.

– Gdybyś odciążyła czasem Michele, przyjechała poczytać Ignacemu. – Ania wzięła siostrzenicę za rękę. – Byłoby wspaniale…

– Tak zrobię – obiecała. – Ja wiem, że… Ja chciałabym…

Zapadło niezręczne milczenie, które znów wykorzystał Karol, wyjadając resztkę buraczków z półmiska.

– Tak się cieszę, że was tu wszystkich widzę… – rozczulił się Michał, przerywając ciszę, i objął swoją córkę ramieniem, a ta przytuliła się do niego.

– Przecież wujek Michał wyjechał… – przypomniała wszystkim Małgosia, która była bardzo dokładna.

– Ewa wróciła, on wyjechał, tak… – Posmutniał Michał. – Tak bywa…

Ryszard zgromił wzrokiem Małgosię, a ta wbiła wzrok w talerz.

– Ja nie chciałam… – wybąkała.

– Pewnie, że smutno, ale pojechał przecież grać na skrzypcach w orkiestrze. Filharmonia w Madrycie ma szczęście.

– Z jego zdolnościami mógł pojechać do Nowego Jorku – zauważyła Ewa, a Ania pokiwała głową.

– Chciał pojechać – powiedziała. – Prosiliśmy nawet Janka o pomoc i on udał się gdzie trzeba, wyrabiał mu jakieś zaproszenia… W Pagarcie udało się nawet sprawę pchnąć do przodu, Kasiunia pomogła, ale… Jechać za ocean – marzenie ściętej głowy.

– A w Madrycie źle? – spytała Mania. – Z całą rodziną pojechał, a to ważne.

– Taki był warunek – wtrącił się Michał. – Chciał pojechać z Joasią i Magdą. Do Ameryki, nawet gdyby się udało, musiałby pojechać sam, a potem próbować sprowadzać rodzinę…

– Jak jechać, to z całą rodziną – powiedziała Ewa i umilkła pod przeszywającym ją wzrokiem Mani.

Ewie nie było łatwo, pewnie dlatego, że sama się obwiniała za tamtą decyzję. Wtedy nie umiała określić własnej tożsamości. Odrzuciła swoją rodzinę, najbardziej matkę. Była oszalała z gniewu i nienawiści. Chciała ranić i karać. Musiała wtedy wyjechać. W innym wypadku rozpadłoby się jej małżeństwo, straciłaby rodzinę, kto wie, czy nie zrobiłaby sobie czegoś złego. Wiedziała, że skrzywdziła bliskich. Rodzina ją oskarżała, ale nigdy matka ani ojciec. Oni kochali ją, rozumieli i wspierali. Musiała przebyć długą drogę, żeby znaleźć na nowo swoje miejsce. Powiedziała matce o koszmarze, jaki stał się jej udziałem w Izraelu. Obca dla rdzennych mieszkańców, nigdy nie była u siebie.

Benek zamknął się w sobie natychmiast. Początkowo wydawał się akceptować jej decyzję o wyjeździe, co więcej – przyklaskiwał jej, jednak na miejscu okazało się, że wcale nie chciał jechać. Kiedy umarła jego matka i Stanisław, a oni nie mogli przyjechać na pogrzeb, oskarżył ją o egoizm, chociaż zrobiła wszystko, żeby chociaż on mógł przyjechać. Mimo to ją obwiniał, a w końcu odrzucił. Przez rok nie sypiali ze sobą. Miał wymówkę w postaci Anny Marii, najpierw ciąży, potem dziecka, do którego trzeba było wstawać w nocy. Nie mógł znaleźć pracy, więc został w domu, opiekując się małą. Ewa pracowała i mimo nieprzychylnej atmosfery robiła specjalizację, pięła się mozolnie, ale konsekwentnie po szczeblach kariery. Oboje chcieli wrócić do Polski, Benek, bo stracił kilkanaście lat i nie chciał tracić więcej, Ewa, bo tęsknota za matką i ojcem prawie zniszczyła jej życie. Wrócili do domu i jak za dotknięciem czarodziejskiej różdżki wrócili do siebie. Wszystko stało się proste, oni, Anna Maria, ich uczucie, które na szczęście nie wygasło. Bliskość rodziny była jak plaster na wszelkie rany.

– To jak z naszymi wakacjami? – Michał zwrócił się do dzieci. – Jutro idziemy do kina czy do Muzeum Techniki?

– Do muzeum! – krzyknął Karol.

– Do kina! – wrzasnęły Julia i Ula.

– Do kina, muzeum i na lody! – pisnęła Anna Maria.

Ryszard z Michałem zaczęli się śmiać.

– Widzicie, moi drodzy – podsumowała sprawę Mania. – Nie dogodzisz…

– Losujcie – zaproponowała Ania. – Albo dajcie dziadkom zdecydować.

Karol wcisnął do ust ostatniego ziemniaka i dostał czkawki. Ula uderzyła brata tak mocno w plecy, że wypluł ziemniak na talerz Anny Marii, która zaczęła pomstować na niewychowanego kuzyna. Karol w odwecie popchnął Ulkę, aż ta wywróciła się razem z krzesłem. Julia wrzeszcząc, chciała pomóc siostrze, Anna Maria przytuliła się do matki niepewna, czy przypadkiem nikt jej nie oskarży o rozpętanie awantury. Michał i Ania zaczęli podnosić Ulę, pocieszać Karola i uspokajać pozostałe zdenerwowane wnuki.

– Widzę, że u was jak zwykle wesoło – powiedział Damian, który dotarł spóźniony. Po chwili pojawili się też jego synowie.

– Pewnie, że wesoło. – Roześmiała się Mania i poszła dorobić ziemniaków i wyjąć ostatnie schowane dla nich kotlety. – Siadajcie, kochani.

Damian omiótł spojrzeniem puste półmiski i pokiwał głową. Ania przypomniała sobie jak lata temu, po śmierci Janinki bardzo często zapraszała Damiana z synami na niedzielne obiady. Piotrek i Robert zawsze rzucali się na przygotowane przez Anię potrawy, jakby od dawna nie jedli. Damian robił wszystko, co mógł, ale wiadomo, jak gospodaruje mężczyzna bez pomocy kobiecej ręki. Ania i Mania starały się pomagać bratu. Nie raz cerowały Piotrkowi i Robkowi skarpetki lub zabierały chłopców do krawca żeby uszyć im spodnie, z których ciągle wyrastali.

– Jak Heniek? – spytała Ania.

Damian machnął ręką.

– Źle, ale nie chce dać sobie pomóc…

– To prawda, że jakaś pani się koło niego kręci? – spytała Mania.

– Kręci się. – Damian nigdy nie był specjalnie rozmowny. – Nie wiadomo, o co jej chodzi, bo przecież nie o Heńka…

– Czemu tak mówisz? – oburzyła się Ania. – Skąd wiesz, co ktoś w kimś widzi?

Damian pokiwał głową, bo zrozumiał po swojemu, co Ania powiedziała. Cztery lata wcześniej odszedł Jarosław Iwaszkiewicz, co Damian przeżył bardzo ciężko, mimo że nie widział pisarza blisko czterdzieści lat. Stawiał lampki na jego grobie ukradkiem, pod osłoną nocy, za każdym razem ocierając łzę wzruszenia, chociaż twardy z niego był robotnik.

– Faktycznie, nie wiem, niech wam będzie – zgodził się, a Ania położyła rękę na jego ramieniu i zajrzała mu w oczy.

– Rogaty jak zwykle… – Uśmiechnęła się Mania.

Wiele lat później, kiedy Damiana już na świecie nie było, a Robek i Piotrek przenieśli się do wuja Heńka do Siedlec i rzadko przyjeżdżali, Julia wspominała tamto popołudnie jako jedno z najpiękniejszych w jej życiu. Otoczona dziadkami, kuzynami, wujami i ciociami czuła, jak wraz z szumem liści i śpiewem ptaków staje się ważną częścią świata. Pomyślała o Jeremim, który został w bloku na Andrzeja, siedział pewnie teraz na trzepaku albo grał w pikuty z chłopakami, nudząc się setnie. Za dwa tygodnie obydwie z Ulą miały jechać na kolonie, załatwione przez dziadka Ryszarda w Związku Architektów, i cieszyły się obydwie okropnie perspektywą wakacji na Mazurach. Jeszcze rok później znów przyjechały do Brwinowa na wakacje, a babcie zrobiły tort. Po dwóch latach zabrakło Małgosi, która wybrała się na wakacje z koleżankami, a ciocia na to pozwoliła. Po trzech latach z kolei Karol powiedział, że chce jechać na obóz, a nie biegać z dziewczynami po Brwinowie. Piotrek i Robek wtedy mieszkali już daleko, a Anna Maria została wysłana do Rabki, żeby podreperować zdrowie, bo wcześniej mieszkała w ciepłym kraju i tak nie chorowała jak w ojczyźnie. Tamtego lata wszyscy siedzieli przy wspólnym stole po raz ostatni.

– Wszystko się zmienia – powiedziała wtedy Julia, patrząc na jabłonkę-dziczkę, która dawała przez czterdzieści lat owoce na szarlotkę, a którą niespełna miesiąc wcześniej powalił wiosenny piorun.

– Tak musi być – powiedziała babcia Ania i spojrzała na nią tak, jakby rozumiała, co się właśnie w Julii życiu zaczyna dziać. – Nie walcz z tym, moja kochana... Tak ma być...

– Wiśniowiecki, Wiśniowiecki... – Kręciła głową nauczycielka od historii. – I co ja mam z tobą zrobić?

Jeremi zacisnął zęby, bo już słyszał pierwsze śmiechy kolegów za sobą. Nauczycielka historii z uporem maniaka mówiła do niego Wiśniowiecki, pewnie dlatego, że miał na imię Jeremi, a potem chłopaki śmiali się z niego i krzyczeli „Jarema idu!".

– Jestem Wiśniewski – próbował poprawić historycę, ale ta natychmiast powiedziała, że Jarema, tak, właśnie powiedziała „Jarema", jest bezczelny i kazała mu siedzieć cicho. Nie chciało mu się odpyskowywać, czuł się słaby i wątły. Zasypiał zaraz po powrocie ze szkoły, z trudem budził się na odrabianie lekcji i ledwie wytrzymywał na wspólnych modlitwach. Ostatnimi czasy modły rodzinne przybrały na sile po tym, jak w Czarnobylu zepsuł się reaktor atomowy i chmura radioaktywnego pyłu beztrosko fruwała nad północną i środkową Europą. Gdyby nie Szwedzi, nikt by się o tym nie dowiedział, a setki tysięcy ofiar choroby popromiennej zostałyby wywiezione w głąb Związku Radzieckiego. Gdyby ktoś zauważył dużą liczbę zdeformowanych dzieci, zrzucono by pewnie winę na wyrodne matki lub amerykańskich imperialistów.

Przysypiając między wersetami Księgi Apokalipsy, Jeremi dowiedział się, że jest tam mowa o jakimś ziele, które ma się zapalić, poprzedzając zstąpienie na ziemię groźnych aniołów. Czarnobyl zaś miał nazwę owo zielę do złudzenia przypominającą, więc katastrofa reaktora była, według ojca i matki Jeremiego, niczym innym jak początkiem końca świata. Na dodatek w dzień największego potencjalnego promieniowania spadł deszcz. Jeremi szalał wtedy na odziedziczonym po Maćku rowerze wigry 3 i został zmoczony przez radioaktywne opady od stóp do głów. Nie przyznał się do tego rodzinie w obawie, że oddadzą go do szpitala albo będą go omijali niczym zakażonego malarią. Jeremi jednak się bał. Senność przybrała na sile, w szkole gorzej się uczył, na treningach trener krzyczał, że rusza się jak mucha w smole i za każdym razem pytał, co się z nim stało. Chłopak codziennie bacznie oglądał swoją skórę, w obawie, czy coś mu na niej nie rośnie, ale stwierdzał tylko, że wąs mu się sypie i taki ciemny puch na policzkach, że wygląda, jakby był brudny.

Radzieccy przyjaciele tymczasem wydawali się zupełnie nie przejmować katastrofą ani potencjalnym zagrożeniem dla swojego kraju i państw ościennych. Z okazji Święta Pracy spędzono obywateli na tradycyjną manifestację. Dzieci maszerowały w wyprasowanych białych bluzeczkach, pod szyją miały zawiązane pionierskie chusty, a na buziach uśmiechy. Śpiewała Ałła Pugaczowa, udowadniając tym samym całemu światu, że żadnego niebezpieczeństwa nie ma. Ludzie w Polsce jednak się burzyli, więc w szkole rozdawano płyn Lugola. Jeremi miał wspominać tę kurację jako jedną z najgorszych w swoim życiu, gorszą niż nastawianie złamanej ręki po upadku z babcinej jabłonki czy ból skręconej nogi – pamiątki po ucieczce przed ekshibicjonistą. Pani od biologii odkorkowała wielką butlę pełną rdzawego płynu, wręczyła najbliżej stojącym szklanki i zaczęła „leczenie". Strzykawką nabierała dawkę według własnego widzimisię i sympatii do ucznia bądź jej braku, wlewała do szklanki i czekała, aż delikwent doleje sobie wody, wypije, a następnie przekaże szklankę kolejnemu „opromienionemu". Procedura szła niezbyt gładko, bo jedni nalewali sobie za dużo wody, inni za mało, wszyscy głośno komentowali ohydny smak płynu i kłócili się o to, czy pić czy nie.

– Wszyscy mają wypić – powiedziała pani od biologii. – Kto nie wypije, dostanie dwóję.

Groźba była realna, bo nauczycielowi wolno było robić, co tylko chciał, interwencje rodziców praktycznie nie istniały, a rzecznik praw ucznia był zupełnie nieznany. Wiele lat później Jeremi i Julia stwierdzili, że powinni zaskarżyć swoje przedszkole i szkołę do trybunału w Strasburgu, a na pewno wywalczyliby gigantyczne odszkodowanie. Musieli jednak przyznać, że chętnych do składania podobnych pozwów byłoby jakieś kilkanaście milionów, tylko w samej Polsce, więc jedynie pośmiali się serdecznie.

Jeremi zwymiotował pierwszy. Fala mdłości, jaka wraz z płynem Lugola przetoczyła się po jego wnętrznościach, była nie do zniesienia. Próbował myśleć o czymś przyjemnym, przywoływać piękne obrazy, miłe zapachy, w końcu chciał powąchać kwiaty stojące na parapetach, ale paprotka słabo pachniała, kroton wcale, a kaktusem prawie się pokłuł. W końcu do nozdrzy dostał się zapach z akwarium, gdzie mieszkały dżerbile i to był gwóźdź do trumny. Jeremi zwymiotował nie tylko płyn Lugola, ale także obiad ze stołówki, gryza kanapki od Maćka i kawałek gumy owocowej, którą podzieliła się z nim Julia. Wrzaskiem biologicy się wcale nie przejął, wrzeszczała na niego prawie na każdej lekcji, nie tylko na niego zresztą. Po nim rzygnęli jeszcze Agata, Ewka i Ulka oraz Marcin, więc pretensje rozłożyły się na kilka osób. Najgorsza była jednak świadomość, że bez tej odtrutki, antidotum, w które święcie wierzył, miał szansę zachorować na coś poważnego. Tak się tym martwił, aż przyszło mu do głowy coś zupełnie oczywistego, że przecież mama Julii i Uli jest lekarzem i na pewno przepisze mu jakieś odpowiednie leki na niepokojące go objawy.

Przed wakacjami niestety już nie zdążył porozmawiać z mamą bliźniaczek, mimo że wracał z nimi ze szkoły prawie codziennie i razem odrabiali lekcje. Zapytał nawet siostry, czemu ich mamy i taty ciągle nie ma, ale głupio mu się zrobiło, bo dziewczynki zaczęły wzdychać i plątać się w zeznaniach, że wujkowie są bardzo chorzy i mama z babciami dziewczynek pomagają w opiece. Jednemu wujkowi, który jest księdzem, a raczej był nim, coś się stało z pamięcią i teraz nie bardzo wie, kim jest. Jeremi nie bardzo rozumiał, o co chodzi, nikt w jego rodzinie na taką chorobę nie chorował. Ten drugi wujek nie miał kłopotów z pamięcią, tylko z nogami i nie mógł chodzić. Jeremi był pod wrażeniem, jak bardzo pomagano sobie w tej rodzinie. U niego, jak tylko komuś noga się powinęła, mógł liczyć jedynie na pełne wyższości uwagi lub najwyżej dobre rady.

Któregoś październikowego dnia, kiedy Jeremi wracał ze szkoły godzinę wcześniej niż siostry, bo dziewczynki miały dodatkowy trening, z daleka zobaczył panią doktor Andruszkiewicz, jak otwiera drzwi do swojego domu. Pobiegł szybko i zziajany nacisnął dzwonek przy furtce.

– Dzień dobry, Jarku. – Pani Basia zdumiała się na jego widok. – Nie ma dziewczynek. Są jeszcze w szkole.

– Ja do pani, jak można…

– To wejdź w takim razie…

Zdjął szybko buty, gratulując sobie w duchu, że włożył czyste skarpetki, i wszedł do kuchni.

– Jadłem obiad w szkole – powiedział szybko na widok dwóch talerzy z rosołem, do których pani domu właśnie sypała pietruszkę. – Naprawdę dziękuję…

– E tam… – Machnęła ręką. – Rośniesz i pewnie wciąż jesteś głodny. Poza tym ja bardzo nie lubię jeść sama, więc zrób mi tę przyjemność i daj się zaprosić na rosołek.

Kiwnął głową, bo pani doktor miała rację. Jadł wciąż, a chudy był jak wiór. Matka przed nim chowała jedzenie, bo wstawał w nocy i zjadał pół chleba z margaryną, jak nie było nic innego.

– O czym chciałeś ze mną porozmawiać? – spytała, kiedy już skończyli jeść. – Pewnie Ula ci dokucza, tak?

– Nie, skąd. – Prawie się obraził, że ona może go brać za skarżypytę. – Chodzi mi o zdrowie…

– Twój brat ma znów ataki, tak?

– Ma. – Jeremi kiwnął głową. – Ale nie chodzi o niego, tylko… o mnie. Ja się trochę martwię, że jestem na coś chory…

Spuścił głowę i czekał, aż kobieta potwierdzi jego obawy, powie jak na filmach, że zostało mu trzy miesiące życia, a jej jest bardzo przykro.

– A co tobie dolega, kochanie? – spytała z zainteresowaniem w głosie. Na jej miłej, piegowatej twarzy odbiła się troska, jakiej Jeremi nie zobaczył nigdy u własnej matki.

– Ciągle chce mi się spać i jeść. To znaczy nie jem, tylko jak śpię. Chudy przy tym jestem okropnie i nie mam siły. Może mam solitera… albo… – wstrzymał oddech – …raka?

Pani doktor przeprosiła go na chwilę, potem wróciła ze słuchawką lekarską i ciśnieniomierzem. Kazała mu zdjąć koszulę, potem przyłożyła słuchawkę do jego klatki piersiowej, a potem pleców. Zmierzyła mu też ciśnienie.

– I co? – Nie mógł się powstrzymać. – Da mi pani jakieś lekarstwa?

– Nie ma takiej potrzeby. – Uśmiechnęła się i pogłaskała go po głowie. – Ile urosłeś w ciągu ostatniego roku?

Wzruszył ramionami.

– Nie wiem, ale jak wróciłem z wakacji, to moja mama się załamała, bo spodnie miałem za krótkie i buty za małe, a wie pani, że ciężko dostać…

– I to jest właśnie przyczyna twoich dolegliwości. Bardzo szybko urosłeś i twój organizm nie nadąża. Dlatego chce ci się tak bardzo spać i nie masz siły. Powinieneś dobrze się odżywiać, brać witaminy i przeczekać.

– I to tyle? – spytał i z wrażenia zapiał jak kogut, co mu się często ostatnio zdarzało. To też było w sumie okropne – albo piszczał jak mysz, albo znów basem zagadywał.

– Tyle. – Uśmiechnęła się pani doktor. – Poczekaj chwilę, mam buty po Karolu i ubrania, jeśli się nie obrazisz…

Jeremi się nie obraził, ale ucieszył. Karol miał świetne ubrania i buty, a on sam niespecjalnie lubił chodzić w spodniach sięgających do połowy łydki. Zwłaszcza pod koniec października. Mama Uli i Julii wróciła z pokaźną paczką. Już się miał zbierać, bo nie chciał, żeby dziewczyny go zobaczyły, kiedy zadzwonił telefon.

– Oooo… jakie to straszne… – powiedziała pani doktor Andruszkiewicz do słuchawki i usiadła ciężko na fotel.

– Co się stało? – spytał Jeremi zaniepokojony.

– Znaleźli księdza Jerzego Popiełuszkę. – Z oczu kobiety płynęły łzy. – Zabili go…

Wstrząśnięty Jeremi położył rękę na ramieniu mamy bliźniaczek. Wiedział oczywiście, o co chodzi. Księdza porwano kilka dni wcześniej. Wszyscy mieli nadzieję, że znajdzie się cały i zdrowy. Jednak stało się inaczej. Ponownie zadzwonił telefon.

– Wiem już… – powiedziała doktor Andruszkiewicz do słuchawki, po czym zamilkła. – Kasiu, to ty? Co ty mówisz w ogóle? Co ty mówisz? – krzyknęła wielkim głosem, a potem rzuciła słuchawkę i wybiegła z domu.

Jeremi stał chwilę zdumiony, ale szybko się opanował i wybiegł za mamą bliźniaczek, w przelocie chwytając jej płaszcz z wieszaka, bo wybiegła, tak jak stała, a na dworze było zimno. Zamknął też drzwi do jej domu i pobiegł za nią, aż do domu ciotki dziewczynek. Nie umiał powiedzieć, czemu tam poszedł, może czuł, że będzie potrzebny, może tylko z ciekawości, kto wie.

– Pomóż mi, proszę – powiedziała pani doktor, kiedy wszedł i zaczął mówić, że zapomniała płaszcza.

Piękna aktorka leżała na podłodze, rozczochrana, w pomiętym ubraniu. Białe smugi na swetrze i spodniach wskazywały, że czymś się ubrudziła.

– Ja nie chciałam… – bełkotała.

– Gdzie Małgosia? – Pani doktor klepała siostrę energicznie po twarzy. – W Pałacu Kultury i Nauki na kółku artystycznym? Dobrze, że nie będzie tego świadkiem…

Wyglądała tak jak Maciek po ataku padaczki. Jeremi zrobił więc to, co zwykle w takich przypadkach, czyli podszedł od strony głowy, złapał pod oba ramiona i uniósł kobietę z zamiarem wzięcia jej do łazienki i wymycia. Pani Andruszkiewicz spojrzała z wdzięcznością i wzięła siostrę za nogi. W łazience włożyła jej głowę pod kran z zimną wodą, a on trzymał gwiazdę filmową za ramiona, bo się wyrywała i klęła. Potem podał pani doktor ręcznik i pomógł przenieść kobietę w kierunku sedesu. Bez żadnego obrzydzenia patrzył, jak doktor Andruszkiewicz wkłada siostrze palce do gardła, a potem przytrzymuje głowę przy wymiotach.

– Dziękuję ci, Jarek – powiedziała, kiedy już ułożyli aktorkę na łóżku i przykryli kocem. – Bez ciebie nie dałabym rady.

– Nikomu nie powiem, niech się pani nie boi – powiedział.

– Dziękuję ci bardzo. – Popatrzyła na niego z wdzięcznością. – Moja siostra… jest…

– Chora… – wpadł jej w słowo. – Rozumiem.

– Możesz jeszcze chwilę zostać, aż podłączę kroplówkę?– spytała, a on pokiwał głową.

Dopiero po latach zrozumiał, jaka to była choroba, która wymagała wywoływania wymiotów i podłączania kroplówki w warunkach domowych. Wtedy pomyślał, że ta piękna pani ma może raka albo zaraziła się czymś okropnym, stąd takie zabiegi. Nie pisnął ani słowem, czego był świadkiem, ani wtedy, ani nawet po latach. Uznał, że to ma zostać między panią Barbarą, aktorką i nim. Przez kilka kolejnych dni chodził wieczorami do kościoła św. Kazimierza z Julką i Ulą, Karolem i ich mamą na msze za duszę świętej pamięci księdza Jerzego. Następnego dnia w kościele pojawiła się także siostra pani doktor i przepięknie śpiewała *Barkę*, ulubioną pieśń Ojca Świętego. Po mszy, która kończyła się zawsze śpiewaniem *Boże coś Polskę*, wszyscy unosili dwa rozchylone palce w kształcie litery V, co oznaczało, że wierzą w sprawiedliwość i mają nadzieję, że oprawcy, którzy torturowali i zabili dobrego księdza, poniosą zasłużoną karę.

Wracali potem wszyscy razem po mszy i Jeremi patrzył z podziwem na aktorkę, która jeszcze dzień wcześniej wyglądała jak obraz nędzy i rozpaczy, a tego wieczoru była pięknie ubrana, jej włosy lśniły w świetle ulicznych latarni, a powieki miała pokryte zielonym cieniem. Odbierała zachwycone spojrzenia i ukłony, jakby to było coś normalnego i należnego jej z racji urody i talentu. Jeremi pomyślał wtedy, że są ludzie, którzy mają dwie twarze. Jedną dla świata, jasną i piękną, drugą dla rodziny – opuchniętą, z rozmazanym makijażem. On sam zamierzał mieć zawsze jedną, choćby nie wiem co.

1987 ROK

*...lecz czemu mnie do raju bram/ prowadzisz drogą taką krętą/ I czemu wciąż doświadczasz tak/ jak gdybyś chciał uczynić świętą...** – śpiewała w Opolu Edyta Geppert, a Kasia, płacząc, zastanawiała się, czy ktoś tak dobrze ją zna, że napisał o niej piosenkę.

Niedawno straciła rolę w spektaklu *Biała bluzka* według tekstu Agnieszki Osieckiej. Przepełniało ją uczucie głębokiej niesprawiedliwości. Dyrektor teatru Ateneum właśnie jej obiecywał główną rolę. To ona miała zaśpiewać takie piosenki jak

* *Zamiast*, Magda Czapińska.

Wariatka tańczy. To za nią po całej Polsce mieli jeździć wielbiciele. To ją rok później Jacek Kuroń miał poprosić o to, żeby rozpuściła pogłoskę, że ten opozycjonista, w którym kocha się bohaterka, to właśnie on.

– To nie tak miało być. – Płakała w ramionach swojej dorosłej córki. – To mnie się należała ta rola, nie jej. Tylko mnie!

– Ale co się stało? – pytała Małgosia, chociaż znała odpowiedź.

– Nikt mnie już nie chce – szlochała Kasia.

– Wiesz, że to nieprawda – córka przemawiała łagodnym głosem. – Musisz tylko przestać rujnować swoje zdrowie…

Była przygotowana na to, że matka zacznie zaprzeczać i wypierać się pijaństwa, tłumaczyć, że w tym przypadku wcale nie chodziło o to, tylko spisek autorki z reżyserką, dyrekcją teatru i pewnie samym ministrem kultury i sztuki. Tymczasem Kasia zaczęła szlochać jeszcze mocniej, rozmazując oczy pomalowane tuszem z peweksu.

– Ja nie mogę przestać – wyszlochała. – Próbuję i nie mogę przestać…

Kiedy przyszła po paru kieliszkach na przedstawienie w Narodowym i pomyliła kilka razy tekst, dyrektor Krasowski wezwał ją na dywanik i poinformował, że nie będzie więcej grała. Próbowała tłumaczyć się chorobą, kłopotami z tarczycą, sercem, migreną, ale to nic nie dało. Rok wcześniej napiła się po premierze. Kiedyś mogła wypić lampkę szampana bezkarnie, co najwyżej już w domu musiała „dokończyć", żeby poczuć się zupełnie dobrze. Ostatnio nie mogła poprzestać na jednym kieliszku. Nawet świadomość nieżyczliwych szeptów wokoło nie działała zniechęcająco. To była jej ostatnia większa rola, nie główna, ale większa. „Jakie to żałosne", myślała, popijając szampana Igristoje. „Co się ze mną zrobiło?". Dyrektor miał zamiar wystawić *Króla Leara*. Tyle by dała, żeby zagrać Kordelię. Jak dobra mogła być w tej roli…

Na szczęście był on. Wspaniały, wreszcie ten jedyny, który miał ją uzdrowić, oczywiście żonaty. Skinął na nią głową, a ona zrezygnowała z trzeciego kieliszka szampana i poszła do garderoby, żeby się przebrać. Mieli wyjechać do Kazimierza na kilka dni. Nie pytała, co powiedział żonie, ona powiedziała Małgosi, że jedzie z teatrem. Szumiało jej w głowie i światło raziło. Zapaliła tylko małą lampkę przy lustrze. Nie chciała widzieć w intensywnym świetle własnej opuchniętej twarzy. Po namyśle przykryła żarówkę kocem. Potem wyszła, zapominając o wyłączeniu światła. Garderobiana nie zauważyła niczego. Nie było już sprzątających. Ogień spopielił większość gmachu.

Nigdy nie ustalono przyczyny pożaru. Oficjalnie podano zwarcie instalacji elektrycznej. Wiedziała, że to jej wina i zastanawiała się, jak mogła tak głupio postąpić. Przecież panicznie bała się ognia. „Całe szczęście, że nas tam nie było", mówiła do kochanka, „mogliśmy zaczadzieć…". On też się cieszył, że nie zostali na miejscu, korzystając z wygodnych pluszowych kanap w garderobach albo kochając się na scenie, przy otwartej kurtynie, jak to miał w zwyczaju nie tylko z Kasią, ale także z innymi aktorkami. „Tak bardzo boję się ognia", wyznała mu. Budynek remontowano ponad rok, a po jego otwarciu Kasię wyrzucono.

– Właściwie to dobrze – powiedziała, a potem wyszła, trzaskając drzwiami. – Nie będę brała udziału w takim… cyrku…

Teatr podupadał. Po zmuszeniu dyrektora Hanuszkiewicza do odejścia nowa dyrekcja cieszyła się poparciem władz, ale widzowie wyraźnie widzieli braki repertuarowe i zaczęli omijać teatr. Kasia trzymała się macierzystej sceny, ciesząc się, że otrzymuje pensję, a nie musi grać z racji remontu. Coraz trudniej jej było uczyć się ról i udawać trzeźwość. Rodzinie mówiła, że ma teraz więcej czasu na granie w filmach, ale mimo tego, że pojawiała się regularnie u Kondratiuka, Barei, nawet u Wajdy, grała coraz mniej, a piła coraz więcej.

Romans z kolejnym żonatym mężczyzną doszczętnie zrujnował jej psychikę. Znany aktor, podobnie jak jego poprzednicy, zdobył Kasię szturmem, podjeżdżając pod jej dom zagranicznym samochodem, kupując szampana na śniadanie, zabierając na Mazury, gdzie miał łódkę, albo do Kazimierza. Wieczory spędzali w SPATIF-ie, noce w domu w Pruszkowie, popołudnia na zakupach, a wieczory odpowiednio na scenie i na widowni. Tyle że po trzech miesiącach kochankowi znudziło się takie życie i wrócił do żony, która była przyzwyczajona do jego zdrad i powrotów. Kasia pogrążyła się w rozpaczy, a procenty miały jej pomóc przeboleć kolejną stratę.

– Nie, nie próbujesz – mówiła do matki Małgosia, narażając się na jej krzyk, płacz i wyzwiska. – Nie próbujesz, pijesz coraz więcej i ja mam tego dosyć…

Kasia wybełkotała coś o niewdzięczności dzieci w dzisiejszych czasach. Wypomniała Małgosi dżinsową kurtkę i spodnie kupowane w Rembertowie, i to dwa komplety, zwykłe i w kwiaty, buty ze Skry i perfumy z zagranicy. Małgosia pozostała nieugięta i powtórzyła tezę o konieczności zaprzestania picia i podjęcia leczenia. Matka się wściekła, próbowała wstać i wyjść z domu z godnością, ale udało się jej wyłącznie spionizować, po czym runęła na podłogę, rozcinając łuk brwiowy. Pokazała się krew, ale Małgosia miała dość jej pijaństwa do tego stopnia, że nawet nie poszła po ręcznik i plaster. Ranka nie była na szczęście duża, tylko kilka kropel krwi wypłynęło na wytarty ze starości dywan.

– Iść po ciocię? – spytała. – Chcesz kroplówkę?

– Nie, nie… – Kasia dźwignęła się ciężko i poszła obłożyć twarz lodem.

Zadzwonił telefon. Małgosia odebrała. Z westchnieniem wysłuchała przemowy zdenerwowanej babci Mani, która czekała w Brwinowie na jej matkę, bo ta obiecała, że zostanie z Jerzykiem, żeby babcia z dziadkiem mogli wyjechać na dwa tygodnie do sanatorium.

– O Boże, babciu, przepraszam was bardzo… Mama zapomniała, a mnie też wyleciało z głowy – powiedziała tylko. – Za godzinę będziemy obie. Niech dziadek wyjedzie po nas na stację, dobrze?

Potem wzięła walizkę i spakowała trochę rzeczy dla siebie i matki. Następnie poszła do łazienki, gdzie znalazła Kasię siedzącą na sedesie i recytującą monolog Ingi z *Pierwszego dnia wolności* Kruczkowskiego. Rozpoznawała od dzieciństwa jej nastroje na podstawie ról, które odgrywała w łazience. Uznała, że to nie jest zły monolog i dobrze rokuje.

– Obiecałaś babci, że zajmiesz się wujkiem Jerzykiem – powiedziała z wyrzutem. – Babcia z dziadkiem są spakowani i chcą wyjechać do sanatorium. Czekają…

– Odwołaj – mruknęła Kasia. – Jerzyk to nie jest moja rodzina… Niech Baśka się nim zajmie albo… Michele.

– Ciocia Michele zajmuje się już wujkiem Ignasiem, nie pamiętasz? Chciałaś im pomagać, ale ani razu nie poszłaś choćby mu poczytać... A ciocia ma wystarczająco na głowie.

Kasia machnęła ręką i zaczęła recytować fragment *Kotki na gorącym blaszanym dachu*. Małgosia nie czekała dłużej.

– Ruszysz się czy nie, pijaczko?! – wrzasnęła.

Kasia rozszerzyła ze zdumienia oczy.

– Jak ty…?! Jak ty…?!

Małgosia szarpnęła ją za ramię i wywlokła z domu. Tam wciąż szarpiąc matkę jedną ręką, a trzymając walizkę w drugiej, ruszyła w kierunku kolejki WKD.

– Nie chcę – słabo protestowała Kasia.

– Obiecałaś! – twardo powiedziała córka. – Jesteś nieodpowiedzialną egoistką. Myślisz tylko o sobie! Artystka ze spalonego teatru!

Kasia szła ze spuszczoną głową. Córka miała rację. Własne nieszczęście i żale do świata przysłoniły jej prosty fakt – miała dziecko, którym się powinna zająć. Tymczasem Małgosią zajmowali się dziadkowie, siostra i kuzynki. Nawet ksiądz Roman miał dla Małgosi więcej czasu niż ona sama. Córka zbierała puste butelki, przykrywała ją kołdrą i myła pod prysznicem. Jeśli trzeba było, umiała sprzątnąć wymiociny, zaparzyć kawę z cytryną na wytrzeźwienie, zrobić żółtko z miodem, a nawet zamaskować makijażem sińce pod oczami. Kiedy nie mogła poradzić sobie sama, szła po ciocię Basię, która podłączała kroplówkę, pomagała jej sprzątać, a kiedy trzeba było, czuwała w nocy razem z siostrzenicą przy łóżku Kasi.

Na stacji w Podkowie Leśnej czekał na nich lekko zdenerwowany dziadek Ryszard. Po szybkim powitaniu pojechali do Brwinowa, gdzie babcia Mania z zaciśniętymi w wąską kreskę ustami czekała, siedząc w fotelu w garsonce, wyjściowych butach i apaszce na szyi. Na ich widok rozchmurzyła się nieco, wyraziła ogromne zadowolenie, że Małgosia będzie mieszkała u nich razem z Kasią i pomoże matce w opiece nad Jerzykiem.

– Czy my zdążymy, Ryszardzie? – spytała, wkładając prochowiec.

– Manieczko – powiedział łagodnie jak zwykle Ryszard. – Oczywiście, że zdążymy. Na kolację będziemy w Nałęczowie. Może byś zdjęła ten płaszcz, kochanie? Jest tak ciepło.

– Dziewczynki. – Mania była nieco spokojniejsza, ale nadal rozglądała się na boki. – Macie pełną lodówkę. W zamrażarce mielone i karkówka, odgrzewajcie sobie codziennie. Zupka jest jarzynowa, musicie jeść zdrowe rzeczy. Jerzyk też...

– Damy sobie radę, babciu. – Małgosia pocałowała Manię w oba policzki. – A wy macie odpocząć.

– W razie czego jest Ania, chociaż ona teraz ma z Michałkiem kłopot...

– Damy sobie radę, mamo – powiedziała Kasia, ale trochę słabo to wypadło, więc Mania przyjrzała się córce uważnie.

– A ty jakaś chora jesteś czy co? – spytała.

– Nie, nie... – uspokoiła ją przestraszona nieco Kasia. – Źle spałam i tyle...

Mania jako jedyna z całej rodziny udawała, że nie ma pojęcia o Kasi problemie, a reszta Winnych nie naciskała. Tylko Ania próbowała kilka razy rozmawiać z siostrą, uważając, że należy coś zrobić, jeśli nie dla Kasi, to przynajmniej dla Małgosi, ale Mania nie chciała podjąć tematu.

– No dobrze – powiedziała Mania. – To jedziemy z Ryszardem. Jerzyk śpi...

– Babciu – przerwała jej Małgosia. – Do widzenia i bawcie się tam dobrze. I zdejmij ten płaszcz, bo się ugotujesz. Dziadek dobrze mówi.

Mania westchnęła i wreszcie pojechali. Po latach Małgosia wspominała te dwa tygodnie jako jedne z najpiękniejszych wakacji w swoim życiu. Wuj Jerzyk mimo sędziwego wieku i przebytego zawału oraz udaru nie był zupełnie niedołężny. Wymagał jedynie pomocy, nie pełnej opieki. Małgosia już drugiego dnia pobytu u babci Mani zapałała do tego nieśmiałego człowieka wielką sympatią. Wcześniej nie znała go zupełnie. Na uroczystościach rodzinnych bywał, ale zawsze siedział na końcu stołu, nie wtrącając się do dyskusji, niczego nie opowiadając, nie żądając, a już najmniej uwagi zebranych. Małgosia odkryła w nim bardzo mądrego, miłego człowieka, który czytał książki filozoficzne, pasjonował się sztuką i muzyką poważną. Na starym adapterze puszczał Małgosi opery Mozarta i tłumaczył z niemieckiego libretto tak, żeby

Małgosia wiedziała, o czym śpiewa Królowa Nocy czy inny Papageno. Interesował się filmem i teatrem, a Kasia pewnego dnia odkryła, że widział wszystkie przedstawienia, w których zagrała. Miał też sporo do powiedzenia na temat ról przez nią odgrywanych, prowadzenia spektaklu przez reżysera. Kasia była zdziwiona, czemu nigdy wcześniej jej tego nie powiedział, a Jerzyk uśmiechnął się nieśmiało i odparł, że nie pytała.

Wieczory spędzali na rozmowach i słuchaniu muzyki albo we trójkę, albo z babunią Anią, która przychodziła, kiedy tylko mogła – sama bez Michała, który miał niedawno operowany wrzód na żołądku i wciąż był bardzo słaby. Kasia, która wcześniej niechętnie odwiedzała Brwinów, odkryła, że to miejsce już nie przypomina tamtego siermiężnego miasteczka z jej dzieciństwa, ale jest uroczym miejscem, gdzie wokoło małych, pobielonych domków wije się winorośl, kwitną kwiaty, śpiewają ptaki i szumią drzewa.

– Tak tu pięknie, że aż mnie dziwi, że tyle czasu nie przyjeżdżałam – powiedziała pewnego dnia do Ani, która siedziała na werandzie i robiła na drutach.

– A co ja mam powiedzieć... – westchnęła Ewa, która po powrocie z Izraela zamieszkała w Warszawie i wpadała do rodziców z Benkiem i Marią Anną w soboty albo w niedziele.

– Ty już lepiej nic nie mów – szepnęła do niej Kasia, kiedy Ania oddaliła się na chwilę zobaczyć, czy nie trzeba pomóc Małgosi w przygotowaniu obiadu.

Ewa odrzuciła głowę do tyłu i spojrzała ostro na kuzynkę.

– Ja przynajmniej mam świadomość, że przysporzyłam bólu swojej matce. Ty, zdaje się, uważasz się sama za męczennicę...

Kasia zacisnęła usta i nic nie odpowiedziała. Kto jak kto, pomyślała, ale właśnie Ewa nie powinna jej pouczać. Z domu wyszedł Benek z bratem pod rękę. Był piękny letni dzień, więc nakryto na werandzie.

– Dobrze was tu wszystkich widzieć – powiedziała Ania i wzniosła toast winem porzeczkowym własnej roboty.

– Wasze zdrowie. – Benek podniósł kieliszek, do którego nalał włoskiego wina, które kupił w delikatesach.

Wypito zdrowie wszystkich razem i każdego z osobna, wyśmiewając Benka z jego upodobaniem do „prawdziwego" wina.

– Tak, tak... – droczył się z Anią z uśmiechem. – Mama jest winna porzeczkowa, wiem. Ja jestem prawdziwie winny...

Kasia wzniosła toast wodą, słusznie obawiając się, że tydzień trzeźwości mógłby się gwałtownie zakończyć, gdyby sięgnęła po jakikolwiek trunek. Małgosia także odmówiła wypicia alkoholu.

– Masz już osiemnaście lat, możesz – zachęcał ją wuj Benek, ale Małgosia pokręciła przecząco głową. Po tym, co alkohol robił z jej własną matką, nawet niewielka ilość trunku tak szlachetnego jak wino wydawała jej się wrotami do piekła.

– Daj jej spokój – powiedziała Ania. – Nie chce, to nie trzeba zmuszać. Wy moglibyście rzucić palenie. Lekarze w końcu, a kopcą aż wstyd.

Spojrzała na Jerzyka spod oka, ale ten przepraszająco wzruszył ramionami i zapalił „mentolowego" przez fifkę.

– Nauczyłem się w więzieniu... – powiedział. – Nawet na zebraniach KOR-u nie paliłem, chociaż było czarno od dymu. Zacząłem dopiero za kratami.

– Jak to się w ogóle stało, że my nie wiedzieliśmy o twojej działalności? – spytała Kasia.

– Zapewne dlatego, że to była działalność konspiracyjna. – Roześmiał się Jerzyk. Siwe włosy w zabawny sposób opadały mu na czoło. Ania pomyślała, że z wiekiem staje się coraz bardziej podobny do swojego ojca Radomira. – Miszelka też się nie chwali na prawo i lewo swoją działalnością.

– Mimo wszystko wiedzieliśmy, że oni z Januszem walczą o wolną Polskę.

– Bo ich zamknęli wcześniej niż mnie – podsumował Jerzyk.– A wiecie, co teraz się odbywa?

– Jakieś rozmowy... – nieśmiało powiedziała Małgosia.

– Nie jakieś – kontynuował Jerzyk. – Tylko rząd wreszcie zaczyna rozmawiać z opozycją. Ludzie protestują. Już nie da się utrzymać ich w ryzach. Nie ma mowy o kolejnym stanie wojennym.

Rodzina w milczeniu przyglądała się Jerzykowi, który nigdy wcześniej nie wypowiedział naraz tylu słów.

– Świat też się temu przygląda... Michele stuka w maszynę całymi nocami, a dniami przysłuchuje się tym rozmowom. Spytajcie jej, to wam powie...Wierzymy, że niedługo będziemy żyć w wolnym i demokratycznym kraju – zakończył nieco patetycznie.

Kasia zwiesiła głowę, bo zrobiło się jej wstyd. Każdy w rodzinie miał jakieś obowiązki, zajmował się innymi, krajem, ona jedna myślała tylko o sobie. Słusznie córka nazwała ją egoistką.

– Jak Michele daje sobie radę z opieką nad wujem i pracą, skoro jeździ jeszcze do Warszawy na te rozmowy? – wymamrotała.

– Idź i zapytaj – zaproponowała Ania. – Większy ciężar spadł na Januszka, bo ona rzeczywiście teraz jest bardzo zajęta. Ignaś... ma i lepsze i, niestety, gorsze dni. Jak kiedyś dziadek Antoni...

Zapadła krępująca cisza.

– Julia i Ula regularnie tu przyjeżdżają do wujka – przerwała niezręczne milczenie Małgosia. – Ciocia Michele uczy je francuskiego, a potem one czytają wujkowi. Mówiły mi.

Z oczu Kasi popłynęły dwie łzy.

– Przepraszam was wszystkich – szepnęła i uciekła do swojego pokoju, gdzie do wieczora płakała. Potem zeszła na dół, gdzie przy pustym stole na werandzie siedział Jerzyk i grał z Małgosią w szachy. Gości już nie było.

– Mogę ci obiecać, że to zrobię – powiedziała Małgosia do Jerzyka, a on pogłaskał ją po głowie.

– Co zrobisz? – spytała Kasia.

– Pójdę na architekturę, bo o tym marzę – odparła Małgosia, szachując królową Jerzyka.

– Bardzo dobrze, bardzo – pochwalił ją. – Gdzie ty się tak nauczyłaś grać?

Kasia nie znała odpowiedzi na to pytanie, więc nadstawiła uszu.

– Oglądałam w telewizji *Szpital na peryferiach* – zaczęła Małgosia. – I tam doktor Strosmajer grał w szachy. Była taka dziewczynka Oldrziszka i ona też grała... Strasznie mi się to podobało i chodziłam na kółko szachowe. Najpierw u nas w ośrodku kultury, a potem już do klubu w Pałacu Kultury i Nauki.

– Pięknie – powiedział Jerzyk, poddając króla i gratulując dziewczynie wygranej partii. – Naprawdę pięknie...

Wiele lat później, kiedy Jerzyka już nie było, a Małgosia miała własną córkę, ponownie można było obejrzeć w teatrze *Białą bluzkę* Agnieszki Osieckiej. Kasia była wtedy już trzeźwa, ale rola przypadła, tak jak przed laty, Krystynie Jandzie. Ile razy była mowa o tamtym spektaklu, Kasia wspominała lato w Brwinowie, które spędziły razem z córką w domu babci, i łza kręciła jej się w oku. Nigdy wcześniej, ani potem, w Paryżu, Madrycie, Amsterdamie nie były z córką tak blisko.

1989 ROK

Pocałował ją na studniówce, ale to nie był ich pierwszy pocałunek. Ona cmoknęła jego policzek jeszcze w przedszkolu, dziękując za gumkę chińską. Tę samą, którą później zjadła, plując różowymi kawałkami najpierw na przedszkolny dywan, a potem w toalecie. Dała mu buziaka, bo widziała, że się popłakał na widok wyplutych różowych grudek.

Zaprosiła go na ten najważniejszy bal. Właśnie jego. Wcześniej zerwała ze swoim chłopakiem, albo on z nią, Jeremi dokładnie nie wiedział. Czekał wiele lat, trzymając się blisko Julii, gotowy na to, żeby w odpowiednim momencie po prostu być koło niej.

Dziewczyny w mechanikach, gdzie się uczył, były fajne, ale Julia Andruszkiewicz była zupełnie wyjątkowa. Jedyna w swoim rodzaju. Mógł jej nie widzieć tygodniami, a potem nachodziło go coś takiego tkliwego, wspomnienia wspólnych meczy koszykówki albo zjedzonego obiadu w stołówce, spaceru w deszczu ze szkoły do domu i po prostu musiał ją zobaczyć. Zwykle wystarczało mu stanie pod jej oknami, trochę z boku, pod drzewem, żeby go nie zobaczyła, bo nie chciał litości ani współczucia z powodu nieodwzajemnionego uczucia. Miała zwyczaj chodzenia podczas nauki, wiedział to doskonale. Jej siostra tak nie robiła. Kiedy widział zatem cień sunący w tę i we w tę po pokoju, wiedział, że to Julia uczy się wzorów matematycznych albo wiersza na pamięć. Przy odrobinie szczęścia mógł ją spotkać, jak wynosi śmieci albo biegnie szybko po coś do sklepu. Odróżniał ją doskonale, po nieco pochylonej sylwetce. Odrzucała także zabawnie głowę i odgarniała włosy lewą ręką. Wiele gestów wykonywała właśnie lewą dłonią, chociaż pisała i rysowała prawą. Ula chodziła zupełnie inaczej, wyprostowana jak struna, bardzo pewna siebie. Nie machała rękoma, a włosy miała zawsze związane. Mówiła również konkretnie i zawsze na temat, a Julia snuła opowieści i kluczyła wokoło tematu. Wszyscy mówili, że są podobne do siebie, ale Jeremi wiedział, że tak mogą twierdzić wyłącznie ci, którzy nie znają sióstr tak dobrze jak on.

Raz prawie się wydało, że czeka na nią. Wyszła z czerwonym kubełkiem, długo nie wychodziła z wnętrza murowanego śmietnika, aż się zaniepokoił i wychylił się zza drzewa. Wtedy się na nią natknął. Niosła na rękach małego pieska, brzydkiego jak listopadowa noc, zziębniętego i trzęsącego się jak osika.

– Co ty tu robisz? – spytała zdumiona, ale zaraz przypomniała sobie, że on przecież mieszka niedaleko i może tędy przechodzić. – Masz czas? Pomożesz?

– Jasne. – Wziął na ręce małe chude ciałko i nakrył własną kurtką. – Co robimy?

– Leżał w śmietniku i piszczał. Ktoś go wyrzucił – gorączkowała się.

– Jest kryzys. Ludzie wyrzucają psy… – Nie wiedział, co mądrego powiedzieć.

– Nie ma takiego kryzysu, który mógłby usprawiedliwić taką podłość… – Jak zwykle w obu oczach Julii czaiły się różne uczucia. Prawe, zielone oko wyrażało pragnienie sprawiedliwości, lewe, brązowe – konieczność działania. Jeremi skłonił się ku lewemu.

– Powiedz w domu, że idziemy do weterynarza, odnieś kubeł, a ja tu poczekam…

Kiwnęła głową i energicznie poszła do swojego domu, wymachując lewą ręką, jakby niosła flagę. Wyszła niestety z Ulą, która do wyrzucania śmieci nie paliła się specjalnie, ale już atrakcja w postaci znalezionego psa skłoniła ją do wstania z kanapy i porzucenia serialu „Dynastia". Weterynarz także musiał oderwać się od przygód silnego Blake'a Carringtona, słodkiej Krystal i demonicznej Alexis, żeby uratować od niechybnej śmierci kundla przyniesionego w dżinsowej kurtce z Rembertowa.

– Dałem mu zastrzyki. Za tydzień przyjdźcie na kolejne – powiedział po wbiciu trzech igieł w wychudzone ciało zwierzaka. Po czym zakomunikował zwięźle: – Pięć tysięcy.

Jeremi zaklął, bo miał przy sobie tylko dwa „patyki", ale zaraz Ulka wyjęła drugie dwa, Julia jeden tysiąc i wspólnymi siłami zapłacili, nie targując się z weterynarzem, a potem zgodnie wymaszerowali z domu na Lipowej, w którym mieścił się prywatny gabinet weterynaryjny.

Pies został nazwany Kajtkiem, zamieszkał u bliźniaczek, ale do końca życia reagował entuzjastycznie na pojawienie się Jeremiego. Nie polubił za to chłopaka Julii, wręcz go nie znosił, co bardzo ją martwiło. Ulka podkpiwała, że może siostra powinna zweryfikować swoje uczucia, bo psy, wiadomo, znają się na ludziach. Kiedy więc Jeremi usłyszał, że Julia nie chodzi już z tamtym, pomyślał o Kajtku i wspólnych spacerach, które ich czekają.

Czekał na nią pod bramą liceum, w którym się uczyła. Urwał się ze szkoły, bo Julia kończyła lekcje o 13.30, a on miał jeszcze praktyki w zakładzie. Zależało mu, żeby spotkać się z nią od razu po lekcjach. Jula ze szkoły wyszła z Ulką i jej chłopakiem. Zauważyła go i pomachała ręką.

– Mogę cię prosić na chwilę? – spytał.

– To my idziemy – powiedziała jej siostra, a potem trzymając za rękę swojego chłopaka, Jaśka, a może Grześka, ruszyła w kierunku kolejki WKD.

Jeremi stał chwilę w milczeniu.

– Dawno się nie widzieliśmy – wybąkał.

– Dawno – potwierdziła. – Kajtek stęsknił się za tobą…

Wpatrywała się w czubki swoich butów. Miała kozaczki do połowy łydki, spódnicę szarą w kwiatki i turecki kożuszek. Jej siostra ubierała się zupełnie inaczej. Głównie w dżinsy i kolorowe koszule, które wujek przysyłał z Ameryki albo rodzina kupowała na giełdzie na stadionie Skra.

– Odprowadzić cię do domu? – spytał.

– Jasne… – Uśmiechnęła się po dawnemu, a serce Jeremiego przeszył bolesny skurcz.

– Co tam u ciebie słychać? – spytała po kilku minutach milczenia.

Szli okrężną drogą. Kiedy weszli do parku Potulickich, odbili w bok, żeby nie przechodzić obok przedszkola, które wywoływało nieprzyjemne wspomnienia. Na pokrytym lodem stawie kręciło się mnóstwo łyżwiarzy.

– Mama mi mówiła tyle razy, żebym poszła na łyżwy… – Roześmiała się. – Lękam się, że lód się pode mną zarwie i się utopię. Ulka jeździ bez problemu, a ja się boję.

– Ulka to się niczego nie boi. – Jeremi przypomniał sobie, jak w czasach kryzysowych kolejek Ulka Andruszkiewicz zrobiła w sklepie awanturę, bo stała po masło i zabrakło tuż przed nią. Tak się darła, że to niesprawiedliwie, aż sklepowa wyniosła z zaplecza jedną kostkę stołowego i sprzedała Ulce, burcząc pod nosem, że to jej własna.

A co do stawu, to kilka lat później przy osuszaniu i czyszczeniu mieszkańcy Pruszkowa ze zdumieniem zobaczyli, że ma niecały metr głębokości.

– O czym chciałeś pogadać? – spytała, a potem wzięła sporą garść śniegu, ulepiła śnieżkę i rzuciła w niego.

Uchylił się, ale zaraz wzięła drugą i tym razem trafiła go prosto w twarz. Nie pozostał jej dłużny. Nabrał porządną garść i zaczął ją gonić dokoła stawu, a ona piszczała i uciekała, wymachując rękoma. Wreszcie dogonił Julię, zdarł czapkę, ale nie natarł jej głowy śniegiem jak w przedszkolu czy podstawówce, tylko rozpłaszczył kulę na własnym czole. Julia osunęła się na pokrytą śniegiem ławkę i śmiała tak głośno, że ludzie się oglądali.

– Jejku – wysapała, kiedy wstała i otrzepała śnieg. – Jestem cała mokra przez ciebie…

– Chcesz ze mną chodzić? – wypowiedział te słowa szybko i zacisnął zęby, obawiając się odmowy, może nawet śmiechu czy politowania. Przecież ona chodziła do liceum, on tylko do technikum.

Znieruchomiała i spojrzała na niego. Lewe oko zamigotało nadzieją, prawe obawą.

– Ale dla mnie chodzenie to coś poważnego – zaznaczyła.– Nie jakieś tam obmacywanie w bramie.

– No nie – bąknął, wyobrażając sobie, jak ten pryszczaty Bartek próbował ją obłapiać. – Dla mnie to coś bardzo serio.

– A pójdziesz ze mną na studniówkę? – spytała jakby nigdy nic.

– To się zgadzasz? – chciał potwierdzić, że teraz będzie mógł ją odprowadzać i przyprowadzać ze szkoły, chodzić z nią na wieczorne spacery po Komorowie i trzymać za rękę.

– No tak. – Prawe oko, to zielone, błysnęło spokojem, drugie dawną przyjaźnią. – Tylko nie zrywaj się ze szkoły, żeby mnie odstawić do domu, dobra? Wiem, że dzisiaj to zrobiłeś.

Wziął ją za rękę i zaczęli iść w stronę jej domu. Ona trajkotała jak najęta o wypracowaniach z polskiego, które sprawiały jej kłopoty, a jej siostrze wychodziły zupełnie dobrze, o matmie, która dla niej jest bardzo łatwa, a dla siostry z kolei trudna.

– Przeniosę się do mat-fizu, żeby zdawać maturę z matmy, wiesz? Bo nasza polonistka stawia mi złe oceny i ciągle mówi, że ja nie myślę logicznie przy wypowiedzi pisemnej…

Opowiadała i opowiadała, a on trzymał jej rękę w swojej i nic nie mówił, bo o czym tu opowiadać, skoro ona powiedziała „tak".

Pewną trudność stanowił garnitur, który po prostu musiał mieć, to nie ulegało żadnej wątpliwości. Ten po Maćku nie nadawał się kompletnie, bo jego brat był niski i grubo ciosany, a Jeremi przeciwnie – wysoki i chudy. Nie mówiąc o tym, że maćkowy garnitur miał ohydny niebieski kolor i jednorzędową marynarkę. Jaki to był „obciach", Jeremi litościwie bratu nie powiedział, kiedy Maciek poszedł w tym garniturze na rozdanie świadectw do swojej zawodówki, a jego Kaśka z wielkimi cycami włożyła kieckę równie obciachową jak nieszczęsny garnitur.

– Stary – powiedział, kiedy tylko wrócił do domu opromieniony szczęściem. Maciek leżał na kanapie i oglądał „Koło fortuny", przełykając ślinę na widok Magdy Masny, która paradowała wzdłuż klocków z literkami i odsłaniała hasło – przepustkę do wygranych: wycieczek, magnetofonów, telewizorów, a nawet samochodu. – Chciałem zarobić trochę kasy. Ten twój kumpel, Jachu, co miałeś dla niego jakąś robotę, to może coś skołować?

– Może i może… – Maciek spojrzał na brata uważnie. Magda Masny właśnie odsłoniła całe hasło, a telewizja zagrała fanfary. – A po co ci?

– Po co mi kasa? – Jeremi starał się, żeby na jego twarzy odmalował się absurd tego pytania.

– Bo jak chcesz na cukierki dla swojej „każde oko w inną stronę", to ci mogę dać…

W innych okolicznościach Jeremi rzuciłby się z pięściami, ale po pierwsze brat był jednak chory, chociaż ataki miał rzadko, tak raz na miesiąc, ale mimo wszystko miał; a po drugie naprawdę potrzebował pieniędzy. Na rodziców nie miał jak zwykle co liczyć, zresztą był już w takim wieku, że powinien zadbać o siebie.

– Ona ma oczy różnego koloru, a nie zeza. Milion razy ci to mówiłem, debilu… Twoja dziewczyna ma cyce różnej wielkości. To jak? Pogadasz z tym Jachem?

Maciek kiwnął głową, a potem włączył kasetę zespołu Top One. Chłopaki śpiewali koszmarną piosenkę o dziewczynie, która zostawiła któregoś z nich, łamiąc mu serce. Jeremiego zemdliło, kiedy usłyszał podobną „muzykę". Jakby jemu ktoś tak śpiewał, odkochałby się w jednej chwili.

Maciek pogadał, a potem Jachu kazał mu przyjść do siebie. Jeremi poszedł na Żbików, gdzie tamten mieszkał w starej kamienicy, w której dziwacznie pachniało. Zapukał do drzwi, zastanawiając się, czy w tej biedzie zarobi jakieś pieniądze. Jeszcze bardziej zwątpił, kiedy Jachu otworzył drzwi w dresie i spranym podkoszulku podkreślającym bicepsy, jakby nie był początek stycznia i minus dziesięć stopni mrozu.

– Zarobić musisz, znaczy ile? – spytał, kiedy weszli do wąskiego pokoju, w którym mieściła się jedynie kanapa pokryta robioną na szydełku narzutą i wąski regał obstawiony od góry do dołu puszkami po zagranicznych napojach gazowanych.

– Z pięćdziesiąt tysięcy – rzucił. – Sto... Ale szybko.

– No dobra – powiedział Jachu, jakby suma nie zrobiła na nim większego wrażenia. – Jutro pójdziesz tam i powiesz, że ode mnie. Dadzą ci coś w plecaku i zaniesiesz to tam. Tam weźmiesz jeszcze coś i wszystko razem zaniesiesz tam.

Przy każdym „tam" Jachu pisał adres na poplamionej tłuszczem kartce wyrwanej z jakiegoś zeszytu.

– Jasiu, obiad! – rozległ się kobiecy głos z wnętrza mieszkania. Zapachniało intensywnie smalcem. – Kolega też niech przyjdzie!

– On zaraz wychodzi, mamusia! – odkrzyknął Jachu, nie pytając Jeremiego, czy przypadkiem nie jest głodny.

– Bierzesz plecak, taki mały, żebyś nie wyskoczył ze stelażem... i idziesz tam... potem tam, tam i tam... Uczysz się, synek, adresów na pamięć i nie latasz z kartką. Jasne?

Jeremi dopytał jeszcze, w jaki sposób dostanie zapłatę. Misja wydawała się prosta do zrealizowania. Zdumiał się wprawdzie, że ma coś nosić w różne miejsca, podchodzić od tyłu, a na końcu wrzucić plecak przez ogrodzenie, ale doszedł do wniosku, że skoro chcą zapłacić, to widocznie jest to coś warte. Wyspał się porządnie przed pracą, zjadł solidne śniadanie, takie jak przed meczem, czyli własnoręcznie robione jajka sadzone na mortadeli, bo akurat była, wziął stary harcerski plecak, zarzucił na plecy i udał się pod pierwszy zapisany adres. Dostał cztery małe paczki, owinięte w gazetę, które wrzucił do plecaka i poszedł pod kolejne zapisane miejsce. Tam potężnie zbudowany mężczyzna w zbyt ciasnym dresie wyciągnął rękę po plecak, a potem zniknął w obszernym, parterowym domu. Pod trzecim adresem powtórzyło się to samo, naturalnie z innym, ubranym w dres facetem i Jeremi zaczął się tym wszystkim bawić.

Kiedy dotarł do ostatniego punktu kontaktowego, wyobrażał sobie już siebie jako walczącego w powstaniu i przenoszącego meldunki. Gdyby nie szczekanie rottweilerów, które wytrąciło go z błogiego poczucia spokoju, wszystko byłoby pięknie. Wrzucił plecak przez ogrodzenie, a wtedy przyszło mu do głowy, że już go nie odzyska i zaklął pod nosem, żałując, że nie wziął byle jakiej torby, kiedy z murowanego bliźniaka wyszedł jeden z jego szkolnych kolegów Robek Brzoza i zawołał za nim.

– Ej, ty... Szef cię woła...

Robek zachowywał się, jakby się wcześniej nie znali. To już się Jeremiemu mniej podobało, ale wzruszył ramionami i zaczął się oddalać od ogrodzenia z poczuciem dobrze spełnionego obowiązku.

– Mówię do ciebie, buraku... – powiedział za nim Robek. – Jak Szef mówi, że gdzieś masz iść, to idź, kurwa mać...

Jeremi przestraszył się nieco, ale nie dał po sobie poznać, tylko wymownie popatrzył na dwa potężne psiska, którym z pysków wylewała się ślina.

– Właź, trzymam je. – Robek złapał za obroże i przyciągnął zwierzęta w swoim kierunku.

– Podobała ci się robota? – zapytał go „szef", kiedy został wprowadzony przez werandowe drzwi do wnętrza domu.

– No – bąknął Jeremi, ale potem poprawił się i dodał. – Tak, proszę pana. Bardzo dobra robota.

Potężny mężczyzna spojrzał na niego uważnie.

– Wiesz, co przenosiłeś? – rzucił.

– Ciekawość pierwszy stopień do piekła – odpowiedział Jeremi. – Miałem przenieść, nie analizować...

Jeden z dwóch mężczyzn stojących obok potężnego zrobił krok naprzód, ale zatrzymał się natychmiast, kiedy tylko Szef podniósł rękę do góry, jakby miał zaraz wygłosić mowę.

– Cwana z ciebie gapa... – powiedział, a potem zarechotał. Przypominał przy tym do złudzenia żabę.

Wreszcie sięgnął do tylnej kieszeni spodni dresowych, wyciągnął zwitek banknotów, wręczył go gorylowi stojącemu z prawej strony, a ten podszedł do Jeremiego i wcisnął mu zwitek w dłoń. Jeremi nie bardzo wiedział, jak się zachować. Głupio mu było przeliczyć, a brać w ciemno pieniędzy nie chciał. W końcu kiwnął głową, bąknął podziękowania, odwrócił się na pięcie i już miał wychodzić, kiedy przypomniał sobie o czymś.

– Można plecak? – spytał.

– Za to co dostałeś, możesz sobie kupić dużo plecaków. – Skrzywił się drugi goryl.

– Ten jest pamiątkowy, a poza tym mamy go na spółkę z bratem.

Szef pokiwał głową z wyraźną aprobatą. Jeden z mężczyzn poszedł w głąb domu, po chwili wrócił, trzymając w ręku stary plecak. Jeremi złapał go w locie, kiwnął głową na pożegnanie, a potem opuścił posesję tą samą drogą, którą przyszedł, czyli przez tylne, wąskie drzwi. W domu zamknął się w łazience i przeliczył kasę. Było równiutko dwieście tysięcy.

Garnitur kupił nie na targu, ale na zapleczu jednego sklepu w Warszawie. Postąpił zgodnie z instrukcjami Jacha, którego poprosił o radę w tej materii. Jachu studniówki nie miał, na dyskoteki wkładał dres albo kraciastą flanelową koszulę, ale orientował się świetnie we wszystkich branżach, także garniturowej. Wysoki sprzedawca wziął pieniądze, potem zaprowadził go za kotarę i tam pokazał, co trzeba. Po niecałych dwudziestu minutach Jeremi miał garnitur, koszulę, muchę, skarpetki, a nawet buty. Kiedy się w to wszystko ubrał i wycisnął pryszcze, stwierdził z zadowoleniem, że wygląda o wiele lepiej niż narzeczony Ulki. Julia też tak uważała, od razu wyraziła zachwyt, aż siostra ją kopnęła lekko w nogę, bo jej Tomek, który nastał po Maćku, stał tuż za nimi i wyglądał na wkurzonego.

Wiele lat później Jeremi ciągle wspominał moment, kiedy weszli do sali gimnastycznej, udekorowanej scenami ze wschodnich bajek. Wziął Julię za rękę, a ona odwróciła się do niego i uśmiechnęła zupełnie wyjątkowo, jakby mu coś obiecywała. Wyglądała przepięknie, uczesana przez matkę, podobnie zresztą jak Ulka, tyle że Julia miała wysoki kucyk, owinięty pasmem włosów, a Urszula rozpuszczone włosy, z podwiniętymi końcówkami. Julia miała lekki makijaż – rzęsy pociągnięte tuszem, delikatną czarną kreskę na powiekach i szminkę na ustach.

– Pięknie wyglądasz – powiedział szczerze, bo nigdy wcześniej nie widział jej tak uczesanej i umalowanej.

– Dziękuję – powiedziała cicho. – Ty wyglądasz zupełnie odlotowo…

A potem już tańczyli razem poloneza, którego wcześniej ćwiczyli pod okiem instruktora tańca Krzysztofa Polańskiego. Wreszcie wzruszeni rodzice poszli do domów albo na zaplecze, gdzie czekali na roztańczoną młodzież, żeby podawać herbatkę i pilnować, czy przypadkiem jakiś krnąbrny maturzysta nie przemycił alkoholu. Jeremi i Julia tańczyli do upadłego, taniec po tańcu, on nie wypuszczał jej z objęć, a ona nie zwracała uwagi na żadnego innego chłopaka. Koło 22.00 wyciągnął ją na chwilę na podwórze, bo obojgu było gorąco. Stali chwilę, patrząc w gwiazdy, a potem on objął ją i pocałował. Nie odsunęła się ani nie pochyliła, więc wyczekał jeszcze chwilę, a potem przycisnął ją do siebie mocniej. Przemknęło mu przez myśl, że ze swoim chłopakiem musiała się całować. W końcu była w klasie maturalnej, a nie w podstawówce. Może nawet dawała mu dotykać swoich piersi, myślał, ale zaraz odrzucił precz ten podszept i pocałował ją jeszcze raz, potem jeszcze i jeszcze.

Kiedy wrócili na salę, żeby chwilę odpocząć i coś zjeść, nic ich nie obchodziły opowieści o jakiejś Karolinie z sąsiedniego liceum, która zamiast na studniówkę poszła na wybory Miss Polonia. Niby najładniejsza w Pruszkowie, ale nie weszła nawet do finałowej dziesiątki. Jeremi słabo kojarzył, o kogo chodzi, chyba tamta Karolina była dziewczyną jednego z jego kolegów, ale głowy by za to nie dał. Udawał, że interesują go te banalne rozmowy przy herbacie, kanapkach i ciasteczkach, przytakiwał i odzywał się od czasu do czasu. Pewną czujność wzbudził w Jeremim niejaki Piotrek, który siedział koło nich i kilka razy wyraził głośno zdumienie, że Julia jest taka ładna, a on wcześniej tego nie widział. Jeremi uśmiechnął się krzywo, potem rozzłościł, wreszcie dał spokój i zajął się swoją dziewczyną, a nie pożal się Boże adoratorem.

Wprawdzie padło pytanie, do którego liceum Jeremi chodzi, a Julia przejawiła pewną nerwowość, ale on odpowiedział spokojnie, że chodzi do technikum, maturę ma za rok, a na studia się owszem wybiera. Nieraz wcześniej zastanawiał się nad tym, co studiować, ale wtedy właśnie uroczyście sobie przysiągł, że dostanie się na medycynę, żeby Julce zaimponować, bo przecież głupi w końcu nie jest, uczy się wprawdzie w technikum, ale ma same piątki.

1990 ROK

Ania czuła jego obecność. Za każdym razem, kiedy wychodziła z domu, ze sklepu czy wsiadała do pociągu, oglądała się za siebie. Nie umiała powiedzieć, czy z nadzieją, czy obawą myśli o spotkaniu z Pawłem, ale była przekonana, że ono w najbliższym czasie nastąpi i psychicznie się do tego przygotowała. Któregoś dnia wieczorem specjalnie wyszła z domu na spacer sama i usiadła w parku na ławce. Przysiadł się po kilku minutach. Na początku bała się odezwać, on także nic nie mówił, tylko patrzyli na siebie.

„Jak on się zmienił", Ania prawie zachłysnęła się obecnością dawnego ukochanego, którego nie widziała pięćdziesiąt jeden lat.

– Nic się nie zmieniłaś – powiedział Paweł.

– Nie musisz kłamać. – Uśmiechnęła się lekko. – Czas robi swoje.

– Gdzie możemy porozmawiać, żeby nikt nas nie zobaczył? – spytał. – Mam samochód, możemy pojechać do Warszawy, jeśli masz czas...

Nie zastanawiała się zbyt długo.

– W Podkowie Leśnej jest mała kawiarnia na uboczu. Tam możemy pójść...

W samochodzie nic nie mówił, nie patrzył na nią, tylko na drogę. Usiłowała uspokoić bijące mocno serce. Tyle wspomnień napływało jej do głowy. Bała się, że nie opanuje łez i rozpłacze się jak dziecko.

W kawiarni najpierw patrzył na nią długo, a po starej twarzy błąkał mu się uśmiech. Oczy miał takie jak dawniej, młode, bystre, patrzące, jakby chciał ją przeniknąć spojrzeniem na wylot.

– Tyle lat... – powiedziała, żeby przełamać milczenie.

– Pięćdziesiąt jeden lat, sześćdziesiąt dni i... – spojrzał na zegarek – ...dziewięć godzin...

– Paweł, Paweł, Paweł – powtarzała. – Tak bardzo się cieszę, że żyjesz...

Podeszła kelnerka i zamówili herbatę. Paweł wprawdzie chciał kawę, ale zrezygnował, kiedy okazało się, że kawa ma być sypana i dowiedział się, że to nic innego jak fusy zalane gorącą wodą.

– Ja chyba mniej... – powiedział gorzko. – Miałem życie wypełnione tęsknotą za tobą... Za wami... Bólem i cierpieniem... Lepiej było dostać kulę w łeb...

– Nie mów tak... – Wzięła go za rękę, a on uniósł ją do ust i pocałował.

– Tylko czas wywarł na ciebie wpływ. Nie masz na twarzy cierpienia, bólu, straty... – Kelnerka przyniosła herbatę, a Paweł z niedowierzaniem spojrzał na fusy pływające po dnie szklanki.

– Ty masz na twarzy wypisane kłopoty z sercem – powiedziała cicho, mieszając herbatę aluminiową łyżeczką.

Tyle razy wyobrażała sobie to spotkanie. Zastanawiała się, czy wzruszenie nie odbierze jej mowy. Układała w głowie, co sobie powiedzą. Zastanawiała się, czy będzie chciał spotkać się z Manią i córkami, do czego postanowiła nie dopuścić. Myślała wcześniej, jakimi argumentami się posłużyć, gdyby chciał wyjawić im prawdę.

– To prawda – powiedział. – Jakieś zaburzenia. Jeszcze z więzienia... Ale wyleczyli mnie i teraz jest już w porządku.

Było tak, jakby tych lat rozłąki nie było. Siedział przed nią, stary i siwy, a ona tak po prostu cieszyła się, że go widzi. Jakaś jej cząstka nigdy nie przestała go kochać, chociaż tyle lat minęło i pojawił się Michał, za którym poszłaby w ogień. I to on przecież był ojcem jej dzieci, przyjacielem, powiernikiem i wciąż kochankiem.

Paweł powinien być tylko cieniem przeszłości, ale kiedy usiadł obok niej na ławce, wszystko wróciło ze zdwojoną siłą. Tamte beztroskie dni, kiedy czekał na nią przy kolejce EKD, spacery, wyznania, takie naiwne, ale szczere przecież i głębokie. Zaraz pojawiły się też i te bolesne, kiedy prowadził Manię do ślubu, a potem patrzył na nią zamiast na pluton egzekucyjny.

– Na długo przyjechałeś? – spytała, chociaż znała odpowiedź.

– Na zawsze – potwierdził jej myśli. – Zlikwidowałem wszystko w Szwajcarii. Przeniosłem się tutaj. Chciałbym umrzeć w Polsce, nie na obcej ziemi.

Rozumiała to doskonale. Paweł należał do tego gatunku ludzkiego, który nigdy nie pogodził się z przymusową emigracją i nie obraził na ojczyznę, która tak niewdzięcznie z nim się obeszła.

– Jestem chory, nie wiem, ile mi zostało – jego ton był lekki, jakby mówił o pogodzie.

– Na co?

– Rak skóry – powiedział dość obojętnie. – Dziwna sprawa. Nigdy się nie opalałem, nie jeździłem na południe. Mój doktor wykrył znamię, wyciął, potem zbadał... Ciężko mi się mówi po polsku, wiesz? – Zmienił temat. – W Szwajcarii z nikim nie rozmawiałem po polsku.

– My już cię pochowaliśmy. Nawet dwa razy...

– Teraz muszę zacząć chodzić do jakichś klubów, czytać książki, żebym sobie przypomniał... – opowiadał, jakby nie słyszał jej słów. – A to raczydło niby w remisji. Wycięli, miałem takie coś... radiotherapy...

Wciąż mieszała herbatę w szklance, chociaż nie słodziła nigdy. Fusy tańczyły wesoło w szklance.

– Nie pozwolę ci się skontaktować z Manią ani dziewczynkami. Musisz mi obiecać, że nigdy tego nie zrobisz... – Nie spojrzała na niego, nie mogła, wygłaszając tak okrutne zdanie, ale musiała je powiedzieć, bo gdyby jej siostra się dowiedziała, że Paweł żyje, trudno powiedzieć, co by się stało.

– Co do przyszłości, to ja nie wiem. Czy prędzej umrę ze starości, bo mam już przecież prawie osiemdziesiąt lat, czy ten rak mnie pokona. Ale tego nie wie nikt. Chciałbym moim dzieciom zostawić pieniądze, które mam, bo nie ma po co do grobu zabierać...

Wyjęła łyżeczkę ze szklanki. Kilka kropel czerwonego płynu kapnęło na stolik. Wzięła papierową serwetkę i starannie wytarła krople.

– Może ciasteczko? – spytała kelnerka, która pospieszyła, żeby zabrać talerzyk z rozmokłą serwetką, ale tak naprawdę była ciekawa, o czym szepcze para staruszków wpatrujących się w siebie z takim napięciem, że aż powietrze wkoło zgęstniało.

– Nie, dziękujemy – powiedziała Ania, nie pytając Pawła o zdanie. – Zaraz wychodzimy. Poprosimy o rachunek...

Dziewczyna kiwnęła głową i poszła za kotarę.

– Nazywam się teraz Daniel Umiński. – Podał jej wizytówkę, na której było imię i nazwisko oraz numer telefonu. – Mieszkam w Warszawie, na Ursynowie. Kupiłem tam mieszkanie. Recz jasna nie będę mieszkał ani w Brwinowie, ani w okolicy.

– Paweł, nie możesz próbować zobaczyć się z Manią, rozumiesz? – Trzęsły jej się ręce.

– Zadzwoń do mnie. – Położył pieniądze na blat stolika i podziękował kelnerce za resztę, co ta przyjęła ze zdumieniem, bo napiwek był ogromny. – Chciałbym tylko powspominać stare czasy, no i ustalić kwestię dziedziczenia i pogrzebu...

Zakołowało jej się w głowie. Nie zapytała, co dokładnie robił w tej Szwajcarii, jak to się stało, że mu się powiodło. Kto mu pomógł. O nic nie zapytała.

– Dokąd ciebie podwieźć, moja droga? – spytał, kiedy opuścili kawiarnię.

– Na rynek – powiedziała. – Ale z drugiej strony. – Taki samochód jak twój zwraca uwagę, a ja bym nie chciała...

Otworzył przed nią drzwi i uśmiechając się jak dawniej, zaprosił ją do środka. Usiadła, przyciskając torebkę do piersi. Bez słowa zapalił silnik i wycofał samochód.

– Co to za samochód? – spytała.

– Volkswagen... Niemiecki...

– Jeździsz niemieckim samochodem? – Wydawało się jej to dziwne. Polacy jeździli na saksy do Niemiec, prosili się o pracę, nie bacząc na to, że mieli w rodzinach pomordowanych przez Niemców bliskich. Po Pawle jednak się tego nie spodziewała. Jak bardzo musiał się zmienić.

– Niemieckie samochody są po prostu dobre. Wcześniej jeździłem amerykańskim. – Zatrzymał się we wskazanym przez Anię miejscu. – Nie widzieliśmy się pół wieku, a ty mnie pytasz o samochód?

Wysiadła i rozejrzała się w obawie, czy nie widać jakiejś wścibskiej sąsiadki, która mogłaby szepnąć słowo Michałowi.

– Wciąż cię kocham... – powiedział do niej Paweł przez otwarte okno niemieckiego samochodu.

Odjechał, pozostawiając ją w rozterce, roztrzęsioną słowami, które wypowiedział, na które czekała wcześniej w kawiarni, bojąc się ich jednocześnie jak ognia. Nie obiecał jej, że nie spotka się ze swoją rodziną, przeciwnie, sugerował, że wrócił tutaj, żeby coś zakończyć, nie zostawić niedokończonych spraw. „Jak on powiedział?", zastanawiała się, „żebym zadzwoniła...".

– Ja też nie przestałam cię kochać, Paweł – powiedziała cicho i wolnym krokiem poszła w stronę domu.

Michał powitał ją zaniepokojony i zaczął wypytywać, gdzie tyle była, nie jest przecież najmłodsza i chodzenie po zmroku jest niebezpieczne. On tu się martwi, już trzy razy odgrzewa kolację, a Ania nic sobie z tego nie robi. Najbardziej na świecie chciała się przytulić do męża, schować głowę pod jego brodę, tak jak to robiła od lat, ale bała się, że Michał pozna, jak bardzo jest poruszona. Powiedziała więc, że chciała się przejść. Ostatnio mało ma ruchu, a przecież im człowiek starszy, tym bardziej powinien o siebie dbać.

– A w dodatku w takim paltociku wyszłaś, Aniu – utyskiwał Michał. – Tyle razy mówiłem, żebyśmy pojechali do Warszawy i coś ciepłego ci wybrali.

– Drogie są te płaszcze – zaprotestowała. Już wcześniej zastanawiał się nad kupnem czegoś ciepłego, ale te tysiące, setki tysięcy, które widniały na metkach, skutecznie ją odstraszały od zakupów.

– E tam drogie. – Pokręcił głową. – Ewa mówiła, że w Izraelu to dopiero drożyzna.

– Jakie to szczęście, że ona wróciła. – Ania codziennie dziękowała Bogu za to, że córka wróciła z dalekiego świata, że zrozumiała w końcu, gdzie jest jej miejsce.

– Ja też się o to modliłem. – Michał jak zwykle czytał jej w myślach. – Benek się tam na szczęście nie odnalazł, ona też nie do końca... no i są. Tak, jak mówiłaś.

Postawił na stole parujący talerz.

– Rosołek? – Uśmiechnęła się do niego. – Tak na noc mam zjeść? Będę miała koszmary...

– Rosołek – potwierdził. – Zjedz, ile możesz, mizernie jakoś wyglądasz po tym spacerze...

– Chłodno było – powiedziała, nie patrząc mu w oczy. Nienawidziła kłamać, kłamstwo było lepkie, brudne i duszące, wcale nie szlachetne, jak niektórzy usiłowali sobie wmówić dla oczyszczenia sumienia.

– Tym bardziej zjedz. – Michał krzątał się po kuchni.

Porównywała go z Pawłem. Obaj byli w jakiś sposób podobni do siebie. Szczupli, w ładny sposób szpakowaci, wyprostowani. Tyle że Paweł na przystojnej twarzy miał wypisany ból i tęsknotę, a Michał tylko smutek i to w kącikach oczu. Zawsze żartował, że ma zmarszczki tylko od śmiechu, tych od zmartwień nie może znaleźć.

– Chciałabym umrzeć pierwsza, wiesz? – powiedziała nieoczekiwanie i zamknęła oczy ze strachu, bo nie chciała patrzeć na jego twarz, kiedy będzie odpowiadał.

– Niedoczekanie twoje – odrzekł normalnym tonem, wstawiając naczynia do zlewu. – Ja umrę pierwszy i myślę, że doskonale to wiesz. I pewnie jeszcze wiesz kiedy, tylko nie powiesz…

Uśmiechnęła się z wysiłkiem.

– A po palto pójdziemy zaraz po pierwszym – podsumował. – Ewę poproszę, to nas samochodem zawiezie.

1993 ROK

Nikt nie czekał. Jeremi wysiadł z pociągu relacji Katowice–Warszawa i rozejrzał się po pustawym peronie. Zobaczył wysoką dziewczynę z długimi włosami i przez chwilę jego serce zabiło mocniej, ale odwróciła się i poczuł żal. Gdzie on miał oczy, nie była nawet podobna do Julii. Zabrał dużą brezentową torbę wypełnioną skromnym dobytkiem i powlókł się w stronę peronu kolejki WKD. Dworzec śmierdział jak zwykle moczem i pleśnią. Mijał rzędy metalowych straganów zwanych szczękami pełnych różnego dobra, od książek począwszy, przez kosmetyki, na ubraniach wszelkiej maści skończywszy. Przy niektórych straganach kręcili się Koreańczycy. Coś zapachniało i Jeremiemu napłynęła ślina do ust. Drobny Koreańczyk spojrzał zachęcająco.

– Coś pyśnego? – powiedział, uśmiechając się szeroko.

– A co mogę zjeść? – spytał mało przytomnie.

Od dwóch dni w koszarach trwała balanga na okoliczność wyjścia z woja. Nie tolerował dobrze dużych ilości wódki, więc bolała go głowa i czuł się, jakby miał wór na plecach.

– Sajgonki. – Uśmiechnął się mężczyzna. – Dobra będzie…

Nałożył mu dwa cienkie ruloniki do plastikowej miski i polał sosem. Od zapachu zrobiło mu się niedobrze, ale odgryzł kawałek i zaczął powoli przeżuwać. Smakowało dziwnie, sos był zupełnie słodki, a ciasto smakowało trochę jak papier. Mimo to zjadł oba kawałki i popił napojem 7Up z puszki. Nie chciało mu się wracać do domu. Pomyślał, że może mógłby zostawić gdzieś torbę i pójść na spacer. Do Łazienek na przykład. Tyle razy jeździli z Julią albo tam, albo do przyległego ogrodu botanicznego, spacerowali alejkami i rozmawiali o przyszłości. Było tak pięknie. Tyle że potem wszystko szlag trafił.

Zostawił torbę na dworcu i piechotą poszedł do placu Trzech Krzyży, a potem skręcił w Aleje Ujazdowskie. Na wysokości alei Róż zawahał się chwilę, czy pójść do ogrodu czy Łazienek. Wybrał te ostatnie, wszedł, minął Pomarańczarnię i skierował się w stronę pałacu na Wodzie. Minął go i usiadł na spróchniałej desce amfiteatru. Było bardzo zimno, naciągnął więc czapkę na uszy. Kaczki podpłynęły do niego, myśląc, że ma może coś do jedzenia. Żałował, że nie kupił kawałka bułki albo chociaż nie wziął kanapki z torby. Julia zawsze brała chleb dla kaczek, a potem wrzucała garściami i cieszyła się, kiedy jadły. Uwielbiała tu przychodzić. Godzinami przemawiała do wiewiórek, a nawet do pawi, które zdaniem Jeremiego były tak durne, że szkoda było ust otwierać. Wspomnienia otuliły go jak szal.

– Nie mogę zrozumieć, czemu zrezygnowałaś z weterynarii – powiedział podczas jednej z ostatnich wspólnych wypraw.

Ciągle o tym mówiła, zwłaszcza odkąd w ich domu pojawił się Kajtek. Chciała leczyć zwierzęta. Matka namawiała ją na medycynę, ojciec raczej sugerował coś humanistycznego. Julia ciągle się wahała, w przeciwieństwie do siostry, która miała jasną wizję własnej przyszłości. Ula chciała być lekarzem, najlepiej pediatrą jak ciotka, która najpierw pojechała do Izraela, potem wróciła do Polski. Wydawała się bardziej zdeterminowana i dążyła do celu konsekwentnie. On sam już nie mógł się doczekać, kiedy skończy technikum i pójdzie na studia. W tajemnicy przygotowywał się do egzaminów na medycynę. Kiedyś Ula poprosiła go o odbicie testów na ksero i Jeremi zrobił dodatkową kopię dla siebie.

– Bałam się, że się nie dostanę – odpowiedziała mu wtedy Julia, rzucając orzechy wiewiórce.

– Ale to były twoje marzenia... – Pogłaskał ją po włosach. – Czemu z nich rezygnować?

– Rozmawiałam z rodziną z Brwinowa i oni mi powiedzieli, jak ciężko jest zajmować się zwierzętami. Trzeba pomóc krowie rodzić albo uśpić konia. Każdemu się wydaje, że weterynarz głaszcze tylko pieski i kotki...

Studiowała romanistykę. Jeremi miał wrażenie, że te studia to ucieczka. Mówiła świetnie po francusku, nie potrzebowała się uczyć tego języka. Nauczyła ją jedna z licznych ciotek, która urodziła się we Francji, a potem przyjechała do Polski. Kiedyś opowiadała mu o wszystkich swoich ciotkach i Jeremi zdziwił się, że po pierwsze, może ich być tak dużo, a po drugie, że ze wszystkimi można mieć bliski kontakt, mimo że mieszkają daleko. On sam miał jedną ciotkę w Kieleckiem i dwie kuzynki, których nie widział chyba z dziesięć lat, ale bynajmniej za nimi nie tęsknił.

– Ty wiesz przecież lepiej… – zgodził się.

Niepokoił go Piotrek ze studniówki, który też studiował na uniwersytecie, tylko nie romanistykę, a polonistykę. Często wpadał do Andruszkiewiczów, co niezmiernie irytowało Jeremiego, ale nie chciał wychodzić na chama, więc nic nie mówił. Skupiał się na swoim celu. Chciał dostać się na medycynę, zaimponować dziewczynie i zająć się planowaniem wspólnej przyszłości. Studiowanie w tamtym czasie było dosyć trudnym przedsięwzięciem. Z jednej strony, mówiono, że to się nie opłaca, bo po studiach zarabiało się mało, z drugiej, na niektórych kierunkach było po kilka osób na jedno miejsce. Na medycynę było aż pięciu chętnych. Zawziął się i w księgarni na Kredytowej kupił wszystkie książki, z których uczyła się Urszula. W domu oświadczył, że pójdzie na studia. Matka zrobiła awanturę, a ojciec go wyśmiał.

– Masz iść do roboty, a nie darmo chleb żreć! – Usłyszał. – Ta z bachorem w domu siedzi, a ty studiować będziesz, gówniarzu…

Nie oczekiwał wiele od swoich rodziców, ale aż takiej reakcji się nie spodziewał.

– Darmo nie będę nic jadł – mruknął.

Magda skończyła szkołę zawodową i pracowała jako sprzedawczyni w sklepie spożywczym na Kraszewskiego. Od dwóch lat miała dziecko, którego Jeremi nie znosił, bo było głośne, płaczliwe i stanowiło żywe świadectwo klęski życiowej jego siostry. Tatuś dziecka, po jego zrobieniu, niestety nie chciał się do niego przyznać, podobnie jak do Magdy. Nic nie pomogło obicie mu mordy. Jeremiemu się wydawało, że pryszczaty wymoczek jeszcze bardziej utwierdził się w przekonaniu, że dziecko nie jest jego problemem, a przy tym, kto wie, czy ono naprawdę jego, jak wydyszał, plując krwią, co ostatecznie przekonało Jeremiego, że nie chciałby kogoś takiego w rodzinie.

Jeremiemu było strasznie Magdy żal, bo wypłakiwała oczy, a ojciec jeszcze stłukł ją na kwaśne jabłko. Musiała nieustannie znosić krzywe spojrzenia matki i ojca, sąsiadek i koleżanek, którym udało się nie zaliczyć wpadki. No a potem musiała zajmować się płaczącą wiecznie Danusią, która czuła, że znalazła się na świecie, bo jej matka nie czytywała „Filipinki" i nie wiedziała, że żądanie „dowodu miłości" jest dla dziewczyny uwłaczające. Jego brat Maciek skończył samochodówkę, ojciec go podziwiał, bo pracował u prywaciarza i przynosił niemałe pieniądze do domu. Mały braciszek Adrian zwany Korkiem urodził się inny, może dlatego, że matka rodząc go, miała już dobrze po czterdziestce, a może dlatego, że tamten doktor, co to go potem za kratki wsadziła, najpierw wziął pieniądze, a potem źle go wyskrobał.

Julia dostała się na romanistykę za pierwszym razem. Ula po oblaniu egzaminu na medycynę, gdzie zabrakło jej pięciu punktów, odmówiła rozpoczęcia studiów na kierunkach typu chemia czy fizyka, zatrudniła się w szpitalu jako salowa, za co miała dostać punkty i podwoiła wysiłki w celu otrzymania indeksu akademii medycznej.

Jeremi uczył się do matury, a jednocześnie kuł biologię, chemię i fizykę. Nic Julii nie mówił, chociaż pytała, jakie ma plany na przyszłość. Zaciskał zęby, kiedy mówiła, żeby skończył jakieś studium, a nie ulegał modom na szybki i łatwy zarobek. Inteligencja zarabiała mało, bywało nawet, że bardzo mało. W jego domu z „inteligencików" to się nawet śmiano, ale on nie rezygnował ze swoich planów, w końcu to było jego życie, a nie matki, ojca czy brata.

Długo udawał, że praca dla Szefa i jego kolegów nie jest niczym złym. Ot, nosi gdzieś jakieś tabletki, ale nic go nie obchodzi, kto to przejmie, kupi czy co z tym zrobi. Wierzył, że to nieistotne. Pieniądze, które zarabiał, chował w woreczku wszytym w materac. Dostawał dolary albo marki niemieckie. Chciał kupić mieszkanie albo nawet dom, rozglądał sie po Pruszkowie i okolicach. Mnóstwo ludzi sprzedawało swoje domy czy mieszkania, praktycznie za grosze. W „Gazecie Wyborczej" roiło się od ogłoszeń typu „powracającemu z zagranicy sprzedam...". Nie chodziło o to, że kupujący miał wcześniej mieszkać poza Polską, tylko o to, że transakcja ma być zawarta w dolarach. Obliczył, że zarobionych pieniędzy starczyłoby mu na bliźniak w Komorowie. Widocznie po okolicznych domach rozglądał się nie za bardzo dyskretnie, bo Szef wezwał go kiedyś do siebie i zabronił afiszowania się pieniędzmi.

– Co powiesz, Młody, jak ktoś spyta, skąd masz tyle? – rzucił, pijąc whisky z kryształowej szklanki.

Szef uwielbiał ten trunek. Patrząc na tego niskiego, grubego mężczyznę, wydawać się mogło, że najbardziej lubi żłopać piwo albo czysty spirytus, ale ci, którzy go znali, wiedzieli, że najbardziej ceni drogą osiemnastoletnią whisky pachnącą dymem.

– Pracowałem za granicą? – spróbował.

Szef pokręcił głową.

– Młody jesteś. Młody... Dlatego posłuchaj starszych i mądrzejszych.

– Ale ja się chcę ożenić – wyznał.

Mężczyzna zaśmiał się głośno. Dziwny to był śmiech. Samymi wargami, nie oczami. Trochę straszny.

– Nie żeń się, dobrze ci radzę – powiedział. – Baby są wszystkie takie same. Chcą pieniędzy...

– Ona taka nie jest – upierał się.

Rechotali już wszyscy, Szef i ochroniarze.

– Młody się zakochał... – Szef spoważniał. – Rozumiem cię, chłopie. Ja też kiedyś wierzyłem w różne rzeczy... a tak na serio, to poruchaj se i od razu będzie ci lepiej...

Podsuwał mu różne dziewczyny i Jeremi czasami ulegał. Nie czuł, że zdradza Julię, bo z nią było zupełnie inaczej. Z tamtymi się nie kochał, tylko uczył, jak powinien postępować z kobietą. Tak to właśnie traktował – jak naukę. Dzięki temu umiał poczekać na nią, aż była gotowa. Ścisnęło go boleśnie na wspomnienie ich „pierwszego razu".

– Nie miałem wątpliwości, że będzie cudownie – powiedział wtedy.

To nie była prawda, miał wiele wątpliwości i tysiąc razy myślał, jak do niej podejść, kiedy ją i siebie rozebrać, czy długo ją pieścić i całować, czy od razu to zrobić, krótko i szybko, a potem dopiero w kolejnych dniach otulić ją czułością. Gratulował sobie w duchu, że terminował u Joaśki, która chętnie „dawała" chłopakom Szefa w zamian za koronkową bieliznę, perfumy ze Stadionu Dziesięciolecia albo ładne buty. W ostateczności przyjmowała zagraniczne czekoladki i kwiaty. Od niej między innymi nauczył się, że kobiecych piersi nie należy ugniatać jak ciasta ani dopychać dziewczyny penisem, jakby chciało się wyjść na drugą stronę.

– Delikatnie, mówię – powtarzała mu, ile razy zapędził się w tej namiętności bez uczuć, a on przerywał i zaczynał od początku, wyobrażając sobie, że uczy się dla Julii, żeby być najlepszym i najdelikatniejszym kochankiem.

– Hej koleś, masz fajkę? – wyrwał go z zamyślenia głos.

Obok stała wysoka chuda dziewczyna w brudnym, różowym dresie i patrzyła zachęcająco.

– Nie mam... – Wzruszył ramionami. Znów zaczął patrzeć na kaczki.

– A kasę masz? – W rękach trzymała igłę.

W pierwszej chwili nie zrozumiał, o co jej chodzi.

– Mam hifa – wyjaśniła, wymachując igłą. – Jak mi nie dasz kasy, to ja cię...

Wstał i odepchnął ją, a ona zatoczyła się i wpadła do wody. Kaczki rozpierzchły się na boki. Dwie z nich wystrzeliły w górę i odleciały.

– Hej! – usłyszał. – Pomóż...

– Niech ci Kotan pomoże...

Nienawidził tych narkomanów. Kłębili się na dworcach, żebrali o parę groszy otwarcie albo kłamali, że ukradziono im portfel z biletem i nie mają za co wrócić do domu. Banda darmozjadów, co to im źle na świecie było. Ogałacali pola makowe, a potem w brudnych mieszkaniach gotowali kompot, który wstrzykiwali sobie w żyły. Wszyscy tłumaczyli się tak samo, że życie ich przerosło. A ten Kotański jeszcze ich zbierał i pomagał. Ostatnio odkryli nowy sposób pozyskiwania pieniędzy. Machali igłami, niby że zarażą kogoś. Gnoje... Jeden z jego kumpli z podstawówki zaćpał się na śmierć. Jego rodzice nic nie wiedzieli, a w szkole od dawna było wiadomo, że to ćpun.

Przegnał myśl, że to on, Szef i jego ludzie przyczyniają się do zmiany narkotykowej mapy Polski. Coraz więcej osób korzystało z dobrodziejstw tabletek, które sprowadzali. Narkoman już nie był jedynie brudnym żebrakiem z nieprzytomnym spojrzeniem. Coraz częściej ubierał się w elegancki garnitur, wkładał krawat i jeździł do pracy luksusowym samochodem. Wyścig szczurów był coraz bardziej powszechny. Białe kołnierzyki zasiedlały świeżo utworzone korporacje i starały się dorównać japiszonom z Zachodu. Obejrzał się za tamtą dziewczyną. Zdążyła się już wygramolić i stała, żałośnie ociekając wodą. „Dostanie zapalenia płuc i zdechnie", przemknęło mu przez myśl. Wszystko było mu obojętne.

Spieprzył sobie życie. Postawił wszystko na jedną kartę i przegrał. Nie dostał się na medycynę, poszedł do woja, a ona odeszła. Co on sobie wyobrażał, składając papiery na tak prestiżową uczelnię? Ulka zdawała dwa razy i za drugim, kiedy się znów nie dostała, po urządzeniu wielkiej awantury w dziekanacie akademii medycznej została przyjęta na wydział farmacji. Nie była zadowolona, ale to było jednak co innego niż jego marne czterdzieści punktów, śmiech na sali, wstyd właściwie. Przyjmowali od stu dwudziestu punktów w górę, a on się po prostu ośmieszył. Nie sądził, że pójdzie mu aż tak źle. Właściwie to tak bardzo wierzył w to, że zostanie lekarzem, że pod wywieszoną listą studentów przeżył szok. W dodatku były tam Ula i Julia, która siostrze naturalnie kibicowała.

– Nie powiedziałeś, że zdajesz. – Julia aż się zachłysnęła, odrywając wzrok od listy. – Przecież pomogłabym ci...

Na nic zdały się zapewnienia, że uczył się w tajemnicy, żeby jej zrobić niespodziankę, że chciał, żeby była z niego dumna. Kręciła głową i powtarzała, że nie może uwierzyć.

– W co nie możesz uwierzyć? – zdenerwował się. – Że ja coś potrafię?

– Nie mogę uwierzyć, że byłeś taki głupi, żeby wykonać podobny numer – odparowała. – To najtrudniejsze studia na świecie. Czemu nie zdawałeś na polibudę, co?

Nigdy tak do niego nie mówiła. Zacisnął zęby i nic nie odpowiedział. Nie udało mu się przenieść papierów na żadne inne studia, nawet studium nauczycielskie go nie chciało. Próbował w jednej z prywatnych uczelni, których przybywało jak grzybów po deszczu, ale przez pomyłkę i tam skreślono go z listy studentów. Wojsko zapukało do drzwi. Kategoria A.

– Gdzie chce pan służyć? – padło pytanie.

– Gdzieś blisko, bo mam dziewczynę – poprosił.

Wysłali go pod Katowice. Szef dowiedział się o wszystkim, kiedy już było za późno. Jeremi myślał, że go pobije, taką miał furię w oczach. Na jego widok rzucił o ścianę wielkim jak cegła telefonem komórkowym, które w tamtym czasie nosili tylko biznesmeni albo gangsterzy. Wrzeszczał na Jeremiego tak, że aż szyby dzwoniły, a jeden z ochroniarzy zbierał plastikowe kawałki warte pewnie tyle, co mały samochód. Jeremi Szefa się nie bał. Jedynie myśl, że ona odejdzie od niego, była w stanie go poruszyć. Póki się uczyli, pasował do niej, teraz nie życzyła sobie żołnierza. Ogolony na łyso szeregowy nie pasował do studentki mówiącej po francusku.

– Powiedz, że na mnie poczekasz... – Podjął żałosną próbę zatrzymania jej przy sobie.

– Czemu nie chcesz zrozumieć, że to koniec? – spytała.

– Ale dlaczego? – pytał, a ona patrzyła w bok.

– Po prostu... – Czubkiem buta wierciła dziurę w trawniku. – Ja już jestem inna...

Piotrek miał swój udział w tej „inności". Kręcił się koło niej tak skutecznie, że w końcu uległa. Pewnie przeczytał więcej książek, jego rodzice nie byli prostymi ludźmi, a siostra nie zaliczyła wpadki w wieku osiemnastu lat, łamiąc sobie życie i zyskując złą sławę „łatwej dziewczyny". Jeremi zobaczył ich razem. Julia tuliła się do ramienia tamtego, jak kiedyś do niego. Szeptali sobie coś na ucho. Ogarnął go szał. Szedł za nimi, a potem, kiedy Piotrek odprowadził Julię, śledził go aż do samego bloku, w którym tamten mieszkał. Złość go oślepiła. Dopadł Piotrka i pobił dotkliwie. Chudy wymoczek jęczał i zasłaniał się bladymi dłońmi. Nawet nie próbował oddawać ciosów, co Jeremiego dodatkowo rozsierdziło. Poza tym chciał, żeby tamten wiedział, kto mu to zrobił. „Jeśli ma odrobinę honoru, nie powie jej", myślał. Nie zdziwił się jednak, kiedy Piotrek poleciał do swojej dziewczyny na skargę. Wymoczki tak mają.

Był po komisji, wściekły na cały świat. Powiedział rodzicom, że idzie do wojska, a oni przyjęli ten fakt z obojętnością. Skoro Jeremi nigdzie nie pracował i nie zarabiał pieniędzy, to przynajmniej przez dwa lata będzie na państwowym wikcie. Jego wojsko trwało dłużej, bo co chwila trafiał do paki, a dni spędzonych w zamknięciu nie wliczało się do służby. Tylko raz dali mu przepustkę, a on nie śmiał przyjechać do Pruszkowa. Nie miał tam czego szukać. Po pobiciu tamtego chciał na kolanach błagać Julię o wybaczenie. Przyszła do niego do domu następnego dnia wieczorem. Była zapłakana, roztrzęsiona i od razu wszystko poszło nie tak, bo rzuciła się i zaczęła okładać go pięściami.

– Ty gnoju, draniu, nie miałeś prawa! – krzyczała na całą klatkę schodową. – Mogłeś go zabić!

– Miał cię, więc chciałem go zabić! – wrzasnął. – Ty kurwo!

Zamurowało ją, a potem odwróciła się, zbiegła po schodach, budząc cały blok i od tego czasu jej nie widział. Napisał do niej setkę listów z wojska, wszystkie z prośbą o wybaczenie, ale na żaden nie odpowiedziała. Nie wiedział nawet, czy je czytała. Podejrzewał, że nie.

Westchnął ciężko i powlókł się z Łazienek z powrotem na Dworzec Centralny, gdzie zostawił bagaż w przechowalni. Mijał rzędy łóżek polowych stojących wprost na ulicy w samym centrum Warszawy, na których wbrew zimie kwitły kolorowe bluzki, letnie sukienki i sandały. Znów poczuł głód i kupił w przyczepie kampingowej zapiekankę. To też wywołało wspomnienia. Kiedy jeszcze chodzili ze sobą, kupował Julii bułki z pieczarkami. Wszyscy na nie narzekali, bo nawet parówek jak w prawdziwych hot dogach w nich nie było, a jedynie grzybki przesmażone z cebulą, ale oni oboje je uwielbiali. Znajoma matki bliźniaczek prowadziła pieczarkarnię i czasami obdarowywała Andruszkiewiczów. Smażyli wtedy z Julią pieczarki z cebulą i pieprzem, kładli na chleb i zjadali. Ula się z nich śmiała.

– Ty Jarek powinieneś założyć restaurację – mówiła.

– Baby są od gotowania – przekomarzał się, ponieważ wiedział, że Julia nie zwraca na takie teksty uwagi.

– No w życiu! – zaperzała się Ulka. – Najlepszymi kucharzami są mężczyźni. U nas wprawdzie mama gotuje, bo tata przypaliłby nawet wodę na herbatę, ale za to we Francji gotują mężczyźni.

– Nasza ciotka ma we Francji restaurację, w Bretanii, w miejscowości Falaise – przypominała wtedy Julia. – Można do niej pojechać na nauki, a potem otworzyć coś tutaj.

– Ciotka we Francji to też kobieta – zwrócił im uwagę, a one obie się roześmiały. – Ale na nauki do francuskiej restauracji to ja mógłbym pojechać. Dałbym sobie radę…

Nigdy jej nie powiedział, jak bardzo by chciał zrealizować taki pomysł. U niego w domu nie przywiązywano wagi do gotowania. Szczytem kulinarnych możliwości matki były mielone. Zupy robiła może trochę lepsze. Ile razy Jeremi próbował coś ugotować albo choćby usmażyć jajecznicę, dodając do niej pieprzu i innych przypraw, matka patrzyła na niego podejrzliwie, a ojciec pytał, czy on aby nie „panienka".

– Będę miał kiedyś restaurację – pochwalił się przy którymś z odcinków „Dynastii".

– Trzeba było do gastronomika iść – burknęła matka. – Od razu mówiłam. Po tym technikum nic nie umiesz… Kelner teraz zarabia dobry pieniądz.

Jednak nie pojechał do ciotki we Francji, tylko pod Katowice, gdzie biegał z karabinem jak debil. Wsiadł do kolejki WKD, modląc się, żeby nie spotkać kogoś znajomego. Nie miał siły na rozmowę, a zwłaszcza pytania „co słychać". Miał szczęście, ani na Centralnym, ani na Ochocie nie przysiadł się nikt z jego dawnych znajomych. Patrzył na kolorowo ubranych ludzi w pociągu. On sam nie odczuł, że Lech Wałęsa rok temu wygrał wybory, pokonując czarnego konia z tajemniczą teczką w osobie Stana Tymińskiego. W koszarach nie zmieniło to zasadniczo niczego. Ale już w normalnym świecie można było odczuć powiew wolności. Mijał plakaty wyborcze. Wszędzie „wisieli" kandydaci Unii Demokratycznej. Z rzadka można było dostrzec plakat z czerwonymi literami SLD. Już nie było PZPR-u. To też „przespał" w wojsku. Ledwie przypomniał sobie pierwsze wolne wybory na które poszli z Julią, trzymając się za ręce strasznie z siebie dumni i pełni zapału. Wszyscy mówili o tym, że jesteśmy wreszcie we własnym kraju, możemy cieszyć się wolnością, koniec z ograniczeniami i strachem. On też w to święcie wierzył. Wysiadł na peronie i rozejrzał się po okolicy. Kiosk stał jak zwykle w tym samym miejscu, ale po stronie peronu komorowskiego było kilka sklepów. Wszedł do spożywczego. Zza lady spojrzała na niego zachęcająco dawna koleżanka ze szkoły podstawowej.

– No cześć! – wykrzyknęła z entuzjazmem i obrzuciła ciekawym spojrzeniem jego wojskową kurtkę.– Dawno cię nie było! Na stałe czy na przepustkę?

– Na stałe – powiedział.

– A co ci podać? – Omiotła wzrokiem sklep.

Było mu strasznie, ale to strasznie przykro. Nie umiał powiedzieć czemu. Po prostu skręcało go z żalu. Za szkłem stały ułożone w czwórki małe jogurty, zagraniczne serki i soki. Nawet chleb wyglądał jak przywieziony z zagranicy, a nie upieczony w miejscowej piekarni.

– Jakieś ciasto macie tutaj? – spytał. – I fajki?

– Ciasto? Pewnie, że mamy. – Pokiwała energicznie głową i pokazała mu rządek opakowanych w kolorową folię prostopadłościanów. Napisy wskazywały na to, że ciasto jest niemieckie. – Pyszne… Z nadzieniem malinowym, truskawkowym, naturalnie czekoladowe i waniliowe. A to jest sztrucel, czy sztrudel, nie wiem, ale też dobry. A fajki mamy.

Wziął ciasto z nadzieniem malinowym i dwie paczki marlboro.

– A może wpadniesz do mnie? – spytała, podając sumę, jaką miał zapłacić. – Wiesz, gdzie mieszkam…

– No może wpadnę – bąknął, postanawiając, że więcej nic nie kupi w tym sklepie.

– To baj baj! – rzuciła, jak wychodził, a zielony cień na jej powiekach odbił się w szybie nad jogurtami z „całymi kawałkami owoców".

– Cześć, Renatka. – Przypomniał sobie w ostatniej chwili jej imię.

Musiał zadzwonić, bo nie miał kluczy do domu.

– Wujek! – wrzasnęła na jego widok siostrzenica.

– Już jesteś? – zdumiała się Magda, jakby wyskoczył po pietruszkę do sklepu i zaraz wrócił.

Siostrzenica wisiała mu na szyi.

– Tak, już jestem… – powiedział.

Poszedł do swojego pokoju, który już raczej nie był jego, ale postanowił tam zostawić torbę, a potem poczekać, aż matka wróci, i ustalić, gdzie teraz może spać.

– Co tam słychać? – powiedział, kiedy przebrał się w dres i wszedł do kuchni. – Dostanę coś do jedzenia?

– Jasne. – Magda kiwnęła głową. – Jest krupnik, nie wiem, czy lubisz…

– Zawsze lubiłem – przypomniał jej. – Przepadałem za krupnikiem.

– Ojciec chory. – Spojrzała w bok. – Nie chcą go nawet zoperować, bo mówią, że już za późno. Matka płacze… Maćkowi się pogorszyło, ma bardzo dużo ataków i dostał rentę. Adrianka przenieśli do szkoły specjalnej…

Milczał, łykając zupę. Dlaczego nikt mu nic nie powiedział? Nie napisali ani razu do woja, ani o tym, co słychać w domu, ani spytać, jak się czuje. Nic, ani słowa.

– Czemu nie daliście znaku życia? – Zdjął siostrzenicę z szyi i postawił na podłodze.

– Wujek, kupisz mi barbie? – dopytywała. – Wszystkie dzieci mają barbie.

– A co to takiego?

Dziewczynka wzniosła oczy ku niebu i splotła dłonie jak do modlitwy.

– Taka lalka królewna… – wyjaśniła proszącym tonem.

– Zrobione. – Pokiwał głową. – Mikołaj ci przyniesie.

Ojciec rzeczywiście wyglądał jak cień człowieka. Schudł chyba ze dwadzieścia kilo i zapadł się w sobie.

– Co tam u taty? – spytał, kiedy mężczyzna obudził się z poobiedniej drzemki.

– Boli, a kroić nie chcą. – Ojciec skrzywił się w odpowiedzi. – Czekają tu wszyscy, aż umrę. Matka przede wszystkim…

– Nie umrze ojciec – powiedział z mocą.

Poszedł prosto do Szefa, a ten o dziwo przyjął go z otwartymi ramionami. Przez dwa lata przytył nieco i postawił dwumetrowe ogrodzenie wokół rezydencji. Po posesji biegały nie dwa, a cztery potężne rottweilery, poza tym nic się nie zmieniło.

– Młody… – Szef uniósł rękę, w której jak zawsze trzymał sporą szklaneczkę whisky. – Przyszedłeś odwiedzić wujka?

Jeremi zastanowił się przez chwilę, czy naprawdę tego chce. Wcześniej łatwo było udawać, że nie wie, co przenosi w plecaku, po co wiezie chłopaków w nocy. Nic tak naprawdę nie widział. Jeśli już, to raczej słyszał. I to zza zamkniętych drzwi.

Rozpaczliwe krzyki kobiety, której mąż winien był Szefowi pieniądze. Udawał, że nie słyszy wołania o pomoc. Tak było łatwiej. Myślał tylko o tym, że zbiera pieniądze na restaurację. Wcześniej potrzebował na garnitur, potem na wyjazd do Zakopanego, wreszcie dla Magdy, żeby mogła dzieciakowi kupić wózek. W sumie drobiazgi. Odliczał kolejne zlecenia i przyjmował kasę jak wynagrodzenie. Wmawiał sobie, że on sam tak naprawdę nie korzysta z tych pieniędzy, nie w pełni.

Teraz miał zostać pełnoprawnym „żołnierzem", być może nawet musiałby sam zająć miejsce tych, co byli wcześniej po drugiej stronie drzwi i zmuszali opornych do oddania Szefowi pieniędzy. Potrzebował pracy, która zapewniłaby jego rodzinie dobre warunki. Potrzebował na operację ojca, na córkę swojej siostry, na leczenie jednego i drugiego brata. Po prostu potrzebował. Wydawało się, że bardzo dużo. A może za zarobione pieniądze kupi jeszcze tę restaurację, kto wie? Podniósł głowę i popatrzył Szefowi prosto w oczy.

– Chciałbym wrócić... – powiedział. – I potrzebuję kasy od razu na leczenie ojca...

Szef kiwnął głową.

– Brakowało mi ciebie. Lubię cię, Młody... – Rzucił mu zwitek banknotów.

Jeremi przeliczył. Było tam sto dolarów.

– Wymień u Robka, nie pod peweksem. A już na pewno nie w Warszawie. Bo cię oszukają. A co do ojca, to zadzwoń pod ten numer i powiedz, o co chodzi. Pozdrów też pana doktora ode mnie.

Dostał telefon komórkowy, taki wielki, jak mieli Baryłka i Pieprz. Nie wiedział, gdzie go trzymać. W kieszeni się nie mieścił, a w rękach trochę było głupio. Wsadził go za pasek, jak pistolet, co wywołało śmiech chłopaków. Zaraz po wyjściu zadzwonił pod podany numer. Kiedy tylko wymienił nazwisko Szefa, w słuchawce zapanowała cisza.

– Kiedy mogę przywieźć ojca na badania? – spytał.

– Jutro na ósmą rano – usłyszał. – Proszę powiedzieć panu Masłowskiemu, że wszystko będzie załatwione.

Zawiózł ojca taksówką. W szpitalu o nic go nie pytali, zabrali tylko ojca od razu na oddział chirurgii i kazali się dowiadywać.

– Jakie tata będzie miał badania? – spytał.

– Wszystkie konieczne – odpowiedział natychmiast lekarz, który jak się potem okazało, był ordynatorem oddziału chirurgii i nie miał w zwyczaju rozmawiać z rodzinami pacjentów, ale nazwisko Szefa zadziałało jak hasło otwierające wrota sezamu. – A pojutrze prawdopodobnie zoperujemy pańskiego ojca.

– Ile jestem winien? – Postanowił postawić sprawę jasno.

– Nie... – przeraził się ordynator. – Nie ma takiej potrzeby. Proszę tylko powiedzieć panu Masłowskiemu, że bardzo dziękuję...

Rodzina nie dowierzała. Przecież wcześniej starali się leczyć ojca. Zebrali nawet pieniądze na łapówkę, ale chyba okazały się zbyt małe, bo niczego nie załatwili. Pytali, jak jemu się ta sztuka udała. Jeremi wszystko załatwił, bo wypowiedział odpowiednie nazwisko. Wtedy po raz pierwszy zdał sobie sprawę, że można być po stronie silnych tego świata i od ręki mieć, co trzeba, albo do końca życia kulić się i błagać o to, co słusznie się należy. Poczuł strach tamtego lekarza i złapał się na tym, że mu się to podobało. Władza była upajająca, nawet na tak małą skalę jak jego. Pytał Szefa, kiedy ma się stawić do pracy, ale ten powiedział, żeby na razie zajmował się ojcem, rodziną, a potem się zobaczy.

– Czekaj na telefon – rzucił Robek, który wymienił mu część dolarów na złotówki.

Za pięćdziesiąt dolarów mógł żyć jak król. Siostrzenica dostała barbie z peweksu, Magda przyzwoite ciuchy, w tym kożuszek, bo chodziła w lichutkim płaszczyku, który jak wyznała, pochodził z jednego ze sklepów z używaną odzieżą sprowadzaną z Zachodu. Maćka Jeremi zabrał do znanego profesora, który wziął go do szpitala, zbadał porządnie, a potem dał dobre leki. Ataki ustały i brat mógł pomyśleć o powrocie do roboty. Adrianek został przyjęty do sanatorium i tam miał chodzić do szkoły. Nawet święta były zupełnie inne, bo w biednym dotychczas domu Wiśniewskich między zagranicznym jedzeniem a polskim karpiem pojawiła się nadzieja.

– Wiesz, że on wrócił? – spytała Ulka.

Uczyła się właśnie do kolokwium z antybiotyków, oglądając jednocześnie na magnetowidzie stare odcinki swojego ukochanego serialu „Powrót do Edenu". Z upodobaniem odtwarzała raz po raz scenę, w której Stefanię wypchniętą przez zdradzieckiego męża do bagien atakuje krokodyl.

– Słyszałam... – Julia udawała, że całą jej uwagę pochłania *Gra w klasy* Cortázara.

Stefania właśnie została znaleziona przez jakiegoś dobrego człowieka, który zaszywał jej rany igłą z nitką.

– Wyłącz to... – Nie wytrzymała Julia. – Przecież nie możesz się uczyć i jednocześnie oglądać telewizję...

Ula zastopowała film. Potem zamknęła podręcznik i usiadła obok siostry. Objęła ją ciasno, a Julia położyła jej głowę na ramieniu. Jako dzieci często siadały w ten sposób, co bardzo wzruszało Basię i Tomka.

– Jak się dowie, że pomagałaś Magdzie, to przyjdzie ci podziękować...

Julia pokręciła głową.

– Prosiłam ją, żeby mu nie mówiła. Zrobiłam to dla małej Danusi. Nic wielkiego.

– Akurat nic wielkiego. – Ula pokręciła głową. – Ty jesteś tą lepszą siostrą, mnie by nawet nie przyszło do głowy takim Wiśniewskim pomagać.

Julia nie próbowała dyskutować. Ula nie spędziła ani chwili w tym smutnym domu, z matką, która ciągle prała w wannie i gotowała w kuchni, jakby miała wykarmić pół wojska. Nie wysłuchała mądrości życiowych ojca Jeremiego, który miał swoje zdanie na temat Lecha Wałęsy, Czesława Kiszczaka albo Janusza Korwin-Mikkego i wszystkich równo nazywał agentami ruskimi i nikomu nie wierzył. Tylko niejaki Leszek Moczulski z KPN-u wzbudzał jego posłuch i jako taki szacunek. Julia podczas każdej wizyty u Jeremiego była pytana, czy pochodzi z żydowskiej rodziny albo ma w rodzinie komuchów. W końcu opowiedziała o wuju Jerzyku, który został aresztowany w noc trzynastego grudnia, a potem zwolniony wprost do szpitala z powodu zawału. Potem o cioci Michele i jej mężu, którzy siedzieli prawie dwa lata, a następnie wrócili do Gdańska i dalej bronili robotników za darmo, a żyli z tego, co cioci udało się napisać i opublikować w gazetach. Ojciec Jarka spojrzał na nią z odrobiną szacunku w oczach, ale zaraz dodał, że wszyscy są agentami, tylko czyhają na to, żeby się dorwać do żłobu i wydrzeć ludziom wolną Polskę.

– Daj spokój, jakie Magda ma życie po tym, jak ten drań ją zostawił. I ci rodzice Jarka... – Julia spojrzała znów na ekran, gdzie widniał kadr ze Stefanią odwijającą bandaże, która już za chwilę miała zobaczyć swoją oszpeconą twarz.

– Nigdy nie podziękowali rodzicom za pomoc, ani tobie...

– Ja nie potrzebowałam podziękowań. – Wzruszyła ramionami. – Zresztą Jarek wiele razy mi dziękował i rodzicom też. A tamci... Prości ludzie i tyle...

Matka Jeremiego zawsze Julię lubiła. Nie, żeby była zadowolona, że jej Jarek się uczy i ma plany na przyszłość, ale lubiła spokój, jaki „ta miła dziewczyna" wnosiła do tego wiecznie zabałaganionego i krzykliwego domu. Nie bez znaczenia był fakt, że ona i matka bliźniaczek rodziły jednego dnia i obie prawie nie przekręciły się wskutek działania takiego jednego konowała, jak kiedyś Julii wspomniała. Julia roześmiała się i powiedziała, że ten „konował" to był jej wujek, mąż cioci Kasi, tej znanej aktorki. Matka Jeremiego upuściła wtedy szklankę, którą trzymała w ręku, a potem pogłaskała Julię po głowie, tak jakby wiedziała o kłopotach wuja.

Kiedy Jarka wzięli do wojska, poszła do Wiśniewskich i spytała Magdę, czy mogłaby jej w czymś pomóc. Pogadały tak od serca i Magda z płaczem powiedziała, że Danusia nie dostała się do przedszkola, ona nie może pójść do żadnej pracy, a rodzice na każdym kroku wypominają jej nieślubne dziecko i wstyd, jaki przyniosła rodzinie. Julia poprosiła rodziców, a oni chętnie pomogli Wiśniewskim. Ojciec załatwił małej przedszkole, a matka kursy wieczorowe Magdzie. Siostra Jeremiego mogła iść do pracy, nawet zdała maturę. Sama Julia trzy razy w tygodniu prowadzała małą do przedszkola, bo Magda zaczynała pracę o szóstej rano, a przedszkole było jeszcze zamknięte. Nie powiedziała Piotrkowi ani słowa, bo nie zrozumiałby, czemu chce pomagać rodzinie byłego chłopaka. A ona po prostu nie mogła ich tak zostawić.

Poza tym martwiła się o Jeremiego. Po tym, jak pobił Piotrka, nie chciała go już widzieć ani nie przyjęła jego przeprosin, ale myślała o nim często i zastanawiała się, czy wróci do Pruszkowa. Czytała także wszystkie jego listy, chociaż nigdy nie odpisała. Wiedziała, że muszą zerwać kontakty, bo inaczej stanie się coś złego. Czuła to, poza tym przecież babcia Ania jej powiedziała, że to nie jest dobra znajomość i wkoło Jeremiego krąży coś złego. Babunia Ania mówiła niejasno, wtrącała jakieś swoje wspomnienia z dzieciństwa i młodych lat, i Julia nie wszystko rozumiała.

Dopiero potem, kiedy zobaczyła Jarka z tamtymi ludźmi, już wiedziała, co babunia chciała jej powiedzieć. Nikomu nie wspomniała o tamtej wietrznej nocy, podczas której zapuściła się z Kajtkiem pod Komorów i zobaczyła Jeremiego w towarzystwie gangsterów. Nie miała wątpliwości, kim są ci ludzie i co robią. Za głośno o nich było w Pruszkowie. Wymuszali pieniądze, handlowali narkotykami i zastraszali właścicieli sklepów. Mówiło się, że ci, co stali pod peweksem i wymieniali walutę, są od nich albo się im opłacają, podobnie w kantorach wymiany walut. W całym mieście nie było ani jednej kawiarni, bo ludzie nie mieli z czego płacić haraczu. Wiadomo było, że jedyna pizzeria jest z nimi powiązana.

Wujek Benek opowiadał kiedyś mamie, że wybrał się po prostu zobaczyć, jak taka pizza teraz w Polsce smakuje. Zamówił margheritę i zaczął jeść, kiedy do lokalu wpadło kilku typów, jak to określił, „z arbuzami pod pachami" i wyprosili wszystkich z restauracji. Benek nie mógł zrozumieć, o co chodzi, ale ktoś z pośpiesznie opuszczających lokal gości doradził, żeby lepiej wziął, co może w rękę i wyszedł, bo tu nie Zachód, ale Dziki Zachód i może komuś, w domyśle Benkowi, stać się krzywda. To u takich jak oni pracował jej Jarek.

Miała potem żal do siebie, bo przecież nie pytała, skąd bierze pieniądze na całkiem przyzwoite życie. Nie pytała także, jak zarobił na ich wspólny wyjazd do Zakopanego. Było jej wygodniej myśleć, że dostał od rodziny, chociaż u Wiśniewskich się nie przelewało. Przecież chciała pojechać. Okłamała rodziców, żeby móc z nim spędzić tę noc. Zaplanowali, że podczas tego wyjazdu zrobią „to" po raz pierwszy. Bała się trochę, ale ufała mu. Ulka pojechała z chłopakiem pod namiot. Padało przez cały czas i nie mieli co jeść, bo w tej mazurskiej wsi był jeden sklep, a w nim niewiele. Jedli chleb z dżemem i serki topione, a jej chłopak wziął ją któregoś dnia w namiocie w śpiworze. Z tego, co Ulka potem opowiadała, to wcale nie było miłe, o cudownych odczuciach opisywanych w „Na Przełaj" w ogóle nie było mowy. Po tym wyjeździe Ulce miesiączka spóźniła się dwa dni, podczas których siostra panikowała i płakała na przemian. W końcu „ciotka przyjechała czerwonym samochodem", a Ulka zerwała z chłopakiem.

Z nią i Jarkiem było inaczej. Nie naciskał, żeby mu się oddała, chociaż czuła, że bardzo tego chce. Nigdy nie przekroczył granicy pocałunków i przytulania jej. Wiedział, że nie jest jeszcze gotowa, i czekał. Traktował ją jak świętość, ogromnie szanował i szczerze kochał. Pierwszy raz wypowiedział te słowa, kiedy wracali z Kajtkiem od weterynarza. Ulka zniknęła z pieskiem za drzwiami, a on przytrzymał ją chwilę za rękę i powiedział „kocham cię", a potem szybko uciekł. Na studniówce powtórzył wyznanie i dodał, że ożeni się z nią. Uśmiechnęła się wtedy z powątpiewaniem, a on dodał „zobaczysz".

– Nie wierzysz? – spytał. – Co mam zrobić, żebyś uwierzyła?

Śmiała się wtedy. Stali o drugiej nad ranem na mrozie, Ula z chłopakiem już dawno poszli w stronę domu, a oni ciągle nie mogli się zdecydować na powrót, roztańczeni, zmęczeni, ale tacy szczęśliwi.

– Powiedz, co byś chciała – nalegał. – Wejdę na to drzewo i skoczę...

– Nie, nie... – Śmiała się coraz bardziej. – Masz nowy garnitur, przestań...

Zaczął się wspinać po kasztanowcu, który rósł koło szkoły. Bardzo sprawnie mu szło, dopóki nie usiadł na gałęzi. Umościł się i uniósł ręce ku górze.

– Jestem królem świata! – krzyknął.

Wiele lat później okrzyk Jeremiego powtórzył Leonardo di Caprio w filmie *Titanic*. Julia była na tym filmie z siostrą i jej rodziną, i aż drgnęła, kiedy usłyszała tamte słowa. Dla Leo, jak wiadomo, podróż statkiem zakończyła się bardzo niefortunnie, pewnie dlatego, że Kate Winslet nie zrobiła mu miejsca na kawałku deski. Jeremi nie skończył wtedy aż tak tragicznie, ale gałąź trzasnęła, upadł z trzech metrów i jakimś cudem złamał sobie tylko rękę i to lewą. Kiedy pochyliła się nad nim przerażona, badając, czy nogi ma całe (miał, tylko w spodniach od garnituru na obu kolanach miał dziury wielkości pięści), złapał ją energicznie, prawą zdrową ręką, przyciągnął do siebie i pocałował. Potem zaczął syczeć z bólu.

– Bardzo cię boli? – spytała.

– Kocham cię – odpowiedział. – I ożenię się z tobą.

„Niestety nie ożenisz się ze mną", pomyślała i zalała ją gorycz. Ula ponownie włączyła magnetowid. Zeszłego lata ich mama była za granicą na jakimś szkoleniu i tam za zaoszczędzone na dietach pieniądze kupiła dolary, a potem w peweksie rodzina Andruszkiewiczów wymieniła je na ten cudowny sprzęt. Urszula była najwierniejszym użytkownikiem i miała status VIP-a lokalnej wypożyczalni. Oglądała pożyczone filmy z wypiekami na twarzy, niezależnie od tego, czy to były durnowate komedie w stylu *Czy leci z nami pilot?*, czy też wielkie dzieła jak *Indochiny*.

Julia wolała wyprawy do kina, zwłaszcza lubiła chodzić do Relaxu, za Domami Towarowymi Centrum w Warszawie, gdzie trzeba było stać po bilet albo kupować od koników za cenę dwa–trzy razy wyższą niż w kasie. Z Jeremim często chodzili do kina. Nie zastanawiało jej to, dlaczego zawsze mają najlepsze miejsca. Przyjmowała wszystko z dobrodziejstwem inwentarza, podobnie jak orzeszki czy soki kupowane przez niego szczodrą ręką. Taką właśnie hipokrytką była. Kiedy poszedł do wojska, chciała chociaż trochę pomóc jego rodzinie, żeby wyrównać rachunki.

– Nie mają *Miasteczka Twin Peaks* – narzekała Ula.

– Przecież nagrywasz wszystkie odcinki... – mruknęła jej siostra.

– Ale kiepsko się nagrywa z naszego telewizora, a ojciec nie chce kupić nowego – westchnęła i ponownie otworzyła podręcznik.

– Rodzice nie rozbili banku... – przypomniała jej Julia.

– Stać ich na nowy telewizor... – Ula machnęła ręką. – Tylko że od lat pomagamy cioci Kasi...

– Ulka, przestań! – Julii zabrakło tchu. – A jakby nasza mama była w takiej sytuacji, to co, nie chciałabyś, żeby ciotka nam pomogła?

– Ale nasza mama nie jest i nie będzie w takiej sytuacji, bo jest mądrą kobietą. Nie zrobiła sobie dziecka z jakimś teatralnym lowelasem...

Julia milczała. Nie podobało jej się to, co usłyszała. Uważała, że bliźniaczka ich mamy wcale nie zasłużyła na taki los. Poza tym Małgosia była prawie jak siostra, wcale nie zadzierała nosa, a ciocia Kasia zabierała ich wszystkich do teatru, gdzie chodzili za kulisy i poznawali najlepszych aktorów. Kiedyś wzięła Julię i Ulę do radiowej Trójki, a potem poznała z samym Markiem Niedźwieckim. Ula, która modliła się w każdą sobotę do radia, słuchając Listy Przebojów Programu Trzeciego, była przeszczęśliwa. Julia, która co prawda nie słuchała Trójki tak regularnie jak jej siostra, była równie podekscytowana. Potem pan Marek pozdrowił je w programie, co słyszało pół klasy. Agnieszka Tymek i Ewka Falewicz błagały, żeby je też wziąć do Trójki.

– Nie mów tak... – poprosiła Ulę. – Bo boję się ciebie. Każdemu może powinąć się noga...

– No dobra – zgodziła się Ula, która nie była całkiem pozbawiona zasad i ceniła więzy rodzinne, może poza spędami w Brwinowie, które według niej były takie same, czy spotykali się z okazji ślubów, pogrzebów czy świąt. – Może trochę przesadziłam, ale chciałabym nowy telewizor...

– Tobie chyba strasznie nudzi się na tych studiach – podsumowała Julia. – W życiu nie widziałam, żebyś uczyła się bez telewizji albo nie włączyła sobie filmu…

– Ta farmacja to nieporozumienie, ale co mam robić – westchnęła Ula. – Tylko nie myśl że skończę w aptece…

Julia była przekonana, że jej siostra ze swoją pewnością siebie na pewno nie skończy w aptece. Bycie sprzedawczynią, nawet bardzo wykształconą, nie leżało w jej naturze.

– Nie myślę. – Julia uśmiechnęła się do bliźniaczki. – Lżej mi w życiu, kiedy nie myślę. Babcia Mania nam to przecież ciągle powtarza, że za dużo myślimy i to jest szkodliwe dla zdrowia psychicznego. Będę nauczycielką jak babcia i babunia…

– Naprawdę? – Skrzywiła się Ula. – Będziesz się użerać z bachorami w szkole?

– Kocham dzieci, przecież wiesz… – powiedziała obronnym tonem.

– Wiem. – Kiwnęła głową Urszula, wpatrując się w ekran, gdzie Stefania dokonywała zemsty na niewiernym Gregu i cioteczce Jill. – Myślałam, że ci Jarek dziecko zrobi. Bo wy tego, nie?

Nigdy o to wcześniej nie pytała, chociaż sama chwaliła się, że z jej nowym chłopakiem TO robią już od dawna i jest bosko. Nie miała przy tym oporów, żeby opowiadać o szczegółach i snuć przypuszczenia, które ze znanych jej par też wykraczają poza pocałunki. Julia nie chciałaby się z nikim dzielić najintymniejszymi sprawami, nawet z najbliższą jej istotą – siostrą bliźniaczką. Żeby wyjechać z Jeremim i chłopakiem Ulki, powiedziały, że jadą całą paczką, z przyjaciółmi, pochodzić po górach. Było w tym trochę prawdy, przynajmniej w wypadku Julii i Jarka, którzy chodzili po zakopiańskich dolinkach, byli na Sarnich Skałach, a nawet na Orlej Perci, gdzie latem leżał śnieg, a oni poszli lekkomyślnie w samych tenisówkach. Zmarzli tak straszliwie, że Jarek bał się, że Julia się rozchoruje. Gaździna, u której wynajmowali pokój, objechała ich głośno, po góralsku, a potem dała herbaty z prądem, po której zgodnie zasnęli przytuleni do siebie na kanapie.

Dopiero następnego dnia doszło do skonsumowania ich związku. Julia wiedziała, że jej koleżanki traciły cnotę znacznie wcześniej, ona przecież była już po maturze, miała stałego chłopaka i mogła dawno to zrobić. Mimo wszystko bała się bólu, nieprzewidzianych komplikacji, które mogły ją spotkać. Ciągle stawał jej przed oczami fragment ukochanej książki *Szklany klosz* Sylvii Plath, gdzie Sylwia opisuje utratę cnoty jako ciągłe krwawienie, które w końcu wymagało interwencji chirurga. Przede wszystkim jednak bała się ciąży. W „Filipince" czytała, że w ciążę można zajść nawet od pierwszego razu, a stosunek przerywany nie daje żadnej gwarancji. W „Na Przełaj" było jeszcze gorzej, tam jeszcze pisali o chorobach, jakimi można się zarazić od chłopaka. Chociaż nie posądzała Jeremiego o żadne choroby, oczyma duszy wyobrażała sobie zarazę, która staje się jej udziałem. Najgorsza była jednak obawa, że seks może zniszczyć to, co było piękne między nimi. W samym akcie, o którym czytała u Sylvii Plath, Salingera i po kryjomu w *Tai-Panie*, było coś brutalnego i brzydkiego. Miłość kojarzyła jej się z zapachem bzów, który czuła podczas spacerów, szelestem kartek w *Przeminęło z wiatrem* albo listami, które Jarek do niej pisał, kiedy zdarzyło im się rozstawać. Bała się, że miłość fizyczna zabije tę duchową. Nie miała jednak racji. Tamten pierwszy raz i kolejne jeszcze bardziej ich do siebie zbliżyły. Przywoływała w pamięci dotyk jego dłoni i zapach skóry, nawet kiedy była już z Piotrkiem.

– Było cudownie – szepnęła wtedy do Jeremiego, kiedy trzymał ją w ramionach i tulił do piersi, jakby chciał przeprosić za krzywdę, którą mógł jej wyrządzić. – Nie spodziewałam się, że to tak… Nie spodziewałam…

– Ja się spodziewałem – powiedział wtedy pewnie, chociaż wiedziała, że również miał wątpliwości, czy zbliżenie nie podzieli ich, zamiast połączyć.

Z Piotrkiem nie było już tak pięknie ani miło, nie był tak czuły i delikatny, raczej nieporadny i nerwowy, ale przynajmniej nie biegał z bronią po Pruszkowie i nie ośmieszył się, oblewając egzamin na studia.

– Znowu śpisz – narzekała Ula. – Zawsze tak robisz. Rozmawiasz ze mną, a w trakcie się zamyślasz… Czemu nie chcesz powiedzieć, co ci chodzi po głowie? Znów masz te sny?

Znów je miała. W dzieciństwie przychodził krasnal, który rósł, rósł i rósł, aż sięgał do wysokości jej oczu. Potem wyciągał ręce i mówił, że chce pomalować jej zielone oko na brązowo, żeby miała jednakowe. Nie mogła się ruszyć i patrzyła przerażona, jak unosi pędzel umoczony w czerwonej farbie. Chciała uciec albo przynajmniej powiedzieć, że farba jest czerwona, a nie brązowa, i nie mogła. Budziła się spocona ze strachu i od razu sięgała do oczu, żeby zobaczyć, czy są całe. Powiedziała o tym w przedszkolu Jarkowi, a on przysiągł, że kiedyś wejdzie do jej snu i zabije karła, co ją męczy. Poniekąd wszedł, bo od kiedy zaczęli być ze sobą, sny ustały. Dopiero ostatnio powróciły ze zdwojoną mocą. Karzeł przybierał twarz Jeremiego i z zajadłością starał się pomalować jej oko. Zdarzało się jej krzyczeć w nocy, jakby była dzieckiem.

– Moim zdaniem ty coś czujesz, albo coś… – Pokręciła głową Ulka. – Babcia Mania opowiadała, że babunia Ania…

– Przecież wiem, zawsze o tym mówi… – przerwała jej. – Ja nie jestem jasnowidząca.

– Ale jesteś dziwna, nie jak ja… – zamyśliła się. – Taki ze mnie banał. Nawet oczy mam tego samego koloru. Ty to co innego. Czasami tak się zamyślisz, że nie wiesz, na jakim świecie żyjesz. Krzyczysz w nocy. Telewizji nie lubisz…

Ulce każdy, kto nie lubił gapić się godzinami na seriale, wydawał się dziwaczny albo nienormalny.

– Lubię – zaprotestowała Julia. – Tylko reklam nie znoszę i nie mogę wpatrywać się w ekran godzinami. Wolę książkę przeczytać.

– To też nas różni – podsumowała Urszula. – Ja uwielbiam reklamy. Ostatnio taka rajstop jest. Śliczna… „Mój cały rym to DIM…" – zanuciła. – A książki mnie nudzą…

Nieraz zwracano ich rodzicom uwagę, że dziewczynki są tylko z wyglądu podobne do siebie, ale charaktery mają skrajnie różne. Dla Uli świat był jak wielki tort, który jej oferowano po kawałeczku, zachęcając, żeby skosztowała jeszcze więcej. Nie bała się niczego. Wesoła, towarzyska, śmiała się głośno, miała wielu przyjaciół, a chłopaków zmieniała jak rękawiczki. Julia była spokojna i zamknięta w sobie. Nie miała żadnej bliskiej koleżanki, praktycznie jej jedynym przyjacielem był Jeremi, bo Piotrka nie umiała nazwać tym słowem, chociaż niewątpliwie była w nim zakochana.

– Powinnaś więcej czytać, zamiast gapić się w ekran. Wiesz, że naszą prababcię pochowano z książką? A babcie to bez przerwy czytają. Zwłaszcza babunia Ania. I mama z ciocią.

– Ciocia mniej, bo ona nie ma czasu. Ciągle uczy się roli.

Ciocia Kasia, mamy siostra, właśnie dostała rolę w serialu *Kuchnia polska* i cała rodzina była z niej ogromnie dumna. Wszyscy zasiadali przed telewizorem, kiedy była emisja, wcześniej jechało się po obie babcie, które trzymając się za ręce, godzinę solidarnie płakały przez cały odcinek, a potem prosiły, żeby je przywieźć na kolejny, bo chcą oglądać film o ich młodości w kolorowym telewizorze.

Nałóg cioci Kasi przybierał różne oblicza. Od czasu do czasu Małgosia pojawiała się u nich w domu, a dzieciom mówiło się, że ciocia wyjeżdża na plan filmu zagranicznego albo do sanatorium. Ciocia bez makijażu i z włosami związanymi gumką, w zwyczajnych ubraniach dawała się zamykać w Tworkach, gdzie w izolacji poddawano ją odtruwaniu. Po miesiącu wracała spokojna, uśmiechnięta i pełna energii, chodziła z Małgosią na spacery i jeździła do Komorowa na lody. Uczyła się roli w mig i znów czarowała na scenie, odbierając gratulacje i zachwyty. Tylko rodzina wiedziała, że okres trzeźwości skończy się wraz z pierwszą krytyką, potencjalnymi trudnościami, problemami Małgosi w szkole, a ciotka znów będzie miała podkrążone oczy i chwiejny chód.

– Julia! – Zdenerwowała się siostra. – Z tobą naprawdę jest już bardzo źle. Może ty masz coś z głową, że mnie nie słuchasz?

– Nie, nie… – zaprotestowała Julia, odłożyła książkę, żeby wysłuchać w skupieniu streszczenia filmu *Poszukiwacze zaginionej arki*, obejrzeć reklamę proszku Pollena 2000 z cytatem z Sienkiewicza „Ojciec prać?" oraz śliczną Nastassję Kinski, która polecała mydło Lux. Potem bez protestów obejrzała z Ulą kolejny odcinek serialu *Miasteczko Twin Peaks*, w którym wyszło niestety na jaw, kto zabił Laurę Palmer, i wiedza ta była dla Julii przerażająca.

Przyszedł do nich w Wigilię koło południa. Zapukał do drzwi, jakby nie było kilku lat przerwy w świątecznych odwiedzinach.

– Kto to może być? – spytała Ulka. – Tylko Jarek przychodził do nas w Wigilię…

„To on", przemknęło przez głowę Julii i przestraszyła się tej myśli.

– To Jarek. – Mama stanęła w progu. – Do ciebie Julka. Chciał ci złożyć życzenia.

Ula czytała właśnie „Twój Styl", który prenumerowała od pierwszego numeru, zachwycając się klasą i powiewem wielkiego świata, które pismo oferuje polskim kobietom. Julia wstała gwałtownie z tapczanu, wytrącając siostrze z ręki magazyn, który spadł na podłogę. O dziwo Ula nie zwróciła na to najmniejszej uwagi, choć zazwyczaj dostawała szału, jak ktoś śmiał choćby tknąć papierowy skarb.

– Oni zerwali ze sobą prawie trzy lata temu – powiedziała specjalnie głośno, żeby Jeremi, który był gdzieś w domu, usłyszał, co mówiła. – Nie masz prawa jej zmuszać!

Mama oparła się o framugę drzwi i spojrzała na córki zdumiona.

– Do niczego nikogo nie zmuszam… – stwierdziła cicho. – Moim zdaniem to, że Julia nie chodzi z Jarkiem, nie stoi na przeszkodzie, żeby złożyli sobie życzenia. O ile pamiętam, on zawsze przychodził w Wigilię. Taki był z niego mały kajtek, a zawsze pamiętał. I nigdy z pustymi rękoma. Zawsze miał jakiś drobiazg albo kwiaty…

– Ukradzione z cudzych rabatek… – syknęła Ula, ale już cicho.

– Poradzę sobie. – Julia odłożyła powoli na biurko *Króla szczurów* Jamesa Clavella, prezent imieninowy od rodziców, i wyszła z pokoju.

Jeremi siedział w salonie na kanapie i czekał, cały napięty. Na widok Julii zerwał się na równe nogi. Minęło kilka miesięcy, odkąd wrócił z wojska, ale ostatni raz z bliska Julia widziała go tamtego wieczoru, kiedy pobił Piotrka. Potem tylko z daleka, w okolicznościach, o których wolałaby zapomnieć. Schudł, może dlatego wydawał się jej wyższy, niż był. Głowę miał ogoloną na łyso i wcale nie było mu dobrze w takiej fryzurze, a raczej jej braku. Ręce zaciskał w pięści.

– Cześć… – zaczął.

– Cześć, Jarek – powiedziała, a potem uciekła wzrokiem w bok.

– Czy to możliwe, żebyśmy poszli na spacer? – spytał.

Pokręciła przecząco głową.

– Chciałem cię jeszcze raz przeprosić za wszystko, szczególnie za tamte słowa. Wiem, że nie czytałaś moich listów…

– Czytałam wszystkie – przerwała mu. – Nie ma potrzeby przepraszać. Tyle razy to zrobiłeś. Już się nie gniewam, ale…

Przez chwilę milczał. Potem z dużej reklamówki wyciągnął paczkę i podał Julii. Zawahała się.

– Weź, proszę. – Potrząsnął paczką. – To książka. A ty przecież kochasz książki.

Wzięła do ręki prezent i podziękowała kiwnięciem głowy.

– Ja nic dla ciebie nie mam – wyznała.

– Nic nie szkodzi… – powiedział. – Ważne, że mogłem cię zobaczyć.

Był bardzo poważny i czuła, że to wojsko bardzo go zmieniło.

– Co u ciebie? – spytała. Wciąż stali naprzeciwko siebie, a ona przekonana, że Ulka podsłuchuje pod drzwiami, żałowała, że odmówiła spaceru. Mogliby chociaż kilka słów zamienić spokojnie, a tak rozmawiali półgębkiem w salonie.

– Mój ojciec zmarł – powiedział. – Wczoraj był pogrzeb. Chyba dobrze, że nie chcesz iść na spacer. Byłbym nie najlepszym kompanem…

– Przykro mi… – powtórzyła.

– Długo chorował… – Opuścił głowę Jeremi. – Dziękuję…

– Jak się trzymacie? – spytała, chcąc powiedzieć coś zupełnie innego.

– Jakoś powoli sobie to wszystko układamy… – Uniósł głowę i znów przeszył ją spojrzeniem. Ponownie uciekła oczami w bok. – Jesteś szczęśliwa?

Spytał tak nagle, że nie wiedziała, co powiedzieć. Nigdy się nad tym nie zastanawiała.

– Tak – skłamała. – Bardzo…

– W takim razie bardzo się cieszę… – powiedział szeptem i uśmiechnął się smutno, jakby na zaprzeczenie wygłoszonego przez siebie zapewnienia. – Jeszcze raz wszystkiego najlepszego… i… wszystkiego dobrego… – dokończył niezręcznie.

Odprowadziła go w stronę drzwi. W progu odwrócił się i wcisnął jej do ręki kartkę.

– To jest mój numer telefonu. Tego, który mam przy sobie – uściślił, odchylając poły kurtki i pokazując słuchawkę telefoniczną. – Wierzę, że nic ci się nie może stać. Ale… Dzwoń o każdej porze dnia i nocy. O każdej…

Pokiwała głową, chowając kartkę do kieszeni. Przyciągnął ją do siebie, przytulił mocno i krótko całując we włosy, następnie puścił tak samo gwałtownie, jak złapał, i już go nie było.

Zamknęła się w swoim pokoju i ignorując pukanie siostry, rozwinęła pakunek.

– *Ptaki ciernistych krzewów* – przeczytała na głos, pogłaskała okładkę książki i szepnęła do siebie. – Tak bardzo chciałam ją mieć...

1995 ROK

Można powiedzieć, że ciężko pracował. Od rana do wieczora był na zawołanie Szefa. Zdarzało mu się nawet nocować w rezydencji na jego wyraźne życzenie, chociaż do domu miał jakieś dwieście metrów i wezwany mógł się stawić w ciągu kilku minut. Lubił go Szef, lubili chłopaki. Co więcej, czuli się z nim bezpiecznie. Jeremi wzbudzał zaufanie. Umiał też gadać z ludźmi i wiele załatwić bez pyskówek, wygrażania bronią i podkradania sobie towaru.

– Weź dziś Pieprza na Starówkę. – Zlecenia wydawał mu osobiście Szef albo jego zastępca – Łysy.

Kiwał głową i jechał BMW zbierać haracze. Starał się nie używać siły i przekonał do tego Szefa.

– Oj Młody, Młody... – Pokręcił głową Szef po wysłuchaniu monologu Jeremiego. – Życia nie znasz. Ludzie muszą się bać, inaczej zaraz ktoś zacznie kręcić, pieniędzy nie zobaczysz...

Szef wiedział, co mówi. Warszawscy restauratorzy płacili mu za ochronę. Działkę od utargu dostawał także z kantorów wymiany walut, od hurtowników, sklepikarzy i każdego, kogo można było do tego zmusić. Oporni dostawali lekcję na całe życie od zamaskowanych „ochroniarzy" z kijami bejsbolowymi, którzy na oczach właścicieli, a nierzadko nawet klientów demolowali doszczętnie sklep czy restaurację. Policja sama bała się takich jak Szef i jego ludzie, zastraszeni ludzie nie mogli liczyć na pomoc władzy, więc interes kwitł niezagrożony. Zanim Jeremi wrócił z wojska, po haracze jeździli Robek albo Trąbka. Zawsze coś rozbijali albo niszczyli. Dla zasady, jak mówili. Jeremi wiedział, że tacy jak oni nie mają zasad, czerpią siłę ze strachu innych. Gdyby znalazł się ktoś silniejszy, natychmiast podkuliliby ogony i służyli nowemu panu.

– Będą płacili, gwarantuję... – zapewniał Szefa.

Zasłynął szybko jako ten, który przychodząc po działkę, niczego nie tłucze, jeśli da mu się dobrze zjeść. Dlatego na jego widok serwowano dobre dania i wyjmowano najlepsze wina. A Jeremi się uczył. Zawsze pytał o skład potraw, sposób przyrządzania, o pochodzenie wina, które mu podano. Ludzie Szefa myśleli, że to taka poza, bo wyglądem nie różnił się od innych – tak jak oni miał ogoloną na łyso głowę i chodził w dresach, ale Jeremi naprawdę lubił dobrze zjeść. Jeśli skarżyli się Szefowi, to zawsze półgębkiem, bo co to był za argument, że Jeremi każe sobie podać dobry obiad, zamiast tłuc bejsbolem, skoro haracz przynosił i nigdy nie zgłaszał problemów, ani nie marudził. Szef nie tylko nie miał pretensji, ale obdarzał Jeremiego coraz większym zaufaniem.

– O co wam chodzi znowu? – pytał Pieprza i Robka, którzy próbowali Szefa przestrzec przed kimś tak ekscentrycznym jak Jeremi Wiśniewski.

– No, bo on je, a my musimy czekać... – Robek wykrzywiał się ohydnie, jakby mówił o czymś obrzydliwym.

– A nie możecie razem z nim zjeść? – Szef nie mógł pojąć, o co chodzi. – On kurwa je, a wy się gapicie?

– No ja też, Szefie, zwłaszcza jak człowiek obiadową porą tam... zajdzie. Ale ja to wie Szef, schaboszczak, kapustka, pomidorówka... Na służbie nie piję, ale wódzię bym do tego, jak w domu. A ten je różne paskudztwa i winem popija.

– Na przykład? – Szef miał zasadę ograniczonego zaufania wobec własnych pracowników, po tym jak swoją rodzoną zamężną siostrę nakrył z niejakim Kwiatkiem na kanapie u niej w domu. Co prawda lubił Kwiatka bardziej niż szwagra, ale z tamtym łączyły go interesy, a Kwiatek był tylko żołnierzem. Młody przypominał mu w jakiś sposób tamtego – fizycznie nie byli do siebie podobni, ale Kwiatek hodował ozdobne rośliny doniczkowe i marzył o własnej kwiaciarni. Stąd się wzięło zresztą jego przezwisko. Jeremi z kolei nie przestawał gadać o własnej restauracji, a teraz jeszcze te degustacje, które wkurzały innych chłopaków Szefa.

– No... – plątał się Robek. – Raz to o mało nie rzygnąłem, bo ropuchę jadł, żabę znaczy się. I jeszcze ślimaki. Ohyda...

– Dobra, Robek, nie będziesz już z nim jeździł – ustąpił Szef.– Zajmiesz się chłopakami z kantorów. A ja sobie z Młodym pogadam...

– Dziękuję, Szefie – ucieszył się Robek.

Robek nie znosił jeżdżenia po haracze, za to kochał robotę przy kantorach. Oszukiwanie ludzi, którzy łaszczyli się na wymianę waluty nie w banku czy kantorze, ale u cinkciarza, sprawiało mu prawdziwą przyjemność. Do tego zajęcia czuł prawdziwe powołanie, a nie do jeżdżenia z Młodym po knajpach i patrzeniu, jak znika w kuchni.

– Żeby chociaż kucharki czy kelnerki posuwał, ale ten nie... o żarciu gada – denerwował się za każdym razem, kiedy szli razem na Starówkę.

Robek uwielbiał szkolić chłopaków do pracy z walutą. Miał oko do wyławiania talentów, a robota szła pod jego kierownictwem jak w zegarku. Mechanizm oszustw był bardzo prosty. Proponowano cenę za dolara czy markę znacznie korzystniejszą od bankowej i proponowanej w kantorze. Wreszcie dobijano targu i chłopak Robka zabierał pieniądze klienta, a dawał wymienione. Klient nie był taki głupi, więc od razu na miejscu przeliczał sumę. Zwykle brakowało jakiejś drobnej kwoty, co z satysfakcją zauważał wymieniający. Chłopak przepraszał, wyjmował z kieszeni brakujący banknot, a przy okazji podmieniał plik przeliczonych wcześniej pieniędzy. W trefnej paczuszce tylko pierwszy i ostatni banknot były prawdziwe, środek zwykle składał się z pociętych równiutko kartek. Klient odkrywał przekręt albo w domu, albo przy okazji pierwszych zakupów. Naturalnie zawsze wracał na miejsce oszustwa, ale pod kantorem zwykle zastawał już zupełnie innego chłopaka, który nie wiedział, o co chodzi, naturalnie nie miał nic wspólnego z oszustwem. Świadków nie było, nawet jeśli pokrzywdzony klient zwrócił się do policji, niczego nie mógł wskórać. Robek regularnie przerzucał chłopaków po całej Warszawie. Ryzyko wpadki było minimalne, interes się kręcił, a Szef zarabiał, podobnie jak Robek i chłopaki. Wszyscy byli zadowoleni. Robek między innymi to właśnie cenił w Szefie, że każdy mógł pracować tam, gdzie czuł się najlepiej.

Jeremi do przekrętów pod kantorami się nie nadawał. Liczył wprawdzie sprawnie, ale łapy miał maślane, przynajmniej takie robił wrażenie. Wizyty w restauracjach traktował jak bonus do swojej działalności, swoiste rozgrzeszenie. Mylił się jednak ten, kto myślał, że Jeremi jest poczciwym miśkiem, którego można oszukać przy pomocy tarty francuskiej. Uderzyć też umiał i to nieźle. Przekonywali się o tym tacy, którzy chcieli wydymać Szefa. Nie hańbił się jednak nigdy straszeniem kobiet i dzieci, jak niektórzy żołnierze. On załatwiał sprawę po męsku. Szedł do winowajcy z Pieprzem albo Żurkiem, bo oni najbardziej się nadawali do tej roboty, brał delikwenta na bok i najpierw spokojnie, kulturalnie tłumaczył, co i jak. Wyjaśniał, czego się dowiedzieli ludzie Szefa, jakie mają dowody na to, że Szef jest oszukiwany, dodawał od siebie, jak bardzo jest mu przykro, żeby delikwent nie traktował tego osobiście, ale...

Niektórzy pękali od razu i oddawali, co byli winni, inni zapierali się w żywe oczy. Wtedy uderzał, najczęściej w splot słoneczny. Facet tracił dech, a kiedy zaczynał powolutku łapać powietrze, Jeremi powtarzał cios. Nie żal mu było tych ludzi.

Przeważnie to byli złodzieje, którzy w poprzednim życiu byli zomowcami, milicjantami albo w taki czy inny sposób powiązani byli z partią.

Ci ostatni byli najgorsi. Wyobrażali sobie, że KC PZPR ciągle za nimi stoi i w razie czego zadzwonią do któregoś z towarzyszy, a ci przylecą i załatwią sprawę. Dawne szuje wykorzystały wszystkie swoje możliwości i po 1989 roku wzbogaciły się tak, jak uczciwym ludziom się nawet nie śniło. Mieszkali w dużych domach, jeździli wielkimi samochodami, a nadal byli tymi samymi prostakami, których na salony zaprowadziła władza ludowa. Lubili powoływać się na dawne wpływy, choć te czasy minęły bezpowrotnie. Najwięksi gładko przeskoczyli z tamtej rzeczywistości do nowej, ale nie wszyscy szeregowi towarzysze zachowali dawne możliwości. Jeremi był od tego, żeby pokazać im, gdzie ich miejsce.

Lubił też wybory Miss Polonia, które kontrolowała mafia pruszkowska. Nie ze względu na dziewczyny, które można było wykorzystać, bo żadna kobieta go nie interesowała po tym, jak Julia od niego odeszła, ale ze względu na całą otoczkę, która im towarzyszyła. Cała Polska oszalała na punkcie tego konkursu. Miss Polonia i dziewczyny, które były w ścisłym finale, dostawały sukienki za darmo, wycieczki zagraniczne, miały zdjęcia w kolorowych magazynach i występowały w telewizji. Każda chciała się dostać do finału, a większość była gotowa zrobić wszystko, byleby losowi chociaż trochę dopomóc.

Sponsorzy najczęściej rekrutowali się spośród spółek z ograniczoną odpowiedzialnością, które ochoczo fundowały lodówki, kuchenki mikrofalowe, wycieczki do Grecji czy Turcji. Nawet politycy angażowali się w takie wybory bardzo chętnie i zasiadali w lokalnych komitetach wyborczych, wierząc w misję społeczną podobnych imprez. Wybór missek był zupełnie subiektywny, bo przecież trudno dyskutować z gustem tego czy owego prezesa.

Zdarzały się kuriozalne sytuacje, jak ta w 1987 roku, kiedy zamknięto jury w piwnicy i ogłoszono werdykt. Telewizja go oprotestowała, bo ich faworytka zajęła dopiero trzecie miejsce. Jeremi ze zdumieniem patrzył, jak niektóre z dziewczyn same pchały się w objęcia Szefa i jego ludzi. Sam przed finałem Miss Mazowsza, które regularnie „ochraniał", miał co najmniej trzy dziewczyny pod pokojem hotelowym, a bywało, że biły się między sobą, która spędzi z nim noc. To na tym konkursie zauważył naiwną Małgosię Bartosiewicz, początkującą aktorkę i śpiewaczkę operową, która mówiła, że „jest z Warszawy", jakby Pruszkowa się wstydziła. Poznał ją natychmiast i zrobił wszystko, żeby ją uratować, czyli wykluczyć z konkursu. Był gotów nawet podbić jej oko albo złamać nos, żeby tylko nie mogła wziąć udziału w tych zawodach piękności. Poinformował Julię, a ona zainterweniowała u swojej ciotki. Małgosia go znienawidziła, co mało go obchodziło. Ważne, że udało się ochronić ją przed niebezpieczeństwem. A to było całkiem realne.

Niektóre dziewczyny znikały w podejrzanych lokalach za zachodnią granicą. Od jednej z takich pretendentek do tytułu Miss usłyszał radosne paplanie, że ktoś załatwił jej pracę w Niemczech. Początkowo nie zwrócił na to uwagi, ale potem co i rusz dziewczyny chwaliły się między sobą, która kiedy jedzie i jakie pieniądze zarobi. Mur berliński rozbito z hukiem w 1989 roku, w czerwcu, przy akompaniamencie piosenki Pink Floydów *The Wall*. Byli jeszcze wtedy razem z Julią, tacy szczęśliwi i pełni nadziei na przyszłość. Przynajmniej on wierzył, że może zdobyć wszystko. Ludzie zaczęli wyjeżdżać na Zachód, najchętniej do Niemiec. Lekarze, inżynierowie, zwykli robotnicy łapali fuchy na budowach, przy sprzątaniu czy wycince drzewa w parkach miejskich. Mało kto pracował w swoim zawodzie.

Wyjechał też jego brat Maciek i zaczął pracę w barze pod Hanowerem. Związał się tam nawet z Polką Ewą. Przyjeżdżali regularnie raz do roku, Maciek chodził do profesora od padaczki, a Ewka z córką Paulinką do Centrum Zdrowia Dziecka, bo Paulina była uczulona na gluten, kurz i Bóg wie co jeszcze, a w Niemczech nie byli ubezpieczeni. Magda też chciała wyjechać. Dobry znajomy załatwił jej ponoć pracę kelnerki w Berlinie. Pochwaliła się w domu, że wreszcie nie będzie na łasce Jeremiego i rodziców. Pojedzie i będzie miała prawdziwą pracę za marki. Przypomniał sobie o tamtej dziewczynie. Ona też miała jechać zarabiać w restauracji w Berlinie. Tyle że wyjechała i słuch o niej zaginął. Jeremi popytał chłopaków i dowiedział się tego i owego. Nie mógł dopuścić, żeby jego siostra podzieliła tragiczny los dziewczyn, które marzyły o lepszym życiu.

– Nie zabronisz mi! – wrzeszczała Magda.

– Wiesz, jak to się odbywa? – tłumaczył. – Twój „dobry znajomy" przy przejściu przez granicę zabierze ci paszport. Więcej już go nie zobaczysz, paszportu też nie. I nie będziesz kelnerką w fajnej restauracji. Będziesz kurwą, obsługującą tirowców.

– Jesteś pojebany! – darła się siostra. – Zadajesz się z gangsterami, to wszyscy ludzie są dla ciebie tacy sami!

– Alfons będzie cię bił, jeśli klient się poskarży – kontynuował beznamiętnie. – A ci, którzy przychodzą do takich burdeli, są gorsi od samego diabła...

– Ty pojebie! I tak pojadę!.

– *Tańcz, głupia, tańcz, swoim życiem się baw...* – śpiewał, specjalnie fałszując. – *Wprost na spotkanie ognia leć...*

Magda załatwiła z matką, że ta zajmie się małą Danusią. Matka słuchała argumentów Jeremiego, ale Magda wrzeszczała, że żaden gangster nie będzie jej pouczał, choćby był własnym bratem.

– Zarobię na mieszkanie, słyszysz?! – Płakała, pakując się. – Nie będę mieszkać z wami... Mam dosyć...

– Kupię ci mieszkanie, tylko nie jedź – prosił. – Jak dobrze znasz tego znajomego?

Pokazała zdjęcie eleganckiej restauracji.

– Tu, o tu, będę pracowała. – Postukała w fotografię polakierowanym na czerwono paznokciem. – Masz adres na odwrocie. Zapisz sobie. Ten znajomy to przyjaciel kierownika restauracji. A ty jesteś nienormalny!

– Jak dobrze znasz tego znajomego? – powtórzył.

– To narzeczony mojej koleżanki z gastronomika. Pasuje?

Zabrał zdjęcie i sprawdził restaurację. Istniała naprawdę. Mieściła się w eleganckiej dzielnicy Berlina. Tyle że każdy mógł zrobić zdjęcie dowolnej restauracji na całym świecie. Nie mógł ryzykować i zabrał siostrze paszport. Nie pojechała. Szukała dokumentu po całym domu, wrzeszcząc i złorzecząc. Zresztą nie tylko ona. Matka też wyzywała go od bękartów, szczeniaków i złodziei. Pomstowała, że nie wyskrobała go jak dwóch innych. Wtedy także dowiedział się, że próbowała usunąć Adriana, zapłaciła wujowi Julii, który był ginekologiem, potem się rozmyśliła, a tamtego wpakowała do więzienia. Przeżył szok, kiedy wyszło na jaw, że jego własna matka odpowiadała za nieszczęście tamtych, za alkoholizm ciotki Julii, która na scenie była gwiazdą, a w domowym zaciszu wypijała co się dało, przeklinając wszystko i wszystkich za swoje nieudane życie.

Wyprowadził się wtedy wśród wrzasków matki i siostry. Adrian czepiał się jego nóg i błagał, żeby zabrał go ze sobą, więc niewiele myśląc, spakował brata i razem wyszli na ulicę żegnani wyzwiskami i życzeniami, żeby ich noga już nigdy w rodzinnym domu nie postała. Przenocował wtedy razem z upośledzonym bratem u Szefa. Pieprz i Robek bawili się z dużym, wiecznie śliniącym się, łagodnym jak baranek Adrianem. Ludzie Szefa znaleźli mu mieszkanie na nowym osiedlu Bolesława Prusa, za które zapłacił grosze. Miał pieniądze. Starczyło jeszcze na urządzenie i opiekunkę, starszą panią, byłą nauczycielkę, którą zatrudnił, żeby zajmowała się Adrianem, odprowadzała go do szkoły i pilnowała nauki. Codziennie dziękował Bogu, że opuścił dom. Wreszcie czuł się panem swojego życia.

Magda nie pojechała za granicę, a kiedy wyrobiła sobie nowy paszport, nikt już jej nie chciał. Jednak rok później, kiedy jej koleżanka, która wyjechała na zaproszenie tego samego człowieka, zaginęła bez wieści, przyszła z płaczem i prosiła go, żeby pomógł ją odnaleźć. Chciała się do niego wprowadzić z Danką. Wyrzucił wtedy siostrę za drzwi. Odwiedzał jedynie Danusię w każde jej urodziny, wszystkie święta i obdarowywał prezentami. Magdzie też dawał do ręki jakieś pieniądze. Patrzyła z lekceważeniem, płakała, ale brała, mówiąc, że to na lepsze jedzenie dla córki.

Wiedział, że Maciek przysyła z Niemiec marki przez znajomego, więc nie martwił się o to, że siostra i jej dziecko umrą z głodu. Matkę, miotającą przekleństwa, przegraną, a mimo to wylewającą z siebie truciznę, ignorował. Obrzydzeniem napawała go myśl, że doprowadziła do choroby Adriana. Zabijania własnych dzieci nie umiał sobie nawet wyobrazić.

Był coraz bardziej zależny od Szefa. Dopóki mieszkał w bloku na Andrzeja, zachowywał jako taką niezależność. Z chwilą, kiedy przeprowadził się z bratem na nowe osiedle, a w kupnie mieszkania maczała palce mafia, stał się cieniem tamtych. Już nie mógł powiedzieć, że nie pobrudził rąk. Przeciwnie, brudził je coraz bardziej. Transformacja ustrojowa przyniosła dobrobyt niemal tylko gangsterom i złodziejom. Zwykli ludzie znacznie zbiednieli, co wykorzystywali oszuści tacy jak Lech Grobelny. Były cinkciarz, wróg Szefa, założył własny bank i namawiał ludzi do powierzania mu pieniędzy. Obiecywał nawet trzysta procent zysku.

– Pojedziesz tam i pogadasz z nim – powiedział któregoś dnia Szef do Pieprza. – Weźmiesz ze sobą Robka, Rączkę i Dziuńka. Młodego zostawcie, jest mi tu potrzebny. Tylko spokojnie... Niech nam się to opłaca... Tylko spokojnie.

Wrócili z niczym. Grobelny i jego ludzie byli przygotowani na tego typu wizyty. Nie doszło do rozlewu krwi, ale Robek wrócił z wybitym barkiem, złamanym nosem i bez kilku zębów.

– Może niepotrzebnie wyciągał broń, Szefie – mruknął Pieprz.

– Staliście i patrzyliście, jak mi człowieka katują? Waszego kolegę, chuje złamane? – gorączkował się Szef.

– Szef kazał spokojnie, to my spokojnie... – spowiadał się Pieprz.

– I dobrze w sumie... – Szef ciężko usiadł na kanapie i zaczął sączyć whisky. – Mam dość trupów...

To było, zanim Jeremi poszedł do wojska. Kiedy wrócił, było już po sprawie. Dziesięć tysięcy osób straciło oszczędności życia, a za Grobelnym rozesłano listy gończe. Już nie był ozdobą telewizji i jurorem w konkursach piękności. Ci, którzy jeszcze tydzień wcześniej zabiegali o jego obecność w telewizji śniadaniowej, teraz udawali, że go nie znali. Chwalący wcześniej przedsiębiorczość Grobelnego analizowali publicznie, jak można było ignorować tak oczywiste sygnały jak oferowanie ludziom absurdalnie wysokich oprocentowań, brak zabezpieczenia, ciemne interesy, które Grobelny prowadził, wreszcie jego nagły wyjazd za granicę.

Wpadł dopiero w 1992 roku, w Niemczech, przy kontroli drogowej. Cała Polska śledziła proces w telewizji. Chyba więcej osób oglądało zawiłe relacje Grobelnego w sądzie niż seanse Kaszpirowskiego. Szef próbował dopaść gościa w więzieniu. Zwłaszcza po tym, jak się dowiedział, że jego własna siostra utopiła w Bezpiecznej

Kasie Oszczędności sumę z sześcioma zerami. To był początek końca Szefa, z jednej strony Wołomin zabijał mu żołnierzy, z drugiej szwagier, były funkcjonariusz UB, odszedł od jego siostry i zażądał pieniędzy od Szefa, grożąc ujawnieniem jego interesów. Czemu chciał pieniędzy właśnie teraz, kiedy Grobelny bez grosza siedział w izolatce, trudno powiedzieć. Musiał ich potrzebować, skoro posunął się do tego, żeby szantażować kogoś takiego jak Szef.

Szef wysłał siostrę do Niemiec, do znajomych, a szwagra kazał śledzić. Kiedy wyszło na jaw, że spotyka się z jednym policjantem, Szef się wściekł. Najbardziej o to, że syn gliniarza był jednym z żołnierzy Pruszkowa. Krótko wprawdzie pracował i odszedł, bo się zupełnie nie nadawał, ale zawsze. Szef znalazł i tatusia, i syna. Byli na tyle głupi, że nadal mieszkali w Pruszkowie, chodzili na zakupy na lokalny bazarek i do kościoła, bez żadnej ochrony. Poszedł do nich z Pieprzem i Jeremim. Jeremi od razu wiedział, że to będzie katastrofa. Pieprz bił syna, Jeremi stał na czatach. Ojciec patrzył, ale nie puścił pary z ust, mimo że Szef przekonywał, że da więcej niż jego szwagier, a poza tym wystawi mu Wołomin. W końcu kazał syna wywiesić przez okno, a Pieprz chwycił chłopaka tak niezręcznie, że go upuścił.

– Kurwa – powiedział tylko, kiedy ciało z chrzęstem łamanych kości upadło z piątego piętra na bruk.

Facet rzucił się w kierunku szafy i wyciągnął broń. Pieprz go zastrzelił, bo już nie było odwrotu, a potem uciekli. Jeremi prowadził czerwone BMW. Musiał przejechać koło posterunku, chociaż Szef wrzeszczał, żeby jechał pod prąd, byle nie skręcać w Lipową. Jeremi zachował zimną krew. Najpierw pojechali do parku, gdzie osobiście odebrał broń Szefowi i Pieprzowi, owinął w gazetę, wcześniej włożywszy do niej kamień i oba pistolety spoczęły na dnie mulistego jeziorka w parku. Potem wsiadł do samochodu, pojechał spokojnie, ulicą Bolesława Prusa, gdzie już roiło się od policji i karetek pogotowia. Zatrzymali ich, ale nawet nie sprawdzali samochodu, skierowali tylko objazdem w stronę Żbikowa. Jeremi kiwnął głową i spytał nawet, co się stało, czy nie trzeba pomóc, co potem Szef uznał za pewną przesadę. Funkcjonariusz, którego Jeremi widział pierwszy raz na oczy, zaprzeczył i kazał szybko odjechać, nie tarasować drogi.

Przyszli do nich dopiero wieczorem. Pieprz opowiadał wszystko potem Jeremiemu, który podczas wizyty policji był w domu z Adrianem. Znaleźli jakieś materiały w mieszkaniu policjanta, które wskazywały na powiązania ze szwagrem Szefa. Przesłuchali tamtego, tyle że jak powiedzieli, co się stało, szwagier nabrał wody w usta i nie powiedział słowa. Zrozumiał, że więzy rodzinne przegrają z pieniędzmi. Szef i Pieprz też nic nie powiedzieli, chociaż policja szalała, bo zginął jeden z nich. Pytali

Szefa, gdzie był tamtego ranka, a on utrzymywał, zgodnie z sugestią Jeremiego, że pojechał ze swoimi ludźmi na pizzę i zakupy. Powiedział nawet, że widział samochody policyjne, a jego kierowca pytał się, co się stało. Funkcjonariusz policji potwierdził tę wersję.

Na tym się skończyło, chociaż policjanci odkryli powiązanie między Szefem a tamtym chłopakiem. Szef się zresztą nie wypierał, że kilka lat temu chłopak pracował u niego, ale nie był specjalnie pracowity, więc się rozstali. Słowem – Szef wyszedł ze sprawy bez szwanku dzięki Jeremiemu, który wiedział, jak się zachować. Od tego momentu Szefowi zaczął palić się grunt pod nogami. Chwilę jego słabości wykorzystał młody, szerzej nieznany Bogusław Pałka, który już kilka lat wcześniej zaczął okradać wille bogatych mieszkańców Komorowa i Milanówka, biciem zmuszając właścicieli do oddawania kosztowności i otwierania sejfów. Póki opłacał się Szefowi, tolerowano tę działalność. Zwłaszcza że Boguś był synem dawnej bliskiej znajomej Szefa, do której ten miał ciągle słabość.

– Słabość do kobiet cię w końcu zgubi – wzdychał Szef, słysząc o tym, że Boguś nie jest już zwykłym złodziejem, tylko jednym z nich, co więcej, stanowi bezpośrednią konkurencję, handluje srebrem, złotem i miedzią, a w swoim nowo wybudowanym pałacu ma dwa razy więcej ludzi i rottweilerów od Szefa. – Jakbym go puknął lata temu, to dziś byłby spokój. Ale kobieta by się obraziła. Jedyny syn bądź co bądź…

Boguś poczynał sobie coraz śmielej i w pewnym momencie to jego wymieniano jako głównego bossa mafii pruszkowskiej. A Szefowi pętla wokół szyi zaciskała się coraz mocniej, bo Wołomin też chciał mieć swoją strefę wpływów. Coraz więcej przemycanych artykułów wpadało w ręce policji, a haracze, które Szef musiał opłacać za swoje bezpieczeństwo, zaczynały przewyższać te, które płacono jemu. Sprawa Wołomina stawała się bardzo paląca, nie można było już załatwić jej polubownie, ponieważ tamci nie chcieli rezygnować ani z kawałka swojej strefy wpływów, nie chcieli się także rozsądnie podzielić terenem. Jedni zaczynali donosić na drugich i napadać na siebie wzajemnie, policja zacierała ręce, bo wpadało coraz więcej małych rybek, ale trafiały się także grubsze szczupaki. Ludzie mieli nadzieję, że gangsterzy wystrzelają się wzajemnie i wreszcie będzie spokój.

Postawiony pod ścianą Szef nie wiedział, czy najpierw załatwić sprawę Bogusia czy kwestię wołomińską, lawirował między jednym tematem a drugim. Wreszcie, kiedy dwa tiry wypełnione spirytusem, zamiast trafić do rąk pośredników z nim związanych, zasiliły kieszenie niejakiego Tatka z Wołomina, który jawnie kpił z Szefa i jego utraconego towaru, miarka się przebrała i Szef zdecydował się porozmawiać z wołomińskimi gangsterami.

Pojechali do Wołomina we trzech, Szef, Pieprz i Jeremi. Pieprz prowadził samochód, Jeremi siedział z tyłu z pryncypałem. Zastanawiał się wiele razy, czemu Szef zgodził się na spotkanie na obcym terenie. Próbował nawet o to pytać, ale Pieprz zgasił zaraz dyskusję, a Szef pokiwał głową i rzucił coś o myśleniu i uczeniu się.

– Pieprz, czekasz na dole, ja i Młody idziemy – rzucił Szef, kiedy zaparkowali pod niepozornym blokiem w centrum Wołomina.

– Ale... – zaczął Pieprz. Oczy miał rozbiegane i rozglądał się nerwowo na boki. – Nie lepiej jak i ja pójdę na górę?

– Nie bój się tak. – Szef kichnął. Powiało nieco koniakiem i Jeremi pomyślał, że jednak za dużo pije, skoro bladym świtem zalatuje od niego alkoholem.

– Nie boję się, Szefie. – Pieprz odzyskał rezon. – Tylko z samym Młodym to może być...

Szef skinął na Jeremiego i weszli do bloku. Nie skorzystali z windy, tylko piechotą weszli na piąte piętro. Szef położył palec na ustach. Weszli do mieszkania, stojącego nieco na uboczu. Dwóch żołnierzy wyszło do nich, do przedpokoju.

– Broń. – Jeden z nich wyciągnął rękę.

– Nie mamy broni – wolno powiedział Szef. – To przyjacielska wizyta. Chyba nie sądzisz, że będziemy tu strzelać...

Żołnierz uśmiechnął się i podszedł do Szefa, potem do Jeremiego. Drugi stał na lekko ugiętych nogach i obserwował ich. Zostali fachowo przeszukani, niczym na amerykańskich filmach sensacyjnych. Nie znalazłszy broni, żołnierz zabrał im jedynie komórki.

– Tatko zaprasza...

Weszli do pokoju. W pustym pomieszczeniu stała duża, przestronna kanapa. Na niej siedział starszy, siwiejący, otyły mężczyzna i popijał piwo z dużego kufla. „Oni wszyscy skończą na marskość wątroby, jeśli wcześniej ich nie pozamykają", pomyślał Jeremi. „Jeśli nas nie pozamykają", skorygował po chwili. Tymczasem Szef przysiadł się do Tatka na kanapę i rozmawiali, szepcząc sobie wzajemnie do uszu. Wyglądało to nawet zabawnie. Jeremi nie tracił jednak czujności. Coś nie grało. Rozbiegane oczy Pieprza, kiedy się dowiedział, że ma zostać w samochodzie, dwóch tępych żołnierzy, którzy nie weszli do pokoju. Napiął mięśnie i czekał. Wreszcie gospodarz i Szef oderwali się od siebie. Tatko uśmiechnął się zadowolony, a Szef poklepał z upodobaniem po łysinie.

– Idziemy, Młody – powiedział.

– Nie napijemy się? – Tatko oparł się wygodnie o poduszki.

– Innym razem... No i zapraszamy do nas. – Szef wstał i ruszył w kierunku wyjścia.

Jeremi zdążył pomyśleć, że to on powinien wychodzić pierwszy, dla bezpieczeństwa, kiedy drzwi otworzyły się i stanął w nich Pieprz.

– Co do?... – zdążył burknąć Szef, kiedy Pieprz wyciągnął pistolet i strzelił.

Jeremi w ułamku sekundy rzucił się do przodu, podcinając koledze nogi. Pieprz wystrzelił jeszcze raz, upuścił pistolet i runął na parkiet. Jeremi poczuł, jak broń upada ciężko na podłogę. W ułamku sekundy ocenił sytuację. Pieprz leżał na ziemi, trzymając się za głowę i jęcząc. Szef też leżał, a z jego ramienia leciała krew. Odwrócił głowę w kierunku Tatka, ale ten siedział na kanapie z takim zdumieniem na twarzy, jakby nie miał pojęcia, co się dzieje. Sięgnął po leżący pistolet w chwili, kiedy dwóch żołnierzy wpadło do środka. Zobaczył dwa pistolety wycelowane w niego i przemknęło mu przez głowę, że nie mógłby zabić człowieka, więc pewnie sam zginie. Kiedy usłyszał strzał, czekał na ból, ale on nie nastąpił. Jeden z tamtych upadł na kolana, a potem zwalił się ciałem na Pieprza, który próbował z krzykiem wyswobodzić się spod trupa.

– Zamknij się! – rzucił drugi i skierował lufę w kierunku Jeremiego.

W korytarzu przy pierwszym spotkaniu Jeremi go nie poznał, ale kiedy tamten się odezwał, przypomniał sobie aroganckie spojrzenie na pamiętnym meczu i groźby, że kiedyś się policzą. Gangster patrzył mu prosto w oczy. Przez jego twarz przemknął błysk wspomnienia tamtego spotkania. Chwila wahania tamtego wystarczyła, żeby Jeremi podjął decyzję i strzelił. Pocisk przeszedł tuż nad rzepką. Ranny wrzasnął i ponownie wycelował, ale Jeremi znowu strzelił, celując w to samo miejsce. Kula przeszła kilka centymetrów obok pierwszego pocisku. Gangster nie panował ani nad bólem, ani nad własnym ciałem. Upadł, kierując broń w stronę wrzeszczącego Pieprza. Pocisk wszedł Pieprzowi prosto między oczy. Krzyk urwał się nagle. Jeremi dopadł strzelającego i kopnął go w postrzeloną nogę, a potem zabrał pistolet. Chłopak zacharczał z bólu, a potem zemdlał. Jeremi spojrzał na leżących na ziemi mężczyzn. Pieprz wpatrywał się w niego otwartymi oczami, a Szef miał plamę na spodniach. Tatko siedział na kanapie z zagadkowym wyrazem twarzy. Z kąta ust ściekała mu krew. Jeremi chwilowo nie zastanawiał się nad tym, kto kogo zdradził, dlaczego i co chciał uzyskać. Wiedział tylko, że natychmiast musi opuścić to mieszkanie. Sięgnął do kieszeni Pieprza i wyjął kluczyki do samochodu i dowód rejestracyjny.

– Szefie. – Kilka razy uderzył bossa po twarzy.

Mężczyzna jęknął, ale wciąż miał zamknięte oczy. Jeremi podniósł go za ramiona i znów uderzył w twarz.

– Niech mi Szef pomoże, bo sam nie dam rady! – krzyknął mu do ucha.

Szef kiwnął wolno głową i krok po kroku, o tyle, o ile pozwalało rozerwane ramię, wyszli z mieszkania. Pojechali na dół windą, choć pewnie rozsądniej byłoby zejść schodami. Tyle że Szef słaniał się na nogach, brocząc krwią. Jeremiemu tysiąc myśli przelatywało przez głowę. Nie wiedział, czego się spodziewać na korytarzu i pod samym blokiem, oczyma strachu widział czekających na nich ludzi z pistoletami i karabinami maszynowymi, ale jego anioł stróż dobrze wykonał swoją robotę i nikogo nie spotkali. Wsadził jęczącego mężczyznę na tylne siedzenie i okrył kocem, który znalazł w bagażniku.

– Niech się Szef trzyma, zaraz będziemy w domu – powiedział i odjechał powoli, starając się nie zwracać na siebie uwagi, co było dosyć trudne, zważywszy na barwę i markę samochodu, którym kierował.

Przypomniał sobie słowa Szefa, kiedy zapytał go, dlaczego mają jechać czerwonym sportowym oplem.

– Bo wtedy nikt nas nie zapamięta, Młody – wyjaśnił mu Szef. – Wszyscy będą patrzyli na samochód.

– Przecież tylko pan, Szefie, ma w okolicy taki samochód...

– W całym kraju, Młody, jest jeszcze pięć takich samochodów, a cztery z nich jeżdżą po naszej okolicy...

Fakt, do legendy przeszło zdarzenie, kiedy Szef jechał lewym pasem swoim samochodem, a jadący prawidłowo z przeciwnej strony pewien znany aktor nie wiedział, że należy ustąpić drogi i doszło do zderzenia czołowego. Z dwóch identycznych samochodów wysiedli kierowcy i rzucili się na siebie. Racja była po stronie znanego aktora, natomiast za Szefem przemawiało przeświadczenie, że w tym mieście to on ustala, która strona jest właściwa. W końcu jeden poznał drugiego, pierwszy odpuścił znany aktor, bo kwestie typu „co ty wiesz o zabijaniu" wygłaszał tylko przed kamerami, a Szef jednak w prawdziwym życiu. Gangster naprawił oba auta na swój koszt i od tej pory napomykał po koniaku, że przyjaźni się z wielką gwiazdą polskiego filmu.

Jeremi odrzucił tamte wspomnienia. Myślał gorączkowo, co powinien zrobić, dokąd pojechać. Szef był ranny i powinien znaleźć się w szpitalu, ale oznaczało to, że natychmiast zjawi się tam policja. Wprawdzie przemknęła mu myśl, żeby zadzwonić do lekarza, do którego kiedyś wysłał go Szef, ale po pierwsze nie wiedział, czy tamten jeszcze pracuje, a po drugie nie miał żadnej gwarancji, że natychmiast nie wezwie policji. A zresztą nawet jeśli lekarz sam by tego nie zrobił, mógł zrobić to ktoś inny – salowa czy pielęgniarka. Myśli przelatywały Jeremiemu przez głowę jak błyskawice.

– Niech Szef nie zasypia, tylko powie mi, dokąd jechać – spojrzał we wsteczne lusterko. Mężczyzna nie poruszył się.

– Kurwa! – Spanikował Jeremi, bo w zdenerwowaniu przejechał na czerwonym świetle, mało nie rozjeżdżając jakiegoś człowieka. Jakby co, to tamten na pewno zapamięta taki charakterystyczny samochód.

– Jedź na Prusa… – usłyszał cichy szept Szefa.

– Do tamtego mieszkania na osiedle? – upewnił się.

Ranny mężczyzna kiwnął głową. Rozległ się dźwięk telefonu. Jeremi odebrał.

– Dostałem cynk, że źle jest. – To Robek dzwonił.

– Od kogo? – spytał Jeremi.

– Kurwa, ciocia zadzwoniła! – wrzasnął tamten. – Mam swojego kapusia u miśków, a ty myślałeś, że co? Trzy trupy w jednym mieszkaniu zgarnęli, to do mnie zadzwonił…

– Co dokładnie powiedział? – dociekał Jeremi.

– Tylko to, że trzy trupy. Ktoś anonimowo zadzwonił, że Pruszków załatwił dwóch z Wołomina. Tyle wiem. Gdzie jesteście?

– Wracamy. – Jeremi zawahał się chwilę. Nie wiedział, czy Robek nie był w to zamieszany. Jednak z drugiej strony był jednym z najstarszych pracowników Szefa i ten mu ufał. Jeśli w ogóle komuś ufał. – Robek, Szef jest ranny. Dostał w ramię. Powinien być operowany, ale…

– Weź się kurwa zamknij! – usłyszał wrzask. – Nie przyjeżdżaj do jego domu, bo tam pewnie już czekają. Spróbuję zadzwonić do Królowej, niech powie, że pojechał na wczasy, jakby co…

– Kazał jechać na Prusa…

– Dobry pomysł – podsumował Robek. – Jedź tam i nie dzwoń od siebie. Ja to załatwię. Za ile tam będziecie?

– Jakąś godzinę...

– Zaparkuj od lasu – dodał i rozłączył się, zanim Jeremi zdążył odpowiedzieć.

Jechał niespokojnie, pilnując, żeby nie przekraczać dozwolonej prędkości. Gdyby nakryli go z rannym Szefem, byłoby po nich. „Całe szczęście, że samochód ma przyciemniane szyby", pomyślał. Kierowcy, którzy mijali go lewym pasem, ciekawie spoglądali, starając się dostrzec kierowcę. Te szyby zawsze wydawały mu się głupotą, teraz był zadowolony, że Szef wywalił niemożliwą kasę na ekstrawagancję, która miała uratować mu życie. Był na wysokości Michałowic, kiedy zadzwonił jego telefon.

– Za piętnaście minut będę… – rzucił w słuchawkę w przekonaniu, że to Robek się niecierpliwi.

W słuchawce usłyszał jednak zupełnie inny głos.

Pierwszy dzień lipca 1995 roku był słoneczny i wyjątkowo ciepły. Delikatny wiatr wiał od zachodu, niebo było czyste jak łza. Julia szła wolno ulicą Armii Krajowej do salonu fryzjerskiego na ulicę Bolesława Prusa, gdzie miała się uczesać do ślubu. Salon poleciła jej koleżanka Monika z romanistyki, która także mieszkała w Pruszkowie i w tym miejscu zrobiono jej udaną weselną fryzurę. Julii niespecjalnie podobały się lakierowane loki koleżanki, postanowiła jednak poddać się ogólnemu trendowi weselnemu i poszła jakiś czas temu na próbne czesanie. Tam wyjaśniła miłej pani, która już nie była fryzjerką, tylko „stylistką włosów", że chciałaby wyglądać ładnie, a jednocześnie naturalnie. Dziewczyna skinęła głową i przy pomocy pokaźnych obłoków lakieru do włosów marki L'Oréal upięła jej na czubku głowy bardzo ładny kok, na którym można było z kolei przymocować welon po babci Mani.

Umówiła się więc na wykonanie identycznej fryzury już w dzień ślubu i obecnie szła sobie spacerkiem, zastanawiając się, jak to będzie, kiedy w końcu wyjdzie za mąż. Ślub cywilny był zaplanowany na godzinę czternastą, kościelny miał się odbyć trzy godziny później. Czasu między jedną a drugą ceremonią nie było wiele, właściwie tylko na zrzucenie jednej sukienki i założenie drugiej, ale nie było się o co kłócić. Wszystko zostało starannie zaplanowane, od przyjazdu krewnych, po potrawy weselne, każdy wiedział, co ma robić i o której godzinie. Ostatni miesiąc przed uroczystością to była katorżnicza praca, jej i Piotrka, oraz całej rodziny Winnych, mamy, cioci, obu babć, a przede wszystkim Ulki i Małgosi, które dołożyły wszelkich starań, żeby ślub Julii, która pierwsza z całego pokolenia wychodziła za mąż, miał godną oprawę. Ula, świeżo upieczony magister farmakologii, zdała ostatni egzamin z początkiem czerwca i z pasją oddała się wcielaniu w życie wyobrażenia o najpiękniejszej ceremonii weselnej na świecie.

Julia wolałaby skromną uroczystość. Wydawało jej się, że wystarczy pójść do kościoła, a potem zjeść uroczysty obiad w domu, żeby wszyscy byli zadowoleni. Piotrek podzielał jej opinię, on zresztą we wszystkim się z nią zgadzał, mówił „jak chcesz kochanie" i „jak uważasz, Juleczko", aż Ulka kiedyś nie wytrzymała i burknęła pod nosem, że można by go wysłać kopniakiem na księżyc, a on lecąc, pytałby Julii, czy dobrą trajektorię obrał. Julia wtedy obraziła się na siostrę, ale w głębi duszy przyznawała jej rację. Piotr był spokojny, uległy i zupełnie nieskomplikowany. Na dobrą sprawę interesowały go dwie sprawy – komputery i Julia. Obu pasjom był oddany w różnym stopniu, chociaż w kwestii komputerów wykazywał jeśli nie większy zapał, to na pewno większą kreatywność.

Skończył Instytut Informatyki na Politechnice Warszawskiej, bardzo prestiżowy, na który trudno było się dostać, i komputery nie miały przed nim tajemnic. Zanim jeszcze skończył studia, zaczął badania, które miały zakończyć się obroną pracy doktorskiej, a firmy poszukujące młodych informatycznych talentów na wyścigi składały oferty pracy w dziekanacie, aż sekretarka, pani Basia, do kartki „Akwizytorom dziękujemy" dodała jeszcze jedną: „Proszę zatrudniać naszych studentów, nie korzystając z uprzejmości sekretariatu". Piotrek natychmiast po obronie pracy magisterskiej dostał pracę w firmie, która produkowała komputery Macintosh. Stary komputer Atari został zamieniony na firmowy, okazały pod względem wyglądu i budowy sprzęt, a Piotrek założył garnitur i zarabiał bardzo dużo pieniędzy.

Julia była z niego bardzo dumna, chociaż komputer był dla niej równie interesującym sprzętem, co kuchenka mikrofalowa albo toster. Jej siostra podkreślała, że przyszły szwagier zrobi karierę i siostra będzie miała z nim dobrze. Wprawdzie nie przestała uważać go za nudziarza, ale doceniała stabilizację małżeńską, która miała stać się udziałem Julii. Snuła przy tym plany, jakby to ona miała zostać szczęśliwą oblubienicą, opowiadała, jak to Julia i Piotrek wybudują dom i będą jeździli na zagraniczne wycieczki. Ula uważała wyjazd do południowych krajów za szczyt szczęścia. Regularnie brała udział we wszelkich konkursach, które mogły przynieść jej wygraną w postaci wyjazdu na Wyspy Kanaryjskie, Cypr czy Rodos. Za każdym razem z wypiekami na twarzy sprawdzała wyniki konkursu i po krótkim rozczarowaniu wypełniała kolejną krzyżówkę, wymyślała hasło reklamowe, które miało wysłać ją w upragnione egzotyczne miejsce. Julia chciała oszczędzić na podróży poślubnej, bo mieli przecież remontować mieszkanie Piotrka i przenieść się tam, ale Ula słyszeć nawet o tym nie chciała.

– Ślub jest raz w życiu – tłumaczyła. – Macie mieszkanie, więc nie ma potrzeby rezygnować z czegoś tak ważnego jak podróż poślubna.

Wyliczała przy tym dziesiątki filmów, w których para młoda spędzała upojne dnie i noce nad oceanem, całując się w blasku gwiazd i umacniając tym samym swoją miłość.

– My z Piotrkiem nie przywiązujemy aż takiej wagi do podróży poślubnej – argumentowała Julia. – Naprawdę są ważniejsze sprawy między dwojgiem ludzi...

– Osobiście nie zamierzam poślubić kogoś, kto nie chciałby mieć podróży poślubnej, a piękną suknię nazywałby „niepotrzebnym strojem ślubnym".

Julia pod naciskiem siostry zgodziła się wreszcie na suknię, za którą zapłaciła krocie, i podróż poślubną, na szczęście do Adele, do Francji, gdzie nie będą musieli płacić za wikt i opierunek, odwiedzą groby bliskich i umocnią więzi rodzinne. Kiwała zatem głową, udając zachwyt nad wszelkimi działaniami Ulki i wyobrażała sobie siebie u boku Piotrka za rok, dwa, pięć i pięćdziesiąt lat. Ostatnio babcia Mania i babunia Ania obchodziły czterdzieste rocznice swoich ślubów. Wszyscy spotkali się na wzruszającej uroczystości. Były dwa torty, francuski szampan przysłany przez Adele, przemowy i prezenty. Karol, który interesował się fotografią i miał aparat Kodak, zrobił obu parom mnóstwo zdjęć. Julia patrzyła na przytulone do swoich mężów babcie, takie piękne i dostojne, mimo podeszłego wieku, i zastanawiała się, czy ona i Piotrek też będą tacy szczęśliwi ze sobą za czterdzieści lat.

Kiedyś myślała, że zostanie żoną Jarka. Ostatnio bardzo często o nim myślała i co tu dużo mówić – tęskniła. Gdyby mogła go zaprosić na ślub, a on przyszedłby i życzył im wszystkiego najlepszego, o ile łatwiej by jej było. Słyszała, że wyprowadził się z Adriankiem z domu i przypuszczała, że rodzina dowiedziała się o jego powiązaniach z tamtymi ludźmi. Widywała Magdę i Danusię, ale i jedna, i druga odwracały głowę na widok Julii, jakby były obrażone. Wszystko mogło być inaczej, gdyby nie tamten feralny egzamin, jej słowa, potem pobicie Piotrka, myślała, idąc ulicą. Coś ją wyraźnie niepokoiło, ale nie potrafiła powiedzieć co. To było jakieś wrażenie czy odczucie, ale zupełnie niezwiązane z jej osobą czy ślubem, tylko raczej z otaczającym ją bezpośrednio światem.

Rozejrzała się dyskretnie i wtedy ich dostrzegła. Ludzie w czarnych kombinezonach, co najmniej dwóch kryjących się w krzakach. U jednego widać było hełm, drugi straszył czarnym, połyskującym butem. „Policja albo antyterroryści", przemknęło jej przez głowę. „Idą kogoś z mafii aresztować". Zachciało jej się śmiać, bo poczuła się jak w kiepskim filmie. Przecież skoro ona ich widzi, to każdy może zobaczyć, a co dopiero gangsterzy. Cóż to za konspiracja? Żałosne po prostu… Nic dziwnego, że gangsterzy w tym mieście i całym kraju czują się świetnie. Z drugiej jednak strony, analizowała nieoczekiwanie zainteresowana sprawą, jeśli podjadą pod ich dom albo blok, to tamci pouciekają, jak zobaczą uzbrojonych ludzi. Pewnie ci tutaj zabezpieczają tyły, a na miejscu już są odpowiedni ludzie i jak na filmach „zdejmują" przestępców jednego po drugim.

Zrobiła jeszcze dwa kroki i przystanęła. Szli w stronę nowego osiedla, a przecież domy mafiosów były w Komorowie i Pęcicach, to jest w przeciwną stronę. Czego mogli szukać na Nowej Wsi? I dlaczego podchodzili nie w nocy, ale w sobotni poranek? Skupiła się, bo nieoczekiwanie jej serce zaczęło mocno i szybko bić. Jej przyszły mąż miał mieszkanie, w którym mieli zamieszkać po remoncie. Była tam kilka razy i podczas jednego z takich pobytów dostrzegła Jarka, jak w towarzystwie kilku mężczyzn otaczali niskiego, drobnego starszego pana. Wszyscy weszli do klatki bloku stojącego naprzeciwko domu Julii i Piotra, a ona zastanawiała się, czego mogą tam szukać. Jej zdziwienie podyktowane było plotkami, że ten człowiek wychodzi ze swojej słynnej w Komorowie willi tylko na przejażdżki sportowym samochodem, a wszystko, czego potrzebuje, dostarczają mu jego ludzie.

„Idą po Jarka", przemknęło jej przez głowę. „Może już go aresztowali", pomyślała w panice. Policja była wobec mafii pruszkowskiej zupełnie bezradna, ale od czasu do czasu wpadali szeregowi mafijni żołnierze, jak wtedy po śmierci słynnej pisarki, a stróże bezpieczeństwa stawali na głowie, żeby kogoś złapać i pokazać społeczeństwu, że pilnują bezpieczeństwa. Czasami oglądali w „Wiadomościach", jak jakiś gangster leży na podłodze własnej kuchni, a potem policjant zniekształconym głosem donosi o wielkim sukcesie i bliskim rozbiciu mafii. Julia wtedy zastanawiała się, dlaczego wszyscy w chwili aresztowania ubrani są tylko w majtki, ale potem gdzieś wyczytała, że to policja ich rozbiera, żeby nie chowali broni w nogawkach czy ukrytych kieszeniach. Z jednym takim większym szefem miała później rozmawiać ciocia Michele, a potem napisać książkę, za którą dostanie kilka ważnych nagród, ale na razie rodzimi mafiosi panoszyli się, zbierając haracze i podpalając niepokornym sklepy i restauracje.

Zapomniała o fryzurze, a nawet o ślubie i zaczęła myśleć, co powinna zrobić. „Muszę go zawiadomić, może nie jest za późno", myślała w panice. Odwróciła się i zaczęła biec. Mimo że upłynęły ponad dwa lata od tamtej wigilijnej wizyty, pamiętała cyfry, które napisał na kartce. Miała zdolności do zapamiętywania ciągów cyfr, już w dzieciństwie pamiętała numery telefonów wszystkich znajomych rodziców i poproszona, recytowała je niczym żywa książka telefoniczna. Zresztą wielokrotnie patrzyła na tę kartkę, szukając jakiegoś przesłania wśród znaków zakreślonych mocnym pismem jej dawnego przyjaciela i ukochanego. Było za mało czasu, żeby wracała do domu. Zresztą rodzice mogli wypytywać, o co chodzi, a policja jak na amerykańskich filmach mogła dojść, skąd było połączenie, a to mogło oznaczać kłopoty.

Postanowiła zadzwonić z automatu. Miała kilka żetonów, zawsze nosiła je przy sobie, bo wolała dzwonić w ten sposób do koleżanek i prosić o sprawdzenie punktów egzaminacyjnych niż z domu, gdzie stale byli rodzice, Ula albo Karol. Najbliższy automat był na Kraszewskiego vis-à-vis kościoła św. Kazimierza. Zdyszana znalazła się tam w ciągu kilku minut. Niestety pod aparatem stał jakiś mężczyzna i gadał jak najęty. Od czasu do czasu, kiedy aparat żądał „wrzuć" monetę, przykładał do otworu wrzutu małe urządzenie, naciskał guzik i impulsy były generowane nadal, jakby gość wrzucał żetony. Wściekła się. Od tego telefonu zależało czyjeś życie, a ten facet sobie gadał ze znajomym, w dodatku okradając Telekomunikację Polską.

– I z tym Wiedniem to wyszedłem na swoje… – perorował głośno. – Wziąłem normalnie konserwy z hurtowni i sprzedaliśmy z Zochą na targu. Poszły nawet parasolki i… co? Ta, jasne… Jedziemy latem… Idą tu jak woda, te tureckie. Jasne… Co? Co ty gadasz, stary?

Już się jednak nie dowiedział, co tamten rozmówca miał na myśli, bo Julia, zupełnie wbrew sobie, swojej nieśmiałości i dobremu wychowaniu, wyrwała człowiekowi słuchawkę i wydarła się jak przekupa pod samiuteńkim kościołem, w którym kilka godzin później miała przysięgać wieczną miłość przed ołtarzem.

– Oszust! Zamiast wrzucać żetony, to pan kradnie impulsy! A przyjechał pan zagranicznym samochodem! – wrzeszczała.

Facet na szczęście machnął ręką i wsiadł do czerwonego forda, najwyraźniej z zamiarem zmiany miejsca rozmowy.

– Wariatka! – krzyknął przez otwarte okno samochodu. – Nie będę płacił! Ja się państwu jebać nie pozwolę!

– Złodziej! – Julia straciła zupełnie zimną krew, ale po chwili przypomniała sobie, dlaczego chciała zadzwonić, i wstawiła żeton na przegródkę, a potem wybrała numer telefonu. Po chwili ciszy usłyszała jeden, drugi, a potem trzeci sygnał. Odebrał i powiedział, że będzie za 15 minut.

– Uciekaj, Jarek! – krzyknęła. – Idą po ciebie! Uciekaj!

Odłożyła słuchawkę, a potem stała jeszcze kilkanaście minut pod automatem. Następnie weszła do kościoła i zaczęła się modlić pod bocznym ołtarzem. Właściwie nie modliła się, tylko klepała modlitwy, bo samo przebywanie w kościele i powtarzanie tych słów przynosiło ukojenie. Od czasu do czasu szeptała:

– Panie Boże, nie pozwól, żeby mu się krzywda stała. On na pewno nic złego nie zrobił, nikogo nie zabił, nie okradł. Ja wiem, że on jest dobry. Zawsze można wybaczyć, prawda? Tak mówicie na katechezie, że Bóg jest dobry i wybacza. Matko przenajświętsza…

Święty Antoni patrzył na nią surowo, ale wytrzymywała to spojrzenie i powtarzała:

– To mój najlepszy przyjaciel. Moja wina, że on… Trochę moja, bo ja nie chciałam. Niech mu się nic nie stanie, niech on będzie zdrowy. Tak cię proszę…

Wróciła do domu prawie w południe, nieuczesana, bez ślubnego makijażu, wprawiając w zdumienie Ulkę i mamę.

– Co się stało? – spytały obie jednocześnie.

Karol już czekał ubrany w białą koszulę i spodnie od garnituru, a ojciec, w niemal identycznym stroju, wiązał mu krawat. Brat gwizdnął przeciągle na widok Julii, został skarcony jak dziecko przez oboje rodziców, ale wypowiedział pytanie, które wszystkim cisnęło się na usta.

– Gdzie byłaś? I czemu nie u fryzjera?

– Nie podobała mi się ta fryzura – wyjaśniła krótko Julia i rozłożyła ręce. – Co tak patrzycie? Bez koka też mogę iść do ślubu…

– Jasne – odzyskała mowę Urszula, plując sobie w brodę, że osobiście nie zaprowadziła siostrzyczki do fryzjera. Mogła przewidzieć, że ta dziwaczka wykręci taki numer. – Chodź…

Pociągnęła ją do łazienki, gdzie najpierw umyła jej głowę szamponem jojoba „dwa w jednym", potem wysuszyła, bardzo ładnie podkręcając końcówki włosów.

– Spuścić cię z oka… – utyskiwała podczas tej czynności. – To pójdziesz nie wiadomo gdzie… Gdybym wiedziała, tobym cię dowlokła do tego fryzjera. Powiesz, co się stało?

– Nie – krótko odpowiedziała jej siostra. – Nie teraz…

– Jak sobie radzicie? – Mama zajrzała do łazienki – Ooo… pięknie, córeczki moje, pięknie.

– Będzie jeszcze piękniej po makijażu. – Ula była z siebie wielce zadowolona. Sama była już uczesana i umalowana. Miała tylko włożyć brzoskwiniową sukienkę, którą kupiła specjalnie na ślub siostry za zarobione w cukierni pieniądze. Sukienka pochodziła z najbardziej eleganckiego sklepu w Pruszkowie – butiku Fabrizio, który prowadził prawdziwy Włoch. Kupiono tam także kostium Julii na ślub cywilny i sukienkę mamy.

– Nie mrugaj rzęsami – zarządziła Ulka.

– Staram się, ale nie mogę – westchnęła siostra, która nie malowała się na co dzień i ciężko jej było przyzwyczaić się do tańczącej przy jej powiekach spirali do rzęs.

– Może to jej urok – zanuciła Ula. – Może to Maybelline…

– Dziękuję ci, siostro – powiedziała Julia cicho.

Spojrzała kątem oka na biały kostium obszyty kolorowymi kamyczkami, a potem na przepiękną suknię ślubną, która wisiała w panieńskim pokoju Julii.

– *What the friends are for*… – Ula zanuciła wielki przebój Dionne Warwick. – Albo siostry… A powiesz, czemu nie byłaś u fryzjera?

– Ja nie chciałam tego koka i tapety na twarzy… – skłamała.

Ula, która właśnie nakładała jej szary, matowy cień na powieki, odchyliła głowę od twarzy Julii i spojrzała uważnie na swoje dzieło.

– Bujać to my… – mruknęła. – Za dobrze cię znam. Trzęsiesz się jak galareta.

Nie naciskała więcej. Jeśli siostra nie chciała jej powiedzieć, gdzie była, to widocznie miała ku temu dobry powód albo więcej powodów. Ula, która znała ją bardzo dobrze, wiedziała, że nie należy naciskać. Przyparta do muru, Julia zacinała się i albo nie mówiła nic, albo przyznawała do wszystkiego, mimo że często nawet nie wiedziała, o co chodzi. Zawsze tak robiła i w szkole, i w domu. Kiedyś Ula wyjadła całą bitą śmietanę przygotowaną na tort, a potem się wyparła. Julia natychmiast przyznała się do winy, chociaż bitej śmietany nie lubiła. Innym razem w szkole jeden z chłopaków zdjął z wieszaków wszystkie kurtki i płaszcze, porozrzucał na podłodze w całej szatni, a potem podpalił. Dyrekcja przyszła rozmawiać z klasą. Nikt się nie przyznał, więc wzięto wszystkich na przesłuchanie indywidualne. Julia była pierwsza na liście i natychmiast się przyznała do wszystkiego. Musiał interweniować ich wychowawca, który wiedział, że Julia nie byłaby zdolna do takiego czynu. Taka już była, albo wszystko, albo nic.

– Zdążymy? – spytała.

– No pewnie, spokojnie. – Ulka skończyła właśnie makijaż siostry i z zadowoleniem przyglądała się dziełu. – Zaraz pomogę ci się ubrać, bo jeszcze coś się rozmaże na tej bieli, a potem idziemy.

Kiedy wyszły z pokoju, powitał je pełen wyczekiwania wzrok mamy, cioci Kasi, Karola i obu babć.

– A wy co tak stoicie? – spytała Urszula i popchnęła lekko Julię przodem.

– Takie śliczne moje córeczki… – powiedział tata, który zachowywał się, jakby Julię w kosmos wyprawiał, a nie za mąż wydawał. Między innymi z tego właśnie powodu Ula nie pchała się do zalegalizowania związku ze swoim Remkiem, chociaż uważała, że to wreszcie ten jedyny.

Julia wkładała powoli buty na wysokim obcasie, również efekt zakupów z siostrą, tym razem w butiku na Chmielnej, dawniej Rutkowskiego.

– Wszyscy gotowi? – spytał przejęty Karol, który miał być kierowcą swoich sióstr, więc stał w garniturze i potrząsał kluczykami.

– Tak – czystym głosem powiedziała Julia. – Jestem gotowa.

Nie bez powodu uznała, że pytanie jest skierowane właśnie do niej, w końcu to ona zniknęła na cały ranek nie wiadomo gdzie i wróciła w stanie wskazującym co najmniej na jakieś wątpliwości. Nagle wszyscy odetchnęli z ulgą i zaczęli się tłoczyć do wyjścia. Dziewczyny wyszły i Ula pomogła Julii wsiąść do zaparkowanego przed domem samochodu rodziców, a potem z mamą i ciocią usadowiła się na tylnym siedzeniu. Tata jechał razem z babciami i dziadkami samochodem dziadka Andruszkiewicza. Pozostali zapakowali się do innych samochodów albo szli piechotą, bo dzień był piękny.

W urzędzie stanu cywilnego powitali ich szczęśliwy oblubieniec oraz dostojna pani we fioletowej szacie i srebrnym łańcuchu na szyi.

– Najpierw zapraszam państwa młodych z dowodami osobistymi – powiedziała pani, zatrzęsła siwymi lokami i spojrzała zachęcająco na Julię i Piotrka.

Kiedy zniknęli za białymi drzwiami, Ula poczuła, że ktoś dotyka jej ramienia. Spojrzała i ze zdumieniem zobaczyła, że to babunia Ania stoi obok i najwyraźniej chce coś powiedzieć.

– Co, babuniu? – spytała.

Do babci Mani wszyscy mówili „babciu", natomiast Ania była „babunią", trudno powiedzieć dlaczego. Do babci Andruszkiewiczowej dzieci zwracały się „babciu Teresko".

– Źle się czuję trochę, dziecko, i wyjdę na zewnątrz – powiedziała cicho.

– Ja wyjdę z babunią – zaproponowała, szukając wzrokiem cioci Ewy, ale nie mogła jej dostrzec w tłoczących się w sieni USC krewnych. – Albo kogoś poproszę – dodała, przypominając sobie, że jest świadkiem i raczej powinna stać tutaj.

– Nie, dziecko – powiedziała stanowczo. – Ja wyjdę sobie sama, po angielsku, posiedzę w parku. W końcu to ślub cywilny, więc nic ważnego…

Ula kiwnęła głową, młodzi w tym czasie wyszli z „urzędową panią" z pokoju i podążyli do sali głównej. Ulka razem ze wszystkimi gośćmi udała się za nimi. Z sali rozległy się dźwięki skrzypiec, wiolonczeli i gitary. Ceremonia się zaczęła.

Ania westchnęła i wyszła z odremontowanego świeżo budynku wprost do parku i przysiadła na ławeczce przed pustą fontanną. Obok niej stała kamienna rzeźba Narcyza, który patrzył w nieistniejącą taflę wody. W domyśle miał zachwycać się swoim obliczem, ale rzeźba była nieudana, a fontanna z reguły pusta i pełna śmieci. Ania przyjrzała mu się i stwierdziła, że Narcyz wygląda, jakby miał zamiar wymiotować. Była kilka razy w tym miejscu, ale dopiero teraz zwróciła uwagę na dziwne położenie rzeźby. Postanowiła przejść się między alejkami. Opuściła ławkę przy Narcyzie i poszła w stronę jeziora z łabędziami.

– Mamo! – usłyszała za sobą głos.

Odwróciła się i poczekała chwilę na swoją córkę Ewę.

– Ula powiedziała, że źle się poczułaś…

– Nie, kochanie. – Ania uśmiechnęła się łagodnie. – Wszystko w porządku, chciałam tylko chwilę pobyć z tobą tu w parku sama.

– To nie mogłaś powiedzieć? – Ewa wzięła matkę pod rękę. – Tylko ludzi straszysz…

Biały łabędź podpłynął do nich i spojrzał zachęcająco.

– Czemu nie jesteśmy na ślubie Julki? – spytała Ewa. – Jest jakiś szczególny powód?

Był szczególny powód. Ani nie podobał się ten ślub. Nie bardzo potrafiła powiedzieć, o co dokładnie chodzi, miała jednak pewność, że to wielkie nieporozumienie i nie powinno do tego dojść.

– To nie jest dla niej odpowiedni chłopak – powiedziała.

– To czemu jej tego nie powiedziałaś? – spytała Ewa. – Przecież to twoja ulubiona wnuczka, nawet nie próbuj zaprzeczać, że tak nie jest.

– Dzieci kocha się po równo, a wnuki inaczej. Ma się ulubieńców... Moją jest właśnie Julka. Ona kiedyś była u mnie i pytała o różne sprawy, ale nie jest moją rolą nakazywanie czegokolwiek...

Ewa zatrzymała się na chwilę.

– Mamuś, ale ty masz ogromne doświadczenie życiowe, jesteś taka mądra. Masz poza tym ten swój dar... Jeśli wiedziałaś o czymś, co było ważne dla Julki, co może zaważyć na całym jej życiu, to powinnaś powiedzieć.

– Właśnie ty, Ewuś, nie powinnaś tak mówić. – Ania popatrzyła na zegarek, prezent od Michała z Hiszpanii, i zdecydowała, że ceremonia już pewnie dobiega końca i trzeba wracać do urzędu. – W twoim przypadku próbowałam wpłynąć na twoje decyzje, a...

Córka opuściła głowę.

– Uciekłam tam, bo wydawało mi się, że w Izraelu jest moje miejsce. Straciłam wiele lat, żeby zrozumieć, że jestem tam zupełnie obca, a mój dom jest przy tobie i ojcu...

– Mogłabyś teraz tak nie twierdzić, jeśli wtedy zatrzymałabym cię siłą.

Ewa pokiwała głową i objęła matkę.

– Życia mi nie starczy, żeby ci to wynagrodzić...

– Nie wolno tak. – Ania pogłaskała córkę po piegowatej twarzy. – Matki są od tego, żeby pozwalać córkom odejść. A córki nie powinny oglądać się za siebie.

– Będę o tym pamiętała, kiedy Anna Maria zechce wyjść za mąż. Chociaż dzisiejsze dziewczyny chcą być niezależne, nie chcą ślubów, sukien, tej całej, jak to mówią, „szopki".

– Niektóre chcą. – Ania pokazała palcem na młodą parę, która w parku Potulickich miała ślubną sesję zdjęciową. – Zobacz, jacy zadowoleni...

Młoda para przybierała dziwne pozy na tle drzew, które miały chyba zilustrować ich wielką miłość oraz pieniądze wyłożone na ślub.

– Dziewczyna wygląda jak beza... – Ewa roześmiała się.

Ania jej zawtórowała. Ewa miała coraz więcej piegów, jakby z upływem lat ich przybywało. Ania uważała, że jej córka jest coraz piękniejsza mimo pięćdziesięciu pięciu lat na karku. Wyglądała najwyżej na czterdziestkę. Po powrocie z Izraela nie wróciła już na Lindleya, tylko zaczęła pracę w szpitalu dziecięcym na Kasprzaka. Zawsze chciała zostać pediatrą i jeszcze w Izraelu otworzyła specjalizację, którą skończyła w Polsce. Bardzo szybko zrobiła też habilitację, obecnie była już profesorem zwyczajnym, kierownikiem kliniki, jeździła na światowe kongresy, zapraszana na odczyty i obsypywana nagrodami. Ania była z niej ogromnie dumna. Basia, która nie zrobiła takiej kariery naukowej, ogromnie podziwiała siostrę cioteczną i na każdym kroku podkreślała, że Ewa to geniusz. Po powrocie Ewy dwie kuzynki, kiedyś także najlepsze przyjaciółki, unikały się przez kilka tygodni, wreszcie spotkały, a potem stopniowo odnowiły przyjaźń. Mimo że Ewa nie wróciła już do Pruszkowa, a mieszkała w domku na Woli, znów były blisko.

– Wracajmy, bo nie zdążymy powitać Julii – zarządziła Ewa.

Doszły jednak na czas, żeby stanąć jakby nigdy nic w sali, powitać parę młodą i wypić lampkę szampana za zdrowie wnuczki i siostrzenicy.

– Wszystko w porządku, babuniu? – spytała cicho Ulka.

– Tak, kochanie. Potrzebowałam tylko świeżego powietrza. – Ania złapała ją za rękę. – Tu obyło się bez niespodzianek?

– Tak, tak... – powiedziała Ula z ulgą i poprawiła fryzurę.

Skrzypce, wiolonczela i gitara znów zaczęły grać. Oprawą muzyczną zajęła się Kasia, która sprowadziła swoich znajomych, żeby zagrali na ślubie siostrzenicy i trzeba było przyznać, że wybrali przepiękne utwory. Jednak największe niespodzianki zostały przygotowane na ślub kościelny. Julia mogła się tylko domyślać, że zagra wuj Michał, ale nie wiedziała, jakie utwory wybrał. No, ale że ciotka Kasia sprowadzi bardzo znaną aktorkę, żeby przeczytała *Hymn o miłości*, to już nie mogła wiedzieć. Na razie panna młoda wyglądała na zrelaksowaną i z uśmiechem przyjmowała życzenia od krewnych i znajomych, trzymając Piotrka za rękę. Ula sterowała ruchem, więc w pewnym momencie zarządziła, żeby goście trochę szybciej składali życzenia, bo panna młoda musi iść do domu i tam przebrać się na ślub kościelny, który jest ważniejszy od cywilnego. Kiedy tylko ostatnia koleżanka złożyła gratulacje, Ula niezbyt grzecznie pociągnęła siostrę z powrotem do samochodu. Julia ledwo zdążyła pomachać świeżo poślubionemu małżonkowi.

– Czekaj, Ula – zaprotestowała słabym głosem. – Ja mu nie złożyłam nawet życzeń...

– Złożycie sobie po ślubie kościelnym. Zobaczycie się za godzinę z kawałkiem, spędzicie ze sobą całe życie, a teraz zróbcie sobie pa pa... – rozkazała siostra i po chwili jechali wszyscy w stronę domu, żeby tam zmieniać suknie i upinać welon.

Suknia Julii była przepiękna. Cała z gipiury, dopasowana u góry, swobodnie opadająca prawie do kostek, w kolorze ecru. Ula wypatrzyła ją w małym pawilonie w Alejach Jerozolimskich i była gotowa kupić ją siostrze za własne pieniądze. Suknia była bowiem zjawiskowa i w dodatku kosztowała jedną piątą tego, co kreacje najbardziej ekskluzywnego salonu sukien ślubnych Cymbeline. Julia początkowo chciała brać ślub w sukience swojej matki, ale Basia była znacznie niższa i nieco tęższa od córki, więc jej sukienka leżała na Julii fatalnie.

– A poza tym już koniec z tym skromnie, skromnie… Myślałby kto, że jakaś z ciebie szara mysz i w kącie pod miotłą będziesz ślub brała. Dosyć tego!

Ula, co wszyscy zgodnie przyznali, miałaby szansę w konkursie na druhnę roku. Mama dołożyła się do sukienki, a babcie do całej reszty. Rodzice pary młodej wespół w zespół sfinansowali całe przedsięwzięcie. Ula nie spała po nocach, ustalając w myślach szczegóły wesela, menu, nawet kolejność piosenek. Długo zastanawiała się nad wyborem didżeja, wreszcie wybrała jednego spośród polecanych przez koleżanki. Jednak nawet ten, starannie wybrany, nie spełniał jej wygórowanych oczekiwań.

– Gust z pralni i tanich programów telewizyjnych, ale poprzedni jeszcze gorsi – utyskiwała na tydzień przed ceremonią.

– Nie przejmuj się tak. – Śmiała się Julia. – Zobaczysz, że rodzina będzie tańczyła przy jakiejkolwiek muzyce.

– Jak mam się nie przejmować, kiedy on chciał jako waszą piosenkę puścić *Złoty pierścionek*… – denerwowała się.

Mama chwyciła się za serce.

– A pamiętasz, Tomeczku, naszą piosenkę? – Przytuliła się do ramienia taty.

Obie siostry i Karol wpatrzyli się w rodziców, którzy nagle wyglądali, jakby im ubyło po dwadzieścia lat.

– *Wszystko mi mówi, że mnie ktoś pokochał* Skaldów – powiedział tata i najwyraźniej była to prawidłowa odpowiedź, bo mama rozanieliła się jeszcze bardziej.

– A co wybrałaś dla nas? – ostrożnie zapytała Julia.

– *I will always love you*… – Ula z zadowoleniem wzięła do ust kawałek owocu kiwi, który dopiero niedawno pojawił się w Polsce. Rzadko sobie pozwalała na taki luksus, tylko raz albo dwa w miesiącu. Na szczęście reszta rodziny nie podzielała jej egzotycznych upodobań, ze smakiem zajadając jabłka i gruszki z ogrodu w Brwinowie, więc zielone cuda mogła pałaszować sama.

– Mogłaś mnie zapytać… – nieśmiało powiedziała Julia.

– Przecież płakałaś na tym filmie jak bóbr – oburzyła się siostra.

– Julia z reguły płacze na filmach – zauważyła mama.

– Ja nie – wtrąciła Ula.

– Ty nie – zgodził się tata.

– A jaką piosenkę chciałaś? – zainteresowała się mama.

– *Dance me to the end of love* – nieśmiało wyznała Julia.

– Ooo... – Ula się nieco skonfundowała, bo dotarło do niej, że to w końcu ślub jej siostry, a nie jej własny i powinna raczej dobierać repertuar, jaki odpowiada Julii. – Zmienię w takim razie...

– Nie, nie musisz... Piotrek nie umie przecież tańczyć, będzie mu wszystko jedno.

Ula pod spojrzeniem mamy nic nie powiedziała, ale pomyślała, że jej siostra będzie miała okropne życie z takim nudziarzem.

Julia stała w nawie kościoła ubrana w królewską suknię, z upiętym na włosach welonem babci, lekko drżąc w butach na wysokim obcasie. Kościół św. Kazimierza w Pruszkowie pękał w szwach. Na ślub przyszło mnóstwo znajomych jej i Piotrka, liczna rodzina, przyjaciele rodziców, a nawet dziadków. Na chórze wuj Michał, który przyjechał z rodziną na ślub z Hiszpanii, zaczął grać *Ave Maria*, a zgromadzeni ludzie zastygli z zachwytu. Znana aktorka, znajoma cioci Kasi, stała schowana w bocznej nawie, żeby nikt jej wcześniej niż podczas szykowanej niespodzianki nie zobaczył. Kasia także stała na górze, obok organów, i spoglądała na kuzyna Michała, który przesłał jej krzepiące spojrzenie, jakby wiedział, że Kasia znów od miesiąca nie wypiła ani kropelki i teraz to miał być już naprawdę koniec z alkoholem. Nawet w urzędzie stanu cywilnego udawała tylko, że pije za zdrowie młodej pary.

Julia wydawała się bardziej zdenerwowana niż w urzędzie. „Może to przez obcasy", pomyślała Ulka, „takie wysokie, ona przecież nieprzyzwyczajona, ale trudno, jakoś da radę, a potem na weselu się zmieni na coś wygodniejszego". Ich ojciec także wyglądał na wzruszonego, w końcu pierwszą córkę wydawał za mąż. Ściskał ramię Julii i oddychał nieco za głęboko, więc trochę kręciło mu się w głowie.

Ruszyli, kiedy ksiądz zaprosił ich do ołtarza w rytm granego przez wuja Michała *Dance me...*, do czego Ulka w ostatniej chwili przekonała i wuja, i księdza, który upierał się, że to jednak świecka piosenka i nie powinno jej się grać w kościele. Wuj jednak tak zagrał Cohena, że brzmiał jak preludium Chopina, pięknie to wypadło i było ogromnie wzruszające. Msza się zaczęła. Ula zerkała na plecy siostry, widziała, jak drżą jej ramiona ukryte pod welonem. Piotrek, nieco zgarbiony w garniturze, kręcił się również niespokojnie. Jego świadkiem był rodzony brat, a jakże, bo przecież jak z przekąsem odnotowała Ula, ten nudziarz nie miał przyjaciół. Zapomniała, że sama jest świadkiem swojej siostry, mimo że obie miały przyjaciółki. „Wuj Michał na chórze gra nieco zbyt rozdzierająco", zauważyła. „Ostatecznie to nie pogrzeb, a ślub". Na szczęście ciocia Kasia śpiewała zupełnie normalnie, a jej głos przywracał duszy Uli spokój.

Nie mogła się skupić na słowach księdza, chyba udzielała jej się siostrzana niepewność. Odwróciła się dyskretnie i spojrzała w oczy babuni Ani. Zobaczyła w nich ten sam niepokój, który miała Julia, kiedy rozczochrana wróciła rano do domu. „Co się dzieje?", nie mogła zrozumieć. Państwo młodzi tymczasem wstali do przysięgi. *Wiąże im stułą stęsknione ręce ksiądz, co podobny jest do księżyca*, przemknęły Uli w głowie słowa Gałczyńskiego. „Mogłam zorganizować dorożkę", skarciła się w myśli, „nie pomyślałam, a przecież dałoby się to zrobić, konie wyglądałyby super…".

– Ja, Julia Anna… – zaczął kapłan szczupły i przystojny, wcale niepodobny do księżyca.

Zaległa cisza. Julia wpatrywała się w Piotrka jak królik w fuzję i nie mogła wykrztusić słowa. Uniosła dłoń i zakryła usta. Kościół zamarł w oczekiwaniu. Ksiądz uśmiechnął się uspokajająco, zbliżył do młodych i cichutko coś powiedział najpierw Julii, potem Piotrkowi. Julia kaszlnęła, a Piotrek przygładził włosy.

– Ja, Julia Anna… – zaczął ponownie.

– Ja… – łamiącym głosem wyszeptała panna młoda, po czym opuściła głowę. – Przepraszam, nie mogę…

Stuła opadła, splecione ręce rozłączyły się. Panna młoda odwróciła się od ołtarza i przebiegła przez czerwony dywan, znikając w drzwiach kościoła otwartych z powodu liczby ludzi i upału. Ula spojrzała na zdumienie malujące się na twarzy księdza oraz niedoszłego oblubieńca, na wszelki wypadek nie spojrzała na miny ani swoich rodziców, ani przyszłych teściów i wybiegła z kościoła za siostrą. Słusznie założyła, że Julia pobiegnie w kierunku domu, bo niby dokąd miałaby pójść. Zobaczyła powiewający welon w połowie drogi między kościołem a tylną furtką i pobiegła za uciekającą panną młodą.

– Jak na bieganie na obcasach, to jesteś mistrzyni olimpijska – krzyknęła, doganiając siostrę.

Rzuciła się na nią i przewróciła niczym policjant złodzieja na amerykańskich filmach. Julia upadła, ale natychmiast próbowała wstać i wyrwać się z uścisku siostry.

– Co ty wyprawiasz?! – krzyknęła Ula, wyplątując się z welonu i gipiury. – Właśnie zwiałaś z własnego ślubu!

Julia dyszała ciężko. Znów miała rozczochrane włosy, makijaż rozmazał się od płaczu, a suknia była ubrudzona po upadku. Ula zaczęła poprawiać jej welon i otrzepywać sukienkę.

– Chodź szybko – szarpnęła ją za ręce. – Shit! – dodała, nie licząc się z tym, że stoi na poświęconym miejscu. – Złamałam obcas… Ale to nic, zaraz oderwę ten drugi jak w reklamie mentosów.

– Nie wrócę do kościoła – Julia odzyskała mowę. – Nie mogę wyjść za Piotrka…

– Już wyszłaś za Piotrka – przypomniała jej Urszula, oglądając się za siebie. Jak słusznie przypuszczała, z kościoła zaczęli wychodzić ludzie. Zobaczyła swojego ojca biegnącego w ich kierunku. – Jesteś po ślubie cywilnym. Teraz to tylko... potwierdzenie kulturowe.

Julia wyrwała się z uścisku, spojrzała dziko na Ulę, biegnącego ojca, a potem zrzuciła buty i boso zaczęła biec w kierunku wyjścia.

– Zatrzymaj ją – wydyszał ojciec, kiedy dotarł do Uli. – Zatrzymaj i zawróć...

Ula stała jak słup i nic z tego nie rozumiała. To było zupełnie nie w stylu Julii. Ona sama mogłaby się posądzać o podobną ekstrawagancję, ale nigdy o to, że tak mogłaby się zachować jej cicha, dobra i spolegliwa siostra, która zawsze i wszędzie liczyła się z uczuciami innych.

– Siłą mam ją tu przywlec z powrotem? – Ula w swojej włoskiej kreacji usiadła na kościelnej trawie. Obok ciężko usiadł jej ojciec w garniturze od Hugo Bossa, prawdziwej ekstrawagancji zafundowanej specjalnie na tę okazję.

– Dlaczego? – spytał.

Ula wzruszyła ramionami. Przyszło jej do głowy, że właśnie ona powinna znać przyczynę. W końcu były razem od poczęcia. Trudno o bliższe sobie osoby. Niestety nie znała odpowiedzi na to pytanie. Co gorsza nie miała nawet przypuszczeń co do przyczyny ucieczki Julii. Pierwsi goście dołączali do nich. Niektórzy stali, komentując, niektórzy siadali na trawie.

– Co za nieodpowiedzialność! – rzuciła w przestrzeń starsza pani w peruce, która wydawała się babcią Piotrka.

– Brak kultury – zawtórowała jej brzydka dziewczyna z lakierowaną fryzurą, w której Ula rozpoznała kuzynkę pana młodego.

– Co się stało?! – spytały jednocześnie Basia i mama Piotrka. Jego samego nigdzie nie było widać.

Ula ponownie wzruszyła ramionami, ale spojrzała w oczy obu matek i zrobiło jej się strasznie przykro i głupio.

– Nie mogłam jej zatrzymać... Co miałam robić?

– Ale jak to tak? – Z mózgów obu kobiet wyraźnie wypływały te same komunikaty, bo wygłaszały pytania jednocześnie.

– A skąd ja mogę wiedzieć? – zdenerwowała się Ula. Spojrzała na swoją przepiękną sukienkę pogniecioną i uwalaną trawą, stwierdziła, że jedno pasmo włosów wymknęło się z koka i wisi żałośnie z boku głowy. – No mamuś, ja nic nie wiem!

Obie kobiety spojrzały na siebie, przy czym mama Basia z niepewnością na twarzy, a mama Piotra z wyrazem wyrzutu i tłumionych pretensji.

– Ja naprawdę nie wiem, Krysiu, co się stało – powiedziała mama do niedoszłej teściowej swojej córki. – Przecież wszystko było dobrze...

– Wzięli ślub cywilny – mama Krysia wzięła pod rękę swojego męża, który nic nie mówił, spoglądał tylko na swoją wystrojoną żonę, matkę, córkę, siostrę i siostrzenice ze zmarszczonym czołem i najwyraźniej zastanawiał się, jakie stanowisko powinien zająć jako głowa rodziny.

– A wesele się odbędzie? – dociekała brzydka kuzynka, która zainwestowała w sukienkę i fryzjera. Miała nadzieję, że na weselu pozna kogoś, kto po całonocnych tańcach odmieni jej smutny los absolwentki Technikum Odzieżowego w Łodzi.

– Ależ oczywiście – pospieszyła z zapewnieniem mama Basia, ale urwała w pół słowa pod wzrokiem swojego męża.

– Nie wiadomo, czy ta... Julia wyszła za naszego Piotrka czy nie – powiedziała jego babcia z naciskiem na „ta" i naszego".

– Idę z Piotrkiem porozmawiać. – Ula podniosła si z trawy i powiedziała w kierunku tłumku zbierającego się na trawniku: – Panna młoda źle się poczuła, więc ślub... się nie odbędzie... dzisiaj... A wesele... to nie wiem, bo ja tu tylko sprzątam.

Potem zostawiła wszystkich gości na pastwę losu i poszła do wnętrza kościoła, gdzie kilku niedobitkom, którzy postanowili czekać w kościele, tłumaczyła, że niestety ceremonia się nie odbędzie, ale nie da się ustalić przyczyny ani także terminu ewentualnego kolejnego ślubu. „O ile w ogóle, w co wątpię", nie powiedziała już tego głośno. Piotrka nigdzie nie było. Mszę przerwano. Znana aktorka po obejrzeniu z ukrycia tego szczególnego spektaklu pożegnała się z Kasią i pojechała do domu. Ksiądz, czego Ula nie mogła wiedzieć, postał chwilę przed ołtarzem, a potem zdjął szaty liturgiczne i poszedł do zakrystii. Pierwszy raz w życiu spotkało go coś takiego. Pewnie powinien dokończyć święty sakrament, ale kościół w jednej chwili opustoszał, jakby ogłoszono, że podłożono bombę pod ołtarzem świętego Antoniego. W zakrystii zastał pewne poruszenie. Siwiutka staruszka, pewnie babcia któregoś z młodych, stała i machała chińskim wachlarzem przed twarzą starszego pana, bladego jak papier, który siedział na krześle przyniesionym przez księdza Mariana i oddychał ciężko.

– Co się stało? – spytał, ale na pierwszy rzut oka było widać, że mężczyzna z trudem zniósł ucieczkę panny młodej i wszystkie ewentualne konsekwencje tego czynu.

– Czy może ksiądz zadzwonić po karetkę pogotowia? – spytała starsza pani.– On jest bardzo chory i trzeba go przewieźć do szpitala.

Ula w poszukiwaniu Piotrka weszła do zakrystii, w sam raz, żeby zobaczyć dziwną scenę. Podeszła do babuni.

– Może ja pójdę po mamę albo ciocię? – zasugerowała. – To ktoś od Piotrka?

– O dziecko. – Babunia odetchnęła z ulgą. – Dobrze, że jesteś. Ksiądz zadzwoni po pogotowie, a ty idź, znajdź mojego męża, babcię Manię i dziadka Ryszarda.

Trzymaj ich z daleka od zakrystii. Niech idą do domu, gdziekolwiek, byle nie tu. Zwłaszcza Mania nie może tu wejść...

Babcia wyglądała, jakby ją ogarnęło szaleństwo. Ula kiwała głową, uznając, że nie czas na pytania.

– A potem wrócisz tu z Karolem, twoją matką i ciocią. Pojedziemy do szpitala...

– A Julia? – wykrztusiła Ula.

– Ona teraz potrzebuje spokoju. – Babunia machnęła ręką – A on potrzebuje nas...

Ula zerknęła na starszego pana siedzącego z zamkniętymi oczami i szybko pokiwała głową. Potem wyszła z zakrystii. Kiedy ponownie wróciła, staruszek wyglądał nieco lepiej, miał bladoróżowe policzki i oddychał spokojnie. Oczy też miał otwarte i z ciekawością patrzył na Ulę.

– Kto to? – spytał cicho. – Czy to ona ze ślubu uciekła?

– Nie, tamta jest pewnie w domu. To jej siostra bliźniaczka...

– Babuniu. – Ula nic nie rozumiała, ale uznała, że na pytania jeszcze przyjdzie czas. – Zaraz mama i ciocia przyjdą. Mama to niechętnie, bo chciała do Julii do domu, ale przekonałam ją, że babcia, ciocia Ewa i Małgosia lepiej sobie dadzą radę, jak to kobiety...

– Świetnie, moje dziecko – przerwała jej babunia. – A gdzie mój mąż i szwagier?

– Obu dziadków posłałam razem z tatą do pałacyku, żeby tam odkręcili wesele albo przyjęli gości na wypadek, gdyby przyszli...

– Bardzo dobrze – podsumowała babunia, zerkając z niepokojem na starszego pana. – Gdzie ta karetka?

– Przyjechała właśnie – oznajmił ksiądz.

Dwóch sanitariuszy wniosło nosze do zakrystii. Za nimi wszedł lekarz.

– Jak pan się czuje? – spytał, podchodząc do pacjenta. – Choruje pan na serce?

– Zasłabłem – odpowiedział spokojnie starszy człowiek. – Nie choruję na serce. Mam raka skóry z przerzutami...

– Zgadza się pan na hospitalizację?

Mężczyzna zerknął na babcię Anię, a ta pokiwała głową.

– Tak, zgadza się...

Sanitariusze pomogli mu przejść do karetki. Ania wstała.

– Nie możemy pani zabrać z pacjentem – powiedział lekarz. – Wieziemy męża na Wrzesinek. Proszę tam przyjechać.

– Babuniu... – zaczęła ponownie Ula. Obok niej stały zdenerwowane Kasia i Basia oraz Karol, który zdążył zdjąć krawat i marynarkę. Wszyscy, nadal w szoku, ocierali pot z czoła i czekali na dalsze instrukcje.

– Jedziemy na Wrzesinek, a po drodze wam opowiem, o co chodzi… – zarządziła babunia.

Zapakowali się do samochodu i Karol odjechał, o mało nie uderzając w inny samochód, taki był zdenerwowany. Ania pokrótce opowiedziała historię Pawła.

– To wasz ojciec i dziadek. Nie mógł być przy Mani, patrzeć, jak dorastacie. Teraz umiera i powinniśmy być przy nim…

W aucie panowało pełne niedowierzania milczenie.

– Ale nasz ojciec umarł – cicho powiedziała Kasia. – Mamie trzeba powiedzieć, jeśli to naprawdę…

– Jej akurat wam nie wolno powiedzieć, jeśli nie chcecie, żeby cały jej świat się zawalił… – babunia pogroziła im palcem, jakby chodziło o jakiś psikus, a nie tak poważną sprawę.

– Albo żeby babunię zamordowała gołymi rękoma. – Do Uli w końcu zaczynało docierać, że ucieczka ze ślubu jej siostry to pikuś przy wydarzeniach, które właśnie miały nastąpić.

– Bystre dziecko – przyznała babunia. – Śmierci to ja się nie boję, tylko bólu bliskich…

Tak jak babunia mówiła, Paweł Bartosiewicz, znany jako Daniel Umiński, nie przeżył nocy. Umarł przed północą, trzymając w jednym ręku dłoń Ani, w drugim swoich dwóch córek Basi i Kasi, w obecności wzruszonych wnuków, którzy opowiadali jedno przez drugie o szkole, studiach, kolegach, koleżankach, słowem o wszystkim, czego Paweł nie wiedział od Ani, z którą spotykał się od czasu do czasu w tajemnicy przed wszystkimi.

A kiedy było już po wszystkim, Ania została z Pawłem sama, bo Ula, która wszystko w końcu zrozumiała, kazała reszcie wyjść i zaczekać na ławce pod szpitalem.

– Co my mamie powiemy? – spytała Basia siostrę. – Przecież trzeba będzie pogrzeb zorganizować…

– Myślałam o tym i trzeba powiedzieć, że to przyjaciel ojca z wojska. Nikogo bliskiego… Ostatnia wola, żeby go pochowała rodzina przyjaciela.

– Trochę naciągane – wtrąciła się Ula. – Ale można spróbować…

– Ja nie mam siły – wyznała Kasia. – Całe życie szukałyśmy ojca, potem go pochowaliśmy. Dwa razy… teraz trzeci… Ja nie wiem, czy to przeżyję. Jak my to mamie powiemy? I ojcu?

– Jesteś aktorką, ciociu – przypomniała jej Ula. – Wierzę, że dasz radę. A zresztą wyobrażasz sobie, jaka tam krwawa jatka w domu? Ślub, wesele… A podróż poślubna? Kto pojedzie w podróż poślubną? Przy tym pogrzeb przyjaciela ojca to małe miki. Babcia nawet słuchać nas nie będzie…

Najbliższe dni obfitowały w dziwne wydarzenia. Julia, jak się okazało, wymagała pomocy lekarskiej i to nie z powodu stanu psychicznego. Kiedy dobiegła do domu, zorientowała się, że nie ma kluczy, a drzwi są zamknięte. Niewiele myśląc, stłukła łokciem szybę w kuchennym oknie i tą drogą dostała się do domu. Potem znacząc drogę krwawymi śladami, dotarła do swojego pokoju, zamknęła się na klucz i dopiero po dwóch godzinach perswazji, gróźb i próśb wpuściła w końcu babcię Manię, ciocię Ewę i Małgosię. Ciocia Ewa zajęła się fachowo ręką siostrzenicy, babcia Mania w tym czasie usiłowała się dowiedzieć, jakie Julia ma dalsze plany i czy ceremonia kościelna zostanie powtórzona.

Ponieważ Julia nie odzywała się słowem i uparcie patrzyła w jedno miejsce w kącie pokoju, babcia Mania opowiedziała jej historię o własnym odwołanym w przeddzień ślubie z dziadkiem Ryszardem. Julia znała tę historię z opowiadań mamy, oczywiście bez drastycznych szczegółów. Uważała jednak, że w niczym nie przypomina to jej ucieczki z kościoła, więc nadal nie uważała za stosowne się odezwać. Małgosia z kolei delikatnie nawiązała do własnej sytuacji. U niej z kolei narzeczony zdradzał ją z jej najlepszą przyjaciółką. Ona także odwołała ślub. Wprawdzie nie poczyniono żadnych przygotowań, ustalono jedynie termin, ale można było powiedzieć, że Małgosia była po tej drugiej stronie, pokrzywdzonej, dlatego powiedziała kuzynce wprost, że nie można chować głowy w piasek, tylko należy porozmawiać z rodziną narzeczonego, a przede wszystkim z nim samym.

Historia Małgosi przypomniała Julii o Jeremim, ponieważ to on właśnie powiedział Julii o wyborach Miss Polonia, które tak chętnie finansowała mafia pruszkowska, kulisach wyboru missek, a Julia zrobiła z tej wiedzy użytek. Przekonała wtedy Małgosię, żeby trzymała się z daleka od „sponsorów" i nie dawała się absolutnie nikomu komplementować ani nigdzie zapraszać. Co więcej, powiedziała o tym cioci Kasi, która przeraziła się nie na żarty i błagała córkę, żeby zrezygnowała ze startu w wyborach. Małgosia, wprawdzie niechętnie, ale posłuchała kuzynki, o rezygnacji w ogóle słyszeć nie chciała, ale trzymała się z daleka od różnych panów. Odpadła przed półfinałem, a wspomniana przyjaciółka zgarnęła tytuł, a potem jej narzeczonego. Małgosia raczej nie wybaczyła tego kuzynce, bo wiadomo – w każdej sytuacji musi być ktoś winny. Wtedy padło na Julię. Wspomniana historia przypomniała Julii, że jedyne, co w chwili obecnej ją interesuje, to los Jarka.

– Która jest godzina? – przemówiła po raz pierwszy od kilku godzin.

– Dziewiętnasta dwadzieścia, ale jest za późno, żeby wracać do kościoła. – Babcia Mania odetchnęła z ulgą, że wnuczka coś tam zaczyna rozumieć.

– Chcę obejrzeć wiadomości – powiedziała Julia, co wprawiło wszystkich w zadziwienie.

– W wiadomościach o tym nie powiedzą… – zdumiała się Małgosia.

Julia wstała z łóżka, zrzuciła suknię na podłogę, wyjęła z szuflady stary, rozciągnięty dres, wciągnęła go wprost na pończochy, ozdobny stanik i majtki Triumpha, a potem zasiadła przed telewizorem. Wiadomość o aresztowaniu kilku ważnych postaci mafii pruszkowskiej była wiadomością dnia. Julia siedziała wpatrzona w ekran ku zdumieniu trzech kobiet, które nie bardzo widziały związek między odwołanym ślubem a wyświetlanymi rewelacjami.

– To jeszcze za wcześnie, żeby powiedzieć, że ucięto łeb hydrze, ale poważnie osłabiliśmy struktury mafii – mówił zmienionym głosem odwrócony tyłem mężczyzna.

Na ekranie pokazywano ślady krwi w wołomińskim mieszkaniu i trzy ciała zakryte prześcieradłami. Policjanci udostępnili także nagrania operacyjne z aresztowania „bossów mafii pruszkowskiej". Zobaczyła rozciągniętych na podłodze Robka i Baryłkę, potem relacja przeniosła się do szpitala, gdzie pokazano Szefa po operacji. Zasłonięto twarze, więc Julia nikogo nie poznała. Szukała wzrokiem sylwetki Jeremiego, ale pokazywali tylko tamtych. Westchnęła i wróciła do swojego pokoju, a za nią wierna gwardia złożona z babki, ciotki i kuzynki.

– Gdzie właściwie jest reszta? – spytała babcia Mania około dwudziestej drugiej.

Siedziały we trzy w kuchni Andruszkiewiczów, pijąc herbatę earl grey i jedząc frykasy przygotowane dla gości, którzy mieli odwiedzić dom panny młodej. Główna bohaterka dnia spała twardo na swoim panieńskim łóżku, nieprzebrana w piżamę, na szczęście Małgosia przekonała ją przynajmniej do zmycia makijażu ślubnego. Ewa, która miała ochotę zadać to samo pytanie już kilka godzin wcześniej, rozłożyła bezradnie ręce.

– Pewnie odkręcają wszystko… – cicho powiedziała Małgosia. – Rozmawiają z rodzicami Piotrka, z nim...

– Pewnie poszli na wesele – dodała Mania. – Przecież szkoda, żeby to jedzenie się zmarnowało. Myślałam, że Rysio tu przyjdzie i Ania z Michałem, ale ich nie ma.

– Znając mamę, poszła pewnie tam, gdzie uważała, że jest bardziej potrzebna – pospieszyła z wyjaśnieniem Ewa.

– Albo pojechała do domu spać… – powiedziała Mania z przekąsem. – Jutro się pewnie dowiemy, że od razu wiedziała, że to się tak skończy, dlatego nie była w pałacu ślubów. Myślała, że tego nie zauważyłam, ale widziałam, że wyszła.

– Ciociu, mamie się słabo zrobiło – zaprotestowała Ewa. – Ja z nią byłam, to wiem…

– Ale że nie ma Basi, Tomka, no i Ulki. Nie wiem, co się stało…

– Ulka pewnie z Piotrkiem jest i go pociesza – z przekonaniem rzuciła Małgosia.

Ojciec Julii wrócił do domu około drugiej nad ranem, ale nie położył się, tylko zaproponował Mani, że zawiezie ją i Ryszarda do domu, do Brwinowa. Mania, która miała w końcu prawie osiemdziesiąt lat, a dzisiejszych wzruszeń powyżej uszu, ciężko dźwignęła się z kuchennego krzesła i poczłapała do samochodu, gdzie drzemał już znużony Ryszard.

– I co teraz będzie? – spytała Mania po drodze.

– Sam chciałbym to wiedzieć… – westchnął Tomasz. – Odprowadzić was, kochani? – spytał, parkując przed domem Mani i Ryszarda w Brwinowie.

– Damy sobie radę… – Mania pogłaskała zięcia po głowie. – A właściwie gdzie jest twoja żona, Urszula i Karol?

– A nie ma ich w domu? – zdumiał się Tomasz.

Ryszard, który był ledwie żywy ze zmęczenia, pociągnął żonę w stronę bramy, pozostawiając Tomasza od nowa zaniepokojonego nie na żarty, ponieważ w tej chwili właśnie dotarło do niego, że nie ma pojęcia, gdzie się podziewa jego Basia i pozostałe dzieci.

Rano Julia wstała, weszła do kuchni, budząc ojca, który spał na krześle, wzięła sobie z lodówki karton mleka „prosto od krowy" oraz płatki kukurydziane, usiadła obok niego i zaczęła jeść.

– Boże – sapnął Tomasz. Kark miał zupełnie sztywny. – Ty tu sobie jesz w najlepsze…

Julia spojrzała obojętnie i dokończyła jedzenie. Potem wstała i pocałowała ojca w czoło.

– Idę to wszystko odkręcić – powiedziała spokojnie.

Tomasz pokręcił głową z niedowierzaniem. Zupełnie nie poznawał córki. Prędzej spodziewałby się czegoś takiego po Ulce czy Małgosi. Ubrała się szybko w dżinsy i zwykłą bluzkę. Potem zebrała włosy w węzeł i powiedziała, że wychodzi. W drzwiach minęła się z matką, siostrą i bratem, pomachała im, jakby wybierała się na przechadzkę, i wyszła.

– Gdzie byliście? – spytał Tomasz.

– Odwieźliśmy babunię do domu – powiedziała jego żona, a potem dodała, że z nim porozmawia, wszystko mu wyjaśni, ale teraz wszyscy idą spać, bo już ledwo trzymają się na nogach.

Wszystko się jakoś poukładało, co dowodziło tego, że nawet z najgorszych zapętleń można wyjść z honorem i obronną ręką. Julia najpierw spotkała się z mężem, potem z jego rodzicami. Przeprosiła z całego serca, bo co innego mogła zrobić. Nikt jej nie oskarżał. Piotrek zapytał tylko, czy chodziło o jakiegoś innego mężczyznę. Zaprzeczyła. Po prostu zdała sobie sprawę z tego, że go nie kocha i nie może spędzić z nim reszty życia. Wydawał się rozumieć, lecz na prośbę, żeby zostali przyjaciółmi, powiedział, że nie może być o tym mowy. Ona także rozumiała jego odmowę. Rozeszli się więc zgodnie, w sądzie, bo przecież byli małżeństwem. Tyle że jak wyjaśnił mąż cioci Michele, nie skonsumowali związku, więc sąd uwzględnił niedojrzałość obojga, wyznaczył dwie rozprawy w ciągu jednego miesiąca i na tym się zakończyło dziwne małżeństwo Julii Andruszkiewicz.

– Swoją drogą pierwsza rozwódka w naszej rodzinie... – zauważyła Ula. – Już mieliśmy bigamistkę, trzeba przyznać nieświadomą niczego, nieślubne dzieci, porwane... Zaginionych krewnych, ślub ponad siedemdziesięcioletniego pradziadka. Ale rozwódki z powodu nieskonsumowanego związku wynikającego z jej niedojrzałości to nie...

– Można się było jeszcze powołać na niepoczytalność, ale wuj Janusz odradzał. – Westchnęła Basia. – W papierach by zostało...

– I do wojska by nie wzięli... – Skrzywiła się zabawnie Ulka.

Zaczęła się śmiać, Basia jej zawtórowała, a po chwili tarzały się obie po podłodze salonu, zanosząc śmiechem.

– Ja nie wyjdę za mąż – zapewniła Ula.

– Wiesz, wystarczy, że spotkasz odpowiedniego człowieka... – przekonywała ją matka, ale słabo to wypadło, więc pospieszyła z zapewnieniem, że dobrze się stało, bo jakby po ślubie miała dopiero się rozmyślić, to gorsze nieszczęście by było.

– A tłumaczenia ile. – Westchnął Tomasz, którego o przyczynę odwołanego ślubu pytali koledzy z pracy, sąsiedzi, a nawet dawni znajomi, których nie widział sto lat, a którzy właśnie przy tej okazji się ujawnili.

Basia westchnęła, bo w pracy przechodziła dokładnie przez to samo, kiedy wróciła wcześniej do kliniki. Skróciła urlop, bo nie było żadnego powodu, żeby w domu siedziała i rozmyślała nad wyborami życiowymi córki.

– Taka sukienka piękna i garnitur twój, Tomeczku... – nie mogła odżałować. – Nie chcę Julce wypominać, ale przecież tyle pieniędzy w te przygotowania poszło.

Tomasz pocałował żonę w czoło.

– To nie wypominaj. Dobrze, że kupiłaś ten kostiumik. Ślicznie w nim wyglądasz. Będę musiał pomyśleć nad okazjami do włożenia eleganckiego stroju. Będziemy częściej chodzić do filharmonii. O, wiem – uniósł palec – pójdziemy do teatru na tę sztukę, co się chodzi za aktorem, a na końcu dają jeść, zapomniałem tytułu...

– *Tamara* – podpowiedziała Ula. – Też bym chciała. Idźcie jeszcze na *Metro*, chociaż to dla... młodszych ludzi.

– Właśnie. – Ożywiła się Basia. – Na *Tamarę* trzeba pójść, Tomeczku. A garnitur przyda się na ślub Karola albo może twój, Urszulko, mimo wszystko...

– Na Karola to ja bym nie liczyła – wyrwało się Ulce, która wiedziała o skłonnościach brata już od kilku lat, zdążyła się z nimi oswoić, ale nie pisnęła ani słowa, nawet własnej siostrze.

W podróż poślubną pojechała z Julią siostra. Tak uradzono podczas rodzinnej nasiadówki. Julia z Piotrem mieli jechać do Francji, do Adele, która serdecznie zapraszała młodą parę. Bilety na autobus były kupione, więc nie było powodu, żeby rezygnować, a Ula miała paszport wyrobiony, więc klamka zapadła.

Tę podróż siostry miały wspominać do końca życia. Adele przyjęła je serdecznie, a przez całe wakacje nie padło ani jedno pytanie dotyczące odwołanego ślubu. Pod tym względem Adele okazała się niezwykle francuska i dyskretna, za co Julia była jej bardzo wdzięczna. Jej restauracja była miejscem obleganym przez miejscowych i przyjezdnych, które szczyciło się posiadaniem jednej gwiazdki Michelina – prawdziwy prestiż i powód do dumy. Serwowano tam dania kuchni bretońskiej, kulinarne arcydzieła, które pod wodzą Adele przygotowywało dziesięciu kucharzy i jedna kucharka. Już pierwszego dnia poprosiła Ulę i Julię, żeby mówiły do niej po imieniu, i od razu spytała, czy nie pomogłyby w restauracji.

Francuska ciotka okazała się zupełnie niepodobna do cioci Michele, ani z wyglądu, ani z charakteru. Znacznie spokojniejsza, uwielbiała dzieci, których sama miała dwójkę, też bliźniaki, ale chłopaków. Nie było ich niestety, bo mieszkali ze swoimi rodzinami w Paryżu. Jeden był restauratorem jak Adele, a drugi architektem. Adele swoją restauracją o nazwie „Les tournesols" kierowała żelazną ręką, komenderując podwładnymi niczym dowódca w wojsku.

– Może masz to, Adelko, po swoim tacie – zasugerowała któregoś dnia Julia, która z radością zgodziła się pomagać w kuchni i właśnie pobierała trudną naukę krojenia cebuli.

– Bardzo możliwe, moja droga. – Pokiwała głową Adele i skorygowała ruch ręki siostrzenicy, w wyniku czego cebula przestała się wyślizgiwać z dłoni Julii i dała w końcu pokroić w cienkie piórka. – Świeć panie nad jego duszą. Papa tak chciał, żebyśmy mówiły po polsku...

Łzy Julii leciały od cebuli. Miała trochę dość, ale cierpliwie uczyła się trudnej sztuki – nawet jeszcze nie gotowania, ale terminowania w kuchni.

– Ciocia Michele mówi świetnie. Nikt by nie poznał, że to nie Polka.

– Ona zawsze chciała mieszkać w Polsce, uczyć się, studiować, pracować. Zostaw już tę cebulę, dziecko, jutro znów od tego zaczniemy. Teraz obierz grzyby – podała jej miseczkę pieczarek, a Julia, która nie miała pojęcia, że grzyby można

„obierać", odłożyła na bok i podanym nożem zaczęła odrywać cieniutką białą skórkę.

– Mnie też tak mówiła. To znaczy, że we Francji urodziła się przez pomyłkę. – Julia zamilkła, spostrzegłszy się, że mogła powiedzieć coś, co by Adele uraziło.

– O właśnie, dokładnie tak było. – Pokiwała głową ciotka. – Ojciec nie chciał słyszeć o powrocie do Polski, a ona ciągle wierciła mu dziurę w brzuchu. Papa to nawet nie chciał pojechać w odwiedziny, tak się bał, że go nie wypuszczą z powrotem...

– Tu był szczęśliwy – dodała Julia, mozoląc się z pieczarkami. – A nasz dom, tam, gdzie nasze szczęście. Jeśli ktoś urodził się w stodole, to wcale nie znaczy, że jest koniem...

Adele zabrała siostrzenicy talerz z obranymi pieczarkami, wzięła do ręki specjalny nóż i zaczęła jej pokazywać, jak się kroi grzyby. Julia nie spodziewała się, że naukę zacznie właśnie od krojenia, co uważała za zajęcie zbyt oczywiste, żeby wymagało specjalnych technik. Adele jednak wytłumaczyła jej, że proces wybierania produktów, przechowywanie oraz krojenie jest kluczowym elementem gotowania.

– Możesz być najlepszą kucharką, ale jak na targu dasz sobie wcisnąć byle jakie owoce albo warzywa, a potem byle jak skroisz nie tym nożem, co potrzeba, to choćbyś nie wiem, jakich przypraw dodała, efekt będzie taki sobie.

Były na targu codziennie rano. Julia mimo wakacji wstawała koło czwartej nad ranem i towarzyszyła ciotce w wyprawach po warzywa, owoce i mięso. Zrobiło na niej wrażenie, że tu nic się nie mroziło, nie „wstawiało do lodówki", tylko ciągle kupowało świeże i dokładnie tyle, ile potrzeba.

– Mówisz pięknie, moja droga, naprawdę pięknie i tak bez akcentu – w głosie Adele słychać było podziw.

– Kończyłam studia, ale to ciocia Michele mnie nauczyła. – Uśmiechnęła się Julia. – W przyszłym roku skończę studia i wtedy... Chciałabym tłumaczyć książki z francuskiego na polski.

Nikomu na razie nie przyznała się do swoich planów, rodzina uważała za oczywiste, że Julia będzie uczyła dzieci, a za szczyt jej możliwości uznawała prywatną szkołę, a nie państwową posadę.

– To pięknie... – entuzjazmowała się Adele. – Chociaż ja w tobie, moja droga, widzę talent wybitnie kulinarny. Szkoda by było go zmarnować. Pomyśl o tym.

– Adele. – Julia aż przystanęła. – Przecież ja tylko... kroję. Od miesiąca.

– Tak właśnie rozpoznaję talent. Kroisz, moja droga, jak mój najmłodszy pomocnik, a on się uczył cały rok. Ty zaledwie miesiąc. Masz cierpliwość, rękę do owoców i warzyw, umiesz od razu wybrać właściwy nóż i ciągle się starasz. Jesteś materiałem na kucharza! A od jutra już nie kroisz, tylko uczysz się robić sosy.

Julia pojaśniała i rzuciła się ciotce na szyję.

– A w sobotę na pewno mogę iść na koncert? – upewniła się. – W restauracji największy ruch...

– Możesz, możesz... – uspokoiła ją Adele. – Mireille Mathieu to nasza wielka pieśniarka. Śpiewa niedaleko, grzech byłby wielki, gdybym was tam nie posłała. Szkoda, że nie możesz usłyszeć Jacquesa Brela, mojego kochanego Brela... Ani Serge'a Gainsbourge'a. Też go kochałam... ech...

– No szkoda wielka. – Pokiwała głową Julia, bo wprawdzie o tym drugim niewiele słyszała, ale Brela też kochała i widziała słynne przedstawienie z jego piosenkami w teatrze Ateneum, na które jej ojciec zdobył bilety, uruchamiając wszelkie kontakty. Po chwili dodała:

– Chociaż ja najbardziej to kocham Charlesa Aznavoura. Mamy w domu jego płytę i jak on śpiewa „La boheme", to mnie ciarki przechodzą...

– Naprawdę? – Ciocia aż przystanęła. – A wiesz, że on przychodzi do naszych „Słoneczników" w trzecią niedzielę sierpnia? Odwiedza rodzinę w okolicy. Zawsze bierze zupę bouillabaisse, jeżowce, mój camembert, no i gruszki na deser...

– Jeżowce... – powtórzyła zachwycona nowiną ciotki Julia.

– Wiesz co? Jak Charles przyjedzie, to właśnie ty oczyścisz dla niego ryby i pokroisz warzywa. Należy ci się, bo jesteś bardzo utalentowana. Oczywiście będziesz mogła go też poznać i powiedzieć, że lubisz jego piosenki.

Adele wiedziała, co mówi. W końcu niejednego kucharza do pracy przyjmowała, a sama terminowała w Paryżu w restauracji, która miała aż dwie gwiazdki Michelin. Z drugą siostrzenicą nie miała aż takiej więzi, może dlatego, że Ula pracowała na sali, a za jej naukę kelnerowania odpowiadała wspólniczka Adele, Helena. Uli nie przeszkadzało, że Adele jest bliżej z Julką, przeciwnie, cieszyła się, że siostra promienieje, z przysłowiową pieśnią na ustach wstaje bladym świtem, żeby towarzyszyć ciotce na targu, a po pracy jeździ na rowerze po okolicy. Ona sama wdała się w płomienny romans z drugim zastępcą szefa kuchni i po pracy oddawała się z zapałem naukom zupełnie innym niż sztuka dekorowania stołu czy wybór noży do sera.

– Francuzi to są jednak... Francuzi – zwierzyła się potem Julii, która tylko spytała, czy ten Guillome nie ma przypadkiem żony i dzieci, ale uzyskawszy przeczącą odpowiedź i pełne oburzenia „za kogo ty mnie uważasz", mruknęła tylko, żeby z tej miłości francuskiej nie było jakiegoś nieszczęścia.

– Żadnego nieszczęścia nie będzie, bo on nie jest jak nasi, co to wiesz, niby uważają... Zabezpieczamy się – dodała z nutką wyższości.

Julia miała na myśli raczej złamane serce i tęsknotę niż ciążową wpadkę, ale pokiwała tylko głową i nazwała siostrę „niewrażliwą larwą". Zmieniła zdanie dopiero, kiedy zaczęły rozmawiać o pamiętnej poślubnej nocy i Ula opowiedziała jej, gdzie, z kim i w jakich okolicznościach spędziła ten szczególny czas.

– Chcesz powiedzieć, że mityczny dziadek Paweł nie zginął z rąk UB, tylko mieszkał w Szwajcarii? A teraz wrócił i umarł w dzień mojego ślubu?

– Właśnie. – Pokiwała głową Ula.– A najlepsze to, że babunia cały czas o tym wiedziała. Bo to ona go uratowała. A babcia myślała, że on nie żyje.

– Babunia mi kiedyś opowiadała o tym, jak się z babcią zakochały w tym samym chłopaku… – wyznała Julia. – W dziadku właśnie, ale on wybrał babcię.

– Ja tego, wiesz, jeszcze nie rozkminiłam, ale to tak całkiem nie było. Bo wiesz, on tak na babunię patrzył i ciągle powtarzał „ukochana moja, jedyna moja". Taki dziadek, a tak ładnie mówił, że nigdy nie zapomniał i w każdej sekundzie swojego życia… No takie tam… Kilka razy się poryczałam, a mama to cały czas płakała. I ciocia też.

– Na łożu śmierci to różne rzeczy się mówi… – powątpiewała Julia. – Ale że babunia zakazała naszej babci mówić?

– Ja też nie do końca rozumiem, ale wiem jedno. Jak powiesz chociaż słówko, to babcia będzie cierpieć, a dziadek jeszcze bardziej. Ciebie nikt nie wypytywał co, dlaczego… Nikt ci nie wypomniał, ile kasy poszło na ślub i wesele…

– Nic nie powiem – cicho powiedziała Julia. – Nie dlatego, że mnie nikt nie pytał, tylko dlatego, że babunia prosiła.

Siedziały na cmentarzu, na którym spoczywali dwaj bracia babci i babuni, patrzyły na tablicę upamiętniającą Wacława Winnego i starały sobie wyobrazić, jak wuj musiał się tutaj czuć na obcej ziemi, w czasie działań wojennych.

– Dobrze, że chociaż zakochał się w dziewczynie. – Julii zakręciły się łzy w oczach. – Jaki on musiał tu być samotny…

Grób drugiego wuja był zupełnie inny, miał ozdobną dużą tablicę. Obsadzono go krzakami róż.

– Zmarł dwa lata temu, nie poznałyśmy go w ogóle…

– Ciocia Michele była na pogrzebie z wujkiem Januszem – przypomniała sobie Ula. – Babcia mówiła, że może ciocia zostanie we Francji, ale od razu wróciła…

– Wujek z Ameryki też umarł w dzień twojego ślubu – zauważyła Ula.– To nie był najlepszy dzień…

– Też żeśmy go nie poznały… – westchnęła Julia. – Bo nie chciał wracać do Polski.

W ferworze walki telegram z zawiadomieniem o śmierci Janka Winnego, który nadała nieutulona w żalu Dana, nie zrobił specjalnego wrażenia. Nikt z Winnych nie pojechał na sam pogrzeb, bo samo wyrobienie wizy trwało. Babunia Ania, mimo sędziwego wieku, zgłosiła się do ambasady, porozmawiała, z kim przyszło jej porozmawiać, a po miesiącu siedziała w samolocie lecącym do Nowego Jorku. Opowiadała tylko, że spotkała się z Daną, poszła na grób Janka i zwiedzała miasto. Kiedy ktoś pytał o szczegóły, machała ręką i mówiła, że miasto jak miasto, może rzeczywiście wysokie ma budynki i ludzi z dziesięć razy więcej niż w Warszawie, ale generalnie to nie ma o czym mówić. Nawet Michał z niej wyciągnął tylko tyle, że wszystko już nieważne i ona wie, czemu Jasiek nigdy wrócić nie chciał do Polski. „Można żyć albo tu, albo tam", podsumowała dyskusję „i nasz Jasiek doskonale o tym wiedział".

– Ciocia Ewa jedynie wróciła. Przynajmniej ona – przypomniała matce Ulka.

Julka i Ulka wróciły po dwóch miesiącach, wypoczęte, z nowym zapałem i walizkami pełnymi przypraw oraz przepisów kulinarnych, które Julia stopniowo, przy okazji różnych rodzinnych świąt wprowadzała w życie. Nad łóżkiem powiesiła mnóstwo zdjęć z Francji, między innymi z Charlesem Aznavourem, który zgodnie z tradycją zatrzymał się w „Słonecznikach" i jadł specjały Adele. Wiele lat później przyjechał do Polski na koncert i Julia poszła się z nim przywitać. Była przekonana, że jej nie pamięta, ale Charles wykrzyknął na jej widok: *Julia, petite jolie fille!*. A potem zadedykował jej piosenkę *She*. Julia była już w takim momencie życia, że słowa: *May be my treasure or the price I have to pay* brzmiały bardzo symbolicznie.

Po oficjalnym rozwodzie były mąż Piotrek wyjechał na stypendium do Stanów Zjednoczonych, do samej Doliny Krzemowej, poznał tam Chinkę Lin i po roku wziął z nią ślub w Las Vegas. Na wesele przyjechali do Pruszkowa i postarali się, żeby wszyscy o ceremonii mówili. Zorganizowano ją w dworku w Pęcicach, z wielkim rozmachem, znanym zespołem śpiewającym na żywo i pokazem ogni sztucznych. Julia także otrzymała zaproszenie, ale nie poszła ani do kościoła, ani tym bardziej na przyjęcie. Rozumiała oczywiście intencję zaproszenia i nie miała żalu, przeciwnie, odetchnęła z ulgą, że Piotrek ułożył sobie życie.

1998 ROK

Julia patrzyła przez okno na przebarwiające się liście kasztanowców. Dziwna zaraza niszczyła jej ulubione drzewa.

– Okropny ten szrotówek… – powiedziała do koleżanki, która weszła właśnie z wydrukami na konferencję zorganizowaną przez francuskiego szefa.

– Co mówiłaś? – zapytała nieuważnie koleżanka.

– Nic, nic… – mruknęła Julia, podziękowała za dostarczone materiały i wróciła do pisania artykułu reklamowego o kosmetykach, które ujędrniają i odmładzają skórę.

Jeszcze dwa lata temu myślała, że będzie pracowała w wydawnictwie i tłumaczyła książki francuskich klasyków na język polski. Zaproponowano jej jednak pracę marzeń, za którą wszyscy daliby się pozabijać i posiekać, czyli asystentki dyrektora w polskim przedstawicielstwie francuskiej firmy kosmetycznej. Pośrednio zawdzięczała tę pracę cioci Adele. Znajomy jej znajomego miał za zadanie owe przedstawicielstwo otworzyć i poszukiwał asystentki dobrze mówiącej po francusku. Posada sekretarki, która nazywała się „asystentką", była najbardziej pożądanym zajęciem w całym kraju. Dziewczyny przeglądające ogłoszenia o pracę w „Gazecie Wyborczej" pisały CV po polsku i angielsku i ubiegały się o posadę marzeń. Wyobrażały sobie wtedy, jak w eleganckich kostiumach będą robiły prezentacje w PowerPoincie, zamawiały catering i chodziły na lunche lub kolacje w drogich lokalach. Niektórym rzeczywiście się udawało, ale większość takie życie obserwowała jedynie w serialach *Miłość i dyplomacja*, *Pokolenia* czy *Powrót do Edenu*, marząc, że i one kiedyś dostaną swoją szansę, ubiorą się w drogie ciuchy i będą piły wino do kolacji.

Julii się udało, chociaż wcale o to nie zabiegała. Ciocia Adele oraz ciocia Michele znalazły ją w domu, wyciągnęły znad tłumaczenia genialnej książki Michela Houellebecqa *Extension du domaine de la lutte*, którą dostała od Michele pod choinkę, i kazały pójść na rozmowę kwalifikacyjną. Julia ubrała się w najlepszą sukienkę i poszła, gdzie pracę dostała od razu, ponieważ jako jedyna z setek kandydatek mówiła po francusku jak rodowita paryżanka, a po angielsku, jakby przyszła na świat u podnóża Tamizy. Na dodatek była oczytana, znała klasykę literatury, uwielbiała francuskich pieśniarzy, a informacja, że terminowała kilka miesięcy w restauracji szczycącej się posiadaniem jednej gwiazdki Michelin, ostatecznie przekonała szefa do jej kandydatury. Obawiał się on wprawdzie, że Julia jest zbyt mało przebojowa. Inne kandydatki może nie mówiły tak dobrze, ale miały w oczach determinację, żeby zostać w Warszawie i znaleźć tutaj pracę, a następnie męża. Julia tej żądzy nie miała. Przeciwnie, wyglądała, jakby jej zupełnie nie zależało. Jej strój też pozostawiał wiele do życzenia. Sukienka była pretensjonalna i zaprzeczała pojęciu „francuski szyk". Makijaż zrobiony przez Ulkę był zbyt mocny, odpowiedni raczej na popołudnie niż do pracy. Od kandydatki na taką posadę wymagało się pewnego stylu, ale po rozpatrzeniu wszystkich za i przeciw szef doszedł do wniosku, że makijażu można kandydatkę nauczyć, sukienki pomóc kupić, a inne dziewczyny nie opanują francuskiego w mowie i piśmie w stopniu tak zadowalającym.

Już po miesiącu pracy Julii stało się jasne, że Jacques Cointreau miał nigdy nie żałować tej decyzji. Pierwszego dnia Julia przyszła do pracy ubrana zupełnie normalnie, w spódnicę i koszulową bluzkę z apaszką, uczesana normalnie i z delikatnie podkreślonymi rzęsami. Na pytające spojrzenie koleżanki, która odpowiadała w nowo powstającej firmie za dział handlowy, wyznała, że na spotkanie rekrutacyjne to siostra tak ją wyszykowała, bo sama pracuje w firmie farmaceutycznej na podobnym stanowisku i wie, jak się należy ubrać, przynajmniej na rozmowę kwalifikacyjną. Koleżanka powiedziała jej życzliwie, że na rozmowie kwalifikacyjnej Julia wyglądała jak panienka z kabaretu, a teraz wygląda odpowiednio i bardzo francusko. Julia poczuła, że ona i Iwona Banasiewicz zaprzyjaźnią się ze sobą, na tyle oczywiście, na ile umożliwi im to wspólna praca.

Wszystko byłoby wspaniale, gdyby pisanie tekstów reklamujących kosmetyki dawało jej radość albo przynajmniej poczucie, że robi coś ważnego i pożytecznego. Tymczasem miała wrażenie, że oszukuje złaknione zachodnich rzeczy polskie kobiety, które uważały, że francuskie perfumy są synonimem luksusu i lepszego życia. Julia dostawała je do domu, nie oddała ich wszystkich Uli tylko dlatego, że oczekiwano, że będzie pachniała tymi piżmami i różami od samego rana. Wyrobiła sobie nawyk skrapiania się zapachami z podobnych do dzieł sztuki flakonów każdego Bożego dnia, żeby już nikt jej nie wyganiał do działu z próbkami, napominając, że ma używać kosmetyków, które reklamuje.

– Julia, ten artykuł trzeba wzmocnić emocjonalnie. – Iwona położyła jej na biurku tekst pokreślony na czerwono, jak niegdyś klasówki słabszych uczniów w szkole. – Na zdjęciach są szczęśliwe kobiety, a napisałaś trochę smutno.

– O tęsknocie, bo one tęsknią za tym kremem…

– Ale sugerujesz, że nie mogą go mieć, tymczasem… mogą.

Julia kiwnęła głową i zaczęła poprawiać zdanie po zdaniu. Jeśli o nią chodzi, tęskniła za normalnym życiem, wstawaniem rano, czytaniem bajek i tłumaczeniem, którego nikt nie potrzebował. Miała dość patrzenia na modelki, które reklamowały kremy odmładzające, a same mały nie więcej jak dwadzieścia lat. Nie chciała pisać o tym, że perfumy są najważniejsze i pozwolą współczesnej kobiecie rozwiązać wszystkie problemy.

– Dostajesz kupę kasy – przypominała jej Ula, kiedy próbowała zwierzyć się siostrze ze swoich wątpliwości.

– Owszem… – wzdychała, przypominając sobie, jak w odpowiedzi na pytanie: „jakiego wynagrodzenia pani oczekuje?", zażądała zawrotnej sumy. Była pewna, że nikt nie zgodzi się tyle zapłacić, ale dostała żądaną kwotę. Dokładała się do opłat domowych, chociaż rodzice wcale tego od niej nie oczekiwali, pomogła Karolowi, który chciał się usamodzielnić i wyprowadził do kawalerki, na którą solidarnie złożyła się rodzina Winnych, w tym właśnie ona.

– Powinnaś sobie kupić trochę ciuchów – zdecydowała Ula, która ubrania uważała za jedną z najważniejszych rzeczy w życiu kobiety, odzwierciedlenie osobowości, światopoglądu, a nawet literackiego gustu.

– Ciuchy to nie wszystko. – Julia wzniosła oczu ku niebu, zamknęła *Dublerkę* Debory Moggach i poszła zrobić sobie coś do jedzenia.

– Oczywiście, że nie wszystko, ale pomagają żyć. – Ula spojrzała na okładkę książki czytanej przez siostrę i westchnęła głęboko.

Sama też lubiła czytać, ale preferowała lżejszą literaturę. Ukradkiem, bojąc się miażdżącej krytyki oczytanej rodziny, pochłaniała harlequiny, romanse opisujące prawdziwą, wyrafinowaną miłość, gdzie on ją tak bardzo kocha, inaczej niż w prawdziwym życiu, gdzie jej kolejny chłopak mimo zasobnego portfela był nudny jak flaki z olejem, a za grę wstępną uważał kolację w restauracji. Kupno nowego ciucha zawsze poprawiało nastrój. Zresztą Ula tłumaczyła się przed sobą i rodziną, która uważała, że warto odkładać część zarobionych pieniędzy, że na zajmowanym stanowisku musi odpowiednio wyglądać.

– Ta farmacja to jednak był strzał w dziesiątkę… – powtarzała rodzinie, która już dawno pogodziła się z faktem, że w ich rodzinie nie pojawił się na razie nowy lekarz.

Kiedy Ula była bliska ukończenia studiów, mama bliźniaczek zaczęła rozglądać się za pracą dla swojej córki. Rozpoczęła nawet rozmowy z koleżanką, która była właścicielką apteki. Tyle że Ula słyszeć o tym nie chciała, bo miała inny pomysł na życie.

– Firma farmaceutyczna? – dziwiła się rodzina. – A co ty będziesz tam, kochanie, robiła?

– To samo co w aptece, tylko na większą skalę, z samochodem służbowym i dobrą pensją.

Zatrudnienie się na stanowisku przedstawiciela handlowego wcale nie było takie łatwe, ale Ula mówiła świetnie po angielsku i prawie równie dobrze po francusku, za co mogła podziękować uporowi cioci Michele, która wtłaczała ten język w głowę zachwyconej Julii, ale również jej niechętnej do nauki bliźniaczce. Firma, do której Ula aplikowała, miała główną siedzibę w Paryżu, więc znajomość tego języka, przebojowość i pewność siebie zrobiły swoje. Ula została przedstawicielką handlową, jeździła po klinikach, oddziałach i przychodniach, wciskając lek na nadciśnienie lekarzom ogólnym i rodzinnym, których było coraz więcej na rynku. Miała szczęście, bo lek okazał się bardzo dobry, więc sprzedawał się niejako sam, przy niewielkiej jedynie pomocy Uli i jeszcze dwóch osób, które dzieliły między sobą całe nowo powstałe województwo mazowieckie.

Codziennie rano wsiadała do swojego służbowego renault i jechała do Warszawy, Płocka, Radomia czy Pruszkowa, przypominała o leku, wychwalała jego zalety, pokazywała kolorowe ulotki. Przede wszystkim jednak kupowała prezenty. Miała określony budżet i mogła lekarzowi kupić, co tylko chciała, a on odwdzięczał się jej ilością wypisanych recept. Do każdego miała klucz. Lekarzowi z przychodni oferowała kosz delikatesowy z kawami, likierami i czekoladą, tym z kliniki ciastka od Bliklego, profesorom sponsoring konferencji naukowych. Wyróżniała się na tle innych przedstawicieli, w większości lekarzy, na których środowisko spoglądało niechętnie, zazdroszcząc samochodów i w ich pojęciu łatwego życia. Ona jako farmaceutka nie miała podobnych problemów.

Bardzo szybko awansowała. Po roku była już szefową regionalnych przedstawicieli, natomiast po dwóch kierowała zespołem pracowników z całej Polski. Rok później nie jeździła już sama w trasy, nawet żeby sprawdzać aktywność podwładnych, tylko siedziała w biurze jako zastępca kierownika działu marketingu. Nie zajmowała się już osobiście rezerwacją stolików w kawiarniach i restauracjach, gdzie zapraszała ważnych lekarzy na pogawędki, albo zamawianiem wykładów. Tym zajmowały się jej dwie asystentki. Już nie jeździła małym renaultem megane, a większym grandtour, którego kolor wybrała samodzielnie, podobnie jak rodzaj tapicerki i różne gadżety, którym salon wypełnił samochód. Miała ponadto mały, elegancki telefon komórkowy, którym dzwoniła wszędzie, także do domu, a firma płaciła jej rachunki. Za rok planowała zająć gabinet dyrektora marketingu, słusznie przewidując, że wskoczy on na wyższe stanowisko, a osoba, którą zastąpi, zajmie jeszcze wyższe, chociażby w samej siedzibie firmy w Paryżu.

Ile razy Julia spoglądała na telefon komórkowy siostry, małe różowe cudo wyklejone błyszczącymi dżetami udającymi diamenty, przypominała sobie Jeremiego i obezwładniał ją strach. Po tamtym telefonie nie miała z nim żadnego kontaktu. Ich ostatnia rozmowa miała miejsce w wigilijny dzień kilka lat wcześniej, kiedy dał jej *Ptaki z ciernistych krzewów* i numer telefonu. Pewnie myślał, że to ona może potrzebować pomocy, a nie odwrotnie. Stało się, jak się stało. W sumie całe szczęście, że mogła wtedy zadzwonić. Nie miała pojęcia, czy uniknął aresztowania. Śledziła programy informacyjne, artykuły w gazetach, ale nie uzyskała jednoznacznych informacji. Wybrała się nawet do Magdy i pytała o Jeremiego, ale ta powiedziała tylko, że jej brat już nie jest jej bratem, po tym jak uciekł, wcześniej umieściwszy Adriana w drogim ośrodku rehabilitacyjnym opłaconym na rok z góry.

– Dlaczego nie jest już twoim bratem? – spytała ją w progu starego mieszkania. Magda nawet nie zaproponowała jej, żeby weszła do środka.

– Sprzedał mieszkanie i zniknął. Wcześniej przestał się nami interesować.

Potem zamknęła jej drzwi przed nosem.

– Jak was latami utrzymywał, to było dobrze – mruknęła w stronę odrapanej tabliczki Wiśniewscy. Posłuchała jeszcze chwilę, jak Danusia płacze, a potem poszła, bo była zanadto przygnębiona.

W domu spytała matkę, czy mogłaby dowiedzieć się czegokolwiek o Jeremim przez ośrodek, w którym przebywał Adrian. Może mama miała tam jakiegoś znajomego, który mógł odpowiedzieć na pytanie, czy Adrianka ktoś odwiedza albo skąd przychodzą pieniądze.

– Już pytałam... – powiedziała mama cicho. – Przecież wiem, że to twój przyjaciel...

– Dowiedziałaś się czegoś? – spytała cicho.

– Tata też pytał, bo zna kogoś w policji...

– Jak to w policji? Skąd wiecie...

– Juleczko... – Basia pogłaskała ją po głowie. – Wszyscy o tym mówili. To nie jest takie duże miasto.

Spuściła głowę. Wszyscy wiedzieli. Pruszków to małe miasto.

– No to czego się dowiedzieliście?

– Niczego niestety... Tutejsi policjanci nie zajmowali się sprawami... mafii. – Basia przełknęła to słowo nie bez goryczy.

– On nie był w mafii – szepnęła Julia. – On tylko...

– On był z tamtymi ludźmi, córeczko. – Basia objęła ją, dziękując Bogu, że córka w porę zerwała wszelkie stosunki z tym chłopakiem. – Nie wiem, co konkretnie zrobił, ale był z nimi. A to straszni ludzie, wiesz sama...

Julia z czasem przestała wierzyć, że Jarek nie zrobił nic złego. Miała tylko nadzieję, że tam, gdzie jest, pokutuje za swoje winy. Mafia dogorywała. W lutym dwa lata wcześniej w biały dzień w samym centrum miasta pod kościołem zginął jeden z najbardziej niebezpiecznych gangsterów „Pruszkowa". Jego czarne volvo podziurawione od kul długo więziło ukochanego psa, którego dopiero żona, dawna wicemiss Polonia, przyszła uwolnić, bo żaden z policjantów nie miał odwagi otworzyć drzwi i zmierzyć się z kłami zwierzęcia. Egzekucja wstrząsnęła światkiem mafii i zwykłymi obywatelami. Mieszkańcom Pruszkowa nie mieściło się w głowach, że w biały dzień można w centrum miasta ostrzelać samochód z karabinów maszynowych, zabić człowieka i odjechać w nieznane. Kimkolwiek był zabity gangster, nie powinien był w taki sposób zakończyć żywota, na zawsze zmienić koszykarskie miasto w symbol przemocy i złodziejstwa. Mieli rację stróże porządku, wystarczyło trochę poczekać, a hydra sama zżarła swoje głowy.

Spojrzała w zatroskane oczy matki i zrobiło się jej przykro. Ulka, która przyprowadzała do domu coraz to nowych chłopaków, wydawała pieniądze na głupoty i w ogóle miała, jak to określała babcia, „fiu bdździu w głowie", nie dostarczyła rodzicom takich trosk jak ona.

– Kiedy mamo, ja go znam, on taki nie był nigdy. Zawsze był dobry i troszczył się o innych. Mnie on by krzywdy nie zrobił…

– Pewnie nie, przynajmniej nie specjalnie. – Westchnęła Basia, która wdzięczna była losowi za to, że Jeremi nie pokazał się po nieudanym ślubie Julki, zapadł się pod ziemię i jej dziecko nie musiało przeżywać tego, co dziewczyny i żony gangsterów, które albo odpowiadały za współudział, albo znikały, pozostawiając swoje rodziny w niepewności.

– *Jest tyle dziewczyn w Portofino, a on zobaczył tylko ją…** – jej siostra Kasia śpiewała podczas jakiejś gali piosenkę, która idealnie ilustrowała taką sytuację.

„Boże jedyny", myślała Basia, kiedy zobaczyła w ogólnopolskiej telewizji list gończy wysłany za Jeremim W., pseudonim „Młody". – Przychodził przecież do naszego domu – mówiła do męża zbielałymi ze strachu wargami. – Jakie nieszczęście mogło się stać….

– *Wiedzieli ludzie w Portofino/ że do wesela dzień czy dwa/ Gadali, z jaką dumną miną/ przez Portofino będzie szła…* – Kasia umiała pięknie śpiewać piosenki o porzuceniu. – *Lecz wyjechałeś z Portofino/ Na drodze został żółty kurz/ Nie mogę śmiać się w nos dziewczynom/ A w Portofino jest jesień już…*

W Pruszkowie też była jesień, dwie koleżanki Julii i Uli zniknęły bez śladu, podobnie jak Jeremi, tyle że kilka miesięcy później. Szepty zamieniały się w rozmowy, rozmowy w oskarżenia. Na szczęście nikt nie wiązał Julii z łysym chłopakiem ze zdjęcia, więc Basia liczyła, że córka zapomni, a przynajmniej przestanie się martwić. Julia niby żyła normalnie, spotykała się z koleżankami, pracowała we francuskiej firmie i sprawiała wrażenie, że nic specjalnego się z nią nie dzieje. Basia wiedziała jednak, że jej córka nie przestanie się martwić, póki nie dowie się, co stało się z jej przyjacielem.

* *Miłość w Portofino*, Agnieszka Osiecka.

1999 ROK

Ula tymczasem zatracała się w korporacyjnym życiu. Basia i Tomek byli przyzwyczajeni, że jedna z ich córek siedzi w domu i zaczytuje się w literaturze pięknej, a druga spędza każdy wolny wieczór poza domem. Martwiło ich to, że Julia po rozwodzie z Piotrkiem nie poznała nikogo innego, nie chodziła do kina, rzadko do teatru, natomiast Ula w kółko biegała na jakieś spotkania, spędzała wieczory w kawiarniach, restauracjach, a na całe weekendy wyjeżdżała ze znajomymi, których nie przyprowadzała do domu.

– Martwimy się o Julkę, a to z Ulą może być problem – Basia zwierzyła się swojej matce i ciotce podczas obiadu rodzinnego.

– A co was konkretnie martwi? – zapytała Mania, która po odwołanym ślubie Julii uznała wnuczkę za istotę nieobliczalną i co tu dużo mówić – źle wychowaną.

– Niemal nie pojawia się w domu, ciągle gdzieś jeździ z ludźmi, których my nie znamy – powiedział Tomek.

– Teraz nie takie czasy, żeby każdą koleżankę do domu przyprowadzać. – Mania miała na twarzy wypisaną znajomość czasów współczesnych.

– Wiem, mamuniu, ale jak była młodsza, to ciągle przyprowadzała swoich chłopców do domu. Teraz ja nawet nie wiem, czy jest z kimś związana…

– My w jej wieku miałyśmy już dzieci, tyle że mężów z nami nie było. – Westchnęła Mania. – To chyba nie było lepsze. O wojnie już nie wspominając.

– Julia jest bardzo wrażliwa – wspomniała Ania, a Mania spojrzała na siostrę z wyrzutem.

– Wszyscy wiedzą, że Julia jest bardzo wrażliwa – powiedziała z lekkim sarkazmem w głosie. – Zapewne ta wrażliwość kazała jej wtedy…

– Mamo, błagam, nie wracamy już do tego… – Basia położyła dłoń na ramieniu Mani. – Co to da, jeśli będziemy jej to w kółko wypominać?

– Lepiej tak, niż całe życie żałować… – cicho powiedziała Ania, a Mania znów się zdenerwowała, że jej przemądrzała siostra ma więcej do powiedzenia na temat uczuć jej własnej wnuczki niż ona sama.

– Ciekawe, co tamten chłopak na to… – mruknęła.

– Zaraz potem się ożenił i ma już dwoje dzieci – przypomniała matce Basia. – Jakoś szczególnie się nie nacierpiał.

– To też jakiś znak czasów. – Mania wzniosła oczy ku niebu. – Za moich czasów, jakby panna rzuciła kawalera tuż przed ślubem, to ten by sobie strzelił w głowę.

– Co też mama mówi, Boże jedyny. – Przestraszyła się Basia. – Jakby coś takiego się stało, to przecież Julia nigdy by nie doszła do siebie...

– A tak doszła bez kłopotu – ironizowała Mania. – Wzięła rozwód i siedziała w domu, tyle czasu marnując na czytanie bajek. Teraz przynajmniej pracuje...

– Manieczko, ja ciebie nie poznaję. – Zmarszczyła brwi Ania. – Julia pracuje w tej francuskiej korporacji. Zresztą teraz świat jest inny. Nie trzeba wychodzić za mąż...

– Za naszych czasów taka osoba jak Julia nie byłaby tolerowana w towarzystwie – powiedziała Mania z mocą.

– W jakim towarzystwie? – spytała Ania. – Byłyśmy obie ze wsi. O towarzystwie to jedynie słyszałyśmy u Platerek...

Spojrzała na siostrę uważnie, a po spotkaniu poprosiła Basię, żeby się przyjrzała własnej matce, nie jak córka, ale jak lekarz.

– Od śmierci Ryszarda prawie nie wychodzi... – mówiła w kuchni cicho, żeby Mania nie słyszała. – Nie jest niedołężna, ale wyraźnie zdziwaczała. Mówi do siebie, robi awantury w sklepie.

– Faktycznie, jakby się zmieniła. Staramy się przecież jeździć tak często, jak to tylko możliwe. Jakaś taka... złośliwa. Myślałam, że to po odejściu taty.

Wyszła z pracy jak zwykle później, ciągle się nie wyrabiała z notatkami, tekstami reklamowymi i tłumaczeniami. Była też wolniejsza, dlatego musiała pracować po godzinach. Chociaż chciała jak najszybciej wychodzić z biura, to do domu jej się nie spieszyło. Ulka właśnie wyszła za mąż i urodziła Lenkę, więc cała rodzina tańczyła wokoło nowo narodzonego maleństwa. Jula kochała Lenkę i gotowa była siedzieć u siostry, podziwiając doskonałość dzieła Twórcy w detalach typu mikroskopijne paznokietki albo uszka, które przypominały dzieła sztuki.

Był tam jednak jej mąż Kuba, który nie znosił ich rodziny, zachowywał się dość arogancko, a Ulka nie umiała mu się przeciwstawić. Może słyszał, jak Winni usiłowali wybić go Ulce z głowy po tym, jak wyszło na jaw, że po pierwsze jest jej szefem, po drugie ma żonę i dwójkę całkiem sporych dzieci. Ulka jednak się uparła, im mocniejsze argumenty padały, tym bardziej pragnęła Jakuba, człowieka przystojnego jak Bogusław Linda i zepsutego jak bohaterowie, których grał. W końcu dopięła swego,

Kuba rozwiódł się z żoną, zostawiając jej dom w Konstancinie i pokaźne alimenty na dzieci. Potem wprowadził się do nich i zaczął się zachowywać jak pan domu, generując sporo spięć z jej ojcem. Wieczór był przepiękny i nogi same zaniosły ją na Stare Miasto. Usiadła w kawiarence na rynku i słuchała kataryniarza, który wygrywał na katarynce stare melodie. Wyraźnie rozbawiona małpka ubrana w kraciasty kubraczek skrzeczała i wyciągała z maszyny losy.

– Wolne? – spytało dwóch mężczyzn ubranych w dżinsy i skórzane kurtki, wskazując na krzesła koło niej.

Obejrzała się. Wszystkie stoliki były zajęte.

– Tak, proszę – powiedziała uprzejmie i wróciła do obserwowania małpiszonka.

Kelnerka przyniosła jej herbatę i zebrała zamówienie od sąsiadów ze stolika.

– Ma pani ogień? – spytał uprzejmie jeden nich.

– Nie palę – odpowiedziała.

– To rzadkość dziś – powiedział drugi. – I takie kobiece... Pani chłopak musi być szczęśliwy z tego powodu.

Nie podjęła tematu. Ci mężczyźni byli uciążliwi i wyraźnie się jej naprzykrzali. Postanowiła dopić herbatę i ruszyć piechotą w stronę dworca, żeby wrócić do domu o przyzwoitej porze. Taksówki były tak drogie, że nie wchodziło w grę branie pod uwagę tego właśnie środka transportu.

– A gdybyśmy panią zaprosili na spacer? – spytał wyższy grzecznym tonem.

– Naprawdę dziękuję. – Zaczynała się denerwować. Żałowała, że wybrała się na spacer, zamiast wracać do domu.

– Pani Julio... – powiedział drugi. – Spokojnie, spokojnie... – dodał, widząc, że w panice wstaje i próbuje opuścić kawiarnię.

– Policja – dodał cicho pierwszy.

– Ja nic nie zrobiłam – powiedziała, patrząc na nich ze strachem.

– Zawieziemy panią na spotkanie ze znajomym, dobrze?

Pokiwała głową. Serce jej biło jak oszalałe.

– Zapłacimy teraz i wyjdziemy razem. Proszę jeszcze spojrzeć na nasze legitymacje. – Ten pierwszy szeroko się uśmiechał, jakby ich obserwowano. – Powinna pani od razu o to zapytać...

Znów pokiwała głową. Zapłacili sennej kelnerce, pokazali jej legitymacje policyjne, na które ledwie rzuciła okiem, i wyszli. Myślała, że pojadą policyjnym samochodem, ale zobaczyła srebrną toyotę zaparkowaną na Nowym Mieście. Wsiadła z lekkimi oporami i pojechali.

– To musi być bardzo krótka rozmowa. Nie wolno pani pytać o to, dokąd go wywieziemy. Nie wolno pytać o to, co robił przez ostatnie lata, gdzie był... Nie wolno.

– To o co wolno mi zapytać? – starała się zrozumieć.

– Najlepiej o nic. Lepiej się pożegnać, bo nie zobaczycie się już pewnie nigdy w życiu.

– Boże… – szepnęła. – Ja muszę zadzwonić do rodziców. Będą się niepokoić…

– Dzwoniła do nich oficer operacyjna i poinformowała, że poszłyście do kina. Odwieziemy panią do domu, spokojnie…

Nie pojechali na komendę, tylko do jakiegoś domu, chyba na Muranowie. Nie widziała dobrze przez przyciemnione szyby.

Schudł i zmizerniał, ale wyraźnie wyprzystojniał. Głowy nie miał już ogolonej na łyso, tylko nosił krótką fryzurę, w której było mu do twarzy. Podeszła szybko i objęła go, a on przycisnął ją mocno do siebie.

– Nie płacz – powiedział i rozluźnił uścisk. – Nie chcę, żebyś płakała przeze mnie…

– Sam płaczesz… – otarła mu łzę z oka.

Ponownie zamknął ją w ramionach.

– Co możesz mi powiedzieć? – spytała szeptem.

– Że cię kocham…

– Ja ciebie też. – Wstrząsał nią szloch. – Nie chcę cię stracić po raz drugi… Na pewno można coś zrobić… Na pewno można coś zrobić…

– Cicho – uspokajał ją, całując po mokrej od łez twarzy. – Tak jest sprawiedliwie, przecież wiesz, kim byłem…

– To jest sprawiedliwość? – Zachłysnęła się własnymi łzami.

– Tak – potwierdził. – Powiedziałem, że nie dokończę zeznawać, jeśli ciebie mi tu nie sprowadzą. Sprawiedliwość kosztuje, jak widzisz.

Ktoś zapukał do drzwi.

– Jarek, nie… – objęła go mocniej. – Nie mogą…

– Julia… moja Julia… Spotkamy się w lepszym świecie. Będę tam kucharzem i codziennie zrobię ci coś pysznego na śniadanie. Założymy hodowlę pieczarek, uwielbiamy je oboje, a tam nie rosną… – pocałował ją krótko i mocno, tak jak dawniej, a potem odgarnął włosy z czoła.

Do pokoju wszedł jeden z mężczyzn, którzy zaczepili ją w kawiarni.

– Koniec seansu… – powiedział.

Wyszła posłusznie, a potem zalana łzami wsiadła do samochodu prowadzonego przez jakąś kobietę, pewnie oficera, która udawała jej koleżankę, z którą były w kinie.

Do domu weszła zapłakana, na szczęście nikt jej nie usłyszał, bo wszyscy już spali. Nie zmrużyła oka tej nocy ani następnej, a przez kilka kolejnych miesięcy spała jak zając, co chwila budząc się albo z powodu snu – koszmaru dzieciństwa, który znów powrócił. Po wakacjach, które spędziła z małą Lenką w parku, chociaż babunia proponowała jej przyjazd do Brwinowa albo wspólny wyjazd na wczasy, poszła do francuskiego szefa i złożyła wymówienie.

– Ale co się stało? – pytał tata, a mama załamywała ręce.

Ulka, bujając Lenkę w wózeczku, kręciła z niedowierzaniem głową.

– Przecież zarabiasz kupę kasy. – Pukała się w czoło.

– Mam depresję w tej pracy, nie rozumiecie tego? – pytała słabo, a oni kręcili przecząco głowami.

– Weź prozac, wszyscy teraz biorą – powiedział sarkastycznie Jakub, który uważał za stosowne wtrącać swoje trzy grosze za każdym razem, kiedy miała miejsce jakakolwiek narada rodzinna.

– Pojadę do Adele. Zapraszała mnie. Dobrze? – oświadczyła któregoś dnia.

– To dobry pomysł. – Jej ojciec odetchnął z ulgą, bo patrzeć nie mógł, jak córka chodzi po domu jak zombie.

– Tak – zgodziła się mama, która odliczała dni, kiedy jej druga córka i zięć będą mogli wprowadzić się do nowego domu, który on kupił za kredyt we frankach szwajcarskich. – Jedź, trochę się rozerwij. Adelka mówiła, że tak dobrze tam się czułaś...

Julia wyjechała targana wyrzutami sumienia, że zostawia rodzinę w potrzebie, teraz, kiedy babcia Mania jest chora, a mała Lenka wymaga opieki. Czuła jednak, że jeśli nie ucieknie z tego kraju, to się udusi, zrobi coś sobie albo komuś innemu.

2000 ROK

Basi z pomocą Ani udało się wreszcie przekonać matkę, żeby wykonała stosowne badania. Wyniki były przerażające i stało się jasne, że odejście Ryszarda niewiele miało wspólnego z dziwacznym zachowaniem Mani, jej huśtawkami nastrojów i agresją wobec całej rodziny. W jej czole rósł potężny guz, który zmienił Manię z miłej i łagodnej osoby w utyskującą, narzekającą i zgryźliwą staruszkę. Byłaby się przepoczwarzyła w osobę zjadliwą, pełną wszelkich pretensji i posądzającą najbliższych o próby uczynienia jej krzywdy, gdyby pewnej nocy splątane naczynia krwionośne wewnątrz guza nie pękły. Mania już się nie obudziła.

– Dlaczego ja się nie zorientowałam?– płakała Basia na pogrzebie. – Przecież jestem lekarzem…

– Ja też się nie zorientowałam, jeśli ci to pomoże w czymkolwiek – cicho powiedziała Ania.

Przez niemal dziewięćdziesiąt lat Mania była jej siostrą, drugą połówką, krwią z krwi i ciałem z ciała. Mimo że nie wszystko o sobie wiedziały, nie zawsze panowała między nimi zgoda, były sobie najbliższe na świecie. Czuła się tak, jakby w niej samej coś umarło wraz z Manią.

– W dodatku odeszła tak nagle. – Basia nie mogła się uspokoić. – Wiem, że długo żyła, wszystko wiem. Dobrze, że nie cierpiała, bo przecież jak by wyglądała operacja w jej wieku…

– Naświetlania, leczenie… – Tomek objął ramieniem żonę. Jego rodzice odeszli dziesięć lat wcześniej. Teścia zabrał rak płuc, a teściową – nietypowo jak na kardiologa – rozległy zawał serca. – Wiesz, jak by to wyglądało…

Basia wiedziała, ale nie pocieszało jej to specjalnie.

– Pamiętam, jak babcia Bronia odchodziła i mogliśmy wszyscy się z nią pożegnać. Też miała dziewięćdziesiąt lat…

– Nie każdemu jest dane… – zaczął Tomek, ale Basia nie mogła się uspokoić.

– Ja też się z nią nie pożegnałam… – Ania pochyliła głowę. – I ogromnie mi to ciąży…

– Mnie się śniły anioły – powiedziała Kasia.

– Mamo, proszę cię. – Małgosia wzięła matkę za rękę, a drugą objęła ją za ramię.

Kasia zaczęła płakać i wtuliła głowę w pierś swojej córki. Podeszła do nich mała Janina, córka Małgosi, i objęła matkę. Ania poczuła, jak ktoś kładzie jej głowę na ramieniu.

– Co tam, kochanie? – spytała swoją wnuczkę cioteczną Lenkę.

– Czy babcia pójdzie do nieba? – Lenka miała niebieskie oczy i jasne włoski.

– Na pewno. – Uśmiechnęła się Basia. – Pan Bóg byłby… niespełna rozumu, gdyby jej nie wpuścił do nieba.

Ania także pokiwała głową.

– A ty, babuniu? Pójdziesz do nieba? – pytało dziecko.

– Jeśli babcia Mania za mną się wstawi, to kto wie. Może święty Piotr mnie wpuści. – Pocałowała dziecko w jasną główkę.

– Pogadam z siostrą na religii, żeby powiedziała o tym Panu Bogu. – Lenka wzięła na talerzyk pasztecik z mięsem, nabiła go na widelec i zaczęła gryźć.

– Ile razy mówiłam, że w ten sposób się nie je… – denerwowała się Ula.

– Daj spokój, proszę – nie wytrzymał Tomek. – Mamy stypę. Niech je, jak chce.

– Tata nie powinien się wtrącać do jej wychowania – zauważył Jakub, mąż Uli.

Towarzystwo przy stole umilkło, bo nikt nie chciał się narażać nielubianemu Jakubowi ani Uli, która uparła się, że wyjdzie za mąż za tego człowieka wbrew radom matki, ciotki, obu babek i siostry.

– Przyniosę ciasto z kuchni, ty, Basiu, siedź. – Tomek wstał z krzesła.

Kłopotliwe milczenie przy stole utrzymywało się.

– Czemu nie jesz, Janina? – głos Kasi przebił się przez ciszę.

– Nie jestem głodna. – Janina odsunęła talerz. – Zresztą już jadłam, sałatki, zupę... i drugie danie.

– Tylko rozgrzebałaś na talerzu trochę sałatki – zauważyła Basia. – A zupy nie chciałaś, bo podobno nie lubisz zup...

– Rzeczywiście, nie lubię zup. Po nich się pocę i dostaję czerwonych plam na twarzy – powiedziała Janina i zaraz podskoczyła na krześle, a potem pobiegła do kuchni, żeby, jak stwierdziła, pomóc dziadkowi w krojeniu ciasta i wypróbować kremów i eklerów, zanim je podadzą na stół.

– Czy ona nie jest za szczupła? – Ania zwróciła się bezpośrednio do Kasi.

– Teraz, ciociu, nie ma takiego pojęcia jak „za szczupła". – Skrzywiła się Kasia. – Wszystkie dziewczyny się odchudzają, ograniczają. Janina jest wegetarianką, nie je mięsa...

– Wygląda, jakby nic nie jadła – skwitowała Basia. – Ja ci mówię, Kaśka, że ona jest za szczupła. Może to przez naukę?

Małgosia nałożyła sobie na talerz kawał ciasta czekoladowego.

– Babcia najbardziej lubiła czekoladowe – zmieniła temat niezadowolona, że nikt nie pyta jej o córkę, nie współczuje tego, że została porzucona zaraz po urodzeniu Janiny przez chłopaka, który nie chciał nawet dać dziecku nazwiska. Jej matka i ciotka nie komentowały specjalnie tej sytuacji, za to wypowiadały się na tematy, o których nie miały pojęcia.

Ciotka Basia nie powinna nic mówić, bo zawsze miała dobrze z wujem Tomkiem, Karolem i kuzynkami. Jej matka natomiast zgotowała jej w dzieciństwie piekło swoimi nastrojami, lękami przed premierą, każdym przedstawieniem. Bała się, że jest za stara do jakiejś roli, że jej nie obsadzą albo co gorsza źle obsadzą. Dopiero Julian wprowadził w ich życie jakiś porządek. Ożenił się z matką i kilka lat było dobrze. A potem, kiedy trafił do więzienia, matka zaczęła pić. Kiedy wrócił, piła już za dwoje, a po jego śmierci nie trzeźwiała przez kilka miesięcy. Straciła etat w teatrze i umarłyby z głodu, gdyby nie ciotka i babcie. Siłą trzeba ją było zmusić do leczenia, a potem pilnować, żeby znów nie zaczęła. Winni znali oczywiście całą historię, ale cóż oni tak naprawdę wiedzieli o codziennym życiu w piekle. Czemu wypowiadali się na tematy, na które nie mieli bladego pojęcia? I to na stypie babci.

– To prawda. – Ania zrozumiała aluzję ciotecznej wnuczki. – Mania dałaby się pokrajać za ciasto czekoladowe.

– Mamy też ulubione ciasto babuni. – Janina wniosła talerz pełen szarlotki.

– Z bitą śmietaną... – Ania powąchała kawałek ciasta. – Ty też skosztuj, moja droga. Twoja ciocia piecze najlepszą szarlotkę zaraz po mojej babci Broni.

– Z szarej renety... – Basia uśmiechnęła się smutno i znów zaczęła płakać. – Mama mówiła, że nie ma już prawdziwych szarych renet.

Wszyscy jak jeden mąż rzucili się obejmować Basię i Kasię, przeglądać zdjęcia w albumie. Janina tymczasem poszła do łazienki i wypluła kawałek ciasta, który miała w ustach. Potem wyrzuciła resztę szarlotki, którą wzięła do ręki. Starannie wypłukała usta, żeby nie został ani jeden kawałek kalorycznego pokarmu, a i tak czuła się, jakby oblepiały ją zwały tłuszczu, które rosły jej na udach, brzuchu i pośladkach, czyniąc ją znów grubą i nieatrakcyjną w jej własnych oczach.

– Coś ty zrobiła, Ania? – krzyknął Ignacy.

Michele zapaliła światło, wstała z łóżka i włożyła szlafrok.

– Zostań, ja zejdę – zaproponował Janusz.

Pocałowała go w czoło i powiedziała, żeby spał, ona da sobie radę.

– Co tam, wujaszku? – spytała łagodnie, zabierając mu z rąk garnek pełen wody i odstawiając na kuchenny stół.

Ignacy spojrzał na nią podejrzliwie. Znów jej nie poznawał.

– Chciał się wujek napić herbaty? – spytała.

Pokręcił głową i wpatrywał się w nią intensywnie.

– Zrobię herbatki – zdecydowała. – Sama też się napiję, dobrze?

Nastawiła czajnik i poszła do sypialni po sweter dla Ignacego. W jego sypialni materac był wywrócony na drugą stronę, skołtuniona pościel leżała na podłodze, a wywleczone z szafy ubrania tworzyły na łóżku pokaźną górę. Ogarnęła pobieżnie, wzdychając głęboko. Kiedy wróciła do kuchni, zastała Ignacego siedzącego przy stole, bębniącego palcami o blat. Zalała dwie torebki herbaty malinowej gorącą wodą i wrzuciła kilka kostek cukru do kubka wuja. Przepadał za słodyczami. Herbatę pił tak słodką, że kleiła się do łyżki.

– Bóg nie wybaczy – powiedział konspiracyjnym tonem.

– Oczywiście, że wybaczy – powiedziała z przekonaniem Michele. – Jest miłosierny… Sam to przecież wiesz.

Ignacy pokręcił głową.

– Wojna to bestia – wyszeptał.

– Wujeczku, już nie ma wojny. – Michele uśmiechnęła się łagodnie i poklepała go po starej dłoni. – Nie ma czego się bać…

– Zawsze jest wojna. – Zacisnął usta. – Krysia zginęła, bo mnie pokochała, wiesz?

Nie miała pojęcia, o czym mówi, ale kiwnęła głową.

– Matka ją zabiła – rzucił w przestrzeń i zaczął płakać.

Janusz wszedł do kuchni.

– Może pójdziemy do łóżka? – zaproponował.

– Stanisławie, ona urodziła twoje dziecko, a ty ją zabiłeś… – Ignacy rozszlochał się jeszcze bardziej.

– O kim to tym razem? – spytał Janusz cicho swojej żony.

– Pewnie o czymś z czasów wojny, tylko że miesza do tego swoją matkę, która zginęła ponad siedemdziesiąt lat temu. Coraz częściej ma te swoje wizje, wspomnienia, przebłyski…

Michele westchnęła i objęła roztrzęsionego Ignacego. Złapał Janusza kurczowo za rękę.

– Nie możesz jej zostawić, ona jest z Winnych. To twoja córka na miłość boską – wyszeptał i zaczął trwożnie oglądać się za siebie. – Pan Bóg nie pobłogosławił związku żadnej z was. Obie miałyście mężów, święte więzy małżeńskie. Za bliskie pokrewieństwo, tak jak własna siostra. Bój się Boga, bój się Boga…

Zapowiadała się ciężka noc.

– Straszne to – szepnął Janusz.

Michele zaczęła drzemać na krześle. Janusz przykrył ją kocem, a sam usiadł obok Ignacego. Kiedy ocknął się nad ranem, już tylko on i Michele siedzieli w kuchni. Wuja znaleźli zwiniętego w kłębek na podłodze pokoju. Znów się rozebrał prawie do naga i drżał teraz z zimna przez sen. Michele strąciła z łóżka skołtunione ubrania, a Janusz dźwignął Ignacego i położył na łóżku.

– Biedak… – powiedziała ze współczuciem, otulając wuja kołdrą. – Może powiedzieć Ani o tym. Jego coś dręczy. Matka zabiła jakieś dziecko.

– Daj spokój. – Westchnął Janusz. – Przecież to choroba. Miesza pewnie wspomnienia swoje i ludzi, którzy się u niego spowiadali. A może i z filmów lub książek. Nic z tego, co mówi, nie ma przecież sensu.

Michele pokiwała głową i wróciła do sypialni. Do rana jednak nie mogła zasnąć. Słowa Ignacego nie dawały jej spokoju.

2010 ROK

Ula Andruszkiewicz-Pawełczyk stała nad swoją nastoletnią córką Lenką i ze zgrozą w oczach patrzyła na kolczyk, który wystawał z języka dziewczyny.

– Na litość boską, masz dopiero dwanaście lat, a to – wycelowała palec oskarżycielsko w twarz Lenki – jest szkodliwe dla zdrowia!

– No nie przesadzaj, mamo – mruknęła Lenka.

Ula nie chciała jednak odpuszczać. Może i nie była matką roku, ale nie zamierzała pozwalać, żeby smarkata weszła jej na głowę.

– Wyjmij to paskudztwo z uszu, kiedy do ciebie mówię, słyszysz?

Lenka przewróciła oczami do góry i zrobiła zbolałą minę, ale wyłączyła iPoda.

– Czego słuchasz? – zainteresowała się.

– Katy Perry. – Lenka miała minę, jakby jej matka była kosmitką i właśnie spytała ją, czy przeprowadzi się razem z nią na Marsa. – Od kiedy interesuje cię, czego ja słucham?

– Od zawsze. – Ula mijała się z prawdą. Te krzywiące się na scenie nastolatki wydające urywane dźwięki zupełnie jej nie interesowały. – To ta córka pastora, która całuje dziewczyny, tak?

Lenka zmarszczyła brwi.

– No, no... – powiedziała. – Jestem pod wrażeniem.

– Ale wolę Lady Gagę – Ula rzuciła następnym kłamstwem. – I tę Adele, ona ładnie śpiewa.

– A czego słuchałaś w moim wieku? – Lenka uznała, że więcej zyska przyjacielską pogawędką niż oślim uporem. Babcia Basia kiedyś opowiadała, że jej matka była zawsze uparta jak osioł. I jeszcze że ciotka Julia była najłagodniejszą istotą na świecie, ale tylko do dwudziestego czwartego roku życia, kiedy to uciekła z własnego ślubu. Potem robiła wszystko po swojemu. Pouczyła wtedy wnuczkę, żeby nie próbowała tej samej metody z matką, bo niczego nie wskóra.

– Stinga, Eurythmics, U2, George'a Michaela... – Ula uśmiechnęła się do swoich wspomnień. – Michaela Jacksona, Prince'a, Shinead O'Connor...

– Jakieś przedpotopy – podsumowała Lenka. – Z całym szacunkiem.

– Myśmy ich z twoją ciocią uwielbiały. Raz w „Dzienniku Ludowym" był plakat George'a Michaela. Ale byłyśmy szczęśliwe. Zawsze w soboty były plakaty.

– Ula się zamyśliła. – Trzeba było wstać o siódmej i lecieć do kiosku, bo potem wykupili.

Lenka udała zainteresowanie, chociaż niewiele rozumiała z tego, co matka do niej mówiła.

– Jaki „Dziennik Ludowy"? – spytała dla podtrzymania rozmowy. Przy odrobinie szczęścia matka pogada jeszcze trochę o „swoich czasach" i da jej spokój.

– Taka gazeta. Miała w sobotę dodatek w postaci plakatu jakiegoś zespołu. Nie wiadomo było oczywiście, jaki to zespół.

– To po co kupować, jak się nie wiedziało?

Ula uśmiechnęła się.

– Bo to mógł być plakat właśnie George'a Michaela… Twoja ciocia wstawała, bo ja byłam leniwa. Chociaż jej mniej zależało na tych plakatach. Ona wolała francuskie piosenki. Edith Piaf, Brela, Mireille Mathieu…

– Kogo? – Nie wytrzymała Lenka, chociaż o Piaf naturalnie słyszała.

Ula zignorowała minę córki.

– Nie było Internetu i kolorowych pism. „Bravo" trzeba było przywozić z zagranicy. Ciocia Michele nam załatwiała albo wuj Michał.

Lenka wystarczającą ilość razy słyszała, jak to ona ma dobrze i nic nie musi, w przeciwieństwie do swojej matki i ciotki, które pod choinkę dostawały kredki i ubrania, a w czasie stanu wojennego stały w kolejce po tanią wędlinę jak inne dzieci. Tak, ona miała wszystko podane na tacy. Mogła grymasić, że nie chce szynki babuni, dziadunia, Bohuna, a tymczasem jej rodzice mieli w jej wieku mgliste pojęcie, czym jest w ogóle szynka i czym się różni od baleronu i polędwicy. Tak, słyszała to tysiąc razy.

– Ja nie lubię plakatów – przypomniała matce. – Nie wieszam niczego na ścianach.

Rzeczywiście, Lenka nie miała na ścianach żadnych plakatów, za to były one pokryte cytatami z wierszy Williama Blake'a, Keatsa, sonetów Szekspira, ale również mądrościami z Internetu typu: *Nikt cię nie nauczy życia, jeśli ono samo cię nie nauczy, jak żyć*. Kiedy miała 10 lat, dostała pod choinkę książkę Paulo Coelho *Alchemik* i ściana pokryła się cytatami z jego dzieł, na przykład: *Skoro nie można się cofnąć, trzeba znaleźć najlepszy sposób, by pójść naprzód* albo *Strach przed cierpieniem jest straszniejszy niż samo cierpienie*. I wreszcie najlepszy: *Człowiek żyje dla swojej przyszłości*, który nie wiedzieć czemu wzbudził największy niepokój jej matki. Lence wydawały się bardzo trafne, a i książka zrobiła na niej wielkie wrażenie. Mama jak zwykle się niepokoiła, bo tylko to umiała robić. Do jej głównego źródła niepokoju należało: czy córka nie zakochała się nieszczęśliwie, nie będzie nacinać sobie skóry, brać amfetaminy albo innego świństwa, a przede wszystkim czy nie wpadnie w anoreksję jak nieszczęsna Janina.

– Nie chodzi o plakaty ani o to, że my z ciocią miałyśmy gorzej. Chodzi o ten twój kolczyk. Uszy masz nieprzekłute, chociaż nie miałabym nic przeciwko temu. A w języku dziurę…

– Nie lubię kolczyków w uszach. To takie barbarzyńskie… – Lenka skrzywiła się.

– Barbarzyńskie… – Ula wstała z krzesła i podeszła do okna. Z domu w Brwinowie widać było kawałek lasu. Panowała cisza. Dopiero za kilka lat zacznie dochodzić tu szum z przebiegającej nieopodal autostrady. – Chcieliśmy z ojcem, żebyś miała wszystko…

– I dlatego się rozwiedliście, tak? – Lenka miała dość tej rozmowy.

– Rozwiedliśmy się, bo ojciec pojechał pracować do Szwajcarii i tam… nasze drogi się rozeszły… – podsumowała zdradę Jakuba, awantury, wreszcie jego ostateczny wyjazd do Szwajcarii. Ona została z Lenką w nowo wybudowanym domu, z kredytem we frankach szwajcarskich, który po kryzysie wysysał z niej wszystkie soki. Nie radziła sobie z córką, odkąd ta skończyła pięć lat.

– Wiem, wiem… – Lenka znów włożyła słuchawki do uszu. – Ma tam nową rodzinę, a nas w nosie. A ja powinnam ci współczuć i pomagać, zamiast przekłuwać język.

– Chciałabym mieć więcej czasu dla ciebie, ale muszę pracować… – Ula gotowa była się rozpłakać. Ta rozmowa stanowczo nie była miła.

– No wiem, mamo, przecież ja nic nie mówię. – Lenka znów zdjęła słuchawki i objęła matkę ramieniem. – No nie płacz, no… nie płacz. Radzisz sobie, kobieto, no…

Ula ryczała, rozmazując starannie umalowane oczy. To nie powinno tak wyglądać. Matka nie powinna być pocieszana przez córkę. Córki nie potrzebują kumpelek, tylko matki.

– Przecież nie biorę prochów – perswadowała Lenka. – Uczę się dobrze. Nie mam anoreksji jak Janina…

Słysząc imię córki Małgosi, Ula zaniosła się płaczem na dobre.

– Chociaż jakbym się nazywała Janina i wyglądała jak ona, pewnie też miałabym anoreksję.

Ula na obecnym etapie dyskusji gotowa była przyznać córce rację i jeszcze zwrócić jej koszt przekłucia języka. Anoreksja Janiny stanowiła w rodzinie temat tabu. Małgosia i ciocia Kasia wypierały chorobę dziewczyny, aż wycieńczona trafiła do szpitala. Wtedy wkroczyła jej matka, bądź co bądź lekarz, i załamała ręce nad ważącą niecałe czterdzieści kilo cioteczną wnuczką. Kiedy niebezpieczeństwo już minęło, wszyscy zaczęli się zastanawiać, jak to się mogło stać, że nikt nie zauważył, że z Janiną coś jest nie tak. Miała w końcu matkę, ojczyma, młodszego brata. Mieszkała w mieszkaniu w Pruszkowie, miała swój pokój, jej rodzice się nie rozwodzili, nie spłacali kredytu, bo jej ojczym miał mieszkanie kupione przez rodziców. Janina dobrze się uczyła, chodziła do szkoły muzycznej i grała na pianinie.

– Ona wyzdrowiała… – Ula wytarła oczy. – Obiecaj, że ty nigdy nic takiego nie zrobisz.

– Mamo, ja jestem chuda. – Lenka miała nieco dość. – Daj spokój… Wyjmę ten kolczyk i po sprawie…

– Wyjmij, błagam, bo jak babcia zobaczy… – Ula całkiem się uspokoiła. – Tylko żebyś tatuażu sobie nie zrobiła, bo tego już mogę nie wytrzymać.

– Nie ma obawy. – Lenka aż się wzdrygnęła na myśl o igle wbijanej w jej skórę.

Babcia obecność kolczyka zniosła lepiej niż jej matka, ale Lenka musiała i tak wysłuchać pogadanki o możliwości zarażenia się wirusowym zapaleniem wątroby. Uspokoiła się dopiero wtedy, kiedy Lenka powiedziała, że przekłuwała język w salonie z certyfikatem, sterylizowanymi narzędziami, bo sama boi się chorób.

– Pytanie tylko, jaki certyfikowany salon przekłuł język nastolatce… – Babcia machnęła ręką.

Wyjęła kolczyk pół roku później, bo nie mogła już słuchać utyskiwań kobiet z rodziny Winnych. Trochę ją śmieszyło to rodowe nazwisko. Obecnie tylko jedna prababcia tak się nazywała, ale mimo to babcia, a nawet mama i ciotka lubiły mówić o sobie „my, kobiety z Winnych". Często jej przypominano, z jakiej jest rodziny. Niby że to taki klan, jak w tej telenoweli, której nie oglądała, bo była dla starych ludzi. Ale trzeba przyznać, że ogromnie lubiła prawie stuletnią prababcię, która była młodsza duchem niż babcia Basia, a czasami Lenka miała wrażenie, że nawet jej matka zachowywała się, jakby to ona dwie wojny przeżyła, a nie ta staruszeczka, która uwielbiała oglądać kreskówki na DVD z prawnukami i słuchała całkiem fajnej muzyki.

W gimnazjum w Brwinowie panowało wielkie poruszenie. Z okazji 95. rocznicy wybuchu pierwszej wojny światowej zaproszono starszą panią, świadka tamtych wydarzeń.

– …niezwykły gość – mówiła pani wicedyrektor w czasie akademii. – Powitajcie panią Annę Winną…

Rozległy się oklaski i wprowadzono Anię do sali gimnastycznej. Po oficjalnej części uroczystości, w czasie której nawet Ania zaczęła się już trochę nudzić, dzieci mogły zadawać pytania. Musiała je zachęcić, bo były tak sterroryzowane przez nauczycielki, że początkowo nie było żadnych pytań. Sama zaczęła opowiadać o tamtych czasach, wskazywała miejsca znane wszystkim z Brwinowa, opowiadała o ich historii. W końcu dzieciaki ośmieliły się i zaczęły zadawać przeróżne pytania.

– Tak – powiedziała. – Uczyłam w tej szkole. Moja siostra Maria także... Sama zresztą do niej chodziłam, tyle że budynek mieścił się przecznicę dalej.

– A pamięta pani jakieś zabawne zdarzenie z czasów, kiedy była pani uczennicą? – spytała jedna z nauczycielek.

Opowiedziała, jak pierwszego dnia nauki rzuciła się na Pawła, który ją przezywał. Nawiązała do Ani z Zielonego Wzgórza, która miała podobną przygodę.

– A wyszła pani za tego chłopaka? – spytała inna nauczycielka.

– Moja siostra wyszła za niego – uśmiechnęła się Ania.

– A kiedy pani uczyła, było tak jak dzisiaj, czy może pani była łagodną nauczycielką? A było jakieś zabawne wydarzenie wtedy?

– Co wy tak pytacie tylko o te zabawne sprawy? – pani wicedyrektor wtrąciła swoje trzy grosze.

Ania zastanowiła się chwilę, a potem opowiedziała o historii z wróblem w dzień po śmierci ojca narodu Stalina.

– Naprawdę można było za to pójść do więzienia? – Chłopcu, który zadał pytanie, sypał się wąs. Nogawki spodni miał przykrótkie i Ani skojarzyli się Damian i Karol, którzy wyrastali ze spodni i chodzili w zbyt krótkich, bo nic nie można było dostać. Te spodnie jednak wyglądały na specjalnie za krótkie.

– Za dużo mniejsze przewinienia można było pójść na wiele lat za kratki. A nawet za zasługi... Kiedy dziś opowiadam moim prawnukom o tym, że ich dziadek został skazany na śmierć, ponieważ bronił wolnej Polski, nie do końca wierzą...

– To pani ma prawnuki? – zdziwiła się dziewczynka w okularach z czarnymi oprawkami.

– Tak. – Uśmiechnęła się Ania. – Mam prawnuki. Ale powiem ci, że w środku jestem ciągle młodą dziewczyną, tyle że nie do końca nadążam za światem.

Głos miała jasny i czysty, spojrzenie bystre. Na małej, białej głowie duży kok zrobiony z warkoczyków. Lekko drżała jej głowa.

– Jak to jest przeżyć dwie wojny? – gość powtórzył pytanie pani od historii.

– Pierwszej nie pamiętam. Miałyśmy z siostrą niespełna miesiąc, kiedy wybuchła, ale moja babcia, która mnie wychowywała, mówiła, że było bardzo ciężko. Pamiętam za to drugą wojnę światową...

Gość zamilkł. W sali było cicho jak makiem zasiał.

– W obliczu zagrożenia każdy pokazuje prawdziwą twarz – powiedziała czystym, spokojnym głosem. – Niezależnie od tego, czy zagrożenie to niezapowiedziana klasówka czy wywózka na Syberię.

Kilka osób się roześmiało.

– Myśmy też pokazali swoją prawdziwą twarz. My Polacy... – Zaczerpnęła oddech. – Kto walczył, kto tchórzył... Musiał z tym żyć. Często nie było nagrody, a ofiara trafiała w próżnię. Często byliśmy winni, popełnialiśmy błędy, ale wierzyliśmy, że tak trzeba...

– Czy pamięta pani jakieś szczególnie dramatyczne wydarzenie z czasów wojny? – spytała wysoka gimnazjalistka.

Ania uśmiechnęła się lekko.

– Pamięć... To dziwny twór... O pewnych rzeczach chciałabym zapomnieć. Ja nie miałam najgorzej. Ludzie tracili wszystkich bliskich, zabijano dzieci na ich oczach... I dźwigali się z tego, zakładali nowe rodziny, znów kochali...

Chwilę wsłuchiwała się w siebie.

– Był pierwszy dzień wojny. Spędzili nas na rynek, odczytali jakieś oświadczenie po niemiecku. Potem wyciągnęli kilkunastu mężczyzn i ustawili pod ścianą...

Minęło tyle lat, a ona nie mogła zapomnieć. Śnili jej się obaj, Paweł i Antoni, zwykle przepychający się pod ścianą i błagający się nawzajem o śmierć. Budziła się wtedy mokra, zlana potem i tęskniąca za jednym i drugim, tak bardzo, że dopiero ramiona Michała przynosiły ulgę. Tyle że teraz męża już nie było, a ona codziennie rano budziła się, mając nadzieję, że to jego śmierć była tylko snem. Trzymała zamknięte powieki, czekając, aż usłyszy jego pytanie, czy nie miałaby ochotę, żeby zjedli śniadanie na werandzie. Niestety, kiedy otwierała oczy, widziała tylko nietkniętą poduszkę i puste miejsce na materacu.

– A co jest według pani najważniejsze na świecie? – tym razem pytanie zadał chłopiec, chudziutki, z kilkoma pryszczami na czole. Kogoś jej przypominał, tylko nie umiała powiedzieć kogo.

– Miłość jest najważniejsza – powiedziała z mocą. – Wierzyłam w życiu w wiele spraw. W walkę, wolność, słuszność swoich wyborów. I równie często wątpiłam. Nigdy jednak nie przestałam wierzyć w miłość. Dlatego przetrwałam. Przetrwaliśmy jako rodzina...

– Dziękujemy pani bardzo – schrypniętym głosem odpowiedziała pani wicedyrektor. – Czy zechce nas pani jeszcze kiedyś odwiedzić?

– Jeśli tylko dożyję, bardzo chętnie przyjdę. – Roześmiała się, a po sali przeszedł szmer uznania dla czaru, żywotności i niewątpliwego uroku starszej pani.

2014 ROK

– Mamusiu kochana, może to za dużo dla ciebie, co? – spytała Ewa, troskliwie otulając Anię kocem. – Może ty się jeszcze zastanów...

Ania roześmiała się i Ewa po raz tysięczny w życiu pomyślała, że jej matka jest niezwykłą osobą. Która kobieta w przededniu setnych urodzin wyraża nieodpartą chęć pojechania do Francji na groby obu braci?

– Polecimy samolotem, potem Julia po nas przyjedzie. Przecież wszystko omówiłyśmy... – przypomniała córce. – Wierzę, że się uda. Nawet w moim wieku trzeba mieć plany.

Ewa pokiwała głową. Rozległ się dzwonek do furtki i Ewa poszła otworzyć burmistrzowi Brwinowa, który miał przyjść do Ani i złożyć jej życzenia z okazji ukończenia setnego roku życia.

– Proszę pozwolić, że się przedstawię. – Młody mężczyzna ukłonił się elegancko, a potem pocałował Anię w rękę. – Arkadiusz Kosiński – burmistrz.

– Wiem, wiem, cztery lata temu głosowałam na pana. – Uśmiechnęła się Ania. – Proszę usiąść i powiedzieć nam, jak się panu u nas gospodarzy...

Burmistrz wręczył Ani dyplom, wielki bukiet kwiatów i kosz pełen różnych słodyczy, a potem usiadł, obok niego dwie sympatyczne panie, nieco wszyscy stremowani, bo spodziewali się zapewne schorowanej starszej pani, a tymczasem Ania oczarowała ich swoją witalnością. Młody człowiek zaczął opowiadać, dwie panie popijały herbatę i ciekawie zerkały na zdjęcia stojące na kominku.

– Gdyby pani chciała odwiedzić swoje ulubione miejsca w Brwinowie, proszę dać znać. Bardzo chętnie panią zawieziemy. – Uśmiechał się burmistrz. – Może ma pani ochotę pojechać do Stawiska?

– Ostatni raz byłam tam jeszcze przed wojną – powiedziała Ania i zaczęła się śmiać. – Pobiłam wtedy Iwaszkiewicza parasolką...

– Słucham? – Filiżanka herbaty w dłoniach burmistrza zakołysała się i kilka kropel wylało się na spodeczek.

– A tak. – Pokiwała Ania głową, a Ewa stłumiła śmiech. – Mieliśmy małą sprzeczkę... o mojego kuzyna. Pani Ania Iwaszkiewiczowa próbowała go zasłonić i ten mój kuzyn, ale ja mu dołożyłam...

Burmistrz popatrzył z niepokojem na Ewę, ale ona tylko pokiwała głową i zachichotała cicho.

– Nie wiedziałam, że znała pani osobiście Jarosława Iwaszkiewicza...

– Znałam. – Pokiwała głową. – Uczyłam nawet jego córeczki. Jego żonę poznałam wcześniej. Przez pana Stanisława, jej ojca.

– Pan Stanisław Lilpop przyjaźnił się z mamą – powiedziała Ewa. – Ufundował dla niej stypendium, żeby mogła pójść do szkoły i na studia.

– Coś takiego... – Burmistrz wpatrywał się w Anię szeroko rozwartymi ze zdumienia oczami.

– Mój dobroczyńca. – Uśmiechnęła się jubilatka. – Zostawił mi nawet pieniądze w spadku, żebym pojechała do Ameryki. Da pan wiarę?

– Pojechała pani? – spytała jedna z towarzyszących burmistrzowi kobiet.

– Dopiero w dziewięćdziesiątym piątym. – Ania wzięła filiżankę z herbatą i upiła łyczek. – Po prochy brata. I już nie za pieniądze wujcia Stanisława, które zaginęły w czasie wojny...

Wszyscy w milczeniu wpatrywali się w Anię.

– Skoro pan już tu jest, drogi chłopcze, to może mi pan powie, czy coś da się zrobić z pałacem Wierusz-Kowalskich?

Burmistrz odzyskał mowę.

– Bardzo bym chciał, ale niestety status tego miejsca jest dość skomplikowany – zaczął tłumaczyć.

– Wierusz-Kowalski tak to wszystko skomplikował. Uciekł z kraju tuż przed wybuchem wojny. Zabrał ze sobą całą rodzinę, w tym naszą Łucję... Ewuniu, zrób jeszcze trochę herbaty.

Ewa pokiwała głową i zniknęła w kuchni.

– Wieruszowie adoptowali moją przyrodnią siostrę Łucję. Nie wiedzieliśmy wówczas, że jest z nami spokrewniona... – Zamyśliła się. – Nie umiał z nią zupełnie postępować, a może ona od początku była naznaczona jakimś piętnem, kto to wie... W każdej rodzinie jest ktoś taki jak Łucja, pogubiony, jak niepasujący do układanki element. Gdzie się tylko pojawiała, tam zaczynało źle się dziać. Choroby, wypadki, inne nieszczęścia, w końcu śmierć...

– W mojej rodzinie też jest taka ciotka. – Jedna z pań zastygła z filiżanką uniesioną w pół drogi między stołem a ustami. – Trzech mężów pochowała, a wszyscy skończyli tragicznie. Czarna owca...

– Raczej ptak z przetrąconym skrzydłem, przynajmniej w naszym przypadku... – powiedziała cicho Ewa i zaczęła nalewać świeżo zaparzonej herbaty do filiżanek.

– No właśnie… – Ania zamyśliła się. – I czyja to wina? Niczyja. Losu chyba tylko…

– Jak tylko uporamy się z najważniejszymi wydatkami, to wtedy zajmiemy się pałacem. Obiecuję…

– Nie, nie… – zaprotestowała Ania. – To tylko kupa gruzu, najmniej potrzebna mieszkańcom. Oni bardziej potrzebują dróg, nowego przedszkola, dzieci książek w bibliotece. Pałac… chyba że będzie tam ośrodek kultury, biblioteka albo teatr…

Przypomniała sobie wysokiego, przystojnego pana Wierusza, jego piękną, wyniosłą żonę i Łucję, która za wszelką cenę starała się dopasować do świata, który tylko pozornie leżał u jej stóp. Potem przed oczami stanęło jej zdjęcie starej kobiety pokazywanej przez amerykańską prasę tak podkreślającą, że morderczyni pochodzi z Polski. Guilty! – straszyły napisy, jakże adekwatnie do całej sytuacji, chociaż kontekst znało tylko kilka osób. „Dlaczego ja nie czułam, że to moja siostra? Czemu Ignacy nie powiedział słowa. Czemu? Teraz to już nie ma znaczenia", pomyślała, przypominając sobie, w jaki sposób dowiedziała się o całej historii, jaki szok przeżyła, kiedy Dana dała jej listy Łucji do Jana, a wśród tych pożółkłych kartek znalazła list od Ignasia do Łucji.

– My już pójdziemy. – Burmistrz podniósł się z krzesła. – Jeszcze raz chciałbym pani złożyć najserdeczniejsze życzenia dwustu lat w zdrowiu i szczęściu.

– Dziękuję wam bardzo. – Uśmiechnęła się Ania. – Na szczęście nie dożyję tylu, ale może jeszcze trochę…

Ewa odprowadziła gości do drzwi. Potem wróciła do matki.

– Mamo – zaczęła. – Ja ci muszę o czymś powiedzieć…

– Jeśli o przyjęciu-niespodziance jutro, to się nie martw, moja droga. – Ania poprawiła włosy. – Moje prawnuczki tyle razy tu wydzwaniały, wnuczki mają przyjechać… W końcu się domyśliłam.

Ewa położyła dłoń na sercu.

– Całe szczęście, bo bałam się, że dostaniesz zawału, kiedy wyskoczą zza kotary i zaczną krzyczeć „niespodzianka". Widziały to na filmach i wydaje im się to, jak oni to teraz mówią, „cool".

– Bo to jest cool. – Ania ponownie wzięła filiżankę do rąk. – Ale dobrze, że o tym wiem, bo mogłabym dostać zawału.

Następnego dnia jednak po mistrzowsku odegrała scenę zdumienia i wzruszenia, aż zawodowa aktorka i gwiazda rodzinna Kasia nie mogła uwierzyć, że Ania wiedziała o całej intrydze.

– Dziękuję, moje skarby kochane – mówiła wzruszona, przyjmując kolejne prezenty ofiarowane jej przez młode, młodsze i najmłodsze pokolenie Winnych.

– Takie włosy podobają mi się bardziej niż te poprzednie sznurki – powiedziała do prawnuczki Lenki, kiedy ta z talerzykiem tortu z cukierni Jarzyna, z napisem „Dwieście lat!" usiadła obok niej i przytuliła się do jej ramienia.

– To były dredy, babuniu – sprostowała. – Mamie się to nie podoba...

– Całkiem, całkiem. – Ania dotknęła wygolonych boków głowy wnuczki. Lenka wyglądała, jakby miała zagrać w filmie o kosmitach. Środkowe pasmo włosów miała przefarbowane na blond i upięte na czubku głowy w mały kok. – Zdecydowanie lepiej niż w dredach...

– Kocham cię, babuniu. – Lenka pocałowała Anię w sękatą rękę. – Torcik pyszny...

– Całą noc piekłam. – Ania mrugnęła do prawnuczki. To był taki ich stary żart, który powtarzały sobie od czasu, kiedy Lenka skończyła pięć lat i na urodziny dostała tort, który babunia piekła calutką noc, żeby tylko jej sprawić przyjemność.

– Widać, widać... – Lenka wpakowała sobie do ust kolejną porcję czekoladowego specjału. – Nawet Janina je. Wprawdzie plasterek grubości listka, ale zawsze.

Spojrzały obie na córkę Małgosi, która już nie przypominała szkieletu powleczonego skórą, ale wciąż ubierała się na czarno, jakby potrzebowała wyszczuplenia sylwetki. Tort był czteropiętrowy, po jednym piętrze na każdą jubilatkę. Przecież w tej rodzinie większość dzieci rodziło się dwudziestego szóstego, ewentualnie dwudziestego siódmego czerwca. Oprócz Ani świętowały tego dnia Julia, Ula oraz Ewa, której prawdziwa data urodzenia nie była znana, ale Ania swego czasu kazała Ignacemu wpisać do ksiąg parafialnych właśnie ten dzień.

– Tylko Mani z nami nie ma. – Spojrzała z żalem na wielki tort.

– Pradziadków też nie ma... – Lenka pogłaskała babunię po głowie. – Całe szczęście, że zdążyłam namalować ich portrety.

– Mojego nie zdążyłaś, moje dziecko – powiedziała Ania z przyganą w głosie.

– Bo jak skończę, to babunia umrze... – z prostotą odrzekła Lenka i zaintonowała „Sto lat!", ale została powstrzymana za falstart, bo dopiero przynoszono szampana.

– Umrę nawet, jak nie dokończysz. – Ania roześmiała się serdecznie. – Jestem, wiesz, w takim wieku...

– Mam prezent! – krzyknęła do wszystkich Lenka. – Będzie zdjęcie!

Ustawianie trwało kilka minut, głównie dlatego, że każdy chciał stać koło babuni, a zważywszy na jej drobną sylwetkę, miejsca było niewiele. W końcu udało się zmieścić wszystkich w kadrze i Lenka nastawiła swój drogi, bardzo skomplikowany aparat.

– No dobra – powiedziała. – Zrobione. Zaraz się do tego zabiorę i każdy dostanie ode mnie zdjęcie...

– Sama będziesz wywoływała? – spytała Joasia, żona Michała.

– Obrobię sama i wydrukuję każdemu. – Lenka wzięła laptop i znów usiadła koło babuni. Nad nią zawisło najmłodsze pokolenie Winnych, Janina, Mateusz, Bartek, Anna Maria, Maja i Natalka.

– Zrobisz nam zdjęcie? Zrobisz? – dopytywała się dzieciarnia. Ania spojrzała zdumiona na ekran.

– To ty masz dziecko już zdjęcia w komputerze? – Współczesna technika ją przerastała. – Trochę jak cud...

– Taki program, babuniu – wyjaśniła. – Zdjęcia od razu wyświetlają się w komputerze. Dobra, dzieciaki, ustawiać się. Zaraz będę was uwieczniać.

– A potem od razu wrzucisz na fejsbuka? – spytała Janina z ironią.

– Wrzuciłam tylko tort, bo jest wart pokazania światu. – Lenka puściła oko do kuzynki. – Ale osobistych zdjęć nie wrzucam. Chyba niedokładnie przeglądasz mój profil...

Dzieci stłoczyły się w gromadkę, a potem zgodnie podzieliły na mniejsze grupki. Zdjęcia „każdy z każdym" trwały dobrą godzinę, a potem Lenka zarządziła koniec sesji i przerwę.

– Zjedz coś, Helenko. – Basia i Kasia jednocześnie podały jej półmisek z pieczonym mięsem.

– Nie jem mięsa od dwóch lat... – Lenka wzniosła oczy ku niebu. – Moglibyście się już przyzwyczaić.

– No tak. – Westchnęła Ula.– Tylko ja ciągle uważam, że to nie jest zdrowe.

– Mamo, prosiłam cię...

– Wiem, wiem. – Ula wzniosła ręce ku górze. Miała świeżo zrobiony manikiur i bransoletkę z koralikami na ręku. – Ja się na niczym nie znam. Słoń nie je mięsa, a jest najsilniejszym zwierzęciem na świecie.

– Właśnie. – Lenka nakładała sobie pałeczkami sushi, które sama zrobiła i przyniosła z okazji urodzin babuni. – Babuniu, może ty skosztujesz sushi? To jest bardzo dobre jedzenie, chodziłam na kursy i sama zrobiłam.

– Ciociu, to surowe ryby – wtrąciła swoje trzy grosze Kasia.

– Dajcie, dajcie, wiem, że surowe ryby. – Ania wyciągnęła ręce po talerzyk. – Rybę z ryżem zawsze lubiłam. Tylko nie dam sobie rady z tymi pałeczkami, więc, dziecko, zrobisz wyjątek dla mojego stuletniego majestatu i pozwolisz mi zjeść widelcem.

– No pewnie, babciu, chociaż lepiej byłoby, żebyś zjadła palcami.

– Palcami, moja droga, to ja nawet w czasie wojny nie jadłam, więc tym bardziej teraz – powiedziała z przekąsem, a Kasia się roześmiała. – Mogę popróbować z pałeczkami, ale ostrzegam, jak usłyszę śmiech, zjem nożem i widelcem.

Wzięła podany talerzyk z krążkami sushi, przyjęła jedną pałeczkę i wbiła ją prosto w środek maka.

– Bardzo dobre – powiedziała, a reszta zaczęła bić brawo.

– Gratuluję ci córki, Uleczko – powiedziała Ania przy życzeniach. – Wspaniała dziewczyna i twoja w tym zasługa. Wszystkiego dobrego dla ciebie z okazji urodzin. Bądź zdrowa i ciesz się swoim szczęściem.

Ula uścisnęła babunię, a potem spojrzała w tył na Konrada, który jadł sushi i rozmawiał z jej siostrą Julią.

– Możesz mi powiedzieć, czy on jest dla mnie odpowiedni? – spytała Ani.

– Tak, to ten jedyny – potwierdziła Ania. – Długo czekałaś, ale wreszcie się zjawił...

Ula westchnęła z ulgą i zacisnęła mocno powieki w nadziei, że to, co mówi Ania, jest przepowiednią na przyszłość, a nie tylko słabym pocieszeniem przynoszącej utrapienie ciotecznej wnuczki.

– Czego tobie życzyć, kochana babuniu? – spytała.

– Żebym umarła bez bólu, najlepiej w swoim łóżku we śnie. Żebym nie przestała pamiętać i do końca mogła chodzić. Jak widzisz, w moim wieku ma się rozsądne życzenia. – Uśmiechnęła się.

– To ja tego tobie życzę, babuniu. – Julia znalazła się przy Ani. – Żebyś to urządziła tak, jak sama chcesz...

Ania przyciągnęła Julię do siebie i przytuliła.

– Jesteście tam bezpieczni? – spytała.

Julia spojrzała na babunię zdumiona.

– Odpowiedz mi tylko na pytanie i to szczerze.

– Ty naprawdę jesteś jasnowidząca.

Ania pogroziła jej palcem.

– Nie wykręcaj się, tylko odpowiedz starej kobiecie.

Julia kilka razy pokiwała głową, a potem przywarła do Ani i zaczęła szeptać jej na ucho życzenia. Mateusz i Bartek podeszli razem. Jeden trzymał w ręku jabłko, a drugi kawałek ciasta.

– Naprawdę masz sto lat? – spytał Mateusz, wnuk jej syna Michała, pyzaty siedmiolatek, bez przedniej jedynki.

– Sama się dziwię, ale naprawdę...

– Wiesz, że dziadek kupił ci książki na prezent? – spytał Bartek, który miał dziewięć lat i interesował się samochodami.

– Hmm... – uśmiechnęła się do nich Ania. – Jeszcze, żeby przyszedł i sam mi je przeczytał, byłoby miło...

– To audiobooki – wyjaśnił jej Mateusz. – Już ktoś je czyta.

– Naprawdę? – spytała ich Ania. – Ależ to sprytne. Wtedy nie trzeba przychodzić i czytać starej babci.

– No nie... – stropił się Mateusz. – Ciocia Kasia je czyta, dlatego dziadek kupił, ale powiedział, że będzie przychodził częściej, bo babcia już niedługo pożyje...

– Ale ty głupi jesteś. – Szturchnął go brat, a Ania zaczęła się śmiać.

– Faktycznie, mały głupek z ciebie – powiedziała Lenka i pokręciła głową z dezaprobatą. – Złóż babci życzenia...

– Sto lat, babciu... – wymamrotał Bartek.

– Dwieście lat, babciu – z naciskiem poprawił brata Mateusz.

– A wy czytacie książki? – spytała Ania.

– Ja to bym chciał... – wyznał Mateusz. – Ale muszę ćwiczyć na pianinie.

– Ja na skrzypcach – poskarżył się Bartek.

– Wasz dziadek kiedyś sam ćwiczył, trzeba go było siłą od skrzypiec odciągać...

Chłopcy wciąż mieli kwaśne miny. Michał podszedł do nich i położył im ręce na ramionach. Mateusz i Bartek spojrzeli na niego i westchnęli jednocześnie. Obaj wyglądali jak bliźniaki, byli podobnego wzrostu, mieli takie same blond włoski i niebieskie oczy. Nawet ubrani byli tak samo w garniturki i białe koszule z muszkami.

– Skarżycie się prababci? – spytał.

– Składamy życzenia i odpowiadamy na pytania – rezolutnie odparł starszy. – Właściwie to już skończyliśmy...

– No to zmykać na lody, a ja będę składał życzenia.

Ania nastawiła policzek do całowania. Syn pocałował ją nie tylko w prawy, nastawiony, ale w oba, a potem jeszcze uścisnął serdecznie.

– Też spytasz, czego mi życzyć?

– Zdrowia i spełnienia marzeń – powiedział. – Pociechy z wnuków i prawnuków.

– I z dzieci – dodała Ania.

– I z dzieci – powtórzył jej sędziwy syn.

– Jesteś stary – zauważyła Ania.

Towarzystwo przy stole skupiło się wokoło Lenki, która pokazywała coś na tablecie i machała rękoma, śmiejąc się przy tym głośno. Michał spojrzał na swoją matkę i zrobił zabawną minę.

– Jestem stary, mam wnuki i reumatyzm. Gazetę muszę trzymać palcami u nóg, żeby ją przeczytać, a na skrzypcach mogę zagrać jedynie kolędy, bo oprócz reumatyzmu to jeszcze słabo słyszę...

– Ale marudzisz jak dawniej. – Ania podsunęła mu swój talerzyk, na którym leżały jeszcze cztery krążki sushi. – Zjesz? Jakoś wolę tradycyjne potrawy...

– Ja też, chociaż jak byłem na koncertach w Japonii, to jedliśmy i sushi, i inne japończyki. Smakowały mi. To zdrowa kuchnia.

– Ja już mam ten przywilej, że nie muszę dbać o zdrowie. – Odsunęła talerzyk. – Mogę chyba jeść wszystko, co chcę.

– Pewnie, że możesz, mamo...

Popatrzyła na jego uduchowioną twarz i przypomniała sobie tamten dzień, kiedy go urodziła, a wybuch bomby poranił ciocię Kazię. Był taki maleńki, a potem na wojennym wikcie słabo rósł, chociaż ona, jej ojciec i babcia Bronia dokonywali cudów, żeby go nieco podtuczyć.

– Jesteś pewien, że Mateusz i Bartek czerpią przyjemność z muzyki?

– Nie mam pojęcia – powiedział. – Teraz dzieci są inne. Ja kiedyś odrabiałem lekcje na kolanie, byleby mieć więcej czasu na ćwiczenia. Dziś trzeba je wozić, zachęcać... Magda i Piotr całymi dniami pracują, kto ma je wozić jak nie dzielny dziadek, pierwszy skrzypek filharmonii madryckiej...

– Jestem z ciebie taka dumna, Michał – powiedziała Ania. – Zawsze z ojcem byliśmy z ciebie ogromnie dumni...

– Wiem, mamo. – Skierował wzrok na swoją córkę Magdę i zięcia, którzy siedzieli obok Ewy i Benka i słuchali opowieści tego ostatniego. Benek był ogromnie ożywiony, gestykulował i śmiał się głośno. Wcześniej go takim nie widziała.

– Z Ewy też – dodała.

– Jak byłem mały, wydawało mi się, że ją kochacie bardziej – wyznał. – Ale nigdy nie miałem pretensji. Wiem, wiem, nie musisz zaprzeczać. Miłość dla każdego jest inna, jeden potrzebuje jej bardziej, inny mniej. Ja miałem muzykę i was, ona miała tylko was.

– Patrzę na ciebie, synu, już ponad siedemdziesiąt lat. Patrzę i zastanawiam się, jak mogły potoczyć się twoje losy, gdybyś nie musiał żyć w tamtych latach.

Michał ukroił sobie potężny kawałek tortu i wbił w niego łyżeczkę.

– Chrzanić cholesterol – powiedział. – Pyszny tort...

– To z naszej cukierni. Każde z czterech pięter jest inne. Moje jest czekoladowe, Ewy truskawkowe, Ulki śmietankowe, a Julii – bezowe.

– Jem czekoladowy, czyli twój ulubiony. Mój też zresztą. Myślę, mamo, że mnie było chyba łatwiej. Nie było tyle pokus co teraz... Prostsza droga szybciej prowadzi do celu. Teraz trudniej się wychowuje dzieci. Czy ty wiesz, że Magda ustala z rodzicami kolegów chłopców termin i czas spotkania za każdym razem, kiedy dzieci chcą się ze sobą pobawić?

– Wiem. Chrzanić leki na serce. – Ania wzięła do ręki kieliszek z szampanem i upiła łyk. – Jaki pyszny! Czytam gazety i czasopisma. Staram się zrozumieć dzisiejszy świat, chociaż łatwe to nie jest... Biorę książki od Lenki, te współczesne dla dzieci i młodzieży, i czytam.

– Nie mów, że *Harry'ego Pottera*. – Michał zaśmiał się serdecznie.

– A owszem, owszem. – Ania wspomniała przez chwilę nieprzespane noce, które spędziła z małym czarodziejem i jego przyjaciółmi. – To wspaniała książka. Czytałam po polsku i po francusku. Nawiasem mówiąc, nasza jest lepiej przetłumaczona. No i te *Igrzyska śmierci*, jaka to mądra rzecz...

– Słyszałam, że byłaś nawet w kinie na tym filmie. – Michał był pełen podziwu.

– Lenka mnie zabrała. Ona jest wielbicielką książki i filmu, więc wybrałyśmy się razem. Karol nas obie zawiózł, a potem przywiózł.

– Byłyście w normalnym kinie czy jednym z tych nowoczesnych?

– Naturalnie, że w nowoczesnym. Takich filmów nie ogląda się w malutkim, studyjnym kinie z grającym na fortepianie akompaniatorem. – Ania wzruszyła ramionami. – Z parkingu na salę trzeba przebyć drogę niczym stąd do Stawiska, ale dałam radę. Nie jestem niedołężna, tylko znacznie wolniejsza. Lenka to rozumie.

– Ale coca-coli chyba nie piłaś? – Michał był na dobre rozbawiony.

– No, no, no. – Ania pogroziła synowi palcem. – Coca-colą poczęstował mnie Stanisław Lilpop w 1924 roku. Przyjaciel mu z Ameryki przysłał.

Michał patrzył na matkę zupełnie osłupiały.

– Nie patrz się tak, synku. – Ania za to spojrzała z wyraźnym triumfem. – Bardzo mi smakowała. Winem też mnie wujcio poczęstował pierwszy. Oczywiście mam na myśli takie prawdziwe wino, nie z porzeczek. I szampanem, kiedy skończyłam pierwszy rok u Platerek. Potem... potem już go nie było...

Ewa się do nich przysiadła.

– Słyszałam coś o śmierci i przyszłam wam wybić z głowy takie rozmowy.

Oboje, Michał i Ania, zaczęli protestować i wyjaśniać Ewie, że źle zrozumiała.

– Nie wiedziałam, że rozmawiacie o literaturze. – Także zaczęła się śmiać, kiedy uświadomili jej, o czym w rzeczywistości była mowa.

Przy stole już prawie nikogo nie było. Dzieci rozpierzchły się po ogrodzie. Anna Maria rozłożyła na trawie dwa koce. Mateusz położył się na jednym z nich i zasnął natychmiast. Na drugim kocu usiadły Maja i Natalka, córki Anny Marii, z nieodłącznymi lalkami barbie w rączkach.

– Nie chcę, żebyście rozmawiali o śmierci. – Ewa wystawiła twarz ku słońcu. – Równie dobrze my możemy z Michałem odejść pierwsi...

– Nie odejdziecie. – Ania odłożyła talerzyk z niedojedzonym tortem. – Wszystko będzie jak trzeba. Najpierw ja, potem wy, dzieci i wnuki. Po bożemu... Już i tak musiałam patrzeć, jak Mania odchodzi. W części umarłam razem z nią.

– Najgorzej miała Baśka, która była przy jej łóżku.

– Baśka jest lekarzem, rozumie, że to była choroba. – Ania wzięła lekki koc ze swoich kolan i podała Michałowi. – Przykryj dzieciom nogi, bo nie powinny spać odkryte.

Na kocu leżeli zgodnie Mateusz, Bartek i Natalka z Mają, obie przytulone do swoich lalek. Dziewczynki pochrapywały przez sen. Michał podszedł i okrył je kocem.

– Dobrze, że zgodziłaś się na badania – powiedziała Ewa i wyjaśniła bratu, że namówiła Anię na tomografię komputerową głowy, żeby wykluczyć, czy przypadkiem i ona nie ma guza.

– Są przecież bliźniaczkami, słusznie – zgodził się Michał.

– Byłyśmy. – Zamyśliła się Ania. – Ale chociaż byłyśmy jak jedność, to często nasze drogi się rozchodziły. Z charakterów też nie byłyśmy podobne. Ja byłam bardziej zamknięta w sobie, ona, przeciwnie, taka „na zewnątrz". Mimo że z jednych rodziców.

– Ja dostanę alzheimera. – Skrzywił się Michał. – Jak wuj Ignacy. Wciąż coś gdzieś kładę i zapominam. Zajęcia chłopców muszę ciągle zapisywać, bo nie jestem w stanie zapamiętać. Jak mnie Magda o coś prosi, to też zapisuję.

– To normalne – uspokoiła Michała siostra. – Mózg nie jest już tak pojemny jak trzydzieści lat temu. – Nie masz się czym martwić. Tylko zapisuj wszystko, co trzeba, i nie zapomnij, gdzie zapisałeś.

– Ale wuj Ignacy… – Michał pokręcił głową.

Ania nie podjęła tematu. Musiałaby im opowiedzieć, jak po śmierci Stanisława Ignacy żałował, że nie wyznał mu przez całe życie prawdy o Łucji. Jak bardzo to przeżywał i nie mógł sobie z tym dać rady. Wtedy zaczęły się problemy z Ignasia pamięcią i musiał odejść z kościoła, co go w końcu zniszczyło od środka i zabiło. Zarówno Ewa, jak i Michał nie wspomnieli słowem o swoim ojcu, którego Ania znalazła martwego na jego ulubionym fotelu bujanym, ze zsuniętymi okularami do czytania na czubek nosa i gazetą w rękach. W chwili śmierci miał 95 lat, a Ania opłakiwała go do dziś. Można z nią było rozmawiać o wszystkich, którzy odeszli, o Broni, braciach, nawet Pawle. Imienia Michała nie można było wymówić, bo Ania natychmiast zaczynała płakać i mówić, że niedługo się do niego wybiera, żeby był jeszcze przez chwilę cierpliwy, a Michałowi i Ewie zdawało się, że ojciec stoi w drzwiach i czeka, aż Ania przekroczy z nim próg.

– Będziemy się zbierać, ciociu. – Kasia i Janina podeszły do Ani. – Wspaniałe urodziny. – Jedna i druga ucałowały Anię, każda w jeden policzek.

Ania wzięła za rękę Katarzynę. Siostrzenica spojrzała na nią czujnie i uciekła wzrokiem w bok. Ewa i Michał wstali z krzeseł i podeszli do stołu. Michał, żeby nie przeszkadzać ciotce, a Ewa, żeby przykryć torty, do których zleciały się osy.

– Oglądam, moja droga, każdy odcinek. – Uśmiechnęła się do niej, a Janinę ścisnęła za rękę. Wnuczka była nieco blada, spowita w szale i szerokie bluzy. Spodnie miały szew nisko, w połowie drogi między krokiem a kolanami. Wyglądało to nieco dziwnie, ale Lenka przyzwyczaiła już Anię do większości ekstrawagancji, więc przyjmowała pewne niezrozumiałe dla niej zachowanie czy sposób ubierania się z łagodną rezygnacją i bez komentarzy.

– Babcia wymiata – powiedziała Janina.

– Serial bardzo się ludziom podoba, a ja gram ciepłą i dobrą nestorkę rodu mieszkającego na wsi... No cóż, po rolach w kultowych filmach z lat sześćdziesiątych to może nie jest szczyt ambicji...

– Żartujesz chyba, moja droga – Ania jej przerwała. – Opowiadacie o czymś dobrym. Jak na ciebie patrzę w tym filmie, to mi się przypomina babcia Bronka.

– Bo babcia tak gra, babuniu – powiedziała Janina z satysfakcją. – Gra babcię Bronkę. Sama mi to powiedziała.

Kasia poprawiła włosy, wciąż czerwone dzięki kontraktowi z firmą kosmetyczną, dotknęła czoła pooranego zmarszczkami i uśmiechnęła się. Ania pomyślała, że Basia i Mania stoczyły tytaniczną walkę, żeby wydrzeć ją ze szponów alkoholu. Całe szczęście, że Kasia znów jest aktorką i gra, chociażby w telewizji, w takim serialu, którego akcja rozgrywa się na wsi, ludzie są mili i dobrzy, tacy podobni do tych, którzy już odeszli. Sama Kasia uważała, że po rolach jakie zagrała w teatrze, te telewizyjne nie są napisane na miarę jej talentu, ale brała, co dają. Była trzeźwa od lat. Nie brakowało jej pokus ani los nie szczędził jej ciosów, ale nie napiła się nawet wtedy, kiedy dowiedziała się, że jej przyjaciel, powiernik i spowiednik ksiądz Roman z parafii tworkowskiej zginął w Smoleńsku. Nawet wtedy odwróciła oczy od butelki i poczuła, że wreszcie jest wolna.

– Wszystkiego dobrego, babuniu i Ewciu, jeszcze raz. – Uśmiechnęła się Kasia. – Janinka, pójdziemy?

– Może ja zostanę i pomogę Lence sprzątać? – Po oczach dziewczyny Ania poznała, że Janina chciałaby jeszcze porozmawiać z kuzynkami.

– Przydałaby się pomoc. – Lenka znalazła się przy nich nie wiadomo kiedy. Ania pomyślała, że wnuczka jest stworzona do tego, żeby przejąć po niej pałeczkę i utrzymywać rodzinę blisko siebie. – Zostań, Janina.

W końcu Kasia pojechała z Basią i Karolem oraz jego trzymającym się nieco na uboczu przyjacielem. Ania wraz z całą rodziną bardzo chciała go oswoić, powiedziała nawet Karolowi, że on i Marcin są tu mile widziani, ale chłopak był tak zamknięty w sobie, że postanowiła dać mu czas i nie naciskała. Miło jej jednak było, że Karol z Marcinem przyjechali do niej na urodziny, zwłaszcza że wnuk mieszkał w Krakowie, tam pracował i spokojnie mógł się wykręcić od wizyty u stuletniej ciotecznej babki.

– Ja też zostanę jeszcze trochę. – Julia pomachała siostrze, która pożegnawszy się, razem z Konradem pakowała się do samochodu. Konrad pomagał Basi i Tomkowi wsiąść do wysokiego, terenowego land rovera. – Bogaty kawaler się jej trafił. – Uśmiechnęła się do Lenki.

– Popakujcie jedzenie w pojemniki i włóżcie do lodówki, dziewczynki, dobrze? – Ewa przyniosła stos plastikowych pudełek. – Resztę tortów swoich matek chyba zabierzecie?

– Nie, nie – przeraziła się Janina. – Ja na pewno nie.

– Dzieci wstaną, ciociu, to zjedzą. – Lenka ruszyła na odsiecz kuzynce. – Nie ma co zabierać.

– Jak chcecie. – Ewa zrozumiała wybuch Janiny i postanowiła nie naciskać. – Mamy dużą lodówkę. Wszystko się zmieści.

Julia siedziała na krześle obok bujanego fotela babuni i nie chciało jej się ruszyć. Była przepiękna pogoda. Ciepły wiatr rozwiewał łagodnie jej włosy. Przypomniał jej się dzień własnego ślubu. Wtedy pogoda była identyczna.

– Nie martw się. Wszystko będzie dobrze… – Ania nie patrzyła na Julię, tylko gdzieś daleko ponad dęby rosnące przy ogrodzeniu.

Julia nawet się nie zdziwiła, skąd babunia wie o tym, że spodziewa się dziecka, a właściwie dzieci, bo ostatnie USG wykazało, że nosi w sobie bliźniaki.

– Ale tak mówisz, babuniu, ku pokrzepieniu, czy to widzisz?

– Widzę, więc mówię, żeby cię pokrzepić, bo przejmujesz się tym, że będziesz miała pierwsze dzieci w tak późnym wieku, boisz się powikłań. Ale wszystko będzie dobrze.

– Wiesz nawet, że to będą bliźniaki? – Julia wzięła jabłko ze stołu i odgryzła potężny kęs.

– Tak, bliźniaczki, dziewczynki. – Ania podsunęła jej pod nos sałatkę śledziową. – Jedz, u was w tej Francji nie ma porządnych śledzi.

– Żebyś wiedziała. – Julia nałożyła sobie kilka łyżek sałatki, a na wierzch położyła dwa rolmopsy. – Nie mówiłam jeszcze Ulce ani mamie.

– Nie wydamy cię, spokojnie. – Lenka trzymała w ręku słoik rolmopsów i pakowała Julii do torby. – A mama, kiedy zauważyła, że nie pijesz szampana ani wina, to pomyślała, że ci się podniebienie całkiem przewróciło w tej Francji i nie chcesz pić naszych poczciwych trunków z porzeczek ani wina z Almy, ani tym bardziej pseudoszampana z Piotra i Pawła. Do głowy jej nie przyszło, że może chodzić o coś innego, więc spoko…

– Ale z ciebie spryciara. – Roześmiała się Julia i schowała słoik. – Wszystkich byś nas sprzedała z zyskiem.

– Aż tak to nie. – Lenka skromnie spuściła głowę. – Mam zmysł obserwacji… Ale powiesz im przed wyjazdem? – upewniła się.

– Powiem, powiem… – zapewniła Julia, chociaż bała się, że matka zechce przyjechać do nich do Francji, co w sumie byłoby naturalne i w tajemniczym Pawle Malinowskim rozpozna Jeremiego. Wtedy on, jako świadek koronny, byłby narażony na niebezpieczeństwo. Przez te lata udało się im się ukrywać pod dachem coraz bardziej sędziwej Adeli. Początkowo nieufna, z czasem zaakceptowała Jeremiego i uczyła kulinarnej sztuki. Stała się mentorką obojga, nauczycielką smaków i zapachów, a oni byli pojętnymi i wdzięcznymi uczniami. Julia tylko Ulce wyznała, w jaki sposób domyśliła się, że Jeremi podczas ich dramatycznego spotkania mówi o wyjeździe do Falaise. Tylko siostra znała szczegóły przyjazdu ich obojga do Francji i budowania od podstaw zaufania i związku. Historia Jeremiego miała niebawem ujrzeć światło dzienne, gdyż niezmordowana Michele pisała książkę o mafii w Polsce i sobie tylko znanymi sposobami znalazła Jeremiego w swoim rodzinnym domu. Kiedy Julia odkryła, że jest w ciąży, początkowo przestraszyła się wszelkich konsekwencji rodzenia dzieci w tak późnym wieku. Jeremi nie chciał jej puścić do Polski, ale uparła się, że musi przyjechać i zobaczyć babunię, bo kto wie, ile Ani jeszcze czasu zostało.

– Czegoś ci potrzeba, babuniu? – spytała Ani.

Ania pokręciła z uśmiechem głową i spojrzała na siedzące przy stole dzieci. Starała się skupić na tym, czy w przyszłości będą szczęśliwymi i spełnionymi ludźmi. Ale poza tym, że bliźniaczki Julii urodzą się zdrowo, a jej towarzyszowi życia i jej samej nic nie będzie groziło, sama nie widziała nic więcej.

– Chcesz się zdrzemnąć, mamo? – spytała Ewa. – Może chciałabyś wejść do środka i położyć się u siebie?

– Nie, nie, kochana. Zostanę tutaj. Popatrzę na was, jak się krzątacie.

Ewa i Lenka skinęły głowami i zaczęły sprzątać ze stołu, umawiając się, która będzie zmywała naczynia, a która popakuje kawałki tortów i resztę sałatek na wynos.

– Jesteś szczęśliwa? – spytał Paweł.

– Tak, jestem bardzo szczęśliwa – powiedziała szczerze. – Chociaż przyszedłeś tak nagle... Mam już iść?

Paweł miał znów dwadzieścia lat, stał boso obok niej, jakby zapraszał, żeby wykąpali się razem w magicznym jeziorku.

– Może... – Odwrócił wzrok. – Tak chciałem, żeby takie życie stało się moim udziałem...

– Kochany... – powiedziała i wzięła go za rękę. – Przecież, przecież...

– Coś mnie ominęło?– spytał Michał.

Ania i jego rękę wzięła w swoją dłoń.

– Jeśli chcecie, żebym z wami poszła, musicie mi pomóc. Wy znów jesteście młodzi, ja niedołężna...

– Tak ci się tylko wydaje, kochanie. – Michał podał jej duże lustro.

Wzięła je w dwie młode ręce i spojrzała w przejrzystą taflę. Znów miała czerwone, proste włosy zaplecione w dwa warkocze, a te z kolei zwinięte na karku w oryginalny węzeł. Uśmiechnęła się i wokoło oczu pojawiło się kilka zmarszczek, od śmiechu. Nie pokazała się ani jedna od płaczu.

– Ładna byłam kiedyś. – Uśmiechnęła się najpierw do Pawła, potem do Michała.

– Teraz też jesteś ładna. – Pospieszyli obaj z zapewnieniem.

– Właściwie macie rację. – Przyjrzała się sobie jeszcze raz. – Znów jestem ładna.

Ogród opustoszał. Dzieci najwyraźniej schowały się do wnętrza domu albo pojechały ze swoimi rodzicami. Drugie pokolenie Winnych sprzątało po ceremonii. Siedzieli tylko we trójkę, z Michałem i Pawłem.

– A mnie nie zaproszono – powiedziała Mania z udawaną pretensją w głosie.

– Manieczko, ani przez chwilę nie wątpiłam, że tu przyjdziesz – przekomarzała się Ania.

– Moja droga – powiedziała Mania z godnością, ledwie omiatając spojrzeniem Pawła. – Kogo jak kogo, ale mnie nie mogło zabraknąć na tej ceremonii.

Paweł odsunął krzesło i Mania łaskawie kiwnąwszy głową, usiadła na nim.

– Ryszard też przyjdzie? – Ania była ogromnie ciekawa, kogo też Pan Bóg wysłał, żeby ją na tamten świat zabrać.

Mania pokiwała głową i spojrzała wyzywająco na Pawła. Ten uśmiechnął się delikatnie i pogłaskał ją po głowie.

– Moja żona obrażona… – powiedział.

– Paweł, ja cię bardzo proszę… – Mania uniosła się i chwyciła ręką kant stołu.

– Ja was bardzo proszę – z naciskiem powiedziała Ania. – W takiej chwili moglibyście się nie kłócić.

Mania usiadła i spuściła wzrok.

– Babuniu, babuniu!… – Coś lub ktoś szarpał Anię za ramię. Otworzyła oczy i zobaczyła swoją cioteczną prawnuczkę Lenkę, która stała z siatką pełną pudełek z jedzeniem w ręku i patrzyła na nią z niepokojem. – Niech babunia tak nie śpi!

– Dziecko, ja często w dzień drzemię, bo przecież mam sto lat – przypomniała jej Ania. Spojrzała na swoje ręce, stare i sękate jak dawniej i poczuła lekkie rozczarowanie. Po co smarkata ją budziła? Jej zmarli bliscy przyszli na urodziny i nie zdążyła z nimi porozmawiać.

– Niech babunia sobie drzemie, tylko teraz wyglądało to dziwnie i kot się jeżył. – Pokazała palcem na Ciapka, który od dziesięciu lat mieszkał z Anią po tym, jak został przygarnięty przez Kasiną Małgosię, a potem okazało się, że mała Janinka ma uczulenie na jego sierść.

– Kot jest po to, żeby się jeżyć. – Ania machnęła ręką tym samym gestem, co kiedyś Bronia i wpatrzyła się w prawnuczkę. – Naprawdę wierzysz w to, że umarłabym na własnych setnych urodzinach?

– Kto tam babunię wie. – Lenka położyła reklamówkę na stole i wzięła Anię za rękę. Wcześniej tę samą dłoń trzymał Paweł. – Wierzę, że babunia mogłaby wykręcić taki numer. To do babuni podobne…

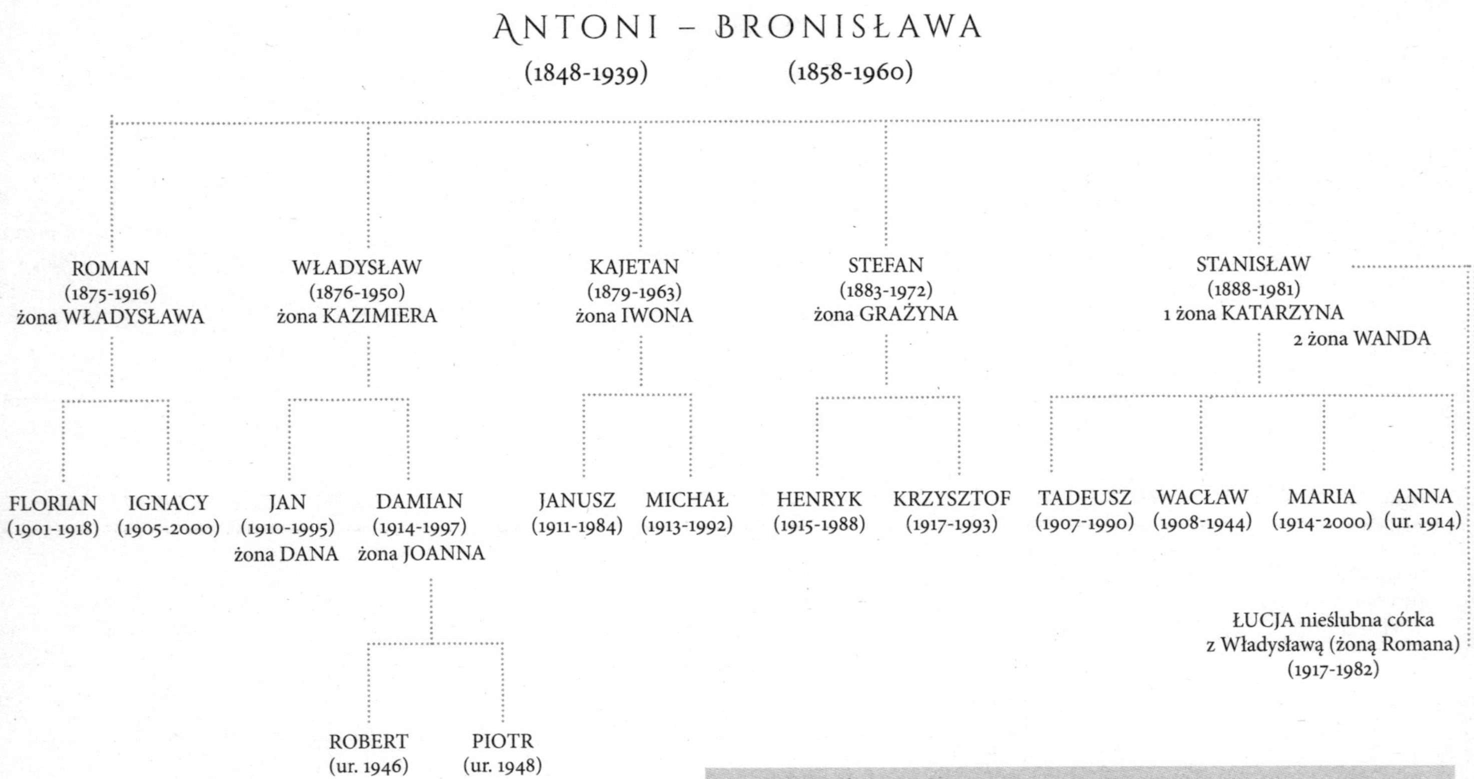

Ze względu na to, że trylogia przybliża głównie losy jednej z gałęzi rodu Winnych, w zamieszczonych drzewach genealogicznych zostały uwzględnione osoby, o których jest mowa w powieści.